HEYNE
BÜCHER

Von Peter Straub
sind als Heyne-Taschenbücher erschienen:

Schattenland · Band 01/6713
Julia · Band 01/6724
Das geheimnisvolle Mädchen · Band 01/6781
Die fremde Frau · Band 01/6877
Der Talismann · Band 01/7662
Wenn Du wüßtest … · Band 01/7909
Koko · Band 01/8223
Mystery · Band 01/8603

PETER STRAUB

DER SCHLUND

Roman

Aus dem Englischen
von Edith Walter

WILHELM HEYNE VERLAG
MÜNCHEN

HEYNE ALLGEMEINE REIHE
Nr. 01/9441

Titel der Originalausgabe
THE THROAT
erschienen 1993 bei Dutton, New York

Printed in Germany 1995
Umschlaggestaltung: Atelier Ingrid Schütz, München
Gesamtherstellung: Elsnerdruck, Berlin

ISBN: 3-453-08235-4

Für
Ann Lauterbach
und
Susan Straub

Ein Geschöpf kann nur verletzt werden, wo es schwach ist. Die Frau ist es unter ihrem Kleid; und für einen Gott ist es die Kehle des Opfertieres.

GEORGE BATAILLE, *Guilty*

Meinem Blick zeigen sich mein Schulzimmer in Wyra, die blauen Rosen der Tapete, das offene Fenster … Alles ist, wie es sein sollte, nichts wird sich je ändern, niemand wird jemals sterben.

VLADIMIR NABOKOV, *Erinnerung, sprich*

Dank

Ich schulde allen Dank, die mir geholfen haben, indem sie mich mit ihrem Verständnis und ihrer Intelligenz, ihrem Rat und ihren Geschichten unterstützten: Charles Bernstein; Tom Noli; Hap Beasley; Scott Hamilton; Warren Vaché; Lila Kalinich; Joe Haldeman; Eda Rak; meinem Bruder John Straub und meiner außerordentlichen Lektorin Laurie Bernstein.

ERSTER TEIL

Tim Underhill

1

William Damrosch, Alkoholiker und Detective bei der Mordkommission meiner Heimatstadt Millhaven, Illinois, starb, könnte man sagen, damit dieses Buch nie geschrieben würde. Doch man schreibt, woran man sich erinnert, und hinterher durchlebt man alles noch einmal.

Ich habe einmal einen Roman mit dem Titel *The Divided Man* über die *Blaue-Rose-Morde* geschrieben und nannte Damrosch in diesem Buch *Hal Esterhaz.* Nie habe ich auf meine eigene Verbindung mit diesen Morden angespielt, doch eben diese Verbindung war der Anlaß für mein Buch. (Es gab auch noch einen anderen Grund. Ich wollte mir selbst erklären, was geschehen war – wollte sehen, ob ich mit der alten, alten Waffe, dem alten, schartigen Schwert des Geschichtenerzählens, ins Herz der Wahrheit vordringen konnte.)

Ich schrieb *The Divided Man,* nachdem ich mich, aus der Army entlassen, in der Nähe des Bang Luk, des größten Blumenmarktes in Bangkok, in einem kleinen Zimmer eingemietet hatte. In Vietnam hatte ich aus großer Entfernung mehrere Menschen getötet – und einen aus nächster Nähe; so nah war er mir gewesen, daß ich sein Gesicht direkt vor mir hatte. In Bangkok suchte mich dieses Gesicht immer wieder heim, während ich schrieb. Und mit ihm kam, wie ein riesiger Rankenfußkrebs, der sich an ein winziges Boot klammert, das andere Vietnam, das Vietnam vor Vietnam, das Vietnam der Kindheit. Als ich mich meiner Kindheit zu erinnern begann, geriet ich ein bißchen aus den Fugen. Ich war, mit einiger Nachsicht gesagt, leicht verwirrt. Nach einem Jahr der Schande sagte ich mir, ich sei über dreißig, kein Kind mehr, hätte so etwas wie einen Beruf, und begann zu genesen. Entweder ist die Kindheit schmerzlicher, wenn man sie zum zweitenmal durchlebt, oder man erträgt sie schlechter. Keiner von uns ist so stark und so tapfer wie das Kind, das wir einmal waren.

Ungefähr ein Jahr, nachdem ich wieder ›normal‹ geworden war, kehrte ich nach Amerika zurück und schrieb mit einem Romanautor, Peter Straub, zwei Bücher – *Koko* und *Mystery;* vielleicht haben Sie sie sogar gelesen. Wenn Sie sie nicht kennen – auch recht. Peter ist ein netter Typ. Er lebt in einem großen, grauen viktorianischen Haus in Connecticut, ganz in der Nähe des Long Island Sound. Er ist verheiratet, hat zwei Kinder und kommt nicht viel herum. Peters Arbeitszimmer liegt im zweiten Stock seines Hauses, ist so groß wie mein ganzes Loft in der Grand Street, und seine Klimaanlage und seine Stereoanlage funktionierten immer.

Peter hörte gern zu, wenn ich ihm von Millhaven erzählte. Der Ort faszinierte ihn. Er verstand genau, was ich empfand. »In Millhaven schneit es manchmal mitten im Sommer«, sagte ich zum Beispiel, »manchmal verdunkeln in Millhaven Heerscharen fliegender Engel den ganzen Himmel«, und er sah mich gut anderthalb Minuten lang strahlend an. Hier sind noch ein paar andere Dinge, die ich ihm über die Stadt erzählte: Einmal brachte auf der Südseite der Stadt eine Kinderbande einen Fremden um, entmannte ihn und begrub die Leichenteile unter einem Wacholderbaum; irgendwann begannen die voneinander getrennten und begrabenen Körperteile nacheinander zu rufen; einmal mißbrauchte ein reicher alter Mann seine Tochter und hielt sie in einem Zimmer gefangen, wo sie tobte und trank, tobte und trank, ohne sich je daran zu erinnern, was mit ihr geschehen war; einmal schrien die Teile des Ermordeten, die unter dem Wacholderbaum begraben waren, so laut, daß die Kinder gezwungen waren, sie zusammenzulegen; einmal wurde ein Toter der fürchterlichsten Verbrechen bezichtigt. Und als die Teile des Entmannten am Fuß des Baumes zusammengelegt wurden, begab es sich, daß er sich erhob und redete, wieder lebendig und heil.

Denn wir schrieben über einen Fehler, den die Polizei von Millhaven begangen hatte und den die ganze Stadt deckte. Je mehr ich darüber erfuhr, um so schlimmer wurde es: Wie alle anderen hatte ich angenommen, William Damrosch habe sich am Ende selbst getötet, um sich selbst daran zu hindern, andere Menschen zu töten; oder er habe sich aus Schuldbewußtsein oder vor Entsetzen über die Morde umgebracht, die er schon begangen hatte. Damrosch hatte vor sich auf seinem Schreibtisch einen Zettel mit den Worten BLAUE ROSE hinterlassen.

Aber das war ein Irrtum der Interpretation – der Fantasie. Was die meisten von uns Intelligenz nennen, ist in Wahrheit Fantasie – einfühlsame Sympathie. Die Polizei von Millhaven hat sich geirrt, und ich habe mich geirrt. Die Polizei wollte den Fall aus verständlichen Gründen zu den Akten legen; ich wollte es aus ganz persönlichen Gründen tun.

Ich lebe jetzt seit sechs Jahren in New York. Alle zwei Monate nehme ich von Grand Central die New Haven Line, steige bei der Station Greens Farms aus und trinke und rede bis spät nachts mit Peter. Er trinkt fünfundzwanzig Jahre alten Malzwhiskey, so ein Typ ist er nämlich, und ich trinke Clubsoda. Seine Frau und seine Kinder schlafen, und im Haus ist es still. Durch das Oberlicht seines Arbeitszimmers sehe ich Sterne und fühlte die Nacht wie eine schwarze Kuppel über uns, diese riesige Dunkelheit, die den halben Planeten umspannt. Hin und wieder zischt ein Wagen die Straße hinunter, der nach Burying Hill Beach oder Southport fährt.

Koko schildert bestimmte Dinge, die während des Krieges und nach dem Krieg Angehörigen meiner alten Armee-Einheit zugestoßen sind, und *Mystery* handelt von den sehr verspäteten Folgen eines alten Mordes in einem Ferienort in Wisconsin. Weil uns die Idee gefiel, verlegten wir die Handlung auf eine karibische Insel, aber der Protagonist Tom Pasmore – der später auch auf diesen Seiten auftauchen wird – war jemand, den ich aus Millhaven kenne. Er war eng verknüpft mit den *Blaue-Rose*-Morden, die man William Damrosch in die Schuhe schob, und in einem großen Teil von *Mystery* geht es darum, wie er diese Verknüpfung entdeckt.

Nach Mystery glaubte ich, mit Damrosch fertig zu sein, mit Millhaven und den *Blaue-Rose*-Morden. Dann rief mich John Ransom an, ein anderer alter Bekannter aus Millhaven, und weil sich in seinem Leben viel verändert hatte, änderte sich auch das meine. John Ransom lebte noch immer in Millhaven. Seine Frau war überfallen und so zusammengeschlagen worden, daß sie ins Koma gefallen war, und ihr Angreifer hatte über ihrem Körper die Worte BLAUE ROSE an die Wand gekritzelt.

2

Ich habe John Ransom nie gut gekannt. Er wohnte in einem großen Haus auf der East Side und ging in die Brooks-Lowood School. Ich wohnte in Pigtown, in den Randgebieten des Tales, südlich von Downtown Millhaven, einen Block vom St. Alwyn Hotel entfernt, und ich ging in die Schule Zum Heiligen Grab. Aber ich kannte ihn flüchtig, weil wir beide Football spielten und unsere Mannschaften zweimal im Jahr aufeinandertrafen. Zum Heiligen Grab war keine sehr große Schule, und Brooks-Lowood war winzig. Wir hatten ungefähr hundert Schüler in jedem Jahrgang, Brooks-Lowood etwa dreißig.

John Ransom sagte »hey«, als wir uns zum erstenmal in einem Spiel gegenüberstanden. Diese *Preppies* sind so was von weibisch, dachte er. Als das Spiel begonnen hatte, rammte er mich wie ein Bulldozer und warf mich wenigstens einen Viertelmeter zurück. Der Brooks-Lowood Quarterback, ein auffallend blondes Stück Arroganz namens Teddy Heppenstall, tänzelte praktisch an mir vorbei. Als wir uns zum nächsten Spiel aufstellten, sagte ich: »Tja, denn also auch hey«, und wir standen Schulter an Schulter, Unterarm an Unterarm, absolut regungslos, während Teddy Heppenstall die andere Seite des Feldes entlangstürmte. Mir taten noch eine Woche nach dem Spiel alle Knochen weh.

Jedes Jahr im November veranstaltete meine Schule ein *Christian Athletes' Fellowship Dinner,* das wir ›Football-Abendessen‹ nannten. Es war eine Spendenaktion und fand im Kellergeschoß der Kirche statt. Die Verwaltung lud Sportler aller höheren Schulen aus ganz Millhaven ein, die zehn Dollar springen lassen mußten – für Hamburger, Kartoffelchips, gebackene Bohnen, Makkaronisalat, Hawaii-Punch und eine Ansprache von Mr. Schoonhaven über ›Christus, der Quarterback‹. Mr. Schoonhaven war unser Football-Coach. Er glaubte an das, was man früher ›Christentum mit Muskeln‹ nannte. Er wußte, daß Jesus, hätte man ihm einen Football in die Hand gegeben, jeden niedergerannt hätte, der es gewagt hätte, sich zwischen ihn und das Mal zu stellen. Dieser Jesus hatte sehr wenig Ähnlichkeit mit Teddy Heppenstaff, aber noch weniger mit dem seelenvollen, gramgebeugten Wesen auf dem knalligen Gemälde (Hände unter einem weißglühenden Herzen gefaltet), das direkt hinter dem schweren Kirchenportal hing.

Nur wenige Sportler aus anderen Schulen nahmen je an diesem Football-Abendessen teil, außer einer Handvoll großer polnischer Jungen mit Bürstenhaarschnitt aus der St.-Ignatius-Schule. Die Jungs von St. Ignatius aßen, über ihre Teller gebeugt, als wüßten sie, daß sie ihre kollektive Begierde, jemanden zusammenzuschlagen, bis zur nächsten Football-Saison beherrschen mußten. Es gefiel ihnen, bedrohlich zu wirken, und sie schienen ganz eins zu sein mit Mr. Schoonhavens streitbarem Jesus.

In der Saison, in der John Ransom mich begrüßt und dann aus Teddy Heppenstalls Weg katapultiert hatte, erschien gegen Ende des ersten informellen Teils des Football-Abendessens ein großer, kräftig gebauter Junge im Kellergeschoß der Kirche. Schon ein paar Sekunden später würden wir uns auf Befehl hinsetzen und ehrerbietig aussehen müssen. Der neue Junge trug ein sportliches Jackett aus Tweed, khakifarbene Hosen, ein weißes Hemd mit geknüpftem Kragen und eine gestreifte Krawatte. Er holte sich einen Hamburger, schüttelte bei Bohnen und Makkaronisalat den Kopf, nahm aber einen Papierbecher Punsch und setzte sich dann neben mich, bevor ich ihn noch erkannt hatte.

Mr. Schoonhaven trat ans Mikrofon und hustete in die hohle Hand. Ein Knall wie ein Schuß hallte durch den Keller. Sogar die Kerle von St. Ignatius saßen plötzlich stocksteif da. »Was ist ein Evangelium?« bellte Mr. Schoonhaven und begann ohne Vorrede – wie gewöhnlich. »Ein Evangelium ist etwas, an das man vielleicht glaubt.« Er warf uns einen stechenden Blick zu. »Und was ist Football? Football ist ebenfalls etwas, das man zu seinem Glauben machen kann.«

»Gesprochen wie ein wahrer Coach«, flüsterte der fremde Junge mir zu, und da erkannte ich endlich John Ransom.

Pater Vitale, unser Trigonometrielehrer, blickte stirnrunzelnd den Tisch entlang. Es war ein Stirnrunzeln, das eigentlich Mr. Schoonhaven galt, der Protestant war und das bei solchen Gelegenheiten nicht verleugnen konnte. »Wovon handeln die Evangelien? Von Erlösung und Heil. Erlösung und Heil findet man auch beim Football«, sagte der Coach. »Jesus hat den Ball nie fallen lassen. Er hat das große Spiel gewonnen. Jeder von uns ist aufgefordert, auf seine Weise das gleiche zu tun. Was tun wir, wenn wir vor dem Mal stehen?«

Ich nahm meinen Füller aus der Hemdtasche und schrieb auf eine zerknitterte Papierserviette: *Was machst Du hier?* Ransom las meine Frage, drehte das Papier um und schrieb: *Ich habe gedacht, es könnte ganz interessant sein.* Ich hob die Brauen.

Ja, es ist interessant, schrieb er außerdem auf die Serviette.

Mich ärgerte der Gedanke, daß er sich gewissermaßen ›unters gemeine Volk‹ mischte. Uns allen, sogar den Rüpeln von St. Ignatius, war der aus rotem Schlackenstein gemauerte Keller der Kirche so vertraut wie die Cafeteria. Tatsächlich war die Cafeteria mit dem Kirchenkeller fast identisch. Ich hatte gehört, daß die Brooks-Lowood-Schüler mit Silberbesteck an Tischen aßen, die mit Tischtüchern gedeckt waren, und die Speisen von Kellnern serviert wurden. Richtigen Kellnern. Und dazu richtiges Silberbesteck aus echtem Silber. Dann kam mir ein anderer Gedanke. Ich schrieb: *Bist Du katholisch?* und zupfte John Ransom am Ellenbogen. Er las, lächelte, schüttelte den Kopf.

Natürlich. Er war Protestant.

Nun? schrieb ich.

Das muß ich erst herausfinden, schrieb er.

Ich sah ihn erstaunt an, aber er kehrte zu Mr. Schoonhaven zurück, der dem Auditorium erklärte, der christliche Athlet habe die Pflicht, hinauszugehen und für Jesus zu *töten. Zu treten. Sich zu prügeln.* Denn das ist es, was er von dir erwartet. Mach keine Gefangenen!

John Ransom beugte sich zu mir herüber und flüsterte:

»Der Kerl gefällt mir.« Wieder fröstelte mich vor Empörung. Ransom bildete sich ein, er sei etwas Besseres als wir.

Natürlich, auch ich dachte ja, ich sei was Besseres als Mr. Schoonhaven. Ich dachte, ich sei besser als der Kirchenkeller, ganz zu schweigen von der Schule Zum Heiligen Grab und, um das Gebiet auszuweiten, besser als die acht sich kreuzenden Straßen unseres Viertels. Die meisten meiner Klassenkameraden würden später in den Gerbereien, Konservenfabriken, Brauereien und Reifenvulkanisierfirmen arbeiten, die eine Art Grenze zwischen uns und Downtown Millhaven bildeten. Ich wußte, daß ich aufs College wollte, wenn man mir ein Stipendium gab. Ich hatte vor, so bald wie möglich aus dieser Gegend abzuhauen. Ich mochte den Ort, aus dem ich kam, aber vor allem mochte ich an ihm, daß ich von dort stammte. Daß John Ransom in mein Viertel eingedrungen war und Mr. Schoonhavens Platitüden hörte, ärgerte mich, und ich wollte ihn wütend anknurren, als mein Blick zufällig auf Pater Vitale fiel, der sich gerade aus seinem Sessel in die Höhe stemmen wollte, um mir eins über den Schädel zu geben. Pater Vitale wußte, daß der Mensch vom Mutterleib an sündhaft war und ›die Natur, die vom ersten Menschen verletzt wurde, unglücklich ist‹, wie St. Augustinus sagt. Ich schaute nach vorn und faltete die Hände vor meinem Teller. Auch John Ransom hatte bemerkt, daß der mürrische alte Priester Anstalten machte zuzuschlagen, und auch er faltete die Hände auf dem Tisch. Pater Vitale setzte sich wieder.

In meinen Ärger muß sich auch ein bißchen Neid gemischt haben. John Ransom war ein ziemlich gutaussehender Junge – was man eben gutaussehend nannte, als männliche ›Schönheit‹ an John Wayne gemessen wurde –, der seine kostspielige Kleidung mit einer gewissen lässigen Selbstverständlichkeit trug. Ich brauchte nur einen Blick auf ihn zu werfen, um zu wissen, daß er ganze Schränke voller eleganter Jacketts und teurer Anzüge besaß, daß seine Schubladen mit Maßhemden vollgestopft waren und er einen eigenen Krawattenständer brauchte.

Mr. Schoonhaven setzte sich, der Gemeindepfarrer stand auf, sprach ein Gebet, und das Dinner war zu Ende. Alle Football- und Baseballspieler von St. Ignatius und meiner

Schule drängten zu der Treppe, die ins Hauptschiff der Kirche führte.

John Ransom fragte mich, ob wir unsere Teller in die Küche tragen müßten. »Nein, die machen das«, sagte ich und nickte zu den müde aussehenden Frauen hinüber, freiwilligen Helferinnen, die jetzt bei den Tischen standen. Sie hatten für uns gekocht, und die meisten hatten Bohnen und Makkaroni in zugedeckten Schüsseln aus ihren eigenen Küchen mitgebracht. »Wie hast du überhaupt davon erfahren?«

»Auf unserem Schwarzen Brett war ein Aushang.«

»Hier ist es wohl nicht annähernd so wie in Brooks-Lowood«, sagte ich.

Er lächelte. »Es ist okay. Es hat mir gefallen. Es hat mir gut gefallen.«

Wir gingen hinter den anderen Jungen zur Treppe, von denen einige John Ransom, über die Schulter zurückblickend, mißtrauisch musterten.

»Weißt du, Tim, es hat mir Spaß gemacht, gegen dich zu spielen«, sagte er lächelnd und streckte mir die Hand entgegen.

Ich starrte diese Hand ein paar Herzschläge lang wie benommen an, bevor ich sie nahm. In der Schule Zum Heiligen Grab schüttelten sich die Jungen nie die Hand. Niemand, den ich kannte, gab einem anderen aus reiner Höflichkeit die Hand; außer man kaufte per Handschlag einen Gebrauchtwagen. »Spielst du gern als *lineman?«* fragte er.

Ich lachte und sah, von unseren auf so spektakuläre Weise verschlungenen Händen aufblickend, den Ausdruck von Pater Vitales Gesicht und die Mienen der freiwilligen Helferinnen. Es dauerte einen Moment, ehe ich diesen Ausdruck verstand. Sie musterten mich mit Interesse und Respekt, eine für mich ungewöhnliche und seltene Erfahrung. Mir war klar, daß weder Pater Vitale noch die freiwilligen Helferinnen bisher mit Leuten wie John Ransom viel zu tun gehabt hatten; für sie mußte es so aussehen, als sei er eigens den ganzen weiten Weg von der East Side herübergekommen, um mir die Hand zu schütteln.

Nein, wollte ich protestieren, nicht meinetwegen. Denn endlich begriff ich: jedes Jahr schickte die Schule Zum Heiligen Grab Flugblätter mit der Ankündigung des Christian Athletes' Fellowship Dinners an jede High-School in der Stadt, und John Ransom war nicht nur der erste Brooks-Lowood-Schüler, der je gekommen war, er war der einzige Schüler von der ganzen East Side, der interessiert genug gewesen war, um an unserem Football-Abendessen teilzunehmen. Das war der Punkt: Er war interessiert.

Als John Ransom und ich am Fuß der Treppe ankamen, waren die anderen Jungs schon oben in der Vorhalle der Kirche. Ich hörte sie über Mr. Schoonhaven lachen; und dann hörte ich die Stimme von Bill Byrne, der fast dreihundert Pfund wog und Center bei den ›Bluebirds‹ war, etwas über den ›feinen Pinkel‹ sagen und dann, noch viel schlimmer: »Irgend so 'n Schwuli von der East Side, der gekommen ist, um Underhills Schwanz zu lutschen.« Es folgte eine Salve dreckigen Gelächters. Es war eine ziellose, gegen alles und jeden gerichtete Feindseligkeit, aber ich betete beinahe buchstäblich darum, daß John Ransom es nicht gehört hatte. Ein gutgekleideter Junge wie er, der einem die Hand schüttelte, wäre wohl kaum erfreut, für pervers gehalten – als Tunte, Schwuler und Schwanzlutscher bezeichnet zu werden.

Aber weil ich es gehört hatte, hatte natürlich auch er es gehört – und Pater Vitale hinter mir ebenfalls. Zischend sog er den Atem ein. John Ransom hingegen überraschte mich dadurch, daß er laut auflachte.

»Byrne!« brüllte Pater Vitale. »Du, Byrne!« Er legte mir eine Hand auf die rechte und die andere John Ransom auf die linke Schulter, schob uns auseinander und drängte sich zwischen uns. Meine Klassenkameraden öffneten indessen die knarrende Seitentür, die auf die Vestry Street führte. Pater Vitale hatte, glaube ich, vergessen, daß John und ich da waren, denn er wandte mir, als er sich an uns vorbeischob, nicht einmal für einen Sekundenbruchteil das große dunkle Gesicht zu. Ich sah riesige, schwarze offene Poren auf seiner Nase, als atme sogar seine Haut schwer und sauge Luft ein wie ein Hochofen. Als er auf der obersten Stufe angelangt war, keuchte er. Der Gestank von Zigaretten wehte hinter ihm her wie ein dichter Schleier.

»Dieser Priester raucht zuviel«, sagte John Ransom.

Wir kamen oben auf der Treppe an, als die Tür abermals zufiel, und als wir durch die Vorhalle gingen, hörten wir auf der Vestry Street laufende Schritte und den Priester »Jungs! Jungs!« rufen.

»Vielleicht sollten wir ihm eine Minute Zeit lassen«, sagte John Ransom, schob die Hände in die Taschen und schlenderte auf das bogenförmige Portal zu, das ins Innere der Kirche führte.

»Ihm eine Minute Zeit lassen?« fragte ich.

»Damit er wieder zu Atem kommt. Einholen kann er die Kerle bestimmt nicht.« Anerkennend betrachtete John Ransom das lange, dämmrige Hauptschiff der Kirche Zum Heiligen Grab. Es sah aus wie in einem Museum. Er betrachtete das Weihwasserbecken und die Reihen flackender Kerzen, einige neu, einige kläglich schwelende Stummel. Ransom sah sich unsere Kirche an, als wolle er sie auswendig lernen. Er lächelte nicht mehr, wirkte aber trotzdem vergnügt, und das änderte sich auch nicht, als Pater Vitale, in der grauen Luft keuchend und ächzend wie ein Schleppdampfer, durch die Seitentür an der Vestry Street wieder hereinkam. Er sprach mit keinem von uns. Als er den Mittelgang entlangmarschierte, verlor er fast augenblicklich seine Individualität und wurde zu einem szenischen Element der Kirche selbst, wie ein Schloß auf einer deutschen Klippe oder ein Esel auf einer staubigen italienischen Straße. Ich sah Pater Vitale mit John Ransoms Augen.

Ransom drehte sich um und inspizierte die Vorhalle genauso gründlich, als sei ›sie sehen‹ gleichzusetzen mit ›sie verstehen‹. Er war nicht der oberflächliche Gaffer, für den ich ihn gehalten hatte. Er wollte alles in sich aufnehmen, auf eine Weise erfahren wie wahrscheinlich kein anderer Junge aus der Brooks-Lowood School. Dieselbe Haltung würde er wohl einnehmen, wenn er bis auf den Grund der Welt vorstieße, dachte ich.

Später stießen John Ransom und ich bis auf den Grund der Welt vor.

Als ich sieben war, wurde meine Schwester April getötet – ermordet. Sie war neun. Ich sah, wie es geschah. Ich glaubte zu *sehen,* daß etwas geschah. Ich versuchte ihr zu helfen. Ich versuchte aufzuhalten, was immer geschah, und dann wurde auch ich getötet – aber nicht so endgültig wie April.

Ich denke, der Grund der Welt ist ihr Zentrum; und daß wir ihn, unseren Fähigkeiten entsprechend, früher oder später alle zu sehen bekommen.

Das nächstemal sah ich John Ransom in Vietnam.

3

Zehn Monate, nachdem ich meinen Abschluß in Berkeley gemacht hatte, wurde ich eingezogen – ich wehrte mich nicht dagegen, aber nicht etwa, weil ich das Gefühl hatte, daß ich meinem Land ein Jahr Militärdienst schuldete. Seit dem Examen hatte ich in einer Buchhandlung auf der Telegraph Avenue gearbeitet und abends Kurzgeschichten geschrieben. Sie kehrten mit schöner Regelmäßigkeit zu mir zurück – in den von mir beschrifteten und frankierten gelben Briefumschlägen, die ich meinen Sendungen an den *New Yorker, Atlantic Monthly* und *Harpers* beilegte; aber auch der *Prairie Schooner, die Kenyon Review, Antaeus, die Massachusetts Review und Ploughshares* hatten kein Gespür für mein Genie. Das heißt, ich denke zumindest, daß es *Ploughshares* war. Ich wußte, daß ich nicht Lehrer werden wollte, und glaubte auch nicht, daß Lehrer auf Dauer vom Wehrdienst zurückgestellt werden würden (sie wurden es nicht). Je öfter meine totgeborenen Kurzgeschichten zu mir zurückkamen, um so entmutigender fand ich es, vierzig Stunden pro Woche mitten unter den Büchern anderer Leute zuzubringen. Als meine 2-S-Tauglichkeitsstufe in 1-A abgeändert wurde, hatte ich das Gefühl, damit könnte mir ein Weg aus der Sackgasse vergönnt sein.

Ich flog mit einer kommerziellen Fluglinie nach Vietnam. Ungefähr drei Viertel der Passagiere in der Touristenklasse waren Greenhorns wie ich, und die Stewardeß hatte Schwierigkeiten, uns direkt anzusehen. Die einzigen wirklich entspannten Mitreisenden in unserem Teil der Maschine waren die abgehärteten Berufssoldaten auf den hinteren Sitzen, die so locker und gesellig waren wie Golfspieler auf einem Wochenendausflug nach Myrtle Beach.

In der ersten Klasse, ganz vorn im Flugzeug, saßen Männer in dunklen Anzügen, Funktionäre des Außenministeriums und Geschäftsleute, die sich, solange es eben ging, mit Zement und Baumaterialien in Vietnam dumm und dämlich verdienten. Wenn sie uns ansahen, lächelten sie, denn schließlich waren wir *ihre* Soldaten, die *ihre* Ideale und *ihr* Geld schützten.

Doch zwischen den Patrioten vorn und den entspannten, desillusionierten Berufssoldaten hinten saß in den beiden Reihen direkt hinter der ersten Klasse noch eine Gruppe, die ich absolut nicht einordnen konnte. Alle waren drahtig, muskulös und hatten den als *crew-cut* berühmt gewordenen soldatischen Kurzhaarschnitt, aber sie trugen Hawaiihemden und Khakihosen oder blaue Hemden mit angeknöpftem Kragen und steife Bluejeans. Sie sahen aus wie eine College-Football-Altherrenmannschaft bei einem Treffen nach zehn Jahren. Diese Männer beachteten uns überhaupt nicht. Soweit ich es mitbekam, redeten sie in einem harten, knappen Militärjargon miteinander.

Als einer der Berufssoldaten an meinem Platz vorbeikam, um sich vor dem Einschlafen die Beine zu vertreten, berührte ich seinen Arm und fragte ihn nach den Männern weiter vorn in der Kabine.

Er bückte sich und quetschte zwischen den Zähnen ein einziges Wort heraus.

Greenies?

Wir landeten in Tan Son Nhut bei viel zu grellem Sonnenschein. Als die Stewardeß die Tür des Jet aufstieß und die erstaunliche Hitze uns entgegenprallte, hatte ich das Gefühl, daß mein früheres Leben für immer dahin war. Ich bildete mir ein, ich könnte riechen, wie die Politur von meinen Knöpfen wegschmolz. In diesem Moment beschloß ich, mich vor nichts zu fürchten, ehe ich nicht wirklich Grund dazu hatte – ich glaubte zu spüren, daß es mir endlich möglich sein würde, mich von meiner Kindheit zu lösen. Das war die erste jener seltsamen exaltierten Stimmungen – dieses plötzliche Gefühl einer neuen Freiheit –, die mich in Vietnam manchmal überkamen und die ich nirgends sonst empfunden habe.

Mein Marschbefehl schickte mich ins Lager White Star, eine Basis des II. Corps außerhalb von Nha Trang. Dort sollte ich mit anderen neuen Angehörigen meines Regiments zusammentreffen und nach Norden ins Camp Crandall des I. Corps transportiert werden. Es war jedoch einer der unerklärlichen kleinen Fehler passiert, wie sie bei der Armee öfter vorkommen, und die Männer, denen ich mich anschließen sollte, waren ohne mich losgeschickt worden. Ich mußte acht Tage lang auf neue Befehle warten.

Jeden Tag meldete ich mich bei einem zynischen Captain namens McCue, Hamilton McCue, der sich mit seinen quadratischen Fingerkuppen die babyrosafarbenen Wangen rieb und mir jeweils eine Aufgabe zuteilte, die ihm gerade in den Sinn kam. Ich holte Fässer unter der Latrine heraus und schüttete Kerosin hinein, damit alte Vietnamesinnen unsere Scheiße verbrennen konnten; ich schlachtete kaputte Jeeps aus, entnahm ihnen Verteilerköpfe, Generatoren und noch funktionierende Benzinpumpen; ich reichte Steine aus den fünfzehn Quadratmetern Staub vor dem Offiziers-Club. Eines Tages kam McCue zu der Überzeugung, daß ich mich über Gebühr amüsiere und teilte mich dem Begräbniskommando zu. Das Begräbniskommando lud die Toten aus den Helikoptern aus, brachte sie für die Zeit, in der ihre Begleitpapiere vorbereitet wurden, ins ›Leichenhaus‹ und lud sie dann in die Frachträume der Maschinen, die nach Tan Son Nhut gingen, von wo sie in die Staaten geflogen wurden.

Die anderen sieben Mitglieder des Begräbniskommandos dienten ihre restliche Zeit in Vietnam ab. Alle waren früher in regulären Einheiten gewesen, und die meisten von ihnen hatten sich neu verpflichtet, um noch ein weiteres Jahr im Feld bleiben zu können. Es waren keine gewöhnlichen Leute – und das Regiment hatte sie zum Begräbniskommando gesteckt, um sie aus ihren Einheiten wegzuholen.

Ihre Namen waren Scoot (Flitzer), Hollyday, di Maestro, Picklock (Einbrecher), Ratman (Rattenfänger), Attica und Pirate (Pirat). Sie waren sich alle irgendwie ähnlich, unrasiert, behaart – sogar Ratman, der vorzeitig Kahle, war behaart –, unsauber, und allen fehlten ein oder zwei Schneidezähne. Scoot, Pirate und di Maestro hatten Tätowierungen (GEBOREN, UM ZU STERBEN, HÄNDLER DES TODES und einen Totenkopf, der über einer dunkelbraunen Pyramide hing). Keiner von ihnen trug je eine vorschriftsmäßige Uniform. An meinem ersten Tag sprachen sie kein Wort mit mir und beförderten die schweren Leichensäcke vom Helikopter zum Laster und vom Laster in die ›Leichenhalle‹ in frostigem, beleidigtem Schweigen.

Am nächsten Tag, nachdem Captain McCue mir eröffnet hatte, mein Marschbefehl sei noch nicht eingetroffen und ich solle mich wieder dem Begräbniskommando anschließen, fragte er mich, wie ich mit meinen Arbeitskollegen auskäme. So nannte er sie tatsächlich – meine Arbeitskollegen.

»Sie erzählen dauernd Geschichten«, sagte ich, »Sind voll davon.«

»Das ist nicht das einzige, wovon sie voll sind, wie ich höre«, sagte er und zeigte zwei Reihen quadratischer brauner Zähne, die seine großen Wangen aussehen ließen, als werde sein Charakter von innen her weggefressen. Er mußte gemerkt haben, daß ich eben entschieden hatte, daß ich die Gesellschaft von Ratman, Attica und den übrigen der seinen vorzog, denn er sagte mir, ich müsse beim Begräbniskommando bleiben, bis ich meinen Marschbefehl bekäme.

Am zweiten Tag ließ die Verachtung meiner neuen Kameraden ein wenig nach, und sie nahmen einen nie endenden Dialog wieder auf, den mein Erscheinen unterbrochen hatte.

Ihre Geschichten handelten immer vom Tod.

»Wir beharken den Dschungel«, sagte Ratman und hievte den nächsten verpackten Leichnam auf die Ladefläche des Lasters. »Zwanzig Tage. Hörst du zu, Underdog.«

Ich hatte einen neuen Namen.

»Zwanzig Tage. Du weißt, was das dort draußen heißt, Underdog?«

Pirate spuckte dicken gelben Schleim auf den Boden.

»Es ist wie vierzig Tage in der Hölle. In der Hölle bist du schon tot, aber draußen im Dschungel versucht jeder, dich umzubringen. Was bedeutet, daß du nie richtig schläfst. Was bedeutet, daß du Dinge *siehst*.«

Pirate schnaubte und warf den nächsten Leichnam auf den Laster. »Verdammt richtig!«

»Du siehst deine alte Freundin irgendeinen idiotischen Wichser vögeln, du siehst, wie deine verdammten Freunde umgebracht werden, du siehst, daß die verdammten *Bäume* sich bewegen, auf dich zukommen, du siehst Zeug, das nie passiert ist und nie passieren wird, Mann.«

»Außer hier«, sagte Pirate.

»Zwanzig Tage«, sagte Ratman. Die Ladefläche des Lasters war jetzt mit Leichen in Säcken gefüllt, und Ratman schwang sich hinauf und machte die hintere Ladeklappe zu. Er lehnte sich mit steifen Armen dagegen und schüttelte den Kopf. Seine Fingerspitzen waren aufgetrieben, so groß wie Golfbälle. Wie ich später erfuhr, hatte er sich seinen Namen dadurch erworben, daß er in einem Tunnel, in dem seine Einheit tausend Kilo Reis fand, zwei lebendige Ratten gegessen hatte. »Zu fett, um wegzurennen«, hatte er angeblich dazu gesagt.

»Alle Sinne, die du hast, sind dort draußen hellwach, Mann, du hörst eine Maus huschen ...«

»Hörst Ratten huschen«, sagte di Maestro und schlug gegen die Flanke des Lasters, als wolle er die Leichen in den grünen Plastiksäcken wecken.

»... hörst den Tau von den Blättern fallen, hörst die Insekten in der *Rinde* krabbeln. Hörst deine Fingernägel wachsen. Hörst das Ding in der Erde, Mann.«

»Das Ding in der Erde?« fragte Pirate.

»Scheiße«, sagte Ratman. »Du weißt es nicht? Du weißt doch, daß du allen möglichen Scheiß hörst, wenn du dich hinlegst, das ganze verdammte Ungeziefer und die Affen, die Vögel, die Leute, die weit vor dir gehen ...«

»Aber paß bloß auf, daß sie nicht auf dich zukommen«, sagte di Maestro, der vorn neben dem Laster stand. »Machst du dir Notizen, Underdog?«

»... alle Arten von Scheiße, richtig? Aber dann hörst du das andere. Hörst ein summendes Geräusch unter allen anderen Geräuschen. Als ob 'n großer Generator tief, tief unter dir läuft.«

»Oh, das Ding in der Erde«, sagte Pirate.

»Es *ist* die Erde«, sagte Ratman. Er trat vom Laster zurück und warf Pirate einen wilden, bösen Blick zu. »Verdammte Erde macht selbst verdammte Geräusche. Hörst du? Und diese Maschine läuft immer. Sie schläft nie.«

»Okay, fahren wir«, sagte di Maestro. Er setzte sich hinter das Steuer. Hollyday, Scoot und Attica quetschten sich auf den Beifahrersitz. Ratman kletterte hinter die Fahrerkabine, Picklock, Pirate und ich folgten ihm. Der Laster holperte das Feld entlang zum Hauptgebäude des Camps, und der Hubschrauberpilot und ein paar Leute vom Bodenpersonal sahen uns nach. Wir sind wie die Müllabfuhr, dachte ich. Es ist, wie wenn man auf einem Müllwagen arbeitet.

»Und zu allem übrigen«, sagte Ratman, »gibt es Leute, die ernsthaft versuchen, sich in dein Leben einzumischen.«

Picklock lachte, riß sich jedoch sofort zusammen. Bisher hatten weder er noch Pirate mich richtig angesehen.

»Was dich an sich schon total fertigmachen kann, bis du dich daran gewöhnt hast«, sagte Ratman. »Zwanzig-Tage-Unternehmen. Ich war auch länger draußen, aber es war nie schlimmer. Den Lieutenant hat es erwischt. Den Funker hat es erwischt. Meine besten Freunde von damals hat es erwischt.«

»Wo ist das?« fragte Pirate.

»In der Provinz Darlac«, sagte Ratman. »Nicht zu verdammt weit weg.«

»Das ist gleich nebenan«, sagte Pirate. »Am zwanzigsten Tag«, sagte Ratman. »Wir sind da draußen. Sind hinter einem verdammten Kader her. Haben kaum noch zu essen, und unser Laster kommt erst in achtundvierzig Stunden. Das Wild zieht immer weiter, zieht von Dorf zu Dorf, ist der absolute Robin-Hood-Typ-Kader.« Ratman schüttelte den Kopf. Der Laster rumpelte in den Randbezirken der Basis in ein Schlagloch, einer der Säcke rutschte von dem Stapel herunter und landete weich vor Ratmans Füßen. Er versetzte ihm einen beinahe sanften Tritt.

»Dieser Kerl, dieser Freund von mir, Bobby Swett, er war direkt vor mir, an die anderthalb Meter vor mir. Wir hören irgend so 'n irres Pfeifen, und dieser große rot-gelbe Vogel flitzt an uns vorbei, groß wie ein Puter, Mann, Flügel wie beschissene Propeller, Mann, und ich denk noch, okay, wer hat denn diese Mutter aufgescheucht? Und Bobby Swett dreht sich zu mir um, schaut mich an und grinst. Dieses Grinsen ist das letzte, das ich ungefähr zehn Minuten lang sehe. Als ich wieder zu mir komme, erinnere ich mich, gesehen zu haben, wie es Bobby Swett zerrissen hat, als ob etwas in ihm explodiert wär, aber – kapierst du? – ich erinnere mich an etwas, das ich gar nicht gesehen habe. Ich denke, ich bin tot. Ich weiß verdammt genau, daß ich tot bin. Ich bin ganz blutig, und dieses kleine braunhäutige Mädchen beugt sich über mich. Schwarzes Haar und schwarze Augen. Jetzt weiß ichs also. Es gibt Engel, und Engel haben schwarzes Haar und schwarze Augen.«

Ein brauner Holzzaun verbarg den langen Schuppen, den wir das Leichenhaus nannten, und nachdem wir das Schild mit der Aufschrift GRABREGISTRATUR passiert hatten, sprang Ratman vom Laster und öffnete das Tor, damit der Laster hineinfahren konnte. Wir arbeiteten im Vierstundenturnus, und heute wurden viele Leichen angeliefert.

Di Maestro setzte den Laster zurück, und wir begannen die langen Säcke in den Schuppen zu schleppen.

»Langnase?« fragte Pirate.

»Langnase, Scheiße, ja. Aber was wußt' ich denn schon? Sie war eine Rhade – in den meisten Wehrdörfern in der Provinz Darlac, von denen es ungefähr zweitausend gibt, leben Rhade. ›Ich bin gestorben‹, sag ich zu dem Mädchen und bilde mir noch immer ein, daß es 'n Engel ist. Sie gurrt irgendeine Antwort. Es kommt mir so vor, als könnte ich mich an diesen großen, grellen Blitz erinnern – ich meine, den hatte ich ja tatsächlich *gesehen.*«

»Der gute alte Bobby Swett war auf eine Mine getreten«, sagte Pirate.

Ich fing an, Pirate gern zu haben. Pirate wußte, daß ich der eigentliche Held dieser Geschichte war, und er war selbstlos genug, die Sache mit kleinen Einwürfen und Erklärungen voranzutreiben. Pirate verachtete mich nicht ganz so wie die anderen vom Begräbniskommando. Mir gefiel auch, wie er aussah, liederlich, ohne so *rattenähnlich* zu sein wie Ratman. Pirate war eher ein ungeschlachter Riese – wie ich. Tagsüber trug er nur selten ein Hemd, aber immer ein großes buntes Taschentuch um Kopf oder Hals gebunden. Als ich eine

Zeitlang im Feld gewesen war, begann ich, diese Eigenheiten nachzuahmen, außer wenn es mit den Moskitos allzu schlimm wurde.

»Du glaubst, das weiß ich nicht? Was ich sage, ist ...« Ratman schob den nächsten toten Soldaten im Reißverschlußsack in den dunklen Schuppen. »Was ich *sage*, ist, ich war auch tot. Eine Minute vielleicht, vielleicht länger.«

»Wovon?«

»Schock«, sagte Ratman einfach. »Das ist der Grund, weshalb ich nicht gesehen habe, wie Bobby Swett in die Luft flog. Hast du noch nie davon gehört? Vielen, die ich getroffen habe, ist das passiert – oder jemandem, den sie kannten. Du stirbst, du kommst zurück.«

»Ist das wahr?« fragte ich.

Einen Moment lang sah Ratman wütend aus. Ich hatte das System seiner Glaubwürdigkeit angezweifelt und war doch jemand, der rein gar nichts wußte.

Pirate rettete mich. »Wieso konntest du dich daran erinnern, gesehen zu haben, wie es den Jungen zerriß, obwohl du es gar nicht gesehen hast?«

»Ich war aus meinem Körper draußen.«

»Verdammt, Underdog«, sagte Picklock und packte den schweren Sack, der mir um ein Haar aus der Hand gerutscht wäre, an den Griffen. »Was, zum Teufel, ist los mit dir?« Einhändig warf er den Sack in den Schuppen hinter uns.

»Underdog, laß nie die verdammten Säcke fallen«, sagte di Maestro und ließ absichtlich einen Sack auf den Beton plumpsen. Was auch immer drin sein mochte, es gurgelte und spritzte.

Ein, zwei Minuten lang luden wir Säcke in den Schuppen.

Dann sagte Ratman: »Jedenfalls stellte ich gleich darauf fest, daß ich noch lebte.«

»Wieso glaubst du, daß du lebst?« fragte Attica.

»Vor allem deshalb, weil das Gesicht eines Kerls dicht über meinem hängt, und er ist ganz bestimmt kein Engel. Ich seh den verdammten Baldachin über seinem Kopf. Die Vögel fangen wieder an zu kreischen. Das erste, was ich sicher weiß, ist, daß es Bobby Swett nicht mehr gibt, Mann – ich *hab auf mir*, was von ihm noch übrig ist. Und dieser Kerl sagt zu mir: ›Stehen Sie auf, Soldat.‹ In meinen Ohren klingelt es so laut, daß ich kaum hören kann, was er sagt, aber man weiß, das Arschloch ist gewöhnt, daß man ihm gehorcht. Ich stöhne laut auf, als ich mich bewege, weil, Mann, jeder Zentimeter von mir fühlt sich an wie 'n Hamburger.«

»Ah«, sagten Picklock und Attica fast gleichzeitig. Dann sagte Attica: »Du hast wirklich Glück, Mistkerl.«

»Bobby Swett hat es nicht mal bis in einen dieser Säcke geschafft«, sagte Ratman. »Der Wichser hat sich in Dunst aufgelöst.« Mürrisch packte er die Griffe des nächsten Sackes, betrachtete ihn einen Moment, sagte: »Keine Erkennungsmarke«, und hievte ihn auf die anderen im Schuppen.

»Na, wunderbar«, sagte Attica. Er hatte einen glatten braunen Kopf, und wenn er die Säcke schulterte, hüpften die Bizepse in seinen Armen. Er zog einen Markerstift aus der Drillichhose und malte ein Zeichen ans Ende des Sackes. Als er sich wieder dem Laster zuwandte, grinste er mich an, spannte die Lippen, ohne den Mund aufzumachen, und ich fragte mich, was jetzt wohl kam.

»Endlich bin ich aufgestanden, total benommen«, sagte Ratman. »Ich konnte noch immer kaum was hören. Dieser Kerl steht vor mir, und ich seh, er ist total verrückt, aber anders verrückt als *wir.* Diese Mutter ist auf eine absolut neue Art verrückt. Ich bin immer noch so durcheinander, daß ich nicht sagen kann, was an ihm so anders ist, aber er hat diese Augen, die keine menschlichen Augen sind.« Er unterbrach sich, dachte zurück. »Alle aus meinem Zug stehen um uns rum und gaffen. Da ist dieses kleine Maskottchen in wirklich viel zu großem Drillichzeug, und vor mir auf dem Pfad steht dieser Riesenkerl mit der Sonne hinter seinem Kopf Ich denke, der Mensch hat das Kommando. Er *ist* die Show. Sogar der Lieutenant, der 'n verdammt harter Brocken ist, steht einfach da. Na ja, Scheiße, denk ich, er hat gerade erlebt, wie dieser Kerl mich von den Toten erweckt hat. Was soll er sonst tun? Der große Kerl mustert mich noch immer, wie wenn ich was unter einem Mikroskop wär. Er hat diese Augen – wie ein Tier in einer Fallgrube, das eben alle anderen Tiere umgebracht hat, die mit ihm da unten waren.«

»Augen, wie Attica sie hat«, sagte di Maestro.

»Ja, verdammt«, sagte Attica. »Ich bin ein Krieger, bin nicht so wie ihr Versager, ich bin der verdammte Kriegsgott.«

»Und dann seh ich, was an dem Kerl so merkwürdig ist«, sagte Ratman. »Er trägt das Khakihemd offen und dazu braune Hosen, und neben ihm auf dem Boden ist 'ne kleine Aktenmappe. Und er hat die ganze Brust voller Narben – von Punjistäben.* Der Bastard ist auf Punjistäbe gefallen und hat überlebt.«

»Hm«, sagte di Maestro.

»Tja, er war's. *Bachelor.*«

»Das war nach zwanzig Tagen. Bobby Swett verwandelt sich – verwandelt sich direkt vor mir in roten Nebel. Ich werde getötet oder so was ähnliches, und wegen des Kerls mit der Aktenmappe rührt sich kein Mensch vom Fleck. ›Ich bin Captain Franklin Bachelor, und ich habe von Ihnen gehört‹, sagt der Kerl zu mir. Als ob ich das nicht wüßte. Aber eigentlich spricht er zu uns allen, mich testet er nur, um zu sehen, wie schwer verletzt ich bin.

Und dann schau ich auf meine Hände runter und sehe, daß sie diese komische Farbe haben – irgendwie blaurot. Sogar unter Bobbys Blut seh ich, daß meine Haut sich so blaurot verfärbt. Und ich schieb meinen Ärmel zurück und seh, daß mein ganzer verdammter Arm blaurot ist und anschwillt. Ganz schnell.

›Dieser Narr ist ein wandelnder Bluterguß‹, sagt Captain Bachelor. Er schaut den ganzen Zug angewidert an. Wir sind jetzt in seinem Teil der Welt, bei Gott, daß wir das ja nicht vergessen. Seit zwei Wochen sind wir ihm im Weg, und er will, daß wir verschwinden. Er bittet uns höflich, denn schließlich gehören wir derselben Seite an, woran man sich erinnern sollte, aber wenn wir nicht ganz schnell aus seinem Gebiet abhauen, könnten wir viel, viel Pech haben. Irgendwie lächelt er, und das Montagnard-Mädchen** steht neben

---

* Spitze Bambusstäbe in einer Fallgrube, die in Leichengift getaucht sind. (Anm. der Übersetzerin)

** Montagnards: a. d. Französ. v. Amerikanern übernommener Name d. Urbevölkerung d. Hochlands; vom vietnamesischen Herrenvolk als Moi, das heißt »Wilde« bezeichnet. (Anm. der Übersetzerin)

ihm und hat ein M 16-Schnellfeuergewehr, und er trägt eine Waffe, wie ich noch keine gesehen habe, weder vorher noch nachher, ein fantastisches Ding, aber ich glaube, es war was Schwedisches, und ich hab' angefangen zu überlegen, was in der Aktenmappe sein könnte. Und dann hatte ich es. Ganz plötzlich.«

»Was hattest du?« fragte ich, und alle schauten zu Boden oder auf die Leichenstapel im Schuppen, und dann luden sie die beiden letzten Leichen aus. Wir gingen wieder in den Schuppen und machten uns an unsere nächste Aufgabe. Niemand sprach, bis sich Maestro die Erkennungsmarke auf dem ihm nächstliegenden Sack ansah und anfing, die Namen zu überprüfen.

»Ihr seid also dort rausgekommen«, sagte er.

»Der Lieutenant hat Bachelors Funkgerät benutzt, und noch bevor der Streit zu Ende war, waren wir unterwegs in die Limited Zone. Zurück im Stützpunkt, konnten wir duschen, kriegten was Richtiges zu essen, sind richtig wieder auf Touren gekommen, aber ich war danach nie wieder derselbe. Diese Narben. Diese verdammte Aktenmappe. Und die Kleine mit dem M 16. Wißt ihr was? Der Kerl hat sich amüsiert. Für ihn war das die reinste Party.«

»Sie führen mehr oder weniger ihren eigenen Krieg«, sagte Scoot. Er war ein kleiner, magerer Mann mit tiefliegenden Augen, einem Pferdeschwanz und einem riesigen Messer, das in einem an seinem Hosenbund befestigten runzligen Lederthong steckte, der wie ein Körperteil aussah. Er konnte Gegenstände heben, die doppelt so schwer waren wie er, und wie ein Gewichtheber existierte er in einer Art luftleerem Raum.

»Mich können die Green Berets«, sagte Attica, und ich verstand jetzt wenigstens zum Teil.

»Ein paar von ihnen waren in meiner Maschine«, sagte ich. »Sie ...«

»Könnten wir zur Abwechslung vielleicht wieder ein bißchen arbeiten?« fragte di Maestro, und eine Zeitlang verglichen wir wieder Hundemarken mit unseren Listen.

»Und was war der Clou vom Ganzen, Ratman?« fragte Pirate.

Ratman, der neben einem Leichensack stand, blickte auf

und sagte: »Fünf Tage, nachdem wir ins Camp zurückgekommen waren, hörten wir, daß ungefähr zwei Dutzend *Rhade Yards* ungefähr tausend Vietcong erledigt hatten. Haben mitten in der Nacht die Dörfer durchkämmt. 'türlich, wie ich gehört habe, waren ein paar von diesen tausend Vietcong Babys und ähnliches, aber CIDG hat sich auf diese Nacht mächtig was eingebildet.«

»CIDG?« fragte ich.

»Ich habe von fünfzig bis sechzig Kerlen gehört, First Air Cav, von freundschaftlichem Feuer ausgelöscht«, sagte Scoot. »So ein Scheiß passiert eben.«

»Freundschaftliches Feuer?« sagte ich.

»Kommt in jeder Form und jeder Größe«, sagte Scoot und lächelte auf eine Weise, die ich erst später verstand.

Ratman stieß einen Laut aus, der halb wütendes Knurren, halb Lachen war. »Und der Rest war, daß ich so ungefähr zu doppelter Größe anschwoll. Fühlte mich wie ein gottverdammter Fußball. Sogar meine *Lider* schwollen an, Mann. Am Ende steckten sie mich ins Stützpunkt-Hospital und packten mich in Eis – aber kein einziger Knochen gebrochen, Mann. Nicht ein einziger Knochen.«

»Tja, ich wüßte allzugern, in welcher Verfassung der Junge hier drin ist«, sagte Attica und klopfte auf die Leiche ohne Marke. *Fast* alle Säcke trugen Erkennungsmarken, wenn wir sie übernahmen, und es war unsere Aufgabe, dafür zu sorgen, daß *alle* eine hatten, wenn sie uns verließen.

Wir mußten den Reißverschluß öffnen und den Namen auf der Marke, die auf dem Leichensack befestigt war, mit dem Namen auf der Erkennungsmarke vergleichen, die der Tote entweder im Mund hatte oder die an seinem Körper klebte. Aus Vietnam wurden die Leichen nach Amerika zurückgebracht, wo die Armee sie in Holzsärge umbettete und nach Hause schickte.

»Du bist dran, Underdog«, sagte Attica. »Du hast noch keine dreckigen Hände, nicht wahr? Du überprüfst diesen Jungen.«

»Wenn du auf ihn kotzt, trete ich dir die Eingeweide aus 'm Leib«, sagte di Maestro und überraschte mich durch sein Lachen. Ich hatte di Maestro noch nie lachen gehört. Es war ein geborstenes, humorloses Wiehern, das aus einem der vor uns aufgereihten Säcke hätte kommen können.

»O ja, kotz bloß nicht in den Sack, das gibt dann erst die richtige Sauerei«, sagte Pirate.

Sofort als er entdeckte, daß an diesem Sack die Erkennungsmarke fehlte, hatte Attica vorgehabt, mich den Sack öffnen und das Stückchen Metall an dem toten Soldaten suchen zu lassen. »Du bist neu hier, Junge«, sagte er. »Und das ist Aufgabe der Neuen.«

Ich ging auf Attica und den Sack mit dem Zeichen zu, das er draufgemalt hatte. Einen Moment lang dachte ich, daß mich, wenn ich den Reißverschluß öffnete, irgendeine widerwärtige Kreatur anspringen würde, mit Blut besudelt wie Ratman, nachdem Bobby Swett vor ihm explodiert war. Nur deshalb hatte er die Geschichte erzählt! Sie wollten, daß ich schrie, wollten, daß meine Haare von einer Stunde zur anderen weiß wurden. Und wenn ich erbrach, würden sie sich dabei ablösen, mir die Eingeweide aus dem Leib zu trampeln. Es war ihre Version eines freundschaftlichen Feuers.

Aber ich hatte auf der Rollbahn von Tan Son Nhut nicht mein ganzes altes Ich zurückgelassen.

Scoot musterte mich mit echter Neugier. »Es ist der Job des neuen Jungen«, wiederholte Attica, und ich vermutete, daß er – so lächerlich es auch sein mochte, diesen Ausdruck auf ihn anzuwenden – der ›neue Junge‹ vor mir gewesen war.

Ich beugte mich über den langen Sack. Er hatte Stoffgriffe an beiden Enden und einen durchgehenden Reißverschluß.

Ich packte den Reißverschluß und schwor mir, daß ich die Augen nicht zumachen würde. Hinter mir holten die Männer gleichzeitig Atem. Ich zog den Reißverschluß auf.

Und fast hätte ich wirklich erbrochen, nicht wegen des Anblicks, sondern wegen des Gestanks, der mich wie ein großer schwarzer Hund aus dem offenen Sack ansprang. Eine Sekunde lang mußte ich die Augen schließen. Ein schmieriges Spinnennetz hatte sich über mein Gesicht gelegt. Das graue, zerstörte Gesicht im Sack starrte mit offenen Augen zu mir auf. Mir drehte sich der Magen um. Darauf hatten sie nur gewartet, ich wußte es, und ich hielt den Atem an und öffnete den Reißverschluß noch etwa einen Viertelmeter weiter.

Das Gesicht des Jungen war von seiner linken Wange abwärts weggeschossen worden. Die Zähne seines Oberkiefers konnten sich nicht mehr schließen, denn einen Unterkiefer gab es nicht mehr. Ein paar lose Zähne hatten sich in seinen Nacken eingegraben. Die Erkennungsmarke lag nicht in der Höhlung. Das Uniformhemd war steif und schwarz von Blut, und die Explosion, die ihm den Unterkiefer wegriß, hatte dasselbe mit seiner Kehle getan. Die kleinen zarten Knochen des obersten Wirbels waren blutverschmiert.

»Ich kann keine Erkennungsmarke finden«, sagte ich, obwohl ich am liebsten geschrien hätte.

»Du bist noch nicht fertig«, sagte di Maestro.

Ich sah zu ihm auf Ein großer, schlabbriger Bauch hing ihm über die Hose, und ein Vier- oder Fünftagebart begann dicht unter seinen raubgierigen Augen. Er sah aus wie ein fetter Ziegenbock.

»Wer macht diese Leute sauber?« fragte ich, bevor mir einfiel, daß die Antwort lauten könnte, das müsse der Neue tun.

»Hergerichtet werden sie am anderen Ende.« Di Maestro grinste und kreuzte die Arme vor der Brust. Auf seinem rechten Unterarm schwebte die Tätowierung eines grinsenden Totenschädels über einer braunen Pyramide. Millhaven, *mein* Millhaven, war für mich jetzt allgegenwärtig, die eng gedrängt stehenden Fachwerkhäuser mit der abblätternden Ziegelfassade, die leeren Bauplätze und das Hotel St. Alwyn. Ich sah das Gesicht meiner Schwester.

»Wenn du die Marke nicht unter dem Hemd findest – manchmal stecken sie sie ihnen auch in die Taschen oder in die Stiefel.« Di Maestro wandte sich ab. Die anderen hatten schon das Interesse verloren.

Ich kämpfte mit dem obersten Knopf des steifen Hemdes und bemühte mich, das zerfetzte Fleisch um den Kragen herum nicht zu berühren. Der Gestank überschwemmte mich. Meine Augen trübten sich.

Der Knopf zwängte sich endlich durch das Knopfloch, aber der Kragen öffnete sich nicht. Ich zerrte ihn auf. Getrocknetes Blut knisterte wie die Knusperflocken im Frühstücksbrei. Seine Kehle war wie ein chirurgisches Schaubild geöffnet. Noch ein paar Zähne waren in das schlaffer werdende Fleisch eingebettet. Ich wußte, was ich jetzt sah, würde ich mein Leben lang vor mir sehen – die Muskelstränge, die offene Höhle, die mit Sprache gefüllt sein sollte. Klaffende Zahnlücken.

Die Erkennungsmarke steckte nicht in seinem Hals.

Ich öffnete die nächsten beiden Knöpfe und fand nur eine blasse, blutige Brust.

Dann mußte ich mich abwenden, um zu atmen, und sah die anderen vom Kommando zügig die Reihen der Toten abschreiten, in die Säcke fassen und die Namen vergleichen. Ich wandte mich wieder meiner anonymen Leiche zu und begann mit einer Hemdtasche zu kämpfen.

Nachdem ich lange daran herumgefummelt hatte, rutschte auch dieser Knopf durch das Knopfloch, und ich schob die Finger in die Öffnung. Eine dünne, harte Metallkante fing sich unter meinem Fingernagel. Die Erkennungsmarke löste sich mit einem trockenen Rascheln vom Stoff. »Okay«, sagte ich.

»Attica hat diese Einheiten« – eine Einheit, so bezeichnete man die Toten in der Sprache ihrer Verwalter – »in genau fünf Sekunden erledigt«, sagte di Maestro.

»In zwei Sekunden«, sagte Attica, ohne aufzublicken.

Ich trat von der Leiche zurück, die mich aus ihrem Sack heraus anstarrte, und hielt die unleserliche Erkennungsmarke in die Höhe.

»Underdog ist ein Perlentaucher!« verkündete di Maestro. »Wasch sie ab.«

Der dreckige, verkrustete Ausguß war neben einer besudelten Toilette. Ich hielt die Erkennungsmarke unter einen dünnen Strahl heißen Wassers. Der Leichengeruch klebte noch an mir, an meinen Händen, auf meinem Gesicht, schmierig wie der Fettfilm auf kalter Hammelsoße. Blutschorf fiel von der Erkennungsmarke und löste sich im Wasser rot auf. Ich ließ die Marke fallen und schrubbte Gesicht und Hände mit Phiso-Hex, bis das schmierige Gefühl verschwunden war. Das restliche Kommando lachte sich hinter mir schief. Ich rieb mir das Gesicht mit dem feuchten, dumpf riechenden Lappen trocken, der zwischen Ausguß und Toilette hing.

»Na, freust du dich aufs Feld?« fragte Ratman.

»Der Name der Einheit«, sagte ich, die Marke aus dem rosigen Wasser im Ausguß fischend, »ist Andrew T. Majors.«

»Das ist richtig«, sagte di Maestro. »Jetzt mach das Ding noch am Sack fest, und dann hilf uns bei den anderen.«

»Du hast gewußt, wie er heißt?« Ich war zu verblüfft, um wütend zu sein. Dann erinnerte ich mich, daß er die Liste der Feldoffiziere hatte, und Andrew T. Majors war der einzige Name auf dieser Liste, der nicht auch auf einem Sack zu finden gewesen war.

»Du wirst dich daran gewöhnen«, sagte di Maestro nicht unfreundlich.

Ich hatte nicht einmal begriffen, was den anderen vom Kommando sofort aufgegangen war: daß ein amerikanischer Sprengkörper Bobby Swett getötet hatte und daß Captain Franklin Bachelor von den Green Berets mit der Aktenmappe und der Rhade-Mätresse Ratmans Lieutenant ins Lager zurückgescheucht hatte, weil er den Kader anführte, hinter dem der Lieutenant zwei Wochen lang hergewesen war.

Als ich am nächsten Tag in den Schuppen kam, grüßte Attica mich sogar. Ich hockte mit ihm und Pirate hinten im Laster und war auf naive Weise stolz auf mich und auf das, was ich tat.

Auf der Rollbahn warteten fünf mit den richtigen Namen versehene Einheiten auf uns. Alle fünf waren auf einem Feld durch eine Druckwelle getötet worden. (Es macht mich heute noch nervös, über etwas zu gehen, das einem Feld auch nur annähernd ähnlich sieht.) Die Granate hatte sie nur getötet, äußerlich wirkten sie völlig unversehrt. Es waren drei Achtzehnjährige, die wie Wachspuppen aussahen, ein untersetzter Lieutenant mit einem Babygesicht und ein Captain Mitte der Dreißig. In ungefähr fünf Minuten war alles erledigt.

»Sollen wir auf einen Sprung in den Country Club rübergehen und eine Runde Golf spielen?« fragte Attica mit einem überraschend passablen englischen Akzent.

»Mir wäre ein verdammter Tanz zum Fünfuhrtee lieber«, sagte Scoot. In seiner schleppenden Sprechweise klang der Satz so seltsam, daß niemand lachte. »Aber eins könnten wir wirklich machen«, sagte Pirate.

Wieder spürte ich dieses selbstverständliche Verstehen zwischen ihnen, von dem ich ausgeschlossen war.

»Ich schätze schon«, sagte di Maestro. Er stand auf. »Wieviel Geld hast du bei dir, Underdog?«

Ich war versucht zu lügen, nahm jedoch aus der Tasche, was ich hatte, und zeigte es ihm.

»Das wird reichen«, sagte er. »Schon mal im Dorf gewesen?« Als ich ihn groß ansah, sagte er: »Hinter dem Zaun. Im anderen Teil des Camps.«

Ich schüttelte den Kopf. Als ich nach White Star kam, war ich noch völlig verdreht gewesen und hatte nur gemerkt, daß asiatisches Tohuwabohu in die ordentliche Unordnung eines Armeestützpunkts übergegangen war. Ich hatte den unklaren Eindruck gehabt, durch eine kleine Stadt zu kommen.

»Nie?« Es fiel ihm schwer, mir zu glauben. »Nun, dann wird es langsam Zeit, daß du mal rauskommst.«

»Höchste Zeit«, sagte Pirate.

»Du gehst durchs Tor. Solange du zu Fuß bist, quatschen sie dich nich dämlich an. Sie sollen ja nich uns einsperren, sondern dafür sorgen, daß die Schlitzaugen draußen bleiben. Sie wissen sowieso, wohin du willst. Du biegst in die erste Gasse ein, gehst bis zur zweiten Biegung weiter ...«

»Bis zum Bubble«, sagte Attica.

»Dort siehst du ein Schild, auf dem mit großen Buchstaben BUBBLE steht. Genau dort biegst du ein und bleibst unter dem Schild stehen. Von da an geh sechs Türen weiter. Klopf an die grüne mit der Aufschrift LY.«

»Lee?«

Er buchstabierte es. »Li Ly. Sag, du willst sechs Hunderter. Kosten ungefähr dreißig Piepen. Du kriegst das Zeug in einem Plastikbeutel, den du dir unters Hemd schiebst und vergißt, daß du ihn hast. Wenn du zurückkommst, darfst du nicht so aussehen, als ob du ' n schlechtes Gewissen hättest.«

»Bißchen Jack«, sagte Scoot.

»Warum nich? Hinterher gehst du in die kleine Hütte gegenüber vom BUBBLE und nimmst zwei Flaschen Jack Daniels mit. Sollten nicht mehr als zehn Piepen kosten.«

»Neue Jungs geben eine Runde aus«, sagte Attica.

Ohne zu gestehen, daß ich keine Ahnung hatte, was Einhunderter waren, nickte ich, stand auf und verließ den Schuppen.

Die Mittagshitze draußen war überwältigend. Als ich um den Zaun herumging der uns isolierte, sah ich, daß vor der ziemlich weit entfernten Messehalle Soldaten Schlange standen, sah die staubigen Wege und die Reihe hölzerner Gebäude, die beiden Zelte, jedes so groß wie ein Ballsaal, und ich sah die Flaggen. Ein Jeep rollte zum Tor.

Als ich dort ankam, schwitzte ich stark. Es gab weder ein Wachhäuschen noch einen Checkpoint, nur ein einsamer Soldat stand am Rand der unbefestigten Straße, die aus dem Hauptteil des Camps hinausführte. Sie verlief schnurgerade zwischen einem Durcheinander baufälliger Hütten und Zickzackstraßen; diese Militärstraße war das einzige gerade Ding weit und breit. Zweihundert Meter entfernt sah ich im grellen Licht einen richtigen Checkpoint mit Flagge, Wachhaus und Metalltor. Der Jeep näherte sich eben dem Checkpoint, und vor dem Tor stand eine Wache und erwartete ihn. Man beobachtete mich, als ich das Tor passierte – es war, als trete man aus einem Fahrstuhl in eine Herrenkonfektionsabteilung.

Neben einem handgemalten Schild, auf dem HEINECKEN COLD BEER ROCK stand, lungerte in einer schmalen Tür ein vietnamesischer Junge in einem weißen Hemd. Eine alte Frau trug einen Korb voller Wäsche eine steile Treppe herunter. Aus höhergelegenen Zimmern drangen vietnamesische Stimmen auf die Straße. Zwei fast nackte Kinder, die sich irgendwie voneinander unterschieden – ich nahm mir aber nicht die Zeit festzustellen, wodurch –, tauchten vor meinen Beinen auf und begannen winselnd um *Dollah, Dollah* zu betteln.

Als ich das BUBBLE-Schild erreicht hatte, wieselten fünf oder sechs Kinder um mich herum. Einige bettelten immer noch um *Dollah, Dollah,* andere löcherten mich in einem unverständlichen Kauderwelsch aus Englisch und Vietnamesisch mit Fragen. Aus den Fenstern des BUBBLE beugten sich zwei Mädchen und beobachteten mich, als ich unter dem Schild vorüberging.

Ich bog rechts ab und hörte die Mädchen spöttisch hinter mir herschreien. Jetzt roch ich Holzrauch und Öl. Der Schock, so nahe beim Camp in eine ganz andere Welt einzutauchen, und die nicht minder große Freude, daß es sie gab, ließen mich fast vergessen, was ich hier sollte.

Aber ich sah die grüne Tür und über dem Klopfer den Namen Ly in schlichten schwarzen Buchstaben. Die Kinder jammerten und zupften an meinen Kleidern. Ich klopfte leise an die Tür. Die Kinder gerieten außer sich. Ich griff in die Tasche und streute eine Handvoll Münzen auf die Straße. Die Kinder stürzten davon und begannen, sich um die Münzen zu balgen. Mein ganzer Körper war schweißgebadet.

Die Tür öffnete sich ächzend einen Spalt, und eine alte, weißhaarige Frau mit einem plumpen, ernsten Gesicht sah mich stirnrunzelnd an. Sofort gab sie mir wortlos zu verstehen, ich sei zu früh gekommen. Kunden hätten sie die halbe Nacht wachgehalten. Es sei ein großes Entgegenkommen von ihr, daß sie mir überhaupt die Tür geöffnet habe. Sie sah mir starr ins Gesicht und musterte mich dann von Kopf bis Fuß. Ich nahm die Scheine aus der Tasche, und sie öffnete schnell die Tür ganz, winkte mich hinein und schützte mich so vor den Kindern, die die Scheine gesehen hatten und kreischend wie Fledermäuse auf mich zustürzten. Sie knallte die Tür hinter mir zu. Die Kinder hämmerten nicht dagegen, wie ich eigentlich erwartete, sondern verdufteten.

Die alte Frau trat einen Schritt von mir zurück und rümpfte angewidert die Nase, als sei ich ein Stinktier. »Name.«

»Underhill.«

»Nia gehör. Du geh weg.«

Sie schnüffelte noch immer mit gerunzelter Stirn, als wolle sie mich anhand meines Geruchs einordnen.

»Ich soll etwas kaufen.«

»Nia gehör. Du geh.« Li Ly schnappte mit den Fingern in Richtung der Tür, als müsse die sich wie durch einen Zauber öffnen. Sie inspizierte mich noch immer, stirnrunzelnd, als lasse ihr Gedächtnis sie im Stich. Dann fiel ihr ein, was sie gesucht hatte. »Dimstro«, sagte sie und lächelte beinahe.

»Di Maestro.«

»Da Totmann.«

Der tote Mann? Der Todmann?

Sie ließ den Arm sinken und zeigte auf einen Camp-Tisch und einen Holzstuhl mit einer aus Binsen geflochtenen Sitzfläche. »Was du wollen?«

Ich sagte es ihr.

»Sis?« Wieder dieses knappe, halbe Lächeln. Sechs war mehr, als di Maestro sonst bestellte: Sie wußte, daß man mich übers Ohr haute.

Sie tappte in ein Hinterzimmer, öffnete und schloß mehrere Schubladen. In dem geschlossenen Raum begann ich mich selbst zu riechen. Da Todmann – das war auch ich.

Li Ly kam aus dem Nebenzimmer zurück und brachte mir ein Cellophanpäckchen mit handgedrehten Zigaretten. Ah, dachte ich, *Pot.* Wir waren wieder bei den Freizeitvergnügen des Colleges in Berkeley angelangt. Ich gab Li Ly fünfundzwanzig Dollar. Sie schüttelte den Kopf. Ich gab ihr noch einen Dollar. Wieder schüttelte sie den Kopf Ich gab ihr noch zwei Dollar, und sie nickte. Sie zupfte am Vorderteil ihres losen Kittels und gab mir auf diese Weise zu verstehen, was ich mit dem Päckchen machen sollte. Dann sah sie mir zu, wie ich die Zigaretten unter dem Hemd verstaute, und öffnete die Tür zu Sonne, Gerüchen und Hitze.

Wieder sammelten sich die Kinder um mich. Ich sah wieder das kleinste an, eines von zwei dreckigen Wesen, die mir schon vorher aufgefallen waren. Seine Augen waren rund, und seine Haut war einen glatten Ton dunkler als der staubige Goldton der anderen. Sein krauses Haar war zu festen Rabbinerlöckchen gedreht. Wann immer die anderen Kinder von ihm Notiz nahmen, schlugen sie nach ihm. Ich sprintete über die Straße zu einem nach vorn offenen Laden und kaufte bei einem sich ständig verneigenden Skelett zwei Flaschen Jack Daniels. Die Kinder folgten mir fast bis ans Tor, wo der Wachhabende sie mit einem Winken seines M 16 verscheuchte.

Im Schuppen rollte di Maestro das Cellophanpäckchen auf und inspizierte jedes fest gedrehte weiße Röhrchen. »Li Ly liebt deinen kleinen gebildeten Arsch«, sagte er.

Scoot hatte aus dem Mannschafts-Club einen Beutel mit Eiswürfeln organisiert und warf jetzt ein paar in Plastikbecher. Dann öffnete er die erste Flasche und schenkte sich ein. »Es lebe das Leben«, sagte er und leerte das Glas auf einen Zug. »Hervorragend.« Er schenkte sich noch einmal ein.

»Mach langsam damit«, sagte di Maestro zu mir. »Du bist dieses Zeug nicht gewöhnt. Vielleicht setzt du dich vorher lieber.«

»Was, glaubt ihr, haben wir in Berkeley gemacht?« sagte ich, und ein paar meiner Kollegen nannten mich eine traurige Arschgeige.

»Das ist ein bißchen was anderes«, sagte di Maestro. »Es ist nicht nur Gras.«

»Gib ihm was, und er soll verdammt die Schnauze halten«, sagte Attica.

»Was ist es?« fragte ich.

»Es wird dir gefallen«, sagte di Maestro. Er steckte mir eine Zigarette in den Mund und zündete sie mit seinem Zippo an. Ich zog, und mein Mund füllte sich mit scharfem, parfümiertem Rauch. Scoot begann zu singen: *»Hoorray and hallelujah, you had it comin'to ya, Goody for* her; *goody goody for me, I hope you're satisfied, you rascal you.«*

Den Rauch haltend während di Maestro zog und die lange Zigarette an Ratman weitergab, schaufelte ich Eiswürfel in einen Plastikbecher. Di Maestro zwinkerte mir zu, und Ratman machte zwei tiefe Züge, bevor er Scoot die Zigarette reichte. Ich goß Whiskey über das Eis und entfernte mich vom Tisch.

»Hooray and hallelujah«, krächzte Scoot, den Rauch in den Lungen festhaltend.

Meine Knie fühlten sich merkwürdig taub an, fast wie aus Gummi. In der Mitte meines Körpers breitete sich Wärme aus, vermutlich der Jack Daniels. Picklock zündete die zweite Zigarette an, und als sie zu mir kam, hatte ich zwei Schluck Whiskey intus.

Ich setzte mich mit dem Rücken zur Wand auf den Boden.

»Goody goody for it, goody goody for shit, goody goody for war, goody goody for whores ...«

»Wir brauchen Musik«, sagte Ratman.

»Wir haben Scoot«, sagte di Maestro.

Dann verschwand die Welt plötzlich, und ich war allein in einer schwarzen Leere. Eine lachende Leere links und rechts von mir, eine Welt ohne Zeit, ohne Raum, ohne Bedeutung.

Einen Moment lang war ich wieder im Schuppen mit dem Begräbniskommando und den fünf Einheiten, aber in einer vertrauten Welt voller Töne und Farben. Ich sah die abblätternde Farbe an der Seite der Idle Hour Tavern. Im Fenster leuchtete eine Neonreklame für Bier. Die Farbe war früher einmal weiß gewesen, aber der Verfall der Dinge war ebenso schön wie ihre Geburt. Braune und rote Ulmenblätter häuften sich im Rinnstein, und durch sie sprudelte kühles Wasser zum Kanalgitter. Erfahrung an sich war heilig. Einzelheiten waren heilig. Ich war ein neuer Mensch in einer Welt, die eben erschaffen wurde.

Ich fühlte mich sicher und ganz – das Kind in mir war auch sicher und ganz. Es verdrängte seinen Zorn und seinen Jammer und sah die Welt mit erfrischten Augen. Zum zweitenmal an diesem Tag wußte ich, daß ich von etwas mehr wollte: Nur ein Vorgeschmack davon war nicht genug. Ich wußte, was ich brauchte.

Das war der Anfang meiner Drogensucht, der ich – einmal mehr und einmal weniger – länger als ein Jahrzehnt verfallen blieb. Ich sagte mir, daß ich mehr, mehr von jener Glückseligkeit wollte, aber ich denke, was ich wirklich wollte, war, dieses erste Mal noch einmal zu erleben und für immer festzuhalten, denn nichts, was ich in diesen mehr als zehn Jahren erlebte, hatte dieses Glück übertroffen.

In diesem Jahrzehnt begann ein Junge aus Millhaven, der mehr mit dieser Story verknüpft ist als ich, sein merkwürdig gespaltenes Leben. Mit fünf Jahren verlor er seine Mutter; man hatte ihn gelehrt, in dieser sündigen Welt zu hassen, zu lieben und eine strafende Gottheit zu fürchten. Der Junge hieß Fielding Bandolier doch bis zu seinem achtzehnten Lebensjahr nannte ihn niemand anders als Fee; später hatte er viele Namen, für jede Stadt, in der er lebte, wenigstens einen. Unter einem dieser Namen ist er bereits in dieser Story aufgetreten.

Ich war in Singapur und Bangkok, und Fee Bandoliers verschiedene Existenzen waren mit der meinen nur durch den Namen einer Platte *Blaue Rose* verbunden, 1955 aufgenommen von dem Tenorsaxophonisten Glenroy Breakstone zum Gedenken an seinen Pianisten James Treadwell, der ermordet worden war. Glenroy Breakstone war Millhavens einziger großer Jazzmusiker, der einzige, der es wert war, mit Lester Young, Wardell Grey und Ben Webster in einem Atemzug genannt zu werden. Glenroy Breakstone brachte es fertig, daß man musikalische Phrasierungen in der Luft Purzelbäume schlagen sah. Ein leidenschaftlicher Glanz ging von diesen Phrasierungen aus, und während sie sich drehten, waren sie in der Luft greifbar – wie Architektur.

Aus meiner Kinderzeit kannte ich *Blaue Rose* Note für Note, wie ich mir selbst bewies, als ich 1981 in Bangkok die Platte entdeckte und sie in meinem Zimmer über dem Blumenmarkt zum erstenmal nach einundzwanzig Jahren hörte. Den Klavierpart spielte Tommy Flannagan an Stelle von James Treadwell, dem ermordeten Pianisten. Seite eins: *These Foolish Things; But Not for Me; Someone to Watch Over Me; Star Dust.* Seite zwei: *It's You or No One; Skylark; My Ideal This Autumn; My Romance; Blues for James.*

4

Als ich aus der Trance erwachte, in die ich durch Li Lys Zigaretten gefallen war, saß ich im Schuppen neben dem Schreibtisch auf dem Boden, mit dem Gesicht zur offenen Ladebucht. Di Maestro stand in der Mitte des Raumes und starrte mit großer Konzentration ins Leere, wie eine Katze. Den rechten Zeigefinger hatte er erhoben, als lausche er einer schwierigen Musik. Pirate hockte an der Wand gegenüber und hielt eine neue Hunderter in der einen und einen dunkelbraunen Drink in der anderen Hand.

»Den Trip genossen?«

»Was ist außer Gras noch drin?« Mein Mund fühlte sich innen ganz klebrig an.

»Opium.«

»Aha«, sagte ich. »Noch welche übrig?«

Er inhalierte und nickte zum Schreibtisch hinüber. Ich reckte den Hals und sah zwei lange Zigaretten lose zwischen Schreibmaschine und Flasche liegen. Ich nahm sie und steckte sie in meine Hemdtasche.

Pirate schnalzte vorwurfsvoll mit der Zunge.

Ich blinzelte in die Sonne auf der anderen Seite der Ladebucht und sah Picklock auf der Ladefläche des Lasters liegen, entweder schlafend oder im Dusel. Er sah wie ein überdimensionaler Hund aus. Wenn man ihm zu nahe kam, würde sich ihm das Fell sträuben, und er würde knurren. Di Maestro lauschte seiner heldischen Musik, Scoot marschierte hin und her und kontrollierte vor sich hinsummend die Namensschilder an den Leichensäcken. Attica war verschwunden. Ratman, auf den ersten Blick auch nicht vorhanden, tauchte schließlich in Form von zwei Stiefeln auf, die sich unter dem Laster hervorschoben. Eine Flasche Jack Daniels war verschwunden, vermutlich mit Attica, und die zweite war zu drei Vierteln leer.

Ich entdeckte das Glas in meiner Hand. Das Eis war geschmolzen. Ich trank etwas von der warmen, wäßrigen Flüssigkeit, und sie verdünnte die Pappe in meinem Mund ein bißchen.

»Wer lebt außerhalb des Lagers?« fragte ich.

»Wo du warst? Das ist *im* Lager.«

»Aber was sind das für Leute?«

»Wir haben ihre Herzen und ihre Seelen gewonnen«, sagte Pirate.

»Woher kommen die Kinder?«

»Geschenke des Himmels«, sagte Pirate dunkel.

Di Maestro ließ den Finger sinken. »Ich glaube, ich nehme noch einen Cocktail.«

Zu meiner Überraschung stand Pirate auf, kam durch den Schuppen auf mich zu, nahm ein Glas vom Schreibtisch, schenkte eine ordentliche Portion Whiskey ein und reichte den Drink di Maestro. Dann kehrte er an seinen alten Platz zurück.

»Als ich in dieses beschissene Paradies kam«, sagte di Maestro, noch immer aufmerksam den unsichtbaren Punkt im Weltraum fixierend, »können dort draußen nicht mehr als zwei oder drei Kinder gewesen sein. Jetzt sind es fast zehn.« Er trank ungefähr die Hälfte seines Whiskeys. »Ich finde, alle schauen irgendwie wie Red Dog Atwater aus.« Das war der Name unseres Kommandeurs.

Scoot hörte auf zu summen. »O Scheiße«, sagte er. »Oh, süßer Jesus am Pfahl.«

»Hör dir doch den Hillbilly an«, sagte di Maestro.

Scoot war so aufgeregt, daß er an seinem Pferdeschwanz

herumzerrte. »Jetzt hat es ihn doch erwischt. Er ist hier. Der verfluchte Mistkerl ist tot.«

»Is 'n Freund von Scoot«, sagte Pirate.

Scoot kniete neben einem Leichensack, streichelte ihn und lachte.

»Enger Freund«, sagte Pirate.

»Er ist beinah reingekommen und wieder rausgegangen, ohne daß ich ihm die letzte Ehre erwiesen hätte«, sagte Scoot. Mit einer raschen Bewegung öffnete er den Reißverschluß und blickte auf, als wolle er di Maestro herausfordern, ihn daran zu hindern. Der Geruch, der uns unterschied, kam aus dem Sack.

Di Maestro beugte sich vor und spähte in den Sack.

»Das isser also.«

Scoot lachte wie ein glückliches Baby. »Das ist diesen Monat der verdammte Höhepunkt für mich. Und ich hätte ihn fast übersehen. Ich hab' gewußt, daß sie ihn eines schönen Tages kriegen würden, deshalb hab' ich immer alle Namen kontrolliert, und heute ist er endlich da.«

»Er hat diese kleine spitze Nase und diese kleinen stechenden Augen«, sagte di Maestro.

Picklock rührte sich auf dem Laster, setzte sich auf, rieb sich die Augen und grinste. Ebenso wie Scoot stimmte es ihn im allgemeinen fröhlich, wenn etwas ihn von neuem daran erinnerte, daß er in Vietnam war. Die Tür am entgegengesetzten Ende des Schuppens ging auf, und Attica schlenderte herein. Er trug eine Sonnenbrille, ein sauberes Hemd und brachte den scharfen, sauberen Geruch von Seife mit.

»Brustwunde«, sagte di Maestro.

»Wenigstens ist er langsam gestorben«, sagte Scoot.

»Dieser Havens?« Attica ging ein wenig schneller. Als er an mir vorüberkam, neigte er den Kopf und tippte sich an einen imaginären Hut.

»Ich habe Havens gefunden«, sagte Scoot. Seine Stimme klang ehrfürchtig. »Fast wäre er durchgerutscht.«

»Wer hat seine Marke überprüft?« fragte Attica und blieb einen Moment stehen.

Di Maestro wandte sich langsam zu mir um. »Steh auf, Underdog.«

Ich stand auf Ein Fragment jenes Friedens, der mein Leben verändert hatte, war zurückgekehrt.

»Hast du die Erkennungsmarke von Captain Havens überprüft?«

Es war lange her, doch ich erinnerte mich schwach, die Erkennungsmarke eines Captain gecheckt zu haben.

Atticas volles, tiefes Lachen war wie Musik – klang wie Glenroy Breakstone. »Der Professor hat von Havens keinen Furz gewußt.«

»Mmm.« Scoot starrte mit einem Ausdruck in den Sack, daß mir ganz anders wurde.

Ich fragte, wer Havens war.

Scoot zupfte wieder an seinem Pferdeschwanz. »Warum, glaubst du, trage ich dieses beschissene Ding? Havens. Das ist mein Protest.« Das Wort gefiel ihm. »Ich bin ein protestierender Demonstrant, di Maestro.« Er hob zwei Finger zum Friedenszeichen.

»Baby«, sagte di Maestro. »Schmeiß Bomben auf Hanoi.«

»Scheiß drauf, schmeiß Bomben auf Saigon.« Scoot wies mit dem Zeigefinger auf mich. Seine Augen brannten tief in ihren Höhlen, und seine Wangen schienen eingefallen. Er balancierte immer auf dem Grat zwischen Konzentration und Gewalt, und die Drogen machten das nur noch deutlicher sichtbar. »Ich habe dir nie von Havens erzählt? Habe vor dir nie den Havens-Vortrag gehalten?«

»Du bist noch nicht dazu gekommen«, sagte di Maestro.

»Scheiß auf den Havens-Vortrag«, sagte Scoot. Seine eingefallenen, fanatischen Augen waren erschreckend, weil sie so deutlich verrieten, was er dachte. »Weißt du, was mit dieser Scheiße nicht stimmt, Underdog?« Wieder hob er die Finger zum Friedenszeichen und betrachtete seine Hand, als sehe er es zum ersten Mal. »Alle falschen Leute tun es. Leute, die denken, daß es Regeln hinter den Regeln gibt. Das ist falsch. Du kämpfst um dein Leben, bis der Tod euch scheidet, und dann hast du es geschafft. Friede ist der Kampf, Mann. Wenn du das nicht weißt, kannst du einpacken.«

»Friede ist der Kampf«, sagte ich.

»Weil es keine Regeln hinter den Regeln gibt.«

Daß ich beinahe verstand, was er sagte, erschreckte mich –

was Scoot auch wissen mochte, ich wollte es nicht wissen. Es kostete zuviel.

Havens mußte der Grund gewesen sein, warum Scoot beim Begräbniskommando war, anstatt draußen im Feld, wohin er gehörte. Ich hatte mich schon gefragt, was jemand wie Scoot getan haben könnte, das übel genug gewesen war, um ihn aus seiner regulären Einheit hierher strafzuversetzen, und ich hatte das Gefühl, daß ich es jetzt bald erfahren würde.

Scoot sah di Maestro an. »Du weißt, was hier passieren wird.«

»Wir werden ihn nach Hause schicken«, sagte di Maestro.

»Gib mir 'n Drink«, sagte Scoot. Ich goß den Rest Jack Daniels in mein Glas und ging hinüber, um einen Blick auf Captain Havens zu werfen. Ich reichte Scoot das Glas und betrachtete dann den braunhaarigen Amerikaner. Kinn und Stirn waren kantig, und er hatte eine spitze kleine Nase und kleine stechende Augen. Ein durchsichtiges Heftpflaster verschloß das Loch in seiner Brust. Scoot gab mir das Glas zurück und nahm sein Messer aus der merkwürdig geformten Scheide, die mehr denn je wie ein Körperteil aussah. Dann sah ich, was es war.

Scoot merkte, daß ich mich vor Ekel schüttelte, und wandte mir wieder seinen irren Blick zu. »Du glaubst, hier geht es um Rache? Du irrst dich, es ist ein Beweis.«

Der Beweis, daß er recht und Captain Havens unrecht gehabt hatte – unrecht von Anfang an. Doch egal, was er sagte, für mich war es noch immer Rache.

Attica kam interessiert einen Schritt näher, und Picklock setzte sich auf der Ladefläche des Lasters stocksteif auf.

Scoot beugte sich über Captain Havens' Leiche und begann, das linke Ohr abzusäbeln. Es war mühsamer, als ich es mir vorgestellt hatte, und die langen Muskelstränge an seinen Armen schwollen an. Endlich dehnte sich das weißlichgraue Stückchen Fleisch und fiel Scoot in die Hand. Es sah viel kleiner aus als an Captain Havens' Kopf.

»Werde ich trocknen, in ein, zwei Wochen ist es dann soweit«, sagte Scoot. Er legte das Ohr neben sich auf den Betonboden und beugte sich über Captain Havens wie ein Chirurg mitten in einer Operation. Er konzentrierte sich so stark, daß er unbewußt lächelte. Er schob die Spitze des zweischneidigen Messers direkt neben der Wunde, die er gemacht hatte, unter Havens' Haar und zog die Klinge am Haaransatz entlang nach oben.

Ich wandte mich ab, und jemand reichte mir die letzte Hunderter, die noch zirkulierte. Ich nahm einen Zug, gab den Glimmstengel zurück und ging an Attica vorbei zur Tür.

Kaum war ich im Freien, brannte mir die Sonne in die Augen, und der Boden schwang sich mir entgegen. Ich taumelte kurz. Weit weg hörte ich Artilleriefeuer und wandte mich vom Hauptteil des Lagers ab, von der irrationalen Furcht gepeinigt, daß Körperteile vom Himmel fallen würden.

Ziellos ging ich einen unbefestigten Weg entlang, der durch ein Wäldchen schmächtiger Bäume führte – spindeldürre Stämme mit spärlichen Ästen und spärlichem Laub in den Kronen. Die Armee mußte beschlossen haben, diese jämmerlichen Bäume stehenzulassen. Normalerweise wurde jeder Baum weit und breit gefällt. Daher sollte versteckt werden, was sich hinter diesen Bäumen befand. Ich kam mir wie ein Genie vor, weil ich das ausgetüftelt hatte.

Am entgegengesetzten Ende des Wäldchens war ein leeres Dorf errichtet worden. Auf beiden Seiten zweier sich kreuzender Straßen standen Reihen eingeschossiger Häuser. Es gab weder Zaun noch Tor, noch Wachen. Vor mir im Zentrum, auf einer kleinen Rasenfläche an der Kreuzung der beiden Straßen, hing neben den Stars and Stripes eine mir fremde Fahne schlaff an ihrem Mast.

Es sah wie eine Geisterstadt aus.

Ein Mann mit schwarzer Sonnenbrille und adrettem grauem Anzug kam aus einem der kleinen Holzhäuser. Er überquerte das derbe Gras vor den beiden nächsten. Beim dritten angekommen, stieg er elastisch die Stufen hinauf und verschwand im Haus. Er hatte so fehl am Platz ausgesehen wie die Lokomotive von Magritte*, die aus einem offenen Kamin herauskommt.

In dem Moment, in dem die Tür hinter Magritte zufiel, wurde eine andere geöffnet, und ein hochgewachsener Sol-

* belgischer Maler, 20. Jh. (Anm. der Übersetzerin)

dat in Drillichzeug kam heraus. Es war wie in einer Farce: ein Uhrwerkdorf, in dem sich eine Tür öffnete, sobald sich eine andere schloß. Der große Soldat sah mich an, schien zu zögern und kam dann auf mich zu.

Verdammt, dachte ich, ich habe ein Recht, hier zu sein, ich erledige die Drecksarbeit für euch Arschlöcher.

Er wirbelte beim Gehen Staub auf. An seinem Stoffkoppel hing ein .45er in einem schwarzen Lederhalfter, und aus der schrägen Tasche seines Hemdes schauten zwei Kugelschreiber heraus. Am Kragen hatte er zwei gekreuzte Gewehre und auf den Schulterstücken den Doppelbalken eines Captains. In einer Hand trug er etwas Weiches, und eine Armbanduhr mit Stahlband hing verkehrt herum an einem Schlitz in seinem Kragen.

Zu spät fiel mir ein, daß ich salutieren mußte. Ich hatte die Hand noch an der Stirn, als ich entdeckte, daß ich das Gesicht des Mannes, der auf mich zukam, vor kurzem im Leichensack gesehen hatte. Es war Captain Havens. Ich sah mir das Namensschild, das auf das Hemd aufgenäht war, genauer an. Die Uhr deckte die ersten zwei oder drei Buchstaben zu, und alles, was ich lesen konnte, war SOM.

Guter Trick, dachte ich. Zuerst sehe ich, wie er skalpiert wird, dann sehe ich ihn auf mich zukommen.

Ich dachte an nasse Ulmenblätter in einem Rinnstein.

Captain Havens' Geist lächelte mir zu. Er nannte mich beim Namen und fragte: »Woher hast du gewußt, daß ich hier bin?«

Als er näher kam, sah ich, daß der Geist John Ransom war.

5

»Reiner Zufall«, sagte ich, und als sein Lächeln fragend wurde: »Ich bin einfach der Straße nachgegangen, um zu sehen, wohin sie führt.«

»Ungefähr so bin ich auch hergekommen«, sagte Ransom. Er war jetzt nah genug, um mir die Hand zu schütteln, und als er sie ausstreckte, stieg ihm wohl etwas von dem Gestank aus dem Schuppen in die Nase, und vielleicht roch er auch den Whiskey und die Hunderter. Er runzelte die Brauen. »Was hast du gemacht?«

»Ich bin beim Begräbniskommando. Dort drüben.« Ich nickte zur Straße hinüber. »Und was machst du? Was ist das für ein Ort?«

Er hatte meine Hand genommen, doch anstatt sie zu schütteln, drehte er mich herum und zog mich von dem leer aussehenden Camp weg zurück zu den schwindsüchtigen Bäumen. »Bleib du lieber außer Sicht, bis du wieder nüchtern bist.«

»Du solltest sehen, was die anderen von meinem Haufen tun«, sagte ich, setzte mich aber vor einen Baum und lehnte mich an die glatte, schwammige Rinde. Der Mann im grauen Anzug verließ das Haus, in das er vor einer Weile hineingegangen und kehrte über das Gras zu dem zurück, aus dem er ursprünglich gekommen war. Er sprang federnd auf die Veranda und berührte seine Brusttasche, ehe er ins Haus ging.

»Johnny hat seine Pistole«, sagte ich.

»Das ist Francis Pinkel, Senator Burrmans Berater. Pinkel hält sich für James Bond. Er trägt eine Walther PKK in seinem Schulterhalfter. Wir geben dem Senator ein Briefing, und dann nehmen wir ihn in einem Helikopter mit hinauf und zeigen ihm eins von unseren Projekten.«

»Bist du in so was wie 'ner Privatarmee?«

Er zeigte mir die weiche grüne Mütze, die er in der Hand hielt.

»Du bist einer von den Kerlen in Harry-Truman-Hemden, die Aktenmappen tragen, in der Provinz Darlac leben und mit den Rhades rummachen?« Ich lachte.

»Manchmal ersucht man uns, Zivilklamotten zu tragen, wenn wir eingeflogen werden«, sagte er. Er setzte das Barett auf. Es war von einem dunklen Tannengrün mit einem weichen Lederband um den unteren Rand, und über den Worten *De Oppressa Liber** war ein Abzeichen mit zwei diagonal über einem Schwert liegenden Pfeilen. Die Mütze stand ihm gut. »Woher weiß ein lausiges Frontschwein wie du so viel?«

»Man lernt eine Menge, wenn man beim Leichenkommando arbeitet. Was ist das hier für 'n Ort?«

---

* Motto der Green Berets: ›Frei von Unterdrückung‹.

»Spezialeinheit. Wenn wir nicht draußen in der Provinz Darlac sind und mit den Rhades herummachen, reiten wir Huckepack auf White Star.«

»Das tut ihr wirklich?«

John Ransom erklärte mir, daß das CIDG-Programm in der Provinz Darlac seit Anfang der sechziger Jahre lief, doch ihn hatte man zur Grenzüberwachung im Hochland, in die Nähe der laotischen Grenze, nach Khan Duc, abgestellt. Letztes Jahr war ein Bulldozer mit dem Fallschirm abgesetzt worden, und sie hatten auf einer Hügelkette im Dschungel eine Landebahn gebaut. Während sie die Eingeborenen vom Stamm der Khatu suchten, mit denen er arbeiten sollte, bestand seine Truppe aus Halbwüchsigen aus Danang und Hue, die von Werbern zur Armee gepreßt worden waren. Die Teenager waren ein bißchen haarig, sagte Ransom. Sie waren den Rhade Montagnards nicht sehr ähnlich. Es klang frustriert, als er mir von seinen Truppen erzählte, und er war böse auf sich, weil er mich seinen Frust merken ließ – die Teenager hätten auf Patrouille ihre Transistorradios plärren lassen, sagte er. »Aber sie töten alles, was sich bewegt, Affen eingeschlossen.«

»Wie lange bist du schon hier?«

»Fünf Monate, aber bei der Armee schon insgesamt drei Jahre. Hatte die Grundausbildung der Special Forces in Bragg mitgemacht und bin gerade rechtzeitig hier eingetroffen, um nach Khan Duc zu gehen. Es ist nicht wie in der regulären Armee.« Er sprach jetzt merkwürdigerweise so, als wolle er sich verteidigen. »Wir ziehen los und handeln. Wir kommen in Landesteile, die die Armee nie zu sehen kriegt, und unsere A-Teams richten unter den VC schwere Schäden an.«

»Ich habe mich schon gefragt, wer das macht«, sagte ich.

»Heutzutage halten die Leute nicht mehr viel von Eliteeinheiten, sogar die Armee hat damit Probleme, aber wir sind es nun einmal. Schon mal von Sully Fontaine gehört? Schon mal von Franklin Bachelor gehört?«

Ich schüttelte den Kopf »Wir vom Begräbniskommando sind auch ganz schön elitär. Schon mal was von di Maestro, Picklock, Scoot gehört?«

Ihn schauderte fast. »Ich spreche von Helden. Wir haben Männer, die mit *Deutschland* gegen die Russen – und Männer, die in der Tschechoslowakei gegen die Russen gekämpft haben.«

»Ich wußte ja gar nicht, daß wir gegen die Rußkis kämpfen«, sagte ich.

»Wir kämpfen gegen den Kommunismus«, sagte er einfach. »Nur darum geht es hier. Wir verhindern, daß der Kommunismus sich ausbreitet.«

Er hatte seinen Glauben und seinen Idealismus behalten, auch während der fünf Monate, in denen er halbwüchsige Rowdys durch das Hochland lotste, und ich glaube, ich konnte sehen, wie er es geschafft hatte.

Ich wünschte, er hätte Scoot und Ratman kennenlernen können. Und ich fand, Senator Burrman sollte auch mit ihnen zusammentreffen. Sie hätten ihre Anschauungen und Erfahrungen austauschen können.

»Wie bist du denn zum Begräbniskommando geraten?« fragte Ransom.

Francis Pinkel hüpfte aus einem Gebäude und suchte die Geisterstadt nach plündernden und marodierenden VC ab. Ihm folgte ein untersetzter grauhaariger Mann, der Senator, wie ich vermutete, und hinter dem Senator kam ein Colonel der Special Forces. Der Colonel war klein und kräftig und ging, als wolle er, allein kraft seiner Persönlichkeit, bei jedem Schritt die Füße in den Boden rammen.

»Captain McCue hat gemeint, die Arbeit würde mir Freude machen.«

Ich merkte, daß Ransom sich den Namen einprägte. Er fragte mich, wo ich zu meiner Einheit stoßen sollte, und ich sagte es ihm.

Er hob die Uhr ein bißchen, die an seinem Kragen hing. »Zeit, daß mein Hund und mein Pony auftauchen. Kannst du duschen und ein paar Liter Kaffee trinken – oder so?«

»Du weißt nichts über das Begräbniskommando«, sagte ich. »In diesem Zustand arbeiten wir besser.«

»Ich werde mich um dich kümmern«, sagte er. Er kehrte dem Wald den Rücken und ging auf das Haus des Senators zu. Dann drehte er sich um und winkte. »Vielleicht sehen wir uns in Camp Crandall wieder!« Es war klar, daß er dachte, das werde nie passieren.

6

Ich habe den Ausdruck ›auf der dunkelsten Seite der Welt‹ zweimal gebraucht, und das ist zweimal zuviel. Weder ich noch John Ransom, noch irgendein anderer, der zurückkehrte, hat wirklich die dunkelste Seite der Welt gesehen. Elie Wiesel benutzt den Ausdruck ›Kinder der Nacht‹, um Überlebende des Holocaust zu beschreiben: Manche Kinder überlebten diese Nacht, andere nicht, aber jene, die überlebten, waren für immer gezeichnet. Vor einem Hintergrund aus Nacht und Dunkelheit steht ein Kind. Das Kind, das die Hände nach dir ausstreckt, das rätselhaft lächelt, ist aus dieser Dunkelheit gekommen. Das Kind kann sprechen oder muß für immer schweigen, je nachdem.

7

Der Tod – der Mord an meiner Schwester April geschah so: Sie war neun, ich sieben. Sie war nach der Schule zum Spielen zu ihrer Freundin Margaret Rasmussen gegangen. Dad war da, wo er gegen sechs Uhr abends immer war, am Ende der South Six Street, unserer Straße, im Idle Hour, seinem Stammlokal. Mum hatte sich ein bißchen hingelegt. Margaret Rasmussens Haus war fünf Blocks entfernt, auf der anderen Seite der Livermore Avenue. Es waren aber nur zwei Blocks, wenn man die Livermore Avenue überquerte und durch den gewölbten Tunnel ging, der das Hotel St. Alwyn mit seinem Anbau verband. Manchmal versammelten sich in diesem Tunnel Penner und Säufer, die es in unserer Straße reichlich gab. Meine Schwester April wußte, daß sie den längeren Weg über die Livermore Avenue nehmen sollte, um das St. Alwyn herum und die Pulaski Street zurück, aber sie konnte es immer kaum erwarten, zu Margaret zu kommen, und ich wußte, daß sie meist die Abkürzung durch den Tunnel nahm.

Das war ein Geheimnis. Es war eins von unseren Geheimnissen.

Ich saß allein im Wohnzimmer und hörte Radio. Ich möchte

mich erinnern – und manchmal denke ich, daß ich mich tatsächlich erinnere –, daß mir der Tunnel immer Angst eingeflößt, auf mich immer bedrohlich gewirkt hatte. Wenn diese Erinnerung korrekt ist, wußte ich, daß April in etwa einer Minute die Livermore Avenue überquert haben, aber nicht den sicheren Umweg nehmen, sondern durch den Tunnel gehen würde. Und ich wußte, daß dort etwas Böses auf sie wartete.

Ich hörte *Der Schatten,* das einzige Radioprogramm, das mir angst machte. *Wer weiß, welche Bosheit in den Herzen der Menschen lauert? Der Schatten weiß es.* Dann kam ein unheimliches, ein schreckliches Lachen. Es war noch nicht lange her, da hatte mir Dad einen Artikel im *Ledger* gezeigt, in dem es hieß, der echte Schatten, das Vorbild für die Hörspielserie, sei ein alter Mann, der in Millhaven lebe. Er hieß Lamont von Heilitz, und vor langer Zeit habe er sich selbst ›einen Amateur des Verbrechens‹ genannt.

Ich schaltete das Radio aus und schaltete es dann heimlich rasch wieder ein, für den Fall, daß Mom wach wurde und sich fragte, was ich trieb. Ich schlüpfte aus dem Haus, trabte den Weg zum Gehsteig hinunter und rannte dann zur Livermore Avenue. April wartete nicht an der Ampel auf grünes Licht, was bedeutete, daß sie die Livermore bereits überquert hatte und im Tunnel war. Ich wollte nur unentdeckt am Idle Hour vorbeikommen und Aprils schmale, blonde Gestalt auf der anderen Seite des Tunnels ins Sonnenlicht treten sehen. Dann konnte ich nach Hause gehen.

Ich glaube nicht an Vorahnungen, nicht für mich selbst. Zwar glaube ich, daß es Menschen gibt, die Dinge vorausahnen, aber ich gehöre nicht zu ihnen.

Ein Laster, dessen Motor nicht ansprang, versperrte mir die Sicht auf die andere Seite der Livermore Avenue. Der Laster war lang und glänzend, und an der Seite stand groß irgendein Name. ALLERTON vielleicht oder ALLINGHAM. Damals säumten noch Ulmen Millhavens Straßen, und ihre Blätter lagen wie dicke Laubpolster im Rinnstein, wo das klare Wasser eines beschädigten Hydranten über sie hinweg und durch sie hindurchgurgelte und ein paar hellbraune Schiffchen zum Kanal ein Stück weiter unten an der Straße beförderte. Eine zusammengefaltete Zeitung lag halb im

Wasser und halb im Trockenen; ich erinnere mich an das Foto eines Boxers, der, von Schweißtropfen und Speichel umsprüht, auf einen anderen eindrosch.

Endlich setzte sich der Laster in Bewegung, ALLERTON oder ALLINGHAM mit ihm.

Er fuhr an der Vorderseite des überwölbten kleinen Tunnels zum Nebengebäude des St. Alwyn vorbei, und ich beugte mich vor, um durch den Verkehr zu spähen. Autos glitten vorüber und nahmen mir vorübergehend die Sicht. Aprils blaues Kleid bewegte sich unversehrt durch den Tunnel. Sie hatte ungefähr die Hälfte hinter sich und vielleicht noch anderthalb Meter zu gehen, bis sie im schwindenden Tageslicht auftauchte. Wieder hinderte der flutende Verkehr mich daran, sie ständig im Auge zu behalten, aber dann sah ich es doch wieder blau aufblitzen.

Aus dem Dunkel der Mauer löste sich ein Schatten, groß wie der eines Erwachsenen, und bewegte sich auf April zu. Wieder nahm der Verkehr mir die Sicht.

Es war nur jemand, der durch den Tunnel nach Hause ging – jemand unterwegs ins Idle Hour. Aber der große Schatten war auf April *zu-* und nicht an ihr *vorbei*gegangen. Ich bildete mir ein, etwas in der Hand des Schattens gesehen zu haben.

Durch den Lärm von Motoren und Hupen glaubte ich einen Schrei zu hören, aber ein neuerliches Hupkonzert erstickte ihn. Oder etwas anderes erstickte ihn. Die Hupen verstummten, als der Verkehr weiterfloß – Rückflutverkehr um Viertel nach sechs an einem Herbstabend, der unter den Ulmen dahinschlich, die sich über Livermore und South Six Street wölbten. Ich spähte zwischen den Wagen durch, von einem Fuß auf den anderen hüpfend vor Angst, und sah Aprils seltsam schlaffen Rücken. Das Haar fiel ihr über die Schultern, und der ganze Streifen Blond und Hellblau, der ihr Rücken war, wurde hochgehoben. Der Arm des Mannes bewegte sich. Angst und Grauen nagelten mich auf dem Gehsteig fest.

Einen Augenblick kam es mir so vor, als sei – mich eingeschlossen – alles auf der Straße, vielleicht alles in ganz Millhaven, stehengeblieben und könne sich nicht mehr rühren. Der Gedanke, was auf der anderen Seite der Straße passierte, stieß mich vorwärts, in das Laub im Rinnstein und weiter auf die Fahrbahn. Der Verkehr hatte nachgelassen, und durch eine Lücke zwischen zwei Wagen sah ich Aprils Kleid in der Luft schweben. Ich stürzte mich in die Lücke und merkte erst dann, daß die Autos zu beiden Seiten vorüberrauschten und die meisten hupten. Einen Augenblick, fast meinem letzten, wurde mir bewußt, daß im Tunnel jede Bewegung aufgehört hatte. Der Mann bewegte sich nicht mehr. Dann drehte er sich zur Straße um, und ich sah seine Kopfform, die Haltung seiner Schultern.

Im selben Moment verließ, obwohl ich es nicht bemerkte, mein Vater das Idle Hour. Ein paar Männer kamen mit ihm, aber Dad war der erste, der durch die Tür ging.

Eine Hupe schmetterte mir ins Ohr, und ich wandte den Kopf. Der Kühler eines Autos kam, wie mir schien, schrecklich langsam auf mich zu. Ich war absolut unfähig, mich zu rühren. Ich wußte, daß der Wagen mich überrollen würde und ich sterben mußte.

Darüber in der dritten Person zu schreiben, in *Mystery*, war leichter.

Die Welt hörte auf zu existieren, ich sah nur noch den Wagen, der mit furchtbarer Langsamkeit näher kam, unaufhaltsam, sah Bild um Bild wie eine Serie aneinandergereihter Fotos, und auf jedem Foto war der Wagen ein Stück näher gerückt. Dad und seine Freunde sahen, wie der Wagen mich anstieß, sahen mich auf dem Kühler kleben und dann tiefer rutschen, wo ich mich in einer Verzierung der Stoßstange verfing und ungefähr zehn Meter mitgeschleift wurde, bevor der Wagen anhielt und mich abwarf.

Das war der Augenblick, in dem ich starb – der Junge namens Timothy Underhill, das siebenjährige Ich starb am Schock und an seinen Verletzungen. Er hatte einen Schädelbruch, Hüfte und rechtes Bein waren zerschmettert, und er starb. Ein solcher Moment ist von einem Gehsteig nicht zu sehen. Ich erinnere mich an meine Empfindungen, an das Gefühl, von einer riesigen Kraft, gegen die ich mich nicht wehren konnte, aus meinem Körper herausgerissen und in eine andere Dimension katapultiert zu werden. In strahlendes Licht. Was bleibt, ist der Eindruck, man lasse sich selbst zurück, die ganze Persönlichkeit, den Charakter, alles, was am Menschen einzigartig ist. All das war dahin und etwas anderes zurückgeblieben. Ich möchte denken, mir sei bewußt gewesen, daß April weit vor mir war und wie ein Blatt durch ein ungeheuer großes, dunkles Wolkentor segelte. Ich sah ein strahlendes, zerstörerisches Licht, fühlte eine Heiterkeit und eine Ekstase, derer man erst durch den Tod teilhaftig wird. Vernunftloses Entsetzen verschlingt diese Erinnerung, wenn es denn eine ist. Ich träume etwa zwei-, dreimal die Woche davon, ein bißchen häufiger noch als von dem Mann, den ich von Angesicht zu Angesicht tötete. Es war eine absolut nonverbale Erfahrung und auf grundlegende Art zutiefst unmenschlich. Einer meiner deutlichsten und stärksten Eindrücke ist, daß Lebende *nicht wissen dürfen.*

Gewissermaßen eingegipst von Kopf bis Fuß, kam ich zu mir, ein Wrack, eine Jammergestalt in einem Krankenhauszimmer. Es folgte ein Jahr des Elends, der Rollstühle und des sinnlosen Zorns – das alles steht in *Mystery.* Nichts steht jedoch darin vom endlosen, sprachlosen Schmerz meiner Eltern. Meine Probleme wurden verdunkelt, völlig ausgelöscht von Aprils Tod. Und weil ich von Zeit zu Zeit ihrem freundlichen Geist begegne, besonders in Flugzeugen, vermute ich, daß auch ich nie richtig darüber hinweggekommen bin.

Am fünften Oktober, als ich noch im Krankenhaus lag, wurde der erste der *Blaue-Rose*-Morde verübt, genau an der Stelle, an der April gestorben war. Das Opfer war eine Prostituierte namens Arlette Monaghan, die auf der Straße Fancy genannt wurde. Sie war sechsundzwanzig. Über ihrer Leiche hatte der Mörder die Worte BLAUE ROSE an die Backsteinmauer des St. Alwyn geschrieben.

Am frühen Morgen des 20. Oktober wurde im St. Alwyn in Zimmer 218 die Leiche von James Treadwell gefunden. Auch er war von jemandem ermordet worden, der über seiner Leiche die Worte BLAUE ROSE an die Wand gekritzelt hatte.

Am 25. Oktober wurde ein anderer junger Mann, Monty Island, spätnachts Ecke South Six und Livermore ermordet; die Ecke des Idle Hour hatte die Tat gegen den um diese Zeit spärlich fließenden Verkehr abgeschirmt. Die üblichen Worte, hinter der Eingangstür des Idle Hour zurückgelassen, hatte der Wirt Roman Majestyk übermalt, sobald es die Polizei erlaubte.

Am 3. November schaffte es ein junger Arzt namens Charles ›Buzz‹ Laing, die Verletzungen zu überleben, die ihm von einem unbekannten Angreifer in seinem eigenen Haus an der East Side von Millhaven beigebracht worden waren. Der Mörder, der ihn für tot gehalten hatte, hatte ihm von hinten die Kehle aufgeschlitzt und BLAUE ROSE an dieWand geschrieben.

Der letzte *Blaue-Rose*-Mord – oder vielmehr der, den man einundvierzig Jahre lang für den letzten hielt – wurde an Heinz Stenmitz verübt, einem Fleischer, der mit seiner Frau und einer Reihe von Pflegekindern, lauter Jungen, in der Muffin Street wohnte. Vier Tage nach dem Überfall auf den Doktor wurde Stenmitz vor seinem Laden neben seinem Haus getötet. Er war ein unangenehmer Mann, und als ich seinen Namen im *Ledger* las (die Schlagzeile lautete: DAS VIERTE OPFER, DES BLAUE-ROSE-MÖRDERS), empfand ich eine boshafte Befriedigung, die meine Eltern erschreckt hätte.

Ich wußte, was meine Eltern, trotz eines handfesten Skandals ein Jahr zuvor, nicht glauben wollten – wußte, daß es zwei Mr. Stenmitz gab. Einer war der humorlose, teutonische, aber tüchtige Fleischer, der Koteletts und Würste verkaufte. Groß, blond, blauäugig, gab er sich beinahe aggressiv rechtschaffen, und meine Eltern bewunderten ihn rückhaltlos. Er hatte eine militärische Haltung in dem Sinn, in dem der Mann militärisch war, den C. Aubrey Smith in Hollywoodfilmen der dreißiger und vierziger Jahre verkörperte.

Der andere Mr. Stenmitz war der, den ich zu sehen bekam, wenn meine Eltern mir zwei Dollar in die Hand drückten und mich um Hamburger zu ihm in den Laden schickten. Meine Eltern glaubten nicht an die Existenz dieses anderen Mannes in Mr. Stenmitz. Hätte ich darauf bestanden, daß es ihn gab, hätte sich ihr Unglaube in Zorn gegen mich verwandelt.

Der Mr. Stenmitz, den ich sah, kam immer hinter dem Ladentisch hervor. Er bückte sich, rieb mir den Kopf, die Arme, die Brust. Sein riesiger, bärtiger blonder Kopf kam mir viel zu nahe. Der Geruch von rohem Fleisch und Blut, im Laden immer gegenwärtig, schien stärker zu werden, als ernähre Mr. Stenmitz sich von rohem Fleisch und Blut. »Bist du deinen Freund Heinz besuchen gekommen?« Ein Klaps auf die Wange. »Kannst wohl von deinem Freund Heinz nicht wegbleiben, wie?« Ein heftiger, beinahe schmerzhafter Schlag aufs Hinterteil. Seine dicken roten Finger fanden meine Taschen und drängten sich hinein. Seine Augen waren vom hellsten, blassesten Blau, das ich je gesehen hatte, die Augen eines finnischen Schlittenhundes. »Du hast zwei Dollar? Wofür sind sie denn, diese zwei Dollar? Soll dir dein Freund Heinz dafür eine hübsche Überraschung zeigen?«

»Sie sind für Hamburger«, sagte ich.

Die Finger zwickten und fummelten in meiner Tasche. »Hast du vielleicht ein paar Liebesbriefe hier drin? Oder Fotos von hübschen Mädchen?«

Manchmal sah ich das unglückliche Kind, das man ihm anvertraut hatte, ein Kind, für dessen Pflege Mr. und Mrs. Stenmitz Geld bekamen, und der Anblick dieses hoffnungslosen Bill oder Joey weckte in mir den Wunsch, wegzurennen. Etwas war mit diesen Kindern geschehen: Sie waren ausgelaugt und plattgewalzt worden. Sie waren ein bißchen schmuddlig, und was sie trugen, sah immer ein bißchen zu groß oder zu klein aus, doch was am erschreckendsten an ihnen war – sie hatten keine Menschlichkeit, in ihnen war keine Helligkeit, man hatte sie ihnen entzogen.

Als ich den Namen Stenmitz unter der furchtbaren Schlagzeile las, war ich erstaunt und fasziniert, aber vor allem war ich erleichtert. Ich mußte nicht mehr allein zu ihm in den Laden gehen; und ich mußte nicht mehr mit meinen Eltern hingehen und sehen, was sie sahen, C. Aubrey Smith in einer Fleischerschürze, während ich zugleich den anderen, den schrecklichen Heinz Stenmitz blinzeln und unter der Maske sein Unwesen treiben sah.

Ich war froh, daß er tot war. Für mich konnte er gar nicht tot genug sein.

8

Dann gab es keine Morde mehr. Die letzte Wand, an die jemand BLAUE ROSE schrieb, war die unter dem Schild ›STENMITZ' QUALITÄTSFLEISCHWAREN UND HAUSGEMACHTE WÜRSTE‹. Der Mann, der seinen Opfern die mysteriösen Worte beigab, hatte ein Ende gemacht. Sein Plan – was immer er bewirken sollte – war ausgeführt, oder sein Zorn hatte sich selbst befriedigt. Millhaven wartete darauf, daß etwas passierte; Millhaven wollte, daß endlich der zweite Schuh hinunterfiel.

Nach einem Monat fiel der zweite Schuh mit einem großen Feuerwerk von Publicity. Eine meiner klarsten Erinnerungen an den Beginn meines Rekonvaleszenzjahres ist die an die Enthüllungen des *Ledger* über die geheime Vorgeschichte der Morde. Der *Ledger* entdeckte bei den *Blaue-Rose*-Morden einen verborgenen logischen Zusammenhang und war hocherfreut über die überraschende Wendung, die die Story am Ende nahm; auf jene Weise hocherfreut, die einen Schock bemänteln soll. Ich las in diesem Jahr unvorstellbar viel, aber nichts interessierte mich mehr als der *Ledger*. Es war schrecklich, es war tragisch, aber es war eine ungeheure Story. Sie wurde meine Story, die Story, die mir hauptsächlich den Blick für die Welt öffnete.

Jedes Kapitel von William Damroschs Geschichte, das im *Ledger* erschien, schnitt ich aus und klebte es in ein Album, das fast schon aus allen Nähten platzte. Als das Album entdeckt wurde, gab es eine ziemliche Aufregung. Mom dachte, ein Siebenjähriger, der sich für so schreckliche Dinge interessierte, müsse selbst schrecklich sein; Dad fand, das Ganze sei eine verdammte Schande. Es war ihm über den Kopf gewachsen, war seinen Händen entglitten. Er gab einfach auf, in jeder Beziehung, gab auch uns auf. Er verlor seinen Job als Fahrstuhlführer im St. Alwyn und zog aus. Sogar schon bevor man ihn im St. Alwyn feuerte, hatte es Anzeichen dafür gegeben, daß er zu einem der Säufer werden würde, die sich in Dead Mads Tunnel herumdrückten. Und nachdem sie ihn gefeuert hatten und er in ein Mietshaus am Oldtown Way gezogen war, tauchte er tatsächlich eine Weile bei ihnen unter. Dad trank nicht in Dead Mads Tunnel. Er trug seine Flasche in einer braunen Papiertüte im ganzen Valley und bis in die Nähe der South Side mit sich herum, aber seine Kleider wurden schmutzig und rochen säuerlich, er rasierte sich selten und begann alt und unsicher auszusehen.

Die ersten Seiten des *Ledger*, die ich in mein *Blaue-Rose*-Album klebte, schilderten, wie der mit der Untersuchung der *Blaue-Rose*-Morde beauftragte Detective der Mordkommission in seiner schäbigen Kellerwohnung aufgefunden worden war: am Schreibtisch sitzend, mit einem Einschuß in der rechten Schläfe. Es war am Tag vor Weihnachten. Da der *Ledger* nun mal die Zeitung war, die sie war, blieben das Blut und die andere Sache an der Wand neben der Leiche nicht unerwähnt. Detective Damroschs Dienstrevolver, ein Smith & Wesson .38, aus dem ein einziger Schuß abgefeuert worden war, hing von seiner rechten Hand hinunter. Vor dem Detective stand eine fast leere Flasche Three Feathers Bourbon, außerdem lagen da noch eine Feder und ein aus einem Notizblock herausgerissenes Blatt.

Die Worte BLAUE ROSE standen in Blockbuchstaben auf dem Papier. Irgendwann zwischen drei und fünf Uhr an diesem Morgen hatte Detective Damrosch seinen Whiskey ausgetrunken, zwei Worte auf einen Notizzettel geschrieben und, indem er Selbstmord beging, die Morde gestanden, die er aufklären sollte.

Manchmal ist das Leben wie ein Buch.

Die nächsten Schlagzeilen befaßten sich mit Detective William Damroschs ungewöhnlicher Herkunft. Sein richtiger Name war Carlos Rosario, nicht William Damrosch, und er war weniger geboren als von einem eisigen Januarwind in diese Welt geweht worden. Ein anonymer Bürger hatte das halbtote Kind auf dem gefrorenen Ufer des Millhaven River entdeckt. Der Bürger hatte aus der Telefonzelle im Green Woman Taproom die Polizei angerufen. Als die Polizei von der Brücke hinunterkletterte, um das Baby zu retten, fanden sie seine Mutter Carmen Rosario erstochen unter der Brücke. Das Verbrechen wurde nie aufgeklärt. Carmen Rosario war eine illegale Immigrantin aus Santo Domingo und eine Prostituierte, und die Polizei strengte sich nicht besonders an, ihren Mörder zu finden. Das namenlose Kind, von dem Sozialarbeiter, der es von der Polizei übernommen hatte, Billy genannt, kam der Reihe nach zu mehreren Pflegefamilien. Es wuchs zu einem gewalttätigen, sexuell zwiegespaltenen Teenager heran, den seine Intelligenz meist nur in Schwierigkeiten brachte. Als man ihn vor die Wahl stellte, Gefängnis oder Armee, wählte er die Armee, und sein Leben veränderte sich. Inzwischen nannte er sich William Damrosch – er hatte den Namen seines letzten Pflegevaters angenommen –, und William verstand es jetzt, seine Intelligenz einzusetzen, um zu überleben. Er kehrte aus der Armee mit einer Schachtel voller Medaillen, mehreren Narben und der Absicht zurück, in Millhaven Polizist zu werden. Mit dem Wissen des Zurückblickenden denke ich, daß er nach Millhaven zurück wollte, um herauszufinden, wer seine Mutter getötet hatte.

Der Polizei zufolge konnte er April nicht getötet haben, weil Bill Damrosch nur Leute umbrachte, die er kannte.

Monty Leland, der vor dem Idle Hour ermordet wurde, war ein kleiner Krimineller, einer von Damroschs Informanten. Zu Beginn seiner Laufbahn, bevor er von der Sitte versetzt worden war, hatte Damrosch Arlette Monaghan oft festgenommen – die Prostituierte, die hinter dem St. Alwyn aufgeschlitzt worden war, ein dürftiges Argument, da andere Beamte des Sittendezernats ehemalige und aktive – sie genauso oft festgenommen hatten. Man vermutete, James Treadwell, der Pianist in Glenroy Breakstones Band, sei ermordet worden, weil er gesehen hatte, wie Damrosch Arlette tötete.

Am aufschlußreichsten waren jedoch die Beziehungen zwischen Detective Damrosch und seinen beiden letzten Opfern.

Fünf Jahre, bevor das Morden begann, hatte Buzz Laing ein Jahr lang mit William Damrosch gelebt. Diese Information kam von einer Haushälterin, die Dr. Laing entlassen hatte. Sie waren mehr als Freunde, erklärte die Haushälterin, denn ich brauchte die Bettwäsche immer nur in einem Bett zu wechseln, und ich sage Ihnen, gestritten haben die wie Hund und Katz. Oder Hund und Hund. Millhaven ist eine konservative Stadt, und Dr. Laing verlor die Hälfte seiner Patienten. Zum Glück war er vermögend – von diesem Vermögen hatte er auch die verärgerte Haushälterin und das große Haus am See bezahlt –, und nach einiger Zeit fanden sich die meisten seiner Patienten wieder bei ihm ein. Fürs Protokoll, Laing hat immer behauptet, es sei nicht William Damrosch gewesen, der versucht habe, ihn umzubringen. Er sei im Dunkeln von hinten angefallen worden und habe das Bewußtsein verloren, bevor er sich umdrehen konnte. Er war jedoch sicher, daß der Angreifer größer gewesen war als er. Buzz Laing war etwa einssiebenundachtzig und Damrosch sieben bis acht Zentimeter kleiner.

Am eindringlichsten sprach aber die Beziehung des Detectives zum letzten Opfer der *Blaue-Rose*-Morde. Sie werden schon vermutet haben, daß Billy Damrosch einer der unglückseligen Jungen war, die durch die widerwärtigen Hände von Heinz Stenmitz gingen. Inzwischen war Stenmitz zum Schandfleck geworden. Er saß wegen Kindesmißbrauchs im Staatsgefängnis, nachdem eine mißtrauische Sozialarbeiterin namens Dorothy Greenglass endlich aufgedeckt hatte, was er mit den ihm anvertrauten Kindern trieb. Während er sein Jahr absaß, arbeitete seine Frau weiter im Laden und jammerte den Leuten etwas vor – ihr Mann, ein gottesfürchtiger, hart arbeitender Christ, sei von Lügnern und Betrügern angeschwärzt worden. Einige Kunden glaubten ihr. Wieder zu Hause, stand Stenmitz hinter der Theke, als sei nichts geschehen. Es gab aber auch Leute, die sich an die Aussage der Sozialarbeiterin und der wenigen inzwischen erwachsenen Jungen erinnerten, die bereit gewesen waren, sich der Staatsanwaltschaft als Zeugen zur Verfügung zu stellen.

Es war nur geschehen, was zu erwarten gewesen war – einer der gequälten Jungen war wiedergekommen, um an dem Kinderschänder Justiz zu üben. Er wollte vergessen, was er getan hatte – er haßte den Mann, den Stenmitz aus ihm gemacht hatte. Es war tragisch. Anständige Menschen verdrängten es aus ihrem Bewußtsein und wandten sich wieder dem Alltag zu.

Ich aber blätterte immer wieder in meinem Album, versuchte einen Satz zu finden, einen Ausdruck in den Augen, ein Kräuseln der Lippen, die mir sagen würden, ob William Damrosch der Mann gewesen war, den ich mit meiner Schwester im Tunnel gesehen hatte.

Wenn ich versuchte darüber nachzudenken, hörte ich in meinem Kopf große Schwingen schlagen.

Ich dachte an April, die vor mir in jene Welt zerstörerischen Lichts entschwunden war, in die Welt, in die kein Lebender eindringen darf. William Damrosch hatte Heinz Stenmitz getötet, aber ich wußte nicht, ob er auch meine Schwester ermordet hatte. Und das bedeutete, daß April für immer und ewig durch jenes Zwischenreich schwebte, das auch ich flüchtig gesehen hatte.

Daher war es ganz natürlich, daß ich ab und zu ihren Geist sah. Als ich acht war, drehte ich mich einmal im Bus auf meinem Sitz um und sah April vier Reihen hinter mir, das blasse Gesicht dem Fenster zugewandt. Mir stockte der Atem, und ich schaute wieder nach vorn. Als ich mich noch einmal umdrehte, war sie verschwunden. Als ich elf war, sah ich sie auf dem unteren Deck der Doppeldeckerfähre stehen, die Mutter und mich über den Michigansee brachte. Ich sah sie auf dem Parkplatz eines Lebensmittelladens in Berkeley ein einzelnes französisches Weißbrot zu einem Wagen tragen. Sie tauchte auf einem Lastwagen voller Krankenschwestern in Camp Crandall in Vietnam auf – ein neun Jahre altes blondes Mädchen mitten unter den uniformierten Schwestern, das mich ohne zu lächeln ansah. In New York City habe ich sie zweimal im Taxi vorüberfahren sehen. Als ich letztes Jahr mit der British Airways nach London flog, drehte ich mich, nach einer Stewardeß Ausschau haltend, um und sah April in der ersten Klasse auf dem letzten Platz der letzten Reihe sitzen. Das Kinn auf die Faust gestützt, schaute sie aus dem Fenster. Ich drehte mich um und hielt den Atem an. Als ich mich wieder umwandte, war der Platz leer.

9

Dies ist der Brunnen, in den ich meine Eimer tauche, wo ich meine Feder fülle.

10

Mein erstes Buch, *A Beast in View*, handelte von einer falschen Identität, und es stellte sich heraus, daß es in *The Divided Man* praktisch um das gleiche ging. William Damrosch, ein echtes Kind der Nacht, verfolgte, faszinierte mich, weil er beides zu sein schien – anständiger Mensch und Mörder. Wie ganz Millhaven nahm auch ich an, daß er schuldig war. *Koko* handelte im wesentlichen ebenfalls von einer mißdeuteten Identität und *Mystery* vom größten Fehler, den Lamont von Heilitz, Millhavens berühmter Privatdetektiv, je begangen hat. Er hatte geglaubt, einen Mörder entlarvt zu haben, und dieser Mörder habe Selbstmord begangen. Diese Bücher handeln davon, daß die bekannt gewordene Geschichte nicht die richtige oder die wirkliche Geschichte ist. Ich sah April, weil ich sie vermißte und sie sehen *wollte*, aber auch weil sie mir zeigen wollte, daß die wirkliche Geschichte mit der Vergangenheit dahin war. Womit ich sagen will, daß ein Teil von mir auf John Ransoms Telefonanruf gewartet hatte, seit ich im *Ledger* gelesen und wieder gelesen hatte, wie der tote William Damrosch an seinem Schreibtisch sitzend aufgefunden worden war. Die leere Flasche und das leere Glas, die Waffe in seiner Hand, die Worte, die in Druckschrift auf dem Notizblatt standen. Die Großbuchstaben.

Der Mann, den ich von Angesicht zu Angesicht tötete, sprang auf einem Pfad, den wir Striker Tiger Trail nannten, vor mir in die Höhe. Er trug eine Brille und hatte ein rundes, freundliches Gesicht, das in diesem Moment wie erstarrt war vor Staunen. Er war ein schlechter Soldat, ein schlechterer sogar als ich. Er trug ein langes, hölzernes Gewehr, das wie eine Antiquität aussah. Ich erschoß ihn, er fiel um wie eine Marionette und verschwand im hohen Gras. Mein Herz hämmerte. Ich ging einen Schritt näher, um ihn mir anzusehen, und bildete mir ein, er zücke in seinem Grasversteck ein Messer oder hebe das antike Gewehr. Doch ich hatte ihn fallen sehen, wie tote Vögel vom Himmel fallen, und ich wußte, daß er das Gewehr nicht hob. Hinter mir jubelte ein Soldat namens Linklater. »Habt ihr das gesehen? Habt ihr gesehen, wie Underdown dieses Schlitzauge erledigt hat.« Automatisch sagte ich

›Underhill‹. Conor Linklater war geistig leicht behindert und brachte oft Wörter und Sätze durcheinander. Einmal sagte er: »Die Wahrheit steckt im Pudding.« Hier ist der Pudding. Ich hatte ein merkwürdiges, gewaltiges Triumphgefühl, das Gefühl, gesiegt zu haben, wie ein in Blut getauchter Gladiator in einer Arena. Ich ging weiter und sah im Gras ein Bein in den schwarzen Hosen, daneben ein zweites, dann die schmale Brust und die ausgebreiteten Arme und schließlich seinen Kopf. Die Kugel war durch seine Kehle eingetreten und hatte ihm den Hinterkopf weggerissen. Er war das Spiegelbild von Andrew T. Majors, an dessen Leiche ich für das Leichenkommando zum Perlentaucher geworden war. »Du hast ihn, Junge«, sagte Conor Linklater. »Du hast ihn tadellos erwischt.« Der wilde Siegestaumel war dahin. Ich fühlte mich leer. Die Füße unter den dünnen Knöcheln waren so knochig wie an einem Skelett. Vom Kinn aufwärts sah er aus, als denke er über eines jener Algebraprobleme nach, bei denen es um den Treffpunkt zweier Züge geht, die mit unterschiedlicher Geschwindigkeit fahren. Mir war klar, daß dieser Mann eine Mutter, einen Vater, eine Schwester, eine Freundin hatte. Ich dachte daran, ihm den Lauf meines M 16 in das Loch in der Kehle zu stecken und noch einmal abzudrücken. Menschen, die meinen Namen nie erfahren würden, deren Namen ich nie hören würde, würden mich hassen. (Dieser Gedanke kam mir später.) »Hey, es ist okay«, sagte Conor. »Es ist okay, Tim.« Der Lieutenant sagte, er solle den Mund halten, und wir zogen auf Striker Tiger weiter. Obwohl mir klar war, daß ich es nicht hören würde, erwartete ich fast, den Mann, den ich getötet hatte, durch das Gras davonkriechen zu hören.

11

Am Morgen des Tages, an dem John Ransom mich anrief, wurde ich plötzlich mit einem Schaudern wach. Ein furchtbarer Traum klebte an mir. Ich sprang aus dem Bett, um ihn abzuschütteln, und sobald ich auf den Beinen stand, wurde mir klar, daß ich nur geträumt hatte. Es war kurz nach sechs.

Es war Juni, und das Licht der Frühe kroch grell an den Vorhangkanten in der Nähe meines Bettes vorbei. Ich schaute von meiner Plattform über dem Loft hinunter und sah die auf dem Couchtisch gestapelten Bücher, die zerknautschten Couchbezüge, den Papierberg auf dem Schreibtisch, der ein Drittel des ersten Entwurfs eines Romans war, den leeren Schirm und die Tastatur des Computers, den Laserdrucker auf seinem Tischchen. Auf dem Schreibtisch standen drei leere Perrierflaschen. Mein Königreich war in Ordnung, aber ich brauchte mehr Perrier. Und ich war noch immer ganz durcheinander von meinem Traum.

Ich saß in einem blitzblanken High-Tech-Restaurant – sehr verschieden von jenem in Saigon –, dem vietnamesischen Restaurant zwei Stockwerke unter meinem Loft in der Grand Street. (In dem Loft zwischen meiner Wohnung und dem Restaurant wohnen zwei Freunde. Maggie Lah und Michael Poole.) Kahle weiße Wände anstatt gemalter Palmwedel, pinkfarbene Leinentischtücher mit Bügelfalten. Der Ober reichte mir eine lange, steife, gefaltete weiße Speisekarte mit dem Namen des Restaurants – *L'Imprimé*. Ich schlug die Speisekarte auf und sah unter der Rubrik *Les Viandes* – Fleischspeisen – ›Menschenhand‹ aufgeführt. Menschenhand, dachte ich, könnte interessant sein, und als der Kellner wiederkam, bestellte ich das Gericht. Es wurde beinahe sofort serviert, zwei große, rote, sauber abgetrennte Hände, mit etwas bedeckt, das mehr nach Schinkenschwarte als nach Haut aussah. Nichts sonst war auf dem flachen weißen Teller. Ich schnitt an der Handwurzel ein Stück vom linken Daumen ab und steckte es in den Mund. Es schien nicht ganz durch zu sein. Mit einemmal kam mir die widerwärtige Erkenntnis, daß ich an einem Stück Hand herumkaute, es würgte mich, und ich spuckte es in die pinkfarbene Serviette. Ich schob den Teller weg und hoffte, der Kellner würde nicht merken, daß ich für diese Mahlzeit nicht den Magen hatte. In diesem Moment wachte ich schaudernd auf und sprang aus dem Bett.

Da das Licht schon jetzt durch die Ritzen der Vorhänge brannte, wußte ich, daß der Tag heiß werden würde. Wir bekamen einen jener unerträglich heißen New Yorker Sommer, in denen die Hundescheiße auf den Gehsteigen dampft wie

Klöße. Im August würde die ganze Stadt in ein heißes, feuchtes Handtuch gewickelt sein. Ich legte mich wieder aufs Bett und bemühte mich, das Zittern zu unterdrücken. Draußen, in der sonnigen Lücke zwischen den Häusern, hörte ich einen Vogel rufen. Eine Taube, dachte ich. Die Taube gurrte ihr Morgenlied, und meine Gedanken beschäftigten sich eine Weile mit der Frage, ob es sich um eine Mauer- oder eine Trauertaube handelte. Ihr Gurren war leise und fragend, und als sie es wiederholte, verstand ich es auch. *Oh …* Sie holte Atem. *Wer? Oh* – (wieder Atemholen) *wer, wer? Oh, wer?* Ich hatte das Gefühl, ich hätte diese Frage schon mein Leben lang gehört.

Ich stand auf und duschte. Wie andere Leute unter der Dusche singen, sagte ich immer wieder »Oh, wer?« Als ich mich abgetrocknet hatte, erinnerte ich mich an die beiden roten Hände auf dem weißen Teller und machte mir eine Notiz in mein Workbook. Der Traum war eine Botschaft, und selbst wenn ich sie nie entschlüsseln konnte, konnte ich ihn vielleicht in einem Buch verwenden. Dann schrieb ich auf, was die Taube gegurrt hatte, und dachte, die Frage müsse etwas mit dem Traum zu tun haben.

Die Arbeit ging mir langsam von der Hand, wie schon seit vier oder fünf Vormittagen hintereinander. Ich war mit meinem Buch in eine Sackgasse geraten – mußte ein Problem lösen, das in meiner Geschichte aufgetaucht war. Ich schrieb ein paar nebensächliche Sätze, machte mir ein paar Notizen und beschloß, einen langen Spaziergang zu unternehmen. Ein Spaziergang befreit den Geist von überflüssigem Ballast, so daß er am Ende einem sauberen weißen Blatt gleicht. Ich stand auf, steckte einen Füller in die Hemd- und mein Notizbuch in die Gesäßtasche – und verließ die Wohnung.

Wenn ich spazierengehe, lege ich große Entfernungen zurück, abgelenkt und eingelullt von dem, was auf der Straße passiert. Theoretisch tauchen die Eimer in den Brunnen und bringen Botschaften für mein Notizbuch herauf, während meine Aufmerksamkeit ganz woanders ist. Ich bin mir nicht selbst im Weg; ich denke an andere Dinge. Die Häuserblocks wandern an mir vorbei, und Worte und Sätze beginnen das saubere weiße Blatt zu füllen. Aber heute blieb es durch ganz Soho leer, und als ich den Washington Square zur Hälfte überquert hatte, steckte mein Notizbuch noch immer in der Tasche. Ich sah einem Halbwüchsigen zu, der mit dem Skateboard an den Drogendealern mit ihren Rucksäcken und Aktenkoffern vorbeiwirbelte, und ich sah ein Motorboot über blaues Wasser zischen. Einer meiner Protagonisten steuerte es. Er blinzelte in die Sonne und hob ab und zu die Hand, um die Augen gegen das Licht abzuschirmen. Es war sehr früh am Morgen, kurz nach Sonnenaufgang, und er raste über einen See. Er trug einen grauen Anzug. Ich wußte, wohin er fuhr, nahm mein Notizbuch heraus und schrieb: *Charlie – Motorboot – Anzug, – Sonnenaufgang – legt bei Lilys Haus an – versteckt sein Boot im Schilf.* Ich sah feine Dunsttropfen auf den Revers von Charlies schönem grauem Anzug.

Das also hatte Charlie Carpenter vor.

Ich ging die Fifth Avenue hinauf, betrachtete die Leute, die zur Arbeit gingen, und sah, wie Charlie sein Motorboot hinter dem hohen Schilf am Rand von Lily Sheehans Besitz versteckte. Er sprang hinaus, landete auf feuchtem Boden und ließ das Boot in den See driften. Er zwängte sich durch das Schilf und wischte sich Gesicht und Hände mit dem Taschentuch ab. Dann tupfte er an den feuchten Stellen auf seinem Anzug herum. Er blieb einen Moment stehen, um sich zu kämmen und seine Krawatte geradezurücken. Lilys Fenster waren dunkel. Rasch ging er über den langen Rasen auf die Veranda zu.

In der Fourteenth Street trank ich eine Tasse Kaffee. In der Twenty-Fourth Street kam Lily aus der Küche und entdeckte Charlie Carpenter, der eben zur Haustür hereingekommen sein mußte. *Hast du dich entschlossen, auf dem Weg zur Arbeit bei mir reinzuschauen, Charlie?* Sie trug einen langen, baumwollenen Hausmantel, weiß mit blauen Blümchen, und ihr Haar hatte keine Form. Ich sah, daß Lily sich die Fußnägel vor kurzem auberginefarben lackiert hatte. *Du steckst voller Überraschungen.*

Damit war die Bilderfolge vorläufig zu Ende. In der Fifty-Second Street sah ich mich bei B. Dalton, in dem großen Buchladen, nach ein paar Büchern um. In der Abteilung »Religion« im Erdgeschoß kaufte ich *Gnostizismuß** *von* Benjamin Walker, Die Nag-Hammadi-Bibliothek** und *Das Evangelium nach Thomas.* Wieder im Freien, entschloß ich mich, mit den Büchern in den Central Park zu gehen.

Hinter dem Zoo setzte ich mich auf eine Bank, nahm mein Notizbuch heraus und sah nach Charlie Carpenter und Lily Sheehan. Sie hatten sich noch immer nicht von der Stelle gerührt. Lily sagte noch immer: *Du steckst voller Überraschungen,* und Charlie Carpenter stand hinter ihrer Haustür, die Hände in den Taschen, und lächelte sie an wie ein kleiner Junge. Sie sahen beide sehr gut aus, aber ich dachte jetzt nicht an sie. Ich dachte an das Bestattungskommando und an Captain Havens. Ich erinnerte mich an die seltsamen disziplinlosen und irgendwie gestörten Männer, mit denen ich damals zusammengewesen war, und sah sie in unserem Schuppen vor mir. Ich erinnerte mich an meine erste Leiche und Ratmans Geschichte von Bobby Sweet, der sich in roten Nebel aufgelöst hatte. Vor allem sah ich Ratman, während er die Story zum besten gab, mit zornfunkelnden Augen, mit dem Finger in die Luft stechend; er war bis ins Innerste lebendig geworden, als er über die Geräusche sprach, die von der Erde selbst ausgingen. Ratman kam mir jetzt erstaunlich jung vor – mager, von der unfertigen Magerkeit eines Jungen.

Dann erinnerte ich mich, ohne es zu wollen, an einiges, das sich später ereignet hatte, was immer wieder vorkommt, wenn ein Alptraum mich weckt. Ich mußte von der Bank aufstehen, schob mein Notizbuch in die Tasche und fing an, ziellos durch den Park zu laufen. Ich wußte aus Erfahrung, daß es Stunden dauern würde, bevor ich wieder arbeiten oder normal mit jemandem sprechen konnte. Ich hatte das

---

* Gnostizimus: zusammenfassende Bezeichnung mehrerer auf Gnosis (Erkenntnis, Wissen) beruhender philosophisch-theologischer Richtungen (Sekten) umstrittener Herkunft im 2. Jh. nach Christus.

** Nag Hammadi: Ort in Oberägypten, wurde 1943/46 berühmt durch den Fund einer koptisch-gnostischen (koptische Kirche: eine christliche Kirche in Ägypten) Bibliothek, bestehend aus 13 Bänden mit 52 Werken mit Evangelien, fälschlicherweise Jesus zugeschriebenen Gesprächen, Briefen, Traktaten und liturg. Texten; alle in der 2. Hälfte des 4. Jhs. aus dem Griech. in die ägypt. Sprache übersetzt. (Anm. der Übersetzerin)

Gefühl, über Gräber zu schreiten – als ob eine Menge Leute wie Ratman und di Maestro, die beide noch Jungen gewesen waren, zu jung, um zu wählen oder Alkohol zu trinken, einen Meter unter dem Rasen lägen. Ich verkrampfte mich, als ich jemanden hinter mir herkommen hörte. Es war Zeit, nach Hause zu gehen. Ich machte kehrt und wandte mich in die Richtung, in der ich die Fifth Avenue vermutete. Eine Taube schlug mit den Flügeln und schwang sich in die Luft.

Es ist, als erwache in dir ein alter Teil von dir selbst, verstört, völlig unnütz in dem Leben, das du jetzt führst, seine Fähigkeiten und Gewohnheiten destruktiv, aber intakt, und das gegenwärtige Ich, der Mensch, zu dem du geworden bist, welkt und schrumpft in Traurigkeit und Verzweiflung. Der Mensch, der du geworden bist, ist nur eine dünne Haut über diesem anderen, spannungsgeladenen und gefährdeten Ich. Die stärksten, die am wenigsten verarbeiteten Teile deiner Erfahrungen, erheben sich und stoßen dich dahin zurück, wo du warst, als sie sich ereigneten; was von dir selbst noch übrig ist, steht dabei und weint.

Ein Chinese, der seine Tochter auf den Schultern trug, sah mich plötzlich mit dem Gesicht des Mannes an, den ich getötet hatte. Er sprang auf einem fast unsichtbaren Pfad vor mir in die Höhe. Sein Gesicht war wie erstarrt – es war fast komisch, dieses Erstaunen. Der Chinese trug seine Tochter zu einem von Sabrett's Hot-dog-Ständen. Das runde Gesicht des Mädchens war ganz ernste, erwartungsvolle Konzentration. Ihr Vater hatte eine gefaltete Dollarnote in der Hand. Er war mit einem lächerlichen alten Gewehr ausgerüstet, mit dem er vermutlich nicht einmal so genau zielen konnte wie mit einem Luftgewehr. Er ließ sich ein hot Dog in weißes Seidenpapier einwickeln und reichte es seiner Tochter. Kein Ketchup, kein Senf, kein Sauerkraut. Nur ein einfaches hot dog. Ich hob mein M 16 und schoß ihn in die Kehle. Er fiel sofort um. Es sah wie ein Trick aus.

Charlie Carpenter und Lily Sheehan hatten sich zähneknirschend und jammernd von mir abgewandt.

Ich setzte mich auf eine Bank in der Sonne. Ich schwitzte. Ich war nicht sicher, ob ich nach Osten gegangen war, in Richtung Fifth Avenue, oder nach Westen und damit tiefer in den Park hinein. Ich atmete langsam ein und aus, versuchte die plötzliche Panik zu unterdrücken, die mich befallen hatte. Sie war nur schlimm. Sie war nur ein bißchen schlimmer als sonst. Es war nichts allzu Ernstes. Ich griff nach einem der Bücher, die ich gekauft hatte, und schlug es aufs Geratewohl auf. Es war *Das Evangelium nach Thomas*, und hier ist, was ich las:

> Das Königreich des Himmels
> gleicht einer Frau, die einen Krug trug,
> einen Krug voller Speisen auf einer langen Reise.
> Als der Henkel brach,
> rannen hinter ihr die Speisen heraus, und daher
> merkte sie nicht, daß etwas nicht stimmte, bis sie,
> zu Hause angekommen, den Krug absetzte
> und sah, daß er leer war.
>
> Das Königreich des Himmels
> gleicht einem Mann, der einen Adligen töten wollte.
> Er zog zu Hause sein Schwert und führte es
> gegen eine Mauer,
> um zu prüfen, ob seine Hand stark genug war.
> Dann ging er hinaus und tötete den Adligen.

Ich dachte an meinen Vater, der in der Gasse hinter dem St. Alwyn getrunken hatte. Grelles Millhaven-Sonnenlicht wurde funkelnd von den roten Ziegeln und dem ölfleckigen Beton zurückgeworfen. In blendendes Licht getaucht, hob mein Vater seine Flasche und trank.

Ich stand auf und stellte fest, daß mir noch immer die Beine zitterten. Ich setzte mich wieder, bevor jemand es merkte. Zwei junge Frauen auf der nächsten Bank lachten über irgend etwas, und ich schaute zu ihnen hinüber. Eine von ihnen sagte: »Du hast geschworen zu schweigen. Fangen wir mit dem Anfang an ...«

Wieder zu Hause, tippte ich meine Notizen in den Computer und druckte sie aus. Ich sah, daß ich mir die Arbeit für die nächsten paar Tage skizziert hatte. Ich dachte daran, zum

Lunch hinunterzugehen, damit ich Maggie Lah die rätselhaften, barbarischen Verse aus dem gnostischen Evangelium zeigen konnte, erinnerte mich jedoch, daß Freitag war, einer der Tage, an denen sie in der Universität New York an ihrer Philosophie-Dissertation für ihren M. A.* arbeitete. Ich ging in meine Küche und öffnete den Kühlschrank. An der Tür klebte eine Fotografie, die ich am Tag nach der Hinrichtung von Ted Bundy aus der *New York Times* ausgeschnitten hatte. Sie zeigt seine Mutter mit dem Telefonhörer am Ohr, während sie sich mit dem anderen Zeigefinger das andere Ohr zuhält. Sie trägt einen Pony und eine große Brille und runzelt die starken Brauen, so konzentriert hört sie zu. Der Bildtext lautet: *Louise Bundy aus Tacoma, Wash., verabschiedet sich am Telefon von ihrem Sohn, dem Massenmörder, der gestern morgen in Florida hingerichtet wurde.*

Immer wenn ich das schreckliche Foto sehe, denke ich daran, es abzunehmen. Ich versuche mich zu erinnern, warum ich es überhaupt ausgeschnitten habe. Dann erst öffne ich die Kühlschranktür.

Das Telefon klingelte in dem Moment, in dem ich am Griff zog, ich machte die Tür wieder zu, ging in den Wohnraum meines Lofts und hob ab.

Ich sagte »Hallo«, und die Stimme am anderen Ende der Leitung sagte das gleiche und verstummte. Nach einer Pause fuhr sie fort: »Spreche ich mit Timothy Underhill? Timothy Underhill, dem Schriftsteller?«

Als ich sagte, ich sei Timothy Underhill, der Schriftsteller, sagte der Anrufer: »Es ist lange her, seit wir uns gesehen haben. Tim, hier ist John Ransom.«

Und dann sagte ich mir: *Natürlich!* Als hätte ich gewußt, daß er anrufen, daß Vorherbestimmtes sich ereignen werde und daß ich seit Tagen genau darauf gewartet hatte.

»Ich habe eben an dich gedacht«, sagte ich, weil ich mich im Central Park an unsere letzte Begegnung erinnert hatte – damals ganz und gar nicht mehr der freundliche, sich rechtfertigende Captain, den ich am Rand des Camps White Star getroffen und der wie ein Papagei Parolen gegen den Kom-

* Magister Artium – Meister der (freien) Künste (Anm. der Übersetzerin)

munismus geplappert hatte. Er hatte mich an Scoot erinnert. Er trug eine Halskette aus getrockneten, schwärzlichen kleinen Dingen, die ich zuerst für Ohren hielt, bis ich sah, daß es Zungen waren. Ich hatte ihn seitdem damals nicht mehr gesehen, aber einiges von dem, was er damals gesagt hatte, nie vergessen.

»Tja, ich habe auch an dich gedacht«, sagte er. Jetzt hörte er sich ganz anders an als der Mann, der eine Halskette aus Zungen getragen hatte. »Ich habe *The Divided Man* gelesen.«

»Danke«, sagte ich und fragte mich, warum er anrief. Er sprach langsam und so, als sei er müde.

»Das habe ich nicht gemeint. Ich dachte, du wüßtest vielleicht gern über etwas Bescheid. Vielleicht willst du sogar herkommen.«

»Wo ist das?«

»Millhaven«, sagte er. Dann lachte er, und ich dachte, er sei vielleicht betrunken. »Ich schätze, du hast nicht gewußt, daß ich wieder hier lebe. Ich bin Professor am Arkham College.«

Das war eine Überraschung. Arkham, eine Gruppe roter Ziegelbauten um einen niedergetretenen kleinen Rasenplatz, war eine düstere Lehranstalt westlich von Downtown. Die roten Steine waren längst schwärzlich und braun geworden, und die Fenster waren nie sauber. Es war nie eine besonders gute Schule gewesen, und ich konnte mir nicht vorstellen, daß sie inzwischen besser geworden war.

»Ich unterrichte Religion«, sagte er. »Wir haben ein kleine Fakultät.«

»War nett, wieder einmal von dir zu hören«, sagte ich und begann mich schon aus der Unterhaltung und von ihm zurückzuziehen.

»Nein, hör zu. Es ist etwas passiert, für das du dich möglicherweise interessierst. Ich möchte – ich würde gern mit dir darüber reden.«

»Was ist passiert?« fragte ich.

»Jemand hat zwei Leute überfallen und in der Nähe der beiden Opfer BLAUE ROSE an die Wand geschrieben. Eines der Opfer ist tot, das andere liegt im Koma.«

»Oh!« Ich konnte nicht mehr sagen. »Ist das wirklich wahr?«

»Das zweite Opfer ist April.«

Das Blut erstarrte mir in den Adern.

»Meine Frau April. Sie ist diejenige, die im Koma liegt.«

»Mein Gott«, sagte ich. »Tut mir leid, John. Wie ist es passiert?«

Er schilderte mir den Überfall auf seine Frau in groben Zügen. »Ich wollte dich nur etwas fragen. Wenn du eine Antwort hättest, wäre das großartig. Wenn du nicht antworten kannst, ist es auch okay.«

Ich wollte wissen, was für eine Frage er mir stellen wollte, doch ich glaubte, es ohnehin schon zu wissen.

»Denkst du noch immer, daß Detective Damrosch, den du in deinem Buch Esterhaz genannt hast, diese Leute getötet hat?«

»Nein«, sagte ich. Ich seufzte fast, denn mir war klar, was es bedeuten würde, wenn ich die Frage wahrheitsgemäß beantwortete. »Seit ich dieses Buch schrieb, habe ich einiges erfahren.«

»Über den *Blaue-Rose*-Mörder?«

»Du glaubst nicht, daß es derselbe ist, oder?« fragte ich.

»Doch, ich glaube, es ist derselbe, ja.« John Ransom zögerte. »Denn wenn Damrosch nicht der Mörder war, wurde der Kerl nie gefaßt. Er ist einfach von der Bildfläche verschwunden.«

»Das muß sehr hart für dich sein.«

Er zögerte wieder. »Ich wollte nur mit dir darüber reden. Ich – ich – ich bin nicht in allerbester Verfassung, schätze ich, aber ich will mich dir nicht aufdrängen. Du hast mir schon mehr als genug gesagt. Ich weiß nicht einmal sicher, wonach ich frage.«

»O doch, das weißt du«, sagte ich.

»Ich nehme an, ich hätte gern gewußt, ob du wohl herkommen und mit mir darüber reden würdest. Ich nehme an, ich war der Meinung, ich könnte ein bißchen Hilfe brauchen.«

Du mußt mir Schweigen geloben.

Fangen wir ganz von vorn an.

ZWEITER TEIL

Franklin Bachelor

1

Zum zweitenmal begegnete ich John Ransom in Vietnam, als ich eben versuchte, mich nach einer seltsamen und verwirrenden Vier-Tage-Patrouille wieder zurechtzufinden. Ich verstand nicht, was geschehen war – ich verstand etwas nicht, das ich gesehen hatte. Tatsächlich waren am letzten Tag der Patrouille zwei unerklärliche Dinge passiert, und als ich zufällig John Ransom traf, erklärte er mir beide.

Wir campierten in einem Wäldchen am Rand eines Reisfeldes. An diesem Tag hatten wir zwei Männer verloren, die so neu gewesen waren, daß ich ihre Namen schon vergessen hatte. Feuchtes graues Zwielicht hüllte uns ein. Wir durften nicht rauchen und nicht miteinander sprechen. Ein mürrischer Schwarzer namens Leonard Hamnet, fast zwei Meter groß und hundertfünfzig Pfund schwer, holte einen Brief, den er vor Monaten bekommen hatte, aus der Tasche, kniff die Augen zusammen und versuchte ihn zum tausendstenmal zu lesen, während er Dosenpfirsiche in den Mund löffelte. Der kostbare Brief war inzwischen nur noch ein Fetzen Papier, das von Klebestreifen zusammengehalten wurde.

In dem Moment begann jemand auf uns zu schießen, der Lieutenant schrie »Scheiße«. Wir ließen unser Essen fallen und erwiderten das Feuer auf die Unsichtbaren, die es auf uns abgesehen hatten. Als sie nicht aufhörten zu schießen, mußten wir durch das Reisfeld.

Das warme Wasser reichte uns bis an die Brust. An den Deichen krabbelten wir hinauf und tauchten auf der anderen Seite wieder in den Schlamm. Ein Junge aus Santa Cruz, Kalifornien, namens Thomas Blevins, bekam eine Ladung in den Nacken und fiel kurz vor dem ersten Deich ins Wasser, und ein anderer Junge, der Tyrell Budd hieß, hustete und legte sich neben Thomas Blevins. Der Field Officer forderte

Artilleriefeuer an. Als die großen Granaten vorüberjaulten, preßten wir uns an die Rückseite der beiden letzten Deiche. Die Erde bebte, und das Wasser kräuselte sich, und der Waldrand verkohlte in einem Feuerball. Wir konnten die Affen schreien hören.

Einer nach dem anderen krochen wir über den letzten Deich auf den festen Boden am anderen Ende des Reisfelds. Durch den spärlichen Baumbestand sah man eine kleine Gruppe strohgedeckter Hütten. Dann passierten die beiden Dinge, die ich nicht verstand, eins nach dem anderen. Im Wald schoß jemand mit einem Mörser auf uns, nur einmal. Ein Mörser, eine Salve. Ich ließ mich fallen und vergrub das Gesicht im Schlamm. Alle um mich herum taten das gleiche. Ich dachte daran, daß dies vielleicht meine letzte Sekunde auf Erden war, und atmete gierig den Rest Leben ein, der mir vielleicht noch blieb. Ich durchlebte jenen endlosen Moment absoluter Hilflosigkeit, in dem die Seele sich gleichzeitig an den Körper klammert und darauf vorbereitet, ihn zu verlassen. Die Granate landete auf dem letzten Deich und zerfetzte ihn. Dreck, Schlamm und Wasser klatschten um uns herum. Ein Granatsplitter pfiff über unsere Köpfe und riß ein Stück Rinde und Holz, so groß wie ein Hamburger, aus einem Baum. Dann prallte er gegen Spanky Burrages Helm – mit einem Geräusch, als knalle ein Ziegel auf eine Mülltonne. Schließlich fiel er zu Boden, ein wenig Rauch stieg von ihm auf.

Wir rappelten uns auf. Spanky sah tot aus, aber er atmete noch. Leonard Hamnet hob ihn auf und warf sich ihn über die Schulter.

Als wir das kleine Dorf im Wald auf der anderen Seite des Reisfeldes betraten, hatte ich eine Art Vorgeschmack des Jammers, dem wir später an einem Ort namens Ia Thuc begegnen sollten. Wenn ich das sagen darf, ohne alle gotischen Glocken zum Klingen zu bringen – in diesem Ort schien alles irgendwie unecht –, es war zu still, nichts rührte sich, man hörte weder Geräusche noch sah man auch nur die kleinste Bewegung. Es gab weder Hühner noch Hunde, noch Schweine. Keine alte Frau kam heraus, um uns zu begutachten, kein alter Mann lächelte uns freundlich an. Die Hütten waren leer – etwas, das ich bis dahin in Vietnam no… sehen hatte und auch nie wieder sehen sollte.

Laut Michael Pooles Karte hieß der Ort Bong To.

In der Mitte des leeren Dorfes legte Hamnet Spanky in… hohe Gras. Ich stieß ein paar Worte in meinem kümmerlichen Vietnamesisch hervor.

Spanky stöhnte. Vorsichtig betastete er die Seiten seines Helms. »Ich habe eine Kopfwunde«, sagte er.

»Wenn du nur den Helmeinsatz getragen hättest, hättest du überhaupt keinen Kopf mehr«, sagte Hamnet.

Spanky biß sich auf die Lippen und schob den Helm nach oben, um ihn abzunehmen. Er stöhnte. Fingerbreit lief das Blut neben seinem Ohr hinunter. Schließlich glitt der Helm über eine apfelgroße Beule unter seinem Haar. Zusammenzuckend befingerte Spanky den Buckel. »Ich sehe alles doppelt«, sagte er. »Den Helm krieg ich nie wieder auf den Kopf.«

»Immer mit der Ruhe«, sagte der Sanitäter. »Wir bringen dich hier raus.«

»Raus von hier?« Spanky wurde zusehends lebhafter.

»Zurück nach Crandall«, sagte der Sanitäter.

Ein widerwärtiger kleiner Kretin namens Spitalny kam angeschlichen, und Spanky sah ihn stirnrunzelnd an. »Es is keiner nich da«, sagte Spitalny. »Was, verdammt, is 'n los?« Daß das Dorf leer war, nahm er als persönliche Kränkung.

Leonard Hamnet kehrte ihm den Rücken und spuckte aus.

»Spitalny, Tiano«, sagte der Lieutenant. »Geht zurück ins Reisfeld und holt Tyrell und Blevins. Jetzt.«

Tattoo Tiano, der sechseinhalb Monate später starb und Spitalnys einziger Freund war, sagte: »Diesmal sind Sie dran, Lieutenant.«

Hamnet drehte sich um und begann auf Tiano und Spitalny zuzugehen. Er sah aus, als sei er um zwei Größen gewachsen, als könnten seine Hände Felsstücke heben. Ich hatte vergessen, wie groß er war. Er hielt den Kopf gesenkt, und über seiner Iris sah man einen strahlendweißen Rand. Ich wäre nicht überrascht gewesen, wenn aus seinen Nasenlöchern Rauch gekommen wäre.

»Hey, bin schon weg – ich bin sogar schon dort«, sagte

Tiano. Er und Spitalny entfernten sich rasch durch die spärlichen Bäume. Wer immer den Mörser abgefeuert hatte, hatte eingepackt und sich verzogen. Inzwischen war es fast dunkel, und die Moskitos hatten uns entdeckt.

Hamnet ließ sich so schwer auf den Boden fallen, daß ich es in den Stiefeln spürte.

Poole, Hamnet und ich betrachteten das Dorf.

»Vielleicht sollte ich mich auch mal umschauen«, sagte der Lieutenant. Er knipste sein Feuerzeug ein paarmal an und aus und ging dann auf die nächste Hütte zu. Wir anderen standen herum wie die Idioten und horchten auf die Moskitos und die Geräusche, die Spitalny und Tiano machten, während sie die beiden Gefallenen über die Deiche zerrten. Ab und zu stöhnte Spanky und schüttelte den Kopf. Zuviel Zeit verstrich.

Der Lieutenant kam sehr schnell aus der Hütte zurück.

»Underhill, Poole«, sagte er. »Ich möchte, daß ihr euch das anseht.«

Poole und ich warfen uns einen Blick zu. Poole schien seelisch nur wenige Zentimeter davor, entweder dem Lieutenant eins überzuziehen oder zu explodieren. Die Augen in seinem schlammbespritzten Gesicht waren so groß wie Hühnereier. Er war gespannt wie die Feder einer billigen Uhr. Wahrscheinlich seh ich genauso aus, dachte ich.

»Was denn, Lieutenant?« fragte er.

Der Lieutenant winkte uns, ihm in die Hütte zu folgen. Poole sah aus, als wolle er dem Lieutenant in den Rücken schießen. *Ich* hatte das Gefühl, ich müsse den Lieutenant in den Rücken schießen, merkte ich im nächsten Moment. Vor mich hinmurmelnd, ging ich auf die Hütte zu. Poole kam mir nach.

Als wir reinkamen, befingerte der Lieutenant sein Seitengewehr. Er sah uns stirnrunzelnd an, um uns zu verstehen zu geben, daß wir seinen Befehl zu langsam befolgt hatten, dann knipste er sein Feuerzeug an.

»Sie sagen mir, was das ist, Poole«, sagte er.

Er ging tiefer in die Hütte hinein und hielt das Feuerzeug in die Höhe wie eine Fackel. Dann bückte er sich und zog an den Rändern eines Fußbodenbrettes. Blutgeruch stieg mir in die Nase. Das Feuerzeug erlosch, und um uns wurde es dunkel. Der Lieutenant klappte das Brett an den Scharnieren zurück. Der Geruch kam von etwas, das dort unten lag, was immer es war. Der Lieutenant knipste das Zippo wieder an, und sein Gesicht sprang förmlich aus der Dunkelheit. »Jetzt sagt ihr mir, was das ist.«

»In diesen Verschlägen verstecken sie die Kinder, wenn Leute wie wir auftauchen«, sagte ich. »Haben Sie hineingeschaut?«

An seinen verkrampften Wangen und dem fast lippenlosen Mund sah ich, daß er nicht hineingeschaut hatte. Er wollte nicht dort hinunter und sich von einem Minotaurus töten lassen, während sein Zug draußen herumstand.

»Sich dort unten umzusehen ist dein Job, Underhill.«

Eine Sekunde betrachteten wir beide die Leiter aus geschälten, mit Lappen zusammengebundenen Ästen, die in die Grube führte.

»Geben Sie mir das Feuerzeug«, sagte Poole und nahm es dem Lieutenant einfach aus der Hand. Er setzte sich an den Rand des Lochs, beugte sich vor und hielt die Flamme hinein. Er brummte etwas und überraschte den Lieutenant und mich, indem er in das Loch hinuntersprang. Das Licht ging aus. Der Lieutenant und ich starrten in das dunkle Rechteck im Fußboden.

Das Feuerzeug flammte wieder auf. Ich sah Pooles ausgestreckten Arm, die flackernde kleine Flamme, einen festgestampften Lehmboden. Die obere Kante des geheimen Raumes war knapp zwei Zentimeter über Pooles Kopf. Er entfernte sich von der Öffnung.

»Was ist da unten? Sind es« – die Stimme des Lieutenants wurde zu einem Krächzen – »sind es Leichen?«

»Komm runter, Tim!« rief Poole herauf.

Ich setzte mich auf den Boden, schwang die Beine in die Grube und sprang. Der Blutgeruch war widerwärtig stark.

»Was seht ihr da unten?« brüllte der Lieutenant. Er versuchte wie ein Anführer zu sprechen, doch seine Stimme überschlug sich beim letzten Ton.

Ich sah einen leeren Raum, der die Form eines Grabes hatte. Die Wände waren mit einer Art dickem Papier bedeckt, das von in den Boden versenkten hölzernen Streben festgehalten wurde. Auf dem braunen Papier und auf zwei Streben waren Blutflecke.

»Heiß«, sagte Poole und knipste das Feuerzeug aus.

»Kommt her, verdammt!« bellte der Lieutenant. »Kommt da raus!«

»Ja, Sir«, sagte Poole und knipste das Feuerzeug wieder an. Viele Lagen dicken Papiers lagen wie ein Saugkissen auf dem Boden. Die oberste, dünnste Schicht war mit vietnamesischen Schriftzeichen bedeckt. Die Schrift sah aus wie die linkshändigen Seiten von Kenneth Rexroths Übersetzung von Tu Fu und Li Po.

»Nun, nun«, sagte Poole, und ich drehte mich um und sah, daß er auf etwas zeigte, das zuerst wie an den Streben befestigtes, kunstvolles Flechtwerk aussah. Poole ging näher, und das Flechtwerk wurde im Schein des Feuerzeugs deutlich sichtbar. Etwa ein Meter zwanzig über dem Boden waren Eisenketten in den Streben verschraubt. Das dicke Saugkissen unter den Ketten war blutgetränkt. Der Boden zwischen den etwa neunzig Zentimeter voneinander entfernten Streben sah rostig aus. Poole brachte die Flamme näher an die Ketten heran, und wir sahen das getrocknete Blut auf den metallenen Gliedern.

»Ich will, daß ihr zwei da rauskommt, auf der Stelle!« kiekste der Lieutenant.

Poole knipste das Feuerzeug aus, und wir gingen zum Ausstieg zurück. Ich hatte das Gefühl, den Schrein einer obszönen Gottheit gesehen zu haben. Der Lieutenant beugte sich vor und streckte die Hand aus, aber natürlich beugte er sich nicht weit genug vor, daß wir ihn erreichen konnten. Mit steifen Armen stemmten wir uns aus dem Loch. Der Lieutenant trat zurück. Er hatte ein mageres Gesicht und eine dicke, fleischige Nase. Sein Adamsapfel tanzte in seinem Hals auf und ab wie eine springende Bohne. »Nun, wie viele?«

»Wie viele was?« fragte ich.

»Wie viele sind dort unten?« Er wollte mit einer eindrucksvollen Totenliste nach Camp Crandall zurückkehren.

»Nun ja, Leichen sind keine da, Lieutenant«, sagte Poole und schilderte ihm, was wir gesehen hatten.

»Tja, und wozu soll das gut sein?« fragte er. Er meinte: *Und was bringt das mir?*

»Verhöre, wahrscheinlich«, sagte Poole. »Wenn man dort unten jemand ›befragt‹, hört außerhalb der Hütte keiner was. Die Leichen kann man nachts einfach in den Wald schleifen.«

»Posten für Verhöre vor Ort«, sagte der Lieutenant. »Folter, Anwendung stark indiziert.« Er nickte abermals. »Richtig?«

»Sehr stark«, sagte Poole.

»Zeigt uns wieder einmal, mit was für einer Art von Feind wir es in diesem Konflikt zu tun haben.«

Ich ertrug es nicht länger, auf demselben Quadratmeter Erde wie der Lieutenant zu stehen, und machte einen Schritt auf die Tür der Hütte zu. Ich wußte nicht, was Poole und ich gesehen hatten, aber ich wußte, daß es kein ›Posten für Verhöre vor Ort, Folter, Anwendung stark indiziert‹ war, es sei denn, die Vietnamesen hatten begonnen, Affen zu verhören. Mir kam der Gedanke, daß die Schrift auf dem Papier vielleicht gar kein Gedicht war, sondern eine Namensliste – ich dachte, wir seien über ein Geheimnis gestolpert, das nichts mit dem Krieg zu tun hatte, ein vietnamesisches Mysterium.

Eine Sekunde lang hörte ich im Kopf Musik aus meinem früheren Leben, Musik von unerträglicher Schönheit. Schließlich erkannte ich sie. »Der Spaziergang in den Garten Eden« aus *Romeo und Julia auf dem Dorfe* von Frederick Delius.* In Berkeley hatte ich sie ein paar hundertmal gehört.

Wenn nichts dazwischengekommen wäre, hätte ich das Stück im Kopf zu Ende gehört, glaube ich. Tränen traten mir in die Augen, und ich ging einen Schritt weiter auf die Tür zu. Dann blieb ich stehen. Ein Junge, sieben oder acht Jahre alt, sah mich aus der entgegengesetzten Ecke des Raumes mit großem Ernst an. Ich wußte, daß er nicht da – daß es ein Geist war. Ich glaubte nicht an Geister, aber er war einer. Irgendein Teil meines Gehirns erinnerte sich, so sachlich wie ein Kriminalreporter, daß ›Der Spaziergang in den Garten Eden‹ von zwei Kindern handelte, die bald sterben mußten,

---

* Brit. Komponist; ›Romeo und Julia auf dem Dorfe‹, Oper nach G. Keller.(Anm. der Übersetzerin)

und daß in einem gewissen Sinn die Musik ihr Tod *war*. Ich fuhr mir mit der Hand über die Augen, und als ich den Arm senkte, war der Junge noch immer da. Ich prägte mir sein helles Haar ein, die runden dunklen Augen, das abgetragene Strickhemd und die Drillichhose – er sah aus wie jemand, den ich in meiner Kindheit in Pigtown hätte kennen können. Dann verschwand er so plötzlich wie das flackernde Flämmchen des Zippo. Fast hätte ich laut gestöhnt.

Ich sagte etwas zu den beiden anderen Männern und trat hinaus in die zunehmende Dunkelheit. Ganz undeutlich hörte ich noch, daß der Lieutenant Poole bat, ihm die Streben und die blutigen Ketten noch einmal zu beschreiben. Hamnet und Burrage und Calvin Hill saßen, an Bäume gelehnt, auf dem Boden. Victor Spitalny rieb sich die Hände an seinem dreckigen Hemd. Aus Hills Zigarette stieg weißer Rauch auf, und Tina Pumo atmete einen Schwall weißen Hauchs aus. Völlig unzusammenhängend dachte ich plötzlich mit absoluter Überzeugung, daß hier der Garten Eden war. Die Männer, die im Dunkeln ruhten; das Muster des Zigarettenrauchs und die Muster, die sie im Stehen oder Sitzen bildeten; die hereinbrechende Dunkelheit, körperlich spürbar wie eine Decke; der Rahmen der Bäume und der flache, graugrüne Hintergrund des Reisfeldes.

Meine Seele lebte wieder.

Dann wurde mir bewußt, daß mit den Männern vor mir etwas nicht stimmte, und wieder brauchte mein Verstand einen Moment länger als meine Intuition, um zu begreifen. Ich hatte registriert, daß vor mir zwei Männer zuviel waren. Statt sieben waren es neun, und die beiden von den neun, die wir ursprünglich gewesen waren, waren noch in der Hütte. Ein großartiger Soldat namens M. O. Dengler betrachtete mich mit wachsender Neugier, und ich dachte, daß er haargenau wußte, was ich dachte. Ein krankhaftes Frösteln durchlief mich. Ich sah die beiden Gefallenen, Tom Blevins und Tyrell Budd, am rechten Ende des Zuges stehen, ein bißchen mehr mit Schlamm bespritzt als die anderen, unterschieden sie sich auch dadurch von ihnen, daß sie, wie Dengler, direkt mich ansahen.

Hill schnippte seine Zigarette weg, so daß sie einen kleinen Lichtbogen beschrieb, Poole und Lieutenant Joys kamen hinter mir aus der Hütte. Leonard Hamnet klopfte sich auf die Tasche, um sich zu überzeugen, daß er seinen geheimnisvollen Brief noch hatte. Ich blickte nach rechts, und die beiden Toten waren verschwunden.

»Brechen wir auf«, sagte der Lieutenant. »Hier gibt's rein gar nichts für uns zu holen.«

»Tim?« fragte Dengler. Seit ich aus der Hütte gekommen war, hatte er mich unverwandt angesehen. Ich schüttelte den Kopf.

»Na, was war's?« fragte Tina Pumo. »War es interessant?« Spanky und Calvin Hill lachten und klatschten in die Hände.

»Wollen wir das Dorf nicht abbrennen?« fragte Spitalny.

Der Lieutenant ignorierte ihn. »Sehr sogar, Pumo. Verhör-Posten. Verhör-Posten vor Ort.«

»Na, so was aber auch!« sagte Pumo.

»Diese Leute foltern, Pumo. Das war nur ein weiterer Hinweis.«

»Kapiert.« Pumo sah mich an, und seine Augen wurden neugierig. Dengler kam näher.

»Ich habe mich eben an etwas erinnert«, sagte ich. »An etwas aus der Welt.«

»Vergiß die Welt lieber, solange du hier bist, Underhill«, sagte der Lieutenant. »Ich versuche euch am Leben zu erhalten, falls ihr das noch nicht bemerkt haben solltet, aber ihr müßt mit mir kooperieren.« Sein Adamsapfel hüpfte wie ein bettelndes Hündchen.

Am nächsten Abend konnten wir duschen, bekamen was Richtiges zu essen und Feldbetten zum Schlafen. Zwei neue Leute ersetzten Tyrell Budd und Thomas Blevins, deren Namen nie wieder erwähnt wurden, zumindest nicht von mir, bis lange nach dem Krieg, als Poole, Linklater, Pumo und ich sie mit unseren übrigen Toten an der Wand in Washington suchten. Ich wollte die Patrouille vergessen, besonders das, was ich in der Hütte gesehen und erlebt hatte.

Ich erinnere mich, daß es regnete. Ich erinnere mich, daß die Erde dampfte und das Kondenswasser an den metallenen Zeltstäben hinunterrann. Die Gesichter um mich herum waren feucht. Ich saß im Zelt der Brüder und hörte mir die Musik an, die Spanky Burrage auf dem großen Tonbandgerät abspielte, das er bei R & R in Taipeh gekauft hatte. Spanky Burrage spielte nie Delius, aber was er spielte, war paradiesisch fantastischer Jazz von Armstrong bis Coltrane, von Bändern, die seine Freunde in Little Rock für ihn aufgenommen hatten und die er so gut kannte, daß er die jeweilige Spur fand, ohne auf das Zählwerk schauen zu müssen. Spanky mimte bei diesen langen Sessions gern den Diskjockey, wechselte Spulen und ließ ein paar hundert Meter Band im Schnelldurchlauf vorüberflitzen, um dieselben Lieder von verschiedenen Musikern spielen zu lassen, sogar dasselbe Lied, das sich unter verschiedenen Namen verbarg – *Cherokee* und *KoKo, Indiana* und *Donna Lee* – oder eine lange Reihe von Liedern, mit denselben Titeln: *I thought About You* (Art Tatum) oder *You and the Night and Music* (Sonny Rollins), *I Love You* (Bill Evans), *If I Could Be with You* (Ike Quebec), *You Leave Me Breathless* (Milt Jackson) und so weiter. Heute stellte Spanky uns nur einen Künstler vor – den großen Trompeter Clifford Brown.

An diesem glühendheißen, verregneten Tag ging Clifford Brown in den Garten Eden. Ihm zuzuhören war so, als beobachte man einen lächelnden Mann, der mit der Schulter eine riesige Tür aufstieß und große, blendende Lichtstrahlen einließ. Die Welt, in der wir waren, transzendierte Schmerz und Verlust, und Fantasie hatte Furcht verdrängt. Sogar Hauptgefreiter Cotton und Calvin Hill, die James Brown Clifford Brown vorzogen, lagen in ihren Kojen und hörten zu, während Spanky instinktsicher von einer Spur zur anderen wechselte.

Nachdem er etwa zwei Stunden den Diskjockey gespielt hatte, ließ er das Band zurücklaufen und sagte: »Genug.« Das Ende des Bandes schlug gegen die Spule. Ich sah Dengler an, der ganz benommen schien, als erwache er aus einem langen Schlaf. Die Erinnerung an die Musik war noch um uns: Noch strömte das Licht durch den Spalt in der großen Tür.

»Ich werde jetzt rauchen und was trinken«, verkündete Cotton und stieß sich von seiner Koje ab. Er ging zum Zelteingang, schlug die Klappe zurück und gab den Blick auf grüne Nässe frei. Das blendende Licht, das Licht aus einer anderen Welt verblaßte. Cotton seufzte, setzte sich einen breitrandigen Hut auf und schlüpfte hinaus. Bevor die steife Klappe zufiel, sah ich ihn auf dem Weg zu Wilson Manlys Baracke durch Pfützen springen. Ich hatte das Gefühl, ich sei von einer langen Reise zurückgekehrt.

Spanky legte das Clifford-Brown-Band in die Schachtel. Irgendwo ganz hinten im Zelt schaltete jemand den Armeesender ein. Spanky sah mich an und zuckte mit den Schultern. Leonard Hamnet holte seinen Brief heraus und las ihn sehr langsam durch.

Dengler sah mich lächelnd an. »Was, glaubst du, wird passieren? Mit uns, meine ich. Meinst du, es wird immer so weitergehen, Tag für Tag, oder wird es immer seltsamer werden?« Er wartete meine Antwort nicht ab.

»Ich denke, es wird immer irgendwie gleich aussehen, aber nicht gleich sein – ich denke, die Grenzen beginnen sich aufzulösen. Ich denke, das passiert einfach, wenn man lange genug hier draußen ist. Die Grenzen fangen an sich aufzulösen.«

»Deine Grenzen haben sich schon vor langer Zeit aufgelöst, Dengler«, sagte Spanky und lachte sich über seinen Witz halb schief.

Dengler sah mich noch an. Auf mich wirkte er immer wie ein ernstes dunkelhaariges Kind, nie so, als gehöre er in eine Uniform. »Ich sag euch jetzt, was ich meine, so ungefähr ... Als wir diesem Trompeter zuhörten ...«

»*Brownie*, Clifford Brown«, flüsterte Spanky.

»... habe ich in der Luft die Noten gesehen. Als stünden sie auf einer langen Pergamentrolle. Und nachdem er sie gespielt hatte, blieben sie noch lange in der Luft hängen.«

»Schätzchen«, sagte Spanky leise, »für 'nen kleinen weißen Spießer biste ziemlich *hip*.«

»Als wir in diesem Dorf waren«, sagte Dengler. »Erzähl mir davon ...«

Ich sagte, er sei schließlich auch dort gewesen.

»Aber du hast irgendwas erlebt. Was Besonderes.«

Ich schüttelte den Kopf.

»Na schön«, sagte Dengler. »Aber es geschieht, nicht wahr? Die Dinge verändern sich.«

Ich konnte nicht sprechen. Ich konnte Dengler vor Spanky Burrage nicht sagen, daß ich mir eingebildet hatte, die Geister von Blevins, Budd und einem amerikanischen Kind gesehen zu haben. Ich schüttelte lächelnd den Kopf. Mit großer und heimlicher Erregung sagte ich mir, daß ich eines Tages imstande sein würde, über all das zu schreiben, und daß das Kind aus einem Buch gekommen war, um nach mir zu suchen – aus einem Buch, das ich noch schreiben mußte.

2

Ich verließ das Zelt mit dem unklaren Gefühl, daß mich draußen die leichte Kühle erwartete, die auf den Regen folgt. Die Sonne, jetzt wieder sichtbar, war ein dunkel orangefarbener Ball weit im Westen. Auf dem Grund meiner rechten Hosentasche lag ein Päckchen mit weißem Pulver, so tief, daß ich seinen oberen Rand gerade noch mit den Fingerspitzen berühren konnte. Was ich jetzt brauchte, war ein Bier.

Die Baracke, in der ein Wiesel mit Unternehmergeist namens Wilson Manly geschmuggelte Alkoholika – Schnaps und Bier – verkaufte, lag am entgegengesetzten Ende des Camps. Gerüchteweise hieß es, daß man im Mannschafts-Club billiges vietnamesisches ›33‹-Bier in amerikanischen Flaschen bekam.

Es gab noch ein ›Lokal‹, weiter weg als der Mannschafts-Club, aber näher als Manlys Baracke und dem offiziellen Status nach irgendwie dazwischen. Ungefähr zwanzig Minuten entfernt, an der Kurve der steil ansteigenden Straße zum Flugplatz und zum Motorpool, stand ein einzelner Holzbau, Billy's genannt. Billy war schon vor langer Zeit nach Hause gegangen, aber sein Club, angeblich ein alter französischer Kommandoposten, hatte überlebt. Wenn er geöffnet hatte, servierten mehrere schlanke Montagnard-Jungen, die in den fast leeren Zimmern im ersten Stock schliefen, den Gästen die Drinks. Ich war zwei- oder dreimal oben, erfuhr aber nie, wohin die Jungen gingen, wenn Billy's geschlossen hatte. Billys sah ganz und gar nicht wie ein französischer Kommandoposten, sondern wie ein Rasthaus aus.

Vor langer Zeit hatte das Gebäude einen braunen Anstrich gehabt. Irgendwann hatte jemand die beiden Vorderfenster im Erdgeschoß mit Brettern verschlagen, und jemand anders hatte ein paar schmale, quer über die senkrechten Bretter genagelte Hölzer weggerissen, so daß das Licht in zwei schmalen weißen Streifen hereinfiel, die am Tag über den Fußboden wanderten. Es gab weder Elektrizität noch Eis. Wenn man auf die Toilette mußte, begab man sich in eine kleine Zelle mit zwei metallenen Stiefelabdrucken zu beiden Seiten eines Lochs im Boden.

Das Gebäude stand in der Kurve der Straße in einem Wäldchen, und als ich im Sonnenuntergang bergab darauf zuging, tauchte rechts neben der Bar ganz langsam ein bisher unsichtbarer, schlammbespritzter Jeep mit Tarnanstrich auf, schob sich unter den Bäumen heraus wie eine optische Täuschung.

Leise Männerstimmen verstummten, als ich die allmählich verrottende Veranda betrat. Ich suchte auf dem Jeep nach Erkennungszeichen, aber die Türen waren schlammbedeckt. Auf dem Rücksitz schimmerte stumpf etwas Weißes. Als ich näher hinschaute, sah ich in einer Taurolle einen ovalen Knochen, und ich brauchte einen Moment, ehe ich erkannte, daß es sich um die Decke eines peinlich gesäuberten und gebleichten menschlichen Schädels handelte.

Die Tür ging auf, ehe ich nach der Klinke greifen konnte. Ein Junge namens Mike in losen Khakishorts und einem schmutzigen weißen T-Shirt, das ihm zu groß war, baute sich vor mir auf. Dann sah er, wer ich war. »Oh«, sagte er. »Ja, Tim. Okay. Du kannst reinkommen.« In seiner Haltung drückte sich eine Art defensiver Wachsamkeit aus, und er warf mir ein gezwungenes Lächeln zu, als fühle er sich nicht wohl in seiner Haut.

»Ist es okay?« fragte ich, denn alles an ihm verriet mir, daß es nicht okay war. »Ja.« Er trat beiseite und ließ mich hinein.

Die Bar sah leer aus; der Lichtstreifen, der durch die Öffnungen in den Fenstern fiel, hatte schon den großen Spiegel erreicht und funkelte darin wie weißes Feuer. Scharfer Korditgeruch hing in der Luft. Ich machte ein paar Schritte hinein, und Mike ging um mich herum und kehrte auf seinen Posten zurück.

»Oh, zum Teufel«, sagte jemand zu meiner Linken. »Mußte das sein?«

Ich wandte den Kopf und sah an einem runden Tisch an der Wand drei Männer sitzen. Die Kerosinlampen brannten noch nicht, und das Funkeln im Spiegel ließ die äußersten Ecken der Bar noch dunkler erscheinen.

»Ist okay, ist okay«, sagte Mike. »Alter Kunde. Alter Freund.«

»Darauf könnt ich wetten«, sagte die Stimme. »Laß nur keine Frauen rein.«

»Keine Frauen«, sagte Mike. »Kein Problem.«

Ich ging zwischen den Tischen durch zum letzten auf der rechten Seite.

»Willst du Whiskey, Tim?« fragte Mike.

»Tim?« sagte der Mann. *»Tim?«*

»Bier«, sagte ich und setzte mich.

Eine fast leere Flasche Johnny Walker Black, drei Gläser und ungefähr ein Dutzend Bierdosen standen vor den drei Männern auf dem Tisch. Der Soldat, der mit dem Rücken zur Wand saß, schob ein paar Bierdosen zur Seite, so daß ich den .45er neben der Johnny-Walker-Flasche sah. Er beugte sich mit den gezirkelten Bewegungen des Betrunkenen vor. Die Ärmel seines Hemdes waren abgerissen, und seine Haut war dunkel von Schmutz, als habe er seit Jahren nicht mehr gebadet. Sein Haar war mit dem Messer geschnitten worden.

»Ich möchte nur ganz sichergehen«, sagte er. »Du bist keine Frau, richtig? Du kannst es beschwören?«

»Wie du willst«, sagte ich.

Er legte die Hand auf den Revolver.

»Schon kapiert«, sagte ich. Mike brachte mir mein Bier.

»Tim. Komischer Name. Klingt nach 'm kleinen Jungen – wie der da.« Er zeigte mit der linken Hand auf Mike, nicht nur mit einem Finger, während seine Rechte noch immer auf dem .45er lag. »Kleiner Scheißer, sollte 'n Kleid tragen. Praktisch trägt er ja auch eins.«

»Magst du keine Frauen?« fragte ich. Mike stellte eine Dose Budweiser auf meinen Tisch und schüttelte schnell den Kopf, zweimal. Er hatte mich im Club haben wollen, weil er fürchtete, der betrunkene Soldat werde ihn erschießen, und jetzt machte ich alles nur noch schlimmer.

Ich sah zu den beiden Männern mit dem betrunkenen Offizier hinüber. Sie waren dreckig und erschöpft – was immer dem Betrunkenen widerfahren war, sie hatten es auch durchgemacht. Nur waren sie nicht betrunken. Noch nicht.

»Dieser Scheißkerl aus'm letzten Glied stört meinen Seelenfrieden«, sagte der Betrunkene zu dem stämmigen Mann rechts neben ihm. »Sag ihm, er soll von hier verschwinden, sonst wird er einem gewissen Maß an Unannehmlichkeiten nicht entgehen.«

»Laß ihn in Ruhe«, sagte der andere Soldat. Trockene Schlammstreifen bedeckten sein schmales, eingefallenes Gesicht.

Der betrunkene Offizier verblüffte mich dadurch, daß er sich zu dem anderen hinüberbeugte und in einem klaren, gemessenen Vietnamesisch zu sprechen begann. Es war ein altmodisches, beinahe literarisches Vietnamesisch, und er mußte in dieser Sprache gedacht und geträumt haben, um sie so gut zu sprechen. Er setzte voraus, daß weder ich noch der Montagnard-Junge ihn verstehen würden.

Das ist ernst, sagte er. *Die meisten Menschen auf der Welt, die ich nicht verachte, sind schon tot oder sollten es sein.*

Es kam noch mehr, und ich kann nicht beschwören, daß er genau das gesagt hat, aber es kommt annähernd hin.

In demselben fließenden Vietnamesisch, das für meine Ohren so gestelzt klang wie die Sprache eines drittklassigen viktorianischen Romans, fuhr er fort: *Du darfst nicht vergessen, was wir mitgebracht haben.*

Man braucht viel Zeit und viel Geduld, um Knochen zu bleichen. Ein Schädel war bestimmt schwieriger zu bearbeiten als das übrige Skelett.

Dein Gefangener braucht noch was zu trinken, sagte er, fiel in seinen Sessel zurück und sah mich an, die Hand noch immer auf der Waffe.

»Whiskey«, sagte der stämmige Soldat. Mike holte schon die Flasche vom Regal. Er verstand, daß der Offizier sich bewußtlos trinken wollte, ehe er es für nötig erachtete, jemanden zu erschießen.

Einen Moment lang hatte ich den Eindruck, daß ich den Stämmigen rechts von ihm von irgendwoher kannte. Er hatte sich den Kopf so gründlich rasieren lassen, daß er kahl aussah, und seine Augen über den Schmutzstreifen waren riesig. In einem Schlitz an seinem Kragen hing eine Uhr aus rostfreiem Stahl. Er streckte den muskulösen Arm nach der Flasche aus, die Mike ihm reichte, wobei er so weit wie möglich vom Tisch wegblieb. Der Soldat schraubte die Verschlußkappe ab und füllte alle drei Gläser. Der Mann in der Mitte trank sofort alles aus und knallte das Glas auf den Tisch, um sich nachgießen zu lassen.

»Irgendwas wird hier passieren«, sagte der hagere Soldat, der bisher am schweigsamsten gewesen war. Er sah mich direkt an. »Kumpel?«

»Dieser Mann ist niemandes Kumpel«, sagte der Betrunkene. Bevor ihn jemand aufhalten konnte, schnappte er sich den Revolver, zielte und schoß. Mündungsfeuer blitzte auf, es gab eine ohrenbetäubende Explosion, und es roch nach Kordit. Etwa zweieinhalb Meter links von mir durchschlug die Kugel glatt die Wand aus Weichholz. Ein bißchen Licht fiel schräg durch das Loch, das sie hineingerissen hatte.

Einen Moment lang war ich taub. Ich trank den Rest meines Bieres aus und stand auf. In meinem Kopf dröhnte es.

»Ist es klar, daß ich die Notwendigkeit dieser Art von Scheiße hasse?« sagte der Betrunkene. »Habt ihr das begriffen?«

Der Soldat, der mich ›Kumpel‹ genannt hatte, lachte, und der Stämmige – ein Captain – schenkte dem Betrunkenen Whiskey nach. Dann stand er auf und kam auf mich zu. Trotz der Erschöpfung und der Dreckstreifen war die ängstliche Spannung in seinem Gesicht nicht zu übersehen. Er stellte sich zwischen mich und den Mann mit der Waffe.

Er begann mich zur Tür zu ziehen, wobei er mich mit seinem Körper gegen den anderen Tisch abschirmte. Er warf mir einen ungeduldigen Blick zu, weil ich mich weigerte, mit ihm Schritt zu halten. Dann merkte ich, daß ihm meine

Pupillen auffielen. »Gottverdammt«, sagte er, blieb stocksteif stehen und sagte noch einmal: »Gottverdammt!« Aber in einem völlig anderen Ton.

Ich fing an zu lachen.

»Oh, das ist...« Er schüttelte den Kopf »Das ist wirklich ...«

»Wo hast du gesteckt?« fragte ich ihn.

John Ransom drehte sich zum Tisch um. »He, ich kenne den Mann. Er ist ein alter Freund von mir, wir haben zusammen Football gespielt.«

Der betrunkene Major zuckte mit den Schultern und legte den .45er auf den Tisch. Seine Lider waren beinahe geschlossen. »Ich mach mir nichts aus Football«, sagte er, ließ aber die Waffe liegen. »Spendier dem Sergeant einen Drink«, sagte der hagere Offizier.

John Ransom ging schnell zur Bar und griff nach einem Glas, das der verwirrte Mike ihm reichte. Ransom füllte sein Glas und meins und kam dann zu mir zurück.

Wir beobachteten, wie der Kopf des Majors immer tiefer sank. Als er endlich auf seiner Brust lag, sagte Ransom: »In Ordnung, Jed«, und der andere zog den Revolver unter der Hand des Majors hervor und schob ihn sich in den Gürtel. »Der Mann ist weg«, sagte Jed zu uns.

Ransom drehte sich wieder zu mir um. »Er war drei Tage und drei Nächte mit uns wach, und Gott allein weiß, wie viele Tage und Nächte davor.« Ransom brauchte mir nicht eigens zu erklären, wer er war. »Jed und ich haben ein bißchen Schlaf erwischt, aber er hat geredet und geredet.« Er ließ sich an meinem Tisch auf einen Stuhl fallen und hob das Glas an den Mund. Ich setzte mich neben ihn.

Einen Moment lang sagte keiner was. Der Lichtstreifen, der durch die Fenster fiel, war vom Spiegel weitergewandert und näherte sich einer bestimmten Stelle an der Wand, was bedeutete, daß er bald verschwinden würde. Mike nahm den Zylinder von einer Lampe und trimmte den Docht.

»Wie kommt es, daß du immer abgefuckt bist, wenn ich dich sehe.«

»Das mußt du fragen?«

Er lächelte. Er sah ganz anders aus als damals im Camp

White Star. Dieser Mann hatte inzwischen viel mehr vom Krieg gesehen, und soviel Krieg war jetzt auch in ihm.

»Ich hab' dich im White Star von der Grabregistrierung weggeholt, oder?« Ich sagte ja, das habe er.

»Wie hast du's damals genannt? Das Begräbniskommando? Es war nicht einmal eine reguläre Grabregistrierungseinheit, nicht wahr?« Er schüttelte lächelnd den Kopf »Der einzige, der so was wie eine Ausbildung hatte, war dieser Sergeant – wie hieß er doch noch? Italiener.«

»Di Maestro.«

Ransom nickte. »Die ganze Operation war ziemlich chaotisch.« Mike zündete ein großes Küchenstreichholz an und hielt es an den Docht der Kerosinlampe. »Ich habe ein paar Sachen gehört ...« Er ließ sich gegen die Wand fallen und trank einen Schluck Whiskey. Ich überlegte, ob er wohl von Captain Havens erfahren hatte. Er schloß die Augen.

Ich fragte ihn, ob er noch im Hochland in der Nähe der laotischen Grenze stationiert sei. Fast seufzend schüttelte er den Kopf.

»Du bist nicht mehr bei den Bergstämmen? Bei welchem warst du doch gleich – Khatu?«

Er machte die Augen auf »Du hast ein gutes Gedächtnis. Nein, ich bin nicht mehr dort.« Er wollte noch mehr sagen, ließ es dann aber sein. »Die haben mich gewissermaßen auf Eis gelegt, bis sie mich in die Nähe von Khe Sanh hinaufschicken. Dort oben wird es besser sein – die Bru sind großartig. Aber im Moment möchte ich nur noch baden und ins Bett gehen. In irgendein Bett, egal welches. Ich wäre sogar mit einem trockenen Plätzchen auf ebenem Boden zufrieden.«

»Wo kommst du jetzt her?«

»Aus dem Landesinnern.« Sein Gesicht zog sich in Falten, und er zeigte die Zähne. Die Wirkung war beunruhigend, und mir wurde nicht sofort klar, daß er lächelte. »Tief im Landesinnern. Wir mußten den Major rausholen.«

»Sieht so aus, als hättet ihr ihn rausziehen müssen, wie einen Zahn.«

Meine Unwissenheit war für ihn so unfaßbar, daß er sich bolzengerade aufrichtete. »Heißt das, du hast noch nie von ihm gehört? Franklin Bachelor?«

Doch, irgendwie war mir, als hätte ich; jemand hatte ihn vor langer, langer Zeit erwähnt.

»Seit Jahren im Busch. Bachelor hat Dinge getan, die sich gewöhnliche Sterbliche nicht einmal im Traum vorstellen können. Er ist eine Legende. Der letzte Irreguläre. Er ist auf Punjistäbe gefallen und hat es überlebt – die Narben sieht man immer noch.«

Eine Legende, dachte ich. Er war einer von den Green Berets, die Ransom vor einer Ewigkeit im Camp White Star erwähnt hatte.

»Hat so was wie eine Privatarmee befehligt und in der Provinz Darlac viel Gutes getan. War allein dort draußen. Dieser Mann war ein Held. Daran gibt es nichts zu rütteln.«

Franklin Bachelor war Captain gewesen, als Ratman und sein Zug ihm begegneten, nachdem Private Bobby Swett auf einem Pfad in der Provinz Darlac in Stücke gerissen worden war. Ratman hatte geglaubt, Bachelors Frau sei ein schwarzhaariger Engel.

Und dann wußte ich, wessen Schädel, in ein Tau gewickelt, auf dem Rücksitz des Jeeps gelegen hatte.

»Ich habe von ihm gehört«, sagte ich. »Ich kannte jemanden, der ihn getroffen hat. Ihn und die Rhade-Frau.«

»Seine *Ehefrau*«, sagte Ransom.

Ich fragte ihn, wohin sie mit Bachelor wollten.

»Wir bleiben über Nacht in Crandall, um uns ein bißchen auszuruhen. Dann fliegen wir nach Tan Son Nhut und bringen ihn in die Staaten – Langley. Ich dachte, wir müßten ihn fesseln, aber es genügt, ihn mit Whiskey zuzuschütten.«

»Er wird seine Waffe wiederhaben wollen.«

»Vielleicht gebe ich sie ihm.« Sein Blick sagte mir, was Major Bachelor seiner Meinung nach mit seinem .45er tun würde, wenn er lange genug mit ihm allein blieb. »Er geht in Langley harten Zeiten entgegen. Es wird ganz schön heiß werden.«

»Warum nach Langley?«

»Frag nicht. Aber tu auch nicht so naiv. Glaubst du nicht, daß sie ...« Er beendete diesen Satz nicht. »Warum, denkst du, mußten wir ihn überhaupt herausholen?«

»Ich nehme an, etwas ist schiefgegangen.«

»Der Mann hat sich nie an Spielregeln gehalten, hat Grenzen verletzt, sogar sehr viele – aber sag mir, wie du, ohne Grenzen zu verletzen, tun sollst, was man von dir erwartet?«

Eine Sekunde lang wünschte ich mir, ich könnte sehen, wie die nüchternen, schattenhaften Gentlemen aus Langley, Virginia – die Gentlemen mit den glatt zurückgekämmten Haaren und den Nadelstreifenanzügen –, Major Bachelor verhörten. Sie dachten, *sie* seien ernsthafte Männer.

»Es war auf eine merkwürdige Weise wie in diesem Ort namens Bong To.« Ransom wartete darauf, daß ich ihm eine Frage stellte. Als ich es nicht tat, fuhr er fort: »Eine Geisterstadt, meine ich. Ich nehme an, du hast noch nie von Bong To gehört?«

»Meine Einheit war grade dort.« Er hob mit einem Ruck den Kopf »Wir wurden von einem Mörser beschossen und sind vor ihm in das Dorf geflüchtet.«

»Du hast den Ort gesehen?«

Ich nickte.

»Komische Geschichte.« Jetzt bedauerte er, sie erwähnt zu haben.

Ich sagte ihm, ich verlange nicht von ihm, daß er Geheimnisse preisgab.

»Es ist kein Geheimnis. Es ist nicht einmal was Militärisches.«

»Es ist nur eine Geisterstadt.«

Ransom fühlte sich noch immer nicht ganz wohl. Er drehte und drehte das Glas in den Händen, bevor er trank.

»Komplett mit Geistern.«

»Ich wäre nicht überrascht, ehrlich nicht.« Er leerte sein Glas und stand auf. »Kümmern wir uns jetzt um Major Bachelor, Jed«, sagte er.

»In Ordnung.«

Ransom trug unsere Flasche zur Bar.

Dann nahmen er und Jed den Major in die Mitte. Sie waren kräftig genug, um ihn mühelos zu heben. Bachelors verschmierter Kopf fiel nach vorn. Jed steckte den .45er in die Tasche. Gemeinsam trugen sie den Major zur Tür.

Ich folgte ihnen ins Freie. Artilleriefeuer bestrich die fernen Hügel. Es war jetzt dunkel, und Laternenlicht sickerte durch die Ritzen in den Fenstern.

Wir gingen die verrotteten Stufen hinunter, der Major zwischen den beiden anderen, mit über den Boden schleifenden Füßen.

Ransom machte den Jeep auf, und sie brauchten eine Zeitlang, um Bachelor auf den Rücksitz zu bugsieren. Jed quetschte sich neben ihm hinein und richtete ihn auf.

Seufzend schob Ransom sich hinter das Steuer. Der nächste Teil seines Auftrags war ganz und gar nicht nach seinem Geschmack.

»Steig ein, du kannst bis zum Lager mitfahren.«

Ich setzte mich neben ihn. Er startete den Motor und schaltete das Licht ein. Dann schaltete er in den Rückwärtsgang und ließ den Jeep zurückrollen. »Du weißt doch, was es mit der Salve aus dem Mörser auf sich hatte, oder?« fragte er mich. Er grinste, und wir holperten die Straße entlang, die in den Hauptteil des Lagers führte. »Er hat versucht, euch aus Bong To zu vertreiben, und dein idiotischer Lieutenant hat euch statt dessen schnurstracks in den Ort hineingetrieben.« Er grinste noch immer. »Er muß ganz schön wütend gewesen sein, als er einen Haufen Rundaugen dort eindringen sah.«

»Gefeuert hat er aber nicht mehr.«

»Nein, er wollte den Ort nicht zerstören. Er soll so bleiben, wie er ist. Ich glaube nicht, daß sie den Ausdruck kennen, aber der Ort ist wie ein Denkmal für sie.« Er sah mich wieder an. Nach einer kleinen Pause fragte er: »Warst du in einer Hütte? Hast du dort etwas Ungewöhnliches gesehen?«

»Ich war in einer Hütte. Ich habe etwas Ungewöhnliches gesehen.«

»Eine Namensliste?«

»Ich dachte mir, daß es eine ist.«

»Okay«, sagte Ransom. »Es besteht ein Unterschied zwischen privater und öffentlicher Schande. Zwischen Dingen, zu denen man sich bekennt, und Dingen, zu denen man sich nicht bekennt. Es gibt Dinge, die akzeptabel sind, solange man nicht darüber spricht.« Wir näherten uns dem nördlichen Ausläufer des Camps, und er warf mir einen Seitenblick zu. Er wischte sich übers Gesicht, und getrockneter Schlamm fiel von seiner Haut ab wie trockener Schorf. Darunter war die Haut genauso gerötet wie seine Augen. »Ich habe Verschiedenes gelernt«, sagte er.

Ich erinnerte mich, daß ich gedacht hatte, das Arrangement im Keller der Hütte sei der einer obszönen Gottheit geweihte Altar.

»Eines Tages verschwand in Bong To ein kleiner Junge.«

Mein Herzschlag stockte.

»Ungefähr drei Jahre alt. Alt genug, um zu reden und sich in Schwierigkeiten zu bringen, aber zu klein, um sich selbst zu schützen. Er war einfach weg. Etwa zwei Monate später passierte das gleiche. Mami dreht ihm nur kurz den Rücken, aber wo, zum Teufel, ist der Kleine hin? Diesmal durchsuchen sie den Ort. Die Dorfbewohner durchsuchen den Ort, jeden Fußbreit, und dann tun sie dasselbe im Reisfeld und hinterher im Wald.

Interessant ist, was als nächstes passiert. Eines Morgens will eine alte Frau Wasser vom Brunnen holen, und sie sieht den Geist eines verlotterten alten Mannes aus einem anderen Dorf, eines ausgesprochenen Tunichtguts. Er steht mit verschränkten Händen in der Nähe des Brunnens. Steht ganz einfach da. Er hat Hunger – das ist es, was diese Leute über Geister wissen. Der klapperdürre alte Mistkerl will *mehr*. Er will *gefüttert* werden. Die alte Dame kreischt laut auf und wird ohnmächtig. Als sie wieder zu sich kommt, ist der Geist verschwunden.

Nun ja, die alte Dame erzählt jedem, was sie gesehen hat, und das ganze Dorf gerät in Panik. Als nächstes sehen zwei dreizehnjährige Mädchen, während sie im Reisfeld arbeiten, eine alte Frau, die starb, als die beiden zehn waren – sie ist nur knapp zwei Meter von ihnen entfernt. Ihr Haar ist strähnig und grau und ihre Fingernägel ungefähr dreißig Zentimeter lang. Die beiden Mädchen fangen an zu schreien und zu weinen, aber außer ihnen sieht niemand die Frau, und sie kommt immer näher und näher, und die beiden wollen weglaufen, aber ein Mädchen fällt hin, und die alte Frau stürzt sich wie eine Katze auf sie. Und weißt du, was die Alte tut? Sie reibt die schmutzigen Hände am Gesicht des schreienden Mädchens und leckt dann Tränen und Speichel von ihren Fingern.

Am nächsten Abend inspizieren zwei Männer die Dorflatrine hinter den Häusern und sehen in der Grube zwei Geister, die Exkremente fressen. Sie rennen ins Dorf zurück und sehen ein halbes Dutzend Geister beim Haus des Dorfältesten. Sie wollen etwas zu essen haben. Einer der Männer fängt an zu kreischen, nicht nur, weil er seine tote Frau sieht, sondern weil er beobachtet, daß sie das Haus des Dorfältesten durch die geschlossene Tür betritt.

Die tote Frau kommt durch die Wand aus dem Haus heraus. Sie leckt sich Blut von den Händen.

Ihr Witwer steht da und zeigt, sinnlos vor sich hinplappernd, auf sie, und die Mütter und Großmütter der vermißten Jungen kommen aus ihren Hütten. Alle Frauen stürzen heulend zur Tür des Dorfältesten. Als er rauskommt, drängen sie hinein und demolieren die Hütte. Und du weißt, was sie finden.«

Ransom hatte vor etwa fünf Minuten den Jeep in der Nähe meines Bataillons-Hauptquartiers angehalten und lächelte jetzt, als sei mit dem, was er gesagt hatte, alles erklärt.

»Aber was ist passiert?« fragte ich. »Wie hast du davon erfahren?«

Er zuckte mit den Schultern. »Ich habe die Geschichte wahrscheinlich ein halbes dutzendmal gehört, aber Bachelor wußte mehr darüber als jeder andere bisher. Wahrscheinlich haben sie die Leiche des Dorfältesten Stück für Stück hinausgetragen und in die Senkgrube geschmissen. Und im Lauf der Monate hat jeder Dorfbewohner nach und nach eine Art Grenze überschritten. Damals wurden auch immer wieder Geister gesehen. Bachelor sagt, sie hätten sich in Geister verwandelt.«

»Glaubst du, daß sie sich in Geister verwandelt haben?«

»Ich denke, Major Bachelor hat sich in einen Geist verwandelt, wenn du mich fragst. Laß dir eins von mir sagen. Die ganze Welt ist voller Geister, und manche von ihnen sind noch lebende Menschen.«

Ich stieg aus dem Jeep und schlug die Tür zu.

Ransom sah mich durch das Seitenfenster an. »Paß besser auf dich auf«, sagte er.

»Viel Glück mit deinen Bru.«

»Die Bru sind großartig.« Fast gewalttätig legte er den Gang ein und preschte davon.

DRITTER TEIL

John Ransom

1

Nachdem ich einmal angefangen hatte, mich an John Ransom zu erinnern, fand ich kein Ende. Ich versuchte zu schreiben, aber mein Buch war so platt geworden wie ein Film mit Kent Smith und Gloria Grahame. Ich rief im Reisebüro an und bestellte für Mittwoch morgen ein Ticket nach Millhaven.

Die Fantasie stellt manchmal Forderungen an uns, denen sich der Verstand widersetzt, und Dienstag nacht träumte ich, daß die Leiche, die Scoot so eifrig entmannte, die meine war.

Ich erwachte ruckartig in erstickender Dunkelheit.

Das Laken unter mir war kalt und klebrig von Schweiß. Am Morgen würde der vermischte gelbliche Abdruck meines Körpers darauf zu sehen sein. Mein Herz raste. Ich drehte das Kissen um und rutschte auf einen trockenen Platz im Bett.

2

Endlich gestand ich mir ein, daß mich der Gedanke, Millhaven wiederzusehen, mit Furcht erfüllte. Millhaven und Vietnam waren merkwürdig austauschbar, Fragmente eines größeren Ganzen, einer größeren Geschichte – einer verlorenen Geschichte, Vorläuferin der Fabeln von Orpheus und Lots Frau, und sie sagte mir: *Du wirst alles verlieren, wenn du dich umdrehst und zurückschaust.* Bist du zerstört? Oder ist es nur so, daß du das fehlende, das Bild abschließende Teilchen des Puzzles siehst, das Geheimnis, von archaischem, gottgleichem Schrecken, daß du jetzt weißt, was du bisher verdrängt hast?

Sehr früh am Mittwoch morgen duschte ich, packte und ging auf die Straße, um ein Taxi anzuhalten.

3

Ich ging an Bord des Flugzeugs, suchte meinen Platz, schnallte mich an, und plötzlich kam es mir zu Bewußtsein, daß ich, inzwischen fast fünfzigjährig, durch den halben Kontinent reiste, weil ich jemandem helfen wollte, einen Wahnsinnigen zu suchen.

Doch meine Motive waren mir von dem Moment an klar gewesen, in dem John Ransom den Namen seiner Frau genannt hatte. Ich reiste nach Millhaven, weil ich dachte, daß ich vielleicht endlich erfahren würde, wer meine Schwester getötet hatte.

Die Stewardeß kam und fragte, was ich trinken wolle. Mein Gehirn sagte die Worte ›Clubsoda, bitte‹, aber aus meinem Mund kam: »Wodka on the rocks.« Sie lächelte, reichte mir die kleine Portionsflasche und einen Plastikbecher mit Eiswürfeln. Ich hatte seit acht Jahren keinen Tropfen Alkohol getrunken. Ich schraubte die Verschlußkappe ab, goß den Wodka über die Eiswürfel und konnte kaum glauben, daß ich es tat. Die Stewardeß ging zur nächsten Reihe. Der scharfe, bittere Geruch von Alkohol stieg mir in die Nase. Hätte ich gewollt, ich hätte aufstehen, in die Toilette gehen und das Zeug ins Waschbecken schütten können. Der Tod lehnte neben der Tür zur Pilotenkanzel und lächelte mich an. Ich lächelte zurück und füllte mir den Mund mit gutem, kaltem Wodka. Er schmeckte nach Blüten. Eine kleine Stimme in mir rief: Nein! Nein! Nein! O Gott, nein! Das ist es nicht, was du willst; aber ich beachtete sie nicht, schluckte den Wodka hinunter und trank gleich noch einmal, denn er war genau das, was ich wollte. Jetzt schmeckte er wie eine gefrorene Wolke – die köstlichste gefrorene Wolke in der Geschichte der Welt. Der Tod, ein dunkelhaariger, ironisch dreinblickender Mann in einem grauen Zweireiher, nickte lächelnd. Ich erinnerte mich an alles wieder, was ich am Trinken gemocht hatte. Wenn ich es recht überlegte, verdienten die acht Jahre der Abstinenz wirklich ein oder zwei Drinks zur Feier des Tages. Als die Stewardeß zurückkam, lächelte ich freundlich, winkte ihr mit dem Becher und bat um einen zweiten Drink. Und sie gab ihn mir, ganz einfach so.

Ganz lässig drehte ich mich um, um zu sehen, wer noch in der Maschine saß, und der Alkohol in mir erstarrte sofort zu Eis: Zwei Reihen hinter mir, auf dem Fensterplatz in der letzten Reihe der ersten Klasse, saß meine Schwester April. Einen Moment lang trafen sich unsere Augen, dann wandte sie sich dem grauen Nichts vor den Fenstern zu und stützte das Kinn in die neun Jahre alte Hand. Ich hatte sie so lange nicht mehr gesehen, daß ich die widerstreitenden, heftigen Gefühle vergessen hatte, die ihr Erscheinen in mir auslöste, Liebe überwältigte mich, wie immer vermischt mit Kummer und Trauer, aber auch mit Zorn. Ich sah sie deutlich vor mir, ihre Haare, ihr gelangweiltes, ein wenig unregelmäßiges Gesicht. Sie trug noch das blaue Kleid, in dem sie gestorben war. Ihre Augen schweiften wieder zu mir nach hinten, und um ein Haar wäre ich aufgestanden und in den Mittelgang getreten. Im nächsten Moment hatten sich jedoch die überzogenen Knöpfe der Stewardessenuniform zwischen April und mich geschoben. Ich hob den Kopf, sah der Stewardeß ins Gesicht, und sie wich einen Schritt zurück.

»Kann ich etwas für Sie tun?« fragte sie. »Noch einen Wodka, Sir?«

Ich nickte, und sie ging weg, um den Drink zu holen. Aprils Platz war leer.

4

Wie im Traum schlenderte ich durch die sauberen, hallenden Räume des Flughafengebäudes von Millhaven und hielt Ausschau nach einem zweiten aufrechten, grauhaarigen Gespenst – einem Ebenbild von mir. Den übergewichtigen, allmählich kahl werdenden Managertyp im eleganten grauen Anzug, der mir, nachdem er meine Mitpassagiere gründlich gemustert hatte, den Weg abschnitt, erkannte ich nicht. Er sagte: »Tim!« und fing dann an zu lachen. Endlich entdeckte ich John Ransoms vertrautes Gesicht in dem Gesicht vor mir, und ich lächelte. Seit Camp Crandall hatte er viele Pfunde zugenommen und viele Haare verloren. Von einer fast rätselhaften Ruhelosigkeit abgesehen, die seine Züge prägte, hätte der Mann, der mich beim Namen genannt hatte, Präsident einer Versicherungsgesellschaft sein können. Er umarmte mich, und eine Sekunde lang wurde um uns alles lebendig, was wir von dem Krieg unserer Generation gesehen hatten, distanziert zwar, aber ein Teil unseres Lebens, den wir überlebt hatten.

»Warum hast du immer einen sitzen, wenn ich dich sehe?« fragte er.

»Weil ich, wenn ich dich sehe, nie weiß, wo ich hineingerate«, sagte ich. »Aber das ist nur ein einmaliger Ausrutscher.«

»Es macht mir nichts aus, wenn du trinkst.«

»Nur nicht so hastig«, sagte ich. »Ich denke, die ganze Idee hierherzukommen, muß mich ein bißchen aus dem Gleichgewicht gebracht haben.«

Natürlich ahnte Ransom nichts von dem, was ich in meiner Kindheit erlebt hatte – ich mußte ihm noch erzählen, warum ich von William Damrosch und den Morden, die er angeblich begangen hatte, so fasziniert gewesen war. Dann ließ er die Arme sinken und trat zurück. »Na ja, also sind wir schon zwei. Gehen wir runter und holen dein Gepäck.«

Als John Ransom die Stadtautobahn verließ, um durch Downtown Millhaven in die nahe East Side zu fahren, sah ich eine Stadt, die mir nur noch halb vertraut war. Ganze Reihen alter, von Staub und Ruß braun gewordener roter Backsteinhäuser waren durch helle Gebäude ersetzt worden, die im Licht des Nachmittags schimmerten; ein Parkplatz war jetzt ein hübscher kleiner Park; wo früher die düstere alte Festhalle gestanden hatte, erhob sich jetzt ein Komplex schöner Konzertgebäude und Theater, das Zentrum der Darstellenden Künste, wie John Ransom sagte.

Es war, als fahre man durch die Kulissenwelt eines Filmstudios – die neuen Hotels und Bürogebäude, die eine neue Skyline geschaffen hatten, schienen illusionär und der echten Fassade der Vergangenheit nur aufgepfropft. Nach New York kam mir Millhaven unglaublich sauber und ruhig vor. Ich fragte mich, ob die wimmelnde, unordentliche Stadt, die in meiner Erinnerung lebte, hinter tausend Gesichtskorrekturen verschwunden war.

»Ich nehme an, Arkham College sieht heut wie Stanford aus«, sagte ich.

Er grunzte. »Nein, Arkham ist noch immer derselbe alte Steinhaufen. Wir kommen gerade so über die Runden.«

»Wieso bist du überhaupt hier gelandet?«

»Wenn ich's mir so recht überlege, was ich selten tue, ist es schon ein bißchen merkwürdig.«

Ich wartete auf die Geschichte.

»Ich kam wegen eines ganz bestimmten Mannes her – Alan Brookner, damals Dekan der theologischen Fakultät. Er war auf meinem Gebiet berühmt, ich meine, wirklich berühmt, einer der drei bedeutendsten Religionswissenschaftler. Während der höheren Fachsemester hatte ich mir alles besorgt, was er je geschrieben hat. In Arkham war er natürlich der einzige echte Wissenschaftler. Ich glaube, man hat ihm dort seinen ersten Job gegeben, und ihm ist nie eingefallen, sich nach einer glänzenderen Stellung umzusehen. Diese Art von Prestige hat ihm nie etwas bedeutet. Als sie in Arkham merkten, was sie an ihm hatten, durfte er seine eigenen Bedingungen diktieren, weil man glaubte, er werde andere Wissenschaftler gleichen Ranges nachziehen.«

»Nun, er hat dich hergeholt.«

»Ja, aber ich habe nicht annähernd Alans Format. Er war einzigartig. Und wenn andere Religionswissenschaftler herkamen, gönnten sie Arkham gewöhnlich nur einen Blick und kehrten dann an die Schulen zurück, von denen sie gekommen waren. Er hat eine Menge guter höherer Fachsemester zu uns geholt, aber auch das hat in letzter Zeit nachgelassen. Sehr stark sogar, um die Wahrheit zu sagen.« John Ransom schüttelte den Kopf und verstummte für eine Weile.

Wir fuhren jetzt an den weitläufigen Stadthäusern der Goethe Avenue vorbei, die schon längst in Bürogebäude und Mietshäuser umgewandelt worden waren. Die großen Ulmen, die diese Straße gesäumt hatten, waren alle gestorben, sonst aber schien die Goethe Avenue beinahe unverändert.

»Ich nehme an, du hast diesem Professor – ich habe seinen Namen vergessen – ziemlich nahegestanden«, sagte ich.

»Das kann man wohl behaupten«, antwortete Ransom. »Ich habe seine Tochter geheiratet.«

»Ah«, sagte ich. »Erzähl!«

Nach Vietnam war er nach Indien gegangen und hatte dort wieder ins Leben zurückgefunden. Er hatte studiert, meditiert, studiert, meditiert, um innere Ruhe gerungen und sie erreicht: Er würde immer der Mensch bleiben, der sich durch einen Berg toter Leiber gegraben hatte, aber er war auch der Mensch, der auf der anderen Seite herausgekrochen war und überlebt hatte. Bei alldem hatte er einen Meister gehabt, und der Meister hatte ihn gelehrt, über die Schrecken hinauszuschauen, die er erlitten hatte. Sein Meister, der Führer einer kleinen Gruppe, der nur wenige Nicht-Inder wie Ransom angehörten, war eine junge Frau von großer Einfachheit und Schönheit namens Mina.

Nach einem Jahr im Ashram – dem Zentrum zur Übung geistiger Konzentration –, hatte er keine Alpträume und keine plötzlichen Panikattacken mehr. Er hatte die andere Seite der absoluten Finsternis gesehen, in die Vietnam ihn gezogen hatte. Mina hatte ihn wieder intakt in die Welt gesandt, und er hatte drei Jahre in England und dann noch einmal drei Jahre in Harvard studiert, ohne mehr als fünf oder sechs Leuten zu sagen, daß er einmal ein Green Beret in Vietnam gewesen war. Dann hatte Alan Brookner ihn nach Millhaven zurückgeführt.

Einen Monat, nachdem er in Arkham unter Brookner zu arbeiten begonnen hatte, lernte er dessen Tochter April kennen.

John dachte, daß er sich möglicherweise auf den ersten Blick in April Brookner verliebt hatte. Sie kam ins Arbeitszimmer, wo er ihrem Vater half, eine Sammlung Essays zur Veröffentlichung vorzubereiten, und wollte sich ein Buch ausleihen. Ein großes, blondes, sportlich aussehendes Mädchen Anfang der Zwanzig, schüttelte sie ihm überraschend kräftig die Hand und sah ihm lächelnd in die Augen. »Ich bin so froh, daß Sie ihm mit diesem Durcheinander helfen«, sagte sie. »Sich selbst überlassen, würde er sich noch immer zwischen *Vorstellung* und *vijnapti* hilflos im Kreis drehen – was nicht heißt, daß er's nicht auch jetzt tut.« Daß dieses Mädchen mit dem Aussehen einer Tennisspielerin Brentano und die Sanskrit-Philosophie erwähnte, überraschte ihn, und er grinste. Sie und ihr Vater warfen sich gegenseitig ein paar gutmütige Beleidigungen an den Kopf, und dann wanderte April zu dem Regal, in dem die Romane standen. Sie streckte sich, um ein Buch herunterzuholen. Ransom ließ sie nicht aus den Augen. »Ich suche ein Buch mit radikal unreinem Bewußtsein«, sagte sie. »Was glauben Sie, Raymond Chandler oder William Burroughs?« Ransoms Dissertation hatte den Titel *Der Begriff des reinen Bewußtseins* gehabt, und sein Lächeln wurde breiter. *»Der lange Abschied«*, sagte er. »Oh, ich glaube nicht, daß das unrein genug ist«, sagte sie. Sie drehte das Buch um, das sie in der Hand hielt, und neigte den Kopf zur Seite. »Aber ich schätze, ich nehme es trotzdem.« Sie zeigte ihm den Titel des Buches, das sie sich ausgesucht hatte. Es war *Der lange Abschied.* Dann blendete sie ihn mit ihrem Lächeln und verließ den Raum. »Unreines Bewußtsein?« fragte Ransom ihren Vater. »Nehmen Sie sich vor ihr in acht«, sagte Brookner. »Ich denke, ihr erstes Wort war *virtuoso.«* Ransom fragte, ob sie tatsächlich den Unterschied zwischen *Vorstellung* und *vijnapti* kenne. »Nicht so gut wie ich«, hatte Brookner gebrummt. »Kommen Sie doch nächsten Freitagabend zum Essen zu uns.« Am Freitag war Ransom, in seinem besten Anzug viel zu elegant angezogen, bei Brookners erschienen. Dennoch hatte er das Abendessen genossen, doch April war so viel jünger als er, daß er sich einfach nicht vorstellen konnte, sie um ein Rendezvous zu bitten. Und er war auch nicht sicher, ob er wirklich noch wußte, was ein ›Rendezvous‹ war – falls er es überhaupt je gewußt hatte. Er glaubte nicht, daß es für April Brookner dasselbe bedeuten konnte wie für ihn – sie würde mit ihm Tennis spielen oder die halbe Nacht durchtanzen wollen. Sie sah aus, als liebe sie Anstrengung bis zur Erschöpfung. Ransom war stärker, als er zu sein schien (besonders wenn er einen Anzug trug, in dem er wie ein Banker aussah). Er joggte, er schwamm im College-Pool, doch er tanzte nicht und spielte auch nicht Tennis. Ausgehen war für ihn ein Abend mit gutem Essen und gutem Wein. April sah so aus, als würde sie zwei Stunden Bogenschießen mit einem tüchtigen, schnellen Lauf auf einen der niedrigeren Alpengipfel krönen. Er fragte sie, ob ihr der Chandler gefallen habe. »Was für ein bitteres Buch«, sagte sie. »Der Held gewinnt einen einzigen Freund und kann ihn am Ende nicht ausstehen. Die Einsamkeit ist so brutal, daß die emotionalsten Passagen entweder von Gewalt oder von Bars handeln.« – »Erlösen Sie mich von dieser jungen Frau, Ransom«, sagte Brookner. »Sie erschreckt mich.« – »War *virtuoso* wirklich ihr erstes Wort?« fragte Ransom. »Nein«, sagte April, »mein erstes Wort war Altersblödsinn.«

Seit etwa einem Jahr war diese Bemerkung gar nicht mehr lustig.

Ransom warb um April, doch es war die seltsamste Werbung, von der er je gehört hatte. Sie schien ihn ständig an einem unergründlichen persönlichen Maßstab zu messen. April war sehr vernünftig, doch ihre Vernunft sprengte die Grenzen normaler Definitionen dieses Begriffs. Ransom erfuhr später, daß sie zwei Jahre vorher die Hochzeit mit einem Jungen platzen ließ, der an der Universität von Chikago promoviert hatte, »weil« – mit ihren Worten – »mir klar geworden war, daß ich seine vielen Metaphern haßte. Ich konnte nicht mit jemandem leben, der nicht verstand, daß Metaphern *Realität* sind.« Sie hatte die Einsamkeit in dem Chandler-Roman erkannt, weil sie ihrer eigenen glich.

April war noch nicht vier Jahre alt, als ihre Mutter starb, und war zur brillanten Tochter eines brillanten Mannes herangewachsen. Nachdem sie als *Phi Beta Kappa* und mit *summa cum laude* von der Universität Chikago abgegangen war, kehrte sie nach Millhaven zurück, um an dem dort ansässigen Zweig der Universität von Illinois zu promovieren. April hatte nie die Absicht zu unterrichten, aber sie wollte in der Nähe ihres Vaters sein. Ransom hatte manchmal das Gefühl, daß sie ihn geheiratet hatte, weil sie nicht wußte, was sie sonst tun sollte.

»Warum ich?« fragte er sie einmal.

»Oh, weil du ganz offensichtlich der interessanteste Mann in meiner Umgebung warst«, sagte sie. »Du hast dich nicht wie ein Trottel aufgeführt, weil du dachtest, ich sei schön. Du hast in chinesischen Restaurants immer das Richtige bestellt, warst irgendwie experimentierfreudig und hast dich nicht über meine Witze geärgert. Du hast nicht so getan, als sei es die missionarische Aufgabe deines Lebens, mich zu bessern.«

Nach der Hochzeit gab April das Studium auf und trat eine Stellung bei einer Maklerfirma an. Ransom dachte, sie werde es keine sechs Monate dort aushalten, aber April lernte den Beruf so schnell und mit so großem Vergnügen, daß er nur staunen konnte. Nach knapp achtzehn Monaten kannte sie genaue Details von einigen hundert Firmen aller Größen. Sie wußte, wie die Präsidenten mit ihren Aufsichtsräten zurechtkamen; sie wußte, welche Fabriken am Ende waren; sie wußte von neuen Patenten, altem Groll und unglücklichen Aktionären. »Es ist wirklich nicht schwieriger, als alles Wissenswerte über die englische Dichtung des 16. Jahrhunderts zu lernen«, sagte sie. »Die Kerle kommen geifernd vor Gier herein, und ich brauche ihnen nur zu zeigen, wie sie noch ein bißchen mehr Geld machen können. Wenn ich das tue, vertrauen sie mir einen Teil ihrer Pensionskasse an. Und wenn das gut funktioniert, knien sie vor mir nieder und küssen mir die Füße.«

»Du hast meine Tochter korrumpiert«, sagte Brookner einmal zu ihm. »Sie ist jetzt eine Geldmaschine. Der einzige Trost für mich ist, daß ich meine letzten Jahre nicht in einem Zimmer mit einer blitzenden Neonreklame vor dem Fenster zubringen muß.«

»Für April ist es nur ein Spiel«, sagte Ransom. »Sie sagt, ihr wahrer Meister ist Jacques Derrida.«

»Ich habe eine postmoderne Kapitalistin in die Welt gesetzt«, sagte Brookner. »Du mußt verstehen, aber in Arkham ist es einfach höchst peinlich, auf einmal viel Geld zu besitzen.«

Die Ehe wurde zu einer lebhaften, aber friedlichen Partnerschaft. April erklärte ihm, sie sei der Welt einziger ironischer Yuppie – mit fünfunddreißig wollte sie aufhören, ein Baby bekommen, ihre eigenen Investitionen betreuen, sich zu einer großartigen Köchin entwickeln und ihre schwierigen Forschungsprojekte in lokaler Geschichte fortführen. Ransom fragte sich, ob sie ihren Job tatsächlich einmal aufgeben werde, Baby oder nicht. Ihre Kunden würden es gewiß nicht gern sehen. Die betuchte Gesellschaft von Millhaven hatte ihr kürzlich bei einem Dinner die jährlich zu vergebende Auszeichnung ihrer Vereinigung verliehen, über die sie sich heimlich lustig gemacht hatte, und der *Ledger* hatte ein Foto von ihr und Ransom gebracht, auf dem sie, ein wenig beschämt lächelnd, den riesigen Pokal in den Armen wiegte, in den ihr Name eingraviert werden sollte.

Ransom sollte nie erfahren, ob April ihre Stellung aufgegeben hätte. Fünf Tage, nachdem sie den gräßlichen Pokal gewonnen hatte, hatte jemand auf sie eingestochen, sie zusammengeschlagen und einfach liegenlassen, weil er sie für tot hielt.

Ransom wohnte noch immer in dem Duplex, das er und April nach der Hochzeit gemietet hatten. Ely Place 21 lag drei Blocks nördlich der Berlin Avenue; es war ein weiter Weg von Shady Mount bis dorthin, aber der Campus der Universität von Illinois, an der April früher immatrikuliert gewesen war, war ganz in der Nähe, und bis nach Downtown, wo er und April ihre Büros gehabt hatten, waren es nur zehn Minuten mit dem Wagen. Aprils Geld hatte ihnen erlaubt, das Haus zu kaufen und zu einem Einfamilienhaus umzubauen. Jetzt hatte Ransom im zweiten Stock ein Arbeitszimmer mit Bücherregalen an allen Wänden, April ein Büro voller flimmernder Computer, ganzen Stapeln von Jahresberichten, einem Faxgerät, das ständig Papier ausspie. Im ersten Stock lagen das riesengroße Hauptschlafzimmer und ein kleineres Gästezimmer, jedes mit einem eigenen Bad; im Erdgeschoß waren Wohnzimmer, Speisezimmer und Küche.

5

»Wie wird dein Schwiegervater mit der Sache fertig?«

»Alan weiß gar nicht, was mit April geschehen ist. Er – eh – er hat sich seit ungefähr einem Jahr sehr verändert.« Ransom unterbrach sich abermals und betrachtete die Bücher auf dem Couchtisch. Alle handelten von Vietnam – *Felder aus Feuer; Das dreizehnte Tal; 365 Tage; Die Kurzarbeiter; Die Dinge, die sie trugen.* »Ich koch uns jetzt Kaffee«, sagte er.

Er ging in die Küche, und ich begann voller Bewunderung und sogar mit einem bißchen Neid das Haus in mich aufzunehmen, das Ransom und seine Frau sich geschaffen hatten. Ungewöhnliche Gemälde, die ich niemandem zuordnen konnte, bedeckten die Wand gegenüber der langen Couch, die meine ›Aussichtswarte‹ war. Ich schloß die Augen. Ein paar Minuten später weckte mich das Klappern des Tabletts, das auf den Tisch gestellt wurde. Ransom hatte nicht gemerkt, daß ich eingedöst war.

»Ich will eine Erklärung«, sagte er. »Ich will wissen, was mit meiner Frau geschehen ist.«

»Und du traust der Polizei nicht«, sagte ich.

»Ich frage mich, ob die Polizei nicht denkt, ich hätte es getan.« Er breitete die Arme aus, hob sie und goß dann Kaffee in die Keramikbecher. »Vielleicht denken sie, ich versuche sie mit dieser alten *Blaue-Rose*-Geschichte an der Nase rumzuführen.« Er ging mit seinem Becher zu einem gepolsterten Ledersessel.

»Aber man hat noch keine Anklage gegen dich erhoben?«

»Ich habe das Gefühl, daß Fontaine, der Detective der Mordkommission, darauf wartet, sich auf mich zu stürzen.«

»Ich verstehe nicht, was überhaupt ein Detective der Mordkommission damit zu tun hat – deine Frau liegt im Krankenhaus.«

»Meine Frau stirbt im Krankenhaus.«

»Das steht doch noch gar nicht fest«, sagte ich.

Er schüttelte den Kopf, Jammer und innere Kämpfe zeichneten sich deutlich auf seinen Zügen ab, und ich sagte: »Ich glaube, ich bin ein bißchen verwirrt. Wie kann die Mordkommission einen Tod untersuchen, den es noch gar nicht gibt.«

Er sah verblüfft auf »Oh! Ich verstehe, was du meinst. Der Grund ist das andere Opfer.«

Ich hatte das andere Opfer völlig vergessen.

»Der Überfall auf April fällt mit einer laufenden Morduntersuchung zusammen. Wenn und falls sie stirbt, wird Fontaine natürlich auch ihren Fall übernehmen.«

»Hat April den Mann gekannt?«

Ransom schüttelte den Kopf »Niemand weiß, wer er ist.«

»Er wurde nie identifiziert?«

»Er hatte nichts an sich oder bei sich, nach dem man ihn hätte identifizieren können, überhaupt nichts, und er wurde nie als vermißt gemeldet, von niemandem. Ich denke, er muß ein Vagabund gewesen sein, ein Obdachloser, irgendwas in der Art.«

Ich fragte ihn, ob er die Leiche des Mannes gesehen hatte.

Er rutschte unbehaglich im Sessel hin und her. »Ich schätze, der Mörder hat sie stückchenweise über die ganze Livermore Avenue verteilt.«

Bevor ich antworten konnte, fuhr er fort: »Dem Kerl, der so was tut, ist es egal, wen er umbringt. Ich glaube nicht einmal, daß er einen handfesten Grund gebraucht hat. Er fand es ganz einfach an der Zeit, wieder etwas zu tun.«

Ein Grund, warum Ransom mich gebeten hatte, nach Millhaven zu kommen, war der, daß er seit Wochen unaufhörlich in Gedanken mit sich selbst sprach und seine Argumente jetzt jemandem mitteilen mußte.

»Erzähl mir etwas über den Menschen, der es getan hat«, sagte ich. »Sag mir, wer es deiner Ansicht nach ist – sag mir, was für einen Menschen du vor dir siehst, wenn du an ihn denkst.«

Ransom sah erleichtert aus.

»Nun, ich habe natürlich darüber nachgedacht. Ich habe versucht, mir vorzustellen, was für ein Mensch zu solchen Dingen fähig sein könnte.« Er beugte sich zu mir vor, bereit, sogar erpicht darauf, mir seine Überlegungen darzulegen.

Ich lehnte mich im Sessel zurück und war mir sehr stark der ungeheuren Diskrepanz zwischen unserer Umgebung und dem bewußt, was Ransom und ich besprachen. Ich saß in einem der schönsten privaten Zimmer, die ich je gesehen hatte, schön auf unauffällige Art, mit den Gemälden an den Wänden als Mittelpunkt. Eins, dachte ich, müßte eigentlich ein Vuillard sein, und die anderen kamen mir merkwürdig bekannt vor. Die weichen Farben und fließenden Formen verschmolzen gewissermaßen mit den Möbeln und vereinzelt auf niedrigen Tischen stehenden Skulpturen.

»Ich denke, er ist ungefähr sechzig. Vater oder Mutter waren wahrscheinlich Alkoholiker, und er wurde als Kind mißbraucht und mißhandelt. Möglicherweise hat er einmal eine Kopfverletzung erlitten – das findet man oft bei solchen Menschen. Er ist sehr, sehr beherrscht. Ich wette, er lebt nach einem unabänderlichen inneren Stundenplan. Jeden Tag tut er das gleiche um die gleiche Zeit. Er ist kräftig, also vermutlich noch im Training. Und wahrscheinlich ist er der letzte, dem man solche Untaten zutraut. Und er ist intelligent.«

»Wie sieht er aus? Wie hat er seinen Lebensunterhalt verdient? Was macht er in seiner Freizeit?«

»Ich denke – abgesehen davon, daß er für sein Alter eine erstaunlich gute Kondition hat – unterscheidet er sich äußerlich wohl nur dadurch, daß er sehr respektabel aussieht. Und ich denke, daß er vielleicht in der Umgebung lebt, in der er mordet, weil er sich, mit einer Ausnahme, nie von dort entfernt hat.«

»Du meinst, daß er in meinem alten Viertel lebt?« Die Ausnahme, die Ransom erwähnt hatte, mußte seine Frau sein.

»Das denk ich, ja. Die Leute sehen ihn zwar, aber er fällt ihnen nicht auf. Und was seine Freizeitbeschäftigung angeht – ich glaube, er hat keine, kann sich nicht entspannen, fährt also nicht in Urlaub oder so. Konnte es sich wahrscheinlich gar nicht leisten, aber ich wette, er war Gärtner.«

»Und das ›Motto‹ Blaue Rose bezog sich auf seine Arbeit?«

Ransom zuckte mit den Schultern. »Ist doch ein seltsames Motto. Wie kommt man auf so was? Ich glaube, es ist seine Art, sich zu erkennen zu geben. Und ich denke, Gärtnerarbeit würde sehr gut zu ihm passen – er könnte ein paar innere Spannungen abbauen, könnte seinem Ordnungszwang frönen, und er kann bei seiner Arbeit allein sein.«

»Wenn wir uns also in die Nähe der South Side begeben und dort einen gesund aussehenden, aber langweiligen Sechziger finden, der hinter dem Haus einen hübschen Blumengarten hat, dann haben wir unseren Mann.«

Ransom lächelte. »Dann hätten wir ihn. Mit Vorsicht zu behandeln.«

»Nachdem er vor vierzig Jahren etwa zwei Monate lang die Blaue Rose war, ist es ihm gelungen, sich bis jetzt zu beherrschen, ehe er wieder zuschlug.«

Ransom beugte sich vor, erregt, weil er zum innersten Kern seiner Theorien vorgestoßen war. »Vielleicht war er in diesen vierzig Jahren nicht in Millhaven. Vielleicht hatte er einen Job, der ihn mal dahin und mal dorthin führte – vielleicht hat er Damenstrümpfe oder Schnürsenkel oder Herrenhemden verkauft.« Ransom richtete sich auf, und seine Blicke brannten sich in mich ein. »Aber ich denke, er war beim Militär. Ich denke, er wurde Soldat, um sich einer möglichen Festnahme zu entziehen, und hat die Zeit zwischen damals und jetzt in verschiedenen Garnisonen im ganzen Land und in Europa verbracht. Er war vermutlich in Korea, vielleicht sogar in Vietnam. Und eine Zeitlang war er bestimmt in Deutschland. Ohne Zweifel war er in vielen von diesen Garnisonen, die es überall im Süden und im Mittelwesten in der Nähe von Kleinstädten gibt. Und ich wette, daß er sich hin und wieder auf den Weg gemacht und jemanden getötet hat. Ich glaube nicht, daß er je damit aufhörte. Ich denke, er war ein Serienmörder, ehe wir überhaupt wußten, daß es so etwas gibt. Niemand hat seine Verbrechen je miteinander in Verbindung gebracht, niemand je die Daten verglichen. An so etwas hat man erst vor fünf oder sechs Jahren zu denken begonnen. Das FBI hat von dem Kerl nie gehört, weil es nie erfuhr, was er getan hat. Er verließ die Kaserne, überredete irgendeinen Zivilisten, mit ihm in eine Seitenstraße oder in ein Hotel zu gehen – er muß über eine große Überredungskunst verfügen –, und dann hat er den völlig Ahnungslosen umgebracht.«

6

Während ich Ransom zuhörte, schweiften meine Augen immer wieder zu dem Gemälde ab, das ich für einen Vuillard hielt. Eine mittelständische Familie, die nur aus Frauen und Kindern zu bestehen schien, wandelte mit Dienerschaft durch einen luxuriösen Garten und lagerte sich unter den ausladenden Ästen eines riesigen Baumes. Strahlendes, wie geschmolzen aussehendes gelbes Licht strömte durch das satte Grün der dichten Laubkrone.

Ransom nahm die Brille ab und polierte sie an seinem Hemd. »Der Raum und insbesondere die Bilder scheinen dich zu faszinieren.« Er lächelte wieder. »April würde sich freuen. Sie hat die meisten ausgesucht. Zwar hat sie so getan, als hätte ich ihr geholfen, doch sie hat alles ganz allein gemacht.«

»Ich bin fasziniert«, sagte ich. »Ist das nicht ein Vuillard? Ein schönes Bild.« Die anderen Bilder und Skulpturen schienen dem Vuillard irgendwie verwandt, obwohl sie unverkennbar von verschiedenen Künstlern stammten. Es gab ein paar Landschaften mit Gestalten, ein paar andere Bilder hatten religiöse Sujets, und wieder andere waren fast abstrakt. Die meisten waren von van Gogh und Gauguin und später von japanischen Drucken beeinflußt. Dann erkannte ich, daß das kleine Gemälde einer Kreuzabnahme eine Arbeit von Maurice Denis war, und ich verstand, was April Ransom beabsichtigt hatte, und war verblüfft über ihre Klugheit.

Sie hatte die Werke einer Gruppe gesammelt, die die ›Nabis‹ – die ›Propheten‹ genannt wurde, und hatte nicht nur Bilder von Vuillard und Denis zusammengetragen, sondern auch von Sérusier, K. X. Russel und Paul Ranson. Alles, was sie gekauft hatte, war gut, und alles hing irgendwie zusammen: Es hatte einen bedeutsamen Platz in der Kunstgeschichte, und weil keiner dieser Künstler in Amerika sehr bekannt war, hatten ihre Werke bestimmt auch nicht sehr viel gekostet. Als Sammlung hatten sie einen größeren Wert, als die Einzelstücke gehabt hätten; doch auch die einzelnen Bilder waren jetzt schon erheblich teurer als zu der Zeit, zu der die Ransoms sie erworben hatten. Und es waren schöne Bilder – ästhetische Darstellungen von Schmerz und Freude, Kummer und Glück.

»In diesem Zimmer muß es mehr Nabis-Gemälde geben als sonst irgendwo im Land«, sagte ich. »Wo hat sie sie nur gefunden?«

»April war in solchen Dingen sehr gut«, sagte Ransom, der auf einmal wieder schrecklich müde aussah. »Sie hat die Familien der Maler aufgesucht, und die meisten waren bereit, ihr ein oder zwei Bilder zu überlassen. Ich freu mich, daß dir der Vuillard gefällt – das war auch unser Lieblingsbild.«

Es war das Herz ihrer Sammlung, das bedeutendste und profundeste Bild, aber auch das mysteriöseste und leuchtendste. Es war eine regelrechte Feier von Sonne auf Laub, eine Darstellung der Interaktion von Menschen innerhalb einer Familie und von Menschen mit der natürlichen Welt.

»Hat es einen Namen?« Ich stand auf, um es mir aus der Nähe anzusehen.

»*Der Wacholderbaum* heißt es, glaube ich.«

Ich wandte den Kopf und sah ihn über die Schulter an, doch er ließ sich nicht anmerken, ob er wußte, daß es eine berühmte Geschichte der Gebrüder Grimm mit diesem Namen gab oder daß der Name für mich eine besondere Bedeutung haben könnte. Er nickte, um zu bekräftigen, daß ich richtig gehört hatte. Der Zufall, daß das Gemälde so hieß, berührte mich stark. Die Menschen unter dem großen Baum schienen einsam und in sich gekehrt, in ihren Gedanken und Leidenschaften gefangen wie in einer Falle; was sie zusammengeführt hatte, war Schein, eine reine Formsache. Sie beachteten das strahlende Licht und die zitternden Blätter ebensowenig wie die schimmernden Farben um sie herum, von denen sie selbst ein Teil waren.

»Wenn ich das Bild anschaue, sehe ich April«, sagte Ransom hinter mir.

»Es ist eine wunderbare Arbeit«, sagte ich. Es war ein Bild voller Schmerz und Zorn, und diese Gefühle steigerten auf magische Weise seine Leuchtkraft – weil es in sich selbst tröstlich für sie war.

Ransom stand auf und kam hinter mir her, die Augen unverwandt auf das Bild gerichtet. »Diese Leinwand strahlt so viel Glück aus.«

Er dachte an seine Frau. Ich nickte.

»Du kannst mir helfen, nicht wahr?« fragte Ransom. »Und vielleicht können wir der Polizei helfen, diesem Mann einen Namen zuzuordnen. Indem wir die Morde von damals untersuchen, meine ich.«

»Deshalb bin ich hier.«

Ransom umklammerte meinen Arm. »Aber eins muß ich dir sagen – wenn ich den finde, der meine Frau überfallen hat, werde ich versuchen, ihn zu töten. Wenn ich je in seine Nähe gelange, werde ich ihm antun, was er April angetan hat.«

»Ich kann deine Gefühle verstehen«, sagte ich.

»Nein, das kannst du nicht.« Er ließ die Hand sinken, trat näher an das Gemälde heran, warf ihm einen raschen, flüchtigen Blick zu und wanderte langsam zu seinem Sessel zurück. Er legte die Hand auf den Stapel Vietnam-Romane. »Weil du April nie kennengelernt hast. Ich nehme dich morgen ins Krankenhaus mit, aber du wirst sie nicht wirklich –

weißt du, der Mensch, der dort in diesem Bett liegt, ist nicht ...«

Ransom bedeckte die Augen mit der Hand. »Entschuldige mich. Ich hole dir frischen Kaffee.«

Er trug meine Tasse zum Tisch zurück, und ich vertiefte mich wieder in das Zimmer. Der marmorne Kamin paßte sich den Rosa- und Grautönen der Gemälde an, und ein kräftiger roter Strich hatte denselben Ton wie der Himmel in Maurice Denis' Kreuzabnahme. Ein blasses, riesiges Paul-Ranson-Bild, eine Kniende mit betend erhobenen Händen, hing über dem Kamin. Dann fiel mir etwas anderes auf, die flache Kante einer Bronzeplakette, die auf dem Marmorsims lag.

Ich ging um das Möbelstück herum, um sie mir anzusehen, und als ich sie eben aufstellte, brachte Ransom mir den Kaffeebecher. »Oh, du hast das gefunden.«

Ich las die erhabenen Buchstaben auf der Bronze. Der *Association Award der Financial Professionals der Stadt Millhaven wird anläßlich des Jahresdinners 1991 an April Ransom verliehen.*

Ransom setzte sich und streckte die Hand nach der Plakette aus. Ich tauschte sie für den Kaffee ein, und er starrte sie lange an, bevor er sie auf den Sims zurücklegte. »Die Plakette ist nur eine Art Souvenir – die wirkliche Auszeichnung besteht darin, daß dein Name in einen großen Pokal eingraviert wird, der im Founders' Club in einer Glasvitrine steht.«

Ransom blickte zu mir auf und blinzelte. »Warum zeige ich dir eigentlich nicht das Bild, das an dem Abend aufgenommen wurde, an dem sie diese alberne Trophäe gewann? Wenigstens siehst du dann, wie sie ausgesehen hat. Du kommst, wie gesagt, mit mir ins Krankenhaus, aber auf dem Foto findest du mehr von der April, die sie einmal war.« Er sprang auf, lief hinaus und dann die Treppe hinauf.

Ich ging wieder zu dem Vuillard-Gemälde hinüber. Über mir im Schlafzimmer hörte ich Ransom Schubladen öffnen und schließen.

Ein paar Minuten später kam er mit einer zusammengefalteten Ausgabe des *Ledger* in der Hand zurück. »Ich hab's nicht gleich gefunden – wollte das Foto schon längst ausschneiden und in ein Album kleben, aber ich komme dieser Tage einfach zu nichts.« Er reichte mir die Zeitung.

Die Fotografie nahm die obere rechte Ecke auf der ersten Seite der Finanzbeilage ein. John Ransom trug einen Smoking und seine Frau eine Création aus weißer Seide mit einer übergroßen Jacke über einem tief ausgeschnittenen Top. Die Arme um einen großen, gravierten Pokal geschlungen, der wie eine Tennistrophäe aussah, blickte sie lächelnd in die Kamera; von ihm sah man nur das Profil, da er sie anschaute. April Ransom war fast so groß wie ihr Mann und trug das Haar so kurz, daß es sich wie ein flaumiger blonder Helm um ihren Kopf schmiegte. Sie hatte einen großzügigen Mund, eine kleine gerade Nase, und ihre Augen schienen sehr hell zu sein. Sie sah tüchtig und zäh und triumphierend aus. Eine Überraschung, denn April Ransom ähnelte mehr der Frau, die sie war – der klugen und aggressiven Finanzexpertin –, als der Frau, die Ransom mir auf der Fahrt vom Flughafen zum Ely Place geschildert hatte. Die Frau auf dem Foto litt nicht an überflüssig komplizierten moralischen Empfindsamkeiten: Sie kaufte Gemälde, weil sie wußte, daß sie sich an ihren Wänden gut ausnehmen würden, während ihr Wert sich nach und nach vervierfachte; sie würde nie ihren Job aufgeben, um ein Kind zu bekommen, sie arbeitete hart, war ein bißchen unbarmherzig und hatte für Narren nichts übrig. »Ist sie nicht schön?« fragte Ransom.

Ich sah mir das Datum in der oberen rechten Ecke der Zeitung an: Montag, 3. Juni.

Ransom zog die Brauen hoch. »Die Polizei hat April zehn Tage nach dem Dinner aufgefunden – und das hatte am Freitag, dem einunddreißigsten Mai stattgefunden. Der Unbekannte war am Mittwoch darauf umgebracht worden. Am Montag abend kam April nicht aus dem Büro nach Hause. Ich wurde fast verrückt, während ich auf sie wartete. Gegen zwei Uhr morgens rief ich schließlich die Polizei an. Sie sagten mir, ich müsse noch vierundzwanzig Stunden warten, aber wahrscheinlich wäre sie da längst wieder zu Hause. Am nächsten Nachmittag rief man mich an und sagte mir, man habe sie gefunden, sie sei zwar bewußtlos, aber noch am Leben.«

»Und wo hat man sie gefunden – auf einem Parkplatz oder so?«

Ransom legte die zusammengefaltete Zeitung auf den Couchtisch neben den Bücherstapel. Er seufzte. »Ich schätze, ich muß gedacht haben, ich hätte es dir gesagt. Ein Zimmermädchen im St. Alwyn hat sie gefunden, als sie in einem der Zimmer nachsehen wollte, ob es in Ordnung war.« Seine Augen und seine Haltung und die Art, wie er den Rücken straffte, als er mir das sagte, wirkten irgendwie herausfordernd.

»April war in einem Zimmer im St. Alwyn Hotel?«

Ransom strich sich die Krawatte glatt. »Das Zimmer, in dem das Mädchen sie fand, war den ganzen Tag leer gewesen, aber jemand sollte es noch am selben Abend beziehen. April ist in dieses Zimmer gelangt oder hinaufgebracht worden, ob bei Bewußtsein oder bewußtlos, ohne daß jemand gesehen hat, wie sie das Hotel betrat.«

»Wie also ist sie dort hingekommen?« fragte ich. Ransom tat mir leid, und ich stellte die bescheuerte Frage nur, um Zeit zu gewinnen, denn ich mußte ja erst einmal richtig begreifen, was er mir da erzählt hatte.

»Sie ist geflogen. Ich habe keine Ahnung, wie sie in dieses Hotel kam. Ich weiß nur, daß April sich nie und nimmer mit einem Freund – egal welcher Art – im St. Alwyn getroffen hätte, denn selbst wenn es irgendwo einen Freund gäbe, was nicht der Fall ist, das St. Alwyn ist zu sehr heruntergekommen. Sie würde nie einen Fuß hineinsetzen.«

Ich dachte: Außer, sie mag es ein bißchen heruntergekommen.

»Ich kenne sie – du bist ihr nie begegnet. Ich bin seit vierzehn Jahren mit ihr verheiratet, du hast nur ein Bild von ihr gesehen. Nie hätte sie dieses Haus betreten.«

Ransom hatte selbstverständlich recht. Er kannte sie, und ich hatte meine Schlüsse nur aus einem Zeitungsfoto gezogen und aus der auffallend berechnenden Art, mit der sie ihre Kunstsammlung zusammengestellt hatte.

»Warte einen Moment«, sagte ich. »Wie war die Zimmernummer?«

»Das Mädchen hat April in Zimmer 218 gefunden. Im St. Alwyn Hotel, Zimmer 218.« Er lächelte. »Ich habe schon überlegt, wann du mich das fragen würdest.«

Es war dasselbe Zimmer, in dem James Treadwell ermordet

worden war, auch von jemandem, der die Worte BLAUE ROSE an die Wand geschrieben hatte.

»Und der Detective meint, das sei bedeutungslos?«

Ransom warf die Arme in die Luft. »Die Polizei ist der Meinung, daß nichts, was 1950 passiert ist, mit dem Überfall auf meine Frau in irgendeinem Zusammenhang steht. Durch William Damrosch sind sie alle aus dem Schneider. Er hat sich umgebracht, die Morde hörten auf. Und das war's.«

»Du hast gesagt, das erste Opfer sei in der Livermore Avenue gefunden worden?«

Ransom nickte heftig.

»Wo in der Livermore Avenue?«

»Sag das. Du weißt, wo.«

»In dem kleinen Tunnel hinter dem St. Alwyn?«

»Ich wette, genau da hat man die Leiche gefunden. Die Zeitung war nicht sehr präzise – schrieb nur *in nächster Umgebung des St. Alwyn Hotels*. Ich bin nie auf den Gedanken gekommen, daß es derselbe Ort sein könnte, an dem man in den Fünfzigern das erste Opfer entdeckte – bis April, bis sie – nun ja – bis sie gefunden wurde. Du weißt schon. In diesem Zimmer.« Sein Lächeln war jetzt verzerrt – ich glaube, er hatte die Kontrolle über sein Gesicht verloren. »Und ich tappte in jeder Beziehung im dunkeln, hatte keinen anderen Anhaltspunkt als dein Buch *The Divided Man*. Ich wußte nicht, ob du einen oder mehrere Schauplätze nicht verändert hattest ...«

»Nein«, sagte ich, »das habe ich nicht.«

»Deshalb dachte ich, nachdem ich dein Buch gelesen hatte, ich ruf mal bei dir an, nur um zu sehen ...«

»Ob ich noch immer der Meinung bin, daß Damrosch der Mann war, den du Blaue Rose nennst.«

Er nickte. Das tote Lächeln verblaßte, aber er sah noch immer so aus, als habe sich ein Angelhaken in seinem Mund verfangen. »Und du hast nein gesagt.«

»Und so ...« Ich verstummte, völlig benommen von dem, was mir eben aufgegangen war. »Und es sieht ganz so aus, als morde die Blaue Rose nicht nur wieder in Millhaven, sondern töte ihre Opfer an denselben Orten wie vor vierzig Jahren.«

»Ja, genauso sieht es für mich aus«, sagte Ransom. »Die Frage ist, können wir irgend jemanden davon überzeugen?«

7

»Sie werden es sehr schnell glauben, wenn noch ein Mord passiert«, sagte ich.

»Der dritte war die Ausnahme, die ich vorher erwähnte«, sagte Ransom. »Der Mord an dem Arzt.«

»Ich dachte, du sprichst über deine Frau.«

Er sah mich stirnrunzelnd an. »Nun, in deinem Buch war das dritte Opfer der Arzt. Großes Haus an der East Side.«

»Diesmal wird es dort keinen Mord geben«, sagte ich.

»Paß nur auf, was passiert«, sagte er. »Es wird dieselbe Adresse sein. Da, wo der Arzt starb.«

»Der Arzt ist nicht gestorben. Das war eines der Dinge, die ich verändert habe, als ich das Buch schrieb. Wer Buzz Laing – Dr. Laing – auch umbringen wollte, ihm die Kehle durchschnitt und im Schlafzimmer die Worte BLAUE ROSE an die Wand schrieb, lief davon und merkte nicht, daß Laing nicht tot war. Er kam rechtzeitig zu sich, es gelang ihm, die Blutung zu stillen und sich ins Krankenhaus bringen zu lassen.«

»Was meinst du mit ›wer ihn umbringen wollte‹? Es war die Blaue Rose.« Ich schüttelte den Kopf.

»Bist du sicher?«

»So sicher, wie man ohne einen Beweis nur sein kann«, sagte ich. »Tatsächlich bin ich auch der Meinung, daß der Täter, der Buzz Laing die Kehle durchgeschnitten hatte, auch Damrosch tötete und den Mord als Selbstmord tarnte.«

Ransom machte den Mund auf und dann wieder zu. »Damrosch ermordet?«

Ich lächelte – er sah ein bißchen dümmlich aus. »Ein paar Einzelheiten über den *Blaue-Rose*-Fall kamen vor ein paar Jahren ans Licht, als ich an einem Buch über Tom Pasmore und Lamont von Heilitz schrieb.« Er wollte etwas sagen, aber ich hob die Hand. »Du erinnerst dich vermutlich, von Lamont von Heilitz gehört zu haben, und mit Tom bist du wahrscheinlich in die Schule gegangen.«

»Ich war in Brooks-Lowood eine Klasse unter ihm. Was, um alles in der Welt, könnte er mit den *Blaue-Rose*-Morden zu tun gehabt haben?«

»Er hatte nichts damit zu tun, aber er weiß, wer versucht

hat, Buzz Laing umzubringen. Und wer William Damrosch ermordet hat.«

»Und wer war es?« Ransom schien außer sich vor Erregung. »Lebt er noch?«

»Nein, er lebt nicht mehr. Und ich denke, es wäre besser, wenn Tom dir die Geschichte selbst erzählt. Es ist eigentlich seine Geschichte.«

»Wird er bereit sein, sie mir zu erzählen?«

»Ich habe ihn angerufen, bevor ich aus New York abflog. Er wird dir sagen, was seiner Ansicht nach mit Buzz Laing und Detective Damrosch passiert ist.«

»Okay.« Ransom nickte. »Wann kann ich mit ihm sprechen?«

»Vermutlich ist er bereit, sich heut abend mit uns zu treffen, wenn du willst.«

»Könnte ich ihn anheuern?«

Fast jeder Einwohner von Millhaven über dreißig hätte vermutlich gewußt, daß Tom Pasmore eine Zeitlang als privater Ermittler gearbeitet hatte. Vor zwanzig Jahren hatten sogar die Zeitungen in Bangkok darüber berichtet, wie ein unabhängiger Ermittler, ein absoluter Amateur, der in dem obskuren Millhaven, Illinois, lebte, in brillanter Manier alle Beweise und Protokolle im Fall Whitney Walsh neu interpretiert hatte. Whitney Walsh, Präsident der Trans World Insurance, war auf dem Golfplatz seines Country Clubs in Harrison, New York, am neunten Loch niedergeschossen worden. Man hatte einen Platzwart angeklagt, der Walsh seit Jahren nicht grün gewesen war, ihn für schuldig befunden und zu einer lebenslangen Haftstrafe verurteilt. Ganz allein und ohne Millhaven je zu verlassen, war es Tom Pasmore gelungen, das entscheidende Indiz zu finden und zu erkennen, durch das der wahre Täter, ein ehemaliger Angestellter von Walsh, überführt und verurteilt werden konnte. Der unschuldige Mann, war freigelassen worden, und nachdem er seine Geschichte mehreren Zeitungen und überregionalen Zeitschriften erzählt hatte, erfuhr man, daß Tom Pasmore ähnliches schon ein gutes dutzendmal getan hatte: Er hatte Zeitungsberichte und Prozeßakten benutzt und ausgewertet, um Unschuldige aus dem Gefängnis zu holen und die wahren Täter dingfest zu machen. Der Fall Walsh war nur der prominenteste gewesen. Es folgte, in denselben Zeitungen und Zeitschriften, eine Reihe wahrhaft schauriger Geschichten über den *Sherlock Holmes des wirklichen Lebens,* und außerdem hieß es, was man allgemein als überaus angenehm empfand, daß der Hexenmeister gewöhnlich jede Entlöhnung ablehnte, daß er ein Vermögen von etwa zehn bis zwanzig Millionen Dollar besaß, allein in einem Haus lebte, das er selten verließ, und sich ein bißchen seltsam und altmodisch förmlich kleidete. Die Enthüllungen erreichten ihren Höhepunkt mit der Behauptung, Tom Pasmore sei der natürliche Sohn von Lamont von Heilitz, dem Mann, der das Vorbild für den Rundfunkserienhelden Lamont Cranston, den ›Schatten‹, war. Nachdem all das ans Licht gekommen war, hörte Tom auf, Interviews zu geben. Soviel man wußte, hatte er auch aufgehört zu arbeiten – war vor der unwillkommenen Publicity in den Ruhestand geflohen. Es gelang der Presse jedenfalls nicht, noch einen Fall aufzuspüren, in den Tom Pasmore aus Millhaven, Illinois, aus der Ferne eingegriffen hätte, damit ein Unschuldiger befreit und ein schuldiger Mörder verurteilt werden konnte. Doch da ich mit ihm in Verbindung stand, glaubte ich, fast sicher sein zu können, daß er seine Arbeit anonym fortsetzte und nur den Anschein erweckte, als habe er sich zurückgezogen, um das Geheimnis wahren zu können, das die Presse nicht aufgedeckt hatte – daß er lange der Liebhaber einer Frau gewesen war, die in eine der reichsten Familien von Millhaven eingeheiratet hatte.

Tom würde nie bereit sein, sich von John Ransom anheuern zu lassen, und das sagte ich ihm auch.

»Warum nicht, nachdem er doch eingewilligt hat, herzukommen?«

»Erstens hat er sich noch nie anheuern lassen. Und seit dem Fall Walsh möchte er, daß die Leute denken, er arbeite überhaupt nicht mehr. Und zweitens hat Tom nicht eingewilligt ›herzukommen‹. Wenn du mit ihm sprechen willst, mußt du ihn aufsuchen.«

»Aber ich bin mit ihm zur Schule gegangen.«

»Wart ihr befreundet?«

»Pasmore hatte keine Freunde. Er wollte keine.« Das gab ihm einen anderen Gedanken ein, er hob den Blick von seinen verschlungenen Händen und wandte mir das mißtrauische Gesicht zu. »Wieso ist er dann überhaupt bereit, mit mir zu sprechen, wenn er so darauf bedacht ist, unsichtbar zu bleiben?«

»Weil er dir selbst erklären möchte, was mit Buzz Laing und Detective Damrosch passiert ist. Du wirst auch begreifen, warum.«

Ransom zuckte mit den Schultern. »Um diese Zeit bin ich sonst schon im Krankenhaus. Vielleicht könnte Pasmore mit uns zu Abend essen.«

»Wir müssen zu ihm nach Hause gehen«, sagte ich.

Er dachte eine Weile nach. »Dann könnten wir vielleicht zwischen dem Besuch bei April und dem Abendessen eine Audienz bei Seiner Heiligkeit bekommen? Oder gibt es im heiligen Stundenplan von Tom Pasmore noch etwas, das du mir bisher verschwiegen hast?«

»Nun ja, er beginnt seinen Tag im allgemeinen ziemlich spät«, sagte ich. »Aber wenn du mir das Telefon zeigst, kann ich ihn auf unseren Besuch vorbereiten.«

Ransom winkte mich zur Tür, und ich erinnerte mich, in der Eingangshalle ein hohes Telefontischchen gesehen zu haben. Ich stand auf und verließ das Zimmer. Durch den Türbogen sah ich, daß Ransom sich ebenfalls erhob und zu den Bildern hinüberging. Die Hände in den Taschen, blieb er vor dem Vuillard stehen und betrachtete stirnrunzelnd die einsamen Gestalten unter dem Baum. Ich wußte zwar, daß Tom Pasmore um diese Zeit noch schlief, aber sein Anrufbeantworter war eingeschaltet und zeichnete tagsüber die Anrufe auf. Toms leichte, trockene Stimme teilte mir mit, ich solle eine Nachricht hinterlassen, und ich sagte, daß Ransom und ich gern um sieben Uhr zu ihm kommen wollten, ich ihn aber vom Krankenhaus aus noch einmal anrufen würde, um zu fragen, ob es ihm paßte.

Ransom fuhr herum, als ich ins Zimmer zurückkam. »Nun, war Sherlock einverstanden, uns vor Mitternacht zu empfangen?«

»Ich habe eine Nachricht auf dem Anrufbeantworter hinterlassen. Vom Krankenhaus aus werde ich ihn noch einmal anrufen. Aber wahrscheinlich geht es in Ordnung.«

»Wie ich es sehe, müßte ich ihm direkt dankbar sein, daß er überhaupt mit mir sprechen will, richtig?« Ransom musterte mich zornig, und dann schaute er auf seine Uhr. Er bohrte die Hände in die Hosentaschen und wartete auf die Antwort auf eine rhetorische Frage.

»Wahrscheinlich wird er dankbar sein, dich zu sehen«, sagte ich.

Ruckartig zog er eine Hand aus der Tasche und strich sich über das dünner werdende Haar. »Okay, okay«, sagte er, »tut mir leid.«

8

Wir verließen das Haus. Draußen auf dem Gehsteig erwartete ich, daß Ransom zu seinem Wagen gehen würde. Er bog nach links zur Berlin Avenue ab und marschierte weiter, ohne bei einem der Autos stehenzubleiben, die am Randstein parkten. Ich beeilte mich, mit ihm Schritt zu halten.

»Ich hoffe, es macht dir nichts aus, zu Fuß zu gehen. Es ist zwar schwül, doch das ist ungefähr die einzige körperliche Bewegung, zu der ich komme. Und zum Krankenhaus ist es wirklich nicht weit.«

»Ich laufe kreuz und quer durch ganz New York. Mir macht es nichts aus.«

»Wenn es dir recht ist, könnten wir nach dem Krankenhaus sogar zu Tom Pasmore zu Fuß gehen. Wohnt er noch in der Eastern Shore Road?«

Ich nickte. »Dem Haus gegenüber, in dem er aufgewachsen ist.«

Ransom warf mir einen seltsamen Blick zu, und ich erklärte ihm, daß Tom schon vor langer Zeit in das alte Von-Heilitz-Haus umgezogen war.

»Er ist also noch immer in der Eastern Shore Road, hat Glück, der Knabe«, sagte Ransom. »Ich wünschte, ich hätte das alte Haus meiner Familie übernehmen können. Aber meine Eltern sind nach Arizona verzogen, nachdem mein Vater seinen hiesigen Besitz verkauft hatte.«

Wir bogen nach Norden ab und wanderten die Berlin Avenue entlang. Verkehrslärm, lautes Hupen und das Zischen der Reifen auf Asphalt schienen in der Luft zu einer festen Masse zu verschmelzen. Studenten der Sommerseminare auf dem Weg in die Nachmittagsvorlesungen schlenderten zu zweit und zu dritt an den Häuserblocks vorbei. Ransom warf mir einen schrägen Blick zu. »Er hat natürlich ein Bombengeschäft gemacht, aber ich wünschte, er hätte nicht verkauft. Das St. Alwyn allein hat ihm damals ungefähr achthunderttausend gebracht. Heute wäre es drei Millionen wert. Wir haben jetzt viel mehr Tagungen und Kongresse in der Stadt, und ein anständiges Hotel hat ein großes Potential.«

»Deinem Vater hat das St. Alwyn gehört?«

»Und der ganze übrige Block.« Er schüttelte langsam den Kopf, als er meinen Gesichtsausdruck sah. »Ich habe wohl angenommen, daß du das weißt. Das trägt noch ein bißchen zu der Ironie des Ganzen bei. Das Haus war viel besser geführt, als es meinem Vater gehörte, das laß dir gesagt sein. Es war so gut wie jedes andere Hotel. Aber ich denke nicht, daß die Tatsache, daß April in Zimmer 218 aufgefunden wurde, etwas mit den Besitzverhältnissen von vor zwanzig Jahren zu tun hatte, oder?«

»Wahrscheinlich nicht.« Es sei denn, die ersten *Blaue-Rose*-Morde hatten etwas damit zu tun, daß das Hotel seinem Vater gehörte, dachte ich, verwarf jedoch den Gedanken sofort wieder.

»Ich wünsche mir immer noch, der Alte hätte durchgehalten, bis der Bauboom in der Stadt begann. Ein akademisches Gehalt reicht nicht weit, besonders nicht das vom Arkham College.«

»April muß das mehr als ausgeglichen haben«, sagte ich.

Er schüttelte den Kopf »Aprils Geld gehört ihr, nicht mir. Ich wollte nie das Gefühl haben, mich einfach von dem Geld bedienen zu können, das sie verdiente.«

Ransom lächelte über irgendeine Erinnerung, und das Sonnenlicht milderte den unglücklichen Ausdruck seines Gesichts.

»Für den Fall, daß ich irgendwohin fahren muß, habe ich einen alten Pontiac gebraucht gekauft. Aprils Wagen ist ein Mercedes 500 SL. Sie hat hart gearbeitet, blieb manchmal die ganze Nacht in ihrem Büro. Es war ausschließlich ihr Geld.«

»Ist sehr viel da?«

Er sah mich grimmig an. »Wenn sie stirbt, werde ich ein wohlhabender Witwer sein. Aber das Geld hatte nichts mit der Persönlichkeit zu tun, die sie war.«

»Es könnte für Leute, die nicht wissen, wie eure Ehe war, wie ein Motiv aussehen.«

»Zum Beispiel für die wunderbare Polizei von Millhaven?« Er lachte – es war ein kurzes, häßliches Bellen. »Das ist für uns nur ein Grund mehr, den Namen der Blauen Rose herauszufinden. Als ob wir überhaupt einen Grund brauchten!«

9

Als wir hinter dem Aufenthaltsraum für Patienten um die Ecke bogen, löste sich ein kleiner, angriffslustig aussehender Polizist in den Zwanzigern von einem Türrahmen und kam lässig auf uns zu. Auf seinem Namensschild stand MANGELOTTI. Er schaute auf seine Uhr und sah Ransom dann mit einem – wie er glaubte – harten Blick an. Und mich genauso.

»Hat sie etwas gesagt, Officer?« fragte Ransom.

»Wer ist das?« Der kleine Polizist pflanzte sich vor mir auf, als wolle er mich daran hindern, den Raum zu betreten. Der obere Rand seiner Dienstmütze reichte mir gerade bis ans Kinn.

»Ich bin nur ein Freund«, sagte ich.

Ransom war schon in das Zimmer hineingegangen, und der Polizist wandte den Kopf, um ihm nachzulaufen. Dann funkelte er mich noch einmal schräg von unten zornig an. Im Zimmer hörten wir beide eine Frau sagen, nein, Mrs. Ransom habe noch nicht gesprochen.

Der Cop wich zurück, machte kehrt und ging hinein, um ja nichts zu verpassen. Ich folgte ihm in den sonnigen weißen Raum. Vasen mit Blumen standen auf jeder glatten Fläche – Vasen, gefüllt mit Lilien, Rosen und Pfingstrosen drängten sich auf dem langen Fenstersims. In der Luft schwebte der Duft der Lilien. John Ransom und eine tüchtig aussehende Frau in weißer Tracht standen neben dem Kopfende des Bettes. Die Bettvorhänge waren zurückgeschoben worden und bauschten sich an der Wand. April Ransom war an ein kompliziertes Gewirr von Kabeln und Schläuchen und Drähten angeschlossen, die sie mit einer Reihe von Apparaten und Monitoren verbanden. Aus einem durchsichtigen Plastikbeutel, der an einem Galgen hing, tropfte Glukose in ihre Venen. In die Nase hatte man ihr dünne weiße Schläuche eingeführt, und an Hals und Schläfen waren mit weißem Heftpflaster Elektroden befestigt. Das Laken, mit dem sie zugedeckt war, verbarg einen Katheter und weitere Schläuche. Ihr Kopf lag flach auf dem Bett, ihre Augen waren geschlossen. Die linke Gesichtshälfte war ein einziger großer, blauroter Bluterguß, und ein weiterer langer Bluterguß zog sich an ihrem rechten Kiefer entlang. Über ihrer Stirn war das Haar stellenweise rasiert und ließ sie noch breiter und weißer aussehen, als sie war. Feine Linien hatten sich in sie eingekerbt, und zwei fast unsichtbare Linien neben den Winkeln ihres breiten Mundes sahen wie Klammern aus. Ihre Lippen waren farblos. Man hatte den Eindruck, daß an den Stellen, an denen sie keine Blutergüsse hatte, mehrere Hautschichten abgeschält worden waren. Mit der Frau auf dem Zeitungsfoto hatte sie kaum noch Ähnlichkeit.

»Sie haben heute Besuch mitgebracht«, sagte die Schwester.

John Ransom machte uns miteinander bekannt – Eliza Morgan, Tim Underhill, und wir nickten einander über das Bett hinweg zu. Der Polizist begab sich ans andere Ende des Zimmers und setzte sich unter die Fenster. »Tim bleibt eine Zeitlang bei mir, Eliza«, sagte Ransom.

»Es tut Ihnen bestimmt gut, ein bißchen Gesellschaft zu haben«, sagte die Schwester. Sie musterte mich und ließ mir Zeit, mich an den Anblick von April Ransom zu gewöhnen.

»Ich habe dir von Tim Underhill erzählt, April«, sagte Ransom. »Er ist nach Millhaven gekommen, um dich zu besuchen. Geht es dir heute besser?« Er schob das Laken ein bißchen zur Seite und legte die Hand auf die ihre. Auch ihr Arm war mehrfach verbunden. »Bald bist du wieder kräftig genug, um nach Hause zu kommen.«

Er blickte zu mir auf. »Letzten Mittwoch, als man mich endlich zu ihr ließ, hat sie viel schlimmer ausgesehen. Ich hab' wirklich gedacht, daß sie an diesem Tag sterben würde, aber sie hat es geschafft, nicht wahr, Eliza?«

»Und ob sie das hat«, sagte die Schwester. »Seither kämpft sie.«

Ransom beugte sich über das Bett und begann mit ruhiger, tröstender Stimme auf seine Frau einzusprechen. Ich trat ein paar Schritte zurück. Der Polizist, der unter der hellen Fensterreihe saß, richtete sich auf dem Stuhl auf und sah mich aggressiv an. Seine linke Hand wanderte zu der Hemdtasche, die durch sein Notizbuch stark ausgebeult war.

»Der Aufenthaltsraum der Patienten ist um diese Zeit gewöhnlich leer«, sagte die Schwester lächelnd zu mir.

Ich ging den Flur entlang zur Tür eines großen, mit grünen Couches und Sesseln ausgestatteten Raumes. Mehrere Sessel waren um schlichte Holztische gruppiert. Zwei übergewichtige Frauen in T-Shirts, die an ihren Körpern klebten, saßen in der von der Tür am weitesten entfernten Ecke an einem Tisch, der mit Zeitschriften und Papiertüten übersät war. Sie rauchten und spielten Karten. Die Vorhänge des Fensters über ihnen hatten sie zugezogen. Eine ältere Frau in einem grauen Kostüm saß etwa zweieinhalb Meter von ihnen entfernt mit dem Rücken zu einem Fenster mit offenen Vorhängen und las einen Roman von Barbara Pym, als hinge ihr Leben davon ab. Ich ging zu den Fenstern in der linken Ecke, und die alte Frau blickte von ihrem Buch auf und durchbohrte mich mit einem Blick, der bösartiger war als alles, das Officer Mangelotti zustande gebracht hätte.

Hinter mir hörte ich Schritte und sah, als ich mich umdrehte, daß April Ransoms Privatschwester mit einer bauchigen schwarzen Handtasche hereingekommen war. Die alte Frau starrte auch sie finster an. Eliza Morgan stellte ihre Tasche auf einen Tisch in Türnähe und winkte mich zu sich. Sie fischte in ihrer großen Handtasche herum, zog eine Zigarettenpackung heraus und sah mich um Entschuldigung bittend an. »Das ist der einzige Raum in diesem ganzen Flügel, in dem es erlaubt ist zu rauchen«, sagte sie beinahe flüsternd. Sie zündete die Zigarette mit einem Streichholz an, warf es in einen geschwärzten Kupferaschenbecher, blies ein fedriges Rauchwölkchen in die Luft und setzte sich. »Ich weiß, es ist eine gräßliche Gewohnheit, aber ich bin dabei zu reduzieren. Während meiner Schicht hier rauche ich jede Stunde eine und eine nach dem Abendessen, und damit hat es sich. Na ja, das ist nur *fast* die Wahrheit. Vor Dienstbeginn sitze ich auch hier und rauche drei oder vier von diesen verdammten Dingern, sonst würde ich die erste Stunde nicht überstehen.« Sie beugte sich vor und senkte wieder die Stimme. »Wenn Mrs. Rollins Sie böse angesehen haben sollte, als Sie reinkamen, dann nur, weil sie besorgt war, Sie könnten den Raum verunreinigen. Das bedrückt sie unendlich, weil sie findet, Krankenschwestern sollten nicht rauchen – womit sie wahrscheinlich recht hat.«

Ich lächelte sie an. Sie war eine nett aussehende Person, ein paar Jahre älter als ich. Ihr kurzes schwarzes Haar sah sauber und seidig aus, und ihre Freundlichkeit wirkte nicht aufdringlich.

»Ich nehme an, Sie sind hier, seit Mrs. Ransom eingeliefert wurde«, sagte ich.

Sie nickte und blies eine diesmal wesentlich dichtere Rauchwolke in die Luft. »Mr. Ransom hat mich sofort eingestellt, nachdem er es erfahren hatte.« Sie legte die Hand auf ihre Tasche. »Wohnen Sie bei ihm?«

Ich nickte.

»Dann bringen Sie ihn dazu, daß er redet – er ist ein interessanter Mann, aber er weiß nicht einmal die Hälfte von dem, was in ihm vorgeht. Es wäre schrecklich, wenn er langsam zusammenbrechen würde.«

»Sagen Sie mir – hat seine Frau eine Chance? Glauben Sie, daß sie aus dem Koma aufwachen wird?«

Sie beugte sich vor. »Seien Sie einfach da, um ihm beizustehen – wenn Sie sein Freund sind.« Sie überzeugte sich, daß ich sie auch richtig verstanden hatte, straffte sich und drückte die Zigarette aus. Sie hatte alles gesagt, was sie sagen wollte.

»Ich schätze, das war eine Antwort«, sagte ich, und wir standen beide auf.

»Wer hat denn behauptet, daß es Antworten gibt?«

Dann kam sie auf mich zu, und die Augen in dem kleinen, energischen Gesicht sahen riesig aus. Sie legte mir die flache Hand auf die Brust. »Ich dürfte das eigentlich gar nicht sagen, aber wenn Mrs. Ransom stirbt, sollten Sie sich seinen Apothekenkasten ansehen und alle verschreibungspflichtigen Tranquilizer verstecken, wenn welche da sind. Und Sie sollten ihn daran hindern, zuviel zu trinken. Er hat lange Zeit eine gute Ehe geführt, und wenn er seine Frau verliert, wird er jemand werden, den er jetzt nicht einmal erkennen würde.«

Sie klopfte mir einmal kurz auf die Brust, ließ die Hand sinken und wandte sich ohne ein weiteres Wort ab. Ich ging hinter ihr her in April Ransoms Zimmer. John beugte sich über das Bett und sprach Worte, die zu leise waren, um von einem dritten gehört zu werden. April sah wie eine leere weiße Hülle aus.

Es war nach fünf und Tom Pasmore vermutlich schon aufgestanden. Ich fragte Eliza nach einem Münztelefon, und sie schickte mich um das Schwesternzimmer herum und einen Flur entlang zu einem anderen Aufzugblock. Den Aufzügen gegenüber hingen sechs Münzfernsprecher, alle unbesetzt. Flügeltüren öffneten sich zu beiden Seiten auf breite Korridore, und grüne, rote und blaue Pfeile auf dem Boden wiesen den Weg in verschiedene Abteilungen.

Tom Pasmore meldete sich, nachdem es fünf- oder sechsmal geklingelt hatte. Ja, es sei ihm recht, wenn wir gegen halb acht kämen. ich hörte ihm an, daß er enttäuscht war. Wenn Tom Besucher empfing – was nur selten vorkam –, war es ihm am liebsten, wenn die Leute spät erschienen und bis zum Morgengrauen blieben. Er schien verblüfft, weil wir zu Fuß unterwegs waren.

»Geht Ransom überallhin zu Fuß? Würde er, sagen wir, vom Ely Place bis Downtown laufen?«

»Vom Flugplatz hat er mich mit dem Wagen abgeholt«, sagte ich.

»In seinem Wagen oder in dem seiner Frau?«

»In seinem. Seine Frau hat einen Mercedes, glaub ich.«

»Ist er vor ihrem Haus geparkt?«

»Hab' nicht drauf geachtet. Warum?«

Tom Pasmore lachte. »Er hat zwei Autos und schleppt dich zu Fuß durch die ganze East Side?«

»Ich geh in New York auch überallhin zu Fuß. Es macht mir nichts aus.«

»Nun, ich lege zwei kalte Handtücher für euch zurecht und halte eisgekühlte Limonade bereit, wenn ihr euch gegen Tagesanbruch die Zufahrt heraufschleppt. Versuch in der Zwischenzeit herauszufinden, was aus dem Wagen seiner Frau geworden ist.«

Ich sagte, ich wolle es versuchen. Dann legte ich auf und fand mich, als ich mich umdrehte, einem riesenhaften, breitschultrigen Typen mit grauem Pferdeschwanz und Bart, Goldbuttons im Ohr und Armani-Zweireiher mit vier Knöpfen gegenüber. Er feixte mich an. Ich feixte zurück. Ich fühlte mich wie Philip Marlowe.

10

Um sieben verließen John Ransom und ich das Krankenhaus und gingen über den von Hecken gesäumten Weg zur Berlin Avenue. Er ging rasch und achtlos, als sei er ganz allein in einer menschenleeren Landschaft. Die Luft hätte man ausdrücken können wie einen Schwamm, und die Temperatur war auf ungefähr dreißig Grad gesunken. Wir hatten noch immer etwa anderthalb Stunden Sonne vor uns. Als wir den Gehsteig erreichten, zögerte Ransom. Eine Sekunde lang glaubte ich, er werde auf die stark befahrene Straße treten – ich denke nicht, daß er etwas anderes als das Zimmer sah, aus dem wir eben kamen. Doch anstatt vom Randstein auf die Fahrbahn zu treten, ließ er den Kopf sinken, so daß sich sein Kinn in die Fettschicht darunter drückte. Er fuhr sich mit den Händen übers Gesicht. »Okay«, sagte er, mehr zu sich selbst als zu mir. Dann schaute er mich an.

»Nun, jetzt hast du sie gesehen. Was denkst du?«

»Es tut ihr bestimmt gut, daß du jeden Tag kommst«, sagte ich.

»Das hoffe ich.« Ransom schob die Hände in die Taschen. Einen Moment lang sah er wie eine kahl werdende, übergewichtige Abart des Brooks-Lowood-Schülers aus, der er einmal gewesen war. »Ich denke, sie hat in den letzten Tagen abgenommen. Und dieser große Bluterguß wird und wird nicht heller. Meinst du nicht, es ist ein schlechtes Zeichen, wenn ein Bluterguß nicht heller wird?«

Ich fragte ihn, was der Arzt gesagt hatte.

»Überhaupt nichts, wie üblich.«

»Nun, Eliza Morgan tut bestimmt alles Menschenmögliche für April«, sagte ich. »Wenigstens weißt du, daß sie gut gepflegt wird.«

Er sah mich scharf an. »Sie verschwindet immer wieder, um im Aufenthaltsraum für Patienten eine Zigarette zu rauchen, hast du das nicht bemerkt? Ich finde, Krankenschwestern sollten nicht rauchen, und April dürfte nicht allein gelassen werden.«

»Ist denn der Cop nicht immer da?«

Ransom zuckte mit den Schultern und schlug den Weg, den wir gekommen waren, in entgegengesetzter Richtung ein. »Er verbringt die meiste Zeit damit, aus dem Fenster zu glotzen.« Seine Hände steckten noch immer in den Hosentaschen, und er ging leicht gebückt. Kopfschüttelnd sah er zu mir herüber.

»Es muß schwer für dich sein, April so zu sehen«, sagte ich.

Er seufzte abgrundtief. »Tim, sie stirbt mir vor den Augen weg.«

Wir blieben beide stehen. Ransom bedeckte einen Moment lang die Augen mit den Händen. Ein paar Passanten starrten ihn an. Es war kein alltäglicher Anblick, einen erwachsenen Mann im eleganten grauen Anzug in der Öffentlichkeit weinen zu sehen. Als er die Hände sinken ließ, glänzte sein rotes Gesicht feucht. »Jetzt bin ich ein öffentliches Ärgernis.« Er zog ein Taschentuch heraus und trocknete sich das Gesicht ab.

»Willst du immer noch zu Tom Pasmore? Oder möchtest du lieber direkt nach Hause gehen?«

»Machst du Witze?«

Er streckte das Rückgrat und ging weiter, vorbei an dem

Kartengeschäft, dem Lebensmittelladen und dem Blumenhändler mit der gestreiften Markise und den Blumenkübeln auf dem Gehsteig. »Was ist eigentlich mit Aprils Mercedes passiert?« fragte ich. »Ich glaube nicht, ihn gesehen zu haben, als wir vorhin weggingen.«

Ransom sah mich stirnrunzelnd an. »Das wäre auch kaum möglich gewesen. Er ist verschwunden. Ich nehme an, er wird irgendwann wieder auftauchen – ich hatte an andere Dinge zu denken.«

»Was glaubst du, wo er sein könnte?«

»Also, um ehrlich zu sein, es ist mir *egal,* was mit dem Wagen passiert ist. Er war versichert. Es ist nur ein Auto.«

Schweigend gingen wir mehrere Blocks durch die Hitze weiter. Ab und zu holte Ransom das Taschentuch heraus und trocknete sich die Stirn. Wir näherten uns dem Campus der Universität von Illinois, und Buchläden und kleine Restaurants hatten die Lebensmittelläden und Blumenhandlungen verdrängt. Das Royal, Millhavens einziges Kunstfilmkino, zeigte eine Saison lang Thriller aus den vierziger und fünfziger Jahren. Das Programm begann mit *Frau ohne Gewissen* und *Rattennest* und endete irgendwann im August mit *Polizei greift ein* und *Der Fremde im Zug.* Dazwischen gab es unter anderem *On Dangerous Ground**, *Asphalt-Dschungel, Todesfalle von Chikago, Bei Anruf Mord, Laura, Goldenes Gift* und *Berüchtigt.* Es waren die Filme meiner Jugend, und ich erinnerte mich, wie es gewesen war, an einem heißen Tag in die Kühle des Beldame Oriental zu schlüpfen, eine Tüte Popcorn zu kaufen und sich in dem fast leeren Kino einen unheilschwangeren *film noir* anzusehen.

Plötzlich erinnerte ich mich auch des Alptraums, den ich an dem Tag gehabt hatte, an dem John Ransom mich anrief – die plumpen Hände auf dem weißen Teller: Menschenfleisch abschneiden, kauen und angewidert ausspucken. Mir wurde schwindlig vor Hitze, und die Erinnerung an den Traum füllte meinen Mund mit dem sandigen Geschmack der Niedergeschlagenheit. Ich blieb stehen und blickte zu dem großen Kinoplakat hinauf.

---

* nicht synchronisiert

»Bist du okay?« fragte Ransom, der dicht vor mir war, und drehte sich zu mir um.

Ein Filmtitel schien ein paar Zentimeter aus den anderen herauszuragen, reliefartig hervorgehoben – entweder narrten mich die Augen oder das Licht. »Hast du schon mal von einem Film mit dem Titel *On Dangerous Ground* gehört?« fragte ich. »Ich kenne ihn nicht.«

Ransom kam zu mir zurück und sah zu dem eng bedruckten Plakat hinauf. »Ziemlich sentimentaler Titel, nicht wahr?«

Ransom überquerte die Berlin Avenue und wandte sich nach Osten, vorbei an einem Block mit Fachwerk- und roten Backsteinhäusern, die durch niedrige, dichte Hecken getrennt waren. Auf den winzigen Rasenflächen einiger Vorgärtchen lagen Fahrräder und Kinderspielzeug herum, und alle hatten braune Streifen, die aussahen wie Brandnarben. Aus einem der oberen Fenster kam Rock-'n'-Roll-Musik, blechern und leblos.

»Ich erinnere mich gut an Tom Pasmore«, sagte Ransom. »Ein ausgesprochener Einzelgänger. Er hatte keine richtigen Freunde. Das Geld hat seinem Großvater gehört, nicht wahr? Sein Vater war eine ziemliche Null – ich glaube, er ließ die Familie in Toms letztem Schuljahr sitzen.«

Das gehörte zu den Dingen, die sich an der Brooks-Lowood-Schule sehr schnell herumsprachen.

»Und seine Mutter war Alkoholikerin«, sagte Ransom. »Trotzdem eine hübsche Frau. Lebt sie noch?«

»Sie ist vor ungefähr zehn Jahren gestorben.«

»Und er ist jetzt im Ruhestand? Tut er denn gar nichts mehr?«

»Ich schätze, die Verwaltung seines Vermögens ist eine Vollzeitbeschäftigung.«

»Das hätte April für ihn tun können«, sagte Ransom.

Wir überquerten Waterloo Parade und schwiegen wieder eine ganze Weile, während Ransom an seine Frau dachte.

Hinter der Balaclava Lane wurden die Häuser allmählich größer und standen ein wenig weiter voneinander entfernt auf größeren Parzellen. Zwischen der Berlin Avenue und dem

Eastern Shore Drive steigt der Wert der Häuser von Block zu Block. In östlicher Richtung gehend, näherten wir uns immer mehr der Gegend, in der Ransom aufgewachsen war.

Sein Schweigen dauerte an, über die Modurman Road, Victoria Terrace und Salisbury Road hinaus. Wir kamen zu der langen Straße, The Sevens genannt, wo weitläufige Häuser inmitten riesiger Rasenflächen stillschweigend den Anspruch erhoben, genauso vornehm zu sein wie die Häuser einen Block weiter östlich auf der Eastern Shore Road. Ransom blieb stehen und wischte sich wieder über die Stirn. »Als Kind bin ich in der ganzen Gegend hier rumgelaufen. Jetzt scheint mir alles fremd. Als ob ich nie hier gewohnt hätte.«

»Aber sind im Grunde nicht noch dieselben Leute hier?«

»Nein. Die Generation meiner Eltern ist gestorben oder an die Westküste nach Florida gezogen, und die Leute meines Alters haben sich nach Riverwood abgesetzt. Sogar Brooks-Lowood ist umgezogen, hast du das nicht gewußt? Vor vier Jahren wurden Grundstücke und Gebäude verhökert und draußen in Riverwood ein großer georgianischer Campus gebaut.«

Er sah sich um und schien einen Moment zu überlegen, ob er nicht eines dieser großen, protzigen Häuser kaufen sollte. »Die meisten Leute wie April, neureiche Leute, haben sich in Riverwood angekauft. Sie wollte nichts davon wissen. April war gern in der Stadt – sie ging gern zu Fuß. Sie liebte unser kleines Haus, und ihrer Meinung nach steht es genau da, wo es stehen sollte.«

Er benutzte die Vergangenheitsform, und Mitleid wallte in mir auf, weil er so viel durchmachen mußte.

»Manchmal«, sagte er, »werde ich so mutlos.«

Er ging weiter bis ans Ende des Blocks und bog dann direkt in den Eastern Shore Drive ein. Villen in jedem nur erdenklichen Stil säumten die breite Straße. Riesige Ziegelbauten mit Türmchen und Türmen, halb in Holz ausgeführte Tudorhäuser, maurische Fantasien, riesige Steinpaläste mit bunten Glasfenstern – Geld, das sich selbst verriet – unbewußt und von Geschmack unangekränkelt. Miteinander rivalisierend, hatten die Leute, die diese Riesendinger errichtet hatten, Prunk und Protzerei am laufenden Meter gekauft.

Es dauerte nicht lange, und ich konnte Ransom das Haus von Tom Pasmore zeigen. Es stand an der Westseite der Straße, nicht an der Seeseite, und dunkelgrünes Weinlaub rankte sich an der grauen Steinfassade hinauf Wie immer in Lamont von Heilitz' Tagen waren auch heute die Vorhänge zugezogen, um das Licht auszuschließen.

Wir gingen die Zufahrt entlang zur Haustür, und ich klingelte. Wir warteten, sehr lange, wie es schien. Ransom warf mir einen Blick zu, als sei ich einer seiner Schüler, der eine Arbeit nicht rechtzeitig abgeliefert hatte. Ich klingelte noch einmal. Etwa zwanzig Sekunden verstrichen.

»Bist du sicher, daß Seine Lordschaft wach sind?«

»Sei still«, sagte ich. Im Haus näherten sich Schritte der Tür.

Nachdem er mir noch einen kritischen Blick zugeworfen hatte, zog Ransom das feuchte Taschentuch heraus und fuhr sich über Stirn und Nacken. Das Schloß klickte. Er straffte die Schultern, und es gelang ihm tatsächlich, ein Lächeln vorzutäuschen. Die Tür schwang auf, und hinter dem Fliegengitter stand blinzelnd und ebenfalls lächelnd Tom Pasmore. Er trug einen hellblauen Anzug mit einer zweireihigen Weste über einem schneeweißen Hemd und dazu eine dunkelblaue Seidenkrawatte. In seinem feuchten Haar sah man noch die Spuren eines Kammes. Er sah müde aus, und seine Augen blickten ein wenig verschwommen.

11

»Hallo, Großer!« sagte Ransom. Seine Stimme war zu laut. »Wir waren schon ein bißchen beunruhigt.«

»Tim und John, was für eine Freude«, sagte Tom Pasmore. Er fummelte an den Knöpfen seiner Weste herum, und seine Augen gingen zwischen uns hin und her. »Ist das nicht allerhand!« Er stieß die Fliegengittertür auf, und Ransom mußte ein paar Schritte beiseite gehen, um an ihr vorbeizukommen. Noch im Gehen streckte er die rechte Hand aus. Tom nahm sie und sagte: »Das muß man sich einmal vorstellen!«

»Es ist lange her«, sagte Ransom. »Zu lange.«

»Kommt herein«, sagte Tom und wandte sich in das ein wenig düstere Haus zurück. Er mußte vor kurzem geduscht haben, denn als ich eintrat, roch ich noch einen Hauch von Seife und Shampoo. Die Lampen auf den Tischen und an den Wänden gaben nur gedämpftes Licht. In dem riesigen Raum herrschte noch immer das mir vertraute Durcheinander. Ich entfernte mich von der Tür, um John Ransom eintreten zu lassen.

»Es ist sehr freundlich von dir, dich ...« Ransom verstummte, als er entdeckte, wie das Erdgeschoß von Tom Pasmores Haus tatsächlich aussah. Einen Moment stand er mit offenem Mund da, dann fing er sich wieder. »... dich mit mir zu treffen. Es bedeutet mir viel, um so mehr, da es sich bei dem, was du mir zu sagen hast, um – eh – ziemlich persönliche Dinge handelt – wenn ich Tim richtig verstanden habe ...«

Er schien sich an dem Zimmer nicht satt sehen zu können, das keiner seiner wie auch immer gearteten Erwartungen entsprochen hätte. Lamont von Heilitz, der Vorbesitzer des Hauses, hatte den größten Teil des Erdgeschosses zu einem einzigen Riesenraum umbauen lassen – einen Raum voller Aktenschränke, Bücher- und Zeitungsstapel; auf den Tischen ausgebreitet lagen sämtliche Details des Mordfalles, mit dem er sich gerade beschäftigte, und Couches und Sessel schienen ganz willkürlich herumzustehen. Tom Pasmore hatte den Raum kaum verändert. Die Vorhänge wurden auch jetzt nie geöffnet; altmodische Stehlampen und Bibliothekslampen mit grünen Schirmen waren im ganzen Raum verteilt und verströmten ihr warmes Licht über Tausende von Büchern in dunklen Holzschränken und über den Speisezimmertisch im Hintergrund. An zwei Wänden standen hohe Stereo-Lautsprecher, die an komplizierte Tonaufzeichnungsgeräte angeschlossen waren. Auf einem halben Dutzend Bücherborden lehnten CDs wie Dominosteine aneinander, und noch ein paar Hundert türmten sich in schiefen Stapeln auf dem Boden.

»Ich weiß, das Zimmer sieht auf den ersten Blick schrecklich unordentlich aus«, sagte Tom. »Aber ich versichere euch, daß es am anderen Ende eine gemütliche Sitzecke gibt.« Er zeigte auf das Durcheinander. »Wollen wir?«

Ransom staunte noch immer über die unzähligen Aktenschränke und die in Hülle und Fülle vorhandenen Büromöbel. Tom stürzte sich in den Dschungel.

»Tja, gesehen hab' ich dich ja seit der Schulzeit nicht mehr«, sagte John Ransom, »aber ich habe in der Presse über dich gelesen, und wie du den Mord an Whitney Walsh aufgeklärt hast, war wirklich bravourös. Erstaunlich. Und du hast den Fall tatsächlich hier gelöst, wie?«

»Ja, genau hier in diesem Haus«, sagte Tom. Er winkte uns zu zwei Couches, die im rechten Winkel zu einem mit Büchern vollgepackten gläsernen Couchtisch standen. Ein Eiskübel, drei Gläser, ein Krug mit Wasser und verschiedene Flaschen nahmen die Mitte des Tisches ein. »Es hat alles in den Zeitungen gestanden. Jeder hätte es sehen können, und früher oder später wäre es auch jemand anders aufgefallen.«

»Aber hast du das gleiche nicht noch sehr oft getan?« John saß einer getäfelten Wand gegenüber, an der ein halbes Dutzend Gemälde hingen, und ich wählte die Couch links vom Tisch. Ransom musterte die Flaschen. Tom ließ sich mir gegenüber auf der anderen Seite des Tisches in einen Sessel nieder.

»Hin und wieder gelingt es mir, auf etwas aufmerksam zu machen, das andere übersehen haben.« Tom schaute äußerst unbehaglich drein. »John, was mit deiner Frau passiert ist, tut mir sehr leid. Eine wirklich furchtbare Geschichte. Ist die Polizei mit ihren Ermittlungen weitergekommen?«

»Ich wünschte, ich könnte ja sagen.«

»Wie geht es deiner Frau? Gibt es Anzeichen einer Besserung?«

»Nein«, sagte Ransom, den Eiskübel und die Flaschen anstarrend.

»Du armer Kerl.« Tom machte eine Pause. »Du mußt in der Stimmung für einen Drink sein. Darf ich dir etwas geben?«

Ransom sagte, er nehme Wodka on the rocks, und Tom beugte sich über den Tisch und benutzte eine silberne Zange, um die Eiswürfel in ein dickes, niedriges Glas zu tun, das er dann fast bis zum Rand mit Wodka füllte. Ich beobachtete ihn. Man hätte den Eindruck haben können, er konzentriere sich ausschließlich darauf, es John Ransom gemütlich zu machen, und fragte mich, ob er selbst auch etwas trinken würde. Ich wußte, was Ransom nicht ahnen konnte, daß Tom vor höchstens einer halben Stunde aufgestanden war.

Während unserer nächtlichen Telefonate, die manchmal zwei bis drei Stunden dauerten, hatte ich mir manchmal vorgestellt, daß Tom Pasmore anfing zu trinken, sobald er aufstand, und erst aufhörte, wenn er wieder im Bett lag. Er war der einsamste Mensch, dem ich je begegnet war.

Seine Mutter hatte Tom in seiner Kindheit nur als weinerliche Trinkerin erlebt, und sein Vater – Victor Pasmore, der Mann, den er für seinen Vater gehalten hatte – war abweisend und unbeherrscht gewesen. Seinen biologischen Vater Lamont von Heilitz hatte Tom noch nicht lange gekannt, als von Heilitz ermordet wurde – im Lauf der Ermittlungen zu dem einzigen Fall, den sie je gemeinsam untersucht hatten. Tom hatte seinen toten Vater im oberen Stockwerk dieses Hauses gefunden. Dieser Fall hatte Tom Pasmore im Alter von siebzehn Jahren berühmt gemacht und ihm zwei Vermögen beschert; er hatte ihn aber auch in jenem Leben erstarren lassen, das er jetzt noch führte. Er wohnte im Haus seines Vaters, er trug die Sachen seines Vaters, er setzte die Arbeit seines Vaters fort.

Er hatte am hiesigen Zweig der Universität von Illinois studiert, wo er zwei Monographien schrieb – eine über den Tod des Dichter-Fälschers Thomas Chatterton, der im 18. Jh. gelebt hatte, die zweite über die Entführung des Lindbergh-Babys –, die in akademischen Kreisen für Unruhe sorgten. Er begann in dem Jahr in Harvard Jura zu studieren, in dem ein Anglistik-Student wegen Mordes verhaftet wurde, nachdem man ihn in einem Motel in Cambridge bewußtlos neben der Leiche seiner Freundin aufgefunden hatte. Tom unterhielt sich mit Leuten, dachte nach und präsentierte der Polizei dann Beweise für die Unschuld des Anglistik-Studenten und die Schuld eines berühmten Anglistik-Professors. Die überglücklichen Eltern des entlasteten Studenten wollten Tom das Jurastudium bezahlen, doch er lehnte das Angebot ab.

Als die Reporter ihn sogar in den Hörsälen belästigten, brach er das Studium ab und flüchtete nach Hause. Er konnte nur das sein, was er war – er war zu gut darin, um etwas anderes zu sein.

Ich glaube, damals hat er angefangen zu trinken.

Wenn man sich seine Vergangenheit vergegenwärtigte, war es überraschend, wie sehr er noch dem jungen Mann ähnelte, der er gewesen war: Er hatte noch volles Haar, und – anders als John Ransom – war er auch kaum schwerer geworden. Trotz der altmodischen, dandyhaften Eleganz seiner Kleidung sah Tom Pasmore mehr nach einem College-Professor aus als Ransom. Die Zeichen seiner Trunksucht, die Tränensäcke, die leicht aufgedunsenen Wangen und seine Blässe hätten auch die Folge einiger halb durchwachter Nächte in einer Lesenische einer Bibliothek sein können.

Mit der Hand auf der Wodkaflasche musterte er mich aus müden Augen, und ich wußte, daß er haargenau gesehen hatte, was mir durch den Kopf gegangen war.

»Willst du was trinken?« Er kannte meine ganze Geschichte fast besser als ich die seine.

John Ransom sah mich prüfend an.

»Irgend etwas ohne Alkohol«, sagte ich.

»Ah«, sagte Tom, »das muß ich aus der Küche holen. Komm doch mit und schau selbst nach, was ich im Kühlschrank habe.«

Ich ging hinter ihm her zur Küchentür.

Auch die Küche war seit Lamont von Heilitz' Zeiten unverändert geblieben, mit hohen Holzschränken, einem kupfernen Doppelbecken, Wandtäfelung und schwacher, ungenügender Beleuchtung. Das einzige Zugeständnis an moderne Zeiten war der schimmernd weiße Kühlschrank, fast so groß wie ein Konzertflügel. Mehrere offene Regale hatten ihm weichen müssen. Tom zog die breite Tür auf – es war, als öffne man eine Kutschentür.

Das unterste Fach des sonst leeren Kühlschranks enthielt gut zwei Dutzend Cola- und Pepsi-Dosen und einen Sechserpack Clubsoda in Flaschen. Ich nahm Clubsoda. Tom warf Eiswürfel in ein hohes Glas und goß Clubsoda nach.

»Hast du ihn nach dem Wagen seiner Frau gefragt?«

»Er sagte, er werde schon wieder auftauchen. Irgendwann.«

»Was ist seiner Ansicht nach damit passiert?«

»Er meint, daß er möglicherweise vor dem St. Alwyn gestohlen wurde.«

Tom spitzte die Lippen. »Klingt plausibel.«

»Hast du gewußt, daß das St. Alwyn seinem Vater gehört hat?«

Tom blickte zu mir auf, und ich sah so etwas wie ein Funkeln in seinen Augen. »Ach, tatsächlich?« sagte er in einem Ton, daß ich hinterher nicht wußte, ob er es nun gewußt hatte oder nicht. Bevor ich fragen konnte drang aus dem Nebenraum ein Aufschrei des Erstaunens oder der Überraschung zu uns, gefolgt von einem dumpfen Schlag und einem zweiten Schrei – diesmal unverkennbar vor Schmerz.

Ich lachte, denn plötzlich wußte ich haargenau, was passiert war. »John hat endlich deine Gemälde gesehen«, sagte ich.

Tom zog die Brauen hoch und machte eine ironische Geste zur Tür.

Als wir aus der Küche kamen, stand John Ransom auf der anderen Seite des Tisches und betrachtete die Bilder, die an dieser Wand hingen. Er bückte sich, rieb sich das Knie, und sein Mund stand offen. Dann drehte er sich um und starrte uns an.

»Hast du dir weh getan?« fragte Tom.

»Du hast einen Maurice Denis«, sagte John Ransom und richtete sich auf »Du hast auch einen Paul Ranson, um Himmels willen!«

»Interessierst du dich für ihr Werk?«

»Mein Gott, ist das dort oben ein schöner Bonnard«, sagte Ransom. Er schüttelte den Kopf »Ich staune nur. Ja, nun, meine Frau und ich besitzen viele Bilder der Nabis, aber keines ...« Er hatte sagen wollen: Aber keines ist so gut wie die deinen.

»Dieses liebe ich ganz besonders«, sagte Tom. »Ihr sammelt die Nabis?«

»Man sieht sie so selten bei anderen Leuten ...« Ransom starrte die Bilder einen Moment geradezu fassungslos an.

Der Bonnard war ein kleines Ölbild – eine nackte Frau, die sich in einem Sonnenstrahl das Haar trocknete.

»Ich gehe nicht oft zu anderen Leuten ins Haus«, sagte Tom. Er marschierte um seinen Sessel herum, setzte sich, musterte Flaschen und Eiskübel und schenkte sich dann einen billigeren Wodka ein als den, den er John vorgesetzt hatte. Seine Hand war ganz ruhig. Er trank und lächelte mir dann zu. Ich ließ mich ihm gegenüber nieder. Ein kleiner roter Fleck zeichnete sich auf seinen Wangen ab, wie Rouge.

»Hast du schon mal daran gedacht, etwas zu verkaufen?« fragte Ransom und wandte sich erwartungsvoll um.

»Nein, noch nie«, sagte Tom.

»Darf ich dich fragen, wo du die Bilder gefunden hast?«

»Genau da, wo du sie eben entdeckt hast«, sagte Tom. »An dieser Wand.«

»Wie konntest du ...«

»Ich habe sie mit diesem Haus von Lamont von Heilitz geerbt. Ich nehme an, er hat sie in den zwanziger Jahren in Paris gekauft.« Einen Augenblick noch ließ er Ransom gewähren, der aussah, als würde er die Pinselführung auf dem einszwanzig im Quadrat großen Maurice Denis am liebsten mit der Lupe untersuchen, dann sagte er: »Ich dachte, du seist daran interessiert, über die *Blaue-Rose*-Morde zu sprechen.«

Ransoms Kopf fuhr herum.

»Ich habe gelesen, was der *Ledger* über den Überfall auf deine Frau schrieb. Du mußt doch soviel wie möglich über die früheren Fälle in Erfahrung bringen wollen.«

»Ja, absolut«, sagte Ransom, riß sich endlich von den Bildern los und ging zögernd zu seinem Platz zurück.

»Nachdem Lamont von Heilitz schon erwähnt wurde, sollten wir zum Thema kommen.«

Ransom räusperte sich, und als Tom nichts sagte, trank er noch einen Schluck Wodka, bevor er anfing. »Hat Mr. von Heilitz sich je mit einem der *Blaue-Rose*-Morde beschäftigt?«

»Es war eine Sache des Timings«, sagte Tom. Er sah das Glas an, das er vor sich auf den Tisch gestellt hatte, griff jedoch nicht danach. »Er war mit Fällen im ganzen Land beschäftigt. Und dann schien dieser Fall seinen sauberen Abschluß zu finden. Aber ich glaube, gerade das hat ihm

Kopfzerbrechen bereitet. Ein paar Teile schienen nicht zusammenzupassen, und als ich ihn kennenlernte, fing er eben an, wieder darüber nachzudenken. Und dann begegnete ich in Eagle Lake jemandem, der in den Fall verwickelt gewesen war.« Er beugte sich vor, hob sein Glas und trank wieder einen genau bemessenen Schluck. Ich hatte nie das Glück gehabt, Lamont von Heilitz kennenzulernen, doch als ich jetzt Tom Pasmore ansah, hatte ich das unheimliche Gefühl, den alten Detektiv vor mir zu haben. Nach seiner plötzlich angespannten Körperhaltung zu schließen, mochte es John Ransom ähnlich gegangen sein.

»Wen hast du in Eagle Lake kennengelernt?« fragte er. Das war ein privater Ferienort im nördlichen Wisconsin, wo ein paar ausgesuchte Familien der Millhavener Gesellschaft jedes Jahr den Sommer verbrachten.

»Bevor ich dir das sage, muß ich dir ein paar sehr persönliche Dinge über meine Familie anvertrauen«, antwortete Tom. »Und du mußt mir versprechen, alles für dich zu behalten.«

John versprach es.

»Dann will ich dir eine Geschichte erzählen«, sagte Tom.

12

»Wahrscheinlich erinnerst du dich, bei Schulveranstaltungen hin und wieder meine Mutter gesehen zu haben.«

»Ich erinnere mich gut an sie. Sie war eine schöne Frau.«

»Und schwach. Daran erinnerst du dich gewiß auch. Sie verbrachte ganze Tage in ihrem Schlafzimmer. Manchmal weinte sie stundenlang und wußte nicht einmal, warum, sie blieb einfach oben und weinte. Ich war immer schrecklich wütend auf sie, weil sie nicht wie alle anderen Mütter war ... Nun, anstatt wütend zu werden, hätte ich lieber darüber nachdenken sollen, was sie so hilflos gemacht haben konnte.«

Tom unterbrach sich und griff wieder nach seinem Glas. Seine blassen Lippen bildeten eine runde Öffnung, um einen größeren Schluck Wodka aufzunehmen. Ich sah, daß es ihm ein Greuel war, diese Geschichte erzählen zu müssen. Und er erzählte sie, weil es für ihn noch viel schlimmer gewesen wäre, wenn ich es getan hätte, und weil er der Meinung war, John Ransom müsse sie erfahren. Er setzte das Glas ab und sagte: »Ich nehme an, du hast seinerzeit von meinem Großvater gehört.«

Ransom blinzelte. »Glendenning Upshaw. Natürlich. Ein mächtiger Mann.« Er zögerte. »Starb, als du im letzten Schuljahr warst. Selbstmord, erinnere ich mich.«

Tom sah mich an, denn wir beide kannten die wahren Umstände, die zum Tod seines Großvaters geführt hatten. Dann wandte er sich wieder an Ransom. »Ja, er war mächtig. Er hat in Millhaven ein Vermögen gemacht und war auch politisch einflußreich. Und er war in fast jeder Beziehung ein abscheulicher Mensch, der viele Geheimnisse hatte. Aber ein Geheimnis hatte er, das mußte er besser hüten als alle anderen, denn er wäre ruiniert gewesen, wenn es je herausgekommen wäre. Er hat drei Menschen umgebracht, um dieses Geheimnis zu bewahren, und fast hätte er auch noch einen vierten getötet. 1923 hat seine Frau davon erfahren und sich im Eagle Lake ertränkt – es hat sie zerstört.«

Tom sah auf seine Hände hinunter, blickte dann kurz zu mir auf und dann zu John Ransom hinüber. »Als meine Mutter zwei Jahre alt war, warf mein Großvater alle Hausangestellten hinaus und stellte nie wieder welche ein. Auch nicht nach dem Tod seiner Frau. Denn jemand hätte dahinterkommen können, daß er seine Tochter mißbrauchte.«

»Er hat seine Tochter mißbraucht?« fragte Ransom ungläubig.

»Vielleicht mußte er keine Gewalt anwenden, aber er zwang oder nötigte meine Mutter, mit ihm Sex zu haben – seit sie zwei und bis sie vierzehn war.«

»Und in dieser langen Zeit hat niemand etwas davon gemerkt?«

Tom nahm noch einen Schluck, ich denke, aus Erleichterung darüber, daß er es endlich ausgesprochen hatte. »Er hat alles Erdenkliche getan, damit es nie herauskam. Aus naheliegenden Gründen ging Mutter nur zu dem Arzt, den er immer konsultiert hatte. Anfang der fünfziger Jahre nahm dieser Arzt einen jungen Partner in seine Praxis auf. Überflüssig zu sagen, daß der junge Arzt Buzz Laing meine Mutter nicht als Patientin bekam.«

»Okay, Buzz Laing«, sagte John Ransom. »Alle haben geglaubt, er sei das vierte Opfer der Blauen Rose, aber Tim hat mir gesagt, jemand anders hätte ihn überfallen. Was hat er gemacht? Hat er das mit deiner Mutter herausbekommen?«

»Buzz hat die Akten aus der Praxis nach Hause mitgenommen, um sich über die Vorgeschichte seiner Patienten zu informieren. Eines Abends nahm er eine falsche Akte mit. Was er darin las, beunruhigte ihn, und er ging zu seinem Partner, um den Fall mit ihm zu besprechen. Jahre vorher hatte der alte Doktor auf der Krankenkarte alle klassischen Symptome einer Vergewaltigung eingetragen – vaginale Blutungen, Vaginalzysten, Persönlichkeitsveränderung, Alpträu*me, etcetera, etcetera.* Es stand alles da, schwarz auf weiß.«

Als Tom sein Glas absetzte, war es leer. Ransom schob ihm sein Glas hinüber, und Tom füllte es mit Eis und Wodka auf.

»Und der alte Doktor hat deinen Großvater angerufen«, sagte Ransom.

»Eines Abends kam Buzz Laing nach Hause und ging in den ersten Stock hinauf Ein Mann packte ihn von hinten und schnitt ihm fast den Kopf ab. Der Täter ließ ihn liegen, weil er ihn für tot hielt, doch Buzz gelang es, die Blutung zu stillen und Hilfe herbeizurufen. Der Mann, der versucht hatte, ihn zu töten, hatte im Schlafzimmer *BLAUE ROSE* an die Wand geschrieben, und alle glaubten, Laing sei das vierte Opfer.«

»Aber was war mit William Damrosch? Er war Laings Liebhaber gewesen. Dieser Fleischer, Stenmitz, hatte *ihn* mißbraucht. Und der Fall war abgeschlossen, nachdem Damrosch Selbstmord begangen hatte.«

»Warum sitzt du dann hier und hörst die alten Geschichten an, wenn der Fall abgeschlossen war?«

»Aber woher konnte dein Großvater etwas über das Privatleben irgendeines Kriminalbeamten wissen?«

»Er hatte einen guten Freund im Polizeipräsidium. Eine Art Protegé – die beiden haben sich im Lauf der Jahre gegenseitig viele Gefälligkeiten erwiesen. Dieser Typ sorgte dafür, daß er alles erfuhr, was ihm eventuell nützlich sein konnte, und er teilte sein Wissen mit meinem Großvater.«

»Also hat dieser Cop ...«

»Meinem Großvater von Damroschs Vergangenheit erzählt. Und mein Großvater, der gute alte Glendenning Upshaw, sah eine Möglichkeit, den ganzen Fall zu einem ordentlichen kleinen Päckchen zu verschnüren.«

»Er hat auch Damrosch getötet?«

»Ich glaube, er ist ihm eines Abends nach Hause gefolgt, wartete drei oder vier Stunden – oder eben so lange, bis Damrosch seiner Meinung nach zu betrunken sein würde, um sich zu wehren. Dann klopfte er einfach bei ihm. Damrosch ließ ihn ein, und mein Großvater nahm ihm die Waffe weg und schoß ihn in den Kopf. Dann schrieb er mit Druckbuchstaben BLAUE ROSE auf ein Stück Papier und ging. Der Fall war abgeschlossen.«

Tom lehnte sich im Sessel zurück.

»Und danach hörten die Morde auf«

»Sie hatten mit dem Mord an Heinz Stenmitz aufgehört.« Ransom dachte nach. »Warum, glaubst du, hat die Blaue Rose vierzig Jahre lang nicht mehr gemordet? Oder denkst du sogar, daß derselbe Täter meine Frau überfallen hat?«

»Die Möglichkeit besteht.«

»Ist dir aufgefallen, daß die neuen Überfälle an denselben Orten stattgefunden haben wie die alten?«

Tom nickte.

»Der Täter wiederholt sich also, nicht wahr?«

»Wenn es derselbe ist«, sagte Tom.

»Warum sagst du das? Was denkst du?«

Tom Pasmore sah so aus, als denke er an nichts anderes als daran, uns so schnell wie möglich wieder aus dem Haus zu kriegen. Sein Kopf fiel gegen die Sessellehne zurück. Ich dachte, er wolle uns draußen haben, weil er an die Arbeit gehen wollte. Sein Tag begann eben. Er überraschte mich damit, daß er Ransoms Frage beantwortete. »Nun, ich war immer der Meinung, daß es mit der Örtlichkeit zu tun haben könnte.«

»Nicht nur haben könnte. Es hat«, sagte Ransom. Er setzte sein Glas ab. Auf seinen Wangenknochen zeichneten sich rote Streifen ab. »Es ist seine Gegend. Er tötet, wo er lebt.«

»Niemand kennt die Identität des Mannes, der in der Livermore Avenue ermordet wurde, ist das richtig?«

»Irgendein Obdachloser, der dachte, er bekomme eine Handvoll Kleingeld.«

Tom nickte, was jedoch nicht bedeutete, daß er der gleichen Meinung war. »Das wäre auch eine Möglichkeit.«

»Aber klar doch«, sagte Ransom.

Wieder nickte Tom, geistesabwesend diesmal.

»Ich meine, wer bleibt heutzutage schon unidentifiziert? Jeder trägt Kreditkarten, Karten für Geldautomaten, Führerschein und so weiter mit sich rum …«

»Ja, es ergibt einen Sinn, es ergibt einen Sinn«, sagte Tom. Er starrte immer noch auf einen unbestimmbaren Punkt in der Mitte des Raumes.

Ransom rutschte auf der Couch hin und her. Einen Moment drehte er sein leeres Glas auf dem Tisch. Er hob den Blick zu den Bildern, die Lamont von Heilitz vor sechzig Jahren in Paris erstanden hatte. »In Wahrheit bist du gar nicht ausgestiegen, nicht wahr, Tom? Du arbeitest noch immer ein bißchen, ohne jemandem etwas davon zu sagen?«

Tom lächelte – bedächtig, beinahe genüßlich.

»Genauso ist es«, sagte Ransom, obwohl das seltsame Lächeln meiner Meinung nach etwas ganz anderes bedeutete.

»Ich weiß nicht, ob du es arbeiten nennen würdest«, sagte Tom. »Manchmal fesselt etwas meine Aufmerksamkeit. Ich höre ein bißchen Musik.«

»Hörst du sie jetzt nicht?«

Tom sah ihn mit einem festen Blick an. »Was fragst du mich da?«

»Wir kennen uns schon sehr lange. Als meine Frau von einem Mann zusammengeschlagen und niedergestochen wurde, der in Millhaven die aufsehenerregendsten, bisher unaufgeklärten Morde beging, mußtest du dich ganz einfach dafür interessieren, meine ich.«

»Ich war interessiert genug, um euch zu mir einzuladen.«

»Ich bitte dich, für mich zu arbeiten.«

»Ich nehme keine Klienten an«, sagte Tom. »Tut mir leid.«

»Ich brauche deine Hilfe.« John Ransom beugte sich mit ausgestreckten Händen zu Tom vor. »Du hast ein wunderbares Talent, und ich möchte, daß du dieses Talent für mich arbeiten läßt.« Tom schien kaum zuzuhören. »Darüber hinaus biete ich dir die Gelegenheit, den Namen des *Blaue-Rose*-Mörders zu erfahren.«

Tom sackte im Sessel zusammen, das Kinn sank ihm auf die Brust. Er legte die verschränkten Hände unter die Unterlippe und musterte Ransom ruhig und nachdenklich. Er schien sich wohler zu fühlen, mehr bei der Sache zu sein als zu irgendeinem anderen Zeitpunkt an diesem Abend.

»Hast du daran gedacht, mich für meine Hilfe zu bezahlen?«

»Selbstverständlich«, sagte Ransom, »wenn du das willst.«

»Und wie hast du dir diese Bezahlung vorgestellt?«

Ransom machte ein ratloses Gesicht, hob die Hände und sah mich an, als sollte ich ihm helfen. »Nun, das ist nicht leicht zu sagen. Zehntausend Dollar?«

»Zehntausend. Dafür, daß ich den Mann finde, der deine Frau überfallen hat? Dafür, daß ich den Mann, den du Blaue Rose nennst, hinter Schloß und Riegel bringe?«

»Es könnten auch zwanzig- oder sogar dreißigtausend sein«, sagte Ransom.

»Ich verstehe.« Tom legte die Hände auf die Seitenlehnen des Sessels, setzte sich wieder aufrecht hin und stand dann auf. »Tja, ich hoffe, daß dir ein bißchen geholfen hat, was ich dir erzählt habe. War nett, dich wiederzusehen, John.«

Ich stand ebenfalls auf. Ransom blieb auf der Couch sitzen und ließ den Blick zwischen Tom und mir hin- und herwandern. »Das war alles? Tom, ich habe dir ein Angebot gemacht. Bitte sag mir, ob du es in Betracht ziehen wirst.«

»Man kann mich nicht mieten, tut mir leid«, sagte Tom. »Nicht einmal für eine so fürstliche Summe wie dreißigtausend Dollar.«

Ransom war völlig fassungslos. Widerstrebend erhob auch er sich. »Wenn dreißigtausend nicht genug sind, sag mir, wieviel du willst. Ich will dich in meinem Team haben.«

»Ich werde tun, was ich kann«, sagte Tom und ging durch den Aktendschungel auf die Haustür zu.

Ransom wich keinen Schritt. »Was heißt das?«

»Ich werde mich von Zeit zu Zeit über den Stand der Dinge informieren.«

Ransom zuckte mit den Schultern und schob die Hände in die Taschen. Er und ich gingen jeweils auf unserer Seite um den Tisch herum, und zum erstenmal sah ich mir die Bücher an, die neben den Flaschen und dem Eiskübel aufgestapelt waren. Erstaunt stellte ich fest, daß sie, wie die Bücher auf Ransoms Tisch, fast alle von Vietnam handelten. Aber es waren keine Romane, sondern vor allem militärische Bücher, geschrieben von Offizieren im Ruhestand: *Die US-Infanterie in Vietnam. Einsätze kleiner Einheiten in Vietnam 1965–66. Die Geschichte der Green Berets.*

»Du solltest ganz einfach wissen, was ich empfinde«, sagte Ransom. »Versuchen mußte ich's.«

»Es war sehr schmeichelhaft«, sagte Tom. Langsam näherten sie sich der Tür.

Ich holte sie in dem Moment ein, als Ransom, über die Schulter auf die Gemälde an der hinteren Längswand zurückblickend, sagte: »Und wenn du irgendwann daran denken solltest, einige deiner Kunstwerke zu verkaufen, hoffe ich, daß du dich zuerst an mich wendest.«

»Ja also –« sagte Tom. Er öffnete die Haustür, und uns empfingen sengende Hitze und schwindendes Tageslicht. Über den Dächern der Häuser am See stand schon der Mond am dunkler werdenden Himmel, wo ein paar schattenhafte Wolken sich von einem Wind treiben ließen, der zu hoch war, um bei uns etwas zu bewirken.

»Danke für deine Hilfe«, sagte Ransom und streckte die Hand aus. Tom nahm sie, und Ransom hob eine Schulter, verzog das Gesicht und drückte fest zu, um seine Dankbarkeit zu zeigen.

»Übrigens«, sagte Tom, und Ransom lockerte den Griff. Tom zog seine Hand zurück. »Ich habe mir überlegt, ob du wohl schon daran gedacht hast, daß der Anschlag auf deine Frau eigentlich gegen dich gerichtet gewesen sein könnte?«

»Ich verstehe nicht, was du meinst.« Ransom warf mir einen forschenden Blick zu, um zu sehen, ob ich mir auf die Frage einen Reim machen konnte. »Du meinst, Blaue Rose könnte April mit mir verwechselt haben?«

»Nein.« Tom lehnte sich an den Türrahmen. »Natürlich nicht.« Er schaute die Straße hinauf und hinunter und betrachtete dann den Himmel. Draußen, im natürlichen Licht, sah seine Haut aus wie Papier, das zusammengeknüllt und dann wieder glattgestrichen worden war. »Ich habe mich nur gefragt, ob es möglicherweise jemanden gibt, der durch deine Frau dich treffen möchte. Jemanden, der dich sehr verletzen will.«

»So jemanden gibt es nicht«, sagte Ransom.

Ein Stück weiter unten bog ein kleiner Wagen um die Ecke auf die Eastern Shore Road ein, fuhr noch etwa fünf Meter in unsere Richtung weiter und hielt dann am Straßenrand. Der Fahrer stieg nicht aus.

»Ich glaube nicht, daß Blaue Rose etwas über mich und April wissen kann«, sagte Ransom. »So arbeiten diese Kerle nicht.«

»Das ist sicherlich richtig«, sagte Tom. »Ich hoffe, daß für dich alles wieder gut wird, John. Auf Wiedersehen, Tim.« Er winkte mir leicht zu und wartete, bis wir uns ein Stück entfernt hatten. Er winkte noch einmal, lächelte und schloß die Tür. Es war, als sehe man ihn in einer Festung verschwinden.

»Was war das denn?« fragte Ransom.

»Gehen wir was essen«, sagte ich.

13

Ransom klagte und jammerte praktisch während des ganzen Abendessens. Tom Pasmore war zwar ein Genie, doch weder besonders scharfsichtig noch besonders feinfühlig. Tom war ein Trinker, der sich wie der Papst aufführte. Saß den ganzen Tag in diesem hermetisch abgeschirmten Haus und schüttete Wodka in sich hinein. »Schon in der Schule war Pasmore wie der *Unsichtbare,* hat nie Football gespielt, hatte kaum Freunde – nur dieses hübsche Mädchen, diese Augenweide Sarah Spence, lange, lange Beine, fantastische Figur, war ganz verrückt nach ihm, hab' mich immer gefragt, wie, zum Teufel, der alte Tom das bloß geschafft hat ...«

Ich sagte Ransom nicht, daß ich glaubte, Sarah Spence,

jetzt Sarah Youngblood, sei die Fahrerin des Wagens gewesen, der, als wir gegangen waren, um die Ecke gebogen war und, etwa zehn Meter von Toms Haus entfernt, ganz diskret am Straßenrand gehalten hatte. Ich wußte, daß sie Tom besuchte, und wußte, daß er ihre Besuche geheimhalten wollte, doch mehr wußte ich nicht über ihre Beziehung. Ich hatte den Eindruck, daß sie sehr viel miteinander redeten. Sarah Spence Youngblood war der einzige Mensch in Millhaven, der bei Tom ein und aus gehen durfte, und an langen Abenden und in langen Nächten, nachdem sie ins Haus geschlüpft war, nachdem die Flaschen geöffnet waren und während die Eiswürfel im Messingkübel langsam vor sich hinschmolzen, redete er mit ihr, denke ich. Ich denke, sie war der Mensch, den er am dringendsten brauchte, vielleicht der einzige überhaupt, weil sie der Mensch war, der am meisten von ihm wußte.

John Ransom und ich saßen im Jimmy's, einem alten Restaurant an der East-Side der Berlin Avenue. Jimmy's war ein hübsches, holzgetäfeltes Lokal mit bequemen Bänken, gedämpftem Licht und einer langen Bar. Es hätte ein Restaurant irgendwo in Manhattan sein können, wo um diese Zeit alle Tische besetzt gewesen wären; hier in Millhaven und weil es fast neun Uhr war, waren wir fast die einzigen Gäste.

Ransom bestellte einen Far Niente Cabernet und kostete ihn mit großem Zeremoniell.

Unser Essen kam, ein Lendensteak für Ransom, Scampis für mich. Er vergaß Tom Pasmore und begann von Indien und Minas Ashram zu erzählen. »Dieses wundervolle Geschöpf war schön, achtzehn Jahre alt, sehr bescheiden und sprach in kurzen, einfachen Sätzen. Manchmal machte sie das Frühstück, und sie putzte ihre kleinen Zimmer selbst, wie eine Bedienstete. Aber alle um sie herum wußten, daß sie diese ungewöhnliche Kraft besaß – eine große Weisheit. Mina legte mir die Hand auf die Seele und öffnete mich. Ich werde nie aufhören, ihr dankbar zu sein, und ich werde nie vergessen, was ich von ihr gelernt habe.« Er kaute ein bißchen, schluckte, nahm einen Mundvoll Wein. »Als ich mich auf den Magister vorbereitete, war Mina schon sehr bekannt. Die Menschen begannen zu begreifen, daß sie eine sehr reine

Version mystischer Erfahrung verkörperte. Weil ich mit ihr studiert hatte, besaß ich eine gewisse Autorität – es war, als habe man bei einem großen Wissenschaftler studiert. Und tatsächlich war es auch so, nur profunder.«

»Hast du nie den Wunsch gehabt, nach Indien zurückzugehen und sie wiederzusehen?«

»Ich darf nicht«, sagte er. »Sie hat es sehr energisch verboten. Ich mußte weitergehen, durfte nicht stehenbleiben.«

»Wie wirkt es sich jetzt auf dein Leben aus?« fragte ich und war ehrlich neugierig auf das, was er sagen würde.

»Es hilft mir, alles durchzustehen«, antwortete er.

Er aß die letzten Bissen seines Steaks und sah dann auf seine Uhr. »Macht es dir etwas aus, wenn ich das Krankenhaus anrufe? Höchste Zeit, daß ich wieder mal nachfrage.«

Er gab dem Kellner zu verstehen, er solle die Rechnung bringen, trank den letzten Schluck Wein und stand auf. Er holte eine Handvoll Kleingeld aus der Tasche und ging zum Münztelefon.

Der Kellner brachte die Rechnung auf einer Untertasse, ich nahm sie, las den Betrag und gab dem Kellner eine Kreditkarte. Noch bevor er mit dem Beleg wiederkam, stürzte Ransom an den Tisch und packte mich am Arm. »Das ist – das ist unglaublich! Sie denken, daß sie möglicherweise zu sich kommt. Wo ist die Rechnung?«

»Ich habe ihm eine Karte gegeben.«

»Das geht doch nicht«, sagte er. »Spinn doch nicht! Ich will bezahlen und schleunigst ins Krankenhaus.«

»Geh ins Krankenhaus, John. Ich spaziere ganz gemächlich zu deinem Haus und warte dort auf dich.«

»Also, was hat es gemacht?« Er grub in den Hosentaschen nach etwas und durchsuchte dann die Taschen seiner Anzugjacke.

»Ich habe schon bezahlt. Verschwinde.«

Er sah mich aufrichtig verärgert an, fischte einen Schlüssel aus der Jackentasche, streckte ihn mir entgegen, gab ihn mir aber nicht. »Das war eine teure Flasche Wein, und mein Essen hat doppelt soviel gekostet wie deins.« Er betrachtete den Schlüssel, als habe er ihn vergessen, und reichte ihn mir dann.

»Du darfst das nächstemal zahlen.«

Er hüpfte fast auf einem Bein vor Ungeduld, ins Krankenhaus zu kommen, sah aber den Kellner mit dem Kreditkarten-Beleg auf uns zukommen und lehnte sich über meine Schulter, um sich den Betrag anzusehen, während ich das Trinkgeld auf den Tisch legte und unterschrieb. »Du gibst zuviel Trinkgeld«, sagte er. »Das geht auf deine Kappe.«

»Mach, daß du wegkommst«, sagte ich und schob ihn zur Tür.

14

Abgesehen von zwei Studenten der Universität von Illinois in T-Shirt und Shorts, die eine Bar mit Namen Axel's Tuxedo betraten, waren die Gehsteige menschenleer. John Ransom entfernte sich sehr schnell von mir und ging mit locker schwingenden Armen die Berlin Avenue entlang in Richtung Shady Mount Hospital, und als er aus dem Dunkel in die hellen Lichter unter der Leuchttafel des Royal Kinos trat, wechselte sein leichter Anzug die Farbe wie ein Chamäleon.

Nach zwei oder drei Sekunden tauchte er wieder in die Dunkelheit ein. Auf der gegenüberliegenden Straßenseite startete ein Wagen. Ransom war etwa fünfzehn Meter weit weg, aber noch deutlich zu sehen, und bewegte sich schnell und stetig durch die gelblichen Lichtteiche der Straßenlaternen.

Ich machte kehrt, um die Straße hinaufzugehen, und sah, daß sich auf der anderen Straßenseite ein blauer Wagen in Bewegung setzte, der am Randstein geparkt hatte. Einen Moment lang blieb ich stehen, denn irgend etwas hatte eine verschwommene Erinnerung in mir geweckt. Kurz bevor der Wagen durch das Licht glitt, das die Leuchttafel des Royal ausstrahlte, hatte ich es: Derselbe Wagen hatte am Bordstein des Eastern Shore Drive gehalten und abgewartet, bis wir verschwunden waren, damit wir nicht beobachten konnten, daß Sarah Spence Youngblood in Tom Pasmores Zufahrt einbog. Dann fiel das Licht aus dem Filmtheater in den Wagen, aber nicht Sarah Youngblood saß am Steuer, sondern ein Mann mit breiten Schultern und langen grauen Haaren, die zu einem Pferdeschwanz gebunden waren. Das Licht fing sich in einem goldenen Knopf, den er im linken Ohrläppchen trug. Es war der Mann, mit dem ich vor den Münztelefonen im Krankenhaus fast zusammengestoßen wäre. Er war uns zu Tom Pasmores Haus gefolgt, dann zu Jimmy's und folgte jetzt Ransom ins Krankenhaus.

Und da ich ihn zum erstenmal im Krankenhaus gesehen hatte, mußte er auch schon dort hinter uns hergewesen sein. Ich drehte mich um und beobachtete den blauen Wagen, der die Straße entlangkroch.

Der Fahrer trödelte hinter Ransom her, und zwar so geschickt, daß er bei dichterem Verkehr überhaupt nicht aufgefallen wäre.

Ich ging hinter ihm her, blieb stehen, wenn er anhielt. Ich hörte Ransoms Absätze rhythmisch gegen das Gehsteigpflaster schlagen. Der blaue Wagen, der kurz am Bordstein gehalten hatte, fuhr wieder weiter, schnurrte durch eine fast leere Straße, folgte Ransom wie ein Racheengel.

Ransom war nur noch einen Block vom Krankenhaus entfernt, eilte aus einem Lichtkreis in den nächsten. Der blaue Wagen tauchte aus dem Schatten auf und rollte die Straße entlang. Ich war überrascht, als er Ransom überholte. Vielleicht hatte er mich im Rückspiegel gesehen, und ich verwünschte mich, weil ich mir nicht einmal sein Kennzeichen gemerkt hatte. Dann überraschte er mich abermals, als er gegenüber vom Krankenhaus in eine Parkbucht fuhr. Ich beobachtete, wie der Mann am Steuer den Kopf hin und her bewegte, bis er John Ransom in seinem Außenspiegel sehen konnte.

Ich ging schneller.

Ransom bog in den schmalen Weg zwischen hohen Hekken ein, der zum Besuchereingang des Shady Mount Hospitals führte. Die Tür des blauen Wagens wurde geöffnet, der Fahrer stieg aus, schlug die Tür zu und überquerte gemächlich die Straße. Er war ungefähr so groß wie ich und hatte einen etwas großspurigen Gang. Der graue Pferdeschwanz stand ihm im rechten Winkel vom Hinterkopf ab und hing ihm bis auf den Rücken. Seine breiten Schultern bewegten sich locker, und sein loses Jackett bauschte sich leicht. Er hatte auffallend breite Hüften und einen schweren, schlaffen Bauch. So wie er ging, mit wiegenden Hüften, sah es aus, als schwimme er durch die feuchte Luft.

Ich holte mein Notizbuch aus der Tasche und schrieb mir die Zulassungsnummer seines Wagens auf. Es war ein Lexus. Der Grauhaarige betrat den Gehsteig und bog dann in den Heckenweg ein. Ransom hatte inzwischen Zeit genug gehabt, in einen Aufzug einzusteigen. So schnell ich konnte, ging ich hinter seinem Verfolger her. Als ich in den Heckenweg kam, ließ er eben die Tür des Besuchereingangs hinter sich zufallen. Ich fing an zu laufen und passierte die Tür, als er noch unterwegs zum Aufzug war. Ich durchquerte die fast menschenleere Halle und legte ihm kurz die Hand auf die Schulter.

Er schaute hinter sich, um zu sehen, wer ihn berührt hatte. Sein Gesicht zuckte vor Ärger, und er drehte sich zu mir um. »Kann ich irgendwas für Sie tun?« sagte er. Seine Stimme war unverfälschtes Millhaven, monoton, abgehackt und leicht näselnd.

»Warum verfolgen Sie John Ransom?« fragte ich.

Er grinste mich höhnisch an – nur eine Hälfte seines Gesichts bewegte sich. »Sie müssen nicht ganz dicht sein.«

Er wollte sich abwenden, aber ich packte ihn am Arm. »Wer hat Sie beauftragt, Ransom zu folgen?«

»Und wer, zum Teufel, sind Sie?«

Ich nannte ihm meinen Namen.

Er schaute sich in der Halle um. Zwei der Angestellten hinter dem langen Schreibtisch saßen unnatürlich still vor ihren Computertastaturen und taten so, als lauschten sie nicht. Der Mann runzelte die Stirn und führte mich von den Aufzügen fort auf die entgegengesetzte Seite der Halle und zu einer Reihe unbesetzter Stühle. Dort pflanzte er sich vor mir auf und musterte mich von oben bis unten. Er überlegte, wie er mich behandeln sollte.

»Wenn Sie diesem Ransom wirklich helfen wollen, sollten Sie, denk ich, dahin zurückgehen, wo Sie hergekommen sind«, sagte er endlich.

»Ist das eine Drohung?«

»Sie verstehen nicht«, sagte er. »Es hat nichts mit Ihnen zu tun.« Er machte auf dem Absatz kehrt und ging schnell auf den Ausgang zu.

»Vielleicht sollte einer dieser nervösen Angestellten die Polizei rufen.«

Er fuhr herum. Eine ungesunde Röte stieg ihm ins Gesicht. »Sie wollen die Polizei rufen? Hören Sie zu, Arschloch! Ich gehöre zur Polizei.«

Er griff in die Tasche, holte eine dicke schwarze Brieftasche heraus, klappte sie auf und zeigte mir eines jener goldenen Abzeichen, die an die Ehefrauen von Polizeibeamten und an Leute verliehen werden, die gelegentlich die Polizei unterstützen.

»Das beeindruckt mich aber«, sagte ich.

Er stieß mir seinen breiten Zeigefinger fest in die Brust und brachte sein großes Gesicht dicht an das meine heran. »Sie haben keine Ahnung, in was Sie da Ihre Nase reinstecken, Sie Blödmann!«

Dann marschierte er an mir vorbei und zur Tür hinaus. Ich ging ihm nach, sah, wie er auf dem Heckenweg die Brieftasche fast gewalttätig in die Hosentasche zurückschob. Er überquerte die Straße, ohne auf den Verkehr zu achten, riß die Tür des Lexus auf, bückte sich und quetschte sich hinein. Er knallte die Tür zu, startete den Wagen, warf einen Blick aus dem offenen Fenster und sah, daß ich ihn beobachtete. Sein Gesicht schien den Fensterrahmen ganz auszufüllen. Er lenkte den Wagen auf die Fahrbahn und raste davon.

Ich ging neben dem Gehsteig her und sah seine Heckleuchten immer kleiner werden. Die Bremslichter leuchteten auf, als er zwei Blocks weiter an einer Ampel halten mußte. Der Lexus fuhr auf der Berlin Avenue noch einen Block in nördlicher Richtung und bog dann, ohne den Blinker zu setzen, nach links ab. Weit und breit war kein anderer Wagen auf der Straße, und der Abend kam mir riesengroß und sehr schwarz vor.

Ich ging zwischen den hohen Hecken zurück ins Krankenhaus.

15

Bevor ich den Aufzug erreichte, hielt ein Streifenwagen der Polizei vor der Notaufnahme in der Parkbucht für Sanitätswagen. Blendende rote und blaue Lichter blitzten wie ein Morsecode durch den Korridor. Ein paar Angestellte beugten sich über den Tresen, hinter dem sie saßen. Ein kleiner, allmählich kahl werdender Mann mit einer Nase in Übergröße stieg aus dem Wagen und stürmte durch die Glastür. Eine Schwester schlitterte auf ihn zu, grinste und kreuzte die Hände vor der Brust. Der Detective sagte etwas zu ihr, das ich nicht hören konnte, hob sie auf, trug sie ein paar Schritte, flüsterte ihr dann etwas ins Ohr und stellte sie genau da, wo der Korridor begann, wieder auf den Boden. Vorgebeugt schnappte die Schwester nach Luft und winkte seinem Rükken zu, bevor sie sich aufrichtete und die Uniform glattstrich.

Der Detective hielt mich mit den Augen fest, während er auf mich zukam.

Ich blieb stehen und wartete. Als er die Halle betrat, sagte er: »Los, holen Sie den Aufzug runter, stehen Sie nicht nur so rum.« Er winkte mich zu den Aufzugknöpfen. Die Angestellten, die sich über den Tresen gebeugt hatten, um zu sehen, was vorging, lächelten zuerst ihn und dann einander an. »Sie wollten doch den Aufzug rufen, oder?«

Ich nickte, ging auf die geschlossene Aufzugtür zu und drückte auf den ›Aufwärts‹-Knopf.

Der Detective nickte den Angestellten zu. Sein schweres Gesicht schien unbeweglich, doch seine Augen funkelten.

»Sie haben uns nicht gerufen, oder?« fragte er.

»Nein«, sagte ich.

»Dann ist's ja gut.«

Ich lächelte, und das Funkeln in seinen Augen erlosch. Mit Hängebacken und ungebügeltem Anzug war er ein echter Komödiant. »Die Polizei sollte nie in Krankenhäuser gehen«, sagte er. Er hatte ein Gesicht, das, scheinbar ohne sich zu verziehen, die unterschiedlichsten Gefühle ausdrücken konnte. »Steigen Sie bitte ein.« Die Aufzugtür hatte sich vor uns geöffnet.

Ich stieg ein, und er folgte mir. Ich drückte auf den Knopf

für die dritte Etage. Der Aufzug trug uns hinauf und hielt. Er stieg aus und schlug den Weg ein, der ihn zu April Ransoms Zimmer führen mußte. Jetzt folgte *ich ihm.* Wir gingen am Schwesternzimmer vorbei und bogen dann um die Ecke des kreisförmig verlaufenden Korridors. Ein junger uniformierter Beamter kam aus Aprils Zimmer.

»Nun?« sagte der Detective.

»Das war jederzeit möglich«, sagte der uniformierte Polizist. Auf seinem Namensschild stand: THOMPSON. »Wer ist das, Sir?«

Der Detective drehte sich um und sah mich an. »Wer das ist? Ich weiß nicht, wer das ist. Wer sind Sie?«

»Ich bin ein Freund von John Ransom«, sagte ich.

»Neuigkeiten sprechen sich schnell herum«, sagte der Detective. Er betrat Aprils Zimmer als erster.

John Ransom und der Arzt, der wie ein Student im ersten Semester aussah, standen auf der anderen Seite des Bettes. Ransom wirkte leicht benommen. Er blickte auf, als er mich sah, und dann schweiften seine Augen zu dem ungepflegten Detective. »Tim? Was ist los?«

»Was ist wirklich los?« fragte der Detective. »Wir haben mehr Publikum hier drin als die Marx Brothers. Haben Sie diesen Typen nicht angerufen?«

»Nein, ich habe ihn nicht angerufen«, sagte Ransom. »Wir haben zusammen zu Abend gegessen.«

»Ich verstehe«, sagte der Detective. »Und wie geht es Mrs. Ransom?«

Ransom schaute unsicher drein. »Ja, nun ...«

»Sehr aufschlußreich«, sagte der Detective. »Doktor?«

»Mrs. Ransom zeigt deutliche Anzeichen einer Besserung«, sagte der Doktor. Seine Stimme klang hölzern.

»Sieht es so aus, als könnte die Dame demnächst tatsächlich etwas sagen, oder warten wir auf ein Wunder?«

»Es gibt unverkennbare Symptome«, sagte der Doktor. Seine schwere, hölzerne Stimme schien einer viel größeren und älteren Person zu gehören, die hinter ihm stand.

Ransom sah mich über das Bett hinweg wild an. »Tim, es ist wirklich möglich, daß sie aufwacht.«

Der Detective drängte sich neben ihn und den Arzt ans

Bett. »Ich bin Paul Fontaine, und der Überfall auf die Frau Ihres Freundes hängt mit einem Mordfall zusammen, den ich untersuche.«

»Tim Underhill«, sagte ich.

Er neigte den großen, eiförmigen Kopf zur Seite. »So, so, Tim Underhill. Ich habe eines Ihrer Bücher gelesen. *The Divided Man*. Es war beschissen. Es war lächerlich. Es hat mir gefallen.«

»Danke«, sagte ich.

»Also, warum sind Sie hergekommen? Sie wollten doch Mr. Ransom etwas sagen – es sei denn, daß es sich um etwas handelt, das Sie vor unserer tüchtigen Kriminalabteilung geheimhalten wollen?«

Ich sah ihn an. »Würden Sie sich eine Kfz-Zulassungsnummer notieren?«

»Thompson«, sagte Fontaine, und der junge Polizist holte einen Notizblock heraus.

Ich las das Kennzeichen aus meinem Notizbuch ab. »Es ist ein blauer Lexus. Der Besitzer ist John und mir den ganzen Tag gefolgt. Als ich ihn unten in der Halle zur Rede stellte, zeigte er mir Spielzeugabzeichen und behauptete, er sei Polizist. Er ist kurz vor Ihrem Eintreffen abgehauen.«

»Mmm«, sagte Fontaine. »Das ist interessant. Da muß man was tun. Erinnern Sie sich an etwas Besonderes im Aussehen des Mannes?«

»Ein grauhaariger Typ mit Pferdeschwanz. Goldener Knopf im linken Ohr. Ungefähr zweiundsechzig und rund zweihundertzehn Pfund schwer. Dickbäuchig und breithüftig wie eine Frau. Sein Anzug war von Armani, glaub ich.«

»Oh, einer von der Armani-Bande.« Fontaine gestattete sich ein Lächeln. Er nahm Thompson das Blatt mit der Zulassungsnummer ab und steckte es in die Jackentasche.

»Er ist mir gefolgt?« fragte John.

»Ich hab' ihn schon heute nachmittag hier gesehen. Er ist uns zum Eastern Shore Drive und dann zu Jimmy's gefolgt. Er wollte auch heraufkommen, aber ich habe ihn in der Halle aufgehalten.«

»Das war schade«, sagte Fontaine. »Hat der Kerl tatsächlich gesagt, daß er Polizist sei?«

Ich versuchte mich zu erinnern. »Ich glaube, er hat gesagt, er gehöre zur Polizei.«

Fontaine spitzte die Lippen. »Etwa so, wie Sie sagen würden, Sie gehören zu einer Band.«

»Er hat mir eines dieser kleinen goldenen Abzeichen gezeigt.«

»Ich kümmere mich darum.« Er wandte sich von mir ab. »Die Besuchszeit ist zu Ende, Thompson. Wir werden hier warten, um zu sehen, ob Mrs. Ransom zu sich kommt und uns etwas Nützliches sagen kann. Mr. Underhill kann im Aufenthaltsraum warten, wenn er will.«

Thompson sah mich scharf an und trat vom Bett zurück.

»Ich warte zu Hause auf dich, John«, sagte ich.

Er lächelte schwach und drückte die Hand seiner Frau. Thompson kam um das Bett herum, winkte mich fast schüchtern zur Tür und verließ hinter mir das Zimmer. Schweigend gingen wir am Schwesternzimmer vorbei. Die beiden diensthabenden Schwestern bemühten sich vergeblich, so zu tun, als starrten sie uns nicht an.

Thompson begann erst zu sprechen, als wir schon fast bei den Aufzügen waren. »Ich wollte nur sagen«, begann er und sah sich dann um, um sich zu überzeugen, daß niemand mithörte. »Beurteilen Sie Detective Fontaine nicht falsch. Er ist verrückt, das stimmt, aber er ist ein großartiger Kriminalbeamter. Im Vernehmungszimmer das reinste Genie.«

»Ein verrücktes Genie«, sagte ich und drückte auf den Knopf.

»Ja.« Officer Thompson sah ein bißchen verlegen aus. Er verschränkte die Hände auf dem Rücken. »Wissen Sie, wie wir ihn nennen? Den fantastischen Paul Fontaine. So gut ist er.«

»Dann müßte er ja feststellen können, wem der blaue Lexus gehört«, sagte ich.

»Das wird er bestimmt«, antwortete Thompson. »Aber vielleicht wird er es Ihnen nicht sagen.«

16

Ich schloß die Haustür auf und tastete nach einem Schalter. Der Anrufbeantworter auf dem Telefonpult blinkte feuerrot und signalisierte, daß jemand angerufen hatte. Sonst lag das ganze Erdgeschoß in tiefem, samtschwarzem Dunkel. Die zentrale Klimaanlage gab einem das Gefühl, in einem Kühlschrank zu sitzen. Gleich neben dem Türrahmen entdeckte ich einen Schalter und knipste damit eine Deckenlampe aus Glas und Bronze an, die aussah, als sei sie eigentlich für eine Kerze gemacht. Dann schloß ich die Haustür. Mit einem zweiten Schalter neben der Wohnzimmertür bediente ich fast alle anderen Lampen im Raum. Ich ging hinein und ließ mich auf das Sofa fallen.

Nach einer Weile stieg ich die Treppe zum Gästezimmer hinauf. Es sah aus wie ein Zimmer in einem Vierzig-Dollar-pro-Nacht-Hotel. Ich hängte meine Sachen in den Schrank. Dann nahm ich zwei Bücher nach unten mit. *Die Nag-Hammadi-Bibliothek* und einen Paperback-Roman von Sue Grafton. Ich machte es mir in einem Sessel gegenüber vom Kamin bequem, schlug das Buch mit den gnostischen Texten auf und las lange, wartete darauf, daß Ransom mit guten Nachrichten aus dem Krankenhaus nach Hause kam.

Gegen elf Uhr beschloß ich, in New York anzurufen und zu versuchen, An Vinh zu erreichen, den ich in Vietnam kennengelernt hatte.

Mein alter Freund Tina Pumo, der vor sechs Jahren ermordet wurde, hatte sein Restaurant Vinh hinterlassen, früher sein Küchenchef und stellvertretender Geschäftsführer. Einige Zeit später übergab Vinh das halbe Restaurant Maggie Lah, Tinas ehemaliger Freundin. Sie hatte die Geschäftsführung übernommen, während sie sich an der Universität von New York auf ihren *Magister Artium* in Philosophie vorbereitete. Wir alle wohnten über dem Restaurant in verschiedenen Lofts.

Ich hatte Vinh zwei oder drei Tage nicht gesehen und vermißte seinen kühlen, unsentimentalen gesunden Menschenverstand.

Es war elf Uhr in Millhaven, Mitternacht in New York.

Wenn ich Glück hatte, hatte Vinh das Restaurant dem Personal überlassen und war eine Stunde hinaufgegangen, bis es Zeit war, zu schließen und abzurechnen. Ich ging in die Diele und wählte Vinhs Nummer. Neben dem Telefon blinkte der Anrufbeantworter. Nach zweimaligem Klingeln schaltete sich auch Vinhs Anrufbeantworter ein und erklärte kurz und bündig: *Bin nicht zu Hause.* Dann Stille, ein Summen in der Leitung und endlich der Pfeifton. »Ich bin's«, sagte ich. »Geht mir großartig, wünschte, du wärst hier. Ich versuch's unten noch mal.«

Im Büro des Restaurants kam Maggie Lah an den Apparat und fing an, lauthals zu lachen, als sie meine Stimme hörte. »Du hast deine Heimatstadt nicht mal einen halben Tag ertragen? Warum kommst du nicht hierher zurück, wohin du gehörst?«

»Wahrscheinlich bin ich schon bald wieder da.«

»Du hast alles an einem einzigen Tag herausgefunden?« Maggie mußte wieder lachen. »Du bist ja besser als Tom Pasmore, sogar noch besser als *Lamont von Heilitz.*«

»Ich habe überhaupt nichts herausgefunden«, sagte ich. »Aber April Ransom scheint es besserzugehen.«

»Du kannst nicht zurückkommen, ehe du nicht wenigstens etwas herausgefunden hast«, sagte sie. »Das wäre allzu demütigend. Ich nehme an, du willst Vinh sprechen. Er steht direkt neben mir. Bleib dran.«

Im nächsten Moment sagte Vinhs Stimme meinen Namen, und sofort fühlte ich mich mehr in Frieden mit mir selbst und mit der Welt, in der ich mich aufhielt. Ich begann ihm zu berichten, was sich im Lauf des Tages ereignet hatte, wobei ich nichts verschwieg – jemand wie Vinh läßt sich durch das Erscheinen eines vertrauten Geistes nicht so leicht ins Bockshorn jagen.

»Deine Schwester ist hungrig, deshalb erscheint sie dir«, sagte er. »Hungrig. Bring sie ins Restaurant mit, dann können wir Abhilfe schaffen.«

»Ich weiß, was sie will, und es ist nicht Nahrung«, sagte ich, aber seine Worte hatten mich plötzlich an John Ransom erinnert, der auf dem Fahrersitz eines schlammbespritzten Jeeps saß.

»Du bist in einem Zirkus«, sagte Vinh. »Aber zu alt dafür. Mit einundzwanzig, zweiundzwanzig liebt man Zirkusse. Jetzt bist du ganz anders, das weißt du. Besser.«

»Das glaubst du?« fragte ich leicht bestürzt.

»Total«, sagte Vinh in dem annähernd richtigen Englisch, das ihm so zupaß kam. »Du brauchst den Zirkus nicht mehr.« Er lachte. »Ich denke, du solltest aus Millhaven weggehen. Dort hast du nichts mehr verloren, soviel steht fest.«

»Wie ist es nur dazu gekommen?« fragte ich.

»Weißt du noch, wie du früher warst? Laut und grob. Jetzt schreist du dir nicht mehr die Lungen aus dem Leib. Rastest nicht mehr aus, spielst nicht mehr verrückt.«

Es gab mir einen schmerzhaften Stich – den Stich, den jeder spürt, wenn er mit dem jungen Idioten konfrontiert wird, der er früher mal war. »Nun ja, damals war ich Soldat.«

»Du warst ein Zirkusbär«, sagte Vinh lachend. »Soldat bist du *jetzt*.«

Wir redeten noch eine Zeitlang, dann nahm Maggie wieder den Hörer, und nachdem auch sie mir noch einiges an den Kopf geworfen hatte, legten wir auf. Es war fast Mitternacht. Ich ließ eine Lampe brennen und nahm den Roman von Sue Grafton mit mir hinauf.

17

Die Haustür fiel krachend ins Schloß und weckte mich. Ich fuhr in die Höhe. Das Bett war mir fremd. In welchem Hotel war ich? In welcher Stadt? Ich hörte jemanden die Treppe heraufkommen. Vor meinem inneren Auge tauchte das höhnisch grinsende Gesicht des Grauhaarigen mit dem Pferdeschwanz auf. Ich konnte ihn identifizieren, und er würde versuchen, auch mich zu ermorden – wie April Ransom. Die schweren Schritte stapften jetzt durch den Flur. Ich rollte mich aus dem Bett. Mein Mund war strohtrocken, und in meinem Kopf hämmerte es. Adrenalin raste durch meinen Körper wie ein prickelnder Funke. Ich preßte mich hinter der Tür an die Wand und machte mich bereit.

Polternd näherten sich die Schritte meiner Tür – und gingen vorbei. Sie zögerten nicht einmal. Eine Sekunde später wurde eine andere Tür geöffnet und wieder geschlossen.

Und dann wußte ich wieder, wo ich war. Ich hörte Ransom stöhnen, als er sich aufs Bett fallen ließ, und löste mich von der Wand.

Es war ein paar Minuten nach acht Uhr morgens.

Ich klopfte an Ransoms Schlafzimmertür. Kaum vernehmbar forderte er mich auf, hineinzukommen. Ich stieß die Tür auf und betrat den dunklen Raum. Er war mehr als dreimal so groß wie das Gästezimmer. Dem Bett gegenüber stand eine Schrankwand mit Spiegeltüren, in denen undeutlich die sich öffnende Tür und mein schattenhaftes Gesicht zu sehen waren. Ransoms Anzugjacke lag zerknüllt neben dem Bett auf dem Boden. Er hatte sich, mit dem Gesicht nach unten, quer auf die Matratze geworfen. Grellfarbene Hosenträger bildeten ein helles Y auf seinem Rücken.

»Wie geht es ihr?« fragte ich. »Ist sie zu sich gekommen?«

Ransom rollte sich auf die Seite und blinzelte mich an, als wisse er nicht genau, wer ich war. Er spitzte die Lippen, atmete aus und stemmte sich in die Höhe. »Gott, was für eine Nacht!« Er beugte sich vor, zog die weichen braunen Straßenschuhe aus und warf sie zum Schrank hinüber, wo sie auf den Teppich plumpsten. »April geht es viel besser, aber sie ist noch nicht übern Berg.« Er schob sich die Hosenträger von den Schultern und ließ sie seitlich hinunterhängen.

Lächelnd blickte er zu mir auf, und ich merkte, wie müde er aussah, wenn er nicht lächelte. »Aber es steht gut um sie, meint der Doktor.« Er nahm die Krawatte ab und warf sie in Richtung des Sofas. Auch sie flatterte zu Boden und auf den rosenfarbenen Teppich. »Ich will jetzt ein paar Stunden schlafen und dann wieder ins Shady Mount.« Er grunzte und schob sich zum Fußende des Bettes vor.

An einander gegenüberliegenden Wänden hingen zwei riesengroße Ölgemälde – ein männlicher Akt, auf einer üppig grünen Wiese liegend, und ein weiblicher Akt, der sich vorgebeugt mit ausgestreckten Armen auf einen Baum stützte, beide Bilder in Nabis-Manier gemalt. Es waren die sinnlichsten Nabis-Gemälde, die ich je gesehen hatte. Ransom merkte, daß ich immer wieder von einem zum anderen blickte, und räusperte sich, während er sich das Hemd aufknöpfte.

»Gefallen sie dir?«

Ich nickte.

»April hat sie vergangenes Jahr von einem hiesigen Jungen gekauft. Ich hielt ihn für einen Gauner.« Er warf das Hemd auf den Boden, legte Schlüssel, Kleingeld und Rechnungen auf ein Beistelltischchen, schnallte den Gürtel auf, öffnete die Hose und schob sie hinunter. Er zog die Füße heraus, riß die Socken herunter und schob sich dann schwerfällig zu den Kopfkissen hinauf. Sein Körper roch säuerlich nach Schweiß. »Tut mir leid, aber ich bin wirklich erledigt.«

Er kroch unter die leichte Decke. Dann hielt er in der Bewegung inne, kniete nieder und hielt die Decke in die Höhe. Sein Bauch quoll über den Gummizug seiner Boxershorts. »Willst du den Wagen nehmen? Könntest dich in Pigtown ein bißchen umschauen, ob es noch aussieht ...«

Er ließ sich auf die Decke fallen und schlug sich mit der Hand vor die Stirn. »Tut mir leid, Tim. Ich bin sogar noch müder, als ich dachte.«

»Das ist schon okay. Sogar die Leute, die dort wohnen, nennen es Pigtown.« Das stimmte nicht ganz – die Leute, die zu meiner Zeit dort lebten, hatten den Namen – *Schweinestadt* – immer verabscheut –, aber es schien ihm zu helfen. »Gut für sie«, sagte er. Er tastete nach der Decke und zog sie sich bis ans Kinn. Dann sah er mich aus blutunterlaufenen Augen an. »Weißer Pontiac.«

»Ich schätze, ich werde mich tatsächlich ein bißchen umsehen«, sagte ich.

Ransom schloß die Augen, schauderte und schlief ein.

VIERTER TEIL

Walter Dragonette

1

Auf dem Weg in meine alte Gegend wurde mir klar, daß ich vorher noch woanders hinwollte, bog mit Ransoms weißem Pontiac auf die Redwing Avenue ein und kam an Spuren des alten Millhaven vorbei – Stammlokale und Bars an Orten, die nicht mehr vertraut waren. Sengende Vormittagssonne schien die niedrigen Holz- und Steinhäuser in die festgebackenen Gehsteige rammen zu wollen. Millhaven, mein Millhaven lichtete sich um mich herum, ging in einem konturlosen, für den Mittelwesten typischen Stadtbild auf.

Ich wäre vom Verschwinden des alten Millhaven weniger überzeugt gewesen, hätte ich das Radio eingeschaltet und Paul Fontaine und Detective Sergeant Michael Hogan gehört, die die Verhaftung des demnächst berüchtigten Serienmörders Walter Dragonette, genannt der ›Schlächter‹, bekanntgaben. Aber ich schaltete das Radio nicht ein und blieb daher noch ein paar Stunden ahnungslos.

Zwei oder drei Meilen fuhr ich inmitten des vorüberrauschenden Verkehrs die Ost-West-Schnellstraße entlang. Vor mir wurde die riesige ›Hochzeitstorte‹, das Baseball-Stadion, immer größer, und ich verließ die Autobahn über die Ausfahrt direkt vor dem Stadion. So früh am Morgen standen nur die Autos der Platzwarte auf dem fast unübersehbar großen Parkplatz. Zwei Blocks hinter dem Stadion bog ich in das offene Tor des Pine-Knoll-Friedhofs ein und parkte in der Nähe des steinernen, grauen Wärterhauses. Als ich ausstieg, traf mich die Hitze wie der Atem eines Löwen. Hinter dem Büro des Friedhofswärters erstreckten sich Reihen von Grabsteinen in verschiedenen Größen bis zu den gefiederten Schierlingstannen am entgegengesetzten Ende des Friedhofs. Weiße Kieswege teilten die makellosen Rasenflächen. Weiter weg sprühten Sprinkleranlagen funkelnde Wasserwirbel in die Luft. Etwa zehn Meter entfernt wanderte ein magerer alter Mann in weißem Hemd mit schwarzer Krawatte, schwarzer Hose und schwarzer Militärmütze zwischen den Grabsteinen entlang und hob Bierdosen und Schokolade- und Bonbonpapiere auf, zurückgelassen von Teenagern, die gestern abend nach dem Baseballspiel über die Mauer in den Friedhof geklettert waren.

Die Gräber, die ich suchte, lagen im älteren Teil von Pine Knoll, in der Nähe der hohen Steinmauer an der linken Seite des Friedhofs. Die drei Steine standen in einer Reihe: Albert Hoover Underhill, Louise Shade Underhill, April Shade Underhill. Die beiden ersten Steine, jünger als der von April, sahen noch neu aus, knochentrocken in der unbarmherzigen Sonne. Alle drei wären warm gewesen, hätte ich sie berührt. Das Gras wurde sehr kurz gehalten, und einzelne Halme glitzerten in der Sonne.

Wenn ich diesen Gräbern etwas zu sagen hatte – oder sie mir –, dann war jetzt die Zeit, es zu tun. Ich wartete, in der Sonne stehend, die Hände verschlungen. Ein paar helle Augenblicke tauchten aus der Dunkelheit empor: Ich saß geborgen und warm mit meiner Mutter auf dem Sofa und beobachtete Autofahrer, die durch hüfthohen Schnee stapften, nachdem sie mit ihren Autos gestrandet waren; April, die auf dem Gehsteig Springseil sprang; ich lag an einem St.-Patricks-Tag mit Fieber im Bett, während Mutter das Haus putzte und ein irisches Lied mitsang, das im Radio gespielt wurde. Sogar diese Erinnerungen waren mit Bedauern, Schmerz und Kummer belastet.

Es war, als liege ein furchtbares Geheimnis unter den Steinen begraben, genauso wie ein lebendigeres, realeres Millhaven unter der Oberfläche aller sichtbaren Dinge brannte und glühte.

2

Zwanzig Minuten später bog ich an der Goethals Street von der Schnellstraße ab und fuhr im Schatten der kleeblattförmigen Überführungen weiter südwärts. Die schmuddligen

Fotostudios und schäbigen Kleiderläden wurden abgelöst von den hohen Mauern der Lohgerbereien und Brauereien. Der Geruch von Hopfen stieg mir in die Nase – und der andere, schwerere aus den Gerbereien. Zerbeulte, geschundene Laster säumten die Straße, und Männer, die gerade Pause hatten, lehnten rauchend an den schmutzigen Mauern. Im schwachen Licht hatten ihre Gesichter die Farbe von Metallspänen.

Goethals Street war zum holprigen alten Kopfsteinpflaster zurückgekehrt, und ich bog an einer Ecke nach rechts ab, an der eine Oben-ohne-Bar an eine lärmende Nachtschicht Brandy und Bier ausschenkte. Einen Block weiter südlich stieß ich auf die Livermore Avenue. Über mir schwebte der große Betonschatten des Viadukts, und das weitläufige Männer- und Frauengefängnis blieb hinter mir zurück. Ich war wieder in Pigtown.

Die Stellen, wo früher die hohen, ineinander verschlungenen Ulmen gestanden hatten, waren mit Betonquadern aufgefüllt worden. Die Sonne fiel direkt und hart auf die wenigen Leute, die meisten in den Sechzigern oder Siebzigern, die mühselig an den leeren Friseurgeschäften oder mit Brettern verschlagenen Schnapsläden vorüberhumpelten. Mir wurde die Kehle eng, und ich ging auf fünfundzwanzig, die vorgeschriebene Höchstgeschwindigkeit, herunter. Die Fahrbahn war fast genauso leer wie die Gehsteige, und am Straßenrand parkten so wenige Wagen, daß die Parkuhren senkrechte Schatten warfen.

Alles schien vertraut und fremd zugleich, als hätte ich diesen Teil der Livermore Avenue oft geträumt, aber nie gesehen. Kleine Fachwerkhäuser, wie die in den Seitenstraßen, standen neben billigen Tavernen, Tankstellen und Speiselokalen. In ungefähr jedem zweiten oder dritten Block waren die alten Gebäude durch einen großen neuen Lebensmittelladen oder eine Bank mit Autoschalter ersetzt worden, aber die meisten Häuser, die ich als Kind auf meinen weiten Streifzügen gesehen hatte, standen noch. Einen Moment lang fühlte ich mich wieder wie dieses Kind, und jedes Haus, an dem ich vorbeikam und an das ich mich dunkel erinnerte, war für mich wie ein Signal. Diese Gebäude kamen mir ganz einfach schön vor, trotz ihrer abblätternden Farbe und den schmutzigen Backsteinen, den toten Neonreklamen und den blinden Fenstern. Ich hatte das Gefühl, man habe mir mehrere Hautschichten abgezogen. Meine Hände fingen an zu zittern. Ich fuhr zur Seite, hielt am Bordstein und wartete, bis das Zittern aufhörte.

Der Anblick der Gräber meiner Familie hatte meinen Panzer gesprengt. Die Welt bebte um mich herum, war kurz davor, in Flammen aufzugehen. Die archaische Geschichte von Orpheus und Lots Frau, in Fragmenten erhalten, besagte: Schau zurück, und du verlierst alles.

3

Die gelben Bänder der Tatortabsperrung, die das Ende des Backsteintunnels hinter dem St. Alwyn markierten, hingen schlaff herunter, als seien sie in der Sonne geschmolzen. Ich beugte mich, so weit ich konnte, in den kleinen Tunnel hinein, ohne das Band zu berühren. Der Ort, wo vor so langer Zeit meine Schwester ermordet worden war, war größer, als ich ihn in Erinnerung hatte, ungefähr drei Meter lang und am höchsten Punkt des Rundbogens etwa zwei Meter siebzig hoch. Wind, Feuchtigkeit oder die Stiefel der Polizisten hatten die Kreideumrisse auf dem rußigen Boden des Durchgangs fast verwischt.

Dann blickte ich auf und sah die Worte. Mir stockte der Atem. Sie waren etwa ein Meter fünfzig über dem Boden an die Tunnelwand gemalt – mit vielleicht dreißig Zentimeter hohen Druckbuchstaben. Sie verliefen leicht schräg nach oben, als habe der Mann, der sie schrieb, sich zur Seite geneigt. Die Buchstaben waren schwarz und dünn, tintig, und die Unebenheiten der Steine ließen sie aussehen, als habe jemand daran genagt. BLAUE ROSE. Und wieder schrumpfte die Zeit.

Ich trat von der Absperrung zurück und drehte mich zur Livermore Avenue um, bekam eingebildete Schmerzen im rechten Bein. Feuer ergoß sich in meine Knochen und setzte sich an allen Narben und Schrunden fest.

Dann das Kind, das ich gewesen war, das noch in mir lebte, mit meinen Augen sah und – wie immer – mit wortloser Eloquenz die Wahrheit aussprach.

Ein Wahnsinniger aus meiner Kindheit, eine Kreatur der Finsternis, die ich einmal in dem schmalen Durchgang hinter mir gesehen hatte, war zurückgekehrt, um noch mehr Leben zu vernichten. Der Mann mit dem Pferdeschwanz hatte möglicherweise April Ransom überfallen und seine Methode nachgeahmt, aber die echte Blaue Rose ging durch die Straßen von Millhaven wie einer, der von einem wiedererwachten Dämon besessen ist. John Ransom hatte recht. Der Mann, der sich Blaue Rose nannte, saß bei einer Schüssel Frühstücksbrei und einer Tasse Kaffee in seiner Küche, schaltete den Fernseher ein, um zu sehen, ob wir kühleres Wetter zu erwarten hatten, und schloß seine Haustür ab, um einen Spaziergang in der Sonne zu machen.

Tom Pasmore hatte etwas darüber gesagt, daß der Ort der Faktor war, der die Opfer verband. Wie sein Mentor sagte Tom Pasmore einem nie alles, was er dachte; er wartete darauf, daß man selber dahinterkam. Ich ging bis zur Ecke, überquerte die Straße, als die Ampel *Gehen* anzeigte, und dachte an die Orte, an denen Blaue Rose vor vierzig Jahren seine Opfer getötet hatte.

Eines vor dem St. Alwyn, eines im Hotel. Eines auf der anderen Straßenseite, gegenüber vom Idle Hour, dem kleinen weißen Fachwerkhaus, unmittelbar vor mir. Eines, den Metzger, zwei Blocks entfernt vor seinem Laden. Diese vier waren echte *Blaue-Rose*-Morde. Seitlich vom Idle Hour stehend, drehte ich mich um und schaute über die Straße.

Drei der vier Originalmorde waren, wenn nicht im Hotel selbst, so doch auf der Schwelle des St. Alwyn begangen worden.

Ich betrachtete das alte Hotel gegenüber und versuchte, mich in die Vergangenheit zu versetzen. Das St. Alwyn war Anfang des Jahrhunderts erbaut worden, als die South Side ein blühendes Viertel gewesen war, das noch immer Spuren seiner früheren Eleganz aufwies. Beim Eingang in der Widow Street um die Ecke führten breite Marmorstufen zu einer mächtigen hölzernen Tür mit Messingbeschlägen. Der

Name des Hotels prangte in Stein gehauen über dem Eingang. Da, wo ich stand, konnte ich nur die Seite des Hotels sehen. Im Lauf der Jahre waren seine Mauern zu einem Schmutziggrau nachgedunkelt. Neun Fensterreihen, die meisten Scheiben innen mit braunen Rollos verhängt, unterbrachen den Stein. Das St. Alwyn sah heruntergekommen, von der Zeit abgenutzt aus – nicht viel anders als vor vierzig Jahren.

4

Unser altes Haus war vier Türen weiter, ein rechteckiges, hölzernes Gebäude mit zwei Betonstufen, die zur Haustür führten, Fenstern zu beiden Seiten der Tür, zwei weiteren Fenstern, in Reih und Glied mit denen im oberen Stockwerk, und einem winzigen Vorgarten. Es sah aus wie eine Kinderzeichnung. In meiner Kindheit war das obere Stockwerk braun gestrichen gewesen und das Erdgeschoß gelb. Später hatte mein Vater das Haus ganz in einem traurigen, schrecklichen Grünton gestrichen, doch der neue Besitzer war zu den ursprünglichen Farben zurückgekehrt.

Der Anblick des alten Hauses berührte mich kaum. Es war wie eine Hülle, der ich entwachsen war. Auf dem Pine-Knoll-Friedhof war ich viel tiefer bewegt gewesen – sogar als ich auf der Livermore Avenue nach Pigtown hineingefahren war, hatte ich mehr empfunden. Ich versuchte, die tiefen Ströme – die Ströme, die uns mit dem übrigen Leben verbinden – durch mich hindurchfließen zu lassen, aber ich war gefühllos wie ein Stein. Woran ich mich im Zusammenhang mit dem alten Haus erinnerte? An eine alte Underwood-Schreibmaschine auf einem Schreibtisch aus Fichtenholz in einem der Schlafzimmer mit blauen Rosenranken auf der Tapete; Florpostpapier und Farbbänder neben der Maschine und an Geschichtenerzählen, um gegen die Dunkelheit gefeit zu sein: eine frustrierende Erinnerung an eine Zeit, die in eine helle, dehnbare Ewigkeit einging.

Es gab nur noch einen Ort, den ich sehen mußte, und ich

ging auf der South Six zurück, überquerte die Livermore und wandte mich nach Süden.

Schon von weitem sah ich die Markise zum Gehsteig durchhängen, und ich spürte plötzlich mein Herz. Das Beldame Oriental hatte die drei letzten Jahrzehnte nicht so gut überdauert wie das Royal. Nichts war mehr von der Pracht übrig, an die ich mich zu erinnern glaubte.

Zwei schmale Glastüren führten in das Kino. Durch ihre verschmierten Scheiben sah ich vor einer Reihe schwarzlackierter Türen die Kasse mit dem gläsernen Aufsatz nur verschwommen. Der schwarzweiße Fliesenboden zwischen dem Eingang und den hinteren Türen war mit gezackten Zementbrocken und rauchfarbenem Grus übersät. Die Armseligkeit und die Dürftigkeit des ganzen Kinos versetzten mir einen Schock, der so tief war, daß ich mir seiner in diesem Moment kaum bewußt wurde.

Ich trat zurück und schaute mich nach dem richtigen Beldame Oriental um. Dann ging ich auf die beiden schmalen Glastüren zu und versuchte mich entweder durchzuzwängen oder besser hineinzusehen – ich wußte nicht, was ich eigentlich wollte. Mein Spiegelbild kam mir entgegen, und wir berührten uns.

Ein riesiger Gefühlsstau löste sich aus seiner geheimen Verankerung und machte sich in meiner Brust breit. Die Kehle wurde mir eng, mein Atem stockte. Meine Augen bekamen einen unnatürlichen Glanz. Ich holte bebend Atem und war mir einen Moment lang nicht sicher, ob ich mich auf den Beinen halten konnte. Ich konnte nicht einmal sagen, ob ich Freude oder Schmerz empfand. Es war einfach ein nacktes Gefühl, direkt aus dem Herzen meiner Kindheit. Es schmeckte sogar nach Kindheit. Ich wandte mich gewaltsam von dem alten Kino ab und taumelte über den Gehsteig, um mich an eine Parkuhr zu lehnen.

Wärme auf Kopf und Schultern brachte mich wieder ein Stückchen zu mir selbst zurück, ich holte mein Taschentuch heraus, schneuzte mich und richtete mich auf. Dann stopfte ich das Taschentuch in die Tasche zurück. Ich löste mich von der Parkuhr und preßte die Hände auf die Augen.

Auf der anderen Straßenseite stand vor einem Speiselokal

ein alter Mann in einem sackartig an ihm herunterhängenden Zweireiher und weißem T-Shirt und starrte zu mir herüber. Er drehte sich um, schaute durch das Fenster zu ein paar Freunden in das Lokal hinein und tippte sich mit dem Zeigefinger an die Stirn.

Ich stieß einen Laut aus, der halb Seufzer und halb Stöhnen war. Kein Wunder, daß ich mich davor gefürchtet hatte, nach Millhaven zurückzukehren, wenn mir solche Dinge widerfuhren. Alles, was mich vor einem weiteren Katzenjammer rettete, war die plötzliche Erinnerung an das, was ich in dem gnostischen Evangelium gelesen hatte, während ich auf Ransoms Rückkehr aus dem Krankenhaus gewartet hatte: *Wenn du dich dem stellst, was in dir ist, wird es dich erretten; wenn du dich dem nicht stellst, was in dir ist, wird dich das, was du unterdrückst, zerstören.*

Ich versuchte mich dem zu stellen, was in mir war – hatte es versucht, seit ich auf dem Pine-Knoll-Friedhof vor den Gräbern gestanden hatte –, aber was, in aller Welt, war es eigentlich?

5

Fast wäre ich auf kürzestem Weg zu Ransoms Pontiac und dann in Ransoms Haus zurückgekehrt. Ich dachte daran, mir in der Abendmaschine nach New York einen Platz reservieren zu lassen, ich war nicht mehr so sicher, daß mich noch interessierte, was vor mehr als vierzig Jahren im oder in der Nähe oder wegen des St. Alwyn Hotels geschehen war.

Entweder trotz oder wegen der Erfahrung, die ich eben gemacht hatte, war ich auf einmal hungrig. Was ich auch tun würde, es mußte warten, bis ich gefrühstückt hatte. Die Neonleuchte im Restaurantfenster brannte noch nicht, aber innen an der Türklinke hing das Schild GEÖFFNET. Ich betrat das Hotel, um mir am Empfang eine Morgenzeitung zu holen.

Was ich in der Hotelhalle sah, mußte fast dasselbe sein, was Glenroy Breakstone und sein Pianist James Treadwell, der später ermordet worden war, vor vierzig Jahren gekannt hatten; und was mein Vater sah, wenn er auf dem Weg zum Aufzug durch die Halle kam. Auf einem riesigen, fadenscheinigen Orientteppich standen abgewetzte Ledermöbel und gedrungene Spucknäpfe aus Messing. Bei einer Couch brannte eine einzige schwache Glühbirne unter einem grünen Glasschirm.

Auf dem Empfangspult lag ein kleiner Stapel der Morgenausgabe des *Ledger.* Ich nahm eine Zeitung und schob dem Angestellten fünfunddreißig Cent hinüber. Er saß hinter dem Pult, das Kinn in der Hand, und konzentrierte sich auf die Zeitung, die gefaltet auf seinen Knien lag. Als er die Münzen klirren hörte, blickte er auf. Das Weiße in seinen Augen blitzte. »Oh! Tut mir leid«, sagte er. Er warf einen Blick auf die drei Zeitungen, die noch auf dem Pult lagen. »Man muß heute schon früh aufstehen, um noch eine Zeitung zu ergattern.« Er strich die Münzen ein. Ich sah auf meine Uhr. Es war halb zehn: Das St. Alwyn stand spät auf.

Ich nahm die Zeitung in Sindbad's Cavern mit. An der Bar frühstückten ein paar schweigsame Männer, und zwei Paare saßen an den Tischen im vorderen Raum. Eine Kellnerin in einem dunkelblauen Kleid, das für den Vormittag viel zu elegant war, stand am Ende der Bar und unterhielt sich mit der jungen Frau im weißen Hemd mit Smokingfliege, die hinter dem Tresen arbeitete. Im Lokal war es so still wie in einer Bibliothek. Ich setzte mich in eine freie Nische und winkte der Kellnerin, ehe sie geruhte, mit einer Speisekarte zu mir zu kommen. Sie trug hohe Absätze und hatte unnatürlich rote Wangen, aber das konnte auch ihr Make-up sein.

Sie legte die Speisekarte vor mich hin. »Entschuldigen Sie, aber man kann sich heute nur schwer konzentrieren. Ich hole Ihnen Kaffee und bin sofort wieder da.«

Ich schlug die Speisekarte auf. Die Kellnerin ging zu einem Serviertisch neben der Bar und kam mit einer gläsernen Kaffeekanne zurück. »Niemand hier kann es glauben«, sagte sie. »Niemand.«

»Ich würde heute alles glauben«, sagte ich.

Sie starrte mich an. Sie war ungefähr zweiundzwanzig und so stark geschminkt, daß sie aussah wie ein erschrockener Clown. Dann verhärtete sich ihr Gesicht, und sie zog ihren Block aus der Tasche des schicken blauen Kleides. »Darf ich Ihre Bestellung aufnehmen, Sir?«

»Ein verlorenes Ei und einen ganzen Weizentoast, bitte.« Wortlos notierte sie die Bestellung, ging zwischen den leeren Tischen zurück und schob sich durch die Aluminiumtür, die in die Küche führte.

Ich musterte das blonde Mädchen mit der Smokingfliege am Ende der Bar und die beiden Paare an den Tischen. Alle hatten die Morgenzeitung aufgeschlagen vor sich liegen. Sogar die Männer auf den Barhockern lasen den *Ledger*. Die Kellnerin kam aus der Küche, durchbohrte mich mit einem Blick und flüsterte dann dem Mädchen hinter der Bar etwas zu.

Die einzigen Gäste, die nicht in eine Zeitung vertieft waren, saßen an einem Tisch auf der anderen Seite des Raumes. Es waren vier Männer, und auch sie schwiegen. Zwei trugen Anzüge und hielten betont Abstand voneinander, aber auch von den anderen, die wie Fernfahrer aussahen. Alle vier ignorierten die Tassen, die vor ihnen standen. Sie machten den Eindruck von Menschen, die schon lange warteten. Das Gefühl gegenseitigen Mißtrauens war so stark, daß ich mich fragte, wieso sie an einem Tisch saßen. Einer der Männer im Anzug merkte, daß ich sie ansah, und wandte den Kopf hastig zur Seite, das Gesicht starr vor Unbehagen.

Mein Exemplar des *Ledger* lag gefaltet vor mir auf dem Tisch. Ich zog es näher, drehte es um und vergaß über der großen, breiten Schlagzeile die vier Männer und alles, was ich heute morgen gedacht und erlebt hatte. Darunter war ein Farbfoto von Dutzenden uniformierter Polizisten und Beamten in Zivil, die vor einem kleinen weißen Fachwerkhaus auf dem Rasen versammelt waren. Einer der Detectives war der Witzbold, den ich am Abend vorher im Krankenhaus kennengelernt hatte, Paul Fontaine. Ein zweiter, ein großer, befehlsgewohnt dreinblickender Mann mit zurückweichendem Haaransatz, tiefen Gesichtsfalten und einem William-Powell-Bart, wurde als der direkte Vorgesetzte von Fontaine, Detective Sergeant Michael Hogan, bezeichnet. Fast sofort, als ich den Artikel links von dem Foto zu lesen begann, sah ich, daß der Mord an dem Unbekannten im Tunnel hinter dem St. Alwyn und der Überfall auf April Ransom aufgeklärt worden waren – zusammen mit mindestens einem Dutzend anderer Morde, die niemand für Morde gehalten hatte. Ein sechsundzwanzig Jahre alter Angestellter aus der Buchhaltung der Glax Corporation namens Walter Dragonette hatte sie gestanden. Tatsächlich hatte er sich zu allen Untaten unter der Sonne bekannt. Wenn er daran gedacht hätte, hätte er auch zugegeben, die kleine Prinzessin im Turm erwürgt zu haben.

Die große Schlagzeile lautete: HORROR IN EINEM HAUS IM NORDEN DER STADT.

Die Story stellte alle anderen Nachrichten in den Schatten. Kokain im Wert von fünf Millionen Dollar war auf einem Fischerboot beschlagnahmt worden, eine ungenannte Frau behauptete, ein Neffe der Kennedys habe sie vergewaltigt – drei Jahre bevor er in Palm Beach wegen Vergewaltigung angeklagt worden war –, und ein Repräsentant des Staates hatte Militärmaschinen für private Reisen benutzt: Der Rest des *Ledger*, der ja nur einmal wöchentlich erschien, befaßte sich fast ausschließlich mit dem jungen Mann, der, nachdem ihn ein Polizeitrupp umzingelt hatte, gefragt worden war: »Sind Sie Walter Dragonette?«, worauf er lakonisch erwidert hatte: »Nun, ich glaube, Sie wissen es.« – »Was wissen wir?« fragte ein Polizist und zielte mit dem Revolver auf die Brust des mutmaßlichen Täters. »Daß ich der Schlächter bin«, antwortete Dragonette. Er lächelte charmant. »Sonst müßte ich eine Menge unbezahlter Strafzettel für falsches Parken bekommen haben – bei dem Aufgebot.«

Die Reporter des *Ledger* hatten Erstaunliches geleistet. Sie hatten es geschafft, die Anfänge der Saga Walter Dragonette aufzuspüren, sein Vorleben und seine Taten, und alles nur etwa zwei Stunden später gedruckt unter die Leute gebracht. Die Reporter waren fleißig gewesen, aber Walter Dragonette nicht minder.

Dragonettes kleines weißes Haus in der North Twentieth Street, nur einen Block südlich vom Campus des Arkham College, lag inmitten eines ›Übergangsviertels‹, was bedeutete, daß es früher ausschließlich weiß gewesen, jetzt aber zu sechzig oder siebzig Prozent schwarz war. Darin wurzelten viele der späteren Schwierigkeiten. Dragonettes schwarze Nachbarn behaupteten, daß die Polizei nie eingeschritten und immer nur auf der Straße vorbeigefahren sei, wenn sie sich über den Lärm in dem kleinen weißen Haus beschwert hatten – über die Kampfgeräusche, die dumpfen Schläge und die Schreie spätnachts. Manchmal hatten die Polizisten sie sogar ausgelacht und gesagt, solche Geräusche kämen in ihrer Nachbarschaft schließlich öfter vor, nicht wahr? Wenn die Anruferin Ruhe wolle, solle sie doch versuchen, nach Riverwood umzuziehen. Dort draußen sei es immer schön ruhig. Wenn ein Mann angerufen hatte und hartnäckig geblieben war, hatte der Polizist, mit dem er telefonierte, mit einem langen, komischen Monolog geantwortet, der endete: »Und wie steht es mit dir, Rastus? Als du deinem lieben Frauchen eins auf den Schädel gegeben hast, hätten wir da auch hinstürzen und dir richtig einheizen sollen?« Rastus, in diesem Fall ein fünfundvierzigjähriger Englischlehrer namens Kenneth Johnson, hatte im Hintergrund gackerndes Gelächter gehört.

Wenn jemand seit drei oder vier Tagen vermißt war, machte sich die Polizei Notizen und füllte Formulare aus, lehnte es jedoch ab, weitere Maßnahmen zu ergreifen – der vermißte Sohn oder Bruder, der vermißte Ehemann (ganz besonders der vermißte Ehemann) würden früher oder später wieder auftauchen. Oder auch nicht. Was solle die Polizei denn tun? Jedes Haus nach einem Kerl durchsuchen, der beschlossen hatte, sich ohne lästigen Papierkram scheiden zu lassen?

Unter diesen Umständen hatten die Leute aus der Nachbarschaft nicht einmal daran gedacht, die Polizei anzurufen, um sich über das Gejaule von elektrischen Sägen und Drillbohrern zu beschweren, das manchmal aus dem kleinen weißen Haus drang, und auch nicht über den Geruch von verwesendem Fleisch und Exkrementen, der durch Wände und Fenster austrat wie der Schweiß aus den Poren.

Sie wußten wenig über den recht gutaussehenden jungen Mann, der das Haus mit seiner Mutter bewohnt hatte und jetzt allein darin lebte. Er war freundlich, er sah intelligent aus und ging im Anzug zur Arbeit. Er hatte ein scheues Lächeln, und seine Freundlichkeit war eher zurückhaltend. Die älteren Nachbarn hatten seine Mutter Florence Dragonette, die mehr als vierzig Jahre im Shady Mount Hospital gearbeitet hatte, gut gekannt und geschätzt.

Mrs. Dragonette, mit Anfang Dreißig verwitwet und von untadeligem Ruf, war mit einem winzigen Baby in das kleine weiße Haus eingezogen, als die North Twentieth Street beinahe so respektabel gewesen war wie sie selbst. Sie hatte ihren Sohn allein erzogen und es ihm ermöglicht, die höhere Schule zu besuchen. Florence und der Junge waren ein ruhiges, ordentliches Paar gewesen. Walter hatte nie viele Freunde gebraucht – oh, er geriet hin und wieder in diese oder jene kleine Schwierigkeit, aber bei weitem nicht so schlimm wie andere Jungen. Er war schüchtern und sensibel, und er war am liebsten allein. Wenn man sie in Huffs Restaurant traf, wo sie am Sonntag regelmäßig zu Abend aßen, konnte man beobachten, wie höflich er zu seiner Mutter war und wie freundlich, aber nicht plump vertraulich er die Kellner behandelte, einfach ein perfekter kleiner Gentleman. Florence Dragonette war vor drei Jahren im Schlaf gestorben, und Walter hatte sich selbst um alles gekümmert: den Arzt, den Sarg, die Grabstelle, den Trauergottesdienst. Man hatte erwartet, daß er völlig gebrochen sein würde, doch er hatte Kummer und Schmerz unterdrückt und dafür gesorgt, daß alles so wurde, wie sie es sich gewünscht hätte. Ein paar Nachbarn waren zur Beerdigung gekommen, es gehörte einfach zu einer guten Nachbarschaft, man brauchte keine Einladung, und da stand Walter, in einem adretten grauen Anzug, schüttelte Hände, lächelte sein scheues Lächeln und ließ nichts von seinem Leid nach außen dringen.

Danach war er ein bißchen lockerer geworden. Er ging abends aus und brachte Gäste mit nach Hause. Manchmal hörten die Nachbarn spätnachts laute Musik aus dem Haus – laute Musik und Gelächter, Kreischen, Schreien – Dinge, die zu Lebzeiten seiner Mutter nie zu hören gewesen waren.

»Oh, es tut mir wirklich leid«, sagte Walter am nächsten Tag, neben dem kleinen blauen Reliant stehend, den seine Mutter gefahren hatte; ungeduldig, weil er nicht zu spät zur Arbeit kommen wollte, aber auch höflich und verbindlich und mit leicht beschämtem Gesicht. »Mir war nicht klar, daß wir so laut waren, wissen Sie. Ich möchte ganz bestimmt niemanden stören.«

Ab und zu ließ er nachts seine Platten und den Fernseher ein bißchen zu laut laufen. Die Nachbarn rochen verwesendes Fleisch, kamen auf ihn zu, wenn er den Rasen spritzte, und sagten: »Haben Sie Rattengift ausgelegt, Walter? Es scheint, als seien unter Ihren Fußbodendielen ein oder zwei Ratten verendet.« Und Walter hielt den Schlauch sorgfältig von dem Nachbarn weg und sagte: »Himmel, tut mir wirklich leid wegen des Geruchs. Aber unser alter Gefrierschrank gibt immer wieder mal seinen Geist auf, und dann verrottet alles. Ich würde ja sofort einen neuen kaufen, aber dazu fehlt mir momentan das Geld.«

6

Walter Dragonettes Vorhänge waren nur zwei oder drei Zoll geöffnet, nur einen schmalen Spalt, normalerweise kaum erwähnenswert, aber ausreichend für zwei kleine Jungen, Akeem und Kwanza Johnson, kichernd und sich gegenseitig zur Seite schubsend, die Gesichter an die Scheibe zu pressen und hineinzuschauen.

Akeem und Kwanza, neun und sieben, wohnten Walter Dragonette gegenüber auf der anderen Straßenseite. Ihr Vater war Kenneth Johnson, der Englischlehrer, der achtzehn Monate vorher von einem Millhavener Polizisten ›Rastus‹ tituliert worden war. Das Haus der Johnsons hatte vier Schlafzimmer, eine Veranda und ein Obergeschoß. Mr. Johnson hatte ins Wohnzimmer eigenhändig bis unter die Decke reichende Regale eingebaut, die mit Büchern vollgestopft waren. Auch auf dem Couchtisch, auf den Nacht- und Beistelltischen, auf dem Boden und sogar auf dem Schwarzweißfernseher mit dem Dreißigzentimeterbildschirm – dem einzigen im Haus – lagen Bücher.

Akeem und Kwanza Johnson interessierten sich viel mehr fürs Fernsehen als für Bücher. Sie haßten das alte Schwarzweißgerät in ihrer Küche. Sie wollten, wie ihre Freunde, im

Wohnzimmer fernsehen – und zwar farbig auf einem großen Bildschirm. Akeem und Kwanza wären sogar mit einem Vierundfünfzig-Zentimeter-Bildschirm zufrieden gewesen, nur farbig sollte er sein, doch was sie sich wirklich wünschten, wovon sie träumten, war ein Bildschirm, ungefähr so groß wie die eichenen Bücherregale. Und sie wußten, daß der Nachbar gegenüber einen solchen Apparat besaß. Seit Jahren hörten sie, daß er sich spätnachts Horrorfilme reinzog, und sie wußten, daß Walters Fernseher einfach geil sein mußte. Walters Fernseher war sogar so fantastisch, daß ihr Vater zweimal die Polizei angerufen hatte, um sich zu beschweren. Walters Fernseher war so geil, daß man ihn über die Straße hören konnte.

In der Nacht vor dem Morgen, an dem Walter Dragonette fünfzehn bewaffnete Polizisten mit der Mitteilung empfing, er sei der Schlächter, war der neunjährige Akeem Johnson wach geworden und hatte schwach, aber unverkennbar die Geräusche eines Horrorfilms aus den Lautsprechern des wunderbaren Fernsehens gegenüber gehört. Sein Vater erlaubte ihm nie, in Horrorfilme zu gehen, auch zu Hause im Fernsehen durfte er sich keinen anschauen, aber bei einem Freund hatte Akeem Videobänder mit Jason in der Hockeymaske und Freddy Krueger mit seinem Hut gesehen, und er wußte genau, wie Horrorfilme sich anhörten. Gegen das, was er jetzt hörte, so leise und schwach es auch war, waren Jason und Freddy aber die reinsten Schlaffis. Es mußte einer jener Filme sein, die er gehört, aber nie gesehen hatte, wie *Tanz der Teufel* oder *Blutgericht in Texas,* in denen Menschen gejagt und zerhackt wurden, Mann, direkt vor deinen Augen. Akeem hörte einen Mann heulen wie einen Hund, schluchzen wie eine Frau, brüllen, kreischen, wimmern …

Er stieg aus dem Bett, ging zum Fenster und schaute über die Straße. Anstatt fest geschlossen zu sein wie sonst auch, standen Walters Vorhänge einen Spalt offen, und gelbes Licht fiel ins Freie. Wenn ich mich jetzt hinausschleiche, dachte Akeem, kann ich, unter Walters Fenster kauernd, zu ihm hineinspähen und mir den Film ansehen, der bei ihm läuft. Auf dem großen Fernsehschirm. Ihm war aber klar, daß er das nicht tun würde. Er konnte jedoch abwarten, bis

Walter am nächsten Morgen das Haus verließ, dann hinübergehen und durch das Fenster hineinlinsen, um wenigstens zu sehen, ob Walters Fernseher tatsächlich so war, wie er klang.

Nun war von jenseits der Straße nichts mehr zu hören, anscheinend war der Film zu einer dieser langweiligen Stellen gekommen, die immer auf die aufregenden folgten.

Am Morgen ging Akeem in die Küche hinunter, schüttete Milch über seine Kakaoflocken und setzte sich so an den Küchentisch, daß er Walters Haus durch das Fenster im Auge behalten konnte. Etwa zehn Minuten später schlurfte sein kleiner Bruder herein, rieb sich die Augen und jammerte, er habe einen schlimmen Traum gehabt. Nachdem Akeem ihm gesagt hatte, was er tat, holte Kwanza sich seinen Frühstücksbrei und setzte sich neben ihn. Gemeinsam beobachteten sie das Haus auf der anderen Straßenseite wie zwei Einbrecher.

Kurz nach sieben stürmte Walter aus der Haustür. Er trug ein weißes T-Shirt und Jeans und würde daher wohl bald zurückkommen, weil er sich umziehen mußte, ehe er zur Arbeit ging. Er hastete durch seinen Vorgarten, schaute sich, als er den Wagen aufschloß, nach allen Seiten um, stieg ein und brauste davon.

»Okay?« fragte Akeem.

»Ja«, sagte sein Bruder.

Sie rutschten von den Stühlen, gingen zur Haustür, Akeem schloß leise auf, und sie traten ins Freie. Vorsichtig zog Akeem die Tür wieder zu, ohne sie jedoch ganz zu schließen. Sie tappten über den Rasen vor ihrem Haus. Der Tau klebte Grashalme an ihre nackten Füße. Sie fühlten sich komisch und irgendwie schutzlos, als sie Walters Vorgarten betraten und geduckt zu seinem Fenster liefen. Akeem war als erster da, aber Kwanza stieß ihn beiseite wie ein kleiner Ziegenbock, bevor er sich noch richtig umsehen konnte.

»Du wartest«, sagte Akeem. »Das war meine Idee.«

»Ich auch, ich möchte auch schaun«, jammerte Kwanza und pflanzte sich vor ihm auf, als er das Gesicht wieder an den nicht verhängten Glasstreifen preßte. Beide Jungen spähten hinein, um den riesigen Fernseher zu sehen.

Zuerst sah es so aus, als habe Walter sein Wohnzimmer frisch gestrichen. Die meisten Möbel waren an die Wand am entgegengesetzten Ende des Zimmers geschoben worden, und Zeitungen bedeckten den Boden. »Akeem«, sagte Kwanza.

»Wo ist das Ding bloß?« sagte Akeem. »Ich weiß, daß es da ist. Das gibt's ja gar nicht, daß es nicht da ist.«

»Akeem«, sagte Kwanza wieder im selben Ton.

Akeem schaute auf den Boden, wohin sein Bruder zeigte, und jetzt sah auch er den Leichnam eines großen, schweren Schwarzen, der ausgestreckt in einem Brei aus blutigen Zeitungen lag. Der Kopf des Mannes lag etwa einen Meter entfernt auf der Seite, so daß es so aussah, als denke er über das zerbrochene Blatt der Bügelsäge nach, das zur Hälfte in dem steckte, was einmal die linke Schulter des Mannes gewesen war. Der breite Rücken, ungefähr von der Farbe der Kakaoflocken, die sich auf dem Küchentisch der Johnsons allmählich in Suppe auflösten, starrte zu ihnen herauf. Er wies zahlreiche tiefe Schnitte auf, und ganze Hautstücke waren ihm abgezogen worden und hatten horizontale offene rote Stellen hinterlassen.

Ein paar Häuser weiter startete ein Wagen, und die beiden Jungen schrien auf, weil sie glaubten, Walter sei zurückgekommen und habe sie ertappt. Akeem war der erste, der sich wieder bewegen konnte, er trat zurück, legte seinem Bruder den Arm um die Taille und zog ihn von Walters Haus fort.

»Akeem«, sagte Kwanza, »es war kein Film.«

Zu geschockt und zu verängstigt, um zu antworten, schnitt Akeem nur eine Grimasse und gab ihm durch Gesten zu verstehen, er solle nach Hause laufen, sofort. »Verdammt!« sagte Kwanza und sprintete davon wie ein Eselhase. Sekunden später rannten sie über den eigenen Rasen zu ihrer Haustür.

Akeem riß die Tür auf, und die Jungen taumelten ins Haus.

»Es war kein Film nicht«, sagte Kwanza. »Es war kein ...« Akeem lief die Treppe hinauf zum Elternschlafzimmer.

Er weckte den Vater, indem er ihn an der Schulter rüttelte, und plapperte etwas über einen toten Mann ohne Kopf, der im Haus gegenüber lag, einen ganz toten Mann, dem der Kopf abgeschnitten worden war, dem alles abgeschnitten worden war, mit Unmengen von Blut überall …

Kenneth Johnson sagte seiner Frau, sie solle aufhören, das Kind anzuschreien. »Du hast in dem Haus gegenüber einen toten Mann gesehen? Im Haus von Mr. Dragonette?«

Akeem nickte. Er hatte angefangen zu weinen, und jetzt kam auch sein Bruder ins Schlafzimmer und bezeugte, was er Erstaunliches gesehen hatte.

»Und du hast es wirklich gesehen?«

Kwanza nickte. »Es war kein Film.«

Die Mutter packte Akeem und zog ihn an sich. Sie sah ihren Mann warnend an.

»Keine Sorge, ich geh nicht hinüber«, sagte er. »Ich rufe die Polizei an. Wollen sehen, was diesmal passiert.«

Ungefähr zehn Minuten später fuhren zwei Polizisten in einem Streifenwagen vor. Einer marschierte zum Haus der Johnsons und klingelte, der andere schlenderte über Walters Rasen und spähte durch den Spalt im Vorhang. In dem Moment, in dem Kenneth Johnson die Tür öffnete, trat der andere Polizist vom Fenster zurück. Er sah aus wie betäubt. »Ich denke, Ihr Freund möchte, daß Sie zu ihm hinüberkommen«, sagte Johnson zu dem Mann auf seiner Schwelle.

Nach etwa zwanzig weiteren Minuten hatten sich sechs zivile Polizeifahrzeuge unauffällig in der Straße verteilt. Der erste schwarzweiße Streifenwagen und ein zweiter, der später gekommen war, parkten um die Ecke an beiden Enden des Blocks. Während sie alle warteten, redete im Wohnzimmer eine junge Polizistin mit sanfter Stimme mit Kwanza und Akeem. Die ganze Familie saß auf der Couch, und Kenneth Johnson und seine Frau hatten ihre Jungen in die Mitte genommen.

»Ihr habt auch schon früher aus Dragonettes Haus laute Geräusche und Lärm gehört?«

Kwanza und Akeem nickten, und ihr Vater sagte: »Wir alle haben den Lärm gehört. Ich habe auch ein paarmal bei der Polizei angerufen, um mich zu beschweren. Werden solche Beschwerden denn nicht protokolliert?«

Sie lächelte ihn an und sagte besänftigend: »Um der Sache

Gerechtigkeit widerfahren zu lassen, Mr. Johnson, die Situation, vor der wir jetzt stehen, ist doch viel ernster als eine laute Auseinandersetzung.«

Johnson runzelte die Stirn, bis ihr Lächeln erlosch. »Ich weiß es nicht sicher, aber ich bin bereit zu wetten, daß Walter es selten bei einer reinen Auseinandersetzung bewenden ließ.«

Die Polizistin brauchte einen Moment, ehe sie begriff, was er mit seiner Bemerkung meinte. Als sie verstanden hatte, schüttelte sie den Kopf »Wir sind hier in Millhaven, Mr. Johnson.«

»Es scheint so.« Er unterbrach sich und dachte kurz nach. »Wissen Sie, ich frage mich, ob der Kerl da drüben überhaupt einen Gefrierschrank besitzt.«

Diese völlig unzusammenhängende Bemerkung war für die junge Frau zuviel. Sie hatte bisher vor den beiden Jungen gekniet und stand jetzt auf, strich Kwanza über den Kopf, klappte ihr Notizbuch zu und schob ihren Kugelschreiber in die Tasche.

»Ich kann mir nicht helfen, aber Sie und Ihre Leute tun mir leid«, sagte Johnson.

»Wir sind hier in Millhaven«, wiederholte sie. »Wenn Sie gestatten, möchte ich zu bedenken geben, daß Ihre beiden Jungs für einen Tag genug durchgemacht haben. In solchen Situationen ist es immer gut, fachmännischen Rat einzuholen, und ich kann Ihnen ein paar Namen von ...«

»Mein Gott!« sagte Johnson. »Sie verstehen noch immer nicht.«

»Ich danke Ihnen für Ihre Unterstützung«, sagte die Polizistin und stellte sich ans Wohnzimmerfenster, um auf Walter Dragonette zu warten.

7

Anderthalb Stunden, bevor Walter Dragonette an seinem Schreibtisch in der Buchhaltung erwartet wurde, tauchte der alte blaue Reliant am Ende des Blocks auf. Andere Wagen an beiden Enden der Straße kamen im Rückwärtsgang aus Zufahrten und lösten sich vom Bordstein. Die lauernden Streifenwagen bogen in die Straße ein und näherten sich langsam dem weißen Haus in der Mitte des Blocks. Walter Dragonette fuhr unbekümmert seine Straße entlang und hielt vor seinem Haus. Er öffnete die Tür und stellte einen Fuß auf den Asphalt.

Die beiden Streifenwagen beschleunigten mit quietschenden Reifen und stellten sich quer, um die Straße zu blockieren. Die zivilen Fahrzeuge rasten auf den Reliant zu, und im Handumdrehen wimmelte es auf der Straße von Polizisten, die ihre Waffen im Anschlag und den jungen Mann im Visier hatten, der aus seinem Auto stieg.

Kenneth Johnson, der mir die Szene später schilderte und auch nicht ausließ, was seine Kinder angestellt hatten, so daß die Polizei von Millhaven dermaßen in Aufruhr geraten war, sagte mir später, daß Walter Dragonette, als er aus seinem Wagen stieg und die Cops mit den Schußwaffen sah, ein undurchdringliches Lächeln aufsetzte.

Die Polizisten befahlen ihm, von seinem Wagen zurückzutreten, und er gehorchte vergnügt. Sie sprachen mit ihm, und er sagte ihnen, daß er der Schlächter sei. Ja, selbstverständlich begleite er sie ins Revier. Aber natürlich stelle er die Papiertüte ab, die er in der Hand hatte. Was in der Tüte sei? Nun, das Blatt für die Bügelsäge, das er eben gekauft hatte, sonst nichts. Paul Fontaine, der noch nicht wußte, was mit April Ransom passiert war, seit er und John Ransom um halb sechs Uhr morgens das Krankenhaus verlassen hatten, nahm eine Karte aus der Tasche und las Dragonette seine Rechte vor, wie im Miranda-Urteil festgelegt. Walter Dragonette nickte eifrig, ja, er habe alles verstanden. Er wollte einen Anwalt, sicherlich, aber es machte ihm nichts aus, jetzt zu reden. Es sei höchste Zeit zu reden, meine der Detective das nicht auch?

Und ob Detective Fontaine das meinte! Und würde Mr. Dragonette der Polizei gestatten, sein Haus zu durchsuchen?

Der Schlächter wandte den Blick von Detective Fontaines interessiertem Gesicht ab, lächelte und nickte Akeem und Kwanza zu, die aus ihrem Wohnzimmerfenster schauten. »Oh – auf jeden Fall – ich meine, Sie sollten sich drin umsehen, das sollten Sie wirklich.« Dann kehrte sein Blick zu Detective Fontaine zurück. »Sind Sie auch auf das vorbereitet, was Sie finden werden?«

»Und was werden wir finden, Mr. Dragonette?« fragte Sergeant Hogan.

»Meine Leute«, sagte der Schlächter. »Warum wären Sie denn sonst hier?«

»Von welchen Leuten sprechen Sie, Walter?« fragte Hogan.

»Wenn Sie nichts von meinen Leuten wissen ...« Er leckte sich die Lippen und blickte über die Schulter zurück, um das kleine weiße Haus zu betrachten. »Wenn Sie nichts von ihnen wissen, was wollen Sie dann hier?« Seine Augen schweiften von Fontaine zu Hogan und wieder zurück. Sie blieben stumm. Er legte die Hand auf den Mund und kicherte. »Also derjenige, der mein Haus betritt, muß sich auf eine kleine Überraschung gefaßt machen.«

8

Ich hörte nicht, daß die Kellnerin den Teller vor mich hinstellte. Nach einer Weile fiel mir auf, daß ich Speck roch, und sah neben meinem rechten Unterarm, der auf dem Tisch lag, das Frühstück dampfen. Ich schob die Zeitung ein bißchen zur Seite, stellte den Teller vor mich hin und aß, während ich las, was die ersten Polizisten, die in Walter Dragonettes Haus gingen, dort fanden.

Der erste war natürlich Alfonzo Dakins, an dessen Schultergelenk Walters Sägeblatt abgebrochen war, so daß er schon am frühen Morgen in einer Eisenwarenhandlung ein neues besorgen mußte. Alfonzo Dakins hatte Walter Dragonette in The Roost, einer Schwulenbar, kennengelernt, ihn nach Hause begleitet, ein Bier getrunken, dem eine anständige Dosis Halcion beigemischt war, hatte für eine Aktaufnahme mit der Polaroidkamera posiert und das Bewußtsein verloren. Als er wieder einigermaßen zu sich gekommen war, hatten Walters Hände um seinen Hals gelegen. Der Kampf, der dieser Entdeckung folgte, hatte Akeem Johnson geweckt.

Wäre Dakins nicht von Halcion und Alkohol benebelt gewesen, hätte er den kleineren Dragonette mühelos umbringen können, aber Walter schlug ihm eine Bierflasche auf den Schädel und legte ihm Handschellen an, als er noch nicht wieder ganz bei sich war.

Brüllend hatte Dakins sich mit vor dem Körper gefesselten Händen aufgerappelt, und Dragonette hatte ihn ein paarmal in den Rücken gestochen, um ihn ruhigzustellen. Dann stach er ihn in den Nacken. Dakins jagte ihn trotzdem in die Küche, und dort schnappte Dragonette sich eine große Eisenpfanne und schlug sie ihm auf den Kopf. Dakins fiel auf die Knie, und Dragonette hieb ihm mit der Eisenpfanne auf die Schläfe und schaltete ihn dadurch gründlicher aus als beim erstenmal.

Er breitete alte Zeitungen auf dem Wohnzimmerboden aus und zerrte Dakins aus der Küche. Er schob noch drei Schichten Papier unter Dakins Körper, zog ihm dann Hose, Unterwäsche, Schuhe und Socken aus, setzte sich rittlings auf seine Brust und würgte ihn, bis er tot war.

Er hatte Dakins noch einmal fotografiert.

Dann ›bestrafte‹ er Dakins, weil er ihm so viel überflüssige Mühe bereitet hatte, und stach ihn ungefähr ein halbes dutzendmal in den Rücken. Als er fand, Dakins sei nun genug bestraft, hatte er mit der Leiche analen Geschlechtsverkehr. Hinterher ging er in die Küche, holte die Bügelsäge und sägte Dakins den großen Kopf ab, der rund war wie eine Bowlingkugel. Und dann war das Sägeblatt abgebrochen.

Im obersten Fach von Dragonettes Kühlschrank entdeckte die Polizei noch vier abgesägte Köpfe, zwei von männlichen Schwarzen, einen von einem Weißen und einen von einem weißen Mädchen zwischen dreizehn und fünfzehn. Das zweite Fach enthielt eine noch nicht geöffnete Packung Brot, ein halbes Pfund Hackfleisch in einer Supermarktpackung, eine Plastiktube französischen Senf und eine Sechserpackung Pforzheimer Bier. Im dritten Fach standen zwei verschlossene Krüge, die jeweils zwei abgetrennte Penisse enthielten, ein menschliches Herz auf einem weißen Porzellanteller und eine menschliche Leber in Plastikfolie. Im Gemüsefach auf der rechten Seite lagen ein faulender Kopf Eissalat, ein offener Beutel mit Karotten und drei verschrumpelte Tomaten. Im linken Frischhaltefach fand die Polizei zwei menschliche Hände, eine davon teilweise skelettiert.

Menschliche Hand auf der Speisekarte von Les Viandes ...

Im Dielenschrank lagen neben zwei Filzhüten, einer grau, der andere braun, drei völlig skelettierte Schädel. Zwei Mäntel, braun und grau, ein rotblaues Jackett und eine braune Lederjacke hingen auf Bügeln; unter den beiden Jacken stand eine siebenundsechzig Gallonen fassende Metalltonne; sie enthielt eine dunkle Flüssigkeit, in der drei kopflose Torsos schwammen; anfangs glaubte man, es handle sich bei der Flüssigkeit um Säure, es stellte sich jedoch heraus, daß es gewöhnliches Leitungswasser war. Neben der Tonne standen eine Sprühflasche Lysol und zwei Flaschen mit Flüssigbleiche. Nachdem man die große Tonne aus dem Schrank geholt hatte, entdeckte man dahinter eine kleinere. Darin zwei Penisse, fünf Hände und einen Fuß. Die Analyse der Flüssigkeit ergab, daß es sich auch hier um Leitungswasser handelte, allerdings vermischt mit Wodka, Massagealkohol und der Marinade von Mixed Pickles.

Auf einem langen Bord im Wohnzimmer dienten zwei Schädel als Buchstützen und eine Reihe anderer als Dekoration – sie waren mit peinlicher Sorgfalt gesäubert und grau lackiert worden, so daß sie künstlich aussahen, wie Halloween-Scherzartikel. (Die Bücher zwischen den beiden Schädeln waren überwiegend Koch- und Benimm-Bücher, die Florence Dragonette gehört hatten.)

An einer Wand des Wohnzimmers stand eine lange Tiefkühltruhe, die hervorragend arbeitete. Als die Polizisten sie öffneten, entdeckten sie weitere sechs Köpfe, drei männliche und drei weibliche, alle in großen Gefrierbeuteln, zwei Paar Männerbeine ohne Füße, einen Gefrierbeutel mit Eingeweiden und einem Aufkleber, auf dem STUDIEREN stand, eine Menge Mixed Pickles ohne Marinade in einer braunen Papiertüte, zwei Pfund Hackfleisch, die Hand eines Mädchens unter dreizehn, an der drei Finger fehlten. Links neben der Gefriertruhe lagen ein elektrischer Bohrer, eine elektrische Säge, eine Schachtel mit Backpulver und ein Tranchiermesser aus rostfreiem Stahl.

Ein brauner Umschlag auf einer Kommode im Schlafzimmer enthielt ein paar hundert Polaroidfotos von Leibern vor dem Tod, nach dem Tod, nach der Verstümmelung. Hinter dem Haus fand die Polizei mehrere Plastiksäcke mit Knochen und verwesendem Fleisch. Ein Polizist nannte Dragonettes Hinterhof einen Abfallhaufen. Im hohen Gras lagen Knochen und Knochenstücke, zerrissene Kleider, alte Zeitschriften, mehrere Brillen, ein Teil einer Oberkieferprothese und zerbrochenes elektrisches Gerät.

Die ursprüngliche Schätzung der ermittelnden Beamten belief sich auf mindestens neunzehn Menschen, und vermutlich die Überreste von weiteren fünf Menschen waren in Dragonettes Haus gefunden worden. Ein Reporter der Associated Press stellte fest, was offensichtlich war: daß der Fall Dragonette, der Fall des Schlächters, zu den furchtbarsten Fällen von Massenmord in der amerikanischen Geschichte gehörte; zum Beweis erstellte er eine Liste einiger der bisher schlimmsten Massenmorde:

Um 1980: etwa fünfzig ermordete Frauen, die meisten davon Prostituierte, aufgefunden in der Nähe von Green River im Gebiet Seattle-Tacoma.

1978: die Leichen von dreiunddreißig jungen Männern und Knaben, gefunden im Haus von Wayne Gacy in einer Vorstadt von Chikago.

Um 1970: sechsundzwanzig gefolterte und ermordete Jugendliche, entdeckt in der Umgebung von Houston, und Elmer Wayne Henley wegen sechs dieser Fälle verurteilt.

1971: die Leichen von fünfundzwanzig Farmarbeitern, getötet von Juan Corona, entdeckt in Kalifornien.

Der Reporter führte weiterhin an: James Huberty, der in einem McDonald's Restaurant sechsundzwanzig Menschen ermordet hatte; Charles Whitman, der in Texas aus dem Hinterhalt von einem Turm herunter sechzehn Menschen erschossen hatte; George Banks, den zwölffachen Mörder aus Pennsylvania; und mehrere andere, darunter Howard Unruh aus Camden, New Jersey, der 1948 in einem Zeitraum von zwölf Minuten dreizehn Menschen erschossen und gesagt hatte: »Ich hätte tausend erschossen, hätte ich nur genug Patronen gehabt.« In der Hitze seiner Recherchen vergaß der Reporter Ted Bundy und Henry Lee Lucas, die jeder mehr Menschen auf dem Gewissen hatten als alle anderen zusammen; und es ist möglich, daß er nie von Ed Gain gehört hatte, mit dem Walter Dragonette so manches gemein hatte, obwohl er Walter ganz bestimmt völlig unbekannt war.

Ein College-Professor aus Boston, der ein Buch über Massen- und Serienmörder geschrieben hatte, sagte der Redaktion des *Ledger* – vermutlich über Telefon –, daß Serienmörder ›dazu neigten, entweder systematisch oder unsystematisch vorzugehen‹, und daß Walter Dragonette für ihn ›ein perfektes Beispiel des unsystematischen Täters sei‹. Serientäter, die nicht nach System vorgingen, sagte der Professor, handelten impulsiv, seien meist weiße Einzelgänger in den Dreißigern, Fabrikarbeiter mit einer Reihe unglücklicher Beziehungen. (Im Gegensatz dazu hatte Walter Dragonette eine gute Stellung im Büro und sein Leben lang eine überaus glückliche Beziehung gehabt – die zu seiner Mutter.) Unsystematische Serientäter bewahrten die Beweise gern im Haus auf. Sie waren leichter zu fassen als systematisch handelnde Mörder, die sich ihre Opfer sorgfältig aussuchten und ihre Spuren vermischten.

Und wie, fragte der *Ledger*, konnte jemand tun, was Walter Dragonette getan hatte? Wie konnte Lizzy Borden es getan haben? Wie Jack the Ripper? Und wie, denn die Reporter des *Ledger* erinnerten sich an seinen Namen, konnte Ed Gain die Leichen so vieler Frauen aus ihren Gräbern geholt und ihnen die Haut abgezogen haben? Wenn der Professor in Boston diese Frage nicht beantworten könne – denn war sie nicht die wesentlichste? –, dann brauche der *Ledger* mehr Experten. Er hatte keine Schwierigkeiten, sie zu finden.

Ein Psychologe aus der staatlichen Nervenheilanstalt in Chikago erklärte, ›keiner dieser Leute kann hinterher geistig wieder gesunden‹, und sie zerstückelten die Leichen ihrer Opfer, um zu verbergen, was sie getan hatten. Er gab der ›Gewaltpornographie‹ die Schuld für ihre Taten.

Ein Kriminologe aus San Francisco, der in einem Buch ›Wahre Kriminalgeschichten‹ über einen Serienmörder in

Kalifornien geschrieben hatte, sagte, die Anonymität des modernen Lebens sei schuld. Ein Pfarrer aus Millhaven beklagte den Verlust der traditionellen religiösen Werte, und ein Soziologe an der Universität von Chikago beschuldigte die Auflösung der traditionellen Familie. Der ärztliche Direktor des Lakeshore Psychiatric Hospital teilte dem *Ledger* mit, daß Serienmörder ›Sex und Aggression verwechselten‹. Der Leiter eines Sonderdezernats der New Yorker Kriminalpolizei beschuldigte die lockere Moral, die Homosexualität und ›Perversion im allgemeinen‹ kritiklos zu dulden. Einige gaben den Sonnenflecken die Schuld, und jemand meinte ›das Klima wirtschaftlicher Hoffnungslosigkeit überall um uns herum‹ sei dafür verantwortlich zu machen.

Eine Frau, die, ihr zweijähriges Töchterchen auf den Schultern, inmitten der Menge stand, die sich bereits vor dem weißen Haus in der North Twentieth Street versammelt hatte, war der Meinung, Dragonette habe es getan, weil er berühmt werden wollte, und wie man sehe, gehe sein Plan auch auf. »Nehmen Sie mich, zum Beispiel. Ich bin auch hergekommen, nicht wahr? Hier, genau hier, wird Geschichte gemacht. In sechs Monaten wird alles, was man hier vor sich sieht, in Kanal 2 zu einer Miniserie verarbeitet werden.«

Das waren die Antworten, die der *Ledger* auf die Frage bekam, wie es möglich war, daß jemand Dinge tat wie die, zu denen Walter Dragonette sich bekannt hatte.

In einem Artikel wurde behauptet, ›die Augen der Welt von Akron bis Australien, von Boise bis Britannien, von Cleveland bis Kanton‹ ruhten auf einem ›kleinen weißen Haus in Millhaven‹. Die Nachbarn redeten mit Reportern von der BBC und Reporterteams von drei Sendern. Einen Reporter aus Philadelphia hörte man einen Bewohner der North Twentieth Street bitten, den – wie er es nannte – ›Geruch des Todes‹ zu beschreiben. Und so lautete die Antwort, niedergeschrieben von zwei Reportern: »Ein widerlicher Gestank, richtig widerlich.«

In einem anderen Artikel wurde berichtet, daß im Staat Illinois 961 Männer, Frauen und Kinder vermißt würden. Ein Sprecher des FBI sagte, wenn man über Einundzwanzig sei, habe man das Recht, vermißt zu werden.

Am Arkham College warnte man die Studenten vor Verbrechen auf dem Campus, obwohl die Studenten, wenn sie befragt wurden, nicht um ihre Sicherheit besorgt waren. »Es ist einfach zu abwegig, um sich darüber den Kopf zu zerbrechen«, sagte Shelley Manigan aus Ladysmith, Wisconsin. »Für mich ist es viel furchterregender, an die Stellung der Frauen in der Gesellschaft zu denken, als daran, was ein verrückter Weißer in seinem Haus anstellt.«

Der *Ledger* berichtete, Walter Dragonette habe in der High-School keine Freunde gehabt, und seine Noten hätten zwischen eins und sechs geschwankt. Mitschüler erinnerten sich, daß er einen schwarzen Humor gehabt hatte. Die *Blaue-Rose*-Morde hatten ihn fasziniert, und er hatte sich einmal unter dem Namen Blaue Rose um das Amt des Klassenschatzmeisters beworben, in der ganzen Schule aber nur zwei Stimmen bekommen. In der sechsten Klasse hatte er auf der Straße und auf leeren Grundstücken die Kadaver kleiner Tiere gesammelt und mit ihnen experimentiert, indem er sie skelettierte. In der achten Klasse hatte er heimlich eine mit Plüsch ausgefütterte Zigarrenkiste ausgestellt, die etwas enthielt, von dem er behauptete, es sei die skelettierte Hand eines fünfjährigen Jungen. Diejenigen, die das Ausstellungsstück gesehen hatten, erklärten später, es sei die Hand eines Affen gewesen. Mehrere Tage lang hatte er vorgegeben, blind zu sein, war mit dunkler Brille und weißem Blindenstock in die Schule gekommen, und einmal war es ihm fast gelungen, seinem Klassenlehrer einzureden, er leide an Gedächtnisschwund. Zweimal während der Zeit, in der er die Carl Sandburg High-School besuchte, hatte Dragonette in der Turnhalle mit Kreide die Umrisse von Körpern auf den Fußboden gemalt. Zu Detective Fontaine und Sergeant Hogan sagte er, daß es die Umrisse von Menschen gewesen seien, die er tatsächlich getötet hatte – getötet, als er noch in die Schule ging.

Denn Dragonette behauptete, er habe 1979 ein kleines Kind namens Wesley Drum ermordet, nachdem er es auf einem unbebauten Grundstück sexuell mißbraucht hatte. Er sagte auch, daß er in seinem ersten Jahr an der Carl Sandburg High-School, in dem Jahr, in dem er sich unter dem Namen Blaue Rose um das Amt des Schatzmeisters bewarb, eine Frau umbrachte, die ihn im Auto mitgenommen hatte – er habe sie mit einem Messer aus Armeebeständen erstochen, als sie an einer Ampel warten mußte. An ihren Namen konnte er sich nicht erinnern, doch er wußte noch, daß er sie in die Brust gestochen und dann noch zweimal zugestochen hatte, während sie allmählich begriff, was mit ihr geschah. Er hatte sich ihre Tasche geschnappt und war, als die Ampel Grün zeigte, aus dem Wagen gesprungen. Er bedauerte, die Tasche der Dame gestohlen zu haben, und wollte, daß alle Welt erfuhr, wie glücklich er wäre, der Familie die $ 14,78 zurückzugeben, die in der Geldbörse gewesen waren, wenn ihm nur jemand Namen und Adresse geben würde.

Beide Geschichten paßten zu unaufgeklärten Morden in Millhaven. Der fünfjährige Wesley Drum war 1979 tot und verstümmelt (aber noch mit beiden Händen) auf einem leeren Grundstück hinter dem Arkham College aufgefunden worden, und 1980, als Walter Dragonette fünfzehn wurde, hatte man Annette Bulmer, vierunddreißig Jahre alt und Mutter von zwei Kindern, mit zahlreichen tiefen Stichwunden sterbend aus einem Auto geholt, das an der Kreuzung Twelfth Street und Arkham Boulevard stehengeblieben war.

Dragonette ›unterstützte‹ – wie der *Ledger* es nannte – die Polizei bereitwillig bei der Aufklärung mehrerer Fälle aus jüngster Vergangenheit.

Ich las die Zeitung von vorn bis hinten durch, während ich frühstückte, und mir war klar, daß ich jetzt frei war, zu tun und zu lassen, was ich wollte. April Ransom war auf dem Weg der Besserung, und ihr Angreifer geständig und verhaftet. Ein krankes kleines Monster, das sich selbst ›der Schlächter‹ nannte, hatte seinen eigenen Amüsements (oder was immer es war, wenn man Leute umbrachte und Sex mit ihren Leichen hatte) lange genug entsagt, um die *Blaue-Rose*-Morde nachzuspielen. Kein pensionierter Soldat in den Sechzigern patrouillierte, aus Korea und Deutschland zurückgekehrt, durch die Livermore Street auf der Suche nach neuen Opfern. Keines Mörders Rosensträucher blühten im Hinterhof eines gepflegten kleinen Hauses in Pigtown. Die Vergangenheit war noch immer mit meiner Familie auf dem Pine-Knoll-Friedhof begraben.

Ich faltete die Zeitung zusammen und winkte der Kellnerin. Als sie an meinen Tisch kam, sagte ich ihr, ich verstünde jetzt, warum es ihr schwergefallen sei, sich heute morgen auf ihre Arbeit zu konzentrieren.

»Nun ja«, sagte sie, freundlicher werdend, »so etwas gibt es nicht in Millhaven – darf es einfach nicht geben.«

9

Der Anrufbeantworter meldete sich, als ich Ransom aus der Halle des St. Alwyn anrief. Entweder schlief er noch, oder er war schon wieder im Krankenhaus.

Ich ging zum Pontiac zurück, drehte auf der Livermore Avenue um und fuhr durch den Tunnel zum Shady Mount.

Weil ich nicht von einer Parkuhr abhängig sein wollte, bog ich in eine Seitenstraße an der Ostseite der Berlin Avenue ein und parkte vor einem kleinen Klinkerhaus. Aus einem der oberen Fenster hing eine große Fahne, und eine riesige gelbe Seidenschleife schmückte die Haustür. Ich überquerte die leere Straße und überlegte, ob April Ransom wohl schon die Augen aufgemacht und gefragt hatte, was mit ihr passiert sei.

Es war, das wurde mir klar, mein letzter Nachmittag in Millhaven.

Als ich die Tür des Besuchereingangs öffnete, fragte ich mich flüchtig, was für einen Titel ich meinem noch unfertigen Buch geben sollte; und dann, zum erstenmal nach einer langen Zeit der Dürre, wurde das Buch in mit lebendig – ich wollte ein Kapitel über Charlie Carpenters Kindheit schreiben. Es würde eine lange Reise durch die Hölle werden. Zum erstenmal seit Monaten sah ich meine Protagonisten in Farbe und dreidimensional, atmeten sie stickige Stadtluft und strebten nach Dingen, die sie ihrer Ansicht nach brauchten.

Diese Fantasien beschäftigten mich auf sehr angenehme Weise, während ich auf den Aufzug wartete und dann nach oben fuhr. Ich bemerkte die beiden Polizisten kaum, die hinter mir eingestiegen waren. Die Funkgeräte an ihren Gürteln knackten und knisterten während der Fahrt und als wir im dritten Stock gemeinsam ausstiegen. Es war, als begleite mich eine Eskorte. Gedrungen wie zwei Clydesdale-Pferde, überholten mich die beiden Polizisten und bogen bei der Schwesternstation um die Ecke.

Ich war nur ein paar Sekunden hinter ihnen. Bei der Schwesternstation wandten sich die Polizisten nach rechts und drängten sich durch eine erstaunlich große Menschenansammlung zu April Ransoms Zimmer durch. Uniformierte Polizisten, Kriminalbeamte und ein paar Leute, die wie ganz gewöhnliche Zivilisten aussahen, verstopften den Gang zwischen Schwesternstation und Mrs. Ransoms Zimmer. Die Szene erinnerte mich unangenehm an das Foto von Walter Dragonettes Vorgarten. All diese Männer schienen, in kleine Gruppen aufgeteilt, miteinander zu reden. Und über allen hing ein Nebel aus Erschöpfung und Frustration, so deutlich spürbar wie Zigarrenrauch.

Ein oder zwei Cops musterten mich, als ich näher kam. Officer Mangelotti saß in einem Rollstuhl hinter dem Tresen. Er trug einen weißen Kopfverband, der über dem Ohr rot verfärbt war. Vor dem Rollstuhl kniete ein Mann mit mönchischem Haaransatz und redete leise auf Mangelotti ein, der plötzlich aufsah und mich entdeckte. Der Mann vor ihm stand auf, drehte sich um und zeigte mir sein schlaffes Clownsgesicht mit der langen Nase. Es war Detective Paul Fontaine.

Er verzog das Gesicht zu einem kummervollen Lächeln. »Jemand möchte Sie gern kennenlernen«, sagte er. Unter seinen Augen hingen dunkle Tränensäcke.

Ein fast zwei Meter zehn großer uniformierter Polizist kam aus dem Gang, der zu April Ransoms Zimmer führte, auf mich zu. »Sir, falls Sie nicht zum medizinischen Personal dieses Krankenhauses gehören, dürfen Sie sich nicht hier aufhalten.« Er scheuchte mich fort und hinderte mich durch seine Größe daran zu sehen, was hinter ihm los war. »Sie müssen gehen – auf der Stelle!«

»Lassen Sie ihn in Ruhe, Sonny«, sagte Fontaine.

Der riesenhafte Cop drehte sich um, um sich zu überzeugen, ob er richtig gehört hatte. Es war, als beobachte man einen großen blauen Baum, der sich bewegte. Hinter ihm schoben zwei Männer aus einem der Zimmer eine fahrbare Bahre um die Ecke. Auf der Bahre lag eine mit einem weißen Laken zugedeckte Gestalt. Drei andere Polizisten, zwei Männer in weißen Mänteln und ein schnurrbärtiger Mann in einem leichten blauen Nadelstreifenanzug, verließen hinter der Bahre das Zimmer. Der letzte Mann kam mir bekannt vor. Bevor der blaue Baum mir wieder die Sicht nehmen konnte, erhaschte ich einen Blick auf Eliza Morgan, April Ransoms Privatschwester, die im Gang an der Wand lehnte. Als die Männer die Bahre an ihr vorbeischoben, stieß sie sich von der Wand ab.

Paul Fontaine ging auf den großen Polizisten zu. Er sah wie das Äffchen des anderen aus. »Lassen Sie uns allein, Sonny.«

Der große Cop räusperte sich; es klang wie eine kleine Explosion. »Ja, Sir«, sagte er und entfernte sich.

»Habe ich Ihnen nicht gesagt, daß die Polizei nie in Krankenhäuser gehen sollte?« Seine Augen über den purpurnen Tränensäcken sahen wie tot aus, und mir fiel ein, daß er die ganze Nacht unterwegs gewesen war, zuerst hier, dann in der North Twentieth Street und jetzt wieder hier. »Wissen Sie schon, was passiert ist?« Ein bißchen Leben kam in sein Gesicht, drang aber nicht durch die Haut und zeigte sich nur in einem kurzen Aufblitzen seiner Augen.

»Ich dachte, ich würde John Ransom hier finden.«

»Wir haben ihn zu Hause erreicht. Wohnen Sie denn nicht bei ihm?«

»Mein Gott! Sagen Sie mir endlich, was passiert ist.«

Er bekam große Augen, und sein Gesicht wurde ganz ruhig. »Sie wissen es nicht?« Die Männer in den weißen Mänteln schoben die Bahre an uns vorüber, und hinter ihnen kamen drei Polizisten. Fontaine und ich blickten auf die zugedeckte kleine Gestalt hinunter. Ich erinnerte mich daran, wie Eliza Morgan an der Wand gelehnt hatte, und wußte plötzlich, wer die Gestalt war. Einen Moment lang hatte ich das Gefühl, daß mein Magen *grau* wurde, mein Inneres vom Brustkorb bis zu den Eingeweiden sich auflöste, breiig wurde, abstarb.

»Jemand …« Ich versuchte es noch einmal: »Jemand hat April Ransom ermordet?«

Fontaine nickte. »Haben Sie heute morgen die Zeitung gelesen oder Nachrichten gesehen? Radio gehört?«

»Ich habe die Zeitung gelesen«, sagte ich. »Ich weiß über diesen Mann – eh – Walter Dragonette Bescheid. Sie haben ihn verhaftet.«

»Wir haben ihn verhaftet«, sagte Fontaine. Es klang wie ein trauriger Witz. »Das haben wir. Doch leider nicht rechtzeitig genug.«

»Aber er hat gestanden, Mrs. Ransom überfallen zu haben. Im *Ledger* …«

»Er hat nicht gestanden, sie überfallen zu haben«, sagte Fontaine. »Er hat gestanden, daß er sie ermordet hat.«

»Aber Mangelotti und Eliza Morgan waren bei ihr im Zimmer.«

»Die Schwester ist gleich nach Dienstantritt eine Zigarette rauchen gegangen.«

»Was ist mit Mangelotti passiert?«

»Während Mrs. Morgan nicht im Zimmer war, marschierte unser Freund Walter an der Schwesternstation vorüber, ohne von irgend jemand gesehen zu werden, schlich sich ins Zimmer und schlug Mangelotti mit einem Hammer auf die Schläfe. Oder mit etwas, das einem Hammer ähnelte. Unser strammer Polizist saß in diesem Moment neben dem Bett und las die Eintragungen in seinem Notizbuch. Dann erschlug unser Freund Mrs. Ransom mit demselben Hammer.« Fontaine musterte zuerst mich und dann Mangelotti. Er sah aus, als habe er in etwas Saures gebissen. »Diesmal hat er sich nicht die Mühe gemacht, die Wand zu beschriften. Nach getaner Arbeit ging er am Aufenthaltsraum für Patienten vorbei und nach unten, stieg in sein Auto und fuhr in eine Eisenwarenhandlung, wo er das Blatt für seine Bügelsäge kaufte.« Er sah mich wieder an. Zorn und Ekel brannten in seinen müden Augen. »Er mußte warten, bis der Laden öffnete, daher mußten auch wir auf ihn warten. Inzwischen kam die Schwester aus dem Aufenthaltsraum für Patienten zurück und fand die Tote. Sie schrie nach den Ärzten, aber es war zu spät.«

»Also hat Dragonette gewußt, daß April Ransom bald aus dem Koma erwachen würde?«

Er nickte. »Walter hat uns heute morgen angerufen und sich nach ihrem Zustand erkundigt. Es muß seine letzte Handlung gewesen sein, bevor er aus dem Haus ging. Erzeugt das in Ihnen nicht ein warmes, glückliches Gefühl?« Seine Augen hatten einen leicht wilden Blick bekommen, und das Weiß war blutunterlaufen. Er tat so, als nehme er einen Telefonhörer ab. »›Hallo, ich möchte mich nur erkundigen, wie es meiner lieben Freundin April Ransom geht, ja, ja ... Oh, was Sie nicht sagen, tatsächlich, na, ist das nicht wunderbar? Dann will ich sie aber auch besuchen, o ja, das heißt, nachdem ich dem Kerl, der in meinem Wohnzimmer auf dem Boden liegt, den Kopf abgeschnitten habe, also sorgen Sie dafür, daß sie allein ist, und wenn Sie das nicht einrichten können, dann sollte bitte nur Officer Mangelotti bei ihr im Zimmer sein, ja, stimmt, M-A-N-G-E-L-O-doppel-T-I ...‹«

Er unterbrach sich nicht, sondern würgte eher seine Gefühle ab. Die anderen Polizisten beobachteten ihn unauffällig. Mangelotti, in seinem Rollstuhl, hörte jedes Wort und zuckte zusammen, als Fontaine seinen Namen buchstabierte. Er sah aus wie eine Kuh auf der Schlachtbank.

»Ich versteh's nicht«, sagte ich. »Er hat sich so viel Mühe gemacht, sich zu schützen, und in der Sekunde, in der ihr Kerle aus euren Autos steigt und mit den Revolvern fuchtelt, sagt er: Na ja, ich hab' nicht nur die umgebracht, die ihr im Haus findet, ich habe auch die *Blaue-Rose*-Leute erstochen. Und dann hat er so viel Glück – taucht ausgerechnet dann hier auf, als die Schwester nicht im Zimmer ist. Das kommt mir reichlich unwahrscheinlich vor.«

Fontaine wich zurück und riß die blutunterlaufenen Augen auf. »Unwahrscheinlich sagen Sie? *Unwahrscheinlich* zählt nicht mehr.«

»Nein, aber es verwirrt die Zivilisten«, sagte eine Stimme hinter mir. Ich drehte mich um und sah den Mann im Nadelstreifenanzug, der hinter April Ransoms Leiche aus ihrem Zimmer gekommen war. Tiefe, vertikale Linien zerfurchten sein Gesicht zu beiden Seiten seines dünnen Schnurrbarts. Sein hellbraunes Haar war straff zurückgekämmt, so daß man die großen Geheimratsecken sah. Er war mir vorhin bekannt vorgekommen, weil ich heute morgen sein Bild in der Zeitung gesehen hatte. Es war Detective Sergeant Michael Hogan, Fontaines Vorgesetzter.

Hogan legte Fontaine die Hand auf den Ellenbogen.

»Das ist der, der Sie kennenlernen wollte«, sagte Fontaine zu mir.

Ich fühlte sofort, daß dieser Mann ein richtiger Detektiv war, jemand, den auch Tom Pasmore respektieren würde. Michael Hogan war eine zwingende Persönlichkeit, besaß große Autorität und die unkomplizierte männliche Ausstrahlung alter Filmstars wie Clark Gable oder William Holden, mit denen ihn eine gewisse Ähnlichkeit verband, die allerdings nichts mit dem Aussehen zu tun hatte. Man konnte sich vorstellen, wie Hogan einen Dreimastschoner durch einen schweren Sturm steuerte oder Meuterer zum Tod an der Rahnock verurteilte. Seine beiläufige Bemerkung über ›Zivilisten‹ paßte ausgezeichnet zu ihm.

Was mir in dem Moment, in dem Michael Hogan mir die Hand schüttelte, am deutlichsten bewußt war, war der Wunsch, ihm zu gefallen, von ihm anerkannt zu werden – dieses kriecherische, absolut unreife Verlangen.

Und dann tat er vor versammelter Mannschaft aus Polizisten und Krankenhauspersonal etwas Erstaunliches. Er zollte mir Anerkennung.

»Haben Sie nicht *The Divided Man* geschrieben?« Ich hatte kaum Zeit zu nicken, als er schon fortfuhr: »Das war ein sehr scharfsichtiges Buch. Haben Sie's gelesen, Paul?«

Ebenso überrascht wie ich, sagte Fontaine: »Es gelesen?«

»Das mit dem letzten Wort über die *Blaue-Rose*-Morde.«

»O ja«, sagte Fontaine. »Ja.«

»Es war das letzte Wort, bevor Walter Dragonette daherkam«, sagte ich.

Hogan lächelte mich an, als hätte ich etwas Kluges gesagt. »Niemand ist sehr glücklich über Mr. Dragonette«, sagte Hogan und wechselte das Thema, ohne seine bemerkenswerte Höflichkeit zu verlieren. »Ich nehme an, Sie sind hier, weil Sie angenommen haben, Ihren Freund Ransom hier zu finden.«

»Das ist richtig, ja«, sagte ich. »Ich habe bei ihm angerufen, aber es lief nur der Anrufbeantworter. Weiß er – er weiß schon, was geschehen ist, oder?«

»Ja, ja, ja«, sagte Hogan und hörte sich an wie ein uralter Onkel, der vor dem Kaminfeuer in seinem Schaukelstuhl wippte. »Nachdem Paul und ich die Nachricht vom Tod seiner Frau erhalten hatten, haben wir ihn zu Hause erreicht.«

»Sie haben von Aprils Tod erfahren, bevor Walter Dragonette den Mord gestanden hatte?« fragte ich. Ich wußte nicht, warum, doch es schien mir wichtig zu sein.

»Das reicht jetzt vermutlich«, sagte Paul Fontaine. Noch bevor ich den tieferen Sinn meiner Frage erkannte, glaubte er, eine verborgene Kritik herauszuhören. »Wir haben zu arbeiten, Mr. Underhill. Wenn Sie Ihren Freund sehen wollen …«

Hogan hatte die Natur seiner Kritik sofort verstanden. Er hob die Brauen und unterbrach Fontaine mitten im Satz. »Wir erfahren üblicherweise von einem Verbrechen, bevor jemand es gesteht.«

»Das weiß ich«, sagte ich. »Ich habe eigentlich mehr danach gefragt, ob Walter Dragonette von diesem Verbrechen gehört hatte, bevor er es gestand.«

»Es war ein klares, sauberes Geständnis«, sagte Fontaine.

Er sah gereizt aus, und Hogan versuchte ihn zu beschwichtigen. »Er wußte, wo sie lag. Das war etwas, was weder die Polizei noch die Medien je bekanntgegeben haben. Es gibt acht Krankenhäuser in Millhaven. Als wir Dragonette fragten, wo er April Ransom ermordet habe, sagte er im Shady Mount.«

»Wußte er die Zimmernummer?«

»Nein«, sagte Hogan, und gleichzeitig sagte Fontaine: »Ja.«

»Paul meint, daß er wußte, in welchem Stockwerk sie lag«, sagte er. »Also muß er hiergewesen sein, denn woher hätte er es sonst wissen sollen?«

»Woher hat er überhaupt gewußt, wo sie zu finden war?« fragte ich. »Ich nehme nicht an, daß ihm die Telefonzentrale diese Auskunft gegeben hat.«

»Wir hatten wirklich noch nicht die Zeit, Mr. Dragonette gründlich zu vernehmen«, sagte Hogan.

Die uniformierten Polizisten, die ständig hin und her liefen, gingen langsamer, als sie an uns vorüberkamen.

»Sie finden Ihren Freund Ransom am Armory Place«, sagte Hogan. »Er wartet darauf, daß Paul mit der Vernehmung von Dragonette beginnt. Und Paul, ich denke, daß Sie sich dort unten nutzbringender betätigen könnten als im Augenblick hier.«

Er wandte sich wieder an mich. »Sie wissen, wo der Armory Place ist?«

Ich nickte.

»Fahren Sie hinter Paul her, und stellen Sie Ihren Wagen auf dem Polizei-Parkplatz ab. Sie und Mr. Ransom könnten bei der Vernehmung dabei sein. Oder haben Sie etwas dagegen?« fragte er Fontaine.

Fontaine schüttelte den Kopf

Eine ältere Frau, die im Foyer an einem der Schreibtische hinter dem Tresen vor einem Computer saß, blickte auf und zuckte zusammen, als habe ihr Stuhl einen elektrischen Schlag bekommen. Der Mord an April Ransom hatte im ganzen Krankenhaus für große Betroffenheit gesorgt. Fontaine sagte, er erwarte mich an der Einfahrt zum Krankenhaus-Parkplatz.

»Ich weiß, wie man ins Polizeipräsidium kommt«, erinnerte ich ihn.

»Ja, aber wenn Sie versuchen, ohne mich auf den Parkplatz zu fahren, könnte man Sie irrtümlich für einen Reporter halten.«

Ich trottete über die Straße und den Block hinauf. Bevor ich den Schlüssel in die Tür des Pontiac stecken konnte, stürzte ein korpulenter Mann in Bermudashorts und einem blauen Hemd mit geknüpftem Kragen aus dem Haus mit der Flagge und der gelben Schleife an der Tür. »Bleiben Sie, wo Sie sind!« schrie er mich an. »Ich habe Ihnen etwas zu sagen!«

Ich sperrte die Tür auf und wartete auf ihn. Er hatte einen großen Bauch, spindeldürre, behaarte Beine, und sein Bulldoggengesicht war gerötet. Drei Meter von mir entfernt blieb er stehen und stieß den Zeigefinger in meine Richtung. »Sehen Sie irgendwo in dieser Straße ein Schild mit der Aufschrift PARKEN FÜR KRANKENHAUSBESUCHER? Die

Parkplätze hier sind nicht für euch – ihr könnt bei den Parkuhren parken oder zum Krankenhaus-Parkplatz fahren. Ich habe es satt, ständig mißbraucht zu werden.«

»Mißbraucht? Sie wissen ja nicht, was das Wort bedeutet.« Ich öffnete die Wagentür.

»Warten Sie!« Noch immer mit dem Finger auf meine Brust deutend, kam er um den Kühler des Pontiac herum. »Das – sind – unsere – Plätze. Ich habe eine Menge dafür bezahlt, um in diesem Viertel zu wohnen, und Leute wie Sie behandeln es wie einen öffentlichen Park. Heute morgen hat ein Kerl auf meinem Rasen gesessen – auf meinem Rasen! Er stieg aus dem Wagen und setzte sich auf meinen Rasen, als gehöre er ihm, und dann ist er ins Krankenhaus rübergegangen.«

»Ihre gelbe Schleife hat ihm ein Heimatgefühl gegeben«, sagte ich und stieg in den Wagen.

»Was, zum Teufel, soll denn das heißen?«

»Er hat gedacht, er lebe in einem freien Land.« Ich startete den Wagen, während er mich ausführlich über die Freiheit aufklärte. Er war ein Patriot und hatte sich über dieses Thema schon viele Gedanken gemacht, die Leute wie ich nicht verstehen konnten.

10

Fontaines blaue Limousine lotste mich durch eine Stadt, die verlassen schien.

Die Illusion der Leere verschwand, als wir die Einfahrt zum Armory Place passierten. Die Zeitungsartikel hatten schon etwa hundert Leute vor das Polizeipräsidium gelockt. Transparente schwankten über ihren Köpfen. Die Menge ergoß sich über die breite Treppe des riesigen grauen Gebäudes und auf die weite Plaza zwischen ihm und dem Rathaus. Auf der obersten Stufe stand ein aus dieser Entfernung klein wirkender Mann und brüllte in ein Megaphon. Kamerateams schlängelten sich durch sein Publikum und filmten alles für die Abendnachrichten.

Die blaue Limousine bog am Ende der Plaza nach rechts ab und einen Block weiter noch einmal in eine namenlose Seitengasse. Auf einem Schild stand: KEIN ZUTRITT. NUR FÜR POLIZEIFAHRZEUGE.

Rote Ziegelwände säumten die schmale Gasse. Ich folgte Fontaines Wagen auf einen weitläufigen, rechteckigen Parkplatz, auf dem eng gedrängt die Polizeifahrzeuge standen. Uniformierte Beamte, die vor den hohen Mauern sehr klein wirkten, lehnten an den Wagen und unterhielten sich. Gegenüber ragte die Rückseite des Polizeipräsidiums empor. Ein paar Polizisten wandten den Kopf, als der Pontiac auf den Parkplatz fuhr, und kaum hatte ich den Wagen neben Fontaine in eine freie Parkbucht gelenkt, tauchten neben meiner Tür zwei Uniformen auf.

Fontaine stieg aus und sagte: »Erschießt ihn nicht gleich, er gehört zu mir.«

Ohne zurückzuschauen, marschierte er auf eine Metalltür an der Rückseite des Präsidiums zu. Die beiden Cops traten zur Seite, und ich lief hinter ihm her.

Wie eine alte Grundschule war das Polizeigebäude ein Kaninchenbau mit dunklen Gängen, abgetretenen Holzfußböden, Türreihen, Kieselglasfenstern und hallenden Treppenhäusern. Fontaine stürmte vorwärts, vorbei an einem mit Zetteln gespickten Schwarzen Brett und der offenen Tür eines Garderobenraums. Ein halbnackter Mann, der dort auf einer Bank saß, rief heraus: »Wie geht es Mangelotti?«

»Er ist tot«, antwortete Fontaine.

Zwei Stufen auf einmal nehmend, lief er die Treppe hinauf und riß eine Tür mit der Aufschrift MORDKOMMISSION auf. Ich folgte ihm in einen Raum, in dem etwa ein halbes Dutzend Männer an Schreibtischen saßen, die bei meinem Anblick förmlich erstarrten. »Er gehört zu mir«, sagte Fontaine. »Machen wir uns an die Arbeit und verhören wir dieses Stück Fledermausscheiße sofort.« Die Männer beachteten mich schon nicht mehr. »Wir wollen ihm Gelegenheit geben, uns alles selbst zu erklären.« Fontaine zog die Anzugjacke aus und hängte sie über die Lehne eines Sessels. Akten und lose Papiere stapelten sich auf seinem Schreibtisch. »Klären wir alle ungelösten Mordfälle, die in unseren Büchern stehen, und machen wir reinen Tisch. Dann werden alle glücklich nach Hause gehen.«

Er rollte die Hemdsärmel auf. Im Raum roch es nach Schweiß und abgestandenem Zigarettenrauch. Er war noch ein bißchen heißer als die Straße. »Verlier bloß nicht den Kopf«, sagte ein Mann im Hintergrund.

»Das ist gut«, sagte Fontaine.

»Sag mal, Paul!« Ein Detective mit einem runden Pausbackengesicht, der am Nebenschreibtisch saß, sah zu Fontaine auf. »Hast du schon daran gedacht – aber ganz gewiß hast du –, daß dein Gefangener dem Ausdruck ›den Kopf verlieren‹ eine seit langem in Vergessenheit geratene Bedeutung wiedergegeben hat?«

»Wie schön, daß du mich darauf aufmerksam machst, ich danke dir«, sagte Fontaine. »Wenn er anfängt, hungrig zu werden, schicke ich einen von euch zu ihm hinein, damit er sich mit ihm darüber unterhalten kann.«

»Paul, ist es Einbildung von mir, oder riecht es hier wirklich merkwürdig.« Er schnupperte in die Luft.

»Ah, der Geruch«, entgegnete Fontaine. »Weißt du, was unser Freund, auf diesen Geruch angesprochen, von sich gegeben hat?«

»Wenn man nicht Teil der Lösung ist, ist man Teil des Problems?« sagte der andere Polizist.

»Nicht ganz. Er sagte, und ich zitiere wörtlich: ›Dagegen habe ich ja auch etwas tun wollen.‹«

Die Männer brachen in brüllendes Gelächter aus. Fontaine betrachtete sie stoisch, als habe er sich mit ihrem kindischen Wesen abgefunden. »Meine Herren, meine Herren. Ich habe nur wortwörtlich wiederholt, was der Verdächtige gesagt hat. Der Mann hatte tatsächlich die Absicht, etwas gegen den Geruch zu tun, der für ihn genauso widerwärtig war wie für seine Nachbarn.« Er hob in komischem Flehen die Arme und drehte sich einmal langsam um seine eigene Achse.

Irgend etwas versteckt Gemeinsames, das sich mir fast schon in dem Augenblick aufgedrängt hatte, in dem ich diesen Raum betrat, kam endlich an die Oberfläche meines Bewußtseins: Diese Männer erinnerten mich an das Begräbniskommando. Die Beamten der Mordkommission waren genauso abgebrüht, sarkastisch und ausgegrenzt wie Scoot, Ratman und die anderen, und ihr Humor war genauso ätzend. Weil sie den ganzen Tag mit dem Tod zu tun hatten, mußten sie ihn ins Lächerliche ziehen.

»Sind wir eigentlich in Nummer eins, damit wir ein Band mitlaufen lassen können?« fragte Fontaine.

»Und das fragst du noch?« sagte der Detective mit dem pausbäckigen Gesicht. Kurzes, flaumweiches blondes Haar klebte ihm flach am Kopf, und seine friedfertigen blauen Augen standen so weit auseinander wie bei einem Ochsen.

»Gut«, sagte Fontaine.

»Können wir – eh – zuschauen, wenn wir wollen?« fragte der Blonde.

»Ich möchte zuschauen«, meldete sich ein breitschultriger Detective mit einem dichten Schnurrbart zu Wort. »Ich will zuschauen!«

»Ihr dürft euch zu Mr. Underhill und Mr. Ransom in die Kabine setzen«, sagte Fontaine so würdevoll wie möglich.

»*Show time*« sagte der Detective am anderen Ende des Raumes, der Fontaine geraten hatte, nicht den Kopf zu verlieren. Er war ein schlanker Mann mit milchkaffeebrauner Haut und einem beinahe feinen, ironischen Gesicht. Er als einziger hatte noch die Anzugjacke an.

»Meine Kollegen, die Leichenschänder«, sagte Fontaine zu mir.

»Mich erinnern die Typen an Vietnam.«

Auf einmal legte Fontaine eine kaum merkliche Zurückhaltung an den Tag. »Sie waren dort? Daher kennen Sie Ransom!«

»Ich habe ihn dort getroffen«, sagte ich. »Aber gekannt habe ich ihn schon früher in Millhaven.«

»Waren Sie auch an der Brooks-Lowood-Schule?«

»Nein, an der Schule zum Heiligen Grab«, sagte ich. »Ich bin in der South Sixth Street aufgewachsen.«

»Bastian kommt auch aus Ihrer Gegend.«

Bastian war der Cherub mit dem flaumigen blonden Haar und den weit auseinanderstehenden blauen Augen. »Ich war oft bei diesen Sport-Abendessen in Ihrer Schule«, sagte er.

»Als ich bei St. Ignatius Football spielte. Ich erinnere mich noch gut an Ihren Coach. Ein echtes Unikum.«

»Christus hätte den Ball nicht fallen lassen«, sagte ich und brachte die anderen Männer dadurch in Verwirrung.

»Jesus steht vor dem Tor«, sagte Bastian. Er schaute nach oben, legte eine Hand auf sein Herz und zeigte mit der anderen auf einen unsichtbaren Horizont.

»In seinem Herzen lebt der mächtige Wille zu siegen. Er weiß, daß die anderen im Vorteil sind, aber er weiß auch, daß am Ende des Tages der Sieg ihm gehören wird.« Ich kannte diese Sprüche besser als Bastian, hatte sie mir drei Jahre lang tagtäglich anhören müssen.

»Rechtschaffenheit ist ein – ist ein was?« Bastian schaute, ohne zu blinzeln, hinauf in die fluoreszierenden Lichter.

»Rechtschaffenheit ist ein mächtiges ...«

»Ein mächtiges Feuer!« schrie er, und es hörte sich viel mehr nach Mr. Schoonhaven an als bei mir. Noch immer zeigte er auf die fernen Torpfosten und preßte die Hand auf sein Herz.

»Das war's«, sagte ich. »Wir bekamen es mit Hamburgern und Hawaiipunsch serviert.«

»Tja, da wir nunmehr eingestimmt sind, Bastian«, sagte Fontaine, »hol du doch Dragonette aus der Zelle und bring ihn nach Nummer eins. Alle anderen, die mitkommen wollen – bitte, los geht's!«

Endlich begriff ich, daß er nicht versucht hatte, mich abzuhängen, als er durch das Gebäude sprintete. Trotz seiner Erschöpfung war er wegen des bevorstehenden Verhörs aufgeregt. Sein Tempo war nur Ausdruck seines intensiven Verlangens gewesen, endlich in diesem Zimmer zu stehen.

Er ging zur Tür, und der schwarze Detective und der große Mann mit dem wuchernden Schnurrbart standen auf und folgten ihm. Bastian verließ den Raum durch eine seitliche Tür und marschierte den langen Gang entlang, in den ich einen kurzen Blick geworfen hatte.

Wir anderen gingen zur Vorderseite des Gebäudes. Im Korridor war es ein wenig kühler als im Dienstraum. »Das Wichtigste zuerst«, sagte Fontaine und betrat einen Raum, dessen Tür offenstand. Neonlicht fiel auf zwei Tische mit Kunststoffplatten und auf mehrere nicht zueinander passende Stühle. Drei Männer, die an einem der Tische Kaffee tranken, sahen auf, als Fontaine hereinkam. »Du warst im Krankenhaus?« fragte einer.

»Eben zurückgekommen.« Fontaine ging zu einer der beiden Kaffeemaschinen und schenkte sich heißen schwarzen Kaffee in einen Pappbecher ein.

»Wie geht es Mangelotti?«

»Wir werden ihn vielleicht verlieren.« Fontaine trank einen Schluck Kaffee. Ich goß mir auch einen Becher ein.

An der seitlichen Wand des Pausenraums hing ein großes, rechteckiges weißes Papier mit Namen in roter oder schwarzer Schrift. Es war, in Übereinstimmung mit den drei Schichten der Mordkommission, in drei Rubriken unterteilt. Lieutenant Ross McCandles war Chef der ersten Schicht. Michael Hogan und William Greider waren seine Detective Sergeants. Aus der Liste in Schwarz und Rot unter Hogans Namen stach mir der Name *April Ransom* in die Augen. Rot geschrieben.

Die anderen beiden Detectives holten sich Kaffee und stellten sich vor. Der farbige hieß Wheeler, der schnauzbärtige Monroe. »Wißt ihr, was mich an den Leuten draußen aufregt?« sagte Monroe. »Wenn sie nur einen Funken Verstand hätten, würden sie jetzt jubeln, weil wir den Kerl hinter Gittern haben.«

»Soll das heißen, daß du Dankbarkeit erwartest?« Fontaine zog sich einen zweiten Becher Kaffee und verließ dann als erster von uns den Pausenraum; wir drei trabten hinter ihm her.

Gegenüber vom Pausenraum betraten wir den neuen Teil des Gebäudes. Der Fußboden war mit grauem Linoleum ausgelegt, die Wände waren hellblau, die Fenster klares Glas. Die Klimaanlage funktionierte, und im Korridor war es beinahe kühl. Wir bogen um eine Ecke, und John Ransom blickte von einem Plastikstuhl auf, der an einer der blauen Wände stand. Er sah nicht ausgeruhter aus als Fontaine. Er trug eine Khakihose und ein weißes Smokinghemd, und er hatte geduscht, bevor oder nachdem er erfahren hatte, daß seine Frau ermordet worden war. Er sah wie ein halbleerer Sack aus. Ich fragte mich, wie lange er schon allein hier saß.

»Gott, Tim, bin ich froh, daß du da bist!« sagte er und sprang auf »Man hat es dir gesagt? Du weißt es also?«

»Ja, von Detective Fontaine.« Ich wollte vor ihm nicht erwähnen, daß ich gesehen hatte, wie Aprils Leiche weggebracht wurde. »John, es tut mir so leid.«

Ransom hob die Hände, als wolle er etwas auffangen. »Es ist unglaublich. Es ging ihr besser – dieser Kerl, dieses Monster hat erfahren, daß es ihr bessergeht ...«

Fontaine trat vor ihn hin. »Wir gestatten Ihnen und Ihrem Freund, bei einem Teil der Vernehmung als Beobachter dabei zu sein. Wollen Sie das tatsächlich?«

Ransom nickte.

»Dann zeige ich Ihnen jetzt, wo Sie sitzen werden. Wollen Sie Kaffee?«

Ransom schüttelte den Kopf, und Fontaine führte uns an der Glaswand eines riesigen, abgedunkelten Raums vorbei, wo ein paar Leute saßen und rauchten, während sie darauf warteten, vernommen zu werden.

Er nickte Wheeler zu, der daraufhin eine helle Holztür öffnete. Etwa zwei Meter weiter war eine gleiche Tür mit einem dunkelblauen Täfelchen, auf dem eine weiße Eins stand. Fontaine winkte mich als ersten hinein, und ich betrat einen dunklen Raum, ausgestattet mit einem Tisch und sechs Stühlen. Vor dem Tisch blickte ein Fenster in einen größeren, helleren Raum, in dem ein schlanker junger Mann schräg vor einem grauen Metalltisch saß. Er schob einen roten Aluminiumaschenbecher ziellos auf dem Tisch hin und her. Sein Gesicht war völlig ausdruckslos.

Ich setzte mich auf den letzten Stuhl, und Detective Monroe nahm auf dem Stuhl neben mir Platz. John Ransom folgte ihm. Als er Dragonette sah, stieß er einen knurrenden Laut aus. Wheeler kam herein und ließ sich an Ransoms anderer Seite nieder. Alles war so in Szene gesetzt worden, damit die Detectives Ransom zurückhalten konnten, wenn nötig.

Fontaine kam herein. »Dragonette kann Sie weder sehen noch hören. Aber machen Sie bitte keine lauten Geräusche, und berühren Sie auch nicht das Glas. In Ordnung?«

»Ja«, sagte Ransom.

»Ich komme wieder, wenn der erste Teil der Vernehmung zu Ende ist.«

Er ging hinaus, und Wheeler stand auf und machte die Tür

zu. Walter Dragonette sah aus wie ein Mann, der auf einem Flughafen die Zeit vertrödelt. Hin und wieder lächelte er über das Kling-kling des leichten Aschenbechers, wenn er damit auf die Tischplatte klopfte. Ein Schlüssel drehte sich im Schloß der Tür hinter ihm, er hörte auf, mit dem Aschenbecher zu spielen, und schaute über die Schulter zurück.

Ein uniformierter Polizist ließ Detective Fontaine ein. Er hatte sich einen Aktenordner unter den Arm geklemmt und trug in jeder Hand einen Becher Kaffee.

»Hallo, Walter«, sagte er.

»Hi! Ich erinnere mich an Sie, Sie waren schon heute morgen dabei.« Dragonette setzte sich aufrecht hin und faltete die Hände auf dem Tisch. Er drehte sich um und beobachtete Fontaine, der ans Ende des Tisches ging. »Können wir jetzt endlich reden?«

»Das können wir«, sagte Fontaine. »Ich habe Ihnen Kaffee mitgebracht.«

»Ich trinke keinen Kaffee.« Dragonette schüttelte leicht und irgendwie merkwürdig den Oberkörper.

»Wie Sie wollen.« Fontaine nahm den Plastikdeckel von einem Becher und ließ ihn in den Papierkorb fallen. »Sind Sie sicher, daß Sie es sich nicht anders überlegen werden?«

»Koffein ist ungesund«, sagte Dragonette.

»Rauchen Sie?« Fontaine legte eine fast volle Packung Marlboros auf den Tisch.

»Nein, aber ich habe nichts dagegen, wenn Sie rauchen wollen.«

Fontaine hob die Brauen und klopfte sich eine Zigarette aus dem Päckchen.

»Ich möchte gleich zu Anfang unseres Gesprächs eines vorausschicken«, sagte Dragonette.

Fontaine steckte sich die Zigarette mit einem Streichholz an, stieß Rauch aus, löschte das Streichholz und brachte Dragonette mit einer Handbewegung zum Schweigen. »Sie werden alles sagen können, was Sie wollen, aber vorher muß ich ein paar Einzelheiten festhalten.«

»Entschuldigen Sie.«

»Schon gut, Walter. Bitte nennen Sie mir Ihren Namen, Ihre Adresse und Ihr Geburtsdatum.«

»Mein Name ist Walter Donald Dragonette, und meine Adresse ist North Twentieth Street 3421, wo ich seit meiner Geburt am 20. September 1965 ohne Unterbrechung wohne.«

»Und Sie haben auf die Anwesenheit eines Anwalts verzichtet?«

»Einen Anwalt besorge ich mir später. Zuerst möchte ich mit Ihnen reden.«

»Ich muß Ihnen außerdem sagen, daß dieses Gespräch auf Video aufgenommen wird, damit wir darauf zurückgreifen können, wenn etwas unklar ist.«

»Oh, das ist eine gute Idee!« Dragonette blickte zur Decke, dann über die Schulter, grinste und zeigte auf uns. »Schon kapiert! Die Kamera ist hinter diesem Spiegel, nicht wahr?«

»Nein, ist sie nicht«, sagte Fontaine.

»Läuft sie jetzt? Und funktioniert sie auch ganz bestimmt?«

»Sie läuft«, sagte Fontaine.

»Also können wir jetzt anfangen?«

»Wir fangen jetzt an.«

11

Das Folgende ist ein Protokoll des Gesprächs zwischen Detective Paul Fontaine und Walter Dragonette.

WD: Okay. Es gibt etwas, das ich Ihnen sofort sagen möchte, weil es wichtig ist, daß Sie es erfahren. Als kleiner Junge, ich war damals sieben Jahre alt, wurde ich sexuell mißbraucht. Der Mann, der es getan hat, war ein Nachbar, der ein paar Häuser weiter wohnte. Er hieß Lancer. Seinen Vornamen weiß ich nicht. Er ist ein Jahr später weggezogen. Aber er lud mich immer in sein Haus ein, und dann hat er, wissen Sie, dann hat er Sachen mit mir gemacht. Ich habe es gehaßt. Nun ja, ich habe über alles nachgedacht – darüber nachgedacht, warum ich hier bin, und ich glaube, genau das ist die ganze Erklärung für alles. Mr. Lancer.

PF: Haben Sie jemals mit jemandem über Mr. Lancer gesprochen? Haben Sie es Ihrer Mutter erzählt?

WD: Wie konnte ich? Ich weiß ja kaum, wie ich es vor mir selbst ausdrücken soll. Und außerdem, ich denke nicht, daß meine Mutter mir geglaubt hätte. Sie hatte Mr. Lancer nämlich gern. Er half, das Niveau unseres Viertels aufrechtzuerhalten. Wissen Sie, was er war? Er war Fotograf, fotografierte Babys und Kinder. Was denn sonst. Mich hat er ohne Kleider fotografiert.

PF: War das alles?

WD: O nein! Habe ich nicht gesagt, daß er mich mißbraucht hat? Genau das hat er getan. Sexuell. Das ist das Entscheidende daran. Er hat mich gezwungen, mit ihm zu spielen. Mit seinem, Sie wissen schon, seinem Ding. Ich mußte es in den Mund nehmen und alles, und er hat es fotografiert. Ob die Fotos wohl in Zeitschriften erschienen sind? Er hatte Zeitschriften mit kleinen Jungen drin.

PF: Sie haben auch Fotos gemacht, nicht wahr, Walter?

WD: Haben Sie sie gesehen? Die in dem Umschlag?

PF: Ja.

WD: Nun, jetzt wissen Sie, warum ich sie gemacht habe.

PF: War das der einzige Grund?

WD: Das weiß ich nicht. Irgendwie mußte ich es tun. Es ist wichtig, daß man sich an die Dinge erinnert, sehr wichtig ist das. Und dann hat es auch noch einen anderen Grund gegeben.

PF: Was für einen?

WD: Nun, ich konnte sie dazu benutzen, mir zu überlegen, was ich essen wollte. Wenn ich von der Arbeit nach Hause kam. Deshalb habe ich die Fotos, den Umschlag mit den Fotos, manchmal die ›Speisekarte‹ genannt. Denn sie war wie ein Verzeichnis dessen, was ich hatte. Ich wollte die Fotos schon immer in ein hübsches Album ordnen, mit Namen und allem, aber Sie haben mich geholt, bevor ich dazukam. Doch das ist schon okay. Ich bin nicht verrückt oder so. Es ging mir nur darum, die Fotos zu haben, nicht darum, sie in ein Buch zu kleben.

PF: Und sie haben ihnen geholfen zu entscheiden, was Sie essen wollten.

WD: Es war die Speisekarte. Wie in den Restaurants, die Fotos von ihren Speisen haben. Und nebenbei kann man die Straße der Erinnerung durchwandern und alles noch einmal erleben. Aber auch wenn man das Foto gewissermaßen aufgebraucht hat, sind sie noch wie eine Trophäe wie ein Tierschädel, den man sich an die Wand hängt. Weil ich vor langer Zeit erkannte, was ich eigentlich bin – ein Jäger. Ein Raubtiermensch. Glauben Sie mir, ich hätte es mir nicht ausgesucht, es steckt eine Menge Arbeit drin, und man muß unglaublich verschwiegen sein können, aber es hat mich ausgewählt, damit mußte ich mich abfinden. Man kann nicht zurück, wissen Sie.

PF: Erzählen Sie mir, wie Sie festgestellt haben, daß Sie ein Raubtiermensch sind. Und ich möchte auch wissen, wie es kam, daß Sie sich für die alten *Blaue-Rose*-Morde interessierten.

WD: Oh! Tja, also zuallererst habe ich dieses Buch gelesen, *The Divided Man*, das von diesem verrückten Cop handelt, der herausfindet, daß er Menschen getötet hat, und sich dann selbst umbringt. Das Buch spielt in Millhaven. Ich kannte jede Straße. Das war wirklich interessant für mich, besonders nachdem meine Mutter mir gesagt hatte, alles habe sich tatsächlich so abgespielt. Ich erfuhr also von ihr, daß es einen Mann gegeben hatte, der Leute umbrachte und in der Nähe der Leichen BLAUE ROSE an die Wand schrieb. Nur war es nicht dieser Polizist.

PF: Er war es nicht?

WD: Er konnte es nicht gewesen sein, nie im Leben. Unmöglich. Absolut. Unmöglich. Dieser Detective im Buch war kein Raubtiermensch. Ich wußte es – ich wußte nur nicht, wie man es nannte. Damals noch nicht. Doch wer immer es war, er war wie mein richtiger Vater. Er war wie ich, aber vor mir. Er jagte sie, und er tötete sie. Damals waren Tiere das einzige, was ich tötete, nur zur Übung, damit ich sah, wie es ging.

Katzen und Hunde, viele Katzen und viele Hunde. Man konnte es mit dem Messer machen, und es war ziemlich leicht. Das einzig Schwierige war, die Skelette sauberzukriegen. Niemand weiß, wieviel Arbeit das macht. Man muß richtig schaben und schrubben, und der Geruch kann ziemlich schlimm sein.

PF: Sie dachten, der *Blaue-Rose*-Mörder sei Ihr Vater?

WD: Nein, ich dachte, er sei mein *richtiger* Vater. Egal ob er tatsächlich mein leiblicher Vater war oder nicht. Meine Mutter hat mir nie viel über meinen Vater erzählt, also konnte es jeder sein. Aber nachdem ich das Buch gelesen und erfahren hatte, daß es den Tatsachen entsprach, wußte ich, daß ich wie der richtige Sohn dieses Mannes war, weil ich gewissermaßen in seine Fußstapfen trat.

PF: Und deshalb haben Sie sich vor ein paar Wochen entschlossen zu kopieren, was er getan hat?

WD: Es ist Ihnen aufgefallen? Ich war mir gar nicht so sicher, daß es jemandem auffallen würde.

PF: Was ist mir aufgefallen?

WD: Sie wissen es. Beinahe hätten Sie's ja gesagt.

PF: Sie sagen es.

WD: Die Orte – es waren dieselben Orte. Sie haben es gewußt, nicht wahr?

PF: Die *Blaue-Rose*-Morde sind lange her.

WD: Es gibt keine Entschuldigung für eine solche Ignoranz. Sie haben es nicht gemerkt, weil Sie überhaupt nichts wußten. Doch ich denke, das ist absolut zweitrangig.

PF: Da stimme ich mit Ihnen überein.

WD: Das sollten Sie auch.

PF: Sie haben sich große Mühe damit gemacht, die *Blaue-Rose*-Morde zu wiederholen, und niemand hat es gemerkt. Ich meine, niemand hat die Einzelheiten bemerkt.

WD: Die Leute merken nie was. Es ist widerlich. Sie haben nicht einmal gemerkt, daß so viele Menschen verschwunden waren. Jetzt, vermute ich, hat gewiß auch keiner gemerkt, daß ich verhaftet wurde – und auch nicht, was ich alles getan habe.

PF: Darüber brauchen Sie sich keine Sorgen zu machen, Walter. Sie werden bald sehr bekannt sein. Sie sind schon berüchtigt.

WD: Aber das ist doch auch nicht richtig. An mir ist nichts Besonderes.

PF: Schildern Sie mir, wie Sie den Mann in der Livermore Street getötet haben.

WD: Den Mann in der Livermore Street? Er war nur irgendein Kerl. Ich habe hinter dem Hotel in dem kleinen Durchgang gewartet – oder wie Sie es nennen. Dann kam ein Mann. Es war, lassen Sie mich mal überlegen, gegen Mitternacht. Ich habe ihn etwas gefragt, ich glaube, ich habe ihn gefragt, ob er mir helfen kann, etwas durch die Hintertür ins Hotel zu tragen. Er blieb stehen. Ich denke, ich habe ihm auch gesagt, daß ich ihm fünf Dollar dafür gebe. Dann ist er auf mich zugekommen, und ich habe zugestochen. Und zugestochen und zugestochen, bis er hinfiel. Dann schrieb ich BLAUE ROSE auf die Mauer. Ich hatte einen Markerstift mitgebracht, und er funktionierte großartig.

PF: Können Sie den Mann beschreiben? Sein Alter, sein Aussehen, vielleicht seine Kleidung?

WD: Er war ein ganz, ganz durchschnittlicher Typ. Ich habe ihn mir kaum angesehen. Er mochte so um die Dreißig gewesen sein, aber auch da bin ich nicht sicher. Es war finster.

PF: Und wie war das mit der Frau?

WD: Oh, Mrs. Ransom. Das war was anderes. Sie habe ich gekannt.

PF: Und woher kannten Sie sie?

WD: Na ja, ich hab' sie nicht so gekannt, daß ich schon mal mit ihr gesprochen hätte oder so. Aber ich wußte, wer sie war. Meine Mutter hat mir ein bißchen Geld hinterlassen, und ich wollte es gut anlegen. Also ging ich ein paarmal zu Barnett and Company, um mit Mr. Richard Mueller zu sprechen, der das für mich tat. Ich habe ihn ungefähr einmal monatlich aufgesucht. Eine Zeitlang jedenfalls, bevor hier alles so *hektisch* wurde. Mrs. Ransom saß in dem Büro neben Mr. Mueller, und ich sah sie meistens, wenn ich dort war. Sie war eine wirklich hübsche Frau. Ich mochte sie. Und dann war ihr Bild in der Zeitung, als sie diesen großen Preis bekam. Und da beschloß ich, sie als zweites *Blaue-Rose*-Opfer zu verwenden – das in Zimmer 218 im St. Alwyn. Es mußte das richtige Zimmer sein.

PF: Wie haben Sie sie in das Hotel gelockt?

WD: Ich habe sie im Büro angerufen und ihr gesagt, ich müsse ihr etwas über Mr. Mueller sagen. Und ich tat so, als wäre es etwas wirklich Schlimmes. Ich bestand darauf, mich mit ihr im Hotel zu treffen, und sagte ihr, daß ich dort wohne. Ich traf mich also mit ihr in der Bar und sagte, ich müsse ihr diese Papiere zeigen, die in meinem Zimmer seien, weil ich Angst hätte, sie herumzutragen. Ich wußte, daß das Zimmer 218 leer war, davon hatte ich mich kurz vor dem Abendessen überzeugt, nachdem ich mich durch die Hintertür ins Hotel eingeschlichen hatte. Die Schlösser im St. Alwyn taugen nichts, und auf den Fluren ist nie eine Menschenseele. Sie sagte, sie wolle mit mir hinaufkommen und sich die Papiere ansehen, und als wir ins Zimmer kamen, habe ich sie erstochen.

PF: Ist das alles, was Sie getan haben?

WD: Nein, ich habe sie auch geschlagen. Das hat sogar in der Zeitung gestanden.

PF: Wie oft haben Sie auf Mrs. Ransom eingestochen?

WD: Vielleicht sieben-, achtmal. So oft ungefähr.

PF: Und wohin haben Sie gestochen?

WD: In die Brust und in die Magengegend. Ich erinnere mich wirklich nicht mehr.

PF: Sie haben keine Fotos gemacht?

WD: Fotos habe ich nur zu Hause gemacht.

PF: Sind Sie, als Sie in das Zimmer gingen, durch die Hotelhalle gekommen?

WD: Direkt durch die Halle und mit dem Lift nach oben.

PF: Der Angestellte am Empfang sagt, daß er Mrs. Ransom an dem betreffenden Abend nicht gesehen hat.

WD: Das stimmt. Wir haben ihn ja auch nicht gesehen. Es ist das St. Alwyn, nicht das Pforzheimer. Die Typen dort bleiben nicht immer an ihrem Platz.

PF: Auf welchem Weg haben Sie das Hotel verlassen?

WD: Ich bin die Treppe hinuntergegangen und durch die Hintertür hinaus. Ich glaube nicht, daß mich jemand gesehen hat.

PF: Sie dachten, Sie hätten sie getötet.

WD: Sie zu töten, war ja der Sinn der Sache.

PF: Erzählen Sie mir, was Sie heute morgen getan haben.

WD: Alles?

PF: Lassen wir Alfonzo Dakins vorläufig weg, konzentrieren Sie sich nur auf Mrs. Ransom.

WD: Okay. Ich muß nur eine Sekunde überlegen. Nun gut. Heute morgen habe ich mir Sorgen gemacht. Ich wußte, daß es Mrs. Ransom besserging, und …

PF: Woher haben Sie das gewußt?

WD: Zuerst habe ich festgestellt, in welchem Krankenhaus sie lag. Ich rief im Shady Mount an, gab mich als Mrs. Ransoms Ehemann aus und bat, mich in ihr Zimmer durchzustellen. Sehen Sie, ich wollte ein Krankenhaus nach dem anderen anrufen, bis ich das richtige gefunden hatte. Beim Shady Mount habe ich nur angefangen, weil ich es am besten kenne. Durch meine Mom. Sie hat dort gearbeitet, wußten Sie das?

PF: Ja.

WD: Gut. Ich rief also an und bat, durchgestellt zu werden, aber die Dame in der Zentrale sagte, nein, das geht nicht, weil Mrs. Ransom kein Telefon im Zimmer hat, und wenn ich ihr Mann bin, müßte ich das wissen. Nun, das war wirklich dumm. Wenn Sie wollten, daß alle sofort errieten, wo sie *war*, haben Sie sie ins richtige Krankenhaus getan. Leute wie Mrs. Ransom gehen alle ins Shady Mount. Das hat mir meine Mom schon gesagt, als ich ein kleiner Junge war, und es stimmt auch heute noch. Es tut mir leid, daß ich Sie kritisieren muß und alles, aber Sie haben nicht einmal versucht, sie zu verstecken. Das war eine richtige Schlamperei, wenn Sie meine Meinung wissen wollen.

PF: Sie wußten also, daß sie im Shady Mount lag, aber wie haben Sie etwas über ihren Zustand erfahren? Woher kannten Sie ihre Zimmernummer?

WD: Also das war wirklich ganz leicht. Ich habe Ihnen doch gesagt, meine Mom hat im Shady Mount gearbeitet. Nun, manchmal hat sie mich natürlich mitgenommen, und ich kenne einen Haufen Leute, die im Büro arbeiten. Es waren Freundinnen von meiner Mom – Cleota Williams, Margie Meister, Budge Dewdrop, Mary Graebel. Es waren wirklich ganz viele. Sind zusammen zum Kaffeetrinken gegangen und alles. Als meine Mom starb, dachte ich, daß ich vielleicht Budge oder Mary töten sollte, damit sie Gesellschaft hat. Weil tote Menschen genauso sind wie Sie und ich, sie haben noch Wünsche. Sie beobachten uns die ganze Zeit, und sie vermissen das Leben. Wir können noch schmecken, können Farben sehen, können riechen und haben Gefühle, und sie haben gar nichts mehr. Sie starren uns an, und *es entgeht ihnen nichts.* Sie sehen, was wirklich vorgeht, und wir sehen das kaum einmal. Wir sind viel zu beschäftigt, um nachzudenken, und verstehen alles falsch, so daß uns neunzig Prozent von dem entgehen, was geschieht.

PF: Ich weiß noch immer nicht, woher Sie gewußt haben, daß …

WD: Ach, du meine Güte, natürlich wissen Sie das nicht. Bitte verzeihen Sie mir! Es tut mir aufrichtig leid. Ich habe über die Freundinnen meiner Mom gesprochen, nicht wahr? Also wirklich, mein Mund sollte manchmal einen Reißverschluß haben. Na jedenfalls, Cleota starb, und Margie Meister ist in Pension gegangen und lebt jetzt in Florida. Aber Budge Dewdrop und Mary Graebel arbeiten noch im Büro des Shady Mount. Nun ja, Budge kam um die Zeit, als meine Mutter starb, aus irgendeinem Grund zu der Überzeugung, daß ich ein gräßlicher Mensch sei, und redet kein Wort mehr mit mir. Deshalb denke ich, ich hätte sie doch töten sollen. Da habe ich ihr das Leben gerettet, und sie behandelt mich so!

PF: Aber die andere Freundin Ihrer Mutter, Mary Graebel …

WD: Sie weiß noch, daß ich als kleiner Junge oft dort war,

und natürlich schaue ich auch jetzt noch ab und zu gern im Büro des Shady Mount vorbei und quatsche ein bißchen. Also war's nur ein Kinderspiel für mich. Ich war gestern in der Mittagspause kurz dort, und Mary und ich hielten einen gemütlichen Schwatz ab. Sie hat mir alles über ihre berühmte Patientin erzählt, daß ein Polizist sie bewachte und sie eine Privatschwester hatte, daß sie im dritten Stock lag und daß es ihr auf einmal besserging und alles. Und ich sah, wie die alte Budge Dewdrop drüben bei den Aktenschränken ganz allein vor sich hinmurmelte und innerlich kochte, aber Budge hat viel zu große Angst vor mir, denk ich, um offen etwas gegen mich zu sagen. Also hat sie uns nur diese Blicke zugeworfen, wissen Sie, diese großen Blicke. Ich aber wußte am Ende, was ich zu tun hatte.

PF: Diese Mary Graebel hat Ihnen auch gesagt, daß die Privatschwester jede Stunde Pause machte?

WD: Nein, das nicht, aber da hatte ich Glück. Sie kam gerade aus dem Zimmer, als ich in den Gang einbog. Also bin ich schnell hinein zu Mrs. Ransom. Und hab's getan. Und bin schnell wieder hinaus.

PF: Was war mit dem Polizeibeamten, der dort saß?

WD: Tja, ihn mußte ich natürlich auch töten.

PF: Und haben Sie ihn getötet?

WD: Wie meinen Sie das jetzt? Meinen Sie, ob ich ihn töten mußte oder ihn wirklich getötet habe?

PF: Ich bin nicht sicher, ob ich Ihnen jetzt folgen kann.

WD: Ich bin nur – vergessen Sie's. Vielleicht erinnere ich mich nicht sehr gut an den Polizisten, der bei ihr im Zimmer war. Alles ist ein bißchen verschwommen. Es mußte sehr schnell gehen, und ich war nervös. Aber ich habe doch gehört, daß Sie jemandem gesagt haben, der Beamte aus dem Krankenhaus sei tot. Sie sind an den Zellen vorübergegangen, und ich habe gehört, was Sie sagten. Sie haben gesagt: ›Er ist tot.‹

PF: Ich habe übertrieben.

WD: Na schön, dann hab' ich auch übertrieben. Als ich gesagt habe, ich hätte ihn getötet.

PF: Wie wollten Sie ihn denn töten?

WD: Weiß ich nicht mehr. Das ist mir nicht klar. Mein Kopf war ganz durcheinander.

PF: Was ist aus dem Hammer geworden? Sie hatten ihn nicht bei sich, als Sie nach Hause kamen.

WD: Ich habe ihn weggeworfen. Ich habe ihn auf dem Rückweg vom Krankenhaus in den Fluß geworfen.

PF: Sie haben ihn in den Millhaven River geworfen?

WD: Von der Brücke – der Brücke gleich bei The Green Woman. Sie wissen doch, wo man die tote Frau gefunden hat. Die Prostituierte.

PF: Über welche tote Frau sprechen wir jetzt, Walter? Ist das auch jemand, den Sie getötet haben?

WD: Guter Gott! Ihr Leute wißt auch gar nichts mehr. Natürlich ist das nicht jemand, den ich getötet habe, ich spreche von einem Mord, der vor langer Zeit passiert ist. Die Frau war die Mutter von William Damrosch, dem Cop. Er war auch dort unten – man hat ihn als Baby halb tot am Flußufer gefunden. Lesen Sie denn nie was? Das steht alles in *The Divided Man*.

PF: Mir ist nicht klar, warum Sie jetzt davon anfangen.

WD: Weil ich genau daran gedacht habe. Ich habe den Green Woman Taproom* gesehen und mich an das erinnert, was am Ufer passiert ist, an die Frau, die Prostituierte und ihr armes kleines Baby, das als William Damrosch aufgewachsen ist. Im Buch hat er Esterhaz geheißen. Ich dachte an die Frau und das Baby – ich denke *immer* an sie, wenn ich am Green Woman Taproom vorbei über den Fluß fahre. Weil das alles mit *den Blaue-Rose*-Morden zusammenhängt. Und man hat den Mann nie gefaßt, nicht wahr? Er ist ungeschoren davongekommen. Außer, Sie sind dumm genug zu denken, daß es Damrosch war, der die Frau getötet hat, was Sie wahrscheinlich tun.

PF: Also eigentlich bin ich ja viel mehr an Ihnen interessiert.

WD: Nun ja, jedenfalls habe ich den Hammer direkt aus dem Wagenfenster in den Fluß geworfen. Und bin

---

* Schenke

weiter nach Hause gefahren, und dort habe ich Sie getroffen. Und bin zu dem Schluß gekommen, daß es Zeit war, die Wahrheit zu sagen. Zeit, daß alles ans Licht kam.

PF: Wir sind Ihnen für Ihre Mitarbeit sehr dankbar, Walter. Ich möchte nur noch eine Kleinigkeit wissen, bevor wir eine Pause machen. Sie sagen, daß die Freundin Ihrer Mutter – wie hieß sie doch gleich? –, Budge Dewdrop, nach dem Tod Ihrer Mutter nie wieder mit Ihnen gesprochen hat. Haben Sie eine Ahnung, warum?

WD: Nein.

PF: Keine? Überhaupt keine Ahnung?

WD: Ich sag Ihnen doch, ich weiß es nicht.

PF: Wie ist Ihre Mutter gestorben, Walter?

WD: Einfach so. Im Schlaf. Sehr friedlich, genauso, wie sie es sich gewünscht hätte.

PF: Ihre Mutter wäre sehr unglücklich gewesen, wenn sie etwas von Ihren – Aktivitäten geahnt hätte, nicht wahr, Walter?

WD: Ja – nun. Das kann man wohl so sagen. Sie hatte schon bei den Tieren immer etwas dagegen.

PF: Hat sie das mit den Tieren ihren Freundinnen erzählt?

WD: O nein! Nun ja, vielleicht Budge.

PF: Aber daß Sie Menschen töten, hat sie nicht gewußt, oder?

WD: Nein. Natürlich nicht.

PF: War sie je neugierig wegen etwas, das Ihnen unangenehm war?

WD: Darüber möchte ich nicht sprechen.

PF: Was, glauben Sie, hat sie zu ihrer Freundin Budge gesagt?

WD: Das hat sie mir nie erzählt, aber sie muß mit ihr darüber gesprochen haben.

PF: Weil Budge sich benahm, als fürchte sie sich vor Ihnen?

WD: Sie sollte auch Angst vor mir haben.

PF: Walter, hat Ihre Mutter je eine Ihrer Trophäen gefunden?

WD: Ich habe gesagt, darüber will ich nicht sprechen.

PF: Aber Sie haben auch gesagt, es sei an der Zeit, daß jetzt alles ans Licht kommt. Erzählen Sie mir, was passiert ist.

WD: Was?

PF: Sie haben mir von der Mutter erzählt, die tot am Flußufer gefunden wurde. Jetzt erzählen Sie mir von Ihrer Mutter.

WD: (Unverständlich)

PF: Ich weiß, daß das schwer ist, aber ich weiß auch, daß Sie es tun möchten. Sie wollen, daß ich es erfahre, sogar das. Walter, was hat Ihre Mutter gefunden?

WD: Es war eine Art Tagebuch. Ich bewahrte es gewöhnlich in einer Jacke in meinem Schrank auf – in der Innentasche. Sie hat nicht geschnüffelt oder so, wollte die Jakke nur in die Reinigung bringen. Und sie fand das Tagebuch. Es war eine Art Notizbuch. Ich hatte ein paar Sachen drin, und sie hat mich danach gefragt.

PF: Was für Sachen?

WD: Zum Beispiel Initialen. Und ein paar Worte wie *Tätowiernarbe.* So Zeug wie zum Beispiel *rotes Haar*. Oder *blutiges Handtuch.* Sie muß mit Budge Dewdrop darüber gesprochen haben. Das hätte sie nicht tun dürfen!

PF: Hat sie Sie nach dem Tagebuch gefragt?

WD: Natürlich, klar. Aber ich habe immer gedacht, daß sie mir nie glaubt.

PF: Sie war demnach schon früher mißtrauisch?

WD: Das weiß ich nicht. Ich weiß es einfach nicht.

PF: Erzählen Sie mir jetzt, wie Ihre Mutter gestorben ist, Walter.

WD: Nun, jetzt ist es ja nicht mehr von Bedeutung, oder? Mit all diesen anderen Leuten, meine ich.

PF: Es ist für Sie von Bedeutung, und es ist für mich von Bedeutung. Erzählen Sie, Walter.

WD: Also, das ist passiert. Es war einen Tag, nachdem sie mein Tagebuch gefunden hatte. Als sie von der Arbeit nach Hause kam, benahm sie sich ein bißchen komisch. Ich wußte sofort, was das hieß. Sie hatte mit jemandem gesprochen und hatte deshalb ein schlechtes

Gewissen. Ich weiß nicht einmal, was sie gesagt hat, aber ich wußte, daß es etwas mit dem Tagebuch zu tun haben mußte. Ich machte das Abendbrot, wie immer, und sie ging früh zu Bett, anstatt aufzubleiben und mit mir fernzusehen. Ich war besorgt, aber ich denke, ich zeigte es nicht. Ich blieb lange auf, obwohl ich kaum mitkriegte, was in dem Film passierte, und ich trank zwei Glas Harveys Bristol Cream, etwas, das ich sonst *nie* tat. Dann war der Film zu Ende, und ich hatte wirklich keine Ahnung, was drin passiert war. Eigentlich hatte ich ihn mir nur wegen Ida Lupino angesehen – die hab' ich immer gemocht. Ich spülte die Gläser aus, drehte überall das Licht ab und ging hinauf. Ich wollte nur einen Blick in Mutters Zimmer werfen, bevor ich zu Bett ging. Also machte ich ihre Tür auf und ging rein. Es war so finster, daß ich, um sie überhaupt zu sehen, ganz nah ans Bett ran mußte, was ich auch tat. Wenn sie aufwacht, dachte ich, sage ich ihr einfach nur gute Nacht. Ich stand lange neben ihr, sehr lange. Ich dachte über alles nach. Sogar an Mr. Lancer dachte ich. Wenn ich nicht die zwei Gläser Harveys Bristol Cream getrunken hätte, wäre das alles wohl kaum passiert.

PF: Fahren Sie fort, Walter. Haben Sie ein Taschentuch?

WD: Selbstverständlich hab' ich ein Taschentuch. Ich habe ein Dutzend Taschentücher. Es ist okay, ich meine, ich bin okay. Jedenfalls stand ich da neben meiner – eh – meiner Mutter. Sie schlief richtig tief. Ich hatte überhaupt nicht die Absicht, etwas zu tun. Und ich hatte auch wirklich nicht das Gefühl, etwas zu tun. Es war, als geschehe überhaupt nichts. Ich beugte mich vor und legte ihr das zweite Kissen auf das Gesicht. Sie ist nicht aufgewacht. Sie rührte sich überhaupt nicht. Also geschah auch nichts. Und dann drückte ich das Kissen hinunter. Ich machte die Augen zu und drückte auf das Kissen. Nach einer Weile nahm ich es weg und ging ins Bett. In meinem Zimmer. Am nächsten Morgen machte ich Frühstück für uns, aber sie kam nicht, als ich sie rief, also ging ich in ihr Zimmer hinauf, und da lag sie noch im Bett, und ich wußte sofort, daß sie tot war. Ja, so war's. Ich rief die Polizei gleich aus ihrem Schlafzimmer an. Dann ging ich in die Küche, warf das Essen weg und wartete.

PF: Und was haben Sie der Polizei über den Tod Ihrer Mutter gesagt?

WD: Na ja, ich habe gesagt, sie sei im Schlaf gestorben. Und das war die Wahrheit.

PF: Aber nicht die ganze Wahrheit, ist das richtig, Walter?

WD: Nein. Aber ich wußte selber kaum, was die ganze Wahrheit war.

PF: Das sehe ich, Walter. Wir machen jetzt eine Pause, und ich lasse Sie allein, damit Sie ein paar Minuten für sich haben. Ist das okay?

WD: Okay. Ein paar Minuten für mich allein wären großartig.

12

Fontaine stand auf, nickte zweimal und wandte sich von Dragonette ab.

»Sind Sie zufrieden, Mr. Ransom?« fragte Wheeler. »Zweifeln Sie noch an der Identität des Mörders Ihrer Frau?«

»Wie könnte ich das?«

Paul Fontaine kam herein und bewahrte mich davor, etwas zu sagen. »Ich denke, mehr brauchen Sie nicht zu hören, Mr. Ransom«, sagte er. »Gehen Sie nach Hause, und ruhen Sie sich aus. Wenn sich noch etwas ergibt, setzen wir uns mit Ihnen in Verbindung.«

»Wenigstens«, sagte Wheeler, »wissen Sie jetzt, warum er Ihre Frau getötet hat.«

»Er hat sie getötet, weil er sie gern hatte«, sagte Ransom. »Ihr Büro lag neben dem des Maklers.« Er schien benommen, fast wie betäubt.

»Das war gute Arbeit, Paul«, sagte Wheeler und stand auf.

Wir standen alle auf. Fontaine verließ die Kabine, und wir anderen folgten ihm in den hellen Korridor.

»Du hast ihn durchschaut«, sagte Monroe.

Fontaine sah ihn traurig lächelnd an. »Ich denke, wir werden alle Belastungspunkte bis zum Abend beisammen haben. Wir müssen in diesem Fall sorgfältiger vorgehen, nicht mit der bei uns üblichen Blitzgeschwindigkeit, sonst schikken uns die hohen Tiere zum Toilettenreinigen. Ich gebe es nur ungern zu, aber es wird den Lieutenant nicht im geringsten beeindrucken, daß ich Walter dazu gebracht habe, den Mord an seiner Mutter zuzugeben.«

»Nun ja, McCandless hatte eben keine Mutter«, sagte Monroe. »Der ist ein Wechselbalg.«

Fontaine wich zurück und musterte Wheeler und Monroe mit komischem Entsetzen. »Ihr beide müßt doch noch ein paar unaufgeklärte Morde auf Lager haben.«

»Es gibt in Millhaven keine unaufgeklärten Morde mehr«, sagte Monroe. »Hast du das nicht gehört?«

Er grinste Ransom und mich an und machte sich durch die langen Korridore auf den Weg zurück zur Mordkommission. Wheeler ging mit ihm.

»Scheint, als hätten Sie in Mr. Dragonette einen neuen Fan«, sagte Fontaine zu mir.

»Ein Jammer, daß er uns nicht sagen konnte, wer der ursprüngliche *Blaue-Rose*-Mörder war.«

Hier, im Korridor vor dem Verhörzimmer, hatte Fontaines Haut eine Färbung zwischen Gelb und Grün angenommen wie ein welkes Salatblatt.

»Haben die neuen Fälle Sie je veranlaßt, sich mit den Akten der alten zu befassen?« fragte ich.

»Die Blaue Rose mordete lange, lange vor meiner Zeit.«

»Glauben Sie, ich könnte die Akten einsehen?« Er sah mich starr an, und ich sagte: »Ich bin an den *Blaue-Rose*-Morden noch sehr interessiert.«

»Sie recherchieren für Ihre Bücher, nachdem Sie sie geschrieben haben?«

John Ransom drehte sich schwerfällig zu mir um. »Was hat es für einen Sinn?«

»Ja, was hat es für einen Sinn, Mr. Underhill?«

»Es ist etwas Persönliches«, sagte ich.

Fontaine blinzelte, zweimal, sehr langsam. »Diese Akten

sind heiß. Aber da Mike Hogan ein solcher Bewunderer von Ihnen ist, könnten wir diese Bresche in unserer festungsartigen Vertraulichkeitsvorschrift möglicherweise zulassen. Natürlich müssen diese Akten zuerst gefunden werden. Ich gebe Ihnen Bescheid. Vielen Dank, daß Sie uns Ihre Zeit gewidmet haben, Mr. Ransom. Ich werde Sie telefonisch auf dem laufenden halten.«

Ransom winkte ihm und ging langsam auf den älteren Teil des Gebäudes zu.

Mir fiel etwas ein, und ich stellte Fontaine noch eine Frage: »Haben Sie je den Namen des Mannes festgestellt, der John gefolgt ist? Des Grauhaarigen mit dem Pferdeschwanz, der den Lexus fährt?«

Fontaine spitzte die Lippen. Die Linien um Augen und Mund wurden tiefer, die schlaffen Partien seines Gesichts noch trauriger. »Das habe ich ganz vergessen«, sagte er. »Glauben Sie, es hat einen Sinn …«

Er zuckte lächelnd mit den Schultern, und ich hatte das Gefühl, daß diese Höflichkeit nur dazu diente zu bemänteln, daß er mich eben irgendwie belogen hatte. Im nächsten Moment erschien es mir unmöglich, daß jemand wie Fontaine mich wegen einer solchen Nichtigkeit hintergehen würde. Ich sah ihm nach, als er vorgebeugt, in dem formlos schlotternden Anzug zum Verhörzimmer zurückging. Was er im Verhörzimmer erreicht hatte, hatte mich wieder frei gemacht, doch ich fühlte mich nicht frei.

Fontaine blickte zur Seite und hielt den großen Polizisten, der mit einem getippten Formular auf den Korridor trat, am Ellenbogen fest, bevor er weitergehen konnte. Ich erinnerte mich, den Jüngeren heute morgen im Krankenhaus gesehen zu haben.

»Sonny, begleiten Sie bitte die beiden Herren zum Parkplatz. Ich würde es selbst tun, muß aber zu einem Verhör zurück.«

»Ja, Sir«, sagte Sonny. »Draußen auf der Treppe müssen mindestens ein paar hundert Leute stehen. Wo kriegen die nur so schnell die Transparente her?«

»Sie haben keine Jobs.«

Sonny lachte und bewegte sich auf uns zu wie ein Turm.

Während wir die Metallstufen des Altbaus hinunterklapperten, sagte er zu Ransom, wie sehr er den Tod seiner Frau bedaure. »Der ganzen Abteilung tut es leid«, sagte er. »Als wir's heute morgen im Auto hörten, war es so – es war wie eins von den Dingen, die man zuerst gar nicht glauben kann. Detective Fontaine und ich brachten gerade den Kerl ins Präsidium.«

»Sie haben alle zusammen in einem Wagen gesessen, als die Meldung über Mrs. Ransom durchgegeben wurde?« fragte ich.

Sonny drehte sich auf der Treppe um und sah mich an. »Das hab' ich doch eben gesagt.«

»Sie sind gefahren und konnten den Bericht hören?«

»Klar wie eine Glocke.«

»Was wurde gesagt?«

»Um Himmels willen, Tim«, sagte John Ransom.

»Ich will nur wissen, was in der Meldung gesagt wurde.«

»Nun ja, die Frau, die ihn durchgab, war ziemlich aufgeregt.« Sonny ging langsamer, hielt sich am Treppengeländer fest und schaute zurück. »Sie sagte, Mrs. Ransom sei in ihrem Zimmer erschlagen worden, entschuldigen Sie, Sir.«

»Und hat sie etwas über Officer Mangelotti gesagt?«

»Ja, sie hat gesagt, daß er verletzt ist. Sie ist neu und muß sehr aufgeregt gewesen sein – sie hat vergessen, die Codes zu benutzen.«

»Was, zum Teufel, soll das, Tim?« sagte Ransom. »Ich will nichts davon wissen. Was macht es denn für einen Unterschied?«

»Wahrscheinlich keinen«, sagte ich.

»Dragonette hat sofort alles zugegeben«, sagte Sonny. »Er hat Fontaine erklärt, ›wenn ihr Typen nur 'n bißchen schneller gearbeitet hättet, hättet ihr sie auch retten können‹. Darauf sagt Fontaine: ›Gestehen Sie den Mord an April Ransom?‹, und er sagt: ›Natürlich. Ich hab' sie doch getötet, oder?‹«

Er erreichte die letzte Stufe und marschierte dann durch den Korridor, der mich an eine alte Grundschule erinnert hatte, als ich hinter Paul Fontaine hergehetzt war. Jetzt schien alles besudelt durch das, was ich oben gehört hatte. Die Zettel und Papiere auf dem Schwarzen Brett sahen wie brutale Scherze aus. WAFFEN ZU VERKAUFEN. GUT. BILLIG. BRAUCHT JEMAND SCHEIDUNGSANWALT MIT ZWANZIGJÄHRIGER ERFAHRUNG BEI DER POLIZEI? KARATE FÜR COPS. Und schon hatte jemand ein gelbes Papier mit folgendem Text über die anderen gepinnt: LEUTE, DIE WALTER DRAGONETTE HÄTTE ZU SICH NACH HAUSE EINLADEN SOLLEN. Der Name des Bürgermeisters von Millhaven, Merlin Waterford, stand zuoberst auf der Liste.

»Hier wären wir.« Sonny hielt mit ausgestrecktem Arm die Tür zum Parkplatz offen und trat zur Seite, damit er den Rahmen nicht ganz ausfüllte. John Ransom drückte sich, eine Grimasse schneidend, an ihm vorbei, und ich schob mich durch die Lücke zwischen dem großen Cop und dem Türrahmen. Sonny lächelte auf mich herunter.

»Nur immer mit der Ruhe«, sagte er und ließ die Tür hinter uns zufallen.

Alle Cops, die auf dem Parkplatz herumstanden, starrten uns an, als wir zu Ransoms Wagen gingen. Die Seiten der Gebäude um uns herum, roter Klinker und grauer Stein, neigten sich nach innen, und die Polizisten, die uns beobachteten, sahen wie im Käfig gefangene Tiere aus. Überall die Spuren von Alter und unterdrückter Gewalt.

Ransom sackte auf dem Beifahrersitz zusammen. Ein paar Cops mit Betongesichtern kamen auf unseren Wagen zu. Ich stieg ein und ließ den Motor an. Bevor ich den Gang einlegen konnte, tauchte einer der Cops neben mir auf und lehnte sich ins offene Fenster. Sein Gesicht war ganz dicht vor meinem. Der Whiskey hatte ihm rote Flecken in die Wangen gebrannt, und seine Augen waren blaß und tot. *Damrosch,* dachte ich. Zwei andere standen hinter dem Wagen.

»Hatten Sie hier was zu tun?«

»Wir waren mit Paul Fontaine zusammen«, sagte ich.

»Waren Sie.« Es war keine Frage.

»Das ist John Ransom. Der Ehemann von April Ransom.«

Das schreckliche Gesicht wich zurück. »Raus hier, fahren Sie, raus!« Er richtete sich auf, ging zur Seite und winkte mich weg. Die Cops hinter dem Wagen lösten sich in Luft auf.

Ich fuhr durch die holprige, schachtähnliche Gasse zwischen den hohen städtischen Gebäuden und bog in die Straße ein. Irgendwo weit entfernt sangen Leute. John Ransom seufzte. Ich sah ihn an, und er beugte sich vor und schaltete das Radio ein. Eine unpersönliche Radiostimme sagte: »... laufen immer neue Berichte ein, und manche widersprechen einander, aber es scheint kaum noch Zweifel daran zu geben, daß Walter Dragonette mindestens fünfundzwanzig Menschen ermordet hat. Man spricht ganz offen über Kannibalismus und Folter. Vor dem Polizeipräsidium hat sich spontan eine Demonstration ...«

Ransom drückte auf einen Knopf, und aus den Lautsprechern kam Trompetenmusik – Clifford Brown, der *Joy Spring* spielte. Ich sah Ransom überrascht an, und er sagte: »Der Sender des Arkham College bringt täglich vier Stunden Jazz.« Er ließ sich auf dem Sitz zurückfallen. Er hatte nur nichts mehr über Walter Dragonette hören wollen.

Ich bog um die Ecke und fuhr an der Einmündung zum Armory Place vorüber. Clifford Brown, seit mehr als dreißig Jahren tot, spielte eine Phrase, die zuversichtlich und überzeugend Tod und Zeit auslöschte. Die Musik hob mich beinahe aus der Depression heraus, die Walter Dragonette in mir ausgelöst hatte. Ich erinnerte mich, daß ich dieselbe Phrase vor vielen, vielen Jahren in Camp Crandall gehört hatte.

Auf der Treppe des Polizeipräsidiums und der Plaza waren inzwischen dreimal soviel Menschen versammelt wie vorher. Transparente und Texttafeln tanzten über ihren Köpfen. Auf einer stand VASS MUSS GEHEN. Eine Stimme bellte durch das Megaphon, daß sie es satt habe, in Angst zu leben.

Ich fragte Ransom, wer Vass sei.

»Polizeichef«, murmelte er.

»Hast du was dagegen, wenn wir einen kleinen Umweg machen?« fragte ich.

Ransom schüttelte den Kopf.

Ich ließ die brüllende Menge zurück und fuhr weiter zur Horatio Street am anderen Ende des *Ledger*-Gebäudes und des Zentrums für Bildende Künste. Die Horatio Street führte durch ein Viertel, das hauptsächlich aus einstöckigen Lagerhäusern, Tankstellen und Schnapsläden bestand; es gab jedoch auch zwei mutige kleine Kunstgalerien, die anscheinend versuchen wollten, die Gegend in ein zweites Soho umzuwandeln.

Clifford Brown spielte weiter, und blendendes Sonnenlicht lag auf den Fenstern und Dächern der Autos. Ransom saß wortlos neben mir, die rechte Hand auf den Mund gepreßt, die Augen offen, aber dennoch blind. Vor der Einfahrt zur Brücke stand ein Schild, das verkündete, für Fahrzeuge mit einem Gewicht von mehr als einer Tonne sei die Brücke gesperrt. Ich hatte freie Fahrt und hielt auf der anderen Seite an. Ransom sah aus, als schlafe er mit offenen Augen. Ich stieg aus und betrachtete den Fluß und seine Ufer. Zwischen dunklen Betonwänden wälzte sich der schwarze Fluß träge zum Michigansee. Er war zwischen vier bis sechs Meter tief und so dunkel, daß er grundlos hätte sein können. Schlammige Ufer, übersät mit alten Autoreifen und hölzernen Lattenkisten, fielen von den Betonmauern schräg ab ins Wasser.

Vor sechzehn Jahren war dies ein irisches Viertel gewesen, voller rüpelhafter, gewalttätiger Männer, die Straßen gebaut und Straßenbahnschienen gelegt hatten; für kurze Zeit hatten in den Mietskasernen auch die Männer gewohnt, die in den Lagerhäusern jenseits des Flusses arbeiteten; und über einen noch kürzeren Zeitraum hinweg hatten sich Studenten des Arkham College und der heimischen Universität wegen der billigen Mieten in den Häusern niedergelassen; jetzt hausten Leute darin, die ihren Abfall und ihre alten Möbel auf die Straße warfen. Der Green Woman Taproom war der gleichen Verwahrlosung anheimgefallen.

Die Taverne lag in einem kleinen, einstöckigen Gebäude mit Schrägdach, auf einer Betonplatte erbaut, die über das östliche Flußufer hinausragte. Die Rückseite zierten mehrere unsymmetrische Anbauten. Früher war die Bar das Stammlokal von Verwaltungsbeamten und dienstfreien Cops gewesen. Im Sommer waren an runden weißen Tischen mit Blick auf den Fluß hoffnungsvolle Versionen irischer Gerichte serviert worden – ›Mrs. O'Reillys Lammkeule‹ und ›Paddy Murphys Irish Stew‹. Jetzt waren die Tische nicht mehr da, und auf dem Beton machten sich bunte Graffiti breit. SKUZ

SUX. ROMI 22. TÖTE MICH TOD. In einem zickzackförmig mit Klebestreifen verpappten Fenster hing windschief eine Pforzheimer Bierreklame. In einer bitteren Winternacht hatten Menschen dort drin gelacht und getrunken und diskutiert, während kaum sechs Meter entfernt jemand eine Frau umbrachte, die ein Baby im Arm hielt.

»War das nicht eine verrückte Geschichte?« sagte eine Stimme an meiner Schulter. Erschrocken zusammenzuckend, schaute ich mich um und sah Ransom dicht hinter mir. Der Wagen stand mit offenen Türen am Straßenrand. Wir beide waren ganz allein in der sonnigen Wüstenei. Ransom sah aus wie ein Geist, unkörperlich, das Gesicht gebleicht vom Licht und seiner hellen Kleidung. Eine Sekunde lang dachte ich, er meine, William Damroschs Geschichte sei verrückt, und ich nickte.

»Dieser Wahnsinnige«, sagte er und betrachtete den Unrat, der über das ausgedörrte Flußufer verstreut war. »Er hat meine Frau im Büro *seines Maklers* gesehen.« Er ging weiter und starrte auf den Fluß hinunter. Das schwarze Wasser floß so träge, daß es stillzustehen schien. Ein Glanz lag darauf wie eine dünne Eisschicht.

Ich betrachtete Ransom prüfend. Sein Gesicht hatte wieder ein wenig Farbe bekommen, aber er sah noch immer so aus, als werde er im nächsten Moment verschwinden. »Um die Wahrheit zu sagen, mich beunruhigt, daß er vor seinem Geständnis von dem Mord an April gehört hatte. Und er wußte nicht, daß Mangelotti nicht erstochen worden war, sondern eins auf den Schädel gekriegt hatte.«

»Er hatte es vergessen. Außerdem schien es Fontaine nicht zu stören.«

»Auch das macht mir Kopfzerbrechen«, sagte ich. »Fontaine und Hogan wollen auf diesem Brett im Pausenraum viele schwarze Gutpunkte sammeln ...«

Ransom wurde wieder kalkweiß. Er ging zum Wagen zurück und setzte sich auf den Beifahrersitz. Seine Hände zitterten. Sein ganzes Gesicht zuckte wie im Krampf, als er zu schlucken versuchte. Er sah mich von der Seite her an, als prüfe er, ob ich das alles auch richtig verstand. »Könnten wir nach Hause fahren, bitte?«

Auf der restlichen Fahrt zum Ely Place sprach er kein einziges Wort mehr.

13

John drückte auf den Abspielknopf des Anrufbeantworters. Nicht mehr dem grellen, zersetzenden Sonnenlicht ausgesetzt, schien er wieder körperlicher geworden und nicht mehr kurz davor, sich aufzulösen.

Er richtete sich auf, als das Band zurückgelaufen war, und sah mich mit schwimmenden Augen an. Seine eigentlichen Gesichtszüge – das schmalere, männlichere Gesicht, das ich vor Jahren gekannt hatte – drängte durch das fleischige Polster, hinter dem sie verborgen gewesen waren.

»Eine Nachricht ist von mir«, sagte ich. »Ich habe hier angerufen, bevor ich ins Krankenhaus fuhr.«

Er nickte.

Ich ging ins Wohnzimmer und setzte mich dem Vuillard-Gemälde gegenüber auf die Couch. Der erste Anrufer, fiel mir ein, hatte gestern eine Nachricht hinterlassen. Eine blecherne, aber deutliche Stimme sagte: »John? Mr. Ransom? Sind Sie zu Hause?« Ich beugte mich vor, nahm eines der Vietnam-Bücher vom Tisch und schlug es aufs Geratewohl auf. »Wahrscheinlich nicht«, sagte die Stimme. »Ja – hier ist Byron Dorian. Entschuldigen Sie, daß ich anrufe, aber ich möchte gern erfahren, wie es April – wie es Mrs. Ransom geht. Im Shady Mount will man mir nicht einmal sagen, ob sie dort liegt. Ich weiß, wie schwer das für Sie sein muß, aber könnten Sie mich wohl zurückrufen? Es ist wichtig für mich. Oder ich rufe Sie wieder an. Ich möchte nur etwas hören – diese Ungewißheit ist schlimm. Okay. Wiederhören.«

Eine andere Stimme. »Hallo, John, hier spricht Dick Mueller. Wir bei Barnett fragen uns alle, wie es April geht und ob sie Fortschritte macht. Wir fühlen mit Ihnen, weil Sie so viel durchmachen müssen, John.« Ransom stieß einen tiefen Seufzer aus. »Rufen Sie mich bitte im Büro oder zu Hause an, um mir zu sagen, wie es steht. Meine Privatnummer ist

474-0653. Ich hoffe, bald von Ihnen zu hören. Tschüs, inzwischen.«

Ich wette, der Makler des Schlächters hatte sich morgens höchst unwohl gefühlt, als er sich, seinen *Ledger* vor sich, über die Rühreier mit Speck hermachen wollte.

Der nächste Anruf war der meine aus dem St. Alwyn, und ich versuchte mich gegen diese tiefere, keuchende Imitation meiner richtigen Stimme abzublocken, indem ich mich auf die Gemälde vor mir konzentrierte.

Dann dröhnte eine noch viel tiefere und viel keuchender klingende Stimme als die meine aus den kleinen Lautsprechern. »John? John? Ich muß verreisen. Ich verstehe nicht – verstehe nicht, wo meine Tochter ist. Kannst du es mir sagen? Ruf mich zurück, oder komm bald zu mir, ja? Wo, zum Teufel, ist April?« Lautes Atmen übertönte das Zischen des Bandes, während der Anrufer darauf zu warten schien, daß ihm geantwortet wurde. »Gottverdammt!« stieß er hervor und atmete noch ein paar Sekunden in den Hörer hinein. Dann knallte er ihn ein paarmal auf die Gabel, bevor es ihm gelang, richtig aufzulegen.

»O Gott!« sagte Ransom. »Genau das, was ich gebraucht habe. Aprils Vater. Ich hab' dir von ihm erzählt – Alan Brookner. Ist das zu glauben? Er soll nächstes Jahr sein Seminar über die Religionen des Ostens leiten und außerdem das Seminar über den Begriff der Heiligkeit, das wir gemeinsam abhalten.« Er legte die Hände auf den Kopf, als wolle er verhindern, daß er nach oben explodierte wie eine Fontäne.

Ich legte das Buch auf den Couchtisch zurück.

Die Hände noch immer auf dem Kopf, seufzte Ransom abermals tief auf. »Ich schätze, ich muß ihn zurückrufen. Vielleicht müssen wir auch hin zu ihm.« Ich sagte, ich hätte nichts dagegen.

»Vielleicht lasse ich dich auch bei diesen anderen Leuten anrufen, nachdem wir bei Alan waren.«

»Ich tu alles, das geht in Ordnung.«

»Ich schätze, ich muß Alan anrufen«, sagte er wieder. Er nahm die Hände herunter und ging zum Telefon zurück.

Er wählte und wartete dann ungeduldig, bis nach langem Läuten endlich abgenommen wurde. »Okay«, sagte er dann und drehte sich, den Kopf in den Nacken legend, zur Wand um. »Alan, hier ist John. Ich habe eben deinen Anruf abgehört … ja, das höre ich … Nein, April ist nicht hier, Alan, sie mußte weg. Hör mal, soll ich zu dir kommen? … Klar, kein Problem, ich bin sofort da. Beruhige dich, Alan, ich bin in ein paar Minuten drüben.«

Nachdem er aufgelegt hatte, kam er wieder ins Wohnzimmer. Er sah so verzweifelt aus, daß ich ihm am liebsten befohlen hätte, etwas zu trinken und ins Bett zu gehen. Er hatte nicht einmal gefrühstückt, und inzwischen war es fast zwei. »Es tut mir leid, aber bringen wir's hinter uns«, sagte er.

»Willst du nicht fahren?« fragte ich, als er an seinem Wagen vorbei und den Ely Place in östlicher Richtung entlangging.

»Alan wohnt nur zwei Blocks entfernt, und auch wenn wir jetzt Glück hatten, kriegt man hier herum sonst nie einen Parkplatz. Die Leute würden einen für einen Parkplatz auch umbringen, wenn nötig.« Er schaute zu mir zurück, und ich beeilte mich, ihn einzuholen. Seite an Seite gingen wir weiter.

»Heut morgen hat mich gegenüber vom Krankenhaus so ein Typ angebrüllt, weil ich vor seinem Haus geparkt habe«, sagte ich. »Ich schätze, ich hatte Glück, daß er nicht geschossen hat.«

Ransom knurrte etwas und zeigte, als wir zur nächsten Ecke kamen, mit dem Daumen nach rechts. Der Kragen seines weißen Hemdes war dunkel von Feuchtigkeit, und die Hemdbrust klebte ihm stellenweise auf der Haut.

»Er war besonders entrüstet, weil sich heute morgen jemand, der aus dem Krankenhaus kam, auf seinen Rasen setzte.«

Ransom sah mich erschrocken an, wie ein Wild, das im Wald einen Jäger erspähte. »Na ja.« Er schaute wieder nach vorn und ging weiter. »Tut mir leid, daß du meinetwegen so viel Ärger hast.«

»Ich dachte, Alan Brookner sei dein Idol.«

»Er hatte ein paar Schwierigkeiten.«

»Er weiß nicht einmal, daß April bei einem Überfall verletzt wurde?«

Ransom schüttelte den Kopf und schob die Hände in die Taschen. »Ich wäre dir sehr dankbar, wenn du mitmachen würdest. Ich kann ihm nicht sagen, daß April tot ist.«

»Wird er es nicht in der Zeitung lesen?«

»Das ist unwahrscheinlich«, sagte John. »Wir sind da.«

Das erste Haus an der Ostseite des Blocks war ein solides zweistöckiges, rotes georgianisches Klinkerhaus mit einer fächerförmigen Lünette über der Haustür und symmetrischen Fenstern in dekorativen Laibungen. Auf dem Rasen standen hohe Eichen, und das Gras wuchs wild, überwuchert von kniehohem Unkraut.

»Ich vergesse ständig, daß ich wegen des Rasens etwas unternehmen müßte«, sagte John, und es klang, als wollte er ihn am liebsten asphaltieren. Rollen gilbender Zeitungen, von Gummiringen zusammengehalten, schauten zwischen dem Unkraut heraus, einige davon so verwittert, daß sie wie die künstlichen Scheite in einem Gaskamin aussahen.

»Im Haus wird es nicht allzu sauber sein«, sagte er. »Wir haben vergangenes Jahr ein Mädchen für ihn eingestellt, aber es hat gekündigt – kurz bevor April ins Krankenhaus kam, und ich war nicht …« Er zuckte mit den Schultern.

»Verläßt er das Haus denn nie?« fragte ich.

Ransom schüttelte den Kopf Er hämmerte wieder an die Tür und legte dann die flache Hand vors Gesicht. »Er hat einen seiner *Tage.* Ich hätte es wissen müssen.« Er holte einen schweren Schlüsselbund aus der Tasche und suchte lange, bis er den richtigen Schlüssel fand. Er drehte ihn herum und stieß die Tür auf »Alan? Alan, ich bin hier, und ich habe einen Freund mitgebracht!«

Er trat ein und winkte mir, ihm zu folgen.

Ich watete durch die ungeöffneten Briefumschläge, die auf dem blauen Perserteppich in der Diele lagen. Unordentliche Bücher- und Zeitschriftenstapel bedeckten bis auf einen schmalen Pfad die Stufen einer Wendeltreppe. Ransom bückte sich, hob eine Handvoll Briefe auf und nahm sie ins Nebenzimmer mit. »Alan?« Frustriert schüttelte er den Kopf und warf die Briefe auf ein ledernes braunes Chesterfieldsofa.

Große Ölgemälde, auf denen vor englischen Landhäusern

versammelte Familien dargestellt waren, hingen an der Längswand mir gegenüber. Bücherreihen über Bücherreihen an den anderen Wänden, und auf einem größeren, rosenfarbenen indischen Teppich lagen Bücher ohne Schutzumschläge. Aufgeschlagene Bücher, zerrissenes Schreibmaschinenpapier und Teller mit gestockten Spiegeleiern, vertrocknete Brotscheiben und verkohlte hot dogs vergammelten auf dem breiten Kaminsims und einem Tisch mit lederbezogener Platte, der vor dem Chesterfieldsofa stand. Alle Lampen waren an. Etwas in diesem Raum ließ meine Augen brennen wie in einem zu stark gechlorten Swimmingpool.

»Was für ein Schweinestall«, sagte Ransom. »Alles wäre in Ordnung, wenn das Mädchen nicht gekündigt hätte – schau mal, er hat ein Manuskript zerrissen.«

Seine Schuhe wirbelten große, flaumige Staubflocken auf. Er öffnete ein Fenster, das in der Seitenwand in eines der Bücherregale eingelassen war.

Ein leichter, aber unverkennbarer Geruch von Exkrementen stieg mir in die Nase.

Dann rief ein umfangreicher, keuchender Altmännerbariton dröhnend: »John? Bist du das, John?«

Ransom wandte sich mir müde zu und hob die Stimme. »Ich bin unten!«

»Unten?« Der alte Mann hörte sich an, als habe er ein Megaphon eingebaut. »Habe ich dich angerufen?«

Ransoms Gesichtszüge wurden schlaff. »Ja. Du hast mich angerufen.«

»Hast du April mitgebracht? Wir wollten doch wegfahren.«

Schritte kamen die Treppe herunter.

»Ich weiß nicht, ob ich dem gewachsen bin«, sagte Ransom.

»Mit wem redest du? Grant? Ist Grant Hoffman hier?«

Die Schritte kamen auf der untersten Stufe an. »Nein«, sagte Ransom. »Es ist ein Freund von mir, nicht Grant Hoffman.«

Ein alter Mann mit wallendem weißem Haar und langen, knochigen Armen und Beinen kam hereingetappt, bekleidet nur mit einer mit gelben Flecken übersäten Unterhose. Die

Knie und Ellenbogen sahen für seinen übrigen Körper zu groß aus. Weißes Haar bedeckte die magere Brust wie Flaum, und offenes, seidiges Haar hing ihm in den Nacken und bedeckte die Unterseite seines Kinns. Wäre er nicht gebückt gegangen, wäre er ungefähr so groß gewesen wie ich. Ein starker, säuerlicher Geruch kam mit ihm herein. Er hatte sehr kluge und lebhafte Affenaugen.

»Wo ist Grant?« bellte er. »Ich habe gehört, daß du mit ihm gesprochen hast.« Die leuchtenden Augen richteten sich auf mich, und sein Gesicht verschloß sich wie eine Muschelschale. »Wer ist das? Ist er hier, um April abzuholen?«

»Nein, Alan. Das ist mein Freund Tim Underhill. April ist verreist.«

»Das ist lächerlich!« Das zornige Schimpansengesicht wandte sich wieder Ransom zu. »April hätte es mir gesagt, wenn sie die Absicht gehabt hätte zu verreisen. Hast *du* mir gesagt, daß sie verreisen wollte?«

»Ein paarmal.«

Der alte Mann kam auf seinen knorrigen Storchenbeinen auf uns zu. Das Haar wehte ihm um den Kopf »Nun, ich glaube, ich erinnere mich nicht mehr an alles. Ein Freund von John sind Sie? Kennen Sie meine Tochter?«

Der Geruch wurde stärker, als er näher kam, und das Brennen in meinen Augen schlimmer.

»Ich kenne sie nicht, nein.«

»Ein Jammer. Es würde Ihnen die Schuhe ausziehen, wenn Sie sie sehen. Wollen Sie einen Drink? Den brauchen Sie, wenn Sie's mit April aufnehmen wollen.«

»Er trinkt nicht«, sagte Ransom. »Und du solltest auch aufhören.«

»Kommt mit mir in die Küche, dort ist alles, was ihr braucht.«

»Alan, du mußt mit mir hinaufkommen«, sagte Ransom. »Du brauchst dringend ein Bad.«

»Ich habe heut morgen geduscht.« Brookner wies mit einer ruckartigen Kopfbewegung auf eine Tür an der rechten Seite und grinste mich an, um mir zu verstehen zu geben, daß wir in der Küche einen draufmachen konnten, wenn wir den aufgeblasenen Moralapostel abhängten. Dann verschloß sein Gesicht sich wieder, und er warf Ransom einen unfreundlichen Blick zu. »Du darfst in die Küche mitkommen, wenn du mir sagst, wo April ist. Falls du es weißt. Was ich bezweifle.«

Er packte meinen Ellenbogen mit seiner knochigen Klaue und zerrte an meinem Arm.

»Okay«, sagte Ransom, »schauen wir uns mal die Küche an.«

»Ich trinke nicht bis zum Exzeß«, sagte Alan Brookner. »Ich trinke genau die Menge, die ich trinken will. Das ist etwas anderes. Säufer trinken bis zum Exzeß.«

Er zerrte mich durch den Raum. Braune Streifen und Spritzer waren an seinen Beinen getrocknet.

»Meine Tochter mal kennengelernt?«

»Nein.«

»Sie ist 'ne Wucht. Mann wie Sie wüßte sie zu schätzen.« Er schlug mit dem Unterarm gegen die Bücherwand, und sie flog auf.

Wir gingen durch einen Korridor mit gerahmten Diplomen, Ehrenurkunden und Zertifikaten an den Wänden. Zwischen den Urkunden hingen ein paar Familienfotos, und ich sah einen jüngeren, robusteren Alan Brookner, den Arm um ein strahlendes blondes Mädchen gelegt, das nicht viel kleiner war als er. Sie sahen aus, als gehöre ihnen die ganze Welt – Selbstbewußtsein umgab sie wie ein Schild.

Brookner ging an der Fotografie vorbei, ohne sie anzusehen, wie er das wohl ein paar dutzendmal am Tag tat. Im Korridor war sein Geruch viel stärker. Weißer Haarpelz bedeckte wie dicke Spinnweben seine knochigen Schultern. »Nimm dir eine gute Frau und bete, daß sie es mit dir aushält. Das ist das Rezept.«

Er stapfte durch eine zweite Tür und zog mich in eine wahre Mülldeponie von Küche. Dann fiel die Tür zu. Der Gestank verfaulender Speisen überdeckte Brookners Körpergeruch. Die Tür schwang von selbst zurück und traf John Ransom, der »Verdammt!« sagte.

»Denkst du manchmal an die Verdammnis, John? Faszinierender Gedanke, so vieldeutig. Im Himmel verlieren wir unsere Persönlichkeit vor der ewigen Herrlichkeit Gottes, aber in der Hölle bleiben wir selbst. Mehr noch, wir denken, wir verdienten die Verdammnis, und das Christentum lehrt uns, unsere ersten Vorfahren hätten sie uns als Fluch auferlegt, Augustinus sagte, sogar Natur sei verdammt, und ...« Er ließ meinen Arm los und fuhr herum. »Wo, zum Teufel, ist jetzt diese Flasche? Sind diese Flaschen, sollte ich eigentlich sagen.«

Auf dem Abtropfbrett der Spüle standen leere Dewar's-Flaschen, und neben der Hintertür lehnte eine große Papiertüte voller leerer Flaschen. Auf allen Arbeitsplatten und in der Spüle lagen Pizzaschachteln, auf denen sich die bekannten braunen Insekten tummelten, die über die verkrusteten Teller und auf dem Kopf stehende Gläser krabbelten.

»Bitte, und dir wird gegeben werden«, sagte Brookner und fischte eine noch ungeöffnete Flasche Scotch aus einem Karton unter der Spüle. Er stellte sie mit einem Knall auf den Tresen, und die Kakerlaken in der Spüle schlüpften in die nächste Pizzaschachtel. Er erbrach das Siegel und schraubte den Verschluß auf »Gläser dort oben«, sagte er und nickte zu dem Schrank in der Nähe meines Kopfes.

Ich machte den Schrank auf. Fünf Highballgläser standen auf einem Bord, auf dem Platz für dreißig war. Ich nahm drei heraus und stellte sie vor Brookner hin. Er sah ein bißchen wie ein unappetitlicher indianischer Medizinmann aus.

»Na ja, heute kann ich wirklich einen Drink brauchen«, sagte Ransom. »Trinken wir ein Glas, und dann kümmern wir uns um dich.«

»Sag mir, wo April ist.« Brookner packte die Flasche, und sein Affengesicht sah Ransom wütend an.

»Sie ist verreist«, sagte Ransom.

»Investment-Bonzen reisen nicht in der Weltgeschichte umher, wenn ihre Kunden sie brauchen. Ist sie zu Hause? Ist sie krank?«

»Sie ist in San Francisco«, sagte Ransom. Er streckte die Hand aus und nahm seinem Schwiegervater die Flasche weg, wie ein Cop einem Teenager eine Waffe weggenommen hätte.

»Und was, zum Tophet,* macht meine Tochter in San Francisco?«

---

* bibl.: die Hölle

Ransom schenkte ungefähr anderthalb Zentimeter Whiskey in ein Glas und gab es dem alten Mann. »Barnett will mit einer anderen Investment-Firma fusionieren, und man zieht in Erwägung, April zu befördern und ihr in San Francisco ein eigenes Büro zu geben.«

»Wie heißt die andere Investment-Firma?« Brookner trank den ganzen Whiskey mit zwei Schlucken. Er streckte das Glas aus, ohne es anzusehen. Flüssigkeit glänzte auf seiner vorstehenden Unterlippe.

»Bear, Stearns«, sagte Ransom. Er schenkte sich selbst ein ordentliches Quantum ein und nahm bedächtig einen Mundvoll.

»Sie wird nicht gehen. Meine Tochter läßt mich nicht allein.« Brookner streckte noch immer die Hand mit dem Glas aus, und Ransom goß ihm noch einmal ein. »Wir wollten – wir wollten zusammen irgendwohin fahren.« Er zeigte mit der Flasche in meine Richtung.

Ich schüttelte den Kopf.

»Los, mach schon, er will auch einen, siehst du das nicht?«

Ransom drehte sich zur Seite, goß Whiskey in das dritte Glas und reichte es mir.

»Auf Ihr Wohl, Junge«, sagte Brookner und hob sein Glas an die Lippen. Er trank die Hälfte seines Whiskeys und schaute dann nach, ob ich noch daran interessiert war, mich zu amüsieren.

Ich hob mein Glas und trank ein winziges Schlückchen Scotch. Er schmeckte heiß, wie etwas Lebendiges. Dann ging ich ein Stückchen weiter von dem alten Mann weg und stellte das Glas auf einem langen Holztisch ab. Dann erst sah ich, was noch auf dem Tisch lag. *»Tra-ra-ra-bum-und-zurück«*, sang Brookner dröhnend mit seiner verblüffend gesund klingenden Stimme. *»Alle Huren haben heute Glück.«* Er saugte an seinem Glas.

Neben meinem Glas lagen ein Revolver und ein Bündel Zwanzigdollarnoten, insgesamt mindestens vier- bis fünfhundert Dollar. Außerdem ein Stapel Zehner, genauso hoch. Ein höherer Stapel Fünfer daneben und am Ende des Tisches ein Häufchen Einser, ungefähr hundert im Ganzen. Ich machte irgendein Geräusch, und der alte Mann drehte sich um und sah, was ich so erstaunt anstarrte.

»Meine Bank«, sagte er. »Hab' ich mir selber ausgedacht. Damit ich die Botenjungen bezahlen kann. So können sie einen nicht übers Ohr hauen, nicht wahr? Mit dem Kleingeld, meine ich. Der Revolver ist mein Sicherheitssystem. Ich halte ihn in der Hand und beobachte sie beim Zählen.«

»Botenjungen?« fragte Ransom.

»Von der Pizzeria. Und dem Schnapsladen. Gewöhnlich frage ich sie, ob sie's gern ein bißchen knallen hören würden. Aber meist schnappen sie sich nur ihr Geld und rennen.«

»Darauf könnt ich wetten«, sagte Ransom.

»Ooh-oh, mir tut der Magen weh.« Brookner belastete mit der rechten Hand seinen sehnigen Bauch. »Ganz plötzlich.« Er stöhnte.

»Geh hinauf«, sagte John. »Du willst doch nicht, daß dir hier drin ein Malheur passiert. Ich geh mit dir. Du mußt duschen.«

»Ich habe doch schon ...«

»Dann duschst du noch einmal.« Ransom drehte ihn um und schob ihn durch die Flügeltür.

Sie stiegen eine zweite Treppe an der Rückseite des Hauses hinauf, und Brookner jammerte laut über seinen Magen. Die laute Stimme ließ sich von Zimmer zu Zimmer verfolgen. Ich schüttete Whiskey über die Kakerlaken, und sie rannten in die Pizzaschachteln zurück. Als ich es satt hatte, sie zu beobachten, setzte ich mich neben die Geldstapel und wartete. Nach einer Weile begann ich, die Pizzaschachteln zu stapeln und flachzudrücken, damit ich sie in den Mülleimer stopfen konnte. Dann spritzte ich ein Spülmittel über den Berg Geschirr in der Spüle und drehte den Heißwasserhahn auf.

14

Ungefähr vierzig Minuten später kam Ransom in die Küche zurück und blieb wie angewurzelt stehen, als er sah, was ich tat. Sein breites Gesicht verdüsterte sich, aber nach kurzem Zögern holte er ein weißes Geschirrtuch aus einer Schublade und begann das Geschirr abzutrocknen. »Danke, Tim«, sagte er. »Die Küche war ein Schweinestall, nicht wahr? Was hast du mit dem ganzen Zeug gemacht, das hier rumlag?«

»Ich habe ein paar Müllsäcke gefunden«, sagte ich. »Es war gar nicht so viel Geschirr, also dachte ich mir, ich spüle es ab, während du den alten Mann säuberst. Ist ihm schlecht geworden?«

»Er hat sich nur ständig beklagt. Ich habe ihn unter die Dusche gestellt und dafür gesorgt, daß er Seife benutzte. Er bekommt diese komischen Zustände und weiß dann nicht mehr, wie er die einfachsten Dinge erledigen soll. Dann wieder, wie hier unten zum Beispiel, scheint er sich fast unter Kontrolle zu haben – nicht unbedingt bei Vernunft, aber doch irgendwie im Einklang mit den Dingen.«

Ich fragte mich, wie Alan Brookner sonst sein mochte, wenn ich ihn im Einklang mit den Dingen erlebt hatte.

»Wo ist er jetzt?«

»Wieder im Bett. Kaum war er trocken, wurde er ohnmächtig. Was ich am liebsten auch tun würde. Hättest du was dagegen, wenn wir von hier verschwinden?«

Ich zog den Stöpsel aus der Spüle und trocknete mir die Hände an dem nassen Geschirrtuch ab. »Hast du eigentlich herausbekommen, was das für eine Reise war, von der er dauernd redete?«

Er öffnete die Küchentür und fummelte an der Klinke herum, damit das Schloß einschnappte, wenn er die Tür schloß. »Reise? April hat ihn in den Zoo mitgenommen, ins Museum und so weiter. Alan ist größeren Exkursionen nicht mehr gewachsen, wie du vermutlich bemerkt haben wirst.«

»Und das war einer seiner guten Tage?«

Wir gingen durch die Küchentür hinaus und um das Haus herum. Das hochgeschossene Gras wurde von der Sonne gedörrt. Ein Blitz hatte eine der großen Eichen gespalten. Sie war auf einer Seite ganz schwarz und nicht belaubt. Alles hier brauchte Pflege – das Haus, der Rasen, die Bäume.

»Nun, soweit ich mich erinnere, hat er zusammenhängend gesprochen. Er wäre besser beisammen gewesen, hätte er nicht seit ein paar Tagen getrunken.«

Wir kamen aus dem hohen Gras heraus auf den Gehsteig

und machten uns zu Fuß auf den Weg zum Ely Place. Kleine, stachlige braune Bällchen hingen an meinen Hosen – Kletten. Ich füllte meine Lungen mit frischer, feuchter Luft.

»Und er soll nächstes Jahr Vorlesungen halten?«

»Er hat es vergangenes Jahr geschafft – es gab nur ein paar wenige merkwürdige Zwischenfälle.«

Ich fragte, wie alt er sei.

»Sechsundsiebzig.«

»Wieso ist er nicht emeritiert?«

Ransom lachte – ein unglückliches Bellen. »Er ist Alan Brookner. Er kann bleiben, solange er will. Aber wenn er geht, geht die ganze übrige Fakultät mit ihm.«

»Wie kommt denn das?«

»Ich bin die ganze übrige Fakultät.«

»Suchst du dir einen neuen Job?«

»Alles ist möglich. Alan könnte sich wieder erholen.«

Eine Zeitlang gingen wir schweigend weiter.

»Ich glaube, ich sollte mich nach einer neuen Putzfrau für ihn umsehen«, sagte er endlich.

»Ich glaube, du solltest anfangen, dich nach einem Pflegeheim umzusehen.«

»Von meinem Gehalt?«

»Hat er denn kein eigenes Geld?«

»O ja«, sagte er, »ich glaube, es ist was da.«

15

Wieder zu Hause, fragte mich Ransom, ob ich etwas aus der Küche wolle.

Wir gingen durch ein Eßzimmer, das von einem prunkvollen Tisch beherrscht wurde, in eine moderne Küche mit einem Kühlschrank, so groß wie ein Doppelbett, und einem breiten Tresen, auf dem zwei Mikrowellenherde, eine Pastamaschine, ein Mixer und eine Brotmaschine standen. Ransom machte einen Schrank auf und nahm aus einem übervollen Regal zwei Gläser. Er hielt eins nach dem anderen unter den Eisbereiter an der Vorderseite des Kühlschranks und füllte sie mit silbernen Eiskristallen. »Irgendein Mineralwasser? Einen Softdrink?«

»Egal«, sagte ich.

Er öffnete den Kühlschrank und holte eine Flasche Wasser mit dem Bild eines Eisbergs auf dem Etikett heraus, öffnete sie und füllte mein Glas. Er reichte es mir, stellte die Flasche zurück und nahm Päckchen mit geschnittenem Fleisch, verpackten Käse und einen Brotlaib aus den Fächern. Dazu Mayonnaise, Senf in einem irdenen Topf, Margarine, einen Kopf Salat. Er legte alles in Reih und Glied auf den Hackblock zwischen uns und brachte zwei Teller und Besteck. Dann machte er den Kühlschrank zu und öffnete den Gefrierschrank mit Fächern voller gefrorener Fleischstücke, einem Stapel gefrorener Fertiggerichte, einer großen tiefgekühlten Pizza, die wie ein Autoreifen hineingeschoben worden war, und zwei Fächern mit seitlich gelagerten Wodkaflaschen – Absolut Peppar und Citron; Finlandia; japanischem Wodka; polnischem Wodka; Stolichnaya Cristal; hellgrüne Wodkas, hellbraune Wodkas und Wodkas, in denen etwas schwamm, lange Grashalme, Kirschen, Zitronenscheiben, Weintrauben. Ich beugte mich vor, um besser sehen zu können.

Er holte den Cristal heraus, schraubte die Verschlußkappe ab und schenkte sein Glas halb voll. »Müßte das Glas eigentlich vorkühlen«, sagte er leise vor sich hin. »Aber es geschieht ja nicht jeden Tag, daß deine Frau stirbt und du einen sechsundsiebzigjährigen Mann unter die Dusche zwingen mußt, damit er sich die Scheiße abwäscht, die er sich auf die Beine geschmiert hat.« Er trank und verzog das Gesicht. »Ich mußte praktisch mit ihm reinsteigen.« Ein nächster Schluck, wieder eine Grimasse, noch ein Schluck. »Mußte ihn abtrocknen. Dieses weiße Haar auf seinem ganzen Körper – pfui. Sandpapier.«

»Vielleicht solltest du diese Krankenschwester – Eliza Morgan – einstellen, wenigstens tagsüber.«

»Du hattest nicht den Eindruck, daß mein Schwiegervater imstande schien, sich selbst zu versorgen? Wie kommst du denn darauf?« Er warf noch ein paar Eiswürfel in sein Glas und goß gut sieben bis acht Zentimeter eiskalten Wodka nach. »Auf jeden Fall liegt hier alles, was du für ein Sandwich brauchst. Schlag zu.«

Ich fing an, mein Brot mit Roastbeef und Schweizer Käse zu belegen. »Hast du darüber nachgedacht, wie du ihm die Wahrheit über April beibringen willst?«

»Die Wahrheit über April?« Er stellte sein Glas ab und sah mich fast lächelnd an. »Nein. Darüber habe ich noch nicht nachgedacht. Da fällt mir ein, daß ich ja vielen Leuten mitteilen muß, was geschehen ist.« Er kniff die Augen zusammen und trank wieder. »Vielleicht werd ich es auch nicht tun. Sie werden es in der Zeitung lesen.« Er stellte sein Glas auf den Tresen und begann sich geistesabwesend ein Sandwich zurechtzumachen, legte eine Scheibe Roastbeef auf das Brot, dann zwei Scheiben Salami und eine Scheibe Schinken. Er schälte die Rinde von einer Käsescheibe und steckte den Käse in den Mund. Dann begann er mit einem Löffel sinnlos in dem irdenen Senftopf herumzurühren.

Ich tat Salat und Mayonnaise auf mein Sandwich und sah ihm beim Senfrühren zu.

»Was ist mit den Vorbereitungen für die Beerdigung, einem Gottesdienst, solchen Dingen eben?«

»O ja«, sagte er. »Das Krankenhaus hat ein Beerdigungs-Institut beauftragt.«

»Besitzt ihr Grabstellen, irgend etwas in dieser Richtung?«

»Wer denkt schon an so was, wenn deine Frau fünfunddreißig ist?« Er trank wieder. »Ich glaube, ich lasse sie verbrennen. Das wäre wahrscheinlich, was sie gewollt hätte.«

»Soll ich noch ein paar Tage bleiben? Es würde mir nichts ausmachen, wenn du nicht das Gefühl hättest, ich dränge mich auf oder werde dir zur Last.«

»Bitte bleib! Ich brauche jemanden, mit dem ich reden kann. Ich habe das Ganze noch gar nicht richtig begriffen.«

»Ich bleibe gern«, sagte ich und sah noch eine Weile zu, wie er den Löffel in dem körnigen Senf hin und her schob. Endlich nahm er ihn heraus, klatschte Senf auf sein seltsames Sandwich und legte eine Scheibe Brot darauf.

»War etwas Wahres an der Geschichte, die du ihrem Vater erzählt hast – daß ihre Firma mit einer anderen fusionieren will?« fragte ich. »Es hat so überzeugend geklungen.«

»Erfundene Geschichten müssen überzeugend klingen.« Er nahm das Sandwich in die Hand und sah es an, als habe er es von jemand anders bekommen. »Du hast das alles erfunden?« Ich überlegte mir, daß er sich die Geschichte schon bald, nachdem April ins Krankenhaus eingeliefert worden war, ausgedacht haben mußte.

»Nun ja, ich denke, etwas dergleichen hat, wie man so sagt, in der Luft gelegen. Wurde hier und da ausgestreut wie Löwenzahnsamen.« Er legte das Sandwich auf den Teller, hob sein Glas und trank. »Weißt du eigentlich, was das Schlimmste an den Leuten ist, die das tun, was April getan hat, an den Leuten in diesem Beruf? Ich meine natürlich nicht April, weil sie nicht so war, aber an allen anderen? Sie geben nur heiße Luft von sich. Sonst nichts. Sie quasseln bei ihren Morgenkonferenzen, dann quasseln sie am Telefon, dann quasseln sie beim Lunch mit institutionellen Anlegern, dann quasseln sie noch ein bißchen am Telefon – und das ist alles, so sieht ihr Job aus. Nur Gequassel. Sie lieben Gerüchte, Gott, und wie sie Gerüchte lieben. Und das Zweitschlimmste an diesen Leuten ist, daß sie alle jedes Wort glauben, das einer von ihnen äußert. Wenn du also nicht haargenau weißt, was es mit diesem schwachsinnigen, wertlosen Klatsch und den Anspielungen auf sich hat, mit denen sie sich den ganzen Tag abgeben, wenn du also nicht schon weißt, was sie in die Telefone flüstern, vor denen sie Tag und Nacht hocken, dann bist du draußen, Junge, bist der Dumme. Die Leute sagen, Akademiker seien weltfremd, du weißt schon, Leute wie diese Scheißkünstler, die das tun, was April gemacht hat, sie verachten uns, weil wir angeblich nicht in der Realität leben. Nun, wenigstens haben wir echte Themen, in unserem Leben gibt es so etwas wie intellektuelle und ethische Befriedigung, es ist nicht nur ein großer Gasballon aus Halbwahrheiten und Gerüchten und *Geldmacherei.*«

Er atmete schwer, sein Gesicht war hochrot und fleckig. Er leerte sein Glas und machte sich sofort einen neuen Drink. Ich kannte Cristal. In knapp zehn Minuten hatte Ransom Wodka im Wert von rund fünfzehn Dollar hinuntergekippt.

»Also wollten Barnett and Company in San Francisco gar kein Büro eröffnen?«

»Ich habe wirklich nicht die geringste Ahnung.«

Mir fiel etwas anderes ein. »Wollte sie dieses Haus behalten, weil es so nah beim Haus ihres Vaters liegt?«

»Das war einer der Gründe.« Ransom lehnte sich an den Tresen und ließ den Kopf sinken. Er sah aus, als hätte er sich am liebsten auf den Tresen gelegt. »April wollte auch nicht draußen in Riverwood mit verbohrten Betonköpfen wie Dick Mueller und der Hälfte der anderen Typen aus ihrem Büro wohnen. Sie wollte näher bei Kunstgalerien, Restaurants, dem, ach, ich weiß nicht, dem kulturellen Leben sein. Das sieht man doch, man braucht sich nur unser Haus anzuschauen. Wir waren anders als diese Schlafmützen in ihrem Büro.«

»Das klingt so, als hätte es ihr in San Francisco gefallen«, sage ich.

»Das werden wir jetzt nie erfahren, nicht wahr?« Er warf mir einen düsteren Blick zu und biß in sein Sandwich. Er betrachtete es, während er kaute, runzelte die Stirn und schluckte. »Was, zum Teufel, ist da drin?« Er biß noch einmal ab. Nachdem er den Bissen hinuntergeschluckt hatte, hielt er den Teller schräg über den Abfalleimer und ließ den größten Teil des Sandwichs hineinrutschen. »Ich trinke noch aus, und dann geh ich ins Bett. Für den Augenblick reicht es mir.« Er schluckte noch einmal ausgiebig und schenkte sich nach. »Hör mal, Tim, bleib bitte noch eine Weile hier. Du hilfst mir damit.«

»Gut«, sagte ich. »Es gibt da nämlich etwas, das ich mir gern genauer ansehen würde, wenn ich noch ein paar Tage bleiben könnte.«

»Willst du etwas recherchieren?«

»So was Ähnliches«, sagte ich.

Er versuchte zu lächeln. »Gott, ich bin wirklich erschossen. Vielleicht könntest du Dick Mueller anrufen. Er ist bestimmt noch im Büro, es sei denn, er ist zum Lunch gegangen. Ich bitte dich nur ungern darum, aber die Leute, die April kannten, sollten erfahren, was geschehen ist, bevor sie's in der Zeitung lesen.«

»Was ist mit dem anderen Mann, der angerufen hat? Der nicht wußte, ob er dich John oder Mr. Ransom nennen sollte.«

»Byron? Vergiß ihn. Der kann's aus den Nachrichten erfahren.«

Er winkte mir mit der rechten Hand und wankte aus der Küche. Ich hörte ihn die Treppe hinaufstapfen. Seine Schlafzimmertür wurde geöffnet und geschlossen. Als ich gegessen hatte, stellte ich meinen Teller in den Geschirrspüler und legte die Lebensmittel in den Kühlschrank zurück.

In dem stillen Haus hörte ich die kühle Luft zischend aus den Entlüftungsstutzen entweichen. Nachdem ich mich einverstanden erklärt hatte, noch bei John Ransom zu bleiben, war ich mir der Sache nicht mehr so sicher, die ich in Millhaven tun wollte. Ich ging ins Wohnzimmer und setzte mich auf die Couch.

Im Augenblick hatte ich überhaupt nichts zu tun. Ich sah auf meine Uhr und stellte mehr als überrascht fest, daß ich vor exakt vierundzwanzig Stunden aus dem Flugzeug gestiegen und am Gate von einem John Ransom erwartet worden war, den ich nie und nimmer erkannt hätte.

FÜNFTER TEIL

Alan Brookner

1

Gegen drei Uhr nachmittags erschien ein Reportertrio des *Ledger*. Ich sagte ihnen, daß John schlief, stellte mich als Freund der Familie vor und bekam zur Antwort, daß man gern warten würde, bis Mr. Ransom aufwachte. Eine Stunde später klingelte es wieder, und eine Abordnung aus Chikago stand vor der Tür. Wir sprachen mehr oder weniger den gleichen Text. Um fünf klingelte es abermals, während ich in der Diele telefonierte. Mit bunten Tüten, die fettiges Gebäck enthielten, mit Notizbüchern, Kugelschreibern und Kassettenrecordern belagerten dieselben fünf Personen die Stufen. Ich weigerte mich, John zu wecken, und war schließlich gezwungen, dem hartnäckigsten Reporter, Geoffrey Bough vom *Ledger*, mit dem Telefon, das ich in der Hand hielt, drohend vor dem Gesicht herumzufuchteln. »Nun, dann können Sie uns vielleicht helfen?« fragte er.

Trotz seines Namens, bei dem man an einen korpulenten Mann mittleren Alters mit Tweedjackett und Tattersallweste denkt, war dieser Bough ein magerer Typ in den Zwanzigern, trug beutelnde Jeans und ein zerknautschtes Kambrikhemd. Spärliches schwarzes Haar fiel ihm traurig über die starke Brille, als er nach unten blickte, um seinen Recorder einzuschalten. »Könnten Sie uns ein paar Informationen darüber geben, wie Mr. Ransom die Nachricht vom Tod seiner Frau aufgenommen hat? Weiß er, wo Dragonette seine Frau kennengelernt hat?« Ich knallte ihm die Tür vor der Nase zu und kehrte zu meinem Telefongespräch mit Dick Mueller, Aprils Kollegen bei Barnett and Company, zurück, der sagte: »Mein Gott, was war das denn?« Er sprach einen so perfekten Millhavener Akzent, daß es fast wie eine Parodie klang.

»Reporter.«

»Sie wissen schon, daß – ah – daß – ah – daß …«

»Sie wissen es«, sagte ich. »Und sehr bald werden sie in Erfahrung gebracht haben, wer Dragonettes Makler war, also sollten Sie sich wohl darauf vorbereiten.«

»Vorbereiten?«

»Sie werden sich sehr für Sie interessieren.«

»Interessieren – für mich?«

»Die wollen mit jedem sprechen, der irgendwie mit Dragonette zu tun gehabt hat.« Mueller stöhnte. »Vielleicht wollen Sie darüber nachdenken, wie Sie sie am besten von Ihrem Büro fernhalten. Und es wird auch gut sein, wenn Sie etwa eine Woche lang nicht den Vorder-, sondern den Hintereingang benutzen.«

»O ja, okay, danke«, sagte Mueller. Er zögerte. »Sie sind ein alter Freund von John, sagen Sie?«

Ich wiederholte die Selbstauskunft, die ich ihm gegeben hatte, bevor Geoffrey Bough und Konsorten uns störten. Durch die schmalen Fenster zu beiden Seiten der Haustür sah ich noch einen Wagen vorfahren und in der zweiten Reihe halten. Zwei Männer, einer mit Kassettenrecorder, der andere mit einer Kamera, stiegen aus und kamen, Bough und seinen beiden Kollegen zugrinsend, auf das Haus zu.

»Wie hält sich John?« fragte Mueller.

»Er hat ein bißchen was getrunken und ist dann ins Bett gegangen. In den nächsten zwei Tagen wird er eine Menge zu tun haben, deshalb bleibe ich noch ein bißchen und helfe ihm.«

Jemand hämmerte rhythmisch wie ein Metronom viermal mit der Faust an die Haustür.

»Ist das John?« fragte Mueller beunruhigt, ja, sogar erschrocken.

»Nur ein Gentleman von der Presse.«

Mueller schnappte nach Luft, weil er sich vorstellte, daß eine Bande, seinen Namen brüllend, an die Tür des Maklerbüros hämmerte.

»Ich rufe Sie in den nächsten Tagen an.«

»Wenn meine Sekretärin Sie fragt, warum Sie anrufen, sagen Sie ihr, es handle sich um das Brückenprojekt. Ich werde mich auch telefonisch streng abschirmen müssen, und das soll mich erinnern, wer Sie sind.«

»Das Brückenprojekt?« Durch die Tür kam noch mehr Geschrei, und auch das Hämmern hörte nicht auf.

»Ich erkläre es Ihnen später.«

Ich hängte ein, riß die Tür auf und begann zu brüllen. Als ich mit meiner Erklärung, daß John im Bett liege, zu Ende war, war ich mehrfach fotografiert worden. Ich machte die Tür zu, ohne sie besonders laut zuzuknallen. Durch ein schmales Fenster beobachtete ich, wie sie sich, den Rasen zertrampelnd, zurückzogen, auf ihrem Gebäck herumkauend und Zigaretten rauchend, während sie überlegten, was zu tun war. Die Fotografen schossen desillusioniert ein paar Bilder vom Haus.

Vom Fuß der Treppe aus horchte ich nach oben, doch dort rührte sich nichts. Entweder war es John tatsächlich gelungen, trotz des Krachs weiterzuschlafen, oder er hatte ihn ignoriert. Ich griff nach *Die Nag-Hammadi-Bibliothek*, schaltete den Fernseher ein und setzte mich auf die Couch. Ich schlug die *Abhandlung über die Auferstehung* auf, einen Brief an einen Studenten namens Rheginos. Ich hatte erst ein paar Worte gelesen, als ich merkte, daß das lokale Fernsehen, wie beinahe ganz Millhaven, vor Walter Dragonette kapituliert hatte.

Ich hatte gehofft, daß eine Mischung aus gnostischen Geheimnissen und nachmittäglichen Talk Shows mich ablenken würde, bis John wieder auftauchte, doch anstatt Phil Donahue oder Oprah Winfrey erschien ein Nachrichtenmoderator auf dem Bildschirm, an den ich mich aus den frühen sechziger Jahren erinnerte. Er schien fast unheimlich gut erhalten, trug das blonde Haar noch immer glatt zurückgekämmt, die gleiche starke braune Brille, gab sich genauso unerschütterlich wie damals und sprach genauso akzentlos. Mit derselben Gelassenheit, an die ich mich von früher erinnerte, wiederholte er, vermutlich zum zwanzigsten- oder dreißigstenmal, daß das reguläre Programm auf einen späteren Sendetermin verschoben worden sei, damit das Nachrichtenteam vor Ort ›laufend über die neueste Entwicklung dieser tragischen Story informieren‹ konnte. Obwohl dieser Mann jahrelang die Abendnachrichten verlesen hatte, konnte ich mich nicht an seinen Namen erinnern – Jimbo Sowieso oder Jumbo Irgendwie. Er rückte an seiner Brille. Das Nachrichtenteam vor Ort würde mit den neuesten Informationen über den Fall Dragonette bis zum Beginn des Abendprogramms um sieben auf Sendung bleiben. Experten auf den Gebieten der Kriminologie und der Psychologie würden uns mit ihrem Rat und ihren Kommentaren Hilfestellung leisten und uns sagen, wie wir die Ereignisse mit unseren Kindern besprechen sollten. Es sollte jedenfalls alles getan werden, einer trauernden Gemeinde durch gute Berichte engagierter Reporter zu dienen. Auf einem Monitor hinter seinem Gesicht sah in der North Twentieth Street ein Haufen Gaffer den orangefarben gekleideten Technikern eines Sonderkommandos der Feuerwehr zu, die schwere Tonnen aus dem kleinen weißen Haus schleppten.

Rheginos' Lehrer, der Autor der *Abhandlung über die Auferstehung,* schrieb: *Glaubt nicht, die Auferstehung sei eine Illusion. Sie ist die Wahrheit. Tatsächlich wäre* es *angemessener zu sagen, daß die Welt eher eine Illusion ist als die Auferstehung.*

Der Nachrichtenmoderator verschwand vom Bildschirm, als eine Live-Aufnahme des Menschenauflaufs auf dem Armory Place eingeblendet wurde. Diese Leute waren zornig. Sie wollten ihre Unschuld zurück. Jimbo erklärte: »Schon sind Rufe laut geworden, die die Absetzung des Polizeichefs Arden Vass, die Entlassung des Commissioners Roman Novotny und den Rücktritt der Stadträte Hector Rick und George Vandenmeter fordern. Der Bürgermeister Merlin Waterford soll gar unter Amtsanklage gestellt werden.«

Ich konnte die Texte auf einigen Tafeln lesen, die in die Höhe gehalten wurden, und den rhythmischen Singsang der Menge hören: »Wo warst du, Merlin?« und: »Zerstückelt Hector und George!« Auf der obersten Stufe der langen Treppe, die zum Haupteingang des Polizeipräsidiums führte, stand ein grauhaariger Schwarzer in einem dunklen Zweireiher und predigte in ein Megaphon: »... fordern wir für uns und unsere Kinder die Sicherheit unserer Wohnviertel zurück ... angesichts der Vernachlässigung durch die Behörden ... angesichts behördlicher Ignoranz ...« Verwahrlost aussehende Gespenster mit Kassettenrecordern, Gespenster mit Schuppen auf den Schultern ihrer gräßlichen Purpurhemden, mit Kameras und Notizblocks ausgerüstet, mit starken Brillen, die ihnen auf die Nasenspitzen rutschten, streiften durch die Menge.

Ein jüngerer blonder Männerkopf, kantig wie der von Jimbo, aber auf einem schwitzenden Hals sitzend, und einem Torso, der in einem braunen Safarijackett steckte, übertönte die Worte des Sprechers mit der Ankündigung, daß Pfarrer Clement Moore, seit langem Gemeindesprecher und aktiver Bürgerrechtler, eine umfassende Überprüfung des gesamten Millhavener Polizeiapparats gefordert habe und außerdem eine Entschädigung für die Familien der Opfer von Walter Dragonette verlange. Pfarrer Moore habe erklärt, seine Protest-Gebetsandachten würden so lange fortgesetzt, bis Chief Vass, Commissioner Novotny und Bürgermeister Waterford ihrer Ämter enthoben seien. Pfarrer Moore erwarte auch, daß sich sein Amtsbruder Al Sharpton aus New York City in einigen Tagen mit seiner Gemeinde den Protest-Gebetsandachten anschließen werde.

Zurück zu Ihnen ins Studio, Jimbo.

Jimbo neigte den massigen blonden Kopf und sagte: »Und nun zu unserem täglichen Kommentar von Joe Ruddler. Wie sehen Sie das Ganze, Joe?«

Ich richtete mich auf, als ein anderes gigantisches und vertrautes Gesicht den Bildschirm ausfüllte. Auch dieser Mann ein langjähriges Mitglied der Nachrichtenredaktion. Sein Gesicht, schon immer hochrot und inzwischen fast purpurn, war doppelt so groß wie früher. Offensichtlich hatte man Ruddler zum politischen Kommentator befördert.

»Wie ich das Ganze sehe? Das will ich Ihnen gern sagen. Ich denke, es ist eine Schande! Was ist aus dem Millhaven geworden, wo ein Mann ausgehen und in Ruhe seine Bratwurst essen und sein Bier trinken konnte, ohne über einen abgetrennten Kopf zu stolpern? Und was die Agitatoren von außerhalb betrifft ...«

Ich griff zur Fernbedienung, um diese Tirade leiser zu stellen, als das Telefon klingelte.

Wie schon vorher, nahm ich ab, damit Ransom nicht aufwachte, und wie vorher mußte ich mich als alter Freund von auswärts zu erkennen geben, bevor der Anrufer seinen Namen nannte. Aber diesmal glaubte ich diesen Namen zu kennen, als eine zögernd klingende Stimme fragte: »Mr. Ransom? Könnte ich bitte mit Mr. Ransom sprechen?« Sofort fiel mir ein Name ein, den ich auf dem Anrufbeantworter gehört hatte.

Ich sagte, daß John schlafe, und erklärte, warum sich ein Fremder am Telefon meldete.

»Oh, okay«, sagte der Anrufen. »Sie sind Hausgast und ein Freund der Ransoms?«

Ich erklärte ihm auch das.

Lange Pause. »Tja, könnten Sie mir eine Frage beantworten? Sie wissen über Mrs. Ransom und alles Bescheid, und ich möchte Mr. Ransom nicht immer wieder stören. Er hat nie … Ich weiß nicht, ob …«

Ich wartete darauf, daß er von neuem anfing.

»Aber vielleicht können Sie mir ja sagen, wie die Dinge stehen und so.«

»Heißen Sie Byron Dorian?«

Er schnappte nach Luft. »Sie haben von mir gehört?«

»Ich erkenne Ihre Art zu sprechen«, sagte ich. »Sie haben heute vormittag eine Nachricht auf dem Anrufbeantworter hinterlassen.«

»Oh! Ha!« Er kicherte leicht, als hätte er mich dabei ertappt, wie ich versuchte, ihn aufzuziehen. »Also, wie geht es April – Mrs. Ransom? Es wäre eine echte Freude für mich zu hören, daß es ihr bessergeht.«

»Hätten Sie etwas dagegen, mir zu sagen, welche Beziehungen zwischen Ihnen und den Ransoms bestehen?«

»Welche Beziehungen?«

»Arbeiten Sie bei Barnett?«

Es folgte ein zweites unbehagliches Lachen. »Warum? Ist was nicht in Ordnung?«

»Da ich die Familie vertrete, wüßte ich gern, mit wem ich es zu tun habe.«

»Aber sicher. Nun, ich bin Maler, und Mrs. Ransom hat mich in meinem Atelier besucht, nachdem sie ein paar meiner Sachen gesehen hatte. Und weil ihr alles gefiel, beauftragte sie mich, zwei Bilder für das gemeinsame Schlafzimmer zu malen.«

»Die Aktbilder«, sagte ich.

»Sie haben sie gesehen? Mrs. Ransom war begeistert, und das war sehr schmeichelhaft für mich, denn wahrscheinlich kennen Sie ja ihre übrige Sammlung, lauter bedeutende Werke. Wissen Sie, sie ist so was Ähnliches wie ein Mäzen für mich – nun ja, eine Mäzenin und eine Freundin …«

Seine Stimme erstarb. Durch ein Fenster neben der Haustür sah ich, wie die Reporter zerknüllte Schokoriegelpackungen in die Hecke schmissen. Fünf oder sechs ältere Leute hatten sich auf den Stufen und dem Gehsteig gegenüber eingefunden, um die Show zu genießen.

»Nun«, sagte ich, »leider habe ich eine schlechte Nachricht für Sie.«

»O nein!« sagte Dorian.

»Mrs. Ransom ist heute morgen gestorben.«

»O nein! Ist sie noch einmal zu Bewußtsein gekommen?«

»Nein, das ist sie nicht. Byron, Mrs. Ransom ist nicht an ihren Verletzungen gestorben. Es war Walter Dragonette gelungen zu erfahren, daß sie im Shady Mount lag und ihr Zustand sich besserte. Heute morgen hat er die Wache überlistet und Mrs. Ransom getötet.«

»An dem Tag, an dem man ihn festgenommen hat?«

Ich stimmte ihm zu, daß das fast unglaublich schien.

»Mein Gott, in was für einer Welt leben wir denn? Was geht eigentlich vor? Wußte er denn *irgend etwas* über sie?«

»Er hat sie kaum gekannt«, sagte ich.

»Weil sie – sie war die erstaunlichste Frau, ich meine, sie war so unglaublich gütig und großzügig und mitfühlend …« Eine Zeitlang hörte ich ihn nur schwer atmen; dann: »Ich will Sie jetzt nicht länger aufhalten. Ich hätte nur nie daran gedacht …«

»Nein, natürlich nicht«, sagte ich.

»Es ist zuviel.«

Die Reporter versammelten sich zu einem neuen Angriff auf die Haustür, aber ich konnte nicht einhängen und Byron Dorian mit seinem frischen Schmerz allein lassen. Also spähte ich nur durch das schmale Fenster, während er leise stöhnte und schluchzte.

Als er seine Stimme wieder unter Kontrolle hatte, sagte er: »Sie müssen mich wirklich für ziemlich sonderbar halten, weil ich mich so aufführe, aber Sie haben April Ransom eben nicht gekannt.«

»Erzählen Sie mir doch gelegentlich etwas über sie«, sagte ich. »Ich würde Sie gern einmal in Ihrem Atelier besuchen, um mit Ihnen zu reden.«

»Das würde wahrscheinlich auch mir helfen«, sagte er, gab mir seine Telefonnummer und eine Adresse in der Varney Street, im traurigen Teil der Stadt, einst ein ukrainisches Viertel beim Stadion.

Ich schaute nach den Reportern, die es sich bequem gemacht hatten und sich unter den wohlwollenden Augen einer wachsenden Zahl von Nachbarn ihre dritte oder vierte Mahlzeit an diesem Tag einverleibten. Ab und zu trottete ein Bewohner vom Ely Place durch den Abfall, den die Reporter großzügig um sich verteilten, um sich mit Geoffrey Bough und seinen Kollegen zu unterhalten. Ich beobachtete eine gebeugte alte Frau, die mit einem beladenen Silbertablett die Stufen des gegenüberliegenden Hauses herunterkam, über Ransoms Rasen marschierte und den herumlungernden Männern Kaffee servierte.

Von meinem Beobachtungsposten an der Tür sah ich auch Jimbo, der sein Publikum an das Ausmaß und die Greuel von Walter Dragonettes Verbrechen erinnerte, hörte den Aufschrei der Öffentlichkeit und Bürgermeister Waterfords Versicherungen, daß auch weiterhin alles getan werden würde, um die Sicherheit der Bürger zu gewährleisten. Irgendwann – ich wußte nicht genau, wann, da ich mich gerade auf Bough und die anderen konzentrierte – wurde der Mord an April Ransom der Öffentlichkeit bekannt, und daher verpaßte John das Erscheinen des *Ledger*-Fotos auf dem Bildschirm: seine Frau, allerdings ohne ihn, mit der gigantischen Trophäe im Arm. Ich weiß jedoch ungefähr, wann es gewesen sein muß – gegen vier Uhr, weil der Menschenauflauf auf der anderen Straßenseite plötzlich doppelt so groß war wie vorher.

Den ganzen Nachmittag sah ich abwechselnd fern, schmökerte in gnostischen Evangelien und beobachtete die Menschenmenge und die wartenden Reporter. Die Gesichter von Walter Dragonettes Opfern erschienen auf dem Bildschirm, angefangen mit dem als Cowboy verkleideten kleinen Wesley Drum auf einem Schaukelpferd, bis zu dem riesigen, lüstern grinsenden Alfonzo Dakins mit einem Bierglas in der Pranke. Zweiundzwanzig Opfer waren inzwischen identifiziert, sechzehn davon männliche Schwarze. In der Rückschau schien man jeder einzelnen Fotografie anzusehen, daß der darauf Abgebildete verloren war. Der Unbekannte, den man im Dead Man's Tunnel aufgefunden hatte, war durch ein Fragezeichen vertreten. April Ransoms Foto aus dem *Ledger*, das als letztes erschien, war so zurechtgeschnitten worden, daß man nur noch ihr strahlendes Gesicht sah. Während der wenigen Sekunden, die sie über den Bildschirm flimmerte, fand ich zwar, daß dies dieselbe Person war, die ich schon früher gesehen hatte, doch meine Vorstellung von ihr veränderte sich allmählich: Johns Frau schien klug und lebhaft zu sein, nicht hart, berechnend und gewinnsüchtig, und sie war so schön, daß der Mord an ihr einem noch grausamer vorkam als die anderen. Etwas war geschehen, seit ich das Foto zum erstenmal gesehen hatte: Ich war, wie John, Dick Mueller und Byron Dorian, einer von denen geworden, die sie überlebt hatten.

Bald darauf kam John die Treppe heruntergepoltert. Sein Hemd und seine Hose waren zerknittert, und an der linken Wange hatte er eine lange Druckstelle von einem Laken oder einem Kissenbezug; sie sah aus wie eine Narbe. Er hatte keine Schuhe an, und sein Haar war zerzaust.

»Was ist passiert?« fragte ich.

»Irgendein Arschloch hat mein Fenster mit Steinen beworfen«, sagte er und ging zur Haustür.

»Warte«, sagte ich. »Hast du aus dem Fenster gesehen, bevor du heruntergekommen bist? Weißt du, was da draußen los ist?«

»Mir egal, was da draußen los ist«, sagte er.

»Schau doch mal«, sagte ich und zeigte auf den Fernseher. Hätte er sich die Mühe gemacht, hätte er die Fassade seines Hauses aus der Perspektive des Vorgartens gesehen, wo eine gutaussehende junge Reporterin mit dem eindrucksvollen literarischen Namen Isobel Archer einen Überblick über die Karriere des erfolgreichsten Schlächteropfers gab.

John stieß die Tür auf. Dann schien er einen Moment lang zu erstarren, überrascht von der Kamera, den Reportern, der Menschenmenge. Es mußte für ihn sein, als steche ihm beim Erwachen grelles Licht in die Augen. Von den Leuten, die auf dem Gehsteig und den Veranden gegenüber versammelt waren, kam überraschtes und erfreutes Gemurmel. Mrs. Archer hielt ihm lächelnd ein Mikrophon vors Gesicht. »Mr. Ransom, wie war Ihre unmittelbare Reaktion, als Sie erfuhren, daß Walter Dragonette Ihrer Frau zum zweitenmal nach dem Leben getrachtet hat – und diesmal mit Erfolg?«

»Was?«

Geoffrey Bough und die anderen kreisten ihn ein, fotografierten und hielten ihre Kassettenrecorder in die Höhe.

»Sind Sie der Meinung, daß Mrs. Ransom von der Millhavener Polizei ausreichend geschützt wurde?«

John drehte sich um und sah mich zornig an.

»Wie denken Sie über Walter Dragonette?« brüllte Geoffrey Bough. »Was können Sie uns über den Mann sagen?«

»Ich möchte, daß ihr Leute zusammenpackt und ...«

»Glauben Sie, daß er geistig normal ist?«

Andere Reporter, darunter auch Mrs. Archer, schrien andere Fragen.

»Wer ist der Mann hinter Ihnen?« brüllte Geoffrey Bough.

»Was geht Sie das an?« brüllte John außer sich zurück, endgültig die Beherrschung verlierend. »Ihr Leute werft mir Steine ins Fenster, stellt mir schwachsinnige Fragen ...«

Ich postierte mich neben ihn, und die Kameraverschlüsse ratterten los wie Maschinengewehre. »Ich bin ein Freund der Familie«, sagte ich. »Mr. Ransom hat viel durchgemacht.« Schwach hörte ich hinter mir im Wohnzimmer meine Stimme aus dem Fernseher. »Alles, was wir zur Zeit sagen können, ist, daß zumindest in Mrs. Ransoms Fall die Anklage gegen Walter Dragonette nicht so überzeugend ist, wie sie sein sollte.«

Jetzt überschütteten uns alle Reporter schreiend mit einem Durcheinander von Fragen. Isobel Archer knallte mir das Mikrophon unter die Nase und beugte sich so weit vor, daß ihre kühlen blauen Augen und das blonde Haar, so dicht vor meinem Gesicht, durchaus geeignet waren, ablenkend zu wirken. Es war, als beuge sie sich vor, um geküßt zu werden, doch wenn ich etwas geküßt hätte, wäre es der kolbenförmige Kopf des Mikrophons gewesen. Sie formulierte ihre Frage knapp und direkt: »Ihrer Meinung nach hat Walter Dragonette Mrs. Ransom also nicht ermordet?«

»Nein, ich glaube nicht, daß er es getan hat«, sagte ich. »Und ich denke, daß die Polizei diesen Teil seines Geständnisses bald verwerfen wird.«

»Teilen Sie diese Ansicht, Mr. Ransom?«

Das Mikrophon schwenkte zu Johns Mund. Mrs. Archer beugte sich noch weiter vor, und ihre Augen weiteten sich, als wollten sie ihn beschwören, etwas zu sagen.

»Verschwinden Sie von hier, zum Teufel, und das auf der Stelle!« sagte John. »Nehmen Sie Ihre Kameras und Ihre Kassettenrecorder und Ihre Tonanlage und verlassen Sie mein Grundstück. Ich habe nichts mehr zu sagen.«

»Danke«, sagte Isobel Archer und lächelte mir zu. Und das wäre es gewesen, hätte in diesem Moment nicht irgend etwas John noch einen entscheidenden Schritt weitergetrieben, so daß er völlig ausrastete. Die Druckstelle an seiner Wange wurde feuerrot, und er stürzte sich auf die nächstbesten Reporter, zufällig Geoffrey Bough und seinen Fotografen. Isobel gab ihrem Assistenten ein Zeichen, der sofort mit seiner Kamera zur Stelle war, als John den Reporter des *Ledger* genauso mit dem Ellenbogen rammte wie Anno 1960 mich auf dem Footballplatz.

Der dürre Geoffrey Bough wurde zurückgeschleudert und ging aufheulend zu Boden. In der Schrecksekunde, die folgte, stürzte John auf Boughs Fotografen los, der zurückwich, während er mit seiner mit einem Motor ausgestatteten Kamera eine Bildsequenz schoß, die in der nächsten Ausgabe des *Ledger* den Aufmacher abgab. John wandte sich von ihm ab und ging auf den Fotografen aus Chikago los, der sich seitlich an ihn herangeschlichen hatte. John packte die Kamera des Mannes mit einer Hand, ihn selbst mit der anderen am Kragen und legte ihn flach, wobei der Kamerariemen riß. Dann holte John aus wie ein Werfer und schleuderte die Kamera auf die Fahrbahn. Sie knallte zuerst gegen ein Auto und dann auf den Asphalt. Johns nächstes Ziel war der Mann mit der Minicam.

Geoffrey Bough stand inzwischen wieder auf den Beinen. John wandte sich von dem Kameramann ab, der offenbar bereit war zu kämpfen, und stieß Bough wieder zu Boden.

Isobel Archer hatte sich inzwischen auf die Straße in Sicherheit gebracht, hielt das Mikrophon vor ihr amerikanisches Sweetheart-Gesicht und sagte etwas zu den Kameras, das von den Umstehenden mit einem Heiterkeitsausbruch quittiert wurde. John ließ die Arme sinken und trat von dem sich aufrappelnden, fauchenden Reporter zurück. Bough sprang auf die Beine und lief hinter den anderen Reportern und Kameraleuten her auf die Straße. Er klopfte sich die schmutzigen Jeans ab, inspizierte den Grasfleck an seinem linken Knie und übersah den am rechten Ellenbogen. »Morgen kommen wir wieder«, sagte er.

John hob die Fäuste und wollte auch ihn angreifen. Ich packte ihn am Arm und zerrte ihn zur Treppe zurück – wäre er nicht freiwillig mitgegangen, ich hätte ihn nicht halten können. In der Sekunde, in der er mir Widerstand leistete, erkannte ich, daß John Ransom, trotz seiner Schwammigkeit, auch heute viel stärker war als ich. Wir stiegen die Stufen hinauf, und ich öffnete die Tür. John stürmte ins Haus, wirbelte herum und sah mich an.

»Was, zum Teufel, hast du da draußen für einen Scheiß verzapft?« schrie er mich an.

»Ich glaube nicht, daß Dragonette deine Frau getötet hat«, sagte ich. »Und ich glaube ebensowenig, daß der Mann hinter dem St. Alwyn zu seinen Opfern gehört.«

»Bist du verrückt?« Ransom starrte mich an, als hätte ich ihn eben verraten. »Wie kannst du so etwas sagen? Jeder weiß, daß er April getötet hat. Wir haben sogar gehört, wie er es *sagte.*«

»Ich habe über alles nachgedacht, während du oben warst, und mir wurde klar, daß Dragonette über diese Morde nicht genug wußte, um sie wirklich begangen zu haben. Er weiß ja nicht einmal, was passiert ist.«

Er starrte mich einen Moment an und wandte sich dann frustriert ab, setzte sich auf die Couch und ließ sich von dem berieseln, was der lokale Fernsehsender von sich gab. Isobel Archer lächelte schön und selbstgefällig in die Kamera und sagte: »Und so gibt es eine erstaunliche neue Entwicklung in der Dragonette-Story, da ein enger Freund der Familie Ransom bezweifelt, daß die Polizei im Fall April Ransom richtig liegt, wenn sie Dragonettes Geständnis Glauben schenkt.« Sie hob ihren Notizblock vor die Kamera und fuhr fort: »Natürlich werden wir die Original-Bandaufnahme so bald wie möglich senden, aber meine Notizen besagen, daß seine Worte lauteten: ›Ich glaube nicht, daß er es getan hat. Und ich denke, daß die Polizei diesen Teil seines Geständnisses bald verwerfen wird.‹« Sie ließ ihr Notizbuch sinken, und ein deutlich hörbares ›Pop‹ wischte sie vom Bildschirm.

John knallte die Fernbedienung auf den Tisch. »Hast du kapiert? Sie fangen an, mich zu verdächtigen.«

»John«, sagte ich, »warum sollte Dragonette seinen übervollen heimischen Stundenplan des Mordens und Zerstückelns unterbrechen, um die *Blaue-Rose*-Morde aufleben zu lassen? Kommen sie dir nicht auch wie zwei verschiedene Typen von Verbrechen vor? Als steckten zwei ganz unterschiedliche Köpfe dahinter.«

Er sah mich verdrießlich an. »Deshalb bist du rausgegangen und hast diesen Tieren rohes Fleisch zum Fraß vorgeworfen?«

»Aber nein, natürlich nicht.« Ich setzte mich neben ihn auf die Couch. Er warf mir einen mißtrauischen Blick zu und rückte ein paar Zentimeter von mir ab. Dann begann er die Vietnambücher auf dem Tisch in ordentlichere, niedrigere Stapel zu schichten. »Ich will die Wahrheit wissen«, sagte ich.

Er grunzte. »Welche handfesten Gründe hast du für deine Vermutung, daß Dragonette nicht schuldig ist? Mir scheint er als Täter perfekt.«

»Sag mir, warum.«

»Okay.« John, der krumm und schief auf der Couch gelümmelt hatte, richtete sich kerzengerade auf »Erstens: Er hat gestanden. Zweitens: Er ist verrückt genug, es getan zu haben. Drittens: Er hat April von seinen Besuchen im Büro gekannt. Viertens: Die *Blaue-Rose*-Morde haben ihn immer interessiert, genau wie dich. Fünftens: Kann es in Millhaven wirklich zwei Menschen geben, die verrückt genug sind, so etwas zu tun? Sechstens: Paul Fontaine und Michael Hogan, die zufälligerweise sehr gute Cops sind und schon viele Mörder überführt haben, halten ihn für schuldig. Fontaine mag manchmal ein bißchen seltsam sein, aber Hogan ist anders – er ist ein ungewöhnlich kluger und energischer Typ. Er erinnert mich an die besten Männer, die ich beim Militär gekannt habe. Hogan kann man kein X für ein U vormachen – ihm nicht.«

Ich nickte. Also war auch er von Hogan beeindruckt gewesen, genau wie ich.

»Und schließlich – wo war ich? Bei sieben? Also siebtens: Durch die alte Freundin seiner Mutter, Betty Grable, konnte er direkt im Krankenhaus alles über April und ihren Zustand in Erfahrung bringen.«

»Ich glaub, sie heißt Mary Graebel, wird anders geschrieben«, sagte ich. »Und du hast recht, er hat herausgefunden, daß April im Shady Mount lag. Als ich heut morgen mit Fontaine im Lift herunterkam, ist eine alte Dame, die hinter einem Schalter saß, fast ohnmächtig geworden, als sie uns sah.«

»Weil sie weiß, daß sie geholfen hat, April umzubringen«, sagte John. »Die Kuh konnte den Mund nicht halten.«

»Sie dachte, sie habe dem Sohn ihrer alten Freundin geholfen, April zu töten. Das ist etwas anderes.«

»Was macht dich so sicher, daß er es nicht getan hat?«

»Dragonette hat behauptet, er könne sich nicht daran erinnern, was er mit dem Cop in Aprils Zimmer gemacht hat, mit Mangelotti. Dann hörte er Fontaine sagen, Mangelotti sei tot – ein übler Scherz, wenn du mich fragst –, also behauptete er, er habe ihn ermordet. Dann sagt Fontaine, er habe übertrieben, und flugs erklärt Dragonette, das habe auch er.«

»Es spielt sich viel in seiner Fantasie ab«, sagte John.

»Nein, er hat einfach nicht gewußt, was mit Mangelotti passiert war. Und von dem Mord an April hatte er auch keine Ahnung, bis er es über den Polizeifunk hörte. Das war der Punkt, der mich immer gestört hat.«

»Warum sollte er gestehen, was er nicht getan hat? Das wäre doch wider jede Vernunft.«

»Vielleicht ist es dir nicht aufgefallen, aber Walter Dragonette ist nicht unbedingt der vernünftigste Mensch der Welt.«

John beugte sich vor und dachte, auf den Fußboden starrend, eine Zeitlang über das nach, was ich gesagt hatte. »Dann läuft also ein zweiter Mörder frei herum. Du und dein *Brainstorming!«* Beinahe lächelnd schüttelte er den Kopf. »Daß ich die Reporter herumgeschubst habe, wird Nachwirkungen haben – damit werde ich leben müssen.«

»Wie, meinst du, werden sie aussehen?«

Er schob einen Bücherstapel ein paar Zentimeter zur Seite und dann wieder ein Stückchen zurück. »Ich vermute, meine Nachbarn sind mehr denn je überzeugt, daß ich meine Frau getötet habe.«

»Hast du es getan, John?« fragte ich. »Das bleibt unter uns.«

»Du fragst mich ernsthaft, ob ich April getötet habe?«

Sein Gesicht erhitzte sich wie vorher, aber ohne die Gewalttätigkeit, die ich darin gesehen hatte, bevor er sich auf Geoffrey Bough stürzte. Er starrte mich an, versuchte mich mit Blicken einzuschüchtern. »Hat Tom Pasmore dich gebeten, das zu mir zu sagen?«

Ich schüttelte den Kopf

»Die Antwort ist nein. Und wenn du mich das noch einmal fragst, werfe ich dich aus dem Haus. Bist du zufrieden?«

»Ich mußte fragen«, sagte ich.

2

Während der nächsten Tage sahen John Ransom und ich im Fernsehen, wie die Stadt sich in zwei Lager spaltete. Wenn wir im Haus waren, ignorierten wir die Reporter, deren Anzahl zwischen einem harten Kern aus dreien und einem grölenden Haufen von fünfzehn wechselte; unermüdlich lungerten sie in Ransoms Vorgarten herum. Wir ignorierten auch ihre Anstrengungen, uns aus dem Haus zu locken. Sie klingelten in regelmäßigen Abständen, preßten die Gesichter an die Fenster, brüllten Johns Namen oder meinen, stur und immer wieder … Ungefähr jede Stunde standen John oder ich auf, nachdem zum fünften-, sechsten- oder fünfzehntenmal Namen und Gesichter der Opfer über den Bildschirm geflimmert waren, und hielten durch die schmalen Fenster links und rechts von der Haustür Ausschau nach dem Feind. Es war wie bei einer mittelalterlichen Belagerung, nur daß das Telefon noch dazukam.

Wir aßen mittags vor dem Fernseher; wir aßen abends vor dem Fernseher.

Jemand hämmerte gebieterisch gegen die Haustür. Jemand anders steckte die Finger durch den Briefschlitz und schrie hinein: »Timothy Underhill! Wer hat April Ransom getötet?«

»Wer hat Laura Palmer getötet?« murmelte John vor sich hin.

Das war an dem Tag, einem Samstag, an dem der Dekan von Johns Fakultät eine Nachricht auf den Anrufbeantworter gesprochen hatte: Arkhams Kuratoren, die Gesellschaft der Ehemaligen und der Verwaltungsrat hätten voneinander unabhängige Beschwerden über das durch das Fernsehen verbreitete Verhalten von Professor Ransom, Angehöriger der religionswissenschaftlichen Fakultät, bekommen; auch über seine Sprache sei Klage geführt worden. Würde Professor Ransom bitte so freundlich sein, einigermaßen verbindlich zu versichern, daß zu Beginn des Herbstsemesters alle ihn betreffenden rechtlichen Angelegenheiten abgeschlossen sein würden. Als nächstes mußten wir es, um in das Beerdigungsinstitut Trott Brothers zu gelangen, mit dem Mob aufnehmen, der in Johns Vorgarten lagerte; und den Weg zurück ins Haus mußten wir uns genauso mühsam erkämpfen.

Er hielt sich, alles in allem genommen, also gar nicht so schlecht. Die schlimmste Prüfung, die wir bei Trott Brothers über uns ergehen lassen mußten, war Joyce – »nennen Sie mich ganz einfach Joyce –«, Trott Brophy, Tochter und einziges Kind des letzten noch verbliebenen Trott-Bruders. Im Vergleich zu ›Nennen Sie mich ganz einfach Joyce‹ waren die Reporter sanfte Lämmchen. Dick und hochschwanger, von Berufs wegen gegen Trauer abgestumpft, war sie schon vor langer Zeit zu der Erkenntnis gekommen, daß sie mit den Trauernden, mit denen sie es täglich zu tun hatte, am besten zurechtkam, wenn sie einschaltete, was sie ›gesunden Menschenverstand‹ genannt hätte.

»Wir richten Ihr kleines Frauchen wunderschön her, Mr. Ransom. Sie werden selbst feststellen, daß sie genauso schön aussehen wird wie an Ihrem Hochzeitstag. Ich schlage vor, daß wir die Tote zuerst in diesen Sarg betten, der ja während des Gottesdienstes offenbleibt, über die Urne können wir später sprechen, wir haben hier ein paar richtige Schmuckstücke, aber sehen Sie sich den Sarg doch mal an, mit Satin ausgefüttert, stabil und solide und hochglänzend – er wäre der perfekte Rahmen für ein hübsches Bild, wenn ich das sagen darf. Sie glauben nicht, wie mühselig es ist, dieses Baby im Ausstellungsraum ständig mitzuschleppen, Junge, wenn Walter Dragonette hier auftauchen würde, kriegte er zwei für den Preis von einem, das wäre für meinen Daddy 'ne Lebensaufgabe, nicht wahr, du liebe Güte, diesmal ist es aber ein Wind! Krümmen Sie sich auch manchmal vor Schmerz, wenn Sie Winde haben? Ich glaube, ich setze mich lieber, während Sie mit Ihrem Freund alles besprechen, achten Sie gar nicht auf mich, Gott, ich habe sowieso schon alles gehört, die Leute wissen kaum, was sie reden, wenn sie zu uns kommen.«

Wir mußten ›Nennen Sie mich einfach Joyce‹ gut zwei Stunden lang ertragen, was wieder einmal beweist, daß selbst das wirklich Entsetzliche, wenn man lange genug damit umgeht, mit der Zeit langweilig werden kann. In dieser Zeit mietete John den ›Ausstellungssarg‹, bestellte die Todesanzeigen und den Nachruf, verabredete den Termin fürs Krematorium, kaufte eine Urne und einen Stellplatz in einem Mausoleum, sicherte sich die ›Kapelle der Ruhe‹ und die Dienste eines nicht konfessionsgebundenen Geistlichen für den Gedenkgottesdienst, mietete einen Wagen für den Gang zum Mausoleum, bestellte Blumen, Friseur und Visagisten für die Dahingegangene, kaufte einen Organisten und eine Orgel für anderthalb Stunden beruhigender klassischer Musik und schrieb einen Scheck über rund zehntausend Dollar aus. »Nun, mir gefällt ein Mann, der weiß, was er will«, sagte ›Nennen Sie mich einfach Joyce‹.

»Ein paar Leute kommen hier rein und feilschen und schachern, als könnten sie's mitnehmen, wenn sie gehen. Lassen Sie sich eins von mir sagen, ich war da, und mitnehmen kann es keiner.«

»Sie waren da?« fragte ich.

»Ich war und bin für alles da, was nach dem Tod mit Ihnen passiert«, sagte sie. »Und ich kann Ihnen alles sagen, was Sie darüber wissen möchten.«

»Wir können jetzt gehen«, sagte John.

Am frühen Abend saß er im dunkler werdenden Zimmer und starrte auf den einzigen hellen Fleck im Raum, den Fernsehschirm, der wieder einmal die brüllende Menge auf dem Armory Place zeigte. Ich dachte an ›Nennen Sie mich einfach Joyce‹ und ihr Baby. Eines Tages würde das Kind das Beerdigungsinstitut übernehmen. Ich sah dieses Kind als Mann Mitte Vierzig vor mir, breit grinsend, mit herzhaftem Händedruck, der Witwern ebenso herzhaft auf die Schulter schlug und das Eis mit einer Anekdote über das Forellenfischen brach: ›Gottchen, das war vielleicht der größte olle Fisch, den ich aus dem Fluß gezogen hab', und schon wieder peinigt mich mein Ischias, laßt mich nur eine Minute ausruhen, Leute ...‹

In meinem Geist sprang eine Tür auf, und eine Lichterflut strömte herein. Ohne ein Wort zu Ransom zu sagen, ging ich in mein Zimmer hinauf und füllte ungefähr dreißig Seiten des DIN-A4-Blocks, den ich in allerletzter Minute in meine Reisetasche gepackt hatte. Ganz ohne mein Zutun war ich mit meinem Buch einen Schritt weitergekommen.

3

Was die Tür zum Raum der Fantasie geöffnet hatte, war der Zusammenprall von Walter Dragonette mit der Gewißheit, daß das Kind von ›Nennen Sie mich einfach Joyce‹ genauso sein würde wie seine Mutter. Als ich am Vormittag ins Shady Mount gekommen war, hatte ich eine Idee gehabt, die von April Ransoms Tod verdrängt worden war. Doch seither hatte alles insgeheim den kleinen Raum meiner Idee erweitert, so daß sie sich, als sie durch die Tür meiner Fantasie zurückkehrte, zu einem ganzen Flügel ausgedehnt hatte, mit eigenen Fluren, Treppen, Fenstern.

Ich sah, daß ich etwas aus Walter Dragonettes Leben benutzen konnte, wenn ich über Charlie Carpenters Kindheit schrieb. Charlie hatte schon Menschen getötet, ehe er Lily Sheehan begegnet war: einen kleinen Jungen, eine junge Mutter, zwei oder drei Leute in den Städten, in denen er lebte, bevor er nach Hause zurückkehrte. Millhaven sollte Charlies Heimatstadt sein, aber im Buch würde sie anders heißen. Charlies Verbrechen glichen denen von Dragonette, aber die Umstände seiner Kindheit waren die meinen, auf eine furchtbare Spitze getrieben. Es würde eine Figur wie Dragonettes Mr. Lancer geben. Ein Schlag durchfuhr mich bis ins Innerste, als ich den riesigen Kopf von Heinz Stenmitz sah, der sich meinem entgegenneigte – blasse blaue Augen und der Geruch blutigen Fleisches.

In Charlies Kindheit hatte sein Vater aus Rache mehrere Menschen getötet, und der fünfjährige Charlie hatte das Geheimnis seines Vaters in sich aufgenommen. Wenn ich alles durch Charlies Augen schilderte, konnte ich herausarbeiten, was es war, das jemanden zu einem Menschen wie Walter Dragonette machen konnte. Der *Ledger* hatte es unbeholfen versucht, indem er Soziologen, Geistliche und Polizisten befragte; und ich hatte etwas Ähnliches getan, als ich das Foto von Ted Bundys Mutter auf meinen Kühlschrank stellte.

Zum zweitenmal an diesem Tag wurde mein Buch in mir lebendig.

Ich sah den fünfjährigen Charlie Carpenter in meinem alten Zimmer in der South Sixth Street, wie er das dunkelblaue Rosenmuster betrachtete, das sich auf einer Tapete von hellerem Blau emporrankte; Jammer und Verzweiflung hatten ihn übermannt, weil sein Vater die Mutter schlug. Charlie versuchte sich in der Tapete zu verkriechen, sich in die sichere, leblose Vollkommenheit der noch nicht entfalteten Blütenblätter und zwischen das Rankengewirr zu flüchten.

Ich sah das Kind die Livermore Avenue entlang zum Beldame Oriental gehen, wo in der letzten Reihe der Minotaurus wartete, um es körperlich in den Bann eines Films zu ziehen, in dem es um Verrat und sexuelle Erregung ging. Die

Realität löste sich auf unter dem Einfluß des Minotaurus – die richtigen Gefühle, die er in einem durch das weckte, was er tat, hätten einen in blutige Stücke gerissen, daher mußte man alles vergessen. Man zerschnitt die Erinnerung, vergrub sie in einer Million verschiedener Höhlen. Der Minotaurus war glücklich, hielt einen im Arm, preßte einen an sich, und die Welt verging.

Weil Zahlenreihen völlig gefühllos waren, wurde Charlie Buchhalter. Er wohnte in einem Hotelzimmer, weil es unpersönlich war. Er hatte immer wiederkehrende Träume und feste Gewohnheiten. Er schlief nie mit einer Frau, wenn er sie nicht schon sehr pedantisch und gründlich im Kopf ermordet hatte. Alle zwei Monate hatte er schnellen, unpersönlichen Sex mit Männern, und vielleicht einmal im Jahr, wenn er sich erlaubt hatte, zuviel zu trinken, brachte er irgendeinen Mann, den er in einer Schwulenbar aufgelesen hatte, zum Wahnsinn, indem er hysterisch in der Babysprache auf ihn einplapperte, während er den erigierten Penis des Fremden an seinem Gesicht rieb.

Charlie war bei der Armee in Vietnam gewesen.

Er würde Lily Sheehan töten, sobald er ihr Haus am See betreten hatte. Deshalb hatte er das Boot gestohlen und es ins Schilf treiben lassen, und deshalb tauchte er so früh am Morgen bei Lilys Haus auf.

Ich mußte das ganze erste Drittel des Romans durcharbeiten und die Änderungen einfügen, die nötig waren, um den Hintergrund ahnen zu lassen, den ich eben für Charlie erfunden hatte. Was der Leser von ihm sah – seine blutlose Zuneigung für seinen langweiligen Job, seine Scheu vor jeder Nähe –, wirkte unheilvoll, bedrohlich. Der Leser würde fühlen, daß Lily Sheehan sich in Gefahr begab, als sie mit ihren Versuchen begann, Charlie in das Komplott zu verstricken, das mich an Kent Smith und Gloria Grahame erinnert hatte. Du, liebes Herz, lieber Leser, du, ohne den überhaupt kein Buch existierte, und der du begonnen hast, etwas zu lesen, von dem du glaubtest, es sei ein Roman über einen Unschuldigen, der in eine Falle gelockt wurde, würdest allmählich ahnen, daß die Frau, die versuchte, den Unschuldigen zu manipulieren, eine böse Überraschung erleben würde.

Das erste Drittel des Buches sollte mit dem Mord an Lily Sheehan enden, im zweiten Drittel Charlies Kindheit geschildert werden – und mir kam der Gedanke, daß das Kind Charlie einen anderen Namen tragen sollte, so daß zuerst du, lieber Leser, dich fragen würdest, warum du plötzlich dem Lebenslauf eines bemitleidenswerten Kindes folgen sollst, das mit den Ereignissen der ersten zweihundert Seiten überhaupt nichts zu tun hat. Wenn sich das Kind mit achtzehn Jahren unter dem Namen Charles Carpenter freiwillig zur Armee meldete, würde die Verwirrung jedoch ein Ende haben. Das letzte Drittel sollte mit Charlies Festnahme schließen.

Der Roman sollte *The Kingdom of Heaven* heißen, und als Motto wollte ich die Verse aus dem Thomas-Evangelium wählen, das ich im Central Park gelesen hatte.

Die innere Melodie von *The Kingdom of Heaven* würde die Suche nach dem Minotaurus sein. Charlie kehrte nach Millhaven (oder wie immer die Stadt im Buch heißen würde) zurück, weil er, obwohl er nur noch eine unklare Vorstellung von ihm hatte, den Mann finden wollte, von dem er im Beldame Oriental mißbraucht worden war. Erinnerungen an den Minotaurus sollten ihn im dritten Teil des Buches heimsuchen, und einmal würde er – ohne zu wissen, warum – die Ruine des Filmtheaters aufsuchen und dort Ähnliches erleben wie ich gestern morgen.

Der Minotaurus würde sein wie ein furchtbarer Gott, verborgen auf dem Grund einer tiefen Höhle, und seine Spuren würden über die ganze sichtbare Welt verstreut sein.

Bevor ich wieder hinunterging, kam mir noch eine letzte Idee: Der Film, den der fünfjährige Charlie sah, als das Monster sich neben ihn setzte, war *On Dangerous Ground.* Da ich nur den Titel brauchte, machte es nichts, daß ich den Film nicht kannte – obwohl ich ihn mir ansehen konnte, wenn ich lange genug in Millhaven blieb.

Jetzt brauchte ich noch einen Grund dafür, warum ein so kleines Kind an mehreren aufeinanderfolgenden Tagen ins Kino geschickt wurde, und auch ihn fand ich, sobald ich die Notwendigkeit erkannte. Klein-Charlies Mutter lag im Carpenter-Haus im Sterben. Wieder bezog ich das erforderliche

Bild aus der unmittelbaren Vergangenheit. Ich sah April Ransoms bleichen und mit Blutergüssen übersäten, bewußtlosen Körper ausgestreckt auf den weißen Laken liegen. Mit dem Bild gewann ich eine frische Erkenntnis, und ich wußte, daß Charlies Vater seine Frau bewußtlos geprügelt hatte und sie sterben ließ. Eine Woche lang oder länger hatte der kleine Junge, der zu Charlie Carpenter heranwuchs, mit seiner sterbenden Mutter und seinem Vater zusammengelebt, der sie getötet hatte, und während dieser furchtbaren Tage war er dem Minotaurus in die Hände gefallen und von ihm gierig verschlungen worden.

Ich legte die Feder aus der Hand. Jetzt hatte ich ein Buch – *The Kingdom of Heaven.* Am liebsten hätte ich mich darin eingewickelt wie in eine Decke. Ich wollte in der Geschichte verschwinden wie der kleine Charlie (der noch nicht Charlie hieß), sehnte mich danach, mit den blauen Rosen zu verschmelzen, die sich vor dem hellblauen Hintergrund der Tapete in meinem Zimmer emporrankten – wollte zu einem Ulmenblatt auf der Livermore Avenue werden, zum Räuspern einer warmen Stimme in der Dunkelheit, zum Silberglanz, der kurz über einen glatten dunklen Männerkopf irrlichterte, zum staubigen Streifen helleren Lichts, der auf die Leinwand eines fast leeren Filmtheaters zuströmte.

4

Mit zwei Ausnahmen verlief das Wochenende so wie die vorhergehenden Tage. Auf Ransoms Vorschlag hin brachte ich mein Manuskript und die neuen Notizen hinunter und breitete alles auf dem Eßzimmertisch aus, strich fröhlich Absätze und ganze Seiten von dem, was ich bisher geschrieben hatte, und schrieb die neuen Seiten über Charlies Kindheit auf einen gelben DIN-A4-Block. Die Bleistifte, die ich dutzendweise brauchte, spitzte ich mit einer überaus praktischen, kleinen elektrischen Maschine nadelfein zu.

Ransom hatte nichts dagegen, mir Schreibblock, Spitzmaschine und Bleistifte zur Verfügung zu stellen, doch der Gedanke, daß ich möglicherweise jeden Tag ein paar Stunden arbeiten wollte, ärgerte und deprimierte ihn abwechselnd. Das Problem tauchte beinahe sofort auf, nachdem er mir geholfen hatte, mich auf dem Eßzimmertisch einzurichten.

Mißtrauisch musterte er den Block, den elektrischen Spitzer, den Stapel Notizen und die ordentlich geschichteten Seiten. »Du hattest wieder mal eines deiner *Brainstormings*, nehme ich an?«

»So was Ähnliches, ja.«

»Das ist wahrscheinlich gut – für dich.«

Er machte so abrupt kehrt und ging ins Wohnzimmer zurück, daß ich hinter ihm herlief. Er ließ sich auf die Couch fallen und starrte den Fernseher an.

»John, was ist los?«

Er wollte mich nicht ansehen. Mir kam der Gedanke, daß er sich wahrscheinlich bei April genauso verhalten hatte. Nach einem langen Schweigen sagte er: »Wenn du nichts anderes willst als arbeiten, kannst du genausogut nach New York zurückfahren.«

Manche Leute vermuten, daß man so ganz nebenher schreiben kann, zwischen ein paar Drinks oder nach langen Spaziergängen durch die Yorkshire Dales. John Ransom hatte sich eben dieser Kategorie zugeordnet.

»John«, sagte ich, »ich weiß, daß du eine schreckliche Zeit durchmachst, aber ich verstehe nicht, warum du dich so benimmst.«

»Wie – so?«

»Vergiß es«, sagte ich. »Versuch nur, dir zu vergegenwärtigen, daß meine Ablehnung nicht dir als Person gilt.«

»Glaub mir«, sagte er, »ich bin es gewohnt, mit selbstsüchtigen Leuten zusammenzusein.«

Er sprach den ganzen Tag nicht mehr mit mir. Er machte Abendbrot für sich allein, öffnete eine Flasche Château Petrus, aß und trank vor dem Fernseher. Als die Walter-Dragonette-Show für diesen Tag zu Ende war, switchte er sich durch die Nachrichtenprogramme; als es keine mehr gab, schaltete er auf CNN, bis auch dort Programmschluß war. Die einzige Unterbrechung kam unmittelbar, nachdem er gegessen hatte. Er trug sein Weinglas zum Telefon, rief Arizona an und teilte seinen Eltern mit, daß April ermordet worden war. Ich hielt mich zu diesem Zeitpunkt im Eßzimmer auf, aß ein Sandwich und redigierte mein Manuskript. Ransom wußte, daß ich hörte, was er seinen Eltern erzählte, dessen war ich sicher. Ein alter Bekannter aus der Armee, der Schriftsteller Timothy Underhill, sei ›von New York gekommen, um mir beizustehen. Ihr wißt schon, er nimmt Anrufe entgegen, schlägt sich mit der Presse herum und hilft mir bei den Vorbereitungen für die Beerdigung.‹ Er beendete das Gespräch, nachdem sie besprochen hatten, wann er sie vom Flughafen abholen sollte. Nach den letzten Kurznachrichten bei CNN schaltete er den Apparat aus und ging hinauf.

Am nächsten Morgen machte ich schnell einen Spaziergang, ehe die Reporter auftauchten. Als ich zurückkam, stürzte Ransom aus der Küche und fragte, ob ich eine Tasse Kaffee wolle. Vielleicht auch ein paar Eier? Er meinte, wir sollten etwas frühstücken, bevor wir zu seinem Schwiegervater gingen, um ihm die Nachricht zu überbringen.

Wollte er denn, daß ich ihn zu Alan begleite? Selbstverständlich wollte er es, natürlich wollte er es – es sei denn, ich wollte lieber hierbleiben und arbeiten. Ehrlich, auch das wäre okay.

Entweder war ich nicht mehr selbstsüchtig, oder er hatte mir vergeben. Der mürrische, schweigsame Ransom war verschwunden.

»Wir können zur Hintertür hinausgehen und uns durch eine Lücke in der Hecke zwängen. Die Reporter werden gar nicht merken, daß wir nicht im Haus sind.«

»Ist etwas passiert, wovon ich nichts weiß?« fragte ich.

»Ich habe gestern abend den Dekan zu Hause angerufen«, sagte er. »Er hat schließlich begriffen, daß ich ihm nicht versprechen kann, daß bis dahin alles vorbei ist. Er hat gesagt, er werde versuchen, Kuratoren und Verwaltungsrat zu beschwichtigen. Er denkt, er könnte sie dazu bringen, mir ihr Vertrauen auszusprechen – oder so ähnlich.«

»Dann hast du wenigstens deinen Job sicher.«

»Ich nehme an«, sagte er.

Das zweite außergewöhnliche Ereignis dieses Wochenendes fand vor unserem Besuch bei Alan Brookner statt. John kam wieder in die Küche, während ich noch frühstückte, und berichtete, Alan scheine einen seiner ›guten‹ Tage zu haben und erwarte uns in einer halben Stunde. »Er mixt Bloody Marys, also ist er wenigstens guter Laune.«

»Bloody Marys?«

»Er hat sie jeden Sonntag für April und mich gemixt – wir waren fast immer zum Brunch bei ihm.«

»Hast du ihm gesagt, warum du mit ihm sprechen willst?«

»Ich möchte, daß er entspannt genug ist, um es zu verstehen.«

Es klingelte, und Fäuste hämmerten gegen die Tür. Eine nicht sehr laute Stimme bat John, er möge doch bitte öffnen. Die Meute war gewöhnlich nicht so höflich.

»Machen wir, daß wir wegkommen«, sagte John. »Schau mal vorn raus, damit wir sicher sein können, daß sie sich nicht auch hinten rumtreiben.«

Als ich in die Diele kam, begann das Telefon zu klingeln. Eine Faust hämmerte zweimal gegen die Tür, und eine Stimme rief. »Polizei, Mr. Ransom, öffnen Sie bitte, wir wollen mit Ihnen reden!«

Die Männer vor der Tür spähten durch verschiedene Fenster herein, und ich schaute Detective Wheeler plötzlich direkt ins Gesicht. Am anderen Fenster tauchte grinsend der schnurrbärtige Kopf von Detective Monroe auf. »Machen Sie auf, Underhill«, sagte Monroe.

Paul Fontaines Stimme kam durch den Anrufbeantworter: »Mr. Ransom, man hat mir berichtet, daß Sie die Detectives vor Ihrer Haustür ignorieren. Jetzt seid mal zwei brave Jungs und laßt die netten Polizisten rein. Schließlich ist die Polizei Euer ...«

Ich öffnete, winkte Monroe und Wheeler herein und schnappte mir den Telefonhörer. »Hier spricht Tim Underhill«, sagte ich in die Sprechmuschel. »Wir haben gedacht, Ihre Leute seien Reporter. Ich habe sie eben reingelassen.«

»Die Polizei ist Euer Freund. Seid also brav und redet mit den beiden, ja?« Er hängte ein, bevor ich antworten konnte.

Wütend stürmte John aus dem Flur ins Wohnzimmer und

zeigte auf unsere drei dunklen Gestalten in der Diele. »Ich will, daß diese Leute auf der Stelle von hier verschwinden! Raus mit euch, hört ihr!« fauchte er und wollte vorwärtsstürzen, blieb jedoch gleich darauf wie angewurzelt stehen. »Oh! Verzeihung.«

»Schon in Ordnung, Mr. Ransom«, sagte Wheeler. Die beiden Beamten gingen ungefähr bis zur Mitte des Wohnzimmers. Als John ihnen nicht entgegenkam, warfen sie sich gegenseitig einen Blick zu und blieben ebenfalls stehen. Monroe schob die Hände in die Taschen und betrachtete lange und gründlich die Gemälde.

»Sie waren mit uns beim Verhör dabei«, sagte John.

»Ich bin Detective Wheeler, und das ist Detective Monroe.«

Monroe verzog die Lippen zu einem eisigen Lächeln.

»Ich glaube zu wissen, warum Sie hier sind«, sagte John.

»Der Lieutenant war über Ihre Bemerkungen ein bißchen erstaunt«, sagte Wheeler.

»Ich habe nichts gesagt«, wehrte John ab. »Das war er.« Er kreuzte die Arme vor der Brust und stützte sie auf den runden Hügel seines Bauches.

»Könnten wir uns vielleicht alle setzen, bitte?« fragte Wheeler.

»Aber ja, klar«, sagte John, nahm die Arme herunter und steuerte auf den nächsten Sessel zu.

Monroe und Wheeler ließen sich auf der Couch nieder, und ich nahm den anderen Sessel.

»Aprils Vater erwartet mich«, sagte John. »Er weiß noch nicht, was geschehen ist.«

»Möchten Sie ihn anrufen, Mr. Ransom, und ihm sagen, daß Sie aufgehalten wurden?« fragte Wheeler.

»Es ist nicht wichtig«, sagte John.

Wheeler nickte. »Wie Sie wollen, Mr. Ransom.« Er klappte ein Notizbuch auf.

John krümmte sich wie ein Schuljunge, der dringend muß. Wheeler und Monroe sahen mich an, Monroe lächelte wieder frostig und übernahm es, die Fragen zu stellen.

»Ich dachte, Sie seien mit Dragonettes Geständnis zufrieden«, wandte er sich an mich.

Ransom atmete laut aus und ließ sich im Sessel schlaff zurücksinken.

»Größtenteils war ich es auch, damals wenigstens«, sagte ich.

»Und ich auch«, warf John ein.

»Haben Sie während der Vernehmung daran gezweifelt, daß Dragonette die Wahrheit sagte?«

»Und ob«, sagte ich. »Aber ein paar Zweifel hatte ich sogar schon vorher.«

Monroe starrte mich zornig an, und Wheeler sagte: »Ich schlage vor, Sie erzählen uns etwas darüber.«

»Über meine Zweifel im allgemeinen?«

Er nickte, lehnte sich auf der Couch zurück, zog das Jakkett aus und warf mir einen finstern Blick zu, der mich traf wie ein Schlag.

Ich sagte ihnen, was ich John vor zwei Tagen gesagt hatte: daß Dragonettes Schilderung seines Überfalls auf den nicht identifizierten Mann und Officer Mangelotti für mich improvisiert und unglaubwürdig geklungen hatte. »Aber darüber hinaus denke ich, daß das ganze Geständnis nicht sauber war. Über Johns Frau hat er erst zu sprechen angefangen, nachdem Ihre Zentrale über Funk durchgegeben hatte, daß Mrs. Ransom vor kurzem ermordet worden war.«

»Ich schlage vor, daß Sie uns erzählen, woher dieses Märchen von Dragonette und der Nachricht über Funk stammt«, sagte Monroe.

»Und ich möchte wissen, was Sie mit Ihrem Besuch hier bezwecken«, sagte ich.

Die beiden Detectives sagten zunächst gar nichts. Endlich lächelte Monroe wieder. »Mr. Underhill, worauf stützen Sie eigentlich Ihre Behauptung? Sie haben nicht mit Walter Dragonette im Wagen gesessen.«

John warf mir einen fragenden Blick zu. Er erinnerte sich genau, worauf ich meine Behauptung ›stützte‹.

»Einer Ihrer Kollegen, der in dem Wagen saß, hat mir erzählt, was passiert ist.«

»Das ist unglaubhaft«, sagte Monroe.

»Können Sie mir sagen, wer mit Dragonette im Wagen war, als die Nachricht durchkam?« fragte Wheeler.

»Paul Fontaine und ein uniformierter Officer namens Sonny haben vorn gesessen. Dragonette in Handschellen auf dem Rücksitz. Als durchgegeben wurde, daß Mrs. Ransom im Krankenhaus ermordet worden war, hörte er es genauso deutlich wie Sonny. Und dann sagte er: ›Wenn ihr Typen schneller gearbeitet hättet, hättet ihr sie retten können, wißt ihr?‹ Und Detective Fontaine fragte ihn, ob er damit den Mord an April Ransom gestehe, und Dragonette sagte, ja, das sei ein Geständnis. Zu diesem Zeitpunkt hätte er alles gestanden.«

Monroe beugte sich vor. »Was wollen Sie damit erreichen?«

»Ich will, daß der richtige Mann gefaßt wird«, sagte ich.

Er seufzte. »Wo haben Sie Sonny Berenger kennengelernt?«

»Das erstemal habe ich ihn im Krankenhaus gesehen und dann wieder nach der Vernehmung.«

»Ich vermute, niemand sonst hat diese Behauptung gehört.«

»O doch, noch jemand hat sie gehört.« Ich sah John nicht an. Ich wartete. Die beiden Detectives sahen mich an. Das Schweigen zwischen uns schien sehr lange zu dauern.

»Ich habe sie auch gehört«, sagte John endlich.

»Das wär's dann«, sagte Wheeler.

»Das wär's dann«, sagte Monroe. Er stand auf. »Mr. Ransom, wir ersuchen Sie hiermit, uns zum Armory Place zu begleiten, damit wir durchgehen können, was Sie am Morgen des Todestages Ihrer Frau getan haben.«

»Jeder weiß, wo ich Donnerstagmorgen war.« John sah verwirrt und erschrocken aus.

»Wir wollen es noch ein bißchen genauer wissen«, sagte Monroe. »Das ist die übliche Routine, Mr. Ransom. Sie sind in ein, zwei Stunden wieder zu Hause.«

»Brauche ich einen Anwalt?«

»Sie können einen hinzuziehen, wenn Sie unbedingt wollen.«

»Fontaine denkt inzwischen auch anders darüber«, sagte ich. »Er hat das Band noch einmal abgehört und findet das Geständnis jetzt auch zu dürftig.«

Die beiden Detectives ließen sich nicht herab, mir zu antworten. »Wir sind Ihnen für Ihre Mitarbeit dankbar, Mr. Ransom«, sagte Monroe.

John wandte sich an mich. »Glaubst du, ich sollte einen Anwalt anrufen?«

»Ich würde es tun«, sagte ich.

»Ich habe nichts zu befürchten.« Er wandte sich zu Monroe und Wheeler um. »Bringen wir's hinter uns.«

Die drei standen auf und ich, einen Moment später, auch.

»O mein Gott«, sagte John. »Alan erwartet uns.«

Die beiden Cops schauten zwischen uns hin und her.

»Würdest du wohl rübergehen?« fragte John. »Erklär ihm alles, und sag ihm, ich komme so bald wie möglich zu ihm.«

»Was soll ich ihm denn erklären?«

»Alles über April.«

Monroe lächelte zögernd.

»Glauben Sie nicht, daß Sie das lieber selbst tun sollten?«

»Würde ich ja, wenn ich könnte«, sagte John. »Sag ihm, ich rede mit ihm, sobald ich kann. Es ist besser so.«

»Das bezweifle ich«, sagte ich.

Er seufzte. »Dann ruf ihn an und sag ihm, ich hätte zu einer Vernehmung zur Polizei müssen, käme aber heute nachmittag, sobald ich kann, zu ihm.«

Ich nickte, und die Detectives verließen mit ihm das Haus. Geoffrey Bough und sein Fotograf stürzten erwartungsvoll wie junge Hunde auf sie zu. Die Kamera begann zu klicken. Als Monroe und Wheeler John in den Wagen verfrachteten, nicht ohne ihm die Hand auf den Scheitel zu legen und ihn wie mit dem Schuhlöffel auf den Rücksitz zu schieben, schaute Bough zum Haus zurück und bellte meinen Namen. Er begann auf mich zuzusprinten. Hastig knallte ich die Tür zu und verriegelte sie.

Er klingelte, klingelte, klingelte. Ich sagte: »Hauen Sie ab!«

»Wurde Ransom verhaftet?«

Als ich nicht antwortete, preßte Bough sich das Gesicht an der Scheibe des schmalen Fensters neben der Tür platt.

Alan Brookner meldete sich, nachdem das Telefon zwei oder drei Minuten geklingelt hatte. »Wer ist da?«

Ich nannte ihm meinen Namen. »Wir haben in Ihrer Küche ein paar Gläser zusammen getrunken.«

»Ich hab' Sie jetzt! Guter Mann. Kommen Sie heute rüber?«

»Tja, ich wollte, aber es ist was dazwischengekommen, und John schafft es nicht pünktlich.«

»Was heißt das?« Er hustete laut, zum Fürchten, das heisere, trockene Bellen saß tief in seiner Brust. »Was wird aus den Bloody Marys?« Ein noch schrecklicherer Hustenanfall folgte. »Zum Kuckuck mit den Bloody Marys, wo ist John?«

»Die Polizei wollte noch einmal mit ihm sprechen.«

»Sie sagen mir jetzt, was mit meiner Tochter geschehen ist, junger Mann. Man hat mich lange genug zum Narren gehalten.«

Eine Faust begann gegen die Haustier zu hämmern. Geoffrey Bough gaffte noch immer durch das schmale Fenster herein.

»Ich komme so bald wie möglich zu Ihnen«, sagte ich.

»Die Haustür ist nicht abgeschlossen.« Er hängte ein.

Ich ging ins Wohnzimmer. Das Telefon begann schrill zu klingeln. Der Türgong schlug an.

Ich setzte meinen Weg durch die Küche fort und betrat Ransoms braunen Rasen. Die Hecken trafen mit einer Reihe von Lebensbäumen zusammen, die wie Weihnachtsbäume aussahen. Sie wurden von den Firsten und Giebeln eines benachbarten Daches überragt. Von der Vorderseite des Hauses hörte ich leises Gemurmel. Ich überquerte den Rasen und schob mich durch die Lücke zwischen Hecke und letztem Lebensbaum. Das Licht verschwand, und die würzigen, belebenden Gerüche von Laub und Pflanzensäften umgaben mich in einer gemütlichen Nische aus Dunkelheit. Dann blieb der Baum zurück, und ich kam in einen leeren, sonnenbeschienenen Hinterhof.

Fast hätte ich laut aufgelacht. Ich war entkommen, konnte ganz einfach gehen. Was ich auch tat.

5

Das Gefühl, entkommen zu sein, verließ mich, als ich über die Steinfliesen ging, die Alan Brookners wild wuchernden Rasen teilten.

Ich drückte die Klinke hinunter und betrat das Haus. In der Luft hing ein Hauch von faulendem Abfall wie Parfümgeruch, zusammen mit einem anderen, beißenderen.

»Alan!« rief ich. »Ich bin es, Tim Underhill!«

Ich stieg über ein dickes Paket Post und ging weiter ins Wohnzimmer oder die Bibliothek, was immer es war. Die Briefe, die John auf das Chesterfieldsofa geworfen hatte, lagen noch immer da und waren in der Dunkelheit kaum zu sehen. Es brannte kein Licht, und die schweren Vorhänge waren geschlossen. Es roch stärker nach Abfall, und auch der andere Gestank wurde intensiver.

»Alan?«

Ich tastete nach einem Schalter, traf aber nur auf die bloße, glatte Wand, die stellenweise klebrig war. Etwas Kleines, Schwarzes schoß über den Fußboden und verschwand hinter einem Vorhang. Auf dem Fußboden standen mehrere nur halb leergegessene Teller.

»Alan!«

Ein leises Röcheln drang durch die Wände. Ich fragte mich, ob Alan Brookner vielleicht irgendwo im Haus im Sterben lag. Ob er vielleicht einen Schlaganfall gehabt hatte. Der ungeheuerliche, selbstsüchtige Gedanke kam mir, daß ich ihm vielleicht nicht sagen mußte, daß seine Tochter tot war. Ich ging wieder hinaus in den Korridor.

Auf dem Eßzimmertisch lagen haufenweise staubige Papiere. Er sah wie mein eigener Arbeitstisch in Johns Haus aus. Vor dem Tisch stand ein Stuhl.

»Alan?«

Das Röcheln kam von weiter hinten im Korridor.

Der Gestank nach Kot in der Küche traf mich wie eine Explosion. Ein paar Pizzaschachteln waren auf dem Küchentresen aufgestapelt. Die geschlossenen Jalousien ließen ein wenig Licht herein. Im Spülbecken türmte sich wieder einmal das schmutzige Geschirr. Vor dem Herd lag ein wirrer Knäuel aus Bade- und dünneren Geschirrtüchern, darauf ein widerlich aussehender Haufen, ungefähr dreißig Zentimeter hoch und bedeckt von einem dichten, laut summenden Fliegenschwarm.

Ich stöhnte und legte die rechte Hand an die Stirn. Ich

wollte nur eins – hinaus aus diesem Haus. Mir wurde von dem Gestank übel und schwindlig. Dann hörte ich wieder das Röcheln und sah, daß ein anderes Wesen mich beobachtete – ein Wesen, das nicht zu meiner Spezies gehörte.

Unter dem Küchentisch kauerte eine schwarze Gestalt. Sie verbreitete Wut und Schmerz um sich. Zwei weiße Augen bewegten sich inmitten der Schwärze. Ich stand vor dem Minotaurus. Der Gestank seiner Exkremente hüllte mich ein.

»Du bist in Schwierigkeiten«, brummte der Minotaurus. »Ich bin ein alter Mann, aber ein Gimpel bin ich nicht.«

»Das weiß ich«, sagte ich.

»Lügen machen mich verrückt. *Verrückt.*« Er bewegte sich unter dem Tisch, und das Tuch rutschte ihm vom Kopf. Ein Teil seines verkrusteten weißen Bartes wurde sichtbar. Die zornigen Augen erfaßten mich. »Du wirst mir die Wahrheit sagen. Jetzt.«

»Ja«, sagte ich.

»Meine Tochter ist tot, nicht wahr?«

»Ja.«

Ein Ruck wie von einem elektrischen Schlag straffte seinen Rücken und ließ sein Kinn nach vorn schnellen. »Ein Autounfall? Oder so was Ähnliches?«

»Sie wurde ermordet«, sagte ich.

Er legte den Kopf zurück, und das Tuch rutschte ihm auf die Schultern. Eine Grimasse verzerrte seine Züge. Er sah aus, als habe man ihn in die Seite gestochen. In demselben schrecklichen Flüsterton fragte er: »Wie lange ist es her? Wer hat es getan?«

»Alan, wollen Sie nicht unterm Tisch hervorkommen?«

Er warf mir einen zweiten Blick geballten Zorns zu. Ich kniete nieder. Das Summen der Fliegen kam mir plötzlich sehr laut vor.

»Sag mir, wie meine Tochter ermordet wurde.«

»Vor ungefähr einer Woche fand ein Zimmermädchen sie niedergestochen und zusammengeschlagen in einem Zimmer im St. Alwyn Hotel.«

Alan stieß einen furchtbaren Laut aus.

»Niemand weiß, wer ihr das angetan hat. Man brachte sie ins Shady Mount, wo sie bis zum vergangenen Mittwoch im

Koma lag. Dann begann sich ihr Zustand zu bessern. Am Donnerstagmorgen ist jemand in ihr Zimmer eingedrungen und hat sie getötet.«

»Und sie ist aus dem Koma nicht mehr aufgewacht?«

»Nein.«

Er riß wieder seine Minotaurusaugen auf. »Hat man schon jemanden verhaftet?«

»Es hat ein falsches Geständnis gegeben. Kommen Sie unter diesem Tisch vor, Alan.«

Tränen glänzten in dem weißen Haarflaum auf seinen Wangen. Er schüttelte heftig den Kopf »Hat John gedacht, daß ich zu schwach bin, um die Wahrheit zu hören? Nun, ich bin jetzt nicht zu verdammt schwach, Söhnchen.«

»Das sehe ich. Aber warum sitzen Sie unter dem Küchentisch, Alan?«

»Ich war verwirrt. Bin mir ein bißchen verloren vorgekommen.« Er funkelte mich wieder an. »John sollte zu mir kommen. Ich wollte aus meinem verdammten Schwiegersohn endlich die Wahrheit rauskriegen.« Er schüttelte den Kopf und bekam wieder die Minotaurusaugen. »Wo ist er also?«

Selbst in diesem schrecklichen Zustand besaß Alan Brookner eine machtvolle Würde, wie ich sie bisher nur selten gesehen hatte. Sein Schmerz hatte ihn für kurze Zeit schockartig aus seinem Wahn herausgerissen. Mir tat der alte Mann entsetzlich leid.

»Zwei Detectives tauchten auf, als wir gerade gehen wollten«, sagte ich. »Sie haben John gebeten, sie zur Vernehmung ins Präsidium zu begleiten.«

»Sie haben ihn nicht verhaftet?«

»Nein.«

Er zog das Tuch wieder fest um seine Schultern und hielt es mit einer Hand am Hals zusammen. Es sah wie ein Tischtuch aus. Ich rückte ein Stückchen näher an ihn heran. Meine Augen brannten, als hätte ich Seife drin.

»Ich habe gewußt, daß sie tot ist.« Er sackte in sich zusammen und sah für einen Moment wie der uralte Affe aus, an den er mich bei meinem ersten Besuch erinnert hatte. Er begann den Kopf zu schütteln.

Ich dachte, er werde ganz in seinem Tischtuch verschwinden. »Würden Sie nicht gern unter dem Tisch hervorkommen, Alan?«

»Würdest du aufhören, mich so gönnerhaft zu behandeln?« Seine Augen brannten sich in mich ein, doch es waren nicht mehr die Augen des Minotaurus. »Okay. Ja. Ich möchte unter dem Tisch hervorkommen.« Er krabbelte vorwärts und verfing sich mit den Füßen in dem Tuch. Um die Hände freizubekommen, band er zwei Enden des Tuchs vor der Brust zusammen. Panik blitzte in seinen Augen auf.

Ich rutschte näher und griff unter den Tisch. Brookner kämpfte mit dem Tuch. »Verdammter Mist«, sagte er. »Dachte, ich wär hier unten sicher – hatte auf einmal Angst.«

Ich fand eine Stoffecke und zog daran. Brookner bewegte die Schulter, und sein rechter Arm kam unter dem Tuch hervor. Er hatte den Revolver in der Hand. »Jetzt hab' ich's«, sagte er. »Kannst drauf wetten. War kinderleicht.« Er schlängelte sich auch mit der anderen Schulter aus dem beengenden Tuch, und es fiel ihm bis zur Taille hinunter. Ich nahm ihm die Waffe weg und legte sie auf den Tisch. Gemeinsam zogen wir das Tuch von seinen Beinen, Alan erhob sich zuerst auf das eine, dann auf das andere Knie und kroch dann unter dem Tisch hervor. Das Tischtuch schleifte hinter ihm her. Endlich ließ er zu, daß ich ihm die Hand reichte, und zappelte sich auf. Ein Fuß steckte in einer puderblauen Socke. Ich zog ihn in die Höhe, und er stellte den zweiten Fuß, an dem er eine schwarze Socke trug, auf das Tuch. »Hier bin ich wieder«, sagte er. »Es geht mir gut.« Er torkelte vorwärts, und ich durfte seinen Ellenbogen nehmen. Gemeinsam schlurften wir durch die Küche zu einem Stuhl. »Die alten Gelenke sind steif geworden«, sagte er und begann vorsichtig die Arme zu strecken und die Beine zu heben. Noch immer hingen Tränen in seinem Backenbart.

»Ich kümmere mich um die Schweinerei auf dem Boden«, sagte ich.

»Mach, was du willst.« Die Welle aus Wut und Schmerz schwappte wieder über. »Gibt es eine Beerdigung? Es muß eine geben, verdammt, weil ich nämlich hingehe.« Sein Gesicht wurde starr vor Zorn und der Anstrengung, die Tränen zu unterdrücken. Die Minotaurusaugen begannen wieder zu glühen. »Komm schon, sag es mir.«

»Die Beerdigung ist morgen. Um ein Uhr bei Trott Brothers. Sie wird eingeäschert.«

Wieder löschte die schreckliche Grimasse seine Züge aus. Er verbarg das Gesicht hinter den knotigen Händen, stützte die Ellenbogen auf die Knie und weinte laut. Sein Hemd war grau von Staub, der Kragen hatte einen schwarzen Rand. Säuerlicher Modergeruch ging von ihm aus, verlor sich jedoch im Gestank der Exkremente.

Schließlich hörte er auf zu weinen und wischte sich die Nase am Ärmel ab. »Ich habe es gewußt«, sagte er, zu mir aufblickend. Seine Lider waren rot und entzündet.

»Ja.«

»Deshalb hab' ich mich hier verkrochen.« Er wischte sich die meisten Tränen aus dem seidigen weißen Bart. Ein Schatten der Qual und der Verwirrung, fast so schrecklich wie sein Schmerz, flog über sein Gesicht.

»April wollte mich mitnehmen – da war dieser Ort ...« Der plötzliche Zorn fiel in sich zusammen, wurde wieder zu Schmerz, und sein Oberkörper schüttelte sich, so sehr bemühte er sich, grimmig auszusehen, obwohl er nur noch weinen wollte.

»Sie wollte mit Ihnen irgendwohin fahren?«

Er fuchtelte mit den großen Händen in der Luft herum, fegte das Thema gewissermaßen beiseite.

»Was ist der Grund dafür?« Ich zeigte auf den summenden Haufen auf den Handtüchern.

»Behelfsklo. Das Klo hier unten ist verstopft oder sonst was, jedenfalls unbrauchbar, das verdammte Ding, und ich kann nicht immer raufgehen. Also hab' ich einen Haufen Handtücher druntergelegt.«

»Haben Sie hier irgendwo eine Schaufel?«

»In der Garage, glaub ich«, sagte er.

In der Garage, die sich unter den Eichen versteckte, fand ich in einer Ecke eine flache Kohlenschaufel. Der Betonboden war mit Flecken übersät, außerdem standen ein uralter Rasenmäher, ein Laubrechen mit langen Zinken, ein paar zerbrochene Lampen und ein Stapel Pappkartons herum. An der Wand gegenüber lehnten mit der Rückseite nach vorn ein paar gerahmte Bilder. Ich bückte mich nach der Schaufel. Ein langer, feuchter Streifen, noch so frisch, daß er glänzte, zog sich über die alten Flecken hin. Ich betupfte ihn mit dem Zeigefinger: glitschig, noch nicht ganz trocken. Ich schnupperte an meinem Finger; was ich roch, war möglicherweise Bremsflüssigkeit.

Als ich in die Küche zurückkam, lehnte Alan mit einem schwarzen Müllsack in den Händen an der Wand. Er richtete sich auf und zeigte auf den Sack. »Ich weiß, das sieht schlimm aus, aber wenn die Toilette nun mal nicht funktioniert.«

»Ich sehe sie mir an, nachdem wir diese Schweinerei aus dem Haus haben.« Er hielt den Müllsack auf, und ich begann zu schaufeln. Dann band ich den Sack zu und steckte ihn, bevor ich ihn in die Mülltonne warf, in einen zweiten. Während ich den Fußboden wischte, erzählte Alan mir zweimal, mit haargenau denselben Worten, daß er in seinem ersten Jahr in Harvard eines Morgens aufwachte und entdeckte, daß sein Zimmergenosse im Nachbarbett gestorben war. Zwischen den beiden Berichten verstrichen kaum fünf Sekunden.

»Interessante Geschichte«, sagte ich, weil ich fürchtete, er werde mir alles noch ein drittes Mal erzählen.

»Hast du den Tod je von so nah gesehen?«

»Ja«, sagte ich.

»Wie kommt denn das?«

»Mein erster Job in Vietnam war bei einem Begräbniskommando. Wir mußten tote Soldaten nach ihren Hundemarken durchsuchen.«

»Und wie hat das auf dich gewirkt?«

»Das ist schwer zu beschreiben«, sagte ich.

»Und jetzt John«, sagte Alan. »Ist ihm dort etwas Ungewöhnliches zugestoßen?«

»Ich weiß nur, daß er irgendwo unterirdisch mit einem Haufen Leichen gefangen war. Die Armee meldete ihn als im Kampf gefallen.«

»Wie hat sich das auf ihn ausgewirkt?«

Ich wischte das letzte Stückchen Fußboden, schüttete das schmutzige Wasser ins Spülbecken, füllte es mit heißem Seifenwasser und begann das schmutzige Geschirr zu waschen. »Als ich ihn hinterher sah, es war das letztemal, daß ich ihn in Vietnam traf, sagte er zu mir: *Alles auf dieser Erde ist aus Feuer gemacht, und der Name dieses Feuers ist Zeit. Solange du weißt, daß du im Feuer stehst, ist alles erlaubt. Die Saat des Todes ist die Mitte eines jeden Augenblicks.*«

»Nicht schlecht«, sagte Alan.

Ich stellte den letzten Teller ins Regal. »Schauen wir mal, ob ich Ihre Toilette reparieren kann.«

Ich öffnete eine Tür nach der anderen, bis ich im Besenschrank einen Sauger fand. In einem lichten Augenblick hatte Alan die Überschwemmung aufgewischt und sein Bestes getan, den Boden zu säubern. Der Papierkorb war voller zerknüllter Papierhandtücher. Ich steckte den Sauger ins Wasser und pumpte. Ein zu Brei gewordenes Knäuel, das früher einmal Schreibmaschinenpapier gewesen war, blubberte aus dem Abflußrohr. Ich fing das Papier mit dem Sauger ein und ließ es in den Papierkorb fallen. »Behalten Sie dieses Ding hier, Alan, und denken Sie daran, es zu benutzen, wenn das gleiche noch einmal passiert.«

»Okay, okay.« Seine Miene hellte sich ein wenig auf. »Hey, ich habe ein paar Bloody Marys gemixt. Soll ich einschenken?«

»Eine«, sagte ich. »Für Sie, nicht für mich.«

Wieder in der Küche, nahm Alan einen großen Krug aus dem Kühlschrank. Er schenkte ein, ohne etwas zu verschütten. Dann fiel er auf einen Stuhl und trank, das Glas mit beiden Händen festhaltend. »Bringst du mich zur Beerdigung?«

»Aber natürlich.«

»Ich habe Schwierigkeiten, mich draußen zurechtzufinden«, sagte er mit einem finsteren Blick auf mich. Er meinte, daß er nie das Haus verließ.

»Was für Schwierigkeiten?«

»Ich lebe seit vierzig Jahren hier, und plötzlich kann ich mich nicht erinnern, wo etwas ist.« Wieder sah er mich zornig an und nahm einen großen Schluck von seinem Drink. »Als ich das letztemal draußen war, habe ich mich buchstäblich verirrt. Konnte mich nicht einmal daran erinnern, warum ich überhaupt hinausgegangen war. Als ich mich umschaute, wußte ich auch nicht mehr, wo ich wohne.« Sein Gesicht verdüsterte sich in Zorn und Selbstzweifeln. »Konnte mein Haus nicht mehr finden. Bin stundenlang rumgelaufen. Schließlich wurde mein Kopf wieder klar oder so, und ich merkte, daß ich nur auf der falschen Straßenseite war.« Mit zitternden Händen nahm er das Glas auf und stellte es wieder auf den Tisch zurück. »Ich höre auch Sachen. Leute, die draußen rumschleichen.«

Mir fiel ein, was ich in der Garage gesehen hatte. »Benutzt jemand Ihre Garage? Haben Sie jemandem erlaubt, seinen Wagen dort abzustellen?«

»Ich hab' sie herumschleichen gehört. Sie denken, sie können mich zum Narren halten, aber ich weiß, daß sie dort draußen sind.«

»Wann haben Sie sie gehört?«

»Die Frage kann ich nicht beantworten.« Diesmal schaffte er es, das Glas bis an die Lippen zu bringen. »Aber wenn es noch einmal vorkommt, hole ich meinen Revolver und schieße sie voller Löcher.« Er trank ausgiebig, knallte das Glas auf den Tisch und leckte sich die Lippen. »Tra-ra-ra-bum und zurück, alle Huren haben heute Glück.« Aus seinem Mund kam ein Quieken, das ein Lachen sein sollte. Er tastete mit der Hand über die untere Gesichtspartie und stieß leise Klagelaute aus, die wie ein Schluckauf klangen. Diese Beleidigung seiner Würde empörte ihn, und sein Weinen verwandelte sich in lange, bebende, unterdrückte Schluchzer.

Ich stand auf und legte die Arme um ihn. Er wehrte sich einen Moment, ließ sich dann gegen mich fallen und weinte vor sich hin. Als er sich beruhigte, waren wir beide naß.

»Alan, ich will Sie nicht beleidigen, wenn ich sage, daß Sie ein bißchen Hilfe brauchen.«

»Ich brauche ein bißchen Hilfe«, sagte er.

»Wir gehen Sie jetzt waschen. Und wir müssen Ihnen eine Putzfrau besorgen. Ich denke auch, Sie sollten nicht so viel Geld offen auf dem Küchentisch liegenlassen.«

Er setzte sich gerade hin und sah mich so streng an, wie er konnte.

»Wir werden uns einen Platz ausdenken, den Sie nicht vergessen werden«, sagte ich.

Wir gingen zur Treppe. Gehorsam führte Alan mich in sein Badezimmer und setzte sich auf die Toilette, um Socken und Trainingshose auszuziehen, während ich das Bad einließ.

Als er es geschafft hatte, den letzten Hemdenknopf aufzumachen, versuchte er sich das Hemd über den Kopf zu ziehen wie ein Fünfjähriger. Er verfing sich darin, und ich befreite ihn und half ihm aus den Ärmeln.

Er stand auf. Seine Arme und Beine waren sehnig, und das Gespinst aus silbrigen Haaren, das seinen Körper bedeckte, endete in einer verfilzten Matte um seinen baumelnden Penis. Unbefangen stieg er in die Wanne und setzte sich ins Wasser. »Das tut gut.« Er ließ sich tiefer hineinsinken und legte den Kopf an das Porzellan.

Er fing an sich einzuseifen. Der Seifenschaum trübte das Wasser. Er fixierte mich wieder. »Gibt es hier in der Stadt nicht einen großartigen Privatdetektiv oder so was Ähnliches? Einen Mann, der die Fälle von zu Hause aus löst?«

Ja, den gebe es, sagte ich.

»Ich habe eine Menge Geld auf der hohen Kante. Wir heuern ihn an.«

»John und ich waren gestern bei ihm.«

»Gut.« Er verschwand mit dem Kopf unter Wasser, tauchte triefend wieder auf und rieb sich die Augen. »Shampoo.« Ich reichte ihm die Flasche. Er schäumte sich den Kopf ein. »Glaubst du an das absolut Gute und Böse?«

»Nein«, sagte ich.

»Ich auch nicht. Weißt du, woran ich glaube? An Sehen und Nichtsehen. Verständnis und Unwissenheit. Fantasie und Fantasielosigkeit.« Die Shampookappe auf seinem Kopf sah aus wie eine toupierte Perücke. »So. Eben habe ich dir mindestens sechzig Jahre des Nachdenkens komprimiert dargelegt. War es sinnvoll für dich?«

Ich sagte, ja, das war es.

»Es steckt noch viel mehr dahinter.«

Sogar in seinem bemitleidenswerten Zustand war Alan Brookner, wie Eliza Morgan, ein Mensch, der einem die Größe des Menschen bewußt machen konnte. Er tauchte den Kopf ins Wasser und kam prustend wieder heraus. »Muß mich noch fünf Sekunden duschen.« Er beugte sich vor, um den Stöpsel aus dem Abfluß zu ziehen. »Laß mich aufstehen.« Er stemmte sich in die Höhe, zog den Duschvorhang zu und drehte das Wasser auf. Nachdem er die Temperatur geprüft hatte, lenkte er den Strahl in die Brause und schnappte nach Luft, als er auf ihn herunterprasselte. Nach ein paar Sekunden stellte er das Wasser ab und zerrte den Duschvorhang auf. Sein Körper war rosa und weiß und dampfte. »Badetuch.« Er zeigte auf den Halter. »Ich habe einen Plan.«

»Ich auch«, sagte ich und reichte ihm das Badetuch.

»Du zuerst.«

»Sie haben gesagt, daß Sie ein bißchen Geld haben.«

Er nickte.

»Auf einem Girokonto?«

»Einen Teil davon.«

»Erlauben Sie mir, daß ich eine Reinigungsfirma anrufe? Ich werde ein bißchen vorarbeiten, damit die Leute nicht gleich schreiend wegrennen, wenn sie das Haus betreten, aber Sie müssen hier ein bißchen Ordnung und Sauberkeit reinkriegen, Alan.«

»Fein, sicher«, sagte er und wickelte sich in das Badetuch.

»Und wenn Sie es sich leisten können, sollte jemand für – sagen wir – zwei Stunden täglich herkommen, um zu kochen und sich um alles zu kümmern.«

»Ich werde es mir überlegen«, sagte er. »Aber jetzt geh bitte hinunter, ruf in der Blumenhandlung Dahlgren in der Berlin Avenue an und bestell zwei Kränze.« Er buchstabierte Dahlgren für mich. »Es ist mir egal, wenn jeder einen Hunderter kostet. Einer soll zu Trott Brothers, der andere hierher geliefert werden.«

»Und ich versuche es bei den Reinigungsfirmen.«

Er warf das Badetuch in Richtung des Handtuchhalters und verließ auf steifen Beinen das Badezimmer, im Augenblick völlig Herr seiner selbst. Er kam in die Halle und drehte sich langsam um. Ich dachte, er finde den Weg in sein Schlafzimmer nicht mehr. »Übrigens«, sagte er, »wenn du schon dabei bist, dann ruf auch eine Firma an, die mir den Rasen mäht.«

Ich ging hinunter und hinterließ bei den Reinigungsfirmen und den Rasendiensten die Nachricht, sie sollten mich bei John anrufen. Dann holte ich noch einen Müllsack und sammelte den größten Teil des Abfalls aus dem Wohnzimmer ein. Ich telefonierte mit der Blumenhandlung in der Berlin Avenue, bestellte in Alans Namen zwei Kränze. Dann führte ich ein Gespräch mit dem privaten Pflegedienst und fragte an, ob Eliza Morgan frei sei und am Montagmorgen anfangen könne. Ich versenkte noch mehr schmutziges Geschirr ins Spülbecken und schwor mir, dies sei das letztemal, daß ich für Alan Brookner Hausarbeit verrichtete.

Als ich wieder hinaufkam, saß er auf dem Bett und kämpfte mit einem weißen Hemd. Das Haar stand in Wirbeln von seinem Kopf ab.

Wie ein Kind streckte er die Arme aus, ich zog die Ärmel gerade und begann dann, das Hemd zuzuknöpfen. »Hol mir den anthrazitgrauen Anzug aus dem Schrank«, Sagte er.

Ich steckte seine Beine in die Hose und nahm schwarze Seidensocken aus der Schublade. Alan schob die Füße in ein Paar alte schwarze Straßenschuhe und band die Schnürsenkel schnell und ordentlich, wobei er sich darüber ausließ, daß das mechanische Gedächtnis bei gedächtnisschwachen Menschen oft tadellos funktioniere.

»Hast du schon einmal einen Geist gesehen? Ein Gespenst? Egal, wie du's nennst.«

»Ja, nun«, sagte ich lächelnd. Das ist kein Thema, über das ich jemals spreche. »Mein kleiner Bruder und ich wuchsen bei unseren Großeltern auf. Es waren wunderbare Menschen, aber meine Großmutter starb in ihrem Bett, als ich zehn war. Am Tag der Beerdigung war das Haus voller Freunde meiner Großeltern, und meine Tanten und Onkel waren alle gekommen – sie mußten entscheiden, was aus uns werden sollte. Ich kam mir völlig verloren vor und wanderte in den ersten Stock hinauf. Die Schlafzimmertür meiner Großeltern stand offen, und im Spiegel an der Rückseite der Tür konnte ich meine Großmutter in ihrem Bett liegen sehen. Sie sah mich an, und sie lächelte.«

»Haben Sie sich gefürchtet?«

»Nein. Ich wußte, sie sagte mir nur, daß sie mich noch liebe und ich ein gutes Zuhause bekommen würde. Später kamen wir zu einer Tante und zu einem Onkel. Aber danach habe ich nie wieder an das orthodoxe Christentum geglaubt. Ich wußte, daß es weder Himmel noch Hölle im wahrsten Sinn der Worte gab. Manchmal ist die Grenze zwischen den Lebenden und den Toten durchlässig. Und auf diese Weise kam ich zu meiner wunderbaren Karriere.«

Er hatte mich an etwas erinnert, das Walter Dragonette zu Paul Fontaine gesagt hatte.

»Seit damals habe ich versucht, mir nichts entgehen zu lassen. Zu sehen. Aufmerksam zu sein. Deshalb ist es furchtbar für mich, das Gedächtnis zu verlieren. Ich kann es nicht ertragen. Und ich schätze Stunden wie diese sehr hoch, in denen ich wieder fast der alte zu sein scheine.«

Er blickte an sich hinunter: weißes Hemd, Hose, Socken, Schuhe. Er knurrte und zog den Reißverschluß hinauf. Dann stemmte er sich vom Bett in die Höhe. »Muß irgendwas mit dem Backenbart anstellen. Komm noch mal mit mir ins Bad, ja?«

»Was wollen Sie tun, Alan?« Ich stand auf und ging hinter ihm her.

»Ich mache mich für die Beerdigung meiner Tochter fertig.«

»Aber die Beerdigung ist erst morgen.«

»›Schließlich‹, wie Scarlett gesagt hat, ›ist morgen auch ein Tag.‹« Im Badezimmer nahm er einen Elektrorasierer vom obersten Bord eines Marmorregals. »Willst du mir einen Gefallen tun?«

Ich lachte laut auf. »Nach allem, was wir miteinander durchgemacht haben?« Er schaltete den Rasierer ein und steckte das kleine Zusatzgerät für den Backenbart auf. »Mäh mir das Gestrüpp unterm Kinn und am Hals ab. Kurz und gut alles, was zu lang aussieht, um normal rasiert zu werden. Den Rest besorge ich selbst.«

Er schob das Kinn vor, und ich sichelte lange silberne Strähnen ab, die wie Engelshaar aussahen. Einige hängten sich an sein Hemd und an seine Hose. Ich nahm mir eine Wange nach der anderen vor, und noch mehr silberner Flaum rieselte auf sein Hemd. Als ich fertig war, trat ich zurück.

Alan musterte sich im Spiegel. »Sieht schon besser aus«, sagte er. Er fuhr sich mit dem Rasierer über das Gesicht. »Passabel. Sehr passabel. Obwohl ein Haarschnitt nicht schaden würde.« Er nahm einen Kamm aus dem Regal und zog ihn durch die flaumige weiße Wolke auf seinem Kopf. Die Wolke teilte sich auf der linken Seite und fiel in hübschen Wellen auf den Hemdkragen. Er nickte sich selbst zu und drehte sich zur Begutachtung zu mir um. »Nun?«

Er sah aus wie eine Mischung aus Herbert von Karajan und Leonard Bernstein. »Macht sich gut«, sagte ich.

Er nickte. »Krawatte.«

Wir marschierten ins Schlafzimmer zurück. Alan riß die Schranktür auf und inspizierte seine Krawatten. »Sehe ich damit wie ein Chauffeur aus?« fragte er und hielt mir eine schwarze Seidenkrawatte hin.

Ich schüttelte den Kopf.

Alan stellte den Kragen auf, legte die Krawatte um seinen Hals und band sie so mühelos, wie er sich die Schuhe zugebunden hatte. Dann knüpfte er den Kragen an und rückte den Krawattenknoten zurecht. Er nahm die Anzugjacke vom Bügel und reichte sie mir. »Manchmal habe ich Schwierigkeiten mit den Ärmeln«, sagte er.

Ich hielt ihm die Jacke, er schlüpfte in die Ärmel, und ich schob ihm die Jacke über die Schultern.

»Hier.« Er bürstete ein paar weiße Haare von der Hose. »Hast du die Blumenhandlung angerufen?«

Ich nickte. »Wozu brauchen Sie zwei Kränze?«

»Wirst du schon sehen.« Von einem Nachttisch nahm er einen Schlüsselbund, einen Kamm, eine dicke schwarze Füllfeder und verteilte die Gegenstände in verschiedene Taschen. »Glaubst du, daß ich hinausgehen kann, ohne mich zu verirren?«

»Davon bin ich überzeugt.«

»Vielleicht versuche ich's, nachdem John aufgetaucht ist. Er ist im Grunde ein guter Kerl, weißt du. Wenn ich in Arkham so festsäße wie er, wäre ich auch unglücklich.«

»Sie waren Ihr Leben lang in Arkham.«

»Aber ich habe nicht festgesessen.« Wir verließen das Schlafzimmer. »Man hat in John immer nur *meinen* Mann gesehen – wir haben zusammen ein paar Sachen geschrieben, aber er hat nie etwas allein gemacht. Guter Lehrer, doch ich weiß nicht, ob Arkham ihn behalten wird, wenn ich nicht mehr da bin. Erwähn das nicht vor ihm. Ich habe mir schon überlegt, wie ich es zur Sprache bringen könnte, ohne ihn zu erschrecken.«

Wir gingen die Treppe hinunter. Auf halber Höhe blieb er stehen, drehte sich um und schaute zu mir hinauf. »Ich werde bei der Beerdigung meiner Tochter in Ordnung sein. Ganz bei mir und klar.« Er streckte die Hand aus und tippte mir auf die Brust. »Ich weiß etwas über dich.«

Ich zuckte fast zusammen.

»Irgendwas ist mit dir passiert, als ich dir von meiner Großmutter erzählte. Du hast an etwas gedacht – hast etwas *gesehen.* Du warst nicht überrascht, als ich sagte, ich hätte meine Großmutter gesehen, weil« – und jetzt begann er mir mit dem Zeigefinger im Rhythmus der Worte auf die Brust zu tippen – »weil – du – auch – jemanden – gesehen – hast.«

Er nickte mir zu und ging eine Stufe weiter. »Ich habe immer gefunden, daß es keinen Sinn hat, die Augen vor den Dingen zu verschließen. Weißt du, was ich oft zu meinen Studenten gesagt habe? Ich habe gesagt, es gibt eine andere Welt, und diese andere Welt ist *diese* Welt.«

Wir gingen hinunter und warteten auf John, der nicht kam. Währenddessen gelang es mir, Alan zu überreden, das Geld aus der Küche in den verschiedenen Taschen seines Anzugs zu verstauen. Ich ließ ihn im Wohnzimmer sitzen, ging in die Küche zurück und steckte den Revolver ein. Dann ging ich.

Wieder bei John, legte ich den Revolver auf den Couchtisch und setzte mich an mein Manuskript. John hatte einen Zettel in die Küche gelegt: Er sei sehr müde gewesen und gleich schlafen gegangen. Alles sei in Ordnung, schrieb er.

SECHSTER TEIL

Ralph und Marjorie Ransom

1

Kurz nach ein Uhr parkte ich Johns Pontiac vor dem georgianischen Haus in der Victoria Terrace. Ein Mann auf einem Rasenmäher, so groß wie ein Traktor, lenkte sein Gefährt fachmännisch um die Eichen seitlich vom Haus. Ein halbwüchsiger Junge ging mit einem Trimmer am Rand der Zufahrt entlang. Die schwarzen Säcke standen wie Hocker auf dem geschorenen Rasen. John schüttelte den Kopf, blinzelte stirnrunzelnd in die Sonne und kaute buchstäblich an seinen Wangen.

»Es geht schneller, wenn du ihn holst«, sagte er. »Ich bleibe hier bei meinen Eltern.«

Ralph und Marjorie Ransom begannen vom Rücksitz Einwände abzufeuern. Seit John und ich sie heute morgen vom Flughafen abgeholt hatten, hatte sich in ihrem Verhalten nichts geändert – sie waren steif und von mechanischer Höflichkeit.

John war zum Flughafen hinausgefahren, aber nachdem wir seine Eltern eingesammelt hatten – braungebrannt und im Partnerlook, schwarz-silbernen Trainingsanzügen –, fragte er mich, ob ich etwas dagegen hätte, das Steuer zu übernehmen. Sein Vater protestierte. John sollte fahren, es sei doch sein Wagen, oder? »Ich möchte, daß Tim fährt, Dad«, sagte John.

Jetzt mischte sich seine Mutter lebhaft ein und sagte, John sei müde und wolle mit ihnen reden, und sei es nicht *nett*, daß sein Freund aus New York bereit sei zu fahren? Johns Mutter war klein und hatte eine Figur wie ein Stundenglas, große Büste und starke Hüften. Eine Sonnenbrille bedeckte die obere Hälfte ihres Gesicht. Ihr silbernes Haar hatte genau die gleiche Tönung wie das ihres Mannes.

John solle fahren, mehr verlange er nicht, sagte sein Vater.

Besser in Schuß als ich erwartet hatte, sah Ralph Ransom wie ein pensionierter Marineoffizier aus, der sich nur noch für Golf interessierte. Sein weißes, schönes Lächeln machte sich sehr gut zu seiner Sonnenbräune. »Wo ich herkomme, fährt ein Mann seinen Wagen selbst. Verdammt, wir werden uns auch so wunderbar unterhalten können, jetzt setz dich endlich ans Steuer, und fahr uns.«

John runzelte die Stirn und reichte mir die Schlüssel. »Ich darf eine Zeitlang nicht fahren. Sie haben mir den Führerschein weggenommen.« Er sah mich auf eine Weise an, in der sich Zorn und eine Bitte um Entschuldigung mischten.

Ralph sah seinen Sohn starr an. »Weggenommen, wie? Was ist passiert?«

»Ist das wichtig?« fragte Marjorie. »Steigen wir ein.«

»Hast du dich betrunken ans Steuer gesetzt?«

»Ich habe eine schlimme Zeit durchgemacht, ja«, sagte John. »Es ist okay, wirklich. Wohin ich muß, komme ich zu Fuß. Bis es kalt wird, habe ich den Führerschein längst wieder.«

»Hast Glück gehabt, daß du niemanden umgebracht hast«, sagte sein Vater, und seine Mutter sagte: »*Ralph!*«

Am Morgen hatten John und ich meine Sachen hinauf in sein Büro umgesiedelt, damit seine Eltern das Gästezimmer haben konnten. John hatte sich in einen hübschen grauen Zweireiher geworfen und ich aus meinem Kleidersack einen schwarzen Yohji-Yamamoto-Anzug herausgeholt, den ich einmal aus einer leichtsinnigen Laune heraus erstanden hatte. Ich hatte auch ein graues Seidenhemd entdeckt, das eingepackt zu haben ich mich nicht erinnern konnte, und dann waren wir bereit gewesen, seine Eltern vom Flughafen abzuholen.

Wir hatten das Gepäck der Ransoms ins Gästezimmer gebracht und sie allein gelassen, damit sie sich umziehen konnten. Ich war John in die Küche gefolgt, wo er wieder die Zutaten für die Sandwichs herausholte. »Jetzt«, sagte ich, »weiß ich wenigstens, warum du dauernd zu Fuß gehst.«

»Zweimal in diesem Frühling hab' ich ins Röhrchen blasen müssen. Es ist Scheiße, aber ich muß es hinnehmen. Wie so manches andere auch.«

Er schien völlig fertig, seine Haut so dünn geworden zu sein, daß sein unterschwelliger Zorn mir aus seinen Augen entgegenbrannte. Er merkte, daß ich es sah, und drängte ihn zurück wie brennende Kohle. Als seine Eltern herunterkamen, stocherten sie in den Sandwichbelägen herum und redeten über das Wetter.

In Tucson betrug die Temperatur ca. 39 ° Celsius. Aber es war eine trockene Hitze. Und überall gab es Klimaanlagen. Golfen – gegen acht Uhr morgens mußte man schon auf dem Platz stehen. »John, um ehrlich zu sein, du wirst zu schwer, solltest dir einen Satz anständiger Schläger zulegen, und dann hinaus mit dir auf den Platz.«

»Ich werde es mir überlegen«, sagte John. »Aber man kann nie wissen. Stell einen Fettsack wie mich bei 39 ° Celsius auf den Golfplatz, und er fällt wahrscheinlich auf der Stelle tot um. Herzinfarkt.«

»Halt, halt, ich habe nicht gemeint …«

»John, du weißt, dein Vater hat nur …«

Alle drei Ransoms verstummten so abrupt, wie sie begonnen hatten. Marjorie wandte sich zum Küchenfenster. Ralph warf mir einen gepeinigten, verwirrten Blick zu und öffnete das Gefrierfach des Kühlschranks. Er holte eine rosa Flasche ohne Etikett heraus und zeigte sie seinem Sohn.

John sah die Flasche an – Hyazinthwodka. Vom Schwarzen Meer geschmuggelt.

Sein Vater nahm ein Glas aus einem Schrank und goß sich ungefähr drei Zentimeter von dem rosafarbenen Wodka ein. Er kostete, nickte und trank den Rest.

»Dreihundert Dollar die Flasche«, sagte John.

Ralph Ransom schraubte sie zu und legte sie zurück ins Gefrierfach. »Ja. Nun. Wann geht der Zug?«

»Jetzt«, sagte John und verließ die Küche. Seine Eltern sahen sich gegenseitig an und trotteten dann durchs Wohnzimmer hinter ihm her.

John kontrollierte die Straße durch das schmale Fenster.

»Sie sind wieder da-a!«

Seine Eltern verließen nach ihm das Haus, und Geoffrey Bough, Isobel Archer und ihre Kameraleute stürzten von beiden Seiten auf sie zu. Marjorie quietschte laut auf. Ralph legte den Arm um seine Frau und führte sie zum Wagen. Er setzte sich neben sie auf den Rücksitz.

John warf mir die Autoschlüssel zu. Ich ließ den Motor an und preschte davon.

Ralph fragte, wo *die* denn hergekommen seien, und John sagte: »Die gehen nie weg. Sie hämmern an die Tür und werfen Abfall auf den Rasen.«

»Du stehst unter großem Druck.« Ralph beugte sich vor und klopfte seinem Sohn auf die Schulter.

John wurde ganz steif, sagte aber nichts. Sein Vater tätschelte ihn noch einmal. Im Rückspiegel sah ich Geoffrey Boughs zerbeultes blaues Vehikel und Isobels schreiendbunten Kombi hinter uns in die Straße einbiegen.

Sie blieben zurück, als ich vor Alans Haus anhielt. John kreuzte die Arme vor der Brust, und seine Kiefer mahlten, als kaue er an einem feurigen Stück Kohle herum.

Ich stieg aus. Der Mann auf dem Rasenmäher von Traktorgröße winkte mir zu, und ich winkte zurück. Das war der Mittelwesten.

Alan Brookner öffnete mir und forderte mich mit einer Geste auf, hereinzukommen. Als ich die Tür hinter mir zumachte, hörte ich im ersten Stock einen Staubsauger brummen und summen und einen zweiten aus dem Eßzimmer. »Die Putzkolonne schon hier?«

»Die Zeiten sind hart«, sagte er. »Wie sehe ich aus?«

Er sehe großartig aus, sagte ich. Die schwarze Seidenkrawatte war perfekt gebunden. Die Hose gebügelt, und das weiße Hemd sah frisch aus. Ich roch einen Hauch Rasierwasser.

»Ich wollte sicher sein.« Er trat zurück und drehte sich um. Der hintere Saum seiner Anzugjacke sah ein bißchen zerdrückt aus, aber das würde ich ihm bestimmt nicht sagen. Er hörte auf, sich um die eigene Achse zu drehen, und sah mich ernst, ja, sogar streng an. »Okay?«

»Diesmal haben Sie's ja geschafft, die Jacke allein anzuziehen.«

»Ich habe sie gar nicht ausgezogen«, sagte er. »Wollte kein Risiko eingehen.«

Im Geist sah ich ihn mit fest zusammengedrückten Knien an einer Wand lehnen. »Wie haben Sie geschlafen?«

»Sehr, sehr vorsichtig.« Alan zog an der Jacke herum und knöpfte sie dann zu. Wir verließen das Haus.

»Wer sind die beiden komischen alten Käuze bei John im Wagen?«

»Seine Eltern. Ralph und Marjorie. Sie sind eben aus Arizona gekommen.«

»Fertig, wenn du es bist, C.B.«, sagte er. (Ich verstand die Anspielung damals nicht, wenn es eine sein sollte, und ich verstehe sie jetzt noch immer nicht.)

John stand neben dem Wagen und musterte Alan erleichtert und mit unverhohlenem Erstaunen.

»Du siehst ja großartig aus, Alan«, sagte er.

»Ich habe gedacht, ich geb mir ein bißchen Mühe«, sagte Alan. »Willst du hinten bei deinen Eltern sitzen, oder steigst du lieber wieder vorn ein?«

Voller Unbehagen blickte John zurück auf Geoffrey Boughs blaue Katastrophe und Isobels bombastischen Kombi und rutschte neben seinen Vater. Alan und ich stiegen gleichzeitig ein.

»Ich möchte Ihnen sagen, wie sehr ich es zu schätzen weiß, daß Sie die weite Reise von ...« Er zögerte und schloß dann triumphierend: »... Alaska hierher unternommen haben.«

Es folgte ein kurzes Schweigen.

»Es tut uns so leid um Ihre Tochter«, sagte Marjorie. »Wir haben sie auch geliebt – sehr geliebt sogar.«

»April war liebenswert«, sagte Alan.

»Was für ein Verbrechen, diese Sache mit Walter Dragonette«, sagte Ralph. »Man fragt sich, wie so etwas passieren kann.«

»Man fragt sich, wie es möglich ist, daß es solche Menschen gibt«, sagte Marjorie.

John kaute an der Unterlippe, hatte wieder die Arme vor der Brust gekreuzt und blickte zurück auf die Reporter, die sich an uns gehängt hatten und durch ganz Downtown bis zum Gebäude von Trott Brothers nicht wichen und nicht wankten.

»Gehen Sie nächstes Jahr mit John ans College zurück, oder denken Sie daran zu emeritieren?« fragte Marjorie.

»Wenn die Leute mich haben wollen, mache ich weiter.«

»Sie haben in Ihrem Beruf kein gesetzlich vorgeschriebenes Pensionsalter?« Das war Ralph.

»In meinem Fall macht man eine Ausnahme.«

»Tun Sie sich selbst einen Gefallen«, sagte Ralph. »Hören Sie auf, und schauen Sie nicht zurück. Ich bin seit zehn Jahren im Ruhestand, und es ist die schönste Zeit meines Lebens.«

»Ich glaube, die habe ich schon gehabt.«

»Sie haben ein bißchen was auf der hohen Kante, nicht wahr? Ich meine, mit April und so weiter.«

»Es ist mir peinlich.« Alan drehte sich um. »Haben Sie Aprils Dienste auch beansprucht?«

»Ich habe meinen eigenen Makler.« Ralph unterbrach sich kurz. Dann: »Was meinen Sie mit ›peinlich‹? War sie zu erfolgreich?« Er sah mich wieder im Rückspiegel an, versuchte etwas herauszubekommen. Ich wußte, was es war.

»Sie war zu erfolgreich«, sagte Alan.

»Mein Freund, Sie haben etwa zweihunderttausend, richtig? Leben Sie bescheiden, schränken Sie Ihre Ausgaben ein, suchen Sie sich ein paar Bonds mit hoher Rendite, und Sie brauchen sich nicht zu sorgen.«

»Achthundert«, sagte Alan.

»Verzeihung?«

»Sie hat mit ein paar Cents angefangen und achthunderttausend Dollar daraus gemacht. Es ist peinlich.«

Ich beobachtete Ralph durch den Rückspiegel. Seine Augen blickten verschwommen. Ich hörte Marjorie ein- und ausatmen.

Endlich fragte Ralph: »Was wollen Sie damit anfangen?«

»Ich denke, ich werde es der öffentlichen Bibliothek hinterlassen.«

Ich bog in die Hillfield Avenue ein, und das graue viktorianische Gebäude von Trott Brothers' Beerdigungsinstitut kam in Sicht. Die mit Schiefer gedeckten Türmchen, gotischen Lebkuchenformen, spitzen Giebelzimmer und die riesige vordere Veranda ließen es wie ein Haus aus einem Cartoon von Charles Adams aussehen.

Ich hielt vor den Steinstufen, die zum Rasen von Trott Brothers hinaufführten.

»Wie läuft es hier ab, John?« fragte sein Vater.

»Wir können eine Weile mit April allein sein.« Er stieg aus. »Danach gibt es einen öffentlichen Empfang oder einen Kondolenzbesuch – oder wie immer man das nennt.«

Sein Vater rutschte mühsam auf dem Sitz zur Tür. »Halt, halt, ich kann dich nicht hören.« Marjorie rutschte hinter ihrem Mann her.

Alan Brookner seufzte, stieß die Tür auf und stieg wortlos aus.

John wiederholte das eben Gesagte. »Anschließend wird irgendeine Messe gelesen. Wenn sie zu Ende ist, gehen wir hinaus zum Krematorium.«

»Machst es ganz schlicht, wie?« fragte sein Vater.

John ging schon auf die Stufen zu. »Oh.« Einen Fuß auf der ersten Stufe, blieb er stehen. »Ich glaube, ich sollte euch warnen. Während des ersten Teils ist der Sarg offen. Der Direktor hier schien der Meinung, daß es das Richtige ist.« Ich hörte Alan scharf einatmen.

»Ich mag keine offenen Särge«, sagte Ralph. »Wozu soll das gut sein? Soll man hingehen und mit dem Menschen reden?«

»Ich wünschte, ich *könnte* mit dem Menschen reden«, sagte Alan. Einen Augenblick sah er ganz verloren aus. »Einige Kulturen halten es für selbstverständlich, daß man mit den Toten kommuniziert.«

»Tatsächlich?« sagte Ralph. »Wie in Indien, meinen Sie?«

»Gehen wir hinauf?« John begann die Stufen hinaufzusteigen.

»Bei den indischen Religionen ist die Situation ein bißchen komplizierter«, sagte Alan. Er und Ralph gingen vorn um den Wagen herum und folgten John. Ab und zu fing ich ein paar Worte von dem auf, was sie sagten.

Marjorie warf mir einen unbehaglichen Blick zu. Ich weckte gewisse Zweifel in ihr. Vielleicht lag es an den dekorativen Reißverschlüssen meines japanischen Anzugs. »Kommen Sie!« sagte ich und reichte ihr den Ellenbogen.

Ihre Hand umklammerte ihn wie der Greiffuß eines Papageis.

2

Joyce Brophy hielt uns das riesige Portal offen. Sie trug ein dunkelblaues Kleid, das wie ein Cocktail-Umstandskleid aussah, und ihr Haar war mit Pomade gebändigt. »Guter Gott, wir haben uns schon gefragt, wo ihr zwei so lange bleibt.« Sie bedachte uns mit einem unheimlich strahlenden Lächeln und winkte uns mit kleinen Staubwedelgesten zur Tür.

John sprach mit einem kleinen, gebeugten Mann in den Siebzigern, dessen graues Gesicht geprägt war von tiefen Linien und Runzeln der Erschöpfung. Ich ging zu Alan hinüber.

»Nein, jetzt, nein, Mister, müssen Sie meinen Vater kennenlernen«, sagte Joyce. »Bringen wir die Formalitäten hinter uns, bevor wir ins Totenzimmer gehen, wo die liebe Verstorbene aufgebahrt ist.«

Der gebeugte Mann in einem zu weiten grauen Anzug grinste mich grimmig an und streckte die Hand aus. Als ich sie nahm, drückte er fest zu, und ich drückte zurück. »Ja, ja«, sagte er, »ein bitterer Tag für uns alle.«

»Dad«, sagte Joyce Brophy, »du hast Professor Ransom und Professor Brookner kennengelernt, und das ist der Freund von Professor Ransom, eh …«

»Tim Underhill«, sagte John.

»Professor Underhill«, sagte Joyce. »Und dies ist Mrs. Ransom, die Mutter von Professor Ransom. Mein Vater, William Trott.«

»Nennen Sie mich einfach Bill.« Der kleine Mann bedachte uns mit seinem bereits fleischfressenden Lächeln und packte Marjories rechte Hand mit der linken, so daß er uns gleichzeitig die Hände schütteln konnte. »Es war ein schöner Nachruf, nicht wahr? Haben uns größte Mühe damit gegeben, und das hat sich gelohnt.«

Keiner von uns hatte bisher einen Blick in die Morgenzeitung geworfen.

»O ja«, sagte Marjorie.

»Wollte Ihnen nur unser Beileid ausdrücken. Von jetzt an entspannen Sie sich einfach und genießen es, und vergessen

Sie nicht, wir sind immer da, um Ihnen zu helfen.« Er ließ unsere Hände los.

Marjorie rieb sich die Handflächen.

›Nennen Sie mich einfach Bill‹ sah mich mit einem Lächeln an, das mitfühlend sein sollte, und ging einen Schritt zurück. »Mein kleines Mädchen wird Sie in die Kapelle der Ruhe führen. Sobald es Zeit für den Gedenkgottesdienst ist, bringen wir auch Ihre Gäste hin.«

Er hatte inzwischen sechs Schritte im Rückwärtsgang zurückgelegt, drehte sich bei seinem letzten Wort abrupt um und verschwand in erstaunlichem Tempo in einem langen, dunklen Korridor.

›Nennen Sie mich einfach Joyce‹ sah ihm ein paar Sekunden lang liebevoll nach. »Er legt jetzt den ersten Teil Ihres Musikprogramms auf, das der Hintergrund für Ihre private Meditation bildet und so. Die Stühle sind aufgestellt, und wenn Ihre Gäste und alle erscheinen, bitte ich Sie, sich in der ersten Reihe nach links zu orientieren, dort sind die Plätze für die engste Familie.« Sie blinzelte mich an. »Und nahe Freunde.«

Sie preßte die rechte Hand auf ihren Kugelbauch und zeigte mit der linken in den Korridor. John trat zu ihr, und gemeinsam betraten sie den Korridor. Aus weit entfernten Lautsprechern driftete Orgelmusik zu uns herüber. Alan bewegte sich wie ein Schlafwandler durch den Korridor. Ralph blieb an seiner Seite. »Also wird man immer und immer wieder geboren? Und was hat man davon?«

Ich konnte Alans gemurmelte Antwort nicht hören, aber die Frage riß ihn in die Gegenwart zurück, er hob den Kopf, und sein Gang wurde zielbewußter.

»Ich wußte ja gar nicht, daß Sie ein Freund des Professors sind«, sagte Marjorie.

»Zu dieser Ehre bin ich erst kürzlich gekommen«, sagte ich.

»Ralph und ich sind so stolz auf Sie.« Sie tätschelte mir den Arm, während wir den anderen in einen Ballsaal folgten, der von weichem Licht und dröhnenden Orgelklängen erfüllt war. Zu beiden Seiten eines Mittelganges, der zu einem blumengeschmückten Podium führte, standen Klappstühle in Reih und Glied. Auf einer erhöhten Plattform hinter dem Podium ruhte auf einem schwarz verhangenen Katafalk ein polierter Bronzesarg. Das oberste Viertel des Sargdeckels war zurückgeschlagen wie der Deckel eines Klaviers, so daß man die mit Quasten verzierte weiße Polsterung sah. April Ransoms Profil, in einer Haltung, die ein festes weißes Satinkissen ihrem Kopf ermöglichte, war auf die akustische Kassettendecke gerichtet.

»Ihre Partezettel liegen hier.« – ›Nennen Sie mich einfach Joyce‹ zeigte auf einen hochglanzpolierten Mahagonitisch, der an der Wand stand. Ordentliche Stöße zusammengefalteter gelber Papiere lagen neben einem Krug mit Wasser und einem Stapel Plastikbecher. Am Ende des Tisches stand eine Kaffeemaschine.

Alle wandten die Augen von April Ransoms Profil ab und den gelben Zetteln zu. »›Wenn ich auch wanderte –‹ ist immer eine gute Wahl, finden wir.«

Alan war etwa anderthalb Meter hinter der Tür stehengeblieben und starrte auf den Leichnam seiner Tochter.

»Sie ist schön«, sagte Joyce. »Sogar von hier aus kann ich das sehen.«

Sie begann Alan mitzuziehen, und er folgte ihr widerstrebend.

John ging als nächster und dicht hinter ihm seine Eltern. Joyce Brophy führte Alan zum Kopfende des Sarges. John stellte sich neben ihn. Seine Eltern und ich blieben ein Stückchen weiter zurück.

Aus nächster Nähe schien Aprils Sarg so groß wie ein Ruderboot. Sie war bis zur Taille zu sehen, wo auch ihre gefalteten Hände lagen. Joyce Brophy beugte sich vor und strich ein Fältchen an dem weißen Jackett glatt. Als sie sich aufrichtete, bückte sich Alan und küßte seine Tochter auf die Stirn.

»Ich bin im Büro, falls jemand von euch was braucht.« Joyce trat einen Schritt zurück, machte kehrt und stapfte durch den Mittelgang davon. Sie trug große, schmutzige Joggingschuhe.

›Nennen Sie mich einfach Joyce‹ hatte bei April zu viel und einen zu grellen Lippenstift aufgetragen und ihre Wangenknochen mit zwei künstlichen pinkfarbenen Strichen versehen. Die schimmernde Kappe blonden Haares war arrangiert worden, um etwas zu verbergen, was sie bei der Autopsie gemacht hatten. Der Tod hatte die Linien um Aprils Augen und Mund geglättet. Sie sah wie ein leeres Haus aus.

»Ist sie nicht schön, John?« fragte Marjorie.

»Mmmm«, sagte John.

Alan strich April über die gepuderte Wange. »Mein armes Baby«, sagte er.

»Es ist so verdammt – schrecklich«, sagte Ralph.

Alan ging auf die erste Stuhlreihe zu.

Die Ransoms verließen den Sarg und besetzten zwei Plätze in der ersten Reihe links vom Mittelgang. Ralph kreuzte die Arme vor der Brust – eine Geste, die sein Sohn von ihm gelernt hatte.

John ließ einen Stuhl zwischen ihm und seinen Eltern und zwei Stühle zwischen mir und ihm frei. Alan saß auf der anderen Seite des Mittelganges und betrachtete den gelben Partezettel.

Wir hörten eine Zeitlang der merkwürdig leblosen Orgelmusik zu.

Ich erinnerte mich an die Schilderungen von der Beerdigung meiner Schwester. Die Trauernden hatten die halbe Dreifaltigkeitskirche gefüllt. Meiner Mutter zufolge hatte April ›friedlich‹ und ›schön‹ ausgesehen. Meine lebensprühende Schwester, manchmal ebenso sprühend unglücklich, diese wilde blonde Mähne, diese Türzuknallerin, dieser Dämon, der alle Langeweile das Fürchten lehrte, so ausgeleert, daß sie friedlich geworden war? In diesem Fall hatte sie alles mir hinterlassen, alles in meine Hände weitergegeben.

Ich wollte die Vergangenheit zerreißen, sie auf einem blutigen Tisch in Stücke schneiden.

Ich stand auf und ging nach hinten, nahm den Partezettel aus der Jackentasche und las die Worte auf der vorderen Umschlagseite.

Und wenn ich gleich wanderte in einem finsteren Tal, ich fürchtete mich nicht.

Ich setzte mich in die letzte Reihe.

Ralph Ransom flüsterte mit seiner Frau, stand auf, klopfte seinem Sohn auf die Schulter und schlenderte am anderen

Ende der Sitzreihen nach hinten. Als er nah genug war, um von mir gehört zu werden, sagte er leise: »Hey«, als habe er jetzt erst gemerkt, daß ich in die letzte Reihe abgewandert war. Er zeigte mit dem Daumen nach ganz hinten. »Glauben Sie, daß in dem Ding tatsächlich Kaffee ist?«

Das war nicht die Frage, die er stellen wollte.

Wir gingen zum Tisch. Der Kaffee war fast ohne Geschmack. Ein paar Sekunden lang standen wir zwei da hinten und beobachteten die drei anderen, die zu April Ransom in ihrem riesigen Bronzeboot hinüberschauten oder nicht.

»Wie ich höre, haben Sie meinen Jungen in Vietnam gekannt.«

»Ich bin ihm ein paarmal dort begegnet.«

Jetzt würde er mich fragen.

Er sah mich über den Rand der Tasse hinweg an, schluckte und schnitt eine Grimasse, weil der Kaffee so heiß war. »Sie stammen nicht zufällig selbst aus Millhaven, Professor Underhill?«

»Bitte«, sagte ich, »nennen Sie mich einfach Tim.«

Ich lächelte ihn an, und er lächelte zurück.

»Sind Sie ein Millhavener Junge, Tim?«

»Ich bin ungefähr einen Block vom St. Alwyn entfernt aufgewachsen.«

»Dann sind Sie der Sohn von Al Underhill«, sagte er. »Bei Gott, ich hab' gewußt, daß Sie mich an jemanden erinnern, und als wir im Wagen saßen, hatte ich's auf einmal – Al Underhill. Sie sehen ihm ähnlich.«

»Ich glaube, ja, ein bißchen wenigstens.«

Er sah mich an, als messe er den Abstand zwischen meinem Vater und mir. »Al Underhill. Seit vierzig Jahren habe ich nicht mehr an ihn gedacht. Ich nehme an, Sie wissen, daß er bei mir gearbeitet hat, damals, als das St. Alwyn noch mir gehörte.«

»Nachdem John mir gesagt hat, daß Ihnen das Hotel gehört hat, hab' ich's natürlich gewußt.«

»Wir haben ihn verdammt ungern gehen lassen. Ich wußte, er hatte eine Familie. Ich wußte, was er durchmachte. Alles hätte gut werden können, wenn er nur von der Flasche weggeblieben wäre.«

»Er konnte nicht anders«, sagte ich. Ralph Ransom war anständig, er erwähnte die Diebstähle nicht, die dazu führten, daß mein Vater gefeuert wurde. Wahrscheinlich hätte er nicht so viel gestohlen, wenn er es geschafft hätte, nüchtern zu bleiben.

»Es war Ihre Schwester, nicht wahr? Damit hat alles angefangen, meine ich.«

Ich nickte.

»Schreckliche Sache. Ich erinnere mich noch daran, als ob's gestern gewesen wäre.«

»Ich auch«, sagte ich.

Nach ein paar Sekunden fragte er: »Wie geht es Al jetzt?«

Ich sagte ihm, daß mein Vater vor vier Jahren gestorben war.

»Was für ein Jammer. Wenn das mit Ihrer Schwester nicht geschehen wäre, wäre es mit ihm nie so weit gekommen.«

»Alles wäre ohnehin anders gewesen.« Ich kämpfte gegen den Ärger an, der langsam in mir aufstieg – als mein Vater in Schwierigkeiten gewesen war, hatte dieser Mann ihn hinausgeworfen. Ich legte keinen Wert auf seine hohlen Trostworte.

»Hat Ihre Freundschaft mit John etwas damit zu tun, daß Ihr Vater bei mir gearbeitet hat?«

Mein Ärger über diesen silberhaarigen Country-Club-Narcissus eskalierte allmählich zu Zorn. »Wir hatten anderes, das uns verband.«

»Oh, das verstehe ich natürlich. Na klar.«

Ich erwartete, daß Ralph jetzt auf seinen Platz zurückkehren würde, aber ihn beschäftigte noch etwas anderes. Als ich hörte, was es war, schrumpfte mein Zorn zu einer Winzigkeit.

»Das waren damals merkwürdige Tage. Schreckliche Tage. Sie sind wahrscheinlich zu jung, um sich zu erinnern, aber damals lebte hier in der Stadt ein Cop, der vier oder fünf Menschen umbrachte und bei den Leichen immer die Worte BLAUE ROSE an die Wand schrieb. Eines der Opfer wohnte sogar in meinem Hotel. Hat uns alle schwer erschüttert, das kann ich Ihnen sagen. Hat fast auch unseren Betrieb ruiniert. Dieser Wahnsinnige, dieser Dragonette, hat, wie ich annehme, den anderen Kerl nachgeahmt.«

Ich setzte meine Tasse ab. »Wissen Sie, Ralph, ich interessiere mich sehr für das, was damals passiert ist.«

»Na ja, es war genauso wie heute. Die ganze Stadt hat durchgedreht.«

»Könnten wir einen Moment auf den Korridor gehen?«

»Aber sicher, wenn Sie wollen.« Er hob fragend die Brauen – das stand nicht in seinem Handbuch über gutes Benehmen – und trippelte fast auf Zehenspitzen hinaus.

3

Ich schloß die Tür hinter mir. Zwei oder drei Meter entfernt lehnte Ralph Ransom, die Hände wieder in den Taschen, an der mit Wollpulver behandelten roten Tapete. Sein Gesicht hatte noch immer den fragenden Ausdruck. Er verstand meine Motive nicht, und das verursachte ihm Unbehagen. Dieses Unbehagen verwandelte sich in reflexive Aggression. Er stieß sich mit den Schultern von der Wand ab und musterte mich.

»Ich dachte, es wäre besser, hier draußen darüber zu sprechen«, sagte ich. »Vor ein paar Jahren habe ich ein paar Nachforschungen betrieben und bin auf Dinge gestoßen, die darauf hinweisen, daß Detective Damrosch mit den Morden nichts zu tun hatte.«

»Nachforschungen?« Seine Schultern sackten leicht nach vorn, als er sich entspannte. »Oh, ich verstehe. Sie sind so 'n Geschichtstyp, ein Wie-nennt-mans-doch-gleich? Ein Historiker?«

»Ich schreibe Bücher«, sagte ich und versuchte soweit wie möglich bei der Wahrheit zu bleiben.

»Aha, die alte Veröffentliche-oder-verhungere-Geschichte.«

Ich lächelte – in meinem Fall war das nicht nur ein Schlagwort.

»Keine Ahnung, ob *ich* Ihnen was sagen kann.«

»Haben Sie damals jemanden verdächtigt, von dem Sie dachten, er könnte der Mörder sein?«

Er zuckte mit den Schultern. »Ich war immer der Meinung,

es sei ein Gast gewesen, irgendein Kerl, der kam und ging. Die meisten unserer Gäste waren nämlich Reisevertreter, die ein, zwei Tage blieben, abreisten und dann für ein paar Tage wiederkamen.«

»Wegen der Prostituierten?«

»Nun, ja. Ein paar Mädchen schlichen sich immer wieder in die Zimmer hinauf. Man versucht es zwar, aber man kann sie nicht fernhalten. Diese Fancy war eine von ihnen. Ich dachte immer, einer hat sie beim Stehlen ertappt oder ist einfach da hinten mit ihr in Streit geraten. Und dann hab' ich gedacht, er hat vielleicht gewußt, daß der Pianist die Tat beobachtet hat – sein Zimmer lag ja nach hinten hinaus.«

»Musiker sind auch im St. Alwyn abgestiegen?«

»O ja, wir hatten ein paar sehr gute Jazzmusiker. Sehen Sie, wir waren nicht allzuweit von Downtown entfernt, hatten günstige Preise und Zimmerservice rund um die Uhr. Die Musiker waren gute Gäste. Um die Wahrheit zu sagen, ich glaube, sie waren wegen Glenroy Breakstone gern im St. Alwyn.«

»Er hat im Hotel gewohnt?«

»Aber natürlich. Glenroy war schon da, als ich es gekauft habe, und er war noch da, als ich es verkaufte. Wahrscheinlich ist er noch immer da. Er war einer der wenigen, die nicht auszogen, als die Schwierigkeiten anfingen. Glenroy hatte den Pianisten persönlich empfohlen. Glenroy war immer ein sehr angenehmer Gast.«

»Hat es auch weniger angenehme gegeben?«

»Nun ja, manchmal hatte einer einen schlechten Tag gehabt und hat sich nachts an den Möbeln dafür gerächt. Glauben Sie mir, in einem Hotel ist alles möglich. Aber wer einmal ausgerastet war, bekam Hausverbot. Dafür sorgte schon mein Direktor. Der Mann hat alles tipptopp in Ordnung gehalten – soweit es eben möglich war. Ein hochnäsiger Teufel, doch er duldete nicht den geringsten Verstoß gegen die Hausordnung. Sehr religiös, glaub ich. Zuverlässig.«

»Wissen Sie noch, wie er hieß?«

Er lachte laut auf. »Darauf können Sie wetten! Bob Bandolier. Auf einem Golfplatz wollte ich mich nicht mit dem Kerl sehen lassen, aber er war ein verdammt guter Manager.«

»Vielleicht könnte ich mit ihm reden.«

»Vielleicht. Bob ist geblieben, als ich verkaufte, war praktisch mit dem St. Alwyn verheiratet. Und ich nenne Ihnen noch einen. Glenroy Breakstone. *Ihm* ist nichts entgangen, darauf können Sie Gift nehmen. Er kannte so ziemlich jeden, der im Hotel gearbeitet hat.«

»Waren er und Bob Bandolier befreundet?«

»Bob Bandolier hatte keine Freunde«, sagte Ralph und lachte wieder. »Und außerdem hätte er sich nie an einen – Sie wissen schon – Schwarzen angeschlossen.«

»Würde er mit mir sprechen?«

»Kann man nie wissen.« Er sah auf seine Uhr und dann zur Tür der Kapelle. »Hey, würden Sie mir Bescheid sagen, wenn Sie was rausfinden? Es interessiert mich.«

Wir kehrten in den riesigen Raum zurück. John stand neben dem Tisch und blickte uns entgegen.

»Wer soll hier die vielen Plätze füllen?« fragte Ralph.

Verdrießlich musterte John die freien Stühle. »Leute von Barnett und Klienten, nehme ich an. Und die Reporter werden auftauchen.« Stirnrunzelnd schaute er auf den Plastikbecher hinunter. »Sie schwirren draußen rum wie die Schmeißfliegen.«

Schweigen. Getrennt kamen Marjorie Ransom und Alan Brookner den Mittelgang entlang. Marjorie sagte ein paar Worte zu Alan. Er nickte unbestimmt, als habe er sie nicht richtig gehört.

Ich schenkte ihnen Kaffee ein. Einen Moment betrachteten wir alle wortlos den Sarg

»Schöne Blumen«, sagte Ralph.

»Das habe ich eben gesagt«, entgegnete Marjorie, »nicht wahr, Alan?«

»Ja, ja«, sagte Alan. »O John, ich habe dich gar nicht gefragt, was im Polizeipräsidium los war? Wie lange hat man dich verhört?«

John schloß die Augen. Marjorie wirbelte zu Alan herum und verschüttete Kaffee auf ihre rechte Hand. Sie nahm die Tasse in die linke, wedelte mit der rechten in der Luft herum und versuchte sie zu trocknen. Ralph reichte ihr ein Taschentuch, blickte aber von John zu Alan und zurück zu John.

»Man hat dich verhört?«

»Nein, Dad. Nicht verhört.«

»Warum wollte die Polizei dann mit dir sprechen? Sie hat den Kerl doch gefaßt.«

»Es sieht so aus, als habe Dragonette ein falsches Geständnis abgelegt.«

»Was?« sagte Marjorie. »Aber alle Welt weiß, daß er es getan hat.«

»Es funktioniert nicht. Er hatte nicht genug Zeit, um die Tat im Krankenhaus zu begehen, dann in die Eisenwarenhandlung zu fahren, zu kaufen, was er brauchte, und so früh wieder zu Hause zu sein. Der Angestellte, der ihm das Sägeblatt verkaufte, hat ausgesagt, sie hätten sich lange unterhalten. Dragonette hätte es unmöglich bis zur East Side und wieder zurück schaffen können. Er wollte nur den Ruhm für sich einheimsen.«

»Also, der Mann muß wirklich verrückt sein«, sagte Marjorie.

Zum erstenmal an diesem Tag lächelte Alan.

»Johnny, ich habe noch immer nicht kapiert, warum die Polizei dich befragt hat«, sagte Ralph.

»Ach, du weißt doch, wie Polizisten sind. Sie wollen dasselbe immer wieder durchhecheln. Sie wollen, daß ich mich an alle Leute erinnere, die ich auf dem Weg ins Krankenhaus und alle, die ich auf dem Weg aus dem Krankenhaus gesehen habe, wollen alles erfahren, das ihnen irgendwie weiterhelfen könnte.«

»Sie versuchen nicht ...«

»Natürlich nicht. Ich bin aus dem Krankenhaus direkt nach Hause gegangen. Tim hat mich gegen fünf nach acht heimkommen gehört.« John sah mich an. »Sie werden wahrscheinlich von dir verlangen, daß du das bestätigst.«

Ich sagte, ich sei froh, helfen zu können.

»Kommen sie zur Beerdigung?« fragte Ralph.

»O ja«, sagte John. »Unsere überwachsame Polizei wird anwesend sein.«

»Davon hast du uns kein Wort gesagt. Wenn Alan es nicht erwähnt hätte, hätten wir nichts davon gewußt.«

»Das einzig Wichtige ist doch, daß April nicht mehr lebt«, sagte John. »Daran sollten wir denken.«

»Nicht daran, wer sie getötet hat?« rief Alan dröhnend, und jedes seiner Worte wurde zu einer Kanonenkugel.

»Hör auf, mich anzuschreien, Alan«, sagte John.

»Der Mann, der meiner Tochter das angetan hat, ist Abfall.« Durch irgendeine natürliche Fähigkeit war Alans normale Sprechstimme doppelt so laut wie die anderer Menschen, und wenn er sie hob, klang sie wie ein Rennwagen auf einer geraden Strecke. Sogar jetzt brachte er fast die Fenster zum Klirren, obwohl er nicht schreien wollte. *»Er verdient es nicht zu Leben!«*

John wurde rot und entfernte sich.

›Nennen Sie mich einfach Joyce‹ schaute herein. »Ist was nicht in Ordnung? Du meine Güte, hier drin ist ein Krach zum Sie wissen schon was zu erwecken.«

Alan räusperte sich. »Ich fürchte, ich werde sehr laut, wenn ich mich aufrege.«

»Die anderen kommen in ungefähr fünf Minuten.« Joyce bedachte uns mit einem durch und durch unaufrichtigen Lächeln und verschwand. Ihr Vater mußte im Korridor gestanden haben. Durch die Tür deutlich zu hören, sagte Joyce: »Haben diese Leute noch nie was von Valium gehört?«

Sogar Alan grinste leicht.

Er drehte sich zu John um, der langsam wieder zu uns zurückkam, die Hände in den Taschen wie sein Vater, die Augen auf den hellen Teppich gerichtet. »John, kommt Grant Hoffman auch?«

Mir fiel ein, daß, als Alan nach Grant Hoffman gefragt hatte, als ich das erstemal bei ihm war, er außer der dreckigen Unterhose keinen Faden am Leib trug und die Kakerlaken durch die Pizzaschachteln huschten.

»Ich habe keine Ahnung«, sagte John.

»Einer unserer besten Doktoranden der Philosophie«, sagte Alan zu Marjorie. »Er hat bei mir angefangen, aber vor zwei Jahren habe ich ihm nahegelegt, zu John zu wechseln. Jetzt haben wir ihn aus den Augen verloren – was merkwürdig ist, denn Grant ist ein hervorragender Student.«

»Er war okay«, sagte John.

»Grant hat mich nach seinen Besprechungen mit John gewöhnlich aufgesucht, aber nach dem letztenmal hat er sich nie wieder sehen lassen.«

»Und bei der Besprechung am Sechsten auch nicht«, sagte John. »Ich habe eine volle Stunde vergeudet, nicht zu reden von der Zeit, die ich gebraucht habe, um mit dem Bus hin- und herzufahren.«

»Er ist zu Ihnen ins Haus gekommen?« fragte ich Alan.

»Aber ja«, antwortete Alan. »Ungefähr einmal die Woche. Manchmal hat er mir geholfen, die Küche aufzuräumen, wir haben uns über die Fortschritte unterhalten, die seine Doktorarbeit macht – über alles mögliche eben.«

»Dann ruf den Burschen doch an«, sagte Ralph zu seinem Sohn.

»Ich hatte zuviel zu tun«, sagte John. »Außerdem hatte Hoffman kein Telefon. Er hatte irgendwo in Downtown ein Zimmer, und man mußte ihn von seiner Wirtin an den Apparat rufen lassen. Nicht, daß ich ihn je angerufen hätte.« Er sah mich an. »Hoffman hat an der High-School einer kleinen Stadt im Süden des Staates unterrichtet. Er hatte ein bißchen Geld gespart und kam her, um bei Alan seinen Doktor zu machen. Er war mindestens dreißig.«

»Kommt es oft vor, daß Doktoranden einfach verschwinden?«

»Ab und zu stiehlt sich einer weg.«

»Menschen wie Grant Hoffman stehlen sich nicht weg«, sagte Alan.

»Ich will meine Zeit nicht damit vertun, mir über Grant Hoffman den Kopf zu zerbrechen. Es muß Leute geben, denen es auffallen würde, wenn er unter einen Bus gekommen wäre oder sich unter falschem Namen nach Las Vegas abgesetzt hätte.«

Die Tür ging auf. ›Nennen Sie mich einfach Joyce‹ führte mehrere Männer in konservativen grauen und blauen Anzügen herein. Gleich darauf sah man, daß zu der Gruppe auch Frauen gehörten; sie trugen ebenfalls dunkle Anzüge, waren aber jünger als die Männer. Die neuen Trauergäste gingen auf John zu, der sie zu seinen Eltern führte.

Ich setzte mich auf einen Stuhl am Mittelgang. Ralph und einer der älteren Makler verzogen sich auf eine Seite des großen Raumes und unterhielten sich leise miteinander.

Wieder wurde die Tür geöffnet. Ich drehte mich um und sah Paul Fontaine und Michael Hogan eintreten. Fontaine hatte eine schäbige braune Aktentasche bei sich. Er und Hogan trennten sich an der Tür, der eine steuerte die rechte, der andere die linke Seite des Raumes an. Die absolute, natürliche Autorität, die Michael Hogan zu eigen war, umgab ihn wie eine Aura und brachte die meisten Anwesenden, besonders die Frauen, dazu, ihn anzusehen. Ich vermute, daß große Schauspieler ebenfalls die Fähigkeit besitzen, automatisch die Aufmerksamkeit auf sich zu ziehen. Und Hogan hatte den unschätzbaren Vorteil, wie ein Schauspieler auszusehen, ohne auch nur im geringsten theatralisch zu wirken. Seine Art männlich guten Aussehens, verbunden mit Zuverlässigkeit, Stetigkeit, Ehrlichkeit und einer aggressiven Intelligenz, wurde von anderen Männern als angenehm und nicht als bedrohlich empfunden. Während ich Hogan beobachtete, der unter den beifälligen Blicken von April Ransoms Trauergästen – Blicken, die er nicht zu bemerken schien – zur anderen Seite des Raumes ging, hatte ich das Gefühl, daß er tatsächlich eine Persönlichkeit war, wie sie eine ältere Schauspielergeneration auf der Leinwand dargestellt hatte, und ich war froh, daß er die Ermittlungen in Aprils Fall leitete.

Fontaine, der weniger auffiel, goß sich Kaffee ein und setzte sich hinter mich. Die Aktentasche stellte er zwischen seinen Füßen auf den Boden.

»Wo ich Sie überall treffe!« sagte er.

Ich wies ihn nicht darauf hin, daß ich das gleiche von ihm sagen konnte.

»Und was ich so von Ihnen höre!« Er seufzte. »Wenn ein durchschnittlicher Polizist etwas haßt, dann ist es ein Amateur, der eine große Lippe riskiert.«

»Und? Hab' ich nicht recht gehabt?«

»Überspannen Sie Ihr Glück nicht!« Er beugte sich zu mir vor. Die Ringe unter seinen Augen waren nicht mehr ganz so violett. »Wann ist Ihrer genauesten Schätzung nach Ihr Freund Ransom am Mittwoch morgen aus dem Krankenhaus nach Hause gekommen?«

»Wollen Sie sein Alibi überprüfen?«

»Das könnte nicht schaden.« Er lächelte. »Hogan und ich repräsentieren das Präsidium bei dieser kommunalen Extravaganz.«

Cops und Cop-Humor.

Er bemerkte meine Reaktion auf seinen Witz und sagte: »Oh, kommen Sie, kommen Sie. Wissen Sie nicht, was hier los sein wird?«

»Wenn Sie mir Fragen stellen wollen, lassen Sie mich nach Downtown bringen.«

»Aber, aber. Erinnern Sie sich an den Gefallen, um den Sie mich gebeten haben?«

»Das verlorene Autokennzeichen?«

»Den anderen Gefallen.« Er schob die schäbige Aktentasche nach vorn, ließ sie aufschnappen und zeigte mir einen dicken Packen getippter und handgeschriebener Blätter.

»Die *Blaue-Rose*-Akte?«

Er nickte und grinste wie eine großnasige Katze.

Ich griff nach der Tasche, doch er schob sie wieder zwischen seine Füße zurück. »Sie wollten mir sagen, wann Ihr Freund am Mittwoch morgen nach Hause kam.«

»Um acht Uhr«, sagte ich. »Man braucht zu Fuß ungefähr zwanzig Minuten vom Krankenhaus zum Ely Place. Sie haben doch gesagt, das Zeug sei schwer zu finden.«

»Es hat ganz zuoberst auf einem Aktenstapel im Archiv gelegen. Jemand anders war auch schon neugierig und hat es nicht wieder eingeräumt.«

»Wollen Sie die Sachen nicht zuerst lesen?«

»Ich habe das ganze verdammte Ding kopiert«, sagte er. »Bringen Sie's mir zurück, sobald Sie können.«

»Warum tun Sie das für mich?«

Er lächelte auf seine gewohnte Weise, scheinbar ohne das Gesicht zu verziehen. »Sie haben dieses idiotische Buch geschrieben, das mein Sergeant bewundert. Und vielleicht ist doch etwas dran an der lächerlichen Idee.«

»Sie halten es für lächerlich zu denken, daß die neuen *Blaue-Rose*-Morde mit den alten im Zusammenhang stehen?«

»Selbstverständlich ist es lächerlich.« Er beugte sich über die Aktentasche nach vorn. »Und bitte hören Sie auf, uns vor den Kameras behilflich sein zu wollen. Für die Öffentlichkeit ist Mrs. Ransom ein Opfer von Walter Dragonette. Der Mann in der Livermore Avenue ebenfalls.«

»Wurde er noch immer nicht identifiziert?«

»Nein, noch immer nicht«, sagte Fontaine. »Warum?«

»Haben Sie je von einem vermißten Studenten von John namens Grant Hoffman gehört?«

»Nein. Seit wann wird er vermißt?«

»Etwa zwei Wochen, denk ich. Er ist zu einer Verabredung mit John nicht erschienen.«

»Und Sie denken, er könnte unser Opfer sein?«

Ich zuckte mit den Schultern.

»Wann war die Verabredung, zu der er nicht erschien, wissen Sie das?«

»Am Sechsten, denke ich.«

»Am Tag vorher wurde die Leiche gefunden.« Fontaine schaute zu Michael Hogan hinüber, der sich mit Johns Eltern unterhielt. Das Gesicht dem Detective zugewandt, trank Marjorie förmlich in sich hinein, was immer er sagte. Sie sah aus wie ein junges Mädchen auf einem Ball.

»Wissen Sie zufällig, wie alt dieser Student war?«

»Ungefähr Dreißig«, sagte ich und zwang mich, nicht mehr an den Eindruck zu denken, den Michael Hogan auf Johns Mutter machte. »Er war Doktorand.«

»Nach der Beerdigung, vielleicht – nun ...« Er stand auf, klopfte mir auf die Schulter. »Bringen Sie mir die Akte in ein, zwei Tagen zurück.«

Er ging an den leeren Stuhlreihen entlang und auf Michael Hogan zu. Die beiden Detectives ließen die Ransoms stehen und entfernten sich ein paar Schritte von ihnen. Hogan schaute eine volle Sekunde – in der ich das ganze Gewicht seiner erstaunlichen Konzentration spürte – abschätzend zu mir herüber und sah dann John an. Marjorie Ransom starrte noch immer verzückt zu Hogan hinüber, bis Ralph sie am Ärmel zupfte und mit ihr zu dem grauhaarigen Makler zurückging. Sogar dann wandte sie noch einmal den Kopf, um über die Schulter einen Blick auf den älteren der beiden Detectives zu erhaschen. Ich wußte, was sie empfand.

Jemand, der neben mir stand, sagte: »Entschuldigen Sie, sind Sie Tim Underhill?«

Ich musterte den untersetzten, etwa fünfunddreißigjährigen Mann, der eine dicke schwarze Brille und einen leichten marineblauen Anzug trug. Sein breites, nichtssagendes Gesicht hatte einen erwartungsvollen Ausdruck.

Ich nickte.

»Ich bin Dick Mueller – von der Firma Barnett. Wir haben miteinander telefoniert. Ich wollte Ihnen sagen, daß ich Ihnen für Ihren Rat sehr dankbar bin – Sie haben richtig gelegen. Sobald die Presse von mir erfahren hatte und von, ach, Sie wissen schon, sind die Typen übergeschnappt. Weil Sie mich vor dem gewarnt hatten, was passieren würde, konnte ich mir überlegen, wie ich ungesehen ins Büro und wieder herauskam.«

Er setzte sich in die Reihe vor mir und lächelte vor Vergnügen über die Geschichte, die er mir gleich erzählen würde. Wieder ging die Tür auf. Ich wandte den Kopf und sah hinter einem jungen Mann in Jeans und schwarzem Jackett Tom Pasmore hereinschlüpfen. Der junge Mann war fast so blaß wie Tom, aber sein dichtes schwarzes Haar und die starken schwarzen Brauen gaben seinen großen Augen einen besonderen Glanz. Er konzentrierte sich sofort auf den Sarg. Tom winkte mir unauffällig zu und schlenderte dann ziellos weiter.

»Haben Sie eine Ahnung, was ich anstellen muß, um an meine Arbeit zu kommen?« fragte Mueller.

Ich wollte ihn loswerden, um mit Tom Pasmore sprechen zu können.

»Ich habe Ross Barnett gefragt, ob er wollte, daß ich ...«

Ich unterbrach das Referat über das Thema ›Wie gelange ich in mein Büro?‹

»Wollte Mr. Barnett April Ransom nach San Francisco schicken, damit sie dort eine Zweigstelle der Firma eröffnete, so eine Art Gemeinschaftsunternehmen mit einer anderen Maklerfirma?«

Er blinzelte mich an. Seine Augen hinter den großen, rechteckigen Linsen wirkten riesig. »Hat Ihnen das jemand erzählt?«

»Nicht wortwörtlich«, sagte ich. »Es war mehr ein Gerücht.«

»Na ja, vor einiger Zeit war die Rede davon, daß wir nach San Francisco umziehen würden.« Er sah jetzt besorgt aus.

»Aber das war's nicht, was Sie mit dem ›Brückengeschäft‹ gemeint haben?«

»Brückengeschäft?« Dann mit höherer Stimme noch einmal: »Brückengeschäft?«

»Sie haben mir gesagt, ich sollte Ihrer Sekretärin erklären ...«

Er grinste. »Oh, Sie meinen das ›Brückenprojekt‹! Natürlich, damit ich wußte, wer Sie waren. Und Sie dachten, ich meinte die Golden Gate Bridge?«

»April Ransoms wegen.«

»O ja, nein, damit hatte es überhaupt nichts zu tun. Ich habe von der Horatio-Street-Brücke gesprochen. Hier in der Stadt. April war ganz närrisch auf lokale Geschichte.«

»Hat sie etwas über die Brücke geschrieben?«

Er schüttelte den Kopf. »Ich weiß nur, daß sie es das Brückenprojekt nannte. Aber hören Sie« – er blickte zur Seite und wies mit einem Nicken auf den erfolgreich aussehenden grauhaarigen Mann, der sich mit Ralph Ransom unterhalten hatte –, »Ross hat sich diesen großartigen kleinen Plan ausgedacht.« Er erzählte mir eine ziemlich verwickelte Geschichte: daß er durch einen Hutladen in der Palmer Street in den Keller hinuntergehen und dann die Lieferantentreppe in den vierten Stock hinaufsteigen müsse, von wo er ins Schreibzimmer von Barnett gelange.

»Schlau«, sagte ich. Etwas mußte ich nämlich sagen. Mueller gehörte zu den Menschen, die jedem mitteilen mußten, was sie bewegte, ob der andere es nun hören wollte oder nicht. Ich versuchte, mir seine Begegnungen mit Walter Dragonette vorzustellen, Mueller, der über Obligationsausgaben schwatzte, und Dragonette, der ihm halb benommen gegenübersaß und sich vorstellte, wie dieser große Schulmeisterkopf sich in einem Fach seines Kühlschranks ausnehmen würde.

»Sie müssen April Ransom vermissen«, sagte ich.

Er setzte sich wieder. »O ja. Sie war sehr wichtig für die Firma. Eine Art Star.«

»Was war sie für ein Mensch? Wie würden Sie sie beschreiben?«

Er spitzte die Lippen und schaute seinen Boß an. »April arbeitete härter als sonst jemand auf der Welt. Sie war intelligent, hatte ein unglaubliches Gedächtnis, schuftete endlos. Ihre Energie war praktisch unbegrenzt.«

»War sie beliebt?«

Er zuckte mit den Schultern. »Ross hat sie auf jeden Fall gemocht.«

»Das klingt so, als wollten Sie etwas nicht sagen.«

»Nun ja, ich weiß nicht recht.« Mueller sah wieder seinen Boß an. »Sie gehörte zu den Menschen, die immer mit neunzig Meilen in der Stunde durch die Gegend rasen. Wenn da einer nicht mithielt, war das sein Pech.«

»Haben Sie je gehört, daß sie daran dachte, aufzuhören, um ein Baby zu bekommen?«

»Hätte Patton je aufgehört? Hätte die Garbo je aufgehört? Um *Babys zu* bekommen?« Mueller preßte sich die dicke Hand auf den Mund und sah sich um, ob jemand sein Kichern bemerkt hatte. Er trug einen rötlichen Ring mit einem winzigen Diamantsplitter und einen großen Collegering mit erhabenen Lettern. Beide Ringe schnitten tief ins aufgedunsene Fleisch ein.

»Man könnte sie aggressiv nennen«, sagte er. »Das ist keine negative Kritik. Wir sollen aggressiv sein.« Eine Sekunde lang versuchte er aggressiv auszusehen, brachte es aber nur fertig, leicht hinterhältig dreinzuschauen.

Während wir redeten, waren Leute zu zweit und zu dritt hereingekommen, und die Stuhlreihen waren jetzt etwa zu zwei Dritteln besetzt. Ich erkannte einige von Johns Nachbarn, die ich in den Lokalnachrichten gesehen hatte. Als Mueller aufstand, nahm ich die schwere Aktentasche und ging nach hinten, wo Tom Pasmore sich eine Tasse Kaffee genehmigte.

»Ich hätte nicht gedacht, daß du kommst«, sagte ich.

»Ich habe nicht oft Gelegenheit, mir meine Mörder anzusehen«, sagte er.

»Du glaubst, daß Aprils Mörder hier ist?« Ich sah mich in dem Raum voller Makler und Lehrer um. Dick Mueller hatte sich an Ross Barnett herangemacht, der ärgerlich den Kopf schüttelte und wahrscheinlich abstritt, daß er je die Absicht gehabt hatte, April Ransom irgendwohin zu schicken. Weil man nie weiß, was man vielleicht einmal brauchen kann, zog ich mein Notizbuch heraus und notierte einen Satz über einen Makler, der so lahmarschig war, daß er seinen Collegering benutzen mußte, um ehemalige Kommilitonen als Klienten zu gewinnen. Auf der Seite vorher stand bereits eine Kombination aus Zahlen und Buchstaben, und ich brauchte ein paar Sekunden, ehe ich mich daran erinnerte, was sie bedeuteten. Tom Pasmore lächelte mich an. Ich steckte das Notizbuch wieder in die Tasche.

»Ich möchte behaupten, daß eine ausgezeichnete Chance besteht.« Er blickte auf die Tasche hinunter, die ich mir zwischen die Füße geklemmt hatte. »Sind da drin etwa die *Blaue-Rose*-Akten?«

»Wie bist du denn darauf gekommen?«

Er bückte sich, hob die Tasche auf und zeigte mir die abgewetzten, undeutlichen Goldinitialen direkt unter der Klappe: WD.

Fontaine hatte mir William Damroschs eigene Aktentasche gegeben – wahrscheinlich hatte er sie auf Kurzreisen als Reisetasche und in der Stadt als Aktenmappe benutzt.

»Wärst du bereit, die Akten heute abend zu mir nach Hause zu bringen, damit ich sie kopieren kann?«

»Du hast einen Kopierer?« Wie Lamont von Heilitz machte Tom oft den Eindruck, allem technischen Fortschritt abgeneigt zu sein.

»Ich habe sogar einen Computer.«

Ich dachte, er scherze nur, denn ich war nicht einmal überzeugt, daß er eine elektrische Schreibmaschine benutzte.

»Sie sind oben. Heutzutage kommen die meisten Informationen durch das Modem.« Er lächelte, weil ich ein so überraschtes Gesicht machte. Er hob die rechte Hand. »Ehrlich, ich bin ein Hacker. Ich bin mit allen möglichen Datenbanken vernetzt.«

»Kannst du mit Hilfe der Autonummer einen bestimmten Namen rausbekommen?«

Er nickte. »Manchmal.« Dann sah er mich forschend an. »Nicht in jedem Staat.«

»Ich denke an eine Zulassungsnummer aus Illinois.«

»Leicht.«

Ich begann ihm von der Zulassungsnummer auf dem Stück Papier zu erzählen, das ich, wie ich glaubte, Paul Fontaine gegeben hatte. Der junge Mann, hinter dem Tom Pasmore hereingekommen war, wandte sich von April Ransoms Sarg ab und machte einen weiten Bogen um John, der ihm entweder zufällig oder absichtlich den Rücken zukehrte. Die Musik wurde viel lauter. Durch eine weiße Tür, die mir noch gar nicht aufgefallen war, trat Mr. Trott ein und machte den Sarg zu. Zur gleichen Zeit drehten sich alle um, als die große Tür am Ende der Kapelle geöffnet wurde und zwei Männer Anfang der Sechzig hereinkamen. Einer von ihnen, ein Kerl so breit wie ein Ochsenkarren, trug eine breite Medaillenspange auf der Brust seiner Polizeiuniformjacke, wie ein russischer General. Der andere Mann hatte einen breiten Trauerflor am Ärmel seines dunkelgrauen Anzugs. Sein Haar, so silbrig wie das von Ralph Ransom, war viel dichter, beinahe zottig. Ich vermutete, daß er der Priester war.

Isobel Archer und ihr Team drängten herein, gefolgt von einem Dutzend oder mehr Reportern. Isobel winkte ihre Leute auf einen Platz, keine zwei Meter von Tom Pasmore und mir entfernt, und die anderen Reporter bauten sich seitlich auf, kritzelten schon in ihre Notizbücher und sprachen in die Mikros ihrer Recorder. Der große silberhaarige Mann marschierte zu Ross Barnett und flüsterte ihm etwas zu.

»Wer ist das?« fragte Tom.

»Du kennst Merlin Waterford nicht? Unseren Bürgermeister?«

Der Uniformierte, der mit ihm gekommen war, schüttelte John ausgiebig die Hand und zog ihn zur ersten Sitzreihe. Grelles Licht flammte auf und nahm dem Raum jede Farbe. Die Musik verklang. Der blasse junge Mann im schwarzen Jackett stieß gegen eine Reihe von Knien, als er sich zu einem Stuhl durchzwängte. Isobel Archer hielt sich ein Mikrophon vors Gesicht und fing an, in die Kamera und in die Scheinwerfer zu sprechen. John beugte sich vor und bedeckte das Gesicht mit den Händen.

»Meine Damen und Herren, verehrte Mittrauernde für April Ransom.« Der Bürgermeister war ans Rednerpult getreten. Im weißen Licht schien sein Haar Funken zu sprühen. Seine Zähne schimmerten. Seine Haut hatte die Tönung eines karibischen Strandes. »Vor wenigen Wochen hatte ich das Vergnügen, bei einem Diner zu Ehren einer brillanten jungen Frau zugegen zu sein, die einen bedeutenden Preis verliehen bekommen hatte. Ich erlebte, welcher Respekt ihr von alt und jung entgegengebracht wurde, und teilte ihre Freude über die wohlverdiente Ehrung. April Ransoms Fähigkeit, das für die Wirtschaft Wesentliche zu erfassen, ihre Integrität, ihre Menschlichkeit und ihre große Hingabe an die höheren Güter unserer Gemeinde haben an jenem Abend uns alle inspiriert. Sie stand vor uns, ihren Freunden und Kollegen, als strahlendes Beispiel für all jene Dinge, die ich während meiner langen Amtszeit als Bürgermeister dieser schönen Stadt zu ermutigen und zu vertreten versuchte.«

Wenn man für Phrasen etwas übrig hatte, war der Bürgermeister ein großer Redner. Er ging sogar so weit zu versprechen, daß die Erinnerung an April Ransoms Charakter und Leistungen ihn nie verlassen würde, während er Tag und Nacht zum Wohl der Stadt Millhaven arbeitete. Die Zeit, die ihm noch verblieb, wollte er …

So ging es ungefähr fünfzehn Minuten weiter. Danach stapfte der Polizeichef Arden Vass zum Mikrophon, runzelte die Stirn und zog drei gefaltete Bogen Papier aus der Tasche. Das Papier knisterte, als er es auf dem Rednerpult ausbreitete und mit der Faust geradestrich. Dann merkte ich, daß er die Stirn gar nicht runzelte, es war sein normaler Gesichtsausdruck. Er holte eine Nickelbrille aus der Tasche unter der Medaillenspange und rammte sie sich ins Gesicht.

»Ich kann nicht so schön reden wie mein Freund, der Bürgermeister«, sagte er. Seine heisere Stimme hämmerte jeden seiner kurzen Sätze in Grund und Boden, bevor er den nächsten begann. »Wir hatten eine großartige Polizei. Jeder Mann – und jede Frau – unseres Präsidiums war ein bestens ausgebildeter Professioneller. Deshalb war unsere Verbrechensrate eine der niedrigsten der Nation. Unsere Beamten haben kürzlich einen der schlimmsten Verbrecher der Geschichte gefaßt. Dieser Mann war derzeit in Haft und erwartete Anklage und Prozeß. Die Frau, die wir heute ehren, würde die Bedeutung der Zusammenarbeit zwischen Gemeinde und den tapferen Männern verstehen, die ihr Leben riskierten, um sie zu schützen. Das war das Millhaven, das April Ransom repräsentierte. Mehr habe ich nicht zu sagen. Vielen Dank.«

Vass stieß sich vom Rednerpult ab und begab sich schwerfällig zur ersten Sitzreihe. Sekundenlang saßen alle vor Unsicherheit wie erstarrt da und schauten auf das leere Rednerpult und die farblosen Blumen. Dann gingen die Lichter aus.

4

Aprils Kollegen bewegten sich als kompakte Gruppe zum Parkplatz. Der blasse junge Mann im schwarzen Jackett war verschwunden. Isobel und ihr Team fuhren eben ab, und das Boughmobil näherte sich schon dem Stoppschild am Ende der Straße. Johns Nachbarn standen neben einer langen Reihe auf der gegenüberliegenden Straßenseite parkender Autos und sahen Isobel und den offiziellen Trauergästen wehmütig nach.

Vor Zorn wie versteinert, stand John Ransom mit seinen Eltern noch auf der obersten Stufe. Fontaine und Hogan hielten sich in Toms und meiner Nähe auf und beobachteten alles und jeden, wie Cops. Ich war sicher, in Hogans Miene einen Ausdruck ironischer Gleichgültigkeit zu entdecken, der besagte, daß er die Ansprachen seiner Vorgesetzten für lächerliche Eigenwerbung gehalten hatte. Er sagte ein paar Worte, scheinbar ohne die Lippen zu bewegen, wie ein Schuljunge, der etwas Bissiges über seinen Lehrer äußerte, und dann bekam ich die Bestätigung dafür, daß ich recht hatte. Hogan merkte, daß ich ihn ansah, und in seinen Augen blitzten Belustigung und Erkennen auf. Er wußte, was ich gesehen hatte, und er wußte, daß ich mit ihm übereinstimmte. Fontaine verließ ihn und ging energisch über den Rasen auf die Ransoms zu.

»Fährst du mit uns ins Krematorium?« fragte ich Tom.

Er schüttelte den Kopf. In der Sonne sah sein Gesicht wieder aus wie nur oberflächlich geglättetes Pergament, und ich fragte mich, ob er überhaupt im Bett gewesen war. »Was will dieser Detective von John?« fragte er mich.

»Wahrscheinlich bittet er ihn, sich den Toten aus der Livermore Avenue anzusehen und vielleicht zu identifizieren.«

Ich sah beinahe, wie sein Gehirn arbeitete. »Erzähl mir mehr darüber.«

Ich erzählte ihm von Grant Hoffman, und sein Gesicht bekam ein wenig Farbe.

»Gehst du mit?«

»Ich denke, Alan Brookner wird vielleicht auch mitkommen wollen.« Ich schaute mich um, weil mir bewußt wurde, daß ich Alan noch nicht gesehen hatte.

»Du kannst jederzeit zu mir kommen – sobald du wegkannst. Ich möchte wissen, was im Leichenschauhaus los war.«

Hinter uns wurde das Portal geöffnet und wieder geschlossen. Auf Joyce Brophys Arm gestützt, trat Alan Brookner ins Freie. Joyce winkte mir. »Professor Underhill, bringen Sie Professor Brookner bitte zum Wagen, damit der Trauerzug aufbrechen kann. Wie überall, müssen auch wir hier uns nach einem Stundenplan richten, und wir erwarten um halb drei schon die nächste Trauergesellschaft. Vielleicht können Sie Professor Ransom und seine Eltern zum Aufbruch bewegen.«

Alan schob den Arm durch den meinen. Ich fragte ihn, wie er sich fühle.

»Ich stehe noch immer auf den eigenen Füßen, Sohn.«

Wir gingen zu den Ransoms.

Paul Fontaine trat zu uns und sagte: »Halb fünf?«

»Klar«, sagte ich. »Soll Alan auch mitkommen?«

»Wenn er es schafft.«

»Ich schaffe alles, was Sie von mir erwarten«, sagte Alan, ohne den Detective anzusehen. »Geht es um den Mann im Leichenschauhaus?«

»Ja. Es ist einen Block vom Armory Place entfernt, in ...«

»Ich finde es«, sagte Alan.

Der Leichenwagen bog um die Ecke und hielt vor dem

Pontiac. Zwei Autos, besetzt mit Leuten vom Ely Place, beschlossen den Trauerzug.

»Der Bürgermeister hat wundervoll gesprochen«, sagte Marjorie.

»Ein eindrucksvoller Mann«, sagte Ralph.

Wir erreichten die unterste Stufe, und Alan befreite sich von meinem Arm. »Vor fünfunddreißig Jahren war Merlin einer meiner Studenten«, sagte er. Marjorie lächelte ihn dankbar an. »Der Mensch war ein Dummkopf.«

»Oh!« quiekte Marjorie. Ralph öffnete grimmig die Wagentür, und seine Frau rutschte auf dem Rücksitz in die andere Ecke.

John und ich gingen nach vorn. »Sie haben die Beerdigung meiner Frau zu einem öffentlichen Spektakel der Eigenwerbung mißbraucht«, stieß er wütend hervor. »Das macht mindestens fünfzig Prozent ihrer Rechnung aus.« Ich stieg in den Wagen, in dem es sehr still war, und folgte dem Leichenwagen zum Krematorium.

5

»Warum mußt du ins Leichenschauhaus? Ich begreife es nicht.«

»Ich auch nicht, Dad.«

»Die ganze Idee ist lächerlich«, sagte Marjorie.

»Die Cops bei der Totenfeier müssen etwas aufgeschnappt haben«, sagte John.

»Was aufgeschnappt?«

»Über den vermißten Studenten.«

»Das haben sie nicht aufgeschnappt«, sagte ich. »Ich habe ihn Paul Fontaine gegenüber erwähnt.«

Nach einem kurzen Schweigen sagte John: »Das ist schon okay.«

»Aber um was *geht* es denn da?« fragte Ralph. »Im Leichenschauhaus liegt ein Mann, der noch nicht identifiziert werden konnte. Er könnte etwas mit Aprils Fall zu tun haben.«

Marjorie und Ralph verstummten erschrocken.

»Der Mann im Leichenschauhaus könnte der vermißte Student sein.«

»O Gott«, sagte Ralph.

»Selbstverständlich ist er es nicht«, sagte Marjorie. »Der Junge ist einfach abgehauen.«

»Das hätte Grant nie getan«, sagte Alan.

»Wenn die Cops wollen, kann ich mir den Toten doch ansehen«, sagte John.

»Ich werde es tun«, sagte Alan. »John muß nicht hingehen.«

»Fontaine will mich dort sehen. Du brauchst nicht mitzukommen, Alan.«

»Aber ich will«, sagte Alan.

Es wurde nicht mehr gesprochen, bis ich vor Johns Haus hielt. Die Ransoms kletterten aus dem Fond. Als Alan auf dem Beifahrersitz sitzen blieb, beugte sich John zum Fenster hinunter. »Kommst du nicht mit rein, Alan?«

»Tim fährt mich nach Hause.«

John stieß sich vom Wagen ab. Seine Mutter lief im Zickzack über den Rasen und sammelte Abfall ein.

6

Mit schweren Beinen schleppte sich Alan über den Gehsteig. Der gemähte Rasen schimmerte. Wir gingen ins Haus, und er drehte sich kurz um und sah mich aus trüben Augen unsicher an. Mir wurde das Herz schwer. Er hatte vergessen, was er als nächstes tun wollte. Er verbarg seine Verwirrung, indem er sich hastig abwandte und durch den Windfang in die Halle ging.

Dicht hinter der Wohnzimmertür blieb er stehen. Die Vorhänge waren geöffnet. Das Holz glänzte, und es roch nach Möbelpolitur. Ordentlich gestapelt lag die Post, hauptsächlich Kataloge und Werbesendungen, auf dem Couchtisch.

»Ach, richtig«, sagte Alan. Er setzte sich auf die Couch und lehnte sich an das braune Leder. »Die Reinigungsfirma.« Er sah sich in dem blitzblanken Raum um. »Ich schätze, jetzt kommt niemand mehr.« Er räusperte sich. »Ich dachte, die Leute kämen nach einer Beerdigung noch mit nach Hause.«

Er hatte vergessen, daß seine Tochter in einem anderen Haus gewohnt hatte.

Ich setzte mich in einen zu prall gepolsterten Sessel.

Alan kreuzte die Arme über der Brust und betrachtete seine Fenster. Einen Moment lang blitzte eine flüchtige Regung in seinen Augen auf. Dann fielen sie ihm zu, und er schlief ein. Seine Brust hob und senkte sich, und sein Atem wurde regelmäßig. Nach ein paar Minuten schlug er die Augen wieder auf.

»Tim, ja«, sagte er. »Das ist gut.«

»Ist Ihnen noch immer danach, ins Leichenschauhaus zu fahren?« fragte ich.

Er sah wieder verwirrt aus, aber nur einen Augenblick. »Darauf kannst du wetten. Ich habe den Jungen besser gekannt als John.« Er lächelte. »Ich habe ihm ein paar von meinen alten Sachen gegeben – einige Anzüge waren mir zu groß geworden. Der Junge hatte genug gespart, um die Studiengebühren und die Miete zu bezahlen, doch darüber hinaus hatte er nicht viel übrig.«

Schwere Schritte kamen die Treppe herunter. Wer immer im Haus war, betrat die Diele. Alan blinzelte mir zu, und ich stand auf und ging zur Tür. Eine dicke Frau in schwarzer Hose und einem T-Shirt der Universität von Illinois kam, einen Staubsauger hinter sich herziehend, auf mich zu.

»Ich muß sagen, das war der größte Job, den ich in meinem ganzen Leben hatte«, erklärte sie. »Das andere Mädchen mußte nach Hause zu seiner Familie, also habe ich allein weitergemacht.« Sie sah mich an, als halte sie mich für den Zustand des Hauses für mitverantwortlich. »Das macht sechs Stunden.«

»Sie haben ausgezeichnete Arbeit geleistet.«

»Da sagen Sie mir nichts Neues.« Sie ließ den Staubsaugerschlauch fallen, lehnte sich schwer an die Täfelung und sah Alan an. »Sie sind kein sehr ordentlicher Mann, Mr. Brookner.«

»Mir ist alles ein bißchen über den Kopf gewachsen.«

»Wenn Sie wollen, daß ich wiederkomme, werden Sie sich schon ein bißchen mehr Mühe geben müssen.«

»Es wird bald besser«, sagte ich. »Eine Privatpflegerin wird bald jeden Tag nach dem Rechten sehen.«

Sie legte den Kopf schief und musterte mich einen Moment nachdenklich. »Ich bekomme hundertzwanzig Dollar.«

Alan griff in die Tasche, holte eine Handvoll Zwanziger heraus, zählte sechs ab und stand auf, um sie der Putzfrau zu geben.

»Sie sind wirklich ein Mordskerl, Mr. Brookner.« Sie schob die Zwanziger in eine Tasche. »In Zukunft komme ich jeden Donnerstag.«

»Das ist fein«, sagte Alan.

Die Putzfrau hob den Staubsaugerschlauch auf. Dann zog sie das ganze Gerät zur Tür. »Sollte ich etwas mit dem Blumenschmuck machen?«

Alan sah sie verständnislos an.

»Ich meine, sollte ich ihn gießen oder so?«

»Wo ist er?« fragte Alan.

»Ich habe ihn in die Küche gebracht.«

»Kränze braucht man nicht zu gießen.«

»Gut, in Ordnung.« Der Staubsauger polierte durch die Halle. Eine Tür wurde geöffnet und geschlossen. Ein paar Minuten später kam die Frau noch einmal herein, und ich begleitete sie zur Haustür. Sie warf mir immer wieder verstohlene Seitenblicke zu. Als ich die Tür öffnete, sagte sie: »Er kommt mir vor wie Dr. Jeckel und Mr. Heckel oder wie das heißt.«

Alan trug einen Kranz aus weißen Nelken und gelben Rosen durch den Flur. »Du kennst Flory Park, nicht wahr?«

»Ich bin in einem anderen Stadtteil aufgewachsen.«

»Dann werde ich dich lotsen«, sagte er. Er ging mit dem Kranz zur Haustür. »Ich nehme an, du findest zum See. Er liegt östlich von hier.«

Wir traten ins Freie. »Osten ist rechts«, sagte Alan.

»Ja, Sir«, sagte ich.

Er marschierte den Gartenpfad hinunter und ging über den Gehsteig zum Pontiac. Den großen Kranz an die Brust drückend, stieg er auf der Beifahrerseite ein.

Auf Alans Anweisung bog ich am Eastern Shore Drive nach Norden ab. Ich fragte ihn, ob er zu dem kleinen öffentlichen Strand unterhalb der Steilküste südlich von uns wolle.

»Das ist Bunch Park. April war nicht oft dort. Zu viele Menschen.«

Nachdem wir auf dem Eastern Shore Drive zehn oder zwölf Meilen nach Norden gefahren waren, erreichten wir Riverwood.

Die Eastern Shore Road verengte sich zu einer zweispurigen Fahrbahn und gabelte sich; eine Abzweigung führte nach Westen, die andere weiter nach Norden in einen Nadelwald, in dem vereinzelt riesengroße moderne Häuser standen. Alan befahl mir, weiter geradeaus zu fahren. An der nächsten Kreuzung bogen wir nach rechts ab. Der Wagen tauchte in tiefen Schatten ein.

In eine braune Holztafel eingeprägte orangefarbene Lettern verkündeten, daß wir in Flory Park angelangt waren. An einem Waldrand parkten Jeeps und Range Rover. »Einer der schönsten Parks in der Gegend«, sagte Alan, »und niemand kennt ihn.«

Er zwängte sich aus dem Wagen. »Hier hinüber.« Auf der anderen Seite des Parkplatzes stieg er über eine niedrige Betonbrüstung und ging über das Gras zu einem schmalen Pfad. »Ich war schon einmal hier. April studierte damals noch.«

Ich fragte ihn, ob ich ihm den Kranz abnehmen dürfe.

»Nein.«

Der Pfad führte in ein Wäldchen aus Nadel- und Birkenbäumen. Ich ging vor Alan her und bückte mich ab und zu, um ihm abgebrochene Zweige aus dem Weg zu räumen. Er atmete leicht und ging ziemlich schnell. Wir kamen auf eine große Lichtung, über die man zu einer kleinen Anhöhe gelangte. Hinter der Anhöhe sah ich die Wipfel anderer Bäume und über ihnen den See als lange, flache blaue Linie. Es war sehr heiß auf der Lichtung. Mein Hemd war völlig durchgeschwitzt. Ich trocknete mir die Stirn. »Alan«, sagte ich, »ich kann vielleicht nicht weitergehen.«

»Warum nicht?«

»Ich habe an solchen Orten große Schwierigkeiten.«

Er sah mich stirnrunzelnd an, überlegte, was ich damit meinen könnte. Ich machte versuchsweise einen Schritt vorwärts, und sofort rissen Druckminen vor uns die Erde auf und wirbelten Männer durch die Luft. Da, wo ihre Beine gewesen waren, spritzte das Blut heraus.

»Was für Schwierigkeiten?«

»Weite, offene Räume machen mich nervös.«

»Warum schließt du nicht die Augen?«

Ich schloß die Augen. Kleine schwarz gekleidete Gestalten flitzten zwischen den Bäumen hin und her. Andere krochen zum Rand der Lichtung.

»Kann ich dir irgendwie helfen?«

»Ich glaube nicht.«

»Dann mußt du es wohl selbst tun.«

Zwei halbwüchsige Jungen in viel zu großen Badehosen kamen unter den Bäumen heraus und gingen an uns vorbei. Sie schauten sich um, als sie die Lichtung überquerten und die kleine Anhöhe hinaufstiegen.

»Sie brauchen mich bei dem, was Sie tun wollen?«

»Ja.«

»Na schön.« Ich machte noch einen Schritt vorwärts. Die kleinen schwarzen Männer liefen auf die Baumgrenze zu. Mein ganzer Körper war klatschnaß von Schweiß.

»Ich gehe vor dir her«, sagte Alan. »Achte auf meine Füße, und *tritt nur dahin, wohin ich trete.* Okay?«

Ich nickte. Mein Mund war vollgestopft mit Baumwolle und Sand. Alan ging um mich herum. »Schau auf nichts anderes als auf meine Füße.«

Er ging weiter, hinterließ einen deutlichen Fußabdruck auf dem staubigen Pfad. Ich setzte meinen rechten Fuß direkt darauf. Er machte den nächsten Schritt. Ich folgte ihm. Mein Rücken prickelte. Der Pfad begann unter meinen Füßen anzusteigen. Alans kleine, regelmäßige Fußspuren trugen mich weiter. Endlich blieb er stehen.

»Kannst du jetzt aufsehen?« fragte er.

Wir standen auf dem Hügel. Vor uns lief ein fast unsichtbarer Pfad einen langen, bewaldeten Abhang hinunter. Sein Hauptarm endete an einer eisernen Treppe, die zu einem breiten Sandstreifen und dem ruhigen blauen Wasser führte.

Weit draußen auf dem See zogen Segelboote ihre trägen, ziellosen Kreise. »Bringen wir es hinter uns«, sagte ich und ging hügelabwärts, den sicheren Bäumen entgegen.

Ich hatte den breiteren Weg eingeschlagen, aber Alan rief. »Wohin gehst du?«

Ich wies auf die eiserne Treppe und den Strand.

»Wir müssen dorthin«, sagte er und zeigte auf den Nebenweg.

Ich kehrte um und ging hinter ihm her. »Könntest du ihn eine Weile tragen?« fragte er.

Ich streckte die Arme aus. Der Kranz war schwerer als erwartet. Die Rosenstiele bohrten sich mir in die Arme.

»Als Kind hat April oft ein Buch und etwas zu essen eingepackt und Stunden in einem kleinen Gehölz am Ende dieses Weges zugebracht. Es war ihr Lieblingsplatz.«

Der Weg verschwand immer wieder, wurde von breiten Felsplatten zwischen dichten Bäumen unterbrochen. Flirrendes Licht fiel auf den gesprenkelten Stein. Birken und Ahornbäume drängten durch den Schiefer. Endlich blieb Alan vor einem gezackten Felsaufbau stehen. »Ich kann das Ding nicht allein hinaufbringen.«

Ohne den Kranz wäre es leicht gewesen; mit dem Kranz war es ein bißchen schwierig. Das Problem jedoch war, den Kranz in einer Hand zu tragen und mit der anderen Alan Brookner mitzuziehen. Allein und unbehindert hätte ich es in höchstens fünf Minuten geschafft. In weniger. In drei Minuten. Alan und ich brauchten ungefähr zwanzig. Als es vorüber war, hatte ich das Jackett durchgeschwitzt und mir einen Reißverschluß herausgerissen.

Ich kniete auf einer flachen Felsplatte nieder, nahm den Kranz von der Schulter und schaute zu Alan hinunter, der verbissen die Hand nach mir ausstreckte. Ich packte sein Handgelenk und zerrte ihn so weit herauf, bis er sich am Kragen meines Jacketts festhalten konnte. Er klammerte sich an mich wie ein Affe, während ich ihm die Arme um die Taille legte und ihn auf die Steinplatte zog.

»Weißt du jetzt, wozu ich dich gebraucht habe?« sagte er schwer atmend.

Ich trocknete mir die Stirn und begutachtete den Kranz.

Ein paar Drähte und einzelne Rosen ragten heraus, und ein dunkelgrüner Farnwedel hing herunter wie ein Katzenschweif. Ich schob die Rosen in den Kranz zurück und umwickelte sie mit den herausragenden Drähten. Dann stand ich auf und streckte Alan die Hand entgegen.

Wir gingen über die holprige Fläche, die sich aus Hunderten von großen Felsbrocken zusammensetzte. Alan bat mich um den Kranz.

»Wie weit ist es noch?« fragte ich.

Alan zeigte auf die andere Seite des Felsplateaus. Die lange blaue Fläche des Sees wurde von vier oder fünf Reihen dicht beieinanderstehender roter Ahornbäume abgeschirmt.

Hinter den Ahornbäumen fiel der Hügel sanft ab. Ein flacher Hohlweg führte schnurgerade zwischen Bäumen und Felsen in ein enges Tal. In einem Ahornwäldchen lag wie eine gestreckte Handfläche ein Vorsprung aus Granitgestein. Unter dem Granitplateau funkelte das Sonnenlicht auf dem See. Wieder bat Alan mich um den Kranz.

»Hier ist es«, sagte Alan und begann steif den braunen Pfad hinunterzusteigen.

Nach etwa einem halben Dutzend Schritte fuhr er fort: »April kam gern hierher, um allein zu sein.« Wieder ein paar Schritte. »Sie hat diesen Platz geliebt.«

Er holte tief und zitternd Atem. »Hier kann ich sie *sehen.*«

Er sprach nicht mehr, bis wir auf dem flachen Granitvorsprung standen, der in den See ragte. Ich trat bis an den Rand des Felsens. Zu meiner Rechten wippten die Köpfe der beiden Jungen, die uns am Anfang der Lichtung überholt hatten, auf dem Wasser eines tiefen Beckens, das etwa sieben Meter unter dem Vorsprung von einer Kurve in der Uferlinie gebildet wurde. Der Fels war ein natürliches Sprungbrett.

Ich trat vom Rand zurück.

»Das ist Aprils Begräbnis«, sagte Alan. »Ihr richtiges Begräbnis.«

Ich kam mir wie ein Eindringling vor.

»Ich muß ihr Lebwohl sagen.«

Das Überwältigende seines Handelns berührte mich tief, und ich zog mich in den Schatten unter den Ahornbäumen zurück.

Langsam ging Alan zur Mitte der Felsplatte. Der kleine weißhaarige Mann kam mir majestätisch vor. Er hatte diesen Augenblick beinahe von der Sekunde an geplant, in der er vom Tod seiner Tochter erfahren hatte.

»Mein liebes Kind«, sagte er. Seine Stimme bebte. Er preßte den Kranz fest an die Brust. »April, ich werde immer dein Vater und du wirst immer meine Tochter sein. Ich werde dich bis zum Tag meines Todes im Herzen tragen. Ich verspreche dir, daß der Mensch, der dir das angetan hat, nicht davonkommen wird. Ich habe nicht mehr viel Kraft, aber sie wird für uns beide reichen. Ich liebe dich, mein Kind.«

Er ging bis an den Felsrand vor und blickte hinunter. Mit der weichsten Stimme, die ich je von ihm gehört hatte, sagte er: »Dein Vater wünscht dir Frieden.«

Den Kranz in der rechten Hand, ging er einen Schritt zurück und spreizte leicht die Füße. Dann bog er den Arm nach hinten ab, ließ ihn vorschwingen und schleuderte den Kranz wie einen Diskus in die leuchtende Luft. Er flog drei oder vier Meter geradeaus und stürzte dann, sich immer wieder überschlagend, ins Wasser ab.

Die Jungen fuchtelten mit den Armen und schrien, als sie den Kranz in den See trudeln sahen. Sie begannen auf die Stelle zuzuschwimmen, hielten jedoch inne, als sie Alan und mich auf dem Felsplateau entdeckten. Der Reif aus Blumen klatschte auf das Wasser, das schimmernde, sich kräuselnde Kreise um ihn zog. Der Kranz tänzelte auf dem Wasser wie ein Floß und trieb dann am Ufer entlang. Die beiden Jungen schwammen zu dem kleinen Strand am Ende der Treppe zurück.

»Ich bin immer noch ihr Vater«, sage Alan.

7

Als wir vor Johns Haus vorfuhren, erkannte man nur an dem glänzenden Spalt zwischen Alans Ober- und Unterlidern, daß er noch wach war.

»Ich warte«, sagte er.

John öffnete die Tür und zog mich ins Haus. »Wo warst du? Weißt du, wie spät es ist?«

Seine Eltern standen mitten im Wohnzimmer und sahen uns besorgt an.

»Geht es Alan gut?« fragte Marjorie.

»Er ist ein bißchen müde«, sagte ich.

»Hör mal, wir müssen los«, sagte John. »In einer halben Stunde müßten wir zurück sein. Länger kann es gar nicht dauern.«

Ralph Ransom wollte etwas sagen, aber John musterte mich finster und stieß mich buchstäblich hinaus. Er warf die Tür ins Schloß und knüpfte sich im Gehen die Jacke zu.

»Mein Gott, der Alte schläft«, sagte er. »Zuerst verspäten wir uns deinetwegen, und dann zerrst du ihn aus dem Bett, obwohl er kaum noch weiß, wer er ist.«

»Er weiß sehr gut, wer er ist«, sagte ich.

Wir stiegen ein, ich fuhr an, und John tippte Alan auf die Schulter. »Alan? Bist du okay?«

»Bist du es?« fragte Alan.

John riß die Hand zurück.

Ich beschloß, über die Horatio State Bridge zu fahren, und dann fiel mir etwas ein, was Dick Mueller mir gesagt hatte.

»John«, sagte ich, »du hast mir nicht erzählt, daß April sich sehr für lokale Geschichte interessierte.«

»Sie hat hier und da ein bißchen recherchiert. Es war keine große Sache.«

»Hat sie sich nicht besonders für die Horatio Street Bridge interessiert?«

»Davon weiß ich nichts.«

Die glitzernden Streifen unter Alans Lidern waren nicht mehr zu sehen. Er atmete tief und regelmäßig.

»Wo warst du so lange?«

»Alan wollte nach Flory Park.«

»Was wollte er denn in Flory Park?«

»April war sehr oft dort.«

»Was soll das heißen?« Seine Stimme war tonlos vor Zorn.

»Es gibt dort einen flachen Felsen mit Blick auf ein Seebecken, und als April noch in der High-School war, ist sie gern zum Schwimmen und Sonnen hinausgefahren.«

Er entspannte sich. »Oh. Das ist natürlich möglich.«

»Alan wollte den Platz noch einmal sehen.«

»Was hat er gemacht? Vor sich hingeträumt und an April gedacht?«

»Etwas Ähnliches, ja.«

Er grunzte auf eine Weise, die gereizt und abweisend klang.

»John«, sagte ich, »hast du nie gedacht, daß Aprils Interesse für die Brücke erwähnenswert gewesen wäre – auch nicht, nachdem wir Walter Dragonette über die Horatio Street Bridge reden gehört hatten, und nicht, nachdem wir selbst dort gewesen waren?«

»Ich wußte nicht viel darüber«, sagte er.

»Was?« fragte Alan. »Was war das eben mit April?« Er rieb sich die Augen, richtete sich auf und schaute hinaus, um zu sehen, wohin wir fuhren.

John stöhnte und wandte sich von uns ab.

»Wir haben über ein paar von Aprils Recherchen gesprochen«, sagte ich.

»Ah.«

»Hat sie Ihnen jemals etwas davon gesagt?«

»April hat mit mir über alles geredet.« Er wartete einen Moment. »Ich erinnere mich nicht besonders gut daran. Es ging um irgendeine Brücke.«

»Um die Brücke direkt vor uns«, sagte John. Wir waren in der Horatio Street. Einen Block vor uns lagen Damm und Uferböschung des Millhaven River und erhoben sich die niedrigen Mauern der Brücke.

»Hatte es nicht etwas mit einem Verbrechen zu tun?«

»Es hatte mit einem Verbrechen zu tun«, sagte John.

Im Vorbeifahren schaute ich zum Green Woman Taproom hinüber, und in der Sekunde, bevor die Brückenmauern mir die Sicht nahmen, sah ich neben der Taverne einen parkenden blauen Wagen. Neben dem Wagen standen zwei Pappkartons, und der Kofferraum war geöffnet. Gleich darauf holperten wir über die Brücke, und in der nächsten Sekunde dachte ich, der Wagen habe genauso ausgesehen wie der blaue Lexus, der John zum Shady Mount gefolgt war. Ich beugte mich vor und bemühte mich, ihn im Rückspiegel zu sehen, aber die Brückenmauern ließen es nicht zu.

»Du hast einen Tick mit dieser Brücke. Wie Walter Dragonette.«

»Wie April«, sagte ich.

»April hatte viel zu viele Interessen, um viel Zeit an lokale Geschichte zu verschwenden.« Es klang verbittert.

Lange, bevor wir Armory Place erreichten, hörten wir schon die lauten Sprechchöre von der Plaza: »Waterford muß gehen! Vass muß gehen! Waterford muß gehen! Vass muß gehen!«

»Ich habe das Gefühl, die rührende Eigenwerbung bei der Trauerfeier hat nichts genützt«, sagte John.

»Du mußt hier abbiegen, um zum Leichenschauhaus zu kommen«, sagte Alan.

8

Eine Rampe führte zum Eingang des Leichenschauhauses von Millhaven County. Als ich an der Rampe vorfuhr, stieg Paul Fontaine aus einer nicht gekennzeichneten Limousine und winkte mich auf einen Stellplatz mit dem Hinweis: NUR FÜR DIENSTFAHRZEUGE. In krummer Haltung, die Hände in den Taschen seines sackartig herunterhängenden grauen Anzugs, stand er da. Wir hatten uns zehn Minuten verspätet.

»Tut mir leid, es ist meine Schuld«, sage ich.

»Ich bin lieber hier als im Präsidium«, sagte Fontaine. Ihm fiel auf, wie müde Alan war. »Professor Brookner, Sie könnten im Wartezimmer bleiben.«

»Ich glaube nicht, daß ich das könnte«, sagte Alan.

»Dann bringen wir's hinter uns.« Wir gingen die Rampe hinauf, und Fontaine ließ uns in einen Vorraum ein, in dem zu beiden Seiten eines hohen, mit Kippen gefüllten Aschenbechers je zwei Plastiksessel standen. Hinter der nächsten Tür trommelte ein junger Mann, der eine provisorisch mit Klebstreifen reparierte Brille trug, mit einem Bleistift auf einen arg mitgenommenen Schreibtisch.

»Wir sind jetzt vollzählig, Teddy«, sagte Fontaine. »Ich begleite sie nach hinten.«

»Spielen Sie den Führer«, sagte Teddy.

Fontaine zeigte ins Innere des Gebäudes. Zwei Reihen staubiger fluoreszierender Röhren hingen von der Decke. Die Wände waren so dunkelgrün gestrichen wie Militärfahrzeuge. »Ich muß Sie auf das vorbereiten, was Sie zu sehen bekommen werden. Von seinem Gesicht ist nicht viel übrig.« Er blieb vor der vierten Tür auf der rechten Seite des Korridors stehen und sah Alan an. »Es könnte ein Schock für Sie sein.«

»Zerbrechen Sie sich meinetwegen nicht den Kopf«, sagte Alan.

Fontaine öffnete die Tür zu einem kleinen Raum, in dem es weder Möbel noch Fenster gab. Die Leuchtleisten an der Decke gaben helles Licht. In der Mitte des Raumes lag auf einer fahrbaren Bahre ein mit einem sauberen weißen Laken zugedeckter Leichnam.

Fontaine ging auf die andere Seite der Bahre. »Das ist der Mann, den wir hinter dem St. Alwyn Hotel gefunden haben.« Er schlug das Laken bis auf die Brust des Toten zurück.

Alan holte scharf Atem. Vom größten Teil des Gesichts war die Haut abgezogen, und das Fleisch sah wie roher Speck aus. Die Zähne unter den Hautfetzen wirkten dagegen bestürzend gesund und intakt. Der Wangenknochen war unter einer leeren Augenhöhle als weißer Streifen zu sehen. Die Unterlippe hing über das Kinn hinunter. Lange Wunden klafften im Fleisch des Halses. Unter dem Laken gab es noch mehrere klaffende Brustwunden.

Fontaine ließ uns Zeit, damit wir uns an den gräßlichen Anblick auf der Bahre gewöhnten. »Kommt Ihnen an diesem Mann etwas bekannt vor? Ich weiß, es ist nicht leicht.«

»Niemand könnte ihn identifizieren«, sagte John. »Es ist ja nichts von ihm übrig.«

»Professor Brookner?«

»Es könnte Grant sein.« Alan sah John an. »Grant hatte so hellbraunes Haar.«

»Alan, es sieht doch nicht einmal wie Haar aus.«

»Sind Sie bereit, diesen Mann zu identifizieren, Professor Brookner?«

Alan betrachtete wieder die Leiche und schüttelte den Kopf. »Ich kann es nicht sicher sagen.«

Fontaine wartete, ob Alan noch etwas hinzufügen wollte. »Wäre es eine Hilfe, wenn Sie sich seine Sachen ansehen könnten?«

»Ja, möglicherweise.«

Fontaine deckte den Leichnam wieder zu und ging an uns vorbei zur Tür.

Dann standen wir in einem anderen winzigen, fensterlosen Raum, in derselben Aufteilung wie vorher: Fontaine auf der anderen Seite des Tisches, wir drei davor. Auf dem Tisch lag blutige Kleidung.

»Was Sie hier sehen, hat der Verstorbene am Abend seines Todes getragen. Ein Jackett aus leichtem, kreppartigem Leinen mit einem Etikett von Hatchett and Hatch, ein grünes Polohemd von Banana Republic, eine Khakihose von Gap, Unterhosen von Fruit of the Loom, braune Baumwollsocken, Schuhe aus Korduanleder.« Fontaine zeigte der Reihe nach auf jedes Kleidungsstück.

Alan hob das Adlergesicht. »Leinenjackett? Von Hatchett and Hatch? Das hatte er von mir. Es ist Grant.« Sein Gesicht hatte alle Farbe verloren. »Und er hatte mir gesagt, er würde sich von dem Geld, das ich ihm gegeben habe, neue Sachen kaufen.«

»Du hast Grant Hoffman Geld gegeben?« fragte John. »*Außer* den Kleidern?«

»Sind Sie sicher, daß das Ihr Jackett war?« Fontaine hob die zerfetzte, rostig aussehende Jacke an den Schultern hoch.

»Ich bin sicher, ja«, sagte Alan. Er trat vom Tisch zurück. »Ich habe es ihm vergangenen August geschenkt – wir haben damals ein paar Sachen von mir aussortiert. Er hat es anprobiert, und es paßte.« Er preßte die Hand auf den Mund und starrte auf das ruinierte Kleidungsstück.

»Sie sind also sicher.« Fontaine legte die Jacke auf den Tisch zurück.

Alan nickte.

»Dann, Sir, bitte ich Sie, sich den Verstorbenen noch einmal anzusehen.«

»Er hat die Leiche schon gesehen«, sagte John mit einer

Stimme, die für diesen kleinen Raum zu laut war. »Ich sehe nicht ein, was es für einen Sinn haben soll, meinen Schwiegervater noch einmal dieser Tortur auszusetzen.«

»Sir«, Fontaine sprach ausschließlich mit Alan, »Sie sind sicher, daß dies das Jackett ist, das Sie Mr. Hoffman gegeben haben?«

»Ich wünschte, ich wäre es nicht«, sagte Alan.

John explodierte. »Dieser Mann hat eben erst seine Tochter verloren. Wie können Sie daran denken, ihn ...«

»Es reicht, John«, sagte Alan. Er sah zehn Jahre älter aus als noch vor einer Stunde, als er den Kranz in den See geworfen hatte.

»Sie beide können im Vorraum warten«, sagte Fontaine. Er kam um den Tisch herum und legte Alan gleich unterhalb des Nackens die Hand auf den Rücken. Seine Sanftheit, der ganze Tonfall, in dem er mit Alan sprach, überraschten mich.

Eine Hilfskraft in weißem T-Shirt und weißer Hose kam herein. Er trat an den Tisch und begann, ohne uns anzusehen, die blutigen Sachen zusammenzulegen und schob sie in durchsichtige Beutel. John verdrehte die Augen, und wir gingen in den Vorraum.

»Was für eine Umgebung«, sagte er. Er drehte sich im Korridor ein paarmal um die eigene Achse. Ich lehnte mit dem Rücken an der Wand. Aus dem anderen Raum kamen leise Stimmen.

Schritte wurden laut, und John hörte mit der Dreherei auf. Paul Fontaine blieb in dem Raum zurück, nur Alan kam heraus.

»Ich melde mich bald«, sagte Fontaine.

Alan marschierte wortlos und ohne sich umzusehen durch den Vorraum.

»Alan?« rief John.

Er ging weiter.

»Es war jemand anders, richtig?«

Alan ging an Teddy vorbei und machte die Tür zum Windfang auf. »Tim, würdest du mich nach Hause begleiten, nachdem du John am Ely Place abgesetzt hast?«

»Selbstverständlich«, sagte ich.

Alan ging durch die Tür und ließ sie hinter sich zufallen.
»Was, zum Teufel –« sagte John. Als wir in den Windfang kamen, hatte sich die Außentür bereits hinter Alan geschlossen. Als wir ins Freie traten, ging er schon die Rampe hinunter.

Auf der Rampe holten wir ihn ein. John schob den Arm durch den seinen, doch Alan schüttelte ihn ab.

»Es tut mir leid, daß du das sehen mußtest«, sagte John.

»Ich will nach Hause.«

»Aber klar«, sagte John. Als wir zum Wagen kamen, öffnete er dem alten Mann die Tür, machte sie hinter ihm zu und stieg hinten ein. Ich ließ den Motor an. »Wenigstens ist das vorbei«, sagte John.

»Ist es das wirklich?« fragte Alan.

Ich setzte zurück und bog in Richtung Armory Place ab. John beugte sich vor und klopfte Alan auf die Schulter.

»Du hast dich den ganzen Tag fabelhaft gehalten«, sagte er. »Kann ich jetzt noch etwas für dich tun?«

»Du könntest den Mund halten«, sagte Alan.

»Es war Grant Hoffman, nicht wahr?« fragte ich.

»O Gott«, sagte John.

»Natürlich war er es«, sagte Alan.

9

Als wir am Green Woman Taproom vorbeikamen, fuhr ich langsamer, aber der blaue Wagen war nicht mehr da.

»Warum sollte jemand Grant Hoffman töten?« fragte John.

Er bekam keine Antwort. Im Wagen war es sehr still, und diese Stille schien durch die Geräusche der anderen Wagen und die leichte Brise, die durch die offenen Fenster wehte, eher vertieft als gebrochen zu werden. Am Ely Place sagte John zu mir, ich solle wiederkommen, wann es mir möglich sei, und stieg aus. Dann blieb er noch einen Moment stehen, schob das Gesicht durch das Beifahrerfenster und sah an Alan vorbei mich an. Ein harter, durchsichtiger Glanz lag über seinen Augen wie ein Schild. »Glaubst du, ich sollte meinen Eltern sagen, daß es Grant war?«

Alan regte sich nicht.

»Ich richte mich nach dir«, sagte er.

Er sagte, er lasse die Tür unverschlossen, damit ich jederzeit ins Haus könne, und wandte sich ab.

Zu Hause angekommen, ging Alan gleich nach oben. Ich folgte ihm. Er setzte sich auf das Bett und streckte die Arme aus wie ein Kind, damit ich ihm das Jackett ausziehen konnte. »Schuhe«, sagte er, und ich band ihm die Schuhe auf und zog sie ihm aus, während er an der Krawatte herumfummelte. Er versuchte das Hemd aufzuknöpfen, doch seine Finger schafften es nicht, also tat ich es.

Er räusperte sich so laut, daß es wie eine Explosion klang, und dann füllte seine große, befehlsgewohnte Stimme den Raum. »War April so schlimm zugerichtet wie Grant? Ich muß es wissen!«

Ich brauchte eine Sekunde, ehe ich begriff, was er meinte. »Aber ganz und gar nicht. Sie haben sie doch im Beerdigungsinstitut gesehen.«

Er seufzte: »Ah – ja.«

Ich streifte ihm das Hemd herunter und legte es auf das Bett.

»Armer Grant.«

Ich sagte nichts. Alan öffnete den Gürtel, stand auf und schob die Hose über die Hüften. Er setzte sich wieder, und ich zog ihm die Hose von den Beinen.

Benommen und mit schwimmenden Augen beobachtete er, wie ich Taschentuch, Schlüssel und Geldscheine aus den Hosentaschen nahm und auf den Nachttisch legte.

»Alan, wissen Sie, warum April sich für die Horatio Street Bridge interessierte?«

»Es hatte etwas mit dem Vuillard in ihrem Wohnzimmer zu tun. Haben Sie ihn gesehen?«

Ich sagte, ich hätte ihn gesehen.

»Sie hat gesagt, eine Gestalt in dem Gemälde erinnere sie an einen Mann, von dem sie gehört habe. An einen Polizisten – einen Polizisten, der in den fünfziger Jahren Selbstmord beging. Sie konnte das Bild nicht ansehen, ohne an ihn zu denken. Sie hat dann ein paar Nachforschungen angestellt – darin war sie einfach großartig, weißt du.« Er schob sich das Kissen unter den Kopf. »Ich muß ein bißchen schlafen, Tim.«

Ich ging zur Tür und sagte, ich würde ihn im Lauf des Abends anrufen, wenn er wolle.

»Komm morgen her.«

Ich glaube, er schlief schon, bevor ich die Treppe ganz hinuntergegangen war.

10

Ralph und Marjorie Ransom saßen, wieder in ihren schwarzsilbernen Trainingsanzügen, Seite an Seite auf einer der beiden Couches.

»Ich muß John recht geben«, sagte Ralph. »Schmale Streifen und Baumwollkrepp. Das ist das Entscheidende. Alle diese Jacken sehen doch gleich aus. Hatchett and Hatch haben wahrscheinlich Zehntausende von diesen Dingern produziert.«

Als ich ins Wohnzimmer kam, beugte Marjorie Ransom sich vor und schaute an ihrem Mann vorbei. »Sie haben den armen Jungen gesehen, nicht wahr, Tim? Hat er wie dieser Student von John ausgesehen?«

Ralph mischte sich ein, bevor ich antworten konnte. »Zur Zeit könnte Alan Brookner wahrscheinlich Frank Sinatra nicht von Gabby Hayes unterscheiden.«

»Also – ich weiß nicht«, sagte ich.

»Mom«, sagte John laut, der mit frischen Drinks aus der Küche kam. »Es ist die Stunde der Einstimmung.«

»So nennen sie's in unserem Center«, sagte Marjorie. »Stunde der Einstimmung. Ist das nicht süß?«

»Ich hole mir selbst was aus der Küche«, sagte ich, ging hinten um die Couch herum und schaute auf den Vuillard über den Köpfen der Ransoms.

Nur eine Figur auf der Leinwand, ein Kind, sah den Betrachter so direkt an, als erwidere sie seinen Blick. Alle anderen, die Frauen, die Diener und die anderen Kinder, waren in schimmerndem Licht gefangen und verhielten sich der

Szene gemäß, die das Bild darstellte. Das Kind, das nach vorn schaute, saß ganz allein im üppigen Gras, ein paar Zentimeter außerhalb eines leuchtenden Streifens goldenen Lichts. Es war vielleicht zwei oder drei Zentimeter vom tatsächlichen Mittelpunkt des Gemäldes entfernt, wo die Gestalt einer Frau, die sich einem Teeservice zuwandte, einen Ast des Wacholderbaums teilte. Sobald ich ihn gesehen hatte, wurde er für mich zum Mittelpunkt des Bildes, ein ernster, dunkelhaariger Junge von sieben oder acht Jahren, der unglücklich und eindringlich aus der Szene und aus dem Rahmen blickte – direkt auf mich, wie es schien.

»Tim ist nur hier, um meine Gemälde zu bewundern«, sagte John.

»Oh, sie sind einfach wunderhübsch«, sagte Marjorie. »Dieses große rote zum Beispiel, oder?«

Ich ging in die Küche und goß mir ein Glas Clubsoda ein. Als ich zurückkam, sprachen Ralph und Marjorie über etwas, das ihnen der heutige Tag wieder ins Gedächtnis gerufen hatte, eine Zeit, die die unglücklichste ihres Lebens gewesen sein mußte.

»Ich werde es nie vergessen«, sagte Marjorie. »Ich dachte, ich würde ohnmächtig.«

»Dieser Mann an der Tür«, sagte Ralph. »Gott, ich wußte, um was es ging, als der Wagen vor unserem Haus hielt. Der Mann stieg aus und überzeugte sich, daß er an der richtigen Adresse war. Dann stieg der andere, der Sergeant, aus und reichte ihm die Fahne. Ich wußte nicht, soll ich weinen oder ihm eines auf den Mund geben.«

»Und dann kriegten wir das Telegramm, und da stand es schwarz auf weiß: Special Forces Captain John Ransom, gefallen bei Kampfhandlungen in Lang Vei.«

»Niemand wußte, wo ich war, und man hat einen anderen für mich gehalten.«

»Das ist tatsächlich passiert?« fragte ich.

»Ein furchtbarer Irrtum«, sagte Ralph. »Wenn Sie im Geschäftsleben einen solchen Fehler machten, würde man Sie am Ohr packen und hinausbefördern.«

»Ich bin überrascht, daß solche Fehler nicht viel öfter passiert sind«, sagte ich.

»Meiner Meinung nach hätte John mindestens den Silver Star verdient, wenn nicht gar die Medal of Honor«, sagte Ralph. »Mein Junge war dort drüben ein Held.«

»Ich habe überlebt«, sagte John.

»Als wir das erfuhren, ist Ralph zusammengebrochen und hat geweint wie ein Kind«, sagte Marjorie.

Das ignorierte Ralph. »Ich meine es, Junge. Für mich bist du ein Held, und ich bin verdammt stolz auf dich.« Er setzte sein leeres Glas ab, stand auf und ging zu seinem Sohn. John stand gehorsam auf und ließ sich umarmen. Beide sahen nicht so aus, als seien sie im Umarmen geübt.

Als sein Vater ihn losließ, sagte John: »Warum gehen wir nicht zum Essen aus? Es ist allmählich Zeit.«

»Ihr seid meine Gäste«, sagte Ralph und erinnerte mich an seinen Sohn. »Nimm mich nur nach Kräften aus, solange du kannst, ich werde nicht ewig leben.«

Als wir von Jimmy's zurückkamen, sagte ich zu John, daß ich ein Stück laufen wolle. Ralph und Marjorie hatten es eilig, ins Haus zu kommen, um sich einen Gutenachttrunk zu genehmigen, bevor sie zu Bett gingen. Ich nahm Damroschs Tasche von der Kommode, verließ das Haus und machte mich durch die stillen Straßen auf den Weg zu Tom Pasmore.

SIEBENTER TEIL

Tom Pasmore

1

Aus Toms Lautsprechern kam Jazzmusik, die ich kannte, ein rauchiges, gebieterisches Tenor-Saxophon, das die Melodie von *Star Dust* spielte.

»Du spielst Blaue Rose«, sagte ich. »Glenroy Breakstone. So gut hab' ich's noch nie gehört.«

»Es ist vor ein paar Monaten auf CD herausgekommen.« Tom trug einen grauen Anzug mit Schottenkaros und eine schwarze Weste, und ich war sicher, daß er nach der Trauerfeier ins Bett gegangen war. Wir gelangten aus der fabulösen Unordnung auf die Lichtung vor dem Sofa und dem Couchtisch. Neben der üblichen Ausstellung aus Flaschen, Gläsern und Eiskübel lag die Hülle der CD. Ich nahm sie auf und betrachtete das Foto, das vom Originalalbum reproduziert worden war – Glenroy Breakstones breites Gesicht über das Mundstück seines Instruments gebeugt. Mit Sechzehn hatte ich in ihm einen alten Mann gesehen, aber das Foto zeigte einen Mann, der nicht älter war als Vierzig. Natürlich war die Platte entstanden, lange bevor ich mich dafür interessierte, und wenn Breakstone noch lebte, mußte er über Siebzig sein.

»Ich versuche mich inspirieren zu lassen«, sagte Tom. Er beugte sich über den Tisch und goß gut zwei Zentimeter Malzwhiskey in ein dickwandiges, niedriges Glas. »Willst du was? In der Küche steht Kaffee.«

Ich sagte, für einen Kaffee wäre ich dankbar, und er verschwand in der Küche und kam gleich darauf mit einem dampfenden Keramikbecher zurück.

»Erzähl mir, was im Leichenschauhaus los war.« Er ließ sich in seinen Sessel nieder und winkte mich zur Couch vor dem Couchtisch.

»Sie hatten die Kleidung des Mannes ausgelegt, und Alan

erkannte das Jackett. Er hatte es diesem Studenten Grant Hoffman geschenkt.«

»Und du glaubst, daß er es war?«

Ich nickte. »Ja, ich glaube, es war Hoffman.«

Tom nippte an seinem Whiskey. »Eins: Der ursprüngliche *Blaue-Rose*-Mörder quält John Ransom. Beabsichtigt wahrscheinlich, ihn irgendwann ebenfalls zu töten. Zwei: Jemand ahmt den ursprünglichen *Blaue-Rose*-Mörder nach, und auch er versucht John Ransom zu vernichten. Drei: Ein dritter benutzt die *Blaue-Rose*-Morde, um seine eigentlichen Motive zu vertuschen.« Er nahm wieder einen kleinen Schluck. »Es gibt noch andere Möglichkeiten, aber ich will mich an die drei halten, vorläufig wenigstens. In allen drei Fällen ist ein sehr entschlossener Mensch noch immer der glücklichen Überzeugung, daß die Polizei denkt, Walter Dragonette habe auch seine Verbrechen begangen.«

Tommy Flanagan begann ein ätherisches Solo über *Star Dust* zu entwickeln.

Ich berichtete Tom von April Ransoms Interesse für die Horatio Street Bridge und William Damrosch.

»Hat sie sich Notizen gemacht?«

»Das weiß ich nicht. Vielleicht kann ich mich in ihrem Büro umsehen und nach Notizen suchen. Ich bin mir nicht einmal sicher, daß John etwas darüber weiß.«

»Sag ihm nicht, daß du dich für die Notizen interessierst«, sagte er. »Wir wollen vorläufig ganz im stillen arbeiten.«

»Du denkst schon darüber nach, nicht wahr? Du hast schon so deine Ideen?«

»Ich möchte herausfinden, wer sie getötet hat. Und ebenso möchte ich den Mörder von Grant Hoffman finden. Dazu brauche ich deine Hilfe.«

»Ihr beide braucht sie – du und John.«

»Du wirst auch John helfen, aber mir wäre lieber, du sagst ihm nichts von unseren Gesprächen, bis ich dir grünes Licht gebe.«

Ich erklärte mich einverstanden.

»Ich habe gesagt, ich möchte *herausfinden*«, fuhr Tom fort. »Und genau das habe ich gemeint. Ich will wissen, wie und warum April Ransom und dieser Doktorand getötet wurden. Wenn wir der Polizei damit helfen können, fein. Wenn nicht, auch gut. Ich bin kein Jurist.«

»Dir ist egal, ob Aprils Mörder gefaßt wird?«

»Ich kann nicht vorhersagen, was geschehen wird. Vielleicht erfahren wir, wer er ist, ohne ihn überführen zu können. Ich könnte damit leben.«

»Aber wenn wir feststellen, wer es ist, sollten wir unser Wissen doch an die Polizei weitergeben.«

»Manchmal funktioniert das so.« Er lehnte sich im Sessel zurück und beobachtete, wie ich das aufnahm.

»Wie, wenn ich damit nicht einverstanden wäre? Soll ich dann zu John zurückgehen und dieses Gespräch vergessen?«

»Du gehst zu John zurück oder tust, was du willst.«

»Ich würde nie erfahren, was passiert ist. Nie erfahren, was du getan oder herausgefunden hast.«

»Wahrscheinlich nicht.«

Ich ertrug den Gedanken nicht, zu gehen, ohne zu wissen, was er tun würde – ich mußte wissen, was wir beide entdecken konnten.

»Wenn du glaubst, daß ich jetzt gehe, bist du verrückt«, sagte ich.

»Ah, gut«, sagte er lächelnd. Er hatte nie daran gezweifelt, daß ich seine Bedingungen akzeptieren würde. »Gehen wir hinauf«, sagte er. »Dann zeige ich dir meine Spielsachen.«

2

Auf der äußersten linken Seite des großen Zimmers im Erdgeschoß, hinter den Schränken mit der Tonanlage und den Regalen, vollgestopft mit CDs, führte eine breite Treppe in den ersten Stock. Tom redete schon, während er, immer einen Schritt vor mir, die Stufen hinaufstieg. »Ich möchte, daß wir ganz von vorn anfangen«, sagte er. »Und sollte sich auch nichts daraus ergeben, möchte ich wenigstens die ersten *Blaue-Rose*-Morde verstehen. Lamont hat lange Zeit geglaubt, sie seien aufgeklärt – genau wie du, Tim. Aber ich denke, sie haben ihn immer irgendwie beunruhigt.« Auf der obersten Stufe drehte er sich um und sah mich an. »Zwei Tage vor seinem Tod erzählte er mir die ganze Geschichte der *Blaue-Rose*-Morde. Wir waren auf dem Rückflug vom Eagle Lake und wollten im St. Alwyn absteigen.« Er lachte laut auf. »Vor uns saßen zwei Nonnen und verrenkten sich fast die Hälse, so sehr strengten sie sich an, mitzuhören. Lamont sagte, man könne Damroschs Selbstmord eine Art unberechtigter Verhaftung nennen – er wußte damals schon, daß mein Großvater Damrosch getötet hatte. Lamont tat damit zweierlei. Er bereitete mich darauf vor, mich der Wahrheit über meinen Großvater zu stellen.«

Er trat beiseite, damit ich ihm auf die oberste Stufe folgen konnte.

»Und das zweite, das Lamont getan hat …«

»… war, mein Interesse an den *Blaue-Rose*-Morden zu wecken. Ich denke, gemeinsam hätten wir sie uns als nächsten Fall vorgenommen. Und weißt du, was das bedeutet? Wenn er nicht ermordet worden wäre, hätten Lamont und ich Aprils Leben retten können.« Sein Gesicht zuckte. »Das ist etwas, worüber ich mir klar werden möchte.«

»Ich auch«, sagte ich. Ich hatte eigene Gründe dafür, die Identität des ursprünglichen *Blaue-Rose*-Mörders zu ermitteln.

»Okay«, sagte Tom. Er sah jetzt nicht mehr energielos, gelangweilt, belustigt, gleichgültig oder distanziert aus. Auch nicht verloren oder unglücklich. Ich hatte all das oft an ihm erlebt, ihn aber noch nie so voller kontrollierter Erregung gesehen. Er hatte mir diese seine stählerne Seite nie gezeigt. Es war, als sei sie der Mittelpunkt seines Seins.

»Machen wir uns an die Arbeit.« Tom ging den Korridor entlang zur Tür des ehemaligen Schlafzimmers von Lamont von Heilitz und trat ein.

Der Raum war dunkel. Mein erster Eindruck war der eines absoluten Tohuwabohus, wie in dem Zimmer im Erdgeschoß. Undeutlich sah ich die Umrisse von Schreibtischen und Büroschränken und Gläsern schimmernde Rechtecke, die wie Bildschirme mehrerer Fernseher aussahen. An fast allen Wänden dunkle Regale voller Bücher; vor dem Fenster ein dichter weißer Vorhang. Irgendwo im Zimmer schaltete Tom eine Halogenlampe ein, als ich gerade begriffen hatte, daß die Fernseher Computermonitoren waren.

Methodisch knipste er eine Lampe nach der anderen an, und mir wurde klar, daß das Büro einem doppelten Zweck diente: Das ehemalige Hauptschlafzimmer war eine viel ordentlichere Abart des unteren Zimmers. Hier lebte und arbeitete Tom. Vor einer Bücherwand standen drei Arbeitsstationen mit Computern; ein vierter, größerer, hatte seinen Platz auf einem langen Schreibtisch gegenüber vom Fenster gefunden. Neben jeder Arbeitsstation und zu beiden Seiten des Schreibtischs stand je ein Aktenschrank, darauf Mikrodisketten in Plastikboxen, und neben einer Arbeitsstation ein professioneller Kopierer. Auf zwei hohen Borden eines Bücherregals an der Wand zu meiner Linken drängten sich die Geräte einer Tonanlage. Ein langes rotes Chesterfield-Ledersofa, ähnlich dem, das ich bei Alan Brookner gesehen hatte, eine karierte Wolldecke zusammengefaltet über einer Armlehne, stand vor der Bücherwand; im rechten Winkel zum Sofa ein passender Lehnsessel; in Reichweite beider ein Glastisch, darauf gehäuft Bücher und Zeitschriften, Flaschen und ein Eisbehälter wie auf dem Tisch im Erdgeschoß; auf dem glänzenden weißen Sims des offenen Kamins lässig hingegossen in einer Kristallvase gelbe Orchideen und auf einem niedrigen schwarzen Apparat, der früher einmal eine Baßbox gewesen sein mußte, eine dicke blaue Vase mit gelben Freesienzweigen.

Die Lampen gaben ein weiches Licht, das den Teppich, der an die Bücherregale stieß, seidig schimmern ließ. Die Orchideen öffneten ihre üppigen Blüten und neigten sich vor.

Ich fragte mich, wie viele Leute schon in dieses Zimmer eingeladen worden waren. Und ich hätte wetten können, daß vor mir nur Sarah Spence hier gewesen war.

»Als wir vom Eagle Lake zurückflogen, hat mein Vater etwas zu mir gesagt, das ich nie vergessen habe. *Hin und wieder mußt du zum Anfang zurückkehren und alles auf neue Art sehen.*«

Tom stellte das Glas auf den Schreibtisch und nahm ein grau kartoniertes Buch auf. Er drehte es um und immer wieder um, als suche er den Titel. »Und dann hat er noch gesagt: *Manchmal gibt es triftige Gründe, warum man das nicht kann oder will.*« Wieder suchte er nach der unsichtbaren Schrift. Sogar der Buchrücken war unbedruckt. »Das werden wir mit dem *Blaue-Rose*-Fall tun. Wir kehren an den Anfang zurück, an den Anfang einiger Dinge, und versuchen, alles auf eine neue Art zu sehen.«

Ich fühlte ein Flackern, nicht mehr als das, das Flackern eines absoluten Unbehagens.

Tom legte das seltsame Buch auf den Schreibtisch zurück, kam mit ausgestreckten Händen auf mich zu, und ich hob die schäbige alte Aktentasche auf und gab sie ihm.

Der Augenblick des Unbehagens war fast einem Schuldgefühl gleichgekommen.

Tom schaltete den Kopierer ein. Er begann zu summen. Tief in seinem Innern blitzte ein einziges Mal ein weißglühendes Licht auf.

Tom nahm einen dicken Packen vergilbter Papiere aus der Aktentasche. Im obersten Blatt waren oben und unten lange Risse, als habe sich jemand die Seiten darunter ansehen wollen, ohne ein Gummiband zu entfremden, doch da war kein Gummiband. In meiner Fantasie stellte ich mir ein paar brüchig gewordene, zerrissene, vierzig Jahre alte Gummibänder vor, die irgendwo schlaff in einer Lederfalte auf dem Boden der alten Aktentasche steckten.

Er legte die Dokumente auf den Kopierer. »Lassen wir lieber Vorsicht walten.« Er nahm das oberste Blatt und reparierte die Risse mit Klebstreifen. Dann ordnete er den Stoß und schob das Ganze mit der Oberseite nach unten auf eine Art Tablett. Er drehte eine kleine Scheibe. »Ich mache für jeden von uns eine Kopie.« Jetzt drückte er auf einen Knopf und trat zurück. Das grelle Licht blitzte wieder, und zwei saubere Seiten glitten in die Kopieablage. »Braves Baby«, sagte Tom zu seiner Maschine, wandte sich mit einem schiefen Lächeln zu mir um und setzte hinzu: »Trag deine Ware nicht zu Markte, wie ein weiser Mann einmal zu mir gesagt hat.«

3

Der Kopierer spuckte saubere weiße Blätter aus. »Kennst du Paul Fontaine oder Michael Hogan?« fragte ich.

»Ich weiß ein bißchen was *über* sie.«

»Was weißt du? Es interessiert mich.«

Ohne den Kopierer aus den Augen zu lassen, trat Tom zurück und griff nach seinem Glas. Er setzte sich auf die Sofakante und beobachtete weiter die Seiten, die aus dem Gerät rutschten. »Fontaine ist ein großartiger Ermittler, hat unglaublich viele Täter überführt. Wobei ich die nicht mitzähle, die gestanden haben. Angeblich ist er ein Genie im Verhörzimmer. Und Hogan ist wahrscheinlich der Cop, der in Millhaven den größten Respekt genießt – er hat beim Morddezernat fantastische Arbeit geleistet und wurde vor zwei Jahren zum Sergeant befördert. Nach allem, was ich so gesehen habe, sind sogar die Leute loyal gegen ihn, von denen man erwartet hätte, daß sie ihn beneiden würden. Er ist ein imponierender Mensch. Sie sind beide imponierend, aber Fontaine spielt den Clown, um es zu verbergen.«

»Passieren in Millhaven viele Morde?«

»Mehr, als man vermuten würde. Im Durchschnitt wohl einer täglich. Anfang der fünfziger Jahre hat es vielleicht zwei Mordfälle pro Woche gegeben, daher waren die *Blaue-Rose-*Morde eine echte Sensation.« Tom stand auf, um zu sehen, wie sein Apparat mit den alten Akten fertig wurde. »Nun, du weißt ja, wie die meisten Mörder sind. Entweder haben sie mit Drogen zu tun, oder sie töten zu Hause. Ein Mann kommt betrunken nach Hause, kriegt Streit mit seiner Frau und prügelt sie zu Tode. Eine Frau hat es satt, von ihrem Mann ständig betrogen zu werden, und erschießt ihn mit seiner eigenen Waffe.«

Tom überprüfte den Kopierer noch einmal. Zufrieden ließ er sich wieder auf die Couch nieder. »Dennoch, ab und zu passiert etwas, das einfach anders *riecht* als die üblichen Fälle. Eine Lehrerin aus Milwaukee, die hier eine Cousine besuchen wollte, verschwand auf dem Weg in ein Einkaufszentrum und wurde, an Händen und Füßen gefesselt, nackt in einem Feld gefunden. Ein Internist wurde vor Beginn eines Spiels im Stadion in einer Kabine der Herrentoilette ermordet. Paul Fontaine hat diese Fälle aufgeklärt – er hat mit allen Leuten unter der Sonne gesprochen, ist jedem Hinweis nachgegangen und hat die Täter überführt.«

»Wer waren die Mörder?« fragte ich und sah Walter Dragonette vor mir.

»Verlierer«, sagte Tom. »Arme Narren. Sie hatten keine Beziehung zu ihren Opfern – haben einfach plötzlich jemanden gesehen, den sie umbringen wollten. Also haben sie ihn umgebracht. Deshalb habe ich gesagt, daß Fontaine ein brillanter Ermittler ist – im Außendienst, kein Schreibtischhengst. Er hat so lange herumgeschnüffelt, bis er alle Teile beieinander hatte, den Täter festnehmen und den Fall abschließen konnte. Ich hätte diese Fälle nicht lösen können. Ich brauche eine Spur wie bei einer Schnitzeljagd. Ein niederes Lebewesen, das einen Arzt in einer Toilette ersticht, sich das Blut von den Händen wäscht, ein hot dog kauft und auf seinen Platz zurückkehrt – so ein Typ ist vor mir sicher.« Er sah mich ein wenig reuig an. »Meine Art der Ermittlung scheint manchmal veraltet zu sein.«

Er nahm die Originalakten aus dem Kopierer und verstaute sie wieder in der Aktentasche. Eine Kopie legte er auf den Schreibtisch, die andere gab er mir.

»Blättern wir sie heut abend schnell mal ein bißchen durch, um zu sehen, ob wir vielleicht etwas finden, das ein paar Funken schlägt.«

Ich dachte noch immer über Paul Fontaine nach. »Stammt Fontaine aus Millhaven?«

»Keine Ahnung, woher er kommt, wirklich nicht«, sagte Tom. »Ich glaube, er ist vor fünfzehn Jahren hergekommen. Früher haben Polizisten immer in ihrer Heimatstadt gearbeitet, aber heute ziehen sie von einem Ort zum anderen, immer auf der Suche nach Beförderung und besserer Bezahlung. Die Hälfte unserer Detectives kommt von außerhalb.«

Tom stand auf, ging zu einer Arbeitsstation und schaltete den Computer ein, indem er mit dem Fuß auf einen Schalter unter dem Betriebssystem drückte. Dann ging er zur zweiten und zur dritten Arbeitsstation, schaltete auch sie ein, setzte sich schließlich an den Schreibtisch und bückte sich, um den größeren Computer dort in Betrieb zu nehmen. »Schauen wir mal, was wir über dieses Autokennzeichen herausbekommen, das dich interessiert.«

Ich nahm mein Notizbuch aus der Tasche und ging zum Schreibtisch, um zu sehen, was er tun würde.

Toms Finger bewegten sich über die Tasten, und eine Reihe von Symbolen huschte im raschen Wechsel über den Bildschirm. Zuletzt erschien eine einzige Zeile mit verschiedenen Codes. Tom schob eine Diskette ins Laufwerk B – so weit konnte ich ihm aus eigener Erfahrung folgen – und drückte ein paar Zahlen auf dem Telefon, das an sein Modem angeschlossen war. Der Schirm wurde einen Augenblick dunkel, und dann öffnete sich ein neues Fenster.

Tom tippte einen neuen Code hinein und drückte dann auf ENTER. Wieder wurde der Schirm dunkel, und gleich darauf erschien LC? »Wie war die Nummer?«

Ich zeigte ihm den Zettel, er tippte die Nummer ein und drückte wieder auf ENTER. Die Nummer blieb auf dem Schirm. Er drückte auf die Taste RECEIVE.

»Du bist jetzt in der Datei der Zulassungsstelle?«

»Nein, ich bin über den Computer des Polizeipräsidiums in die Datei der Zulassungsstelle reingekommen. Der läuft vierundzwanzig Stunden am Tag.«

»Du hast den Central-Computer der Polizei angezapft?«

»Ich bin ein Hacker.«

»Warum hast du dir dann die *Blaue-Rose*-Akte nicht direkt von dort geholt?«

»Weil der Fall zu weit zurückliegt. Sie haben nur die Fälle der letzten acht oder neun Jahre gespeichert ... Ah, hier haben wir's. Es dauert eine Weile, bis der Rechner die richtige Datei gefunden hat.«

Auf dem Bildschirm erschienen der Befehl READY RECEIVE und darunter der Text: ELVEE, HOLDING, CORP 503 S 4TH STR MILLHAVEN IL.

»Nun, das ist der Halter deines Lexus'. Schauen wir mal, ob wir noch ein bißchen weiterkommen.« Tom drückte wieder auf ENTER und ratterte eine Reihe von Befehlen herunter, denen ich nicht folgen konnte; dann tippte er einen neuen Code ein. »Jetzt benutzen wir den Polizeicomputer, um Zugriff auf Springfield zu bekommen, und sehen uns die Firma ein bißchen näher an.«

Nach einer Reihe mit traumwandlerischer Sicherheit durchgeführter Manipulationen zauberte er ein Firmenverzeichnis auf den Bildschirm, das mit A begann. Er sprang mit dem Cursor zum Buchstaben E. EAGAN CORP EAGAN

MANAGEMENT EAGLE CORP EBAN CORP. Bei ELVA CORP angelangt, ging er zeilenweise vor, bis er schließlich ELVEE HOLDING CORP auf dem Schirm hatte.

Unter dem Namen standen dieselbe Adresse in der South Fourth Street in Millhaven, die Information, daß die Firma am 23. Juli 1973 gegründet worden war, und die Namen der Gesellschafter.

ANDREW BELINSKY 503 S 4TH STR MILLHAVEN, PRESIDENT

LEON CASEMENT 503 S 4TH STR MILLHAVEN, VICE PRESIDENT

WILLIAM WRITZMAN 503 S 4TH STR MILLHAVEN, TREASURER

»Das wird ja immer mysteriöser«, sagte Tom. »Wer ist der nicht vorhandene LV (ELVEE)? Ich hab' gedacht, einer der Kerle müsse Leonard Vollman heißen oder so ähnlich. Und ist es wahrscheinlich, daß alle leitenden Angestellten dieser Gesellschaft zusammen in einem winzigen Haus wohnen? Gehen wir noch einen Schritt weiter.«

Er notierte sich Namen und Adresse und verließ dann mit den gleichen Befehlen in umgekehrter Reihenfolge das staatliche Programm. Dann schaltete er vom Modem auf ein Programm mit Namen NETWORK. Wieder drückte er auf mehrere Knöpfe und zeigte dann auf die erste Arbeitsstation, die zu summen begann. »Ich kann alle meine Computer über diesen hier bedienen. Um nicht mit einer Million verschiedener Floppys arbeiten zu müssen, habe ich auf der Festplatte eines dieser Computer verschiedene Informationsarten gespeichert. Dort drüben habe ich mit einem Haufen anderen Zeugs REVERSE DIRECTORYS für hundert große Städte. Suchen wir uns jetzt Millhaven heraus.«

»Gott segne die Makros.« Er tippte ein paar Buchstaben und dann die Adresse in der South Fourth Street ein, und nach ein paar Sekunden hieß es auf dem Bildschirm: EXPRESS POST MAIL/FAX und eine Telefonnummer.

»Verdammt!«

»Expresspost mail?« sagte ich. »Was ist das?«

»Wahrscheinlich ein Büro, wo man numerierte Schließfächer mieten kann – wie private Postschließfächer. Ich glaube, es handelt sich um eine Ladenfront mit mehreren von diesen Schließfächern und einem Tresen mit einem Faxgerät.«

»Ist es legal, so etwas als feste Adresse anzugeben?«

»Aber sicher. Doch wir sind noch nicht am Ende. Sehen wir einmal nach, ob einer dieser Typen in den – sagen wir – vergangenen fünfzehn Jahren im Millhavener Telefonbuch registriert war.«

Er kehrte zum Code NETWORK zurück, drückte dann noch auf alle möglichen Tasten und gab dann die Zahl 91 ein. Eine lange Namensliste, die mit A begann, erschien zusammen mit Adressen und Telefonnummern auf den Bildschirmen der ersten Arbeitsstation und des Computers, vor dem er saß.

»Geh zu der Station hinüber, und paß auf, daß dir keiner der Namen entgeht.«

Ich setzte mich vor das Tochtergerät und beobachtete, wie der Bildschirm auf die Rubrik B sprang. »Wir suchen Andrew Belinsky«, sagte Tom und ließ die Bs abrollen, bis er bei Beli angelangt war. Dann ging er Zeile für Zeile vor; wir fanden Beliard, Belibas, Belick, Belicko, Belin, Belina, Belinelli, Beling, Belissimo, Belman.

»Hab' ich ihn übersehen, oder war er nicht da?«

»Kein Belinsky«, sagte ich.

»Versuchen wir's mit Casement.«

Es gab mehrere Casement, nur keinen Leon.

»Tja , ich glaube, ich weiß, was wir finden werden, aber versuchen wir's noch mit dem letzten.«

Er sprang sofort auf W und durchblätterte elektronisch die Seiten. Im Telefonbuch von 1991 war ein Writzman eingetragen. Oscar, 5460 Fond du Lac Drive.

»Was sagt man dazu? Entweder gibt es sie nicht, oder sie haben alle miteinander kein Telefon. Was kommt dir wahrscheinlicher vor?«

»Vielleicht haben sie Geheimnummern«, sagte ich.

»Für mich gibt es keine Geheimnummern.« Stolz auf seine Spielsachen, lächelte er mich an. »Vielleicht verstecken sie sich – man kann ein Telefon unter einem anderen Namen beantragen, was es unmöglich macht, dich auf diesem Weg zu finden. Aber vor fünf Jahren haben sie vielleicht noch nicht gewußt, daß sie eines Tages wünschen würden, Anno 1991 unauffindbar zu sein. Versuchen wir's einmal mit 1986.«

Doch auch 1986 gab es keine Belinskis, dieselben drei Casements und einen James, aber keinen William Writzman.

Wir gingen bis 1981 zurück. Im Telefonverzeichnis wieder kein Belinski, Casement Arthur und Roger, aber kein Leon, und Writzman, Oscar, 5460 Fond du Lac Drive, wie gehabt.

»Ich schätze, das war's. Aber versuchen wir's trotzdem noch mit 1976.«

Kein Belinski, Casement, Arthur ohne Roger; Writzman, Oscar, schon damals unter derselben Adresse.

»Das war nun voll daneben«, sagte ich.

»Kaum«, sagte Tom. »Wir haben einen großen Schritt nach vorn gemacht. Haben wir doch die sehr interessante Tatsache festgestellt, daß der Wagen, der hinter John herfuhr, das Eigentum einer im Staat Illinois unter einer Scheinadresse und drei Falschnamen eingetragenen Firma ist. Ich wüßte gern, ob es Belinsky, Casement und Writzman tatsächlich gibt.«

Ich fragte Tom, was er damit meine.

»Um eine Gesellschaft gründen zu können, braucht man einen Präsidenten, einen Vizepräsidenten und einen Leiter der Finanzabteilung. Nun hat irgend jemand die Elvee Holding Corporation angemeldet, sonst gäbe es sie nicht. Wenn ich raten müßte, würde ich sagen, derjenige, der 1979 die Holding beantragt hat, war der gute alte LV. Dazu ist nur ein Mann nötig. Der Antragsteller kann die Namen der anderen Gesellschafter einfach erfinden.«

»Also muß einer von den dreien tatsächlich existieren.«

»Ja, aber möglicherweise unter einem ganz anderen Namen. Jetzt überleg einmal, Tim. Hat John in den letzten Tagen irgendwann einen Namen erwähnt, der mit V anfängt?«

»Ich glaube nicht«, sagte ich. »Er spricht nicht viel über sich.«

»Und wahrscheinlich hat auch Alan Brookner nie jemanden mit den Initialen LV erwähnt?«

»Nein, hat er nicht.« Das war eine beunruhigende Frage. »Glaubst du etwa, diese Morde könnten etwas mit Alan zu tun haben?«

»Sie haben alles mit ihm zu tun. Wer sind die Opfer? Seine

Tochter. Sein bester Doktorand. Doch ich glaube nicht, daß Alan selbst in Gefahr ist, wenn du das meinst.«

Ich fühlte, wie die Spannung aus mir wich.

»Du hast ihn gern, nicht wahr?«

»Ich denke, er hat schon genügend Probleme«, sagte ich.

Tom beugte sich vor, stützte die Ellenbogen auf die Knie und sagte: »Oh?«

»Ich denke, daß er möglicherweise an der Alzheimerschen Krankheit leidet. Er hat es geschafft, sich bei der Beerdigung zusammenzureißen, aber ich fürchte, es wird nicht lange dauern.«

»Hat er im letzten Jahr Vorlesungen gehalten?«

»Ich glaub schon, aber ich kann mir nicht vorstellen, daß er's in diesem Jahr schafft. Das Problem ist, daß Arkhams theologische Fakultät aufgelöst wird, wenn er geht, und dann verliert auch John seinen Job. Sogar Alan macht sich deshalb Sorgen – er hat sich nur wegen John durch das vergangene Jahr gequält.« Ich hob die Hände, ließ sie wieder fallen. »Ich wünschte, ich könnte irgendwie helfen. Ich habe Vorsorge getroffen, daß in Zukunft jeden Tag eine Privatpflegerin zu Alan kommt, aber das ist ungefähr alles.«

»Kann er sich das leisten?« Tom sah nachdenklich aus, und ich wußte plötzlich, woran er dachte. Ich fragte mich, wie vielen Leuten er wohl heimlich und anonym half.

»Alan ist sehr gut bei Kasse«, sagte ich rasch. »Dafür hat April gesorgt.«

»Nun, dann braucht sich John wohl auch keine Sorgen zu machen.«

»John hat ein sehr kompliziertes Verhältnis zu Aprils Geld. Ich denke, es ist eine Frage des Stolzes.«

»Das ist interessant«, sagte Tom.

Er richtete sich auf und schaute auf seinen Monitor, auf dem noch immer Oscar Writzmans Name und Adresse zu sehen waren. »Sehen wir uns einmal die Geburts- und eventuellen Todesdaten dieser Leute an. Es ist wahrscheinlich ziemlich sinnlos, aber was soll's, zum Teufel?«

Er drückte auf ein paar Tasten, und der Schirm, vor dem ich saß, wurde leer Dann marschierten reihenweise Codes über den dunkelgrauen Hintergrund. Tom gab Belinsky, Andrew, Casement, Leon und Writzman, William ein, und die Namen erschienen auf meinem Schirm. Sie wurden von weiteren Codes, vermutlich Befehlen an das Modem, ersetzt. Der Schirm wurde leer, und dann erschien das Wort SEARCHING.

»Und jetzt sitzen wir einfach herum und warten?«

»Nun, ich würde mir ganz gern die Datei ansehen«, sagte Tom. »Aber bevor wir das tun, sollten wir vielleicht mal über den Tatort sprechen.« Er trank noch einen Schluck Whiskey, stand auf, ging zur Couch und setzte sich. Ich machte es mir im Sessel bequem. Toms Augen glitzerten vor Aufregung, und ich fragte mich, wie ich je denken konnte, daß sie verwaschen aussahen. »Wenn William Damrosch nicht das Bindeglied zwischen den *Blaue-Rose*-Opfern war, was war es dann?«

Während der kurzen Zeitspanne, in der wir beide darauf warteten, daß der andere etwas sagte, hätte ich schwören können, daß wir dasselbe dachten.

Endlich brach ich das Schweigen: »Das St. Alwyn Hotel.«

»Genau das«, sagte Tom leise.

4

»Als Lamont und ich vom Eagle Lake zurückkamen, gingen wir ins St. Alwyn. Wir verbrachten dort die letzte Nacht seines Lebens. Das St. Alwyn war es, wo die Morde geschahen – im Hotel, hinter dem Hotel, gegenüber vom Hotel.«

»Und was war mit Heinz Stenmitz? Sein Laden war fünf oder sechs Blocks vom St. Alwyn entfernt. Und es gab keine Verbindung zwischen Stenmitz und dem Hotel.«

»Vielleicht hat es sie doch gegeben, wir kennen sie nur noch nicht«, sagte Tom. »Und denk auch an folgendes: Wieviel Zeit ist zwischen dem Mord an Arlette Monaghan und James Treadwell vergangen? Es waren fünf Tage. Wieviel Zeit zwischen Treadwell und Monty Leland? Fünf Tage. Wieviel Zeit zwischen Monty Leland und Heinz Stenmitz? Fast zwei Wochen. Mehr als doppelt soviel Zeit wie zwischen den drei ersten Morden. Was schließt du daraus?«

»Er hat versucht aufzuhören, konnte aber nicht. Am Ende

konnte er sich nicht beherrschen – er mußte hinaus und wieder töten.« Ich sah Tom an, der mich mit funkelnden Augen ansah, und versuchte mir vorzustellen, was er dachte. »Vielleicht hat jemand anders Stenmitz umgebracht – vielleicht war es ein Nachahmungstäter wie bei Laing, ein Mord aus ganz anderen Motiven.«

Er lächelte mich beinahe stolz an, und ganz gegen meinen Willen war ich dankbar, daß ich erraten hatte, was er dachte.

»Ich nehme an, das ist möglich«, sagte Tom, und ich begriff, daß ich seinem Gedankengang ganz und gar nicht gefolgt war. Mein Stolz fiel in sich zusammen. »Aber ich denke, mein Großvater war der einzige Nachahmungstäter der Blauen Rose.«

»Was meinst du also?«

»Ich denke, du hattest zur Hälfte recht. Es war derselbe Mann, aber mit einem anderen Motiv.«

Ich gestand, daß ich nicht weiter wußte.

Tom beugte sich vor. Seine Augen blitzten noch immer vor Erregung. »Wir haben es hier mit einem rachsüchtigen, skrupellosen Mann zu tun, der alles streng nach Plan tut. Was war sein Motiv für die ersten drei Morde? Ein Groll gegen das St. Alwyn?«

Ich nickte.

»Fünfzehn Tage lang tötet er an jedem fünften Tag jemanden in unmittelbarer Nähe des St. Alwyn, einmal sogar im Hotel selbst. Dann hört er auf. Was glaubst du, wie viele Gäste das St. Alwyn noch hat? Es muß die reinste Geisterstadt sein.«

»Klar, aber ...« Ich verstummte und ließ ihn ausreden.

»Und dann tötet er Heinz Stenmitz. Und wer war Heinz Stenmitz? Pigtowns freundlicher Sextäter aus der Nachbarschaft. Die drei anderen waren ganz willkürlich ausgesucht, jeder hätte es sein können, sie waren nur vorgeschobene Figuren. Aber wenn jemand hingeht und den Schänder kleiner Jungen umbringt, einen aktiven Päderasten, dann ist das meiner Meinung nach kein zufälliger Mord.«

Er war fertig, lehnte sich zurück. Seine Augen funkelten noch immer.

»Was du also brauchst«, sagte ich, »ist ein rachsüchtiger, skrupelloser Mann, der einen Groll gegen das St. Alwyn hegt – und ...«

»Und?«

»... einen Sohn hat.«

»Und einen Sohn hat«, sagte Tom. »Du hast es erfaßt. Ein Mann wie der, von dem wir reden, ertrug es nicht, daß da einer war, der sein Kind mißbrauchte. Wenn er davon erfuhr, mußte er den Mann töten, der es getan hatte. Der Grund, warum bisher noch niemand daran gedacht hat, ist der, daß es so aussah, als sei Stenmitz genau deshalb ermordet worden.« Er lachte. »Und er wurde ja auch deshalb ermordet! Es war nur nicht Damrosch, der es getan hat.«

Wir sahen uns an, und dann lachte ich auch.

»Ich denke, wir wissen viel über Blaue Rose«, sagte Tom, über seine Heftigkeit noch immer lächelnd. »Er hat nicht aufgehört, weil mein Großvater ihn dadurch vor dem Gefängnis bewahrte, daß er selbst William Damrosch ermordete, also praktisch der Garant seiner Freiheit war. Wir haben das zwar bisher angenommen, doch nun, da ich einigermaßen klar sehe, denke ich, daß er am Ende war – sogar schon am Ende war, ehe er Heinz Stenmitz umbrachte. Er hatte vollbracht, was er sich vorgenommen hatte – hatte dem St. Alwyn heimgezahlt, was immer es ihm angetan haben mochte. Wenn er geglaubt hätte, das St. Alwyn sei ihm noch etwas schuldig, hätte er ihm alle fünf Tage eine frische Leiche beschert, bis er zufrieden war.«

»Und warum hat er dann vor zwei Wochen wieder angefangen?«

»Vielleicht hat er angefangen, über seinen alten Groll nachzugrübeln, und beschlossen, dem Sohn seines ehemaligen Arbeitgebers das Leben schwerzumachen.«

»Und vielleicht wird er nicht aufhören, bis er John umgebracht hat.«

»John steht ganz gewiß im Mittelpunkt dieser neuen Morde«, sagte Tom. »Was dich auch ziemlich nahe an den Mittelpunkt heranrückt, falls du es nicht bemerkt haben solltest.«

»Du meinst, Blaue Rose könnte beschließen, mich zu seinem nächsten Opfer zu machen?«

»Ist dir denn nie der Gedanke gekommen, daß du in Gefahr sein könntest?«

Es klingt idiotisch, aber der Gedanke war mir tatsächlich

nicht gekommen, und Tom mußte meine Zweifel und meine Bestürzung gesehen haben.

»Tim, es gibt keinen Grund für dich, hierzubleiben, wenn du in dein altes Leben zurück willst. Vergiß alles, worüber wir bisher gesprochen haben. Sag John, daß du einen Termin hast, den du nicht aufschieben kannst, flieg nach New York zurück und geh an deine eigentliche Arbeit.«

»Irgendwie«, versuchte ich in Worte zu fassen, was ich bis zu diesem Augenblick noch nie ausgesprochen hatte, »scheint meine Arbeit mit allem zusammenzuhängen, worüber wir gesprochen haben. Ab und zu überkommt mich das Gefühl, daß irgendeine Antwort, irgendein Schlüssel ganz in meiner Nähe sind und ich nur die Augen aufzumachen brauche.« Tom sah mich sehr eindringlich an, ohne etwas preiszugeben. »Außerdem möchte ich den Namen der Blauen Rose erfahren. Ich werde jetzt nicht weglaufen. Ich will nicht nach New York zurück, und in einer Woche rufst du mich an und sagst mir, daß man John erstochen vor dem Idle Hour aufgefunden hat.«

»Solange du nur nicht vergißt, daß dies kein Buch ist.«

»Auf jeden Fall ist es nicht *Little Women**«, sagte ich.

»Okay.« Er schaute zu dem Monitor auf dem Schreibtisch hinüber, auf dem noch immer das Wort SEARCHING flimmerte. »Erzähl mir etwas über Ralph Ransom.«

5

Nachdem ich ihm meine Unterhaltung mit Johns Vater bei der Beerdigung geschildert hatte, sagte Tom: »Ich wußte gar nicht, daß dein Vater im St. Alwyn gearbeitet hat.«

»Acht Jahre lang. Er war Fahrstuhlführer. Kurze Zeit, nachdem die Morde aufgehört hatten, wurde er gefeuert. Seit dem Tod meiner Schwester trank er immer mehr. Ungefähr ein Jahr später fing er sich wieder und bekam bei der Glax Corporation einen Job am Fließband.«

»Deine Schwester?« sagte Tom. »Du hattest eine Schwe-

* v. L. M. Alcott: eines d. berühmtesten amer. Kinderbücher d. 19. Jh.

ster, die starb? Auch das habe ich nicht gewußt.« Er sah mich hart an, und ich merkte, daß er plötzlich begriff. »Heißt das, daß sie ermordet wurde?«

Ich nickte, zu betroffen über seine schnelle und präzise Auffassungsgabe, um etwas zu sagen.

»Ist das in der Nähe des Hauses passiert?« Er meinte: Ist es in der Nähe des Hotels passiert?

Ich sagte ihm, wo April ermordet worden war.

»Wann?«

Ich dachte, er wisse es ohnehin schon, nannte ihm aber das Datum und sagte ihm, daß ich damals über die Straße laufen wollte, um ihr zu helfen, aber von einem Auto überfahren worden sei. Das hatte Tom gewußt, nicht aber alles andere.

»Tim«, sagte er, heftig mit den Augen zwinkernd. Ich fragte mich, was ihm durch den Kopf gehen mochte. Etwas hatte ihn überrascht. Er begann von neuem. »Tim, das war fünf Tage vor dem Mord an Arlette Monaghan.« Er saß da und starrte mich mit offenem Mund an.

Ich hatte auch das Gefühl, daß ich den Mund aufriß. Von Anfang an war ich insgeheim davon überzeugt gewesen, daß Blaue Rose auch April ermordet hatte, doch bis zu diesem Moment hatte ich noch nie an die Datensequenz gedacht.

»Deshalb bist du in Millhaven«, sagte er. Dann schaute er blindlings auf den Tisch und sagte zu sich: »Deshalb ist er in Millhaven.« Fast staunend wandte er sich mir wieder zu. »Du bist nicht John zuliebe zurückgekommen, du willst herausfinden, wer deine Schwester getötet hat.«

»Ich bin wegen John und meiner Schwester hier.«

»Und du hast ihn *gesehen*«, sagte Tom. »Bei Gott, du hast Blaue Rose tatsächlich *gesehen!*"

»Etwa eine Sekunde lang. Und nicht sein Gesicht – nur eine Silhouette.«

»Du Teufel! Du Hund! Was – was für ein Heimlichtuer du bist!« Er schüttelte den Kopf. »Ich werde dich im Auge behalten müssen. Du hast diese Information für dich behalten, seit du sieben Jahre alt warst, und rückst erst jetzt damit heraus.« Er legte sich eine Hand auf den Kopf als fürchte er, er könnte ihm davonfliegen. »Die ganze Zeit über hat es einen weiteren *Blaue-Rose*-Mord gegeben, von dem niemand wußte. Er hat es nur nicht geschafft, sein Erkennungszeichen aufzuschreiben, weil du überfahren wurdest. Also hat er fünf Tage gewartet und es dann wieder getan.« Er sah mich noch immer mit ungeschmälertem Staunen an. »Und hinterher hat nie jemand daran gedacht, deine Schwester mit Blaue Rose in Verbindung zu bringen, weil der Mord an ihr in keiner Weise zum Fall Damrosch paßte. Du hast es nicht einmal in deinem Buch erwähnt.«

Er nahm die Hände vom Kopf und musterte mich forschend. »Was hast du sonst noch in dir verschlossen?«

»Ich denke, das ist alles«, sagte ich.

»Wie hat deine Schwester geheißen?«

»April«, sagte ich.

Er starrte mich wieder an. »Kein Wunder, daß du kommen mußtest. Kein Wunder, daß du nicht weg willst.«

»Ich gehe, sobald ich weiß, wer er war.«

»Es muß – muß so gewesen sein, als würdest du den Rest deiner Kindheit von einem Monster verfolgt. Für dich gab es den Schwarzen Mann wirklich.«

»Den Minotaurus«, sagte ich.

»Ja.« In Toms Augen las ich Intelligenz, Mitgefühl und noch etwas anderes so etwas wie Anerkennung. Dann gab der Computer ein Klicken von sich, und wir schauten beide auf den Bildschirm. Textzeilen erschienen auf dem grauen Hintergrund. Wir standen auf und gingen zum Schreibtisch.

BELINSKY, ANDREW THEODORE 146 TURNER ST VALLEY HILL – GEBOREN 1. 6. 1940 GESTORBEN 8. 6. 1940

ENDE SUCHE BELINSKY

CASEMENT, LEON ENDE SUCHE CASEMENT.

»Wir müssen geredet haben, als die Information über Belinsky durchkam. Dieser Andrew Belinsky jedenfalls war nie und nimmer Teilhaber von Elvee Holding – er war genau eine Woche alt, als er starb, was der einzige Grund dafür ist, daß seine Daten gespeichert wurden. Und über Leon Casement haben sie gar nichts. Writzman müßte in ungefähr zehn Minuten durchkommen.«

Wir wandten uns von dem Gerät ab. Ich ging zu meinem Sessel zurück, goß mir aus einer Flasche, die auf dem Tisch stand, Mineralwasser ins Glas und gab ein paar Eiswürfel dazu. Tom ging, die Hände in den Taschen, vor dem Tisch auf und ab und warf mir hin und wieder einen verstohlenen Blick zu.

Endlich blieb er stehen. »Dein Vater hat ihn vermutlich gekannt.«

Damit hatte er recht – mein Vater hatte den Minotaurus wahrscheinlich gekannt.

»Konnte Ralph Ransom sich an keinen anderen erinnern, den er um diese Zeit gefeuert hat? Ich denke, wir sollten damit anfangen, bis wir auf etwas anderes stoßen. Er oder einer seiner Manager hat den Kerl gefeuert – den Minotaurus. Und aus Rache ging der Minotaurus daran, das Hotel zu ruinieren. Wenn du danach fragst und es ein anderes Motiv gegeben hat, wird es wahrscheinlich zur Sprache kommen.«

»Du erwartest aber eine Menge vom Langzeitgedächtnis der Leute.«

»Ich weiß.« Er ging zur zweiten Arbeitsstation und setzte sich. »Wie hat dieser Hoteldirektor geheißen?«

»Bandolier. Bob Bandolier.«

»Schauen wir einmal nach, ob er noch im Buch steht.« Tom rief das Verzeichnis des zweiten Computers auf und rollte den Buchstaben B hinunter. »Kein Bandolier. Vielleicht ist er in einem Pflegeheim, oder er ist aus der Stadt weggezogen. Sehen wir doch zum Spaß nach, ob wir etwas über den guten alten Glenroy finden.«

Ungefähr eine Minute lang rollten vermischte Namen über den Schirm. »Das dauert zu lange. Ich rufe ihn direkt auf.« Der Schirm wurde leer bis auf den DIRECTORY CODE; Tom gab Breakstone, Glenroy, ein und drückte auf ENTER.

Das Gerät tickte, und Name, Adresse und Telefonnummer erschienen auf dem Schirm. Breakstone, Glenroy, 670 Livermore Ave 542-5500.

Tom blinzelte mir zu. »Ich wußte, daß er noch im St. Alwyn wohnt. Wollte mich nur aufspielen. Hat Johns Vater nicht gesagt, Breakstone habe jeden im Hotel gekannt? Vielleicht kriegst du ihn dazu, daß er mit dir redet.« Er schrieb die Telefonnummer des Saxophonisten auf einen Zettel und gab ihn mir.

»Halt mal, sehen wir nach, wo dieser wunderbare Direktor zur Zeit der Morde gewohnt hat.«

Ich stand hinter ihm, während er das Einwohnerverzeichnis von 1950 abrief und dann auf den Buchstaben B sprang. Er fand die Adresse in fünf Sekunden.

BANDOLIER, ROBERT, 17 S SEVENTH ST LIVERMORE AVE 2-4581.

»Der alte Bob hatte es nicht weit zur Arbeit, wohnte nur etwa einen Block vom St. Alwyn entfernt.«

»Ja, und zwar gleich hinter uns«, sagte ich.

»Vielleicht kriegen wir heraus, wie lange er dort wohnte.«

Tom rief das Verzeichnis von 1960 ab. Bandolier, Robert, wohnte noch immer in der South Seventh Street. »Guter, zuverlässiger Typ.« 1970 war Bandolier auch noch da, aber mit einer geänderten Telefonnummer. 1971 noch da, aber schon wieder mit einer neuen Telefonnummer. »Das ist komisch. Warum ändert jemand seine Telefonnummer? Wegen irgendwelcher Anrufe von Spinnern? Oder um sich vor jemandem zu verstecken?«

1975 war Bandolier aus dem Buch verschwunden. Tom arbeitete sich durch 1974 und 1973 zurück und fand ihn 1972 wieder. »Er ist also aus der Stadt weggezogen oder in ein Altenheim gegangen oder ist, wenn uns das Glück verlassen hat, irgendwann Anno '72 gestorben.« Er notierte die Adresse auf denselben Zettel, auf den er mir die Telefonnummer von Breakstone geschrieben hatte, und gab ihn mir zurück. »Vielleicht könntest du dich in dem Haus umhören und mit jemandem reden, der jetzt dort wohnt. Vielleicht lohnt es sich auch, ein paar seiner früheren Nachbarn zu befragen. Irgendeiner wird schon wissen, was aus Bandolier geworden ist.«

Er stand auf und warf einen Blick auf die anderen Computer, die noch immer suchten. Dann ging er zum Tisch und griff nach seinem Drink. »Auf die Recherchen.« Ich hob mein Glas Wasser.

Der Computer klickte, und die beiden Monitoren füllten sich mit Texten.

»Also, was sagt man dazu?« Tom ging zum Schreibtisch

zurück. »Hier haben wir ja alles – Geburten und Sterbefälle.« Er beugte sich vor und begann sich Notizen zu machen.

Ich stand auf und schaute ihm über die Schulter.

Writzman, William Leon 346 North 34th Street Millhaven, geboren 16. 4. 48.

»Wir haben eben eine tatsächlich existierende Person gefunden«, sagte Tom. »Wenn das der Geheimnisvolle ist, der John im Firmenwagen der Elvee Holding gefolgt ist, wäre ich sehr überrascht, wenn er nicht mehr auftauchte.«

»Er ist schon wieder aufgetaucht«, sagte ich und erzählte ihm, was ich gesehen hatte, als ich John Ransom und Alan Brookner am Nachmittag ins Leichenschauhaus fuhr.

»Und das sagst du mir erst jetzt?« Tom sah empört aus. »Du hast ihn beim Green Woman Taproom gesehen, wo er etwas Verdächtiges getrieben hat, und behältst es für dich? Du bist eben in der berühmten Detektivschule durchgerasselt.«

Sofort setzte er sich wieder an den Computer und gab eine Reihe komplizierter Befehle ein. Das Modem gluckste vor sich hin. Ich hatte den Eindruck, daß er die Datei des Grundbuchamts anzapfte.

»Nun, erstens war ich nicht sicher, ob er's tatsächlich war«, sagte ich. »Und außerdem habe ich es total vergessen, als du anfingst, in jedes einzelne Büro im Staat einzubrechen.«

»Das Green Woman ist seit langem geschlossen«, sagte Tom, der noch immer Codes eingab.

Ich fragte ihn, was er da tat.

»Ich will wissen, wem die Bar gehört. Angenommen …«

Der Schirm wurde für ungefähr eine halbe Sekunde leer, dann hieß es kurz RECEIVE, und Tom klatschte in die Hände.

THE GREEN WOMAN TAPROOM 21 B HORATIO STREET

GEKAUFT AM 7. 1. 1980 ELVEE HOLDING CORP
KAUFPREIS $ 5000
GEKAUFT AM 21. 5. 1935, THOMAS MULRONEY
KAUFPREIS $ 3200

Tom fuhr sich mit den Fingern durch das Haar, daß es wie ein Strohschober aussah. »Wer sind diese Leute, und was tun sie?« Er riß sich vom Bildschirm los und grinste mich an. »Ich habe nicht die leiseste Ahnung, wohin wir gehen, aber wir kommen ganz bestimmt irgendwo an. Und du hast bestimmt deinen Freund im blauen Lexus gesehen, ganz gewiß hast du das, und ich nehme alles zurück, was ich je Schlechtes über dich gesagt habe.« Er kehrte an den Bildschirm zurück und brachte sein Haar noch ein bißchen mehr in Unordnung. »Elvee hat den Green Woman Taproom gekauft, und schau, wie wenig sie dafür bezahlt haben. Glaubst du, wir könnten eventuell auch ›er‹ sagen und damit William Writzman meinen? Writzman hat schäbige Fünftausend hingeblättert. Für dieses Ding, das nichts ist als löchriges Gemäuer. Wozu taugt es? Wozu könnte er es benutzen?«

»Es sah so aus, als trage er Sachen hinein«, sagte ich. »In der Nähe des Autos waren Pappkartons gestapelt.«

»Oder er hat etwas rausgeholt«, sagte Tom. »Das Haus war ein Schuppen. Nur noch als Lagerraum zu gebrauchen. Unser Knabe Writzman hat sich für fünftausend Dollar einen Schuppen gekauft. Warum?«

Die ganze Zeit blickte er zwischen mir und dem Bildschirm hin und her und malträtierte weiter sein Haar. »Es gibt nur einen Grund dafür, daß jemand das Ding kauft. Es ist der *Green Woman Taproom* – die Schenke zur Grünen Frau. Writzman interessiert sich für die Grüne Frau.«

»Vielleicht war er Mulroneys Neffe und wollte der Witwe helfen, die am Hungertuch nagte.«

»Oder er hat sich vielleicht sehr, sehr für den *Blaue-Rose-*Fall interessiert. Vielleicht gibt es irgendeine Verbindung zwischen unserem geheimnisvollen Freund Writzman und der Blauen Rose. Er kann es nicht selbst gewesen sein, dazu ist er zu jung, aber er könnte …«

Tom sah mich an, und sein ganzes Gesicht strahlte vor Entzücken.

»Sein Sohn?« fragte ich. »Du denkst, Writzman ist der Sohn der Blauen Rose? Weil er eine baufällige Bar gekauft und Pappkartons dort gelagert hat?«

»Es wäre doch eine Möglichkeit, oder?«

»Writzman war zur Zeit der Morde zwei Jahre alt. Also noch ziemlich klein – zu klein sogar für Heinz Stenmitz.«

»Dessen bin ich mir gar nicht so sicher. Man mag gar nicht daran denken, daß jemand ein zweijähriges Kind mißbraucht, aber es kommt vor. Man braucht dazu nur einen Heinz Stenmitz.«

»Glaubst du etwa, Writzman habe April Ransom umgebracht, weil er von ihren Nachforschungen erfuhr? Vielleicht hat er sie sogar beobachtet, als sie sich auf der Brücke und beim Taproom umschaute.«

»Vielleicht«, sagte Tom. »Doch warum sollte er Grant Hoffman ermorden?« Er runzelte die Stirn, fuhr sich mit der Hand durch das feine blonde Haar, und es legte sich wieder ordentlich zurecht. »Wir müssen herausfinden, was April wirklich getan hat. Wir brauchen ihre Notizen oder ihre Computerausdrucke oder was sie eben hatte. Aber vorher …«

Er stand vom Schreibtisch auf, nahm einen der beiden ordentlichen weißen Stapel kopierter Seiten und reichte ihn mir. »… müssen wir anfangen zu lesen.«

6

Und so saß ich denn noch eine Stunde lang in dem bequemen Ledersessel und arbeitete mich durch die Polizeiakte über den *Blaue-Rose*-Fall, entzifferte die Handschriften von einem halben Dutzend Polizisten und zwei Detectives, von Fulton Bishop und William Damrosch. Bishop, dem eine lange, beinahe sublim korrumpierte Karriere im Millhavener Polizeipräsidium bestimmt war, war nach zwei Wochen von dem Fall abgezogen worden: Seine Gönner hatten ihn vor etwas bewahrt, das in ihren Augen ohnehin ein totgeborenes Kind war. Ich wünschte, sie hätten ihn noch zwei Wochen ermitteln lassen. Seine kleine, enge Handschrift war so gut lesbar wie ein Druck. Seine getippten Berichte sahen wie die einer äußerst tüchtigen Sekretärin aus. Damrosch kritzelte, auch wenn er einigermaßen nüchtern war, und er schmierte, wenn er getrunken hatte. Alles, was er ab zwei Uhr nachmittags geschrieben hatte, war ein Durcheinander, in dem ganze Wörter sich wie Bandwürmer ineinanderschlangen. Er tippte, so wie ein wütendes Kind Klavier spielt. Nach zehn Minuten tat mir der Kopf weh; nach zwanzig Minuten waren es die Augen.

Nachdem ich alle Aussagen und Berichte gelesen hatte, hatte ich daraus nur gelernt, daß sehr wenige Menschen Robert Bandolier gemocht hatten. Das einzige, was ich über die Morde selbst erfuhr, war, daß der Mörder die Opfer nicht blindwütig verstümmelt hatte; anders als bei Grant Hoffman und der ›Performance‹ von Walter Dragonette. Die Opfer der Blauen Rose waren mit einem einzigen sauberen Stich ins Herz getötet worden, und dann hatte der Mörder ihnen die Kehle aufgeschlitzt. So leidenschaftslos wie bei einem rituellen Schlachtfest.

»Also, ich habe auch keine Erleuchtung gehabt«, sagte Tom. »Es gibt da ein paar kleinere Punkte, aber die können warten.« Er sah mich fast vorsichtig an. »Ich nehme an, du willst allmählich aufbrechen.«

»Na ja, dein Kaffee wird mich noch eine Weile wachhalten«, sagte ich. »Ich könnte noch bleiben.«

Tom war so offenkundig dankbar, daß ich noch nicht gehen wollte, daß er mir vorkam wie ein Kind, das man in einem wunderschönen Haus allein gelassen hatte.

»Wie wäre es mit einem bißchen Musik?« fragte er und stand schon auf.

»Klar.«

Er nahm eine Kassette aus einem Regal, zog eine CD heraus und schob sie in den CD-Spieler. Mitsuko Uchida begann die Klaviersonate in F-Dur von Mozart zu spielen. Tom lehnte sich zurück, und eine Zeitlang fiel kein einzigen Wort zwischen uns.

Obwohl ich sehr erschöpft war, wollte ich noch eine halbe Stunde bleiben – und nicht nur, um ihm Gesellschaft zu leisten. In meinen Augen war es ein Privileg. Ich konnte Toms Sorgen ebensowenig zerstreuen wie er die meinen, aber ich bewunderte ihn mehr als sonst jemanden, den ich kannte oder je gekannt hatte. »Ich wünschte, wir hätten einen verärgerten Empfangschef namens Lenny Valentine gefunden«, sagte ich.

»Denkst du denn, daß es tatsächlich eine Verbindung zwischen der Elvee Holding und den *Blaue-Rose*-Morden gibt?«

»Ich weiß es nicht.«

»Was, glaubst du, wird geschehen?«

»Ich glaube, daß man vor dem Idle Hour einen Toten finden wird.« Wieder griff er nach seinem Glas und trank. »Reden wir über etwas anderes.«

Ich vergaß, daß ich müde war, und als ich auf meine Uhr schaute, war es schon nach zwei.

Nachdem wir festgelegt hatten, was wir am nächsten Tag tun wollten, holte Tom das Buch mit dem schlichten grauen Einband vom Schreibtisch. »Denkst du, du hast Zeit, dir das in den nächsten Tagen anzusehen?«

»Was ist das?« Ich hätte wissen müssen, daß das Buch nicht zufällig auf dem Schreibtisch lag.

»Die Memoiren eines alten Soldaten, erschienen im Selbstverlag. Ich habe eine Menge über Vietnam gelesen, aber noch immer gibt es im Zusammenhang mit John ein paar offene Fragen. Niemand scheint zu wissen, was er während der letzten Monate bei der Armee getan hat.«

»Er war in Lang Vei«, sagte ich. »Da ist überhaupt nichts fraglich.«

»Ich denke, man hat ihm befohlen zu sagen, daß er dort war.«

»Er war nicht in Lang Vei?«

Tom antwortete nicht. »Weißt du etwas über einen merkwürdigen Typen namens Franklin Bachelor? Major bei den Green Berets.«

»Ich bin ihm einmal begegnet«, sagte ich und erinnerte mich an die Szene im Billys. »Er war einer von Johns Helden.«

»Lies das und schau, ob du John dazu bringst, über das zu sprechen, was mit ihm los war, aber …«

»Ich weiß. Ich soll ihm nicht sagen, daß du mir dieses Buch gegeben hast. Glaubst du, daß er mich belügen würde?«

»Ich möchte nur wissen, was wirklich passiert ist.« Tom reichte mir das Buch. »Es ist wahrscheinlich reine Zeitverschwendung, aber hab' Nachsicht mit mir.« Ich drehte das Buch um und schlug die Titelseite auf. *Was wir falsch gemacht haben* oder *Die Memoiren eines einfachen Soldaten* von Col. Beaufort Runnel (a. D.). Ich blätterte weiter, bis ich zur ersten Seite und zum ersten Satz kam.

Ich habe Betrug, Ausflüchte und Unehrlichkeit in ihren unzähligen Formen immer verabscheut und verachtet.

»Wie hat es dieser Mann je zum Oberst gebracht?« sagte ich, und plötzlich kam mir eine Idee, die, wie ich hoffte, unsinnig war. »Lang Vei hat die Anfangsbuchstaben LV.« platzte ich heraus.

»Vielleicht hast du die berühmte Detektivschule doch geschafft.« Er grinste mich an. »Aber ich hoffe noch immer, daß wir demnächst auf einen Lenny Valentine stoßen.«

Er brachte mich hinunter und entließ mich in die warme Nacht. In der Endlosigkeit des Himmels schienen Millionen von Sternen zu flimmern. Und erst als ich auf dem Gehsteig stand, wurde mir bewußt, daß Tom ungefähr vier Stunden lang an einem einzigen Glas Malzwhiskey genuckelt hatte.

7

Die großen Häuser an der Eastern Shore Road lagen im Dunkeln. Zwei Blocks vor *An die Blumen* sah ich die Hecklichter eines Wagens in Richtung Riverwood verschwinden. In Gedanken bei William Writzman und einem leeren Gemäuer namens The Green Woman Taproom, bog ich in *An die Blumen* ein.

Die lange Straße lief schnurgerade vor mir her, gesäumt von den undeutlichen Umrissen der Häuser, die in der Nacht miteinander zu verschmelzen schienen. Die weit auseinanderstehenden Straßenlaternen malten unscharfe Kreise auf geborstenen Zement. Alles um mich herum sah täuschend friedlich aus, aber die Ruhe wirkte auf mich wie eine Tarnung. Die Weite des schwarzen, mit Sternen übersäten Himmels gab mir das Gefühl, winzig zu sein. Ich schob die Hände in die Taschen und schritt schneller aus.

Ich war einen halben Block von *An die Blumen* entlanggegangen, bevor mir richtig klar wurde, was mit mir geschah – es war kein plötzlicher Panikanfall, sondern eine schleichende Furcht, ganz anders als die, die ich empfand, wenn die Vergangenheit über mich herfiel. Keine Männer in Schwarz flitzten unsichtbar durch die Landschaft, kein Stöhnen kam aus der Erde. Ich konnte mir nicht sagen, das sei nur das Übliche, und mich auf einen fremden Rasen setzen, bis es vorbei war. Es war nicht der übliche schlimme Anfall. Es war etwas Neues.

Ich eilte weiter, die Hände in den Taschen, unbewußt in mich selbst verkrochen. Ich verließ den Gehsteig und überquerte eine leere Straße, und die Furcht, die über mich gekommen war, manifestierte sich in der Gewißheit, daß jemand oder etwas mich beobachtete. Irgendwo in den dichten Schatten auf der anderen Seite von *An die Blumen* verfolgte mich ein Wesen, das kaum menschlich zu sein schien, mit den Augen.

Und dann erkannte ich mit absoluter Sicherheit: Es war nicht nur Panik, sondern Wirklichkeit.

Ich ging den nächsten Block entlang und fühlte, wie die Augen aus ihrem Versteck heraus nach mir griffen. Die Berührung dieser Augen gab mir das Gefühl, widerlich dreckig zu sein, besudelt auf eine Weise, die ich nicht definieren konnte. Das Wesen, das durch diese Augen blickte, wußte, daß es mich heimlich vernichten, mir eine geheime Wunde beibringen konnte – die für alle unsichtbar bleiben würde, außer für es und für mich.

Ich ging weiter, und es ging mit mir, glitt auf der anderen Straßenseite durch die Dunkelheit. Manchmal blieb es zurück, lehnte sich an eine unsichtbare steinerne Balustrade und lächelte hinter meinem Rücken. Dann verschmolz es mit den Schatten, ging unter den Bäumen durch, überholte mich mühelos, und ich fühlte seinen Blick auf meinem Gesicht.

Drei Blocks weiter, und ich hatte schweißnasse Hände und eine schweißnasse Stirn. Es versteckte sich in der Dunkelheit vor einem Gebäude wie eine hohe schwarze Gruft, atmete durch Nasenlöcher, so groß wie meine Fäuste, schluckte Unmengen Luft und stieß scheußliche Dämpfe aus.

Ich halte das nicht aus, dachte ich, und ohne mir dessen bewußt zu sein, daß ich es tat, ging ich über die Straße und trat vor einem Fachwerkhaus auf den Gehsteig. Die Knie zitterten mir. Ein hoher Schatten bewegte sich seitlich durch das Dunkel und blieb dann vor etwas Schwarzem stehen, das möglicherweise eine Rhododendronhecke war – und wurde wieder unsichtbar. Mein Herz hämmerte, und ich brach fast zusammen. »Wer sind Sie?« sagte ich. Die Hausfront war eine formlose Fläche. Ich machte einen Schritt vorwärts auf den Rasen.

Ein Hund knurrte, und ich fuhr zusammen. Ein Teil der Dunkelheit vor mir bewegte sich schnell um die Hausecke herum. Meine Angst verwandelte sich in Wut, und ich stürmte über den Rasen.

Hinter einem Fenster im ersten Stock wurde es strahlend hell. Eine schwarze Silhouette tauchte drohend an der Scheibe auf. Es war ein Mann, der die Hände über die Augen wölbte. Leichte, tappende Schritte liefen seitlich am Haus entlang und wurden leiser. Der Mann am Fenster brüllte mich an.

Ich machte kehrt und rannte über die Straße. Der Hund trieb sich selbst in einen psychotischen Anfall. Ich rannte, so schnell ich konnte, bis zur nächsten Straßenecke, bog ab, rannte weiter.

Bei Johns Haus angelangt, wartete ich vor der Tür, bis mein Atem sich beruhigt hatte. Ich war schweißbedeckt und keuchte. Lehnte nach Atem ringend an der Haustür. Ich denke nicht, daß der Mann aus dem Lexus fähig gewesen wäre, sich so lautlos oder flink zu bewegen. Wer also konnte es gewesen sein?

Vor meinem geistigen Auge tauchte ein Bild auf, so machtvoll, daß mir klar war, es mußte schon lange in mir verborgen gewesen sein. Ich sah eine nackte Kreatur mit dicken Beinen und riesigen Pranken, Arme und Schultern von seildicken Muskeln strotzend. Eine Matte dunklen Haares bedeckte die breite Brust. Auf dem massigen Hals saß das gewaltige gehörnte Haupt eines Stieres.

8

In Johns Büro, in dem ich ja jetzt hauste, knipste ich ein paar Lampen an, machte mir das Bett und nahm Colonel Runnels Buch aus der Aktentasche. Dann schob ich die Aktentasche unter die Couch. Nachdem ich mich ausgezogen hatte, schaltete ich alle Lampen bis auf die Leselampe neben der Couch wieder aus, legte mich hin und schlug das Buch auf. Colonel Runnel stand vor mir und brüllte, weil jemand etwas getan hatte, das er verabscheute und verachtete. Er trug eine gestärkte Ausgangsuniform und reihenweise Orden auf der Brust. Nach einer Stunde wachte ich auf und machte das Licht aus. Ein Wagen fuhr auf dem Ely Place vorbei. Endlich schlief ich wieder ein.

9

Dienstag morgen gegen halb elf klingelte ich bei Alan Brookner. Ich war seit einer Stunde wach, hatte beim Schwesterndienst angerufen, mit Eliza Morgan gesprochen, und sie hatte sich bereit erklärt, Alan zu versorgen; ich hatte mich schnell in April Ransoms ordentlichem Büro umgesehen und ein paar Kapitel von *Was wir falsch gemacht haben* gelesen. Als Stilist hatte Colonel Runnel eine Vorliebe für unverbundene Partizipien und abgehackte Sätze, die er in donnernde Fragmente zerstückelte. Alle drei Ransoms hatten schon gefrühstückt, als ich in die Küche kam, Ralph und Marjorie in Trainingsanzügen, John in Jeans und einem grünen Polohemd, als habe die Anwesenheit seiner Eltern ihn in einen Teenager zurückverwandelt. Es gelang mir, ihn einen Moment beiseite zu nehmen und ihm wegen des Schwesterndienstes Bescheid zu sagen. Er schien dankbar dafür, daß ich mich um die Dinge gekümmert hatte, ohne ihn zu behelligen, und war einverstanden, daß ich mir seinen Wagen auslieh. Ich sagte ihm, daß ich im Lauf des Nachmittags zurückkommen würde.

»Du mußt einen kleinen Zeitvertreib gefunden haben«, sagte er. »Wann bist du gestern nacht heimgekommen? Um zwei? Ein verdammt langer Spaziergang.« Er gestattete sich ein leicht anzügliches Lächeln.

Als ich ihm von dem Mann erzählte, der mir gefolgt war, sah er erschrocken aus, versuchte es aber sofort zu verbergen. »Wahrscheinlich hast du einen Spanner überrascht«, sagte er.

Dieselben Reporter schlürften auf dem Rasen des Vorgartens Kaffee. Nur Geoffrey Bough versuchte mich auf dem Weg zum Wagen aufzuhalten. Ich hatte nichts zu sagen, und Geoffrey latschte davon.

Eliza Morgan öffnete mir und schien sehr erleichtert, mich zu sehen. »Alan fragt ständig nach Ihnen. Er läßt sich von mir nicht beim Anziehen helfen – läßt mich nicht einmal in die Nähe seines Kleiderschranks.«

»Er hat die Anzugtaschen voller Geld«, sagte ich und klärte sie über das Geld auf. Im Haus roch es noch nach Wachs und Möbelpolitur. »Wer, zum Teufel, war das?« bellte Alan. »Bist du es, Tim? Warum redet denn keiner mit mir, verdammt!«

Ich öffnete die Schlafzimmertür. Er saß mit nacktem Oberkörper aufrecht im Bett und sah mich mit einem wütend funkelnden Blick an. Das weiße Haar stand ihm wirr in die Höhe. Auf den Wangen sproß ihm schon wieder der silbrige Backenbart. »Na schön, du bist endlich da. Aber wer ist dieses Frauenzimmer? Ein weißes Kleid bedeutet nicht automatisch, daß sie Krankenschwester ist, nicht wahr?«

Alan beruhigte sich allmählich, während ich ihm erklärte, wer Eliza war. »Sie hat meiner Tochter geholfen?«

Eliza sah sehr niedergeschlagen aus, und ich beeilte mich zu sagen, daß sie für April alles getan hatte, was sie konnte.

»Hm. Ich schätze, sie ist in Ordnung. Was ist mit uns? Hast du einen Plan?«

Ich sagte ihm, daß ich ein paar Dinge allein überprüfen müsse.

»Kommt nicht in Frage.« Alan warf Laken und Decke zurück und schwang sich aus dem Bett. Er hatte Boxershorts an. Als er aufstand, wurde sein Gesicht grau, und er setzte sich schwerfällig wieder hin. »Irgendwas stimmt nicht mit mir«, sagte er, streckte die dünnen Arme aus und betrachtete sie. »Mir tut alles weh.«

»Kein Wunder«, sagte ich. »Wir haben gestern eine kleine Klettertour gemacht.«

»Das weiß ich nicht mehr.«

Ich erinnerte ihn daran, daß wir nach Flory Park gefahren waren.

»Meine Tochter war oft in Flory Park.« Es klang verloren und einsam.

»Alan, wenn Sie sich anziehen und gern ein paar Stunden mit John und seinen Eltern verbringen würden, fahre ich Sie sehr gern hin.«

Er wollte sich wieder vom Bett in die Höhe stemmen, doch die Knie zitterten ihm, und er sank mit einer Grimasse zurück.

»Ich lasse Ihnen ein heißes Bad ein«, sagte Eliza. »Sie werden sich wohler fühlen, wenn Sie rasiert und angezogen sind.«

»Das ist die Lösung«, sagte er. »Heißes Wasser. Es entspannt, und die Glieder tun nicht mehr so weh.«

Eliza verließ das Zimmer, und Alan warf mir einen durchdringenden Blick zu. Er hob einen Zeigefinger zum Zeichen, daß ich schweigen sollte. Man hörte das Wasser in die Wanne rauschen. Er nickte. Jetzt konnte man sprechen. »Ich habe mich an diesen Mann erinnert – die Lösung! Brillanter Mann, Lamont von Heilitz. Von Heilitz könnte diese Sache im Handumdrehen aufklären.«

Alan befand sich irgendwo in den vierziger oder fünfziger Jahren. »Ich habe gestern abend mit ihm gesprochen«, sagte ich. »Sagen Sie es keinem, aber er hilft uns.«

Er grinste mich an. »Kein Wort darüber.«

Eliza kam zurück, führte ihn ins Badezimmer, und ich ging nach unten und verließ das Haus.

10

Ich überquerte die Straße und klingelte am Haus gegenüber. Schon nach wenigen Sekunden öffnete mir eine junge Frau in einem marineblauen Leinenkostüm und mit einer einreihigen Perlenkette um den Hals. Sie hatte eine Aktenmappe in der Hand. »Ich weiß nicht, wer Sie sind, und ich bin schon spät dran«, sagte sie. Dann musterte sie mich rasch. »Na ja, wie ein Zeuge Jehovas sehen Sie nicht aus. Machen Sie Platz, ich komme raus. Wir können auf dem Weg zum Wagen reden.«

Ich stieg rücklings die Stufe hinunter, und sie kam heraus und sperrte die Tür ab. Dann schaute sie auf ihre Uhr. »Wenn Sie anfangen, vom Königreich Gottes zu faseln, trete ich Ihnen auf den Fuß. Aber kräftig.«

»Ich bin ein Freund von Alan Brookner«, sagte ich, »und möchte mich nach einer ein wenig merkwürdigen Sache erkundigen, die drüben passiert ist.«

»Im Haus des Professors?« Sie sah mich fragend an. »Alles, was drüben passiert, ist merkwürdig. Aber wenn Sie derjenige sind, der ihn dazu gebracht hat, seinen Rasen schneiden zu lassen, wird die ganze Nachbarschaft Schlange stehen, um Ihnen die Füße zu küssen.«

»Na ja, ich habe nur den Gärtner angerufen«, sagte ich.

Anstatt mir die Füße zu küssen, ging sie mit energischen Schritten über den Plattenweg zur Straße, wo am Randstein ein glänzender roter Honda Civic stand.

»Reden Sie endlich«, sagte sie. »Sie haben Ihre Zeit schon fast aufgebraucht.«

»Ich wüßte gern, ob Sie zufällig gesehen haben, daß jemand an einem Abend in der letzten Woche einen Wagen in die Garage des Professors gefahren hat. Er glaubt, in seiner Garage Geräusche gehört zu haben, aber er fährt nicht mehr selbst.«

»Vor zwei Wochen ungefähr? Klar, ich hab's sogar gesehen. Ich bin an dem Abend nach einem Essen mit einem Klienten spät nach Hause gekommen. Jemand fuhr gerade einen Wagen in Brookners Garage, und das Licht brannte. Es ist mir aufgefallen, weil es schon nach eins war und drüben nach neun Uhr immer alles dunkel ist.«

Ich folgte ihr um die Motorhaube herum auf die Fahrerseite. Sie schloß den Wagen auf.

»Haben Sie den Wagen oder die Person gesehen, die ihn gefahren hat? War es ein schwarzer Mercedes-Sportwagen?«

»Ich habe nur gesehen, wie sich das Garagentor wieder schloß. Ich dachte, der jüngere Mann, der ihn immer besucht, stelle seinen Wagen ein, und ich war überrascht, weil ich ihn noch nie fahren gesehen habe.« Sie machte die Wagentür auf und gab mir noch anderthalb Sekunden.

»In welcher Nacht war das, wissen Sie das noch?«

Sie verdrehte die Augen nach oben und wippte nervös auf einem hochhackigen Schuh. »Okay, okay. Es war am zehnten Juni. Montag nacht vor zwei Wochen. Okay?«

»Danke«, sagte ich. Sie saß schon im Wagen und drehte den Zündschlüssel herum. Ich trat zurück, und der Civic schoß wie eine Rakete die Straße entlang.

Montag, den zehnten Juni – es war die Nacht, in der April Ransom in Zimmer 218 des St. Alwyn bewußtlos geprügelt und niedergestochen worden war.

Ich stieg in den Pontiac und fuhr nach Pigtown.

11

Die South Seventh Street begann bei der Livermore Avenue und erstreckte sich mehr als zwanzig Blocks nach Westen, eine ununterbrochene Zeile bescheidener einstöckiger Holzhäuser mit Veranden. Einige Fassaden waren mit Schindeln verkleidet, und in einigen Vorgärten standen plumpe Tiere aus Gips – Bambis und großäugige Collies. Ungefähr vor jedem zwanzigsten Haus sah man, in einer Nische gegen Regen und Schnee geschützt, eine Statue der Jungfrau Maria. An einem heißen Vormittag im Juni saßen ein paar alte Männer und Frauen auf den Veranden in der Sonne und hielten die Augen offen, damit ihnen ja nichts entging.

Nummer 17 war der erste Block in einer Seitenstraße der Livermore Avenue, von der Ecke aus das fünfte Haus auf der Westseite der Straße, genau wie das unsere. Die dunkelgrüne Farbe war abgeblättert und hatte lange Schrunden hinterlassen, und ein ganzes Netz von Cracelées zog sich durch die noch vorhandene Farbe. Alle Jalousien waren heruntergeschoben. Ich ließ den Wagen unverschlossen und stieg die Stufen hinauf, während das alte Paar, das auf der Nachbarveranda saß, mich über seine Zeitungen hinweg beobachtete.

Ich drückte auf die Klingel. Rostiges Maschengeflecht hing im Rahmen der Fliegengittertür. Aus dem Haus kam kein Laut. Ich klingelte noch einmal und klopfte dann. Wieder blieb alles still, also stieß ich das Fliegengitter auf und hämmerte mit der Faust gegen die hölzerne Haustür. Nichts. »Hallo, ist jemand zu Hause?« Ich hämmerte noch ein paarmal gegen die Tür.

»Dort ist niemand zu Hause!« rief eine Stimme.

Der alte Mann auf der Nachbarveranda hatte seine Zeitung auf den Knien zusammengefaltet, und er und seine Frau sahen mich ausdruckslos an.

»Wissen Sie, wann die Leute zurückkommen?«

»Das ist das falsche Haus«, sagte er. Seine Frau nickte.

»Es ist die richtige Adresse«, sagte ich. »Kennen Sie die Leute, die hier wohnen?«

»Wenn Sie meinen, daß es das richtige Haus ist, klopfen Sie ruhig weiter.« Ich ging bis ans Ende der Veranda. Der alte Mann und seine Frau waren nicht mehr als vier oder fünf Meter von mir entfernt. Er trug ein altes Hemd mit verwaschenem Karomuster, fest geknöpft bis an den sehnigen Hals. »Wollen Sie damit sagen, daß da drin keiner wohnt?«

»So könnte man es ausdrücken.« Seine Frau nickte wieder.

»Ist es leer?«

»Nö. Denk nicht, daß es leer ist.«

»Niemand ist zu Hause, Mister«, sagte die Frau. »Nie ist jemand zu Hause.« Ich sah den Mann an, dann die Frau und wieder den Mann. Es war ein Rätsel: Das Haus stand nicht leer, aber es war nie jemand zu Hause. »Könnte ich hinüberkommen und mit Ihnen reden?«

Er sah seine Frau an. »Kommt drauf an, wer Sie sind und worüber Sie reden wollen.«

Ich nannte meinen Namen und sah dem Gesicht des alten Mannes an, daß er sich erinnerte. »Ich bin gleich hier um die Ecke aufgewachsen, in der South Sixth. Al Underhill war mein Vater.«

»Sie sind der Sohn von Al Underhill?« Er besprach sich mit seiner Frau. »Kommen Sie rüber.«

Als ich ihre Veranda betrat, stand der alte Mann auf und reichte mir die Hand. »Frank Belknap. Meine Frau Hannah. Ich habe Ihren Vater flüchtig gekannt. War einunddreißig Jahre bei Glax, als Schweißer. Entschuldigen Sie, daß wir Ihnen keinen Sessel anbieten können.«

Ich sagte, das sei schon in Ordnung, und lehnte mich ans Geländer.

»Wir wär's mit einem Glas Limonade? Seit die Politiker das Wetter vergiftet haben, haben wir mitten im Juni schon August.«

Ich sagte, ich hätte gern eine Limonade, und die alte Frau stand auf und tappte schwerfällig durch die Tür.

»Wenn Ihr Vater noch lebt und frisch und munter ist, soll er doch mal vorbeikommen, und wir können quatschen. Ich habe nie zur Idle-Hour-Clique gehört, aber Al würde ich gern wiedersehen.«

Ich sagte ihm, daß mein Vater vor ein paar Jahren gestorben war. Er sah mich schicksalsergeben an.

»Die meisten von diesem Haufen sind schon tot«, sagte er. »Was führt Sie ins Nachbarhaus?«

»Ich suche einen Mann, der früher dort gewohnt hat.«

Hannah kam mit einem grünen Kunststoff-Tablett zurück, auf dem drei hohe Gläser mit Limonade standen, in der Eiswürfel schwammen. Ich hatte das Gefühl, daß sie abgewartet hatte, um zu hören, worauf ich aus war. Ich nahm mir ein Glas und kostete. Die Limonade war kalt und süß.

»Dumskys haben dort gewohnt«, sagte sie und bot das Tablett ihrem Mann an.

»Sie, ihre Kinder und ein paar Brüder.«

»Dumskys hatten es gemietet.« Hannah setzte sich wieder. »Schmeckt Ihnen die Limonade?«

»Sie ist sehr gut.«

»Ich mache jeden Morgen einen frischen Krug, er bleibt den ganzen Tag kalt.«

»Wollten Sie mit einem von den Dumskys sprechen?«

»Ich suche den Mann, dem das Haus gehörte, Bob Bandolier. Erinnern Sie sich an ihn?«

Frank legte den Kopf auf die Seite. Bedächtig nahm er einen Schluck Limonade und behielt sie kurz im Mund, ehe er schluckte. Er wollte nichts sagen, bevor *ich* ihm nicht mehr gesagt hatte.

»Bandolier war Geschäftsführer des St. Alwyn Hotels.«

»Tatsächlich?«

Damit verriet ich ihm nichts, was er nicht schon gewußt hätte.

»Mein Vater hat auch eine Zeitlang dort gearbeitet.«

Er wandte den Kopf und sah seine Frau an. »Al Underhill hat eine Zeitlang im Hotel gearbeitet. Er kannte Mr. Bandolier.«

»Nun ja, das war anzunehmen.«

»Das muß gewesen sein, bevor Al zu uns in die Firma kam«, sagte Frank zu mir.

»Ja. Wissen Sie, wo ich Bandolier finden könnte?«

»Kann ich Ihnen nicht sagen. Mr. Bandolier hat mit unsereinem nicht viel gesprochen.«

»Dumskys haben möbliert gemietet«, sagte Hannah.

»Demnach hat Bandolier seine Möbel im Haus stehen lassen, als er auszog?«

»Genau das«, sagte Frank. »Es passierte, als Hannah und ich uns oben in unserem Sommerhäuschen aufhielten. Es ist lange her. 1972, Hannah?«

Hannah nickte.

»Wir kamen aus dem Urlaub zurück, und da waren die Dumskys, alle Mann hoch. Sie waren nicht sehr nachbarschaftlich, aber viel, viel nachbarschaftlicher als Mr. Bandolier. Er ermutigte einen nicht, ihn anzusprechen. Der Mann schaute einfach durch einen hindurch.«

»Aber er kleidete sich wie ein richtiger Gentleman. Trug Anzug und Krawatte, wann immer man ihn sah. Wenn er im Garten arbeitete, zog dieser Mann eine Schürze über. Er hat seine Sorgen für sich behalten, und das kann man ihm nicht verübeln.«

»Mr. Bandolier war Witwer«, sagte Frank. »Das hat uns der alte George Milton erzählt, der Mann, von dem wir das Haus gekauft haben. Bandoliers Frau war zwei, drei Jahre vor unserem Einzug gestorben. Ich schätze, sie hat alles von ihm ferngehalten.«

»Der Mann wollte seine Ruhe haben. Das hat er einem zwar nachdrücklich, aber nie unhöflich zu verstehen gegeben.«

»Und seine Mieter aus dem ersten Stock, die Sunchanas, waren nette Leute, Ausländer, aber nett. Gut gekannt haben wir sie natürlich auch nicht, nur vom Grüßen. Die Sunchanas sind für sich geblieben.«

»Haben ein bißchen komisch gesprochen«, sagte Frank.

»Ausländisch. Aber sie war eine ungewöhnlich hübsche Frau.«

»Wissen sie möglicherweise, wo ich Mr. Bandolier finden kann?«

Die Belknaps lächelten sich gegenseitig zu. »Die Sunchanas sind mit Mr. Bandolier nicht gut ausgekommen«, sagte Hannah. »Es hat böses Blut gegeben. An dem Tag, an dem sie auszogen, ging ich, als sie ihre Kartons in einen Wohnwagen packten, zu ihnen hinaus, um mich zu verabschieden. Therese sagte, sie hoffe, Mr. Bandolier in ihrem ganzen Leben nie wiedersehen zu müssen. Sie sagte auch, sie hätten ein bißchen was im Sparstrumpf und eine Anzahlung für ein Haus auf der West Side geleistet. Als die Dumskys auszogen, erzählte mir eines der Mädchen, ein junger Mann in Militäruniform sei gekommen und habe ihnen gesagt, sie müßten packen und verschwinden. Ich sagte ihr, so etwas tue die Armee der Vereinigten Staaten von Amerika nicht, aber das Kind war nicht besonders intelligent.«

»Es wußte nicht, wer der Soldat war?«

»Er ist nur aufgetaucht und hat sie weggeschickt.«

»Das ergibt keinen Sinn, außer daß Mr. Bandolier sich so etwas leisten konnte«, sagte Frank. »Ich dachte zuerst, Mr. Bandolier wolle selbst einziehen und habe einen Kerl angeheuert, der die Mieter einschüchtern sollte, damit sie auszogen. Also rechnete ich damit, Mr. Bandolier bald wiederzusehen. Doch es kam anders, denn das Haus steht seitdem leer. Ich glaube, es gehört auch noch Mr. Bandolier – habe weder in einem Fenster noch im Garten je ein Schild ZU VERKAUFEN gesehen.«

Darüber dachte ich eine Weile nach, während ich die Limonade austrank. »Das Haus hat also die ganze Zeit leergestanden? Wer schneidet den Rasen?«

»Wir alle, abwechselnd.«

»Den Soldaten, von denen die Dumskys Ihnen erzählten, haben Sie aber nie gesehen?«

»Nein«, sagte Frank.

»Nun –« sagte Hannah.

»Oh, diese alte Dummheit.«

»Sie haben ihn gesehen?«

»Hannah hat gar nichts gesehen.«

»Es war vielleicht kein *Soldat«*, sagte Hannah. »Aber eine reine Dummheit ist es auch nicht.«

Ich fragte sie, was sie gesehen hatte, und Frank schnaubte geringschätzig.

Hannah zeigte mit dem Finger auf ihn. »Er glaubt mir nicht, weil er ihn nie gesehen hat. Er geht jeden Abend um neun Uhr schlafen, nicht wahr? Aber es ist mir egal, ob er mir glaubt oder nicht, weil ich weiß, was ich weiß. Ich bin mitten in der Nacht aufgestanden und habe ihn gesehen.«

»Sie haben jemanden ins Haus gehen sehen?«

»Ich habe jemandem im Haus gesehen, Mister.«

»Hannahs persönlicher Geist«, sagte Frank.

»Ich bin diejenige, die ihn gesehen hat, und es war kein Geist. Ein ganz gewöhnlicher Mann.« Sie wandte sich von Frank ab und mir zu. »Jede zweite oder dritte Nacht stehe ich auf, weil ich nicht schlafen kann. Ich komme herunter und lese.«

»Sag ihm, was du liest«, sagte Frank.

»Na ja, es stimmt, ich mag diese Gruselgeschichten.« Hannah lächelte vor sich hin, und Frank grinste mich an. »Ich habe eine ganze Sammlung und kaufe mir die neuen im Supermarkt. Im Moment lese ich *Der rote Drache,* kennen Sie die Story? Die richtig unheimlichen mag ich am liebsten.«

Frank bedeckte den Mund mit der Hand und gackerte.

»Doch das heißt noch lange nicht, daß ich mir alles ausgedacht habe. Ich habe diesen Mann nebenan im Wohnzimmer umhergehen sehen.«

»Er ist ganz einfach so im Dunkeln rumgelaufen«, sagte Frank. »Jawohl.«

»Manchmal hat er eine kleine Taschenlampe, aber meistens geht er nur hinein, spaziert eine Weile drin herum und setzt sich. Und ...«

»Los, los«, drängte Frank, »erzähl auch noch den Rest.«

»Und er weint.« Hannah sah mich herausfordernd an. »Ich habe eine kleine Leselampe, und von da, wo ich im Sessel sitze, kann ich ihn durch das Fenster an der Seite des Hauses sehen – das Fenster hat nur eine Netzgardine. Er kommt ungefähr einmal in vierzehn Tagen. Und er geht im Wohnzimmer herum. Manchmal verschwindet er in einem anderen Zimmer, und ich denke, er ist fort. Wenn ich später aber wieder hinsehe, sitzt er da, redet mit sich selbst oder weint.«

»Ihr Licht hat er noch nie bemerkt?«

»Diese roten Drachen sehen wahrscheinlich nicht besonders gut«, sagte Frank.

»Es ist winzig«, sagte Hannah. »Wie ein Stecknadelkopf.«

»Sie haben ihn nie das Haus betreten sehen?«

»Ich denke, er geht auf der anderen Seite ums Haus herum und kommt durch die Hintertür hinein«, sagte sie.

»Wahrscheinlich fährt er durch den Kamin herunter.«

»Haben Sie es irgendwann der Polizei gemeldet?«

»Nein.« Zum erstenmal schien sie in Verlegenheit zu geraten.

»Tränen von jenseits des Grabes«, sagte Frank. »Von S. Pinner.«

»Die Schweißer sind so«, sagte Hannah. »Ich weiß nicht, warum, aber sie halten sich alle für Komödianten.«

»Warum haben Sie nicht die Polizei gerufen?«

»Weil ich denke, es ist einer von den armen kleinen Dumskys, der inzwischen erwachsen ist und nur dahin zurückkehrt, wo er glücklich war.«

»Hinterwäldler benehmen sich nicht so«, sagte Frank. »Und Hinterwäldler waren sie. Sogar die Kleinen haben sich so betrunken, daß sie bewußtlos auf dem Rasen rumlagen.« Wieder grinste er seine Frau an. »Sie hat sie gemocht, weil sie Ma'am zu ihr sagten.«

Sie sah ihn mißbilligend an. »Zwischen Unwissenheit und Schlechtigkeit ist ein großer Unterschied.«

»Haben Sie schon andere Leute in der Straße gefragt, ob die ihn auch gesehen haben?«

Sie schüttelte den Kopf »In der Nachbarschaft ist nachts außer mir keiner wach.«

»Hat Mr. Bandolier allein gelebt?«

»Er hat alles allein getan«, sagte Frank. »Er war eine ganz andere Welt.«

»Vielleicht ist er es?« sagte ich.

»Man würde schon ein Mikroskop brauchen, um in Mr. Bandolier eine Träne zu entdecken«, sagte Frank, und endlich einmal schien seine Frau gleicher Meinung zu sein.

Bevor ich ging, bat ich Hannah Belknap, mich das nächstemal anzurufen, wenn sie den Mann im Nachbarhaus sah. Frank zeigte mir die Häuser zweier anderer Paare, die schon hier gewohnt hatten, als die Belknaps einzogen, doch er glaubte nicht, daß sie mir helfen konnten, Robert Bandolier zu finden.

Eines dieser Paare wohnte am Ende des Blocks und erinnerte sich nur sehr vage an den früheren Nachbarn. Sie fanden, daß er – mit ihren eigenen Worten – ›ein aufgeblasener Snob war, der die Nase zu hoch trug‹, und sie waren nicht daran interessiert, sich über ihn zu unterhalten. Sie verübelten ihm noch immer, daß er an die Dumskys vermietet hatte. Das andere Paar, die Millhausers, wohnte auf der anderen Straßenseite, nur zwei Häuser von der Livermore Avenue entfernt. Mr. Millhauser kam aus dem Haus, um mit mir zu sprechen, und seine Frau schrie uns ihre Kommentare aus einem Rollstuhl zu, der irgendwo weit hinten im düsteren Flur stand. Sie teilten die allgemeine Abneigung gegen Bob Bandolier. Es war eine Schande, daß das Haus Jahr um Jahr leerstand, aber auch sie hatten nicht den Wunsch, die Dumskys noch einmal zu sehen. Mrs. Millhauser brüllte, sie glaube, die Sunchanas seien nach – wie hieß der Ort doch gleich? Elm Hill? – nach Elm Hill gezogen. Das war ein Vorort am äußersten westlichen Stadtrand von Millhaven. Mr. Millhauser wollte zurück ins Haus, und ich bedankte mich, daß er mit mir gesprochen hatte. Seine Frau brüllte: »Dieser Bandolier hat so verdammt gut ausgesehen wie Clark Gable, aber er hat nichts getaugt! Hat seine Frau grün und blau geschlagen!« Millhauser warf mir einen gepeinigten Blick zu und sagte ihr, sie solle sich um ihren eigenen Kram kümmern. »Und Sie sich übrigens um den Ihren, Mister«, sagte er zu mir, ging ins Haus und knallte die Tür hinter sich zu.

12

Ich ließ den Wagen in der South Seventh Street stehen und ging in der stickigen Schwüle zu Fuß zum St. Alwyn. Alles, was ich während der letzten beiden Tage gehört hatte, ging mir im Kopf herum. Je weiter ich mich von der South Seventh Street entfernte, um so weniger glaubte ich daran, daß Hannah Belknap tatsächlich jemanden gesehen hatte. Ich beschloß, mir die Freude zu machen, Glenroy Breakstone kennenzulernen, obwohl sich ein Gespräch mit ihm vermutlich nur als weitere Sackgasse erweisen würde, und danach wollte ich versuchen, die Sunchanas aufzuspüren.

Mir knurrte der Magen, und da fiel mir plötzlich ein, daß ich seit gestern abend nichts mehr gegessen hatte. Das Abendessen mit John und seinen Eltern bei Jimmy's war meine letzte Mahlzeit gewesen. Glenroy Breakstone konnte bis nach dem Lunch warten – wahrscheinlich lag er ohnehin noch im Bett. Ich holte mir aus einem Münz-Zeitungskasten Ecke Livermore und Widow Street einen *Ledger* und betrat dann durch den Straßeneingang Sindbad's Tavern.

Die Aufregung hatte sich seit dem Morgen von Walter Dragonettes Verhaftung gelegt. In den meisten Nischen saßen Leute aus der Nachbarschaft und Hotelgäste beim Lunch, und die junge Frau hinter der Bar schenkte den mit Gipsstaub bedeckten Arbeitern Bier ein. Die Kellnerin, mit der ich an jenem Morgen gesprochen hatte, kam im blauen Cocktailkleid und Schuhen mit hohen Absätzen aus der Küche. Lebhaftes Stimmengewirr erfüllte den Raum. Die Kellnerin winkte mich an einen Tisch in einer hinteren Ecke des Lokals. Am anderen Ende des Raumes, an einem Tisch direkt gegenüber, saßen vier Männer zwischen ungefähr Zwanzig und über Fünfzig und tranken, ohne einander zu beachten, Kaffee. Sie ähnelten sehr den anderen Männern, die an dem Tag, an dem April Ransom ermordet worden war, am selben Tisch gesessen hatten. Einer trug einen Sommeranzug, der zweite eine schmutzige Hose und ein Sweatshirt mit Kapuze, der jüngste ausgebeulte Jeans, ein Netzunterhemd und eine schwere Goldkette um den Hals. Sie ignorierten mich, und ich schlug meine Zeitung auf.

Millhaven war noch immer gespalten. Die halbe Titelseite beschäftigte sich mit den Protestversammlungen auf dem Armory Place. Pfarrer Al Sharpton war, wie versprochen, selbst erschienen und hatte sich bereit erklärt, das Rathaus allein zu stürmen, wenn die Polizeibeamten, die es versäumt hatten, auf die Anrufe von Walter Dragonettes Nachbarn zu reagieren, nicht suspendiert oder entlassen wurden. Fotos von Polizeichef Voss und Merlin Waterford, die auf April Ransoms Beerdigung pathetische Reden schwangen, füllten zusammen mit dem ganzen Text dieser Reden die obere Hälfte der Seite zwei. Alle drei Leitartikel attackierten Waterford und das gesamte Polizeipräsidium auf das schärfste.

Während ich las und mir ein Clubsandwich zu Gemüte führte, wurde mir allmählich bewußt, was die vier Männer taten. Sie standen einer nach dem anderen auf und verschwanden durch eine neutrale Tür hinter ihrem Tisch. Doch immer erst wenn einer herauskam, ging der nächste hinein. Ich erhaschte wiederholt einen Blick auf einen grauen Korridor, in dem Metallfässer aufgereiht waren. Manchmal verließ der Mann, der wieder herauskam, das Restaurant manchmal ging er zum Tisch zurück und wartete. Die Männer rauchten und tranken Kaffee. Wann immer einer der ursprünglich anwesenden Männer ging, kam von draußen ein neuer herein und nahm seinen Platz ein. Sie redeten kaum miteinander. Gangster waren es nicht, dazu sahen sie nicht arrogant genug aus, und sie benahmen sich auch nicht wie Drogenhändler beim Dealen.

Als ich ging, war von den ursprünglichen Vieren nur noch der Mann mit der Goldkette da, und er war schon einmal im Hinterzimmer gewesen und zurückgekommen. Keiner von ihnen sah mich an, als ich bezahlte und durch die Verbindungstür die Halle des St. Alwyn betrat.

Ich vergaß die Männer, ging zum Empfang und fragte den Angestellten, ob Glenroy Breakstone in seinem Zimmer sei.

»Ja, Glenroy ist oben«, sagte er und zeigte auf eine Reihe von Haustelefonen. Ein alter Mann in einem grauen Anzug mit fettigem Revers saß auf der langen Couch in der Halle, rauchte eine Zigarre und murmelte vor sich hin. Der Angestellte sagte mir, ich solle die Nummer 925 wählen.

Eine belegt klingende, rauhe Stimme sagte: »Sie sind mit der Wohnung von Glenroy Breakstone verbunden. Er ist zu Hause. Wenn Sie eine Nachricht für ihn haben, sprechen Sie jetzt.«

»Mr. Breakstone?«

»Hab' ich das nicht gesagt? Jetzt sind Sie dran.«

Ich nannte ihm meinen Namen und sagte, ich sei in der Hotelhalle. Durch das Telefon hörte ich Nat ›King‹ Cole *Blame it on My Youth* singen. »Ich habe gehofft, zu Ihnen hinaufkommen zu dürfen, um mit Ihnen zu reden.«

»Sind Sie Musiker, Tim Underhill?«

»Nein, nur ein Fan«, sagte ich. »Ich liebe Ihre Musik seit vielen Jahren, und es wäre eine große Ehre für mich, Sie kennenzulernen, aber worüber ich mit Ihnen sprechen möchte, ist der Mann, der in den fünfziger und sechziger Jahren hier Geschäftsführer war.«

»Sie wollen über Bob Bandolier sprechen?« Ich hatte ihn überrascht, und er lachte. »Mann, niemand will heute noch über Bob Bandolier reden. Das Thema hat sich erledigt.«

»Es hat mit den *Blaue-Rose*-Morden zu tun«, sagte ich.

Es folgte eine lange Pause; dann: »Sind Sie vielleicht so was wie ein Reporter?«

»Ich könnte Ihnen wahrscheinlich einiges über diese Morde erzählen, was Sie nicht wissen. Vielleicht sind Sie interessiert, und wenn auch nur um James Treadwells willen.«

Wieder eine Pause, während er darüber nachdachte. Ich fürchtete, ich sei zu weit gegangen, doch er sagte: »Sie behaupten, ein Jazz-Fan zu sein?«

Ich sagte, das sei ich.

»Dann müssen Sie wissen, wer das Tenorsolo bei Lionel Hamptons *Flyin' Home* gespielt hat, wer mit Charlie Parker Tenor bei der Billy-Eckstein-Band spielte, und nennen Sie mir den Namen des Mannes, der *Lush Life* geschrieben hat.«

»Illinois Jacquet, ich glaube, es waren beide – Gene Ammons und Dexter Gordon. Und die Antwort auf die letzte Frage ist Bill Strayhorn.«

»Ich hätte Ihnen ein paar schwere Fragen stellen sollen. Wann hatte Ben Webster Geburtstag?«

»Das weiß ich nicht.«

»Ich auch nicht«, sagte Glenroy Breakstone. »Holen Sie mir beim Empfang eine Packung Luckies, und kommen Sie rauf.«

Bevor ich noch drei Schritte gemacht hatte, streckte mir der Angestellte schon eine Packung Lucky Strikes entgegen. Als ich bezahlen wollte, winkte er ab. »Glenroy hat ein Konto bei uns, aber Zigaretten berechne ich ihm fast nie. Er ist Glenroy Breakstone, zum Teufel.«

»Als ob ich das nicht wüßte«, sagte ich.

13

Die mattschwarze Tür von 925 lag rechts von den Aufzügen am Ende eines langen Korridors im obersten Stockwerk des St. Alwyn. An den Wänden gemusterte gelbe Tapeten. Ich klopfte, und ein drahtiger Mann, ungefähr einszweiundsiebzig groß, ganz kurz geschnittenes weißes Haar und lebhafte, glänzende Augen, öffnete mir. Er trug ein schwarzes T-Shirt mit dem Aufdruck LAREN JAZZFEST auf der Brust und schwarze, weite Hosen. Sein Gesicht war magerer und die Backenknochen schärfer als damals, als er Blaue Rose aufgenommen hatte. Er streckte die Hand nach den Zigaretten aus und lächelte mich mit kräftigen weißen Zähnen an. Hinter ihm hörte ich Nat King Cole singen.

»Kommen Sie rein«, sagte er. »Sie haben mich neugieriger gemacht, als es einem alten Mann guttut.« Er warf die Zigaretten auf einen Tisch und scheuchte mich ins Zimmer.

Die Sonne, die durch die großen Fenster strömte, fiel auf einen langen, farbenfrohen Navajoläufer, ein Teleskop auf schwarzem Gestell, einen achteckigen Tisch, übersät mit Notenpapier, CDs und Taschenbüchern. Außerhalb des Sonnenlichts stand eine Sesselgruppe vor einer dreieinhalb Meter langen Anrichte, mit je einem Lautsprecher auf beiden Seiten. Zwei große Plakate hingen an der Wand – eines für die Grande Parade du Jazz in Nizza, das andere für ein Konzert im Concertgebouw in Amsterdam. Auf beiden groß der Name Glenroy Breakstone. In den Plattenregalen gerahmte Fotos – ein jüngerer Breakstone in einer Garderobe mit Duke Ellington; mit Benny Carter und Ben Webster; auf der Bühne Seite an Seite mit Phil Woods und Scott Hamilton.

Auf dem Boden standen zwei Tenorsaxophonkästen und daneben, in ihren Ständern, ein Baritonsaxophon und eine Klarinette. Der Raum roch leicht nach Zigaretten und Weihrauch.

Ich drehte mich um und sah, daß Glenroy Breakstone lächelte. Meine Überraschung war ihm nicht entgangen. »Ich habe nicht gewußt, daß Sie auch Klarinette und Bariton spielen«, sagte ich.

»Die spiele ich auch nur in diesem Zimmer, nirgends sonst«, sagte er. »1970 habe ich mir in Paris ein Sopransaxophon gekauft, aber das Ding hat mich so frustriert, daß ich's weggegeben habe. Jetzt denke ich daran, mir ein neues zu kaufen. Wahrscheinlich möchte ich den gleichen Frust noch einmal erleben.«

»Ich liebe *Blaue Rose*. Habe es mir gerade gestern abend wieder angehört.«

»Ja, die Leute sind ganz wild auf diese Balladen-Alben.« Er sah mich einen Moment lang leicht belustigt an. »Leute wie Sie gehen hin und kaufen neue Platten, anstatt sich die alten immer wieder anzuhören. Ich habe letztes Jahr in Italien eine mit Tommy Flanagan aufgenommen. Zusammen mit Tommys Trio.« Er ging auf die Schlafzimmertür zu. »Wollen Sie Fruchtsaft oder sonst etwas? Ich habe eine Menge ausgezeichneter Fruchtsäfte hier, Mango, Papaya, Passionsfrüchte – alles mögliche.«

Ich wolle das gleiche wie er, sagte ich, und er ging ins Schlafzimmer. Ich sah mir inzwischen die Plakate und die Fotografien an.

Er kam mit zwei hohen Gläsern zurück, reichte mir eins und zeigte mit dem seinen auf die Dinge, die ich mir angesehen hatte. »So geht es nun mal. Alles in Übersee. In einer Woche fahre ich zu den Festivals nach Frankreich. Dort mache ich eine Platte mit Warren Vaché, das ist alles schon organisiert, und den Rest des Sommers verbringe ich in England und Schottland. Wenn ich Glück habe, kann ich ein bißchen rumreisen und ein paar Jazzpartys veranstalten. Das klingt nach viel, ist es aber nicht. Ich bin sehr häufig hier, übe auf meinen Instrumenten und hör mir die Leute an, die ich mag.« Er lächelte wieder. »Außerdem höre ich fast immer auch alte Platten. Schmeckt Ihnen dieser Saft?« Er wartete darauf, daß ich ihm sagte, was es war.

Ich kostete und hatte keine Ahnung, was ich da trank. »Ist es Mango?«

Er warf mir einen entrüsteten Blick zu. »Ich schätze, Sie verstehen nicht viel von Fruchtsäften. Es ist Papaya. Merken Sie, wie süß der Saft ist? Das ist natürliche Süße.«

»Wie lange wohnen Sie schon im St. Alwyn?«

Er nickte. »Schon lange. Als ich hier einzog, das war anno '45, da hatte ich ein Zimmer im dritten Stock. Ein kleines, ein winziges Zimmerchen. Ich habe damals bei Count Basie gespielt und bin kaum einmal nach Hause gekommen. Als ich dort aufhörte, um mir eine eigene Gruppe zusammenzustellen, haben sie mich in den fünften Stock verfrachtet, nach ganz hinten, weil ich in meinem Zimmer proben wollte. '61 sagte Ralph Ransom dann zu mir, ich könne ein großes Zimmer im siebten Stock haben, für dieselbe Miete, weil der Mann, der dort gewohnt hatte, gestorben war. Ralph war sehr gut zu mir, denn damals war das Musikgeschäft am Ende, und ich konnte manchmal nicht einmal die Miete bezahlen. Nachdem Ralph verkauft hatte, schloß ich mit den neuen Leuten einen Vertrag, zog hier herauf und machte die Räume sicher.«

Ich fragte ihn, was er meinte.

»Meine Räume sind die einzigen im ganzen Haus, die neue Schlösser haben.«

Ich erinnerte mich, daß mir jemand gesagt hatte, die Schlösser im St. Alwyn taugten nichts. »Also konnte jemand seinen Schlüssel einfach behalten, wenn er auszog, und wenn er nach einem Jahr wiederkam, unbemerkt in das alte Zimmer hinein?«

»Ich weiß nur, daß ich mein Tenorsaxophon und eine neue Klarinette losgeworden bin, und das passiert mir nicht noch einmal. Wie die Dinge heutzutage liegen, findet man, wenn man so ein altes Schloß hat, beim Heimkommen vielleicht sogar eine Leiche im Bett. Und ist man ein Cop in Millhaven, ist man möglicherweise sogar dumm genug zu glauben, ein junge namens Walter Dragonette hat sie da reingelegt.« Er zeigte auf die Sessel. »Ich habe eine Menge geredet, aber jetzt sind Sie dran, Mr. Underhill.«

Wir setzten uns vor ein kleines, rechteckiges Tischchen mit einem Aschenbecher, einem Feuerzeug, einer Packung Lukkies und einem flachen schwarzen Gegenstand, der wie ein in ein Kästchen eingelegter Spiegel aussah. Auf dem Kästchen ein Bild von *Crazy Cat*. Daneben eine flache hölzerne Schatulle mit dekorativer Einlegearbeit. Breakstone stellte sein Glas neben die Schatulle und zündete sich eine Zigarette an. »Sie glauben, Sie können mir etwas Neues über die *Blaue-Rose-*Morde erzählen? Mich interessiert, was das wohl sein könnte.« Er sah mich sehr ernst an. »James Treadwell zuliebe.«

Ich berichtete ihm von Glendenning Upshaw und Buzz Laing und wie William Damrosch gestorben war. Breakstone wurde immer erregter, je länger ich sprach.

»Ich habe verdammt genau gewußt, daß sich wegen Bill Damrosch alle selbst belogen«, sagte er. »Bill kam nämlich ab und zu in den Club in der Second Street, The Black Tan and Review Bar, in dem wir spielten. Er soff wie ein Loch, hatte Blackouts, aber ich habe das nie erlebt. Ihm hat einfach unsere Musik gefallen.«

Er zog an der Zigarette, stieß den Rauch aus und sah mich grimmig an. »Also, der alte Upshaw hat Bill umgebracht. Aber wer hat James getötet? James wuchs da auf, wo meine Eltern wohnten, und als ich hörte, daß er spielen kann, holte ich ihn in meine Band. Das war vor vierzig Jahren. Es vergeht kaum eine Woche, ohne daß ich an James denke.«

»Mord verletzt die Überlebenden«, sagte ich.

Er schien betroffen und nickte dann. »Ja, das stimmt. Ich war hinterher zwei Monate lang total fertig – konnte mein Instrument nicht anfassen.« Er ging einen Augenblick in sich, und die Nat-King-Cole-Platte war zu Ende. Breakstone schien es nicht zu merken. »Warum sagen Sie, daß der Mann, der ihn getötet hat, wahrscheinlich wußte, daß James ihn vom Sehen kannte?«

»Ich denke, er hat im Hotel gearbeitet«, sagte ich und wiederholte einiges von dem, das Tom Pasmore und ich besprochen hatten.

Er legte den Kopf schief und sah mich fast verschmitzt an. »Sie kennen Tom? Sie sitzen mit ihm da oben in seiner hübschen Bleibe am See und reden mit ihm?«

Ich nickte, und mir fiel Toms Zwinkern ein, als er auf dem Bildschirm Breakstones Adresse gesucht hatte.

»Warum sagen Sie das nicht gleich? Einmal in drei teuren Zeiten schlagen Tom und ich uns eine ganze Nacht um die

Ohren und hören Musik. Er liebt die alten Louis-Armstrong-Platten, die ich habe.« Er betonte das Schluß-S in Louis. Dann überlegte er einen Moment und grinste mich an, erstaunt über das, was er in dieser Sekunde begriffen hatte. »Also fängt Tom endlich an, über diese *Blaue-Rose*-Sache nachzudenken. Er muß darauf gewartet haben, daß Sie kommen, um ihm zu helfen.«

»Nein, es ist wegen der beiden neuen Morde – der Frau, die in James' ehemaligem Zimmer gefunden wurde, und wegen des Toten aus dem Tunnel.«

»Ich habe gewußt, daß er das sehen würde«, sagte Breakstone. »Ich hab's gewußt. Die Polizei sieht es nicht, aber Tom Pasmore tut es. Und Sie auch.«

»Und der Mann von April Ransom. Er ist derjenige, der mich hergeholt hat.«

Glenroy Breakstone fragte, was es damit auf sich hatte, und ich erzählte ihm von John und *The Divided Man* und endete damit, daß ich ihm auch von meiner Schwester berichtete.

»Das kleine Mädchen war also Ihre Schwester? Dann war Ihr Vater der Liftmann – Al?« Er sah mich verwundert an.

»Ja, das war mein Vater«, sagte ich.

»Ein netter Kerl.« Er wollte das Thema wechseln und schaute zu den hellen Fenstern hinüber. »Ich dachte immer, Ihre Schwester hänge irgendwie mit dem zusammen, was hinterher passiert ist. Aber als Bill tot aufgefunden wurde, dachten sie nicht lange darüber nach, ob es richtig war. Hauptsache, es paßte.«

»War das auch Damroschs Meinung?«

»Er hat es mir gesagt, unten in der Bar hat er es mir gesagt.« Er trank den Rest seines Fruchtsaftes. »Ich soll darüber nachdenken, wer damals gefeuert wurde? Vor allem: Ralph Ransom hat nie jemanden selbst gefeuert. Das haben Bob Bandolier und der Nachtmanager Dicky Lambert getan.«

Also war es vielleicht Blaue Rose gewesen, der Bandolier gezwungen hatte, zweimal seine Telefonnummer zu ändern.

»Okay. Ich erinnere mich an einen Pagen namens Tiny Ruggles, der gefeuert wurde. Tiny ging manchmal in leere Zimmer, klaute Handtücher und rauchte Gras. Der böse Bob erwischte ihn einmal und warf ihn hinaus. Und da war noch ein

Typ namens Lopez. Wir nannten ihn Nando. Er hat in der Küche gearbeitet. Nando war verrückt auf kubanische Musik und hatte ein paar Machito-Platten, die er manchmal für mich spielte. Bob Bandolier hat ihn entlassen, weil er angeblich zuviel gegessen hatte. Er hatte einen Freund, der hieß Eggs (Eier) – Eggs Benson, aber wir nannten ihn Eggs Benedict. Bob hat auch ihn rausgeschmissen, und er und Nando gingen zusammen nach Florida, denk ich. Das war ein oder zwei Monate bevor James und die anderen ermordet wurden.«

»Also haben sie niemanden gekillt.«

»Nur einen Haufen Flaschen.« Stirnrunzelnd betrachtete er sein leeres Glas. »Die meisten Kerle werden gefeuert, weil sie trinken und stehlen.« Er wirkte einen Moment lang sehr verlegen und versuchte dann zu besänftigen. »Die Wahrheit ist, daß jeder, der in einem Hotel arbeitet, hin und wieder ein bißchen was mitgehen läßt.«

»Fällt Ihnen jemand ein, der Ralph Ransom vielleicht etwas heimzahlen wollte?«

Breakstone schüttelte den Kopf. »Ralph war in Ordnung. Der Mann hatte nie Feinde oder so. Dicky und Bob Bandolier, sie könnten sich Feinde gemacht haben, weil sie die Leute entließen und in die eigene Tasche arbeiteten. Ich glaube, Dicky hatte irgendeinen Deal mit der Wäscherei, so Sachen eben.«

»Was ist aus ihm geworden?«

»Ist vor zwanzig Jahren unten an der Bar zusammengebrochen. Tot. Ein Schlaganfall.«

»Und Bandolier? Was ist mit ihm?«

Breakstone lächelte. »Ich finde, ihn hätte eigentlich der Schlag treffen sollen. Dick war ein unbeschwerter Typ, ganz und gar nicht verbissen, aber Bob hat sich sein Leben lang keinen einzigen Tag entspannt. Er war der verklemmteste Kerl, dem ich je begegnet bin. Der böse Bob, das trifft es genau. Er hatte den falschen Job – sie hätten ihm die Aufsicht über die Toiletten übertragen sollen. Er hätte dafür gesorgt, daß sie funkelten und blitzten wie die Festbeleuchtung zu Weihnachten. Er hätte nie die Aufsicht über Menschen haben dürfen, denn kein Mensch kann so penibel und ordentlich sein, wie Bob Bandolier es verlangte.« Er schüttelte den

Kopf und zündete sich eine neue Zigarette an. »Vor den Gästen gab er sich cool, aber dem Personal machte er die Hölle heiß. Der Mann führte sich auf wie ein kleiner Gott. Er hat einen nie wirklich wahrgenommen, sah einfach über die Menschen hinweg, sah nur, ob man irgendwo Unordnung machte oder nicht. Und seit er es mit der Religion hatte ...«

»Ralph hat mir erzählt, daß er religiös war.«

»Na ja, religiös kann man auf mehrere Arten sein, nicht wahr? In der Kirche, in die ich als kleiner Junge ging, drehte sich alles ums Glücklichsein. Alle sangen immerzu, sangen Gospelmusik. Bob – Bob dachte, die Religion habe etwas mit Strafe zu tun. Laut Bob war die Welt durch und durch schlecht. Wenn er einmal in Fahrt war, quatschte er nur noch Scheiße. Total verrücktes Zeug.«

Er lachte ehrlich belustigt über eine Erinnerung. »Eines Tages fiel ihm ein, daß zu Beginn der Tagesschicht alle zu einer Andacht zusammenkommen sollten. Sie mußten sich fünf Minuten vor Arbeitsanfang in der Küche versammeln. Ich schätze, daß die meisten da waren, aber dann quasselte Bob Bandolier etwas darüber, daß Gott alles sieht, und wenn man seine Arbeit nicht richtig macht, verdonnert Gott einen dazu, daß einem bis in alle Ewigkeit die Fingernägel herausgerissen werden. Er steigerte sich so hinein, daß die ganze Schicht zehn Minuten zu spät kam und Ralph ihm sagte, von nun an gebe es keine Morgenandachten mehr.«

»Lebt er noch?«

»Soviel ich weiß. Der Mann war zu ekelhaft, um zu sterben. Irgendwann zu Beginn der siebziger Jahre setzte er sich zur Ruhe. Einundsiebzig war's, glaube ich. Wahrscheinlich ist er irgendwohin gegangen, wo er möglichst viele Leute nerven kann.«

Als Bandolier verschwand und sein Haus den Dumskys überließ, war er also gerade ein Jahr im Ruhestand gewesen. »Haben Sie eine Ahnung, wo ich ihn finden könnte?«

»Reisen Sie ein bißchen rum, bis Sie an einen Ort kommen, wo alle Leute gleichzeitig mit den Zähnen knirschen, mehr kann ich dazu nicht sagen.« Er lachte wieder. »Legen wir noch ein bißchen Musik auf. Möchten Sie etwas Besonderes hören?«

Ich fragte, ob er mir seine neue CD mit Tommy Flannagan vorspielen würde.

»Ich kann's aushalten, wenn Sie es können.« Er sprang auf, zog eine Scheibe aus dem Regal, schob sie in den CD-Spieler und drückte auf ein paar Knöpfe. Breit und glanzvoll flutete der Klang aus den Boxen – es war ein Charlie-Parker-Song mit dem Titel *Bluebird.* Glenroy Breakstone spielte noch mit demselben leidenschaftlichen Einfallsreichtum wie früher, und er konnte noch immer aus dem Stegreif lange, fließende Phrasierungsbogen schlagen wie Purzelbäume.

Ich fragte ihn, warum er immer in Millhaven geblieben war, anstatt nach New York zu ziehen.

»Von hier aus kann ich überall hin. Ich parke meinen Wagen in O'Hare und bin in knapp zwei Stunden in New York, wenn ich etwas dort zu tun habe. Aber Millhaven ist viel billiger als New York. Und inzwischen weiß ich fast alles, was hier vorgeht. Ich weiß, wovon ich mich fernhalten muß – wie Bob Bandolier. Von meinem Fenster aus kann ich die Hälfte all dessen beobachten, was in Millhaven so passiert.«

Das erinnerte mich an das, was mir unten im Restaurant aufgefallen war, und ich fragte ihn danach.

»Die Kerle an dem Tisch ganz hinten? Das war's, was ich gemeint habe, das Zeug, von dem man sich fernhalten sollte.«

»Sind es Kriminelle?«

Lächelnd kniff er die Augen zusammen. »Sagen wir, es sind Kerle, die Bescheid wissen. Sie reden mit Billy Ritz. Er hilft ihnen – vielleicht, oder auch nicht, aber alle wissen eins: Billy Ritz kann ihnen das Leben verdammt schwermachen, wenn sie nicht nach seiner Pfeife tanzen.«

»Ist er ein Gangster? Mafia?«

Er grinste, schüttelte den Kopf. »Nichts dergleichen. Er steht in der Mitte. Er ist der Kontaktmann. Ich will nicht behaupten, daß er nicht von Zeit zu Zeit irgendeine Gemeinheit begeht, aber hauptsächlich vermittelt er gewisse Geschäfte. Und wenn Sie nicht mit Billy Ritz reden, damit er mit Leuten sprechen kann, mit denen *er* redet, könnte Ihnen das sehr übel bekommen.«

»Was passiert, wenn man nicht mitspielt?«

»Ich schätze, Sie würden feststellen, daß Sie schon lange mitgespielt und es nur nicht gemerkt haben.«

»Mit wem redet Billy Ritz?«

»Wenn man in Millhaven lebt, will man das nicht wissen.«

»Ist Millhaven so korrupt?«

Er schüttelte den Kopf. »Jemand in der Mitte, er hilft auf beiden Seiten aus. Denn sehen Sie, jeder braucht jemanden wie Billy.« Er sah mich an und versuchte festzustellen, ob ich so naiv war, wie es sich anhörte. Dann sah er auf seine Uhr. »Ich sag Ihnen was, Sie hätten die Möglichkeit, sich ihn anzusehen, wenn Sie so neugierig sind. Um diese Zeit geht Billy gewöhnlich durch die Widow Street und erledigt in der Home Plate Lounge ein paar kleinere Geschäfte.«

Er stand auf, und ich folgte ihm ans Fenster. Wir blickten beide die neun Stockwerke auf die Straße hinunter. Der Schatten des St. Alwyn verdunkelte die Widow Street und fiel als harte Diagonale über die Backsteingebäude auf der anderen Straßenseite. Ein zwergenhafter Mann mit einer winzigen Baseballmütze betrat den Lebensmittelladen ein Stück weiter unten im Block, und eine zwergenhafte Frau schob eine Kinderkarre von Erbsengröße in Richtung der Livermore Avenue.

»Ein Mann wie Billy muß die Regelmäßigkeit in Person sein«, sagte Breakstone. »Man muß ihn finden können.«

Ein Streifenwagen kam vom anderen Ende der Widow Street und parkte vor dem alten Klinkermietshaus neben der Pfandleihe. Eine Uniform stieg aus und ging den Block herauf zum Lebensmittelladen. Es war Sonny Berenger, der Cop, der wie ein wandelnder blauer Baum aussah. Die Tür der Home Plate Lounge ging auf, eine Tonne von einem Mann in weißem Hemd und grauer Hose kam heraus und lehnte sich vor der Bar an die Mauer. Sonny marschierte an ihm vorüber, ohne ihn anzusehen.

»Ist er das?«

»Nein, das ist ein Kerl namens Frankie Waldo. Er ist im Fleischgroßhandel. Idaho-Fleisch. Bis auf wenige Jahre hat dieses Hotel Fleisch ausschließlich von Idaho bezogen, damals, als es noch einen Zimmerservice gab. Aber Billy hat sich verspätet, und Frankie möchte mit ihm reden. Er fragt sich, wo er bleibt.«

Frankie Waldo starrte zum Eingang des St. Alwyn herüber, bis Sonny mit zwei Kaffeebechern aus dem Lebensmittelladen kam. Bevor der Cop bei ihm angelangt war, verschwand Waldo in der Bar. Sonny kehrte zu seinem Streifenwagen zurück. Ein Lieferwagen und ein Pick-up fuhren vorbei und bogen in die Livermore ein. Der Streifenwagen löste sich vom Randstein und rollte die Straße hinauf.

»Hier kommt er«, sagte Breakstone. »Achten Sie jetzt auf Frankie.«

Ich sah den obersten Teil und die Krempe eines dunkelgrauen Hutes, auf den Hinterkopf eines Mannes zurückgeschoben, der vor dem Hoteleingang den Gehsteig überquerte. Frankie Waldo tauchte wieder aus der Bar auf und hielt die Tür. Billy Ritz trat auf die Fahrbahn und überquerte die Widow Street. Er trug einen weiten grauen Anzug mit breiten Schultern und ging ganz ohne Eile, fast herausfordernd lässig.

Er ging auf Waldo zu, sagte etwas zu ihm, und der tonnenförmige Mann schien vor Erleichterung fast dahinzuschmelzen. Er klopfte Ritz auf den Rücken, und Ritz stolzierte wie ein Kronprinz durch die offene Tür. Waldo folgte ihm, bevor die Tür zuschlug.

»Haben Sie gesehen, wie Billy ein bißchen gute Laune verbreitet?« Breakstone trat vom Fenster zurück. »Jedenfalls hat niemand den Wunsch, viel näher an Billy Ritz heranzukommen.«

»Vielleicht hat er ihm gesagt, daß es im St. Alwyn bald wieder einen Zimmerservice gibt.«

»Ich wünschte, das wäre tatsächlich der Fall.« Auch ich trat vom Fenster zurück, und Glenroy Breakstone sah mich mit einem Blick an, der mir sagte, ich hätte seine Zeit schon über Gebühr in Anspruch genommen.

Ich ging langsam zur Tür, und plötzlich kam mir ein Gedanke. »Ich nehme an, es war die Idaho Meat Company, die zur Zeit der *Blue-Rose*-Morde Fleisch an das Hotel lieferte?«

Er lächelte. »Ja, eigentlich schon. Aber Sie wissen, wer es wirklich getan hat.«

Ich fragte ihn, was er meinte.

»Erinnern Sie sich, daß ich gesagt habe, die Manager hätten in die eigene Tasche gewirtschaftet? Lambert hat in der

Wäscherei abgesahnt, und der böse Bob hat sich ein saftiges Stück Fleisch abgeschnitten. Ralph Ransom ist nie dahintergekommen. Bob ließ überhöhte Rechnungen schreiben, und wenn sie auf Ralphs Schreibtisch landeten, trugen sie immer schon den Stempel *Bezahlt.*«

»Wie haben Sie davon erfahren?«

»Nando hat es mir eines Abends erzählt, als er ziemlich zu war. Er und Eggs haben jeden Morgen zu Beginn ihrer Schicht den Laster entladen. Aber das wußten Sie schon, nicht wahr?«

»Woher sollte ich?«

»Haben Sie nicht gesagt, daß das St. Alwyn das Bindeglied zwischen allen *Blaue-Rose*-Opfern ist?«

Auf einmal begriff ich, was er meinte. »Der Fleischer, der den Fleischvertrag hatte, war Heinz Stenmitz?«

»Und ob er das war! Wie sonst hätte sich eine Verbindung zwischen ihm und dem Hotel herstellen lassen?«

»Kein Mensch hat das damals der Polizei gegenüber erwähnt.«

»Gab keinen Grund dafür.«

Ich bedankte mich bei Breakstone und machte einen Schritt auf die Tür zu, doch er rührte sich nicht. »Sie haben mich nicht danach gefragt, was für Gedanken ich mir über die Art von James' Tod gemacht habe. Das aber war der eigentliche Grund, warum ich Sie heraufkommen ließ.«

»Und ich hab' gedacht, Sie haben mich raufkommen lassen, weil ich wußte, wer *Lush Life* geschrieben hat.«

»Jeder müßte wissen, wer *Lush Life* schrieb«, sagte er. »Interessiert es Sie oder nicht? Ich kann Ihnen nicht sagen, wer damals gefeuert wurde, und ich kann Ihnen nicht sagen, wo Sie Bob Bandolier finden. Aber ich kann Ihnen sagen, was ich über James weiß. Wenn Sie die Zeit erübrigen können.«

»Bitte«, sagte ich. »Ich hätte fragen sollen.«

Er machte einen Schritt auf mich zu. »Damit haben Sie verdammt recht. Hören Sie zu! James wurde in seinem Zimmer getötet. Im Bett, richtig? Wissen Sie, was er anhatte?«

Ich schüttelte den Kopf und verwünschte mich, weil ich die Polizeiprotokolle nicht sorgfältiger gelesen hatte.

»Er hatte keinen Faden am Leib. Sie wissen, was das bedeutet?« Er ließ mir keine Zeit zu antworten. »Es bedeutet, daß er aus dem Bett aufgestanden ist, um die Tür zu öffnen. Er wußte, wer draußen stand. James mag jung gewesen sein, aber er war kein Narr – außer in einer Beziehung. Muschi. James wollte ungefähr jedes gutaussehende Mädchen vögeln, das ihm über den Weg lief. Im Hotel gab es ein paar hübsche Hausmädchen, und mit einem, einer gewissen Georgia McKee, war James zusammen, als wir im Black and Tan spielten.«

»Wann war das?«

»September 1950. Zwei Monate, bevor er ermordet wurde. Er ließ sie fallen wie alle anderen Mädchen, mit denen er ging. Von da an traf er sich mit einem Mädchen, das im Club arbeitete. Georgia tauchte immer wieder dort auf und machte Szenen, bis man ihr Lokalverbot erteilte. Sie wollte James *zurück haben.*« Breakstone betonte die beiden letzten Worte, damit ich auch ganz bestimmt kapierte, was er sagte. »Ich war immer der Meinung, daß es Georgia war, die James umgebracht und dann alles so hergerichtet hat, daß man glauben mußte, der Mörder der Hure habe auch James getötet. Er *hat die Tür geöffnet.* Oder sie kam mit ihrem Universalschlüssel hinein. Egal wie. James hätte sich nicht aufgeregt, wenn er gedacht hätte, sie sei gekommen, um mit ihm ins Bett zu gehen.«

»Das haben Sie nie der Polizei erzählt?«

»Ich habe es Bill Damrosch gesagt, aber inzwischen war Georgia McKee schon über alle Berge.«

»Was ist aus ihr geworden?«

»Sofort nach dem Mord an James hat sie im Hotel gekündigt und ist nach Tennessee gezogen. Ich vermute, sie hatte Verwandte dort. Um ehrlich zu sein, ich hoffe von ganzem Herzen, daß jemand sie in einer Bar niedergestochen hat. James hätte ein längeres Leben haben sollen«, fügte Breakstone hinzu, nachdem wir uns ein paar Sekunden lang wortlos gegenübergestanden hatten. »Er hatte der Welt etwas zu bieten.«

14

Es war noch zu früh, um Tom Pasmore anzurufen, also bat ich den Angestellten am Empfang um ein Telefonbuch von Millhaven. Er ging ins Büro und kam mit einem dicken Wälzer zurück. »Wie geht es Glenroy heute?«

»Gut«, sagte ich. »Aber ist das nicht immer der Fall?«

»Nein«, sagte der Angestellte, »doch er ist immer Glenroy.«

Ich nickte und schlug den Buchstaben S auf. David Sunchana war unter einer Adresse in der North Bayberry Lane eingetragen, die so klang, als gehöre sie nach Elm Hill. Ich notierte mir die Nummer auf dem Zettel, den Tom mir gegeben hatte, und dann suchte ich noch Oscar Writzman vom Fond Du Lac Drive heraus. Vielleicht konnte er mir etwas über den geheimnisvollen William Writzman sagen.

Vom Münzfernsprecher in der Hotelhalle aus wählte ich die Nummer der Sunchanas und ließ es lange klingeln, ehe ich auflegte. Sie mußten in Elm Hill die einzigen sein, die keinen Anrufbeantworter besaßen.

Ich verließ das St. Alwyn und schlenderte zu Bob Bandoliers altem Haus zurück. Er muß etwas gewußt haben, dachte ich. Vielleicht hatte er Georgia McKee aus James Treadwells Zimmer kommen sehen und sie erpreßt, anstatt sie der Polizei zu übergeben.

Ich bog in die South Seventh ein und ging am Millhauser-Haus vorbei. Erst im letzten Moment sah ich, daß Frank Belknap mir aus seinem Vorgarten zuwinkte. Er forderte mich mit einer Geste auf zu bleiben, wo ich war, und ging dann eilig hinter mir her. Als er näher kam, blickte er zu seiner Veranda zurück und winkte mir, in Richtung Livermore weiterzugehen. »Hab' Hannah gesagt, ich lauf ein bißchen spazieren«, erklärte er mir. »Bin die Straße vier mal rauf und runter gegangen und habe auf Sie gewartet.«

Er zeigte mit einer ruckartigen Kopfbewegung zur Avenue, und wir gingen noch ein Stück weiter, um sicher zu sein, daß seine Frau nicht sehen konnte, wie er mit mir sprach.

»Was gibt es?« fragte ich.

Er kämpfte immer noch mit sich. »Ich habe diesen Soldaten getroffen, den, der die Dumskys aus dem Nachbarhaus hinausgeworfen hat. Er war am nächsten Tag noch einmal da, um sich das Haus anzusehen. Hannah war einkaufen. Als er ging, lief ich hinaus, um mit ihm zu reden, und er war schlimmer als grob, Mister. Um die Wahrheit zu sagen, er hat mir angst gemacht. Er war nicht groß, aber er sah gefährlich aus – der Kerl hätte mich im Handumdrehen umgebracht, und das wußte ich.«

»Was ist passiert? Hat er Ihnen gedroht?«

»Na, und ob.« Belknap sah mich stirnrunzelnd an. »Ich glaube, der Typ war eben erst aus Vietnam zurückgekommen, und ich glaube, daß es nichts gab, was er nicht getan hätte. Ich respektiere unsere Soldaten, das müssen Sie mir glauben, und ich denke, daß es eine verdammte Schande war, was wir diesen Jungs angetan haben. Aber der Kerl war was Besonderes.«

»Was hat er zu Ihnen gesagt?«

»Er hat gesagt, ich müsse vergessen, daß ich ihn je gesehen habe. Wenn ich auch nur ein Sterbenswort über ihn und das ausplaudere, was er tue, würde er mein Haus anzünden. Und es war ihm ernst damit. Er sah aus, als habe er schon mehrere Häuser niedergebrannt, wie man es immer wieder in den Nachrichten sieht.« Frank rückte näher an mich heran, und ich roch seinen schlechten Atem. »Er hat gesagt, daß ich nie Schwierigkeiten bekommen werde, solange ich so tue, als gebe es ihn nicht.«

»Oh«, sagte ich, »ich verstehe.«

»Ist Ihnen jetzt alles klar?«

»Er ist der Mann, den Hannah nachts sieht«, sagte ich.

Er nickte heftig. »Ich rede ihr dauernd ein, daß sie sich alles nur einbildet. Vielleicht ist er's auch gar nicht – das mit der Drohung ist ja schon 1973 passiert. Doch eins sag ich Ihnen, wenn er es ist, dann weiß ich nicht, was er dort drin tut, aber weinen tut er ganz bestimmt nicht.«

»Danke, daß Sie's mir erzählt haben«, sagte ich.

Er sah mich zweifelnd an, als frage er sich, ob er einen Fehler gemacht hatte. »Ich hab' gedacht, Sie wüßten vielleicht, wer er ist.«

»Er war in Uniform, als Sie ihn trafen?«

»Sicher. Ich hatte irgendwie das Gefühl, daß er noch keine Zivilkleidung besaß.«

»Was für eine Uniform war es?«

»Die Jacke hatte Metallknöpfe, aber das ganze andere Zeug – die Abzeichen und die Ordensspange – waren abgerissen.«

Das war keine Hilfe. »Und dann ist er nie wieder aufgetaucht, bis Hannah ihn nachts im Haus gesehen hat.«

»Ich habe gehofft, daß er inzwischen gestorben ist. Vielleicht ist es ja jemand anders, den sie dort sieht.«

Das wisse ich nicht, sagte ich, und er ging langsam zu seinem Haus zurück. Er drehte sich noch ein paarmal nach mir um und fragte sich wieder, ob er das Richtige getan hatte.

15

Ich stieg in den weißen Pontiac, fuhr zur Livermore zurück und durch den Schatten des Tales.

An der Ausfahrt Elm Hill verließ ich die Autobahn, kurvte ziellos durch eine Reihe stiller Straßen und suchte die Bayberry Lane. In Elm Hill liebte man einstöckige Kolonial- und erhöhte Ranchhäuser, elegante Hollywoodschaukeln in den langen Hintergärten und verzierte Namensschilder an einem Pfosten neben der Zufahrt – THE HARRISONS, THE BERNHARDTS, THE REYNOLDS. Fast alle Briefkästen waren ungefähr halb so groß wie Mülltonnen und mit gemalten Enten im Flug, roten Scheunen an Teichen oder springenden Lachsen geschmückt.

Im Zentrum von Elm Hill fuhr ich auf den Parkplatz mehrerer halbkreisförmig angeordneter grauer kolonialer Läden. Wenn man ein Seil hatte, konnte man sein Auto an einem Pfosten anpflocken wie ein Pferd. Auf der anderen Seite der Straße lag der Hügel, auf dem die Ulmen gestanden hatten. Jetzt gab es dort eine Gedenktafel und zwei Wege, an denen Granitbänke standen. Ich kaufte mir im Booky Bookshop einen Stadtplan, überquerte die Straße und setzte mich auf eine Bank. Die Bayberry Lane begann direkt hinter dem Einkaufszentrum am Rathaus, führte um einen Teich herum und ungefähr eine halbe Meile weiter bis zum Plum Barrow Way, über den man wieder zur Autobahn gelangte.

Das erste halbe Dutzend Häuser in unmittelbarer Nähe des gedrungenen Rathauses waren bescheidene, schäbige hölzerne Schachteln mit angebauten Veranden und die ältesten Gebäude, die ich in Elm Hill gesehen hatte; sie stammten aus den zwanziger und dreißiger Jahren. Nachdem die Bayberry Lane den Teich hinter sich gelassen hatte, waren auf einmal die weiß-grauen Kolonialhäuser wieder da. Ich las die Hausnummern ab. Endlich kam ich zu einer langen, geraden Reihe von Eichen, die früher die Grenzlinie einer Farm gebildet hatten.

Hinter der Eichengrenze erhob sich ein einstöckiges, leicht baufälliges Farmhaus mit einer durch Fliegengitter geschützten Veranda, das in seiner Umgebung völlig aus dem Rahmen fiel. Seitlich vom Haus standen, direkt an der Mauer, zwei Propangas-Tanks, und ein furchiger Zufahrtsweg führte von der Straße zu einer windschiefen, mit Schindeln verkleideten Garage. Die verblaßte Nummer auf dem schlichten Briefkasten war die gleiche wie die auf meinem Zettel. Die Sunchanas hatten ein Originalfarmhaus dieser Gegend gekauft und dann optimistisch darauf gewartet, daß Riverwood um sie herum neu erstand. Ich holperte durch die Furchen bis vor die Garage, stellte den Motor ab und stieg aus.

Ich ging die Veranda entlang und drückte auf die Klinke. Die Tür ging auf. Ich betrat die lange, schmale Veranda. In der Mitte standen unter einem Fenster sonnengebleichte Korbsessel. Ich klopfte an die Haustür. Alles blieb still. Doch ich hatte gewußt, daß niemand antworten würde. Ich drehte mich um und sah auf der anderen Straßenseite neben den Eichen einen Mann, der zu mir herüberstarrte.

Das Netz der Fliegentür verwandelte ihn in ein aufrecht stehendes Muster aus schwarzen Punkten. Ich durchlebte einen Moment akuter Bedrohung, und ohne irgend etwas zu denken, trat ich zur Seite und kauerte mich neben einen Korbsessel. Der Mann hatte sich nicht bewegt, aber er war verschwunden.

Langsam stand ich auf. Meine Nerven schrien. Ich ging durch die Fliegentür wieder hinaus, auf die Bayberry Lane zu, und hielt Ausschau, ob sich zwischen oder hinter den Eichen etwas bewegte. Es könnte, dachte ich, ein Nachbar gewesen sein, der sich gefragt hat, was ich auf der Veranda der Sunchanas zu suchen habe.

Aber ich wußte, daß es kein Nachbar gewesen war.

Unter den Eichen rührte sich nichts. Ich überquerte die Straße in einer Diagonale, so daß ich zwischen die Bäume schauen konnte. Knapp zwei Meter Grasfläche trennte sie jeweils voneinander. Weit und breit war kein anderes menschliches Wesen zu sehen. Die Reihe der Eichen endete an der Straße hinter der Bayberry Lane, die seinerzeit eine andere Begrenzungslinie der alten Farm gewesen sein mußte. Irgendwo im Straßengewirr von Ost-Elm Hill, und von hier aus nicht zu sehen, startete ein Wagen und jagte aufheulend davon. Ich drehte mich in die Richtung um, aus der der Lärm kam, doch alles, was ich sah, waren Hollywoodschaukeln und die Hinterfronten der Häuser. Mein Herz hämmerte noch.

Ich ging über die Straße und wartete noch eine halbe Stunde im Wagen, aber die Sunchanas kamen nicht nach Hause. Schließlich schrieb ich meinen Namen und Johns Telefonnummer unter eine kurze Nachricht, auf der stand, daß ich sie wegen Bob Bandolier sprechen wolle, riß die Seite aus meinem Notizbuch und begab mich wieder auf die geschützte Veranda. Die Haustür war ebenfalls nicht abgeschlossen. Wie schon vorher, fühlte ich auch jetzt wieder eine unbestimmte Gefahr, als enthalte das leere Haus eine Drohung. »Hallo, jemand zu Hause?« rief ich, beugte mich vor und sah mich im Zimmer um, erwartete jedoch keine Antwort. Ich legte den Zettel vor dem ovalen braunen Teppich auf den polierten Fußboden des Wohnzimmers, machte die Tür zu und ging zum Wagen zurück.

16

Zwei Ausfahrten östlich des Stadions nahm ich die Teutonia Avenue und fuhr schräg nach Norden, tief in den mittleren Abschnitt des großen Wohngebiets von Millhaven hinein. Ich war nicht ganz sicher, wo der Fond du Lac Drive lag, glaubte aber, er kreuze sich irgendwo mit der Teutonia, und ich fuhr, die Straßenschilder beobachtend, an einer Kette kleiner Läden und Fast-food-Restaurants vorbei. Als ich zur

Ampel am Fond du Lac Drive kam, überlegte ich rasch und bog rechts ein.

Der Fond du Lac Drive war eine breite Straße mit sechs Fahrspuren; sie begann am See und durchschnitt dann Zentral-Millhaven wie eine diagonale Achse. So weit im Westen standen keine Bäume auf den weißen Gehsteigen. Die Sonne brannte auf die Reihen der in den dreißiger Jahren erbauten Wohngebäude und Einfamilienhäuser zu beiden Seiten der Straße herunter. Alle paar Sekunden warf ich einen Blick in den Rückspiegel, wie schon während der ganzen Fahrt von Elm Hill hierher. Eines von drei gleich aussehenden Betonhäusern, Nummer 5460, hatte schwarze Rolläden und ein Flachdach. Alle drei waren im gleichen hellen Gelb gestrichen. Die Besitzer der Nachbarhäuser zu beiden Seiten hatten das kahle Äußere zu mildern versucht, indem sie neben ihren Wegen und um die Häuser herum Blumenrabatten gepflanzt hatten, aber Oscar Writzmans Haus sah wie ein Gefängnis mit Rollos aus.

Bevor ich klopfte, sah ich prüfend die leere Straße hinauf und hinunter.

»Wer ist da?« fragte eine Stimme auf der anderen Seite der Tür.

Ich nannte meinen Namen.

Die Tür wurde einen Spalt geöffnet. Durch das Fliegengitter erspähte ich einen großen, plumpen Mann in den Siebzigern, der mich forschend betrachtete. Was er sah, schien auf ihn nicht bedrohlich zu wirken, denn er machte die Tür ganz auf und kam heraus. Er hatte einen gewaltigen Brustkorb und einen dicken Hals wie ein alter Athlet, trug Khakishorts und ein schlaffes blaues Sweatshirt. »Suchen Sie mich?«

»Wenn Sie Oscar Writzman sind, dann ja«, sagte ich.

Er stieß die Fliegentür auf und kam so weit nach vorn, daß er den ganzen Rahmen ausfüllte. Mit der Schulter hielt er die Tür offen. Neugierig auf das, was ich wollte, schaute er auf mich herunter. »Hier bin ich. Was wollen Sie?«

»Mr. Writzman, ich habe gehofft, Sie könnten mir helfen, einen leitenden Angestellten einer in Millhaven ansässigen Firma ausfindig zu machen.«

Er drehte das Kinn zur Seite und sah zugleich skeptisch und belustigt aus. »Sind Sie sicher, daß Sie Oscar Writzman suchen? *Diesen* Oscar Writzman?«

»Haben Sie schon mal von einer Firma namens Elvee Holding gehört?«

Er überlegte einen Moment. »Ne.«

»Haben Sie schon mal etwas von einem Andrew Belinsky oder einem Leon Casement gehört?«

Writzman schüttelte den Kopf.

»Der dritte Gesellschafter war Writzman, und da Sie der einzige Writzman sind, der im Telefonbuch eingetragen ist, sind Sie so etwas wie mein letzter Versuch.«

»Um was geht es eigentlich?« Er beugte sich vor, noch nicht feindselig, aber freundlich auch nicht mehr. »Wer sind Sie überhaupt?«

Ich nannte ihm noch einmal meinen Namen. »Ich versuche, einem alten Freund zu helfen, und wir möchten mehr Informationen über diese Firma, Elvee Holding, sammeln.«

Er schaute mich finster an.

»Es sieht so aus, als sei der einzige tatsächlich existierende Teilhaber von Elvee Holding ein Mann namens William Writzman. Wir können nicht zu den Ämtern gehen, weil ...«

Er kam heraus, stieg die Stufen herunter und schlug mir hart vor die Brust. »Klingt Oscar wie William für Sie?«

»Ich dachte, daß Sie vielleicht sein Vater sind«, sagte ich.

»Mir ist egal, was Sie gedacht haben.« Er stieß mir wieder gegen die Brust, ging weiter und drängte mich zurück. »Ich dulde nicht, daß hinterhältige Mistkerle hier rumschnüffeln und mich belästigen, und ich will, daß Sie von meinem Besitz verschwinden, bevor ich Ihnen den Schädel einschlage.«

Er meinte es ernst, wurde von Sekunde zu Sekunde wütender.

»Ich habe doch nur gehofft, Sie könnten mir helfen, William Writzman zu finden. Das ist alles.« Ich hob die Hände, um ihm zu zeigen, daß ich ihm nichts tun wollte.

Sein Gesicht wurde hart, und er drang auf mich ein. Ich sprang zurück, eine gewaltige Faust füllte mein ganzes Blickfeld aus, und die Luft vor meinem Gesicht geriet in Bewegung. Dann stand er nur noch einen knappen Meter vor mir, die Fäuste bereit, das Gesicht feuerrot vor Wut.

»Ich geh ja schon«, sagte ich. »Ich wollte Sie nicht stören.«

Er ließ die Hände sinken, blieb aber im Vorgarten stehen, bis ich im Wagen saß. Dann machte er kehrt und trottete ins Haus.

ACHTER TEIL

Colonel Beaufort Runnel

1

Ich betrat das Haus und rief einen Gruß. Es blieb still, und ich vermutete, daß die Ransoms ein Nickerchen machten. Einen Augenblick fühlte ich mich wie Hans im Glück.

In der Küche fand ich auf der Mitteltheke neben einer Flasche Worcestersoße und drei mit einer roten Flüssigkeit verschmierten Gläsern einen gelben Zettel. *Tim – wo steckst Du? Wir gehen ins Kino, sind gegen 7 oder 8 zurück. Monroe und Wheeler waren da. Siehe Beweise im ersten Stock. John.*

Ich warf den Zettel in den Müll und ging hinauf. Marjorie hatte auf dem Tisch des Gästezimmers kleine Kosmetiktiegel aufmarschieren lassen. Eine Zeitschrift lag aufgeschlagen auf dem ungemachten Bett.

Nichts war in Johns Schlafzimmer verändert worden, außer von John selbst. Er hatte seinen Dreihundertdollarwodka auf seinem Nachttisch deponiert, zweifellos, um Ralph daran zu hindern, sich die Kostbarkeit bis zum letzten Tropfen einzuverleiben. Auf dem Fußboden lagen zusammengeknüllt und zerknittert Hemden und Boxershorts. Byron Dorians zwei große Gemälde, die ihn zu stark an Aprils Tod erinnerten, hatte er abgenommen und verkehrt herum an die Wand gestellt.

Im zweiten Stock lag Damroschs Aktentasche noch unter der Couch.

Ich ging in Aprils Schlafzimmer hinüber. In den Regalen lagen nur noch ein Stapel alter Firmenprotokolle und alte Faxe. Der größte Teil der weißen Borde war leer.

Monroe und Wheeler hatten fast alle Akten und Papiere eingepackt und mitgenommen. Am Abend würde ein Buchprüfer vom Armory Place Aprils Protokolle und Berichte durchgehen und nach einem Mordmotiv suchen. Bestimmt hatten Monroe und Wheeler heute morgen auch Aprils Büro bei Barnett ausgeräumt. Ich zog eine Schreibtischschublade auf, fand zwei lose Heftklammern, eine Tube Nivea-Creme und einen Gummiring. Ich kam zwei Stunden zu spät, um festzustellen, was April über William Damrosch herausgefunden hatte.

Ich ging in Johns Büro zurück und griff zu Colonel Runnels Buch. Dann streckte ich mich auf der Couch aus, um zu lesen, bis Ransoms aus dem Kino kamen.

2

In seliger Unkenntnis des Nachteils, ein miserabler Schreiber zu sein, der nichts zu sagen hat, hatte Beaufort Runnel dreißig Jahre dummer Überzeugungen, pointenloser Anekdoten und tiefempfundener Vorurteile in vierhundert Seiten gepreßt. Der Colonel hatte sich an seinen Schreibtisch befohlen und jeden Satz aus schlechtem, unnachgiebigem Granit herausgehauen. Er mußte wütend gewesen sein, als kein kommerzieller Verleger sein Meisterwerk haben wollte.

Ich fragte mich, wie es Tom Pasmore geschafft hatte, dieses Juwel zu finden.

Colonel Runnel hatte sein Leben in Versorgungsdepots verbracht, und seine größten Probleme waren Diebstähle und ungenaue Rechnungen gewesen. Seine langen, manchmal unglücklichen Erfahrungen in Deutschland, Oklahoma, Wisconsin, Kalifornien, Korea, Vietnam und auf den Philippinen hatten ihn unerbittlich zu bestimmten profunden Überzeugungen gebracht.

3

Die beste kämpfende Truppe auf dem gesamten Globus ist ohne jeden Zweifel die Armee der Vereinigten Staaten von Amerika. Das ist eine absolute Tatsache. Heldenhaft, jederzeit einsatzbereit und jederzeit bereit, die Bajonette aufzupflanzen, willens, zu kämpfen bis zum letzten Mann, das ist die Armee, wie wir sie kennen und lieben. Seit langem und nicht ruhmlos (wenn auch nie besungen) habe ich auf vielen Stützpunkten in der ganzen Welt gearbeitet, hat mich die Armee an zahlreiche ›Brennpunkte‹ geschickt, und diesen Herausforderungen hat sich der bescheidene Colonel des Quartermaster Corps' immer nach besten Kräften gestellt. Ich habe unsere kämpfenden Truppen weltweit gesehen, in ihrer Freizeit und unter Druck, und nie haben sie weniger als meine besten und ergebensten Dienste verdient.

Was macht unsere Armee zur besten der Welt? Mehrere Faktoren, jeder davon wichtig, kommen ins Spiel, wenn wir uns diese Frage stellen.

Disziplin, die in der Ausbildung geschmiedet wird.
Loyalität gegen unser amerikanisches Geburtsrecht.
Stärke, physisch und zahlenmäßig ...

Hier überschlug ich eine Handvoll Seiten.

Ich will erklären, wie man ein ordentliches, gut bevorratetes Depot an Orten rund um die Welt einrichtet. Ich versichere dem Leser, daß die amüsanten Zwischenfälle keineswegs Erfindungen oder Ausschmückungen des Autors sind. So ist es passiert, gesehen aus der Zwillingsperspektive langer Erfahrung und der Veranda meines bescheidenen, aber komfortablen Ruhesitzes in einem Teil des Prince George County in Maryland, in dem es keine Rassenunterschiede gibt.

4

Stöhnend wandte ich mich Runnel in Cam Ranh Bay, Runnel in Saigon, Runnel im Feld zu. Dann blieb mein Blick an einem vertrauten Namen hängen wie an einem Angelhaken. Runnel war im Camp White Star gewesen, meiner ersten Station in Vietnam. Ich entdeckte noch einen Namen, den ich kannte, und begann ernsthaft zu lesen.

5

Während meiner arbeitsüberlasteten Wochen im Camp White Star erlebte ich einen der selten vorkommenden, sehr unangenehmen Zwischenfälle meiner Karriere. Unangenehm und aufschlußreich war er, denn er sagte mir unmißverständlich, daß die alte Armee, die ich liebte, ein Opfer krankhafter Ideen und Einflüsse geworden war. Verderbliche Neigungen vergifteten ihr Blut …

Hier begann ich wieder zu blättern und überschlug ein paar Seiten.

Ich hatte natürlich schon von den Green Berets gehört, die von dem katholischen Demagogen gegründet worden waren, der sein hohes Amt nur der korrupten Verwendung der erschwindelten Millionen seines Vaters zu verdanken hatte. Und wem wäre zu jener Zeit diese ›Elitetruppe‹ wohl kein Begriff gewesen? Ihr Ruhm wurde landauf, landab verkündet, und viele sonst kluge und patriotische junge Männer gerieten in die Falle. Aber ich hatte mit dieser Brut noch nie Kontakt gehabt, bis ein gewisser Captain – später unglaublicherweise Major – Franklin Bachelor mein Depot im Camp White Star betrat. Es war eine Lehrstunde für mich.

Er stolzierte herein, in einer undefinierbaren Uniform, aber sichtlich ein Offizier mit der Haltung eines Offiziers. Man ließ den Männern im Feld eine Menge Spielraum, was die Uniformen betraf. Ich sollte den normalen Ablauf erklären, zumindest in meinem Aufgabenbereich. Er beruhte auf einer einfachen Maxime. Nichts herein ohne die nötigen Formulare, nichts hinaus ohne die nötigen Formulare. Das ist die Basis. Natürlich wußte jeder Quartermaster, was es hieß zu ›improvisieren‹, und dazu aufgefordert, zog ich mich hervorragend aus der Affäre, wie im Fall der sechs Ochsen im Cho-Kin-Reservoir. Der Leser wird sich an die Episode erinnern. Ich lasse die Sache auf sich beruhen.

Normalerweise werden die Formulare auf den Schreibtisch gelegt, die benötigten Waren zusammengesucht, dann in den oder die wartenden Wagen eingeladen; die Kopien der Anforderungsformulare schickt man an die übergeordnete Dienststelle. Ich brauche wohl nicht zu erwähnen, daß Capt. Bachelor sich nicht an die Gepflogenheiten hielt.

Er ignorierte mich und befahl seinen Begleitern, verschiedene Kleidungsstücke aus den Regalen zu holen. Diese Begleiter waren, ich betone es, keine Soldaten der Armee der Vereinigten Staaten. Eingeborene der Statur nach, häßlich von Gesicht und Gestalt und einige sogar mit grellen Farben beschmiert. Es waren ›Yards‹, Stammesangehörige, mit denen viele Green Berets umgehen mußten. Mein Befehl, die gestohlenen Waren sofort zurückzulegen, wurde nicht beachtet. Ich schlug auf den Tresen und fragte in, wie ich hoffte, ironischem Ton, ob ich vielleicht die Anforderungsformulare des Offiziers sehen dürfte. Der Mann und seine Schlägertypen überhörten auch das. Huschende, tierische kleine Kreaturen, mit Schlamm bedeckt und mit Federn geschmückt, hatten mein Depot übernommen.

Ich kam, die Seitenwaffe deutlich sichtbar in der Hand, hinter dem Tresen hervor. Das, sagte ich, könne ich nicht hinnehmen, es müsse sofort aufhören. Ich ging auf den Offizier zu, als ich hörte, wie hinter meinem Rücken ein M 16 durchgeladen wurde. Der Offizier riet mir, mich ruhig zu verhalten. Langsam, wirklich ganz langsam, drehte ich mich um und sah mich einer der erstaunlichsten Szenen gegenüber, die der asiatische Konflikt mir bis dato geboten hatte. Eine Frau von großer Schönheit in einem Drillichanzug richtete die Waffe auf meinen Kopf Auch sie war eine ›Yard‹, aber höher entwickelt als ihre umherhüpfenden Landsleute. Zweierlei wußte ich sofort: Diese Schönheit würde mich mit der wohlbekannten asiatischen Gleichgültigkeit gegen das Leben auf der Stelle erschießen. Und sie war die Gefährtin des Green-Beret-Offiziers. Sie waren Gefährten, wie Kreaturen auf einem Scheunenhof Gefährten sind. Das war für mich ein Zeichen, daß der Offizier irre war. Ich gab jeden Widerstand gegen das Paar und seine Eingeborenen auf. Mein Personal war geflohen, und ich stand stumm und reglos da.

Ich berichtete den Zwischenfall unserem kommandierenden Offizier, einem Gentleman, dessen Name unerwähnt bleiben soll. Er und ich waren zwar oft verschiedener Meinung über die Art, wie ich einige Dinge umorganisierte, dennoch erwartete ich von ihm umgehende und volle Unterstützung: Rückgabe der gestohlenen Waren. Genaue Protokollierung und Dokumentation. Der Tat angemessene disziplinäre Maßnahmen. Zu meinem Erstaunen weigerte sich der Commanding Officer von White Star, auch nur einen Finger zu rühren.

Mich habe doch nur Captain Frank Bachelor aufgesucht, sagte man mir. Captain Bachelor kam ungefähr alle zwei Jahre vorbei, um seine Soldaten neu einzukleiden. Der Captain gab sich nie mit Papierkram ab, der Quartermaster schätzte, was Bachelors Leute mitgenommen hatten, und füllte die Formulare selbst aus. Oder er schrieb die Sachen als gestohlen ab. Mein Problem war, daß ich versucht hatte, ihn zu stoppen – Captain Bachelor konnte man nicht stoppen. Ich fragte, warum denn nicht, und bekam die verblüffende Antwort, der Captain sei eine Legende.

Dieser Esel von Commanding Officer erklärte mir, Franklin Bachelor sei bekannt als ›der letzte Irreguläre‹. Irregulär in der Tat, gestattete ich mir *sotto voce* zu bemerken.

Wie der Leser verstehen wird, hatte ich fortan großes Interesse an der weiteren Karriere des jungen Captain Franklin Bachelor.

Ich erklärte mich zum bekehrten Anhänger der ›Irregulären‹; von Männern wie Bachelor. Ich forschte nach Geschichten und bekam Erzählungen zu hören wie jene, mit denen der Mohr Desdemona verführt hat.

Das Bild, das ich durch diese Erzählungen von Bachelor bekam, beunruhigte mich allmählich. Und wenn es schon für mich beunruhigend war, dann um wie vieles mehr für ›Jene, Deren Namen Nicht Genannt Werden Dürfen‹ und die ihn ermutigt hatten. Unberechenbar, ja. Auf Grund dieser Beunruhigung, die im Land auch höchsten Ortes herrschte, geriet der glücklose Jack (ich glaube) Ransom, ein Captain der Special Forces, zuerst in das Netz des wahnsinnigen Bachelor, was zur letzten Verschwörung führte – der endgültigen Verschwörung des Schweigens. Und dieses Schweigen wurde zu ewiger Schande. Ich beabsichtige, sie in diesen Seiten zu enthüllen.

6

Die Aufgabe eines Mannes wie Bachelor bestand darin, die Feindschaft zwischen normalen Vietnamesen und ortsansässigen Eingeborenen, die noch im Stammesverband lebten, auszunutzen, indem sie individuelle Stammesdörfer zu Kommandodörfern umorganisierten, schlagkräftige Einheiten schufen, die genauso heimlich und hinterhältig operieren konnten wie unsere Guerillafeinde. Ein anderes Ziel war, Anhänger für unsere Regierung zu gewinnen, indem wir die Dorfbewohner aktiv bei ihrer Lebensführung unterstützten, ihnen beibrachten, Dämme zu bauen, Brunnen zu graben, gesündere Feldfrüchte heranzuziehen und bessere Ernten zu erzielen. Es war unbedingt erforderlich, daß Männer wie Bachelor die Sprache ihrer Eingeborenen sprachen, lebten, wie sie lebten, aßen, was sie aßen. Das dritte Ziel war, Guerillasoldaten für den Guerillakrieg auszubilden.

Bachelor zeigte nur allzubald seine wahren Qualitäten, indem er aus seinen Dorfbewohnern ein umherziehendes Wolfsrudel machte. Nach mehreren Monaten baute sich das Rudel ein festes Camp tief in einem Tal des vietnamesischen Hochlands.

Um diese Zeit hatte Bachelors Ruhm seinen Höhepunkt erreicht. Der einfache Soldat idealisierte seine Errungenschaften. Seine Vorgesetzten schätzten ihn, weil er laufend Geheiminformationen über die Truppenbewegungen des Feindes beschaffte. Der bösartige Einzelgänger blieb in Verbindung mit dem Rudel.

Hier nähern wir uns dem Kern der Sache.

Ich bin überzeugt, daß Bachelor sich in das gefährlichste aller Gewässer gewagt hatte, in die Rolle des Zwischenträgers – man könnte sagen: Doppelagenten.

Anfangs von seiner geheimen Basis im Hochland operierend und dann von einem noch besser verteidigten Bollwerk weiter nördlich, wurde Major Bachelor ein fliegender Händler für Informationen, eine Quelle für nachrichtendienstliche Mitteilungen über Truppenbewegungen und militärische Strategien, die anders nicht zu beschaffen waren.

Sogar mir, der ich mit Pflichten überlastet war, kam zu

Ohren, daß manchmal unsere Truppen aufbrachen, um ein Bataillon Nordvietnamesen zu überrumpeln, das angeblich (Woher stammte die Meldung?) auf Schleichwegen unterwegs nach dem Süden war; doch am Ende stießen unsere Leute nur auf ein paar mickrige Korporalschaften. Konnten wir einen Sieg verzeichnen? Absolut. Auch einen Sieg in der Größenordnung, die wir nach den Informationen unseres Geheimdienstes erwartet hatten? Hier ist die Antwort ein klares Nein. Es müssen ähnliche Überlegungen gewesen sein, die ›Jene, Deren Namen Nicht Genannt Werden Dürfen‹, veranlaßten, einen jungen Captain der Special Forces, Jack Ransom, ins Hochland zu schicken, um sich mit Major Bachelor in Verbindung zu setzen und ihn in die belaubten Täler des suburbanen Virginia zum Verhör und zur Berichterstattung zu bringen.

7

Die Füße tun mir weh, und mein Rücken gönnt mir keinen Moment Ruhe. Schreiben ist, wie ich entdeckt habe, eine ermüdende, Kräfte zehrende und unendlich störanfällige Tätigkeit. Kaum hat ein guter Satz die Schwelle des Bewußtseins überschritten, taucht irgendein Unglückseliger an der Tür meines bescheidenen, aber komfortablen Ruhesitzes in einem vernünftigen Sektor von Prince George's County auf. Er bringt mir ein Paket, das ich nicht wollte, er bittet um etwas zu essen, er sucht nach einem Phantom, dessen Náme unleserlich auf einen schmutzigen Papierfetzen gekritzelt wurde. Ich kehre an den Schreibtisch zurück, versuche die verlorenen Worte wiederzufinden, und das Telefon lärmt los wie eine explodierende Granate. Wenn ich mich melde, um das Teufelsding zum Schweigen zu bringen, fragt mich eine Stimme mit starkem Akzent, ob man mir wirklich vierundzwanzig Pilz- und Anchovis-Pizzas liefern soll.

Und! Zu jeder Tageszeit ist es möglich, daß ein Jugendlicher aus dem Nachbarhaus – einem früher sehr ansehnlichen Haus, das jetzt jämmerlich verwahrlost – einen Tennisball an die Wand vor meinem Schreibtisch knallt, den Ball holt und wieder gegen meine Wand schleudert, so daß sich ein ununterbrochenes dumpfes Klack-klack-klack zwischen mich und meine Gedanken schiebt. Die Eltern des Kindes haben keinen Sinn für das, was sich schickt, wissen nicht, was Pflicht und Disziplin bedeuten, von nachbarschaftlicher Rücksicht ganz zu schweigen. Ein einziges Mal habe ich sie in ihrer abscheulichen Bruchbude aufgesucht, aber sie haben sich über meine Klagen nur halb schiefgelacht. Ich bin sicher, daß es diese armen Tröpfe sind, die in meinem Namen Pizzas und andere Dinge bestellen. Ich halte hier ihren Namen fest, auf daß sie vor Scham vergehen mögen: Dumsky. Haben wir dafür gekämpft, daß ein käsegesichtiger, triefäugiger Abkömmling der Dumskys ungestraft einen Tennisball auf meine bescheidene Behausung werfen darf? Wenn ein Mann versucht, hier drin zu *schreiben?* Ein Mann, der sich schon seiner Rückenschmerzen und wunden Füße erwehren muß, über seinen Worten schwitzt, damit sie sich dem Leser unvergeßlich einprägen.

Und schon wieder fängt es an. Klack-klack-klack prallt der Tennisball an meine Wand.

8

Der Leser vergebe mir meinen obigen Ausbruch. Es ist dieses verdammte Thema, das mich gereizt macht und meinen Blutdruck in die Höhe treibt – nicht meine erbärmlichen Nachbarn.

Viele meiner vertraulichen Informanten trugen mir zu, daß Ransom und ein anderer Offizier ins Hochland geschickt wurden, um Bachelor aufzuspüren und ihn, wie man so sagt, ›aus der Kälte zu holen‹. ›Jene, Deren Namen Nicht Genannt Werden Dürfen‹, wünschten den Mann zu befragen, torpedierten jedoch ihr eigenes Unternehmen, indem sie zuließen, daß die Nachricht von Ransoms Mission Bachelor früher erreichte als der Captain selbst. So etwas kann auf tausenderlei Art passieren – durch ein paar in ein falsches

Ohr geflüsterte Worte, ein übersehenes Kabel, eine unvorsichtige Unterhaltung in einem Offiziersclub. Das Resultat war vorhersehbar, aber dennoch tragisch.

Nach einer schwierigen und gefährlichen Fahrt gelang es Ransom, das geheime Lager des entarteten Offiziers aufzuspüren. Ich habe verschiedene Versionen über das gehört, was er dort antraf, von denen ich einige von vornherein verwerfe, weil sie einfach unglaubwürdig klangen. Ich glaube, daß Ransom und der zweite Offizier ein Blutbad vorfanden, als sie das Lager erreichten. Überall lagen männliche und weibliche Leichen herum – Bachelor war geflohen.

Was folgte, war eine weitere merkwürdige Steigerung in der Legende von Franklin Bachelor. Captain Ransom betrat einen Schuppen ohne Dach und fand dort einen Amerikaner weißer Hautfarbe in einer zerfetzten Militäruniform, der den abgehäuteten und gesäuberten Schädel einer Asiatin in den Armen wiegte. Dieser Mann, fast wahnsinnig vor Erschöpfung und Gram, erklärte, er sei Franklin Bachelor. Der Schädel sei der seiner Ehefrau. Er und sein Untergebener, ein Captain Bennington, seien nicht im Lager gewesen, als die Vietcong es überrannt hätten, die ihn schon seit Jahren suchten. Der Feind habe über die Hälfte seiner Leute abgeschlachtet, das Camp niedergebrannt, die Leichen gekocht, ihr Fleisch gegessen und nur die Skelette übriggelassen. Bennington habe den Kader verfolgt und sei getötet worden.

Als Captain Ransom diesen Mann in *the shadoes* ablieferte, stellte es sich heraus, daß es sich in Wahrheit um Captain Bennington handelte, den die Vietcong angeblich ermordet hatten. Bachelor hatte seinen Untergebenen überredet, sich an seiner Statt den Verhören zu stellen und eine eventuelle Gefängnisstrafe auf sich zu nehmen, während er selbst mit dem Rest seines Wolfsrudels in den Dschungel floh. Bennington, der hoffnungslos wahnsinnig war, wurde in ein Militärhospital gebracht, wo er vermutlich noch heute wegen seines verschollenen Kommandeurs mit dem Schicksal hadert.

Hier ist die offizielle Geschichte zu Ende. Doch eine peinliche Frage muß gestellt werden. Wie wahrscheinlich ist es, daß ausgerechnet kurz vor Captain Ransoms Ankunft die

Vietcong Bachelors Camp überfallen haben? Und hätte Bachelor sich dann so verhalten wie berichtet?

Folgendes ist durchgesickert: Bachelor wußte, daß Captain Ransom zu ihm unterwegs war, um ihn zum Verhör in die Vereinigten Staaten zu bringen, und tötete deshalb seine Gefolgsleute. Kaltblütig eliminierte er all jene, die einer schnellen Flucht durch unwirtliche Gegenden nicht gewachsen waren. Frauen. Kinder. Die Alten und Schwachen wurden exekutiert oder tödlich verwundet, ebenso die gesunden Männer, die sich gegen Bachelor stellten. Dann kochten Bachelor und der Rest seiner Männer das Fleisch der Leichen und bereiteten sich ein letztes Mahl aus ihren Toten. Ich halte es sogar für möglich, daß Bachelors Leute *freiwillig in den Tod gingen, mit ihrer eigenen Vernichtung einverstanden waren.* Er beherrschte sie völlig. Sie glaubten, er besitze magische Kräfte. Wenn Bachelor ihr Fleisch aß, *würden sie in ihm weiterleben.*

9

Bachelor behielt seine Kerntruppe aus Eingeborenen, und ich zweifle nicht daran, daß mehr als nur ein paar der hüpfenden, herumwirbelnden, schlammbedeckten und gefiederten Wilden dazugehörten, die meine ordentlichen Regale im Camp White Star plünderten. Diese Kerle, barbarisch bis ins Mark, würden schwer zu töten und durch nichts abzuschrecken sein. Dieser Kerntruppe fanatischer Wilder hatte Bachelor verstreute Vietcong und andere gesetzlose Banditen einverleibt. Sie hatten sich so heimlich und mit einer so tödlichen Gewalttätigkeit bewaffnet und ausgestattet, daß die Armee von ihrer Existenz nicht einmal etwas ahnte. Was sie gesucht hatten, war ein anderes geheimes Camp, weit genug im Norden, in dem rauhen, nebelverhangenen Gebiet des I. Corps, um vor einer zufälligen Entdeckung durch reguläre amerikanische Truppen sicher und in einer strategisch günstigen Position für nachrichtendienstliche Zwecke zu sein. Bachelor begann nun sein gefährlichstes Spiel.

Die Legenden um ihn nahmen zu, als er wieder anfing, aus seinem neuen Schlupfwinkel unfehlbar genaue Berichte über nordvietnamesische Truppenbewegungen durchzugeben. ›Der letzte Irreguläre‹ war wahrhaftig von den Toten auferstanden. Seine Berichte betrafen nordvietnamesische Divisionen, die gegen Khe Sanh und Umgebung marschierten.

Was folgt, ist in groben Zügen die Geschichte von Khe Sanh für jene, die diese unglückliche Episode nicht kennen. Spezialeinheiten bauten 1964 um eine französische Festung in Khe Sanh ein Camp auf. Als 1965 der dortige Flugplatz eine lebenswichtige Bedeutung bekam, wurden Marines nach Khe Sanh verlegt und teilten es sich eine Zeitlang mit den Special Forces und ihrem zerlumpten Eingeborenenbataillon. Nach und nach verdrängten die Marines die Green Berets, für die Effizienz, Disziplin und überragende Organisation der Gyrenes ungewohnt waren. Die ›Bru‹ und ihre Herren und Meister errichteten in Lang Vei ein neues Camp, obwohl es ungefähr zwanzig Kilometer entfernt in Lang Vo ein anderes CIDG-Camp der ›Bru‹ gab, und zwar unter dem Kommando von Captain Jack Ransom.

Hätte Ransom es acht Monate vorher geschafft, Bachelor in die Vereinigten Staaten zu bringen, hätte man ihn mit einer Beförderung und einem wichtigeren Posten belohnt. Da er versagt hatte, hatten die *Shadow Masters* Ransom auf einen unbedeutenden Posten im 1. Corps abgeschoben, wo seine Rolle sich darauf beschränkte, dafür zu sorgen, daß seine ›Bru‹ in persönlicher Hygiene und einfacher Landwirtschaft unterwiesen wurden.

Und nun – Auftritt Franklin Bachelor.

Einige Zeit, nachdem die Green Berets und ihre Wilden Lang Vei befestigt hatten, wurde das Camp von einem U.S. Flugzeug bombardiert und im Tiefflug mit Bordwaffen beschossen. Das Camp wurde zerstört, viele Frauen und Kinder getötet. Angeblich hatte sich die Maschine im nebligen Bergland verirrt. Diese Behauptung ist offensichtlich falsch, obwohl sie bis zum heutigen Tag aufrechterhalten wird. Die wahre Geschichte ist viel schlimmer als diese Mär von einem Piloten, der die Orientierung verloren hatte. Diesmal hatte

Bachelor einen entscheidenden Fehler gemacht. Der schurkische Major nährte seit langem einen wahnwitzigen Haß gegen den Captain, der ihn gezwungen hatte, sein bestes Camp zu verlassen, und hatte daher falsche Informationen weitergegeben, die zur Vernichtung des Camps der Special Forces führten. Aber der Angriff richtete sich gegen das falsche Camp – Bachelor hatte den Tod nach Lang Vei geschickt, nicht nach dem ungefähr zwanzig Kilometer entfernten Lang Vo. Ransom war noch am Leben, und als Bachelor das erfuhr, ließ er sich von seinem Haß zu noch schrecklicherem Verrat hinreißen.

1968 wurden Khe Sanh und das weniger bekannte Lang Vei ununterbrochen belagert. Dann folgte der Angriff, der weltbekannt wurde – die Nordvietnamesen fielen mit Panzern, Truppen und Mörsern über das winzige Lang Vei her.

Nicht bekannt ist, weil diese Nachricht unterdrückt wurde, daß Lang Vo, ein sonst völlig bedeutungsloses Montagnard-Dorf, unter dem Kommando eines einzigen Green Berets, von den Nordvietnamesen zur gleichen Zeit von Panzern und Truppen überrannt wurde. Warum das geschah? Darauf kann es nur eine Antwort geben. Franklin Bachelor hatte seinen nordvietnamesischen Kontakten eingeredet, daß Lang Vo nach der Zerstörung von Khe Sanh der nächste Dorn in ihrem Fleisch sein werde. Und er verriet sein Land nur aus einem einzigen Grund: Jack Ransom sollte getötet werden.

Lang Vo wurde dem Erdboden gleichgemacht, und Ransom und die meisten glücklosen ›Bru‹ saßen in einem unterirdischen Gefechtsstand in der Falle. Dort wurden sie entdeckt, mit Maschinengewehren niedergemäht, und dann wurde das Massengrab versiegelt.

10

1982, fünf Jahre nach meinem Umzug in dieses idyllische Provinznest, das genauso war, wie ich es mir erträumt hatte, erreichte mich ein weitgereister Brief. Um ein Haar hätte ich einen schrecklichen Irrtum begangen und ihn sofort in den

Müll geworfen, wäre mir nicht die seltsame ›Markensammlung‹ auf der Rückseite des Umschlags aufgefallen. Indem ich die Reisen dieses unverwüstlichen Schreibens anhand der verschiedenen Poststempel verfolgte, erfuhr ich, daß es durch Armeestützpunkte in Oregon, Texas, New Jersey und Illinois geschleust worden war, bevor es endlich bei meiner Schwester Elizabeth Bell in Baltimore landete, meinem ersten Wohnsitz, nachdem ich die Geborgenheit der Armee der Vereinigten Staaten verlassen hatte; bei ihr wohnte ich, bis ich mich nach PG County – wie wir Einheimischen es nennen – zurückzog. Der Brief war jeweils kurz nach meiner Abreise an den genannten Orten eingetroffen – einer in letzterem Fall überstürzten Abreise unter unglücklichen Begleitumständen.

Der Briefschreiber, ein gewisser Fletcher Namon aus Ridenhour in Florida, hatte während seiner dreijährigen Dienstzeit bei der Armee viel über den flüchtigen Major Bachelor und den merkwürdigen Vogel Colonel Runnel vom Quartermaster Corps gehört, der unermüdlich nach Geschichten über Bachelor gesucht hatte. Da ich mich so eingehend für die Abenteuer des legendären ›Letzten Irregulären‹ interessierte, wollte er mich von einer Geschichte in Kenntnis setzen, die ihm zu Ohren gekommen war. Mr. Namon erklärte, er könne sich für die Integrität des Mannes verbürgen, von dem er sie hatte, einem erstklassigen Barkeeper aus Ridenhour, Kriegsveteran wie er selbst. Nicht verbürgen könne er sich allerdings für Namons Informanten.

Dieser Mann hatte behauptet, Lang Vo einen Tag vor dem Überfall der Nordvietnamesen besucht zu haben: ein gewisser Francis Pinkel vom Stab des sehr geliebten Senators Clay Burrman, der, wie jedes Jahr, seine Lieblingsprojekte in Vietnam abklapperte. Es waren ihrer so viele, daß er seinen Stellvertreter Pinkel allein in ein CIDG-Camp schickte, das nicht besonders gefährdet war. Pinkel kam an, sah, daß es in Lang Vo nichts gab, das den Senator interessieren würde, und ließ die üblichen verlogenen Lobeshymnen auf die Arbeit der Special Forces los. Pinkel war gekommen, Caesar zu preisen, nicht ihn zu begraben. Der Hubschrauber kam zurück, um Pinkel zu seinem Boß in Camp Crandall zurückzubringen, und hob vor Sonnenuntergang wieder ab.

Aus der Luft sah Pinkel – oder glaubte zu sehen, wie man ihm später zu sagen riet – etwas, das er nicht verstand: weniger als einen Kilometer von Lang Vo entfernt war ein anderer Stamm der ›Yards‹ unter der Führung eines Weißen unterwegs. Was taten sie dort? Wer waren sie? Kein zweiter Offizier war nach Lang Vo abkommandiert, und die Eingeborenen in dem kleinen Ort konnten nicht so zahlreich sein. Der Stamm und sein Anführer stoben auf dem Bergkamm auseinander, über den der Hubschrauber hinwegflog, und suchten Deckung. Pinkel machte sich im Geist eine Notiz, um sie später seinem Bericht hinzuzufügen.

Am nächsten Tag griffen die Nordvietnamesen an. Pinkel erwähnte seine merkwürdige Beobachtung, wurde jedoch ignoriert. Der Senator erwähnte sie, wurde jedoch mit lauten Protesten abgeschmettert; das sei, erklärte man ihm, völlig unmöglich.

Fletcher Namon aus Ridenhour in Florida fragte sich, ob der Weiße, den Francis Pinkel gesehen hatte – vor dem Camp lauern gesehen hatte, das Captain Ransom befehligte –, vielleicht kein anderer als Franklin Bachelor gewesen war? Francis Pinkel und Senator Burrman hatten, nach Washington zurückgekehrt, über diese Möglichkeit gesprochen. Sie waren der Meinung, daß Bachelor aus seiner Bergfestung heruntergekommen sei, um einem anderen Green Beret in schwerer Zeit zu helfen. Aber woher hätte Bachelor wissen sollen, was das ganze Kommando nicht wußte? Oder wenn er es gewußt hatte, warum hatte er nicht vor dem bevorstehenden Angriff gewarnt, wie sonst auch?

Fazit war, hatte Pinkel dem Barkeeper erklärt, daß die *Shadow Masters* zu höchst unwillkommenen Schlüssen gekommen waren und das Gemetzel von Lang Vo aus den militärischen Annalen löschten. Alle, die dort gewesen waren, waren tot, ihren Verwandten teilte man mit, sie seien bei einem feindlichen Angriff auf Lang Vei gefallen. Pinkel und Burrman waren im Namen der nationalen Sicherheit zum Schweigen verdonnert worden.

Der Brief schloß mit dem Wunsch, daß die Information von Interesse für mich sei. Es konnte sich natürlich auch um eine jener Geschichten handeln, wie man sie sich an der Bar erzählte, doch wenn der Mann, den Pinkel sah, nicht Bachelor gewesen war – wer war es dann?

Ich fand es ›interessant‹, ein mildes Wort, ›interessant‹, in der Tat. Es war das letzte Fitzelchen eines Beweises, das alles andere zurechtrückte. Um den Verrat eines ihrer liebsten Söhne zu verschleiern, hat die Armee eine massive Mauer gebaut, die bis heute steht.

Ich antwortete meinem Briefpartner in Ridenhour, aber bald kehrte mein Dankschreiben zu mir zurück – versehen mit dem Stempel, eine Stadt dieses Namens gebe es in Florida nicht. Und ich habe inzwischen auch festgestellt, daß *Namon* nichts anderes ist als *No man* – also praktisch *niemand* – von hinten gelesen. Das erschütterte meinen Glauben an den Wahrheitsgehalt des weitgereisten Briefes jedoch nicht. Mr. Namon ist ein Mann der vernünftigen Vorsichtsmaßnahmen, und dazu beglückwünsche ich ihn.

11

Franklin Bachelor verschwand abermals, angeblich nach Nordvietnam. Dieses Gerücht war falsch.

1971 stieß eine Marinepatrouille in der Nähe der entmilitarisierten Zone auf ein altes Camp, das längst zerstört und mit den Überresten toter Eingeborener übersät war. Mitten unter ihnen lag der stark verweste Leichnam eines weißen Mannes unbestimmbaren Alters. Franklin Bachelor war, zu spät, das ist wahr, endlich dem Schicksal begegnet, das ihm gebührte. Vögel hatten seine Eingeweide angepickt, Füchse sein Fleisch zerrissen. Nachdem man vergeblich nach Verwandten gesucht hatte, wurde Bachelor von der Armee in einem anonymen Grab beigesetzt – aus dem Nichts gekommen, war er an denselben Ort zurückgekehrt.

Von all den Seltsamkeiten, die uns im Fall von Major Bachelor aufgefallen sind, ist vielleicht die seltsamste von allen, daß es diesen Mann *nie gegeben hat.* Es hatte sich bei ihm um einen jener jungen Männer gehandelt, die sich unter falschem Namen freiwillig zur Armee melden, ihre Herkunft oder ihre Identität verheimlichen und damit eine Traumwelt betreten, die Schattenwelt, die Nachtwelt. Obwohl für unzählige Tragödien verantwortlich, wurde die Fiktion Franklin Bachelor toleriert, ja, von der Armee sogar mit schützenden Armen umfangen und zu einer unklugen Unabhängigkeit ermutigt, die zu einem ehrlosen Tod führte. Nennen Sie mich töricht, borniert oder was Sie wollen, aber in dieser Entwicklung aus der dunklen Traumwelt zu Ruhm und Ehre, dann weiter zu Verrat und Korruption und schließlich zur Rückkehr ins Nichts, ins Dunkel, sehe ich wie den Teil eines Ganzen vor mir: Franklin Bachelor – ›Franklin Bachelor‹, ein wahrer unbekannter Soldat, er ist der Geist, der uns verfolgt, wenn wir unsere Grundsätze verleugnen.

An dieser Stelle klappte ich das Buch zu, um meine Arbeit wieder aufzunehmen.

NEUNTER TEIL

Im Reich der Götter

1

Von einer Woge lebhafter Unterhaltung getragen, segelten die drei Ransoms ein paar Minuten nach elf durch die Haustür. Sie hatten sich zwei Spielfilme angesehen, *Frau ohne Gewissen* und *Rattennest*, und hinterher noch im Jimmy's ein Glas getrunken. »Bist also endlich nach Hause gekommen«, sagte John. »Wo warst du den ganzen Tag? Einkaufen?«

»Sie haben den ganzen langen Tag nur eingekauft, Großer?« Ralph ließ sich neben mich auf die Couch fallen, und Marjorie nahm an seiner Seite Platz.

»Ich habe mit ein paar Leuten geredet«, sagte ich und sah dabei John an, weil ich ihm zu verstehen geben wollte, daß er aufbleiben sollte, nachdem seine Eltern zu Bett gegangen waren.

»Lassen Sie doch die Cops die Arbeit tun«, sagte Ralph, »die werden dafür bezahlt. Sie hätten mit uns ins Kino kommen sollen.«

»Ehrlich, ich verstehe nicht, warum wir bis zum bitteren Ende geblieben sind«, sagte Marjorie. »Düster, o Gott!«

»Hey«, sagte Ralph, »wollten Sie nicht nachsehen, ob der alte Glenroy Breakstone noch im Hotel wohnt?«

»Warst du dort?« fragte John.

»Ich habe mich lange mit ihm unterhalten.«

»Wie geht es dem Alten?«

»Er hat eine Menge zu tun – bereitet sich auf eine Frankreichreise vor.«

»Wozu das denn?« Er konnte es sich wirklich nicht vorstellen.

»Er spielt bei einem Jazzfestival und nimmt eine Platte auf.«

»Der arme Teufel!« Er schüttelte den Kopf, offenbar erschüttert von der Vorstellung, daß ein uraltes Wrack wie Glenroy Breakstone versuchen wollte, vor einem Haufen

Franzosen Jazz zu spielen. Dann leuchteten seine Augen auf, und er zeigte mit dem Finger auf mich. »Hat Glenroy dir erzählt, daß er mich mit Louis Armstrong bekannt gemacht hat? Satchmo? Das war vielleicht aufregend. War ein ganz kleiner Kerl, hast du das gewußt? Nicht größer als Glenroy.«

Ich schüttelte den Kopf, und er ließ enttäuscht die Hand sinken.

»Ralph«, sagte Marjorie. »Es ist spät, und wir reisen morgen.«

»Sie reisen schon ab?«

»O ja«, sagte John.

»Wir haben uns überlegt, daß wir hier alles getan haben, was wir tun konnten«, sagte Ralph. »Es hätte nicht viel Sinn, noch zu bleiben.«

Daher waren sie also imstande gewesen, sich zu entspannen.

Marjorie sagte: »Ralph!« und zupfte ihn am Arm. Beide standen auf. »Okay, Jungs«, sagte Ralph. Dann sah er wieder mich an. »Es ist ohnehin wahrscheinlich reine Zeitverschwendung. Ich glaube nicht, daß ich selbst je mehr als einen Angestellten hinausgeworfen habe. Um diese Dinge hat sich hauptsächlich Bob Bandolier gekümmert.«

»Wer war der Angestellte, den Sie hinauswarfen?«

Er lächelte. »Das ist mir im Kino wieder eingefallen – kommt mir jetzt sogar ein bißchen komisch vor.«

»Wer war es?« fragte ich.

»Ich wette, Sie könnten es mir sagen. Im Hotel hat es nur zwei Leute gegeben, die ich gefeuert hätte, persönlich, meine ich.«

Ich sah ihn blinzelnd an, und dann kapierte ich. »Bob Bandolier und Dicky Lambert. Weil sie Ihnen direkt unterstellt waren.«

»Warum ist das wichtig?« fragte Marjorie.

»Weil Johns Freund sich dafür interessiert, deshalb«, antwortete Ralph. »Es sind Ermittlungen, du hast doch gehört, was er gesagt hat.«

Marjorie winkte abschiednehmend, machte kehrt und ging. »Ich geb's auf. Komm bald nach, Ralph, und das meine ich ernst.«

Er sah ihr nach und wandte sich dann wieder mir zu. »In *Frau ohne Gewissen* ist es mir eingefallen. Ich erinnerte mich, daß Bob Bandolier anfing, immer mehr von seiner Arbeitszeit abzuknapsen, spät kam und früh ging und mir alle möglichen Ausreden auftischte. Endlich rückte er mit der Wahrheit heraus, seine Frau sei krank und er müsse sie pflegen. Ich war natürlich überrascht. Ich hätte mir nicht einmal vorstellen können, daß er verheiratet war. Bob Bandolier mit einer Ehefrau, was für ein Gedanke!«

»Er ist zu spät gekommen, weil seine Frau krank war?«

»Ein paar Tage lang war er praktisch gar nicht da. Ich sagte ihm, das sei nicht tragbar, und er wollte mir einreden, er erledige in zwei Stunden mehr als ein anderer in acht, weil er der bessere Manager sei – oder einen ähnlichen Scheiß, und am Ende warf ich ihn hinaus. Es ging nicht anders.« Ralph hob die Hände, mit den Handflächen nach oben. »Er hatte es falsch angefangen. Zwar gehörte er praktisch zum Inventar, aber er hatte mich in die Enge getrieben. Also mußte er gehen.« Er schob die Hände in die Taschen und hob die Schultern in dieser Vater und Sohn gemeinsamen Geste. »Auf jeden Fall habe ich ihn nach vierzehn Tagen wieder eingestellt. Als er nicht da war, lief nichts mehr. Zum Beispiel hatten wir plötzlich größte Schwierigkeiten mit den Fleischbestellungen.«

»Was ist aus seiner Frau geworden?« fragte John.

»Sie starb – in der Zeit vor seiner Wiedereinstellung. Dicky Lambert hat es mir erzählt, hatte es irgendwie aus Bob herausbekommen. Bob selbst hätte nie mit mir darüber gesprochen.«

»Wann war das?« fragte ich.

Über meine Hartnäckigkeit belustigt, schüttelte Ralph den Kopf »Hey, ich kann nicht mehr alles genau wissen. Irgendwann Anfang der fünfziger Jahre.«

»Als James Treadwell tot in seinem Zimmer aufgefunden wurde – hat da Bob Bandolier alles Nötige erledigt?«

Ralph machte den Mund auf und sah mich zwinkernd an. »Nun, ich glaube nicht. Ich hatte Dicky in die Tagschicht versetzt, und er taugte überhaupt nichts.«

»Sie haben Bob Bandolier also um die Zeit gefeuert, zu der die Morde begangen wurden.«

»Nun ja, aber ...« Er warf mir einen scharfen, ungläubigen Blick zu und begann den Kopf zu schütteln. »Nein, nein, das ist einfach abwegig. Wir sprechen über Bob Bandolier – diesen aufrechten Charakter, der die Morgenandachten einführen wollte.«

Ich erinnerte mich an etwas, das mir Tom Pasmore gesagt hatte. »Hatte er Kinder? Einen Sohn vielleicht?«

»Guter Gott, hoffentlich nicht.« Ralph lächelte über die Vorstellung, Bob könnte ein Kind aufgezogen haben. »Ich sehe euch Jungs morgen früh.« Er winkte uns verlegen zu und stieg die Treppe hinauf.

John sagte seinem Vater gute Nacht und wandte sich dann mir zu. Er sah angespannt und verärgert aus. »Also, was hast du den ganzen Tag gemacht?«

2

»Hauptsächlich bin ich Bob Bandoliers Spuren gefolgt«, sagte ich.

John schnaubte entrüstet und winkte mich zu seiner Couch. Ohne mir einen Blick zu gönnen, ging er in die Küche und kam mit einem Glas zurück, das bis zum Rand mit Eis und Wodka gefüllt war. An dem Drink nippend, ging er zum Sessel und starrte mich die ganze Zeit finster an. »Und was hast du gestern nacht getrieben?«

»Was ist los mit dir, John? Das verdiene ich nicht.«

»Und ich verdiene *das* nicht.« Er trank wieder, nicht bereit, sich zu setzen, ehe er sich von der Seele geredet hatte, was ihn bedrückte. »Du hast meiner Mutter gesagt, daß du Collegeprofessor bist! Was ist aus dir geworden? Eine Art Hochstapler?«

»O John, Joyce Brophy hat mich Professor Underhill genannt, das ist alles.«

Sein Blick wurde nicht freundlicher, aber er setzte sich endlich. »Ich mußte meinen Eltern von deiner glänzenden akademischen Laufbahn erzählen. Ich wollte nicht, daß sie dich für einen Lügner halten. Du bist also ordentlicher Professor an der Columbia-Universität und hast vier Bücher veröffentlicht. Meine Eltern sind stolz, daß ich jemanden wie dich kenne.«

»Du hättest nicht so dick auftragen müssen.«

»Weißt du, was sie zu mir gesagt hat? Meine Mutter?«

Ich schüttelte den Kopf

»Sie hat gesagt, eines Tages werde ich eine wunderbare junge Frau kennenlernen, und sie hoffe immer noch, Großmutter zu werden. Ich soll gefälligst daran denken, daß ich ein gesunder junger Mann mit einem wunderschönen Haus und einem großartigen Job bin.«

»Sie fahren morgen doch sowieso. Bedauerst du etwa, daß sie gekommen sind?«

»Hey, ich habe gehört, wie Vater sich mit Alan Brookner über indische Theologie unterhielt.« Er hob die Brauen und lachte. Dann stöhnte er und preßte die Handflächen an die Schläfen, als versuche er, seine Gedanken zurechtzurücken. »Weißt du, was es ist? Ich habe keine Zeit, zu mir zu kommen. Übrigens – ist Alan okay? Du hast ihm eine Pflegerin besorgt?«

»Eliza Morgan.«

»Sehr gut. Wir alle wissen, daß sie wirklich gute Arbeit ...« Er schlug mit der Hand in die Luft. »Nein, ich nehm's zurück, ich nehm's zurück. Ich bin dir dankbar. Ich bin es wirklich, Tim.«

»Ich erwarte doch nicht, daß du dich benimmst, als sei ein Strafzettel das Schlimmste, das dir bisher zugestoßen ist«, sagte ich.

»Das Problem ist – ich bin wütend. Ich merke es die meiste Zeit gar nicht. Ich komme erst dahinter, wenn ich zurückblicke und mit klar wird, daß ich den ganzen Tag mit den Türen geknallt habe.«

»Auf wen bist du wütend?«

Er schüttelte den Kopf und trank wieder. »Auf April, vermute ich. Aber wie kann ich auf April wütend sein?«

»Sie hätte nicht sterben dürfen.«

»Ja, du warst zur gleichen Zeit, in der du Englischprofessor an der Columbia-Universität wurdest, bei einem Gehirnklempner in Behandlung.« Er lehnte sich zurück und schaute zur Zimmerdecke. »Womit ich nicht sagen will, daß ich denke, du hast nicht recht. Ich will es nur nicht akzeptieren. Jedenfalls bin ich dankbar, daß du es mir nicht nachträgst, wenn ich mich wie ein Arschloch benehme.« Er rutschte noch tiefer in den Sessel und legte die Füße auf den Couchtisch. »Wirst du mir jetzt endlich erzählen, was heute mit dir los war?«

Ich schilderte ihm den Tagesverlauf. Alan, die Belknaps, Glenroy Breakstone, den Ausflug nach Elm Hill, den zornigen alten Mann vom Fond du Lac Drive.

»Mir muß etwas entgangen sein. Warum hast du diesen alten Mann aufgesucht?«

Ohne Tom Pasmore zu erwähnen, berichtete ich ihm von Elvee Holding und William Writzman. »Der einzige Writzman im Telefonbuch war Oscar vom Fond du Lac Drive. Also fuhr ich zu ihm, um mit ihm zu reden, und als ich sagte, ich suche William Writzman, nannte er mich einen hinterhältigen Schnüffler und ist auf mich losgegangen.«

»Er wollte dich schlagen?«

»Ich denke, er hatte es satt, von Leuten belästigt zu werden, die mit ihm über William Writzman sprechen wollen.«

»Steht William Writzman nicht im Telefonbuch?«

»Er ist bei Expresspost in der South Fourth eingetragen. Ebenso wie die beiden anderen Direktoren von Elvee.«

»Die es gibt oder auch nicht.«

»Genau«, sagte ich. »Aber ich hatte noch einen anderen Grund, warum ich William Writzman finden wollte.«

John Ransom lag schlaff im Sessel, die Füße auf dem Tisch, das Glas auf dem Schoß. Er beobachtete mich, wartete ab.

Ich sagte ihm, daß ich den blauen Lexus neben The Green Woman gesehen hatte. Ehe ich fertig war, nahm er die Füße vom Tisch und stemmte sich in die Höhe.

»Der gleiche Wagen?«

»Er wurde weggefahren, bevor ich mir sicher war. Aber während ich mich mit der Elvee Holding beschäftigte, dachte ich, es wäre vielleicht gar nicht so schlecht, festzustellen, wem The Green Woman heute gehört.«

»Sag bloß nicht diesem Writzman«, sagte er.

»Elvee Holding hat die Bar 1980 gekauft.«

»Also doch Writzman!« Er stellte das Glas auf den Tisch, sah mich an und dann wieder das Glas, nahm es auf und tat so, als wolle er es auf dem Handteller wiegen. »Glaubst du, April wurde wegen dieses verdammten Geschichtsprojekts umgebracht?«

»Hat sie mit dir nicht darüber gesprochen?«

Er schüttelte den Kopf »Sie hatte viel zuviel zu tun, so daß uns nur sehr wenig Zeit blieb, miteinander zu reden. Das war kein Problem zwischen uns oder so.« Er sah zu mir auf. »Na ja, um ehrlich zu sein, vielleicht war es doch ein Problem.«

»Alan wußte, daß es etwas mit einem Verbrechen zu tun hatte.«

»Ach ja?« John versuchte sich offensichtlich an die Unterhaltung zu erinnern, die wir im Wagen hatten. »Ja, wahrscheinlich hat sie mit ihm häufiger darüber gesprochen als mit mir.«

»Häufiger mit ihm als mit dir?«

»Na ja, ich habe von Aprils Unternehmungen nicht viel gehalten.« Er zögerte, überlegte, wieviel er sagen sollte. Er stand auf und begann sein Hemd in den Hosenbund zu stecken. Dann schnallte er den Gürtel enger. Diese überflüssigen Manöver täuschten über sein Unbehagen nicht hinweg. Er bückte sich und nahm sein Glas vom Tisch. »Ihre Unternehmungen sind mir auf die Nerven gegangen. Ich konnte nicht einsehen, warum sie unserer Ehe gewissermaßen die Zeit stahl, um sich mit diesen blödsinnigen Kleinigkeiten zu befassen, für die sie nicht einmal bezahlt wurde.«

»Weißt du, wann sie anfing, sich für die *Blaue-Rose*-Geschichte zu interessieren?«

Er schaute stirnrunzelnd in sein leeres Glas. »Nee.«

»Oder wie weit sie mit ihren Ermittlungen gekommen ist?«

»Keine Ahnung. Ich nehme an, Monroe und Wheeler haben den Ordner, oder was sonst da war, heute vormittag mit den anderen Unterlagen mitgenommen.« Seufzend ließ er die Hände sinken. »Bleib da, ich hole mir nur noch einen Drink.«

Er machte zwei Schritte auf die Küche zu, blieb stehen und drehte sich um. »Nicht, daß wir Schwierigkeiten gehabt hätten«, sagte er. »Ich wollte nur, daß sie mehr Zeit zu Hause verbrachte. Wir haben uns nicht gestritten.« Er drehte sich ganz herum und sah mir voll ins Gesicht. »Aber Auseinandersetzungen hatten wir. Ich wollte nur nicht vor den Cops darüber reden. Oder vor meinen Eltern. Sie brauchen nicht zu wissen, daß wir nicht rundherum glücklich miteinander waren.«

»Ich verstehe«, sagte ich.

Mit seinem Glas fuchtelnd, kam John einen Schritt näher. »Hast du eine Vorstellung davon, wie schwierig es ist, eine solche Kunstsammlung zusammenzubekommen? Sobald ihr die Geschäfte ein bißchen Zeit ließen, sprang sie in ein Flugzeug nach Paris und jagte dort tagelang hinter einem Gemälde her. Genauso war sie erzogen worden – für die kleine April Brookner gab es keine Grenzen, o nein, April Brookner konnte alles tun, was ihr gerade einfiel.«

»Und du warst verärgert, weil sie dich allein ließ«, sagte ich.

»Du kapierst nicht.« Er machte kehrt und ging in die Küche. Ich hörte es klirren und plätschern, die Tür des großen Gefrierschranks schloß sich schmatzend. John kam zurück, blieb an derselben Stelle stehen wie vorher und hielt das Glas mit abgewinkeltem Ellenbogen in meine Richtung. Klare Flüssigkeit glitt seitlich daran herunter. »Das Leben mit April war manchmal schwierig. Irgend etwas in ihr war aus dem Gleichgewicht geraten.«

John sah die dunklen Flecken auf dem Teppich, wischte den Boden des Glases mit der Hand ab und trank, damit der Wodka nicht mehr überschwappte. »Ich war das Beste, das April je passiert ist, und irgendwo – ob bewußt oder unbewußt – ist das Alan völlig klar. Nachdem sie mich geheiratet hatte, entspannte er sich – ich hatte ihm einen echten Gefallen getan. Er wußte, daß ich sie davon abhalten konnte, durchzudrehen.«

»Sie war eine hochbegabte Frau«, sagte ich. »Was hast du von ihr erwartet? Daß sie den ganzen Tag Kekse buk?«

Er trank wieder einen Schluck und ging zu seinem Sessel zurück. »Und wo lag ihre Begabung? April war tüchtig im Geldverdienen. Ist das ein so wunderbares Ziel?«

»Ich dachte, sie habe sich nicht viel aus Geld gemacht. War sie nicht die einzige postmoderne Kapitalistin?«

»Täusch dich nicht«, sagte er »Es hat sie gepackt.« Er hielt sich das Glas mit den Fingerspitzen dicht vors Gesicht und starrte es an. Zwischen seine Brauen grub sich eine scharfe senkrechte Falte ein. Er seufzte tief auf und preßte das kalte Glas an die Stirn.

»Ich bin sicher, sie war dankbar für den festen Halt, den du ihr gegeben hast«, sagte ich. »Überleg doch, wie lange ihr verheiratet wart.«

Er kniff den Mund zusammen, schloß die Augen und beugte sich vor, das Glas noch immer an die Stirn haltend. »Ich bin ein Nervenbündel.« Er lachte, aber ganz ohne Fröhlichkeit. »Wie habe ich nur Vietnam überstanden? Ich muß damals viel zäher gewesen sein. Nein, nicht zäher, nur viel verrückter.«

»Das waren wir alle.«

»Ja, aber ich war auf einem Nebengleis. Als ich darüber hinaus war, die Welt vom Kommunismus befreien zu wollten, wollte ich etwas, das ich selbst kaum verstand.« Er lächelte ironisch.

»Und was war das?«

»Ich schätze, ich wollte die Welt durchschauen«, sagte er.

3

Er atmete mit seinem – wie es schien – ganzen Sein aus, mit einem Ton, ähnlich den gehauchten letzten Noten von Glenroy Breakstone. »Ich wollte keine Schleier zwischen mir und der Realität, wie immer sie sein mochte. Ich dachte, man könne irgendwie ins Freie durchbrechen.« Wieder stieß er diesen langen, kummervollen Laut aus. »Verstehst du mich? Ich dachte, man könne die Grenze überschreiten.«

»Hattest du je das Gefühl, in ihrer Nähe zu sein?«

Er sprang auf und schaltete die Lampe aus, die ihm am nächsten war. »Manchmal hatte ich das Gefühl, o ja.« Er nahm sein Glas auf und schaltete die Lampe am anderen Ende der Couch aus. »Macht es dir was aus? Ich finde, es ist zu hell hier drin.«

»Es macht mir nichts aus, nein.«

John ging um den Tisch herum und schaltete auch die Lampe auf meiner Seite aus. Jetzt brannte nur noch die hohe Messingstehlampe in der Nähe der Tür zur Halle, und die konvexe, glockenähnliche Form des Schirms warf das Licht als gelben Kreis an die Decke. Mattes Silberlicht fiel durch die Fenster auf der gegenüberliegenden Seite des Zimmers.

»Eine Zeitlang war ich auf sehr beschwerliche Art ins Landesinnere unterwegs. Zusammen mit einem gewissen Jed Champion, einem hervorragenden Soldaten. Wir gingen zu Fuß. Hauptsächlich nachts. Wir hatten einen Jeep, aber den hatten wir zurückgelassen, weit abseits des Pfades und zugedeckt, damit er noch dort war, wenn wir zurückkamen.«

Er bewegte sich in einem komplizierten Muster zwischen Fenster, Kamin und seinem Sessel, dann an der Wand mit den Gemälden vorbei zu dem freien Raum in der Nähe der Messinglampe und schließlich zurück zum Fenster, zeichnete mit seinem Körper einen Pfeil in die Dunkelheit.

»Nach zwei oder drei Tagen hörten wir auf, miteinander zu reden. Wir wußten, was wir taten, und mußten nicht darüber sprechen. Wenn wir eine Entscheidung treffen mußten, handelten wir automatisch gemeinsam. Es war wie eine außersinnliche Wahrnehmung. Ich wußte genau, was in seinem Kopf vorging, und umgekehrt.

Wir arbeiteten uns durch kaum besiedeltes Land, doch hin und wieder hatten sich in der Gegend die VC bemerkbar gemacht. Wir hingegen sollten unbemerkt bleiben. Wenn wir sie sahen, sollten wir sie einfach ihrer Wege gehen lassen. In der sechsten Nacht merkte ich, daß ich besser sah als in der Nacht vorher – tatsächlich waren alle meine Sinne erstaunlich geschärft. Ich hörte alles.

Ich fühlte praktisch die Baumwurzeln unter der Erde wachsen. Eine VC-Patrouille näherte sich uns bis auf knapp zehn Meter, und wir saßen auf unseren Packen und sahen sie vorüberziehen – gehört hatten wir sie schon seit ungefähr einer halben Stunde, und du weißt doch noch, wie leise sie sein konnten? Aber ich roch ihren Schweiß, ich roch das Waffenöl an ihren Gewehren. Und sie konnten uns nicht einmal sehen.

In der nächsten Nacht hätte ich Vögel mit der bloßen Hand fangen können. Ich fing an, etwas Neues zu hören, und. zuerst dachte ich, es sei ein Geräusch, das aus meinem Körper kam – so intim war es. Dann, kurz vor der Morgendämmerung, wurde mir klar, daß ich die Stimmen der Bäume, der Felsen und der Erde hörte.

Und wieder eine Nacht später tat mein Körper alles ganz von selbst. Ich war oben, hinter meinen Augen, ich schwebte. Ich hätte keinen falschen Schritt machen können, auch wenn ich's versucht hätte.«

Ransom verstummte und drehte sich um. Er war zum Fenster zurückgekommen, und als er sich umwandte, lag Dunkelheit über seinen Zügen und der Vorderseite seines Körpers. Das kalte silberne Licht fiel ihm auf Scheitel und Schultern. »Weißt du, worüber ich spreche? Ergibt es einen Sinn für dich?«

»Ja«, sagte ich.

»Gut. Dann wird dir das Nächste vielleicht nicht total verrückt vorkommen.« Unangenehm lang starrte er mich nur an, ohne etwas zu sagen. Endlich machte er kehrt und ging zum offenen Kamin hinüber. Kaltes Licht vom Fenster berührte seinen Rücken. »Vielleicht wollte ich gar nicht mehr so lebendig sein. Wenn man auf diese Weise lebendig ist, ist man dem Tod ganz nah.«

Er blieb vor dem Kamin stehen, hob in der Dunkelheit, in die dieser Teil des Zimmers getaucht war, den Arm und streichelte den Marmor. »Nein, ich habe mich nicht richtig ausgedrückt. Auf diese Weise zu leben schließt den Tod mit ein.«

Er wandte sich vom Kamin ab und ging zurück in die silberne Lichterflut. Er sah so leidenschaftslos aus wie ein Buchprüfer. »Kurz vorher hatte ich viele Leute verloren. Eingeborene. Wir hatten zwei A-Teams in unserem Camp, eins unter mir, das andere unter einem Offizier namens Bullock. Bullock und sein Team verließen eines Nachts das Lager, und keiner kam zurück. Wir warteten noch einmal zwölf Stunden, dann ging ich mit meinem Team hinaus, um Bullock und seine Leute zu suchen.«

Er stand jetzt in dem Dunkel zwischen den Fenstern. »Wir haben drei Tage gebraucht, um sie zu finden. Sie waren in einem Wald unweit eines kleinen Dorfes, etwa dreißig Meter abseits des Pfades, in nicht allzu dichtem Unterholz. Bullock und seine fünf Männer waren an Bäume gebunden. Sie waren bis zu den Eingeweiden aufgeschlitzt worden und verblutet. Und noch etwas.«

Er marschierte an dem am weitesten entfernten Fenster vorüber, drehte sich jedoch nicht um, sah mich nicht an. Das Licht färbte sein Hemd und seine Haut wieder silbern. »Sie hatten ihnen die Zungen herausgeschnitten.« John ging auf die Messinglampe zu, und jetzt wandte er sich um, halb in dem weichen gelben Licht und halb im Schatten stehend. »Nachdem wir die Leichen losgebunden und uns Tragen gemacht hatten, um sie zurückzubringen, wickelte ich ihre Zungen in ein Tuch und nahm sie mit. Ich trocknete und behandelte sie und trug sie von da an immer bei mir.«

»Wer hat Bullock und sein Team getötet?« fragte ich.

Ein Lächeln flackerte durch die Dunkelheit. »Der Vietcong hat Zungen herausgeschnitten, um deinen Leichnam zu schänden. Auch die Yards haben es getan, manchmal – damit man in der anderen Welt nicht redete.«

Ransom ging um die Lampe herum und dann zurück zu den Fenstern und der Wand mit den Gemälden.

»Wir sind so ungefähr die achte Nacht draußen. Und dann sagt plötzlich etwas *Ransom.*

Ich dachte, es müsse mein Partner gewesen sein: ich schaltete mich auf seine Frequenz, konzentrierte mich auf ihn, und er machte nicht mehr Geräusch als ein Käfer. Und er sagte nichts, das war so sicher wie das Amen in der Kirche.

Dann höre ich es wieder. *Ransom.*

Ich gehe um einen etwa sechs Meter dicken Baum herum, und unter einem Riesenfarn, der wie ein Dach ist, steht Bullock aufrecht da und sieht mich an. Direkt neben ihm seine Nummer eins, der Führer seines Teams. Ihre Kleidung ist mit Blut besudelt. Sie stehen einfach da und warten. Sie wissen, daß ich sie sehe, und sind nicht überrascht. Ich bin es auch nicht.«

Ransom wanderte wieder an den Fenstern vorbei und zurück zum Kamin, in den dunkelsten Teil des Raumes. Ich konnte seine Gestalt kaum ausmachen, die vor dem Kamin hin- und herging.

»Es war der Ort, an dem Leben und Tod zusammenfließen.

Die kleinen Zungen fühlten sich auf meiner Haut wie Blätter an. Bullock und seine Nummer eins ließen mich passieren. Sie wußten, was ich tat, sie wußten, wohin ich wollte.«

Ich wartete darauf, mehr von der Geschichte zu hören, aber er betrachtete schweigend den Kamin. »Du hast davon gesprochen, daß du unterwegs warst, um Bachelor zurückzubringen.«

Ich hörte ihn förmlich lächeln. »Das ist richtig. Er wußte, daß ich kam, und machte sich aus dem Staub.« Er schlug leicht mit der Hand auf den Kamin – mir kam es vor wie die Posse einer Selbstbestrafung. »Der Zustand, in dem ich war? Für ihn war er normal. Er lebte im Reich der Götter.«

Noch immer wartete ich auf das Ende der Geschichte.

»Hast du je so etwas empfunden? Kannst du es beurteilen?«

»Etwas Ähnliches«, sagte ich. »Aber ich weiß nicht, ob ich es auch beurteilen kann.«

John stieß sich vom Kamin ab, schaltete die Lampe auf dem Beistelltisch wieder ein, und mit dem Licht kehrten Leben und Farbe zurück. »Ich habe mich ganz außerordentlich gefühlt, wie ein König. Wie ein Gott.«

Er wandte sich um und sah mich an. »Und wie ist das Ende der Geschichte?« fragte ich.

»Das ist das Ende.«

»Was ist geschehen, als du ans Ziel kamst?«

Er sah mich stirnrunzelnd an, und als er wieder sprach, wechselte er das Thema. »Morgen würde ich mir gern The Green Woman Taproom näher ansehen. Willst du mitkommen?«

»Du willst einbrechen?«

»Hey, mein Vater war Hotelbesitzer«, sagte John. »Ich habe massenhaft Dietriche.«

4

Während John und ich darüber sprachen, daß wir mitten im Leben den Tod gesehen hatten, kamen Mr. und Mrs. David Sunchana, North Bayberry Lane, Elm Hill, in einem durch eine Gasexplosion entstandenen Feuer fast ums Leben; doch das erfuhr ich erst am nächsten Tag. Ich erinnerte mich an die Propangasflaschen und fragte mich, was die Explosion verursacht haben mochte. Der Gedanke, daß möglicherweise ich schuld war, machte mich ganz krank. Vielleicht wollte derjenige, der mich bis Elm Hill verfolgt hatte, Bob Bandoliers ehemalige Mieter um jeden Preis daran hindern, mit mir zu sprechen, und hatte deshalb versucht, sie umzubringen.

5

Ralph und Marjorie waren nach dem Frühstück wieder hinaufgegangen, um zu packen, und John war nicht da. Ralph hatte den *Ledger*, bei den Sportseiten aufgeschlagen, auf dem Tisch liegenlassen, die den 9:4-Sieg des Millhavener Teams über die Milwaukee Brewers bejubelten. Ich blätterte zurück zur ersten Seite und las die letzten Meldungen vom Armory Place. Einheimische Bürgerrechtler und Geistliche hatten das ›Komitee für ein gerechtes Millhaven‹ gegründet, forderten einen Raum im Rathaus und eine Sekretärin.

Pfarrer Clement Moore wollte um drei Uhr nachmittags einen Protestmarsch auf der Illinois Avenue anführen. Der Bürgermeister hatte den Marsch bewilligt und alle dienstfreien Polizeibeamten dahin abkommandiert, damit sie für Sicherheit und Ordnung sorgten. Die Illinois Avenue würde von halb zwei bis fünf für jeden Verkehr gesperrt sein.

In einem zweispaltigen Artikel auf Seite fünf wurde berichtet, daß der in der Livermore Avenue ermordete Unbekannte zweifelsfrei als Grant Hoffman, 31, Student der theologischen Fakultät des Arkham College, identifiziert worden war.

Ich schlug die nächste Seite auf und entdeckte das kleine Foto eines Gebäudes, das wie ein Farmhaus aussah und zur Hälfte abgebrannt war. Die linke Seite des Hauses war nur noch eine Wüstenei aus Asche und Schlacke, aus der ein freistehendes Porzellanbecken herausragte, umgeben von verschmorten und verbogenen Metallrohren. Das Feuer hatte die übriggebliebene Fassade geschwärzt und die Pfosten von etwas fast unversehrt gelassen, das früher wohl eine Veranda gewesen war. Neben dem Haus stand eine kleine, fensterlose Garage, es konnte aber auch ein Schuppen sein.

Ich erkannte das Haus nicht einmal, bis ich in der Bildunterschrift den Namen Sunchana entdeckte. Der Atem stockte mir, und ich begann zu lesen.

Ein Streifenpolizist namens Jerome Hodge, der zur Zeit der Explosion die North Bayberry Lane entlanggefahren war, hatte sofort per Funk einen Löschzug der Vereinigten Feuerwehren von Elm Hill und Clark Township angefordert. Streifenpolizist Hodge war durch ein Schlafzimmerfenster ins Haus eingebrochen und hatte, Mrs. Sunchana auf den Armen tragend, Mr. Sunchana durch das Fenster ins Freie geholfen. Der Feuerwehrzug war noch rechtzeitig genug gekommen, um einen Teil des Hauses und der Möbel zu retten, und die Sunchanas, die im Western Hills Hospital untersucht worden waren, waren unverletzt und inzwischen schon wieder entlassen. Im Zusammenhang mit der Explosion gab es keinerlei Verdachtsmomente.

Ich nahm die Zeitung zum Telefon mit, suchte mir die Nummer des Polizeipräsidiums heraus und verlangte Detective Fontaine. Die Telefonistin der Zentrale stellte mich durch.

Ich hätte nicht überrascht sein dürfen, als er sich meldete, und war es doch.

Nachdem ich meinen Namen genannt hatte, fragte er: »Haben Sie in den alten Damrosch-Akten was Interessantes entdeckt?«

»Nein, eigentlich nicht. Ich bringe sie Ihnen zurück.« Dann fiel mir etwas ein. »Haben Sie mir nicht gesagt, daß sich noch jemand die *Blaue-Rose*-Akte angesehen hat?«

»Weil sie im Kellerarchiv auf den anderen Akten lag.«

»Haben Sie etwas herausgenommen?«

»Die Nacktaufnahmen von Kim Basinger kosten extra.«

»Es ist ja nur deshalb, weil deutlich zu sehen ist, daß die Akte früher von Gummibändern zusammengehalten wurde – dadurch wurde sie auch eingerissen –, aber die Gummibänder sind verschwunden. Deshalb habe ich mich gefragt, ob derjenige, der sich die Akte vor mir ansah, wohl etwas ganz Bestimmtes gesucht hat.«

»Ein vierzig Jahre altes Gummiband ist nicht mehr vorhanden. Haben Sie noch eine zweite derart spannende Information?«

Ich berichtete ihm, daß ich in Elm Hill gewesen war, weil ich mit den Sunchanas sprechen wollte, und daß jemand mich verfolgt hatte.

»Ist das das Ehepaar, bei dem es gebrannt hat?«

»Ja, die Sunchanas. Als ich auf ihrer Veranda stand und mich zufällig umdrehte, merkte ich, daß mich jemand von der anderen Straßenseite beobachtete. Er verschwand sofort, als ich ihn entdeckte. Das klingt nicht nach viel, aber jemand hat mich verfolgt.« Ich schilderte ihm, was am Abend vorher passiert war.

»Sie haben diesen Zwischenfall nicht gemeldet?«

»Er war so schnell verschwunden. Und John meinte, es sei möglicherweise nur ein Spanner gewesen.«

Fontaine fragte mich, was ich von den Sunchanas gewollt hatte.

»Sie hatten früher mal den ersten Stock eines Zweifamilienhauses gemietet, das einem gewissen Bob Bandolier gehört. Ich wollte mit ihnen über Bandolier reden.«

»Ich nehme an, Sie hatten einen Grund dafür?«

»Bandolier war 1950 Manager im St. Alwyn, und er könnte sich möglicherweise an etwas erinnern, das uns hilft.«

»Soweit ich informiert bin, hat es an der Explosion da draußen nichts Verdächtiges gegeben.« Er wartete einen Moment. »Mr. Underhill, haben Sie häufig das Gefühl, ins Zentrum eines bedrohlichen Komplotts zu geraten?«

»Sie nicht?« fragte ich.

Über mir kabbelten sich die Ransoms, während Ralph einen Koffer auf Rädern durch die Halle zog.

»Sonst noch was?«

Ich spürte einen unvernünftigen und unerklärlichen Widerwillen, mit ihm über William Writzman zu sprechen. »Nein, ich glaube nicht.«

»Propangasflaschen sind nicht die sichersten Behälter der Welt«, sagte er. »Lassen Sie die Sunchanas von nun an in Ruhe. Ich setze mich mit Ihnen in Verbindung, sobald ich etwas erfahre, das Sie wissen müßten.«

In einem grell pinkfarbenen Trainingsanzug marschierte Ralph mit einem zweiten, kleineren Koffer die Treppe herunter und stellte ihn bei der Haustür neben den anderen. Er kam zur Küchentür und blieb auf der Schwelle stehen. »Telefonieren Sie mit John?«

»Ist John wieder da?« sagte Marjorie. Sie erschien in pinkfarbenen Reeboks und einem Trainingsanzug, der farblich auf den ihres Mannes abgestimmt war. Vielleicht waren die Ransoms deshalb uneins gewesen. Sie sahen wie zwei Osterhasen aus.

»Nein«, sagte Ralph, »nein, nein, nein.«

»Wie Sie vermutlich erraten haben«, sagte Fontaine, »geht es hier unten ein bißchen verrückt zu. Genießen Sie unsere schöne Stadt. Nehmen Sie an einem Protestmarsch teil.« Er legte auf.

Marjorie drängte sich an Ralph vorbei und starrte mich durch die Sonnenbrille zornig an. Sie stützte die Hände auf ihre ausladenden pinkfarbenen Hüften. »Das ist nicht John, oder?« fragte sie laut. »Wenn er es ist, könnten Sie ihn daran erinnern, daß wir zum Flugplatz müssen.«

»Ich habe dir doch gesagt, er spricht nicht mit John«, antwortete Ralph.

»Du hast mir gesagt, John sei noch nicht zurück«, entgegnete Marjorie, und ihre Stimme war, wenn möglich, noch lauter als vorher. »Das hast du mir gesagt.« Sie sauste so schnell aus der Küche, daß sie fast einen Kondensstreifen zurückließ.

Ralph holte sich ein Glas Wasser aus der Leitung, hob das Glas und sah mich mit einer Mischung aus Herausforderung und Unsicherheit an. »Sie ist ein bißchen nervös. Hat Angst, zu spät zum Flugplatz zu kommen, hat Angst, die Maschine zu verpassen, Sie wissen schon.«

»*Ich* war nicht nervös!« rief Marjorie aus dem Wohnzimmer. »Wenn mein Sohn nicht in zehn Minuten hier ist, fahren wir mit dem Taxi.«

»Ich fahre Sie«, sagte ich. Beide begannen abzulehnen, bevor ich zu Ende gesprochen hatte.

Ralph warf einen Blick zum Wohnzimmer und setzte sich dann mir gegenüber ans andere Ende des Tisches.

»Es ist wegen dieser Sache mit dem Führerschein – John

gehört nicht zu den Typen, denen man für gewöhnlich die Fahrerlaubnis entzieht. Ich habe ihn gefragt, was er für Schwierigkeiten hatte, daß sie ihn dreimal wegen Trunkenheit am Steuer drankriegen konnten. Es ist gut, wenn man sich so etwas von der Leber redet.«

»Er ist da!« verkündete Marjorie mit durchdringendem Bühnengeflüster. Ralph und ich hörten, daß die Haustür geöffnet wurde.

»Ich hoffe nur, er wird mit allem fertig«, sagte Ralph.

Johns Stimme, voll lauter, falscher Fröhlichkeit, rief: »Alle okay? Alles bereit?«

Ralph wischte sich mit der Hand über den Mund und rief zurück: »Schönen Spaziergang gehabt?«

»Heiß da draußen«, sagte John. Er kam in die Küche, und Marjorie trottete lächelnd und alle Zähne zeigend hinter ihm her. John trug weite, verblaßte Jeans und ein dunkelgrünes Sportjackett aus Leinen, das über dem Bauch zugeknöpft war. Sein Gesicht glänzte von Schweiß. Er sah mich an, verzog den Mund, um mir seine Gereiztheit zu zeigen, und sagte: »Sind diese beiden eure einzigen Koffer?«

»Die beiden und die Reisetasche deiner Mutter«, sagte Ralph. »Wir sind soweit und sollten jetzt aufbrechen, denke ich.«

»Wir haben noch viel Zeit«, sagte John. »Wenn wir in zwanzig Minuten losfahren, habt ihr noch immer ungefähr eine Stunde, bis euer Flug aufgerufen wird.«

Er setzte sich zwischen Ralph und mich an den Tisch. Marjorie stellte sich hinter ihn und legte ihm die Hände auf die Schultern. »Es ist gut für dich, daß du so viel zu Fuß gehst«, sagte sie. »Aber, mein Schatz, du solltest dich wirklich ein bißchen entspannen, deine Schultern sind ganz verkrampft.« Sie begann seine Schultern zu kneten. »Warum ziehst du das Jackett nicht aus? Du bist ganz naßgeschwitzt.« John grunzte und schüttelte sie ab.

6

Auf dem Flugplatz bestand Ralph darauf, daß wir sie nicht zum Gate begleiteten. »Zu umständlich mit dem Parken, wir verabschieden uns hier.« Marjorie stand neben den Koffern und legte den Kopf auf die Seite, um sich küssen zu lassen. »Ruh dich richtig aus, bis deine Vorlesungen wieder anfangen«, sagte sie.

Ralph umarmte seinen steifen, widerstrebenden Sohn und sagte: »Du bist ein Pfundskerl.« Wir sahen ihnen nach, als sie in ihren Osterhasenanzügen durch die automatische Glastür gingen. Als sie sich hinter ihnen geschlossen hatte, fiel John auf den Beifahrersitz und kurbelte das Fenster herunter. »Ich möchte etwas zertrümmern«, sagte er. »Vorzugsweise etwas Schönes und Großes.« Ralph und Marjorie gingen unsicher auf die Menschenschlangen vor den Airline-Schaltern zu. Ralph fummelte in einer Reißverschlußtasche seines Trainingsanzugs, holte die Flugscheine heraus, bückte sich und zog den Koffer ans Ende der Schlange. »Ich schätze, sie kommen an«, sagte John und lehnte sich zurück.

Ich fuhr los, umrundete die Terminals und kam auf die Zufahrtsstraße. »Ich muß dir erzählen, was gestern nacht passiert ist. Die Leute, die ich draußen in Elm Hill aufsuchen wollte, sind fast bei einem Brand ums Leben gekommen.«

»O Jesus!« John drehte sich um und schaute nach hinten. »Mir ist auf der Fahrt zum Flugplatz aufgefallen, wie oft du in den Rückspiegel geschaut hast. Ist uns jemand gefolgt?«

»Ich glaube nicht.«

Er kniete beinahe auf dem Sitz und musterte die Wagen hinter uns. »Ich sehe keinen blauen Lexus, aber wahrscheinlich hat er mehr als nur einen Wagen, glaubst du nicht?«

»Ich weiß nicht einmal, wer *er* ist«, sagte ich.

»William Writzman. War das nicht der Name, den du gestern nacht genannt hast?«

»Ja, aber wer ist das?«

Er winkte ab. »Erzähl mir was über den Brand.«

Ich wiederholte, was ich in der Zeitung gelesen hatte, und berichtete ihm von meinem Gespräch mit Fontaine.

»Ich habe diese Cops allmählich satt.« John drehte sich schwerfällig um, stellte das rechte Bein auf den Sitz und zupfte am Saum seines grünen Jacketts. »Nachdem es sich herausgestellt hat, daß Walter Dragonettes Geständnis falsch war, fällt ihnen nichts anderes ein, als mich ständig ins Präsidium zu zitieren. Wessen Fahrlässigkeit war denn vor allem schuld an Aprils Tod?«

Er zog das Jackett wieder über den Bauch herunter, legte den linken Arm auf die Lehne des Sitzes und behielt den Verkehr hinter uns im Auge. »Ich erlaube Fontaine nicht, mir in die Quere zu kommen.« Er wandte den Kopf und sah mich durchdringend an. »Noch immer bereit, zu bleiben und mir zu helfen?«

»Ich will Bob Bandolier finden«, sagte ich.

»Und ich William Writzman«, sagte er.

»Wir werden vorsichtig sein müssen«, sagte ich und meinte damit nur, daß wir uns von Fontaine fernhalten sollten.

»Willst du sehen, wie vorsichtig?« John tippte mir auf die Schulter. »Schau.« Ich blickte zur Seite, und er knöpfte das Leinenjackett auf und hielt es ein Stück vom Körper weg. Aus seinem Hosenbund ragte der geschweifte Griff einer Handfeuerwaffe. »Nachdem du sie Alan weggenommen hattest, habe ich sie in meinem Banksafe deponiert. Heute morgen war ich in der Bank und habe sie herausgeholt.«

»Das ist keine gute Idee«, sagte ich. »Tatsächlich ist es eine schreckliche Idee.«

»Ich weiß, wie man mit einer Schußwaffe umgeht, um Himmels willen. Und du weißt es auch, also hör auf, so mißbilligend dreinzuschauen.«

Ich bemühte mich, nicht mehr so mißbilligend dreinzuschauen, wie mir zumute war, und es gelang mir so überzeugend, daß er mich wenigstens nicht mehr so blöd angrinste.

»Was wolltest du als nächstes tun?« fragte er.

»Wenn ich die Sunchanas finde, würde ich gern mit ihnen sprechen. Vielleicht könnte ich etwas erfahren, wenn ich in der South Sixth Street noch an ein paar Türen klopfe.«

»Es gibt keinen Grund, noch einmal nach Pigtown zu gehen«, sagte John.

»Erinnerst du dich, daß ich ein altes Ehepaar erwähnt habe, mit dem ich sprach – ich meine die Leute, die mit Bandolier praktisch Tür an Tür wohnten? Die Frau, Hannah Belknap, hat mir gesagt, daß sie manchmal sehr spät nachts einen Mann allein im Wohnzimmer sitzen sieht.« Ich erzählte ihm, wie Frank Belknap auf die Geschichte seiner Frau reagiert und daß er mich später auf dem Gehsteig abgefangen hatte, um heimlich mit mir zu reden.

»Es ist Writzman«, sagte John. »Er brennt Häuser nieder.«

»Mach mal halblang. Dieser Soldat hat Belknap vor zwanzig Jahren bedroht. Fontaine sagt, Propangasflaschen sind nicht die sichersten.«

»Glaubst du das wirklich?«

»Nein«, gab ich zu. »Ich denke, jemand ist mir zu den Sunchanas gefolgt und hat beschlossen, ein Gespräch mit mir zu verhindern. Was bedeutet, daß wir nichts über Bob Bandolier erfahren sollen.«

»Bevor wir etwas anderes tun, möchte ich zu Oscar Writzman. Vielleicht kriege ich etwas aus ihm heraus. Läßt du es mich versuchen?«

»Nicht, wenn du ihn mit dieser Waffe bedrohen willst.«

»Ich werde ihn nur fragen, ob er einen Sohn hat, der William heißt.«

7

Wider besseres Wissen verließ ich die Nord-Süd-Autobahn an dem Punkt in Downtown Millhaven, wo sie auf die Ost-West-Trasse trifft. Wieder wandte ich mich nach Westen. Vom Kreisel des Autobahnkreuzes aus sieht man die hohen quadratischen Türme des Pforzheimer und des Hepton Hotels, die wie uralte Denkmäler die neuen Gebäude östlich des Millhaven River überragen.

John betrachtete die Skyline, als wir die Rampe hinunterfuhren und uns in den spärlichen Verkehr einreihten, der nach Westen unterwegs war.

»Jeder Cop in der Stadt wird heute nachmittag die Marschierer beobachten. Wir könnten The Green Woman auseinandernehmen und wieder zusammensetzen, ohne daß es jemand merken würde.«

In Teutonia fuhr ich über die lange Diagonale nach Norden, durch das Spalier von Piggly Wiggly-Supermärkten, Rasenbowling-Bahnen und Fastfood-Ständen. »Weißt du, ob jemand Alans Garage benutzen darf.«

»Vielleicht hat er Grant erlaubt, etwas einzulagern.« John sah mich an, als spielte ich ein Spiel, das er noch nicht verstand. »Warum?«

»Die Frau von gegenüber hat in der Nacht, in der April überfallen wurde, jemanden in der Garage gesehen.«

Unbewußt berührte er den Griff seiner Waffe durch das Jackett. Sein Gesicht war ausdrucksloser denn je, aber unter seinem rechten Auge begann ein Nerv zu zucken. »Was genau hat sie gesehen?«

»Nur, daß das Tor sich schloß. Sie dachte, es könnte Grant sein, weil sie ihn öfter dort gesehen hatte. Aber Grant war ja schon tot.«

»Also, tatsächlich war ich es«, sagte John. »Ich wußte nicht, daß man mich gesehen hat, sonst hätte ich es früher erwähnt.«

Ich hielt an der Ampel und setzte den Blinker. »Du warst dort – in der Nacht, in der April verschwand?«

»Ich dachte, sie sei vielleicht bei Alan – wir hatten nämlich eine kleine Auseinandersetzung. Als ich hinkam, war jedoch alles dunkel, und ich wollte keine Szene machen. Wenn April bei Alan übernachten wollte, mir sollte es recht sein, zum Teufel.«

Die Ampel sprang auf Grün, und ich bog zu Oscar Writzmans freudlosem kleinem Haus ab.

»Wir haben ein paar alte Sachen in der Garage, und ich dachte mir, ich könnte ein paar Fotografien mitnehmen, Vergrößerungen von April, also bin ich reingegangen und habe mich umgesehen, aber sie waren zu groß und zu sperrig. Und nachdem ich sie gesehen hatte, kam mir die ganze Idee reichlich verrückt vor.« Der Nerv unter seinem Auge zuckte noch immer, und er legte zwei Finger darauf, als wolle er ihn zurückdrängen.

»Ich dachte, es könnte etwas mit dem Mercedes zu tun gehabt haben.«

»Der Wagen ist inzwischen vermutlich in Mexiko.«

Aus reiner Gewohnheit schaute ich in den Rückspiegel. Writzmans Wagen war auf keiner der drei Fahrspuren hinter uns, und er war auch nicht unter den wenigen Wagen, die vor uns durch das flirrende Sonnenlicht zuckelten. Ich hielt vor dem gelben Betongefängnis.

John legte die Hand auf den Türgriff.

»Ich denke, du machst einen Fehler«, sagte ich. »Du wirst diesen Kerl nur wütend machen. Er wird dir nichts sagen, was du hören willst.«

Wieder versuchte John, mich wieder mit seinem allwissenden Blick einzuschüchtern, aber der Nerv unter seinem Auge zuckte noch. »Ich sage es nur sehr ungern, aber du weißt auch nicht alles.« Er beugte sich zu mir vor. Sein Blick hielt meinen fest. »Laß mir ein bißchen Spielraum, Tim.«

»Geht es um Franklin Bachelor?« sagte ich.

Er schien zu erstarren, die Hand auf der Beule unter dem Jackett. Dann nahm er die Hand weg und legte sie wieder auf den Türgriff.

»Du bist mir noch das Ende der Geschichte von gestern nacht schuldig ...«

John öffnete den Mund und rollte wild mit den Augen. Er sah wie ein Tier in der Falle aus. »Darüber kann man nicht sprechen.«

»Es ist unwichtig, ob es tatsächlich passiert ist oder nicht«, sagte ich. »Es war Vietnam. Ich will nur das Ende wissen. Hat Bachelor seine eigenen Leute umgebracht?«

Johns Augen kamen zur Ruhe.

»Und du wußtest es«, sagte ich. »Du hast gewußt, daß er nicht mehr da war. Du hast gewußt, daß der Mann, den du zurückbrachtest, Bennington war. Ich bin überrascht, daß du ihn auf dem Weg nach Camp Crandall nicht erschossen und hinterher behauptet hast, er sei gewalttätig geworden und habe zu fliehen versucht.« Dann begriff ich, warum er Bennington mitgenommen hatte. »Oh! Jed Chambers hat die Dinge nicht so gesehen wie du. Er hat Bennington für Franklin Bachelor gehalten.«

»Ich war zwei Tage früher da als Jed«, sagte John leise. Er räusperte sich. »Ich ging zum Schluß immer schneller. Die

Leichen roch ich schon Stunden, bevor ich das Camp erreichte. Die Leichen und den – und den Geruch von Gekochtem. Im ganzen Camp lagen Leichen herum. Überall brannten kleine Feuer. Bennington saß einfach auf dem Boden. Er hatte die Toten verbrannt – oder versuchte es.«

»Hat er sie gegessen?«

John sah mich eine Zeitlang starr an. »Nicht die Menschen, die er verbrannte.«

»Was war mit Bachelors Frau? Ihr Schädel lag auf dem Rücksitz deines Jeeps.«

»Er hat ihr die Kehle aufgeschlitzt und sie ausgeweidet. Ihr Haar hing an einem Mast. Er brach sie auf und säuberte sie wie ein Stück Wild. Er hat sie geopfert. Bennington kochte noch das Fleisch von ihren Knochen, als ich dort ankam.«

»Und du hast etwas von ihrem Fleisch gegessen«, sagte ich.

Er antwortete nicht.

»Du hast gewußt, daß Bachelor es auch getan hätte.«

»Das hatte er schon.«

»Du warst im Reich der Götter«, sagte ich.

Er sah mich mit ausdruckslosen Augen an und sagte nichts. Er brauchte nichts zu sagen.

»Weißt du, was aus Bachelor geworden ist?«

»Ein paar Marines haben seine Leiche oben in der Nähe der entmilitarisierten Zone gefunden.« Jetzt sprühten seine Augen Funken.

»Jemand hat auch deine Leiche gefunden«, sagte ich. »Ich frage nur.«

»Mit wem hast du gesprochen?«

»Schon mal von einem Colonel Beaufort Runnel gehört?«

Er zwinkerte, und der Trotz verschwand aus seinen Augen. »Meinst du diese aufgeblasene Niete aus dem Versorgungsdepot in Crandall?« Er musterte mich irgendwie erstaunt. »Wann und wo bist du *Runnel* denn über den Weg gelaufen?«

»Vor langer, langer Zeit«, sagte ich. »Bei einem Veteranentreffen oder so was Ähnlichem.«

»Veteranengruppen sind was für Scheißkünstler.« Ransom öffnete die Beifahrertür. Als ich aus dem Wagen stieg, griff er sich unter das grüne Jackett und rückte den Bund der Jeans zurecht. Er wackelte ein bißchen mit den Hüften, damit alles

– vor allem Alans Pistole, nahm ich an – richtig saß. Dann zog er das Jackett straff nach unten. Er hatte die Beherrschung wiedergewonnen. »Laß mich nur machen«, sage er.

8

Ransom stapfte über Oscar Writzmans harten gelben Rasen, als fliehe er vor dem, was er eben zu mir gesagt hatte.

An der Schwelle holte ich ihn ein, und er starrte mich finster an, bis ich zurücktrat. Er zog die Schultern hoch und klingelte. Ich hatte die Vorahnung einer Katastrophe. Was wir taten, war falsch, und schreckliche Dinge würden daraus entstehen.

»Sei vorsichtig«, sagte ich, und sein Rücken zuckte wieder.

Von meinem Platz, eine Stufe unter John, sah ich nur den oberen Rand der Haustür, der sich auf Johns Kopf zubewegte.

»Sie wollen mich sprechen?« fragte Oscar Writzman. Es klang ein bißchen müde.

»Sind Sie Oscar Writzman?«

Der alte Mann antwortete nicht. Er trat zur Seite und stieß die Tür ganz auf, so daß John einen Schritt zurückweichen mußte. Writzmans Gesicht konnte ich noch immer nicht sehen. Er trug einen dunkelblauen Trainingsanzug mit einer Reißverschlußjacke, ähnlich den Trainingsanzügen der Ransoms, aber schlapp, weil er schon tausendmal durch die Waschmaschine geschleust worden war. Seine bloßen Füße waren plump, eckig und von dicken blauen Adern durchzogen.

»Dürfen wir ins Haus kommen?« fragte John.

Writzman blickte ihm über die Schulter, sah mich und senkte seinen Kanonenkugelkopf wie ein Stier.

»Was sind Sie? Der Hüter dieses Burschen? Ich habe Ihnen nichts zu sagen.«

John packte die Tür und hielt sie offen. »Sie sollten mit uns kooperieren, Mr. Writzman. Dann wird es leichter für Sie.«

Writzman gab die Tür frei, was mich überraschte. John betrat das gelbe Haus, und ich folgte ihm ins Wohnzimmer.

Writzman ging um einen rechteckigen Tisch herum und blieb neben einem Sessel mit verstellbarer Rückenlehne stehen. An der Wand hing eine Kuckucksuhr, Bilder waren keine vorhanden. Vor der Durchreiche zur Küche stand ein schäbiges, S-förmiges Sofa, daneben ein Schaukelstuhl mit einem Wappen im Kopfteil der Rückenlehne.

»Hier ist niemand außer mir«, sagte Writzman. »Sie brauchen nicht das ganze Haus auf den Kopf zu stellen.«

»Ich will nur ein paar Informationen«, sagte John.

»Deshalb tragen Sie auch eine Waffe. Weil Sie Informationen wollen.« Er hatte keine Angst mehr, und was ich jetzt sah, war dieselbe Geringschätzung, ja, Verachtung, die er uns gezeigt hatte, bevor John ihn einen Blick auf den Griff seiner Waffe werfen ließ. Er setzte sich und sah uns durchdringend an.

Ich betrachtete das Wappen auf dem Schaukelstuhl. Um die Zahl 25 herum standen kreisförmig angeordnet in schwungvoller Zierschrift die Worte *Sawmill Paper Company*.

»Erzählen Sie mir etwas über Elvee, Oscar«, sagte John, der etwas mehr als einen Meter von dem alten Mann entfernt war.

»Viel Glück.«

»Wer leitet die Firma? Was macht sie?«

»Keine Ahnung.«

»Erzählen Sie mir etwas über William Writzman. Und über The Green Woman Taproom.«

Ich sah in den Augen des alten Mannes etwas aufflackern. »Es gibt keinen William Writzman«, sagte er, beugte sich vor und legte die Hände zusammen. Seine Schultern bildeten einen leichten Buckel, die plumpen blauen Füße rutschten unter seine Knie zurück.

John machte einen Schritt nach hinten, griff unter das Jakkett und zog die Pistole heraus. Wie ein Revolverheld sah er trotzdem nicht aus. Er zielte auf die Brust des Alten. Writzman atmete aus und schob die Oberlippe vor.

»Das ist interessant«, sagte John. »Das müssen Sie mir erklären.«

»Was gibt es da zu erklären? Falls es überhaupt einmal eine Person dieses Namens gegeben hat, dann ist sie tot.«

Writzman schaute direkt in den Lauf der Pistole. Langsam und vorsichtig schob er die Füße nach vorn, bis nur noch die blaufleckigen Fersen den Boden berührten und die stummeligen krummen Zehen nach oben zeigten.

»Er ist tot«, sagte John.

Writzman wandte die Augen von der Waffe ab und sah John ins Gesicht. Er schien jetzt weder zornig noch ängstlich zu sein. »Leute wie Sie sollten unten in der Livermore bleiben, wohin Sie gehören.«

John ließ die Pistole sinken. »Was ist mit The Green Woman Taproom?«

»War früher mal eine recht zweifelhafte Kneipe, schätze ich.« Writzman zog die Füße zurück und stemmte sich in die Höhe. »Aber ich möchte nicht viel darüber sagen.« John hob die Waffe in Taillenhöhe und zielte auf den Bauch des Alten. »Ich will mit euch beiden überhaupt nicht reden.« Writzman machte einen Schritt vorwärts, John wich zurück, und ich stand aus dem Schaukelstuhl auf. »Du wirst nicht auf mich schießen, du armseliges Stück Scheiße.«

Er machte noch einen Schritt vorwärts. John riß die Pistole hoch, und ein gelber Blitz explodierte aus dem Lauf.

Schall- und Druckwellen verschlossen mir die Ohren. Reiner weißer Rauch hing zwischen John und Oscar Writzman. Ich wartete darauf, daß Writzman stürzte, doch er stand nur ganz still da und sah die Pistole an. Dann drehte er sich langsam um und blickte hinter sich. In der Wand über seinem Sessel war ein Loch, so groß wie ein Golfball.

»Bleiben Sie, wo Sie sind«, sagte John. Er streckte den rechten Arm aus und umfaßte das Handgelenk mit der Linken. Durch das Läuten in meinen Ohren klangen alle Stimmen dünn und blechern. »Sagen Sie niemandem, daß wir hier waren.« John hielt Writzman die Pistole an den Kopf »Haben Sie gehört? Sie haben uns nie gesehen.«

Writzman hob die Hände.

John tappte rücklings zur Tür, und ich ging vor ihm hinaus. Die Hitze schlug auf mich ein wie ein Schmiedehammer. Ich hörte John sagen: »Richten Sie dem Mann im blauen Lexus aus, es ist aus mit ihm.« Er improvisierte. Ich hätte ihn am liebsten am Gürtel gepackt und auf die Straße geworfen.

Bisher war noch niemand herausgekommen, um sich nach dem Lärm zu erkundigen. Zwei Autos fuhren die breite Straße entlang. Mein Kopf dröhnte.

John kam rücklings durch die Tür, die Arme noch in Schußposition. Sobald er draußen war, ließ er die Arme sinken, drehte sich zum Gehsteig um und begann zu rennen. Wir stürmten zum Wagen, John riß die hintere Tür auf und sprang hinein. Fluchend grub ich den Schlüssel aus meiner Tasche aus und startete den Pontiac. Als ich anfuhr, tauchte Writzman im Türrahmen auf »Gib Gas, gib Gas!« schrie John.

Ich trat das Gaspedal bis zum Anschlag durch, und wir holperten schwerfällig die Straße entlang.

»Gib Gas!«

»Tu ich doch«, brüllte ich, und der Wagen, obwohl noch immer traumhaft langsam, wurde ein bißchen schneller. Writzman überquerte vorsichtig seinen vertrockneten Rasen. Der Pontiac schwankte wie ein Boot und kam endlich auf Touren. Als ich an der nächsten Ecke rechts abbog, legte er sich auf die Seite, und die Reifen quietschten.

»Puh!« schrie Ransom. Die Pistole noch in der Hand, beugte er sich über die Lehne des Beifahrersitzes vor. »Hast du *das* gesehen? Das war dem alten Halunken eine Lehre, oder?« Er fing an zu lachen. »Er wollte auf mich losgehen – da hab' ich ganz einfach die Knarre gehoben – und bumm! Ganz einfach so.«

»Ich könnte dich umbringen«, sagte ich.

»Sei nicht sauer, es war zu gut«, stieß John hervor. »Hast du das Feuer gesehen? Und den Rauch?«

»Hast du absichtlich geschossen?« Ich bog noch ein paarmal nach links und nach rechts ab und wartete darauf, die Sirenen zu hören.

»Klar. Natürlich absichtlich. Was denkst du denn? Der alte Gauner wollte mir die Pistole wegnehmen. Ich mußte ihn aufhalten, oder? Wie sollte ich ihm sonst zeigen, daß ich es ernst meine.«

»Ich sollte dir mit dem Ding den Schädel einschlagen«, sagte ich.

»Weißt du, was der Kerl früher gemacht hat? Er hat andere Kerle mit den bloßen Händen auseinandergenommen.« Das klang beleidigt.

»Er hat fünfundzwanzig Jahre in einer Papierfabrik gearbeitet«, sagte ich. »Als er in Rente ging, haben sie ihm einen Schaukelstuhl geschenkt.«

Ich hörte, daß John die Pistole bewundernd in den Händen drehte und wendete.

Noch einmal bog ich ab und sah Teutonia zwei Blocks vor mir. »Warum, glaubst du, hat er gesagt, wir sollten in die Livermore Avenue zurückgehen, wohin wir gehörten?«

»Sei nicht beleidigt, aber es ist nicht gerade das vornehmste Viertel der Stadt.«

Ich sagte kein Wort mehr, bis ich auf den Ely Place einbog, und dann sprach ich auch nicht, weil ich ihm etwa verziehen hatte, sondern weil ich erschrak. Vor Johns Haus wartete ein Streifenwagen.

»Er hat sich deine Nummer gemerkt«, sagte ich.

»Scheiße«, sagte John. Er beugte sich vor, und ich hörte, wie er die Pistole unter den Beifahrersitz schob. »Fahr weiter.«

Doch dazu war es zu spät. Die Fahrertür des Streifenwagens ging auf, und ein langes blaues Bein erschien. Ihm folgte ein riesenhafter blauer Oberkörper und dann ein zweites riesenhaftes Bein. Es war, als beobachte man einen Zirkustrick – der riesige Mensch konnte nicht in den kleinen Wagen passen. Aber er paßte hinein. Sonny Berenger streckte sich und wartete, bis wir vor ihm eingeparkt hatten.

»Du mußt alles leugnen«, sagte John. »Es ist unsere einzige Chance.«

Nervös stieg ich aus dem Wagen. Ich glaubte nicht, daß es uns bei Sonny viel nützen würde, wenn wir leugneten. Er stand wie ein Turm neben seinem Streifenwagen und beobachtete uns kalt.

»Hallo, Sonny«, sagte ich, und als sein Gesicht sich verhärtete, fiel mir ein, daß er einen guten Grund hatte, mich nicht zu mögen.

Er blickte von mir zu John und wieder zu mir zurück. »Wo ist sie?« fragte er.

Unwillkürlich warf John einen hastigen Blick zum Pontiac zurück.

»Haben Sie sie im Wagen?«

»Wir hatten einen guten Grund für alles«, sagte John.

»Werden Sie nicht gleich wütend, hören Sie sich vorher unsere Version der Geschichte an.«

»Holen Sie sie mir bitte. Sergeant Hogan möchte sie heute zurückhaben.«

John wollte zum Pontiac zurück, aber dann wurde ihm bewußt, was Sonny zuletzt gesagt hatte, und er ging langsamer. Fast wäre er gestolpert. »Oh, hab' ich gesagt, sie ist im Wagen?« Er blieb stehen, drehte sich um.

»Was sollen Sie Sergeant Hogan bringen?« fragte ich.

Wieder ging Sonnys Blick unschlüssig zwischen John und mir hin und her. Er straffte sich, so daß er noch länger aussah. Seine Brust war so breit wie ein Faß. »Eine alte Akte. Würden Sie sie mir holen, Sir, egal, wo sie ist?«

»Ah«, sagte John, »du hast sie doch zuletzt gehabt, nicht wahr, Tim?«

Sonny konzentrierte sich auf mich.

»Warten Sie«, sagte ich und lief, John auf den Fersen, zur Haustür. Ich mußte mich gedulden, während er seine Schlüssel suchte. Sonny kreuzte die Arme und schaffte es, sich an den Streifenwagen zu lehnen, ohne ihn in der Mitte einzudrücken.

Kaum waren wir im Haus, begann John wie irr zu lachen. Er war glücklicher, als ich ihn während meines ganzen Aufenthalts in Millhaven erlebt hatte.

»Trotz deines Geredes, alles zu leugnen, wolltest du ihm die Pistole aushändigen.«

»Verlaß dich darauf«, sagte er, »mir wäre schon was eingefallen.« Wir stiegen die Treppe hinauf »Ein Jammer, daß Hogan nicht noch ein paar Stunden gewartet hat, bevor er sein Riesenbaby schickte. Ich wollte mir die Akte ansehen.«

»Kannst du immer noch. Ich habe eine Kopie.«

John kletterte mit mir in den zweiten Stock und stand in der Tür seines Arbeitszimmers, als ich unter die Couch griff und die Aktentasche herausholte. Ich wischte ein bißchen den Staub ab, machte die Tasche auf, nahm die Kopie heraus und reichte sie John.

Er zwinkerte mir zu. »Warum fährst du, während ich das lese, nicht schnell mal zu Alan und siehst nach, wie es ihnen geht?«

Als ich die Haustür hinter mir zumachte, lehnte Sonny noch immer mit gekreuzten Armen an seinem Wagen. Seine absolute Reglosigkeit sagte mir unmißverständlich, daß er meinetwegen keine Hand rühren würde, weil ich es nicht wert war. Als ich ihm die Aktentasche reichte, nahm er sie wortlos entgegen.

»Sagen Sie Fontaine meinen besten Dank.«

Sonnys Antwort bestand darin, daß er in den Streifenwagen stieg und die Tasche auf den Beifahrersitz stellte. Er schob den Zündschlüssel ins Schloß.

»Auf die Dauer gesehen«, sagte ich, »haben Sie allen einen Gefallen damit getan, daß Sie an dem Tag mit mir gesprochen haben.«

Er musterte mich – so schien es – aus einer Entfernung von mehreren Meilen, ohne mich direkt anzusehen.

»Ich bin Ihnen was schuldig«, sagte ich. »Ich werde mich revanchieren, sobald ich kann.«

Der Ausdruck in seinen Augen veränderte sich schätzungsweise für eine Hundertstelsekunde. Dann drehte er den Zündschlüssel herum, wendete den Wagen um hundertachtzig Grad und raste in Richtung Berlin Avenue davon.

9

Auf dem Weg ins Wohnzimmer sagte Eliza Morgan leise zu mir:

»Ich habe ihn eben mit seinem Lunch vor den Fernseher gesetzt. In Kanal vier gibt es eine Diskussion mit der Presse, und dann bringen sie eine Live-Reportage vom Marsch durch die Illinois Avenue.«

»Dorthin sind also alle Reporter verschwunden«, sagte ich.

»Möchten Sie eine Kleinigkeit essen? Pilzsuppe und ein Sandwich mit Hühnersalat? Oh, hier ist er schon.«

Alans Stimme dröhnte durch die Diele: »Was, zum Teufel, geht da draußen vor?«

»Ich bin halb verhungert«, sagte ich zu Eliza. »Lunch wäre wundervoll.«

Ich folgte ihr ins Wohnzimmer. Alan saß auf dem Chesterfield und warf fast das Holztablett hinunter, das er auf dem Schoß hatte, als er sich zu mir umdrehte. Ein kleiner Farbfernseher stand auf einem fahrbaren Gestell inmitten des Zimmers. »Ah, Tim«, sagte Alan. »Gut. Das darfst du nicht versäumen.«

Vorsichtig, um sein Tablett nicht in Gefahr zu bringen, setzte ich mich. Neben der Suppenschale und einem kleinen Teller mit der übriggebliebenen Kruste eines Sandwichs stand eine schmale Vase mit einer noch nicht voll aufgeblühten Rosenknospe. Über Alans schneeweißer Hemdbrust und dunkelroter Krawatte lag eine Serviette. Er beugte sich zu mir vor. »Hast du die Frau gesehen? Das ist Eliza. Die kriegst du nicht. Sie gehört mir.«

»Ich freu mich, daß Sie sie mögen.«

»Großartige Frau.«

Ich nickte, und Alan begann seine Suppe zu löffeln.

Geoffrey Bough, Isobel Archer, Joe Ruddler und drei Reporter, die ich nicht kannte, saßen an einem runden Tisch unter Jimbos freundlichem, jetzt ein wenig unsicherem Blick.

»... ungewöhnlich hoher Prozentsatz brutaler Morde in einer Gemeinde dieser Größe«, schnurrte Isobel. »Und ich wundere mich über den Anblick von Arden Vass, der während der Beerdigung von Opfern bisher unaufgeklärter Morde vor Fernsehkameras paradiert, trotz ...«

»Trotz – was?« brüllte Joe Ruddler, dessen rotes Gesicht halslos aus dem Kragen zu explodieren schien. »Lassen Sie gefälligst Ihre taktlosen Anspielungen!«

»... trotz der lächerlichen Bereitschaft gewisser Kollegen von mir, die alles glauben, was man ihnen sagt«, schloß Isobel glatt.

Eliza Morgan brachte mir das gleiche Tablett, wie Alan es hatte, aber ohne Rose. Aus der Suppenschale stieg der köstliche Duft frischer Pilze auf »Es gibt noch mehr davon, wenn Sie wollen.« Sie ging an mir vorbei und setzte sich in einen Sessel in Alans Nähe.

Jimbo bemühte sich, wieder Ruhe in die Gesprächsrunde zu bringen. »Wenn es Ihnen hier nicht paßt, Miss Archer, versuchen Sie's doch mal in Rußland!« bellte Joe Ruddler. »Sie werden schon sehen, wie weit Sie kommen.«

»Sich das vorzustellen ist nicht uninteressant, Isobel«, sagte Geoffrey Bough, kam jedoch nicht weiter.

»Oh, wir alle würden uns das liebend gern vorstellen, wenn wir könnten«, fauchte Ruddler.

»Miss Archer«, unterbrach Jimbo verzweifelt, »halten Sie es wirklich für verantwortungsbewußt, angesichts der ausgedehnten Aktivitäten der Bürgerinitiativen noch Öl ins Feuer zu gießen und weitere Kritik an …«

»Genau!« schrie Ruddler.

»Ist es verantwortungsbewußt, es nicht zu tun?« fragte Isobel.

»Ich würde mich auf der Stelle erschießen, wenn ich dächte, ich könnte dadurch auch nur einen einzigen Cop schützen.«

»Was für eine interessante Vorstellung«, sagte Isobel mit großer Liebenswürdigkeit. »Aber kommen wir wieder auf den Punkt und lassen im Moment die beiden jüngsten *Blaue-Rose*-Morde außer acht. Konzentrieren wir uns auf den Mord an Frank Waldo, einem hiesigen Geschäftsmann mit einer überaus interessanten Reputation …«

»Ich fürchte, wir weichen vom Thema. ab, Isobel.«

»Wir kriegen sie und sperren sie ein. Wir kriegen sie immer.«

»Wir sperren dauernd jemanden ein«, sagte Isobel und grinste Geoffrey Bough an.

»Wer?« fragte ich. »Was war das?«

»Sind sie fertig, Alan?« fragte Eliza. Sie stand auf, um sein Tablett wegzunehmen.

»Wer, hat sie gesagt, wurde ermordet?« fragte ich.

»Ein gewisser Waldo«, sagte Eliza, die ins Zimmer zurückkam. »Ich hab's im *Ledger* gelesen, irgendwo ganz hinten im Blatt.«

»Hat man ihn in der Livermore Avenue gefunden? Vor der Bar Idle Hour?«

»Nein, ich glaube, es war auf dem Flugplatz«, sagte sie. »Wollen Sie die Zeitung haben?«

Ich war nicht weiter als bis zu dem Artikel über den Brand in Elm Hill gekommen und sagte, ja, ich würde gern einen Blick hineinwerfen. Eliza ging hinaus und brachte mir die zusammengefaltete zweite Hälfte des *Ledger*.

Die verstümmelte Leiche von Francis (Frankie) Waldo, Besitzer und Präsident der Idaho Wholesale Meat Co., war gegen drei Uhr morgens im Kofferraum eines Ford Galaxy entdeckt worden, der in der Langzeit-Parkgarage des Millhavener Flughafens abgestellt war. Ein Flughafenangestellter hatte bemerkt, daß Blut aus dem Kofferraum tropfte. Aus Polizeikreisen war zu erfahren gewesen, daß Mr. Waldo demnächst unter Anklage gestellt werden sollte.

Ich fragte mich, was Billy Ritz getan hatte, um Waldo so glücklich aussehen zu lassen, und was später zwischen ihnen schiefgegangen war.

»O, Tim, ich nehme an, daß du dich für die Sache interessierst, die April gerade schrieb. Das Brückenprojekt.« Alan sah mich hoffnungsvoll an. »Du weißt doch, diese historische Studie über die alten *Blaue-Rose*-Morde?«

»Ist sie hier?« fragte ich.

Alan nickte. »April hat ab und zu in meinem Eßzimmer gearbeitet. Ich vermute, John hat sie zu Hause kaum daran arbeiten lassen, aber sie konnte ihm immer sagen, sie wolle ein bißchen nach ihrem alten Vater sehen.«

Ich erinnerte mich an die verstaubten Papiere auf Alans Eßzimmertisch.

»Ich hatte die ganze Sache schlichtweg vergessen«, sagte er. »Die Putzfrau muß gedacht haben, es seien meine Papiere, sie hat sie nur aufgenommen, darunter Staub gewischt und sie wieder zurückgelegt. Eliza hat mich gestern danach gefragt.«

»Ich hole sie Ihnen, wenn Sie wollen«, sagte Eliza. »Sind Sie satt geworden?«

»Ja, es hat wunderbar geschmeckt«, sagte ich, nahm das Tablett und trug es hinaus.

Eliza holte inzwischen den großen bräunlichen Umschlag aus dem Eßzimmer.

10

Das Manuskript war nicht der chronologische Bericht über die *Blaue-Rose*-Morde, den ich erwartet hatte, da ich über die Art der Bücher, die Börsenmakler schrieben, eine ganz bestimmte vorgefaßte Meinung hatte. April Ransoms Manuskript war eine nicht einzuordnende Mischung verschiedener Genres. *Das Brückenprojekt* war tatsächlich der Titel eines Buches, nicht nur ein Hinweis. Es war klar, daß April der Meinung gewesen war, das Buch sei selbst eine Brücke zwischen geschichtlicher Forschung und Journalismus, zwischen Ereignis und Szenerie, zwischen ihr selbst und dem Jungen auf dem Bild. *Der Wacholderbaum*, zwischen dem Leser und William Damrosch. Sie hatte ein Motto aus dem Gedichtband *Die Brücke* von Hart Crane* vorangestellt.

April hatte damit begonnen, die Geschichte der Horatio Street Bridge zu erforschen. Anno 1875 hatte sich ein Bürger in einer Kolumne des *Ledger* darüber beklagt, daß durch eine Brücke, die die Horatio Street mit dem Westufer des Millhaven River verband, gesunde Stadtteile von Verbrechen und Krankheiten überschwemmt werden würden. Ein Führer der Bürgerinitiative bezeichnete die Brücke als ›diese unglückselige Monstrosität, die den Fährmann ersetzt‹. Unmittelbar nach Fertigstellung war die Brücke Schauplatz eines furchtbaren Verbrechens; ein Säugling war von einer wilden, zerlumpten Gestalt zu Pferde aus einer Kutsche entführt worden. Der Mann sprang auf die Kutsche auf, entriß der Nurse das Baby und bestieg wieder sein Pferd, das Schritt gehalten hatte. Der Kidnapper hatte das Tier herumgerissen, war davongaloppiert und in dem Kaninchenstall aus Elendsquartieren an der Ostseite des Flusses verschwunden. Zwei Tage später hatte die Polizei nach ausgedehnter Suche die kleine Leiche auf einem heidnischen Altar im Keller von The Green Woman gefunden. Der Entführer wurde nie entdeckt.

April hatte die alte stadtbekannte Geschichte des uralten Mannes mit zerbrochenen weißen Flügeln ausgegraben, den eine Horde von Kindern in einer Packkiste am Fluß aufgestöbert, zu Tode gesteinigt und dabei die schrecklichen, fremdländischen Schreie höhnisch nachgeahmt hatte, die das Wesen ausstieß, als die Steine es trafen. Auch ich war auf diese Story gestoßen, aber April hatte alte Zeitungsberichte über die Legende entdeckt und die Engelsgestalt mit

---

* Crane (Harold) Hart, amer. Dichter 1899–1932.

der Grippeepidemie in Verbindung gebracht, der fast ein Drittel der irischen Bevölkerung zum Opfer gefallen war, die in der Nähe der Brücke wohnte. Dennoch berichtete sie, ein Individuum, nur als M. Angel bekannt, sei in den Polizeiakten von 1911 unter ›Tod durch Steinigung‹ aufgeführt und daher auf dem alten Friedhof für Arme und Nichtidentifizierte verscharrt worden (der jetzt unter einem Abschnitt der Ost-West-Autobahn verschwunden war).

The Green Woman Taproom, ursprünglich eine Fährmannsbaracke, tauchte in den Polizeiberichten des ausgehenden 19. und beginnenden 20. Jahrhunderts ziemlich häufig auf. Abgesehen von gelegentlichen Raufereien, Messerstechereien und Schießereien, die zu dieser Zeit in billigen Kneipen an der Tagesordnung waren, hatte The Green Woman sich als das inoffizielle Hauptquartier der *Illuminated Ones* hervorgetan, der brutalsten Gangsterbande in der Geschichte der Stadt. Die Anführer der *Erleuchteten,* angeblich dieselben, die als Kinder den geheimnisvollen Mr. Angel umgebracht hatten, raubten und mordeten in ganz Millhaven und kontrollierten angeblich alle Verbrechen in Milwaukee und Chikago. 1914 brannte die Schenke während eines mysteriösen Feuers ab, wobei drei der fünf Anführer der *Erleuchteten* getötet wurden. Die beiden übrigen schienen sich nur noch streng an das Gesetz zu halten, kauften riesige Häuser am Eastern Shore Drive und wurden zu rührigen Millhavener Politikern.

Von den Stufen des wiederaufgebauten Green Woman Taproom schoß ein entlassener städtischer Angestellter auf Theodore Roosevelt und verletzte ihn; und der psychotische städtische Angestellte, der auf Dwight D. Eisenhower schoß, ihn jedoch verfehlte, trat auch aus dem Schatten von The Green Woman heraus, als er die Pistole hob.

Am deutlichsten habe Gott jedoch durch das Leben und den Tod von William Damrosch gesprochen, hatte April gemeint, der ursprünglich Carlos Rosario hieß. Als Säugling war er von seiner Mutter zur Horatio Street Bridge getragen worden, wo ihr der Mörder aufgelauert hatte.

Wochenlang nach der Entdeckung des lebenden Babys und der toten Frau auf dem eisigen Flußufer schrieb April, war die alte Legende vom geflügelten Mann umgegangen; durch den Tod von Carmen Rosario verändert, war der Engel diesmal robust und gesund, nicht gebrechlich und alt, sein blondes Haar flog im dunklen Februarwind, und er tötete, anstatt getötet zu werden.

Woher wußte April, daß die alte Legende wiederauferstanden war? Am zweiten Sonntag, nachdem das Baby aufgefunden worden war, waren in zwei Millhavener Kirchen, Matthias Avenue Methodist und Mt. Horeb Presbyterian, thematisch ähnliche Predigten angekündigt worden: *Der Engel des Todes, Geißel der Sünder* und *Die Rückkehr des Uriel.* Ein Leitartikel im *Ledger* rief den Einwohnern von Millhaven ins Gedächtnis, daß Gewaltverbrechen von Menschen begangen werden und keine übernatürlichen Ursachen haben.

Drei Wochen nach dem Tod seiner Mutter gab man das Kind ins Waisenhaus; es war nur das erste einer ganzen Reihe von Heimen und Pflegefamilien; fünf Jahre später brachte man es zu Heinz Stenmitz, einem frisch verheirateten jungen Fleischer, der kürzlich in dem seit langem als Pigtown bekannten Stadtteil, neben seinem Haus in der Muffin Street, einen Laden eröffnet hatte.

In dieser Phase seines Lebens, schrieb April, sei Stenmitz ein auffallend schöner Mann gewesen, der mit seinem langen blonden Haar und dem hübschen blonden Bart große Ähnlichkeit mit den konventionellen christlichen Jesusgemälden hatte. An Sonntagen veranstaltete er in seinem Laden zwanglose Gottesdienste. Viel später, während seines Prozesses wegen Kindesmißbrauchs führte man zugunsten des Prediger-Fleischers gutem Charakter an, daß er seine Pfarrkinder oft auf Bahnhöfen und Busbahnhöfen aufgesucht und verängstigte und verwirrte Einwanderer aus zentral- und südamerikanischen Ländern betreut hatte, die der englischen Sprache nicht mächtig und bettelarm waren.

11

April Ransom kam nach und nach zu der Überzeugung, daß Heinz Stenmitz William Damroschs Mutter ermordet hatte. Sie glaubte, daß in einer kalten Februarnacht leichtgläubige und betrunkene Zeugen das fliegende Blondhaar des Fleischers gesehen und sich an die alten Geschichten vom gepeinigten Engel erinnert hatten.

Ich sah auf und merkte, daß Alan aus seinem Nickerchen aufgewacht war. Er hatte die Hände über der Taille verschränkt, reckte das Kinn, und in seinen Augen war ein neugieriger Glanz. »Findest du es gut?«

»Es ist ungewöhnlich«, sagte ich. »Ich wünschte, sie hätte es fertigschreiben können. Ich begreife nicht, wie sie es überhaupt geschafft hat, so viel zusammenzubringen.«

»Sie war tüchtig. Und sie war schließlich meine Tochter. Sie wußte, wie man recherchiert.«

»Ich würde gern das Ganze lesen«, sagte ich.

»Behalt es, solange du willst«, sagte er. »Aus irgendeinem Grund scheine ich damit nicht besonders gut zurechtzukommen.«

Einen Moment lang war ich nicht imstande, mich dem Schock über das zu entziehen, was Alan mir eben begreiflich gemacht hatte. Er konnte das Manuskript seiner Tochter nicht lesen, was bedeutete, daß er überhaupt nicht mehr lesen konnte. Ich schaute auf den Fernseher, um meine Bestürzung zu verbergen. Auf dem Bildschirm war die Illinois Avenue in der Totalen zu sehen. Auf den Gehsteigen standen die Menschen in Dreier- und Viererreihen hintereinander und schrien im Rhythmus einer Parole, die jemand mit einem Megaphon im Singsang vorbetete.

»O mein Gott«, sagte ich mit einem Blick auf meine Uhr. »Ich bin mit John verabredet.« Ich stand auf.

»Ich hab' gewußt, daß es gut ist«, sagte Alan.

ZEHNTER TEIL

William Writzman

1

John winkte mich ins Haus und ging ins Wohnzimmer, um den Fernseher auszuschalten. Auf dem Bildschirm war derselbe mit Seilen abgesperrte Abschnitt der Illinois Avenue zu sehen, der auch schon gezeigt wurde, als ich bei Alan war. Die Bücher auf dem Couchtisch hatte er zur Seite geschoben und auf dem frei gewordenen Platz einzelne Seiten der *Blaue-Rose*-Akte verteilt. Er war in Hemdsärmeln, das grüne Leinenjackett hing über der Couchlehne. Kurz bevor es dunkel wurde, erschien eine leicht atemlose Isobel Archer auf dem Bildschirm und sagte in ihr Mikro: »Die Bühne ist bereit für ein Ereignis, wie es seit Beginn der Bürgerrechtsbewegung noch keines gegeben hat und das zweifellos einen Meinungsstreit auslösen wird. Da die Spannungen in Millhaven zunehmen, fordern geistliche Führer und die Anführer der Bürgerrechtler ...«

John bückte sich und brachte Isobel Archer zum Schweigen. »Ich dachte, du würdest früher wieder da sein.« Er bemerkte den dicken Ordner in meiner Hand. »Was ist das? Der andere Teil der Akten?«

Ich legte den Ordner neben das Telefon. »Aprils Manuskript war die ganze Zeit bei Alan.«

Er nahm das grüne Jackett von der Couch und schlüpfte hinein. »Dann hast du bestimmt reingeschaut.«

»Natürlich hab' ich das«, sagte ich und schlug den verkehrtherum liegenden Ordner bei den letzten Seiten auf. Ich hatte nur ungefähr das erste Viertel der Arbeit überflogen und war neugierig auf das, was April zuletzt geschrieben hatte. Durch das oberste Blatt war ein dunkler Briefkopf zu sehen, und neugierig drehte ich die Seite um. Es war ein Bogen von Aprils persönlichem Briefpapier, und der Briefkopf trug ihren Namen und ihre Adresse. Der Brief war ungefähr vor drei Monaten datiert und an den Polizeichef Arden Vass gerichtet.

John kam, an seinem Jackett zupfend, zu mir.

In dem Brief stand, daß April Ransom an einer wissenschaftlichen Abhandlung schreibe, die sich am Rande auch mit den *Blaue-Rose*-Morden vor vierzig Jahren befasse, und sie hoffe, Chief Vass werde ihr gestatten, die Polizeiakten des Falles einzusehen.

Ich blätterte weiter zum nächsten Brief, der, zwei Wochen später datiert, denselben Wunsch mit etwas nachdrücklicheren Worten äußerte.

Darunter lag ein Brief, adressiert an Sergeant Michael Hogan, fünf Tage nach dem zweiten Schreiben an Arden Vass datiert. April fragte an, ob der Sergeant ihr vielleicht bei ihren Recherchen helfen könne – der Chief habe auf ihre Bitte nicht reagiert, und falls Sergeant Hogan für diesen faszinierenden Abschnitt der Millhavener Geschichte Interesse aufbringen könnte, wäre Mrs. Ransom ihm sehr verbunden. Hochachtungsvoll …

In einem zweiten Brief an Hogan drückte sie ihr Bedauern über die scheinbar schlechten Manieren der Schreiberin aus, hoffe jedoch, man könne sie ihr nachsehen, wenn sie sich bereit erkläre, selbst, in welchem Archiv auch immer, nach den vierzig Jahre alten Akten zu suchen.

»Hogan hat also gewußt, daß sie sich für den alten *Blaue-Rose*-Fall interessierte«, sagte ich. John, der mir über die Schulter blickte, nickte. »Auch ein ziemlicher Heimlichtuer, nicht wahr?«

John stellte sich neben mich und blätterte weiter; wieder ein Brief. Diesmal an Paul Fontaine.

Lieber Detective Fontaine,
ich wende mich leicht verzweifelt an Sie, nachdem ich von Chief Vass und Sergeant Michael Hogan keine Antwort auf meine Briefe erhalten habe. Ich bin Amateurhistorikerin und beschäftige mich zur Zeit mit der Geschichte und der Entstehung der Horatio Street Bridge, The Green Woman Taproom und unter anderem auch mit der Verbindung zwischen diesen beiden Örtlichkeiten und den Blaue-Rose-Morden, die 1950 in Millha-

ven passiert sind. Ich würde sehr gern die Polizeiakten des Falles einsehen und habe bereits erklärt, daß ich bereit bin, mir die alten Akten selbst herauszusuchen, egal, wo sie aufbewahrt werden.

Detective Fontaine, ich schreibe an Sie wegen Ihres hervorragenden Rufs als Ermittler. Erkennen Sie, daß auch ich von einer Ermittlung spreche, einer, die in eine faszinierende Zeit zurückreicht? Ich vertraue darauf, daß Sie zumindest so höflich sein werden, mir zu antworten.

Hochachtungsvoll auf Ihre Antwort hoffend,

April Ransom

»Sie hat sich über ihn lustig gemacht«, sagte John. »›Hochachtungsvoll auf Ihre Antwort hoffend‹ ... So was hätte April nie gesagt.«

»Glaubst du, daß sie irgendwann einmal einen Blick auf The Green Woman geworfen hat?«

Er richtete sich auf und sah mich an. »Ich fange an mich zu fragen, ob ich sie jemals gut genug gekannt habe, um eine solche Frage zu beantworten.« Er warf die Arme in die Höhe. »Ich wußte ja nicht einmal, woran sie arbeitete!«

»Sie auch nicht so genau«, sagte ich. »Es ist nur zum Teil eine historische Abhandlung.«

»Sie war einfach nie zufrieden«, sagte John. »Das ist es. Sie war nicht damit zufrieden, bei Barnett ein Star zu sein, sie war nicht damit zufrieden, Artikel zu schreiben wie alle anderen, sie war nicht ...« Er preßte die Lippen zusammen und schaute mürrisch auf den Ordner mit dem Manuskript. »Machen wir, daß wir nach Downtown kommen, bevor der verdammte Marsch zu Ende ist.« Er riß die Tür auf und stürmte ins Freie.

Als er im Wagen saß, beugte er sich zu mir herüber, legte eine Hand auf meinen Oberschenkel und den Kopf auf mein Knie und griff unter den Sitz. »O nein!« sagte ich.

»O ja«, sagte John und richtete sich mit der Pistole in der Hand wieder auf. »Ich finde es schrecklich, es sagen zu müssen, aber wir werden sie vielleicht brauchen.«

»Dann zähl nicht auf mich.«

»Okay, ich geh allein.« Er lehnte sich zurück, zog den

Bauch ein und schob die Waffe unter den Hosenbund. Dann sah er mich wieder an. »*Ich* glaube nicht, daß wir eine Waffe brauchen. Aber wenn uns jemand über den Weg läuft, möchte ich etwas haben, auf das ich zurückgreifen kann. Willst du dir das Haus nicht ansehen?«

Ich nickte.

»Es ist nur eine Rückversicherung.«

Ich startete den Wagen, sah John aber noch immer an. »Wie bei Writzman, ja?«

»Das war ein Fehler.« Er grinste, und ich schaltete die Zündung aus. Er hob die Hände, mit den Handflächen nach oben. »Nein, ich meine es ernst, ich hätte das nicht tun dürfen, und es tut mir leid. Komm schon, Tim, fahren wir.«

Ich ließ den Motor wieder an. »Tu das bloß nicht noch einmal. Nie.«

Er schüttelte den Kopf und zog das Jackett über der Ausbuchtung des Pistolengriffs zurecht. »Aber nimm einmal an, einer kommt da rein, während wir drin sind. Wäre dir nicht wohler, wenn du wüßtest, daß wir über ein bißchen Feuerkraft verfügen?«

»Vielleicht, wenn sie in meinen Händen wäre«, sagte ich.

Wortlos öffnete John das Jackett, zog die Pistole heraus und reichte sie mir. Ich legte sie neben mich auf den Sitz, und sie drückte mir unangenehm gegen den Schenkel. Als ich an einer Ampel halten mußte, nahm ich die Waffe und schob den Lauf links unter meinen Gürtel. Die Ampel sprang auf Grün, und ich fuhr mit einem Ruck an.

»Warum hat Alan eine Pistole gekauft?«

John lächelte mich an. »April hat sie ihm besorgt. Sie wußte, daß er eine Menge Bargeld zu Hause hatte, obwohl sie immer darauf drang, daß er es zur Bank brachte. Ich nehme an, sie dachte, wenn jemand einbrach, müsse Alan nur mit seiner Kanone winken, und der Einbrecher würde Fersengeld geben, so schnell er konnte.«

»Wozu hat sie ihm Patronen gekauft, wenn er nur mit der Waffe winken sollte?«

»Das hat sie ja gar nicht«, sagte John. »Sie hat ihm erklärt, er solle auf jeden Einbrecher nur zielen. Als sie voriges Jahr ein paar Tage verreist war, hat Alan mich angerufen. Er war stinksauer, weil April ihm nicht genug traute, um ihm Patronen zu geben. Er könne mit einer Waffe besser umgehen als ich.«

»Stimmt das?« Alan Brookner schien mir nicht der Mann zu sein, der besonders viel Zeit damit verbracht hatte, mit Pistolen zu schießen.

»Auf jeden Fall hat er so lange rumgenörgelt, bis ich nachgab und mit ihm in einen Laden am Central Divide fuhr. Er kaufte zwei Schachteln Spezialmunition. Ob er April jemals was davon gesagt hat, weiß ich nicht. Ich jedenfalls hab' es nicht getan.«

Als ich die Horatio Street hinunterfuhr, hörten wir von der Illinois Avenue und von der anderen Flußseite her die Menge lärmen. Stimmen, die Schlagworte in Megaphone brüllten, übertönten Jubel- und Buhrufe.

An der nächsten Kreuzung blickte ich nach Süden in Richtung Illinois Avenue. Ein großer Menschenpulk blockierte die Straße; ein paar Leute fuchtelten mit Tafeln in der Luft herum. So auffällig bunt und erhaben wie ein Ritter im Harnisch trabte ein berittener Polizist mit Kampfhelm an ihnen vorüber. Als ich die Kreuzung hinter mir gelassen hatte, wurde die Demonstration wieder zur entfernten Geräuschkulisse.

Die Mietshäuser in diesem Abschnitt der Horatio Street sahen verlassen aus. Ein paar Männer saßen in geparkten Wagen, tranken Bier und spielten Karten. »Hast du dir die Akte angesehen?« fragte ich.

»Komisch, nicht wahr?«

»Na ja, sie haben nie danach gefragt, wer kurz vorher entlassen worden war.«

»Es ist dir nicht aufgefallen? Ach, komm schon!« Er richtete sich bolzengerade auf und musterte mich, um zu sehen, ob ich nur so tat, als hätte ich nichts gemerkt. »Wer ist derjenige, mit dem sie unbedingt hätten sprechen müssen? Der mehr über das St. Alwyn wußte als sonst jemand?«

»Dein Vater.«

»Mit meinem Vater haben sie geredet.«

Ich erinnerte mich und versuchte es mit einem anderen Namen. »Glenroy Breakstone, aber ich habe auch seine Aussage gelesen.«

»Du bist denkfaul.«

»Dann sag du es mir.«

Er hatte sich auf die Seite gedreht und schaute mich mit einem aufreizenden kleinen Lächeln an. »Es existiert keine Aussage von dem berühmten Bob Bandolier. Ist das nicht ein bißchen seltsam?«

2

»Du mußt dich irren«, sagte ich.

Er schnaubte nur.

»Ich bin sicher, ich habe in diesen Aussagen eine Menge über Bob Bandolier gelesen.«

»Ja, über ihn. Andere erwähnen ihn von Zeit zu Zeit. Aber als die Morde begangen wurden, hat er nicht im Hotel gearbeitet. Und Damrosch – wahrscheinlich hat er keinen einzigen Gedanken an Bandolier verschwendet.«

Da die Brücke direkt vor uns lag, bog ich nach links in die Water Street ein. Zehn bis zwölf Meter vor uns, den Mietshäusern gegenüber, thronte The Green Woman Taproom auf seiner Betonplatte. Tauben trippelten und stolzierten über die Graffiti.

Drei Meter vor der Kneipe fiel ein etwa fünf Meter breiter Teil der Betonplatte in einer leichten Schräge zur Straße ab. Tauben flüchteten flatternd vor meinen Reifen. Ich fuhr langsam hinauf und an der linken Seite des Hauses vorbei. Der zweite, höher gelegene Teil der Taverne endete in einer Mauer, in die eine Tür eingelassen war.

Ich fuhr um das Gebäude herum nach hinten und hielt an. Die Rückfront war mit Teerpappe verkleidet. Über der Hintertür unterbrachen zwei Fenster die Kahlheit der hohen Hauswand. Wir stiegen aus und schlossen ganz leise die Türen. Hier, fast an der Illinois Avenue Bridge, war der Demonstrationszug näher, für uns hinter der Flußbiegung und den gefängnisähnlichen Mauern einer aufgelassenen Fabrik allerdings unsichtbar. Eine überdimensional laute Stimme brüllte: »Gerechtigkeit für alle! Gerechtigkeit für alle!«

Tauben hüpften über so geistvolle Graffiti-Inschriften wie SKUZ SUKS und KILL ME DEATH.

Meine Augen fingen ein weißes Leuchten auf, und ich wandte mich um – das grelle Sonnenlicht traf wie ein Strahl eine Taube, die völlig reglos auf dem Beton stand.

Über das Wagendach hinweg betrachtete ich Ransoms weißes, schattenloses Gesicht. »Vielleicht hat jemand die Seiten aus der Akte entfernt.«

»Warum?«

»Damit April sie nicht sah. Damit wir sie nicht sahen. Damit niemand sie je zu sehen bekam.«

»Wie wär's, wenn wir versuchten, ins Haus zu kommen, bevor der Zug sich auflöst?« sagte Ransom.

3

John zog die Fliegentür auf und kämpfte mit der Klinke. Dann rammte er die Schulter in die Tür.

Ich holte die Pistole heraus und stellte mich neben ihn. Da sah ich, daß er gegen ein Vorhängeschloß aus Stahl kämpfte. Ich schob ihn weg und richtete die Pistole auf das Schloß.

»Nur die Ruhe, Wyatt.« John drückte den Lauf mit dem Zeigefinger nach unten, ging zum Wagen zurück und öffnete den Kofferraum. Nach einer unerträglich langen Zeit, die nicht so lange gedauert haben konnte, wie es mir vorkam, klappte er den Deckel wieder zu und kam mit einer Brechstange zurück. Ich trat beiseite, und John schickte sich an, das Schloß aufzustemmen. Es war Schwerstarbeit. Seine Schultern schienen unter dem Leinenjackett anzuschwellen, sein Gesicht verzerrte sich und wurde dunkelrot. Ich packte auch mit an, und plötzlich gab das Schloß nach, und die Tür sprang auf.

John taumelte nach vorn, und ich fiel fast auf den Hintern.

»Worauf wartest du noch?« fragte John.

Ich stieß die Tür weiter auf und betrat The Green Woman Taproom.

4

Wir standen in einem ungefähr drei Quadratmeter großen leeren Raum. Am anderen Ende führte eine Treppe mit Geländer nach oben. An derselben Wand stand ein braunes Plastiksofa mit zerschlissener Überdecke und an der Wand links von mir ein Schreibtisch. Ein fleckiger grüner Teppich bedeckte den Fußboden. In der dem Eingang gegenüberliegenden Wand war eine zweite Tür. John machte die Eingangstür zu und schloß damit beinahe das ganze Licht aus dem alten Büro aus. »War es hier, wo du Writzman beobachtet hast, als er das Zeug aus seinem Wagen ausgeladen hat?« fragte John.

»Sein Wagen stand seitlich vom Haus, und die Haustür war offen.«

Etwas raschelte über uns, und wir blickten beide zu den pockennarbigen Deckenfliesen hinauf.

»Wenn du dich vorn umschaust, geh ich hinauf, ja?«

Ich nickte, und Ransom ging zur Treppe. Dann blieb er stehen und drehte sich um. Ich wußte, woran er dachte, nahm die Pistole und reichte sie ihm mit dem Griff nach vorn.

Als er den Fuß auf die erste Stufe setzte, winkte er mich in die angrenzenden Räume. Ich durchquerte das leere Büro und öffnete die Tür zum mittleren Teil des Gebäudes.

Eine lange hölzerne Theke nahm die Mitte des Raumes ein, zerbeulte Spülbecken aus Blech und ein erhöhtes Metallpult die Wand am anderen Ende. Früher hatten an den rauhen Gipswänden Oberschränke gehangen. Aus dem Boden ragten zerbrochene Rohre, die Gas in die Öfen geleitet hatten. Ein breiter Strahl buttergelben Lichts schwamm auf der Wand gegenüber. Oben öffnete Ransom eine knarrende Tür.

Eine Halbtür führte in den Schankraum. Unter meinen Füßen stoben dichte Staubflocken auseinander. Ich sah mich in der Bar um. Das getönte Fenster gegenüber verdüsterte den Tag zu einem bewölkten Nachmittag im November. Direkt vor mir war das geschwungene Ende der langen Bar mit einer breiten Öffnung unter einer Klappe, die der Barkeeper an den Angeln hochheben konnte. Hohe, verzierte Zapfhähne mit Tier- und Vogelköpfen standen in Reih und Glied auf der Bar.

Leere Nischen, die unpassenderweise wie Kirchenbänke aus dem 17. Jahrhundert aussahen, zogen sich rechts an der Wand entlang. Eine dicke Staubschicht bedeckte den Boden. Eine doppelte Fußspur, so deutlich wie im Schnee, führte zu einem ungefähr dreißig Zentimeter großen Quadrat, das sich im Staub ebenfalls deutlich abzeichnete, und wieder zurück. Als ich hinunterschaute, entdeckte ich im Staub winzige Fußspuren mit langen Zehen.

Mich überkam das Gefühl, daß ich genau diese Leere schon einmal, und zwar vor sehr langer Zeit, gesehen hatte, und das Gefühl wurde stärker, so als breche die Zeit um mich herum zusammen. Im Kopf hörte ich eine unbestimmte Musik; Musik, die ich einmal gut gekannt hatte, aber nicht mehr einordnen konnte.

Mich fröstelte am ganzen Körper.

Dann sah ich, daß noch jemand in dem leeren Raum war, und ich wurde starr vor Schreck. Vor mir im Staub stand ein Kind und musterte mich mit furchtbarer, sprechender Eindringlichkeit. Wasser rauschte unter den dem Untergang geweihten Ulmen der Livermore Avenue und floß über sterbende Männer, die mitten unter toten, zerstückelten Männern in einer stinkenden grünen Wildnis schrien. Ich hatte sie schon einmal gesehen, vor langer Zeit.

Und dann schien mir, daß ein anderer Knabe, ein anderes Kind, hinter dem ersten Kind stand und daß ich, wenn dieses andere Kind mich berührte, selbst einer dieser zerstückelten Toten sein würde.

Der Garten Eden, das Königreich des Himmels.

Ich ging einen Schritt weiter, und das Kind war verschwunden.

Der nächste Schritt brachte mich dicht ans Fenster. Zwei quadratische Umrisse waren in das Filzkissen in der Nähe des Fensters gepreßt worden. Braune Kügelchen, die wie Rosinen aussahen, lagen verstreut auf dem streifigen Boden.

Schwere Schritte näherten sich durch die alte Küche. »Dort oben hat jemand ein Loch, so groß wie Nebraska, in die Mauer genagt. Hast du die Kartons gefunden?«

»Sie sind nicht mehr da«, sagte ich. Mir war ganz leicht im Kopf.

»Scheiße.« Er trat zu mir. »Tja, und genau hier sind sie gewesen.« Er seufzte. »Die Ratten haben sich über sie hergemacht. Deshalb hat Writzman sie fortgeschafft.«

»Vielleicht ...« Ich beendete den Satz nicht, und es klang so, als stimmte ich ihm zu. Ich wollte nicht sagen, daß die Kartons möglicherweise wegen seiner Frau weggebracht worden waren.

»Was ist hier drüben?« John folgte der doppelten Fußspur zu der Stelle, von der sie wieder zurückführte. Die Pistole hing locker in seiner Hand. Er bückte sich und brummte etwas vor sich hin.

Ich trat hinter ihn. Am Ende eines Dielenabschnitts war ein Messingring in ein Fußbodenbrett eingelassen.

»Falltür. Vielleicht ist etwas im Keller.« Er bückte sich wieder und zog an dem Ring. Der ganze knapp einen Quadratmeter große Teil des Bodens faltete sich an versteckten Angeln und gab den Blick auf eine Holzleiter frei, die tief hinunter ins Dunkel führte. Ich roch Blut, schüttelte den Kopf und roch nur noch Moder und Erde.

Ich hatte auch diesen Augenblick schon erlebt. Nichts auf dieser Welt konnte mich bewegen, in den Keller hinunterzusteigen.

»Okay«, sagte John. »Es sieht nicht vielversprechend aus, aber ist es nicht wenigstens einen Blick wert?«

»Dort unten ist nichts, außer ...« Ich hätte nicht aussprechen können, was möglicherweise dort unten war.

Der Tonfall meiner Stimme fiel ihm auf, und er sah mich genauer an. »Bist du in Ordnung?«

Ich sagte, es gehe mir gut. Er zeigte mit der Pistole in die Dunkelheit unter der Taverne. »Hast du ein Feuerzeug oder Streichhölzer oder was ähnliches?«

Ich schüttelte den Kopf.

Er entsicherte die Pistole und setzte den Fuß auf die zweite Sprosse. Sich mit einer Hand auf dem Boden abstützend, zog er den anderen Fuß auf die erste Sprosse nach und stürzte fast kopfüber in den Keller. Er ließ die Pistole beinahe los, weil er sich mit beiden Händen festhielt, dann machte er noch zwei Schritte die Leiter hinunter. Als seine Schultern mehr oder weniger auf gleicher Höhe mit der Öffnung waren, packte er die Pistole, funkelte mich wütend an und stieg die restlichen Sprossen hinunter. Ich hörte ihn fluchen, als er unten gegen etwas stieß.

Wieder überwältigte mich warmer Blutgeruch. Ich fragte ihn, ob er etwas sehe.

»Geh zum Teufel!« sagte er.

Ich schaute auf sein dünner werdendes Haar, das er über den rosigen, verletzlich aussehenden Schädel zurückgekämmt trug. Darunter hielt seine rechte Hand ungeschickt die Pistole in Höhe seines üppigen Bauches. Neben einem seiner Füße stand ein Barhocker mit einer grünen Plastiksitzfläche. Er war daraufgetreten, als er die Leiter hinunterkam. »Drüben an der Seite sind ein paar Fenster«, sagte John. »Hier ist auch noch eine alte Kohlenrutsche und sonst noch alles mögliche, lauter Scheiß. Bleib da!« Er entfernte sich von der Luke.

Ich beugte mich vor, legte die Hand auf den Boden, setzte mich und schwang die Beine in die Höhle.

Johns Stimme drang aus hundert Meilen Entfernung zu mir. »Sie haben die Kartons auf jeden Fall eine Zeitlang hier unten aufbewahrt. Ich seh irgendwelchen Kram …« Er trat gegen etwas, das einen hohlen, hallenden Ton von sich gab wie eine Tonne. Dann: »Tim.«

Ich wollte die Füße nicht auf die Sprossen der Leiter stellen. Sie taten es ganz von selbst. Ich ließ mich von ihnen hinunterführen.

»Komm runter, zum Teufel!«

Als ich weiter hinunterkam, roch ich wieder Blut.

Mein Fuß landete auf demselben Barhocker, über den Ransom fast gestürzt wäre, und ich beförderte ihn mit einem Fußtritt zur Seite, bevor ich festen Boden betrat. John stand ungefähr zehn Meter von mir entfernt im dunkelsten Teil des Kellers und kehrte mir den Rücken zu. Durch ein verstaubtes längliches Fenster fiel Licht auf die alte Kohlenrutsche. Daneben lag umgestürzt ein großes Holzfaß. Ein Stückchen weiter ein Haufen zerrissener Kartons und zerknüllten Papiers. Etwa in der Mitte zwischen mir und John zeigte ein druidischer Ring aus Ziegeln die Stelle an, wo früher der Heizkessel der Taverne gewesen war. Der Blutgeruch wurde viel stärker.

John blickte über die Schulter zurück, um sich zu überzeugen, daß ich die Leiter heruntergestiegen war.

Ich ging auf ihn zu, und er trat zur Seite.

Ein alter Lehnsessel, in schwarze Farbe getaucht, stand wie ein zerbeulter Thron auf dem festgestampften Lehmboden. Schwarze Farbe war auch vor dem Sessel vergossen worden. Mir stockte der Atem. Die Farbe schimmerte im schwachen Licht, John zeigte mit dem Pistolenlauf auf drei dicke, blutfleckige Stricke. Jeder war entzweigeschnitten worden.

»Hier wurde jemand erschossen«, sagte er. Das Weiße in seinen Augen schien hervorzutreten.

»Hier wurde niemand erschossen«, sagte ich, überrascht, wie unheimlich vernünftig meine Stimme klang. »Er wurde wahrscheinlich mit demselben Messer erstochen, mit dem man die Stricke zerschnitten hat.« Das fiel mir, Wort für Wort, erst ein, während ich es sagte.

Er schluckte. »April wurde mit einem Messer erstochen. Grant Hoffman mit einem Messer getötet.«

Ebenso Arlette Monaghan und James Treadwell und Monty Leland und Heinz Stenmitz.

»Ich denke, wir sagen der Polizei lieber nichts davon, oder? Wir müßten erklären, warum wir eingebrochen haben.«

»Wir können warten, bis die Leiche auftaucht«, sagte ich.

»Die ist schon aufgetaucht. Der Kerl in dem Wagen auf dem Flughafen.«

»Ein Parkwächter hat ihn gefunden, weil Blut aus dem Kofferraum tropfte«, sagte ich. »Wer ihn auch getötet hat, hat ihn in den Kofferraum gesteckt, als er noch lebte.«

»Also ist es jemand anders?«

Ich nickte.

»Was, zum Teufel, geht hier vor?«

»Ich bin nicht mehr so sicher, daß ich's noch wissen will«, sagte ich und kehrte dem blutigen Thron den Rücken.

»Jesus, vielleicht kommen sie zurück«, sagte John. »Warum stehen wir hier noch rum wie Holzklötze?« Er ging zur Leiter und warf mir über die Schulter wilde Blicke zu. »Was machst du da?«

Mich interessierte der Haufen aus Pappdeckel und zusammengeknülltem Papier in der Nähe des umgestürzten Holzfasses.

»Bist du verrückt? Sie kommen vielleicht wieder.«

»Du hast eine Pistole. Oder nicht?« Wieder kamen die Worte aus meinem Inneren und schienen in keinem Zusammenhang mit dem zu stehen, was ich tatsächlich fühlte.

Ransom starrte mich ungläubig an und begann die Leiter hinaufzuklettern. Er erreichte die oberste Sprosse ungefähr im selben Moment wie ich das durchweichte Papier. John setzte sich auf den Lukenrand und hob die Beine. Ich hörte, wie er sich aufrappelte, dann entfernten sich seine Schritte in Richtung Küche.

Die Eindrücke zweier Kisten, zum Teil unter zerrissener Pappe versteckt, hatten sich wie Fußspuren in den Boden eingeprägt. Die Ratten, die nach Futter oder einer Bleibe gesucht hatten, hatten den Inhalt der Kisten so ziemlich unberührt gelassen, nur ein paar Papierfetzchen lagen zwischen den zerrissenen Pappdeckelstücken.

Ich ging in die Hocke und stocherte in dem Durcheinander herum. Auf ein paar Papierschnipseln waren noch ein paar handgeschriebene Buchstaben – nicht mehr als zwei oder drei – zu sehen. Ich strich einen dieser Schnipsel glatt. Ein Teil eines Buchstabens, der wie ein kleines a aussah, war mit einem kleinen r verbunden. ar. Harfe? Marder? Arabeske? Ich versuchte es mit einem zweiten. vu. Ovum? Ovulation? Ein bißchen weiter lag ein etwas größeres Stück, und ich streckte mich, um es zu erreichen. John stapfte in den hinteren Teil des Gebäudes. Seine Ungeduld, sein schwitzender, ängstlicher Zorn, schienen im Klang seiner Schritte spürbar.

Ich strich das Stück Papier glatt. Verglichen mit den anderen, war es fast ein Buch. Ich stand auf und versuchte, während ich zur Leiter ging, das Geschriebene zu lesen.

Ganz oben stand in Großbuchstaben *ALLE* (Lücke) *ZU* (Lücke) *N*. Ich hatte ein Gefühl – so wie man etwas Unheimliches spürt –, daß es eine Bedeutung für mich hatte. Nach einem weiteren fehlenden Teil kamen die Zahlen 5.77. Darunter stand *5-10, 120, 26. Jane Wright. Den Tränen nahe, tapferes Lächeln in* (Lücke) *enge Jeans, Cowboystiefel, schwarzes Top.*

Hübsches weißes Gesindel versucht (Lücke) *hochzukommen. Keine Kinder, Ehemann …* (Hier war das Papier zu Ende.)

Ich faltete das Papier einmal und schob es in die Hemdtasche. In Sorge, daß John tatsächlich weggefahren sein könnte, stieg ich schnell die Leiter hinauf, ohne die Holme zu berühren, und sprang von der letzten Sprosse auf den Fußboden.

Draußen marschierte John auf dem Beton im Kreis herum, schlug sich mit dem Wagenschlüssel an den Oberschenkel und hielt in der anderen Hand die Pistole. Viel zu heftig warf er mir den Schlüssel zu. »Weißt du, wie nahe dran du warst?« sagte er und hob das aufgebrochene Vorhängeschloß und die Brechstange auf Er meinte, wie nahe er daran gewesen war, mich zurückzulassen. Ein paar Blocks östlich von uns brüllte und sang die Menge. John schob das aufgebrochene Schloß durch den Bügel.

Trotz seiner Panik hatte ich nicht das Gefühl, daß wir uns beeilen mußten. Was geschehen sollte, würde geschehen. Die Dinge würden sich entwickeln, doch ob sie sich gut entwickelten, hatte nichts mit John Ransom und mir zu tun.

Als ich in den Wagen stieg, trommelte John frustriert auf das Armaturenbrett. Ich fuhr um die Taverne herum. John versuchte in zwei oder drei Richtungen gleichzeitig zu schauen, als schleiche sich ein Dutzend bewaffneter Männer an uns an. »Bringst du uns hier raus?«

»Soll ich dich zu Hause absetzen?« fragte ich.

»Wie, zum Teufel, meinst du das?«

»Ich will nach Elm Hill zu den Sunchanas.«

Er stöhnte übertrieben. »Was hat das für einen Sinn?«

Ich sagte, das wisse er genau.

»Nein, ich weiß es nicht«, sagte er. »Das alte Zeug ist doch Zeitverschwendung.«

»Ich fahre dich nach Hause.«

Er ließ sich gegen die Sitzlehne fallen. In der Horatio Street schaltete ich das Licht ein und bog zur Brücke ab. John schüttelte zwar den Kopf, sagte jedoch: »Okay, fein. Du darfst ruhig mein Benzin vergeuden.«

Ich hielt an einer Tankstelle und ließ den Tank füllen, ehe ich auf die Ost-West-Autobahn abbog.

5

Die Plum Barrow Lane schnitt die Bayberry an der Ecke, an der ein graues Kolonialgebäude hoch über das kleine Puppenhaus auf der anderen Straßenseite ragte. Was wir in der Taverne gesehen hatten, machte Elm Hill zu etwas Häßlichem und Bedrohlichem.

Die Häuser mit den Namensschildern, riesigen Briefkästen und gepflegten Rasen lagen ebenso offen an engen Straßen wie die Mietshäuser in der Horatio Street. Sie hätten ebenso leer sein können. Die Garagentore am Ende der asphaltierten Zufahrten wurden mit Fernbedienung geöffnet und geschlossen. Unser Wagen war der einzige weit und breit. Ransom und ich hätten die einzigen Menschen in Elm Hill sein können.

»Weißt du wirklich, wohin du willst?«

Dieser erste Satz, den John sprach, seit er mir vorgeworfen hatte, sein Benzin zu vergeuden, war ein grollendes Nuscheln zum Beifahrerfenster hin. Sein ganzer Oberkörper war verdreht, und sein Kopf ruhte auf seiner rechten Schulter.

»Das ist ihre Straße«, sagte ich.

»Alles sieht gleich aus.« Er hatte seinen Ärger auf unsere Umgebung übertragen. Er hatte natürlich recht: Alle Straßen in Elm Hill sahen sich sehr ähnlich.

»Ich hasse diese gehirntoten Spielzeugstädte.« Eine Sekunde später: »Sie schreiben ihre Namen auf diese Schilder, damit sie das richtige Haus finden, wenn sie abends heimkommen.« Nach einer zweiten Pause: »Weißt du, warum ich dieses Zeug nicht mag? Es ist so geschmacklos.«

»Ich fahre dich nach Hause und komm allein wieder her«, sagte ich, und da hielt er den Mund.

Vom Ende des Blocks sah das Haus fast unbeschädigt aus. Eine Frau in Jeans und grauem Sweatshirt schob einen Karton in den Fond eines alten blauen Volvo-Kombiwagens, der vor der Garage auf der furchigen Zufahrt parkte. Hinter der Frau stand auf dem Rasen eine hohe, geschwungene Lampe, die in einem weißen Glasballon endete. Das kurze weiße Haar der Frau schimmerte in der Sonne.

Ich fuhr die Zufahrt hinauf und hielt hinter dem Volvo.

John schob die Pistole unter seinen Sitz. Die Frau entfernte sich von ihrem Wagen und warf einen Blick auf das Haus, ehe sie auf uns zukam. Als ich ausstieg, sah sie mich mit einem scheuen, beinahe bedauernden Lächeln an. Sie dachte, wir kämen von der Feuerwehr oder der Versicherung, und zeigte auf das Haus. »Tja, so sieht es jetzt aus.« Ein leichter, undeutlicher europäischer Akzent färbte ihren Tonfall. »Es wäre gar nicht so schlimm, nur hat die Explosion den ganzen Fußboden bis ins Schlafzimmer verzogen und aufgerissen.«

Ihre alten Nachbarn hatten erwähnt, daß sie sehr hübsch gewesen war, und das sah man ihrem ungeschminkten runden Gesicht unter dem dichten weißen Haar auch noch heute an. Ein schwarzer Rußstreifen zog sich über ihr Kinn. Sie wischte sich die Hände an den Jeans ab, kam auf mich zu und gab mir die Hand. »Das Ganze war ziemlich beängstigend, aber wir packen es schon.«

Ein magerer Mann mit eckigem Gesicht und grauem Haarkranz stapfte mit einem Berg zusammengefalteter Kleider auf den Armen von der Veranda herunter. Er sagte, er komme sofort, ging zum Heck des Volvos und ließ die Kleider in die nächste Kiste fallen.

John tauchte jetzt auch neben mir auf, und Mrs. Sunchana besah sich mit uns, was mit ihrem Haus passiert war. Die Explosion hatte eine Seite der Küche eingedrückt, und das Dach war ins Feuer gefallen. Dachschindeln hatten sich wie Blätter zusammengerollt, und aus dem Durcheinander ragten hölzerne Sparren. An der entgegengesetzten Wand des geschwärzten Wohnzimmers standen angekohlte Möbel. Ein funkelndes Chaos aus Glas- und Porzellanscherben bedeckte den schrägen Fußboden. Der schwere, totenähnliche Geruch verbrannter Stoffe und nasser Asche wehte aus der Ruine.

»Ich hoffe, wir können die Teile des Hauses retten, die noch stehen«, sagte Mr. Sunchana. Er sprach mit demselben leichten, singenden Akzent wie seine Frau. »Was meinen Sie?«

»Ich sollte Ihnen wohl lieber sagen, wer ich bin«, antwortete ich und nannte meinen Namen. »Ich habe Ihnen gestern einen Zettel mit der Mitteilung hinterlassen, daß ich mit Ihnen über Ihren alten Hauswirt in der South Sixth Street, Bob Bandolier, sprechen möchte. Es ist mir klar, daß Sie eine schreckliche Zeit durchmachen, bin Ihnen aber für jede Minute dankbar, die Sie für mich erübrigen können.«

Mr. Sunchana schüttelte den Kopf und entfernte sich, ehe ich mit meinem Text halb durch war, aber seine Frau blieb bis zum Ende. »Woher wissen Sie, daß wir früher dort gewohnt haben?«

»Ich habe mit Frank und Hannah Belknap gesprochen.«

»Theresa«, sagte ihr Mann. Er stand vor der kaputten Veranda und der vom Feuer geschwärzten Haustür. Er zeigte auf den Schutt.

»Ich habe Ihren Zettel gefunden, als wir gestern nach Hause kamen, aber es war schon nach zehn, und da dachte ich, es könnte zu spät sein, um noch anzurufen.«

»Ich wäre Ihnen für jeden Hinweis dankbar«, sagte ich. »Natürlich ist es eine Zumutung für Sie ...«

John lehnte an der Motorhaube des Pontiac und betrachtete die Zerstörung.

»Wir haben so viel zu tun«, sagte ihr Mann. »Das ist nicht wichtig, über diese Person zu reden.«

»Gestern ist mir jemand aus Millhaven bis hierher gefolgt«, sagte ich. »Ich habe ihn nur ganz flüchtig gesehen. Als ich heute morgen das über Ihr Haus in der Zeitung las, habe ich mich gefragt, ob die Explosion wirklich ein Unfall war.«

»Wie meinen Sie das?« Zornig kam Mr. Sunchana auf mich und seine Frau zu. Sein Haar sah wie eine Drahtbürste aus, und das Weiß seiner Augen war von roten Äderchen durchzogen. »Weil Sie hier waren, soll uns jemand dieses Schreckliche angetan haben? Das ist lächerlich. Wer würde das tun?«

Seine Frau sagte einen Moment lang gar nichts. Dann wandte sie sich an ihren Mann. »Du hast gesagt, du wolltest Pause machen.«

»Sir«, sagte David Sunchana, »wir haben Mr. Bandolier seit Jahrzehnten weder gesehen noch gesprochen.« Er fuhr sich mit den Fingern durch das Haar, so daß es ihm noch mehr zu Berge stand.

Seine Frau sah wieder mich an. »Warum interessieren Sie sich so für ihn?«

»Erinnern Sie sich an die *Blaue-Rose*-Morde?« fragte ich. Die Iris ihrer schwarzen Augen wurden ganz klein. »Ich suche Informationen, die mit diesen Morden zu tun hatten, und sein Name ist im Zusammenhang mit dem St. Alwyn Hotel aufgetaucht.«

»Sie sind – was? Polizist? Privatdetektiv?«

»Ich bin Schriftsteller«, sagte ich. »Aber ich habe auch ein rein persönliches Interesse an der Sache. Mein Freund ebenfalls.« Ich stellte John vor, er kam näher und begrüßte die Sunchanas mit einem Nicken. Sie beachteten ihn kaum. »Warum sind Sie an der Sache persönlich interessiert?«

Ich verstand nicht, was da vorging. Theresa und David Sunchana standen jetzt beide vor mir; David mit einer Art müder Nervosität, die mich auf den Gedanken brachte, daß er alles, was ich zu ihm sagen würde, schon im voraus wußte; seine Frau sah aus wie ein Vorstehhund auf dem Sprung.

Vielleicht wußte David Sunchana, was ich sagen würde, ich wußte es nicht. »Vor langer Zeit habe ich einen Roman über die *Blaue-Rose*-Morde geschrieben«, sagte ich. David schaute zum Haus hinüber, und Theresa runzelte die Stirn. »Ich nutzte damals die meines Wissens besten grundlegenden Fakten des Falles, also habe ich den ermittelnden Polizeibeamten zum Mörder gemacht. Mir ist allerdings nicht ganz klar, ob ich wirklich an diese Lösung geglaubt habe. Dann rief mich vor ungefähr einer Woche Mr. Ransom an und sagte mir, daß seine Frau fast ermordet worden wäre und der Täter in der Nähe der Toten BLAUE ROSE an die Wand geschrieben habe.«

»Ah«, sagte Theresa, »es tut mir so leid, Mr. Ransom. Ich hab's in der Zeitung gelesen. Aber hat nicht der junge Dragonette sie getötet?« Sie sah ihren Mann an, und sein Gesicht spannte sich.

Ich erklärte ihnen, was es mit Walter Dragonettes Geständnis auf sich hatte.

»Wir können Ihnen nicht helfen«, sagte David. Stirnrunzelnd wandte Theresa sich ihrem Mann und dann wieder mir zu. Ich wußte noch immer nicht, was vorging, mir war jedoch klar, daß ich mehr sagen mußte.

»Ich hatte auch einen persönlichen Grund, mehr über den alten *Blaue-Rose*-Mörder herauszufinden«, sagte ich. »Ich denke, er war derjenige, der meine Schwester ermordet hat.

Sie wurde fünf Tage vor der ersten als *Blaue-Rose*-Mord bekanntgewordenen Tat umgebracht, und zwar an derselben Stelle.«

John machte den Mund auf und schnell wieder zu.

»Es gab da ein kleines Mädchen«, sagte Theresa. »Erinnerst du dich, David?«

Er nickte.

»April Underhill«, sagte ich. »Sie war neun Jahre alt. Ich möchte wissen, wer sie getötet hat.«

»David, das kleine Mädchen war seine Schwester.«

Er murmelte etwas, das wie Deutsch klang – rückwärts abgespielt.

»Könnte ich Sie irgendwo in Elm Hill zu einer Tasse Kaffee einladen?«

»Im Stadtcenter ist ein Café«, sagte sie. »David?«

Er warf einen Blick auf seine Uhr, ließ den Arm sinken und musterte dann sorgfältig, beinahe ängstlich mein Gesicht. »Wir müssen in einer Stunde zurück sein, haben einen Termin mit den Versicherungsleuten«, sagte er. Seine Frau berührte leicht seine Hand, und er nickte unmerklich.

»Ich fahre meinen Wagen in die Garage«, sagte er. »Theresa, würdest du mir bitte die gute Lampe bringen?«

Ich bückte mich nach der Lampe hinter dem Volvo, aber er sagte: »Theresa macht das schon.« Er stieg in den Wagen. Theresa lächelte mir zu und hob die Lampe auf. Er fuhr den Kombi aufreizend langsam in die aus Holz gezimmerte Garage. Sie folgte ihm hinein, stellte die Lampe in eine Ecke und ging dann zu ihrem Mann. Bevor er ausstieg, flüsterten sie miteinander, und als sie auf mich zukamen, sah Theresa mich unverwandt an.

John öffnete die hintere Tür des Pontiac für sie. Bevor sie einstiegen, holte David ein Taschentuch heraus und wischte seiner Frau den Rußfleck vom Gesicht.

6

Als hätten sie sich verabredet, erwähnten die Sunchanas, solange sie im Wagen saßen, weder ihren ehemaligen Hauswirt noch die *Blaue-Rose*-Morde. Theresa schilderte, wie der Polizist wie durch ein Wunder mitten im Rauch aufgetaucht war und sie und David durch das Schlafzimmerfenster hinausgetragen hatte. »Der Mann hat uns das Leben gerettet, wirklich und wahrhaftig, also können David und ich auch aus dem Verlust des Hauses kein Drama machen. Das stimmt doch, David, nicht wahr?«

Sie war die offizielle Stimme der beiden, und er sekundierte ihr. »Natürlich nicht.«

»Also werden wir in einem Campingwagen wohnen, während wir ein neues Haus bauen. Wir stellen ihn in den Vorgarten, wie Zigeuner.«

»Darüber wird man in Elm Hill begeistert sein«, sagte John.

»Wohnen Sie derzeit in einem Hotel?« fragte ich.

»Nein, bei meiner Schwester. Sie und ihr Mann sind viel früher als wir nach Elm Hill gezogen – das war der Grund, warum wir auch herkamen. Damals war unser Haus das einzige in der Straße. Rundherum gab's nur Felder.«

Durch weitere Fragen brachte ich heraus, daß sie aus Jugoslawien nach Millhaven eingewandert waren, wo sie in der ersten Zeit ihrer Ehe Zimmer an Touristen vermietet hatten, damit David studieren konnte. Sie waren kurz vor dem Krieg nach Amerika gekommen. David war diplomierter Buchhalter und bei der Glax Corporation angestellt gewesen.

»Bei der Glax Corporation?« Ich erinnerte mich, daß Theresa gesagt hatte ›der junge Dragonette‹. Links von uns verwandelte die Sonne die halbe Oberfläche des Teichs in stilles, glänzendes Gold. Stockenten ließen sich paarweise über das vergoldete Wasser treiben. »Sie müssen Walter Dragonette gekannt haben.«

»Er ist ein Jahr vor meiner Pensionierung in meine Abteilung eingetreten«, sagte David. Ich wollte die Frage nicht stellen, die jemand immer und immer wieder zu hören bekommt, der einen berühmten oder berüchtigten Menschen auch nur ganz flüchtig gekannt hat. John wollte es ebensowenig, und eine Weile blieb es still im Wagen.

Theresa brach das Schweigen. »David war ganz erschüttert, als wir die Nachricht hörten.«

»Haben Sie ihn gemocht?« fragte ich.

»Anfangs dachte ich schon, daß ich ihn mochte.« David hustete. »Er hatte die Manieren eines höflichen jungen Mannes. Aber nach drei oder vier Monaten hatte ich das Gefühl, daß Walter gar nicht existiere. Sein Körper war da, er war höflich, er erledigte seine Arbeit, auch wenn er manchmal zu spät kam, aber er war irgendwie nicht *anwesend.*«

Wir fuhren an dem niedrigen Rathaus vorbei, einem roten Klinkerbau. Der hinter einer Kurve sichtbar werdende Hügel, dem die Vorstadt ihren Namen zu verdanken hatte, wölbte sich der Sonne entgegen. Katzengold glitzerte und funkelte in den grauen Wegen, die sein tiefes Grün durchschnitten.

»Glauben Sie nicht, daß sie auch leiden – solche Menschen?« fragte Theresa.

Ihre Frage erschreckte mich, denn sie rührte wie ein Echo an einen mir fast unbewußten eigenen Gedanken. In dem Moment, in dem sie es aussprach, war mir klar, daß ich ihr zustimmte – ich glaubte an das Prinzip hinter ihren Worten.

»Nein«, sagte ihr Mann. »Er war nicht lebendig. Und wenn du nicht lebendig bist, dann fühlst du auch nichts.«

Ich sah Theresa durch den Rückspiegel an. Sie hatte sich ihrem Mann zugewandt, und ihr überraschend scharfes und klares Profil sah aus wie das Profil auf einer Münze. Ihre Augen trafen sich im Spiegel mit den meinen, und ihr Einfühlungsvermögen traf mich wie ein Schock.

»Wie denken Sie darüber, Mr. Underhill?«

Ich riß meine Augen los, um den Verkehr zu kontrollieren, bevor ich in den kleinen Parkplatz vor dem Einkaufszentrum einbog. »Wir haben einen Teil seiner Vernehmung mitgehört«, sagte ich. »Er hat ausgesagt, daß er als kleiner junge von einem Nachbarn sexuell mißbraucht wurde. Also ja, ich denke, er hat früher gelitten.«

»Das ist keine Entschuldigung«, sagte David.

»Nein.« Theresa seufzte. »Eine Entschuldigung ist es nicht.«

Ich hielt an, und David sagte etwas in der Sprache zu ihr, die sie in ihrer Garage gesprochen hatten. Was sie auch gesagt haben mochten, es endete mit dem Wort *Tresich.* Ich schreibe es auf die mir einzig mögliche Art, phonetisch. Sie hatte für Leute wie mich und die Belknaps ihren Namen anglisiert.

Wir stiegen aus dem Wagen.

»Wenn das, was Sie eben miteinander gesprochen haben, zu privat war, um es preiszugeben, dann sagen Sie es mir bitte nicht«, meinte John. »Aber ich bin einfach neugierig, was es war.«

»Wir haben ...« David unterbrach sich und hob mit einer hilflosen Geste die Hände.

»Mein Mann hat nur erwähnt, wie schrecklich es ist, daß wir zwei Mörder gekannt haben.« Wieder wurde für mich ihr starkes Mitgefühl deutlich spürbar. »Als wir in der Wohnung über Mr. Bandolier wohnten, hat er seine Frau getötet.«

7

»Wir wußten nicht, was wir tun sollten«, sagte Theresa. Zwischen uns standen dampfende Kaffeetassen auf dem hellen Fenstertisch, an dem wir saßen: sie und ich am Fenster, das auf den Parkplatz hinausging, David und John einander gegenüber. Zwei Kinder rannten mit fliegenden Armen und Beinen den langen grünen Hügel jenseits der Straße herunter. »Wir hatten solche Angst vor dem Mann. David hat recht. Er war wie ein Nazi – kein politischer, ein privater Nazi. Und wir waren so neu in Amerika, daß wir dachten, er könnte uns ins Gefängnis bringen, wenn wir zur Polizei gingen. Wir wohnten in seinem Haus und wußten nicht, welche Rechte er über uns hatte.«

»Er war gewalttätig«, sagte David. »Schrie und brüllte ununterbrochen.«

»Jetzt wüßten wir, was tun«, sagte Theresa. »Damals dachten wir, uns würde sowieso keiner glauben.«

»Und Sie zweifeln nicht daran, daß er seine Frau getötet hat?«

David schüttelte nachdrücklich den Kopf, und Theresa sagte: »Ich wünschte, wir könnten es.« Sie nahm ihre Tasse auf und nippte daran. »Seine Frau hieß Anna. Eine schöne blonde Frau, immer sehr still und scheu. Er wollte nicht, daß sie mit jemandem sprach. Die Leute sollten nicht wissen, daß er sie schlug.« Ihre Augen suchten wieder die meinen. »Besonders am Wochenende, am Abend, wenn er betrunken war.«

»Betrunkener«, sagte David. »An den Wochenenden trank er mehr als sonst. Dann fing das Gebrüll an, er brüllte und brüllte und brüllte. Immer lauter, bis sie anfing zu schreien.«

»Ich sah Anna draußen im Hof, beim Wäscheaufhängen, da war sie oft grün und blau geschlagen. Manchmal tat es ihr sogar weh, die Arme zu heben.«

»Er hat sie zu Tode geprügelt?« fragte ich.

Sie nickte. »Eines Abends, ich glaube, es war im Oktober, hörten wir das Gebrüll, die Flüche. Sie weinte jämmerlich. Er fing an die Möbel zu zertrümmern. Sie waren in ihrem Schlafzimmer, das direkt unter unserem lag. Diese brutale, laute Stimme, die Anna verfluchte, sie brüllte weiter und weiter und hörte plötzlich auf. Es wurde ganz still.« Theresa sah David an. »Gewöhnlich endete ein Streit damit, daß Anna weinte und Mr. Bandolier – Bob – sich beruhigte und schmeichelnd auf sie einredete. Diesmal hörten die Geräusche einfach auf.« Theresa schaute auf den Tisch hinunter. »Mir war richtig übel.«

»Aber hinuntergegangen sind Sie nicht?« fragte John.

»Nein«, sagte David. »Das hätte Bob nicht erlaubt.«

»Was hat er gemacht, einen Krankenwagen gerufen?« fragte ich.

Theresa schüttelte heftig den Kopf. »Ich denke, Anna lag im Koma. Am nächsten Morgen muß er sie ins Bett gebracht und das Zimmer aufgeräumt haben.«

Die Schilderung war dem so ähnlich, was April Ransom zugestoßen war, daß ich zu John hinüberschauen mußte, um zu sehen, wie er es aufnahm. Er saß vorgebeugt da, das Kinn in die Hand gestützt, und hörte gelassen zu.

»Wir haben Anna nie wiedergesehen. Er wusch von da an die gesamte Wäsche. Dann wusch er auch noch jeden Abend ihre Bettwäsche, damit wir sie am nächsten Morgen an der Leine hängen sahen. Und dann kam ein Geruch aus ihrer Wohnung. Der Geruch wurde stärker, und eines Tages hielt ich ihn an und fragte nach Anna. Sie sei krank, sagte er, aber er kümmere sich um sie.«

David rührte sich. »Theresa sagte mir, daß er den ganzen Tag zu Hause war, und ich sorgte mich bei dem Gedanken, meine Frau im selben Haus mit diesem Mann zu wissen – dieser wahnsinnigen Kreatur.«

»Aber es ging alles gut, er hat *mich* nie belästigt.«

»Bandolier ist den ganzen Tag zu Hause geblieben?« fragte ich.

»Er muß entlassen worden sein.«

»Das ist richtig«, sagte ich. »Später hat sein Boß ihn wieder eingestellt, weil er so tüchtig war.«

»Das kann ich mir vorstellen«, sagte Theresa. »Wahrscheinlich hat er dafür gesorgt, daß die Züge pünktlich waren.« Sie schüttelte den Kopf und trank einen Schluck Kaffee. »Eines Tages haben David und ich es nicht mehr ausgehalten, uns auszumalen, was dort unten vorging. David klopfte bei ihnen, und als geöffnet wurde, konnten wir direkt ins Schlafzimmer sehen – und dann wußten wir es endgültig.«

»Ja«, sagte David.

»Ihr Gesicht war ganz blutig. Es roch nach – nach Verwesung. Das war es. Er wußte nicht, wie er sie im Bett umdrehen sollte, und sie hatte sich am ganzen Körper aufgelegen. Ihre Bettwäsche war dreckig. Es war offensichtlich, daß sie starb. Er kam schimpfend heraus und scheuchte uns nach oben.«

»Nach einer Weile kam doch noch ein Arzt«, sagte David. »Ein fürchterlicher Arzt. Da wußte ich, daß sie tot war.«

»Ich denke, ihm muß endlich bewußt geworden sein, daß sie im Sterben lag und richtige ärztliche Hilfe brauchte. Aber David hatte recht. Kurz nachdem der Doktor gegangen war, erschienen zwei Männer und trugen sie hinaus. Sie war mit einem Bettlaken zugedeckt. Es hat nie eine Todesanzeige gegeben und auch nie eine Beerdigung. Nichts.«

Theresa stützte das Kinn in die Hand wie John und wandte den Kopf, um aus dem großen, hellen Fenster zu schauen. Sie seufzte, nahm Abstand von ihren Erinnerungen, lehnte sich zurück und schob sich mit einer Hand das Haar aus der Stirn.

»Wir wußten nicht, was als nächstes passieren konnte. Es war eine schreckliche Zeit. Mr. Bandolier hatte irgendeinen Job, denn er ging jeden Tag im Anzug aus dem Haus. Wir dachten, die Polizei würde ihn abholen. Selbst ein Arzt, der so schrecklich war wie der Mann, der zu Anna gekommen war, muß gewußt haben, wie sie gestorben war. Aber es ist nichts geschehen, es ist nichts geschehen. Und dann geschah doch etwas, Mr. Underhill. Aber nicht das, was wir erwartet hatten.«

Sie sah mir wieder sehr direkt in die Augen. »Ihre Schwester wurde im Tunnel beim St. Alwyn getötet.«

Obwohl sie mich während ihrer ganzen Geschichte dahin gelenkt hatte, wo ich jetzt war, war ich noch immer nicht sicher, daß ich sie verstand. Ich hatte mich für Bob Bandolier vor allem deshalb interessiert, weil ich mir von ihm weitere Informationen erhoffte, und erst an zweiter Stelle für ihn selbst. Daher klang meine nächste Frage auch zweifelnd. »Heißt das, daß Sie dachten, er habe meine Schwester ermordet?«

»Anfangs nicht«, sagte sie. »Nein, das dachten wir ganz und gar nicht. Aber dann, eine Woche später – oder vielleicht auch keine ganze Woche ...« Sie sah David an, und er zuckte mit den Schultern.

»Fünf Tage«, sagte ich. Meine Stimme schien nicht richtig zu funktionieren. Sie sahen mich beide an, und ich räusperte mich. »Fünf Tage später.«

»Fünf Tage später wurden wir beide nach Mitternacht wach, als die Haustür geöffnet und geschlossen wurde. Vielleicht ein halbe Stunde später weckten uns die gleichen Geräusche noch einmal. Und als wir am nächsten Tag die Zeitung lasen – als wir das von der Frau lasen, die an derselben Stelle wie das kleine Mädchen, Ihre Schwester, umgebracht worden war, wurden wir sehr nachdenklich.«

»Sie wurden nachdenklich«, sagte ich. »Und wieder fünf Nächte später?«

»Haben wir das gleiche gehört – die Haustür wurde geöffnet und geschlossen. Nachdem David zur Arbeit gegangen war, holte ich mir eine Zeitung. Wieder war jemand ermordet worden, ein Musiker, und direkt im Hotel. Ich rannte nach Hause, sperrte mich in der Wohnung ein und rief David an.«

»Ja«, sagte David. »Und ich habe Theresa erklärt, daß man einen Mann nicht verhaften lassen kann, nur wenn er nachts aus dem Haus geht.« Was während der letzten vierundzwanzig Stunden mit *seinem* Haus geschehen war, schien ihn weniger zu bedrücken als das, was er vor vierzig Jahren gesagt hatte.

»Und wieder fünf Tage später.«

»War es das gleiche«, sagte David. »Haargenau das gleiche. Wieder wurde jemand ermordet.«

»Und Sie sind noch immer nicht zur Polizei gegangen?«

»Wir hätten es getan, obwohl wir solche Angst hatten«, sagte Theresa. »Aber als das nächstemal jemand überfallen wurde, war Mr. Bandolier zu Hause.«

»Und beim übernächstenmal?«

»Ist er wieder weggegangen, genau wie früher«, sagte David. »Theresa hat zu mir gesagt: Wie, wenn jemand anders den jungen Doktor ermorden wollte? Und ich sagte: Und wie, wenn es derselbe war, Theresa? Aber an den Wochenenden fingen wir an, uns nach einer anderen Wohnung umzusehen. In diesem Haus konnten wir beide nicht mehr schlafen.«

»Jemand anderes hat versucht, Dr. Laing zu töten«, sagte ich. Meine Gefühle bemühten sich, den Verstand einzuholen. Es muß, dachte ich, Hunderte von Fragen geben, die ich diesen beiden stellen sollte. »Was dachten Sie, als man den Detective tot aufgefunden hatte?«

»Was ich dachte?« sagte David. »Ich habe gar nichts gedacht. Ich war nur erleichtert.«

»Ja, unendlich erleichtert. Denn auf einmal wollten alle gewußt haben, daß er es gewesen war. Doch später ...«

Sie sah ihren Mann an, und er nickte unglücklich.

»Sind Ihnen Zweifel gekommen?«

»Ja«, sagte sie. »Ich dachte noch immer, jemand anders

könnte versucht haben, den Doktor zu töten. Und der einzige, den so sehr zu hassen der bedauernswerte Polizist wirklich Grund hatte, war der schreckliche Mensch, der Fleischer aus der Muffin Street. Und wir dachten – David und ich dachten ...«

»Ja?« sagte ich.

»Daß Mr. Bandolier Leute ermordet hatte, weil er gefeuert worden war. Er konnte es getan haben, er war dazu fähig. Menschen bedeuteten ihm nichts. Und dann, natürlich, waren da noch die Rosen.«

»Welche Rosen?« fragten John und ich mehr oder minder unisono.

Sie sah mich überrascht an. »Haben Sie mir nicht erzählt, Sie seien beim Haus gewesen?«

Ich nickte. »Da war ich auch.«

»Haben Sie denn nicht die Rosen im Vorgarten gesehen?«

»Nein.« Mein Herz begann zu hämmern.

»Mr. Bandolier hat Rosen geliebt. Jeden freien Augenblick hat er draußen bei ihnen verbracht. Man hätte denken können, es sind seine Kinder.«

8

Die Zeit hätte stehenbleiben, der Himmel sich schwarz verfärben müssen. Es hätte blitzen und ohrenbetäubend donnern sollen. Nichts davon geschah. Ich wurde nicht ohnmächtig, ich sprang nicht auf, ich warf den Tisch nicht um. Die Information, nach der ich – bewußt oder unbewußt – mein Leben lang gesucht hatte, hatte mir eben eine weißhaarige Frau im grauen Sweatshirt und Jeans gegeben, die seit vierzig Jahren Bescheid wußte; und was passierte? Wir hoben die Tassen und tranken unseren Kaffee.

Ich kannte den Namen des Mannes, der meiner Schwester das Leben genommen hatte – es war ein furchtbares menschliches Wesen, Bob Bandolier, der böse Bob. Vielleicht würde ich nie beweisen können, daß er meine Schwester getötet hatte oder der Mann gewesen war, der sich Blaue Rose nannte; aber es beweisen zu können war bedeutungslos geworden neben der Befriedigung, seinen Namen zu kennen. Ich kannte seinen Namen. Ich fühlte mich wie ein hallender Gong.

Ich schaute aus dem Fenster. Die Kinder, die den Hügel heruntergerannt waren, hüpften durch das dichte Grün und streckten die Arme nach ihren Eltern aus. Theresa Sunchana legte ihre kühle Hand auf die meine.

»Wahrscheinlich haben sich die Nachbarn die Rosen geholt, als er fort war«, sagte ich. »Das Haus steht seit Jahren leer.« Die Erklärung schien lächerlich hohl und eine Antiklimax, doch egal, was ich gesagt hätte, es hätte immer die gleiche Wirkung gehabt. Die Kinder stürzten sich ihren Eltern in die Arme und liefen wieder weg, bereit für einen neuen schwindelerregenden Flug den Elm Hill herunter. Theresa drückte meine Hand und ließ sie dann los.

Wenn er noch lebte, mußte ich ihn finden. Ich mußte sehen, wie sie ihn ins Gefängnis warfen, sonst würde der hungrige Geist meiner Schwester nie frei sein – und ich nicht von ihr.

»Sollen wir jetzt zur Polizei gehen?« fragte David.

»Wir müssen«, sagte Theresa. »Wenn er noch lebt, ist es nicht zu spät.«

Ich wandte mich vom Fenster ab, konnte Theresa Sunchana jetzt ansehen, ohne in Tränen auszubrechen. »Danke«, sagte ich.

Sie schob die Hand wieder über den Tisch. Ich legte meine darauf, sie drehte ihre um und drückte noch einmal fest zu, bevor sie sie zurückzog. »Er war ein durch und durch schrecklicher Mensch. Er hat sogar diesen reizenden kleinen Jungen weggeschickt. Hat ihn vertrieben.«

»Das war besser für den Jungen«, sagte David.

»Was war das für ein kleiner Junge?« Ich dachte, sie redeten über einen Jungen aus der Nachbarschaft, einen Pigtownjungen wie mich.

»Fee«, sagte sie. »Wissen Sie denn nichts von Fee?«

Ich sah sie verständnislos an.

»Mr. Bandolier hat seinen eigenen Sohn hinausgeworfen«, sagte sie.

»Seinen Sohn?« sagte ich dümmlich.

»Fielding«, sagte David. »Wir nannten ihn Fee – ein entzückendes Kind.«

»Ich habe den Kleinen geliebt«, sagte Theresa. »Er hat mir so leid getan. Ich wünschte, David und ich hätten ihn zu uns nehmen können.«

Theresa schaute in ihre Tasse, als von David der unvermeidliche Widerspruch kam. Er zählte eine ganze Reihe von Gründen auf, warum es nicht möglich gewesen war, das Kind zu adoptieren. Sie hob wieder den Kopf. »Manchmal saß er auf der Stufe vor dem Haus. Er schien zu frieren und sah unendlich verlassen aus. Sein Vater zwang ihn, allein ins Kino zu gehen – einen Fünfjährigen! Schickte ihn ganz allein ins Kino.«

Ich wollte nur eines – raus aus diesem Café. Eine ganze Reihe schlimmer Symptome hatte sich zusammengetan, um gleichzeitig über mich herzufallen. Mir war heiß und leicht schwindlig. Der Atem stockte mir in der Kehle.

Ich schaute über den Tisch, doch anstatt der tröstlichen Gestalt von Theresa Sunchana sah ich den Jungen aus The Green Woman Taproom, den imaginären Jungen, der darum kämpfte, in diese Welt einzutreten. Hinter jeder Gestalt stand eine andere, die darauf bestand, *gesehen* zu werden.

9

Allerton, erinnerte ich mich. Oder *Allingham*, auf der Flanke eines steckengebliebenen Lasters. David Sunchanas höfliche, aber unnachgiebige Stimme holte mich an den Tisch zurück. »Die Versicherungsleute. Wir müssen auch noch eine Menge Sachen aus dem Haus holen.«

»Oh, wir haben tausend Dinge zu tun. Und das werden wir auch.«

Theresa saß mir noch gegenüber, und die Sonne beschien noch immer die Szene auf der anderen Seite der Straße, wo ein Junge einen großen Drachen den Hügel hinauftrug.

Theresa Sunchana sah mich unverwandt an. »Ich bin froh,

daß Sie uns gefunden haben«, sagte sie. »Sie mußten es wissen.«

Ich schaute mich nach der Bedienung um, und John sagte: »Ich habe schon bezahlt.« Er schien sich einiges darauf einzubilden.

Umständlich und mit den kleinen Verzögerungen jeder Tischgesellschaft von vier Personen, standen wir auf und gingen zur Tür.

Als ich im Rückwärtsgang aus dem Parkplatz fuhr, trafen sich meine und Theresas Augen wieder im Rückspiegel. »Sie haben gesagt, Bandolier habe Fee weggeschickt. Wissen Sie auch, wohin?«

»Ja«, sagte sie. »Ich habe ihn gefragt. Er hat gesagt, daß Annas Schwester Judy ihn aufgenommen habe, die in irgendeiner kleinen Stadt in Iowa lebe – oder so ähnlich.«

»Erinnern Sie sich noch an den Namen der Stadt?«

»Ist das denn jetzt noch wichtig?« fragte David.

Wir fuhren um den hübschen, kleinen Teich herum. Ein Junge, kaum alt genug, um laufen zu können, klatschte vor Freude über ein etwa dreißig Zentimeter hohes Segelboot in die Hände. Wir fuhren die Bayberry Lane entlang, die sich wie ein Mäanderband schlängelte. »Ich glaube, es war doch nicht Iowa«, sagte Theresa. »Lassen Sie mich einen Moment überlegen, gleich fällt es mir wieder ein.«

»Diese Frau erinnert sich an alles«, sagte David. »Ihr Gedächtnis ist ein Phänomen.«

Von dieser Seite der Bayberry Lane sah ihr Haus aus wie eine Fotografie aus London nach dem Blitz. Eine lange Bahn aus schimmerndem Schutt führte in einen Raum ohne Außenwand. Beide Sunchanas verstummten, als es in Sicht kam, und sie sagten auch kein Wort mehr, bis ich vor ihrer Garage anhielt. David öffnete die Tür auf seiner Seite, und Theresa beugte sich vor und klopfte mir auf die Schulter. »Ich wußte, ich würde mich daran erinnern. Es war Ohio – Azure in Ohio. Und Annas Schwester hieß Judy Leatherwood.«

»Theresa, Sie setzen mich in Erstaunen.«

»Wer könnte einen Namen wie Leatherwood vergessen?« Sie stieg aus und winkte. David fuhr sich mit den Fingern durch sein drahtiges Haar und ging auf das zu, was von seinem Haus noch übrig war.

10

»Bob Bandolier?« fragte John. »Dieses Arschloch Bob Bandolier?«

»Genau«, sage ich. »Bob Bandolier, das Arschloch.«

»Als kleiner Junge habe ich ihn ein paarmal getroffen. Der Kerl war ein furchtbarer Heuchler. Du weißt doch, wie klar man als Kind manche Dinge sieht? Ich war im Büro meines Vaters, und da kommt ein Kerl mit einem kleinen, wie angeklebt wirkenden Bärtchen und angeklatschten Haaren rein. Jetzt lernst du den wichtigsten Mann im ganzen Hotel kennen, sagt mein Vater zu mir. Und er drauf: *Ich tu nur meine Arbeit, junger Mann* – und ich sehe ganz deutlich, daß er sich für den wichtigsten Mann im Hotel hält. Er denkt, mein Vater ist ein Trottel.«

»Nicht alle Mörder können so sympathisch sein wie Walter Dragonette.«

»Dieser Kerl«, wiederholte John. »Du warst jedenfalls brillant, als du mit deiner Schwester ankamst.«

»Es ist die Wahrheit gesagt. Zuallererst hat er meine Schwester ermordet.«

»Und du hast mir nie etwas davon gesagt?«

»John, es hat sich einfach nie …«

Er murmelte etwas, rutschte von mir weg und lehnte sich an die Tür, Anzeichen dafür, daß er drauf und dran war, in das gleiche zornige Schweigen zu verfallen wie auf der Hinfahrt.

»Warum regt dich das auf?« fragte ich. »Ich bin aus New York hergekommen, um dir mit einem Problem zu helfen …«

»Nein, du bist hergekommen, um dir selbst zu helfen. Man kann sich nicht länger als fünf Sekunden auf die Probleme eines anderen Menschen konzentrieren, wenn man kein persönliches Interesse an dessen Sache hat. Was du tust, hat nichts mit mir zu tun. Es geht dir nur um das Buch, das du schreibst.«

Ich wartete, bis die Ungeduld, die ich ihm gegenüber empfand, abgeklungen war. »Ich schätze, ich hätte dir das von meiner Schwester schon sagen sollen, als du das erstemal anriefst. Ich habe es dir nicht absichtlich verschwiegen, John. Doch nicht einmal ich konnte sicher sein, daß der Mann, der sie getötet hatte, auch die anderen Morde auf dem Gewissen hat.«

»Und jetzt weißt du es?«

»Jetzt weiß ich es«, sagte ich und spürte erneut die ungeheure Erleichterung, die Befriedigung darüber, eine Last abwerfen zu können, die ich vier Jahrzehnte mit mir herumgeschleppt hatte.

»Du hast also alles erledigt und kannst ruhig nach Hause fahren.« Er warf einen schnellen Blick auf mich, ehe er wieder ausdruckslos aus dem Fenster starrte.

»Ich möchte wissen, wer deine Frau getötet hat. Und ich denke, es könnte sicherer für dich sein, wenn ich noch eine Zeitlang bleibe.«

Er zuckte mit den Schultern. »Was hast du vor? Willst du bei mir Leibwächter spielen? Ich glaub nicht, daß jemand die Absicht hat, mich in The Green Woman zu verschleppen und an einen Stuhl zu binden. Ich kann mich gegen Bob Bandolier schützen. Ich weiß, wie er aussieht, nicht wahr?«

»Ich wüßte gern, was sich sonst noch ergibt«, sagte ich.

»Nun, du kannst mehr oder minder tun und lassen, was du willst, schätze ich.«

»Dann würde ich mir heut abend gern deinen Wagen ausleihen.«

»Wozu? Hast du ein Rendezvous mit dieser grauhaarigen Mieze?«

»Ich muß noch einmal mit Glenroy Breakstone sprechen.«

»Dir macht es offenbar wirklich nichts aus, deine Zeit zu vergeuden«, sagte er und schwieg von da an auf der ganzen restlichen Rückfahrt eisern. Als ich vor seinem Haus anhielt, holte er die Pistole unter dem Sitz hervor und ging damit hinein.

11

Ich bog an der nächsten Ecke nach rechts ab, fuhr an Alans Haus vorbei und sah ihn in Begleitung von Eliza Morgan durch seinen Vorgarten zur Haustür gehen. Es wurde allmählich ein wenig kühler, und sie mußte mit ihm einen Spaziergang um den Block gemacht haben. Er beschrieb mit einem Arm große Kreise, erklärte irgend etwas, und ich hörte seine dröhnende Stimme, aber nicht, was er sagte. Sie bemerkten den Pontiac nicht, der hinter ihnen die Straße entlangfuhr. An der nächsten Ecke bog ich wieder rechts ab, fuhr zurück zur Berlin Avenue und nahm dann die Ost-West-Autobahn nach Downtown.

Bevor ich Glenroy aufsuchte, wollte ich etwas erledigen, an das ich mich mitten in der Auseinandersetzung mit John erinnert hatte.

Als ich mit Byron Dorian sprach, hatte ich ein Treffen einzig und allein deshalb vorgeschlagen, weil ich das Gefühl gehabt hatte, er brauche jemanden, mit dem er reden konnte. Jetzt wollte ich mit ihm reden. Der Umfang dessen, was April Ransom in ihrem Manuskript *Das Brückenprojekt* versucht hatte, hatte mich aufgerüttelt. Sie hatte ihr Thema vorbereitet, beobachtet, wie es sich entfaltete, und hatte sich, auf ihren Instinkt bauend, immer weiter vorgewagt. Sie hatte tatsächlich *geschrieben,* und daß ihre Lebensumstände sie zwangen, es heimlich zu tun, wie eine Millhavener Emily Dickinson, ließ ihre Bemühungen nur um so rührender erscheinen. Ich wollte diese Bemühungen belohnen – um die Frau zu ehren, die mit ihren Papieren und ihrem Füllhalter am Schreibtisch gesessen hatte.

Alan Brookner war über seine Unfähigkeit, Aprils Manuskript zu lesen, so frustriert gewesen, daß er versucht hatte, dreißig oder vierzig Seiten die Toilette hinunterzuspülen, aber was übrig war, reichte aus, um eine Fahrt in die Varney Street zu rechtfertigen.

12

Ich hatte gehofft, den Weg im Gedächtnis behalten zu haben, doch kaum hatte ich die Autobahn verlassen, wurde mir klar, daß ich nur noch ganz allgemein die Richtung wußte, in der die Varney Street lag, irgendwo hinter dem Pine Knoll-Friedhof, südlich des Stadions. Ich fuhr an dem leeren Stadion und dem Friedhofstor vorbei und studierte eifrig die Straßennamen. An einem Samstag, ein oder zwei Jahre nach dem Tod meiner Schwester, hatte Vater mich in die Varney Street mitgenommen, wo er einen gebrauchten Metalldetektor kaufte, der im *Ledger* angeboten worden war. Vater war noch immer arbeitslos, trank noch immer unmäßig und bildete sich ein, er werde ein Vermögen finden, wenn er mit dem Metalldetektor die Strände an der East Side entlangwanderte. Reiche Leute bückten sich nicht nach den Viertel- und Halbdollarmünzen, die ihnen aus den Taschen fielen. Es war alles da und wartete nur darauf, von einem cleveren Unternehmer wie Al Underhill aufgehoben zu werden. Er hatte seinen Wagen ohne zu zögern in die Varney Street gesteuert – wir hatten Pine Knoll passiert, waren abgebogen und vielleicht noch einmal abgebogen. Ich erinnerte mich an einen Block mit Läden und Schildern in einer fremden Sprache und eine übergewichtige Frau in Schwarz.

Varney Street selbst, erinnerte ich mich, gehörte zu einem der wenigen Viertel von Millhaven, die noch armseliger waren als Pigtown, eine Reihe schäbiger Häuser mit hölzernen Fassaden und schmalen angebauten Garagen. Mein Vater hatte mich im Wagen gelassen, eines dieser Häuser betreten und war zwanzig Minuten später triumphierend mit dem wertlosen Gerät wieder herausgekommen.

Ich bog auf gut Glück um eine Ecke, fuhr, immer die Straßenschilder im Auge behaltend, drei Blocks weiter und fand mich in derselben Nachbarschaft kleiner Läden wieder, die ich damals mit meinem Vater gesehen hatte. Die Schilder waren jetzt allerdings Englisch. Zwirnspulen, zu Pyramiden aufgetürmt, und Scheren, die an langen Schnüren hingen, füllten das staubige Schaufenster eines Ladens, der sich *Lulus Kinkerlitzchen* nannte. Die einzigen Menschen, die zu sehen waren, saßen in dem angrenzenden Waschsalon. Ich fuhr in eine freie Parklücke hinter einem Pick-up, fütterte die Parkuhr mit einem Vierteldollar und betrat den Waschsalon. Eine junge Frau in abgeschnittenen Jeans und einem Bananenrepublik-T-Shirt kam an das Spiegelglasfenster und deutete durch Häuser die nächste Straße hinunter.

Ich ging durch den Waschsalon bis ganz nach hinten, nahm den Zettel aus der Brieftasche, auf den ich mir Dorians Telefonnummer und Adresse notiert hatte, und wählte die Nummer.

»Wer sind Sie?« fragte er.

Ich nannte ihm noch einmal meinen Namen. »Wir haben einmal miteinander gesprochen, als Sie bei den Ransoms anriefen. Ich bin der, der Ihnen gesagt hat, daß sie gestorben war.«

»Oh! Ich erinnere mich an Sie.«

»Sie haben gesagt, ich sollte einmal vorbeikommen, um mit Ihnen über April Ransom zu sprechen.«

»Ich weiß nicht … Ich arbeite, das heißt, irgendwie versuche ich zu arbeiten.«

»Ich bin in dem Waschsalon um die Ecke.«

»Ja, dann kommen Sie wohl am besten rüber. Es ist das dritte Haus hinter der Ecke, das mit der roten Tür.«

Der dunkelhaarige junge Mann, den ich bei Aprils Beerdigung gesehen hatte, riß die zinnoberrote Tür des kleinen braunen Hauses auf, beugte sich heraus, warf mir einen hastigen, nervösen Blick zu und schaute dann den Block hinauf und hinunter. Er trug ein schwarzes T-Shirt und ausgebleichte schwarze Jeans. Er wich wieder ins Haus zurück. »Sie sind ein Freund von John Ransom, nicht wahr? Ich habe Sie bei der Beerdigung mit ihm gesehen.«

»Dort habe ich Sie auch gesehen.«

Er leckte sich die Lippen. Er hatte schöne blaue Augen und einen gutgeschnittenen Mund. »Hören Sie, Sie sind doch nicht etwa hier, um Schwierigkeiten zu machen oder so? Ich bin nicht sicher, daß mir ganz klar ist, was Sie eigentlich wollen.«

»Über April Ransom reden«, sagte ich. »Ich bin Schriftsteller und habe ihr Manuskript *Das Brückenprojekt* gelesen. Es wäre ein großartiges Buch geworden.«

»Dann kommen Sie bitte rein.« Er trat zur Seite.

Das ursprüngliche Wohnzimmer war jetzt ein Atelier mit Farbtuben und vielen, vielen Pinseln in Blechbüchsen auf einem bunt bekleckslten Tisch und einer niedrigen Liege. Neben dem Kopfende lehnten große, ungerahmte Leinwände verkehrt herum an der Wand, so daß man die Klammern sah, mit denen die Leinwände an den Keilrahmen befestigt waren; andere hingen in einer unordentlichen Reihe an der Wand gegenüber. Eine Öffnung auf der entgegengesetzten Seite des Raumes führte in eine dunkle Küche. Braune Vorhänge bedeckten die beiden nach vorn hinausblickenden Fenster, und ein kleineres Stück Stoff, das wie ein Handtuch aussah, war über das Küchenfenster genagelt worden. Eine Glühlampe hing in der Mitte des Zimmers an einem Kabel von der Decke herunter. Direkt darunter stand auf einer Staffelei eine hohe Leinwand.

»Wo haben Sie ihr Manuskript gefunden? Hat John es gehabt?«

»Es war im Haus ihres Vaters. Sie hat dort daran gearbeitet.«

Dorian ging zum Tisch und begann einen Pinsel mit einem schlaffen Lappen abzureiben. »Das klingt logisch. Wollen Sie Kaffee?«

»Aber ja – gern.«

Er ging in die Küche und goß Wasser in eine altmodische Kaffeemaschine aus Metall. Ich wanderte inzwischen im Zimmer umher und sah mir seine Bilder an.

Anders als die beiden Akte im Schlafzimmer der Ransoms waren sie eher ein Mittelding zwischen Francis Bacon und den Illustrationen in einem modernistischen, graphisch gestalteten Roman. Auf allen Bildern prallten häufig dunkle Formen und Gestalten, aus noch dunklerem Hintergrund hervorgeholt, mit Weiß oder leuchtendem Rot zusammen. Dann sprang mir ein Detail ins Auge, das auf jedem Bild vorhanden war, und ich grunzte vor Überraschung. Auf jedem dieser Bilder war eine kleine blaßblaue Rose zu sehen: im Knopfloch des Anzugsjacketts eines schreienden Mannes; frei über einem blutigen Leichnam und einem knienden Mann schwebend; auf dem Umschlag eines Notizbuchs, das neben einem zusammengesunkenen Körper lag; im Spiegel einer überfüllten Bar, in der ein Mann im Regenmantel dem Betrachter das verzerrte Gesicht zuwandte. Die Bilder schienen wie Antworten auf Aprils Manuskript oder visuelle Parallelen dazu.

»Zucker?« rief Dorian aus der Küche. »Milch?«

Ich merkte plötzlich, daß ich den ganzen Tag nichts gegessen hatte, und bat um beides.

Er kam aus der Küche und reichte mir eine Tasse, die bis zum Rand mit süßem, weißem Kaffee gefüllt war. Dann drehte er sich um, um mit mir die Bilder zu betrachten, und hob die Tasse an den Mund. Als er sie absetzte, sagte er: »Ich habe so lange an diesen Bildern gearbeitet, und jetzt weiß ich kaum noch, wie sie aussehen. Wie finden Sie sie?«

»Sie sind sehr gut«, sagte ich. »Wann haben Sie Ihren Stil geändert?«

»Auf der Kunstschule in Yale hat mich das Abstrakte interessiert, als einzigen übrigens. Doch ungefähr um die Zeit, in der ich Examen machte, habe ich in diesem stark vom Japanischen beeinflußten Stil zu malen begonnen. Für mich war es eine natürliche Weiterentwicklung meiner Arbeit, aber alle anderen fanden es *abscheulich.*« Er lächelte mich an. »Ich wußte, daß ich in New York keine Chance haben würde, daher kam ich nach Millhaven zurück, wo man viel billiger leben kann.«

»John hat gesagt, eine Galeristin habe April Ihren Namen genannt.«

Er wandte abrupt den Blick ab, als sei das ein heikles Thema. »Ja, Carol Judd, sie hat eine kleine Galerie in Downtown. Carol hat meine Arbeiten gekannt, weil ich ihr meine Dias gebracht hatte, nachdem ich aus New York zurückgekommen war. Carol hat mich immer gemocht, und wir haben auch darüber gesprochen, daß ich irgendwann bei ihr ausstellen sollte.« Er lächelte wieder, meinte diesmal aber nicht mich, und das Lächeln wich seinem üblichen Ernst, als ich die nächste Frage stellte.

»Und dort haben Sie also April Ransom kennengelernt?«

Er nickte und ließ die Augen über die Bilderreihe schweifen. »Mmm. Sie verstand, worauf ich hinauswollte.« Er unterbrach sich eine Sekunde. »Von Anfang an war etwas da, das uns verband. Wir sprachen über das, was sie wollte, und sie beschloß, anstatt etwas Fertiges zu kaufen, zwei große Bilder in Auftrag zu geben. So habe ich sie kennengelernt.«

Er wandte sich von den Bildern ab, stellte die Tasse auf den mit Farben und Pinseln übersäten Tisch und drehte einen Sessel mit schwenkbarer Rückenlehne, der vor der Staffelei stand, zum Bett um. Zwei Gobelinkissen waren zwischen Sitz und die nach hinten geneigte Lehne geklemmt, und als ich mich setzte, stützten sie mir den Rücken an genau der richtigen Stelle.

Dorian ließ sich auf dem Feldbett nieder. Der Anblick seiner Bilder schien ihm gutgetan zu haben, und er kam mir entspannter vor.

»Sie müssen ja stundenlang miteinander geredet haben«, sagte ich.

»Es war wundervoll. Manchmal, wenn John nicht in der Stadt war oder Spätvorlesungen hatte, lud sie mich zu sich ein, nur damit ich vor all den Bildern sitzen konnte, die sie besaß.«

»Wollte sie nicht, daß John Sie kennenlernte?«

Er spitzte die Lippen und kniff die Augen zusammen, als wälze er ein Problem. »Nun, natürlich habe ich ihn kennengelernt. Ich war zweimal zum Abendessen bei ihnen, und beim erstenmal war alles in Ordnung, John war höflich, und wir haben uns gut unterhalten. Aber das zweitemal hat er kaum ein Wort mit mir gesprochen. Es kam mir so vor, als seien Bilder für ihn nichts anderes als Besitz – wie Sportwagen oder so.«

Ich hatte das unangenehme Gefühl, daß es für John so etwas wie eine Beleidigung gewesen sein mußte, Byron Dorian im Haus zu haben. Er war jung, sah beinahe lächerlich gut aus und schien völlig uneitel – John hätte ihn wohl eher akzeptiert, wenn sein Aussehen mit unverkennbarer Eigenliebe gekoppelt gewesen wäre.

Dann fiel mir etwas anderes ein – etwas, das mir schon hätte einfallen müssen, als ich die Bilder an den Wänden gesehen hatte.

»Sie waren derjenige, der Aprils Interesse für den *Blue-Ro-*

se-Fall weckte«, sagte ich. »Sie haben ihr von William Damrosch erzählt.«

Er wurde tatsächlich rot.

»Und um Damrosch geht es auf all diesen Bildern.«

Sein Blick flog wieder zu den Gemälden. Diesmal konnten sie ihn nicht trösten. Er sah zu gequält aus, um zu sprechen.

»Der Junge auf dem Vuillard-Gemälde hat Sie an Damrosch erinnert, und Sie haben ihr von ihm erzählt«, sagte ich. »Deshalb sind Sie aber nicht verantwortlich für ihren Tod.«

Dieser Satz, der ihm helfen sollte, erzielte die gegenteilige Wirkung.

Wie ein Mädchen preßte Dorian die Knie zusammen, stützte den Ellenbogen auf und drehte sich, das Kinn in der Hand, zur Seite. Eine fast sichtbare Wolke des Schmerzes umgab ihn.

»Auch mich hat Damrosch fasziniert«, sagte ich. »Man kann sich dieser Faszination kaum entziehen. Als ich in Vietnam war, habe ich im Kopf zwei Romane geschrieben, und der zweite, *The Divided Man,* handelte von Damrosch.«

Dorian warf mir, ohne die Haltung zu verändern, einen blauen Blick zu. »Ich muß den Jungen auf dem Vuillard-Gemälde schon drei- oder viermal gesehen haben, ehe ich ihn wirklich *sah,* so subtil ist das Ganze. Anfangs nimmt man ihn ganz selbstverständlich hin, und dann bestimmt seine Art, einen anzusehen, plötzlich das ganze Bild.«

Er unterbrach sich, um gegen seine Gefühle anzukämpfen. »Dadurch kamen wir auf Bill Damrosch und alles andere zu sprechen. Sie war richtig aufgeregt wegen dieser Brücke und daß er unter einer *Brücke* gefunden worden war. So etwas zündete bei ihr.«

Ich fragte ihn, wieso und seit wann er sich für Damroschs Geschichte interessierte.

»Oh, mein Vater hat mir von ihm erzählt. Viele, viele Male. Sie waren lange Zeit Partner. Mein Vater ist mit seiner ersten Frau nicht besonders gut ausgekommen, daher war er sehr oft mit Bill Damrosch zusammen. Ich schätze, man könnte sagen, daß er ihn geliebt hat. Er sagte immer, er versuche alles, um Bill von der Flasche wegzukriegen, aber das schaffte er nicht, also fing er an mit ihm zu trinken.« Er sah mich offen an. »Mein Vater war Alkoholiker, aber nach Bills Tod wurde er wieder trocken. In den sechziger Jahren lernte er kurz vor seiner Pensionierung in einem Lebensmittelladen meine Mutter kennen. Sogar sie sagt, daß sie sich ihn geangelt hat. Sie war fünfundzwanzig Jahre jünger, aber sie haben geheiratet, und ein Jahr später kam ich zur Welt, nicht unbedingt geplant, könnte ich mir vorstellen.«

Wenn Dorian nach seinem Vater schlug, würden die Frauen in den nächsten drei Jahrzehnten hinter ihm her sein – außer, er wurde fett.

»Ihr Vater muß über den Ausgang des *Blaue-Rose*-Falles tief betroffen gewesen sein.«

Er sah mich wütend an. »Was für einen Ausgang? Meinen Sie den Mist, der in den Zeitungen stand? Der hat ihn verrückt gemacht. Fast hätte er den Dienst quittiert, aber er liebte die Arbeit zu sehr.« Er hatte sich beruhigt, und mich traf wieder der offene, direkte Blick, diesmal mit leichtem Vorwurf. »Ihr Buch hat er übrigens gehaßt. Er sagte, es sei alles falsch, was Sie geschrieben hatten.«

»Das ist leider richtig.«

»Was Sie getan haben, war unverantwortlich. Mein Vater wußte, daß Bill Damrosch nie jemanden getötet hatte. Man hat ihn zum Sündenbock gemacht.«

»Das weiß ich jetzt.«

Dorian hakte den Fuß hinter dem anderen Fußknöchel ein und machte wieder ein unglückliches Gesicht. »Ich hätte Damrosch vor ihr nie erwähnen sollen. Damit hat alles angefangen.«

»Zwei oder drei Makler bei Barnett und die Polizei waren die einzigen, die wußten, was sie in ihrer Freizeit tat.«

»Ich habe ihr geraten, ans Polizeipräsidium zu schreiben.«

»Das hätte auch funktionieren müssen.« Ich sagte ihm, was Paul Fontaine für mich getan hatte.

Zorn und Empörung verdüsterten sein Gesicht. »Dann sind sie wirklich so total im Arsch, wie mein Vater immer behauptet hat. Das ergibt doch keinen Sinn. Sie hätten sie diese Akten einsehen lassen müssen.« Er starrte ein paar Sekunden finster auf den mit Farbspritzern betupften Fußboden. »Mein Dad hat mir gesagt, ihm gefalle nicht, was nach seiner Pensionierung aus der Polizei geworden ist – lauter neue Leute, wie dieser Fontaine. Ihm gefallen ihre Arbeitsmethoden nicht. Er vertraut diesen Methoden nicht. Außer Mike Hogan. Mein Dad hält Hogan für einen richtigen Cop von altem Schrot und Korn, und er hat großen Respekt vor ihm.« Mißtrauisch sah Dorian zu mir auf.

»Ihr Vater hat demnach noch gelebt, als Fontaine und Hogan eingestellt wurden.« Er schilderte nur den natürlichen Groll eines Ausgedienten gegen einen brillanten Nachfolger.

»Er lebt auch jetzt noch. Punkt. Mein Vater ist fünfundachtzig und stark wie ein Ochse.«

»Wenn es ein Trost für Sie ist – Paul Fontaine hat mir gesagt, daß ihm mein Buch gefallen hat, weil es so lächerlich ist.«

»Das werde ich Vater sagen.« Er lächelte freundlich. »Oder nein, vielleicht doch nicht.«

»Glauben Sie, ich könnte mit Ihrem Vater reden?«

»Möglich.« Dorian rieb sich das Gesicht und sah mich einen Moment grollend an, bevor er hinter das Ende der Liege griff und einen Spiralblock mit einem an die Metallringe geklammerten Kugelschreiber hervorholte. Er blätterte eine leere Seite auf und schrieb etwas. Dann riß er die Seite heraus und reichte sie mir.

Er hatte den Namen George Dubbin, eine Adresse und eine Telefonnummer notiert.

»George Dubbin?«

»So heißt er. Eigentlich heiße ich ja Bryan Dubbin, aber wie soll man mit einem solchen Namen je berühmt werden? Francesco Clemente und Bryan Dubbin? Deshalb habe ich nach dem Studium meinen Namen in einen für mich wohlklingenderen geändert. Sie brauchen mir nicht zu sagen, daß ich albern war. Aber es hätte schlimmer sein können. Der andere Name, den ich in Betracht zog, war Beaumont Darcy. Ziemlich dekadent, nicht wahr?«

Wir lächelten beide.

»Sie haben Ihren Namen tatsächlich offiziell ändern lassen? Waren im Rathaus – oder wohin man da geht?«

»Seinen Namen zu ändern ist ganz leicht. Man füllt nur ein Formular aus. Ich hab' das Ganze per Post gemacht.«

»Ihr Vater muß ein bißchen ...«

»Er war sehr. Hat sich schrecklich aufgeregt. Ich verstehe seinen Standpunkt. Ich bin sogar seiner Meinung. Aber er weiß, ich würde es nicht wieder tun, und das hilft. Er sagte: ›Na ja, Junge, wenigstens hast du deine gottverdammten Initialen behalten.‹« Das sagte er mit einem heftigen, heiseren Grollen, das so deutlich zugleich Zuneigung und Ärger verriet, so daß ich George Dubbin mit fast unheimlicher Klarheit vor mir sah.

»Das war gut«, sagte ich. »Ich wette, er hört sich tatsächlich so an.«

»Ich habe Leute schon immer gut nachahmen können.« Er lächelte wieder. »In der Schule hab' ich die Lehrer damit verrückt gemacht.«

Was er mir über seine Namensänderung gesagt hatte, hatte die Spannung zwischen uns gelöst.

»Erzählen Sie mir von April Ransom«, sagte ich.

13

Anstatt zu antworten, griff Dorian nach seiner Tasse, stand auf, ging zum Tisch und begann dort, die mit Pinseln gefüllten Dosen hübsch ordentlich in Reih und Glied aufzustellen. Um ihn sehen zu können, stand ich auch auf, hatte aber nur seinen Rücken vor mir.

»Es ist schwierig, ich weiß nicht recht, was ich sagen soll.« Jetzt begann er, die Farbtuben aufzureihen. Er blickte über die Schulter und schien überrascht, daß ich stand und ihn ansah. »Ich glaube nicht, daß zwei oder drei Sätze genügen, um sie zu charakterisieren.« Er drehte sich ganz um und lehnte sich an den Tisch. So, wie er es tat, hatte man den Eindruck, dieser Tisch sei eigens dazu gemacht, um sich so leicht und lässig dagegenzulehnen.

»Versuchen Sie's! Wir werden sehen, was rauskommt.«

Den blassen Hals reckend, sah er auf. »Nun ja, anfangs dachte ich, sie sei die ideale Mäzenin. Sie war verheiratet, wohnte in einem schönen Haus, hatte eine Menge Geld, war jedoch überhaupt nicht eingebildet – als sie das erstemal hier war, benahm sie sich wie jeder andere auch. Es hat ihr gar nichts ausgemacht, daß ich in dieser Bruchbude wohne. Als sie etwa ein Stunde hier war, wurde mir klar, daß wir uns sehr gut verstanden. Es war, als würden wir sofort Freunde.«

»Sie war sehr einfühlsam«, sagte ich.

»Ja, aber es war mehr als das. In ihr ging sehr viel vor. Sie war wie ein riesiges Hotel, ein Haus mit tausend verschiedenen Räumen.«

»Sie muß faszinierend gewesen sein«, sagte ich.

Er ging zu den verhängten Fenstern hinüber und schob den Vorhang mit der Handkante beiseite. Wieder konnte ich sein Gesicht nicht sehen. »Hotel?«

»Verzeihung?«

»Ich habe Hotel gesagt. Ich habe gesagt, sie sei wie ein Hotel gewesen. Das ist irgendwie merkwürdig, oder?«

»Waren Sie je im St. Alwyn?«

Er drehte sich um, langsam. Seine Schultern waren angespannt, und die Hände hatte er leicht erhoben. »Was soll denn das heißen? Wollen Sie mich fragen, ob ich mit ihr dort war, sie zusammenschlug und dann auf sie einstach?«

»Um ehrlich zu sein – der Gedanke ist mir nie gekommen.«

Dorian entspannte sich.

»Ich glaube nicht einmal, daß sie tatsächlich im Hotel überfallen wurde.«

Er runzelte die Stirn.

»Ich denke, sie wurde zuallererst in ihrem Mercedes verletzt. Und der Täter muß sehr viel Blut in dem Wagen zurückgelassen haben.«

»Was ist mit dem Wagen passiert?«

»Die Polizei hat ihn noch nicht gefunden.«

Dorian wanderte zur Liege zurück, setzte sich und trank einen Schluck Kaffee.

»Was glauben Sie, war ihre Ehe glücklich?«

Sein Kopf fuhr in die Höhe. »Denken Sie, ihr Mann hat's getan?«

»Ich frage Sie nur, ob Sie glauben, daß ihre Ehe glücklich war.«

Dorian sagte lange gar nichts. Nahm noch einen Schluck Kaffee. Er schlug ein Bein über das andere, nahm es wieder herunter. Er ließ die Augen über die Reihe der Gemälde wandern und legte das Kinn in die Hand. »Ich glaub, die Ehe war in Ordnung. Sie hat sich nie beklagt.«

»Sie haben aber sehr lange überlegt.«

Er blinzelte. »Nun ja, ich hatte das Gefühl, daß April sehr einsam gewesen wäre, wenn sie nicht dauernd etwas vorgehabt hätte.« Er räusperte sich. »Weil ihr Mann ganz andere Interessen hatte als sie. Sie konnte über so viele Dinge nicht mit ihm reden.«

»Über die sie mit Ihnen sprechen konnte?«

»Ja, klar. Aber über ihren Beruf konnte ich nicht mit ihr reden – wenn sie mit Stellage-Geschäften und solchem Zeug anfing, verstand ich nur Bahnhof und ihr Beruf war ungeheuer wichtig für sie.«

»Hat sie irgendwann mal etwas von einem Umzug nach San Francisco erwähnt?«

Er legte den Kopf schief, seine Kiefer mahlten, als kaue er auf Sonnenblumenkernen herum. »Sie haben davon gehört?« In seinem Blick war jetzt eine gewisse Vorsicht. »Es war mehr eine sehr entfernte Möglichkeit als etwas anderes. Sie hat es wahrscheinlich einmal erwähnt, als wir spazieren waren oder so.« Er räusperte sich abermals.

»Ihr Vater hat davon gesprochen, aber auch nur sehr unbestimmt.«

Sein Gesicht wurde wieder hell. »Ja, das ergibt einen Sinn. Wenn April irgendwo hingezogen wäre, hätte sie ihn mitgenommen, hätte ihn in ihrer Nähe haben wollen, um sich weiterhin um ihn kümmern zu können. Ich glaube, er findet sich nicht mehr so richtig zurecht.«

»Sie haben gesagt, daß Sie gemeinsame Spaziergänge unternommen haben …«

»Klar, manchmal sind wir einfach nur spazierengegangen.«

»Haben Sie manchmal auch irgendwo was getrunken oder so?«

Er überlegte. »Als wir noch über die Bilder sprachen, waren wir ein paarmal zusammen beim Lunch. Und manchmal haben wir Ausflüge mit dem Wagen unternommen.«

»Und wohin?«

Er warf die Arme in die Höhe und schaute schnell von einer Seite zur anderen. Ich fragte, ob er etwas dagegen habe, daß ich ihm diese Fragen stellte.

»Nein, sie sind nur so schwierig zu beantworten. Wir sind ja nicht jeden Tag herumgefahren oder so. Einmal fuhren wir zu der Brücke, und April hat mir erzählt, was früher in der Bar an der Water Street los war.«

»Haben Sie je versucht, in die Bar hineinzukommen?«

Er schüttelte den Kopf. »Sie ist geschlossen, man kann nicht hinein.«

»Hat sie je einen gewissen William Writzman erwähnt?«

Wieder schüttelte er den Kopf. »Wer ist das?«

»Das ist wahrscheinlich ganz unwichtig.«

Dorian sah mich lächelnd an. »Ich nenne Ihnen einen Ort, an dem wir öfter waren. Ich hatte keine Ahnung, daß es ihn gibt, bis sie ihn mir zeigte. Kennen Sie Flory Park, weit draußen am Eastern Shore Drive? Dort gibt es mitten zwischen Bäumen ein Felsplateau, das in den See hinausragt. Diese Stelle hat sie geliebt.«

»Alan hat mich dorthin mitgenommen«, sagte ich und sah die beiden – April Ransom und Byran Dorian – den Pfad entlang zu dem kleinen Tal über dem See gehen.

»Nun, dann kennen Sie es ja.«

»Ja«, sagte ich, »ich kenne es. Es ist sehr privat.«

»Es war privat«, sagte er. Er sah mich einen Moment an, kaute auf dem nicht vorhandenen Samenkorn herum und sprang wieder auf. Er trug die Tasse in die Küche, ich hörte, wie er sie ausspülte und dann den Kühlschrank öffnete und schloß. Er kam mit einer Flasche Mineralwasser zurück. »Mögen Sie einen Schluck?«

»Ich habe noch Kaffee, vielen Dank.«

Dorian ging zu seinem Tisch und goß sich Mineralwasser ein. Dann verrückte er eine Farbtube um ein paar Millimeter. »Ich müßte bald wieder anfangen zu arbeiten.« Er umschloß das Glas mit beiden Händen. »Falls Sie kein Bild kaufen wollen, habe ich leider nicht mehr viel Zeit für Sie.«

»Ich möchte aber eines Ihrer Bilder kaufen«, sagte ich. »Mir gefallen Ihre Arbeiten sehr gut.«

»Versuchen Sie mich zu bestechen, oder was?«

»Ich möchte Ihnen ein Bild abkaufen«, sagte ich. »Ich wollte es von Anfang an.«

»Wirklich?« Er schaffte es, mich wieder anzulächeln. »Welches wollen Sie?«

»Die Männer in der Bar.«

Er nickte. »Ja, das gefällt mir auch.« Zweifelnd wandte er sich zu mir um. »Sie wollen es wirklich kaufen?«

Ich nickte. »Wenn Sie es versandfertig einpacken können?«

»Aber sicher kann ich das.«

»Was soll es kosten?«

»Gott, darüber habe ich noch nie nachgedacht.« Er grinste. »Außer April hat bisher noch niemand die Bilder gesehen. Tausend?«

»In Ordnung«, sagte ich. »Ich habe Ihre Adresse und schicke Ihnen einen Scheck, sobald ich wieder bei John bin. Lassen Sie es vom United Parcel Service an diese Adresse liefern.« Ich nahm eine Visitenkarte aus der Brieftasche und reichte sie Dorian.

»Das ist wirklich anständig von Ihnen.«

Ich sagte ihm, daß ich mich über das Bild freue, und ging zur Tür. »Als Sie vorhin die Straße rauf und runter guckten, bevor Sie mich reinließen, haben Sie da gedacht, John könnte irgendwo da draußen sein?«

Er blieb, die Hand schon auf der Türklinke, wie angewurzelt stehen. Dann öffnete er die Tür und ließ einen Schwall Licht herein.

»Ich finde alles in Ordnung, was Sie getan haben, Dorian«, sagte ich. Er sah aus, als wolle er sich in das künstliche Licht zurückflüchten. »Sie haben ihr unglaublich viel geholfen.«

Dorian schauderte, als ströme Winterwind durch die offene Tür. »Ich werde Ihnen nicht mehr sagen. Ich weiß nicht, was Sie wollen.«

»Alles, was ich von Ihnen will, ist dieses Bild«, sagte ich und reichte ihm die Hand. Er zögerte einen Moment, bevor er sie nahm.

14

Nach alldem wollte ich nicht einfach nur zum Ely Place zurückfahren. Ich mußte zuerst meine Gedanken ordnen und alles in die Reihe bringen, ehe ich wieder Johns Haus betrat. Die Befriedigung zu wissen, daß Bob Bandolier der *Blaue-Rose*-Mörder gewesen war, hatte sich verflüchtigt. Bevor ich Ähnliches empfinden konnte, mußte ich wissen, wer April Ransom getötet hatte. Ich saß am Steuer des Pontiac, bis ich merkte, daß Dorian mich durch einen Spalt im Vorhang beobachtete.

Ich fuhr los, hatte aber keine Ahnung, wohin. Ich werde es machen wie April Ransom, dachte ich, wie April Ransom am Steuer ihres Mercedes, Byron Dorian als Beifahrer neben sich. Ich werde einfach fahren und sehen, wo ich lande.

15

Ich war kaum fünf Blocks weit gekommen, als mir bewußt wurde, daß ich nur ein Gespenst gegen ein anderes ausgetauscht hatte. Wo ich April Underhills unwirschen Geist gesehen hatte, würde ich jetzt den von April Ransom entdecken.

Eine Reihe schattenhafter Gestalten marschierte vor meinem inneren Auge auf. Ich sah Walter Dragonette gegenüber von Paul Fontaine an einem arg mitgenommenen Tisch sitzen und hörte ihn *Opfer, Opfer, Opfer* rufen; dann sah ich Scoot, meinen alten Partner vom Begräbniskommando im Camp White Star, der sich bückte und die Leiche von Captain Havens zerstückelte. Ich sah die menschlichen Puzzleteilchen, in Leichensäcken versiegelt; den Jungen in der Hütte in Bong To; April Ransom und Anna Bandolier bewußtlos auf ihren Betten liegend, durch Raum und Zeit getrennt. Ein Sinn, der mir so nahe war, daß ich glaubte, ich könnte ihn fassen, verband diese Bilder miteinander. Die Gestalt, die mit ausgestreckter Hand aus dem Tod heraustritt, oder der imaginäre Raum bieten die Perle an. Auf der offenen Handfläche steht ein Wort, das keiner lesen kann, ein Wort, das unaussprechlich ist.

16

Wie von einem Autopiloten gelenkt, war ich in meine alte Gegend zurückgekehrt und bog von der South Seventh Street in die Muffin Street ein. Es war eine jener verschlafenen Handelsoasen, die sich vor langer Zeit in reine Wohngebiete eingeschlichen hatten wie die Läden in der Nähe von Byron Dorians Atelier, aber weniger erfolgreich; zwei kleine Geschäfte mit seifig verschmierten Schaufenstern flankierten ein Warenhaus, vor dem Körbe mit Billigschuhen das Sonnenlicht auf sich zogen. Auf der anderen Seite befand sich das Grundstück mit dem einstöckigen Fachwerkhaus von Heinz Stenmitz. Der Aufgang zur Veranda war mit einem X aus breiten Brettern verschlagen und die Fenster mit senkrechten Holzrosten zugenagelt. Daneben das Grundstück, wo früher der Fleischerladen mit dem dreieckigen Firmenschild gewesen war, war jetzt leer, ein Grundstück, auf dem schwindsüchtige gelbe Ambrosiapflanzen und anderes Unkraut wucherten. Das Unkraut führte hinunter in eine rechteckige Mulde in der Mitte des Grundstücks. Rote Ziegel und graue Zementblöcke lagen zwischen den Pflanzen um die Mulde herum. Diese Leere schien mir angemessen. Niemand hatte auf dem Grundstück ein Mietshaus gebaut oder eine Videothek eröffnet. Wie sein Haus ließ man auch dieses Stück Land verrotten, das ihm gehört hatte.

Am Ende des Blocks bog ich in die South Sixth Street ein. Neben Bob Bandoliers leerem Haus tranken die Belknaps auf ihrer Veranda Hannahs Limonade und unterhielten sich. Hannah lächelte über einen von Franks Witzen, und keiner von beiden sah mich vorüberfahren. Ich hielt an der Livermore Avenue, bog nach rechts in die Widow Street ab, fand einen Block vom St. Alwyn entfernt eine Parklücke und ging an Sindbad's Cavern vorbei zum Hotel.

Derselbe alte Mann, den ich schon einmal gesehen hatte,

saß in der Halle und rauchte eine Zigarre; dieselbe schwache Birne brannte unter ihrem grünen Schirm neben derselben abgewetzten Couch; aber die Halle kam mir dunkler und trauriger vor.

Vom Empfangschef tranig beobachtet, ging ich zum Münzfernsprecher und wählte die Nummer, die auf dem Zettel stand, der in meiner Brieftasche lag. Ich sprach kurz mit einer mürrischen, vertrauten Stimme. George Dubbin, Byron Dorians Vater, sagte mir, daß Damrosch Bob Bandolier verhört hatte. »Natürlich hat er. Bill war ein guter Cop.« Dann sagte er: »Ich wünschte, mein Junge würde mit Frauen ausgehen, die im Alter zu ihm passen.« Nachdem das Gespräch beendet war, ging ich durch die Halle zum Hausapparat und gab Glenroy Breakstones Zimmernummer ein.

»Sie schon wieder. Toms Freund.«

»Das ist richtig. Ich bin unten in der Halle. Dürfte ich kurz hinaufkommen?«

Er seufzte. »Nennen Sie mir den Namen des großen Tenorsaxophonisten in Cab Calloways Band.«

»Ike Quebec«, sagte ich.

»Sie wissen, was Sie holen müssen, bevor Sie raufkommen.« Er legte auf.

Ich ging zum Empfang, wo sich der Angestellte, der mich erkannt hatte, schon unter den Tresen bückte. Er tauchte mit zwei Packungen Luckies wieder auf und schob sie mir über den Tresen zu. »Ich bin überrascht, daß er Sie raufkommen läßt. Ein schlimmer Tag für den alten Glenroy, ein *schlimmer* Tag.«

»Ich werde auf meinen Rücken aufpassen.«

»Besser, Sie passen auf Ihren Kopf auf, denn auf ihn wird er's abgesehen haben.« Er hob die rechte Hand und erschoß mich mit dem Zeigefinger. Als ich an Breakstones Tür klopfte, dämpfte laute Jazzmusik seine Stimme. »Was is los? Können Sie fliegen? Eine Minute noch.«

Durch die Musik hörte ich Holz gegen Holz schlagen.

Breakstone öffnete und sah mich aus rot umrandeten Augen finster an. Er trug ein dünnes schwarzes Sweatshirt, auf dem SANTA FE JAZZ PARTY stand. »Haben Sie sie?« Er streckte die Hand aus.

Ich legte die Zigaretten hinein, er wandte sich schnell ab und stopfte die Päckchen in seine Taschen, als fürchte er, ich könnte die Absicht haben, sie ihm zu stehlen. Er machte zwei Schritte, blieb stehen und streckte herrisch einen Finger in die Luft. Die Musik umgab uns ebenso wie ein Hauch von Marihuana. »Sie wissen, wer das ist?«

Es war ein Tenorsaxophonist, der eine kleine Gruppe führte, und zuerst dachte ich, Breakstone spiele eine seiner eigenen alten Platten, eine, die ich nicht kannte. Die Melodie war *I Found a New Baby*. Dann begann das Saxophon mit dem Solo.

»Dieselbe Antwort wie vorher. Ike Quebec. Auf *Blue Note* mit Buck Clayton und Keg Johnson, 1945.«

»Ich hätte mir eine schwierigere Frage ausdenken sollen.« Er ließ die Hände sinken und ging über den hellen Teppich zu dem kleinen Tisch, an dem wir schon das erstemal gesessen hatten. Neben dem Crazy-Cat-Spiegel und der Holzkassette stand ein weißer Aschenbecher voller zerdrückter Zigarettenstummel, daneben lagen eine fast volle Packung Luckies und ein schwarzes Feuerzeug, eine Flasche Johnny Walker Black und ein Highball-Glas, etwa drei Finger breit mit Whiskey gefüllt. Breakstone ließ sich in einen Sessel fallen und sah mich mürrisch an. Ich nahm den anderen Sessel, ohne daß er mich dazu aufgefordert hätte.

»Sie haben mich ganz konfus gemacht«, sagte er. »Seit Sie hier waren, denke ich an James. Eigentlich müßte ich ja meinen Kram für Frankreich zusammenpacken. Und was tu ich? Ich denke nur an den Jungen. Er hat nie seine Chance bekommen. Wenn es auf der Welt gerecht zuginge, müßten wir jetzt hier zusammensitzen und über die Stücke reden, die wir spielen werden, und über die Arschlöcher, mit denen wir sie spielen müssen. Aber wir können es nicht, und das ist nicht richtig.«

»So tief berührt es Sie noch nach vierzig Jahren?«

»Das verstehen Sie nicht.« Er nahm sein Glas und trank die Hälfte von dem Whiskey, den er sich eingeschenkt hatte. »Was er begonnen hatte, konnte niemand außer ihm beenden.«

Ich dachte an April Ransom und ihr Manuskript.

Seine geröteten Augen starrten mich finster an. »Alle Musik, die er gemacht hätte, kann niemand sonst machen. Ich hätte direkt neben ihm stehen und mir anhören müssen, was er gemacht hatte. Dieser Junge war wie ein Sohn für mich, verstehen Sie das? Ich spiele mit vielen Pianisten, und ein paar davon sind großartig, aber keiner dieser Pianisten, außer James, ist unter meinen Fittichen aufgewachsen.« Er trank den Rest seines Whiskeys und stellte das Glas hart auf den Tisch zurück. Seine Augen wanderten zu der Holzkassette und dann zurück zu mir. »James hat so schön gespielt – aber Sie haben ihn nie gehört, Sie können es nicht wissen.«

»Ich wünschte, ich hätte ihn gehört«, sagte ich.

»James war wie Hank Jones oder Tommy, aber ihn hat niemand gehört – nur ich.«

»Sie denken, er war wie Sie.«

Die roten Augen sahen tief, tief in mich hinein, und ich schaute mich im Zimmer um. Überall leichte Spuren von Unordnung – das Teleskop wild nach oben gekippt, LPs und CDs vor den Regalen über den ganzen Fußboden verstreut, Plattencover bedeckten den achteckigen Tisch. Graue Aschestreifen beschmutzten die zerknitterten Navajoläufer.

Die Platte war abgelaufen, und Breakstone schaute zum Plattenteller hinüber. »Wenn Sie einen Musikwunsch haben, legen Sie die Platte auf. Ich bin gleich wieder da.«

Breakstone zog die Holzkassette zu sich heran, und ich sagte: »Sie können tun, was Ihnen Spaß macht. Es ist Ihre Wohnung.«

Er zuckte mit den Schultern und hob den Deckel der Kassette. Zwei Zwei-Gramm-Fläschchen, eines ungefähr halbvoll, das andere leer, lagen in einer länglichen, abgerundeten Vertiefung. Daneben ein kurzer weißer Strohhalm. In der Mitte der Kassette sah ich einen mit Marihuanaknospen gefüllten Beutel, der auf einer Lage loser Krümel lag. Breakstone hatte mehrere Papiersorten zum Selberdrehen vorrätig. Er klappte den Spiegel auf, nahm das halbvolle Fläschchen heraus, schraubte es auf und benutzte einen Löffel, um zwei dicke Häufchen weißen Pulvers auf den Spiegel rieseln zu lassen. Er schob sie mit dem langen Löffel, der am Spiegel befestigt war, zu unregelmäßigen *lines* zusammen. Er steckte sich das eine Ende des Strohhalms in ein Nasenloch und schnupfte eine der beiden *lines* auf. Dann tat er das gleiche beim zweiten Nasenloch.

»Nehmen Sie was?«

»Nicht mehr«, sagte ich.

Er schraubte das Fläschchen zu und legte es in die Kassette zurück. »Ich habe versucht, Billy Ritz zu erreichen, kann ihn aber nirgends auftreiben. Ich will mir ein bißchen was für den Flug nach drüben besorgen.«

Breakstone fuhr mit dem Finger über die weißen Pulverspuren, die auf dem Spiegel zurückgeblieben waren, und rieb sich damit das Zahnfleisch ein, dann schloß er die Kassette und klappte den Spiegel zu. »Hoffentlich taucht Billy vor morgen noch mal auf, Mann.« Er lehnte sich im Sessel zurück und wischte mit dem Finger unter der Nase herum.

»Kokst Tom auch?« fragte ich.

Er grinste mich spöttisch an. »Tom tut fast überhaupt nichts mehr. Der Kerl trinkt kaum noch was. Er tut so, als schütte er das Zeug Tag und Nacht in sich rein, aber beobachten Sie ihn mal. Er nimmt einen winzigen Schluck, und das wars auch schon. So isses, Mann. Er ist komisch, Mann. Wenn er aussieht, als sei er halb eingeschlafen, wissen Sie, was er dann macht? Er arbeitet.«

»Das ist mir unlängst auch aufgefallen«, sagte ich. »Er hat sich die ganze Nacht an einem einzigen Drink festgehalten.«

»Er is 'n Heimlichtuer.« Breakstone stand auf und ging zum Plattenspieler. Er nahm die Ike-Quebec-Platte herunter, zog ihr die Plastikhülle über, die auf einem Bord gelegen hatte, und schob sie dann in das Cover. »Duke, ich möchte ein bißchen Duke.« Er ging an den Regalen entlang, ließ die Hand über die oberen Kanten der Alben gleiten, holte eine Ellington-Platte heraus und legte sie vorsichtig auf den Plattenteller. Dann drehte er den Lautstärkeregler am Verstärker herunter. »Ich nehme nicht an, daß Sie nur hergekommen sind, um sich meine Platten anzuhören.«

»Nein, bin ich nicht«, sagte ich. »Ich bin gekommen, um Ihnen zu sagen, wie James Treadwell ermordet wurde.«

»Sie haben den Halunken gefunden?« Er strahlte über das ganze Gesicht. Er setzte sich wieder, nahm die brennende Zigarette aus dem Aschenbecher und blinzelte mich durch den Rauch an, den er ausatmete. »Sprechen Sie.«

»Wenn Bob Bandolier spät nachts an James' Tür geklopft hätte, hätte James ihn dann reingelassen?«

»Aber klar doch«, sagte er nickend.

»Und wenn Bandolier hinein wollte, ohne zu klopfen, hätte er sich einfach selbst aufschließen können?«

Breakstone machte große Augen. »Was wollen Sie damit sagen?«

»Glenroy, Bandolier hat James Treadwell ermordet. Und die Frau und Monty Leland und Stenmitz. Seine Frau lag im Sterben, weil er sie so geschlagen hatte, daß sie ins Koma fiel, und er war wütend, denn Ransom hatte ihn gefeuert, weil er zusätzlich Zeit brauchte, um sie zu pflegen. Er hat alle umgebracht, um das Hotel zu ruinieren.«

»Wollen Sie damit sagen, daß Bob diese Leute ermordet hat und hinterher zurückgekommen ist, als sei nichts geschehen?«

»Genau.« Ich berichtete ihm, was ich von Theresa Sunchana erfahren hatte, und beobachtete, wie er es verarbeitete.

Als ich geendet hatte, sagte er: »Rosen?«

»Rosen.«

»Ich weiß nicht recht, ob ich das glauben kann.« Bedächtig und lächelnd schüttelte Breakstone den Kopf. »Ich habe Bob Bandolier jeden Tag gesehen, fast jeden Tag, wenn ich zu Hause war. Er war ein mieser Typ, aber darüber hinaus normal, wenn Sie verstehen, was ich meine.«

»Haben Sie gewußt, daß er eine Frau und einen Sohn hatte?«

»Das hör ich jetzt zum erstenmal.«

Eine Zeitlang schwiegen wir. Breakstone sah mich an und schüttelte ab und zu den Kopf. Ein- oder zweimal machte er den Mund auf und schloß ihn wieder, ohne etwas gesagt zu haben. »Bob Bandolier«, sagte er dann, aber nicht zu mir. Und endlich: »Diese Frau hat gesagt, daß sie ihn jede Nacht, in der jemand getötet wurde, weggehen hörte?«

»Jede Nacht.«

»Er kann es getan haben, wissen Sie? Mir war klar, daß er sich den Teufel um jemand anders scherte als um sich selbst.« Breakstone sah mich eine Weile stirnrunzelnd an.

Er verwarf einen Gedanken, an den er sich vierzig Jahre lang geklammert hatte. »Er war ein Mann, dem man es zutrauen konnte, eine Frau zu schlagen, das stimmt.« Er warf mir einen scharfen Blick zu. »Ich sag Ihnen, was ich denke, Bob war bestimmt ein Mann, der sich seine Frau hilflos wünschte. Dann konnte sie nicht rumlaufen und alles durcheinanderbringen. Solche Typen macht das richtig an.«

Er schwieg wieder ein paar Sekunden, stand auf, entfernte sich zwei oder drei Schritte, drehte sich um und setzte sich wieder. »Es gibt aber keine Möglichkeit, das alles zu beweisen, oder?«

»Nein, beweisen kann man es wohl nicht. Aber er war Blaue Rose.«

»Gottverdammt!« Er lächelte. »Ich fange an, es zu glauben. James wußte wahrscheinlich nicht einmal, daß Bob gefeuert worden war. Ich hab's selbst erst nach ungefähr einer Woche erfahren, als ich eines der Zimmermädchen fragte, wo er steckt. Man hat ja nicht einmal seinen Betrug mit den Fleischlieferungen entdeckt – er kam rechtzeitig genug zurück, um mit Idaho weiterzumachen.«

»Da wir gerade von der Sache mit dem Fleisch sprechen«, sagte ich und fragte ihn, ob er das von Frankie Waldo gehört hatte.

»Reden wir lieber nicht davon. Ich denke, Frankie ist zu weit aus der Reihe getanzt.«

»Es sieht wie ein Bandenmord aus.«

»Ja, vielleicht soll es so aussehen.« Er zögerte und entschied sich dann, nicht mehr zu sagen.

»Sie denken, es hätte was mit Billy Ritz zu tun gehabt?«

»Frankie ist einfach aus der Reihe getanzt, das ist alles. An dem Tag, an dem wir ihn gesehen haben, hatte er große Sorgen.«

»Und Billy hat ihm versichert, daß alles wieder in Ordnung kommt.«

»Hatte den Anschein, ja. Aber das hätten wir nicht sehen dürfen. Wenn man Billy nicht in den Weg kommt, ist alles *cool.* Eines Tages werden sie jemanden für den Mord an Waldo festnageln.«

»Auf Paul Fontaines Konto gehen viele Verhaftungen.«

»Das ist richtig. Vielleicht führt er uns bald denjenigen vor, der die Frau Ihres Freundes getötet hat.« Ein seltsames Lächeln flog über sein Gesicht.

»Ich habe schon eine Ahnung, wer es war«, sagte ich.

Breakstone weigerte sich, noch mehr zu sagen. Er liebäugelte schon wieder mit seiner Kassette, und ich ging bald darauf.

17

Der Empfangschef fragte mich, ob es Breakstone bessergehe, und als ich sagte, ich glaube, das sei der Fall, sagte er: »Wird er morgen die Zimmermädchen hineinlassen?«

»Das bezweifle ich«, sagte ich und ging wieder zum Münztelefon. Während ich wählte, hörte ich, wie er vor sich hinsang.

Zwanzig Minuten später hielt ich vor Tom Pasmores Haus am Eastern Shore Drive. Tom hatte noch im Bett gelegen, als er sich meldete, hatte aber gesagt, bis ich bei ihm wäre, sei er auch aufgestanden.

Am Telefon fragte ich ihn, ob er gern den Namen des *Blaue-Rose*-Mörders erfahren wolle.

»Das ist ein gutes Frühstück wert«, sagte er, was völlig zutreffend war, da er ja die Nacht zum Tag machte.

Mein Magen knurrte ausgerechnet in dem Moment, in dem Tom mir die Tür öffnete, und er sagte: »Wenn du dich nicht besser beherrschen kannst, mach, daß du in die Küche kommst.« Er sah prachtvoll aus in einem weißseidenen Hausmantel, der bis zu den schwarzen Slippern reichte. Unter dem Hausmantel trug er ein pinkfarbenes Hemd und eine leuchtendrote Krawatte. Sein Blick war klar und lebhaft.

Der Geruch der Speisen traf mich voll, als ich an den Tisch trat, und mir lief das Wasser im Mund zusammen. Ich ging weiter in die Küche. Auf zwei Kochplatten des Gasherdes schmorten in separaten Pfannen gewürfelter Schinken, Tomatenstückchen und viel weißlicher Käse auf dem unregelmäßigen Rund bratender Eier. Auf dem Tresen war für zwei gedeckt, und aus dem Toaster sprangen vier braune Toastscheiben. Ich roch Kaffee.

Tom stürzte hinter mir herein, griff sofort nach einem großen Kochlöffel und schob ihn versuchsweise unter die Omeletts. »Du kannst den Toast buttern, wenn du welchen willst, ich kümmere mich inzwischen um die hier. Sie sind gleich soweit.«

Ich nahm die heißen Toastscheiben heraus, legte je zwei auf einen Teller und bestrich sie mit Butter. Ich hörte ein Omelett in die Pfanne klatschen und blickte zur Seite; Tom beugte sich über das zweite, warf es sauber in die Luft und fing es mit der Pfanne auf. »Wenn du allein lebst, lernst du, dich zu amüsieren«, sagte er und ließ die Omeletts auf die Teller gleiten.

Ich hatte ein Viertel vom Omelett und eine ganze Scheibe Toast verdrückt, ehe ich sprechen konnte. »Das schmeckt wundervoll. Wirfst du sie immer so in die Luft?«

»Nein. Ich wollte nur angeben.«

»Du bist guter Laune, nicht wahr?«

»Du wirst mir den Namen nennen, oder? Und ich hab' auch etwas für dich.«

»Noch etwas – außer diesem Omelett?«

»Das ist richtig.«

Tom trug die Teller in die Küche und brachte einen Glaszylinder mit starkem Filterkaffee und zwei Tassen heraus. Ich lehnte mich in den festen, bequemen Sessel zurück. Toms Kaffee war von anderer Qualität als der von Byron Dorian, stärker, weicher und nicht so bitter.

»Und jetzt erzähl! Das ist ein gewaltiger Augenblick.«

Ich begann mit dem Mann, der mir von seinem zu Johns Haus gefolgt war, und schloß mit Glenroy Breakstones letzter Bemerkung. Fast eine halbe Stunde lang redete ich ununterbrochen, und Tom lächelte nur ab und zu vor sich hin. Hin und wieder hob er die Brauen. Ein- oder zweimal schloß er auch die Augen, als wolle er sich genau vorstellen, was ich ihm schilderte. Er las den abgerissenen Zettel aus der Kneipe und gab ihn mir kommentarlos zurück.

Als ich geendet hatte, sagte er: »Ist dir aufgefallen, daß die meisten Kleidungsstücke, die Glenroy trägt, von Festivals oder Jazzparties stammen?«

Ich nickte. War das alles, was er zu sagen hatte?

»Weil er fast immer Schwarz trägt, stehen ihm die Sachen recht gut. In Wahrheit will er sich durch sie jedoch nur zu seiner Identität bekennen. Da die einzigen Leute, die er überhaupt regelmäßig sieht, zumindest wenn er zu Hause ist, der Empfangschef, sein Dealer und ich sind, ist derjenige, vor dem er sich hauptsächlich damit brüstet, daß er Glenroy Breakstone, der berühmte Tenorsaxophonist, ist – Glenroy Breakstone selbst.« Tom lächelte. »Dein Fall liegt ein bißchen anders.«

»Mein Fall?« Ich betrachtete die Sachen, die ich anhatte. Sie besagten hauptsächlich, daß ich nicht viel Zeit daran verschwende, mir zu überlegen, was ich anziehen soll.

»Ich spreche nicht von deiner Kleidung. Ich meine das Kind, das dir von Zeit zu Zeit erscheint – aus dem imaginären Raum, wie du es nennst.«

»Das ist Arbeit.«

»Natürlich. Aber in deiner Geschichte tauchen immer wieder Kinder auf. Es ist, als wolltest du alles, was dir zustößt, in einem Roman verarbeiten. Und das Hauptelement dieses Romans ist nicht Bob Bandolier oder April Ransom, sondern dieser namenlose Junge.«

Bisher hatte Tom noch kein Wort über Bob Bandolier gesagt, und alles, was er sagte, kam mir wie sinnloses Abschweifen vor. Ich hatte den Jungen erwähnt, prahlerisch vielleicht, um Tom einen Einblick in meine Arbeitsmethode zu geben, doch jetzt wurde ich allmählich ungeduldig mit ihm, als ignoriere er ein wunderbares Geschenk, das ich ihm zu Füßen gelegt hatte.

»Weißt du noch, welcher Film 1950 in den letzten beiden Oktoberwochen in diesem alten Kino in eurer Nachbarschaft lief?«

»Keine Ahnung.«

»Es war ein *film noir* mit dem Titel *On Dangerous Ground.* Ich habe das aus alten Zeitungen. Ist es nicht interessant, sich vorzustellen, daß jeder, über den wir sprechen, sich in diesen zwei Wochen den Film vielleicht angesehen hat?«

»Wenn sie überhaupt ins Kino gingen, haben ihn alle gesehen«, sagte ich.

Er lächelte mir wieder zu. »Nun, das ist ein unwichtiger

Punkt, aber ich finde es auch interessant, daß du, auch wenn du meine Arbeit erledigst, dich umsiehst und Ermittlungen anstellst, trotzdem für dich arbeitest – sogar im Keller von The Green Woman.«

»In gewisser Weise tun wir doch alle das gleiche.«

»In einem gewissen Sinn«, sagte Tom. »Wir sehen es nur durch verschiedene Rahmen. Verschiedene Fenster.«

»Tom, versuchst du, mir auf die sanfte Tour eine Enttäuschung beizubringen? Denkst du, daß Bob Bandolier nicht der *Blaue-Rose*-Mörder war?«

»Ich bin sicher, daß er es war. Für mich gibt es da keinen Zweifel. Das ist ein großer Augenblick. Du weißt, wer deine Schwester getötet hat, und ich kenne den richtigen Namen von Blaue Rose. Diese Leute, die ihn kannten, die Sunchanas, werden endlich der Polizei mitteilen, was sie vierzig Jahre lang für sich behalten haben, und wir werden sehen, was passiert. Aber deine eigentliche Mission ist zu Ende.«

»Du redest wie John«, sagte ich.

»Gehst du jetzt nach New York zurück?«

»Ich bin noch nicht so weit.«

»Du willst Fee Bandolier finden, nicht wahr?«

»Ich will Bob finden. Ich habe darüber nachgedacht. Na ja, Fee würde ich natürlich auch gern ausfindig machen.«

»Wie ist der Name der Stadt?«

Ich war sicher, daß er ihn noch wußte. »Azure, Ohio. Die Tante hieß Judy Leatherwood.«

»Glaubst du, daß Mrs. Leatherwood noch lebt? Ich wüßte gern, ob Fee aufs College ging oder ob er sich – zum Beispiel – betrunken ans Steuer eines gestohlenen Wagens gesetzt hat und tödlich verunglückt ist. Schließlich hat er, fünfjährig, fast dabei zugesehen, wie sein Vater seine Mutter totprügelte. Und irgendwann hätte er begriffen, daß sein Vater auch andere Menschen mordete.« Er warf mir einen fragenden Blick zu. »Bist du nicht auch meiner Meinung?«

»Kinder bekommen immer irgendwie mit, was vorgeht. Sie geben es vielleicht nicht zu, wollen es nicht wahrhaben, aber sie verstehen es.«

»All das läßt auf eine tiefgreifende Störung schließen. Und noch etwas Schreckliches ist ihm passiert.«

Ich sah ihn völlig verständnislos an.

»Daß sein Vater unter anderem ausgerechnet Heinz Stenmitz getötet hat, muß doch einen Grund gehabt haben«, sagte Tom. »Hat die Frau, die dir so sympathisch war, nicht gesagt, daß Bob den Kleinen allein ins Kino geschickt hat? Fee hat sich auch *On Dangerous Ground* angesehen, und wen könnte der Junge dort anders getroffen haben, als den Geschäftspartner seines Vaters?«

Es war mir gelungen, diesen Aspekt ganz aus meinen Gedanken zu verdrängen.

»Willst du sehen, was ich entdeckt habe?« Seine Augen funkelten. »Ich denke, es wird dich interessieren.«

»Du hast Writzman ausfindig gemacht?«

Er schüttelte den Kopf.

»Du hast etwas über Belinsky oder Casement herausgefunden?«

»Ich werde es dir oben zeigen.«

Immer mehrere Stufen auf einmal nehmend, lief Tom die Treppe hinauf und führte mich in sein Büro. Er warf den Hausmantel auf die Couch, winkte mich auf einen Stuhl und schaltete alle Lichter und die Computer ein. Er trug Hosenträger, die auf dem pinkfarbenen Hemd wie dunkelblaue Streifen aussahen. »Ich werde jetzt in eine der Datenbanken hineingehen, die wir das letztemal benutzt haben.« Er setzte sich an den Computer, der auf dem Schreibtisch stand, und begann Daten einzugeben. »Es gibt eine Frage, die wir nicht gestellt haben, weil wir dachten, daß wir die Antwort schon kennen.« Er drehte sich auf dem Stuhl zur Seite und sah mich mit einer Art spielerischer Erwartung an. »Weißt du, was das für eine Frage war?«

»Keine Ahnung«, gab ich zu.

»Haus Nummer siebzehn in der South Seventh Street war das Eigentum von Bob Bandolier, richtig?«

»Das weißt du doch.«

»Nun, die Stadtverwaltung besitzt Akten über alle Grundstückseigentümer und Pächter, und ich wollte mich nur überzeugen, ob diese Adresse noch unter seinem Namen eingetragen war. Paß auf, du wirst staunen, was du zu sehen kriegst.«

Er war mit seinem Computer in die Zentraldatei des Polizeipräsidiums ›eingebrochen‹ und über sie in die Datei des Grundbuchamtes. Das Modem schnarrte. »Ich habe nur die Adresse eingegeben«, sagte Tom. »Es dauert nicht lange.«

Ich sah den leeren grauen Bildschirm an. Mit den Händen auf den Knien beugte sich Tom, in sich hineinlächelnd, ein wenig vor.

Und dann wußte ich es. »Oh, das kann nicht sein«, sagte ich.

Tom legte den Finger an die Lippen. »Pssst.«

»Wenn ich recht habe –« sagte ich.

»Warte.«

In der linken oberen Ecke des Bildschirms blinkte das Wort RECEIVE.

»Hier haben wir's«, sagte Tom und lehnte sich zurück.

Eine Kolumne verschiedenster Daten glitt auf dem Bildschirm nach unten.

17 SOUTH SEVENTH STREET.

VERKAUFT AM 04/12/1979 ELVEE HOLDING CORP 314 SOUTH FOURTH STREET IN MILLHAVEN ILL.

KAUFPREIS $ 1000,-

VERKAUFT AM 05/01/1946 AN ROBERT BANDOLIER 14B SOUTH WINNEKTA STREET MILLHAVEN ILL.

KAUFPREIS $ 3800,-

»Gute alte Elvee Holding«, sagte Tom und umarmte sich buchstäblich selbst vor Überschwang, beglückwünschte sich selbst und lächelte wie ein frischgebackener Vater.

»Mein Gott«, sagte ich, »eine echte Verbindung.«

»Das ist richtig. Eine echte Verbindung zwischen den beiden *Blaue-Rose*-Fällen. Wie, wenn Bob Bandolier der Mann war, der dir gefolgt ist?«

»Warum sollte er?«

»Wenn er versucht hat, die Sunchanas zu beseitigen, nachdem er dich in Elm Hill gesehen hatte, dann wollte er nicht, daß sie dir etwas erzählten.«

Ich nickte.

»Und was haben sie dir erzählt?«

»Sie wissen, daß er seine Frau umgebracht hat. Sie haben mir von den Rosen erzählt.«

»Die Belknaps hätten dir auch von den Rosen erzählen können. Und ein Arzt hat Anna Bandoliers Totenschein unterschrieben. Sie ist schon so lange tot, niemand könnte heute noch nachweisen, daß sie geschlagen wurde. Aber die Sunchanas wissen von der Existenz von Fielding Bandolier.«

»Doch jeder, der den Sunchanas die richtigen Fragen stellt, würde herausfinden, was er getan hat.«

»Und herausfinden, daß er einen Sohn hat«, sagte Tom. »Ich denke, daß es Fee war, der hinter dir herfuhr.«

Mir stockte der Atem. Fee Bandolier hatte versucht, die Sunchanas zu töten. Dann wurde mir bewußt, was für einen weiten Sprung Tom gemacht hatte. »Wieso denkst du, daß Fee Bandolier nach Millhaven zurückgekommen ist? Er hatte vierzig Jahre Zeit, sich so weit wie möglich von hier abzusetzen.«

Tom fragte mich, ob ich noch wußte, welchen Preis Elvee für das Haus in der South Sixth bezahlt hatten?

Ich schaute auf den Bildschirm, doch die Schrift war zu klein, und ich konnte sie auf diese Entfernung nicht lesen. »Ich denke, so um zehntausend Dollar rum.«

»Komm doch mal her.«

Ich ging zu ihm und schaute auf den Bildschirm.

»Eintausend?«

»Du hast zehntausend gesehen, weil du etwas in der Art erwartet hast. Elvee hat das Haus praktisch für 'n Appel und 'n Ei gekauft. Ich denke, das bedeutet, daß Fee Bandolier Elvee Holding ist. Und Fee schützt sich auch hier, indem er sich hinter falschen Direktoren und einer Deckadresse versteckt.«

»Warum sollte Bob ihm sein Haus geben? Er hat ihn weggeschickt, als er fünf war. Soviel wir wissen, hat er ihn nie wiedergesehen.« Tom hob die Hände. Er wußte es nicht. Dann begriff ich eine seiner weiteren Folgerungen. »Du glaubst, Fee Bandolier war der Mann in Uniform, der Soldat, der Frank Belknap bedroht hat.«

»Das ist richtig. Ich denke, er ist zurückgekommen, um das Haus in Besitz zu nehmen.«

»Was für ein unheimlicher Typ.«

»O ja, Fee Bandolier ist wirklich ein unheimlicher Typ«, sage Tom.

18

»Ich will mal sehen, ob wir mit Judy Leatherwood sprechen können«, sagte er. »Geh ins Schlafzimmer und nimm das Telefon am Bett ab, sobald ich es dir sage. Inzwischen versuche ich, von der Auskunft ihre Nummer zu bekommen.«

Er nahm ein Telefonbuch aus einer Schublade und suchte die Vorwahlen für Ohio heraus. Ich ging in den Flur, stieß die Tür zu dem abgedunkelten Zimmer auf, trat ein und machte Licht. Auf einem Beistelltischchen neben einem Doppelbett stand ein Telefon.

»Es klappt!« rief Tom. »Nimm jetzt ab!«

Ich hielt den Hörer ans Ohr und hörte, wie er wählte. Das Telefon bei Leatherwood klingelte dreimal, dann hob eine Frau ab und sagte mit zittriger Stimme. »Hallo.«

»Spreche ich mit Mrs. Judith Leatherwood?« fragte Tom.

»Ja, das bin ich«, sagte die Zitterstimme, leicht erschrocken über den amtlichen Ton, den Tom anschlug.

»Mrs. Leatherwood, hier spricht Henry Bell von der Mid-States Insurance Company. Ich gehöre zur Zweigstelle in Millhaven und versichere Ihnen, daß ich Ihnen keine Versicherung verkaufen will. Es geht nur darum, daß wir den Begünstigten einer Versicherung über zehntausend Dollar suchen. Unsere Vertreter im Außendienst haben festgestellt, daß dieser Begünstigte zuletzt bei Ihnen und Ihrem Mann gewohnt hat.«

»Hat jemand meinem Sohn Geld hinterlassen?«

»Der Name des Begünstigten, wenigsten der, der auf der Police steht, ist Fielding Bandolier. Haben Sie Mr. Bandolier adoptiert?«

»O nein, wir haben ihn nicht adoptiert. Fee war der Sohn meiner Schwester.«

»Könnten Sie mir vielleicht sagen, wo Fielding Bandolier sich zur Zeit aufhält, Ma'am?«

»Oh, jetzt weiß ich, was passiert ist«, sagte sie. »Bob muß gestorben sein. Bob Bandolier, Fees Dad. Ist er derjenige, der Fee das Geld hinterlassen hat?«

»Robert Bandolier war der Versicherungsnehmer, das ist richtig, Ma'am. Er war der Vater des Begünstigten?«

»Nun ja, das war er. Wie ist Bob gestorben? Ist es Ihnen gestattet, mir das zu sagen?«

»Er hatte leider einen Herzinfarkt. Haben Sie sich nahegestanden?«

Sie lachte leise auf. »Oh, nein, nein. Wir haben Bob Bandolier nie nahegestanden. Nach der Hochzeit haben wir ihn kaum zu Gesicht bekommen.«

»Sie sagten, Fielding Bandolier lebe nicht mehr bei Ihnen?«

»O nein«, sagte sie. »Hier gibt es nur noch alte Leute. Nur fünf oder sechs haben ein eigenes Telefon. Die anderen wüßten nicht, was damit anfangen.«

»Ich verstehe. Haben Sie die derzeitige Adresse des Begünstigten?«

»Nein, die habe ich leider nicht.«

»Wie lange hat er bei Ihnen gewohnt, Ma'am?«

»Kein ganzes Jahr. Als ich schwanger wurde, brachten wir Fee zu meinem Bruder Hank. Zu Hank und seiner Frau, meiner Schwägerin Wilda. Sie hatten ein sehr hübsches Haus in Tangent, das ist etwa hundert Meilen östlich von hier. Es waren wirklich nette Leute, und Fee lebte bis zu seinem High-School-Examen bei ihnen.«

»Dürfte ich Sie bitten, mir die Telefonnummer Ihres Bruders zu geben?«

»Hank und Wilda sind vor zwei Jahren gestorben.« Sie schwieg ein paar Sekunden. »Es war eine schreckliche Sache. Ich mag auch heute noch nicht daran denken.«

»Es war kein natürlicher Tod?« Ich hörte unterdrückte Erregung in Toms Stimme.

»Sie waren in dieser PanAm-Maschine – Flug 103, das war die, die in der Luft explodiert ist. Über Lockerbie in Schottland. Ich hoffe, sie haben ein hübsches Grab dort drüben mit dem Namen meines Bruder und Wildas Namen auf einer Plakette. Ich würde ja hinüberfahren und es mir ansehen, aber ich bin nicht mehr so gut zu Fuß, brauche eine Gehhilfe und so.« Es folgte wieder eine lange Pause. »Es war eine schreckliche, schreckliche Sache.«

»Es tut mir sehr leid.« Was in ihren Ohren wahrscheinlich wie Mitgefühl klang, klang für mich nach Enttäuschung.

»Sie haben gesagt, Ihr Neffe habe sein High-School-Examen in Tangent gemacht?«

»O ja. Hank hat immer gesagt, Fee sei ein guter Schüler. Hank war der stellvertretende Leiter der Schule in Tangent.«

»Wenn Ihr Neffe an einem College weiterstudierte, könnten wir seine Adresse vielleicht aus den Uni-Jahrbüchern erfahren.«

»Das war ja die große Enttäuschung für Hank. Fee meldete sich sofort nach dem Examen freiwillig zur Armee. Und gesagt hat er es uns erst am Tag vor seiner Einberufung.«

»In welchem Jahr war das?«

»1961. Deshalb haben wir alle gedacht, er muß nach Vietnam gegangen sein. Aber wissen konnten wir es natürlich nicht.«

»Er hat Ihrem Bruder nicht gesagt, wohin er eingezogen wurde?«

»Er hat ihm überhaupt nichts gesagt. Aber das war nicht alles. Mein Bruder hat ihm dahin geschrieben, wo er angeblich seine Grundausbildung absolvierte. Nach Fort Sill. Aber seine Briefe sind zurückgekommen. Es gab dort keinen Rekruten namens Fielding Bandolier. Es war, als renne man gegen eine steinerne Mauer.«

»War Ihr Neffe ein Problemkind, Ma'am?«

»Das möchte ich nicht sagen. Müssen Sie solche Dinge wirklich wissen?«

»Es gibt da in der Police von Mr. Bandolier eine besondere Klausel, die zur Anwendung kommen könnte. Es handelt sich um gekürzte Beitragszahlungen, die wir ihm bewilligt hatten. Sie würden jedoch nachträglich unwirksam, wenn – ich zitiere aus unseren Versicherungsbedingungen – es sich herausstellt, daß der Begünstigte zur Zeit des Todes des Versicherungsnehmers wegen einer Straftat in Gewahrsam ist oder auf Bewährung freigelassen wurde oder sich in eine Nervenheilanstalt in Behandlung begeben mußte. Diese Bedingung kommt zwar nur selten zur Anwendung, wie Sie sich vorstellen können, aber wir müssen es nachprüfen, bevor wir das Geld auszahlen dürfen.«

»Nun, da kann ich Ihnen leider gar nicht helfen.«

»Wußte Ihr Bruder vielleicht, welchen Beruf der Begünstigte später ergreifen wollte? Vielleicht können wir ihn auf diese Weise ausfindig machen.«

»Hank hat mir einmal erzählt, Fee interessiere sich für Polizeiarbeit.« Sie ließ eine kleine Pause eintreten. »Aber nachdem er so sang- und klanglos verschwunden war, hat mein Bruder sich gefragt, ob er Fee wirklich gekannt hat. Er hat sich gefragt, ob Fee aufrichtig zu ihm war.«

»Hat er in dem Jahr, in dem er bei Ihnen lebte, einen gestörten Eindruck gemacht?«

»Mr. Bell, ist Fee in Schwierigkeiten? Stellen Sie deshalb diese Fragen?«

»Ich möchte ihm zehntausend Dollar zukommen lassen.« Tom lachte laut und herzlich, ein typisches Versicherungsvertreterlachen, das Vertrauen erwecken sollte, das Lachen eines Mitglieds der Millionendollarrunde. »Das mag für manche eine Schwierigkeit sein, doch ich bin da anderer Meinung.«

»Darf ich Ihnen eine Frage stellen, Mr. Bell?«

»Selbstverständlich.«

»Wenn Fee irgend etwas getan hat oder irgendwo ist, wo Sie sagten, oder wenn Sie ihn ganz einfach nicht finden können, geht dann das Versicherungsgeld an die Familie? Kommt das manchmal vor?«

»Ich muß Ihnen die Wahrheit sagen. Es kommt ständig vor.«

»Wir sind nämlich die einzigen, die von der Familie übrig sind, ich und mein Sohn.«

»Wenn das der Fall ist, könnte alles, was Sie mir sagen, für Sie um so nützlicher sein. Sie haben gesagt, Fee ging nach Tangent, Ohio, als Sie feststellten, daß Sie schwanger waren?«

»Mit meinem Jimmy, das ist richtig.«

»Haben Sie ihn weggegeben, weil Sie das Gefühl hatten, es mit zwei Kindern nicht zu schaffen?«

»Nun, nein.« Pause. »Deshalb habe ich wegen des Geldes gefragt, wissen Sie. Ich hätte schon zwei Kinder aufziehen können, aber Fee war ein Junge, den – ein Junge, den ein normaler Mensch nicht verstehen konnte. Er war noch klein, aber so verschlossen. Oft saß er ganz einfach da und starrte vor sich hin – stundenlang. Und nachts wachte er schreiend auf. Nur – gesprochen hat er nie darüber. Er war so verschwiegen. Doch das war nicht das Schlimmste.«

»Erzählen Sie weiter«, sagte Tom.

»Nun, wenn das zutrifft, was Sie sagen, mein Jimmy könnte das Geld gut brauchen. Für eine Anzahlung.«

»Ich verstehe.«

»Es ist nicht für mich. Aber das Geld kann an die Familie fallen, wenn Fee ist, was Sie gesagt haben. Eingesperrt.«

»Wir werden diese Möglichkeit prüfen, Ma'am.«

»Nun ja, ich weiß zum Beispiel, daß Fee eines Tages aus meiner Messerschublade ein Messer genommen hat und damit hinausgegangen ist, und am selben Tag – ich meine, am selben Abend – haben unsere Nachbarn ihren alten Hund tot aufgefunden. Er war aufgeschnitten worden. Das Messer habe ich unter Fees Kinderbett gefunden, ganz und gar mit Schmutz bedeckt. Ich dachte natürlich nicht, daß er den Hund getötet hatte – er war doch noch so klein. Ich habe es nicht mit meinem Messer in Verbindung gebracht. Aber eine Weile später wurden ungefähr einen Block von unserem Haus entfernt ein Hund und eine Katze getötet. Diesmal fragte ich Fee direkt, ob er derjenige sei, der so etwas tue, und er sagte nein. Ich war so erleichtert! Aber dann sagte er noch: ›Es fehlt doch kein Messer aus deiner Schublade, oder, Mama?‹ Er nannte uns Mama und Papa. Mich – ich weiß nicht – aber mich überlief ein Frösteln. Es war, als ob er wüßte, daß ich die Messer zählte.«

Die zittrige Stimme verstummte. Tom sagte nichts.

»Danach konnte ich mit Fee nicht mehr unbefangen umgehen. Vielleicht hatte ich unrecht, aber ich konnte den Gedanken nicht ertragen, ein Baby ins Haus zu bringen, solange er noch bei uns lebte. Also rief ich Hank und Wilda an.«

»Haben Sie ihnen etwas von Ihren Zweifeln gesagt?«

»Ich konnte nicht. Ich fühlte mich schrecklich, weil ich so schlecht über den kleinen Sohn meiner Schwester dachte. Ich sagte zu Hank nur, daß Fee nachts nicht mehr schreie, und das war die Wahrheit, aber ich dachte noch immer, er könnte das Baby aufregen. Und dann redete ich mit Fee. Er weinte, aber nicht lange, und ich sagte ihm, in Tangent müsse er ganz brav sein. Er müsse sich wie ein ganz normaler Junge benehmen, sonst müsse Hank ihn ins Waisenhaus stecken. Das klingt furchtbar, aber ich wollte ihm helfen.«

»In Tangent war alles in Ordnung, oder?«

»O ja. Er benahm sich gut. Aber wenn wir nach Tangent kamen, zu Thanksgiving und so, sah Fee mich nicht an. Nicht ein einzigesmal.«

»Ich verstehe.«

»Also habe ich mich gefragt ...«

»Ich verstehe«, wiederholte Tom.

»Nein, Sir, das glaube ich nicht. Sie sind in Millhaven, sagten Sie?«

»In unserer Millhavener Zweigstelle. Ja.«

»Dieser Walter Dragonette war bei uns in Azure auf den Titelseiten der Zeitungen. Und als ich das erstemal von ihm hörte, fing ich an zu zittern. Ich brachte abends keinen Bissen hinunter. Konnte aber die ganze Nacht nicht schlafen – mußte ins Gemeinschaftszimmer hinuntergehen und fernsehen. Und dann kam sein Bild in den Nachrichten, und er war viel, viel jünger, und da konnte ich in mein Zimmer zurück.«

Tom sagte kein Wort.

»Mit einem Baby im Haus«, sagte sie, »würde ich heute das gleiche tun wie damals.«

»Wenn wir den Begünstigten nicht finden, melden wir uns bei Ihnen.«

Grußlos hängte sie ein.

19

Tom hatte sich im Schreibtischsessel weit zurückgelehnt. Er starrte die Decke an, die Hände hinter dem Kopf verschränkt, die Beine lang ausgestreckt und an den Knöcheln gekreuzt. Er sah wie ein gelangweilter Markthändler aus. Ich beugte mich vor, goß mir aus einem Kristallkrug auf dem Tisch Wasser in ein sauberes Glas ein. Auf den zweiten Blick sah ich jedoch, daß Tom zu selbstzufrieden aussah, um gelangweilt zu sein.

»Ungewöhnliche Ortsnamen haben sie in Ohio«, sagte er. »Azure, Tangent, Cincinnati. Klingen wie von Nabokov ausgedacht. Parma. Wunderbare Namen.«

»Hat das irgendeine tiefere Bedeutung, oder amüsierst du dich nur?«

Er schloß die Augen. »Alles an diesem Moment ist ungewöhnlich. *Fee Bandolier* ist ungewöhnlich. Diese Frau, Judy Leatherwood, ist ungewöhnlich. Sie weiß haargenau, wo ihr Neffe ist. Sie wollte es nicht zugeben, aber sie weiß es. Weil er das Kind ihrer Schwester ist, versucht sie ihn zu schützen. Sie hat ihm gesagt, er müsse sich wie ein normales Kind benehmen. Und dieses unglaubliche Kind konnte es.«

»Das sind doch nichts als Vermutungen.«

»Vermutungen sind das Material, mit dem wir arbeiten. Dann darf ich mich auch darüber freuen. Weißt du, was wirklich ungewöhnlich ist?«

»Ich habe das Gefühl, daß du es mir gleich sagen wirst.«

Er lächelte mit geschlossenen Augen. »Diese Stadt. Unser Bürgermeister und der Polizeichef stehen bei April Ransoms Beerdigung auf und erzählen uns, wir lebten in einem Hafen von Recht und Gesetz, obwohl wir mitten unter uns zwei ehrgeizige, absolut skrupellose Serienmörder haben, einer davon chaotisch und erst vor kurzem entlarvt, der andere sehr überlegt und systematisch handelnd, und noch auf freiem Fuß.« Er öffnete die Augen, nahm die Hände herunter und verschränkte sie auf den Knien. »Das ist wirklich ungewöhnlich.«

»Du glaubst, Fee Bandolier habe April Ransom und Grant Hoffman ermordet?«

»Ich denke, daß er wahrscheinlich sehr viele Menschen getötet hat.«

»Du preschst zu schnell vor«, sagte ich. »Ich verstehe nicht, wie du so tun kannst, als wüßtest du das.«

»Erinnerst du dich, daß du mir erzählt hast, warum Walter Dragonette geglaubt hat, seine Mutter töten zu müssen?«

»Sie hat sein Notizbuch gefunden. Er hatte darin alle Details notiert, zum Beispiel *rotes* Haar und so weiter.«

»Und das ist bei solchen Menschen recht üblich, nicht wahr? Sie wollen sich an das erinnern können, was sie getan haben.«

»Das ist richtig«, sagte ich.

Auf seinem Gesicht erschien ein erwartungsvolles Lächeln. »Du wärst doch auch nicht gerade erfreut, wenn jemand anders deine Liste fände, oder?«

»Natürlich nicht.«

»Und wenn du detaillierte Notizen und Schilderungen aufheben wolltest, müßtest du sie an einem sicheren Ort verstecken, nicht wahr?«

»So sicher wie möglich.«

Noch immer lächelnd, wartete Tom darauf, daß ich mit ihm gleichzog.

»Du meinst, irgendwo im Keller vom The Green Woman Taproom?«

Sein Lächeln wurde breiter. »Du hast dort die Eindrücke zweier Kisten gesehen. Angenommen, er schrieb ein Protokoll über jeden Mord, den er begangen hatte. Wie viele dieser Protokolle hätten wohl in diesen Kisten Platz? Fünfzig? Hundert?«

Ich nahm das zusammengefaltete Stück Papier aus meiner Hemdtasche. »Kannst du in die Datei der Polizei von Allentown reingehen? Wir müssen feststellen, ob diese Jane Wright dort ermordet wurde. Wir haben sogar ein ungefähres Datum – Mai '77.«

»Ich kann in den dortigen Zeitungen nach ihrem Namen suchen.« Er stand auf, legte die Hände in sein Kreuz und streckte sich nach hinten. Das war vermutlich Toms morgendliches Trainingsprogramm. »Es wird etwa zwei Stunden dauern. Willst du hier warten, um zu sehen, was sich ergibt?«

Ich schaute auf meine Uhr und sah, daß es fast sieben war. »John dreht wahrscheinlich schon wieder durch.« Kaum hatte ich das gesagt, mußte ich fürchterlich gähnen.

»'tschuldigung«, sagte ich. »Ich bin müde.«

Tom legte mir die Hand auf die Schulter. »Fahr zu John und ruh dich aus.«

20

Als ich von der Stelle, wo ich den Pontiac abgestellt hatte, auf das Ransom-Haus zuging, stieg Paul Fontaine aus einer dunkelblauen Limousine, die davor parkte. Ich blieb stehen.

»Kommen Sie her, Underhill.« Er sah aus, als habe er sich bis zur Weißglut geärgert. Das Jackett seines sackartigen Anzugs aufknöpfend, trat er von der Limousine zurück. Ich lächelte ihn an, doch kein Lächeln konnte ihn heute besänftigen. Als ich nur noch etwa einen halben Meter von ihm entfernt war, sprang er hinter mich und knallte mir die Hände ins Kreuz. Ich fiel gegen seinen Wagen und fing mich mit den Armen ab. »Bleiben Sie so«, sagte er. Er tastete mir den Rücken, die Brust, die Taille ab und fuhr mit den Händen an meinen Beinen hinunter und herauf.

Ich sagte ihm, ich hätte keine Waffe.

»Keine Bewegung, und geredet wird nur, wenn ich Sie etwas frage.«

Auf der anderen Straßenseite erschien an einem Fenster im Erdgeschoß ein kleines weißes Gesicht. Es war die ältere Frau, die den Reportern, die nach dem Mord an April Johns Haus belagerten, Kaffee gebracht hatte. Sie bekam eine gute Show zu sehen.

»Ich sitze seit einer geschlagenen halben Stunde hier«, sagte Fontaine. »Wo, zum Teufel, waren Sie? Wo ist Ransom?«

»Ich bin herumgefahren«, sagte ich. »John muß ausgegangen sein. Wohin, weiß ich nicht.«

»Sie sind in letzter Zeit ziemlich viel herumgekommen, nicht wahr?« Er schnaubte zornig. »Sie dürfen sich aufrichten.«

Ich stieß mich vom Wagen ab und drehte mich zu ihm um. Seine Wut hatte nachgelassen, aber er sah noch immer zornig aus. »Habe ich heute morgen nicht mit Ihnen gesprochen? Dachten Sie, ich hätte das nur zu Ihrer Belustigung getan?«

»Selbstverständlich nicht.«

»Und was tun Sie Ihrer Meinung nach?«

»Ich habe nur mit ein paar Leuten geredet.«

Sein Gesicht nahm eine häßliche rote Farbe an. »Wir haben heute nachmittag einen Anruf von der Polizei aus Elm Hill bekommen. Verdammt, anstatt auf mich zu hören, sind Sie und Ihr Kumpel hinausgefahren und haben alle Leute verrückt gemacht. Hören Sie – was in Millhaven auch passiert, Sie spielen keine Rolle darin. Haben Sie kapiert? Das Letzte, das wir zur Zeit brauchen, ist ein Scheiß über ein – ein …« Er war zu zornig, um weiterzusprechen.

Er stieß mit dem Zeigefinger nach mir. »Steigen Sie ein!«

Seine Augen schossen Blitze.

Ich wollte die hintere Tür der Limousine öffnen, und er knurrte: »Nicht da, Idiot. Gehen Sie um den Wagen rum, und setzen Sie sich vorn hin.«

Er machte die Fahrertür auf und sah mir mit lodernden Blicken nach, als ich den Wagen umrundete und mich auf den Beifahrersitz setzte. Dann rutschte er hinters Steuer, knallte seine Tür zu und drehte den Zündschlüssel um. Wir rasten davon, die Straße hinunter, überfuhren, von einem Hupkonzert verfolgt, an der Berlin Avenue die rote Ampel und bogen links ein.

»Fahren wir zum Armory Place?«

Er sagte, ich solle den Mund halten. Der Polizeifunk knatterte und spuckte, doch er ignorierte ihn. Auf der ganzen Fahrt nach Downtown wütete Fontaine schweigend, und als wir zur Einfahrt der Ost-West-Autobahn kamen, trat er aufs Gas. Wir schlängelten uns durch den nach Westen strömenden Verkehr, ignorierten die Kakophonie und schafften es tatsächlich bis auf die Schnellspur, ohne mit einem anderen Wagen zusammenzustoßen. Ich brachte es fertig, die Arme nicht vors Gesicht zu legen.

Er ließ den Fuß unverändert auf dem Pedal, bis wir die Fünfundsiebzigste erreichten. Als ein roter Toyota die Spur nicht räumte, blinkte Fontaine ihn mit der Lichthupe an und preßte die Hand auf die Hupe, bis der Rote auswich, dann raste er mit aufbrüllendem Motor an ihm vorbei.

Ich fragte Fontaine wieder, wohin wir fuhren.

Sein Blick traf mich wie ein körperlicher Schlag. »Ich bringe Sie zu Bob Bandolier. Tun Sie mir einen Gefallen, und halten Sie den Mund, bis wir da sind.«

Fontaine hüllte die anderen Wagen in Rauch ein. Als das Stadion in Sicht kam, setzte er den Blinker und wechselte gleichzeitig auf eine andere Spur. Bremsen quietschten hinter uns. Fontaine überquerte in einer makellosen Diagonale die Autobahn. Er fuhr noch immer mit siebzig, als wir auf die Ausfahrt zuschossen. Auf die Hupe drückend, überfuhr er noch eine rote Ampel. Die Reifen pfiffen, und der Wagen zog nach rechts, als er durch den Verkehr schlüpfte und nach Süden abbog. Wir dröhnten am Stadion vorbei und wurden erst langsamer, als wir den Pine Knoll-Friedhof erreichten.

Fontaine fuhr durch das Tor und ließ den Wagen vor dem Wärterhaus ausrollen. Er stellte den Motor ab. »Okay, steigen Sie aus.«

»Wo werde ich ihn treffen, im Leben nach dem Tode?« fragte ich, aber er verließ den Wagen und wartete in der schräg einfallenden Sonne, bis ich ausgestiegen war, dann ging er rasch einen Kiesweg entlang in den Abschnitt, in dem meine Eltern und meine Schwester begraben waren. Inzwischen bereute ich meinen Scherz über das Leben nach dem Tode. Die Sprinkler waren abgestellt, und der Friedhofswärter war nach Hause gegangen. Wir waren auf dem Friedhof die einzigen Lebenden. Fontaine ging, ohne einmal zurückzublicken, auf die Steinmauer am äußersten linken Ende zu.

Er verließ den Pfad etwa zehn Meter vor der Gräberreihe, die ich vor ein paar Tagen besucht hatte, und führte mich an Gräbern mit kleinen weißen Grabsteinen vorbei, von denen einige mit welkenden hellen Rosen und Lilien geschmückt waren. Vor einem kahlen weißen Stein blieb er stehen. Ich holte ihn ein und las die eingravierte Inschrift:

ROBERT C. BANDOLIER, 21. SEPTEMBER 1919 – 22. MÄRZ 1972.

»Haben Sie dazu etwas zu sagen?«

»Er war Jungfrau. Das erklärt alles.«

Ich dachte, er werde mich schlagen. Er löste die Fäuste, sein schlaffes Gesicht zuckte. Aber er sah ganz und gar nicht wie ein Komödiant aus. Er starrte auf den Boden und sah dann zu mir auf. »Bob Bandolier ist seit zwanzig Jahren tot, er hat die Propangastanks an dem Haus in Elm Hill nicht explodieren lassen.«

»Nein«, sagte ich.

»Niemand interessiert sich für diesen Mann.« Fontaine

sprach tonlos, aber mit großem Nachdruck. »Sie können nicht beweisen, daß er der *Blaue-Rose*-Mörder war. Niemand kann das. Der Fall wurde 1950 abgeschlossen. Damit hat es sich. Selbst wenn wir die Ermittlungen wieder aufnehmen wollten, kämen wir zum selben Schluß. Und: Wenn Sie weiter herumspazieren und die alten Geschichten aufrühren, lasse ich Sie mit dem nächstmöglichen Flug nach New York abtransportieren. Oder nehme Sie eigenhändig fest und bringe Sie wegen Unruhestiftung vor Gericht. Ist das klar?«

»Darf ich Ihnen ein paar Fragen stellen?«

»Ist das klar? Haben Sie mich verstanden?«

»Ja. Darf ich jetzt fragen?«

»Wenn es sein muß.«

»Haben Sie sich das Wesentliche angehört, das die Sunchanas über Bob Bandolier zu sagen hatten?«

»Unglücklicherweise ja.«

»Und sind Sie nicht der Meinung, daß sie zumindest recht haben *könnten?*«

Er schnitt eine Grimasse, als habe er Zahnschmerzen. »Nächste Frage.«

»Woher haben Sie gewußt, wo dieses Grab liegt?«

Er wandte den Kopf und sah mich aus zusammengekniffenen Augen an. Seine Brust hob und senkte sich. »Das ist eine teuflische Frage. Es geht Sie nichts an. Sind Sie fertig?«

»Glaubt die Polizei von Elm Hill, daß die Explosion am Haus der Sunchanas ein Unfall war?«

»Auch das geht Sie nichts an.«

Ich konnte ihm keine Frage stellen, die ich wirklich beantwortet haben wollte. Mir fiel eine meiner Meinung nach neutralere und unvergänglichere ein, und ich stellte sie ganz gedankenlos: »Wissen Sie zufällig, ob Bandoliers Mittelinitial, das C, für Casement stand?« Kaum hatte ich es ausgesprochen, war mir klar, daß ich damit zugegeben hatte, über Elvee Holding Bescheid zu wissen.

Fontaine blickte zum Himmel. Es wurde allmählich dunkel, und über die Reihe der Schierlingstannen segelten schwere graue Wolken auf uns zu. Die untergehende Sonne hatte ihre Ränder rosa und golden gefärbt. Fontaine seufzte. »Casement war der Mittelname von Bandolier. Er stand auf seinem Totenschein. Er starb an einem Gehirntumor, an dem er lange gelitten hatte. War's das, oder haben Sie noch ein paar sinnlose Fragen?«

Ich schüttelte den Kopf, er schob die Hände in die Taschen und stapfte zum Wagen.

Jetzt ist schon alles egal, dachte ich und rief ihm nach: »Sagt Ihnen der Name Belinsky etwas? Andrew Belinsky?«

Er blieb stehen, drehte sich um und sah mich finster an. »Nicht, daß es Sie etwas anginge, doch so haben wir, als ich nach Millhaven kam, den Chef der Mordkommission genannt. Er war einer der feinsten Menschen, denen ich je begegnet bin. Hat die meisten Leute eingestellt, mit denen ich jetzt arbeite.«

»Sie haben ihn so genannt?«

Fontaine kickte einen Kieselstein vor sich her. Er bedauerte bereits, daß er mir die Frage beantwortet hatte. »Er hieß Belin, aber seine Mutter war Polin, und so nannten die Leute ihn eben Belinsky. Anfangs muß es ein Scherz gewesen sein, aber der Name blieb an ihm hängen. Kommen Sie mit, oder wollen Sie zu Fuß zur East Side zurück?«

Ich folgte ihm zum Wagen und ließ die Augen ziellos über die Grabsteine schweifen, während ich über das nachdachte, was er mir gesagt hatte. Dann sprang mich von einem abgestoßenen Grabstein ein Name förmlich an, und ich schaute noch einmal hin, um mich zu überzeugen, daß ich wirklich richtig gesehen hatte. HEINZ FRIEDRICH STENMITZ 1892–1950. Das war alles. Der Stein war nicht nur abgestoßen, ganze Stücke waren herausgehauen und Teile der abgerundeten Oberkante zackenförmig herausgebrochen worden, als habe ihn jemand mit einem Hammer bearbeitet. Wie benommen und müde, starrte ich den beschädigten Stein einen Moment an und ging dann zum Wagen. Fontaine brachte den Motor auf Touren, und aus dem Auspuff quoll schwarzer Rauch.

Als ich einstieg, wurde mir klar, daß Fee Bandolier ein Millhavener Cop sein mußte – er hatte sich eines Namens bedient, den nur ein Cop kennen konnte.

21

Als Fontaine den Wagen die bogenförmige Autobahnauffahrt hinaufrollen ließ, hatten die schwarzen Wolken, die aus dem Westen herbeigeeilt waren, den ganzen Himmel ausgelöscht. Die Temperatur war wenigstens um zwanzig Grad gefallen. Fontaine kam zum Ende der Auffahrt und fuhr langsam weiter, bis ein Laster uns passierte, und schob sich dann mit der Limousine hinter ihn. Er warf einen Blick in den Rückspiegel, bevor er auf die zweite Spur wechselte. Ich kurbelte mein Fenster herauf, weil es plötzlich so kalt geworden war, und schaute zu ihm hinüber. Er tat so, als sei ich nicht vorhanden. Ich lehnte mich zurück, und friedlich fuhren wir der Stadtmitte entgegen.

Ein Regentropfen, groß wie ein Ei, schlug auf meiner Seite gegen die Windschutzscheibe; ein paar Sekunden später landete ein zweiter in der Mitte. Fontaine seufzte. Aus dem Radio kam knatterndes Kauderwelsch. Zwei weitere dicke Regentropfen zerplatzten auf der Windschutzscheibe.

»Fahren Sie bald nach New York zurück, Underhill?«

Die Frage überraschte mich. »In einer Weile, wahrscheinlich.«

»Wir machen alle Fehler.« Nach einem kurzen Schweigen fuhr Fontaine fort: »Ich verstehe nicht, warum Sie jetzt noch bleiben wollen.« Die großen Regentropfen knallten nun im Abstand von etwa einer Sekunde auf die Windschutzscheibe, und wir hörten sie wie Hagelkörner auf das Wagendach prasseln.

»Haben Sie sich über die hiesige Polizei je Gedanken gemacht – an ihr gezweifelt?«

Er sah mich scharf und mißtrauisch an. »Was?«

Die Wolken öffneten sich, und eine wahre Sturzflut prallte gegen die Windschutzscheibe. Fontaine schaltete die Scheibenwischer ein und spähte, bevor sie zu arbeiten anfingen, angestrengt durch den Wassernebel. Er zog am Knopf für die Scheinwerfer, und die Kontrollampen am Armaturenbrett leuchteten auf.

»Ich habe mich vermutlich nicht sehr geschickt ausgedrückt«, sagte ich.

»Wenn ich zweifle, dann an Ihnen – und das sogar sehr, was Sie wissen sollten.« Finster blickte er auf die verregnete Windschutzscheibe, bis das Wischblatt sie wieder säuberte. »Sie verstehen Cops nicht besonders gut.«

»Ich weiß, daß Sie ein guter Kriminalbeamter sind«, sagte ich. »Sie haben einen hervorragenden Ruf«

»Lassen Sie mich da raus, um was es auch geht.«

»Haben Sie je gehört, daß …«

»Hören Sie auf«, sagte er. »Hören Sie bloß auf.«

Nach ungefähr einer halben Minute ließ der Regen etwas nach. Er fiel in deutlich sichtbaren Diagonalen aus den Wolken. Unter den Reifen der Wagen um uns herum sprühte das Wasser hoch auf. Fontaine hielt das Steuer nicht mehr so fest. Wir fuhren höchstens fünfunddreißig. »Okay«, sagte er. »Um meines hervorragenden Rufes willen, fragen Sie, was Sie fragen wollten.«

»Ich habe mir überlegt, ob Sie je von der Elvee Holding Corporation gehört haben.«

Zum erstenmal entdeckte ich ehrliche Neugier in seinen Augen. »Wissen Sie, ich frage mich auch etwas. Sind alle Leute in New York wie Sie, oder sind Sie ein Sonderfall?«

»Wir stellen dauernd sinnlose kleine Fragen«, sagte ich.

Das Polizeifunkgerät, das in Abständen gestottert und gezischt hatte, ließ eine lange, unverständliche Nachricht los. Fontaine schnappte sich das Mikro und sagte: »Ich bin auf der Schnellstraße, etwa in Höhe der Twentieth Street, und kann in zehn Minuten da sein.«

Er legte auf. »Ich kann Sie nicht zu Ransom zurückbringen. Muß zu einem Einsatz.« Er schaute in den Außenspiegel, dann über die Schulter zurück und schoß wie eine Rakete in die linke Fahrspur.

Er kurbelte das Fenster herunter, ließ einen Regenschwall herein, zog unter seinem Sitz eine rote Lampe heraus und knallte sie aufs Wagendach. Er legte einen Kippschalter um, und die Sirene begann zu jaulen. Von da an schwiegen wir. Fontaine mußte sich auf den Wagen konzentrieren und drängte jeden anderen ab, der es wagte, vor ihm zu fahren. An der nächsten Ausfahrt verließ er die Autobahn und schnurrte die Fifteenth Street Avenue hinauf, wobei er hier den übrigen Verkehr genauso terrorisierte wie auf der Fahrt zum Friedhof. An Kreuzungen schlängelte er sich rücksichtslos durch den Querverkehr und zwang alle anderen Fahrer, anzuhalten und ihn passieren zu lassen.

Über die Fifteenth Street Avenue gelangten wir ins Tal, und Fabrikmauern umschlossen uns. Fontaine bog auf der Geothals nach Süden ab und raste weiter, bis er zur Livermore kam; die Kurve nahm er im ›Schleudergang‹. Die Straßenlaternen brannten in meinem alten Viertel. Der Himmel, von dem es noch immer goß wie aus Kannen, war völlig schwarz.

Sehr weit vor uns blinkten auf der inneren Fahrspur der Gegenfahrbahn rote und blaue Lichter. Gelbe Sägeböcke und gelbe Bänder glänzten in diesen Lichtern. In dem Durcheinander liefen Männer mit Mützen und blauen Regencapes herum. Als wir näher kamen, sah ich, wohin wir fuhren. Ich hätte es wissen müssen. Es war wieder geschehen, genau wie Tom es vorausgesagt hatte.

Fontaine machte sich nicht einmal die Mühe, hinzuschauen, als wir am Idle Hour vorüberpreschten. Er fuhr bis zum Ende des Blocks, wendete dort ganz eng, bog in die nach Norden führenden Fahrspuren der Livermore ein und hielt hinter einem Krankenwagen. Erst jetzt stellte er die Sirene ab. Er war schon aus dem Wagen draußen, ehe der Motor ganz verstummt war. Von der Motorhaube der Limousine stiegen Dampfwölkchen auf.

Ich stieg auch aus, zog, um mich vor dem Regen zu schützen, die Schultern ein und trabte hinter Fontaine her zum Idle Hour.

Vier oder fünf uniformierte Beamte standen unmittelbar hinter der Absperrung, und zwei weitere saßen rauchend in einem Streifenwagen, der die inneren Fahrspuren blockierte.

Der Regen hielt die üblichen neugierigen Gaffer fern. Fontaine spurtete durch eine Lücke in der Absperrung und begann einen Polizisten auszufragen, der versuchte, sich unter dem vorgebauten oberen Stockwerk der Kneipe vor dem Regen zu schützen. Er trug kein Regencape, und seine Uniformjacke war durchweicht. Der Polizist nahm ein Notizbuch aus der Tasche und beugte sich über die Seiten, damit sie trocken blieben, während er Fontaine vorlas. Direkt neben ihm, in Schulterhöhe, standen mit rotem Markerstift die Worte BLAUE ROSE, wie in die schmutzigen weißen Balken eingebrannt. Ich trat näher und beugte mich über eine der gelben Absperrungen.

Auf dem Gehsteig lag eine mit einer schwarzen Plastikplane zugedeckte Leiche. Regenwasser bildete in den Mulden der Plane kleine Tümpel, und kleine Rinnsale rieselten von der Leiche auf das nasse Pflaster. Am unteren Ende der Plane ragten zwei kräftige Beine in durchweichten Hosen heraus. Die Füße in der Uhrzeigerstellung zehn vor zwei steckten in leichten Slippern mit geflochtenen Sohlen. Die Cops, die hinter der Absperrung standen, beachteten mich nicht. Gleichmäßig fiel mir der Regen auf Kopf und Schultern, und das Hemd klebte mir auf der Haut.

Fontaine nickte dem durchnäßten jungen Polizisten zu, der die Leiche gefunden hatte, und zeigte auf die Worte an der Kneipenmauer. Er sagte etwas, das ich nicht hören konnte, und der junge Polizist antwortete: »Ja, Sir.«

Fontaine hockte sich neben die Leiche und schlug die Plastikplane zurück. Der Mann, der John Ransom auf der Berlin Avenue mit einem blauen Lexus verfolgt hatte, starrte blicklos auf den Oberbau der Kneipe. Regen trommelte auf seine Brust und verlief sich in den Schlitzen seines zerfetzten, blutdurchtränkten Hemdes. Lange Wülste weißer Haut umgaben die langen roten Wunden. Der graue Pferdeschwanz lag wie eine spitz zulaufende Bürste auf einer Seite seines Halses. Ich wischte mir den Regen vom Gesicht. Dunkles Blut war auf seiner offenen Anzugjacke geronnen.

Jetzt nahm Fontaine ein Paar weißer Gummihandschuhe aus der Tasche, zog sie an, beugte sich über den Toten und griff mit der Hand unter das blutige Revers. Der Stoff hob sich vom Hemd. Der Detective zog die dünne schwarze Brieftasche heraus, die ich schon einmal gesehen hatte. Er klappte sie auf. Das kleine Abzeichen steckte noch auf der rechten Seite. »Der Tote ist ein Gentleman namens William Writzman«, verkündete er. »Einige von uns kennen ihn unter einem anderen Namen besser.« Er stand auf »Ist Hogan schon hier?« Der junge Beamte reichte ihm einen kleinen Asservatenbeutel aus Plastik, und Fontaine ließ die Brieftasche hineinfallen.

Einer der Männer in meiner Nähe sagte, Hogan sei unterwegs. Fontaine entdeckte mich hinter der Absperrung und kam stirnrunzelnd auf mich zu. »Mr. Underhill, es ist jetzt Zeit für Sie, uns zu verlassen.«

»Ist das Billy Ritz?« fragte ich. Wir standen zwar beide im selben Regen, aber Fontaine sah längst nicht so naß aus wie ich.

Er blinzelte und wandte sich ab.

»Das ist der Mann, der John verfolgt hat«, sagte ich. »Der, von dem ich Ihnen im Krankenhaus erzählt habe.« Die Polizisten, die in meiner Nähe standen, schoben die Hände unter ihre Capes und gingen weg.

Fontaine drehte sich um und sah mich düster an. »Gehen Sie nach Hause, bevor Sie sich eine Lungenentzündung holen.« Er kehrte zu der Leiche zurück, aber der junge Polizist zog schon die Plastikplane über Writzmans nasses, leeres Gesicht.

Die beiden Beamten, die mir am nächsten waren, sahen mich mit einer Miene an, die fast genauso leer war wie die von Writzman. Ich nickte ihnen zu und ging an der Absperrung und an der Fassade des Hauses entlang. Zwei Blocks entfernt kam eine zweite dunkelblaue Limousine mit einem blinkenden roten Aufsatz, der aussah wie ein Karnevalshut, die South Sixth Street herunter. Regen zog glitzernde Streifen durch die Strahlen der Scheinwerfer. Ich überquerte die Sixth und schaute zum St. Alwyn hinauf. Aus dem Eckfenster in der obersten Etage ragte der Messingring an der Spitze eines Teleskops. Ich wartete, bis sich auf der einzigen nicht gesperrten Spur im Strom der nordwärts fahrenden Wagen eine Lücke öffnete, und joggte zum Eingang des St. Alwyn.

22

Der Nachtportier musterte die nassen Fußspuren, die ich auf dem Läufer hinterließ. Meine Schuhe gluckstep, und Wasser lief mir in den Kragen.

»Haben Sie den Wirbel da draußen gesehen?« Er war ein vertrockneter alter Mann mit tiefen Falten um den Mund, und der schwarze Anzug hatte ihm gepaßt, als er vierzig oder fünfzig Pfund schwerer gewesen war. »Was gibt es dort, eine Leiche?«

»Er hat ziemlich tot ausgesehen«, sagte ich.

Der Alte zog die Schultern hoch und humpelte, von meiner Antwort enttäuscht, davon.

Als Glenroy Breakstone abhob, sagte ich: »Tim Underhill. Ich bin in der Halle.«

»Kommen Sie rauf, wenn Sie deshalb hier sind.« Kein Jazzrätsel diesmal.

Breakstone spielte die Platte, die Art Tatum mit Ben Webster aufgenommen hatte, so leise, daß man das Gefühl hatte, auf einem Kissen aus Tönen zu liegen. Er warf einen einzigen Blick auf mich und ging ins Bad, um ein Handtuch zu holen. Die einzige Lampe, die brannte, war die bei seinen Platten und seiner Musikanlage. Die Fenster auf die Widow Street zeigten stetig fallenden Regen, der durch das diffuse Licht der Straßenlaternen rieselte.

Breakstone kam mit einem fadenscheinigen weißen Handtuch zurück. »Trocknen Sie sich ab, ich suche Ihnen inzwischen ein trockenes Hemd heraus.« Ich knöpfte mein Hemd auf und schälte es mir vom Körper. Während ich mich trockenrieb, brachte Breakstone mir ein langärmeliges schwarzes Sweatshirt wie das, das er selbst trug. Auf seinem stand quer über der Brust TALINN JAZZFEST, und als ich das meine auseinanderfaltete, kam das Wort BRADLEY'S über dem Logo eines grinsenden Mannes zum Vorschein, der ein langes Keyboard spielte. »Ich habe nie dort gearbeitet«, sagte er. »Ein Barmann, der meine Musik liebt, hat es mir per Post zugeschickt. Ich nehme an, er dachte, ich sei ungefähr so groß wie Sie.«

Das Sweatshirt fühlte sich luxuriös weich und warm an. »Sie haben das Teleskop in Ihr Schlafzimmer gebracht.«

»Als ich die Sirenen hörte, bin ich ins Schlafzimmer gegangen und hab' mir nach einem Blick auf die Straße das Teleskop geholt.«

»Was haben Sie gesehen?«

»Sie haben den Toten gerade mit diesem Plastikding zugedeckt.«

»Haben Sie noch sehen können, wer es ist?«

»Ich brauche einen neuen Dealer, wenn Sie das meinen. Haben Sie was dagegen, mit mir ins Schlafzimmer zu gehen? Ich möchte wissen, was vorgeht.«

Ich folgte Breakstone in sein ordentliches Schlafzimmer. Keine einzige Lampe brannte, und unsere Silhouetten spiegelten sich in den glasgerahmten Drucken und Postern. Seite an Seite schauten wir auf die Livermore Avenue.

Die großen Cops in Regencapes standen noch vor den Barrikaden. Eine lange Wagenschlange kroch vorbei. Die Plastikplane war bis zu Billy Ritz' Taille zurückgeschlagen worden, und ein untersetzter grauhaariger Mann hockte neben Paul Fontaine vor der Leiche. Billy Ritz sah wie eine aufgeschlitzte Matratze aus. Der Grauhaarige sagte etwas, und Fontaine zog die Plane wieder über das bleiche Gesicht. Er stand auf und winkte dem Sanitätswagen. Zwei Sanitäter stiegen aus, schoben eine Rollbahre unter der Absperrung durch. Der Grauhaarige hob seine Tasche auf und streckte die Hand nach einem schwarzen Stock aus, der sich vor ihm als Regenschirm entfaltete.

»Was ist Ihrer Ansicht nach mit ihm passiert?« fragte ich.

Breakstone schüttelte den Kopf. »Ich weiß nur, was man auf jeden Fall sagen wird – daß es bei dem Mord um Drogen ging.«

Ich sah ihn zweifelnd an, und er nickte heftig. »So läuft's nun mal. Sie werden ein bißchen Shit in seinen Taschen finden, weil Billy *immer* ein bißchen Shit in der Tasche hatte. Und damit wird der Fall erledigt sein. Sie werden sich um den anderen Kram gar nicht erst kümmern, mit dem Billy es zu tun hatte.«

»Haben Sie die Worte an der Mauer gesehen?«

»Ja. Na und?«

»Billy Ritz ist das dritte *Blaue-Rose*-Opfer. Er wurde ermordet …« Ich unterbrach mich, weil mir plötzlich bewußt wurde, wo Billy Ritz getötet worden war. »Seine Leiche wurde genau da gefunden, wo 1950 Monty Leland ermordet wurde.«

»Kein Mensch interessiert sich für die *Blaue-Rose*-Morde«, sagte Breakstone. Er trat zurück und hielt ein Auge an das Teleskop. »Auch für Billy Ritz wird sich kein Mensch interessieren – ebensowenig wie seinerzeit für Monty Leland. Ist das Hogan, jetzt da drüben?«

Ich beugte mich zum Fenster vor und schaute hinunter. Es war Michael Hogan, der vor dem Idle Hour um die Ecke kam. Die Kraft seiner Persönlichkeit zündete trotz der großen Entfernung zwischen uns wie ein elektrischer Funke.

Den Regen nicht beachtend, drängte sich Hogan zwischen den Polizisten vor dem Idle Hour durch. Sobald sie merkten, daß er es war, machten sie den Weg frei, wie sie es bei Arden Vass getan hätten. Sofort war er derjenige, der den Ton angab. Bei dem Toten angekommen, bat er einen Polizisten, die Plane zurückzuschlagen. Ritz' Gesicht sah auf dem nassen Gehsteig wie ein weißer Klecks aus. Die Sanitäter standen wartend da und froren erbärmlich. Hogan blickte ein paar Sekunden auf den Toten und befahl dann mit einer schroffen, verärgert wirkenden Handbewegung, ihn wieder zuzudecken. Fontaine kam auf Hogan zu und sprach mit ihm. Die Sanitäter stellten die Bahre ab und gurteten die Leiche darauf fest.

Breakstone trat vom Teleskop zurück. »Wollen Sie auch mal sehen?«

Ich stellte das Gerät auf meine Größe ein und legte ein Auge an den Messingring. Erschreckend nah standen sich Hogan und Fontaine gegenüber. Fast konnte ich von ihren Lippen lesen, was sie sagten. Fontaine wirkte niedergeschlagen, und Hogan kochte buchstäblich vor Zorn. Mit dem regenglänzenden Gesicht sah er einem romantischen Filmhelden aus den vierziger Jahren ähnlicher denn je, und ich fragte mich, was er wohl über das Ende von Billy Ritz denken mochte. Er drehte sich um und sprach mit dem Beamten, der den Toten gefunden hatte. Die anderen Polizisten zogen sich von ihm zurück. Ich richtete das Teleskop auf Fontaine, der zusah, wie die Sanitäter die Bahre wegrollten.

»Die Schrift ist rot«, sagte Breakstone. Ich hatte noch Fontaine im Visier, und als Breakstone das sagte, wandte der Detective sich zu der Schrift an der Wand um. Ich konnte sein Gesicht nicht sehen.

»Richtig«, sagte ich.

»War sie damals nicht schwarz? Hinter dem Hotel?«

»Ich glaub ja«, sagte ich.

Vielleicht hatte auch Fontaine die beiden Schriften verglichen: Er drehte sich um und starrte wie gebannt über die Straße, zu der kleinen Unterführung, in der drei Menschen getötet worden waren. Regen tropfte von seiner Nasenspitze.

»Komisch, daß Sie Monty Leland erwähnt haben«, sagte Breakstone.

Ich richtete mich auf, und Fontaine schrumpfte zu einer kleinen, durchnäßten Gestalt auf dem Gehsteig, die in eine andere Richtung blickte als die übrigen kleinen, durchnäßten Gestalten. »Warum ist es komisch?«

»Er war gewissermaßen in derselben Branche wie Billy. Wissen Sie viel über Monty Leland?«

»Er war einer von Bill Damroschs Informanten.«

»Das ist richtig. Sonst war nicht viel an ihm dran, aber das war er.«

»Billy Ritz war ein Informant?«

»Wie ich Ihnen sagte – er stand in der Mitte. Er war Kontaktmann.«

»Wessen Informant war er?«

»Besser, wenn man das nicht weiß.« Breakstone richtete das Teleskop nach oben. »Die Show ist vorbei.«

Wir gingen ins Wohnzimmer zurück. Breakstone knipste eine Lampe in der Nähe seines Tisches an und setzte sich. »Wieso sind Sie bei diesem Regen hier draußen gelandet?«

»Paul Fontaine hat mir das Grab von Bob Bandolier gezeigt und wurde auf der Rückfahrt hierhergerufen. Er war nicht besonders gut aufgelegt.«

»Er hat gesagt – okay, vielleicht hat er's getan, aber er ist tot. Richtig? Also lassen Sie's.«

»Richtig«, sagte ich. »Ich denke, ich fange an zu begreifen, warum.«

Breakstone richtete sich im Sessel auf. »Dann passen Sie bloß auf, mit wem Sie sprechen.«

Die Platte war zu Ende, Breakstone sprang auf, drehte sie um und setzte die Nadel auf die zweite Seite. *Night and Day*

– es klang wie ein Hauch. Breakstone stand bei seinem Regal, schaute zu Boden und lauschte der Musik. »Keiner ist wie Ben. Kein einziger.«

Ich dachte, er werde etwas gegen die Spannung tun, die in der Luft lag, und mir eine Anekdote über Ben Webster erzählen, aber er kreuzte die Arme vor der Brust und wiegte sich ein paar Sekunden im Takt der Musik. »Angenommen, ein Arzt wurde draußen im Stadion ermordet«, sagte er. »Das heißt nicht, daß es tatsächlich passiert ist, ich nehme es nur mal an. Angenommen, er wurde auf schreckliche Weise ermordet – in einer Toilette zerschnitten.«

Er sah zu mir auf, und ich nickte.

»Und nehmen wir einmal an, daß ich mir hin und wieder gern ein Spiel ansehe. Und nehmen wir weiter an, daß ich an diesem Tag dort draußen war. Und zufällig hab' ich einen Mann gesehen, den ich kenne. Er heißt so ähnlich wie Buster. Buster taugt nicht viel. Wenn er nicht gerade irgendwo einbricht, ist er stinkbesoffen. Und wieder angenommen, daß ich einmal, als ich vom Imbißstand zurückkomme, zufällig diesen Taugenichts Buster zusammengerollt unter den Stufen zum nächsten Rang in einer Pfütze Miller High Life liegen sehe. Und wenn das jemals geschehen wäre, was es nicht ist, habe ich dieses Etwas nur aus einem Grund für ein menschliches Wesen und nicht für eine Decke gehalten – weil ich wußte, daß es Buster war. Weil er sich so weit unter die Treppe gequetscht hatte, daß man schon eigens nachschauen mußte, um ihn zu sehen.«

Ich nickte.

»Und schon wieder angenommen, ein Detective erfährt, daß Buster an dem Tag bei dem Spiel draußen war und Buster vier Jahre in Joliet abgesessen hat, weil er in einer Bar einen Mann umbrachte, und der Detective, als er das Zimmer durchsucht, die Brieftasche des Doktors in einer Schublade findet ... Was glauben Sie, passiert als nächstes?«

»Ich nehme an, Buster gesteht und bekommt lebenslänglich.«

»Klingt recht gut«, sagte Breakstone. »Für eine erfundene Geschichte, meine ich.«

Ich fragte Breakstone, ob er die Nummer einer Taxifirma

wisse. Er nahm eine Geschäftskarte aus der obersten Kommodenschublade und brachte sie mir. Als ich danach griff, hielt er sie einen Moment fest. »Sie verstehen doch, ich habe nie dergleichen gesagt, und Sie haben es nie gehört.«

»Ich war nicht einmal hier, glaub ich«, sagte ich, und er ließ die Karte los.

Eine Telefonistin sagte, das Taxi werde mich in fünf Minuten vor dem Hotel abholen. Breakstone warf mir mein nasses Hemd zu und sage, ich könne das Sweatshirt behalten.

23

Laszlo Nagy, von meinem Platz aus gesehen eine Masse dunkler Locken, die unter einer braunen Tweedmütze hervorquollen, begann in dem Moment zu reden, in dem ich in sein Taxi stieg. Gleich drüben auf der anderen Straßenseite hatte jemand einen Kerl gekillt, ob ich das wußte? Da muß man gleich an diesen verrückten Typen Walter Dragonette denken, nicht wahr? Was bringt einen Kerl überhaupt dazu, so was zu machen? Aber um das zu beantworten, muß man wohl der liebe Gott sein, stimmt's? Laszlo Nagy war vor acht Jahren aus Ungarn gekommen, aber so schreckliche Sachen passierten in Ungarn nie. Dafür aber andere schreckliche Sachen. Ob ich diesen schrecklichen Regen sehe? Weiß ich, wie lange er dauern wird, dieser schreckliche Regen? Genau sechs Stunden wird er dauern. Und was kommt dann? Dann kommt der Nebel. Der Nebel wird genauso schrecklich sein wie der Regen, weil kein Fahrer mehr sehen wird, was vor ihm ist. Wir werden zwei Tage Nebel haben. Es wird viele Unfälle geben. Und warum? Weil die Amerikaner im Nebel nicht gut fahren können.

Ich grunzte an den passenden Stellen und dachte währenddessen an das, was ich wußte und was es bedeutete. William Writzman war der Sohn von Oscar Writzman – jetzt verstand ich auch, was Oscar gemeint hatte, als er zu John und mir sagte, wir sollten nach Pigtown zurückgehen, wohin wir gehörten. Als Billy Ritz hatte Writzman unter dem

Schutz und Schirm eines mörderischen Millhavener Polizeibeamten eine interessante kriminelle Karriere gemacht, bis zu dem Tag, an dem John und ich bei seinem Vater aufgetaucht waren. Writzman war das Aushängeschild von Elvee Holding gewesen; Elvees zwei fiktive Direktoren waren nach Fee Bandoliers Vater und dem ehemaligen Chef der Mordkommission Andy Belin benannt. Tom Pasmore hatte recht behalten. Und Fee Bandolier war Polizist in Millhaven.

Ich hatte keine Ahnung, was ich als nächstes tun sollte.

Laszlo hielt vor Johns Haus. Als ich ihn bezahlte, sagte er, amerikanisches Geld sollte auch von unterschiedlicher Farbe und Größe sein wie die Banknoten in England, Frankreich – und Ungarn. Als ich die Wagentür zuwarf, redete er noch immer über die Schönheit europäischer Geldscheine.

Ich lief zur Haustür, schloß auf und betrat das dunkle Haus. In der Küche wischte ich mir mit einem Papierhandtuch den Regen vom Gesicht, dann ging ich hinauf, um ein bißchen zu arbeiten, bis John zurückkam.

ELFTER TEIL

Jane Wright und Judy Wrollin

1

Nachdem ich geduscht, saubere, trockene Sachen angezogen und etwa eine Stunde gearbeitet hatte, setzte ich mich aufs Bett und rief Tom Pasmore an. Weder im Mai noch in einem anderen Monat des Jahres 1977 war in Allentown, Pennsylvania, eine Frau namens Jane Wright getötet worden, aber es gab viele Allentowns in den Vereinigten Staaten, und er arbeitete sich systematisch durch. Er sagte mir, er werde sich, sobald er das richtige Allentown gefunden hatte, die Vergangenheit von Tangent ein bißchen näher ansehen. Er hatte eine Menge über Franklin Bachelor zu berichten. Und er hatte auch ein paar Ideen, wie wir weitermachen sollten, aber alle kamen mir gefährlich vor. Nach dem Telefonat hatte ich wieder Hunger und beschloß, hinunterzugehen und nachzusehen, ob ich im Kühlschrank auch noch etwas anderes fand als Wodka.

Als ich zur Treppe ging, hörte ich vor dem Haus, im aufgestauten Regenwasser platschend, einen Wagen halten und ging zum Flurfenster. Vor dem Haus stand ein dunkelgrünes Taxi. Ganze Wasserläufe strömten über die Straße, und der Regen prasselte wie verrückt auf das Wagendach. Durch den Wasserschleier konnte ich an der vorderen Tür den Firmenaufdruck MONARCH CAB CO. und eine Telefonnummer lesen. John Ransom beugte sich über den Vordersitz und stritt mit dem Fahrer. Ich rannte ins Gästezimmer und wählte die Nummer der Taxigesellschaft.

»Hier spricht Miles Darrow, der Buchhalter von Mr. John Ransom. Soviel ich weiß, hat mein Klient während der letzten Stunden die Dienste Ihrer Firma in Anspruch genommen. Er hat immer Probleme mit den Quittungen, verliert sie ständig und so, und deshalb muß ich Sie bitten, mir zu sagen, wo Ihr Fahrer ihn aufgenommen, wohin er ihn gebracht hat und wie hoch in etwa der Fahrpreis von dort bis zum Ely Place auf der East Side war. Das Finanzamt braucht schließlich nicht alles zu schlucken.«

»Meine Güte, Sie sind wirklich ein guter Buchhalter«, sagte die Frau, mit der ich sprach. »Ich habe den Anruf von Mr. Ransom selbst entgegengenommen. Abgeholt wurde er bei seinem Haus, und das Ziel war die Dusty Roads Sunoco Service Station in der Claremont Road in Purdum und dann wieder der Ely Place. Der Durchschnittsfahrpreis – schwer zu sagen, aber er müßte so zwischen sechzig und siebzig Dollar betragen haben, an einem Tag wie heute vielleicht etwas mehr. Dazu kommt noch die Wartezeit, aber darüber weiß ich leider nichts.«

»Dusty Roads?« fragte ich.

Sie buchstabierte den Namen für mich. »Nicht wie der Baseballspieler«, sagte sie.

Purdum war eine wohlhabende Stadt, etwa zwanzig Meilen die Küste hinauf.

Es gab dort eine bekannte Internatsschule; ein berühmter Polospieler besaß dort einen Stall und eine Reitschule. In Purdum waren in jeden Verkehrsunfall mindestens zwei Mercedes verwickelt. Ich dankte der Dame von MONARCH CAB CO., hängte ein und hörte John durchs Wohnzimmer gehen. Ich lief zur Treppe. Der Fernseher begann zu quasseln. Ein schwerer Körper plumpste auf die Couch.

Ich stieg die Treppe hinunter und überlegte dabei, daß John Alans Pistole wahrscheinlich irgendwo in seinem Zimmer versteckt hatte.

Er sagte kein Wort, warf mir nur einen langen, mißbilligenden Blick zu. Sein Schädel glänzte noch immer feucht, und auf den Schultern seiner grünen Leinenjacke weiteten sich die dunklen Wasserflecken noch mehr aus. Auf dem Bildschirm war eine elegant gekleidete, gutaussehende schwarze Familie zu sehen, die an einem Speisezimmertisch in einem Haus saß, das nach einer Million Dollar aussah. John nahm einen Schluck aus einem Glas mit einer klaren Flüssigkeit und einer Menge Eiswürfel und ließ mich noch immer mit großem Nachdruck seine Mißbilligung spüren. Vielleicht war es auch Enttäuschung. Dann wandte er sich wieder der schwarzen Familie zu. Der Soundtrack sagte uns, daß es sich um eine höchst vergnügliche Familie handelte. »Ich wußte nicht, daß du zu Hause bist«, sagte er, das Pronomen betonend.

»Ich habe einen anstrengenden Tag hinter mir«, sagte ich.

Er zuckte mit den Schultern, konzentrierte sich wieder auf den Fernseher.

Ich trat hinter die Couch und lehnte mich an den Kaminsims. Die Bronzeplakette mit Aprils Namen lag noch auf dem grau-rosa Marmor. »Ich sage dir, was ich getan habe, wenn du mir erzählst, was du getan hast.«

Er sah mich mit einem Blick unverhüllten Zorns an und wandte sich theatralisch wieder dem Fernseher zu. »Eigentlich dachte ich, ich würde lange vor dir wieder hier sein. Ich hatte eine Kleinigkeit zu erledigen, aber es hat länger gedauert, als ich dachte.« Lautes Konservengelächter unterstützte die fröhliche schwarze Familie im Fernseher. Der Vater stolzierte mit übertriebenen Cakewalkschritten um den Speisezimmertisch herum. »Ich hatte in meinem Büro in Arkham zu tun. Mußte den Studienplan für das nächste Jahr besprechen. Und es hat so lange gedauert, weil ich auch Alans Vorlesungsverzeichnis einreichen mußte.«

»Ich nehme an, du bist mit dem Taxi gefahren«, sagte ich.

»Ja, und mußte ungefähr zusätzlich zwanzig Minuten warten, bis der Fahrer die Straße gefunden hatte. Man sollte kein Taxi fahren dürfen, wenn man die Stadt nicht kennt.«

Der MONARCH-Fahrer hatte also die Claremont Road nicht gefunden. Vielleicht hatte er nicht einmal gewußt, wo Purdum lag.

»Und was hast du gemacht?« fragte John.

»Ich habe ein paar interessante Dinge festgestellt. Elvee Holding ist seit 1979 im Besitz von Fee Bandolier.«

»Was?« Endlich blickte er auf. »Es gibt eine Verbindung zwischen Elvee und Bandolier?«

»Ich war unterwegs hierher, um dir das zu sagen, als Paul Fontaine aus einem Zivilfahrzeug sprang, mich auf Waffen durchsuchte und anbrüllte, weil ein Cop in Elm Hill ihn wegen Bandolier genervt hat.«

John lächelte, als ich sagte, daß ich durchsucht worden

war. »Hast du auch die entsprechende Stellung einnehmen müssen?«

»Mir blieb nichts anderes übrig. Als er mich lange genug angeschrien hatte, stieß er mich in den Wagen und bretterte wie ein Irrer zur Autobahn, über die Autobahn und bei der Stadionausfahrt wieder raus. Er brachte mich zu Bob Bandolier.«

John breitete die Arme auf der Rückenlehne der Couch aus und beugte sich zu mir herüber.

»Bandolier ist auf dem Pine-Knoll-Friedhof beerdigt. Gestorben 1972. Weißt du, wieviel Elvee für sein Haus bezahlt hat? Eintausend Dollar. Es muß so gewesen sein, daß er das Haus seinem Sohn hinterlassen hat, der es an die Firma verkaufte, die er sofort nach seiner Rückkehr aus Vietnam gegründet hatte.«

»Writzman«, sagte John. »Ich verstehe. Das ist großartig.«

»Auf der Rückfahrt, kurz bevor es anfing zu regnen, bekam Fontaine einen Notruf und nahm mich zur Sixth und Livermore mit. Dort lag, direkt vor dem Idle Hour unter dem Logo BLAUE ROSE, William Writzman. Oscars Sohn.«

Diesmal sah John wirklich bestürzt aus. Er vergaß sogar seinen Drink.

»Auch bekannt als Billy Ritz. Er war ein kleiner Koksdealer in der Gegend des St. Alwyn. Er hatte auch Verbindungen zu einem Millhavener Polizeibeamten. Ich denke, dieser Polizist ist der inzwischen ja längst erwachsene Fee Bandolier. Und ich denke, er bringt Menschen zum Vergnügen um, und das schon sehr lange.«

»Und er kann diese Morde vertuschen, weil er ein Cop ist?«

»Genau.«

»Also müssen wir herausfinden, wer er ist. Müssen ihn festnageln.«

Ich fing jetzt an zu sagen, was ich zu sagen hatte: »John, man kann die Dinge in einem Licht sehen, das alles irrelevant macht, was ich dir bisher erzählt habe. William Writzman und Bob Bandolier und The Green Woman haben nichts mit dem Tod deiner Frau zu tun.«

»Jetzt kapier ich gar nichts mehr.«

»Der Grund dafür, daß keiner dieser Aspekte zählt, ist der, daß *du* April getötet hast.«

Er wollte etwas sagen, ließ es dann aber, schüttelte den Kopf, versuchte zu lächeln. Ich hatte eben verkündet, daß die Erde eine Scheibe war, von der man abstürzen konnte, wenn man sich zu weit in eine Richtung vorwagte. »Du nimmst mich doch auf den Arm, hoffe ich. Aber ich muß dir sagen, daß ich es ganz und gar nicht lustig finde.«

»Nimm nur einmal an, es trifft folgendes zu: Du hast gewußt, daß Barnett ihr einen Riesenjob in San Francisco angeboten hatte. Alan wußte es auch, nur war er zu verwirrt, um sich konkret daran zu erinnern.«

»Um es zu präzisieren«, sagte John. »Das soll noch immer ein Scherz sein, richtig?«

»Hättest du gewollt, daß April einen solchen Job annimmt? Ich denke, du wärst glücklicher gewesen, wenn sie überhaupt aufgehört hätte zu arbeiten. Aprils Erfolg war dir immer unangenehm – du wolltest, daß sie so blieb, wie du sie kennengelernt hast. Wahrscheinlich hatte sie dir versprochen, nach ein paar Jahren aufzuhören.«

»Das habe ich dir doch gesagt. Sie war nicht wie die anderen Angestellten von Barnett – für April war alles nur ein großer Witz.«

»Sie war nicht wie die anderen, sie war sehr viel besser. In der Zwischenzeit, geben wir's ruhig zu, hast du deinen eigenen Job den Bach runtergehen sehen. Alan hat das vergangene Jahr nur überstanden, weil du ihn an der Hand gehalten hast.«

»Das stimmt nicht. Du hast ihn bei der Beerdigung erlebt.«

»Was er an jenem Tag geleistet hat, war ein erstaunlicher Akt der Liebe zu seiner Tochter, und ich werde es nie vergessen. Aber er weiß, daß er nicht mehr lehren kann. Er hat mir gesagt, er mache sich Sorgen, weil er das Gefühl hat, dich im Stich zu lassen.«

»Es gibt noch andere Jobs«, sagte John. »Doch was hat diese erfundene Geschichte mit April zu tun?«

»Du warst Alan Brookners rechte Hand, aber wieviel hast du veröffentlicht? Kannst du einen Lehrstuhl als ordentlicher Professor an einer anderen Fakultät bekommen?«

Sein ganzer Körper wurde steif. »Wenn du denkst, ich höre mir noch länger an, wie du meine Karriere in den Dreck ziehst, dann irrst du dich.« Er setzte das Glas ab und drehte sich blitzschnell zu mir herum.

»Hör mir nur noch eine Minute zu. So wird sich die Polizei den Fall zurechtlegen. Du hast April den Erfolg geneidet und ihn heruntergespielt, aber du hast sie gebraucht. Wenn April achthunderttausend Dollar für ihren Vater machen konnte, wieviel konnte sie erst für sich selbst einheimsen? Ein paar Millionen? Genug, um sich zur Ruhe zu setzen.«

John zwang sich zu lachen. »Also habe ich sie wegen ihres Geldes umgebracht.«

»Jetzt kommt der nächste Schritt. Ich habe in Downtown jemanden aufgesucht – Byron Dorian.«

John prallte zurück. Etwas geschah in seinem Gesicht, das man nicht nur als einfaches Rotwerden bezeichnen konnte.

»Angenommen, April und Dorian trafen sich ein paarmal wöchentlich. Sie hatten eine ganze Reihe gemeinsamer Interessen. Angenommen, sie hatten eine Affäre. Vielleicht dachte Dorian daran, mit ihr nach Kalifornien zu gehen.« Johns Gesicht wurde noch um eine Nuance dunkler, und er preßte die Lippen zusammen. »Ich bin ziemlich sicher, daß sie Alan mitnehmen wollte. Ich wette, sie hatte in ihrem Büro ein paar Broschüren gesammelt. Was bedeutet, daß sie jetzt bei der Polizei liegen.«

John leckte sich die Lippen. »Hat dieser anmaßende kleine Scheißkerl dich auf diese Spur gesetzt? Hat er behauptet, er habe mit April geschlafen?«

»Das brauchte er nicht. Er war in sie verliebt. Sie waren oft an diesem verschwiegenem Platz in Flory Park. Was, glaubst du, haben sie dort getan?«

John atmete mit offenem Mund ein und aus, so geschockt, daß er nicht sprechen konnte. Vor vielen Jahren, dachte ich, ist April auch mit ihm da hinausgefahren. Johns Gesicht wurde schlaff, seine Züge verschwommen. »Bist du bald fertig?« sagte er.

»Du hast es nicht ertragen«, sagte ich. »Du konntest sie nicht halten, aber ebensowenig konntest du sie verlieren. Also hast du dir einen Plan überlegt. Du hast sie gebeten, dich mit dem Wagen irgendwohin zu bringen. Hast sie dann an einer einsamen Stelle anhalten lassen. Als sie anfing zu sprechen, hast du sie bewußtlos geschlagen. Vielleicht hast du auch zugestochen, nachdem du sie geschlagen hattest. Wahrscheinlich hast du geglaubt, du hättest sie getötet. Im Wagen muß eine Menge Blut gewesen sein. Dann bist du zum St. Alwyn gefahren und hast sie durch die Hintertür und die Treppe hinauf ins Zimmer 218 getragen. Sie haben keinen Zimmerservice, die Zimmermädchen arbeiten nachts nicht, und fast jeder, der dort wohnt, ist um die siebzig. Nach Mitternacht sind die Flure menschenleer. Du besitzt noch einen Hauptschlüssel, und du hast gewußt, daß das Zimmer nicht belegt war. Du hast sie aufs Bett gelegt, noch ein paarmal zugestochen und dann BLAUE ROSE an die Wand geschrieben.«

Er beobachtete mich mit geheuchelter Gleichgültigkeit – schon wieder behauptete ich, die Erde sei eine Scheibe.

»Dann hast du den Wagen zu Alans Haus gefahren und in seine Garage gestellt. Du hast gewußt, er würde es nicht merken – Alan verließ ja nicht einmal mehr das Haus. Die auffallendsten Blutflecke hast du abgewischt. Von dir aus kann der Wagen ewig dort stehen, niemand wird ihn je entdecken. Doch dann hast du mich hergeholt, damit ich alten Schlamm aufwühle und jeder an die *Blaue-Rose*-Morde vor vierzig Jahren denkt. Ich fing an, mich um Alan zu kümmern, also war die Garage nicht mehr sicher. Du mußtest den Mercedes wegbringen.

Du hast dir eine entgegenkommende Werkstatt außerhalb der Stadt gesucht, den Wagen zum Generalüberholen hingebracht, ihn auch gründlich reinigen lassen und ihn einfach eine Woche dort stehenlassen.«

»Sprechen wir noch immer von einer Hypothese?«

»Sag du's mir, John. Ich wüßte gern die Wahrheit.«

»Ich nehme an, ich habe Grant Hoffman getötet. Ich nehme an, ich bin ins Krankenhaus marschiert und habe April getötet.«

»Sie hätte nie aus dem Koma aufwachen dürfen, nicht wahr?«

»Und Grant?« Er bemühte sich noch immer, gelassen auszusehen, doch sein Gesicht war mit roten und weißen Flekken bedeckt.

»Du hast streng nach Plan gehandelt. Die Cops und ich sollten denken, daß Blaue Rose zurückgekehrt war. Du hast dir einen Mann ausgesucht, der für alle Ewigkeit unidentifiziert geblieben wäre, hätte er nicht das alte Sportjackett deines Schwiegervaters getragen. Noch als wir uns seine Leiche ansahen, hast du getan, als sei er ein Stadtstreicher. Es fiel mir nicht schwer, mir vorzustellen, daß du mich nur hergeholt hat, um mich auszunutzen.«

»Eben bist du für mich zu einer Belastung geworden – wenn du das anderen erzählst, kannst du sie sehr leicht überzeugen, daß dieser Scheiß die Wahrheit ist. Geh rauf und fang an zu packen, Tim! Du bist draußen.«

Er wollte aufstehen, und ich sagte: »Was würde passieren, wenn die Polizei nach Purdum ginge, John? Hast du ihren Wagen nach Purdum gebracht?«

Er hatte sich auf mich gestürzt, ehe ich wußte, wie mir geschah. Er roch stark nach Schweiß und Alkohol. Ich versetzte ihm einen Hieb in den Magen, und er grunzte und zerrte mich vom Kamin weg. Seine Arme umklammerten meine Taille. Es fühlte sich an, als wolle er mich zu Tode quetschen. Ich schlug ihm zwei- oder dreimal gegen die Schläfe, dann legte ich die Hände unter sein Kinn und versuchte, ihn wegzudrücken. Der Kampf ging zwischen Kamin und Couch hin und her. Ich drückte sein fleischiges Kinn nach oben, und er löste seine Arme und taumelte zurück. Ich schlug ihn noch einmal in den Bauch, und er preßte die Hand auf den Magen, wich zurück und starrte mich finster an.

»Du hast sie getötet«, gelang es mir zu sagen.

Er sprang mich an, und ich packte seine Schultern, versuchte ihn wegzustoßen. Er unterlief mich, umklammerte mit dem rechten Arm meine Taille und zog mich an seine Schulter. Ich schnappte mir die Bronzeplakette vom Kaminsims, schlug ihm damit auf den Nacken, und er stieß mich mit seiner ganzen Kraft von sich. Meine Füße lösten sich unter mir in Luft auf, und ich fiel so hart auf die marmorne Schutzleiste des Kamins, daß ich buchstäblich Sterne sah. Wild griff er nach meinem Kopf, preßte mir die Hand aufs Gesicht, zog sich bis zu meiner Brust hoch und legte mir dann beide Hände um den Hals. Ich knallte ihm die Plakette an die Schläfe. So, wie ich sie hielt, konnte ich nicht die Kante, sondern nur die Fläche einsetzen. Wieder schlug ich mit der Plakette zu. Ein Krächzen kam aus meiner Kehle, und ich tippte ihm nur noch mit der Plakette gegen die Schläfe. Meine Muskeln fühlten sich an wie Wasser. Mit letzter Kraft schlug ich ihm die Metallscheibe noch einmal auf den Schädel.

Der Griff um meinen Hals lockerte sich. Alle Spannung wich aus seinem Körper. Er war eine riesige, schlaffe Last, die mich niederdrückte. Seine Brust hob und senkte sich. Erstickte, wimmernde Laute drangen aus seinem Mund. Nach ein paar Sekunden begriff ich, daß er nicht auf mir starb. Er weinte. Ich kroch unter ihm heraus und blieb keuchend auf dem Teppich liegen. Ich ließ die Plakette los. John rollte sich zusammen wie ein Fetus und fuhr fort zu weinen, die Hände schützend über dem Kopf. Wir hatten nicht länger als ein, zwei Minuten miteinander gekämpft. Doch jemand hatte meine Arme, meine Beine, meinen Rücken, meine Brust und meinen Kopf mit einem Baseballschläger bearbeitet. Ich fühlte noch immer Johns Hände an der Kehle.

Er nahm die Arme herunter und lag zusammengerollt da, mit der Brust auf der Marmorschutzleiste, mit Hüften und Beinen auf dem Teppich. Eine häßliche Wunde blutete in sein Haar. Er holte ein dunkelblaues Taschentuch heraus und preßte es auf den Schnitt. »Du bist ein richtiger Mistkerl.«

»Erzähl mir, was passiert ist«, sagte ich. »Und versuch diesmal, bei der Wahrheit zu bleiben.«

Er betrachtete das Taschentuch. »Ich blute«, sagte er und legte das Tuch zurück auf die Wunde.

»Du kannst dich später verbinden.«

»Woher weißt du von Purdum?«

»Ich hab's herausgekriegt«, sagte ich. »Wo ist ihr Wagen jetzt?«

Er versuchte, sich aufzurichten, und stöhnte, legte sich wieder hin. »Draußen in der Garage in Purdum. April und ich hätten uns dort zur Ruhe setzen können. Es ist wunderschön da.«

Leute wie Dick Mueller zogen nach Riverwood. Leute wie Ross Barnett verbrachten ihren Lebensabend in einer Villa in Purdum.

John setzte sich auf, hielt sich das Taschentuch an die Schläfe und rutschte auf dem Hinterteil auf die andere Seite des Kamins. Wir saßen wie Kaminböcke da. Er fuhr sich mit der freien Hand übers Gesicht, räusperte sich und schluckte Schleim. Dann sah er mich aus roten Augen an. »Tut mir leid, daß ich so auf dich losgegangen bin, aber du hast bei mir auf die richtigen Knöpfe gedrückt, und ich habe durchgedreht. Hab' ich dich verletzt?«

»War es bei April auch so? Hast du auch durchgedreht?«

»Ja.« Er nickte sehr vorsichtig und zuckte zusammen. Ich fing einen zweiten unsteten Blick aus den roten Augen auf. »Ich wollte dir nichts von allem sagen, weil ich dabei so schlecht aussehe. Aber ich habe dich nicht zu mir eingeladen, um dich zu benutzen – das mußt du mir glauben.«

»Erzähl, was passiert ist!«

Er seufzte. »Du hast dir sehr viel richtig zusammengereimt. Barnett hat mit April vertraulich über seine Pläne für San Francisco gesprochen. Ich war nicht besonders erpicht darauf. Ich wollte, daß sie die Abmachung einhielt, die wir getroffen hatten – daß sie den Job aufgeben werde, sobald sie bewiesen habe, daß sie bei Barnett gute Arbeit leisten könne. Doch dann mußte sie beweisen, daß sie die beste Maklerin und Statistikerin im ganzen gottverdammten Mittelwesten war. Das ging so weit, daß ich sie nur noch an den Wochenenden zu sehen bekam, und manchmal nicht einmal dann. Aber ich wollte nicht, daß sie nach Kalifornien ging. Sie könne hier ein eigenes Büro eröffnen, wenn sie wolle, sagte ich. Alles wäre in Ordnung gewesen, wäre nicht diese viertklassige halbe Portion aufgetaucht, die hinter jedem Rock her war.« Er funkelte mich wütend an. »Dorian hatte eine Affäre mit Carol Judd, der Kunsthändlerin, die ihn mit April zusammengebracht hat, wußtest du das?«

»Ich hab's vermutet«, sagte ich.

»Der Kerl ist ein Schleimer. Hat es auf ältere Frauen abgesehen. Ich werde nie, nie begreifen, was April an ihm gefunden hat.«

»Wie hast du von der Sache erfahren?«

John musterte wieder sein Taschentuch. Ich konnte die Wunde nicht sehen, aber das Tuch war blutdurchtränkt. »Könnten wir woandershin? Ich muß den Riß versorgen.«

Mit schmerzenden Gelenken stand ich auf und streckte ihm die Hand entgegen. John packte sie und zog sich in die Höhe. Er hielt sich einen Moment am Kaminsims fest und ging dann durch das Wohnzimmer zur Treppe.

2

John beugte sich vor, um das Blut ins Becken tropfen zu lassen, hielt einen Waschlappen unter den kalten Wasserstrahl und betupfte die zwei bis drei Zentimeter lange Verletzung an der Schläfe unter dem dünner werdenden Haar. Jetzt, da die Wunde sauber war, sah sie nicht mehr so schlimm aus. Er hatte ein viereckiges Stück Gaze auf den Beckenrand gelegt. Ich saß auf der Badewanne und sah zu ihm auf.

»April sagte mir, sie habe im Büro lange zu arbeiten. Nur um zu sehen, ob sie die Wahrheit gesagt hatte, rief ich jede halbe Stunde bei ihr an – und das drei Stunden lang. Jede halbe Stunde, pünktlich. Sechsmal vielleicht. Sie war nie da. Gegen halb zwölf ging ich in ihr Arbeitszimmer hinauf und suchte mir den Ordner mit den Kreditkartenunterlagen heraus. Okay.«

Er streckte die Hand aus, und ich reichte ihm die Papiertücher, die ich für ihn hielt. Er preßte sie auf die Wunde, warf sie, als kein Blut mehr kam, in den Abfallkorb, griff nach dem Gazestück, legte es auf, schob ein paar der dünnen Haarsträhnen zur Seite und drückte die Gaze flach. »Das reicht. Ich glaub nicht, daß es genäht werden muß.« Er drehte den Kopf nach allen Seiten, um den Verband zu begutachten. »Jetzt habe ich nur noch ganz verdammte Kopfschmerzen.«

Er öffnete das Apothekerschränkchen, schüttelte zwei Aspirintabletten auf seinen Handteller und schluckte sie mit Wasser aus einem erstaunlich schlichten roten Plastikbecher.

»Weißt du, was ich gefunden habe? Rechnungen von Hatchett and Hatch. Sie hat dem kleinen Scheißkerl Kleidung gekauft.«

»Woher wußtest du, daß es nicht deine Sachen waren?«

Er grinste mich durch den Spiegel spöttisch an. »Ich kaufe dort seit Jahren nicht mehr. Meine Anzüge und Jacketts sind Maßanfertigungen. Ich lasse sogar meine Hemden auf Bestellung bei Paul Stuart in New York nähen. Und Schuhe bestelle ich bei Wilkes Bashford in San Francisco.« Er hob einen Fuß, damit ich die dunkelbraunen Schweinslederschuhe bewundern konnte. »In Millhaven kaufe ich höchstens noch Socken und Unterwäsche.« Er tätschelte den Verband und trat vom Waschbecken zurück. »Könnten wir hinuntergehen? Ich brauche jetzt einen Drink.«

Ich trabte hinter ihm her in die Küche, und er warf mir einen unschuldsvollen Blick zu, als er den Kühlschrank aufmachte. Jetzt, da sein Vater nicht mehr da war, war auch die Dreihundertdollarflasche wieder da. »Ich werde nicht weglaufen oder so, Tim, du brauchst nicht wie mein Schatten hinter mir her zu sein.«

»Was hast du gemacht, als sie schließlich nach Hause kam?«

Er goß ungefähr acht Zentimeter Hyacinthwodka in ein Glas und kostete, bevor er etwas sagte. »Ich dürfte nie Eiswürfel in das Zeug tun. Sie verderben nur das zarte Aroma. Willst du einen Schluck?«

»Ein Schluck würde mir nicht helfen. Hast du sie direkt mit den Tatsachen konfrontiert?«

Er kostete noch einmal und nickte. »Ich hatte die Kreditkartenquittungen vor mir liegen – ich saß im Wohnzimmer, und sie kam ungefähr Viertel nach zwölf nach Hause. Gott, ich bin fast gestorben.« Er schaute zur Decke und stieß einen fast lautlosen Seufzer aus. »Sie war so schön. Im ersten Moment hat sie mich nicht gesehen, und als sie mich bemerkte, veränderte sie sich schlagartig. Alles Leben wich aus ihr. Als habe sie ihren Gefängniswärter erblickt. Bis zu dieser Sekunde hatte ich noch gedacht, es könnte eine andere Erklärung für alles geben. Die Sachen hätten ja für ihren Vater sein können – er kauft gern in dem Geschäft. Aber in der Sekunde, in der ich sah, wie sie sich veränderte, wußte ich alles.«

»Hast du die Beherrschung verloren?«

Er schüttelte den Kopf »Ich fühlte mich wie jemand, dem man ein Messer in den Rücken gestoßen hatte. ›Wer ist es?‹ fragte ich. ›Dein kleiner Liebling Byron?‹ Sie sagte, sie wisse nicht, wovon ich rede. Also sagte ich ihr, daß sie gar nicht im Büro gewesen war, und sie erzählte mir irgendwas davon, daß sie nicht ans Telefon gegangen, im Kopierraum, in einem anderen Büro gewesen sei ... Und darauf ich: ›April, was haben diese Quittungen zu bedeuten?‹, und sie tischte mir eine Lüge nach der anderen auf, und ich sagte immer wieder Dorian, Dorian, Dorian, und endlich ließ sie sich in einen Sessel fallen und sagte, okay, ich habe mich mit Dorian getroffen. Und was geht es dich an? Mein Gott, es war, als ob sie mich mordete. Doch je länger wir redeten, um so weniger trumpfte sie auf und sagte schließlich, es tue ihr leid, daß ich es auf diese Weise erfahren mußte, sie verabscheue Heimlichtuerei und sei fast froh, daß ich dahintergekommen sei, weil wir jetzt darüber reden könnten, wie wir unsere Ehe am besten beendeten.«

»Hat sie den Job in San Francisco erwähnt?«

»Nein, damit hat sie gewartet, bis wir im Wagen saßen. Ich möchte in ein anderes Zimmer gehen, Tim, mir ist ein bißchen schwindlig, okay?«

Im Wohnzimmer sah er die Bronzeplakette auf dem Boden liegen und bückte sich, um sie aufzuheben. Er zeigte sie mir. »Hast du damit zugeschlagen?« Ich sagte ja, damit, und er schüttelte, über die Ironie des Ganzen verwundert, den Kopf. »Das verdammte Ding sieht sogar wie eine richtige Mordwaffe aus«, sagte er und legte die Plakette auf den Kaminsims zurück.

»Wessen Idee war es, mit dem Auto wegzufahren?«

John sah ungefähr eine Sekunde lang – aber nicht länger – gereizt aus. »Ich bin es nicht gewöhnt, verhört zu werden. Das ist noch immer ein sehr heikles Thema.«

Er ging zur Couch. Die Polster seufzten, als er sich setzte. Er trank und behielt die Flüssigkeit einen Augenblick im Mund, während er sich im Zimmer umsah. »Wir haben nichts zerbrochen. Ist das nicht erstaunlich? Daß ich mich geprügelt habe, merke ich einzig und allein daran, daß ich mich wie Scheiße fühle.«

Ich setzte mich in den Sessel und wartete.

»Okay. Ich dachte, ich hätte alles über diesen hinterhältigen Blindgänger Dorian verdrängt, und sagte ihr endlich, was ich am Anfang hätte sagen sollen – ich sagte, daß ich sie liebe und verheiratet bleiben wolle. Ich sagte, sie sei der wichtigste Mensch in meinem Leben. Verdammt, ich habe sogar gesagt, sie sei mein Leben.«

Tränen schossen ihm aus den Augen. »Und das war die Wahrheit. Vielleicht war ich kein besonders guter Ehemann, aber April war mein ganzes Leben.« Er wollte sich mit dem Taschentuch das Gesicht abwischen, merkte dann aber, wie es aussah. Er suchte auf seiner Hose nach Blutflecken und ließ das Taschentuch in einen sauberen Aschenbecher fallen. »Tim, hast du zufällig ...«

Ich fischte mein Taschentuch heraus und warf es ihm zu. Es war zwei Tage alt, aber noch sauber, fast. John drückte es sich auf die Augen, fuhr sich damit über die Wangen und warf es mir zurück.

»Nun ja, sie sagte, sie könne nicht mehr stillsitzen, sie müsse raus, ein bißchen rumfahren oder so. Ich fragte sie sogar, ob ich mitkommen dürfe. ›Wenn du mit mir sprechen willst, wäre das wohl ganz praktisch, oder?‹ sagte sie. Also sind wir rumgefahren, ich weiß nicht einmal, wo. Wir sagten immer und immer wieder dasselbe – sie hörte mir einfach nicht zu. Am Ende landeten wir irgendwo in der Nähe des Bismarck Boulevard auf der West Side.«

John atmete zischend aus. »Sie fuhr weiter zur Sechsundvierzigsten, Fünfundvierzigsten, ich weiß es nicht mehr. Am Ende des Blocks war eine Bar. The Turf Lounge, glaube ich.« Er sah mich an, und sein Mund zuckte. Sein Blick irrte wieder ab und überflog rastlos die Gegenstände im Raum. »Tim, du weißt doch noch, daß ich, nachdem wir meine Eltern zum Flughafen gebracht hatten, ständig Ausschau hielt, ob uns ein Wagen folgte? Ich denke, jemand ist an diesem Abend April und mir gefolgt. Ich war nicht ganz nüchtern, weißt du, nein, eigentlich war ich richtig besoffen. Aber ich hab' noch so was wie den sechsten Sinn, hab' das alte Radar nicht eingebüßt. Nur manchmal hab' ich dieses Gefühl, und niemand ist da, weißt du? Passiert dir das nicht auch ab und zu?«

Ich nickte.

»Jedenfalls war niemand sonst auf der Straße. Alle Lichter gelöscht, außer in der Bar. Ich erzählte ihr von dem Besitz, den ich in Purdum gefunden hatte, siebeneinhalb Hektar, ein Teich, ein schönes Haus, ein guter Preis. Dort hätten wir eine eigene Kunstgalerie einrichten können. Als ich zu Ende war, sagte sie: ›Ross will möglicherweise, daß ich nach San Francisco gehe. Als Leiterin seiner Filiale.‹ – ›Vergiß diesen aufgeblasenen Typen Ross‹, sagte ich, ›was willst *du?*‹ ›Ich habe daran gedacht zu akzeptieren‹, sagte sie. ›Ohne dich vorher mit mir zu besprechen?‹ sagte ich. Und darauf sie: ›Wozu denn? Ich habe nicht die Absicht, dich zu beteiligen.‹ *Mich zu beteiligen!* Das reinste Maklerrotwelsch. Ich konnte nicht anders, Tim.« Er beugte sich vor und starrte mich an. Seine Lippen bewegten sich, während er überlegte, wie er es ausdrücken sollte. »Ich konnte nicht anders ... Wirklich nicht, Tim.« Sein Gesicht rötete sich.

»Ich habe sie geschlagen. Ich hob die Hand und haute ihr eine runter. Zweimal.« Seine Augen schwammen in Tränen. »Ich – ich war so geschockt fühlte mich so dreckig. April weinte. Ich konnte es nicht ertragen.«

Seine Stimme wurde brüchig, er schloß die Augen und streckte mir die große, rosige Hand entgegen. Im ersten Moment dachte ich, daß ich sie ihm halten sollte. Dann begriff ich, was er wollte, und reichte ihm wieder mein Taschentuch. Er hielt es sich vor die Augen, beugte sich vor und weinte.

»O Gott«, sagte er endlich und richtete sich auf. Seine Stimme klang leise und weich. »Aprils Gesicht war tränenüberströmt.« Seine Brust hob und senkte sich ruckartig, und er wischte sich die Augen, bis er wieder sprechen konnte. »Sie sagte kein Wort. Ich hielt es in diesem Wagen nicht mehr aus, stieg aus und ging weg. Ich bin ziemlich sicher, daß ich einen Wagen starten hörte, habe aber nicht darauf geachtet. Eigentlich wollte ich gar nicht in die Bar, doch als ich vor der Tür stand, ging ich doch rein. Ich habe keine Ahnung, ob noch andere Gäste da waren. Ich schüttete ungefähr vier Drinks in mich hinein, schluck, schluck, schluck, einen nach dem anderen. Wie lange ich da drin war, weiß ich nicht. Dann stand plötzlich dieser Typ vor mir, der wie ein Sumo-Ringer aussah, und sagte, daß sie jetzt schließen und ich zahlen müßte. Ich nehme an, es war der Barmann, aber ich konnte mich nicht einmal daran erinnern, ihn schon gesehen zu haben. Er sagte – nehmen Sie …«

Johns Brust und Bauch begannen wieder auf und ab zu hüpfen. Er lachte und weinte zugleich. »Er sagte: ›Kommen Sie nicht wieder, Kumpel, Leute wie Sie wollen wir hier nicht.‹« John brauchte lange, um den Satz zu Ende zu bringen. Er fuhr sich mit meinem Taschentuch übers Gesicht. Sein Mund zuckte und verzog sich zu einem irren Grinsen.

»Ich legte einen Fünfziger auf die Bar und ging. April war natürlich weg – ich hatte auch nicht gedacht, daß sie auf mich warten würde. Ich brauchte ungefähr eine Stunde bis nach Hause. Unterwegs übte ich im Kopf alle möglichen Reden ein. Als ich hier eintraf, stand ihr Wagen vor dem Haus, und ich dachte, o Gott, wenigstens ist sie da. Ich ging hinauf, aber sie war nicht im Schlafzimmer. Ich durchsuchte das ganze Haus, rief ihren Namen. Endlich ging ich wieder hinaus, um nachzusehen, ob sie noch im Wagen saß. Als ich die Tür aufmachte, fiel ich fast in Ohnmacht – beide Vordersitze waren voller Blut. Viel Blut. Ich drehte durch, rannte den Block hinauf und hinunter und dachte, ich müßte sie viel schwerer verletzt haben, als ich gedacht hatte. Ich sah sie vor mir – sah sie aus dem Wagen steigen und vor irgendeinem Haus auf dem Rasen zusammenbrechen. Jesus. Völlig außer mir, bin ich das ganze Viertel abgelaufen, zweimal, dann ging ich wieder ins Haus, rief im Shady Mount an und sagte, ich hätte in der Berlin Avenue eine verwirrte, blutende Frau gesehen, habe sie vielleicht jemand in die Notaufnahme gebracht? Die sehr mißtrauische Frau, mit der ich sprach, sagte, es sei niemand gekommen. Die Cops konnte ich meiner Meinung nach nicht anrufen, dazu klang meine Geschichte zu faul. Im tiefsten Innern, Tim, im tiefsten Innern wußte ich schon, daß sie tot war. Also legte ich ein Handtuch auf den Fahrersitz und brachte den Wagen in Alans Garage. Zwei Nächte später, als mir klar war, daß ich in echten Schwierigkeiten stecken würde, wenn man ihn fand, ging ich mitten in der Nacht hin und säuberte ihn so gründlich wie möglich. Aber an dem Abend, an dem sie verschwand, bin ich gleich wieder nach Hause und habe darauf gewartet, was von ihr zu hören. Schließlich ging ich ins Bett – das heißt, eigentlich schlief ich auf dieser Couch hier. Ich war nicht nüchtern. Doch das brauche ich dir, glaub ich, nicht zu sagen. Am Tag bevor du kamst, brachte ich ihren Wagen in die Werkstatt nach Purdum.«

Er entdeckte das Taschentuch, zusammengeballt in seiner Hand, schüttelte es aus und schneuzte sich. Dann ließ er es auf das blutige in den Aschenbecher fallen.

»Damals dachte ich, nach Vietnam müsse dies die schlimmste Nacht sein, die ich je erleben würde. Wie ahnungslos war ich doch!«

»Und am nächsten Tag rief die Polizei an.«

»Kurz nach zwölf Uhr mittags.«

»Wann hast du von dem Logo erfahren – oder der Unterschrift oder was immer es ist?«

»Im Shady Mount. Fontaine hat es mir gesagt. Er fragte mich, ob ich eine Ahnung hätte, was es bedeute.«

»Und du hast ihm nichts von Aprils Projekt gesagt?«

Voller Groll schüttelte er den Kopf. »Sie hat ja kaum noch etwas mit mir besprochen.« Der Groll wurde stärker. »Ich wußte nur, daß es sich um etwas handelte, das auf dem Mist dieses Schleimers gewachsen war.«

»Dorians Vater war einer von Bill Damroschs alten Partnern.«

»Oh? Ich nehme an, das könnte interessant sein, wenn man sich für so was interessiert.«

Er griff nach seinem Drink, schluckte, stöhnte und fiel in die Polster zurück. Eine Zeitlang sagten wir beide nichts.

»Sag mir, was deiner Ansicht nach passiert ist, nachdem du in die Bar gegangen warst.«

John preßte das kalte Glas zuerst an die eine und dann an die andere Wange. Er hatte die Augen zu Schlitzen zusammengekniffen. »Zuerst muß ich wissen, ob du mir glaubst. Du weißt, ich hätte April nicht töten können.«

Das war die Frage, die ich verdrängt hatte. Ich antwortete, so gut ich konnte. »Ich denke, daß ich dir glaube, John.« Als ich es aussprach, wurde mir klar, daß ich die Wahrheit gesagt hatte – ich dachte, daß ich ihm glaubte.

»Ich hätte es beschönigen können, Tim. Hätte sagen können, ich sei ausgestiegen und gegangen, als sie anfing zu weinen. Hätte dir nicht sagen müssen, daß ich sie geschlagen habe. Ich habe nicht versucht, mich besser zu machen, als ich bin.«

»Das weiß ich«, sagte ich.

»Es ist die Wahrheit. Es ist häßlich, aber es ist die Wahrheit.«

»Denkst du, du hattest recht mit deiner Vermutung, daß du verfolgt wurdest?«

»Klar hatte ich recht«, sagte er. »Wäre ich nicht so verkrampft gewesen, hätte ich mehr darauf geachtet.« Er schüttelte den Kopf und stöhnte wieder. »Das ist passiert. Jemand hat ungefähr einen Block hinter uns geparkt und gewartet. Sie müssen überrascht gewesen sein, als sie mich aussteigen sahen – haben vielleicht sogar geglaubt, ich hätte sie entdeckt. Deshalb haben sie ihren Wagen gestartet. Sie haben gesehen, daß ich in die Bar ging. Als ich nicht sofort wieder rauskam, mit Zigaretten oder so, sind sie zum Mercedes gegangen und haben es getan. Also, wenn ich April nicht geschlagen – mich nicht so idiotisch benommen hätte, daß ich sie allein lassen mußte ...«

Er schloß die Augen und preßte die Lippen zusammen. Ich wartete, bis er die Selbstbeherrschung wiedergefunden hatte.

»Es müssen zwei gewesen sein, weil ...«

»Weil einer ihren Wagen gefahren hat, bevor sie sie ins St. Alwyn brachten.«

Ich war plötzlich so wütend, daß ich schreien mußte. »Warum hast du mir nicht gleich die Wahrheit gesagt? So viele Ausflüchte! Hast du dir nicht überlegt, wie es aussehen würde, wenn die Polizei ihren Wagen fand?«

John blieb gelassen. »Nun, sie hat ihn nicht gefunden, oder?« Er trank wieder und kaute eine Weile auf dem Wodka herum. »Nach deiner Abreise wollte ich ihn nach Chikago fahren, auf der Straße stehen und den Zündschlüssel stecken lassen. Ein Geschenk für die Penner. Dann hätte die Polizei ihn ruhig finden können.«

Er spürte meine Ungeduld. »Hör mal, ich weiß, das war

ein dummer Plan. Ich hatte Angst und geriet in Panik. Aber denk eine Sekunde lang mal nicht an mich. Writzman muß einer der Männer im Wagen gewesen sein. Deshalb hat er sich beim Krankenhaus rumgetrieben. Er wollte wissen, ob April aufwachen würde.«

»Nun gut, das heißt aber, daß du mich zweimal belogen hast«, sagte ich.

»Tim, ich habe nicht geglaubt, daß ich je einem Menschen sagen könnte, was wirklich geschehen war. Ich habe mich geirrt, und ich entschuldige mich. Aber hör mir zu. Es war noch ein Kerl im Wagen, der Cop, von dem du gesprochen hast. Und er muß derjenige sein, der Writzman getötet hat.«

»Ja«, sagte ich. »Sie haben sich in The Green Woman getroffen.«

John nickte langsam, als sei das für ihn völlig neu und faszinierend.

»Und weiter?« sagte er.

»Wahrscheinlich hat Writzman um das Treffen gebeten. Sein Vater rief ihn an und sagte, Billy, halte mir deine Ganoven vom Leib.«

»Hab' ich dir nicht gesagt, daß wir etwas in Bewegung setzen würden?« sagte John. »Es hat wie ein Zauber gewirkt.«

»Hattest du dir wirklich etwas von der Art vorgestellt?«

»Ich habe nichts dagegen, wenn die Bösen sich gegenseitig umbringen. Mir ist es recht. Und weiter?«

»Writzman sagte, zwei Leute seien zu seinem Vater gekommen und hätten sich nach Elvee Holding erkundigt. Das genügte. Der Cop mußte seine Verbindung zu allem eliminieren, das uns zu ihm führen konnte. Ich weiß nicht, was er getan hat. Wahrscheinlich hat er darauf gewartet, daß Writzman ihm den Rücken kehrte, und ihn dann mit dem Kolben seiner Waffe niedergeschlagen. Er hat ihn zu diesem Stuhl im Keller gezerrt, ihn gefesselt und verstümmelt. Das tut er mit Begeisterung.«

»Dann ließ er ihn über Nacht dort«, sagte John. »Er hat gewußt, daß wir's mit einem Mordsgewitter zu tun kriegen würden, also hat er ihn gestern morgen in den Kofferraum seines Wagens gepackt, gewartet, bis es richtig anfing zu gießen, und ihn dann vor dem Idle Hour abgelegt. Niemand war auf der Straße, und dunkel war es sowieso. Es klappt alles bestens. Er hat sein drittes *Blaue-Rose*-Opfer, und niemand kann ihn mit Writzman in Verbindung bringen. Er hat Grant Hoffman, meine Frau und seinen Helfershelfer umgebracht und ist ganz und gar aus dem Schneider.«

»Außer, daß wir jetzt wissen, daß er ein Cop ist. Und der Sohn von Bob Bandolier.«

»Woher wissen wir das mit dem Cop?«

»Die Namen der beiden anderen Direktoren von Elvee Holding waren Leon Casement und Andrew Belinsky. Casement war Bob Bandoliers Mittelname, und vor ungefähr zehn Jahren hieß der Chef der Mordkommission von Millhaven Andy Belin. Belins Mutter war Polin, und so nannten die anderen Detectives ihn Belinsky.« Ich versuchte ihn anzulächeln, doch das Lächeln mißglückte mir irgendwie. »Ich vermute, das ist Polizeihumor.«

»Mann!« sagte John und sah mich bewundernd an. »Du bist gut!«

»Fontaine hat es mir gesagt. Ich bin nicht so sicher, daß es richtig von mir war zu fragen.«

»Verdammt!« sagte John. Er richtete sich auf und zeigte mit dem ganzen Arm auf mich. »Fontaine hat die Aussage seines Vaters aus der *Blaue-Rose*-Akte entfernt, bevor er sie dir gab. Er hat dir befohlen, dich von den Sunchanas fernzuhalten, und als das nichts nützte, raste er mit dir zum Grab seines Vaters hinaus. Siehst du? sagte er dir damit. Bob Bandolier ist tot und begraben. Vergiß den Scheiß, und fahr nach Hause. Richtig?«

»Im wesentlichen, ja. Doch er hätte Writzmans Leiche nicht ins Idle Hour bringen können. Ich war mit ihm zusammen, als es anfing zu regnen.«

»Überleg doch mal, wie der Mann arbeitet«, sagte John. »Er hatte einen Helfershelfer, stimmt's? Jetzt hat er einen anderen. Er hat jemanden bezahlt, der die Leiche vor dem Idle Hour ablegte. Es ist perfekt. Du bist sein Alibi.«

Es hätte nicht einmal Geld sein müssen, dachte ich. Informationen wären besser gewesen als Geld.

»Also, was machen wir?« fragte John. »Zur Polizei können wir kaum. Sie lieben Fontaine da unten am Armory Place. Er ist Millhavens beliebtester Detective – er ist Dick Tracy, um Himmels willen.«

»Vielleicht bringen wir ihn dazu, sich selbst zu *outen*«, sagte ich.

»Und wie sollen wir das anstellen?«

»Ich habe dir doch erzählt, daß Fee Bandolier sich ungefähr alle zwei Wochen einmal nachts in das alte Haus seines Vaters schleicht. Die Frau von nebenan erhascht ab und zu einen flüchtigen Blick auf ihn. Sie hat mir versprochen, mich das nächstemal anzurufen, wenn sie ihn sieht.«

»Zum Teufel damit! Brechen wir doch einfach dort ein.«

Ich stöhnte. »Ich bin zu müde und zu kaputt, um Cowboy zu spielen.«

»Denk drüber nach. Wenn es nicht Fontaine ist, dann ist's ein anderer Typ vom Armory Place. Vielleicht finden wir Familienfotos im Haus. Vielleicht etwas – ich habe keine Ahnung, was – mit seinem Namen drauf. Warum hat er das Haus behalten? Er bewahrt etwas darin auf.«

»Etwas war immer dort«, sagte ich. »Seine Kindheit. Ich geh ins Bett, John.« Meine Muskeln protestierten, als ich aufstand.

Er stellte sein leeres Glas auf den Tisch und berührte den Verband an seiner Schläfe. Dann lehnte er sich auf der Couch zurück. Einen Moment lauschten wir beide dem Regen, der an die Fenster schlug.

Ich wandte mich ab, um zur Treppe zu gehen. Jede Zelle meines Körpers schien Zentner zu wiegen. Ich wollte in dieser Welt nur noch eins – ins Bett.

»Tim«, sagte John.

Ich drehte mich langsam um. Er stand schwerfällig auf und hielt mich mit den Augen fest. »Du bist ein echter Freund.«

»Das muß ich wohl sein«, sagte ich.

»Wir stehen die Sache gemeinsam durch, ja?«

»Aber sicher.«

Er kam auf mich zu. »Von nun an, ich verspreche es, bekommst du nur die Wahrheit zu hören. Ich hätte …«

»Schon okay«, sagte ich. »Versuch nur nicht noch einmal, mich umzubringen.«

Er kam ganz nah zu mir, legte die Arme um mich, preßte die Wange an meine, drückte mich fest an seine gut gepolsterte Brust – es war, als werde man von einer Matratze umarmt. »Ich liebe dich, Mann. Seite an Seite, in Ordnung?«

»*De Opresso Liber**«, sagte ich und klopfte ihm auf den Rücken.

Er drosch mir mit der Faust auf die Schulter und packte mich noch fester. »Morgen fangen wir neu an.«

»Ja«, sagte ich und ging hinauf.

Ich zog mich aus und nahm *Die Nag-Hammadi-Bibliothek* mit ins Bett. John ging in seinem Schlafzimmer umher und stieß ab und zu gegen ein Möbelstück. Der harte, stetige Regen trommelte ans Fenster und an die Hauswand. Beim Licht der Nachttischlampe schlug ich das Buch auf und las:

> Denn was in dir ist, ist bei dir auch äußerlich,
> und wer dich außen prägt,
> hat dich auch innerlich geprägt.
> Und was du äußerlich an dir siehst,
> siehst du in dir;
> es ist sichtbar und ist dein Gewand.

Nach kurzer Zeit verschwammen die Worte, verwandelten sich in völlig andere Worte, und es gelang mir gerade noch, das Buch zuzuklappen und das Licht auszuschalten, bevor ich einschlief.

3

Um vier Uhr morgens erwachte ich aus einem Traum, in dem ein gräßliches Monster in einem finsteren Keller nach mir suchte. Wie erstarrt lag ich im Bett und lauschte auf mein Herz, das mir gegen die Brust hämmerte. Im nächsten Moment stellte ich fest, daß es aufgehört hatte zu regnen. Laszlo Nagy war ein besserer Meteorologe als die meisten Profis.

---

* Frei von Unterdrückung; Motto der Green Berets.

Eine Zeitlang befolgte ich den Rat, den ich mir in schlaflosen Nächten gebe, daß es am besten ist, sich auszuruhen, und blieb mit geschlossenen Augen liegen. Mein Herzschlag beruhigte sich, und ich atmete leicht und regelmäßig, während mein Körper sich entspannte. Eine Stunde verging. Jedesmal wenn ich das Kissen umdrehte, flog mich der Hauch eines schweren Duftes an, und endlich begriff ich, daß es das Parfüm oder Kölnischwasser sein mußte, das Marjorie Ransom vor dem Zubettgehen benutzte. Ich warf das Laken zurück und ging zum Fenster. Schwarzer, ölig aussehender Nebel preßte sich an die Scheibe. Die Straßenlaterne auf dem Gehsteig war nur ein schwacher, kaum sichtbarer gelber Schimmer, wie die Sonne auf einem Gemälde von Turner. Ich machte Licht, putzte mir die Zähne, wusch mir das Gesicht und ging im Pyjama nach unten, um an meinem Buch zu arbeiten.

Für anderthalb Stunden schlüpfte ich in den Körper eines kleinen Jungen, dessen Zimmer eine Tapete mit einem Muster aus blauen Kletterrosen hatte, eines Jungen, dessen Vater behauptete, ihn aus übergroßer Liebe zu schlagen, und dessen Mutter im Gestank von Exkrementen und faulendem Fleisch vor sich hinstarb. Wir sorgen sehr gut für diese Frau, sagte sein Vater, unsere Liebe ist besser für sie als jedes Krankenhaus. Unter Charlie Carpenters Haut sah Fee Bandolier zu, wie seine Mutter hinaus ins Dunkel trieb. Ich war in der Luft um ihn herum, Fee und Nicht-Fee, Charlie und Nicht-Charlie, beobachtete, zeichnete auf. Als der Schmerz zu groß wurde, um weiterzumachen, legte ich den Bleistift weg und ging auf zitternden Beinen nach oben.

Es war gegen sechs. Ich hatte dieses merkwürdige Gefühl des Verlorenseins. Johns Haus schien nicht realer oder weniger real als das kleinere Haus, in das ich mich hineinversetzt hatte. Wenn ich noch getrunken hätte, hätte ich mir vier Fingerbreit von Johns Hyazinthwodka eingeschenkt und versucht wieder einzuschlafen. Statt dessen schaute ich aus dem Fenster – der Nebel war zu dickem, undurchdringlichem Silber geworden –, duschte schnell, zog Jeans und Glenroy Breakstones schwarzes Sweatshirt an, steckte das Notizbuch in die Tasche, ging nach unten und verließ das Haus.

4

Die Welt war verschwunden. Vor mir hing ein schwereloses, leicht ins Graue spielendes Silbergespinst, das sich teilte, wenn ich darin eintauchte, und sich vier bis fünf Schritt hinter mir wieder schloß. Ich konnte die Stufen sehen, die zum Weg hinunterführten; die hohen Hecken zu beiden Seiten des Rasens färbten das Silber dunkelgrün. Die klamme, kalte Luft legte sich mir wie Dunst auf Gesicht und Hände. Ich ging auf den matten Lichtkreis der Straßenlaterne zu.

Auf dem Gehsteig sah ich die schwachen und immer schwächer werdenden Lichtpunkte der Straßenlaternen, die in Reih und Glied den Ely Place entlang zur Berlin Avenue marschierten. Wenn ich sie im Gehen zählte, wie das Kind-Ich die Sitzreihen im Kino gezählt hatte, damit ich zu meinem Platz zurückfand, würden die Laternen zu meinen Wegweisern werden. Ich wollte für eine Weile weg aus Johns Haus; wollte Marjories tropisches Parfüm gegen frische Luft eintauschen, tun, was ich in New York tat, einfach ziel- und gedankenlos umhergehen, während die leere Seite sich von selbst mit Worten füllte.

Ich ging drei Blocks weit und kam an sechs Laternen vorbei, ohne ein Haus, ein Auto oder einen anderen Menschen zu sehen. Ich drehte mich um und schaute zurück, und der ganze Ely Place, außer dem Stückchen Gehsteig unter meinen Füßen, war eine schimmernde silberne Leere. Scheinbar weit entfernt, viel weiter weg, als mir bewußt war, durchdrang ein runder gelber Schein schwach die helle Leere. Ich kehrte ihr wieder den Rücken zu und versuchte, dahin zu schauen, wo die Berlin Avenue sein mußte.

Aber es sah nicht aus wie die Berlin Avenue – es sah genauso aus wie an den drei anderen Einmündungen, an denen ich vorübergekommen war: niedrigere, abgerundete Bordsteine und eine flache weiße Fahrbahn, die teilweise und unregelmäßig in den Lücken des stehenden Nebels auftauchte. Der Schimmer der nächsten Straßenlampe waberte vor mir im Nebel. Der Ely Place endete an der Berlin Avenue, und vor mir hätte keine Laterne sein dürfen. Vielleicht, dachte ich, steht eine direkt gegenüber vom Ely Place auf der anderen Seite der Avenue ... Aber hätte sie in diesem Fall nicht viel weiter entfernt sein müssen?

Natürlich konnte ich die Entfernung zwischen mir und der nächsten Laterne nicht richtig abschätzen. Der Nebel machte es unmöglich – rückte, wo er am dicksten war, Gegenstände in die Weite und brachte sie näher, wo er weniger kompakt war. Ich stand mit großer Wahrscheinlichkeit an der Ecke Ely Place – Berlin Avenue. Von Johns Haus aus war ich drei Blocks weit nach Westen gegangen, mußte also bei der Berlin Avenue angekommen sein.

Ich werde sie überqueren, dachte ich, und dann zu Johns Haus zurückgehen. Vielleicht kann ich vor Tagesanbruch sogar noch ein bißchen schlafen ...

Ich betrat die Fahrbahn, hielt in beiden Richtungen Ausschau nach dem gelben Dunst von Autoscheinwerfern. Man hörte kein Geräusch, als habe der Nebel alles rundum in Baumwolle gepackt. Ich machte sechs Schritte vorwärts in eine weiche, nachgebende silberne Leere, die durch mich hindurchsickerte, während ich weiterging. Dann stieß ich mit dem Fuß an einen Bordstein, den ich kaum sah. Ich wechselte zum nächsten Abschnitt des Gehsteigs hinüber. Vor mir, in einer nicht abzuschätzenden Entfernung, brannte die nächste Straßenlaterne einen tennisballgroßen gelben Kreis in das Silber. Ich hatte zwar eine Straße überquert, aber die Berlin Avenue war es nicht.

Ungefähr einen Meter vor mir entdeckte ich den grünen Metallpfosten eines Straßenschildes. Ich ging darauf zu und schaute hinauf. Der grüne Pfosten stieß bolzengerade in dicke Wolken wie ein Wolkenkratzer. Ich sah das Schild nicht einmal und konnte natürlich auch die Straßennamen nicht entziffern. Ich stellte mich direkt neben den Pfosten und bog den Kopf so weit wie möglich zurück. Hoch oben in einer silbernen Masse, die seitlich wegzugleiten schien, als ich hinaufsah, deutete ein dunklerer Nebelstreifen ein Rechteck an. Darüber schien der schimmernde silberne Nebel so kompakt zu sein wie ein Dach.

Zwischen Johns Haus und der Berlin Avenue mußten demnach vier Blocks liegen und nicht drei. Ich brauchte nur den Straßenlaternen zu folgen und durfte das Zählen nicht vergessen. Ich ging weiter, und als ich mit der Laterne auf gleicher Höhe war, sagte ich *fünf* vor mich hin. Sobald ich die Laterne hinter mir ließ, versank die Welt wieder in silbriger Leere. Die Berlin Avenue mußte direkt vor mir liegen, und ich marschierte zuversichtlich weiter, bis der pfennig-große Glanz einer nächsten Laterne von irgendwo weit her durch den Nebel zu mir drang. Dann kam ich zu einer anderen Einmündung mit einem abgerundeten Bordstein an einer grau-weißen Fahrbahn. Ely Place hatte sich zu einer dimensionslosen Unendlichkeit ausgedehnt.

Aber solange ich die Straßenlaternen zählte, war ich sicher – sie waren meine Abart des Ariadnefadens, würden mich zu Johns Haus zurückführen. Ich betrat und überquerte die schmale Straße.

Verblüfft passierte ich noch einmal zwei Blocks und drei Laternen, ohne einen Wagen zu hören oder einem menschlichen Wesen zu begegnen. Am Anfang des nächsten Blocks, mit der neunten Laterne vor mir, wurde mir klar, was geschehen sein mußte – ich hatte mich, als ich Johns Haus verließ, in die falsche Richtung gewandt und befand mich jetzt weit östlich von der Berlin Avenue, näherte mich der Seventh und dem Eastern Shore Drive. Die unsichtbaren Häuser um mich herum waren größer und eleganter geworden, die Rasen länger und gepflegter. Ein paar Blocks weiter würde ich auf das hohe Steilufer stoßen, das zum See abfiel.

Und weiter durch kalte silbrige Leere, einen Block und noch einen. Ich hatte elf Laternen gezählt. Wenn ich mich auf dem Ely Place nach Osten gewandt hatte statt nach Westen, war ich jetzt fast bei der Eastern Shore Road.

Vor mir lag ein weiterer Block, sah ich einen weiteren schwachen gelben Lichtkreis.

Zwei Gedanken kamen mir buchstäblich gleichzeitig. Diese Straße würde mich weder zur Berlin Avenue noch zur Eastern Shore Road führen, und wenn John Ransom und ich in Bob Bandoliers altes Haus einbrechen wollten, dann war heute der richtige Tag dafür. Ich dachte sogar, daß wir einen ausgezeichneten Grund hätten, einen Blick in das Bandolier-Haus zu werfen. Ich hatte Johns Vermutung, daß Fee etwas dort aufbewahrte, abgeschmettert und gesagt, ja, seine Kindheit. Jetzt dachte ich, daß vermutlich auch sein Erwachsenenleben – die Protokolle seines heimlichen Lebens – in diesem Haus zu finden sein würden. Wohin konnte er die Kisten aus The Green Woman gebracht haben? Elvee Holding konnte nicht in der ganzen Stadt Häuser besitzen. Es war so offensichtlich, daß ich nicht begriff, warum ich nicht schon früher daran gedacht hatte.

Jetzt brauchte ich nur noch elf Straßenlaternen zu zählen und darauf zu warten, bis John aufstand. Ich machte kehrt und ging durch die helle Leere zurück.

Die Sequenz der Lampen kam mir entgegen, aus stumpfgelben Nadelspitzen wurden schimmernde Kürbisse, die nichts anderes beleuchteten als den Dunst um sie herum, der ihr Licht zurückwarf. Einmal hörte ich einen Wagen die Straße entlangfahren, so langsam, daß ich fast zu hören glaubte, wie sich die Reifen an das Pflaster preßten. Der Wagen kroch von hinten näher und tastete sich gewissermaßen an mir vorbei. Der Motor summte. Alles, was ich von ihm sah, waren zwei wirkungslose Lichtstreifen, die schräg nach unten zeigten, als versuchten sie, den Asphalt zu lesen. Es war, als beobachte ich ein Riesentier, das an mir vorüberglitt. Auf einmal war das Tier verschwunden. Einen Augenblick noch hörte ich es summen, und dann war auch das Geräusch nicht mehr da.

Bei der elften Laterne ging ich an den Rand des Gehsteigs und bemühte mich, eine der Hecken auszumachen, die Johns Grundstück eingrenzten. Kein Dunkelgrün drang durch den Nebel, und ich streckte die Hände aus und tastete umher, ohne die Hecke zu finden. Ich machte einen weiteren Schritt an den Rand des Gehsteigs und stolperte vom Bordstein auf die Straße. Sekundenlang stand ich da, schaute nach links und nach rechts, sah nichts und war halb benommen vor Verwirrung. Dies konnte nicht die Straße sein – der Wagen war auf der anderen Seite vorübergefahren. Ich machte noch einen Schritt, ließ die Laterne hinter mir zurück, streckte die Hände aus und tastete blindlings nach etwas, das ich berühren konnte – egal, was es war.

Ich drehte mich um und sah das tröstliche gelbe Licht, das von rauchigen Partikeln reflektiert wurde, die sich in anderen Partikeln reflektierten und wieder in anderen, so daß die Laterne zu einem rauchigen gelben Ball aus Dunst ohne Ränder und ohne festen Umfang geworden war, sich in sich selbst fortsetzend, die Illusion einer Reflexion, gleich einer Fiktion ihrer selbst.

Ich ging über die leere, unsichtbare Straße zurück und kam wieder auf den Gehsteig. Als ich dem Laternenpfahl so nahe war, daß er sich glänzend und grün vom Silber abhob, strich ich mit den Fingern darüber. Das Metall war kalt und feucht, mit unsichtbaren Tröpfchen übersät. Ich ging auf die andere Seite des Gehsteigs, die Seite, wo das riesige, summende Tier an mir vorbeigefahren war, und tastete mich vorwärts, bis ich fühlte, daß der Gehsteig in kurzes, rauhes Gras überging.

Ich begriff und stellte mir vor, daß ich den ganzen Weg quer durch die Stadt in mein altes Viertel zurückgelegt hatte, wo es mitten im Sommer schneite und Engel den halben Himmel verdunkelten. Ängstlich betrat ich den Rasen und hoffte, Johns Haus vor mir auftauchen zu sehen, wußte jedoch, daß ich in Pigtown war und ein ganz anderes Haus sehen würde.

Ein Wohnhaus mit breiten Stufen, die zu einer Veranda führten, löste sich nach und nach aus dem Nebel. Hinter der Veranda ein breites schwarzes Fenster. Ich stand ein Stückchen von der Veranda entfernt und wartete. Mein Herz schlug wie wild. Aus dem Dunkel hinter dem Fenster kam ein kleiner Junge und blieb stehen, als er sah, daß ich hineinschaute. *Hab' keine Angst vor mir*, dachte ich, *ich habe dir etwas zu sagen*, doch was ich sagen wollte, zerflatterte sofort zu Zusammenhanglosigkeit. Die Welt ist aus Feuer gemacht. Du wirst erwachsen werden. Hoppe, hoppe, Reiter. Wir können, wir *können* es schaffen. Der Junge blinzelte, und seine Augen verschwammen. Er würde mich nicht hören – er konnte mich nicht hören. Ein riesiges weißes Nebelknäuel schwebte aus der Leere wie eine Riesenpfote, schnitt mich von dem Jungen ab, und als ich einen Schritt vorwärts machte, um ihn wieder zu sehen, war das Fenster leer.

Fürchte dich nicht, wollte ich sagen, aber ich fürchtete mich selbst.

Blindlings ging ich mit ausgestreckten Händen über den Rasen und stieß nach fünfzehn Schritten gegen eine dichte grüne Hecke. Ich ging die rauhe, elastische Grenze entlang, bis sie aufhörte und ich wieder auf dem Gehsteig stand. Dann tastete ich mich um die Hecke herum, überquerte diagonal den benachbarten Rasen, bis ich vertraute Granitstufen und eine vertraute, von zwei schmalen Fenstern flankierte Tür sah.

Pigtown – entweder das reale oder das Pigtown, das ich in mir trug – war verschwunden, und ich war zurück auf dem Ely Place.

5

Rosig von der Dusche, in einer leichten grauen Hose, einem anthrazitgrauen Rollkragenpullover aus Baumwolle und einem dunkelblauen Seidenjackett, kam John ein paar Stunden später nach unten. Ein kleinerer fleischfarbener Verband klebte an seiner Schläfe. Er lächelte mir zu, als er das Wohnzimmer betrat, und sagte: »Was für ein Tag! Normalerweise kriegen wir im Sommer keine solchen Nebel.« Er faltete die Hände und musterte mich einen Augenblick kopfschüttelnd, als sei ich eine unglaubliche Kuriosität. »Bist du früh aufgestanden, um zu arbeiten?« Bevor ich antworten konnte, fragte er: »Was ist das für ein dicker Wälzer? Ich dachte, die gnostischen Evangelien seien mein Gebiet, nicht das deine.«

Ich schlug das Buch zu. »Wie viele Blocks sind es von hier zur Berlin Avenue?«

»Drei«, sagte er. »Kannst du die Antwort im Evangelium des Thomas nicht finden? Mir gefällt der Vers, in dem Jesus sagt: Wenn du die Welt verstehst, hast du einen Leichnam gefunden, aber wenn du einen Leichnam gefunden hast, bist du der Welt überlegen. – Das ist wahre Gnosis, findest du nicht?«

»Wie viele Blocks sind es bis zum Eastern Shore Drive?«

Er sah auf und zählte sie an den Fingern ab. »Sieben, glaub ich. Ich könnte auch einen ausgelassen haben. Warum?«

»Ich war heute morgen draußen und habe mich verirrt. Ich bin im Nebel ungefähr neun Blocks weit gewandert und merkte plötzlich, daß ich nicht einmal wußte, in welcher Richtung ich unterwegs war.«

»Wahrscheinlich hinauf«, sagte John. »Oder seitwärts. In den üblichen Richtungen kannst du keine neun Blocks weit gehen. Hör mal, ich bin halb verhungert. Hast du was gegessen?«

Ich schüttelte den Kopf.

»Holen wir uns etwas in der Küche.«

Er machte kehrt, und ich tappte hinter ihm her.

»Was willst du? Ich brate mir ein paar Eier.«

»Nur Toast«, sagte ich.

»Wie du willst.« John schob Brot in den Toaster, strich eine Pfanne mit Margarine aus und schlug zwei Eier in das zischende Fett.

»Wer wohnt nebenan?« fragte ich. »Rechts von dir?«

»Bruce und Jennifer Adams. Beide Ende Sechzig. Bruce hatte früher ein Reisebüro, glaub ich. Wir haben sie ein einzigesmal besucht. Sie hatten das Haus voll von diesen Volkskunstskulpturen aus Bali und Indonesien. Das Zeug sah aus, als wandere es im Haus herum, wenn alle Lichter aus sind.«

»Hast du drüben irgendwann einmal Kinder gesehen?«

Er lachte. »Ich glaube nicht, daß sie je ein Kind näher als fünf oder sechs Meter an das Haus heranlassen.«

»Was ist mit den Nachbarn auf der anderen Seite?«

»Das ist ein alter Kerl namens Reynolds. April hatte ihn gern und lud ihn hin und wieder zum Abendessen ein. Hat früher französische Literatur an der Universität gelehrt. Reynolds ist okay, glaube ich, aber ein bißchen tuntig.« Er schob einen Kochlöffel unter ein Ei und hörte mitten in der Bewegung auf, bevor er den Kopf wandte, um mich anzusehen. »Ich meine, du weißt, was ich meine. Ich habe nichts gegen den Knaben.«

»Ich verstehe«, sagte ich. »Aber ich vermute, daß es in diesem Haus auch keine Kinder gibt.«

Vier Toastscheiben hüpften im Toaster in die Höhe, ich legte sie auf einen Teller und begann, sie mit Margarine zu bestreichen.

»Tim«, sagte John.

Ich sah zu ihm auf. Er ließ die Eier auf einen Teller rutschen, sah mir in die Augen, schaute weg und sah mir wieder in die Augen. »Ich bin wirklich froh, daß wir uns gestern abend ausgesprochen haben. Und ich bin dir dankbar. Ich respektiere dich, das weißt du.«

»Wie lange, denkst du, wird der Nebel anhalten?«

Er blickte zum Fenster. »Schwer zu sagen. Vielleicht sogar bis zum Nachmittag, so dick, wie er ist. Warum? Hast du was vor?«

»Ich denke, wir könnten versuchen in dieses Haus einzudringen.«

»In das bestimmte?« Er trug seinen Teller zum Tisch. »Warten wir noch eine halbe Stunde ab.« Er sah mich mit einem neugierigen halben Lächeln an. »Wieso hast du es dir anders überlegt?«

Ich verteilte einen Löffel Marmelade auf meinen Toast. »Weil ich über das nachgedacht habe, was du gestern abend gesagt hast – daß in diesem Haus etwas sein muß. Erinnerst du dich an das Stückchen Papier, das ich in The Green Woman gefunden habe?«

Er hörte auf, den Kopf zu schütteln, nachdem ich zwei Sätze gesagt hatte, und zeigte sich interessiert, als ich ihn an Walter Dragonettes Notizbuch erinnerte.

»Okay«, sagte er. »Falls dieser Kerl sich detaillierte Notizen über jeden Mord gemacht hätte, den er beging, dann könnten wir ihn wirklich festnageln. Wir brauchen seine Spur nur in die Stadt zurückzuverfolgen, in der er früher gearbeitet hat.«

»Tom Pasmore könnte uns wahrscheinlich dabei helfen.«

»Ich habe kein Zutrauen zu dem Burschen«, sagte John. »Das ist unser Baby.«

»Darüber wollen wir nachdenken, wenn wir die Notizen haben«, sagte ich.

Den ganzen restlichen Vormittag hörten wir die Wetterberichte im Radio und schauten immer wieder aus den Fenstern. Der Nebel war um zehn noch so dick wie um acht, und das Radio riet allen, zu Hause zu bleiben. Auf den Autobahnen hatten sich schon ein gutes halbes Dutzend Unfälle ereignet und außerdem fünf oder sechs weniger schwere an Kreuzungen. Nach Mitternacht waren von Millhaven Airport keine Maschinen mehr gestartet und alle Flüge nach Milwaukee oder Chikago umgeleitet worden.

John sprang immer wieder von der Couch auf, um ein paar Schritte vor die Haustür zu gehen, kam zurück und hänselte mich, weil ich mich verirrt hatte.

Ich war froh, daß er gut gelaunt war. Während er rein und raus rannte und nachprüfte, ob wir weit genug sehen konnten, um mit dem Auto zu fahren, blätterte ich in *Die Paraphrase des Shem* und *Die zweite wissenschaftliche Abhandlung des großen Seth.*

»Was willst du eigentlich mit diesem Schrott?« fragte John.

»Das möchte ich ja herausfinden«, sagte ich. »Was hast du dagegen?«

»Gnostizismus ist eine Sackgasse. Wenn Leute heutzutage darauf anspielen, unterschieben sie ihm jede Bedeutung, die ihnen gerade in den Kram paßt, indem sie ihn in ein System von Analogien verwandeln. Und der ganze Sinn des Gnostizismus war ursprünglich, daß jeder Unsinn, den man sich ausdenken konnte, Wahrheit war, weil man sich ihn ausgedacht hatte.«

»Ich glaube, deshalb gefällt er mir«, sagte ich.

Mit gutmütigem Spott schüttelte er den Kopf.

Um halb eins aßen wir etwas. Die Flugzeuge saßen noch immer auf den Startbahnen fest, und die Moderatoren rieten den Leuten noch immer, zu Hause zu bleiben, aber aus dem Küchenfenster konnten wir schon fast die Hälfte von Johns Besitz überschauen. »Du wirst nicht wieder durchdrehen, wenn ich die Pistole mitnehme, oder?« fragte John.

»Erschieß bloß nicht die alte Dame von nebenan«, sagte ich.

6

Ich schaltete die Nebellampen ein und bog auf die Straße ab. Das Stoppschild löste sich so rechtzeitig aus dem Nebel, daß ich auf die Bremse treten und anhalten konnte.

»Du schaffst es doch, oder?« fragte John.

Versuchsweise schaltete ich auch die Scheinwerfer ein, und sofort verschwanden Schild und Straße vor uns in einem schimmernden grauen Nebel, den zwei völlig nutzlose gelbe Tunnel durchstießen. Ransom grunzte, und ich schaltete auf Standlicht herunter. So konnten die Leute uns wenigstens kommen sehen.

»Heuern wir doch einen Aussätzigen an, der vor uns hergeht und eine Glocke läutet«, sagte Ransom.

An einem normalen Tag dauerte die Fahrt vom Ely Place zur South Seventh Street ungefähr zwanzig Minuten; John und ich waren nach etwas mehr als zwei Stunden am Ziel. Wir schafften es ohne Unfall, obwohl wir zweimal nur haarscharf davonkamen und wie durch ein Wunder bewahrt wurden, als etwa einen halben Meter vor mir plötzlich ein Junge auf einem Fahrrad auftauchte. Ich wich ihm aus und fuhr weiter, mit trockenem Mund und den Eingeweiden voller Wasser.

Einen Block vor dem bewußten Haus ließen wir den Wagen stehen. Der Nebel verschleierte sogar die Gebäude jenseits des Gehsteigs. »Wir müssen hier lang«, sagte ich und führte John über die Straße zu Bob Bandoliers altem Domizil.

7

Ich hörte leise Stimmen. Hannah und Frank Belknap saßen auf ihrer Veranda und schauten ins Nichts. Vom Gehsteig aus konnte ich gerade noch die Veranda des Bandolier-Hauses ausmachen. Die Stimmen der Belknaps drangen so deutlich durch den Nebel wie Stimmen aus einem leise gestellten Radio. Sie sprachen darüber, daß sie im Spätsommer ins nördliche Wisconsin reisen wollten, und Hannah beklagte sich, daß sie dann wieder den ganzen Tag in einem Boot hocken müsse.

»Du fängst immer mehr Fische als ich, das weißt du«, sagte Frank.

»Das heißt noch lange nicht, daß ich nichts anderes unternehmen möchte«, sagte Hannahs körperlose Stimme.

John und ich gingen langsam und so leise wie möglich über den Rasen.

Franks Antwort hörten wir nicht mehr, da war schon das Haus zwischen uns und den Belknaps. Wir gingen über nasses braunes Gras und hielten uns dicht am Gebäude. Am anderen Ende des Hinterhofs, im Nebel kaum zu sehen, war ein niedriger Holzzaun mit einer Pforte. Wir kamen an die Hintertür mit vorgelagerter Zementstufe, nicht viel größer als eine Fußmatte.

John bückte sich, inspizierte das Schloß, flüsterte ›kein Problem‹ und holte den Bund mit den vielen Schlüsseln aus der Hosentasche. Er suchte einen heraus und versuchte ihn ins Schloß zu stecken, aber er ließ sich nicht ganz hineinschieben. John zog ihn heraus und versuchte es mit einem zweiten, der fast genauso aussah wie der erste. Auch er paßte nicht. John wandte sich mir zu, zuckte lächelnd mit den Schultern und probierte einen dritten. Dieser glitt ins Schloß, als sei er dafür gemacht. Es klickte, und die Tür ging auf. John machte eine Geste, die wohl ›nach dir‹ heißen sollte, und ich schlüpfte hinter seinem Rücken hinein, während er sich umdrehte und die Tür hinter uns schloß.

Ich wußte, wo alles war. Es war die Küche des Hauses, in dem ich aufgewachsen war, ein bißchen staubig, ein bißchen schäbig, aber völlig vertraut. Ein rechteckiger Tisch mit zerkratzter Platte stand in Türnähe. Im schwachen Licht sah ich die Namen BETHY JANEY BILLY, mit einer Unmenge von Girlanden und Schnörkeln ins Holz geritzt. Ransom machte ein paar Schritte auf dem zerborstenen gelben Linoleum. »Worauf wartest du?« fragte er.

»Dekompression«, sagte ich. Ein Stück Tapete mit Schäfern und Schäferinnen, die Reifen in der Hand hielten, hatte sich von der Wand gelöst. Jemand, vermutlich Bethy, Janey und Billy, hatten die Bilder bekritzelt, und uralte gelbe Fettflecke zierten wie Tupfer die Wand hinter dem kleinen Elektroherd. Ein riesiger Penis samt Hoden, ungenügend verdeckt von einem wilden Gekritzel, wuchs einem der Schäfer in der Nähe des losen Tapetenstreifens aus den Lenden. Die

Dumskys hatten trotz ihres kurzen Aufenthalts in dieser Wohnung deutliche Spuren hinterlassen.

»Du solltest inzwischen daran gewöhnt sein, mit dem Verbrechen zu leben«, sagte John und ging durch die Küche in den Flur. »Wie viele Zimmer sind es, drei oder vier?«

»Drei, die Küche nicht mitgezählt«, sagte ich. Ich folgte ihm in den kleinen dunklen Flur und legte die Hand auf eine Klinke. »Das muß das Zimmer des Jungen gewesen sein«, sagte ich und machte die Tür auf.

Das schmale Rechteck von Fees altem Zimmer glich dem meinen aufs Haar. Ein enges Bett mit einer dunkelgrünen Armeedecke, ein einzelner Holzstuhl; an einer Wand eine kleine Kommode, so fleckig, daß sie fast schwarz aussah. Hinter dem schmalen Fenster am anderen Ende waberten die Nebelschwaden. Ich ging hinein, und mein Herz verkrampfte sich. John kniete nieder und schaute unters Bett. Ein Fries aus Klebefiguren, runden Sonnen mit Strahlen und Papphäusern, alle miteinander verbunden durch eine Straßenkarte aus flüchtig hingekritzelten Linien, bedeckte die Wände bis in Hüfthöhe. Die hellblaue Farbe über den Graffiti war schmuddlig und schimmelig geworden.

»Dieser Fee hat hier aber eine Menge anstellen dürfen«, sagte John.

»Das waren die Mieter«, sage ich. Ich ging zum Bett und zog die Decke herunter. Keine Laken, nur eine uralte Matratze, bedeckt mit Schmutzstreifen. John sah mich merkwürdig an und begann die Schubladen zu öffnen. »Nichts«, sagte er. »Wo kann er die Kartons verstaut haben?«

Ich schüttelte den Kopf und flüchtete aus dem Zimmer.

Die drei Fenster im Wohnzimmer waren mit denen meines alten Zuhauses identisch, und der ganze lange, rechteckige Raum brachte mir meine Kindheit genauso lebhaft zurück wie das Zimmer des Jungen. Spuren zurückgebliebenen Jammers und Zorns schienen den Modergeruch der Luft noch zu verstärken. Ich kannte dieses Zimmer, ich hatte es *geschrieben.*

Ich hatte zwei Tische vor die Fenster gestellt – dahin, wo unser Davenportsofa gestanden hatte –, und da waren sie, kunstvoller, als ich sie mir vorgestellt hatte, aber genauso hoch und aus demselben dunklen Holz. Auf dem linken Tisch ein Telefon, daneben ein schäbiger, zu prall gepolsterter Sessel – der Thron von Bob Bandolier. Die lange Couch, die ich beschrieben hatte, stand an der gegenüberliegenden Wand, grün, nicht gelb, aber mit den gleichen geschwungenen Armlehnen, wie von mir geschildert.

Und doch, dachte ich, sieht das Zimmer nicht ganz so aus, wie ich es mir vorgestellt habe. Ich hatte gedacht, daß Bob Bandolier seine Familie mit Bildern biblischer Szenen beglückt hatte, einer Darstellung der *Bergpredigt* oder der *Wunderbaren Brotvermehrung*, aber an den Wänden hingen keine Reproduktionen oder Farbdrucke. Ich hatte mir ein kleines Bücherregal vorgestellt, in dem die Bibel und abgegriffene Paperbackwestern und Kriminalromane standen, doch die einzigen Regale im Wohnzimmer waren aus Glas mit schwarzen Metallkanten, wo früher Porzellanfiguren ihren Platz gehabt hatten. Ein hochlehniger Brokatsessel mit Armlehnen stand neben dem Telefontisch und ein zweiter ohne Armlehnen ihm gegenüber neben dem anderen leeren Tisch. Seiner und ihrer.

»Es sieht aus wie ein Museum von 1945«, sagte John und wandte sich mir ungläubig lächelnd zu.

»Das ist es auch«, sagte ich.

Ich setzte mich auf die Chaiselongue und sah mich um. Durch ein Fenster in der schmucklosen Wand sah ich gerade noch eine Seite des Belknap-Hauses. Durch ein gleiches Fenster ihres Wohnzimmers hatte Hannah den erwachsenen Fee genau da sitzen sehen, wo ich jetzt saß. John schaute hinter die Sessel und unter die Couch. Fee kam nachts und benutzte nur eine Taschenlampe, daher hatte er nie die Fettflecke auf den Brokatsesseln und die Schmutzränder an den Couchkissen gesehen.

John öffnete die Tür zum Flur. Ich stand auf und betrat hinter ihm das Schlafzimmer, in dem Anna Bandolier an Hunger und Lieblosigkeit gestorben war.

Ein dunkelrostfarbener Fleck verlief in der Mitte der kahlen Matratze des Doppelbettes. John schaute unter das Bett, und ich öffnete Bob Bandoliers Kleiderschrank aus Nußbaumholz. An einer Metallstange hingen zwei Drahtbügel, und ein dritter lag, tief in vierzig Jahre alten Staub gebettet, auf dem Schrankboden. »Die Schubladen«, sagte John, und wir zogen je eine der großen Schubladen zu beiden Seiten des kleinen Spiegeltischs heraus. Die meine war leer. John stieß die seine zu und sah mich ungeduldig und verärgert an.

»Okay«, sagte er. »Wo sind sie?«

»Nachdem Bob Bandolier die Sunchanas praktisch hinausgeworfen hatte, vermietete er die obere Wohnung nicht mehr. Vielleicht hat er die Kartons hinaufgebracht.« Dann fiel mir noch etwas ein. »Und einen Keller gibt es auch, dort wurde früher Wäsche gewaschen.«

»Ich schau oben nach.« John klopfte sich den Staub von den Knien und sah mich wieder mit zusammengepreßten Lippen an. »Sehen wir zu, daß wir hier so bald wie möglich rauskommen. Ich traue diesem Nebel nicht.«

Fast konnte ich den kleinen Fee Bandolier sehen, der an einem kalten Abend im November 1950 neben dem Bett seiner sterbenden Mutter stand und ihren Arm umklammerte, während sein Vater inmitten leerer Bierflaschen bewußtlos auf dem Fußboden lag.

»In Ordnung?« fragte John.

Ich nickte, und er verließ das Schlafzimmer. Ich kehrte dem Jungen den Rücken, watete durch den Dunst und die Dämpfe, die aus allem hervorquellen, was ich über ihn dachte, und ging durch das Wohnzimmer in die Küche zurück.

Wie in meinem alten Haus war die Kellertür neben dem Herd. Ich stieg die hölzerne Treppe in eine Dunkelheit hinunter, an die sich meine Augen nur allmählich gewöhnten.

An einer Wand stand eine lange hölzerne Werkbank, und darüber hingen mehrere Kaffeekannen und Marmeladengläser voller Nägel und Schrauben. Gleich darauf entdeckte ich unter der Bank die Umrisse mehrerer Pappkartons und atmete erleichtert und triumphierend auf. Ich ging zur Bank, bückte mich und zog den nächstbesten Karton heraus.

Er hatte etwa die Größe eines Whiskeykartons und war nicht zugeklebt, sondern verschlossen wie ein Umzugskarton. Ich zerrte an dem steifen Pappdeckel, bis die vier Teile des Deckels plötzlich zugleich aufsprangen. Darunter lag ein dunkles Tuch. Fee hatte seine Notizen in Stoff eingepackt, als er sah, was die Ratten in The Green Woman damit angestellt hatten. Ich griff mir eine Handvoll Stoff und zog daran. Er ließ sich mühelos herausnehmen. Ärmel fielen aus dem Bündel. Es war eine Anzugjacke. Ich warf sie auf den Boden und steckte die Hand in den Karton. Diesmal holte ich die Anzughose heraus. Unter der Hose lagen, sorglos gefaltet, zwei weitere Anzüge, ein dunkelblauer und ein dunkelgrauer. Ich stopfte den ersten Anzug in den Karton zurück und nahm mir den nächsten vor. Er enthielt einen Stapel weißer Hemden mit Etiketten von Arrow. Sie waren verschmutzt von dem Staub, der von der Werkbank rieselte, und brettsteif gestärkt.

Im nächsten Karton fand ich noch drei Anzüge auf einer Schicht zerdrückter Boxershorts und zusammengeknüllter Unterhemden. Im vierten Karton lagen bunt durcheinandergeworfen ein Haufen schwarzer Schuhe und im letzten mindestens hundert breite Krawatten aus den späten vierziger Jahren. Meine Knie knackten, als ich mich aufrichtete.

Fee Bandolier hatte die Dumskys auf die Straße gesetzt, aufgeräumt, was ihm wichtig war, den Schlüssel umgedreht und die Vergangenheit wie in einer Taucherglocke versenkt.

Ein großes graues Spinnennetz hing zwischen der Schleuder der alten Waschmaschine und dem schrägen Sims des kleinen Kellerfensters in der Wand dahinter. Langsam durchschritt ich den Keller der Länge nach. An der Wand lehnte ein schwarzes Fahrrad, so groß wie ein Shetlandpony. Ich wandte mich dem bulligen Heizkessel in der Mitte des Kellers zu und entdeckte im Dunkeln noch eine Reihe Pappkartons. Ich ging darauf zu, und die Kartons verwandelten sich in die lange, rechteckige Ladefläche eines Handwagens. Ich stieß ihn mit dem Fuß an, und er rollte, seine Deichsel mitziehend, auf quietschenden Rädern nach hinten. Und als er wegrollte, sah ich, versteckt zwischen ihm und dem Heizkessel, noch einen Karton.

»Da«, sagte ich, bückte mich und legte die Hand darauf. Fäden und Überreste alter Spinnweben hingen daran. Der Karton war vor kurzem an einen anderen Platz gebracht worden. Ich spannte die Muskeln und hob den Karton auf.

Er wog fast nichts. Was immer er enthielt, ein paar hundert handgeschriebene Seiten waren es bestimmt nicht. Ich trug den Karton um den Heizkessel herum zur Treppe und hörte John in der Küche umhergehen.

Ich setzte den Karton ab und machte die vier oberen Laschen auf. Er enthielt eine Schachtel. »Verdammt!« sagte ich und lief noch einmal um den Heizkessel herum, weil mir plötzlich einfiel, daß auch er ein mögliches Versteck war.

»Was gefunden?« John stand oben an der Treppe.

»Weiß ich noch nicht«, sagte ich, drückte den kleinen Hebel herunter und öffnete die Tür zur Feuerung.

»Oben ist nichts. Nur leere Räume.« Jede zweite Stufe ächzte unter seinem Gewicht. »Was machst du da?«

»Ich sehe im Heizkessel nach«, sagte ich. »Bisher habe ich nur zwei leere Pappkartons gefunden.«

Innen war der Heizkessel ungefähr so groß wie ein Kinderwagen. Auf dem Boden lag feine Asche, und der Rost war mit schwarzem Ruß bedeckt. John trat neben mich.

»Ich denke, wir müssen uns geschlagen geben«, sagte ich.

»Warte noch«, sagte John. »Verbrannt hat er hier nichts. Siehst du das?« Er zeigte auf einen fast unsichtbaren Fleck in der Seitenwand des Kessels, der heller war als das übrige Innere und der mir gar nicht aufgefallen war. John griff in den Kessel hinein und fuhr mit den Fingern an der Seitenwand auf und ab.

Die Kartons standen noch unverändert da, die Laschen des äußeren nach innen gebogen auf der glatteren Fläche des kleineren. Als ich sie schüttelte, klapperte etwas. »Nehmen wir den kleineren Karton heraus«, sagte ich.

John hielt den großen Karton fest, ich schob die Hand unter den anderen und hob ihn an. Er ließ sich mühelos herausholen. Das braune Klebeband, mit dem er einmal verschlossen gewesen war, war in der Mitte aufgeschnitten worden. Ich bog die Laschen auf. Wieder eine Schachtel, eine noch kleinere, etwa so groß wie ein Toaster. Ich zog sie heraus. Auch sie war aufgeschnitten worden, ehe man sie in ihr Nest gebettet hatte. Als ich sie schüttelte, hörte es sich so an, als rutsche darin Papier von einer Seite auf die andere.

»Ich schätze, du hast das Osterei gefunden«, sagte John.

Ich stellte die Schachtel auf den Boden und machte sie auf. Ein weißer Umschlag lag darin. Ich nahm ihn heraus. Er war dicker und schwerer als erwartet. Ich trug ihn zur Treppe, ans Licht. John sah mir zu, als ich den Deckel aufmachte.

»Fotos«, sagte er.

Die alten viereckigen Aufnahmen mit den weißen Kanten sahen, mit modernen Fotos verglichen, winzig aus. Ich nahm sie aus dem Umschlag und betrachtete das erste. Ein Dumsky-Kind hatte darauf herumgekritzelt. Unter dem Gekritzel sah man noch den Tunnel hinter dem St. Alwyn. Ich schob das Foto zuunterst in den Stapel und nahm mir das nächste vor. Zuerst sah es aus wie ein zweiter Abzug des ersten. Es war nicht so verschmiert wie das andere. Dann sah ich, daß der Fotograf bei dieser Aufnahme näher am Tunneleingang gestanden hatte. Man sah den Fächer aus vertikalen Ziegeln auf dem höchsten Punkt des Bogens deutlicher hinter den Kritzeleien.

Auf dem nächsten Foto war ein ordentlich gemachtes Bett unter einem gerahmten Bild zu sehen, das hinter dem sich im Glas spiegelnden Blitzlicht nicht zu erkennen war. Neben dem Bett sah man eine halbe Tür. Ein kleiner Dumsky hatte xxxxxxxxx in die Tür und in die Wand gekratzt. Er hatte die Geduld verloren, ehe er beim Bett war, und die x endeten wieder in wilden Kritzeleien.

»Was ist das?« fragte John.

Das nächste Foto zeigte dasselbe Bett und dieselbe Tür, war aber aus einem Winkel aufgenommen, der noch die Ekke eines Toilettentischs in das Bild einbezog. Die Einzelheiten des Bildes lagen unter weiterem Tintengekritzel begraben.

»Ein Foto von Zimmer 218 im St. Alwyn«, sagte ich, zu John aufblickend. »Bob Bandolier hat die Tatorte fotografiert, ehe er die Morde beging.«

Das nächste Foto hatte der kleine Dumsky kaum beschädigt. Hier sah man in weichen Brauntönen die Seite der Livermore Avenue, an der das Idle Hour lag, wo Monty Leland ermordet worden war. Beim nächsten Foto hatte der Fotograf näher bei der Ecke der South Sixth gestanden, und man sah die Kneipe mehr von der Seite. Eine mit Tinte gezogene Zickzacklinie lag wie ein Blitz auf der hölzernen Verkleidung.

»Der Kerl war ein besessener Besessener. Er hat alles geplant wie einen Feldzug.«

Ich schob das Foto unter die anderen und hatte jetzt eins vor mir, das unter Tintenschmierereien fast unkenntlich war. Ich hielt es näher an die Augen. Es mußte eine Aufnahme von Heinz Stenmitz' Fleischerladen sein, aber etwas an der Größe und der Form des verschmierten Gebäudes störte mich.

Das nächste Foto war fast genauso schlimm verschmiert. Unter den Schmierereien schaute die Ecke eines Hauses heraus, das ebensogut das Tadsch Mahal, das Weiße Haus oder das Haus in der Grand Street sein konnte, in dem ich wohnte.

»Da haben sie aber gründlich daran gearbeitet«, sagte John.

Ich betrachtete das Bild und bemühte mich, zu erkennen, was mich daran so störte. Ich konnte mich an die Frontseite von Heinz Stenmitz' Laden nur sehr undeutlich erinnern. Auf einer Seite des Ladenschilds in Form eines großen V, das über dem Schaufenster hing, stand HAUSGEMACHTE WÜRSTE; auf der anderen Seite QUALITÄTSFLEISCH. Ich glaubte, unter der Kritzelei etwas Ähnliches zu sehen, aber die Proportionen des Hauses kamen mir falsch vor.

»Es muß der Fleischerladen sein, richtig?«

»Ich nehme es an«, sagte ich.

»Wieso sind die Fotos in diesen Schachteln versteckt?«

»Fee muß sie in einer Schublade gefunden haben – oder eben da, wo sein Vater sie aufbewahrt hat. Er hat sie hier unten verstaut, damit sie nicht verlorengingen. Hat wahrscheinlich geglaubt, hier würde sie keiner finden.«

»Was machen wir mit ihnen?«

Ich hatte schon eine Idee.

Ich sortierte die Fotos und suchte von jedem Paar das am wenigsten beschädigte aus. Die anderen gab ich John, der sie wieder in den Umschlag steckte. Dann drehte er den Umschlag um und hielt ihn so dicht vor die Augen wie ich das letzte Foto. »Was haben wir denn da?«

»Was denn?«

»Schau doch mal.« Er zeigte auf schwache, spinnwebartige Bleistifteindrücke in der oberen linken Ecke.

In fast damenhaft zierlichen grauen Lettern standen die Worte BLAUE ROSE auf dem vergilbten Papier.

»Die lassen wir hier«, sagte ich und legte den Umschlag in die kleinste Schachtel zurück, machte sie zu, stellte sie in die nächst größere und die wiederum in die größte, schob die Laschen ineinander und den Karton hinter den Heizkessel.

»Warum?« fragte John.

»Weil wir wissen, daß sie hier sind.« Er runzelte die Stirn und schob die Brauen zusammen, als versuche er, hinter den Sinn meiner Worte zu kommen. Ich sagte: »Vielleicht werden wir eines Tages jemandem zeigen wollen, daß Bob Bandolier Blaue Rose war. Deshalb lassen wir den Umschlag hier.«

»Okay, aber wo sind die Notizen?«

Ich hob die Schultern. »Irgendwo müssen sie sein.«

»Na, großartig.« John wanderte bis ans Ende des Kellers, als versuche er, die Kartons mit den Notizen aus den Schatten und Zementquadern hervorzuzaubern. Er verschwand hinter dem Heizkessel, und dann hörte ich ihn auf der anderen Seite des Kellers zurückkommen. »Vielleicht hat er sie im Heizkessel unter dem Rost versteckt.«

Wir gingen um den Kessel herum nach vorn. John machte die Tür auf und steckte den Kopf in das Feuerloch. »Pfui Teufel!« Er griff hinein und versuchte, den Rost anzuheben. »Sitzt fest.« Er zog die rußgeschwärzte Hand heraus. Am Ärmel seines blauen Seidenjacketts war dicht unter dem Ellenbogen ein senkrechter schwarzer Streifen. John verzog das Gesicht, als er seine Hand sah. »Tja, also ich glaub nicht, daß sie hier drin sind.«

»Nein«, sagte ich. »Sie sind vermutlich noch in den Kartons. Er ahnt ja nicht, daß wir von ihrer Existenz wissen.«

Ich schaute mich noch einmal im Keller um – ohne Ergebnis.

John sagte: »Fahren wir doch nach Hause, zum Kuckuck.«

Wir gingen hinauf und hinaus in den Nebel. John sperrte hinter uns ab.

Ich verfranzte mich irgendwo nördlich des Tales und stieß fast mit einem Wagen zusammen, der sich im Rückwärtsgang aus einer Zufahrt tastete. Ich brauchte fast zwei Stunden zum Ely Place. Als wir vor seinem Haus hielten, sagte John: »Hast du noch ein paar ähnlich großartige Ideen?«

Ich erinnerte ihn nicht daran, daß die Idee ursprünglich von ihm stammte.

8

»Was machen wir jetzt?« fragte John. Wir saßen in der Küche und aßen einen großen Salat, den ich aus einem angewelkten Salatkopf, einer halben Zwiebel, etwas altem Monterey-Käse und geschnetzeltem Fleisch gemixt hatte, das vom Lunch übrig war.

»Wir müssen ein bißchen was einkaufen«, sagte ich.

»Du weißt, was ich meine.«

Ich kaute eine Weile nachdenklich vor mich hin. »Wir müssen ihn irgendwie dazu bringen, daß er uns zu diesen Notizen führt. Und ich habe ein paar Recherchen durchgeführt, die ich fortsetzen möchte.«

»Was für Recherchen?«

»Das sage ich dir, sobald ich Resultate habe.« Ich wollte ihm nichts von Tom Pasmore verraten.

»Heißt das, daß du wieder den Wagen brauchst?«

»Ein bißchen später, wenns geht«, sagte ich.

»Okay. Ich muß dringend ins College und mich um mein Vorlesungsverzeichnis und ein paar andere Dinge kümmern. Vielleicht könntest du mich hinbringen und später wieder abholen?«

»Und willst du auch Alans Kurse festlegen?«

»Mir bleibt nichts anderes übrig. Alan kann noch nicht über sein Geld verfügen, solange die nötigen Formalitäten nicht erledigt sind.«

»Ich wollte ihn nicht fragen, wie hoch Aprils Vermögen war.«

»Es werden ein paar Millionen sein«, sagte er. »Zwei und

ein bißchen was, meinen die Anwälte. Plus einer halben Million aus ihrer Lebensversicherung. Die Steuern werden eine Menge davon schlucken.«

»Es wird aber noch viel übrigbleiben«, sagte ich.

»Nicht genug.«

»Genug wofür?«

»Um bequem leben zu können, ich meine, richtig bequem für den Rest meines Lebens«, sagte er. »Vielleicht will ich eine Zeitlang reisen. Weißt du, was?« Er lehnte sich zurück und sah mich offen an. »Ich bin im Leben durch erstaunlich viel Scheiße gewatet, und jetzt hab' ich genug. Ich will ganz einfach, daß Geld da ist.«

»Während du reist«, sagte ich.

»Das ist richtig. Vielleicht schreibe ich ein Buch. Du weißt doch, um was es geht. Ich habe viel zu lange in Millhaven und im Arkham College festgesessen und muß eine neue Richtung finden.«

Er sah mich fest an, und ich nickte. Das klang fast wie der alte John Ransom, um dessentwillen ich nach Millhaven gekommen war.

»Schließlich war ich zehn Jahre lang Alan Brookners ständiger Begleiter. Ich konnte seine Ideen den Hörern in verständlicher Form vermitteln. Die Menschen sind immer bereit für echte Einsichten, wenn man sie so aufbereitet, daß sie ihnen zugänglich sind. Denk an Joseph Campbell. Denk an Bill Moyers. Ich möchte jetzt die nächsthöhere Ebene erreichen.«

»Laß mal sehen, ob ich richtig verstanden habe«, sagte ich. »Zuerst willst du um die Welt reisen, dann Alans Ideen populär aufbereiten und sie schließlich im Fernsehen vermarkten.«

»Komm, laß das, es ist mir ernst«, sagte er. »Ich möchte eine Pause einlegen, um meine eigenen Erfahrungen zu überdenken und zu sehen, ob ich ein Buch schreiben kann, das irgendwem nützt. Dann könnte ich von da weitermachen.«

»Ich mag Männer, die einen großen Traum haben«, sagte ich.

»Ich denke, es ist ein großer Traum.« John sah mich ein paar Herzschläge lang an, als wollte er ergründen, ob ich mich über ihn lustig machte und ob er gekränkt sein sollte oder nicht.

»Wenn du das Buch fertig hast, könnte ich dir helfen, den richtigen Agenten zu finden.«

Er nickte. »Großartig, vielen Dank, Tim. Übrigens ...«

Ich sah ihn aufmerksam an, überlegte, was als nächstes kommen mochte.

»Wenn der Nebel morgen nachläßt, will ich den Wagen aus Purdum holen und nach Chikago fahren. Du weißt schon, wie ich es vorhatte. Hast du Lust, mitzukommen?«

Er wollte, daß ich ihn nach Purdum fuhr – wahrscheinlich wollte er auch, daß ich den Mercedes nach Chikago brachte. »Ich habe morgen eine Menge zu tun«, sagte ich, ahnungslos, wie sehr das zutraf. »Wir werden sehen, was sich ergibt.«

John schien noch fernsehen zu wollen. Jimbo berichtete uns, die Polizei habe ein halbes Dutzend Fälle von Vandalismus und Geschäftsplünderungen in der Messmer Avenue gemeldet, der Haupteinkaufsstraße im schwarzen Ghetto von Millhaven ... Merlin Waterford hatte es abgelehnt, die Existenz des Komitees für ein gerechtes Millhaven zu akzeptieren, und erklärt: »Die Verhaftung eines Wahnsinnigen rechtfertigt nicht, an dem hervorragenden System der Stadtverwaltung zu rütteln.«

Ich suchte mir ein Buch mit dem Titel *365 Tage* von einem Arzt namens Ronald Glasser heraus, der in Vietnam verwundete Armeeangehörige behandelt hatte, und nahm es mit hinauf.

9

Ich legte die vier Fotografien aufs Bett und streckte mich neben ihnen aus. In weichen braun-grauen Tönen, die in verschiedenen Nuancen unter dem Kugelschreibergeschmiere sichtbar waren, hatte ich vor mir den gemauerten Tunnel hinter dem St. Alwyn, Zimmer 218, die Seitenansicht des Idle Hour und vermutlich – Heinz Stenmitz' Fleischerladen.

Sie vermittelten mir ein starkes Gefühl von vergangenen Zeiten – von Anderssein. Der gewölbte Tunnel und das Idle Hour hatten sich in vierzig Jahren nicht verändert, aber alles um sie herum hatte Kriege durchgemacht, Rezessionen und die lange Ernüchterung, die den einschläfernden Reagan-Jahren gefolgt war.

Ich betrachtete das Foto des Zimmers, in dem James Treadwell gestorben war, legte es beiseite und hielt die vierte Aufnahme unter die Nachttischlampe. Es mußte der Fleischerladen sein, doch etwas störte mich noch immer daran – dann erinnerte ich mich an den Blutgeruch und an Mr. Stenmitz, der seinen großen blonden Tierschädel zu mir heruntergebeugte. Ich ließ das Foto auf das Bett fallen und griff nach den *365 Tagen.*

Gegen halb vier schrie John die Treppe herauf, daß wir wohl aufbrechen müßten, wenn wir um vier im College sein wollten. Ich zog eine Jacke an und steckte die vier Fotos in die Tasche.

John stand mit einer schwarzen Aktenmappe in der Hand bei der untersten Treppenstufe. Die andere Hand hatte er in der Tasche seines Seidenjacketts geballt. »Wohin willst du überhaupt?« fragte er.

»Ich werde mich wahrscheinlich mit den Computern in der Universitätsbibliothek beschäftigen«, sagte ich.

»Aha«, sagte er, als habe er jetzt alles begriffen.

»Vielleicht finde ich noch ein paar Informationen über Elvee.«

Er beugte sich vor und musterte mich forschend. »Bist du in Ordnung? Du hast rote Augen.«

»Mir sind meine Tropfen ausgegangen. Hättest du was dagegen, ein Taxi zu nehmen, wenn ich mich in der Bibliothek festlese?«

»Versuch, vor sieben fertig zu sein«, sagte er mißmutig. »Um sieben wird geschlossen. Man hat uns das Budget gekürzt.«

Zwanzig Minuten später setzte ich John vor dem schäbigen viereckigen Gebäudekomplex von Arkham ab und sah ihn in den dichten grauen Wolken verschwinden. Aus ein paar Fenstern der dunklen Collegegebäude fiel schwaches

Licht. Im Nebel sah Arkham wie ein Irrenhaus im Moor aus. Dann fuhr ich langsam die Straße entlang. Als ein Münzfernsprecher aus dem Nebel auftauchte, hielt ich in der zweiten Reihe und wählte Toms Nummer.

Der Anrufbeantworter meldete sich, und ich hinterließ Tom die Nachricht, daß ich ihn so bald wie möglich sehen müsse, er solle mich gleich anrufen, nachdem er aufgestanden war, ich müsse zurück zu John ...

In der Leitung klickte es. »Komm rüber«, sagte Tom.

»Du bist schon auf.«

»Nicht schon – *noch*«, sagte er.

10

»Weißt du, wie viele Allentowns es in Amerika gibt?« fragte mich Tom. »Einundzwanzig. Ein paar davon sind nicht einmal in den Standardatlanten zu finden. Ich habe Allentown, Georgia, Allentown, Florida, Allentown, Utah, oder Allentown, Delaware, gar nicht erst berücksichtigt, weil sie weniger als dreitausend Einwohner haben – es ist eine willkürliche Auswahl, aber nicht einmal Fee Bandolier könnte in einer Stadt dieser Größe eine Mordserie begehen und unentdeckt bleiben.«

Die Programmenüs flimmerten auf den Monitoren seiner Computer. Tom sah ein bißchen blaß aus, und sein Haar war zerzaust, aber das einzige andere Anzeichen dafür, daß er vierundzwanzig Stunden nicht geschlafen hatte, waren die gelockerte Krawatte und der offene oberste Hemdenknopf. Er trug denselben langen seidenen Hausmantel, den er schon vor ein paar Tagen angehabt hatte.

»Also habe ich mir jedes einzelne der sechzehn übrigen Allentowns vorgenommen und nach einer Jane Wright gesucht, die im Mai 1977 ermordet wurde. Nichts. Keine Jane Wright. Die meisten dieser Städte sind so klein, daß es dort in dem ganzen Monat keinen einzigen Mord gegeben hat. Ich konnte also nur noch zu Allentown, Pennsylvania, zurückkehren und noch einmal nachsehen.«

»Und?«

»Ich habe etwas Gutes gefunden.«

»Und wirst du es mir verraten?«

»Wenn's an der Zeit ist.« Tom lächelte mir zu. »Am Telefon hatte ich den Eindruck, als hättest du selbst etwas ziemlich Aufregendes entdeckt.«

Es hatte keinen Sinn zu versuchen, ihn zum Reden zu bringen, solange er nicht dazu bereit war. Ich trank einen Schluck Kaffee und sagte: »April Ransoms Wagen steht in einer Werkstatt in Purdum. John ist in Panik geraten, als er ihn mit blutbesudelten Sitzen vor dem Haus entdeckte. Er fuhr ihn in Alans Garage, reinigte ihn und brachte ihn dann raus aus der Stadt.«

»Ach, tatsächlich?« Tom legte den Kopf zurück und musterte mich aus halbgeschlossenen Augen. »Ich dachte mir schon, daß er weiß, wo der Wagen ist.« Tom lächelte wieder, dieses bedächtige, beinahe genüßliche Lächeln wie an dem Tag, an dem ich mit John Ransom bei ihm gewesen war. »Irgendwie ist mir klar, daß wir ihn beide nicht für den Schuldigen halten. Erzähl mir auch noch den Rest.«

»Als ich vor ein paar Tagen von dir kam, verfrachtete Paul Fontaine mich in ein Auto und raste mit mir hinaus zum Pine Knoll-Friedhof.« Ich berichtete ihm von Bob Bandoliers Mittelnamen, von Andy Belin und Billy Ritz, meiner Prügelei mit John und was John mir über die Nacht gesagt hatte, in der April zusammengeschlagen worden war. Ich schilderte ihm unseren Besuch im Haus in der South Sixth Street, nahm die Fotos aus der Jackentasche und legte sie auf den Tisch. Tom rührte sich kaum während meiner langen Erzählung – er öffnete ein wenig die Augen, als ich Andy Belin erwähnte, er nickte, als ich ihm sagte, daß ich die Taxigesellschaft angerufen hatte, und er lächelte wieder, als ich ihm die Prügelei mit John beschrieb, aber das war seine ganze Reaktion.

Schließlich sagte er: »Ist dir vorher nie der Gedanke gekommen, daß Fee Bandolier Polizist in Millhaven ist?«

»Nein«, sagte ich. »Natürlich nicht.«

»Aber jemand hatte doch die Aussage von Bob Bandolier aus der *Blaue-Rose*-Akte entfernt – nur ein Polizist hatte die

Gelegenheit, und nur sein Sohn konnte daran interessiert sein.« Er spürte, wie ich innerlich auf diese Bemerkungen reagierte, und sagte: »Sei deshalb nicht sauer auf mich. Ich habe es nicht erwähnt, weil du mir nicht geglaubt hättest. Oder irre ich mich da?«

»Du irrst dich nicht.«

»Dann wollen wir einmal überlegen, was wir sonst noch haben.« Er schloß die Augen und sagte mindestens eine ganze Minute lang gar nichts. Dann: »Beweissicherung.« Er strich das Vorderteil des Hausmantels glatt und nickte vor sich hin.

»Vielleicht könntest du ein bißchen deutlicher werden«, sagte ich.

»Hat John nicht gesagt, Fees Haus sieht wie ein Museum aus dem Jahr 1945 aus?«

Ich nickte.

»Es ist seine Kraftquelle. Seine Batterie. Er behält dieses Haus, um in seine Kindheit zurückzukehren und sie wieder hautnah zu spüren. Es ist so etwas wie ein Schrein für ihn. Wie dieses Geisterdorf in Vietnam, von dem du mir erzählt hast.«

Endlich beugte Tom sich vor und sah sich die Fotos an. »Hier haben wir sie also, die Tatorte der originalen *Blaue-Rose*-Morde. Von den lästigen Mietern leicht beschädigt.«

Er zog das vierte Foto näher zu sich heran. »Hmmm.«

»Es muß der Laden von Stenmitz sein, oder?«

Tom sah mich scharf an. »Zweifelst du daran?«

Ich sagte, ich sei mir nicht sicher.

»Es ist fast unkenntlich«, sagte er. »Wäre es nicht interessant, wenn es ein anderes Gebäude wäre?«

»Was ist mit deinen Computern? Hast du eine Möglichkeit, die Tinte zu entfernen, damit zum Vorschein kommt, was darunter ist?«

Tom dachte ein paar Sekunden darüber nach, betrachtete, das Kinn in die Hand gestützt, stirnrunzelnd die ruinierte Fotografie. »Der Computer kann aus den noch sichtbaren Teilen und Stückchen extrapolieren – und eine Rekonstruktion simulieren. Der Schaden ist jedoch so groß, daß er uns wahrscheinlich mehrere Versionen des ursprünglichen Bildes anbieten wird.«

»Wie lange würde das dauern?«

»Mindestens zwei Tage. Ich muß viele Variationen versuchen, und einige davon werden wertlos sein. Um die Wahrheit zu sagen – fast alle werden wertlos sein.«

»Bist du bereit, es zu tun?«

»Machst du Witze?« Er grinste. »Ich fange an, sobald du aus dem Haus bist. Irgend etwas stört dich an dem Foto, nicht wahr?«

»Ja, aber ich weiß nicht, was«, sagte ich.

»Vielleicht hat Bandolier ursprünglich vorgehabt, Stenmitz woanders umzubringen«, sagte Tom, mehr zu sich als zu mir. Wie eine Katze richtete er den Blick auf einen unsichtbaren Punkt im Weltraum. Dann sah er wieder mich an. »Warum hat Fee Bandolier April Ransom getötet?«

»Um zu beenden, was sein Vater begonnen hat?«

»Hast du das Buch gelesen, das ich dir gegeben habe?«

Wir sahen uns einen Augenblick an. Dann sagte ich: »Du denkst, Frank Bachelor könnte Fee Bandolier sein?«

»Ich bin dessen sicher«, sagte Tom. »Ich wette, Fee hat seinen Vater zweimal angerufen, 1970 und 1971, und deshalb hat Bob seine Telefonnummer zweimal ändern lassen. Als Bob starb, hat Fee das Haus geerbt und an Elvee verkauft.«

»Hast du Zugang zu den Einberufungsbefehlen aus Tangent? Wir wissen, daß Fee sich 1961 sofort nach dem High-School-Examen unter einem anderen Namen freiwillig gemeldet hat.«

»Keine dieser Informationen wurde je in einem Computer gespeichert. Aber wenn du bereit wärst, eine kleine Reise zu unternehmen, hätten wir eine gute Chance, es herauszufinden.«

»Ich soll nach Tangent fahren?«

»Ich habe fast jede Ausgabe des *Tangent Herald* durchgesehen, die Ende der sechziger Jahren erschienen ist. Am Ende hab' ich dann doch den Namen des Chefs der dortigen Einberufungskommission entdeckt, Edward Hubbel. Mr. Hubbel hat sich vor ungefähr zehn Jahren aus seinem Eisenwarengeschäft zurückgezogen und zur Ruhe gesetzt, aber er wohnt noch in seinem Haus und ist ein schwieriger Charakter.«

»Wollte er dir die Information am Telefon nicht geben?«

»Mr. Hubbel ist ein bißchen wunderlich. Anscheinend haben ihm Kriegsgegner Ende der sechziger Jahre große Schwierigkeiten gemacht. 1969 hat jemand versucht, das Büro der Einberufungskommission in die Luft zu jagen, und er ist noch immer wütend. Selbst als ich ihm erklärte, ich schriebe ein Buch über die Karrieren von Veteranen aus verschiedenen Gegenden, hat er sich geweigert, mit mir zu sprechen, wenn ich ihn nicht persönlich aufsuchte. Aber er sagte, er habe die Papiere eines jeden Jungen aus Tangent aufbewahrt, der zur Armee ging, als er die Kommission leitete, und falls jemand sich die Mühe machen würde, ihn aufzusuchen, sei er bereit, seine Akten durchzusehen – eine nicht unbeträchtliche Mühe.«

»Also soll ich nach Tangent fahren«, sagte ich.

»Ich habe morgen für dich einen Flug um elf Uhr vormittag gebucht. Wenn sich der Nebel auflöst, kannst du zum Abendessen wieder hier sein.«

»Welchen Namen hast du ihm genannt?«

»Deinen«, sagte Tom. »Er will nur mit einem Veteranen sprechen.«

»Okay. Ich fliege nach Tangent. Erzählst du mir jetzt, was du in den Polizeiakten von Allentown, Pennsylvania, gefunden hast?«

»Sicher«, sagte er. »Nichts.«

Ich starrte Tom an. Er platzte fast vor Selbstzufriedenheit.

»Und das ist die Information, die du gefunden hast? Könntest du mir bitte erklären, was daran so wundervoll ist?«

»Ich habe in den Polizeiakten nichts gefunden, weil ich keinen Zugang zu ihnen habe. Das ist von hier aus unmöglich. Ich mußte den schweren Weg gehen – die Zeitungen durchsehen.«

»Also hast du die Zeitungen durchgesehen und Jane Wright gefunden?«

Er schüttelte den Kopf, sprudelte aber noch immer fast über vor unterdrückter Begeisterung.

»Ich kapier gar nichts mehr«, sagte ich.

»Ich habe Jane Wright nirgends gefunden, wie du dich erinnern wirst. Also bin ich nach Allentown, Pennsylvania, zurückgekehrt und habe dort die Akten nach allem durchforscht, das mit dem Namen und dem Datum auf dem Stück Papier, das du in The Green Woman gefunden hast, auch nur die entfernteste Ähnlichkeit oder Übereinstimmung aufwies.«

Tom grinste wieder, stand auf und ging um das Chesterfieldsofa herum. Er griff nach einem bräunlichen Ordner, der auf seinem Schreibtisch neben der Computertastatur lag, und schob ihn unter den Arm.

»Unser Mann will ein genaues Protokoll von jedem Mord aufbewahren, den er begangen hat. Gewissermaßen als schriftliche Gedächtnisstütze. Gleichzeitig wird jemand, der so intelligent ist wie Fee, auch eine Möglichkeit finden, diese Protokolle gewissermaßen zu entschärfen, damit sie harmlos aussehen, wenn jemand anders sie findet. Wenn er diesen Protokollen eine Art Code unterlegt, dann hat er beides erreicht.«

»Einen Code? Du meinst, er verändert die Namen und die Daten?«

»Genau. Ich habe die Mikrofilme der Lokalzeitung ab Mitte der siebziger Jahre durchgesehen. Und in den Ausgaben vom Mai 1978 stieß ich auf einen sehr ähnlichen kleinen Mord.«

»Derselbe Monat, ein Jahr später.«

»Das Opfer hieß Judy Wrollin. Nah genug an Jane Wright, um auf sie hinzuweisen, aber dennoch so verändert, daß es eine gute Tarnung ist.« Er zog den Ordner unter dem Arm hervor, schlug ihn auf und nahm das letzte Blatt heraus. Dann reichte er mir den Ordner. »Schau dir das mal an.«

Der Ordner enthielt die Fotokopien dreier Zeitungsseiten. Auf jeder Seite hatte Tom einen Artikel eingerahmt. Die Seiten waren verkleinert und der Druck gerade noch groß genug, um ohne Vergrößerungsglas gelesen zu werden. Der eingerahmte Artikel der ersten Seite berichtete, daß drei halbwüchsige Jungen die Leiche einer jungen Frau gefunden hatten, die erstochen und dann hinter einem aufgelassenen Stahlwerk abgelegt worden war. Im zweiten Artikel stand der Name der Toten; es handelte sich um eine gewisse Judy Wrollin, 26, eine geschiedene Friseuse, die im Hi-Tone-Hair-Salon beschäftigt gewesen und zuletzt im Cookie's gesehen worden war, einem Club, ungefähr fünf Meilen von dem alten Stahlwerk entfernt. Mrs. Wrollin hatte den Club mit zwei Freundinnen besucht, die zusammen nach Hause gegangen waren und sie zurückgelassen hatten. Der dritte Artikel trug die Überschrift STRAFE FÜR EIN LOCKERES LEBEN und war eine geradezu wollüstige Klatschgeschichte über Judy Wrollin und Cookie's. Die Tote hatte getrunken und Drogen konsumiert, und der Club war angeblich *ein bekannter Treffpunkt für Dealer und ihre Kunden.*

Die Schlagzeile des letzten Artikels lautete FESTGENOMMENER MÖRDER DES AMÜSIERMÄDCHENS BEGEHT IN DER ZELLE SELBSTMORD. Ein Barmann bei Cookie's, Raymond Bledsdoe, hatte sich in seiner Zelle erhängt, nachdem er den Mord an Mrs. Wrollin gestanden hatte. Ein Informant hatte der Polizei berichtet, daß Bledsdoe dem Opfer regelmäßig Kokain verkauft hatte, und Mrs. Wrollins Handtasche war im Kofferraum seines Wagen gefunden worden. Der Detective, der die Ermittlungen leitete, habe gesagt: »Unglücklicherweise ist es uns nicht möglich, alle rund um die Uhr zu überwachen, die den Rest ihres Lebens nicht im Gefängnis verbringen wollen.« Der Name des Detectives war Paul Fontaine.

Ich klappte den Ordner zu und reichte ihn Tom zurück.

»Paul Fontaine«, sagte ich. Ich hatte ein seltsames Gefühl von Im-Stich-gelassen-Sein, ja, sogar von Enttäuschung.

»So scheint es. Ich werde alles noch einmal checken, aber …« Er zuckte mit den Schultern und breitete die Hände aus.

»Er war so sicher, daß man ihn niemals fassen würde, deshalb hat er auch seinen Namen nicht geändert, als er nach Millhaven kam.« Dann erinnerte ich mich an das letztemal, als ich Fontaine gesehen hatte. »Mein Gott, ich habe ihn gefragt, ob er schon mal was von Elvee Holding gehört hat.«

»Trotzdem weiß er noch nicht, wie dicht wir ihm auf den Fersen sind. Fontaine will nur, daß du aus der Stadt verschwindest. Wenn wir unsere Freunde in Tangent dazu kriegen könnten, ihn als Franklin Bachelor zu identifizieren, haben wir eine echte Waffe in der Hand. Vielleicht könntest du auch Judy Leatherwood einen Besuch abstatten.«

»Ich nehme an, du hast ein Foto«, sagte ich.

Tom nickte, ging zu seinem Schreibtisch und nahm einen großen bräunlichen Umschlag auf. »Ich habe es aus dem *Ledger* ausgeschnitten.«

Ich machte den Umschlag auf und zog das Foto von Paul Fontaine heraus. Es zeigte ihn inmitten zahlreicher anderer Polizeibeamter vor Walter Dragonettes Haus. Dann sah ich wieder zu Tom auf und sagte, Judy Leatherwood werde mir nicht glauben, daß ich ihr das Foto zeige, um eine Versicherungsangelegenheit zu klären.

»Dieser Teil ist deine Sache«, sagte Tom. »Du hast doch eine gut entwickelte Fantasie, oder?«

Das letzte, das er zu mir sagte, bevor er die Tür hinter mir zumachte, war: »Sei vorsichtig.« Er meinte bestimmt nicht, daß ich im Nebel vorsichtig fahren sollte.

ZWÖLFTER TEIL

Edward Hubbel

1

Die Maschine nach Tangent, Ohio, startete um elf Uhr fünfundfünfzig, mit fast zwei Stunden Verspätung. Im Laufe des Vormittags hatte ich immer wieder gedacht, sie werde überhaupt nicht abheben, und ein paarmal den Flughafen angerufen und mich erkundigt, ob der Flug gestrichen sei. Ein junger Mann am Flugscheinschalter versicherte mir regelmäßig, zwar seien ein paar ankommende Maschinen umgeleitet worden, doch mit den Starts gebe es keine Probleme. Während John also mit dem Taxi nach Purdum fuhr, um den Wagen seiner Frau abzuholen, raste ich mit halsbrecherischem Tempo fünfundzwanzig zum Flughafen, kam an ein paar Unfällen mit Blechschaden vorbei, ohne selbst in einen zu geraten, und stellte den Pontiac in einer Langzeit-Parkgarage ab.

Viertel vor elf gingen wir an Bord unserer Maschine, und Viertel nach elf verkündete uns der Captain, der Tower wolle es ausnutzen, daß sich der Nebel lichtete, und ein paar Maschinen landen lassen, die seit Stunden über uns Warteschleifen flogen. Er entschuldigte sich für die Verzögerung, sagte jedoch, sie dauere höchstens eine halbe Stunde.

Nach einer Stunde reichte uns die Stewardeß freie Getränke und Extrapäckchen mit in Honig gerösteten Nüssen. Ich vertrieb mir die Zeit damit, die gestrige und die heutige Ausgabe des *Ledger* zu lesen, die ich mitgebracht hatte.

Über den Tod von William Writzman, alias Billy Ritz, wurde in einem sehr kurzen Artikel auf Seite fünf im zweiten Teil des gestrigen Blattes berichtet. In seinen Anzugtaschen hatte man fünf Gramm Kokain gefunden, in ein Dutzend kleinere Portionen aufgeteilt. Detective Paul Fontaine, am Tatort interviewt, vermutete, daß Writzman während eines Drogendeals ermordet worden sei, obwohl man natürlich auch andere

Möglichkeiten in Betracht ziehen müsse. Nach den Worten befragt, die über der Leiche gestanden hatten, antwortete Fontaine: »Im Moment gehen wir davon aus, daß man uns damit von der richtigen Spur ablenken wollte.«

Am nächsten Tag erinnerten sich zwei Stammgäste der Home Plate Lounge, Billy Ritz mit Frankie Waldo gesehen zu haben. Geoffrey Bough durchleuchtete das Leben von Frankie Waldo und kam zu gewissen Schlüssen, die er vorsichtigerweise in seinem langen Dreispalter nicht erwähnte. Während der letzten fünfzehn Jahre hatte die Idaho Meat Company durch große Konkurrenzunternehmen starke geschäftliche Einbußen erlitten; aber Frankie Waldos Einkommen hatte sich bis 1990 verdreifacht. Mitte der achtziger Jahre hatte er ein Zwölfzimmerhaus und zwei Hektar Grund in Riverwood gekauft, sich ein Jahr später scheiden lassen, eine Frau geheiratet, die fünfzehn Jahre jünger war, und außerdem in den Waterfront Towers eine Douplexwohnung erworben.

Die Quelle seines Wohlstands war Reed & Armor, eine Konkurrenzfirma, bei der es drunten und drüber ging, nachdem ihr Präsident Jacob Reed im Februar 1983 spurlos verschwand; er war eines Tages zum Lunch gegangen und nie wieder zurückgekehrt. Waldo hatte die Firma für einen Bruchteil ihres Wertes sofort aufgekauft und die Ressourcen beider Unternehmen zusammengelegt. Das Geschäftsgebaren dieser neuen Firma hatte sehr bald das Mißtrauen einiger unabhängiger, mit Eingriffsrechten ausgestatteter Aufsichtsbehörden und der größten Bundessteuerbehörde geweckt.

Mehrere Personen, die anonym bleiben wollten, sagten aus, sie hätten seit Ende 1982 William Writzman, bekannt als Billy Ritz, mit Mr. Waldo in Restaurants, Bars und Nachtclubs gesehen. Ich hätte meine Jahrestantiemen darauf verwettet, daß diese Personen samt und sonders Paul Fontaine gewesen waren, der die Geschichte umschrieb, damit der Verdacht aufkam, Billy Ritz habe Jacob Reed getötet, damit Ritz und Waldo Drogengeld in einer profitablen Fleischfabrik ›waschen‹ konnten.

Für mich war Waldo einfach ein Mann gewesen, der zuviel Geld für unnütze Dinge ausgegeben hatte. Eines Tages hatte er den Fehler begangen, sich an Billy Ritz zu wenden, um aus dem Tief herauszukommen, in das er geraten war. Danach war er nur noch Opfer in einer Luxuswohnung mit Ausblick auf den See. Paul Fontaine hatte Waldo von Ritz töten lassen, und zwar so, daß es wie ein Bandenmord aussah. Als Billys Leiche auftauchte, hatten eben größere Dealer einen kleineren ausgeschaltet. Ich fragte mich, ob jemand außer mir sich darüber wunderte, warum ein so großer Dealer wie Billy Ritz mit Päckchen von einem und einem halben Gramm in den Taschen herumgelaufen sein sollte.

Und dann fiel mir ein, daß ich noch immer keinen echten Beweis dafür hatte, daß Paul Fontaine tatsächlich Fee Bandolier war. Das war mit ein Grund dafür, daß ich in einem flügellahmen Flugzeug saß, das darauf wartete, endlich nach Ohio starten zu können. Ich wollte nicht, daß Fee Paul Fontaine war – ich mochte Fontaine.

2

Die Maschine startete in eine hartnäckige Nebelschicht hinein, die sich bald zu dunkler Wolle verdichtete. Dann schossen wir aus der weichen, klebrigen Dunkelheit in strahlendes Licht.

Das Flugzeug zog einen weiten Kreis, und ich blickte aus dem kleinen Fenster auf Millhaven hinunter. Über der Stadt lag eine schmutzige, zerknitterte Decke. Nach zehn Minuten wurde die Decke lichtdurchlässig. Nach noch einmal fünf Minuten lag das Land klar und grün unter uns.

Die Lautsprecher zischten und knackten. Die unerschütterliche Stimme des Piloten übertönte die statischen Geräusche.

»Es wird Sie vielleicht interessieren, daß wir Millhaven verlassen haben, kurz bevor der Tower sich entschloß, den Flughafen bis auf weiteres zu schließen. Die Inversion, die alle Schwierigkeiten verursacht, bleibt bestehen, Sie hatten also Glück, daß Sie keinen späteren Flug gebucht haben. Ich danke Ihnen für Ihre Geduld.«

Eine Stunde später landeten wir vor einem Terminal, das aussah wie ein Ranchhaus mit Kommandoturm. Ich ging durch einen langen Warteraum mit Reihen von Plastiksesseln zu den Münzfernsprechern und wählte die Nummer, die Tom Pasmore mir gegeben hatte. Eine tiefe, vor Angst wie abgehackt klingende Stimme meldete sich nach dem vierten oder fünften Läuten.

»Sie sind der Schriftsteller, mit dem ich telefoniert habe? Nennen Sie mir Ihre ehemalige Einheit.«

Ich nannte sie ihm.

»Haben Sie Ihre Entlassungspapiere mitgebracht?«

»Nein, Sir«, sagte ich. »War das Voraussetzung?«

»Woher weiß ich dann, daß Sie keiner von diesen Kriegsgegnern sind?«

»Ich habe ein paar echte Narben«, sagte ich.

»In welchem Camp waren Sie stationiert, und wer war Ihr Commanding Officer?«

Es war, als spräche ich mit Glenroy Breakstone. »Camp Crandall. Der CO war Colonel Harrison Pflug.« Nach einer Sekunde setzte ich hinzu: »Bekannt als ›der Zinngießer‹.«

»Kommen Sie her, damit ich Sie mir ansehen kann.« Er beschrieb mir auf sehr komplizierte Weise den Weg: eine Einkaufsstraße kam in seinen Direktiven vor, ein kleines rotes Haus, ein großer Felsen, eine unbefestigte Straße und ein elektrisch geladener Zaun.

Am Schalter der Mietwagenfirma unterschrieb ich jede nur erdenkliche Versicherungspolice und nahm die Schlüssel für einen Chrysler Imperial in Empfang. Die junge Frau winkte mit der Hand in Richtung der Glastür und eines Parkplatzes, so groß wie zwei Fußballfelder zusammen. »Reihe D, Stellplatz 20. Sie können ihn nicht übersehen. Er ist rot.«

Ich marschierte mit meiner Aktenmappe über den sonnigen Parkplatz, bis ich zu einem kirschroten Ungetüm von Wagen kam, das so groß war wie ein Hausboot. Es hätte einen Waschbärenschweif an der Antenne und zwei Würfel hinter der Windschutzscheibe am Rückspiegel hängen haben müssen. Ich machte die Tür auf und ließ die normale Tageshitze in das glutheiße Wageninnere sickern. Dann stieg ich ein. Es roch wie eine Big-Mac-Schachtel.

Ungefähr vierzig Minuten später fuhr ich zu einem Felsblock zurück, der ein bißchen kleiner war als der, den ich mir ausgesucht hatte, fand eine unbefestigte Straße, die in einem leeren Feld verschwand, und ließ die Reifen des Chrysler durch die Schlaglöcher hüpfen, bis die Straße sich gabelte. Eine Abzweigung führte zu einem weit entfernten Farmhaus, die andere nach links in ein Eichenwäldchen.

Um jeden Baum waren in Kopfhöhe riesige gelbe Bänder geschlungen, und an dem hohen Metallzaun, der zwischen den Bäumen durchführte, hing ein schwarzweißes Schild mit der Aufschrift: GEFAHR. ZAUN IST ELEKTRISCH GELADEN. FÜR UNBEFUGTE VERBOTEN. Fünfzehn Meter weiter endete die unbefestigte Straße vor einer weißen Garage. Daneben stand ein quadratisches, zweistöckiges weißes Haus mit einer erhöhten Veranda und geriffelten Säulen. Ich drückte auf einen Knopf unter der Sprechanlage neben dem Tor.

Es meldete sich dieselbe tiefe, ängstliche Stimme wie vorhin am Telefon. »Sie sind ein bißchen spät dran. Warten Sie, ich lasse Sie rein.«

In der Anlage summte es, und ich stieß das Tor auf. »Machen Sie hinter sich wieder zu«, befahl die Stimme. Ich fuhr durch das Tor, stieg aus und schloß es wie befohlen. Ein elektronisch betätigter Riegel, so groß wie meine Faust, schnappte zu. Ich stieg in den Wagen und fuhr zur Garage. Bevor ich hielt, erschien auf der Veranda ein gebeugter alter Mann in einem kurzärmeligen Hemd mit gepunkteter Fliege. Er humpelte die Veranda entlang und winkte mir, ich solle anhalten. Ich stellte den Motor ab und wartete. Der alte Mann musterte mich finster und ging zu den weißen Stufen, die auf den Rasen führten. Auf das Geländer gestützt, kam er die Stufen herunter. Ich öffnete die Wagentür und stieg aus.

»Okay«, sagte er, »ich habe Sie überprüft. Colonel Pflug war bis 1972 Kommandant von Camp Crandall. Aber ich muß Ihnen sagen, daß Sie, was Fahrzeuge anbelangt, einen auffallend schlechten Geschmack haben.«

Das sollte kein Scherz sein – Hubbel sah nicht wie ein Mann aus, der jemals viel Zeit an Humor verschwendet hätte. Etwa einen Meter vor mir blieb er stehen und blinzelte. Abneigung stand in seinen kleinen schwarzen Augen. Er hatte ein breites, schlaffes Gesicht und eine kurze Nase, die wie der Schnabel einer Eule aussah. Leberflecke bedeckten seinen kahlen Schädel.

»Es ist ein Mietwagen«, sagte ich und reichte ihm die Hand.

Seine Abneigung übertrug sich auf mich. »Ich möchte in dieser Hand etwas sehen.«

»Geld?«

»Einen Ausweis.«

Ich zeigte ihm meinen Führerschein. Er beugte sich so weit vor, daß seine Nase fast gegen die Plastikhülle stieß. »Ich dachte, Sie kommen aus Millhaven. Das ist in Illinois.«

»Ich halte mich nur eine Zeitlang dort auf«, sagte ich.

»Komischer Urlaubsort.« Er richtete sich so weit wie möglich auf und funkelte mich böse an. »Woher haben Sie meinen Namen?«

»Aus Ihrer Lokalzeitung«, sagte ich. »Ich habe ein paar Ausgaben aus den sechziger Jahren durchgesehen.«

»Ja, wir waren in der Zeitung. Das war eine Verantwortungslosigkeit, schlicht und einfach. Da fragt man sich, wie es um den Patriotismus dieser Kerle bestellt sein mag, nicht wahr?«

»Wahrscheinlich haben sie nicht gewußt, was sie taten«, sagte ich.

Er sah mich wieder finster an. »Täuschen Sie sich nicht. Die Kommunisten haben uns daraufhin eine Bombe vor die Haustür gelegt.«

»Das muß schrecklich für Sie gewesen sein«, sagte ich.

Er ignorierte mein Mitgefühl. »Sie hätten die Haßbriefe sehen sollen, die ich bekommen habe – die Leute haben mich auf der Straße beschimpft. Haben gedacht, sie tun was *Gutes.*«

»Menschen haben nun einmal verschiedene Standpunkte«, sagte ich.

Er spuckte auf den Boden. »Die Reinen sind immer auf unserer Seite.«

Ich lächelte ihm zu.

»Na ja, kommen Sie rein. Wie ich schon am Telefon gesagt

habe, sind meine Akten vollständig. Keine Sorge, es ist alles in bester Ordnung.«

Langsam gingen wir zum Haus. Hubbel sagte, er sei 1960 aus der Stadt weggezogen und habe den Sicherheitszaun ziehen lassen. »Man hat mich gezwungen, inmitten eines Feldes zu leben«, sagte er. »Ich sage Ihnen eines, niemand kommt in *dieses* Büro, der nicht für die Fahne gekämpft hat.«

Schwerfällig stieg er die Stufen hinauf, stellte immer beide Füße auf eine Stufe, ehe er die nächste anging. »Früher hatte ich ein Gewehr neben der Haustür stehen«, sagte er. »Hätte es auch benutzt, um mein Land zu verteidigen.« Wir schafften es auf die Veranda und krochen dann im Schneckentempo zur Tür. »Sie haben gesagt, Sie hätten sich drüben ein paar Narben geholt?«

Ich nickte.

»Wie?«

»Granatsplitter«, sagte ich.

»Zeigen.«

Ich zog die Jacke aus, knöpfte das Hemd auf, schob es von den Schultern herunter und präsentierte ihm die Brust. Dann drehte ich mich um, damit er auch den Rücken sah. Er schlurfte vorwärts, und ich spürte seinen Atem auf dem Rücken. »Allerhand«, sagte er. »Sie müssen noch immer etwas von dem Zeug drin haben.«

Mein Zorn verschwand, als ich mich wieder umdrehte und merkte, daß er feuchte Augen hatte. »Metalldetektoren spielen ab und zu verrückt, wenn ich in ihre Nähe komme«, sagte ich.

»Also dann, rein mit Ihnen.« Hubbel machte die Tür auf. »Sagen Sie mir einfach, was ich für Sie tun kann.«

3

Das überladene Wohnzimmer des alten Farmhauses wurde von einem langen hölzernen Schreibtisch beherrscht mit je einem hochlehnigen Lehnsessel dahinter und davor. Zwischen Schreibtisch und Wand stand eine amerikanische

Flagge. Eine Couch, ein wacklig aussehender Schaukelstuhl und ein Couchtisch nahmen den größten Teil des restlichen Zimmers ein. Gegenüber vom Schaukelstuhl stand ein Fernseher auf dem untersten Bord einer Regalwand, die mit Büchern und großen Folianten, vermutlich den Hauptbüchern aus Hubbels Eisenwarenhandlung, vollgestopft war.

»Was ist das für ein Buch, das Sie schreiben wollen?« Hubbel setzte sich hinter den Schreibtisch und seufzte leise vor Anstrengung. »Interessieren Sie sich für einige von den Jungs, mit denen Sie gedient haben?«

»Nein, eigentlich nicht«, sage ich und erzählte ihm irgendeinen Unsinn, daß es mir darum gehe zu erfahren, wie der durchschnittliche Soldat von seinen Kriegserlebnissen geprägt worden sei.

Er warf mir einen mißtrauischen Blick zu. »Das soll doch nicht etwa eine dieser verdammten Lügengeschichten werden, die unsere Veteranen samt und sonders zu Verbrechern stempeln?«

»Selbstverständlich nicht.«

»Weil das einfach nicht wahr ist. Die Leute quatschen ständig über posttraumatisches Wasweißichwas, aber das haben sich nur ein paar verdammte Journalisten ausgedacht. Ich kann Ihnen Jungs hier in Tangent nennen, die genauso sauber und gradlinig zurückgekommen sind, wie sie waren, als sie einberufen wurden.«

»Ich interessiere mich für eine ganz besondere Gruppe«, sagte ich und ließ dabei aus, daß diese ›Gruppe‹ nur aus einer Person bestand.

»Das ist mir schon klar. Lassen Sie sich von einem Jungen erzählen, der sich zu einem ausgezeichneten kleinen Soldaten bei den Luftlandetruppen entwickelte – Mitch Carver, Sohn eines hiesigen Feuerwehrmanns.« Er fuhr fort, mir die Geschichte zu erzählen, deren Höhepunkt zu sein schien, daß Mitch, aus Vietnam zurückgekehrt, eine Aushilfslehrerin geheiratet, inzwischen zwei wunderbare Söhne hatte und Feuerwehrmann geworden war wie sein Vater.

Nachdem er mir die Kinder aufgetischt hatte wie einen Verdienstorden, sagte ich: »Soviel ich weiß, haben Sie auch die Akten der Freiwilligen aus Ihrem Gebiet.«

»Warum auch nicht? Ich hatte es mir zur Aufgabe gemacht, jeden einzelnen Jungen kennenzulernen, der sich freiwillig meldete. Feine, feine Kerle. Und ich habe mich über sie auf dem laufenden gehalten – genauso wie über die Jungen, denen ich geholfen habe, zur Armee zu gehen. Ich war stolz auf sie alle. Wollen Sie die Namen sehen?«

Er zeigte auf die Folianten, die ich für Geschäftsbücher gehalten hatte. »Sehen Sie, ich habe mir den Namen jedes einzelnen dieser Jungen aufgeschrieben. Ich nenne diese Bücher meine ›Anwesenheitsliste‹ der Ehre. Bringen Sie mir ein paar, ich zeige sie Ihnen.« Ich stand auf und ging zu den Bücherregalen. »Könnten wir uns die Liste von 1961 ansehen?«

»Wenn Sie etwas sehen wollen, holen Sie mir das Buch von 1968 – das ist ein ganzer Band, und es stecken eine Million guter Geschichten darin.«

»Ich arbeite an 1961«, sagte ich.

Sein giftiges Gesicht verzerrte sich zu einem Lächeln. Ein gekrümmter, alter Finger durchstieß die Luft in meine Richtung. »Ich wette, das ist das Jahr, in dem man Sie zu den Waffen gerufen hat.«

Ich war 1967 eingezogen worden. »Sie haben es erfaßt«, sagte ich.

»Vergessen Sie nicht, daß Sie mir nichts vormachen können. Sechzig einundsechzig ist das zweite Buch in der Reihe.«

Ich nahm das schwere Buch aus dem Regal und legte es auf den Schreibtisch. Hubbel schlug es mit zeremoniösem Elan auf. ANWESENHEITSLISTE DER EHRE stand in breiten schwarzen Lettern auf der ersten Seite. Auf den nächsten Seiten Namen, nichts als Namen. Er blätterte weiter, bis er zu 1961 kam, und fuhr dann mit dem Finger die Zeilen hinunter. Die Namen waren auch mit Hubbels breiter Feder geschrieben und in der Reihenfolge eingetragen, in der die Männer eingezogen worden waren.

»Benjamin Grady«, sagte Hubbel. »Der wäre richtig für Ihr Buch. Großer, hübscher Junge. Kam gleich nach der High-School zur Armee. Ich habe ihm zwei- oder dreimal geschrieben, aber die Briefe haben ihn nie erreicht. Ich schrieb vielen von meinen Jungs.«

»Wissen Sie, wohin er eingezogen wurde?«

Er sah zu mir auf. »Hab' mich für ihn ganz besonders interessiert. Grady ist '62 zurückgekommen, aber nicht lange geblieben. Ging aufs Collage nach New Jersey und hat ein jüdisches Mädchen geheiratet, wie sein Vater mir erzählt hat. Sehen Sie?« Sein Finger fuhr bis zum Ende der Zeile, wo NJ stand.

Dann wanderte sein Finger wieder Zeile um Zeile nach unten. »Hier ist noch einer für Sie. Todd Lemon. Hat hier in der Stadt bei Bud's Tankstelle gearbeitet, der netteste kleine Bengel, den Sie sich vorstellen können. Ein Draufgänger. Ich erinnere mich noch genau an die ärztliche Musterung – als der Doc ihn nach Drogen fragte, sagte er: ›Mein Körper ist mein Tempel, Sir‹, und alle, die mit ihm in Reih und Glied standen, lachten laut vor Bewunderung.«

»Sie waren bei den ärztlichen Untersuchungen dabei?«

»Dort habe ich die Jungs ja kennengelernt, die ich erfaßt hatte«, sagte er, als sei das doch ganz klar. »Jeden Tag, an dem die Musterungen stattfanden, überließ ich mein Geschäft den Angestellten und ging zur medizinischen Musterung. Kann Ihnen gar nicht sagen, wie aufregend das war, diese großartigen Jungs in Reih und Glied stehen zu sehen – Gott, was war ich stolz auf jeden einzelnen.«

»Haben Sie ein eigenes Verzeichnis für die Freiwilligen?«

Er war über meine Frage empört. »Was für ein Archivar wäre ich denn, wenn ich das nicht hätte? Schließlich sind sie eine eigene Kategorie.«

Ich bat ihn, dieses Verzeichnis sehen zu dürfen.

»Nun, Sie übergehen damit zwar ein paar feine, aufrechte Jungs, aber ...« Er blätterte weiter. Unter der Überschrift FREIWILLIGE standen ungefähr fünfundzwanzig Namen. »Wenn ich Ihnen 1967 oder '68 zeigen dürfte, hätten Sie eine viel größere Auswahl.«

Ich überflog die Liste, und als ich beim letzten Drittel auf den Namen Franklin Bachelor stieß, blieb mir fast das Herz stehen. »Ich glaube, von einem dieser Leute habe ich gehört«, sagte ich.

»Bobby Arthur? Den kennen Sie natürlich, bekannter Golfer – wurde nach dem Krieg für ein paar Jahre Profi.«

»Ich denke an diesen hier.« Ich zeigte auf den Namen Bachelor.

Er beugte sich vor, kniff die Augen zusammen, dann hellte sich sein Gesicht auf. »Dieser Junge, o ja! Das war ein ganz, ganz Besonderer. Er ging zu den Special Forces, machte eine großartige Karriere. Einer unserer Helden.« Jetzt strahlte er fast. »Was für ein Junge! Ich dachte immer, daß da irgendeine Geschichte dahinterstecken muß.«

Er hätte sie mir erzählt, auch wenn ich nicht danach gefragt hätte.

»Ich habe ihn nicht gekannt. Natürlich habe ich die meisten meiner Jungs nicht gekannt, aber ich hatte noch nie gehört, daß es in Tangent eine Familie Bachelor gab. Bei Gott, ich glaube, ich habe sogar im Telefonbuch nachgesehen, als ich an dem Abend nach Hause kam. Keine Eintragung unter dem Namen Bachelor. Ich hatte das Gefühl, daß dies einer der Jungen war, die sich unter einem anderen Namen freiwillig meldeten. Doch ich habe nichts gesagt – ich ließ den Jungen durch. Ich wußte, was er tat.«

»Und was hat er getan?«

Hubbel senkte die Stimme. »Der Junge *floh.*« Er sah zu mir auf, nickte und sah dabei einer Eule ähnlicher denn je.

»Er floh?« Ich fragte mich, ob Hubbel fähig gewesen war zu vermuten, daß Fee sich einer Verhaftung entzog. Er hätte sich die Verbrechen, die Fee begangen hatte, auch nicht annähernd vorstellen können. All seine ›Jungs‹ waren so ohne Sünde wie seine eigene Vorstellung von sich selbst.

»Der Junge war mißhandelt worden. Ich habe es sofort gesehen – kleine, runde Narben auf seiner Brust. So etwas macht einen innerlich ganz krank – ich meine, der Gedanke, daß Mutter oder Vater einem hübschen kleinen Jungen so etwas angetan haben konnten …«

»Sie haben ihn verletzt?« fragte ich.

Hubbel flüsterte fast. »Sie haben ihn verbrannt. Mit Zigaretten. So lange, bis die Brandwunden Narben hinterließen.« Er schüttelte den braunfleckigen Kopf und blickte starr auf die Buchseite vor sich. Er hatte die Hände über die Namen gebreitet, als wolle er sie verbergen. Vielleicht berührte er sie nur gern. »Der Doc hat ihn nach den Narben gefragt, und der Junge hat gesagt, er sei als Kind in einen Stacheldraht gelaufen. Ich wußte es – ich konnte es sehen. Stacheldraht hinterläßt nicht solche Narben. Klein wie Centmünzen. Glänzend. Ich wußte, was mit diesem Jungen geschehen war.«

»Sie haben ein fantastisches Gedächtnis«, sagte ich.

»Allein, wie ich bin, sehe ich mir die Bücher oft an.« Sein Gesicht wurde hart. »Jetzt bin ich so schwach, daß ich sie nicht mehr so leicht herunterholen kann und manchmal auf ein bißchen Hilfe angewiesen bin.«

Ich ließ ihn noch ein halbes Dutzend Namen von Freiwilligen und Nichtfreiwilligen vorlesen und schrieb sie in mein Notizbuch. Sie wohnten alle noch in Tangent, sagte er. Ich würde keine Schwierigkeiten haben, sie im Telefonbuch zu finden.

»Glauben Sie, Sie könnten Franklin Bachelor heute noch auf einer Fotografie erkennen?« fragte ich.

»Vielleicht. Haben Sie eine?«

Ich nahm den bräunlichen Umschlag aus meiner Aktenmappe, zog das Foto heraus und legte es auf die Namensliste. Tom hatte die Bildunterschrift abgeschnitten. Hubbel beugte sich so tief darüber, daß seine Nase höchstens zwei Zentimeter entfernt war. Er bewegte den Kopf über dem Foto hin und her, als beschnüffle er es. »Polizist?« sagte er. »Er ist in den Gesetzesvollzug gegangen?«

»Ja«, sagte ich.

»Das werde ich in mein Buch schreiben.«

Ich beobachtete den fleckigen Kopf, der über der Fotografie zu schwanken schien. Spärliche Haare wuchsen zwischen den Leberflecken.

»Also, ich glaube, Sie haben recht«, sagte er. »Das könnte durchaus der Junge sein, den ich bei der Musterung gesehen habe.« Er sah blinzelnd zu mir auf. »Hat sich gut herausgemacht, nicht wahr?«

»Welcher ist es?«

»*Mich* können Sie nicht aufs Glatteis führen«, sagte er und legte den Zeigefinger auf Paul Fontaines Gesicht. »Das ist er. Das ist der Junge, o ja. Franklin Bachelor. Oder wie immer er richtig heißt.«

Ich packte das Foto ein und sagte ihm, wie sehr er mir geholfen habe.

»Würden Sie mir noch einen Gefallen tun, bevor Sie gehen?«

»Aber selbstverständlich.«

»Holen Sie mir die Bücher von 1967 und '68 herunter, ja? Ich möchte mir gern noch ein paar von meinen Jungs in Erinnerung rufen.«

Ich holte die Bücher aus dem Regal und stapelte sie auf dem Schreibtisch. Er breitete die Hände darüber. »Ich sag Ihnen was, drücken Sie auf die Hupe Ihres protzigen Autos, wenn ich Ihnen das Tor öffnen soll.«

Als ich hinausging, schnüffelte seine schnabelähnliche Nase an einer neuen langen Spalte voller Namen.

4

Bis zum Rückflug nach Millhaven blieben mir noch zwei Stunden, und Tangent lag nur zwei Meilen hinter dem Flughafen. Ich fuhr, bis ich zu einer Straße kam, die von hübschen Häusern inmitten großer Rasenflächen gesäumt wurde. Nach einer Weile führten die stillen Straßen in einen Teil der Stadt, in dem dreistöckige Bürogebäude und altmodische Kaufhäuser vorherrschten.

Ich parkte auf einem Platz mit einem Springbrunnen und sah mich nach einem Speiselokal um. Die Bedienung am Tresen gab mir eine Tasse Kaffee und ein Telefonbuch, mit dem ich zum Münzfernsprecher ging. Ich wählte Judy Leatherwoods Nummer.

Dieselbe zittrige Stimme, die ich bei Tom gehört hatte, sagte: »Hallo.«

Mir fiel der Name der Versicherung nicht ein, die Tom erfunden hatte. »Mrs. Leatherwood, erinnern Sie sich, daß Sie vor ein paar Tagen von der Millhavener Zweigstelle unserer Versicherung angerufen wurden?«

»Aber ja, natürlich«, sagte sie. »Mr. Bell. Ich habe mit ihm gesprochen. Es geht um die Versicherung meines Schwagers?«

»Ich würde gern bei Ihnen vorbeikommen und die Sache besprechen«, sagte ich.

»Also – ich weiß nicht. Haben Sie meinen Neffen gefunden?«

»Er hat möglicherweise seinen Namen geändert«, sagte ich.

Ungefähr zehn Sekunden lang sagte sie gar nichts. Dann: »Mir ist das alles nicht so ganz recht. Mr. Bells Anruf hat mich beunruhigt.« Wieder eine lange Pause. »Haben Sie mir Ihren Namen genannt?«

»Mister Underhill«, sagte ich.

»Ich denke, ich hätte diese Dinge zu Mr. Bell nicht sagen sollen. Ich weiß eigentlich gar nicht, was der Junge getan hat, und fühle mich nicht wohl deshalb. Gar nicht wohl.«

»Das verstehe ich. Es könnte uns beiden helfen, wenn wir noch heute nachmittag miteinander reden könnten.«

»Mein Sohn sagt, er habe noch nie etwas von einer Versicherung gehört, die die Dinge so abwickelt.«

»Wir sind ein kleines Familienunternehmen«, sagte ich. »Ein paar von unseren Leistungen sind einzigartig.«

»Wie heißt Ihre Versicherung doch gleich, Mr. Underhill?«

Dem Himmel sei Dank, es fiel mir gerade rechtzeitig ein. »Mid-States Insurance.«

»Ich weiß einfach nicht ...«

»Es wird nur ein paar Minuten dauern – ich habe einen Rückflug nach Millhaven gebucht.«

»Sie sind eigens von so weit hergekommen, um mit mir zu sprechen? Dann wird es wohl in Ordnung sein.«

Ich sagte, ich käme bald, und zeigte der Bedienung Judy Leatherwoods Adresse. Der Weg, den sie mir beschrieb, führte mich in die Richtung zurück, aus der ich gekommen war.

Als ich vor dem Seniorenheim vorfuhr, fiel mir ein, daß ich das Gebäude auf dem Hinweg für eine Schule gehalten hatte. Es war lang und niedrig und aus cremefarbenen Backsteinen, mit großen Fenstern zu beiden Seiten des Eingangs. Ich parkte vor einem Schild mit der Aufschrift FAIRHOME CENTER FÜR SENIOREN und ging auf einen zementierten Vorplatz unter einer roten Markise zu. Eine elektronisch gesteuerte Tür öffnete sich zischend und stieß eine Welle kühler Luft aus.

Eine Frau, die wie Betty Crocker aussah, lächelte mich an, als ich an das hüfthohe weiße Empfangspult trat und fragte, ob sie mir helfen könne. Ich sagte, ich wolle Mrs. Leatherwood besuchen.

»Wie nett, daß Judy einmal Besuch bekommt«, sagte sie. »Sind Sie ein Verwandter?«

»Nein, ein Freund. Ich habe eben mit ihr telefoniert.«

»Judy ist im Blauen Flügel, hier den Gang runter und durch die große Tür. Zimmer sechs, rechter Hand. Ich könnte eine Helferin rufen, die Ihnen den Weg zeigt.«

Den könne ich allein finden, sagte ich, wandte mich zu der leuchtend blauen Tür und stieß sie auf. In einem nischenartigen Schwesternzimmer standen zwei Krankenschwestern. Eine kam auf mich zu. »Suchen Sie eine von unseren Bewohnerinnen?«

»Judy Leatherwood«, sagte ich. Sie lächelte, sagte: »O ja«, und begleitete mich zu einer offenen Tür und einem Zimmer mit einem Krankenhausbett und einer Pinnwand mit Fotos eines jungen Paares und zweier kleiner blonder Jungen. Eine alte Frau in einem Kattunkleid saß auf einem hölzernen Stuhl an einem Schreibtisch, der gegenüber der Tür unter einem hellen Fenster stand. Ihr weißes Haar glänzte im Licht, das durch das Fenster fiel, doch die Helligkeit hinter ihrem Kopf ließ ihr Gesicht ziemlich dunkel erscheinen. Neben ihr stand eine Gehhilfe aus Aluminium. »Judy, Sie haben Besuch«, sagte die Schwester.

»Mr. Underhill?«

»Ich freue mich«, sagte ich und ging auf sie zu. Sie hob das Gesicht und ließ mich den starren, milchigen Blick ihrer beiden Augen sehen.

»Mir gefällt die Geschichte nicht«, sagte sie. »Ich möchte nicht vom Unglück meines Neffen profitieren. Wird der Junge das Geld nicht selber brauchen, wenn er in Schwierigkeiten ist?«

»Das ist vielleicht gar nicht der Fall«, sagte ich. »Darf ich mich einen Augenblick setzen?«

Ihr Gesicht blieb der Tür zugewandt. Sie verschränkte die Hände im Schoß.

»Ich denke schon.«

Noch bevor ich saß, fragte sie: »Wissen Sie, wo mein Neffe ist? Ich wüßte es gern.«

»Ich möchte Sie etwas fragen«, sagte ich.

Sie wandte sich kurz mir zu und dann wieder zur Tür. »Ich weiß nicht, was ich sagen soll.«

»Haben Sie, als Ihr Neffe bei Ihnen lebte, Narben auf seinem Körper bemerkt? Kleine, runde Narben?«

Erschrocken hob sie die Hand an den Mund. »Ist das wichtig?«

»Das ist es«, sagte ich. »Ich verstehe, daß das schwer für Sie sein muß.«

Sie ließ die Hand sinken und schüttelte den Kopf »Fee hatte Narben auf der Brust. Woher er sie hatte, hat er mir nie gesagt.«

»Aber Sie glaubten, es zu wissen.«

»Mr. Underhill, wenn nur ein Funken Wahrheit in dem ist, was Sie mir da alles erzählen, dann sagen Sie mir, wo er ist.«

»Ihr Neffe war Major bei den Green Berets, und er war ein Held«, sagte ich. »Er ist 1972 gefallen, als er seine Einheit mit einem Sonderauftrag in die entmilitarisierte Zone führte.«

»O Himmel!« Sie sagte es noch zweimal. Dann fing sie an zu weinen, leise und völlig reglos. Ich nahm ein Papiertaschentuch aus der Schachtel auf der Kommode, drückte es ihr in die Hand, und sie betupfte sich die Augen.

»Es wird also wegen des Geldes keine Schwierigkeiten geben«, sagte ich.

Ich verdiene mit meiner Schreiberei eine Menge Geld, nicht soviel wie Sidney Sheldon oder Tom Clancy, aber noch immer sehr viel, ein Thema, über das ich nur mit meinem Agenten und meinem Steuerberater spreche. Ich habe keine Familie, und es gibt niemanden, für den ich es ausgeben könnte, außer für mich selbst. Ich tat, wozu ich mich schon im Flugzeug entschlossen hatte, falls ich schlüssig erfuhr, daß Fee Bandolier und Franklin Bachelor identisch waren, nahm mein Scheckbuch aus der Aktenmappe und schrieb ihr einen Scheck über fünftausend Dollar aus – einen Vorschuß gewissermaßen.

»Ich geben Ihnen einen Privatscheck«, sagte ich. »Es ist nicht ganz regulär, aber wozu sollen Sie warten, bis unsere

Buchhaltung alle Papiere fertig hat, und ich kann mir das Geld ja von Mr. Bell erstatten lassen.«

»Oh, das ist wundervoll«, sagte sie. »Ich hätte mir nie träumen lassen ... Wissen Sie, was mich so glücklich macht, ist, daß Fee ...«

»Ich freue mich für Sie«, sagte ich und legte ihr den Scheck in die Hand. Sie drückte ihn in das Papiertaschentuch und betupfte sich wieder die Augen.

»Judy?« Ein Mann in einem zu engen, abgewetzten Anzug stürmte ins Zimmer. »Tut mir leid, daß ich nicht sofort kommen konnte, aber ich hatte ein wichtiges Telefongespräch. Sind Sie in Ordnung?«

Bevor sie antworten konnte, fuhr er zu mir herum. »Bill Baxter. Leiter des Verwaltungsbüros. Wer sind Sie, und was machen Sie hier?«

Ich stand auf und nannte ihm meinen Namen. »Wenn Mrs. Leatherwood Ihnen von einem früheren Gespräch berichtet hat ...«

»Und ob sie das hat, und ich will Sie sofort hier raus haben. Wir gehen in mein Büro, und ich rufe die Polizei.«

»Mr. Baxter, dieser Mann ...«

»Dieser Mann ist ein Gauner«, sagte Baxter und packte mich am Arm.

»Ich bin hergekommen, um Mrs. Leatherwood einen Scheck zu geben«, sagte ich. »Es ist die im Todesfall auszuzahlende Summe aus einer kleinen Lebensversicherung. Beziehungsweise eine Anzahlung.«

»Er hat mir einen Scheck gegeben, das hat er wirklich«, sagte Judy Leatherwood, holte ihn aus dem Papiertaschentuch heraus und wedelte damit vor Baxter herum.

Er schnappte ihn, sah mich an, dann den Scheck und wieder mich. »Das ist ein Privatscheck.«

»Ich halte es für überflüssig, Mrs. Leatherwood vielleicht noch zwei, drei Monate warten zu lassen, bis unsere Buchhaltung tätig wird«, sagte ich und fügte hinzu, die Summe werde mir ja rückvergütet.

Baxter ließ die Arme sinken. Fast konnte ich das Fragezeichen über seinem Kopf sehen. »Das ist doch blanker Unsinn. Ihr Scheck ist auf eine New Yorker Bank ausgestellt.«

»Ich bin bei meiner Firma so was wie die Feuerwehr. Zufällig war ich gerade in Millhaven, als diese Sache akut wurde.«

»Er hat mir von meinem Neffen erzählt – Fee war Major in Vietnam.«

»Special Forces«, sagte ich. »Hat ziemlich Karriere gemacht.«

Finster musterte Baxter wieder den Scheck. »Ich denke, ich werde von hier aus Mr. Underhills Firma anrufen.«

»Warum rufen Sie nicht bei der Bank an und fragen, ob der Scheck gedeckt ist?« fragte ich. »Das ist doch die Hauptsache.«

»Sie geben ihr das Geld selbst?«

»Man könnte es so ansehen«, sagte ich.

Baxter schnaufte ein paarmal, griff dann zum Telefon und bat die Auskunft um die Nummer in New York. Er ließ sich von der Zentrale des Heims mit dem Manager meiner Bankfiliale verbinden und sprach sehr lange und sehr erfolglos mit ihm. Schließlich sagte er: »Ich habe hier einen Scheck über fünftausend Dollar, den dieser Mann einer unserer Bewohnerinnen gegeben hat. Ich möchte mich vergewissern, daß der Scheck auch gedeckt ist.«

Es folgte eine lange Pause. Baxter wurde feuerrot.

»Ich weiß, ich hätte lieber Jimmy anrufen sollen«, sagte Judy Leatherwood.

»In Ordnung«, sagte Baxter. »Vielen Dank. Ich werde den Scheck heute nachmittag persönlich einreichen.« Er hängte ein und sah mich einen Moment an, bevor er ihr den Scheck zurückgab. Das Fragezeichen hing noch immer über seinem Kopf.

»Judy, Sie haben eben fünftausend Dollar bekommen, aber ich weiß absolut nicht, wofür. Hat man Ihnen, als Sie das erstemal mit dieser Versicherung gesprochen haben, gesagt, um welchen Betrag es ging?«

»Zehntausend«, sagte sie mit einer Stimme, die noch zittriger war als sonst.

»Ich bringe Mr. Underhill zum Ausgang.« Er trat auf den Flur und wartete dort auf mich.

Ich verabschiedete mich von Mrs. Leatherwood und folgte

Baxter. Er marschierte im Eiltempo auf die große blaue Tür und den Eingang zu und musterte mich währenddessen mit scharfen, fragenden Blicken. Betty Crocker winkte mir zum Abschied. Als wir im Freien standen, schob Baxter die Hände in die Taschen seines schäbigen Anzugs. »Werden Sie mir erklären, was Sie dort drin gerade getan haben?«

»Ich habe ihr einen Scheck über fünftausend Dollar gegeben.«

»Aber Sie arbeiten nicht bei einer Versicherung.«

»Es ist ein bißchen komplizierter.«

»War ihr Neffe tatsächlich Major bei den Green Berets?« Ich nickte.

»Kommt dieses Geld von ihm?«

»Man könnte sagen, er ist vielen Menschen etwas schuldig«, antwortete ich.

»Ich denke«, sagte er, »meine Verantwortung endet hier, und ich verabschiede mich von Ihnen, Mr. Underhill.« Er reichte mir nicht die Hand. Ich ging zu meinem Wagen, und er blieb auf dem Vorplatz in der Sonne stehen, bis ich das Einfahrtstor passiert hatte.

5

Ich brachte die Schlüssel des Chrysler zurück und bezahlte am Schalter das Benzin, das ich verbraucht hatte. Auch danach blieb mir noch eine halbe Stunde, ehe ich an Bord gehen mußte, also suchte ich mir ein Telefon und rief Glenroy Breakstone an. »Tangent?« fragte er. »Tangent, Ohio? Mann, das ist vielleicht ein totes Nest. In den fünfziger Jahren haben wir mal da gespielt, in einem Lokal, das sich French Quartier nannte, und der Besitzer bezahlte uns mit Eindollarnoten.«

Ich fragte ihn, ob ich zu ihm raufkommen dürfe, wenn ich wieder in Millhaven sei. »Und wann?« fragte er. Ich sagte ihm, ich würde in etwa zwei Stunden zurück sein. »Solange es vor acht Uhr ist, soll's mir recht sein«, sagte er. »Später habe ich dann ein bißchen was zu erledigen.«

Danach wählte ich Tom Pasmores Nummer in der leisen Hoffnung, daß er vielleicht wach war, und als sein Anrufbeantworter sich meldete, begann ich ihm zu berichten, was ich von Edward Hubbel und Judy Leatherwood erfahren hatte. Er meldete sich, ehe ich zwei Sätze gesagt hatte. »Dieser Fall stellt meinen Tag auf den Kopf«, sagte er. »Ich bin ungefähr eine Stunde, nachdem du weg warst, ins Bett gegangen und gegen Mittag wieder aufgestanden, um noch ein bißchen mit meinen kleinen Maschinen zu spielen. Du hast es also herausgefunden, ja?«

»Und ob ich's rausgefunden habe«, sagte ich und berichtete ihm alles haarklein.

»Gut, das wär's dann«, sagte er, »aber ich möchte doch noch ein bißchen recherchieren, um zu sehen, ob etwas Interessantes zum Vorschein kommt.«

Dann erzählte ich ihm, daß ich Judy Leatherwood einen Scheck gegeben hatte.

»O nein, das hast du nicht! Nein, nein, nein.« Er lachte. »Hör zu, ich geb's dir zurück, sobald wir uns sehen.«

»Tom, ich kritisiere dich doch nicht. Ich konnte sie einfach nicht auf dem trockenen sitzenlassen.«

»Wofür hältst du mich eigentlich? Ich habe ihr gestern einen Scheck über fünftausend geschickt.« Er fing wieder an zu lachen, »Sie wird die Mid-States Insurance lieben.«

»O verdammt«, sagte ich.

Er erbot sich noch einmal, mir das Geld zurückzugeben.

»Eine harmlose Lüge soll dich nicht zehntausend Dollar kosten«, sagte ich.

»Aber es war *meine* Lüge.« Er lachte noch immer.

Wir redeten noch ein paar Minuten. In Millhaven herrschte noch immer starker Nebel, und in der Messmer Avenue hatte es einen kleinen Aufruhr gegeben. Keine Verletzten, bisher.

Ich fragte den fröhlichen blonden Menschen am Schalter der Fluglinie, ob der Start sich vielleicht verzögere. Er sagte, es gebe keine Probleme.

Zwanzig Minuten, nachdem wir abgehoben hatten, verkündete der Pilot, daß die Maschine wegen der atmosphärischen Bedingungen über Millhaven nach Milwaukee umgeleitet werde, wo wir entweder auf Anschlußflüge umbuchen oder warten konnten, bis sich das Wetter besserte.

Etwa Viertel vor sieben landeten wir auf Mitchell Field in Milwaukee, wo ein anderer fröhlicher blonder Mensch uns mitteilte, wenn wir in der Departure Lounge blieben, könnten wir in knapp einer Stunde wieder an Bord gehen und zu unserem ursprünglichen Ziel weiterfliegen. Ich verlor meinen Glauben an fröhliche blonde Menschen, verließ die Departure Lounge, trottete durch endlose Korridore, fuhr mit einem Lift nach unten und mietete mir wieder einen Wagen. Diesmal einen stahlgrauen Ford Galaxy, der nur nach neuem Leder roch. Sie sprühen den Geruch in die Wagen wie Lufterfrischer.

6

Im Süden von Milwaukee verflacht die City in Vorstädte, die sich meilenweit hinziehen und dann im weiten, offenen Farmland des ursprünglichen Mittelwestens versickern. Als ich die Grenze nach Illinois überquerte, fiel die Sonne noch immer auf breite grün-gelbe Felder, und die Reklametafeln priesen hochqualitative Düngemittel und garantiert unschädliche Schädlingsbekämpfungsmittel an. Ganze Herden von Holsteinkühen standen reglos auf riesigen Weiden. Fünfzehn Meilen weiter wurde die Luft dunkel; eine Weile später schwebten zwischen den vor mir fahrenden Wagen dünne Nebelstreifen. Dann verschwanden die Felder in nebligem Grau. Ich schaltete die Nebelleuchten ein, als sich ein Jeep Cherokee, der etwa fünfzig Meter vor mir fuhr, in ein Paar winziger roter Augen verwandelte. Danach krochen wir im Eiltempo von dreißig Meilen pro Stunde dahin. Die erste Ausfahrt von Millhaven sprang mich so überraschend aus der Leere an, daß ich kaum die Kurve kriegte. Für die Zehnminutenfahrt zum Flughafen brauchte ich eine halbe Stunde, und es war halb acht, bevor ich die Stellplätze für die Mietwagen fand. Ich brachte die Schlüssel zurück und wanderte über die Zufahrtsstraße und einen langen, langen Gehsteig zur Langzeit-Parkgarage.

In der zweiten Etage standen zwanzig oder dreißig Wagen in großen Abständen auf grauem Zement. Deckenlampen in Metallkäfigen schienen auf Zementsäulen und leuchtendgelbe Linien herunter. Die Schilder AUSFAHRT glänzten rot quer über leerem Raum. Ich schaltete das Fahrlicht des Pontiac ein und rollte auf die Mauer vor der Rampe zu. Zwei andere Scheinwerfer durchbohrten die düstere Dämmerung. Als ich anhielt, um zu bezahlen, wurden hinter mir auf der Rampe zwei gelbe Scheinwerfer immer länger. Der Garagenwärter reichte mir das Kleingeld zurück, ohne mich anzusehen, und die Schranke hob sich. Ich schoß aus der Garage und über den Gehsteig und schleuderte leicht, als ich in die kreisförmige Zufahrtsstraße einbog; auf dem leeren Zubringer zur Autobahn ging ich auf vierzig Meilen herauf. Ich wollte im Nebel verschwinden.

Beim Stoppzeichen hielt ich nur lange genug an, um mich zu überzeugen, daß nichts kam, umklammerte das Steuer, trat aufs Gaspedal, hupte gleichzeitig und wechselte auf die mittlere Spur. Ein riesiges Schild NEBELWARNUNG – 25 MEILEN PRO STUNDE blinkte mich vom Straßenrand an. Als ich fünfzig drauf hatte, sprangen mir die Rücklichter eines Kombiwagens entgegen, und ich konnte gerade noch auf die Überholspur ausweichen, ehe ich das erstaunte Gesicht eines Irish Retriever rammte, der mich durch die Heckscheibe des Kombis anstarrte. Ich zischte an dem Kombi vorbei und dachte, wenn ich noch ein oder zwei Meilen im Paul-Fontaine-Stil weiterfuhr, brauchte ich nicht mehr zu befürchten, daß Billy Ritz' Nachfolger irgendwo im Nebel hinter mir auf- und mich am Ende einholte. Und dann dachte ich, wahrscheinlich folgt mir überhaupt niemand, aus der Langzeit-Parkgarage fahren doch Tag und Nacht Wagen heraus, und ich ging auf die vorgeschriebenen fünfundzwanzig Meilen runter. Vor mir auf der Überholspur tauchten Hecklichter auf, und ich manövrierte den Pontiac so langsam wie ein Ruderboot auf die mittlere Spur zurück. Dann begann ich mir einzubilden, daß aus der Suppe hinter mir ein Ganove in meinen Rückspiegel kroch, und ich trat aufs Gas, bis ich wieder vierzig fuhr. Es kam mir gefährlich langsam vor. Ich wich einem kleinen puderblauen Wagen mit Hecktür aus und pflügte durch die dahintreibenden Schwaden aus dicker Watte, Wolle, weißer und grauer Gaze, flitzte an einem zweiten rot blinkenden Nebelwarnzeichen vorbei. Rechts oben im Rücken meldete sich ein Schmerz zurück, der sich gut fünf Jahre lang nicht bemerkbar gemacht hatte – kreisförmig und in einem Durchmesser von etwa zwanzig Zentimetern.

Ich erinnerte mich an diesen Schmerz, eine Mischung aus Brennen und Stechen – und dennoch keins von beiden. Allgemein gesprochen, ist er das Vermächtnis der Metallsplitter, die in meinen Rücken eingebettet sind, insbesondere einer Schraube, die sich in mein Fleisch gebohrt hatte – eines rostigen Pfeils, der sich an die Luft arbeitet wie ein ruheloser Leichnam. Ich fühlte ihn jetzt haargenau an der Stelle, die Edward Hubbel angehaucht hatte, als er meine Narben inspizierte – dieser Edward Hubbel, der nie begriff, warum er von Reihen halbnackter junger Männer wie hypnotisiert gewesen war. Sein Atem war durch meine Haut gesickert und hatte den schlummernden Pfeil geweckt. Jetzt bewegte er sich, kroch wie Lazarus an die Oberfläche, wo zuerst eine scharfe Spitze und dann ein stumpfes Gewinde auftauchen würden. Eine Woche lang würde ich Hemden und Bettlaken mit Blutstropfen bekleckern.

Ich ging mit der Geschwindigkeit runter, kurz bevor ich in das Heck eines Lasters knallte, und trödelte hinter ihm her, während ich versuchte, mir den Rücken an der Sitzlehne zu reiben. Der Laster fuhr ein wenig schneller. Ich fühlte die exakte Größe des kleinen Störenfrieds, der unter meinem Schulterblatt begraben lag. Preßte mich an die Lehne, um ihn zu beruhigen. Der schmerzhafte Kreis in meinem Rücken wurde etwa einen Zentimeter kleiner. Ich schaute in den Rückspiegel, sah nichts und scherte aus, um den Laster zu überholen.

Eine Hupe gellte; Bremsen quietschten. Ich trat das Gaspedal durch. Der Pontiac tänzelte, und neben meinem Seitenfenster erschienen die wuchtigen Reifen des Lasters. Die Hupe gellte wieder. Der Pontiac entschloß sich endlich, vorwärtszupreschen. Das Heck eines anderen Wagens füllte meine Windschutzscheibe, und ich riß mein Gefährt auf die Überholspur; mein Herzschlag setzte aus, und mein Kopf war ganz leer vor Schreck. Als ich vor mir rote Lichter sah, wurde ich langsamer und wartete, bis mein Herz wieder normal schlug. Die Schraube im Rücken meldete sich wieder. Ein paar andere Knoten und Beulen begannen zu hämmern. Hubbels Atem hatte sie alle geweckt. Im Rückspiegel tauchten Scheinwerfer auf, und ich fuhr etwa fünf Meilen schneller. Die Scheinwerfer wurden größer und heller. Ich ordnete mich wieder auf die mittlere Spur ein.

Der Wagen, der hinter mir gewesen war, kam längsseits und blieb lange neben mir. Es war wohl jemand, den ich während meiner Fontaine-Phase irritiert oder erschreckt hatte. Dann begann sich der Wagen auf meine Spur zu schieben, und ich wich so weit nach rechts ab, daß ich mit den Reifen die gelbe Linie berührte. Der andere Wagen folgte. Er war dunkelblau mit braunen Spachtelflecken und hinter dem Scheinwerfer eingedrückt. Ich fuhr schneller; er fuhr schneller. Ich wurde langsamer; er wurde langsamer. Jetzt war er nur noch Zentimeter von der linken Flanke meines Wagens entfernt, und mein Herz begann wieder zu stolpern. Ich blickte zur Seite und sah einen dunklen Lockenkopf, wuchtige bloße Schultern, und etwas blitzte golden. Der Fahrer beobachtete die Motorhaube des Pontiac. Er steuerte leicht nach rechts, und sein Wagen knallte direkt über dem linken Vorderrad in meinen.

Ich trat voll aufs Gas, und der Pontiac raste auf die Kriechspur. Metall kreischte, als der andere von oben nach unten eine lange, tiefe Kerbe in die Flanke meines Wagens zog. Der Pontiac machte einen Satz nach vorn. Doch der andere blieb an meiner Seite, um mich wieder anzugreifen, und ich wich seitlich aus. Die Reihen der Warnleuchten am Heck eines Sattelschleppers kamen auf mich zu. Als ich die Schmutzfänger sah, riß ich das Steuer herum und rutschte auf den Seitenstreifen. Etwa eine halbe Meile blieb ich neben dem Sattelschlepper und sagte mir, der andere Fahrer glaube bestimmt, daß ich von der Fahrbahn abgekommen sei. Der Lasterfahrer hupte. Ich war froh, daß ich nicht hören mußte, was er sagte. Früher oder später würde ich gegen ein Ausfahrtsschild oder einen liegengebliebenen Wagen knallen, also schob ich mich langsam nach vorn, bis ich an der Fahrerkabine vorbeischauen konnte, gab dem Pontiac die Sporen und schleuderte auf die Fahrbahn zurück. Der Lasterfahrer hupte noch einmal wütend.

Der dunkelblaue Wagen tauchte wieder neben mir auf. Diesmal traf er mich hart genug, um mir die Hände vom Steuer zu schlagen. Die Scheinwerfer des Sattelschleppers stachen durch meine Heckscheibe. Der blaue Wagen holte aus und knallte voll in die Seite des Pontiac. Wenn er mich zwang, langsamer zu fahren oder mich querzustellen, würde der Sattelschlepper mich plattwalzen. Eine ruhige kleine Stimme inmitten meiner Panik sagte mir, Fontaine habe von meinem Flug nach Tangent erfahren und hatte jemanden geschickt, der den Pontiac beobachten mußte, bis ich zurückkam. Dieselbe Stimme sagte mir, daß ein paar Zeugen bestätigen würden, wie leichtsinnig und rücksichtslos ich gefahren war. Der Lump im blauen Wagen würde einfach verschwinden.

Im Rückspiegel sah ich nur noch den riesigen Kühler des Sattelschleppers. Er sah gefräßig aus. Der blaue Wagen wollte mich wieder rammen, und ich umklammerte das Steuer und drehte den Spieß um; knallte gegen ihn, daß zwischen uns die Funken flogen. Es war sehr befriedigend. Vor mir im Nebel wurden die Umrisse eines großen grünen Ausfahrtsschildes sichtbar. Ich nahm den Fuß vom Gas, riß das Steuer nach rechts und floh über den Seitenstreifen. Sekunden später holperte ich über unebenen Boden. Die Stahlpfosten des Schildes flogen neben dem Pontiac vorüber, und der blaue Wagen segelte im Nebel davon, nur Zentimeter von der Fahrerkabine des Sattelschleppers entfernt. Ich holperte durch hohes Unkraut. Der Boden des Pontiac scharrte über Felsgestein. Dann ging es über eine Bordschwelle auf die Abfahrtsrampe, ich landete mit einem Sprung in der Fahrspur und fuhr ungefähr eine halbe Minute weiter – ohne etwas zu sehen und ohne zu denken. Neben dem Stoppschild hielt ich an und fing an zu zittern.

7

Ich trocknete mir mit dem Taschentuch das Gesicht und stieg aus, um mir den Schaden anzusehen. Der Mann im blauen Wagen mußte mindestens noch eine Meile bis zur nächsten Ausfahrt auf der Autobahn bleiben. Er hatte drei senkrechte silberne Kerben in die Seite des Pontiac gerissen, das Metall zwischen Rad und Tür eingedrückt und über die gesamte Wagenlänge unzählige Dellen in die Flanke geschlagen. Ich lehnte mich eine Weile schwer atmend an den Wagen und beobachtete den Verkehr auf der Autobahn, der im Nebel einem Geisterzug glich. Nach einer Weile wurde mir klar, daß ich auf der südlichen Ausfahrt von Millhaven stand, zwanzig Minuten von der Livermore Avenue entfernt. Trotz aller Aufregung hatte ich die richtige Ausfahrt erwischt. Ich denke, ich hatte vergessen, daß ich ein Ziel hatte.

Ich stieg in den Wagen und wendete ihn in Richtung Pigtown. Dabei hatte ich das unbehagliche Gefühl, daß der blaue Wagen möglicherweise schon wieder unterwegs zu mir war.

8

Ich sah erst auf die Uhr, als ich die undeutlichen Konturen des St. Alwyn vor mir sah, und war dann sehr überrascht, daß es erst zehn vor acht war. Die Zeit schien gleichzeitig schneller und langsamer vergangen zu sein. Die kleinen Haken und Zahnrädchen in meinem Rücken pulsierten und brannten, ich hörte ununterbrochen die gellende Hupe des Sattelschleppers und sah den blauen Wagen, der mich immer wieder rammte. Als ich eine Parklücke entdeckte, fuhr ich im Rückwärtsgang hinein. Der linke Vorderreifen rieb sich an dem eingedellten Kotflügel, und das ganze Chassis des Pontiac bebte und stöhnte.

Ich fütterte die Parkuhr für eine Stunde. Vielleicht hatte Breakstone seine Verabredung abgesagt, vielleicht kam sein

Besuch wegen des Nebels zu spät. Ich hatte ohnehin das Gefühl zu wissen, um was es sich bei der Verabredung handelte. Solche Treffen dauerten nicht lange. Im Nebel leicht fröstelnd, schloß ich den Wagen ab.

Das Hotel war zwei Blocks entfernt. Ich kreuzte die Arme vor der Brust gegen die Kälte und ging durch dünne graue Gazeschichten. Die Straßenlampen malten blasse gelbe Kreise wie japanische Laternen in den Nebel. Alle Läden waren geschlossen, und außer mir war kein Mensch auf der Straße. Das St. Alwyn schien zurückzuweichen, während ich mich ihm näherte. Ein kurzes, fernes Knattern irgendwo hinter mir zupfte an meinem Unterbewußtsein und verstummte dann. Ein paar Schritte weiter hörte ich es wieder. Diesmal erkannte ich, daß es Schüsse waren. Ich drehte mich um, und da knatterte weiter südlich eine zweite Salve von der anderen Seite durch das Tal. Der Himmel war schwach orangefarben getönt. Wäre ich näher an der Messmer Avenue gewesen, hätte ich auch das Feuer gehört, das Läden und Häuser fraß.

Der heiße Ring unter meinem rechten Schulterblatt machte sich schmerzhafter und störender bemerkbar, doch es war nur ein Phantom, wie der Schmerz in einem amputierten Bein. Es war nur die Erinnerung, die durch die Schießerei geweckt wurde. Ich überquerte im Nebel die nächste Straße, und dann hielt ich es nicht mehr aus. Direkt neben mir war der alte Anbau des St. Alwyn, einstöckig, aus solidem, nachgedunkeltem Mauerwerk, jetzt eine Valu-Rite-Apotheke. Ich beugte die Knie und preßte den Rücken an die kalte Mauer. Nach ein paar Sekunden ließen Hitze und Druck nach. Echte Erlösung von dem Phantomschmerz, so gut wie ein Perdocan. Wenn ich den Rücken eine Stunde lang an die kalte Mauer pressen könnte, würden alle Pfeile und Angelhaken in ihren rostigen Schlummer zurückfallen.

Ich stand halb geduckt an der Mauer, als ein kraushaariger junger Typ in einem ärmellosen schwarzen T-Shirt und beutelnden schwarzen Hosen durch den kleinen Tunnel gelaufen kam. Ganz automatisch warf er einen raschen Blick in meine Richtung, wandte sich ab und wieder zu mir um. Dann blieb er irgendwie lässig und theatralisch langsam stehen. Ich stieß mich von der Mauer ab. Wahrscheinlich wollte er etwas über die Schießerei sagen, die im Moment aus dem Ghetto zu hören war.

Er grinste. Das war verblüffend; sagte: »Du blöder Scheißer«, was noch verblüffender war. Dann kam er einen Schritt näher, und ich erkannte ihn.

Irgendwo am anderen Ende des Tunnels oder hinter einem Schnapsladen versteckt, stand ein dunkelblauer Wagen mit vielen Kratzern und Dellen an der rechten Seite. Er lachte, als er merkte, daß ich ihn erkannte. »Das ist großartig«, sagte er. »Ich kann's kaum glauben, aber es ist großartig.« Er schaute nach oben und breitete die Hände aus, als danke er dem Gott der Verbrecher.

»Du mußt der neue Billy Ritz sein«, sagte ich. »Der alte hatte mehr Stil.«

»Niemand wird dir jetzt helfen, Klugscheißer. Und du kannst nirgendwohin.« Hinter seinem Rücken zauberte er, wobei sein Bizeps und seine Schultermuskeln sich spannten, eine schwarze Rute mit glänzenden Stahlspitzen an beiden Enden und ein Messer mit einer langen Klinge hervor. Er grinste wieder. Jetzt würde es doch noch amüsant für ihn werden, und sein Boß würde ihn für den Größten halten.

Mein Magen, meine Lungen, meine ganze Brust wurde innen zu Eis. Es war Angst, aber sie war nicht so groß wie auf der Autobahn und nützlich wegen des Zorns, der mit ihr kam. Hier auf dem Gehsteig war es sicherer als im Nebel auf der Straße. Nichts konnte unerwartet auf mich zukommen, nichts, das ich nicht kommen sah. Ich war vermutlich fünfundzwanzig Jahre älter als dieses Ungeziefer und bei weitem nicht so muskulös, aber in seinem Alter hatte ich einen ganzen Sommer in einem Schwitzkasten in Georgia verbracht, bei lausigem Essen und mit einem Haufen zu allem entschlossener Männer, die mit Messern und Bajonetten auf mich losgingen.

Er stach nach mir, nur so aus Spaß. Ich rührte mich nicht. Er stach wieder zu. Ich blieb breitbeinig stehen. Wir wußten beide, daß er zu weit entfernt war, um mich zu berühren. Er wollte, daß ich wegrannte, damit er hinter mir herkommen und mit dem linken Arm meinen Hals umklammern konnte.

Langsam kam er näher, ich ließ die Arme locker hängen, beobachtete seine Hände und seine Füße. »Jesus«, sagte er. »Du hast gar nichts, kannst absolut nirgendwohin ausweichen.«

Sein rechter Fuß flog nach vorn, und er hob den rechten Arm gegen mich. In mir explodierten Adrenalin und Zorn. Ich drehte mich nach links. Mit der rechten Hand packte ich sein Handgelenk und umklammerte mit der linken seinen Arm dicht über dem Ellenbogen. In der halben Sekunde, in der er hätte etwas tun können, um sein Gleichgewicht zurückzugewinnen, fuhr sein Kopf herum, und er sah mir in die Augen. Ich hob das rechte Knie und riß seinen Arm so fest ich konnte nach unten. Ich knurrte sogar, wie man es uns in Georgia empfohlen hatte. Sein Arm brach in meinen Händen – die beiden langen Unterarmknochen lösten sich mit einem Ruck vom Ellenbogen, und der große, die Speiche, durchschnitt an der Innenseite seines Armes die Haut wie ein Rasiermesser. Sein Messer fiel klappernd auf das Pflaster des Gehsteigs. Er gab einen kleinen, staunenden Laut von sich, und ich legte beide Hände um seinen Unterarm und zerrte daran. Ich hoffte, ihn abreißen zu können, aber das schaffte ich nicht. Vielleicht stand ich zu dicht vor ihm. Er stolperte vor mir, die Augen traten ihm aus den Höhlen. Er fing an zu schreien. Ich stieß ihn zu Boden, aber er brach schon zusammen. Mit hochgezogenen Knien landete er auf der Seite. Seine Brust war mit Blut bespritzt, und Blut schoß aus dem gezackten Loch in seinem Arm.

Ich ging um ihn herum, hob sein Messer auf. Er schrie noch immer, seine Augen waren glasig. Er glaubte, sterben zu müssen. Sterben würde er zwar nicht, aber er würde den rechten Arm nie wieder gebrauchen können. Ich ging zu ihm und trat ihn dahin, wo sein Ellenbogen gewesen war. Er wurde ohnmächtig.

Ich schaute die Straße hinauf und hinunter. Kein Mensch weit und breit. Ich kniete neben ihm nieder und schob die Hand in seine Hosentasche. Ich fand einen Schlüsselbund und irgend etwas Kleines, Glattes. Die Schlüssel warf ich in den Gully, schob ihm wieder die Hand in die Tasche und holte vier kleine, doppelt verpackte Plastikumschläge mit weißem Pulver heraus. Ich steckte sie in meine Jackentasche, drehte ihn um und durchsuchte seine andere Tasche. Er hatte eine kleine, dicke Brieftasche, die etwa hundert Dollar enthielt und viele Zettel mit Namen und Adressen. Er hieß Nicholas Ventura und wohnte in der McKinney Street, ungefähr fünf Straßen westlich der Livermore. Ich ließ die Brieftasche fallen und entfernte mich auf Beinen, die aus Luft zu bestehen schienen. Am Ende des Blocks merkte ich, daß ich sein Messer noch in der Hand hielt. Ich schmiß es auf die Straße. Es hüpfte und klapperte, bis es nur noch ein schwarzer Fleck im Nebel war.

Ich hatte ihn schon einmal gesehen; er hatte mit drei Männern in Sindbad's Cavern an einem runden Tisch gesessen und gewartet. Ich bog in die Widow Street ein und stieg auf meinen Luftbeinen die Stufen zum Eingang des St. Alwyn hinauf. Ich fühlte mich krank und müde, aber mehr krank als müde, und dennoch müde genug, um mich eine Woche lang ins Bett zu legen. Ich schmeckte kein Adrenalin mehr, nur noch Ekel.

Der vertrocknete Nachtportier sah zu mir auf und wandte sich dann betont ab. Ich ging zum Münztelefon und wählte 911. »Auf dem Gehsteig beim St. Alwyn Hotel liegt ein Verletzter«, sagte ich. »Das ist in der Livermore Avenue zwischen der South Sixth und der South Seventh. Er braucht einen Krankenwagen.« Der Diensthabende fragte nach meinem Namen, und ich hängte ein. Der Portier beobachtete mich aus den Augenwinkeln, als ich zum Lift ging. Als ich auf den Knopf drückte, sagte er: »Wenn Sie hinauf wollen, dann nur über mich.«

»Aber gern, wenn Sie das wirklich wünschen«, sagte ich. Er schlich wie ein Geist ans Ende des Empfangspults und begann mit einem Papierstapel zu spielen.

9

Ich klopfte zweimal. Nat King Cole sang von Frim-Fram-Sauce mit Shifafa, und Breakstone rief: »Okay, ich komme!« Wegen der Musik war er kaum zu hören. Die Tür ging auf, und sein erwartungsvolles Lächeln erstarb, als er mich sah. Er beugte sich vor und schaute an mir vorbei, ob außer mir noch jemand auf dem Flur war.

»He, Mann, ich hab' gesagt, Sie sollen vor acht kommen. Warum gehen Sie nicht runter, trinken in der Bar ein Bier und rufen mich aus der Halle an? Später ist es wieder okay, ich brauche nur ein bißchen Zeit.«

»Es ist schon jetzt okay«, sagte ich. »Ich hab' was für Sie.«

Ich legte zwei Päckchen in meine offene Hand und zeigte sie ihm. »Ihr Mann hatte einen Unfall.«

Er wich von der Tür zurück. Ich ging zu dem Tisch mit der Kassette und dem Spiegel. Glenroy sah mich unverwandt an, bis ich mich setzte. Dann machte er die Tür zu. In seinen Augen las ich Wachsamkeit, Sorge und Neugier. »Ich glaub, ich sollte mir diese Geschichte anhören«, sagte er und näherte sich dem Tisch wie eine Katze, die durch ein ihr fremdes Zimmer tappt.

Er nahm einen Stuhl mir gegenüber, legte die Handflächen auf den Tisch und starrte mich an, als sei ich ein Kind aus der Nachbarschaft, das plötzlich gern zündelte. »Haben Sie einen ausgewachsenen Ganoven namens Nicholas Ventura erwartet?« fragte ich.

Er schloß die Augen und blies Luft durch die Nase.

»Ich möchte, daß Sie mit mir reden«, sagte ich.

Als ich anfing zu sprechen, öffnete er die Augen wieder und sah mich unglücklich und mitleidig an. »Ich dachte, ich hätte Ihnen gesagt, Sie sollten sich aus Schwierigkeiten raushalten. Damals haben Sie ausgesehen, als hätten Sie mich verstanden.«

»Ich mußte heute wegfahren«, sagte ich. »Ventura hat mir aufgelauert. Er hat versucht, mich von der Autobahn abzudrängen, und fast hätte er es auch geschafft.«

Breakstone hob eine Hand, preßte sie an die Wange. Er wollte wieder die Augen schließen, und wäre das möglich gewesen, hätte er auch die Ohren verschlossen.

»Dann bin ich hier angekommen«, fuhr ich fort. »Habe den Wagen zwei Straßen weiter geparkt. Das Pech war, daß er mich gesehen hat, als er zu Ihnen unterwegs war, um zu liefern. Er fing richtig an zu strahlen.«

»Ich habe nichts mit ihm zu tun«, sagte Breakstone. »Außer in der bestimmten Sache. Ich weiß nichts über ihn.«

»Er zog ein Messer und wollte mich umbringen. Das habe ich ihm abgewöhnt. Er wird nicht drüber reden, Glenroy. Dazu schämt er sich viel zu sehr. Aber ich glaube nicht, daß er noch große Sprünge machen wird. Kleine übrigens auch nicht.«

»Sie haben ihm seine Ware weggenommen?«

»Ich habe seine Taschen gefilzt. So habe ich seinen Namen erfahren.«

»Es könnte schlimmer sein«, sagte Breakstone. »Wie die Dinge liegen, bin ich froh, daß ich übermorgen in die Maschine nach Nizza steigen kann.«

»Sie sind nicht in Gefahr. Ich möchte von Ihnen nur einen Namen erfahren.«

»Sie sind ein Narr.«

»Ich weiß den Namen schon, Glenroy. Ich möchte nur sichergehen, daß alles hieb- und stichfest ist. Und dann möchte ich, daß Sie etwas für mich tun.«

Er drehte den Kopf weg. »Wenn Sie mein Freund sein wollen, geben Sie mir die Ware und ziehen mich nicht in die Sache rein.«

»Ich gebe sie Ihnen«, sagte ich. »Nachdem Sie mir den Namen genannt haben.«

»Ich möchte lieber am Leben bleiben«, sagte er. »Ich kann Ihnen nichts sagen. Ich wüßte nicht einmal, was Sie hören wollen.«

»Wer war der Kriminalbeamte, mit dem Billy Ritz zusammengearbeitet hat? Wer hat ihm geholfen, nach einem Mord die Beweise zu manipulieren?«

»Das weiß niemand.« Breakstone schüttelte den Kopf »Ein paar Leute mögen vermutet haben, daß so was im Busch war, aber diese Leute haben darauf geachtet, daß sie an Billys rechter Seite blieben. Mehr kann ich Ihnen nicht sagen.«

»Sie lügen«, sagte ich. »Ich werde das Scheißzeug die Toilette runterspülen – ich brauche Ihre Hilfe, Glenroy.«

Er sah mich einen Moment finster an und versuchte zu überlegen, wie er an den Stoff herankommen konnte, ohne sich selbst zu gefährden. »Billy hatte Verbindungen«, sagte er. »Verstehen Sie, was ich meine? Er war überall drin.«

»Was meinen Sie damit? Daß er Informant für mehrere Detectives war – nicht nur für einen?«

»Das ist das richtige Wort.« Er fühlte sich sehr unbehaglich.

»Sie brauchen mir keine Namen zu sagen. Nicken Sie einfach, wenn ich einen Detective nenne, der Billy als Zuträger benutzte.«

Er überlegte noch eine Weile und nickte schließlich.

»Bastian.«

Keine Reaktion.

»Monroe.«

Er nickte.

»Fontaine.«

Er nickte.

»Wheeler.«

Keine Reaktion.

»Hogan.«

Er nickte.

»Guter Gott!« sagte ich. »Was war mit Ross McCandles?«

Breakstone spitzte die Lippen und nickte wieder.

»Noch jemand?«

»Jemand wie Billy redet nicht über seine Angelegenheiten.«

»Sie haben mir überhaupt nichts gesagt.« Das entsprach viel mehr der Wahrheit, als mir lieb war. Wenigstens hatte er genickt, als ich Paul Fontaines Namen nannte, aber die Bestätigung, die ich wollte, hatte er mir nicht gegeben.

»Und was sollte ich für Sie tun?« fragte er. »Mich vor einen Bus werfen?«

»Ich möchte, daß Sie mir Zimmer 218 zeigen.«

»Husch«, sagte er. »Ist das alles? Zeigen Sie mir, was Sie in der Tasche haben.«

Ich nahm die vier Päckchen heraus und legte sie vor ihn auf den Tisch. Breakstone nahm eins nach dem anderen auf und wog es, vor sich hin lächelnd, in der Hand. »Schätze, ich war heute abend seine erste Station. Das is 'n Haupttreffer. Nick wollte es in Prisen aufteilen, hat wahrscheinlich jedesmal ein bißchen was für sich selbst abgezweigt.«

»Meinen Glückwunsch.«

»Liegt Nick noch immer draußen?«

»Ich habe 911 angerufen. Er ist jetzt im Krankenhaus. Wird ein paar Tage dort bleiben müssen.«

»Dann haben Sie und ich vielleicht doch noch eine Weile zu leben.«

»Um ehrlich zu sein, Glenroy, es hätte so oder so ausgehen können.«

»Jetzt *weiß* ich, daß Sie gefährlich sind.« Er stieß sich vom Tisch ab und stand auf. »Sie haben gesagt, Sie wollten James' altes Zimmer sehen.«

Bevor wir gingen, verstaute er die Plastikumschläge in der Holzkassette.

10

Breakstone drückte auf den Knopf mit der Zwei darauf und lehnte sich an die hölzerne Griffstange. »Was haben Sie rausgefunden?«

»Bob Bandolier hatte einen Sohn«, sagte ich. »Nach dem Tod von Bobs Frau wurde der Junge zu Verwandten geschickt. Ich glaube, er hat schon als Teenager angefangen zu morden. Dann meldete er sich unter falschem Namen freiwillig nach Vietnam, ging später zur Polizei, hat bei mehreren Polizeieinheiten im ganzen Land gearbeitet und kam schließlich hierher zurück.«

»Viele von den hiesigen Detectives waren in Vietnam.« Der Lift hielt, und die Tür glitt auf. Vor uns erstreckte sich ein in einem dunklen, düsteren Grün gehaltener Flur. »Aber nur einer hat Ähnlichkeit mit dem bösen Bob.« Breakstone sah mich nachdenklich an und wirkte wieder besorgt. »Sie glauben, daß dieser Kerl die Frau Ihres Freundes umgebracht hat?«

Ich nickte. »Welcher?«

Er winkte mich den Flur entlang. Er sagte nichts, bis wir um eine Ecke gebogen waren und vor Zimmer 218 standen. Ein gelbes Band, wie es die Polizei zum Absperren von Tatorten benutzt, war straff von Türpfosten zu Türpfosten gespannt: auf einem weißen Zettel an der Tür stand, daß das unbefugte Eindringen strafbar sei und mit einer Geld- oder Gefängnisstrafe geahndet werde. »Dieses Getue, und dabei haben sie die Tür nicht mal abgesperrt«, sagte Breakstone. »Aber ein Schloß hätte Sie wahrscheinlich auch nicht aufgehalten.«

Ich bückte mich und schaute mir das Türschloß genau an. Ich sah keine Kratzer.

Breakstone machte sich nicht einmal die Mühe, sich umzusehen, ob die Luft rein war. Er machte die Tür ganz einfach auf. »Hat keinen Sinn, hier rumzustehen.« Er schlüpfte unter dem Band durch und betrat das Zimmer. Ich folgte ihm, und er machte die Tür hinter uns zu.

»Ich habe an Monroe gedacht«, sagte er. »Er sieht wie Bob Bandolier aus. Außerdem ist er ein gemeiner Hurensohn. Er hat sich ein paar Leute allein vorgenommen, Sie wissen schon, und als er mit ihnen fertig war, haben sie gar nicht mehr gut ausgesehen.«

Er blickte zu Boden, als er sprach. Ich konnte die Augen nicht von dem Bett abwenden, und was er sagte, erreichte mich nicht sofort, denn ich mußte mich erst von meinem Schock erholen. Das Bett erinnerte mich an den Sessel im Keller von The Green Woman. Wer April Ransom auch in dieses Zimmer gebracht hatte, hatte sich nicht damit aufgehalten, die blaue Steppdecke zurückzuschlagen oder die Kissen abzudecken. Ein dunkler Fleck lag wie ein Schatten auf dem Bett, und lange Streifen und Rinnsale derselben dunklen Nichtfarbe zogen sich an den Seiten der Steppdecke nach unten. Braune Kleckse und Spritzer umgaben die Worte über dem Bett. BLAUE ROSE stand da in den gleichen spitzen Lettern, wie ich sie im Tunnel hinter dem Hotel gesehen hatte.

»Von Zeit zu Zeit taucht immer wieder ein Cop wie er auf«, sagte Breakstone. Er wanderte zum Fenster, das auf den Tunnel hinter dem Hotel hinunterblickte. »Verdammt, ich hasse es, mich in diesem Raum aufzuhalten.« Er schlenderte zur Kommode, die dem Bett gegenüber an der Wand stand. Der Aschenbecher auf der Kommode war voller Zigarettenkippen. »Warum sollte ich eigentlich mit Ihnen herkommen?«

»Ich dachte, Ihnen würde vielleicht was auffallen«, sagte ich.

»Mir fällt nur auf, daß ich raus will.« Endlich warf er einen Blick zum Bett. »Ihr Kumpel hat aber eine Menge von diesen Stiften.«

Ich fragte ihn, was er meinte.

»Die Worte. Sie sind blau. Das macht drei. Rot, Schwarz und Blau.«

Ich schaute wieder zur Wand. Breakstone hatte recht – der Slogan war mit tief dunkelblauer Tinte geschrieben.

»Wenn es Ihnen nichts ausmacht, geh ich wieder hinauf.« Er marschierte zur Tür, öffnete sie und schaute zu mir zurück. Sein Gesicht war angespannt vor Ungeduld. Ich betrachtete die schräg verlaufenden Worte, solange ich es ertragen konnte, von einem Wissen gepeinigt, das sich nicht aus meinem Unterbewußtsein lösen wollte: Ich hatte irgend etwas erkannt, aber ich kam nicht dahinter, was es war.

Ich ging hinter Breakstone zurück auf den Flur. »Sie sollten eine Zeitlang nicht mehr herkommen«, sagte er auf dem Weg zum Lift.

Ich wanderte weiter durch den Flur, bis ich zu einer breiten, zweiflügeligen Metalltür kam. Sie führte zu einer zweiten Tür hinunter, die sich früher zur Halle geöffnet haben mußte. Noch ein paar Stufen hinunter, und ich kam zum Hintereingang. Ich trat hinaus in die schmale Gasse hinter dem Hotel und erwartete fast, zwei Polizisten mit gezogener Waffe auf mich zukommen zu sehen. Kalter Nebel wallte mir aus dem gemauerten Tunnel entgegen und leckte an der Rückfront der Apotheke in dem alten Anbau. Zu meiner Linken konnte ich den zerbeulten Kühler von Nick Venturas Wagen ausmachen, der hinter dem Hotel vorschaute.

Ich eilte durch den Tunnel. Von der Messmer Avenue her kamen ein paar Schüsse, und die orangefarbene Tönung des Himmels war noch etwas intensiver geworden. Auf dem Gehsteig war eine lange, verschmierte Blutspur. Ich ging um sie herum und tappte durch den Nebel, bis ich beim Pontiac angelangt war. Ständig sah ich das Zimmer 218 vor mir, ohne zu begreifen, was dort nicht gestimmt hatte.

Als ich nah genug am Wagen war, um ihn deutlich zu sehen, stöhnte ich laut auf. Irgendein streunender Jugendlicher, der zufällig mit einem Baseballschläger vorbeigekommen war, hatte das Heckfenster eingedroschen. Der Pontiac sah aus, als komme er direkt vom Schrottplatz. John würde vermutlich nicht besonders freundlich reagieren, wenn er seinen Wagen sah. Ich war überrascht, daß es mir noch etwas ausmachte.

DREIZEHNTER TEIL

Paul Fontaine

1

Zu Hause angekommen, nahm ich ein paar Aspirin gegen die Rückenschmerzen und ging hinauf. Ich hatte keine Lust zu lesen, streckte mich nur auf dem Gästebett aus und wartete auf den Schlaf. John mußte noch auf dem Rückweg von Chikago sein – ich freute mich nicht gerade auf seine Reaktion, wenn er sah, was mit seinem Wagen passiert war. Ich hatte eben beschlossen, ihm von meinen Treffen mit Tom Pasmore zu erzählen, als ich meine Hand dabei ertappte, wie sie nach der vierten, am stärksten beschädigten Fotografie – der Aufnahme des blutgetränkten Bettes im St. Alwyn – griff. Ich hatte das Gefühl, daß die Kritzeleien wie abgeschnittenes Haar abfallen würden, wenn ich das Foto umdrehte und schüttelte. Ich tat es, und tatsächlich fielen winzige Flocken getrockneter Tinte zu Boden. Ich drehte das Foto wieder um und sah ein Bild, das ich kannte – ein Foto, das meine Mutter vor unserem Haus in der South Sixth Street aufgenommen hatte. Dreijährig stand ich auf dem Gehsteig, und hinter mir hockte mein Vater Al Underhill, den Hut schief auf den Hinterkopf geschoben, die Hand locker, aber besitzergreifend auf meiner Schulter.

2

Nach einer Weile legte mir tatsächlich jemand die Hand auf die Schulter und holte mich in die reale Welt zurück. Ich schlug die Augen auf und sah etwa zwölf bis fünfzehn Zentimeter über mir John Ransoms hämisch grinsendes Gesicht. Er wirkte fast dämonisch vor Vergnügen. »Komm, laß hören«, sagte er. »Erzähl mir von deinen Abenteuern, dann erzähl ich dir meine.«

»Hast du deinen Wagen gesehen?«

Er richtete sich auf und fegte meine besorgte Frage mit einer abwehrenden Geste seiner pummeligen Hand beiseite.

»Kein Problem. Ich habe auf der Fahrt nach Chikago fast selbst einen bösen Unfall gebaut. Du mußt von der Seite gerammt worden sein, richtig?«

»Jemand hat versucht, mich von der Straße zu drängen«, sagte ich.

Er lachte und zog sich den Stuhl näher ans Bett. »Hör dir das an. Es war perfekt.«

John hatte es in vier Stunden von Purdum nach Chikago geschafft, wobei er ein paarmal um ein Haar in Unfälle verwickelt worden war, wie ich seiner Meinung nach einen gehabt hatte. Ungefähr dreißig Meilen vor Chikago hatte sich der Nebel aufgelöst, und er hatte den Wagen einen Block vom Bahnhof entfernt abgestellt.

Er hatte die Schlüssel in dem unverschlossenen Mercedes steckenlassen und war eine Weile in der Nähe auf und ab gegangen. Zwei potentielle Diebe hatte er verjagt, weil sie zu gut gekleidet gewesen waren. »Ich meine, was sollte irgend so 'n Yuppie damit machen? Das Ding tatsächlich stehlen? Kaum. Dann mußte ich einen Kerl zum Schweigen bringen, der anfing, nach der Polizei zu schreien, und mir einen gewaltigen Vortrag darüber hielt, wie schädlich es ist, die Schlüssel im Auto zu lassen. Endlich kommt 'n weißer Junge daher, Goldkette um den Hals, mit einer Hose, die nur seinen halben Arsch bedeckt, keine Schnürsenkel in den Schuhen, und als *dieser* Scheißkerl den Schlüssel entdeckt, fängt er an um den Wagen rumzutänzeln, kontrolliert die Straße nach allen Seiten, um sich zu vergewissern, daß niemand ihn beobachtet. Ich steh da und schaue in ein Schaufenster und bete praktisch darum, daß er nachsieht, ob die Tür offen ist.« Und endlich hatte der Junge nachgesehen, war fast in Ohnmacht gefallen, als sie tatsächlich aufging, war hineingesprungen und mit dem Wagen seiner Träume abgerauscht.

»Der Junge wird ein, zwei Wochen damit rumbrettern wie verrückt, einen Totalschaden verursachen, und ich kriege die Versicherung. Perfekt.« John war über sich selbst so begeistert, daß er sich, wenn das möglich gewesen wäre, selbst abgeküßt hätte. Dann fiel ihm ein, daß ich einen Unfall gehabt hatte, und er sah mich mit einer Art humorvoller Sorge an. »Du wurdest also von der Straße abgedrängt? Was ist passiert?«

Ich ging ins Bad, und er stand vor der Tür, während ich mir Wasser ins Gesicht klatschte und ihm von meiner Rückfahrt aus Tangent erzählte. »Er hat sein Messer gezogen, aber ich hatte Glück und konnte ihm den Arm brechen.«

»Jesus!« sagte John.

»Dann bin ich ins Hotel gegangen und hab' einen Blick in das Zimmer geworfen, in dem man April gefunden hat.«

John kaute an der Innenseite seiner Wange. »Was ist aus dem Kerl geworden?« fragte er.

»Er ist im Krankenhaus.«

Ich ging zur Tür, John trat beiseite und schlug mir auf den Rücken, als ich an ihm vorbeikam. »Warum bist du in dieses Zimmer gegangen?«

»Um zu sehen, ob mir was auffällt.«

»Es muß ziemlich schlimm sein«, sagte er.

»Ich habe das Gefühl, mir ist etwas entgangen, aber ich komm nicht drauf, was.«

»Die Cops haben sich das Zimmer millionenmal vorgenommen. Ach, was sag ich denn da? Es war ja ein Cop, der's getan hat.«

»Ich weiß, wer es ist«, sagte ich. »Gehen wir runter, und ich erzähle dir den Rest meiner Abenteuer.«

»Du hast in Tangent seinen Namen erfahren? Jemand konnte ihn beschreiben?«

»Viel besser«, sagte ich.

3

»John«, sagte ich, »ich möchte wissen, wohin du abkommandiert wurdest, nachdem du den Mann, den du für Franklin Bachelor gehalten hast, in die Staaten zurückgebracht hattest.«

Wir saßen am Tisch und aßen ein Abendbrot, das wir aus

allem zubereitet hatten, was im Kühlschrank und in der Tiefkühltruhe so zu finden gewesen war. John schlang das Essen hinunter, als habe er eine Woche lang nichts gegessen. Während er in der Küche arbeitete, hatte er zwei ordentliche Hyazinthwodka getrunken und eine neue Flasche Château Petrus aus seinem Keller aufgemacht.

Seit wir heruntergekommen waren, debattierte er laut mit sich selbst, ob er im nächsten Jahr wirklich wieder nach Arkham gehen sollte, um zu unterrichten. Wenn er es recht bedenke, sagte er, sei es seine vornehmere Pflicht, sein Buch zu schreiben. Vielleicht solle er sich eingestehen, daß nun eine neue Phase seines Lebens beginne. Meine Frage unterbrach seinen Monolog, und er blickte vom Teller auf und hörte auf zu kauen. Dann spülte er das Essen mit einem Schluck Wein hinunter.

»Du weißt doch, wo ich war. In Lang Vei.«

»Warst du wirklich nicht woanders? In einem Camp unweit von Lang Vei?«

Er sah mich stirnrunzelnd an und schnitt noch ein Stückchen Kalbfleisch ab. Schenkte sich Wein nach. »Ist das noch mehr von dem wilden Zeug, das dieser Quartermaster Colonel in seinem Buch behauptet?«

»Sag es mir.«

Er legte Messer und Gabel nieder. »Glaubst du nicht, daß der Name dieses Cops viel wichtiger ist? Ich war wirklich geduldig mit dir, Tim, aber ich habe keine Lust, in uralten Geschichten rumzustochern.«

»Hat dir jemand befohlen zu sagen, daß du in Lang Vei warst?«

Er sah mich mit einem Blick an, wie man ihn einem Maulesel zuwirft, der nicht weiter will. Dann seufzte er. »Okay. Nachdem ich endlich in Khe Sanh angekommen war, erschien ein Colonel vom Geheimdienst und befahl mir tatsächlich, allen Leuten zu sagen, ich sei in Lang Vei gewesen. Meine Befehle wurden alle umgeschrieben, und daher *war* ich eben in Lang Vei gewesen.«

»Weißt du, warum man dir diesen Befehl gegeben hat?«

»Klar. Die Armee wollte nicht zugeben, wie tief die Scheiße war, in der wir saßen.«

»Und wo warst du, wenn nicht in Lang Vei?«

»In einem kleinen Camp namens Lang Vo. Sofort, nachdem Lang Vei überrannt worden war, wurden wir ausgelöscht. Ich und ein Dutzend Bru. Die Nordvietnamesen haben uns auseinandergenommen.«

»Nachdem du aus Langley zurückkamst, haben sie dich in den Dschungel abgeschoben?« Bis hierher hatte Colonel Runnel die Wahrheit gesagt. »Warum haben sie das getan?«

»Warum tun sie irgendwas? Solche Sachen haben wir eben gemacht.«

»Denkst du, man hat dich bestraft, weil du den falschen Mann zurückgebracht hast?«

»Das war keine *Bestrafung.*« Er sah mich zornig an. »Ich wurde nicht degradiert.«

Vielleicht hatte er recht. Aber auch Colonel Runnel hat recht, dachte ich. John wurde vom Hals aufwärts rot. »Erzähl mir, was in Lang Vo passiert ist.«

»Es war ein Massaker.« Er sah mir fest in die Augen. »Zuerst haben sie uns mit Artilleriefeuer belegt, dann schwärmten reguläre nordvietnamesische Truppen aus, und zum Schluß walzten die Panzer alles flach, was sich noch bewegte.« Jetzt war sein ganzes Gesicht feuerrot. »Ich fühlte mich so beschissen wie General Custer.«

»Custer ist nicht lebend rausgekommen«, sagte ich.

»Ich muß mich vor dir nicht rechtfertigen.« Er rammte die Gabel in die Bratkartoffeln, führte eine zum Mund und sah sie dann an, als habe sie sich in eine Küchenschabe verwandelt.

Ich sagte, ich wolle doch nur wissen, was passiert war.

»Ich habe einen Fehler gemacht«, sagte er und suchte wieder meine Augen. »Du willst wissen, was passiert ist – das ist passiert. Ich hätte nicht gedacht, daß sie mit einer so großen Streitmacht bei uns einfallen würden. Ich hatte nicht mit einer solchen Sintflut gerechnet.«

Ich wartete darauf, daß er mir erklärte, wie er überlebt hatte.

»Sobald es mulmig wurde, befahl ich den Leuten, in den Bunker zu gehen. Er hatte Schießscharten über der Erde. Zwei Tunnel. Es war ein gutes System. Es half nur nichts gegen so viele Gegner. Sie feuerten eine Granate durch eine Schießscharte, und damit hatte es sich so ziemlich. Ich lag auf dem Boden und auf mir ungefähr ein Dutzend Männer. Ich sah nichts, und ich hörte nichts. Ich konnte kaum atmen. Ertrank fast in dem vielen Blut. Schließlich drang einer der Kerle durch den Tunnel zu uns vor und ballerte einen ganzen Ladestreifen in uns hinein. Sogar zwei, glaub ich, aber ich habe nicht mitgezählt.«

»Du hast ihn nicht gesehen?«

»Ich konnte nichts sehen. Ich hab' gedacht, ich sei tot. Am Ende kam ich mit einer Salve im Hintern und ein paar Granatsplittern in den Beinen davon. Als ich merkte, daß ich noch lebte, kroch ich hinaus. Ich habe lange dazu gebraucht.« Er griff nach seiner Gabel, starrte das Stückchen Bratkartoffel an und legte es zurück auf den Teller. »Höllisch lange. Der Tunnel war eingestürzt.«

Ich fragte ihn, ob er sich an Francis Pinkel erinnere.

John lächelte fast. »An die halbe Portion, die für Burrman arbeitete? Klar. Er kam am Tag vor der großen Scheiße zu uns, widmete uns eine Stunde seiner kostbaren Zeit und kletterte wieder in seinen Hubschrauber.«

Laut Runnels mysteriösem Informanten hatte Pinkel Lang Vo am Tag des Überfalls besucht. Wie John es erzählte, klang es vernünftiger. Es hatte mindestens einen Tag gedauert, den Überfall auf sein Camp zu koordinieren.

»Nun«, sagte ich, »die halbe Portion hat berichtet, sie habe, nachdem sie gestartet war, ein A-Team unter der Führung eines amerikanischen Offiziers gesichtet.«

»Tatsächlich?« John hob die Brauen.

»Erinnerst du dich, daß Tom Pasmore gefragt hat, ob jemand einen Grund haben könnte, dich verletzen zu wollen?«

»Pasmore? Der überlebt gerade seinen Ruf.«

Ich sagte, ich glaubte nicht, daß das zutreffe, und John schnaubte verächtlich. »Und wenn ich ihm hunderttausend anbieten würde? Mach dir doch nichts vor.«

»Das Entscheidende aber ist doch, ob du dich an jemanden erinnerst, der etwas gegen dich hat?«

»Klar«, sagte er. Er wurde allmählich wieder gereizt. »Vergangenes Jahr habe ich einen Studenten rausgeschmissen, weil er kaum lesen konnte. Er ist wütend auf mich, doch ich denke nicht, daß er deshalb morden würde.« John sah mich an, als sei ich absichtlich schwer von Begriff. »Habe ich unrecht, oder steckt da tatsächlich etwas dahinter?«

»Hast du je über Fee Bandoliers Firma nachgedacht?«

»Elvee? Nein, nie. Ich hab' das langsam ein bißchen satt, Tim.« Er schob den Teller weg und schenkte sich Wein nach.

»Lang Vei«, sagte ich. »Lang Vo.«

»Das ist idiotisch. Ich stelle dir eine Frage, und du antwortest mit Geschwafel.«

»Fielding Bandolier ist 1961 freiwillig zur Armee gegangen.«

»Großartig.«

»Unter dem Namen Franklin Bachelor«, sagte ich. »Ich denke, er hat es mit den Initialen.«

John hob gerade das Glas zum Mund. Sein Arm hielt mitten in der Bewegung inne. Sein Mund öffnete sich ein wenig weiter, und seine Augen verschleierten sich. Er trank einen großen Schluck Wein und fuhr sich mit der Serviette über die Lippen. »Beschuldigst du mich irgendwie?«

»Ich beschuldige ihn, nicht dich«, sagte ich. »Bachelor war erfinderisch genug, unter falschem Namen in die Staaten zurückzukehren. Und er hat dich für den Tod seiner vietnamesischen Frau verantwortlich gemacht.«

Johns Augen wurden groß vor Zorn, und eine Sekunde lang fürchtete ich, er könnte wieder über mich herfallen und versuchen mich zu erwürgen. Dann entdeckte ich einen Ausdruck von Nachdenklichkeit in seinem Gesicht, und er fing an, mich mit wachsendem Verständnis anzusehen.

»Warum sollte er mit seiner Rache so lange gewartet haben?«

»Weil er dachte, du seist tot, nachdem er in euren Bunker eingedrungen war und zwei Ladestreifen in den Leichenberg abgefeuert hatte.«

»Also ist er hierher zurückgekommen.« John sagte es so gleichgültig, als sei das zu erwarten gewesen.

»Er lebt seit 1979 in Millhaven, aber er hatte keine Ahnung, daß du auch hier bist.«

»Und wie hat er erfahren, daß ich noch lebe?«

»Er hat dein Foto in der Zeitung gesehen. Zwei Tage später hat er Grant Hoffman umgebracht. Fünf Tage danach deine Frau. Sein Vater hat in einem Fünf-Tage-Turnus gemordet, und er folgt nur seinem Beispiel, schreibt sogar dieselben Worte an die Wand.«

»Damit es so aussieht, als hingen seine Morde mit dem alten *Blaue-Rose*-Fall zusammen.«

»Als April wegen ihrer Recherchen ans Präsidium schrieb, ging er ins Archiv und entfernte die Aussagen seines Vaters aus der *Blaue-Rose*-Akte. Und brachte seine Notizen in The Green Woman, falls jemand anders neugierig werden sollte.«

»Franklin Bachelor«, sagte John. »Der letzte Irreguläre.«

»Niemand hat gewußt, wer und was er wirklich war«, sagte ich. »Er hat sein Leben lang vorgegeben, jemand anders zu sein.«

»Nenn mir seinen Namen«, sagte John.

»Paul Fontaine«, sagte ich.

Langsam wiederholte er den Namen des Detectives und hob am Ende die Stimme. »Bist du sicher?«

»Der Mann, den ich in Ohio aufgesucht habe, hat den Finger ohne zu zögern auf Fontaines Gesicht gelegt«, sagte ich.

Das Telefon ging los wie eine Bombe, und ich hüpfte fast einen halben Meter hoch vor Schreck. Der Anrufbeantworter schaltete sich ein, und wir hörten Alan Brookners übliches Gebell, nur noch etwa zehn Prozent über seiner normalen Lautstärke. »Verdammt noch mal, wirst du wohl ans Telefon gehen! Ich sitze ganz allein hier, die ganze Stadt ist aus den Fugen, und …«

John war schon aufgesprungen. Alans Stimme verstummte in dem Moment, in dem John den Hörer abnahm, und von da an hörte ich nur die Hälfte des Gesprächs. John versuchte zu beschwichtigen, doch der Häufigkeit nach zu schließen, mit der er »Alan, ich kann dich hören« und »Nein, ich habe dich nicht gemieden« sagte, kam die Beschwichtigung nicht an. »Nein, die Polizei hat sich nicht bei mir gemeldet«, sagte er und hielt den Hörer mehrere Zentimeter vom Ohr ab. »Das werde ich, das werde ich«, sagte er. »Selbstverständlich bist du beunruhigt. Alle sind beunruhigt.« Wieder nahm er den Hörer vom Ohr. Dann: »Ich weiß, daß dir egal ist, was alle anderen tun, Alan. Du hast dich nie danach gerichtet.« Er ließ eine weitere lange Tirade über sich ergehen, und mein Schuldgefühl, weil ich Alan nicht mehr besucht hatte, nahm überdimensionale Ausmaße an.

Mit einer kurzen Pantomime – weichen Knien und zitternden Händen –, die überstrapazierte Geduld ausdrücken sollte, hängte John ein. »Er hat gesagt, er wird wieder anrufen. Ist das eine erschreckende Aussicht? Nein, ist es nicht, darf es nicht sein.«

»Wir haben ihn zu lange nicht beachtet«, sagte ich.

»Alan Brookner hat es nie zugelassen, daß man ihn länger als fünf Minuten ignoriert.« John kam ins Wohnzimmer zurück und ließ sich in seinen Sessel fallen. »Das Problem ist, daß Eliza um fünf Uhr nach Hause geht. Er braucht nur noch zu Abend zu essen, sich auszuziehen und ins Bett zu gehen. Aber das macht er natürlich nicht. Er gießt sich ein paar hinter die Binde und vergißt das Abendessen, das Eliza ihm im Herd warmgestellt hat. Er sieht sich die Nachrichten an, weil er glaubt, sie bringen etwas über ihn und seine Tochter, denn ein anderes Thema kann es ja nicht geben. Ein lächerlicher Dünkel. Und wenn er brennende Häuser sieht und Männer mit Revolvern durch den Nebel flitzen, bildet er sich ein, daß er in Gefahr ist« – John holte tief Atem –, »weil es für ihn unvorstellbar ist, daß die Nachrichten nichts mit ihm zu tun haben könnten.«

»Hat er nicht nur ganz einfach Angst?«

»Ich kenne ihn viel länger als du«, sagte John. »Er wird anrufen und wieder anrufen, bis ich rübergehe. Oder du. Er liebt dich.«

»Ich habe nichts dagegen, Alan zu besuchen«, sagte ich.

»Du mußt so was wie eine frustrierte Krankenschwester sein«, brummte er. »Und was meinst du übrigens? Wenn wir einen Blick in Fontaines Haus werfen wollen, ist dies die richtige Nacht dafür.« Er nahm den dritten Anlauf, die Bratkartoffel auf seiner Gabel zu essen, und diesmal schaffte er es sogar, sie in den Mund zu stecken. Kauend warf er mir einen herausfordernden Blick zu. Ich reagierte nicht. Empört schüttelte er den Kopf und putzte das letzte Stück Kalbfleisch weg. Dann trank er einen großen Schluck Wein, wobei er mich nicht aus den Augen ließ, um mich zu einer Zustimmung zu provozieren.

»Gott, Tim, ich sag das nur sehr widerwillig, aber ich scheine hier wirklich der einzige zu sein, der gern ein bißchen Action sehen möchte.«

Ich starrte ihn an und begann zu lachen.

»Okay, okay«, sagte er. »Das war eine unpassende Bemerkung. Sehen wir erst mal, wie schlimm es ist, bevor wir uns entschließen.«

4

Wir machten es uns im Wohnzimmer auf der Couch bequem, und John drückte einen Knopf auf der Fernbedienung.

Sorgenvoller, als ich ihn je gesehen hatte, mit leicht zerzaustem Haar und schiefer Krawatte, erschien Jimbo auf dem Bildschirm und verkündete zum hundertstenmal, daß sich die Mitglieder des Komitees für ein gerechtes Millhaven vor dem Rathaus versammelt hatten, angeführt von Reverend Clement Moore und begleitet von einigen hundert Demonstranten. Sie verlangten, zu Merlin Waterford vorgelassen zu werden. Außerdem solle der Stadtrat ihre Forderungen neu überdenken. Der Bürgermeister hatte ihnen durch seinen Stellvertreter ausrichten lassen, sie müßten sich einen Termin geben lassen, denn außerplanmäßige Unterredungen mit dem Bürgermeister habe es nie gegeben und werde es nie geben. Die Delegation hatte sich geweigert, das Gebäude zu verlassen. Arden Vass hatte die Polizei geschickt, um die Menge zu zerstreuen, und nach Forderungen, Gegenforderungen und langen Reden war ein Jugendlicher von einem Polizeioffizier erschossen worden, der geglaubt hatte, in der Hand des Jungen eine Pistole gesehen zu haben. Aus einer Gefängniszelle hatte Reverend Clement Moore die Erklärung abgegeben, daß ›Jahrzehnte russischer

Diskriminierung, rassistischer Unsensibilität und wirtschaftlicher Unterdrückung endlich auf die Urheber zurückgefallen sind, denn jetzt werden die Feuer des Zorns nicht mehr verlöschen‹.

In der North Sixteenth Street war ein Streifenwagen umgeworfen und angezündet worden. Selbstgefertigte Brandbomben waren in der Messmer Avenue in den Läden der Weißen explodiert, und die Brände hatten auf die Nachbarhäuser übergegriffen. Die herbeigerufene Feuerwehr war von den Dächern der gegenüberliegenden Häuser beschossen worden.

Hinter Jimbos Gesicht sah man Gestalten mit Fernsehern, Bergen von Kleidung, Säcken voller Lebensmittel, dicken Schals und Laufschuhen, die mit den Schnürsenkeln zusammengebunden waren, durch den Nebel rennen. Leute traten aus dem Nebel, winkten mit Steaks, Halogenlampen und Stühlen mit geflochtenen Lehnen in die Kamera und verschwanden wieder im Dunst.

»Der Schaden bewegt sich im Augenblick in einem Rahmen von etwa fünf Millionen Dollar«, sagte Jimbo. »Und hier ist Isobel Archer mit einem Bericht über andere beunruhigende Aspekte, live vom Armory Place.«

Isobel erschien vor einem festen Polizeikordon, der sie gegen den aufgebrachten Mob abschirmte. »Wir bekommen jetzt auch Berichte über einzelne Brände und Schießereien in anderen Stadtteilen«, sagte sie. Das schwache, aber unverkennbare Geräusch splitternden Glases ließ sie über die Schulter zurückblicken. »Uns wurde auch berichtet, daß auf dem Central Divide und in der Illinois Avenue Leute aus ihren Wagen gezerrt wurden und mehrere Kaufleute in Downtown private Sicherheitsdienste angeheuert haben, die ihre Läden schützen sollen. Außerdem sollen Gangs bewaffneter Plünderer aus ihren Autos auf die Fahrzeuge friedlicher Bürger schießen. In der Livermore und der Fifteenth Street Avenue wurden einzelne Fußgänger überfallen und zusammengeschlagen.« Sie zuckte zusammen, als irgendwo am anderen Ende des Polizeikordons geschossen wurde. »Wie man mir eben gesagt hat, begeben wir uns jetzt auf das Dach des Polizeipräsidiums, weil wir Ihnen von dort oben vielleicht Bilder vom Ausmaß der Zerstörungen zeigen können.«

Jetzt erschien in einem Fenster auf dem Fernsehschirm das unerschütterliche Gesicht des Moderators wieder. »Eine persönliche Frage, Isobel: Haben Sie das Gefühl, auch in Gefahr zu sein?«

»Ich glaube, deshalb versuchen wir ja, aufs Dach zu gelangen«, antwortete sie.

Jetzt war nur noch Jimbo auf dem Bildschirm zu sehen. »Während Isobel sich an einen sichereren Standort begibt, raten wir allen Bewohnern der Stadt, die Vorhänge zuzuziehen, den Fenstern fernzubleiben und das Haus nicht zu verlassen. Nun. Eben hereingekommen. Unbestätigte Berichte über Brandstiftung und einzelne Schüsse im Fünfzehnhunderterblock des Western Boulevard, im Zwölfhunderterblock der Fifteenth Street Avenue und Abschnitten der West Side in der Nähe des Galaxy Shopping Centers. Und jetzt Joe Ruddler mit einem Kommentar.«

Den Mund schon geöffnet, die Augen blitzend, die Wangen aufgebläht, schnellte Joe Ruddlers gereizte, ballonähnliche Visage auf den Bildschirm. Er sah aus, als sei er eben aus einem Käfig gestürmt. »Wenn all das doch noch etwas Gutes haben könnte, dann dies, daß diese ahnungslosen, schwachköpfigen Idioten, die über ein Waffengesetz schwafeln, endlich zur Vernunft kommen!«

»Jetzt wäre der ideale Zeitpunkt, um Fontaines Haus auseinanderzunehmen«, sagte John. Er ging in die Küche und kam mit seinem Glas und dem Rest des Weines zurück. Ein bißchen vom Wind zerzaust und außer Atem, erschien Isobel Archer auf dem Dach des Polizeipräsidiums und zeigte die Stellen, wo wir, hätten wir sie sehen können, Brände gesehen hätten.

»Die Stadt wird wie San Francisco nach dem großen Erdbeben ausschauen«, sagte John.

»Der Nebel wird nicht mehr lange anhalten«, sagte ich. »Gegen Mitternacht wird er sich aufgelöst haben.«

»O ja«, sagte John. »Und Paul Fontaine wird an meiner Haustür auftauchen und erklären, daß Jesus lebt, denn auch er habe zu ihm gefunden, und wird sich für alles, was er mir angetan hat, brav entschuldigen.«

Gegen zehn rief Alan Brookner wieder an und ließ John

gute zwanzig Minuten nicht mehr vom Telefon fort, von denen John zehn damit verbrachte, den Hörer ungefähr einen Viertelmeter vom Kopf wegzuhalten. Als er eingehängt hatte, ging er schnurstracks in die Küche und machte sich einen frischen Drink.

Auf dem Bildschirm war jetzt das Gesicht eines jungen, lächelnden Schwarzen zu sehen, und Jimbo berichtete uns, der Teenager, den eine Polizeikugel getötet hatte, sei jetzt als Lamar White identifiziert, siebzehnjähriger Schüler der John F. Kennedy High School mit einem Hochbegabtenstipendium.

»White scheint unbewaffnet gewesen zu sein, als er erschossen wurde, und der Zwischenfall kommt vor einen Untersuchungsausschuß der Polizei.«

Das Telefon klingelte wieder.

»John, John, John, John, John, John«, sprach Alan auf den Anrufbeantworter. »John, John, John, John, John, John.«

»Ist dir schon aufgefallen, daß sie, sobald sie tot sind, regelmäßig zu den Hochbegabtenstipendiaten gehören?« fragte mich John.

»John, John, John, John, John ...«

John stand auf und ging ans Telefon.

Jimbo sagte, Ted Koppel werde am nächsten Abend aus dem Performing Arts Auditorium eine Sondersendung von *Nightline* moderieren. Ein Polizeibeamter sagte, alle Ausfallstraßen und Autobahnen um Millhaven seien in beiden Richtungen von der Staatspolizei gesperrt.

Eine Hand auf die Schläfe pressend, kam John ins Wohnzimmer zurück. »Ich muß rübergehen und ihn holen«, sagte er. »Denkst du, man kann es wagen?«

»Ich glaube nicht, daß es hier herum Zwischenfälle gegeben hat«, sagte ich.

»Ich geh nicht ohne die Pistole.« Er sah mich an, als erwarte er einen Protest von mir, und als ich nichts sagte, ging er hinauf und knöpfte sich, als er wieder runterkam, das Leinenjackett über einer Ausbuchtung im Hosenbund zu. Ich sagte, ich würde die Festung halten. »Für dich ist alles nur ein Witz«, sagte er.

»Ich denke, es wäre besser für Alan, die Nacht hier zu verbringen.«

John ging zur Haustür, öffnete sie vorsichtig, spähte in beide Richtungen, warf mir einen letzten traurigen Blick zu und verließ das Haus.

Ich saß da und sah Bilder von Bränden, die ganze Häuserblocks wegfraßen, während Männer und Frauen an der Kamera vorübertrotteten und wegschleppten, was sie erbeutet hatten – Toilettenpapier, Glühlampen, Mineralwasserflaschen. Die Vorräte mußten bedenklich schrumpfen. Als das Telefon klingelte, stand ich auf, um das Gespräch entgegenzunehmen.

Alan versteckte sich in einem Schrank. Alan saß auf einem Fäkalienhaufen in der Küche auf dem Fußboden. Was es auch für eine Krise sein mochte – John hatte aufgegeben.

Ich meldete mich, und eine Stimme, die ich nicht erkannte, verlangte Tim Underhill zu sprechen.

»Am Apparat«, sagte ich.

Der Mann am anderen Ende der Leitung sagte, er sei Paul Fontaine.

5

Als ich nicht reagierte, fragte er: »Sind Sie noch da?«

Ich sagte, ich sei noch da.

»Sind Sie allein?«

»Für ungefähr fünf Minuten«, sagte ich.

»Wir müssen über eine bestimmte Sache reden. Inoffiziell.«

»Und was ist das für eine Sache?«

»Ich habe gewisse Informationen, für die Sie sich vielleicht interessieren, und ich denke, Sie haben welche, die ich brauchen kann. Ich möchte mich irgendwo mit Ihnen treffen.«

»Das ist eine seltsame Zeit für ein Treffen.«

»Glauben Sie nicht alles, was Sie im Fernsehen hören. Sie bleiben ungeschoren, solange Sie sich von der Messmer Avenue fernhalten. Hören Sie, ich spreche von einem Münzapparat in der Nähe des Central Divide aus, und ich habe nicht viel Zeit. Warten Sie um zwei Uhr in der Widow Street gegenüber vom St. Alwyn auf mich.«

»Warum sollte ich?«

»Das erkläre ich Ihnen dort.« Er hängte ein.

Ich legte ebenfalls auf und fand mich sofort, wie hingebeamt, auf der Couch vor dem quasselnden Fernseher wieder. Natürlich hatte ich nicht die Absicht, mich um zwei Uhr morgens in einer verlassenen Straße mit Fontaine zu treffen – er wollte mich nur in eine Situation bringen, in der man meinen Tod den Ausschreitungen von heute nacht zuschreiben konnte.

John Ransom und ich mußten so schnell wie möglich weg aus Millhaven. Wenn der Nebel sich auflöste, konnten wir auf dem Flughafen sein, ehe Fontaine merkte, daß ich nicht gegenüber vom St. Alwyn aufkreuzen würde. In Quantico hatte das FBI Fachleute, die nichts anderes taten, als über Leute wie Paul Fontaine nachzudenken. Sie konnten sich jeden Mordfall vornehmen, an dem Fontaine vor seiner Rückkehr nach Millhaven in Allentown oder irgendeiner anderen Stadt gearbeitet hatte. Was ich am dringendsten brauchte und nicht hatte, waren seine Notizen.

Aber wo waren Fontaines Aufzeichnungen über die von ihm verübten Mordtaten? Jetzt schien es mir, als hätten John und ich das Haus in der South Seventh Street nur allzu oberflächlich durchsucht. Wir hätten die Dielen aufreißen und Löcher in die Wände schlagen sollen.

Sobald Fontaine merkte, daß ich nicht erscheinen würde, um mich umbringen zu lassen, würde er jeden Flug kontrollieren, der Millhaven im Laufe der Nacht verließ. Dann würde er in die South Seventh Street gehen und in dem alten Heizkessel ein Freudenfeuer anzünden.

Bis zu diesem unglücklichen Punkt waren meine Gedanken gediehen, als mit der sich öffnenden Eingangstür laute Stimmen ins Haus platzten und John hereinkam – Alan Brookner an der Hand führend wie ein Kind.

6

Alan trug unter einer grauen Anzugjacke das zerknautschte Oberteil eines Schlafanzugs und dazu braune Hosen. Offenbar hatte John seinem Schwiegervater das erste beste angezogen, das er im Schrank gefunden hatte. Alans Haare sahen aus wie vom Wind verweht, und in seinen wilden, unsteten Augen war ein Ausdruck von Aufsässigkeit und Verwirrung. Er hatte ein Stadium erreicht, in dem es für ihn zwingend war, sich ebenso durch Gesten wie durch Worte verständlich zu machen, und er hob, ohne Johns Hand freizugeben, beide Hände an den Kopf. John ließ ihn los.

Alan schlug sich mit der Hand, die John nun nicht mehr festhielt, vor die Stirn. »Kapierst du nicht?« redete er mit dröhnender Stimme Johns sich entfernenden Rücken an. »Es ist die Antwort. Ich biete dir die Lösung.«

John blieb stehen. »Diese Antwort will ich nicht. Setz dich, Alan. Ich hole dir einen Drink.«

Alan breitete die Arme aus und schrie: »Selbstverständlich willst du sie! Sie ist genau das, was du willst!« Dann nahm er meine Anwesenheit wahr und kam aus der Halle ins Wohnzimmer. »Tim, bring diesen Kerl zur Vernunft, bitte!«

»Kommen Sie zu mir!« sagte ich, und Alan ging zur Couch, ohne John aus den Augen zu lassen, bis er in der Küche verschwunden war. Dann setzte sich Alan neben mich und fuhr sich mit beiden Händen durch das Haar.

»Er denkt, weglaufen ist die Lösung für alles. Aber man muß bleiben, wo man ist, und sich den Dingen stellen.«

»Ist das die Antwort, die Sie für ihn haben?« fragte ich. John hatte dem alten Mann offenbar erzählt, daß er ins Ausland wollte.

»Nein, nein, nein!« Alan schüttelte den Kopf, verärgert, weil ich die Angelegenheit nicht sofort verstand. »Ich habe eine mit Stiftungsgeldern finanzierte Professur und brauche nur dafür zu sorgen, daß John im nächsten Semester diese Professur bekommt. Ich kann sie an ihn *weitergeben.*«

»Dürfen Sie denn Ihren eigenen Nachfolger ernennen?«

»Laß dir eines von mir sagen.« Er packte meinen Oberschenkel. »Achtunddreißig Jahre lang habe ich von der Verwaltung alles bekommen, was ich wollte. Einfach alles. Ich glaube nicht, daß man jetzt damit aufhören wird.«

Alan richtete die letzten Worte an John, der zurückgekommen war und ihm einen dunkelbraunen Drink vorsetzte.

»So einfach ist es nicht.« John nahm den Sessel am Ende der Couch und drehte sich zum Fernseher um.

»Natürlich ist es das«, behauptete Alan. »Ich wollte nicht zugeben, was mit mir geschieht. Aber jetzt will ich nichts mehr vortäuschen.«

»Ich werde nicht für dich weitermachen«, sagte John.

»Mach für dich selbst weiter«, sage Alan. »Ich biete dir eine Möglichkeit, dich nicht verzetteln zu müssen – ganz du zu bleiben. Du willst weglaufen. Das ist nicht gut, Junge.«

»Tut mir leid, wenn du dich zurückgestoßen fühlst«, sagte John. »Es hat nichts mit dir persönlich zu tun.«

»Natürlich ist es eine persönliche Sache!« brüllte Alan.

»Tut mir leid, daß ich es erwähnt habe«, sagte John. »Zwing mich nicht, noch mehr zu sagen, Alan.«

Übermannt von allem, was er fühlte, hatte Alan mit den Armen gefuchtelt und sich, die Couch und meine Beine mit Whiskey bespritzt. Jetzt trank er und stöhnte. Ich mußte John beiseite nehmen und mit ihm unter vier Augen sprechen.

Alan kam lange genug aus seinem Schmollwinkel heraus, um mir dazu Gelegenheit zu geben. »Red mit ihm, Tim! Bring ihn zur Vernunft.«

Ich stand auf. »Gehen wir in die Küche, John.«

»Nicht auch du.« Er warf mir einen ungläubigen Blick zu.

Ich sagte seinen Namen in einer Weise, die wie ein Fußtritt auf ihn wirkte, und er sah mich scharf an. »Oh«, sagte er. »Okay.«

»Braver Junge«, sagte Alan.

Ich ging durch die Küche, öffnete die Hintertür und trat ins Freie. John trottete hinter mir her. Was vom Nebel noch übrig war, kräuselte sich dicht über dem Gras. John kam heraus und schloß die Tür hinter sich.

»Fontaine hat angerufen«, sagte ich. »Er will Informationen austauschen. Ich soll mich um zwei Uhr in der Widow Street gegenüber vom St. Alwyn mit ihm treffen.«

»Großartig«, sagte John. »Er glaubt, daß wir ihm noch trauen.«

»Ich will heute nacht noch raus aus der Stadt«, sagte ich. »Wir können zum FBI gehen und dort alles sagen, was wir wissen.«

»Hör zu, das ist unsere Chance. Er wird sich uns selbst auf einem Tablett servieren.«

»Du willst wirklich, daß ich mich mitten in der Nacht in einer gottverlassenen Straße mit ihm treffe?«

»Wir fahren viel früher hin. Ich verstecke mich in dem kleinen Gäßchen neben der Pfandleihe und höre alles, was er sagt. Gemeinsam werden wir mit ihm fertig.«

»Das ist verrückt«, sagte ich, und dann begriff ich, was er wirklich vorhatte. »Du willst ihn töten.«

In der Küche schrie Alan unsere Namen, und John biß sich auf die Lippe und überprüfte, wie überzeugend er gewesen war. »Wegrennen nützt nichts«, sagte er und wiederholte unbewußt, was Alan eben gesagt hatte.

Die Tür ging auf, und Alan stand, von gelbem Licht eingerahmt, vor uns. »Kriegst du ihn dazu, Vernunft anzunehmen?«

»Lassen Sie uns ein bißchen mehr Zeit«, sagte ich.

»Die Ausschreitungen scheinen so ziemlich vorbei zu sein«, sagte Alan. »Sieht so aus, als seien vier Menschen ums Leben gekommen.« Wir schwiegen, und er trat ein paar Schritte zurück. »Na ja, dann will ich nicht weiter stören.«

Als Alan sich von der Tür weit genug entfernt hatte, sagte ich zu John: »Du willst ihn töten. Alles andere ist nur Gerede.«

»Und ist das so schlimm – als letztes Mittel? Es ist vermutlich der einzig sichere Weg, mit dem Kerl fertig zu werden.« Er wartete darauf, daß ich einsah, wie recht er hatte. »Ich meine, es besteht für dich doch nicht der geringste Zweifel, daß er Bachelor ist, oder?«

»Nein«, sage ich.

»Er hat meine Frau ermordet. Und Grant Hoffman. Er will dich ermorden und mich auch. Wie kannst du dich noch um die Menschenrechte einer solchen Kreatur sorgen?«

»Noch zwei!« schrie Alan durchs offene Fenster. »Insgesamt sechs Tote! Zehn Millionen Schaden!«

»Ich will dich nicht hintergehen«, sagte John. »Ich denke, daß Fontaine durch mich viel eher sterben wird als durch einen Prozeß.«

»Ganz meine Meinung«, sagte ich. »Du sollst nur ganz sicher sein, bei dem, was du tust.«

»Es ist auch mein Leben.« John reichte mir die Hand, und als ich sie nahm, spürte ich, wie mein Unbehagen sich verdoppelte.

Als wir hineinkamen, stand Alan in der Nähe der Spüle und suchte in unseren Gesichtern nach Hinweisen auf das, wozu John sich entschlossen hatte. Er hatte das Anzugjackett ausgezogen, und die Schlafanzugjacke hing ihm zum Teil aus der Hose. »Na, habt ihr darüber gesprochen?«

»Ich überlege es mir«, sagte John.

»Okay!« rief Alan und hielt das bereits für eine Kapitulation. »Mehr wollte ich gar nicht hören, Jungchen.« Er sah John strahlend an. »Das muß gefeiert werden, findest du nicht?«

»Bedien dich bitte.« John wies lässig auf die Beweise dafür, daß Alan sich schon bedient hatte. Auf dem Tresen standen eine Scotchflasche und ein Glas mit brauner Flüssigkeit, in der schmelzende Eiswürfel schwammen. Alan goß noch mehr Whiskey in sein Glas und wandte sich wieder an John. »Komm, trink mit, sonst ist es keine Feier.«

John ging ins Wohnzimmer, und ich schaute auf meine Uhr. Es war kurz vor halb zwölf. Ich konnte nur hoffen, John war vernünftig genug, nüchtern zu bleiben. Alan packte mich bei der Schulter. »Gott segne dich, Junge.« Er nahm noch ein Glas vom Regal und klatschte Whiskey hinein. »Es ist auch keine Feier, wenn du nicht mittrinkst.«

John würde Alan an der Nase herumführen, bis ich abgeflogen war, und dann die Professur ablehnen. Das würde das Ende bedeuten. Mir war, als hätte ich eben einen zweiten Mord gutgeheißen. Als John wiederkam, hob er, als er mein Glas sah, die Brauen; dann lächelte er. »Etwas zur Nervenberuhigung.«

Alan stieß mit John und mir an. »Mir geht es jetzt besser als den ganzen Tag über.«

»Prost«, sagte John, hob sein Glas und warf mir einen ironischen Blick zu. Sein Jackett verrutschte ein Stückchen, so daß der Griff der Pistole sichtbar wurde, und hastig zog er es wieder zurecht.

Ich kostete den Scotch. Mein ganzer Körper schauderte.

»Durstig, wie?« Alan trank einen Schluck und grinste uns dann an. Er schien fast närrisch vor Erleichterung.

John und Alan verließen die Küche, und ich goß den Whiskey ins Spülbecken. Als ich ins Wohnzimmer kam, saßen sie auf ihren alten Plätzen und starrten auf den Fernseher.

Alans Schlafanzugjacke hing jetzt ganz aus der Hose, und eine feurige, ungesunde Röte färbte seine Wangen. Er sagte: »Wir sollten ins Ghetto gehen, Ladengeschäfte in Klassenzimmer umwandeln, wirklich mit diesen Leuten arbeiten. Man fängt mit einem Pilotprogramm an und expandiert, bis man ein paar richtige Klassen beisammen hat.«

Wir starrten eine weitere halbe Stunde in die Glotze. Die Familie des Jungen, der im Rathaus getötet worden war, ließ durch einen Anwalt mitteilen, sie bete um Frieden. Auf einem blaßblauen Stadtplan waren ausgebrannte Viertel mit kleinen Flammen und Gegenden, in denen geschossen worden war, mit kleinen schwarzen Pistolen gekennzeichnet. John füllte Alans Glas erneut. Haar und Krawatte wieder korrekt, erklärte Jimbo, daß die schlimmsten Ausschreitungen vorüber zu sein schienen, und außer in den schlimmsten Vierteln sei es der Polizei gelungen, die Ruhe wieder herzustellen. Feuerwehrleute richteten ihre Schläuche auf eine lange Reihe lichterloh brennender Geschäfte.

Zehn nach zwölf, als Alan der Kopf immer wieder auf die Brust sank, klingelte das Telefon noch einmal. John sprang auf und winkte dann mich an den Apparat. »Geh ran, das ist ein Kontrollanruf«, sagte er.

Alan hob den Kopf und blinzelte.

»Sie haben gesagt, ich soll anrufen«, flüsterte eine Frau. »Also rufe ich an.«

»Sie haben sich verwählt«, sagte ich. »Ist dort der Sohn von Alan Underhill? Sie haben gesagt, ich soll anrufen. Er ist wieder da. Ich hab' ihn eben ins Wohnzimmer gehen sehen.«

Ich machte den Mund auf, brachte aber kein Wort heraus. »Erinnern Sie sich nicht mehr?«

»Doch, doch, Hannah, ich erinnere mich.«

»Vielleicht wollen Sie gar nichts unternehmen, es ist eine so schreckliche Nacht ...«

»Bleiben Sie im Haus, und machen Sie kein Licht«, sagte ich.

7

Wieder im Wohnzimmer, sagte ich zu Alan, ich müsse noch einmal mit John unter vier Augen sprechen. Bevor Alan etwas fragen konnte, war John aufgesprungen und ging mir in die Küche voraus. An der Hintertür blieb er stehen und fuhr zu mir herum. »Was hat er gesagt? Will er, daß du jetzt schon kommst?«

»Hannah Belknap hat angerufen, um mir zu sagen, daß sie jemanden im Nachbarhaus gesehen hat.«

»Was tut er denn *jetzt* dort?«

»Vielleicht will er das Chaos nutzen und seine Aufzeichnungen woanders unterbringen.«

»Was redest du denn da?«

»Vielleicht haben wir nicht gründlich genug gesucht«, sagte ich. »Sie müssen dort sein. Es ist der sicherste Ort.«

John schob die Lippen übereinander. »Vielleicht hat er sich auch entschlossen, sie zu vernichten.«

Diese Möglichkeit hatte ich in der Sekunde erwogen, die Johns Worten vorausgegangen war. Dann fiel mir ein, daß Hannah Fontaine in seinem alten Wohnzimmer gesehen hatte. »Er ist im ersten Stock«, sagte ich. »Wenn wir schnell genug sind, erwischen wir ihn vielleicht sogar mit den Papieren.«

John faßte einen Entschluß. Seine Augen waren groß, klar, ihr Ausdruck nicht zu entziffern. »Gehen wir«, sagte er. »Das ist sogar noch besser.«

Auch ich dachte, es sei besser, aber aus anderen Gründen. Wenn wir Fontaine mit seinen Aufzeichnungen fassen konnten, hatten wir eine größere Chance, ihn vor Gericht zu bringen, wie wenn wir ihn nur in einer menschenleeren Straße trafen. Aber wir mußten in der South Seventh Street sein, bevor er die Möglichkeit hatte, die Protokolle seines geheimen Lebens zu verbrennen. Mein nächster Gedanke war, daß wir genug Zeit hatten, denn wenn Fontaine in dieser Nacht in sein altes Haus gekommen war, dann nur, um die zwei Stunden bis zu unserem Treffen abzuwarten.

Alan erschien an der Küchentür. »Was ist los? Was war das für ein Anruf?«

»Tut mir leid, Alan, aber für Erklärungen haben wir keine Zeit«, sagt John. »Tim und ich haben etwas zu erledigen. Hinterher haben wir vielleicht eine gute Nachricht für dich.«

»Wohin wollt ihr?«

»Tut mir leid, aber das geht dich nichts an.« John schob sich an dem alten Mann vorbei, der mich ansah und dann seinem Schwiegersohn nachlief.

»Ich entscheide, ob es mich etwas angeht oder nicht«, sagte Alan, ein bißchen lauter als vorher; aber noch brüllte er nicht.

Sie standen in der Mitte des Wohnzimmers, ungefähr einen halben Meter voneinander entfernt. Alan stach mit dem Finger nach John. »Offensichtlich betrifft deine Mission auch mich, wenn du sagst, daß du hinterher vielleicht eine gute Nachricht für mich hast. Also komme ich mit.«

Völlig verzweifelt drehte John sich nach mir um.

»Es könnte gefährlich werden«, sagte ich.

»Damit ist der Fall erledigt.« Alan griff sich sein Jackett von der Couch und schlängelte sich mühsam hinein. »Ihr laßt mich nicht hier im ungewissen schmoren. Damit hat es sich.«

»Alan ...«

Alan ging zur Haustür und öffnete sie.

Etwas passierte mit Johns Gesicht – nicht nur, daß er im Moment aufgab, jeder Widerstand wich aus ihm. »Gut«, sagte er. »Komm mit. Aber du bleibst im Fond sitzen und wirst nichts tun, ehe wir dir sagen, daß du was tun sollst.«

Alan sah ihn an, als habe er eben etwas sehr Häßliches gerochen, wandte sich aber ohne zu protestieren ab und ging hinaus.

»Das ist verrückt«, sagte ich zu John. »Du bist verrückt.«

»Ich habe nicht bemerkt, daß du sehr viel getan hättest, um ihn zurückzuhalten«, sagte John. »Wir werden ihn zwingen, im Wagen zu bleiben. Vielleicht kommt uns ein Zeuge gerade recht.«

»Ein Zeuge wofür?«

Die Wagentür fiel zu.

Anstatt zu antworten, ging auch John hinaus. Ich folgte ihm und schloß die Haustür ab. Alan thronte schon im Fond, schaute vor sich hin und ignorierte uns. John ging zur Beifahrertür. Ich sah mich um – die Nacht war inzwischen absolut klar. Die Straßenlaternen marschierten in Reih und Glied die Berlin Avenue hinunter, und am schwarzen Himmel flimmerten wie hingetupft ein paar Sterne. Ich stieg in den Wagen und ließ den Motor an.

»Es hat etwas mit Aprils Tod zu tun«, sagte Alan dröhnend. Es war eine Feststellung, keine Frage.

»Möglich«, sagte John.

»Ich kann durch dich hindurchschauen. Du bist aus Glas.«

»Würdest du eventuell den Mund halten?«

»Fein«, sagte Alan. »Das will ich tun.«

8

Als wir durch das Tal fuhren, lungerten vor den Kneipen und Fabrikmauern Gruppen von Jugendlichen herum und starrten uns an. John legte die Hand an den Pistolengriff, aber die Jungs wichen tiefer in die Schatten zurück und sahen uns nur hinterher.

Aus einer Seitenstraße bog ein Streifenwagen und folgte uns die Goethals hinunter. Ich wartete auf Blaulicht und Sirene. Der Wagen begleitete uns bis zur Livermore. »Du mußt ihn abschütteln«, sagte John. Ich bog vorsichtig nach rechts in die South Second ein und schaute in den Rückspiegel. Der Streifenwagen blieb auf der Livermore und fuhr geradeaus weiter.

In der Muffin Street bog ich links ab und kam an einer Reihe stiller Häuser vorbei. Hinter den meisten dunklen Fenstern flackerte das Graugrün der Bildschirme. Die Leute saßen im Dunkeln vor ihren Geräten und sahen sich an, was von der ganzen Aufregung geblieben war. Endlich kam ich in die South Seventh und fuhr zu Bob Bandoliers altem Haus. Zwei Querstraßen vorher schaltete ich die Scheinwerfer aus und rollte an den ebenfalls dunklen Häusern vorbei zu der Stelle, an der John und ich im Nebel geparkt hatten. Ich hielt am Bordstein und sah zu John hinüber.

»Okay.« Er drehte sich um. »Wir«, sagte er zu Alan, »gehen jetzt in ein Haus im nächsten Block. Wenn du einen Mann aus der Haustür kommen siehst, beug dich vor und tippe auf die Hupe. Du darfst sie nur antippen, Alan, nicht draufdrücken, sie darf nur einmal ganz kurz und scharf zu hören sein.« Er sah mich an, während er noch weiter überlegte, und wandte sich dann zurück zu Alan. »Und wenn du in einem oder mehreren Fenstern plötzlich Licht siehst oder Schüsse hörst, dann steigst du aus, läufst hin, so schnell du kannst, und fängst an, mit der Faust an die Haustür zu hämmern. Machst einen Höllenlärm.«

»Um was geht es dabei?« fragte Alan.

»Mit zwei Worten – um April«, sagte John. »Weißt du noch, was ich dir aufgetragen habe?«

»April.«

»Das ist richtig.«

»Ich bleibe nicht in diesem Wagen sitzen«, sagte Alan.

»Um Himmels willen«, sagte John. »Wir können keine Zeit mehr damit verschwenden, uns mit dir zu streiten.«

»Gut.« Alan beendete die Diskussion, indem er die Tür öffnete und aus dem Wagen kletterte.

Ich stieg auch aus, ging um das Heck herum und blieb vor ihm stehen. John schloß leise die Beifahrertür und entfernte sich mit voller Absicht ein paar Schritte. Mager und trotzig, reckte Alan das Kinn und versuchte mich niederzustarren. »Alan«, flüsterte ich, »Sie müssen für uns Wache stehen, wir brauchen Sie. Wir treffen uns in diesem Haus mit einem Polizeibeamten« – ich zeigte es ihm – »und wollen ein paar Kartons mit Papieren von ihm.«

»Warum –« begann er in seinem normalen Ton, und ich legte mir den Zeigefinger auf die Lippen. Er nickte und fragte mit seiner Version eines Flüsterns: »Warum habt ihr mich nicht gleich mitnehmen wollen, wenn ihr mich zum Schmierestehen braucht?«

»Das erkläre ich Ihnen hinterher«, sagte ich.

»Einen Polizeibeamten?«

Ich nickte.

Er beugte sich vor, hielt sich die hohle Hand vor den Mund, und ich bückte mich. Er legte den Mund an mein Ohr. »Hat John meine Pistole?« Ich nickte wieder.

Mit starrem Gesicht trat er zurück. Er gab nichts preis. John ging den Block hinauf, und ich marschierte, zu Alan zurückblickend, hinter ihm her. Er sah wieder so durchtrieben aus wie ein alter Orang-Utan, aber er blieb wenigstens stehen. John überquerte die Straße, und ich hielt mich dicht neben dem Wagen, hatte John jedoch eingeholt, ehe er den gegenüberliegenden Gehsteig erreichte. Ich schaute zu Alan zurück. Er ging am Wagen vorbei und beabsichtigte offensichtlich, auf der anderen Straßenseite mit uns Schritt zu halten. Ich winkte ihn zum Wagen zurück. Er rührte sich nicht. Aus – meiner Schätzung nach – Nordwesten kam ein einzelner Schuß. Als ich wieder zu Alan hinüberschaute, stand er noch am selben Platz.

»Laß den alten Narren doch machen, was er will«, sagte John. »Er tut es sowieso.«

Wir gingen auf das Bandolier-Haus zu, und Alan trottete auf der anderen Seite mit. An der Grundstücksgrenze angelangt, betraten John und ich gleichzeitig den Rasen. Wieder sah ich zu Alan hinüber, der unschlüssig schien, was er tun sollte. Dann machte er einen Schritt vorwärts und setzte sich auf den Bordstein. Aus einem Haus auf unserer Straßenseite drang Jimbos sanfte, bedächtige Stimme durch ein offenes Fenster ins Freie.

Ich ging seitlich auf das Haus zu und hörte, wie John den schweren Schlüsselbund aus der Tasche zog. Ich hoffte, er erinnerte sich noch, welcher Schlüssel das letztemal gepaßt hatte.

Als wir an die Ecke kamen, hielt ich John an der Schulter fest und hinderte ihn daran, weiterzugehen.

»Warte«, flüsterte ich, und er drehte sich um und sah mich an. »Wir können nicht durch die Hintertür rein.«

»Klar können wir«, sagte er.

»Wir kämen nicht einmal bis in die Mitte der Küche, und er wüßte schon, daß wir im Haus sind.«

»Was also willst du tun?«

»Ich möchte mich auf der Veranda postieren«, sagte ich. »Du kannst dich flach an die Hausmauer pressen, wo er dich nicht sieht, wenn er die Tür aufmacht.«

»Und dann?«

»Ich klopfe und frage ihn, ob ich ihn nicht jetzt schon sprechen kann. Er muß öffnen. Ihm bleibt nichts anderes übrig. Sobald er die Tür aufmacht, wird Alan aufspringen und schreien wie am Spieß, und dann geh ich geduckt rein, und du folgst mir aufrecht.«

Mit einem Nicken zeigte ich ihm die neue Richtung, und wir schlichen seitlich am Haus entlang. Alan blickte auf, als er uns zurückkommen sah. Ich legte den Finger an die Lippen, er kniff die Augen zusammen und nickte. Er stand vom Bordstein auf. Ich signalisierte ihm, er solle bleiben, wo er war, ahmte ein Klopfen nach und tat so, als öffne ich eine Tür. Er nickte wieder. Ich reckte den Hals, als schaute ich irgendwo hinaus, dann legte ich die Hände um den Mund und wackelte mit dem Kopf. Er machte mit Daumen und Zeigefinger einen Kreis und trat zurück in das tiefere Dunkel des Vorgartens hinter ihm.

Lautlos gingen John und ich um die Schmalseite der Veranda herum und durch Bob Bandoliers ehemaligen Rosengarten. Alan kam wieder aus den Schatten heraus. Jemand im alten Bandolier-Wohnzimmer trat auf ein knarrendes Dielenbrett und begann auf und ab zu gehen. Fontaine wanderte in seiner Kindheit umher und sammelte Energie.

Die ganze Sache platzte, ehe John und ich die Verandastufen erreicht hatten.

Alan brüllte: »Stopp! Stopp!«

»Verdammt!« fluchte John und haute quer über den Rasen ab. Alan hatte mißverstanden, was er tun sollte. Ich schnellte aus der Hocke auf und rannte auf die Stufen zu, bevor Fontaine die Haustür aufmachen konnte.

Aber sie war schon offen, deshalb hatte Alan geschrien. Paul Fontaine kam heraus, und ein Streifenwagen – derselbe, den wir gesehen hatten – bog aus der Livermore in die South Seventh ein.

»Verdammt sollen Sie sein, Underhill«, sagte Fontaine.

»Ist er das?« brüllte Alan.

Im Wohnzimmer des Hauses hinter ihm ging das Licht an, und auch in den Schlafzimmern der Nachbarhäuser wurde es hell.

»Ist das der Mann?«

Fontaine fluchte, entweder auf mich oder auf die Welt im allgemeinen. Er kam die Stufen herunter, und ich versuchte ihm zu entkommen, indem ich quer über den Rasen auf John zulief.

»Kommen Sie zurück, Underhill«, sagte Fontaine.

Ich blieb stehen, nicht, weil er es gesagt hatte, sondern weil ich glaubte, jemand bewege sich in dem Dunkel zwischen den Häusern hinter John und Alan Brookner. Alan blickte wild zwischen Fontaine und mir hin und her, und John versuchte noch immer, ihn zu beruhigen.

»Ich lasse Sie nicht weg, Underhill«, sagte Fontaine. Der Mann zwischen den gegenüberliegenden Häusern war verschwunden, wenn er überhaupt je dagewesen war. Der Streifenwagen hielt etwa zehn Meter weiter auf dem Bordstein, und Sonny Berenger und ein anderer Streifenpolizist stiegen aus. Sonny richtete sich auf und sah, als er seine volle Höhe erreicht hatte, John und Alan an – Fontaine und mich hatte er noch nicht einmal bemerkt.

»Underhill«, sagte Fontaine.

Im nächsten Moment riß Alan die große Pistole unter Johns Jackett heraus und lief auf die Straße. Doch anstatt hinter ihm herzurennen, warf John sich flach auf den Gehsteig. Alan hob die Pistole. Er schoß und schoß noch einmal und schoß und schoß. Mündungsfeuer blitzten, die Schüsse knallten ohrenbetäubend, Menschen schrien, alles um uns herum wurde Chaos, dann ließ Alan die Waffe fallen, und gleich darauf merkte ich, daß ich auf dem Boden lag. Ich wollte aufstehen. Der Schmerz riß mich zurück aufs Gras. Ich war vorn getroffen worden, aber der Schmerz strahlte von dem heißen Ring im Rücken aus. Ich hatte das Gefühl, mit einem Schmiedehammer bearbeitet worden zu sein.

Ich wandte den Kopf zur Seite, um Fontaine zu sehen. Das große Weltenrad wirbelte um mich herum. Ein Teil dieses Rades war ein schwarzer Schuh am Ende eines scheinbar meterlangen grauen Beines. Als die Welt wieder stillstand, drehte ich den Kopf ganz langsam in die andere Richtung. Ich sah die Stiche um das Knopfloch eines grauen Anzugs, der nach Rauch und Asche roch. Neben dem Knopfloch hob und senkte sich ruckartig eine weiße Hemdbrust mit dem Muster einer riesigen roten Blüte. Alan hatte es geschafft, uns beide zu treffen. Ich schob den Ellenbogen meines gesunden Armes unter mich, zog die Knie an und rutschte zu ihm hinüber. Dann richtete ich mich auf den Ellenbogen auf und sah, daß der andere Streifenpolizist auf uns zurannte.

Nur wenige Zentimeter von meinem entfernt, lag Fontaines Kopf. Sein Gesicht war ganz leer. Schock. Seine Augen suchten die meinen. Er bewegte die Lippen.

»Sagen Sie mir«, sagte ich. Ich weiß nicht, was ich meinte – sagen Sie mir alles, sagen Sie mir, wie aus Fee Bandolier Franklin Bachelor wurde …

Er leckte sich die Lippen. »Scheiße«, sagte er. Seine Brust hob sich wieder mit einem Ruck, und Blut sprudelte aus ihm heraus und durchnäßte meinen Arm. »Bell.« Eine zweite Blutfontäne regnete auf meinen Arm, und über uns tauchte der Oberkörper des Polizisten auf. Zwei grobe Hände zerrten mich von Fontaine weg. Ich sagte: »Au!« mit gebotener Zurückhaltung, und der Cop sagte. »Halten Sie durch, halten Sie bloß durch!« Aber er meinte nicht mich.

Ich betrachtete den schwarzen, gestirnten Himmel und sagte: »Holen Sie Sonny.« Ich hoffte, ich würde nicht sterben. Ich schwamm in Blut.

Dann beugte sich Sonny über mich. Der andere Cop machte irgend etwas mit Fontaine, und ich stellte mir vor, daß er ihm einen großen Druckverband auf die Brustwunde preßte. Aber das war nicht, wo wir waren, es war woanders. »Werden Sie es schaffen?« fragte Sonny und sah mich an, als hoffe er, daß ich nein sagen würde.

»Ich bin Ihnen was schuldig, also hören Sie zu«, sagte ich. »Außer vielen anderen Menschen hat Fontaine den Studenten und John Ransoms Frau getötet. Er war Offizier bei den

Green Berets, nannte sich Franklin Bachelor und ist in diesem Haus als Fielding Bandolier aufgewachsen. Überprüfen Sie eine Firma namens Elvee Holding, und Sie werden feststellen, daß er mit Billy Ritz zu tun hatte. Irgendwo in diesem Haus finden Sie zwei Kartons mit Aufzeichnungen, die Fontaine über seine Morde gemacht hat. Und im Keller sind zwei Kartons mit Fotos, die sein Vater von den Tatorten der alten *Blaue-Rose*-Morde gemacht hat; er nämlich war der ursprüngliche *Blaue-Rose*-Mörder.«

Während ich sprach, verwandelte sich Sonnys Miene, aus starrem Zorn wurde die übliche Polizistenpassivität. »Ich weiß nicht, wo die Aufzeichnungen sind, aber die Fotos sind hinter dem Heizkessel.«

Sein Blick flog zum Haus. »Es gehört Fontaine – über Elvee Holding. Auch The Green Woman Taproom ist sein Eigentum. Schauen Sie sich mal im Keller der Kneipe um, dann sehen Sie, wo Billy Ritz gestorben ist.«

Er nahm alles hin – seine Welt wirbelte genau so übelkeiterregend durcheinander wie vorhin die meine, aber Sonny würde mich nicht im Stich lassen. Fast wurde ich ohnmächtig vor Erleichterung. »Der Krankenwagen wird gleich hier sein«, sagte er. »Der alte Mann ist April Ransoms Vater?«

Ich nickte. »Wie geht es ihm?«

»Er spricht vom himmlischen Königreich«, sagte Sonny.

O ja, natürlich. Das himmlische Königreich. Wo ein gewisser Mann einen Adligen töten wollte und sein Schwert prüfte, indem er es gegen eine Mauer führte. Dann ging er hin und tötete den Adligen. Wovon sollte Alan denn sonst sprechen?

»Wie geht es Fontaine?«

»Ich glaube, der alte Mistkerl hat ihn getötet«, sagte er, und dann wurde der riesige Raum, den er über mir eingenommen hatte, wieder ausgefüllt von der schwarzen, gestirnten Nacht. Heulend fuhren Sirenen in die Straße ein.

VIERZEHNTER TEIL

Ross MacCandless

1

Während der Fahrt im Krankenwagen, die so endlos dauerte, als bringe man uns in ein Krankenhaus auf dem Mond, löste sich mein Körper von meiner Angst und fand sich mit der neuen Situation ab. Ich war blutbesudelt, in Blut gebadet; mit Blut bedeckt waren meine Brust und meine Arme, und Blut war wie klebriger roter Sirup auf meinem Gesicht verschmiert, doch das meiste gehörte dem Toten oder Sterbenden auf der nächsten Trage. Ich würde am Leben bleiben. Ein Sanitäter war mit Paul Fontaines Körper beschäftigt, während ein anderer mir das Hemd vom Leib schnitt und sich meine Verletzungen ansah. Er hielt mir zwei Finger vors Gesicht und fragte, wie viele ich sähe. »Drei«, sagte ich. »War nur ein Witz.« Er stach mich mit einer Nadel. Ich hörte, wie Fontaines Körper sich auf der Trage aufbäumte, als sie versuchten, ihn mit Elektroschocks zu reanimieren, ein-, zwei-, dreimal. »Heiliges Kanonenrohr«, sagte der Sanitäter, dessen Gesicht ich nicht gesehen hatte, »ich denk, der Kerl ist Paul Fontaine.«

»Kein Scheiß?« sagte der andere. Sein Gesicht hing über dem meinen, freundlich, tröstlich professionell und schwarz. »Sind Sie auch 'n Cop? Wie heißen Sie, Partner?«

»Fee Bandolier«, sagte ich und erschreckte ihn, weil ich lachte.

Was er mir auch in die Venen gespritzt haben mochte, es vertrieb die Schmerzen und schickte meine Angst ungefähr einen Meter höher, zum Dach der Ambulanz hinauf, wo sie wie eine ölige Wolke schwebte. Wir, die Angst, die Sanitäter, der hüpfende Leichnam und ich wirbelten weiter dem Mond entgegen. »Dieser Fontaine wird als *tot bei Ankunft geführt«*, sagte der andere Sanitäter, und aus der öligen Wolke kam die Information, daß ich Fontaines letzte Worte gehört, aber nur eins davon verstanden hatte. Er hatte sich bemüht zu sprechen – war sich mit der Zunge über die Lippen gefahren und hatte sich die eine Silbe abgerungen, die ich hören sollte. *Bell.* Die Glocke schlägt, frag nicht, für wen. Dieses Geklingel, das musikalisch schlicht erzählt, was ihr Entsetzen spricht, wie Gefahr anschwillt und bricht. Ich fragte mich, was mit Alan Brookner passierte, und überlegte, ob Sonny Berenger sich alles merken würde, was ich ihm erzählt hatte. Ich hatte das Gefühl, daß viele Polizisten mich in meinem Krankenhaus auf dem Mond besuchen würden. Dann entglitt ich mir selbst.

2

Unter dem riesigen, bohrerähnlichen Kopf eines Röntgenapparates, der auf meine mit blutiger Gaze abgedeckte rechte Brustseite gerichtet war, kam ich wieder zu mir. Ein Röntgenologe mit Taucherhelm und Bleischürze befahl mir, stillzustehen. Statt meiner Kleider trug ich ein dünnes blaues Krankenhaushemd, das hinten offen war und die rechte Schulter freiließ wie eine Toga. Jemand hatte das ganze Blut von mir abgewaschen, und ich roch wie Wundbenzin. Ich war überrascht, daß ich aufrecht stehen konnte. »Könnten Sie bitte wenigstens versuchen, sich ruhig zu halten?« fragte mich mürrisch das gepanzerte Ungeheuer, und der Bohrer klickte und summte. »Jetzt drehen Sie sich mal um, dann machen wir Ihren Rücken.« Ich stellte fest, daß ich mich umdrehen konnte. Anscheinend hatte ich schon seit einiger Zeit solche Wunder vollbracht. »Wir müssen diesen Arm irgendwie anheben«, sagte das Ungeheuer und kam hinter dem Apparat hervor, faßte meinen rechten Arm am Ellenbogen und riß ihn energisch von der Schulter weg. Die Laute, die ich hervorstieß, ließ es unbeachtet. »Halten Sie ihn so.« Klick. Summ. »Jetzt können Sie in Ihr Zimmer zurück.«

»Wo bin ich?« fragte ich, und er lachte. »Ich meine es ernst. Welches Krankenhaus ist das?«

Er ging wortlos hinaus, und herein kam eine Schwester. In der Hand hatte sie eine lange blaue Armschiene, an der weiße Streifen mit Klettverschlüssen baumelten. Außerdem sagte sie mir, daß ich im St. Mary's Hospital lag. Es war eine zweite Heimkehr: Im St. Mary's hatte ich zwei Monate meines siebten Lebensjahres verbracht, und eine Schwester namens Hattie Bascombe hatte mir erzählt, daß immer in einer Hälfte der Welt Nacht war. Als großer, schmuddliger Kasten aus braunen Ziegeln zog sich das Krankenhaus etwa eine Viertelmeile an der Vestry Street hin und war nur eine Querstraße von meiner alten High-School entfernt. In der realen Zeit, wenn es so etwas überhaupt gibt, hätte die endlose Fahrt im Krankenwagen nicht länger als fünf Minuten gedauert. Die Schwester befestigte die Schiene an meinem Arm, band mir das Hemd zu, setzte mich in einen Rollstuhl, schob mich durch einen Korridor, verfrachtete mich in einen leeren Lift, lud mich wieder aus und lotste mich dann durch ein Labyrinth von Korridoren in ein Zimmer mit einem hohen Bett, die offenbar beide mir gehörten. Viele Leute wollten mich sprechen, sagte sie, ich sei ein ziemlich populärer Typ. »Ich möchte allein sein«, sagte ich, und sie entsprach meinem Wunsch.

Ungefähr zehn Minuten später kam ein etwas benommen wirkender Doktor mit einem langen, gelblichen Umschlag herein. »Tja, Mr. Underhill«, sagte er, »Sie stellen uns vor ein ungewöhnliches Problem. Die Kugel, die Sie abbekommen haben, ist in einer hübschen geraden Linie an Ihrer Lunge vorbeigeschrammt und unter Ihrem rechten Schulterblatt steckengeblieben. Aber diesen Röntgenaufnahmen zufolge schleppen Sie im Rücken so viel Metall herum, daß wir die Kugel von den anderen Teilchen nicht unterscheiden können. Unter diesen Umständen halte ich es für das beste, sie einfach da zu lassen, wo sie ist.«

Dann scharrte er mit den Füßen und lächelte auf mich herunter. »Hätten Sie etwas dagegen, einen kleinen Streit zwischen mir und dem Röntgenologen zu schlichten? Was ist Ihnen passiert? War es ein Arbeitsunfall?«

Er hatte klare blaue Augen, einen dicken blonden Haarschopf und keine Falten, überhaupt keine Falten, nicht einmal Krähenfüße. »Als kleiner Junge habe ich einen Magneten geschluckt«, sagte ich.

Ein winziges, kaum wahrnehmbares Fältchen, so fein wie ein einzelnes Haar auf dem Kopf eines Babys, erschien in der Mitte seiner Stirn.

»Okay«, sagte ich. »Eigentlich hängt es mit einer Auslandsreise zusammen.« Er sah mich verständnislos an. »Wenn Sie nicht operieren wollen – ich meine, heißt das etwa, daß ich morgen nach Hause kann?«

Er sagte, sie wollten mich noch ein paar Tage beobachten. »Wir möchten Infektionen vermeiden, uns überzeugen, daß Ihre Verletzungen richtig heilen.« Nach einer kleinen Pause: »Und ein Lieutenant der Polizei schien ziemlich erpicht darauf, daß Sie an einem Ort bleiben. Ich schätze, Sie dürfen in den nächsten Tagen eine Menge Besucher erwarten.«

»Hoffentlich bringt mir einer was zu lesen mit.«

»Ich könnte Ihnen ein paar Zeitschriften aus der Halle bringen, wenn Sie wollen.«

Ich bedankte mich, und er sagte lächelnd: »Bedingung ist, daß Sie mir verraten, wieso Sie von einer Auslandsreise ein Pfund Metallsplitter im Rücken mitgebracht haben.«

Ich fragte, wie alt der Röntgenologe sei.

Das feine Babyhaarfältchen erschien wieder auf seiner Stirn. »Um die Sechs-, Siebenundvierzig oder so ähnlich.«

»Fragen Sie ihn, er wird es Ihnen erklären.«

»Ruhen Sie sich aus!« sagte er und drehte das Licht ab, als er ging.

Kaum war er weg, begann die Wirkung des Mittels nachzulassen, das sie mir gegeben hatten, als ich nur halb bei Bewußtsein war, und in einem großen Teil meines Körpers brach Feuer aus. Ich tastete nach der Klingel, um der Schwester zu läuten, und fand den Knopf endlich an einer Schnur, die halb aus dem Bett hing. Ich drückte zweimal, wartete lange und drückte noch einmal. Eine schwarze Schwester mit steifen, borstigen orangefarbenen Haaren kam etwa zwanzig Minuten später herein und sagte, ich bekäme erst in einer Stunde etwas gegen Schmerzen. Ich brauchte jetzt nichts, ich dachte nur, daß ich was brauchte. Und draußen war sie. Das Feuer wütete und lachte hämisch. Eine Stunde später knipste sie das Licht an, rollte einen Medikamentenwagen mit einem Haufen Nadeln herein, die wie Zahnarztinstrumente aufgereiht waren, sagte mir, ich solle mich umdrehen, und stach mich in die Hinterbacke. »Sehen Sie?« sagte sie. »Sie haben erst jetzt wirklich was gebraucht, nicht wahr?«

»Erwartung ist die halbe Freude«, sagte ich. Sie schaltete das Licht aus und ging. Die Dunkelheit kam mit langen, weichen Wellen über mich.

Als ich aufwachte, fiel durch das Fenster am Ende des Zimmers zartes rosa Licht. Die fröhlichen Flammen loderten schon wieder und organisierten eine neue Party. Auf dem Nachttisch lagen ein paar Zeitschriften. Ich sah mir an, was mir der Doktor gebracht hatte – *Redbook, Modern Maturity, Modern Bride* und *Longevity.* Aber *Soldier of Fortune* hatte das Krankenhaus wohl kaum abonniert. Ich schlug *Redbook* auf und begann die Trost- und Ratseite zu lesen. Hauptthema war das weibliche Klimakterium. Sehr interessant. Doch als ich gerade dabei war, etwas Neues über das Gelbkörperhormon Progesteron zu lernen, kam mein erster Besucher. Das heißt, eigentlich waren es zwei, doch nur einer zählte. Der andere war Sonny Berenger.

3

Der Mann, der hinter Sonny hereinkam, hatte ein breites, zerfurchtes, ziegelrotes Gesicht und kurzes, von grauen Strähnen durchzogenes rotes Haar, das in dichten Wellen von der Stirn wegwuchs. Sein Tweedjackett spannte sich über einer mindestens einszwanzig breiten Brust. Neben Sonny sah er wie ein muskulöser Zwerg aus, der Eisenstangen verbiegen und Nägel zerbeißen konnte. Der Detective warf mir einen raschen, beunruhigenden Blick zu und befahl Sonny, die Tür zu schließen.

Er kam zum Bett und sagte: »Mein Name ist Ross McCandless, und ich bin Lieutenant bei der Mordkommission. Wir haben eine Menge zu besprechen, Mr. Underhill.«

»Wie nett«, sagte ich.

Sonny hatte die Tür geschlossen und postierte sich ans Fußende des Bettes. Er sah ungefähr so lebendig aus wie eine Statue auf den Osterinseln, aber wenigstens wirkte er nicht feindselig.

McCandless holte sich einen Stuhl und ließ sich etwa einen halben Meter von meinem Kopf entfernt nieder. Seine engstehenden hellblauen Augen waren ganz flach und tot; ausdruckslos konnte man sie nicht mehr nennen, darüber waren sie weit hinaus. Sie hatten nicht einmal genug Leben, um leblos genannt zu werden. Mir wurde plötzlich sehr bewußt, daß wir drei allein im Zimmer waren, und was immer zwischen uns geschehen würde, würde zur Wirklichkeit werden. Sonny würde dazu beitragen, sonst hätte man ihn auf dem Flur gelassen, ich würde beitragen; doch welche Wirklichkeit wir tatsächlich schaffen würden, hing vor allem von McCandless ab.

»Wie fühlen Sie sich? Machen Sie Fortschritte?«

»Kein ernsthafter Schaden«, sagte ich.

»Stimmt. Ich habe mit Ihrem Arzt gesprochen.« Damit war der gesellschaftlichen Form Genüge getan. »Ich habe erfahren, daß Sie Interessantes über den verstorbenen Detective Fontaine zu berichten haben. Ich will es wissen. Alles. Ich habe mich mit Ihrem Freund Ransom unterhalten, aber wie es scheint, sind Sie der Schlüssel zu allem, was gestern nacht in der South Seventh Street passiert ist. Warum erklären Sie mir nicht die Situation, wie Sie sie sehen?«

»Wird Officer Berenger meine Aussage aufnehmen?«

»Das ist jetzt noch nicht nötig, Mr. Underhill. Wir werden mit einer gewissen Sorgfalt an diese Sache herangehen. Zu gegebener Zeit wird man Sie bitten, eine Aussage zu unterschreiben, mit der wir alle leben können. Ich nehme an, Sie wissen bereits, daß Detective Fontaine seinen Verletzungen erlegen ist.«

Er hatte Fontaine schon abgehakt – jetzt versuchte er, den Schaden zu begrenzen. Von mir wollte er einen Wegweiser durch das Chaos. Ich nickte. »Bevor ich anfange – könnten Sie mir sagen, was aus John und Alan Brookner geworden ist?«

»Als ich das Präsidium verließ, wurde Mr. Ransom gerade von Detective Monroe vernommen. Professor Brookner ist im County Hospital unter Beobachtung. Bastian bemüht sich, eine Aussage von ihm zu bekommen, aber ich glaube nicht, daß er viel Glück haben wird. Der Professor ist nicht sehr klar.«

»Hat man ihn unter Anklage gestellt?«

»Man könnte sagen, unsere Unterhaltung ist ein Teil des Verfahrens. Gestern nacht haben Sie vor Officer Berenger eine bestimmte Aussage über Paul Fontaine und eine Firma namens Elvee Holding gemacht. Sie haben außerdem die Namen Fee Bandolier und Franklin Bachelor erwähnt. Warum beginnen Sie nicht damit, mir zu erzählen, wie Sie auf Elvee Holding gekommen sind?«

»An meinem ersten Abend in Millhaven haben John und ich in einem Restaurant gegessen, und er hat gleich nach dem Essen im Shady Mount Hospital angerufen und erfahren, daß bei seiner Frau eine deutliche Wendung zum Besseren eingetreten sei. John brach sofort auf und ging zu Fuß ins Shady Mount. Unterwegs fiel mir dann dieser Wagen auf, der ihm folgte. Ich notierte mir die Zulassungsnummer und ging dann hinter den beiden her ins Krankenhaus. Mit dem Fahrer des Wagens habe ich in der Eingangshalle gesprochen und in ihm einen Mann erkannt, der mir schon bei meinem ersten Besuch im Krankenhaus über den Weg gelaufen war. Später stellte es sich heraus, daß es Billy Ritz gewesen war.«

»Und was haben Sie mit der Zulassungsnummer gemacht?«

»Am nächsten Tag ging ich ins Krankenhaus, ohne zu wissen, daß April Ransom getötet worden war, sah im Flur Paul Fontaine mit einer Menge anderer Polizeibeamter und gab ihm die Zulassungsnummer.«

McCandless schaute kurz zu Sonny hinüber. »Sie haben sie Fontaine gegeben?«

»Um genau zu sein, ich habe sie ihm aus meinem Notizbuch vorgelesen. Ich dachte, ich hätte die Seite herausgerissen und ihm gegeben, aber bei Aprils Beerdigung schlug ich das Notizbuch zufällig auf und stellte fest, daß sie noch da war. Am Nachmittag, als John, Alan und ich ins Leichenschauhaus fuhren, um die Leiche von Grant Hoffman zu identifizieren, habe ich den Wagen wiedergesehen – er parkte neben The Green Woman Taproom.« Ich erzählte ihm, daß ich beobachtet hatte, wie Billy Ritz Kartons in den Kofferraum einlud. McCandless wartete noch immer darauf, wie mich all das zu Elvee Holding geführt hatte. Ich wiederholte, was ich auch John gesagt hatte, daß ich in der Universitätsbibliothek am Computer gearbeitet hätte. »Ich stellte fest, daß eine Firma namens Elvee Holding Eigentümerin des Wagens und der Kneipe war. Ich erfuhr auch die Namen und Adressen der leitenden Angestellten der Firma.« Als ich McCandless die Namen nannte, konnte er seine Überraschung nicht ganz unterdrücken – er war bisher mit den Nachwirkungen der Ausschreitungen beschäftigt gewesen und begann mit seiner Untersuchung bei mir.

»Wir überprüfen Elvee zur Zeit, und ich nehme an, daß wir dieselben Informationen bekommen werden«, sagte er. »Waren Sie sich der Bedeutung des Namens Andrew Belinsky bewußt?«

»Damals nicht.«

»Und Sie sagen, Sie haben sich diese Informationen aus dem Computer der Universitätsbibliothek geholt?«

»Das ist richtig.«

Er glaubte mir nicht – er mußte wissen, daß ich die Zulassungsdaten für Motorfahrzeuge nicht über einen Universitätscomputer bekommen konnte –, aber er wollte deshalb keinen Druck auf mich ausüben. »Eines Tages werden Sie mir zeigen müssen, wie Sie das gemacht haben.«

»Wahrscheinlich war's reines Glück«, sagte ich. »Hat John Ihnen gesagt, daß ich mich seit langer Zeit für die *Blaue-Rose*-Morde interessiere? Deshalb hat er mich angerufen.«

»Fahren Sie fort«, sagte er.

Ungefähr zehn Minuten lang berichtete ich ihm, wie ich die Belknaps kennengelernt, eine Menge über Bob Bandolier erfahren, die Sunchanas besucht und zum erstenmal von der Existenz von Fee Bandolier gehört hatte. Der Computer sagte mir, daß Elvee Eigentümerin von Bob Bandoliers altem Haus war. Das im Selbstverlag erschienene Buch eines Colonels im Ruhestand brachte mich auf die Idee mit dem Soldaten, der angeblich im Kampf gefallen war und einen alten

Groll gegen John Ransom gehegt hatte. Ich kam auf Judy Leatherwood und Edward Hubbel zu sprechen.

»Sie hielten es nicht für nötig, mit diesen Informationen zur Polizei zu gehen?«

»Ich bin zur Polizei gegangen«, sagte ich. »Ich ging zu Fontaine. Er war der Detective, der in Aprils Fall die Ermittlungen leitete. Nachdem ich die Sunchanas erwähnt hatte, befahl er mir, mich nicht mehr um die alten *Blaue-Rose*-Morde zu kümmern, und dann schlug er vor, ich solle abreisen. Als ich blieb, brachte er mich höchstpersönlich zu Bob Bandoliers Grab, um zu beweisen, daß Bandolier mit den neuen Morden nichts zu tun haben konnte. Er war übrigens derjenige, der mir Andy Bellins Spitznamen verraten hat, aber er leugnete, etwas über Elvee zu wissen.«

McCandless nickte. »Ransom sagte, Fontaine habe Sie angerufen und in die Nähe des St. Alwyn bestellt.«

»Er hatte erfahren, daß ich in seiner alten Heimatstadt in Ohio gewesen war. Als ich zurückkam, versuchte mich jemand im Nebel von der Straße abzudrängen. Fontaine wollte mich tot sehen, aber er wußte nicht, was ich von Hubbel erfahren hatte.«

McCandless rutschte mit dem Stuhl ein paar Zentimeter näher zum Bett. »Dann hat die Frau aus der South Seventh Street Sie angerufen.« Wir kamen jetzt zum Wesentlichen, und ich hatte das Gefühl, daß etwas vorging, das ich nicht ganz verstand. McCandless schien schwerer und kompakter zu werden, so sehr konzentrierte er sich, als wolle er mich durch seinen Willen beeinflussen, die Dinge so zu drehen, daß sie in ein vorgefertigtes Muster paßten. Das einzige Muster, das ich sehen konnte, bestand aus dem, was ich ihm schon gesagt hatte, und ich kam wieder auf das zu sprechen, was Hannah Belknap und ich vereinbart hatten.

Er nickte. Das war zwar eine Erklärung, aber unwichtig.

Ein Teewagen ratterte an der Tür vorbei, und weiter unten im Flur rief jemand etwas.

»Was hatten Sie vor, als Sie beschlossen, zum Bandolier-Haus zu fahren?«

»Fontaine überraschen. John und ich dachten, wir könnten ihn ausknocken oder überwältigen und die Kartons mit den

Aufzeichnungen finden.« Ich schaute zum Fußende des Bettes auf Sonny, aber Sonny war noch immer wie aus Stein.

»Warum haben Sie den alten Mann mitgenommen?«

»Alan kann sehr energisch sein. Er hat uns eigentlich keine Wahl gelassen.«

»Offenbar haben eine ganze Menge Leute gehört, daß Professor Brookner gedroht hatte, den Mann umzubringen, der seine Tochter getötet hat. Ich vermute, er war damals auch sehr energisch.«

Ich erinnerte mich an die Beerdigung – John mußte ihnen von Alans Ausbruch erzählt haben. »Ich habe ihm befohlen, im Wagen zu bleiben, aber er wollte Action sehen und ging auf der anderen Straßenseite hinter uns her.«

»Sie sind schon einmal im Haus gewesen?«

Ich nickte. »Wir haben die Aufzeichnungen gesucht – diese Kartons, die er aus The Green Woman weggebracht hat. Sie haben sie gefunden, nicht wahr?«

»Nein«, sagte McCandless.

Eine Zentnerlast drückte mir plötzlich auf den Magen.

»Wie sind Sie das erstemal reingekommen?«

»Die Hintertür war nicht abgesperrt.«

»Ach ja«, sagte McCandless. »Er hat das Haus offengelassen. Genauso wie bei The Green Woman, richtig? Sie sind hingegangen, und da war rein zufällig das Schloß aufgebrochen.«

»Richtig«, sagte ich. »Also bin ich reingegangen und hab' mich umgeschaut.«

»Das sind wahrscheinlich New Yorker Gepflogenheiten – Türen aufzubrechen und in Häuser einzudringen. Wir hier draußen nehmen das ein bißchen krumm.« Der Mann im Flur begann wieder zu brüllen, aber die toten Augen ließen meinen Blick keinen Moment los. »Gut, sagen wir mal, Sie und Ihr Freund haben sich Zutritt verschafft. Im Keller gibt es zwar ein interessantes kleines Geschenk, aber keine Kartons mit interessanten Notizen. Andererseits haben Sie was aufgehoben, nicht wahr? Ein Stück Papier.«

Ich hatte dieses Stück Papier, seit Tom es mir zurückgab, ständig in der Jackentasche mit mir herumgetragen. Ich hatte es total vergessen, und jemand vom Krankenhaus hatte es der Polizei übergeben.

»Beweise zu unterdrücken ist auch nicht ganz ohne.«

John hatte ihm erzählt, wie wir ins Haus und die Kneipe hineingekommen waren, und sie hielten ihn im Präsidium fest, bis McCandless sich entschieden hatte, was er mit mir anfangen sollte. Diese Entscheidung hatte etwas damit zu tun, wie ich seine Fragen beantwortete – wenn ich nicht half, die Wirklichkeit in die Form zu modeln, die ihm genehm war, würde er mit größtem Vergnügen alle nur erdenklichen Anklagen gegen mich erheben.

»Ich könnte sogar versucht sein zu denken, daß Sie und Ihr Freund den alten Mann mitgenommen haben, weil Sie wußten, daß er Fontaine bei erster Gelegenheit erschießen würde.«

»Wir haben ihn beschworen, im Wagen zu bleiben«, sagte ich müde. »Wir wollten ihn nicht in der Nähe haben. Das ist verrückt. John hat ihm die Waffe auch nicht gegeben, er hat sie ihm entrissen. Wir hatten nicht einmal einen richtigen Plan.« Der Schmerz teilte sich in mehrere Abschnitte auf. Bis zur nächsten Spritze war es noch lange hin. »Hören Sie, als Sie das Stück Papier in die Hand bekamen, haben Sie sofort gesehen, was es war, richtig? Sie haben gesehen, daß es um eine Frau in Allentown ging. Fontaine hat in Allentown gearbeitet.«

»Ja.« McCandless seufzte. »Aber wir haben keinerlei Beweis dafür, daß er dort jemanden getötet hat. Und es geht bei unserer Unterhaltung eigentlich nicht mehr um Paul Fontaine. Es geht um Sie.«

Er stand abrupt auf und ging zum Fenster. Sich das Gesicht reibend, schaute er auf die Straße. Sonnenlicht lag blendend auf dem Gebäude gegenüber. McCandless zupfte an seinem Gürtel und drehte sich langsam um. »Ich muß an diese Stadt denken. Von diesem Punkt an könnten sich die Dinge in verschiedene Richtungen entwickeln. Im Präsidium wird es große Veränderungen geben. Sie haben einen Mann in Ohio, der sagt, Fontaine war jemand anders. Was ich habe, ist ein toter Detective und das Schwanzende eines Aufruhrs. Was ich nicht brauche, ist ein Haufen Publicity über einen zweiten Serienmörder in Millhaven, insbesondere nicht über einen, der bei der Polizei war. Denn dann kriegen wir noch viel mehr Schwierigkeiten, als wir ohnehin schon haben.« Er seufzte wieder. »Klingt das logisch für Sie?«

»Zu logisch«, sagte ich.

»Alles auf der Welt ist Politik.« Er kam zum Stuhl zurück, legte die Hände auf die Lehne und beugte sich vor. »Sprechen wir über das, was passiert ist, als Fontaine erschossen wurde.«

Er hob den Kopf, als die Tür aufschwang. Der blonde Arzt, den ich gestern abend kennengelernt hatte, trat zwei Schritte ins Zimmer, blieb wie erstarrt stehen, machte auf dem Absatz kehrt und ging wieder hinaus.

»Wenn wir hier fertig sind«, sagte McCandless, »ist alles geklärt, für immer und ewig. Nach unserem Gespräch wird es keine Überraschungen geben. Am Abend des Aufruhrs sind Sie mit der Absicht zu diesem Haus gefahren, einen Mann zu überwältigen und festzusetzen, von dem Sie glaubten, er habe zwei Menschen getötet. Sie wollten diesen Mann der Polizei übergeben.«

»Genau.«

»Haben Sie irgendwo in der Nähe Schüsse gehört?«

»Nicht um die Zeit. Nein, ich habe mich geirrt. Ich habe aus der Gegend, in der ich die Ausschreitungen vermutete, Schüsse gehört.«

»Was ist passiert, als Sie zu dem Haus kamen?«

»John und ich gingen zur Hintertür, aber auf mein Betreiben auch wieder zurück, weil ich mich auf der Veranda postieren wollte. Als John und ich in der Nähe der Verandastufen waren, sah Alan, daß die Haustür geöffnet wurde, und fing an zu brüllen.«

»Der Streifenwagen war zu dem Zeitpunkt noch etwa einen Block entfernt.«

»Das ist richtig. Alan sah Fontaine und schrie: ›Ist er das?‹ Fontaine sagte etwas, das sich anhörte wie ›verdammt sollen Sie sein, Underhill, Sie entkommen mir nicht.‹ Ich glaube nicht, daß die Männer im Streifenwagen uns da schon gesehen hatten.«

McCandless nickte.

»John rannte zu Alan und versuchte ihn zu beruhigen, aber Alan riß ihm die Pistole aus dem Gürtel und fing an rumzuballern. Und dann fand ich mich plötzlich in einer Blutlache auf dem Boden wieder, ohne zu wissen, wie ich dahin gekommen war.«

»Wie viele Schüsse haben Sie gehört?«

»Es müssen zwei gewesen sein.«

Er wartete eine bedeutungsschwere Sekunde. »Ich habe gefragt, wie viele Schüsse Sie gehört haben.«

Ich dachte zurück. »Also, ich habe gesehen, daß Alan zweimal geschossen hat«, sagte ich. »Aber ich denke, gehört habe ich möglicherweise mehr als zwei Schüsse.«

»Brookner hat zweimal geschossen«, sagte McCandless. »Officer Berenger hat einmal in die Luft gefeuert. Das Paar, das im Haus gegenüber wohnt, hat ausgesagt, es habe mindestens fünf Schüsse gehört, und dasselbe sagt die Frau von nebenan. Ihr Mann hat die ganze Sache verschlafen, also nichts mitbekommen. Auch Berengers Partner glaubt, fünf Schüsse gehört zu haben, und zwar sehr schnell hintereinander.«

»Sie standen gegenüber von Ransom und Brookner. Was haben Sie gesehen? Es hat während der Ausschreitungen in der Gegend einen tätlichen Angriff gegeben.«

Mir fiel ein, daß ich etwas gesehen hatte. »Ich hatte den Eindruck, daß zwischen den beiden Häusern hinter Alan und John jemand war.«

»Sehr gut, Mr. Underhill. Haben Sie diesen Jemanden gesehen?«

»Ich glaubte zu sehen, daß sich etwas bewegte. Es war dunkel. Und dann ging alles drunter und drüber.«

»Haben Sie den Namen Nicholas Ventura schon mal gehört?«

Eine Sekunde zu spät sagte ich: »Nein.«

»Nein, natürlich nicht«, sagte McCandless. Er mußte wissen, daß ich log. »Ventura war ein junger Ganove, der eine große Karriere vor sich hatte, aber während des Aufruhrs in der Livermore Street in Schwierigkeiten geriet. Jemand hat ihm sein Messer abgenommen und fast den Arm abgerissen.« Fast hätte McCandless mir zugelächelt, dann kam er um den Stuhl herum, setzte sich und sah mich an. »Beinahe unmittelbar danach hat jemand aus dem St. Alwyn Hotel

911 angerufen, aber ich glaube nicht, daß es derselbe war, der Ventura den Arsch aufgerissen hat. Glauben Sie's?«

»Nein«, sagte ich.

»Tatsächlich hängt, was Ventura passiert ist, mit den Ausschreitungen zusammen, meinen Sie nicht auch?«

Ich nickte.

»Ich nehme an, Sie haben vom Tod eines Mannes namens Frankie Waldo gehört.«

»Ja, davon hab' ich gehört«, sagte ich. »Wenn Sie wissen wollen, was ich denke ...«

»Bisher denken Sie überhaupt nichts«, sagte McCandless. »Inoffiziell kann ich Ihnen sagen, daß Waldo in die Drogengeschäfte von Billy Ritz verwickelt war. Und daß Billy Ritz getötet wurde, ist gewissermaßen die ausgleichende Gerechtigkeit für den Mord, den er beging.«

»Glauben Sie wirklich, Sie kommen damit durch?« fragte ich.

»Ich habe Sie nicht gehört.«

»Daß Billy Ritz der Mord an Waldo heimgezahlt wurde?«

»Wie ich Ihnen schon sagte, alles ist Politik.« Er stand auf »Übrigens hat Officer Berenger im Keller des bewußten Hauses ein paar alte Fotos gefunden. Ich denke, daß aus alldem am Ende doch noch was Gutes rauskommen könnte, obwohl ihr Idioten versucht habt, euch einzumischen.«

»Sie sind nicht besonders unglücklich darüber, daß Fontaine tot ist, nicht wahr?«

McCandless stand auf und schob den Stuhl zur Seite. Stur auf seine Füße blickend, trat Sonny vom Bett zurück. Er war taub und blind. »Wissen Sie, was mich glücklich macht?« fragte mich McCandless. »Daß ich ihn jetzt verdammt viel besser schützen kann.«

»Es ist Ihnen nicht schwergefallen zu glauben, daß er wirklich Franklin Bachelor war. Obwohl Sie nicht mehr haben als das, was ich Ihnen von Edward Hubbel erzählt habe. Ich kapier's nicht.«

McCandless sah mich mit einem langen, absolut undeutbaren Blick an. Dann schaute er zu Sonny hinüber, der den Kopf hochriß wie ein Soldat bei einer Parade. »Sagen Sie's ihm.«

»Detective Monroe hat heute vormittag Fontaines Wohnung durchsucht.« Sonny richtete seine Worte an das helle Fenster. »Im Schreibtisch entdeckte er Major Bachelors Entlassungspapiere.«

Hätte ich nicht gewußt, wie weh es tun würde, hätte ich laut aufgelacht. »Ob er wohl auch ein paar Kartons mit Aufzeichnungen gefunden hat?«

»Diese Kartons hat es nie gegeben«, sagte McCandless.

»Also darauf könnte ich wetten«, sagte ich. »Gratuliere.«

McCandless ignorierte meine Bemerkung. Vielleicht hatten sie die Notizen doch nicht vernichtet. Vielleicht hatte Fontaine sie Blatt für Blatt die Toilette hinuntergespült, bevor wir in seinem alten Haus aufgetaucht waren.

»Solange Sie hier sind, sind Sie vor Journalisten sicher«, sagte McCandless. Es klang, als lese er mir meine Rechte vor. »Das Krankenhaus wird Sie gegen unliebsame Anrufe abschirmen, und ich postiere einen Beamten vor Ihre Tür, damit Sie ungestört bleiben. In ungefähr einer Stunde bringt Officer Berenger Ihnen ein Protokoll Ihrer Aussage, das auf den Antworten beruht, die Sie auf meine Fragen gegeben haben. Ist das korrekt, Sonny?«

»Ja, Sir«, sagte Sonny.

»Und vielleicht denken Sie daran, für den Tag Ihrer Entlassung einen Flug nach Hause zu buchen. Wir bringen Sie in einem Streifenwagen zum Flughafen, sagen Sie also, sobald Ihre Buchung steht, dem Officer, wann und mit welcher Gesellschaft Sie fliegen.«

»Und alles natürlich nur im Interesse meiner Sicherheit«, sagte ich.

»Erholen Sie sich«, sagte McCandless. »Sie sehen lausig aus, wenn Sie die Wahrheit wissen wollen.«

»Hat mich gefreut, daß ich Ihnen helfen konnte«, sagte ich. Sie gingen schon zur Tür.

Ich schlug die Zeitschrift auf und versuchte, mein Interesse für das weibliche Klimakterium wiederzubeleben. Ein paar Symptome waren geradezu eine Ironie – schwere Blutungen, stärkere Schmerzen, Depressionen. Der Kolumnist schrieb nichts über plötzliche Zornausbrüche gegen Autoritäten – Figuren, die wie Zirkusartisten im Ruhestand aussahen. Ich verstand einiges von dem, worauf McCandless aus war, aber warum er auf mehr als drei Schüssen beharrte, blieb mir ein Rätsel. Was ich auch gesagt hatte, er war damit zufrieden gewesen, aber ich kam nicht dahinter, warum. Dann begann ich mir Sorgen um Alan zu machen. Ich griff mit der Linken über die Brust nach dem Telefon, das rechts von mir stand, um mich mit dem County Hospital verbinden zu lassen, aber die Telefonistin erklärte mir, fast schuldbewußt um Entschuldigung bittend, daß ich nur Anrufe entgegennehmen, nicht aber hinausrufen dürfe. Ich nahm *Modern Bride* zur Hand und entdeckte, daß die jungen Frauen von heute bei der Hochzeit einen Brautstaat trugen, der dem von früher verblüffend ähnlich war. Ich wollte mich gerade in *Longevity* und *Ratschläge für Trauernde* vertiefen, als ein kleiner, pausbäckiger Polizist den Kopf durch den Türspalt steckte. »Ich bin gleich da draußen, okay?« sagte er. Wir erkannten einander im selben Moment. Es war Officer Mangelotti ohne den weißen Kopfverband, mit dem ich ihn das letztemal gesehen hatte. »Aber niemand hat mir gesagt, daß ich mit Ihnen reden muß«, setzte er hinzu und sah mich mit einem – seinen Begriffen nach – wirklich bitterbösen Blick an. Sein Faltstuhl quietschte vor der Tür, als er sich setzte.

4

Geoffrey Bough mogelte sich an der Pforte vorbei und tauchte ungefähr eine Stunde, nachdem Ross McCandless gegangen war, vor meiner Tür auf. Ich spielte mit dem kalten Haferbrei, den mir die Küche heraufgeschickt hatte, häufte ihn zu einem Hügel auf und matschte ihn dann flach. Daß jemand gekommen war, bekam ich mit, weil ich Mangelotti sagen hörte: »Nein. Kommt nicht in Frage. Hauen Sie ab.« Ich dachte, er schicke John Ransom weg, schob den Haferbrei beiseite und rief. »Los, Mangelotti, lassen Sie ihn rein!«

»Kommt nicht in Frage!«

»Sie haben ihn gehört«, sagte eine mir bekannte Stimme.

Bough quetschte seine magere Brust an Mangelotti vorbei und beugte sich ins Zimmer. »Hallo, Tim«, sagte er, als seien wir alte Freunde. Vielleicht waren wir es auch inzwischen. Ich stellte fest, daß ich mich freute, ihn zu sehen.

»Hallo, Geoffrey«, sagte ich.

»Sagen Sie dem Officer, er soll mir fünf Minuten erlauben, ja?«

Mangelotti legte Bough die Hand auf die Brust und stieß ihn ein Stück durch den Flur. Geoffrey gestikulierte über Mangelottis Kopf in meine Richtung, aber der Cop versetzte ihm noch einen Stoß, und der Reporter verschwand.

Ich hörte ihn auf dem Weg zum Lift ununterbrochen protestieren. Mangelotti war so wütend auf mich, daß er die Tür zumachte, als er zurückkam.

Als die Tür das nächstemal aufging, begann ich mir gerade zu wünschen, ich hätte den Haferbrei gegessen. Sonny Berenger kam mit einem einzelnen Blatt auf einem Klemmbrett herein. »Ihre Aussage ist fertig«, sagte er und reichte sie mir. Er nahm einen Kugelschreiber aus der Tasche. »Unterschreiben Sie irgendwo unten.«

Die meisten Sätze der Aussage begannen mit ›Ich‹ und bestanden aus weniger als sechs Worten. In jedem Satz war mindestens ein Tippfehler und die Grammatik sehr großzügig ausgelegt. Es war ein skelettierter Bericht über die Ereignisse vor Bob Bandoliers altem Haus. Die beiden letzten Sätze lauteten: *Professor Brookner hat zwei Schüsse abgefeuert. Er hat mich getroffen. Ich habe gehört, daß weitergeschoßen wurde.* McCandless hatte ihn das Ganze wahrscheinlich dreimal umschreiben lassen und immer mehr Einzelheiten herausgenommen.

»Ich muß ein paar Änderungen vornehmen, ehe ich unterschreibe«, sagte ich.

»Was meinen Sie mit Änderungen?«

Ich änderte *er hat mich getroffen* in *mit einem davon hat er mich getroffen* ab, und Berenger beugte sich über das Klemmbrett, um zu sehen, was ich mir herausnahm. Er machte Anstalten, mir den Kugelschreiber zu entreißen, entspannte sich jedoch, als er sah, was ich tat. Im letzten Satz korrigierte ich noch das ›ß‹ in *geschossen* in ein ›ss‹, dann schrieb ich meinen Namen unter die Aussage.

Mit verblüffter Miene, aber erleichtert, nahm er Klemmbrett und Kugelschreiber entgegen.

»Hab' nur ein bißchen redigiert«, sagte ich. »Ich kann nicht anders.«

»Der Lieutenant ist selber ein großer Redigierer.«

»Das ist mir nicht entgangen.«

Sonny trat vom Bett zurück und warf einen Blick zur Tür, um sich zu überzeugen, daß sie geschlossen war. »Danke, daß Sie nicht verraten haben, daß ich das mit den Fotos von Ihnen wußte.«

»Wird Monroe John Ransom nach Hause gehen lassen, wenn Sie mit dieser Aussage zurückkommen?«

»Wahrscheinlich. Ransom sitzt nur an Monroes Schreibtisch und füttert uns mit Vietnam-Geschichten.« Er wollte noch immer nicht gehen, stand mit seinem Klemmbrett da wie ein zur Begrüßung von Eltern und Promis abgestellter Lehrer im Festsaal einer Oberschule.

Zum erstenmal gönnte er meinem Schulterverband einen Blick, doch ich sah, daß er sich entschloß, ihn nicht zu erwähnen. Dann machte er einen Schritt zur Tür. »Soll ich Ransom sagen, daß Sie ihn gern sehen würden?«

»Mir kommt jeder recht, wenn es nicht Mangelotti ist«, sagte ich.

Nachdem Sonny gegangen war, stürmte ein schwarzhaariger, energischer junger Doktor herein und legte frische Gaze auf das blutige Loch in meiner Schulter. »Sie werden noch ein, zwei Monate Ihre Rückhand umlaufen müssen, aber sonst werden Sie so gut wie neu sein.« Er drückte den letzten Pflasterstreifen an und richtete sich auf. Die Neugier schaute ihm aus allen Knopflöchern. »Die Polizei scheint der Meinung zu sein, daß Sie hier drin sicherer sind.«

»Ich denke, es ist genau andersrum«, sagte ich.

Danach las ich *Modern Maturity* von der ersten bis zur letzten Seite, Inserate inclusive. Ich mußte mir Laufschuhe einer anderen Marke zulegen und etwas wegen meiner Altersrente unternehmen. Zum Lunch bekam ich ein Stück Huhn, so blaß, daß es fast im Teller verschwand. Ich aß jedes Fitzelchen, nagte sogar die Knochen ab.

John kam ein paar Stunden später, aber Mangelotti weigerte sich, ihn reinzulassen, ehe er nicht die Erlaubnis vom Dezernat hatte. Diese Erlaubnis zu bekommen schien sehr schwierig zu sein, und während sie vorn bei der Schwester warteten, stand ich auf, zerrte meinen Glukosetropf quer durchs Zimmer zum Waschbecken und musterte mich im Spiegel. Ich war nicht ganz so blaß wie das Huhn und brauchte eine Rasur. Aus Rache für die Zeitschriften pinkelte ich ins Waschbecken. Als Mangelotti endlich erfahren hatte, daß er nicht suspendiert werden würde, wenn er John zu mir ließ, lag ich schon wieder im Bett, hatte aber das Gefühl, einen kleineren Alpengipfel erstiegen zu haben.

John kam mit einer schäbigen Leinentasche herein, schloß die Tür und lehnte sich, frustriert den Kopf schüttelnd, dagegen. »Kaum zu glauben, daß der Kerl noch immer bei der Polizei ist. Was macht er eigentlich hier?«

»Verteidigt mich gegen die Presse.« John kicherte und stieß sich von der Tür ab. Ich betrachtete gierig die Leinentasche, auf der in roten Lettern ARKHAM COLLEGE stand.

»Komisch, du siehst wie ein Kerl aus, den man angeschossen hat. Ich war kurz zu Hause und hab' ein paar Bücher geholt. Niemand war bereit, mir zu sagen, wie lange du drinbleiben mußt, also hab' ich einen ganzen Berg mitgenommen.«

Er stellte die Tasche neben mich aufs Bett und stapelte die Bücher auf den Nachttisch. *Die Nag Hammadi Bibliothek*, Sue Grafton, Ross MacDonald, Donald Westlake, John Irving, A. S. Byatt, Martin Amis. »Ein paar davon haben April gehört. Und ich hab' mir gedacht, das könnte dich interessieren.« Er nahm ein dickes Buch mit grünem Schutzumschlag aus der Tasche und hielt es so, daß ich den Titel sehen konnte. *Der Begriff der Heiligkeit* von Alan Brookner. »Wahrscheinlich sein bestes Buch.«

Ich nahm es ihm ab. Es war so zerbeult wie ein alter Koffer, so lappig, als sei es ein paar hundertmal gelesen worden. »Ich bin dir sehr dankbar«, sage ich.

»Behalte es.« Er ging rücklings zum Stuhl und schüttelte die Arme aus. »Was für eine Nacht!«

Ich fragte, was man mit ihm angestellt hatte, nachdem ich weggebracht worden war.

»Sie haben Alan und mich in einen Streifenwagen gesetzt und zum Armory Place verfrachtet. Dann sperrten sie uns in ein kleines Zimmer und haben uns immer wieder dieselben Fragen gestellt.« Nach etwa zwei Stunden hatten sie ihn nach Hause gefahren, damit er ein bißchen Schlaf bekam, dann wieder abgeholt und von neuem mit ihrem Fragespiel begonnen. Irgendwann hatte McCandless eine Aussage aufgenommen und ihn gehen lassen. Man hatte keinerlei Anklage gegen ihn erhoben.

Er faßte nach meinem Handgelenk. »Du hast nichts von dem Wagen gesagt, nicht wahr? Oder von den anderen Sachen?« Er meinte Byron Dorian.

»Nein. Ich habe mich auf Elvee und Franklin Bachelor und das *Blaue-Rose-*Ding beschränkt.«

»Ah.« Er lehnte sich zurück und sah mich dankbar an. »Ich wußte nicht, in welcher Verfassung du warst. Gut. Das hat mir ein paar sorgenvolle Augenblicke bereitet.«

»Was ist mit Alan? Ich habe gehört, er ist im County Hospital.«

John stöhnte. »Alan ist total zusammengebrochen. Zuerst hat er ewig lang einen dieser verdammten gnostischen Verse zitiert. Dann fing er an zu brabbeln wie ein Baby. Ich weiß nicht, was er gemacht hat, als sie ihn verhörten, aber schließlich hat Monroe mir gesagt, man habe ihn ruhiggestellt und ins County überführt. Ich nehme an, sie werden ihn wegen Fahrlässigkeit anklagen müssen oder so was, aber wie Monroe mir erklärte, wird es wahrscheinlich nie zum Prozeß kommen. Ich meine, er wird nicht im Knast enden. Bei Gott, du solltest ihn sehen!«

»Du hast ihn besucht?«

»Ich habe das Gefühl, er bestimmt jetzt mein Leben. Ich war im County, und da liegt Alan im Bett und sagt Dinge wie: ›Ich wohne in einem kleinen weißen Haus. Ist mein Daddy schon zu Hause? Mein Bruder hat Pipi von der Brücke gemacht.‹ Er ist ungefähr vier Jahre alt. Um die Wahrheit zu sagen, ich glaub nicht, daß er sich noch einmal ändern wird.«

»O mein Gott«, sagte ich.

»Dann hat mich sein Anwalt zu fassen gekriegt und hat

mir erklärt, da Alan vor zwei Jahren April zu seiner Vermögensverwalterin eingesetzt habe, sei automatisch ich ihr Nachfolger, wenn ich es nicht vorziehe, ihm die Mandatschaft zu übertragen. Tolle Chance. Er ist über achtzig, ein Anwalt wie aus einem Dickens-Roman. Also muß ich mit der Bank verhandeln, eine Million Papiere unterschreiben, muß ihn bei Gericht vertreten, sein Haus verkaufen ...«

»Sein Haus verkaufen?«

»Er kann nicht mehr dort wohnen, er ist weg vom Fenster. Ich muß ein Heim finden, das ihn aufnimmt, was bei seinem Zustand gar nicht so leicht sein wird.«

Ich stellte mir Alan vor, der von einem kleinen weißen Haus plapperte, und Mitleid und Kummer schlugen wie eine Welle über mir zusammen, so daß mir schwindlig wurde. »Was ist draußen in der Welt geschehen? Ist es in den Nachrichten gekommen?«

»Ob wir in den Nachrichten sind, meinst du? Ich habe das Radio eingeschaltet, als ich nach Hause kam, aber alles, was ich zu hören bekam, war, daß Detective Paul Fontaine bei einem Zwischenfall in der Nähe der Livermore Avenue getötet wurde. Ich sag dir eins – Armory Place hält in dieser Sache ganz schön dicht.«

»Das habe ich vermutet.«

»Tim, ich muß wieder los. Alans Angelegenheiten – du weißt schon ...« Er stand auf und sah freundlich auf mich herunter. »Ich bin sehr froh, daß es dir bessergeht. Mann, ich wußte nicht einmal, was dir gestern nacht passiert war.«

»Alan hat mich in die Schulter getroffen.« John wußte es natürlich, aber ich war der Meinung, daß ich ein bißchen mehr Aufmerksamkeit verdiente.

»Du hast dich fast überschlagen. Nein, ehrlich. Es hat dir die Füße unter dir weggerissen. Wumm, und du lagst da.« Automatisch griff ich nach dem Gazeverband. »Weißt du, was an dem Ganzen so komisch ist? Niemand scheint daran zu zweifeln, daß Fontaine April und Grant Hoffman umgebracht hat. Sie haben die Aufzeichnungen nicht gefunden – oder behaupten es jedenfalls, und sie haben keine Beweise. Sie haben nur das, was sie von uns bekommen haben, und sie kannten ihn länger als zehn Jahre. Sein eigenes Dezernat,

Leute, die ihn Gestern morgen noch für den lieben Gott hielten, sind zwölf Stunden später völlig entgegengesetzter Meinung.«

»Klar sind sie das.« John schüttelte lächelnd den Kopf und sah mich an, als sei ich durch eine leichte Prüfung gefallen. »McCandless und Hogan haben festgestellt, daß sie den Mann nie richtig gekannt hatten. Sie lassen es sich vor uns vielleicht nicht anmerken, aber sie fühlen sich betrogen und sind wütend. Gerade als sie die ganze Stadt überzeugen müssen, daß ihre Cops doch die großen Zampanos sind, stellt es sich raus, daß ihr bester Detective viel, viel Dreck am Stecken hat.«

Sein Sakko zuknöpfend, kam John näher. »Und Monroe hat seine Wohnung durchsucht, nicht wahr?« fragte er beziehungsvoll. »Er hat die Entlassungspapiere gefunden, aber wer weiß denn, was er sonst noch entdeckt hat? Nur, weil sie uns nicht sagen, daß sie Messer oder Blutflecke an seinen Schuhen gefunden haben, heißt das noch lange nicht, daß sie nicht vorhanden waren.«

Als er merkte, daß ich begriff, wie rauh sie mit uns umgesprungen wären, wenn sie nichts entdeckt hätten, warf er einen Blick zur Tür und senkte die Stimme. »Ich könnte darauf wetten, daß Monroe die Aufzeichnungen gefunden hat, sie schnurstracks zu McCandless brachte, und nachdem der sie gelesen hatte, sind sie im Reißwolf gelandet. Fall abgeschlossen.«

»Also wird der Mord an April nie offiziell aufgeklärt werden.«

»McCandless hat mir erklärt, daß er mich wegen Einbruchs drankriegen würde, wenn ihm je zu Ohren kommt, daß ich mit der Presse rede.« Er zuckte mit den Schultern. »Warum sitzt dieser kleine, fette Scheißkerl vor deiner Zimmertür? Er ist nutzlos, wenn es darum geht, Leben zu retten, taugt aber gerade noch dazu, Geoffrey Bough von dir fernzuhalten.«

»Kannst du damit leben?« fragte ich, wußte jedoch die Antwort schon, seit er hereingekommen war.

»Ich weiß, wer meine Frau umgebracht hat, und der Mistkerl ist tot. Ob ich damit leben kann? Du kannst drauf werten, daß ich es kann.« John sah auf seine Uhr. »He, ich habe eine Verabredung in der Bank und bin schon jetzt zu spät. Bist du okay? Brauchst du noch etwas?«

Ich bat ihn, für übermorgen einen Flug für mich zu buchen und die Flugdaten an McCandless weiterzugeben.

5

Alan Brookners Buch ließ zwei oder drei Stunden in Windeseile verstreichen, obwohl ich glaubte, höchstens ein Viertel von dem zu verstehen, was ich las. Das Buch war so dicht und elegant wie ein Streichquartett von Elliot Carter und beim erstenmal ungefähr genauso ›leicht‹ zu verstehen. Nachdem eine kleine Schwester mit einem fröhlichen Gesicht den magischen Rollwagen hereingefahren und mir eine Injektion verabreicht hatte, begann das Buch mit vollkommener Klarheit zu mir zu sprechen, doch das mag illusorisch gewesen sein.

Ich hörte, wie die Tür geschlossen wurde, und als ich aufblickte, kam Michael Hogan auf mich zu. Sein langes Gesicht schien ungefähr so ausdrucksvoll wie Ross McCandless' rostige Eisenmaske, aber als er näher kam, merkte ich, daß es bei ihm Erschöpfung war und nicht Geringschätzung. »Ich dachte mir, ich sehe mal nach Ihnen, bevor ich nach Hause fahre«, sagte er. »Was dagegen, wenn ich mich setze?«

»Nein, natürlich nicht«, sagte ich, und er glitt fast matt und schläfrig von der Seite her auf den Stuhl. Seinem zerdrückten Nadelstreifenanzug entströmte ein Geruch nach Rauch und Schießpulver. Ich betrachtete Hogans müdes Gesicht, das trotz der Spuren tiefer Erschöpfung unverändert distinguiert war, und mir wurde klar, daß er nur genauso nach Asche roch wie das ausgebrannte Haus der Sunchanas. Zusammen mit Fontaine hatte Hogan einen großen Teil der Nacht in der Nähe brennender Gebäude verbracht, und er war seither noch nicht zu Hause gewesen.

»Sie sehen besser aus als ich«, sagte er. »Wie geht's denn so? Haben Sie starke Schmerzen?«

»Fragen Sie mich das in etwa anderthalb Stunden noch einmal.«

Es gelang ihm zu lächeln, trotz der vielfältigen Gefühle, die sich auf seinem müden Gesicht abzeichneten.

»Ich schätze, der Aufruhr hat sich ausgetobt«, sagte ich, aber er schob den Aufruhr mit einer Handbewegung beiseite – und mit einem ungeduldigen, bitteren Blick, der mich wie ein elektrischer Stromstoß traf.

Er seufzte und sackte auf dem Stuhl zusammen. »Was Sie und Ramson versuchen wollten, war unglaublich dumm«, sagte er, »das ist Ihnen doch klar?«

»Wir wußten nicht, wem wir trauen konnten. Wir dachten, es werde uns niemand glauben, es sei denn, wir stellten ihn in seinem alten Haus und zwangen ihn zu reden.«

»Und wie dachten Sie, ihn zum Reden bringen zu können?«

Er vermied es, den bewußten Namen zu nennen, der Prozeß, den John vorhergesagt hatte, fing bereits an.

»Nachdem wir ihn gefesselt hätten« – das war meine Vorstellung eines geglückten Angriffs auf Fontaine –, »wollte ich ihm sagen, daß wir wußten, wer er wirklich war. Ich konnte es beweisen. Es hätte für ihn keinen Ausweg gegeben – ihm hätte klar sein müssen, daß er in der Falle saß.«

»Ihr Beweis wäre dieser Hubbel gewesen?«

»Das ist richtig. Hubbel hat ihn auf Anhieb identifiziert.«

»Das muß man sich vorstellen«, sagte Hogan, womit er meinte, daß es auch jetzt noch fast unvorstellbar war. »Nun, wir schicken morgen jemanden zu ihm, aber erwarten Sie nicht, in der *New York Times* etwas über Franklin Bachelor zu lesen. Oder im *Ledger.*« Seine Augen verschleierten sich immer mehr. »Als wir uns mit der Army in Verbindung setzten, haben die fast den ganzen Tag gemauert, und schließlich ließ uns ein Typ von der CIA wissen, daß Major Bachelors Akte nicht nur geschlossen ist, sondern auch fünfzig Jahre lang nicht eingesehen werden darf. Offiziell ist der Mann tot. Und alles, was über ihn gedruckt wird, muß, sofern es nicht schon einmal veröffentlicht wurde, vorher von der CIA abgesegnet werden, So, da haben Sie's.«

»Da haben wir es alle«, sagte ich. »Aber danke, daß Sie es mir gesagt haben.«

»Oh, ich bin noch nicht fertig. Soviel ich weiß, war Ross McCandless bei Ihnen.«

Ich nickte. »Ich habe verstanden, was er will.«

»Darüber läßt er nie jemanden im Zweifel. Doch wahrscheinlich hat er Ihnen ein paar Dinge nicht gesagt, die Sie wissen sollten.«

Ich wartete und hatte die Befürchtung, daß er etwas über Tom Pasmore sagen würde.

»Die Pistole des alten Mannes ist bei der Ballistik. Die reißen sich dort drüben kein Bein aus. Den Bericht können wir erst in einer Woche erwarten. Aber die Kugel, die unseren Detective getötet hat, kann nicht aus derselben Waffe stammen wie die, von der Sie getroffen wurden.«

»Sie gehen zu weit«, sagte ich. »Ich war da, ich habe gesehen, daß Alan zweimal geschossen hat. Was soll denn das überhaupt?« Und dann begriff ich – wenn Alan Fontaine nicht getötet hatte, dann löste sich unsere ganze Geschichte in einer Fiktion über den Aufruhr auf.

»Es ist die Wahrheit. Sie haben Brookner zweimal abdrücken gesehen, aber der erste Schuß ging irgendwohin. Der zweite hat Sie getroffen – wäre es der erste gewesen, hätten Sie gar nicht mehr gesehen, daß er ein zweites Mal feuerte.«

»Dann hat der erste Fontaine getroffen.«

»Wissen Sie, was mit ihm passiert ist? Ihm wurde die ganze Brust aufgerissen. Wären Sie von der gleichen Patrone getroffen worden wie er, wäre von Ihrer linken Seite unterhalb des Schlüsselbeins nichts mehr übrig. Sie wären nicht einmal mehr am Leben.«

»Wer also hat ihn erschossen?« fragte ich, wußte es jedoch schon in dem Moment, in dem ich es aussprach.

»Sie haben McCandless gesagt, Sie hätten zwischen den Häusern gegenüber einen Mann gesehen.«

»Nun ja, wenigstens glaubte ich einen zu sehen. Doch auch wenn das nicht der Fall gewesen wäre, hätte McCandless mir eingeredet, ich hätte wahrscheinlich einen gesehen. Ich hatte ihm entgegenkommenderweise gegeben, was er wollte.«

»Wir haben noch immer ein Polizeipräsidium in dieser Stadt«, sagte Hogan. »Früher oder später kriegen wir ihn.«

Ich entdeckte ein loses Ende und griff danach. »McCandless hat einen Mann namens Ventura erwähnt, glaub ich. Nicholas Ventura.«

»Das ist das zweite, das ich Ihnen noch sagen wollte. Ventura wurde operiert, eingegipst und bekam ein Bett im County. Bald, nachdem die Randale losging, ist er verschwunden. Seither hat ihn niemand mehr gesehen. Und irgendwie denk ich, daß ihn auch nie wieder jemand sehen wird.«

»Wie konnte er denn verschwinden?«

»Im County geht es ein bißchen chaotisch zu. Vielleicht ist er ganz einfach weggegangen.«

»Das denken *Sie* aber nicht.«

»Ich denke, Ventura hätte nicht einmal allein stehen, geschweige denn das Krankenhaus verlassen können.« Der dumpfe Zorn in seinen Augen schien sich mit dem Geruch nach Asche zu vermischen, der seinem Anzug entströmte, als sei er ein Körpergeruch. »So, und das war's, was ich Ihnen sagen wollte. Jetzt lass' ich Sie allein.«

Er stemmte sich vom Stuhl hoch und schaute grimmig auf mich herunter. »Es war echt.«

»Ein bißchen zu echt«, sagte ich. Er nickte und verließ den Raum. Der Gestank seines Zorns und seines Frusts klebte wie eine Ascheschicht auf meiner Haut, den Laken, dem Buch, von dem ich vergessen hatte, daß ich es in der Hand hielt.

6

»Ich habe dich gewarnt, daß so etwas passieren könnte«, sagte Tom Pasmore am nächsten Vormittag zu mir, nachdem ich ihm mein Gespräch mit Hogan wiedergegeben hatte. »Aber ich hätte nicht gedacht, daß es das Ende sein würde.« Die ascheähnliche Schicht der Frustration lag noch immer so fest auf mir, daß ich fast dankbar war, weil meine Schmerzen, die inzwischen zu einem stetigen dumpfen Pochen abgeklungen waren, mir eine gewisse Ablenkung boten. Toms uncharakteristisch dezenter anthrazitfarbener Anzug schien eine Abart dieses Aschegefühls; nirgends ein Farbspritzer, weder in Form einer pinkfarbenen Krawatte noch einer gelben Weste, noch eines leuchtendroten Ziertuchs, wie sie im allgemeinen sein Aussehen belebten. Tom schien genauso matt und blaß zu sein wie ich.

Jeder von uns hatte ein Exemplar der Morgenausgabe des *Ledger* vor sich, in dem die Fotos ausgebrannter Häuser den breitesten Raum einnahmen – und außerdem Artikel über freiwillige Helfer bei den monumentalen Aufräumungsarbeiten, die nötig waren, bevor man mit dem Wiederaufbau beginnen konnte. Auf Seite drei ganz oben, ordentlich aufgereiht wie die Opfer von Walter Dragonette, sah man die Fotos der acht Menschen, die bei den Ausschreitungen getötet worden waren. Alle männlich und sieben davon Afro-Amerikaner. Der Weiße war Detektive Paul Fontaine. Unter dem Rechteck seines Fotos erinnerte ein kurzer Text an seine zahlreichen Belobigungen, seine zahlreichen Erfolge, vor allem bei komplizierten Mordfällen, die ihm den Spitznamen ›der Fantastische‹ eingebracht hatten, und an seine Freundlichkeit und seinen Humor. Seinen Tod schrieb man – wie den der meisten anderen – einer nicht gezielt abgefeuerten Kugel zu.

Auf der zweiten Seite des zweiten Teils berichtete ein langer Einspalter mit der Schlagzeile VIERZIG JAHRE ALTER FALL AUFGELÖST, daß kürzlich durchgeführte Ermittlungen unter der Leitung von Lieutenant Ross McCandless Licht in das Dunkel um die Identität des *Blaue-Rose*-Mörders gebracht hätten. Der Mann, der im Oktober 1950 in Millhaven vier Menschen ermordet hatte, war ein gewisser Robert C. Bandolier gewesen, damals Manager im St. Alwyn Hotel. *»Es ist eine große Befriedigung für mich, Detective William Damrosch rehabilitieren zu können, dessen Ruf und Ansehen so viele Jahre befleckt gewesen waren«*, sagte McCandless. *»Beweise, die wir in Bandoliers altem Haus gefunden haben, überführen ihn zweifelsfrei dieser vier Umtaten. Nach vierzig Jahren endlich können wir sagen, daß William Damrosch, einem ausgezeichneten und ehrgeizigen Beamten in der besten Tradition des Millhavener Morddezernats, Gerechtigkeit widerfahren ist.«*

Und das war's auch schon. Nichts über Fielding Bandolier oder Franklin Bachelor, nichts über Grant Hoffman oder April Ransom. »Die Sache ist abgeschlossen. Fini«, sagte ich.

Tom ließ seine Zeitung auf den Boden fallen, hob einen Fuß, legte den Fußknöchel auf ein Knie und beugte sich, den Ellenbogen auf das andere Knie aufstützend, vor. Kinn in der Hand, die Augen glänzend vor Neugier, demonstrierte er auf fast komische Weise, wie sehr er sich seiner eigenen Niedergeschlagenheit bewußt war. »Ich frage mich, warum ich mich so jämmerlich fühle, wenn ich doch wußte, was kommt?« sagte er.

»Sie schützen sich nur selbst«, sagte ich.

Das wußte er ebenfalls – und es interessierte ihn nicht. »Ich denke, du fühlst dich ausgeschlossen«, sagte ich.

»Also daran habe ich ganz gewiß nicht gedacht«, sagte er. »Ich nehme es dir nicht übel, aber irgendwie hatte ich mir vorgestellt, daß du und ich es sein würden, nicht du und John. Und Alan hätte weit vom Schuß sein müssen.«

»Natürlich«, sagte ich. »Aber wenn du nicht darauf bestanden hättest, dich rauszuhalten ...«

»Hättest du mich nicht rausgehalten, ich weiß.« Er wackelte mit dem Fuß. »John hat mich abgeschreckt. Zuerst hat er versucht, eines meiner Bilder zu kaufen, und dann mich.«

Ich stimmte ihm zu: John konnte tatsächlich abschreckend sein. »Aber wenn du je eine halbe Stunde mit seinen Eltern zusammengewesen wärst, dann wüßtest du, warum. Doch darunter ist er ein anständiger Kerl. Obwohl ganz anders, als ich erwartet hatte, aber Menschen ändern sich.«

»Ich nicht«, sagte Tom. Es klang tieftraurig. »Das ist wahrscheinlich ein Teil meines Problems. Ich habe immer zwei oder drei Sachen auf dem Feuer, aber diese war die aufregendste seit Jahren. Wir haben wirklich Ungeheuerliches geleistet, und jetzt ist es vorbei.«

»Beinahe«, sagte ich. »Hast du jetzt nicht noch die zwei oder drei Sachen, die du wieder aufgreifen kannst?«

»Klar, aber sie sind nicht wie diese. In deiner Sprache – es sind nur Kurzgeschichten. Das war ein ganzer Roman. Und jetzt wird kein Mensch ihn je lesen außer dir und mir und John.«

»Vergiß nicht Ross McCandless«, sagte ich.

»Ross McCandless erinnert mich immer an den Chef der Geheimpolizei eines totalitären Staates.« Ihm fiel ein, daß er noch ein bißchen Klatsch auf Lager hatte, und seine Miene wurde heller. »Hast du gehört, daß Vass wahrscheinlich gehen muß?«

Ich schüttelte den Kopf. »Wegen Fontaine?«

»Fontaine ist vermutlich der eigentliche Grund, aber der Bürgermeister wird erklären, Vass gebe sein Amt ab wegen des ›Dreigestirns‹ Walter Dragonette, der Revolte und wegen des Jungen, der im Rathaus erschossen wurde.«

»Ist es schon offiziell?«

»Nein, aber viele Leute – ich meine, Leute, die wirklich Bescheid wissen – haben darüber gesprochen, als sei es bereits eine feststehende Tatsache.«

Ich fragte mich, wen er wohl meinte, und dann fiel mir ein, daß Sarah Spence ihr Leben unter Leuten verbrachte, ›die Bescheid wußten‹.

»Was ist mit Merlin?«

»Merlin ist ein Schwätzer und hat kein Rückgrat; er nimmt jeweils die Form des Behälters an, in den er steigt. Ich denke, wir werden eine Zeitlang viele bedeutende Politiker agieren sehen. Er wird sich wahrscheinlich einen braven schwarzen Chief in einem anderen Teil des Landes suchen, wird ihm Wiegenlieder singen, bis der arme Kerl den Verstand verliert, und dann die Ernennung eines neuen Chiefs bekanntgeben. Und bis zu diesem Moment wird er tausendprozentig hinter Vass stehen.«

»Alles ist Politik«, sagte ich.

»Besonders das, das keine sein sollte.« Mit düsterer Miene betrachtete er den Bücherstapel auf dem Nachttisch, scheinbar ohne auf die einzelnen Titel zu achten. »Ich hätte dich besser schützen sollen.«

»Mich schützen?«

Er wandte den Blick ab. »Oh, übrigens, ich habe dir ein paar von den Computer-Rekonstruktionen des letzten Fotos mitgebracht, falls es noch einen Sinn hat, sie sich anzusehen.«

Er griff in die Tasche seines Jacketts, holte drei gefaltete

Blätter heraus und begegnete meinem Blick. In seinen Augen blitzte Verlegenheit auf, weil er sah, daß ich ihn durchschaut hatte.

»Du warst es – du bist mir damals nachts zu Johns Haus gefolgt.«

»Willst du dir die Dinger jetzt anschauen oder nicht?«

Ich nahm die Papiere, ohne seinen Blick loszulassen.

»Du warst es.« Die roten Flecken erschienen auf seinen Wangen. »Ich konnte dich doch nicht mitten in der Nacht neun Blocks zu Fuß gehen lassen, oder? Nach allem, was ich vorher zu dir gesagt hatte.«

»Und draußen in Elm Hill – warst das auch du?«

»Nein. Das war Fontaine. Oder Billy Ritz. Was beweist, daß ich mich wie ein Mühlstein hätte an dich hängen sollen.«

Endlich lächelte er. »Aber sehen hättest du mich nicht sollen.«

»Ich habe dich mehr gespürt als gesehen«, sagte ich, beunruhigt über das Unheil, von dem ich mich in jener Nacht verfolgt fühlte, und beunruhigt auch durch die Erinnerung an das Wissen des Minotaurus um verborgene Schmach. Woher war es emporgestiegen, wenn nicht aus mir selbst? Betroffen und voller Zweifel, glättete ich die Seiten und sah mir ein Computerbild nach dem anderen an.

Es waren Gebäude, die es nie gegeben hatte, Gebäude mit zurückgebauten Erdgeschossen unter wie Pyramiden aufstrebenden Stockwerken, Rechtecke, Ozeandampfer. Leere Gehsteige ohne Risse führten zu kistenartigen Fenstern und verglasten Portierslogen. Sie sahen aus wie die Vision eines Milliardärs, der ein Museum für moderne Kunst bauen wollte. Ich breitete die Papiere zwischen uns aus. »Das ist alles?« fragte ich.

»Die anderen waren sogar noch schlimmer. Du weißt, was sie sagen – wenn man die Maschine mit Schrott füttert, kommt Schrott raus. Die Informationen haben einfach nicht ausgereicht, um damit zu arbeiten. Aber ich schätze, wir wissen ohnehin, was auf dem Foto ist, nicht wahr?«

»Der Laden von Stenmitz hatte eine Art dreieckiges Schild über dem Schaufenster. Daher wohl all das ...« Ich zeigte auf die hochragenden Strukturen der oberen Stockwerke.

»Gut möglich.« Tom raffte die Blätter enttäuscht zusammen. »Wäre schön gewesen, wenn ...«

»Wenn ich irgendein anderes Gebäude erkannt hätte?«

»Ich will nicht, daß es schon vorbei ist«, sagte Tom. »Aber, Junge, es ist vorbei. Willst du sie behalten? Nimm sie als Andenken mit nach Hause.«

Ich sagte ihm nicht, daß ich schon ein Andenken hatte – ich wollte die Computer-Halluzinationen behalten. Ich würde sie an den Kühlschrank hängen, unter das Bild von Ted Bundys Mutter.

7

Am nächsten Tag kam Tom mit der Nachricht, Arden Vass habe seinen Rücktritt angeboten, sobald ein passender Nachfolger gefunden sei. Er hatte erwartet, der Bürgermeister werde sein Gesuch ablehnen, doch Merlin Waterford hatte sofort verlautbart, er akzeptiere den Wunsch seines alten Freundes, wenn auch sehr schweren Herzens, und das Komitee für ein gerechtes Millhaven werde bei der Wahl des neuen Polizeichefs ein gewichtiges Wort mitzureden haben. Der Beamte, der den jungen Schwarzen erschossen hatte, war suspendiert worden und erwartete ein Disziplinarverfahren. Tom blieb eine Stunde, und als er ging, verabredeten wir, in Verbindung zu bleiben.

John Ransom kam eine halbe Stunde vor dem Ende der Besuchszeit und sagte mir, wozu er sich entschlossen hatte – er wollte sich ein Bauernhaus in der Dordogne kaufen, wo er an seinem Buch arbeiten konnte, und in Paris eine Wohnung für die Wochenenden und Ferien mieten. »Ich brauche eine Stadt«, sagte er. »Ich brauche viel Ruhe für meine Arbeit, aber ich bin kein Landmensch. Sobald ich mich eingerichtet habe, mußt du unbedingt rüberkommen und eine Zeitlang bleiben. Hast du Lust?«

»Na klar«, sagte ich. »Es wäre schön, dieser Besuch war ja ein bißchen hektisch.«

»Hektisch? Er war ein Alptraum. Die meiste Zeit war ich

nicht ganz bei Trost.« John absolvierte diesen Besuch bei mir im Stehen, bohrte die Hände in die Taschen, machte zögernd eine halbe Drehung in Richtung des sonnigen Fensters und dann wieder zu mir zurück. »Ich seh dich morgen, wenn du deine Sachen holen kommst. Ah, ich muß dir einfach sagen, wie dankbar ich für alles bin, was du hier getan hast, Tim. Du warst großartig. Du warst fantastisch. Ich werde es nie vergessen.«

»Es war schon eine ziemlich haarige Sache.«

»Ich möchte dir etwas schenken. Ich habe lange darüber nachgedacht, und weil ich dir nie richtig vergelten kann, was du getan hast, sollst du das Bild haben, das dir so gut gefallen hat. Den Vuillard. Bitte nimm ihn an. Ich möchte es so gern.«

Zu benommen, um etwas zu sagen, blickte ich zu ihm auf.

»Ich kann das Ding ohnehin nicht mehr sehen, es ist zuviel von April darin. Und verkaufen will ich es nicht. Also tu mir den Gefallen, und nimm es, ja?«

»Wenn du es mir wirklich geben willst …«

»Es gehört dir. Ich kümmere mich um die Versandpapiere und laß es von einem guten Kunsthändler verpacken und verschicken. Danke.« Er stand noch eine Weile unschlüssig herum, hatte jedoch alles gesagt und war plötzlich fort.

8

Vier Stunden vor Abflug meiner Maschine rief John an und sagte, er stecke mitten in einer Besprechung mit seinen Anwälten und könne nicht weg. Mache es mir etwas aus, meine Sachen allein abzuholen und den Zweitschlüssel, den ich ja noch hatte, nach dem Abschließen durch den Briefschlitz zu werfen? Das Bild lasse er an mich abschicken, sobald er Zeit habe, und er werde mich auch bald anrufen, um mir zu berichten, wie sich seine Pläne entwickelten. »Und viel Glück für dein Buch«, sagte er. »Ich weiß, wie wichtig es für dich ist.«

Fünf Minuten später rief Tom Pasmore an. »Ich habe versucht, Hogan zu überreden, mich mit dir zum Flughafen fahren zu lassen, aber er hat es mir abgeschlagen. Ich melde mich in ein, zwei Tagen bei dir, um zu sehen, wie es dir geht.«

»Tom«, sagte ich, plötzlich ganz angetan von dieser Idee, »warum ziehst du nicht nach New York? Du wärst begeistert, Hunderte interessanter Leute kennenlernen, neue Freunde finden, und an Problemen, an denen du arbeiten könntest, würde es dir nie mangeln.«

»Was?« sagte er mit spöttischer Entrüstung. »Und meine Wurzeln aufgeben?«

Officer Mangelotti stand wie ein Wachhund neben mir, als ich meine Entlassung aus dem Krankenhaus unterschrieb, fuhr mich zum Ely Place und trottete im Haus umher, als ich einarmig den Kampf mit meinem Gepäck aufnahm. Die blaue Schiene, in der mein rechter Arm von den Fingern bis zur Schulter steckte, machte es mir unmöglich, die Umhänge- und die Bordtasche zugleich hinunterzutragen, und Mangelotti stand mürrisch im Wohnzimmer herum und sah mir zu, als ich treppauf, treppab ging. Als ich das zweitemal hinunterkam, sagte er: »Das sind echte Gemälde – wie Ölgemälde, nicht wahr?«

»Richtig«, sagte ich.

»Also ich würde solchen Mist nicht mal in eine Hundehütte hängen.« Er ließ mich nicht aus den Augen, als ich beide Taschen mit der linken Hand aufnahm, folgte mir aus dem Haus, wartete, während ich abschloß, und half mir auch nicht, die Taschen in den Kofferraum zu hieven. »Sie sind aber ziemlich langsam«, sagte er.

Als er in die Berlin Avenue einbog, schaute ich auf meine Uhr – ich hatte noch immer anderthalb Stunden Zeit. »Ich möchte, daß wir auf der Fahrt zum Flughafen einen kleinen Abstecher machen«, sagte ich. »Es dauert nicht lange.«

»Der Sergeant hat nichts von einem Abstecher gesagt.«

»Sie brauchen ihm ja auch nichts davon zu sagen.«

»Also Sie werden wirklich wie 'ne königliche Hoheit behandelt«, sagte er. »Wohin soll dieser Abstecher gehen?«

»County Hospital.«

»Wenigstens liegt das auf dem Weg zu dem lausigen Flughafen«, sagte Mangelotti.

9

Eine Schwester im Zustand chronischer Wut marschierte mir im Eiltempo durch einen Korridor voran, der von uralten Männern und Frauen in Rollstühlen gesäumt wurde. Einige murmelten ununterbrochen vor sich hin und zupften an ihren dünnen Baumwollbademänteln. Das waren die lebhaften. Die Luft stank nach Urin und Desinfektionsmitteln, und eine schimmernde Wasserfläche war bis in den halben Korridor gesickert und schwoll hin und wieder zu Lachen an, die bis zur anderen Wand reichten. Die Schwester flog über die Lachen, ohne Erklärung, ohne Entschuldigung, ohne hinzuschauen. Die Lachen waren schon lange da.

Mangelotti hatte sich geweigert, den Wagen zu verlassen, und mir erklärt, er gebe mir fünfzehn Minuten, höchstens. Ich hatte mindestens sieben davon damit vergeudet, jemanden zu suchen, der mir sagte, wo sie Alan verwahrten, und weitere fünf, hinter der Schwester durch bisher ungefähr drei Meilen Korridor zu joggen. Sie umrundete eine weitere Ecke, schob sich an einer fahrbaren Krankenbahre vorbei, auf der eine bewußtlose alte Frau lag, die bis zum Hals mit einem fleckigen weißen Laken zugedeckt war, und blieb am Eingang eines düsteren offenen Krankensaales stehen, der wie ein Obdachlosenasyl für Alte aussah. Reihe um Reihe, Bett an Bett, knapp einen Meter voneinander entfernt. Schmutzige Fenster am anderen Ende ließen eine müde Substanz herein, die eher Nebel war als Licht.

Mit einer Roboterstimme sagte die Schwester: »Bett dreiundzwanzig.« Sie entließ mich mit den Augen und einer Miene, die mir sagte, daß sie gleich um die Ecke abschwirren werde.

Die alten Männer in den Betten sahen aus wie geklont, so institutionalisiert, daß sie keinerlei Individualität mehr besaßen – weißes Haar auf weißen Kissen, verrunzelte, schlaffe Gesichter, stumpfe Augen und offene Münder. Dann begannen Einzelheiten aufzufallen – eine Adlernase, ein verkrusteter, kahler Kopf, eine heraushängende Zunge. Das Gemurmel der wenigen Alten, die nicht schliefen oder für immer ruhiggestellt waren, klang wie ein Irrtum. Ich sah die Zahl 16 auf dem Bett vor mir, ging weiter und suchte Nummer 23.

Fliegendes weißes Haar um ein eingesunkenes Gesicht und einen Mund, der ständig in Bewegung war. Ich wäre an ihm vorbeigegangen, hätte ich mir nicht die Nummer angesehen. Alans buschige Brauen waren auf Kosten des übrigen Körpers noch üppiger geworden. Wahrscheinlich hatte er schon immer auffallend dichte, struppige Brauen gehabt, doch alles andere an ihm hatte viel mehr ins Auge gestochen. Sogar seine ungewöhnliche Stimme war geschrumpft, und wenn er sprach, versiegte sie zu einem kaum hörbaren Flüstern. »Alan«, sagte ich, »hier ist Tim. Hören Sie mich?«

Sein Mund wurde schlaff, und eine Sekunde lang blitzte etwas wie Erkennen in seinen Augen auf Dann begannen sich seine Lippen wieder zu bewegen. Ich bückte mich, um zu hören, was er sagte.

»... stand an der Ecke, und mein Bruder hatte einen Zahnstocher im Mund, weil er dachte, daß er damit toll aussah. Aber er hat nur wie ein Idiot ausgesehen, und das hab' ich ihm gesagt. Ich habe gesagt, weißt du, warum diese Idioten vor dem Armistead's mit Zahnstochern im Mund rumlungern? Damit die Leute denken, sie hätten eben ganz groß zu Abend gegessen. Ich glaub, jeder erkennt einen Idioten, außer er ist selbst einer. Und meine Tante kam raus und sagte, du hast deinen Bruder zum Weinen gebracht, wann wirst du endlich lernen, dein Mundwerk zu beherrschen?«

Ich richtete mich auf und legte ihm die linke Hand auf die Schulter. »Alan, sprich mit mir. Ich bin's, Tim Underhill. Ich möchte mich von dir verabschieden.«

Er drehte den Kopf ganz wenig in meine Richtung. »Erinnerst du dich an mich?« fragte ich.

Und plötzlich erkannte er mich. »Du alter Mistkerl! Bist du nicht tot? Ich hab' dich doch abgeknallt.«

Ich kniete mich neben ihn, und die Erleichterung trieb mir fast die Tränen in die Augen. »Alan, du hast mich nur in die Schulter getroffen.«

»*Er* ist tot.« Alans Stimme gewann ein wenig von ihrer früheren Kraft zurück. Reiner Triumph ließ seine Augen größer erscheinen. »Ihn *habe* ich erwischt.«

»Du kannst nicht in diesem Loch bleiben«, sagte ich. »Wir müssen dich hier rausholen.«

»Hör zu, Junge.« Ein Lächeln spannte den schlaffen Mund, und das eingesunkene Gesicht mit den riesigen Brauen bat mich wortlos, näher zu kommen. »Ich brauche nur aus diesem Bett aufzustehen. Es gibt einen Ort, den ich mal meinem Bruder gezeigt hab', drüben am Fluß. Wenn ich mein großes Mundwerk beherrschen kann, uh ...« Er blinzelte. Feuchtigkeit sammelte sich in den roten Falten seiner Lider. »Fluch meines Lebens. Zuerst reden und dann denken.« Er schloß die Augen und sank auf das Kissen zurück.

»Alan?« sagte ich. Tränen quollen unter seinen geschlossenen Lidern hervor und versickerten im Flaum seines Backenbartes. Im nächsten Moment merkte ich, daß er eingeschlafen war.

Als ich mich wieder in den Wagen setzte, warf Mangelotti mir einen finsteren Blick zu. »Sie haben wohl keine Uhr, wie?«

Ich sagte: »Wenn Sie noch ein einzigesmal meckern, ramme ich Ihnen mit diesem Gips die Zähne in den Hals.«

FÜNFZEHNTER TEIL

Lenny Valentine

1

Wieder in New York, tat ich mein Bestes, mich an mein abnormal normales Leben zu gewöhnen, aber es gelang mir nicht, ich fand keine Ruhe. Während ich nicht da war, war alles weggeholt und durch andere Dinge ersetzt worden, die den alten nur ähnlich zu sein schienen – die Sessel, die Couch, mein Bett und der Schreibtisch, sogar die Teppiche und Bücherregale waren ein paar Zentimeter schmaler oder kürzer, hatten die falsche Breite oder Höhe und waren auf eine kaum merkliche Weise verschoben, die mein Loft in ein Puzzle verwandelt hatte, von einem Spieler zusammengesetzt, der falsche Teilchen in das Bild zwängte, wo andere hingehörten. Dieses Gefühl des Fremdseins lag unter anderem auch daran, daß ich nur mit dem Zeigefinger der linken Hand tippen konnte, der sich jedoch weigerte, in Abwesenheit seines rechten Partners, so effektiv zu arbeiten wie früher. Aber alles andere lag vor allem an mir selbst. Ich war aus Millhaven so verwirrt zurückgekehrt, daß ich nicht mehr an meinen gewohnten Platz im Puzzle paßte.

Wunderbarerweise lenkten mich meine Freunde von diesem Gefühl ab, indem sie ein großes Getue um meine Verletzung machten und genau wissen wollten, wie ich es angestellt hatte, mich von einem bekannten Religionswissenschaftler in die Schulter schießen zu lassen. Die Geschichte war eine lange Geschichte, und es dauerte lange, sie zu erzählen. Mit kurzen Zusammenfassungen gaben sie sich nicht zufrieden, sie wollten Einzelheiten hören, wollten anschauliche Schilderungen. Maggie Lah interessierte sich besonders für den Morgen, an dem ich mich im Nebel verirrt hatte, und sagte mir, das sei im Grunde ganz einfach. »Du bist in dein Buch hineingegangen. Du hast deinen Protagonisten gesehen, und er war du selbst. Deshalb hast du dem Mann im

Krankenwagen gesagt, dein Name sei Fee Bandolier. Denn das ist es doch, worauf es in dem Buch ankommt, das du schreibst?«

»Du bist zu klug«, sagte ich und zuckte zusammen, weil sie mich so genau durchschaute.

»Du solltest dieses Buch fertigschreiben, dich von ihm befreien«, entgegnete sie, und auch das war sehr scharfsinnig.

Als Vinh Teller mit vietnamesischen Delikatessen aus der Küche des Saigon heraufbrachte, bestand Maggie darauf, daß er noch einmal hinunterging und Suppe holte. »Dieser Mensch braucht sehr viel Suppe«, sagte sie, und Vinh muß ihr recht gegeben haben, denn er ging hinunter und kam mit so viel Suppe zurück, daß wir uns zu dritt eine Woche lang davon hätten ernähren können; das meiste hatte er jedoch auf Portionsbehälter verteilt, die er in meinen Kühlschrank stellte.

Michael wollte alles über die Franklin-Bachelor-Periode in Fee Bandoliers Leben erfahren und fragte, ob ich zu verstehen glaubte, was passiert war, als John Ransom in Bachelors Lager eintraf. »Hast du nicht gesagt, er war zwei Tage früher als der andere dort? Was hat er zwei ganze Tage da gemacht?«

»Suppe gegessen«, sagte Maggie.

Diese Freunde gluckten um mich herum wie eine Familie, die sie auch sind, zu verschiedenen Zeiten und von unterschiedlicher Dauer, einzeln und gemeinsam, zwei oder drei Tage lang, und ließen mich dann wieder häufiger allein, weil sie wußten, daß ich dieses Alleinsein brauchte.

In einem ungewohnten Winkel zur Schreibmaschine sitzend, begann ich in den Computer einzutippen, was ich bei John geschrieben hatte. Was sonst etwa eine Woche gedauert hätte, nahm jetzt zwei Wochen in Anspruch. Die Widerhaken und Zahnräder in meinem Rücken erhitzten sich wieder, gerieten in Bewegung, und ich mußte jede halbe Stunde aufstehen, mich an die Wand pressen und sie an ihren angestammten Platz zurückzwingen. Mein Arzt gab mir eine Menge Pillen, die ein bißchen Codein enthielten, aber nachdem ich entdeckt hatte, daß das Codein mich noch langsamer machte und ich davon Kopfschmerzen bekam, nahm ich sie nicht mehr. Ich tippte noch zwei Tage und versuchte, den Schmerz und das Gefühl zu verdrängen, daß etwas Größeres nicht in Ordnung war.

Das Gemälde von Byron Dorian kam mit UPS, und fünf Tage später war auch Aprils Vuillard da, in eine dreißig Zentimeter dicke Schaumstoffschicht und eine Lattenkiste verpackt. Die Männer, die ihn brachten, hängten ihn sogar auf, war alles Kundendienst. Ich plazierte die Bilder meinem Schreibtisch gegenüber an die lange schwarze Wand, damit ich sie sah, wenn ich während der Arbeit aufblickte.

Tom Pasmore rief an und sagte, er ›spiele noch immer herum‹, was immer das bedeutete. John Ransom rief an und berichtete, er habe für Alan einen Platz im Golden Manor gefunden, einem Pflegeheim mit Seeblick aus den meisten Zimmern. »Das Ding sieht aus wie ein Luxushotel und kostet ein Vermögen, aber Alan hat es ja«, sagte John. »Hoffentlich kann ich mir in seinem Alter auch so was oder wenigstens was Ähnliches leisten.«

»Wie geht es ihm?« fragte ich.

»Oh, körperlich hat er sich sehr gut erholt. Er ist auf und läuft rum und schaut nicht mehr so klein aus, und er ißt gut. Das Essen dort ist besser als in den meisten Restaurants in der Gegend.«

»Und geistig?«

»Geistig ist er mal da und mal nicht. Manchmal glaubt man, mit dem alten Alan zu reden, und dann wiederum klinkt er sich aus und redet mit sich selbst. Aber um die Wahrheit zu sagen, ich glaube, das kommt immer seltener vor.« Übergangslos fragte er, ob ich das Gemälde bekommen hatte. Ich hätte es bekommen, sagte ich und bedankte mich.

»Weißt du, daß es fast tausend Eier gekostet hat, es von diesen Knaben packen und verschicken zu lassen?«

Eines Abends gegen neun, drei Uhr morgens für ihn, rief Glenroy Breakstone aus Frankreich an und erklärte, er wolle mit mir über Ike Quebec reden. Er redete vierzig Minuten über Ike Quebec. Was Breakstone im Moment auch konsumierte, es gab in Frankreich genug davon. Zum Schluß sagte er noch: »Sie stehen jetzt auf meiner Liste, Tim. Sie werden von mir hören.«

»Das hoffe ich«, sagte ich, und es war die reine Wahrheit.

Am nächsten Vormittag hatte ich alles im Computer, was ich in Millhaven geschrieben hatte. Zur Feier des Tages ging ich schnurstracks ins Bett und schlief eine Stunde – seit meiner Rückkehr hatte ich kaum eine Nacht schlafen können. Dann aß ich im Saigon zu Mittag. Wieder in meinem Loft, begann ich, neue Szenen, neue Dialoge zu entwerfen. Und damit fingen meine Schwierigkeiten erst wirklich an.

2

Schlaflosigkeit muß ein Teil dieser Schwierigkeiten gewesen sein. Ebenso wie die Finger meiner linken Hand auf geheimnisvolle Weise die Fähigkeit zu tippen verloren hatten, hatte mein Körper die Fähigkeit zu schlafen eingebüßt. In den ersten Nächten nach meiner Rückkehr wachte ich gegen vier Uhr morgens auf, lag den Rest der Nacht mit geschlossenen Augen im Bett, wartete bis lange nach der Morgendämmerung auf das allmähliche geistige Weggleiten, den Verlust der Ratio, die ersten Anzeichen dafür, daß der Schlaf einen überkommt. Um mich für den entgangenen Schlaf zu entschädigen, schlief ich nach dem Mittagessen stundenlang. Dann begann ich um drei Uhr morgens aufzuwachen – mit den gleichen Ergebnissen. Ich versuchte zu lesen und las schließlich bis zum Morgen. Am Ende der ersten Woche ging ich um elf ins Bett und wachte um zwei Uhr auf. Nach vier oder fünf Nächten ging ich überhaupt nicht mehr schlafen. Ich zog mich aus, putzte mir die Zähne, stieg ins Bett und hatte sofort das Gefühl, eben erst einen doppelten Espresso getrunken zu haben.

Ich konnte weder den Gipsverband noch meine Rückenschmerzen dafür verantwortlich machen. Sie waren unangenehm, lästig, irritierend, aber sie waren nicht das Problem. Mein Körper hatte ganz einfach vergessen, wie man nachts schläft. Ich ging zu meinem Arzt. Er gab mir Schlaftabletten. Zweimal nahm ich sie, ehe ich zu Bett ging, mit dem erschreckenden Ergebnis, daß ich um sechs Uhr morgens aus einem Halbschlaf auftauchte wie aus dichtem Nebel, am Fenster stand oder auf der Couch saß und keine Ahnung hatte, was eigentlich passiert war. Ich warf die Pillen weg, schlief nachmittags zwei Stunden und wartete ab. Als ich neues Material zu skizzieren begann, hatte ich aufgehört, zu Bett zu gehen – duschte gegen Mitternacht, zog mich um, arbeitete und las abwechselnd und lief in der Wohnung herum. Manchmal drehte ich das Licht ab und schrieb im Dunkeln. Ich nahm eine Menge Aspirin und Vitamin C. Ab und zu wanderte ich in die Küche und betrachtete die surrealistischen Gebäude, die Toms Computer gezaubert hatte. Dann kehrte ich an den Schreibtisch zurück und verlor mich in der von mir erschaffenen Welt.

Trotz meiner Müdigkeit ging mir die Arbeit schnell von der Hand, gewissermaßen mit Riesensprüngen, einem flüchtigen Tier gleich – Tiger oder Gazelle –, das ich einzufangen versuchte. Es war mir kaum bewußt, daß ich schrieb – ich hatte eher das Gefühl, irgendein Es schreibe an meiner Statt. Ich sah alles, roch alles, berührte alles. Während dieser Stunden hörte ich auf zu existieren. Wie ein Medium schrieb ich nur alles auf. Wenn ich, von meinen verschiedenen Schmerzen geplagt, wieder zu mir kam, war es sieben oder acht Uhr morgens. Ich taumelte zum Bett, legte mich hin und ruhte mich aus, während mein Geist den vorwärtsstürmenden Tiger verfolgte. Nach einer Viertelstunde erschöpften Nichtschlafs stand ich auf und kehrte an den Computer zurück.

Manchmal merkte ich, daß ich eine ganze Nacht lang *Fee Bandolier* anstatt *Charlie Carpenter* geschrieben hatte.

All das hätte mich glücklich machen müssen, und meist war ich es auch. Aber selbst, wenn ich in meiner Arbeit völlig aufging, während der Perioden, in denen ich persönlich nicht existierte, schlug ein verborgener Teil von mir in höchster emotionaler Not verzweifelt um sich. Wenn ich aufhörte zu tippen, zitterten mir die Finger – sogar die im Gips gefangenen. Ich hatte mich in Fielding Bandoliers Kindheit versetzt, und Angst und Entsetzen waren seine Vertrauten. Aber nicht alle Schwierigkeiten hatten mit dem zu tun, was ich schrieb.

Wenn ich meinen Zweistundenschlaf absolvierte, träumte

ich, daß ich wieder beim Begräbniskommando war und die Hände in tote und zerstückelte Körper tauchte. Ich begegnete dem mageren jungen Vietcong auf Striker Tiger und erstarrte, während er sein uraltes Gewehr hob und mir eine Kugel ins Hirn jagte. Ich trat auf eine Mine und verwandelte mich in roten Nebel wie Bobby Swett. Ich ging über eine Lichtung, auf der die Toten kreuz und quer übereinanderlagen, so daß ich über ihre Leichen steigen mußte, und, als ich an mir hinunterschaute, purpurne und silberne Eingeweide aus meiner Bauchhöhle quellen sah und mit dem Wissen um meinen eigenen Tod vornüberstürzte. Paul Fontaine setzte sich, seine Waffe in der Hand, auf seiner Bahre auf, sagte *Bell* und zerriß mir die Brust mit einer Kugel.

Zwanzig Jahre lang war der Nachmittag die Zeit gewesen, in der ich am produktivsten war. Nachdem ich vergessen hatte, wie man nachts schläft, nachdem ich jedesmal durch die Hölle mußte, wenn ich nachmittags ein wenig Schlaf nachholte, wurden diese Stunden zu Stein. Was ich schrieb, klang gezwungen und war ohne Leben. Ich konnte nicht schlafen, ich konnte nicht schreiben. Also steckte ich mein Notizbuch in die Tasche und unternahm lange Spaziergänge.

Ich schleppte mich durch Soho. Ich passierte blindlings den Washington Square. Ich stand geistesabwesend im Three-Lives-Buchladen herum und kam meilenweit entfernt bei Books & Co. wieder zu mir. Ab und zu fand ein unliebsamer kleiner Zwischenfall den Weg in mein Notizbuch, doch die meiste Zeit war ich in Millhaven. Leute, die ich noch nie gesehen hatte, verwandelten sich in John Ransom und Tom Pasmore. Die lieblosen Augen und das rostfarbene Gesicht von Ross McCandless blickten aus dem Fenster eines vorbeifahrenden Busses auf mich herunter. Block um Block ging ich die Livermore Avenue entlang, sah plötzlich das Schild vor der White Horse Tavern und erkannte, daß ich in der Hudson Street war.

Gegen sieben Uhr des, wie es sich erwies, letzten jammervollen Streifzugs kam ich an einem Schnapsladen vorbei, blieb stehen, machte kehrt und kaufte eine Flasche Wodka. Wenn das, was ich brauchte, Bewußtlosigkeit war, dann wußte ich, wie ich es bekommen konnte. Ich trug die Flasche in dem weißen Plastikbeutel nach Hause, stellte sie ins Küchenregal und starrte sie an. Schwitzend lief ich lange im Loft hin und her. Dann ging ich in die Küche zurück, drehte den Schraubverschluß von der Flasche ab und schüttete den Wodka in den Ausguß.

Sobald der letzte Tropfen dahin war, ging ich hinunter und erzählte allen, ich fühlte mich heute viel besser, vielen Dank, nur mit dem Schlaf hapere es ein bißchen. Ich zwang mich, wenigstens die Hälfte der Speisen auf meinem Teller zu essen, und trank drei Flaschen Mineralwasser. Maggie Lah kam aus der Küche, sah mich lange an und setzte sich mir gegenüber an den Tisch. »Dich quält etwas«, sagte sie. »Was ist los?«

Ich sagte, ich wisse es nicht so genau.

»Manchmal höre ich dich mitten in der Nacht umhergehen. Du kannst nicht schlafen?«

»Das ist es in etwa.«

»Du könntest versuchen zu einem dieser Veteranentreffen zu gehen. Sie könnten dir vielleicht helfen.«

»Veteranen aus Millhaven haben keine Treffen«, sagte ich und bat sie, sich um mich keine Sorgen zu machen.

Sie sagte etwas über eine Therapie, stand auf, küßte mich auf den Scheitel und ließ mich wieder allein.

Als ich nach oben in meine Wohnung kam, überprüfte ich die Schlösser an meiner Tür zweimal, etwas, das ich seit meiner Rückkehr jede Nacht vier- oder fünfmal tat, duschte, zog mir frische Sachen an, ging zum Schreibtisch und schaltete den Computer ein. Als ich sah, daß mir noch immer die Hände zitterten, erinnerte ich mich an Maggies Worte. Sie klangen jetzt viel akzeptabler. Vor Jahren war ich zweimal zu einer Veteranengruppe gegangen, aber die Leute dort waren alle miteinander in einem ganz anderen Krieg gewesen. Und was die Therapie anbelangte, ginge ich lieber gleich in eine Gummizelle und ließe mich mit Elektroschocks behandeln. Ich versuchte in meine Arbeitswelt zurückzukehren und stellte fest, daß mir nicht einmal mehr die Worte einfielen, die ich zuletzt geschrieben hatte. Ich holte mir das Kapitel auf den Bildschirm, drückte gleichzeitig auf STRING und

BILD ↓ und war sofort an der Stelle, an der ich heute morgen mit der Arbeit aufgehört hatte. Dann spielte sich noch einmal das nächtliche Wunder ab, und ich stürzte in den Schlund meines Romans.

3

Am nächsten Tag passierte mir Erstaunliches – kein anderes Wort wäre dafür ausreichend. Der Anlaß war ein alltäglicher Augenblick, völlig banal nach außen hin; doch was er hervorrief, war ein anderer Augenblick, alles andere als alltäglich, aus der archaischen Geschichte, die davor warnte, sich umzudrehen und zurückzublicken; sie war es, meiner Meinung nach, die sich hinter Orpheus und Lots Frau verbarg, und dieser kurze Blick verwandelte mich in eine Salzsäule, wenigstens für eine kurze Zeit.

Meine eigenen Schreie hatten mich aus den üblichen Alpträumen geweckt, in denen sich, während ich ein wenig schlummerte, Millhaven und Vietnam verquickten. Das Hemd klebte mir an der Haut, und das Kissen war glitschig von Schweiß. Ich riß mir das Hemd vom Leib und tappte stöhnend ins Bad, um mir kaltes Wasser ins Gesicht zu klatschen. In einem frischen Hemd ging ich zum Schreibtisch, setzte mich an den Computer. Ich wollte schreiben, Zugang zu meinem Buch finden, der Gedanke, wieder spazierenzugehen, war mir verhaßt. Wie während der vergangenen beiden Wochen gelang es mir nicht, den Code zum Fenster meines Buches zu finden. Ich gab auf, ließ das Gerät stehen und ging, schwebend zwischen Leben und Tod, in der Wohnung umher. Mein Loft kam mir wie ein Käfig vor, der für einen ganz anderen Gefangenen gebaut worden war.

Mir kam der Gedanke, daß meine merkwürdigen nachmittäglichen Streifzüge durch Manhattan vielleicht ein wesentlicher Teil meiner Nachtarbeit – daß vielleicht sie es waren, die es mir ermöglichten, meine Fantasie wieder aufzuladen. Ich begriff auch, daß das magisches Denken war. Doch so wertlos es auch sein mochte, eine bessere Idee hatte ich nicht, also entließ ich mich selbst aus dem Käfig und trat auf die Grant Street hinaus.

Warmes Sommerlicht beschien die Schaufenster von Kunstgalerien und Konfektionsläden, und Frauen aus New Jersey und Connecticut mischten sich unter die Einheimischen wie Reisende, die von einem reicheren Planeten kamen. Heute schienen die meisten Einheimischen junge Männer in gebügelten Jeans und Rugbyhemden zu sein. Es waren Wall-Street-Praktikanten, embryonale Versionen von Dick Mueller, der Künstlerlofts aufgekauft hatte, als die Mieten in Soho die Künstler nach Hoboken und Brooklyn vertrieben. Ich versuchte mir einen Dick Mueller vorzustellen, der beim Anblick einer exotischen Pflanze bei Dean & Luca in Verzückung geriet, doch es gelang mir nicht. Ebensowenig sah ich ihn vor Freunden mit einer Cindy-Sherman-Fotografie prahlen, die er für einen guten Preis in der Metro-Galerie erstanden hatte. Meine Stimmung besserte sich.

Ich blieb vor meiner Video-Boutique stehen und überlegte, ob ich mir zum zwanzigstenmal *Babette's Feast* ausleihen sollte. Ich konnte mir alle Streifen von Pedro Almodovar reinziehen, die ich noch nicht gesehen hatte, oder mir in einer privaten Retrospektive die Filme von Joan Crawford ansehen, angefangen mit *Die Zwangsjacke.* Neben den üblichen Mel-Gibson- und Tom-Cruise-Postern hing ein Plakat für eine Reihe des *film noir,* die bisher auf Video noch nicht erschienen war. Darüber könnte man reden, dachte ich und besah mir das Plakat näher. Außer einer Kassette von *Polizei greift ein* gab es auch eine von *On Dangerous Ground,* dem Film, der laut Tom Pasmore zur Zeit der *Blaue-Rose*-Morde in unserem ›Kino nebenan‹ gelaufen war. Ich schaute mir das Bild auf der Kassette näher an, wollte Einzelheiten wissen. Hauptdarsteller waren Robert Ryan und Ida Lupino unter der Regie von Nicholas Ray. Ich sagte mir, daß ich mir die Kassette eines Tages ganz bestimmt ausleihen würde, und ging weiter.

Im Spring Street Bookstore kaufte ich mir John Ashberys Buch *Fließband* und rutschte, während ich den Kreditslip unterschrieb, rasch und völlig unvorbereitet in tiefe Verzweiflung ab. Ich sah mich selbst am Abend vorher den Wodka in den Ausguß schütten und wollte ihn wiederhaben, wollte ein großes, kaltes Glas eines flüssigen Narkotikums in der Hand halten. Aus dem Buchladen ging ich direkt in ein Café und setzte mich weit weg von der Bar an einen Tisch, um irgendein Mineralwasser zu bestellen. Der Kellner brachte mir eine große Flasche Pellegrino, und ich zwang mich, es langsam zu trinken, während ich die ersten Seiten des Ashberry-Buches las. Die Verzweiflung wich allmählich von mir. Ich trank das Wasser aus und las genußvoll noch weitere hundert Zeilen von *Fließband.* Dann legte ich ein paar Scheine auf den Tisch und ging wieder hinaus an die Sonne.

Was als nächstes geschah, war vielleicht der Höhepunkt all dieser Ereignisse. War vielleicht die Folge von zuwenig Schlaf – höchstens zwei Stunden am Tag – oder der gräßlichen Träume, die mich in diesen Stunden ansprangen. Aber ich glaube nicht, daß es eines von diesen Dingen war. Ich denke, es ist geschehen, weil es dazu bestimmt war zu geschehen.

Auf der anderen Straßenseite fuhr ein langer grauer Mercedes in eine Parklücke, ein riesiger Mann mit blondem Bart stieg aus und sperrte die Tür auf der Fahrerseite ab. Er sah aus wie Thor als Künstler verkleidet – schwarzes Hemd und schwarze Hose. Sein Haar fiel ihm in einer einzigen langen Welle fast bis auf den Kragen, und sein Bart schien zu knistern. Obwohl ich ihm nie begegnet war, erkannte ich ihn – es war ein Maler namens Allen Stone, der in der Periode zwischen Andy Warhol und Julian Schnabel berühmt geworden war. Er hatte eben im Whitney eine Retrospektive gehabt, die fast von der gesamten Kritik verrissen wurde. Allen Stone wandte sich von seinem Wagen ab und sah mich mit kalten, blaßblauen Augen an.

Ich *sah.* Das war alles, was geschah, aber es war genug. Ich *sah.*

Auf einem inneren Bildschirm, der die Straße vor mir verdeckte, beugte sich Heinz Stenmitz' großer blonder Kopf über mich. Er grinste wie ein Wolf, preßte mir eine Hand auf den Nacken, der ich im Halbdunkel zwischen seinen riesigen Beinen eingeklemmt kniete und das große, geäderte rote Ding zwischen den Fingern hielt, das sich mir aus seiner Hose entgegenreckte. »Nimm ihn in den Mund, Timmy«, sagte er fast flehend und drückte meinen Kopf hinunter zu dem anderen Kopf, meinen Mund zu dem anderen kleinen Mund.

Ich schauderte zurück, und die Vision verflog. Allen Stone hatte sich abgewandt von dem, was er in meinem Gesicht gesehen haben mochte, und ging am Kühler seines Wagens vorbei auf die zweiflügelige schwarze Tür eines reichverzierten Gebäudes zu.

Hitze schoß mir ins Gesicht. Meine Kopfhaut schien sich vom Schädel zu lösen. Der Magen drehte sich mir um, und ich erbrach eine rötliche Mischung italienischen Mineralwassers und halbverdauten vietnamesischen Essens in den Rinnstein. Zu schockiert, um verlegen zu sein, stand ich da und schaute auf die widerwärtige Masse hinunter. Mein Inneres krampfte sich noch einmal zusammen, und wieder gab ich einen Haufen rötlicher Lava von mir. Ich wankte zurück auf den Gehsteig und sah zwei der gutgekleideten Vorstadtfrauen mit vor Ekel erstarrten Gesichtern etwa zwei Meter von mir entfernt stocksteif dastehen. Sie schauten hastig weg und eilten über die Straße davon.

Ich wischte mir den Mund ab und ging weiter, entfernte mich von dem Zeug im Rinnstein. Meine Beine schienen von mir abgetrennt und viel zu lang. *Fee Bandolier,* sagte ich zu mir.

Als ich nach Hause kam, ließ ich mich in einen Sessel fallen und begann zu weinen, als brauchte ich die Geborgenheit meiner eigenen Umgebung, um das Ungeheuerliche dessen zu begreifen, was immer ich empfand – Schock und Trauer. Und Zorn. Ein einziger Blick auf der Straße hatte mir einen Moment erschlossen, eine Reihe von Momenten, die ich vor vierzig Jahren in eine Truhe gesperrt hatte. Eine Kette nach der anderen hatte ich um diese Truhe geschlungen und sie dann in einen seelischen Brunnenschacht gestürzt. Seither hatte sie dort gegärt und Blasen geworfen. Zu den Gefühlen, die aus mir hervorbrachen, gehörte auch das Staunen – denn das war mir geschehen, mir, und ich hatte es absichtlich und für mich höchst verderblich völlig verdrängt.

Erinnerung um Erinnerung überflutete mich. Bruchstückweise, fragmentarisch, unregelmäßig wie Wolken; sie brachten mir mein früheres Leben zurück – waren die fehlenden Teilchen des Puzzles, die endlich das richtige Bild ergeben würden. Ich hatte Stenmitz im Kino getroffen. Langsam, geduldig, gewisse Dinge aussprechend und andere nicht, meine Angst und seine Erwachsenenautorität mißbrauchend, hatte er mich gezwungen zu tun, was er wollte. Ich wußte nicht, wie oft ich ihn getroffen, vor ihm gekniet und ihn in den Mund genommen hatte, aber es war eine Zeit so weitergegangen; für das Kind-Ich eine qualvolle Ewigkeit – viermal? Fünfmal? Jedesmal ein neuer Tod.

Gegen zehn wankte ich in ein Restaurant, wo ich niemanden sehen würde, den ich kannte, quälte mich durch irgendein Abendessen und wankte dann in mein Loft zurück. Mir wurde klar, daß ich genau das getan hatte, was ich wollte: Ich hatte Elektroschocks einer Therapie vorgezogen. Um Mitternacht duschte ich wie gewöhnlich zum zweitenmal – diesmal nicht, um mich für die Arbeit vorzubereiten, sondern um mich zu reinigen. Etwa eine Stunde später ging ich zu Bett und schlief sofort ein – schlief zum erstenmal seit Wochen volle acht Stunden. Als ich am nächsten Morgen aufwachte, verstand ich, was Paul Fontaine mir in Bob Bandoliers Vorgarten versucht hatte zu sagen.

4

Den größten Teil des nächsten Tages verbrachte ich am Schreibtisch und hatte das Gefühl, einen Kieshaufen mit einer Pinzette zu versetzen – richtige Sätze, keine Sätze wie in einer Gebrauchsanweisung, kamen heraus, aber nicht mehr als zwei Seiten. Gegen vier schaltete ich den Computer aus und ging fort, denn ich vermutete, es würde mindestens ein paar Wochen dauern, ehe ich mich mit dem zurechtfand, was ich gerade über mich selbst erfahren hatte. Zu rastlos, um ein Buch zu lesen oder einen ganzen Film durchzuhalten, erwachte in mir der alte Drang, aufzuspringen und irgendwohin zu gehen, aber zwei Wochen zielloser Wanderungen im Zustand halber Betäubung waren genug. Ich brauchte einen festen Anlaufpunkt.

Nach einer Weile griff ich nach dem Telefonbuch und fing an, Veteranenvereine zu suchen. Beim sechsten Anruf erhielt ich Informationen über eine Veteranengruppe, die sich allabendlich um sechs im Keller einer Kirche in den westlichen Dreißigern traf – Murray Hill. Sie nahmen auch ›Laufkundschaft‹ auf. Zwar war es nicht, was ich wollte, war aber dennoch, was ich suchte, ein langer Marsch zu einem festen Ziel. Ich ging Viertel nach fünf von der Grant Street los und war zehn Minuten zu früh bei der niedrigen, eingezäunten Kirche. Ein Schild mit weißer Schrift informierte mich, daß ich durch die Sakristeitür eintreten solle.

5

Als ich in den Keller kam, stellten zwei magere Typen mit dünner werdenden Haaren und ungepflegten Bärten ein Dutzend Klappstühle im Halbkreis auf. Bekleidet waren sie mit Teilen von verschiedenen Uniformen. Ein übergewichtiger Priester mit einem dicken Schnauzbart und einer Soutane, die mit Zigarettenasche bestreut war, stand vor einem zerbeulten Tisch und trank Kaffee aus einem Pappbecher. Alle drei musterten meine Armschiene. In einer Ecke stand ein altes Piano, und an den Schlackensteinwänden hingen Illustrationen biblischer Szenen neben farbigen Karten des Heiligen Landes. Braune Flecken verfärbten den Zementfußboden. Ich hatte das Gefühl, in den Keller meiner Schule zum Heiligen Grab zurückgekehrt zu sein.

Die beiden mageren Veteranen nickten und ließen sich bei ihrer Arbeit nicht stören. Der Priester kam auf mich zu und packte meine Hand. »Willkommen. Ich bin Vater Joe Morgan, werde aber allgemein nur Vater Joe genannt. Sie sind das erstemal hier, nicht wahr? Wie heißen Sie?«

Ich nannte ihm meinen Namen.

»Und Sie waren natürlich in Nam, wie Fred und Harry da drüben – und wie ich. Bevor ich das Priesterseminar besuchte. Hab' ein Flußboot im Delta geführt.« Ich sagte, ja, ich sei in Nam gewesen, und er schenkte mir aus einem Metallkrug Kaffee ein. »So hat es natürlich mit uns angefangen, wir haben uns zusammengefunden, um zu sehen, ob wir uns gegenseitig helfen könnten. Heutzutage weiß man ja nicht, wer noch dazustoßen kann – wir haben Jungs, die in Grenada und Panama waren, Jungs aus dem ›Wüstensturm‹.«

Fred und Harry warfen mir einen scharfen Blick zu, der unmißverständlich sagte: Geh! Ich ließ ihn unbeachtet.

»Machen Sie es sich nur bequem. Bei uns geht es um das Miteinander, um Unterstützung und Verständnis, wenn Sie also das Gefühl haben, daß Sie sich fallenlassen wollen, dann tun Sie sich keinen Zwang an. Bei uns gibt es keine Schranken. Richtig, Harry?«

»Jedenfalls nicht viele«, sagte Harry.

Bis sechs Uhr waren noch sieben Männer in den Keller gekommen, drei davon trugen Teile von alten Uniformen wie Harry und Fred, die anderen Anzüge oder Sportjacketts. Die meisten schienen sich zu kennen. Alle waren wir ungefähr im gleichen Alter. Nachdem wir unsere Stühle eingenommen hatten, zündeten sich die meisten Zigaretten an – auch der Priester.

»Heute abend haben wir zwei Neue hier«, sagte er und stieß eine riesige Wolke grauen Rauchs aus, »und ich möchte, daß uns einer nach dem anderen seinen Namen und seine ehemalige Einheit nennt. Danach kann jeder, der ein Anliegen hat, sofort sprechen.«

Bob, Frank, Lester, Harry, Tim, Jack, Grover, PeeWee, Juan, Buddy, Bo. Ein verrücktes Konglomerat an Bataillonen und Divisionen. Der nervöse kleine Mann, den sie Buddy nannten, sagte: »Wie sich einige von euch erinnern werden, die vor zwei Wochen hier waren, war ich Lkw-Fahrer in Cam Ranh Bay.«

Ich klinkte mich sofort aus. Es war haargenau wie bei dem ersten Veteranentreffen, an dem ich vor vier oder fünf Jahren teilgenommen hatte – die Schilderung eines Krieges, den ich nie gesehen hatte, eines Krieges, der kaum nach einem Krieg geklungen hatte. Buddy hatte einen Job als Bote gehabt und war gefeuert worden, und seine Freundin hatte ihm erklärt, wenn er wieder anfange, verrückt zu spielen, dann verlasse sie ihn.

»Und was machst du, wenn du verrückt spielst?« fragte einer. »Was heißt das überhaupt – verrückt?«

»Dann kann ich einfach nicht mehr sprechen. Ich liege nur im Bett und sehe den ganzen Tag fern, aber eigentlich sehe ich nichts, versteht ihr? Ich bin wie blind und taub. Ich bin wie ein Loch in der Erde.«

»Wenn ich durchdrehe, dann renne ich«, sagte Lester. »Ich hau einfach ab, Mann, hab' keine Ahnung, was ich tu, ich hab' solche Angst, daß ich nicht stehenbleiben kann, als ob hinter mir was wär, das mich verfolgt.«

Jack, ein Mann in einem dunkelblauen Anzug, sagte: »Wenn ich Angst kriege, nehme ich mein Gewehr und steige aufs Dach. Das Gewehr ist nicht geladen, aber ich ziele auf Menschen. Und ich denke darüber nach, wie es wäre, wenn ich richtig anfangen würde zu schießen.«

Wir alle sahen Jack an, und er zuckte mit den Schultern: »Es hilft.«

Vater Joe und Jack redeten eine Zeitlang miteinander, und ich klinkte mich wieder aus und überlegte, wie bald ich gehen konnte. Juan erzählte eine lange Geschichte von einem Freund, der sich in die Brust geschossen hatte, nachdem er von einer langen Patrouille zurückgekehrt war. Vater Joe redete lange, und Buddy fing an zu zucken. Er wollte, daß wir ihm sagten, was er mit seiner Freundin tun solle.

»Tim, Sie haben noch gar nicht gesprochen.« Ich blickte auf und stellte fest, daß Vater Joe mich mit glänzenden Augen ansah. Was er zu Juan gesagt hatte, hatte ihn selbst bewegt. »Gibt es etwas, das Sie uns anvertrauen möchten?«

Ich wollte den Kopf schütteln und passen, doch dann sah ich auf einmal eine Szene vor mir und sagte: »Als ich nach Nam kam, haben sie mich zum Begräbniskommando in Camp White Star gesteckt. Einer der Männer, mit denen ich arbeitete, wurde Scoot genannt.« Ich schilderte, wie Scoot, neben Captain Havens' Leichensack kniend, gesagt hatte: ›Fast wär er gekommen und wieder gegangen, ohne daß ich meine Ehrenbezeugung hätte anbringen können‹, und dann erzählte ich ihnen, was er mit der Leiche angestellt hatte.

Einen Moment lang blieben alle stumm, und dann sagte Bo, einer der Männer, die mit alten Uniformteilen bekleidet waren: »Da ist diese Sache an einem bestimmten Ort, an die ich immerzu denken muß. Dabei hab' ich nicht mal gesehen, was dort passiert ist, aber ich krieg's nicht aus meinem Kopf raus.«

»Laß es raus«, sagte Vater Joe.

»Wir waren in der Provinz Darlac, weit draußen in der Wildnis, droben im Norden.« Bo beugte sich vor und stützte die Ellenbogen auf die Knie. »Was jetzt kommt, wird 'n bißchen merkwürdig klingen.« Bevor Vater Joe ihm noch einmal sagen konnte, er solle es rauslassen, legte er den Kopf auf die Seite und sah mich an. »Aber was – Tim, ist das richtig? – was Tim gesagt hat, hat mich daran erinnert. Ich meine, ich hab' nie einen Amerikaner solchen Mist machen sehen, und ich hasse es, wenn die Leute reden, als hätten wir nichts anderes getan. Wenn man mich verrückt machen will, braucht man nur was über sogenannte Greueltaten zu erzählen, die wir drüben begangen haben. Denn ich selbst hab' nie eine gesehen. Keine einzige. Was ich aber sehr oft gesehen habe, war, daß Amerikaner den Leuten dort drüben viel Gutes getan haben. Ich spreche über Nahrung, Medikamente plus Kinderbetreuung.«

Jeder Mann im Kreis äußerte irgendwie seine Zustimmung – wir alle hatten auch das gesehen.

»Jedenfalls, dieses eine Mal war's, als ob wir in 'ne Geisterstadt kämen. Die Wahrheit ist, wir hatten uns verirrt, denn unser Lieutenant kam frisch von der Grundausbildung und hatte sich ganz einfach verlaufen. Er ließ uns einen großen Bogen schlagen und war der einzige, der nicht kapierte, was los war. Wir anderen sagten, scheiß drauf, er denkt, er is 'n Anführer, also lassen wir ihn anführen. Wenn wir zur Basis zurückkommen, soll er erklären, was passiert ist. Also sind wir drei, vier Tage da draußen, und der Lieutenant kapiert langsam, was Sache ist. Und dann riechen wir das Feuer.

Wie ein altes Feuer, wißt ihr? Nicht wie 'n Waldbrand, wie 'n brennendes Gebäude. Wann immer der Wind aus dem Norden kommt, riechen wir Asche und totes Fleisch. Und ziemlich bald ist der Gestank so penetrant, daß wir wissen, wir stehen fast direkt drüber, was immer es ist. Jetzt hat der Lieutenant 'ne Mission, jetzt kann er vielleicht seinen Arsch retten, wenn er was Gutes rüberbringt – zum Teufel, es muß nicht mal gut sein, es muß nur einfach was sein, was er zurückbringt, als ob er die ganze Zeit drauf aus gewesen wär. Also trotten wir noch so ungefähr 'ne halbe Stunde durch den Dschungel, und der Gestank wird immer schlimmer. Es stinkt wie ein abgebranntes Schlachthaus. Und außerdem gibt es um uns rum keine Geräusche, man hört keine Vögel, keine Affen, nichts von dem Gekreische, das uns jeden und jeden Tag in den Ohren gellt. Der Dschungel ist verlassen, Mann, ist dieser Scheißdschungel leer, ist keiner da außer uns.

Also, nach ungefähr einer halben Stunde kommen wir zu diesem Platz, und uns allen wird eiskalt – es ist keine Siedlung, es ist kein Dorf, es ist draußen im Dschungel, richtig? Aber es schaut irgendwie aus wie 'ne Stadt, nur daß das meiste davon niedergebrannt ist, und der Rest brennt noch immer. An den verkohlten Pfählen kann man erkennen, daß mal ein großer Palisadenzaun drum rum war – ein bißchen was davon steht noch. Aber wir sehen diese gottverdammten kleinen Grundstücke, wo an schmalen Gassen die Hütten dieser Leute standen. Alles Stroh, schätze ich, und alles weg – nichts mehr ist da außer Löchern im Boden und ein bißchen Fußboden hier und da – und die Leichen.

Viele Leichen, viele, viele Leichen. Jemand hat einen Teil zu einem Hügel aufgeschichtet und versucht sie zu verbrennen, aber sie sind nicht verbrannt, sie sind nur aufgeplatzt. Lauter Frauen und Kinder und ein paar alte Männer. Yards – die ersten Yards, die ich je gesehen habe, und sie sind alle tot. Es hat ausgesehen wie dieses Jonestown, dieses Jim-Jones-Ding, nur daß diese Leichen Einschüsse hatten. Der Gestank war unglaublich, trieb einem das Wasser in die Augen.

Es hat so ausgesehen, als hätte jemand den Leuten befohlen, sich im Kreis aufzustellen, und hätte sie dann in Stücke geschossen. Wir haben kein Wort gesprochen. Man kann nicht über was reden, was man nicht versteht.

Am anderen Ende dieses Platzes steht noch ein Stück von einer Lehmmauer, und auf dem Boden ist viel, viel Blut. Ein zerschossenes M 16 liegt neben einem eisernen Kochtopf, der über einem erloschenen Feuer hängt. Der Kolben des Gewehrs war weggerissen und der Lauf bis zur Unkenntlichkeit verbogen. Ich hab' in den Topf reingeschaut und mir gewünscht, ich hätte nicht mal daran gedacht. Durch den Schaum hab' ich Knochen in einer Art Gelee schwimmen sehen, einer gelierten Suppe. Lange Knochen wie Beinknochen und einen Brustkorb.

Und dann hab' ich gesehen, was ich wirklich nicht sehen wollte. Neben dem Topf lag ein Baby. Entzweigeschnitten – einfach in der Mitte aufgeschlitzt, quer über den kleinen Bauch. Die obere und die untere Hälfte waren ungefähr einen halben Meter voneinander entfernt, und dazwischen lagen die Eingeweide. Es war ein Junge. Vielleicht ein Jahr alt. Und er war kein gewöhnliches Yardbaby, weil es blaue Augen hatte. Und seine Nase war anders – gerade, wie unsere Nasen.«

Bo verkrampfte die Hände ineinander und starrte sie an. »Es war, als ob wir unser eigenes umgebracht hätten, wißt ihr? Als ob wir unser eigenes umgebracht hätten. Ich konnte nicht mehr. Ich hab' zu mir gesagt: Das ist zu gräßlich, von nun an konzentriere ich mich nur noch darauf, von hier wegzukommen, ich bin damit fertig, ich seh mir so was nicht mehr an. Damit ist jetzt Schluß, das hier war's. Ich sagte: Von nun an tu ich nur noch, was mir befohlen wird – Mann, für mich ist es vorbei.«

Weise nickend, wartete Vater Joe einen Moment. »Fühlen Sie sich jetzt besser, nachdem Sie der Gruppe davon erzählt haben?«

»Ich weiß nicht.« Bo zog sich in sich selbst zurück. »Vielleicht.«

Jack hob zögernd die Hand. »Ich möchte nicht mehr auf mein Dach steigen. Könnten wir noch ein bißchen drüber reden?«

»Hast du nie was von Willenskraft gehört?« fragte Lester.

Nicht lange danach war das Treffen zu Ende, und Bo verschwand fast sofort. Ich half Harry und Frank, die Stühle aufzustapeln, während Vater Joe mir erzählte, wieviel ich bei diesem Treffen gewonnen hatte. »Es ist schwer, sich mit diesen Gefühlen auseinanderzusetzen. Ich habe sehr oft gesehen, daß Männer Dinge erlebt haben, die für sie auch noch ein paar Tage später unfaßbar waren.« Er legte mir die Hand auf die Schulter. »Sie werden es vielleicht nicht glauben, Tim, aber etwas ist mit Ihnen geschehen, als Bo sich uns anvertraute. Er hat Sie erreicht. Kommen Sie bald wieder, ja, und erlauben Sie den anderen, Ihnen drüber wegzuhelfen.«

Ich sagte, ich würde es mir überlegen.

6

Als ich meine Wohnungstür öffnete, blinkte das rote Lämpchen meines Anrufbeantworters wie ein Leuchtfeuer in der Dunkelheit, aber ich ignorierte es und ging, unterwegs alle Lichter anknipsend, in die Küche. Ich konnte mir nicht einmal vorstellen, daß ich mit jemandem sprechen wollte. Ob ich wohl überhaupt jemals die Wahrheit erfahren würde? Was war in Bachelors Camp tatsächlich passiert? Was hatte John dort erlebt, was getan? Ich brühte mir eine Tasse Kräutertee auf, trug sie in den Wohnbereich und setzte mich vor die Gemälde aus Millhaven. Ich hatte sie während der langen Nächte betrachtet, in denen ich gearbeitet hatte, hatte mich über sie gefreut, war von ihnen begeistert gewesen, doch richtig *gesehen* hatte ich sie bis zu diesem Moment nicht – nicht zusammen.

Der Vuillard war ein viel größeres Kunstwerk als das Bild von Byron Dorian, aber wer hatte die Maßstäbe gesetzt? John Ransom? April? Für mich hatten sie, wenigstens im Augenblick, so viele Gemeinsamkeiten, daß sie mit derselben Stimme sprachen. Trotz ihrer Unterschiede schien jedes so voller Möglichkeiten, so voller Ausdruck, so modulationsfähig wie Glenroy Breakstones Saxophon oder die menschliche Kehle. Ich hatte den Eindruck, daß es – für mich – in jedem Gemälde um denselben Mann ging. Der abseits sitzende Junge, der mir aus Vuillards trügerisch friedlichem Bild entgegenblickte, würde heranwachsen zu dem Mann, der sich Byron Dorians kläglich kleiner Bar zuwandte. Bill

Damrosch in seiner Kindheit, Bill Damrosch fast am Ende seines Lebens – die gemalten Gestalten schienen aus den Seiten meines Manuskripts an die Wand gesprungen zu sein, als ob Damrosch Fee Bandolier folgte, wohin er auch ging. Meine Erinnerung an Heinz Stenmitz bedeutete, daß auch ich zu dieser Prozession gehörte.

Neben mir blinkte das rote Lämpchen des Anrufbeantworters. Ich trank den Tee aus und drückte auf die Wiedergabetaste.

»Ich bin es, Tom.« Seine Stimme war leicht verzerrt. »Bist du zu Hause? Gehst du ran? Mann, warum bist du nicht da? Ich wollte mit dir über etwas Interessantes reden, das sich gestern ergeben hat. Vielleicht bin ich verrückt. Aber erinnerst du dich noch an das, was wir über Lenny Valentine gesagt haben? Es hat sich herausgestellt, daß er keine Fiktion ist, sondern daß es ihn tatsächlich gibt. Interessiert uns das? Ist es wichtig? Ruf mich zurück. Wenn du nicht zurückrufst, versuch ich's noch mal. Das ist eine Drohung.«

Ich ließ das Band zurücklaufen, schaute zu den Bildern an der Wand gegenüber und versuchte mich zu erinnern, wo ich den Namen Lenny Valentine gelesen oder gehört hatte – ihn umgab die seltsam unwirkliche Atmosphäre eines einer ganz bestimmten Zeit zugehörigen alten Paperbacks mit einem geschmacklosen Umschlag. Dann fiel mir ein, daß Tom vermutet hatte, der Name Elvee Holding könnte unter anderem von Lenny Valentine abgeleitet sein. Wie konnte es diese hypothetische Person plötzlich ›tatsächlich‹ geben? Eigentlich wollte ich es gar nicht wissen, griff aber dennoch nach dem Hörer und wählte.

7

Ich wartete seinen Text ab und sagte: »Hallo, hier ist Tim. Was versuchst du mir da einzureden? Es gibt keinen Lenny ...«

Tom hob ab und sagte: »Oh, gut! Du hast meine Nachricht also schon bekommen. Du kannst dich damit befassen oder nicht, das liegt ganz an dir, aber ich denke, diesmal werde ich *etwas* tun müssen, wenigstens einmal im Leben.«

»Sachte, sachte«, sagte ich, leicht beunruhigt und noch verblüffter als vorher. Toms Worte waren so schnell an mir vorbeigeprasselt, daß ich mich kaum an sie erinnerte. »*Was* müssen wir entscheiden?«

»Laß dir berichten, was ich in letzter Zeit getan habe«, sagte Tom. Eine Woche etwa hatte er sich mit den zwei oder drei Fällen befaßt, die er im Krankenhaus erwähnt hatte, doch ohne die Niedergeschlagenheit abschütteln zu können, die mir dort an ihm aufgefallen war. »Ich hab' alles rein mechanisch getan. Zwei Fälle konnte ich lösen, aber das war nur zu einem ganz geringen Teil mein Verdienst. Jedenfalls beschloß ich, mir diese Allentowns noch einmal vorzunehmen – und jede andere Stadt mit einem ähnlichen Namen, um zu sehen, ob ich etwas fand, das mir das erstemal entgangen war.«

»Und du hast Lenny Valentine gefunden?«

»Na ja, zuerst bin ich auf Jane Wright gestoßen. Erinnerst du dich an Jane? Sechsundzwanzig, geschieden, ermordet im Mai 1977.«

»O nein«, sagte ich.

»Genau. Jane Wright lebte in Allerton, Ohio, einer Stadt mit zirka fünftausend Einwohnern am Ohio River. Hübsches, kleines Nest, dessen bin ich sicher. Von 1973 bis 1979 hatten sie dort hin und wieder einen Mordfall – nun ja, genau zwölf, zwei pro Jahr. Leichen, die auf Feldern gefunden wurden, so was eben – und ungefähr die Hälfte der Fälle blieb unaufgeklärt, aber der Lokalzeitung habe ich entnommen, daß die meisten Leute vermuteten, der Mörder – falls es immer derselbe Täter war – sei irgendein Geschäftsmann, der ab und zu in der Stadt zu tun hatte. Und dann haben die Morde aufgehört.«

»Jane Wright«, sagte ich. »Aus Allerton, Ohio. Versteh ich nicht.«

»Versuch's mal so. Der Detective vom Morddezernat, der die Untersuchung leitete, hieß Leonard Valentine.«

»Das kann nicht sein«, sagte ich. »Das ist unmöglich. Wir haben das doch gründlich nachgeprüft. Paul Fontaine war im Mai '77 in Allentown, Pennsylvania.«

»Genau. Er war in Pennsylvania.«

»Der alte Mann, dieser Hubbel, mit dem ich geredet habe, hat sofort auf Fontaines Foto gezeigt.«

»Vielleicht sieht er nicht mehr gut.«

»Er sieht sogar sehr schlecht«, sagte ich, weil ich mich erinnerte, wie dicht er seinen Zinken über das Foto gehalten hatte.

Tom antwortete nicht sofort, und ich stöhnte. »Du weißt, was das heißt? Paul Fontaine ist unseres Wissens der einzige Detective in Millhaven, der Jane Wright nicht getötet haben kann. Was also hat er in diesem Haus gemacht?«

»Ich nehme an, er hatte damit angefangen, ein paar private Ermittlungen durchzuführen«, sagte Tom. »Könnte es Zufall sein, daß eine Frau namens Jane Wright in einer Stadt mit einem richtig klingenden Namen im richtigen Monat des richtigen Jahres ermordet wurde? Und daß der für den Fall zuständige Detective die Initialen LV hat wie in Elvee? Siehst du da eine Möglichkeit, darin einen Zufall zu vermuten?«

»Nein«, sagte ich.

»Ich auch nicht«, sagte Tom. »Aber ich verstehe diese LV-Geschichte nicht mehr. Würde sich jemand Lenny Valentine nennen, nur weil der Name mit denselben Buchstaben beginnt wie Lang Vo? Das klingt mir irgendwie nicht plausibel.«

»Tom«, sagte ich, weil ich mich an die Idee erinnerte, die ich am Morgen gehabt hatte, »könntest du nachprüfen, wem ein bestimmtes Gebäude gehört?«

»Sofort, meinst du?«

Ich sagte, ja, sofort.

»Klar, ich glaub schon«, sagte er. »Um welches Gebäude geht es denn?«

Ich sagte es ihm, und er schaltete, ohne weiterzufragen, seinen Computer ein, knackte die Datenbank der Stadtverwaltung. »Okay«, sagte er, »ist schon unterwegs.« Dann flimmerte die Information wohl schon über seinen Bildschirm, denn ich hörte ihn erstaunt vor sich hinbrummen. »Du weißt es bereits, richtig? Du weißt, wem das Gebäude gehört?«

»Elvee Holding«, sagte ich. »Aber es war eine reine Vermutung von mir – bis ich dein Gebrumm hörte.«

»Jetzt sag mir, was das zu bedeuten hat.«

»Ich schätze, es bedeutet, daß ich nach Millhaven zurück muß«, sagte ich und verstummte, weil die Bedeutung so schwerwiegend war. »Ich nehme morgen die Mittagsmaschine und ruf dich an, sobald ich da bin.«

»Wenn du da bist, wirst du mich am Gate stehen sehen. Und du hast die Wahl zwischen der Florida-Suite, der Dude-Ranch oder dem Gemach Heinrich VIII.«

»Des was?«

»So heißen meine Gästezimmer. Lamonts Eltern waren ein bißchen exzentrisch. Ich lüfte auf jeden Fall alle drei, und du kannst dir dann eins aussuchen.«

»Fontaine war nicht Fee«, sagte ich und sprach endlich aus, was wir beide wußten. »Er war nicht Franklin Bachelor.«

»Ich selbst habe eine Menge für das Gemach Heinrich VIII. übrig«, sagte Tom. »Die Dude-Ranch solltest du lieber meiden. Wegen der Splitter.«

»Wer ist es also?«

»Lenny Valentine. Ich wünschte nur, ich wüßte, *warum.*«

»Und wie finden wir heraus, wer Lenny Valentine ist?« Dann hatte ich eine Idee. »Ich wette, wir können das Gebäude benutzen, um es festzustellen.«

»Ah«, sagte Tom, »auf einmal bin ich nicht mehr deprimiert. Auf einmal ist die Sonne aufgegangen.«

SECHZEHNTER TEIL

Auf gefährlichem Boden

1

Ich flog also wegen eines unaufgeklärten Mordfalles wieder nach Millhaven, trug dieselben beiden Taschen durch das helle Flughafengebäude, das aus einem Science-Fiction-Roman zu stammen schien, und erwiderte die Umarmung eines alten Freundes. Ein leichter Stich in der Schulter, mehr war es nicht, erinnerte mich an meine Verletzung, verschwand aber sehr schnell. Ich hatte die blaue Schiene noch gestern abend nach dem Telefongespräch abgenommen. Tom griff sich meine Umhängetasche, trat zurück und grinste mich an. Er sah wie neu belebt aus, jünger, vitaler. Als er mich im Krankenhaus besucht hatte, war das ganz anders gewesen. Alles an ihm schien frisch, und diese Frische war mehr als eine Aura aus Seife, Shampoo und klaren blauen Augen. Sie war die Folge wiedererwachter Erregung, einer Bereitschaft mitzumischen, wenn es hart auf hart ging.

Er fragte mich nach meiner Schulter und sagte: »Das ist vielleicht verrückt – ein so dürftiger Beweis, und ich locke dich wieder her.«

Wir gingen durch den langen grauen Tunnel mit der Fensterreihe zur Startbahn hin, der vom Gate ins Zentrum des Terminals führte.

»Mir ist egal, wie dürftig der Beweis ist.« Es war die Wahrheit, das wurde mir klar, sobald ich es ausgesprochen hatte – wichtig war nur, daß es der richtige Beweis war. Wenn wir an der richtigen Stelle Druck ausüben konnten, würde eine tote Frau aus Ohio es uns ermöglichen, das Tor zur Vergangenheit zu öffnen. Tom und ich hatten gestern abend am Telefon besprochen, wie wir es anfangen wollten. »Ich habe Paul Fontaine gemocht, und obwohl ich etwas zu haben glaubte, das wie ein Beweis aussah, habe ich nie ...«

»Ich hab's auch nie richtig glauben können«, sagte Tom.

»Alles hat so sauber zusammengepaßt, und trotzdem war mir nicht wohl zumute.«

»Aber dieser alte Schwule in Tangent, dieser Hubbel, hat auf ihn gezeigt. Er konnte zwar nicht gut sehen, doch er war nicht blind.«

»Also hat er einen Fehler gemacht«, sagte Tom. »Oder wir machen einen. Das werden wir bald wissen.«

Die Glastür öffnete sich vor uns, und wir verließen das Flughafengebäude. Hartes, grelles Sonnenlicht fiel auf den hellen Zementboden des riesigen Kurzzeit-Parkplatzes jenseits der kurvigen Zufahrtsstraße. Ich trat über den Bordstein, und Tom sagte: »Nein, ich stehe dort drüben.«

Er zeigte zum anderen Ende der Ladezone für Flugpassagiere, wo ein glänzender blauer Jaguar Vanden-Plas im Schatten des Flughafengebäudes direkt unter dem Parkverbotsschild stand. »Ich hab' nicht gewußt, daß du einen Wagen hast«, sagte ich.

»Er fristet sein Leben meist in meiner Garage.« Tom öffnete den Kofferraum, legte mein Gepäck hinein und schloß den Deckel wieder. Es klang, als schließe man den Tresorraum einer Bank. »Irgendwas ist damals über mich gekommen. Ich habe ihn bei einem Autohändler im Fenster des Ausstellungsraumes gesehen und mußte ihn haben. Das ist jetzt zehn Jahre her. Was glaubst du, wie viele Meilen er drauf hat?«

»Fünfzigtausend«, sagte ich, in dem Glauben, eine bescheidene Zahl zu nennen. In zehn Jahren konnte man fünfzigtausend Meilen auf dem Tacho haben, wenn man nur einmal wöchentlich in den Lebensmittelladen fuhr.

»Acht«, sagte er. »Ich komme nicht viel herum.«

Der Innenraum des Wagens sah aus wie das Cockpit eines Privat-Jets. Als Tom den Schlüssel herumdrehte, schnurrte der Motor wie eine riesengroße, satte Katze, die in der Sonne gestreichelt wird. »Oft, wenn ich es im Haus nicht mehr aushalte, wenn ich mich irgendwie festgefahren habe oder wenn ich etwas weiß und es nicht sehe, gehe ich in die Garage und nehme den Wagen auseinander. Ich säubere nicht nur die Zündkerzen, ich mach den ganzen Motor sauber.« Wir kurvten die Zufahrtsstraße entlang und fädelten uns ohne anzuhalten in die nur wenig befahrene Autobahn ein. »Für mich ist er kein Verkehrsmittel, sondern eher ein Hobby – wie das Fliegenfischen.« Er lächelte über das Bild, das er heraufbeschworen hatte: Tom Pasmore, der in einem seiner eleganten Anzüge mitten in der Nacht in seiner Garage auf dem Boden saß und das Auspuffrohr polierte. Wahrscheinlich blitzte der Boden seiner Garage. Wahrscheinlich ähnelte die ganze Garage einem Operationssaal.

Er riß mich mit einer Frage aus meinen Gedanken. »Falls wir unsere Zeit nicht vergeuden und Fontaine unschuldig war, wer sonst könnte es sein? Wer ist Fee Bandolier?«

»Hast du einen Lieblingskandidaten?«

Ich schüttelte den Kopf »Ich denke, McCandless können wir wegen seines Alters von der Liste streichen.«

Tom fragte mich, für wie alt ich McCandless hielt, und ich sagte sieben- oder achtundfünfzig, vielleicht sogar schon sechzig.

»Rate noch mal. Er ist nicht älter als fünfzig. Er sieht nur so alt aus.«

»Guter Gott«, sagte ich, als mir klar wurde, daß der einschüchternde Mensch, der mich im Krankenhaus vernommen hatte, ungefähr in meinem Alter war. Er wurde sofort zu meinem Lieblingskandidaten.

»Wie steht es mit dir?« fragte ich. »Wer könnte es deiner Ansicht nach sein?«

»Tja, es ist mir gelungen, in die Personalakten der Stadt einzudringen, und ich habe fast alle Einstellungsdaten der Beamten des Polizeipräsidiums überprüft.«

»Und?«

»Und Ross McCandless, Joseph Monroe und Michael Hogan wurden alle 1979 innerhalb weniger Monate von anderen Polizeipräsidien übernommen. Paul Fontaine ebenso. Und Belin hat sie alle eingestellt.«

»Aus Allerton, Ohio, ist wohl keiner gekommen?«

»Keiner kam von irgendwoher aus Ohio – McCandless behauptet, aus Massachusetts zu sein, Monroe erklärt, er stammt aus Kalifornien, und in Hogans Akte steht, daß er aus Delaware kommt.«

»Na ja, wenigstens haben wir dieselbe Liste«, sagte ich.

»Jetzt brauchen wir nur noch zu überlegen, was damit zu tun ist«, sagte Tom, und auf der ganzen restlichen Fahrt zur Eastern Shore Road redeten wir darüber, was wir mit den Leuten auf unserer Liste anfangen sollten.

2

Seine Garage sah einer Reparaturbucht in den Tankstellen der Houston Street ähnlicher als einem Operationssaal. Vielleicht war sie sogar noch unordentlicher. Aus irgendeinem Grund tröstete mich das. Wir holten meine Taschen aus dem Kofferraum des Jaguars und stiegen über Lumpenberge und Werkzeugkästen zum Tor der alten Garage und, nachdem Tom es geschlossen hatte, durch die Küchentür ins Haus. Ich freute mich, daß ich wieder da war – ich mochte Toms Haus. Wir gingen nach oben und an der Tür seines Arbeitszimmers vorbei zu einer schmalen, fast senkrechten Treppe, die früher einmal zu den Dienstbotenzimmern im zweiten Stock geführt hatte. Ein nur wenig abgetretener graublauer Teppich mit einem Blumenmuster lag auf der Treppe und reichte bis in den Flur des zweiten Stockwerks. Über jeder der drei Türen hing ein kunstvolles handgemaltes Schild mit dem Namen des Zimmers. SCHLAFBARACKE DER DUDE-RANCH, SCHLAFGEMACH HEINRICH VIII., FLORIDA-SUITE.

»Ich wette, du hast gedacht, ich mache Witze«, sagte Tom. »Lamonts Eltern waren wirklich ein bißchen seltsam, denk ich. In der Dude-Ranch hängen Sättel und Steckbriefe und gebleichte Schädel, bei Heinrich stehen eine Rüstung und ein Himmelbett, das für dich wahrscheinlich zu klein ist, und in der Florida-Suite gibt es barbarische Tapeten, Rattansessel und einen ausgestopften Alligator. Aber sie ist groß.«

»Ich nehme sie«, sagte ich. »Delius* hat mal was mit dem Titel *Florida Suite* komponiert.«

Er öffnete die Tür zu einer Zimmerflucht mit Dachgiebel-

* Frederick Delius, brit. Komponist, 1862–1934

fenstern und weißen Tapeten mit einem Muster aus riesigen Palmwedeln – sie erinnerten mich an den Speiseraum des Saigon. Die Rattansessel hatten gelbe Kissen, und der zweieinhalb Meter lange Alligator starrte grinsend auf einen Schrank, als erwarte er, daß sein Abendessen dort herauskam. »Komisch, daß du dich daran erinnerst«, sagte Tom. »Im Schlafzimmer hängt ein Bild von Delius. Brauchst du Hilfe, oder kannst du deine Sachen allein aufhängen? Du kannst es. Gut. Dann treffe ich dich, sobald du fertig bist, in meinem Arbeitszimmer, eine Treppe tiefer.«

Ich trug meine beiden Taschen ins Schlafzimmer und hörte Tom hinausgehen. Über einem Bambustisch mit Glasplatte und Muschelschalen hing eine Fotografie von Delius, auf der er aussah wie ein Physiklehrer einer englischen Public School vor dem Krieg. Frederick Delius und ein Alligator, das paßte irgendwie. Ich wusch mir Hände und Gesicht, zuckte leicht zusammen, als ich den rechten Arm falsch bewegte, und ging hinunter, um mit Tom über den letzten Teil des Planes zu sprechen, den wir im Auto ausgetüftelt hatten.

3

»Dick Mueller war der erste, der mit dir über Aprils Projekt sprach, nicht wahr? Also deutet er bei dem Telefonat an, daß er in dem Manuskript etwas entdeckt hat.«

»Etwas, das eine Menge Geld wert ist.«

»Dann verabreden wir ein Treffen mit ihm. Und unser Junge wird nervös.«

»Hoffentlich«, sagte ich. Wir saßen auf dem Chesterfieldsofa in Toms Arbeitszimmer, und vor uns lagen auf dem Tisch ausgebreitet die drei surrealistischen Computerträume. Da wir jetzt die Identität des Gebäudes auf dem verschmierten Foto kannten, waren die irren Computerzeichnungen nicht ganz ohne Sinn – die Pyramiden und die Ozeandampfer waren Auswüchse der Markise, und die gläsernen Wächterhäuser waren aus der Kassenloge entstanden. Bob Bandolier hatte beabsichtigt, Heinz Stenmitz am passendsten Ort umzubringen, vor dem Beldame Oriental. Die Anwesenheit dritter oder auch die von Stenmitz selbst hatte Bandolier gezwungen, seinen Plan zu ändern, doch das alte Theater hatte für seinen Sohn noch die gleiche Bedeutung.

»Und dort muß er auch seine Aufzeichnungen aufbewahren«, fuhr ich fort. »Es ist die letzte Möglichkeit.«

Tom nickte. »Schaffst du's wirklich, ihn zu überzeugen, daß du Dick Mueller bist? Kannst du seinen Akzent nachahmen?«

»Noch nicht, aber ich werde Stunden nehmen«, sagte ich. »Hast du ein Telefonbuch bei der Hand?«

Tom stand auf und zog das Buch aus einem Regal neben seinem Schreibtisch. »Lektionen für Millhavener Slang?« Er reichte mir das Buch.

»Wart's nur ab«, sagte ich und suchte mir Byron Dorians Nummer heraus.

4

Dorian schien nicht überrascht, von mir zu hören, überrascht war er nur, daß ich wieder in Millhaven war. Er erzählte mir, daß er eine Ausstellung in einer Chikagoer Galerie vorbereitete und ein neues *Blaue-Rose*-Gemälde gemalt hatte. Er fragte mich, wie es mit meinem Schreiben vorangehe. Ich antwortete ihm mit ein paar Gemeinplätzen, und dann gelang es mir doch, ihn zu überraschen.

»Sie wollen lernen, wie man mit Millhavener Akzent spricht? Wieso?«

»Das erkläre ich Ihnen später, aber es ist wichtig, daß die Leute, mit denen ich telefoniere, mich für den halten, für den ich mich ausgebe.«

»Das ist wild«, sagte Dorian. »Sie sind doch sogar von hier.«

»Aber ich habe den Akzent nicht mehr. Ich weiß, daß Sie es mir beibringen können. Ich habe Sie die Stimme Ihres Vaters nachahmen hören. Das ist der Akzent, den ich will.«

»O Junge! Na ja, ich kann's ja versuchen. Was wollen Sie sagen?«

»Wie wär's mit: ›Die Polizei wird sich sehr dafür interessieren‹?«

Sofort wiederholte er den Satz in perfektem ›Millhavenerisch‹.

»›Das könnte für Ihre Karriere wichtig sein‹.«

Wieder ›übersetzte‹ er ohne zu zögern. Dann fragte er: »Worum geht es eigentlich?«

»›Hallo‹.«

»H'lo.« In Millhaven verschluckte man fast mehr, als man tatsächlich aussprach. »Hat es etwas mit April zu tun?«

»Nein, hat es nicht. ›Ich möchte nicht vom Thema abschweifen‹.«

»Sagen Sie das tatsächlich, oder soll ich es auf millhavenerisch sagen?«

»Sagen Sie's auf millhavenerisch.«

Er tat es. »Wichtig ist dabei, daß Sie mit Kopfstimme und ziemlich eintönig sprechen. Wenn Sie etwas betonen wollen, dehnen Sie das Wort ganz einfach. Sie wissen doch, wie man Millhaven ausspricht?«

»Muhhaven«, sagte ich.

»Fast. Richtig heißt es M'avun. Hören Sie mal den Nachrichtensprechern genau zu – sie alle sagen M'avun. Es klingt beinahe wie *maven*, aber nicht ganz so.«

»M'avun«, sagte ich. »H'lo.« Und dann wiederholte ich den Satz über die Karriere meines potentiellen Gesprächspartners.

»Sehr gut«, sagte Byron Dorian. »Noch etwas?«

Ich überlegte, und dann übten wir: Kino; Beldame Oriental; in diesem Manuskript stehen ein paar interessante Informationen.

Ich lernte: »Ich möchte mich um fünf Uhr mit Ihnen treffen, um mit Ihnen über ein paar interessante Informationen zu sprechen, die ich habe.«

Dorian korrigierte ein paar Fehler, sagte dann aber: »Sie sind richtig gut. Viel Glück, worum es auch geht.«

Ich hängte ein und sah zu Tom hinüber. »Ist dir klar«, sagte er, »daß du wahrscheinlich jetzt so sprechen lernst, wie du als kleiner Junge gesprochen hast?«

Ich darauf auf millhavenerisch: »Ich versuche so sprechen zu lernen, wie Dick Mueller spricht.«

5

Während Tom im Zimmer auf und ab ging, rief ich sie der Reihe nach an – McCandless, Monroe und Hogan – und meldete mich als Dick Mueller, Kollege und guter Freund von April Ransom.

Ich sprach mit perfekter tonloser Kopfstimme: »Hallo, ich bin eben auf ein interessantes Manuskript gestoßen, das April in meinem Büro hinter den Büchern versteckt haben muß, denn da hab' ich's gefunden. Es ist voller interessanter Informationen. Interessant besonders für einen Polizeibeamten in M'avun. Könnte wichtig für Ihre Karriere sein.«

»Wenn das, was Sie gefunden haben, so wichtig ist, Mr. Mueller, sollten Sie es mir bringen«, sagte McCandless.

Hogan sagte: »Der Fall April Ransom ist abgeschlossen. Danke für den Anruf, aber Sie dürfen das Manuskript ruhig wegwerfen.«

Und Monroe: »Was soll das? Wollen Sie mir drohen? Was sind das für Informationen?«

»Ich möchte nicht vom Thema abschweifen, aber ich denke, es wäre wichtig, daß Sie mit mir reden.«

McCandless: »Wenn Sie mit mir sprechen wollen, kommen Sie ins Präsidium.«

Hogan: »Also, ich habe den Eindruck, wir reden miteinander. Warum sagen Sie nicht einfach, was Sie zu sagen haben.«

Monroe: »Vielleicht könnten Sie ein bißchen deutlicher werden, Mr. Mueller.«

»Ich möchte mich morgen um fünf mit Ihnen in dem alten Kino, dem Beldame Oriental, treffen.«

McCandless: »Ich glaube nicht, daß wir uns noch etwas zu sagen haben, Mr. Mueller. Auf Wiederhören.«

Hogan: »Wenn Sie mich sehen wollen, kommen Sie ins Präsidium, Mr. Mueller. Auf Wiederhören.«

Monroe: »Klar doch, ich komme mit Begeisterung. Grüßen Sie Ihren Gehirnklempner von mir, ja?« Er legte auf, ohne sich zu verabschieden.

Ich hängte ein, und Tom hörte auf, hin und her zu rennen.

6

»Wieviel Zeit haben wir, was denkst du?« fragte ich.

»Mindestens bis zum Dunkelwerden.«

»Wie kommen wir hinein?«

»Wer, glaubst du, hat die Dietrich- und Nachschlüsselsammlung von Lamont von Heilitz geerbt? Gib mir genug Zeit, und ich komm überall rein. Aber um ins Beldame Oriental einzubrechen, brauche ich keine fünf Minuten.«

»Wieso bist du so sicher?«

Tom riß den Mund auf, hob die Schultern, breitete die Hände aus, schaute sich, die Augen rollend, im Zimmer um.

»Oh! Du warst dort und hast es dir angesehen?«

Er kam zur Couch zurück und setzte sich neben mich. »Der Eingang an der Livermore Avenue läßt sich mit einem einfachen Schlüssel öffnen, der einen Riegel zurückschieben kann. Derselbe Schlüssel öffnet die Tür auf der Rückseite der Kasse.« Er nahm einen gewöhnlichen Medecoschlüssel aus der Jackentasche und legte ihn auf den Tisch. »Es gibt auch einen Ausgang in die Gasse hinter dem Kino – eine zweiflügelige Tür mit einem normalen Riegel, der von innen betätigt wird. Draußen sind die beiden Türgriffe durch eine Kette mit Vorhängeschloß gesichert. Das ist also auch leicht.« Aus derselben Tasche holte er einen Yaleschlüssel und legte ihn neben den anderen. »Wir könnten auch durch die Kellerfenster in der kleinen Gasse einsteigen.«

»Willst du vorn oder von hinten reingehen?«

»Von der kleinen Gasse aus«, sagte Tom. »Dort sieht uns keiner. Es hat nur einen Nachteil. Sind wir einmal drin, können wir die Kette nicht wieder anbringen. Andererseits könnte einer von uns reingehen und der andere die Kette anbringen und warten.«

»Vorn?«

»Nein. Auf der anderen Seite der Gasse ist ein Holzzaun, der den Hinterhof eines Restaurants abschließt. Hinter dem Zaun stehen mehrere Mülleimer. Die obere Hälfte des Zauns sieht aus wie eine Jalousette – zwischen den Lamellen sind Lücken, durch die man die Gasse beobachten kann.«

»Du willst, daß wir draußen warten, bis jemand aufschließt und ins Kino reingeht?«

»Nein, ich will, daß du drin bist und ich hinterm Zaun. Wenn ich jemanden reingehen sehe, komme ich ihm vornherum nach. Diese alten Kinos haben zwei Zugänge zum Keller, einen vorn, in der Nähe des Büros, den anderen hinten, dicht bei der Tür. In der Mitte des Kellers steht eine große Säule aus Ziegeln, und dahinter ist der Heizkessel. Am entgegengesetzten Ende sind alte Garderoben aus jenen Tagen, in denen sie zwischen den Filmen Live Shows aufgeführt haben. Wenn ich vorn runterkomme, wird er mich hören, aber er wird nicht wissen, daß du schon da bist. Ich könnte ihn direkt auf die Säule zutreiben, hinter der du dich versteckt hast. Und du überraschst ihn.«

»Warst du denn schon drin?«

»Nein«, sagte er, »ich habe mir die Pläne angeschaut. Sie können im Rathaus eingesehen werden, und ich war heute morgen da und habe sie überprüft.«

»Wie soll ich ihn denn deiner Meinung nach überraschen? Was soll ich tun?«

»Das liegt an dir, schätze ich«, sagte Tom. »Du brauchst ihn nur irgendwie festzuhalten, bis ich bei dir bin.«

»Weißt du, was du, wie ich glaube, wirklich tun willst? Ich denke, du willst ihm einen Revolver in den Rücken bohren, während er die Kette löst, ihn vor dir her in den Keller treiben und ihn zwingen, uns die Aufzeichnungen zu geben.«

»Und was will ich dann?«

»Ihn töten. Du hast eine Waffe, nicht wahr?«

Er nickte. »Ja, ich habe eine. Zwei sogar.«

»Ich nehme keine Waffe mit«, sagte ich.

»Warum nicht?«

»Weil ich nie wieder jemanden töten möchte.«

»Du kannst sie mitnehmen, ohne sie zu benutzen.«

»Okay«, sagte ich. »Wenn du mit mir ins Kino kommst, nehme ich die zweite Waffe. Aber ich werde sie nicht benutzen, außer, wenn ich unbedingt muß, und ich werde ihn nur verwunden.«

»Fein«, sagte er, sah aber ziemlich unglücklich aus. »Ich geh mit dir rein. Aber bist du dir über deine Gründe wirklich im klaren? Es kommt mir fast vor, als wolltest du ihn beschützen. Hast du irgendwelche Zweifel?«

»Wie könnte ich, wenn einer von den dreien heute nachmittag im Kino erscheint?«

»Das frage ich mich eben«, sagte Tom. »Wer immer dort auftaucht, ist Fielding Bandolier/Franklin Bachelor. Alias Lenny Valentine. Alias wie er zur Zeit heißt.«

Ich sagte, das wisse ich.

Er ging zum Schreibtisch und zog die oberste Schublade heraus. Der Computer verbarg seine Hände, aber ich hörte zwei schwere Metallgegenstände auf Holz poltern. »Du kriegst eine Smith & Wesson .38, okay? Eine Police Special.«

»Fein«, sagte ich. »Was hast du? Ein Maschinengewehr?«

»Eine Glock«, sagte er. »Neun Millimeter. Noch nie abgefeuert.« Er kam, die beiden Waffen in den Händen, um den Schreibtisch herum. Die kleinere steckte in einem Halfter, den man an den Gürtel klipsen konnte und der aussah wie eine Brieftasche. Neben der Glock sah der .38er beinahe freundlich aus.

»Jemand, dem ich mal geholfen habe, dachte, ich könnte sie eines Tages vielleicht brauchen.«

Sie waren nie verkauft worden. Sie waren nicht registriert, sie waren vom Himmel gefallen. »Ich hab' gedacht, du hilfst nur Unschuldigen«, sagte ich.

»Oh, er war unschuldig – er hatte nur eine Menge schillernder Freunde.« Tom straffte die Schultern. »Ich geh jetzt Kaffee aufbrühen – für die Thermosflasche. Im Kühlschrank ist genug zu essen, falls du Hunger bekommst. Wir brechen um halb neun von hier auf, du hast also drei Stunden, die du irgendwie totschlagen mußt. Willst du ein bißchen schlafen? Später wirst du vielleicht dafür dankbar sein.«

»Und was machst du?«

»Ich bin hier, muß ein bißchen arbeiten.«

»Jemand beobachtet in deinem Auftrag das Kino, nicht wahr? Deshalb, sind wir jetzt noch nicht unterwegs dorthin.«

Er lächelte. »Na ja, ich habe tatsächlich zwei Jungs dort postiert. Sie rufen an, wenn ihnen was auffällt – ich glaube nicht, daß unser Mann sich vor Mitternacht sehen lassen wird, aber darauf verlassen darf man sich nicht, das wäre dumm.«

Ich nahm den Revolver nach oben mit, legte mich aufs Bett und stopfte mir die Kissen unter den Kopf. Zwei Stockwerke tiefer quietschte das Garagentor in den Führungsschienen. Nach ein paar Minuten drang aus der Garage ein rhythmisches Klopfen zu mir herauf, Metall traf auf Metall. Ich zielte mit dem Revolver auf das Giebelfenster, den Alligator, Delius' spitze Nasenspitze. Fee Bandolier bereitete mir so viel Kummer, weckte so viel Entsetzen in mir, eine solche Mischung aus Kummer und Entsetzen, daß ich das Gefühl hätte, ein mythisches Wesen zu töten, wenn ich ihn erschießen müßte. Ich ließ den Arm sinken und schlief ein, die Finger am Revolvergriff.

7

Viertel nach acht saßen wir wieder im Jaguar und fuhren nach Süden, in die Livermore Avenue. Mein Magen war voll, mein Kopf klar, und weil Toms .38er an meinem Gürtel hing, hatte ich das Gefühl, einen Cop zu spielen. Eine dicke rote Thermosflasche mit Kaffee stand zwischen uns. Tom schien nichts anderes im Kopf zu haben, als seinen verhätschelten Wagen zu fahren. Er trug schwarze Slacks, ein schwarzes T-Shirt und ein Sportjackett aus schwarzem Leinen; er sah aus wie Allen Stone ohne Bart und ohne Paranoia. Mehr oder weniger gleich gekleidet, in schwarzen Jeans, schwarzem T-Shirt und schwarzer Reißverschlußjacke, beides von Tom, sah ich aus wie ein Einbrecher in mittleren Jahren. Etwa zwanzig Minuten später passierten wir das St. Alwyn, und fünf Blocks weiter südlich rollte der

Jaguar gemächlich an der Fassade des ehemaligen Beldame Oriental vorüber. Am anderen Ende der Straße hockte ein schwarzer Junge in einem Raiders Sweatshirt, die Baseballmütze verkehrt herum aufgesetzt, vor der gelben Mauer eines Supermarkts auf den Fersen. Als Tom durch das offene Wagenfenster zu ihm hinübersah, schüttelte er heftig den Kopf und ging, sich in den Hüften wiegend und den Kopf zurückgelegt, als lausche er einer Musik, die nur er hörte, die Livermore in nördlicher Richtung davon.

»Also vorn ist jedenfalls noch niemand reingegangen«, sagte Tom.

»Wer ist das?« fragte ich und zeigte auf den Jungen.

»Das ist Clayton. In der kleinen Gasse kriegst du Wiggins zu sehen. Er ist auch sehr zuverlässig.«

»Wie hast du sie kennengelernt?«

»Sie sind eines Tages bei mir aufgetaucht, nachdem sie im *Ledger* eine Story gelesen hatten. Ich denke, sie waren damals ungefähr vierzehn und sind mit dem Bus gekommen.« Tom lächelte vor sich hin und bog rechts ab. Direkt vor uns, auf der linken Seite, war ein weißes Gebäude mit dem Schild MONARCH PARKGARAGE. »Sie wollten wissen, ob die Story in der Zeitung stimmte, und wenn sie stimmte, wollten sie für mich arbeiten.« Tom bog in die Garageneinfahrt ein und hielt dicht vor dem Stoppschild. »Also hab' ich ihnen ein paar kleine Aufträge gegeben, um sie auszuprobieren, und sie haben immer genau das getan, worum ich sie gebeten hatte. Wenn ich sage: ›Stellt euch an die Ecke Illinois Avenue und Third Street und zählt, wie oft ein bestimmter weißer Wagen an euch vorüberkommt‹, standen sie den ganzen Tag dort und zählten weiße Wagen.«

Wir stiegen aus dem Jaguar, und ein uniformierter Wächter kam uns in der langgezogenen Kurve der ziemlich steilen Abfahrt zum tiefer liegenden Parkdeck entgegen. Er sah den Jaguar, und der Mund wurde ihm wäßrig vor Begeisterung. »Wir wissen noch nicht, wann wir wiederkommen«, sagte Tom. »Kann irgendwann zwischen zwei und sechs Uhr morgens sein.« Der Wächter sagte, das gehe in Ordnung, er sei die ganze Nacht hier, nahm die Schlüssel entgegen und war kaum imstande, den Jaguar aus den Augen zu lassen. Er verschwand in seinem Kabäuschen und kam mit einem Parkschein zurück.

Als Tom und ich die Garage verließen, dämmerte es schon. Dunkelheit machte sich inmitten des schwindenden Lichtes breit. Tom wandte sich von der Livermore weg und überquerte die Straße und führte mich in die Gasse am Ende des Blocks. In der drei Meter breiten Gasse war es schon fast Nacht. Ein hochgewachsener Junge, der am anderen Ende der Gasse an einem Müllcontainer lehnte, richtete sich auf, als wir näher kamen. »Wiggins?« fragte Tom. »Nix«, sagte Wiggins leise. »Aber kontrollieren Sie die Kette.« Er salutierte spöttisch und schlenderte davon.

Tom ging vor mir her, während der Junge die Gasse am anderen Ende verließ. Zehn Meter weiter vorn, einem hohen braunen Zaun gegenüber, sah man die lange, fensterlose Rückseite des Beldame Oriental. Farbig aufgesprühte Wirbel und Schnörkel bedeckten die grauen Zementquader und rahmten die beiden breiten schwarzen Türflügel ein. Ich blieb neben Tom stehen. Die dicke Kette, die um die Griffe der beiden Flügel geschlungen sein sollte, hing am linken Griff und das Vorhängeschloß am rechten. Tom sah mich stirnrunzelnd an.

»Ist er drin?« flüsterte ich.

»Ich glaube, ich hätte Clayton und Wiggins sofort herschicken sollen, nachdem du deine Dick-Mueller-Show abgezogen hattest. Ich habe gedacht, er würde bis nach Dienstschluß warten.«

»Um was zu tun?«

»Die Papiere wegzuschaffen, natürlich.« Da ich ganz offensichtlich tief bestürzt war, fügte er hinzu: »Das ist natürlich nur eine Vermutung. Außerdem kommt er bestimmt zurück.«

Er zog am rechten Griff, beide Türflügel bewegten sich etwa einen halben Zentimeter, ließen sich aber nicht weiter öffnen. »Ach ja«, sagte Tom, »da ist noch ein anderes Schloß, das habe ich vergessen.« Bevor er es sagte, hatte ich die leichte runde Vertiefung unter dem rechten Griff gar nicht gesehen.

Aus der Innentasche seiner Jacke nahm Tom einen zusammengerollten dunklen Tuchstreifen und hielt ihn nur an einem Ende fest, so daß er sich, von seinem eigenen Gewicht nach unten gezogen, von selbst aufrollte. Schlüssel verschiedener Größen und lange, unterschiedlich geformte Metallstäbe steckten in den eingenähten Schlitzen und Taschen des schweren, gerippten Stoffes. »Lamonts berühmte Schlüsselsammlung«, sagte Tom. Er bückte sich, betrachtete das Schloß und nahm dann einen silbernen Schlüssel aus einer der Taschen. Er schob ihn ins Schloß und nickte. Als er ihn herumdrehte, hörten wir drinnen einen Riegel zurückgleiten. Tom legte den Schlüssel in die Tasche, rollte den Tuchstreifen wieder auf und verstaute ihn unter der Jacke. Dabei erhaschte ich einen Blick auf den Griff der Glock, der aus einem weichen, handschuhähnlichen Halfter vor seinem rechten Rippenbogen ragte.

»Knips mal die Lampe an«, sagte er, und wir holten beide die schmalen, röhrenförmigen Taschenlampen heraus, mit denen er uns unmittelbar vor Verlassen des Hauses ausgestattet hatte. Ich drehte mich um und schob den Schalter hinauf. An der braunen Wand gegenüber erschien ein heller Kreis mit einem Durchmesser von etwa fünfzehn Zentimetern. Ich schwenkte das Licht zur Seite, und der Kreis huschte über die Gebäude auf der anderen Seite der Gasse und wurde zum Ende hin immer größer. »Gut, nicht wahr?« sagte Tom. »Steckt eine Menge Power in dem kleinen Ding.«

»Warum sollte er zurückkommen, wenn er die Notizen schon weggebracht hat?«

»Dick Mueller. Er denkt bestimmt, daß Mueller versuchen wird, ihn zu übertölpeln, indem er früher kommt, also wird er noch früher auftauchen.«

»Wohin sollte er die Aufzeichnungen wohl noch bringen?«

»Darüber denke ich eben nach«, sagte Tom, packte den Griff und öffnete den rechten Türflügel. »Wollen wir?«

Ich schaute ihm über die Schulter. In zehn Minuten würde die Straßenbeleuchtung angehen. »Okay«, sagte ich und tauchte, an ihm vorbeigehend, in die absolute Dunkelheit des Vorraums ein.

Nachdem Tom die Tür hinter uns geschlossen hatte, knipste ich die Taschenlampe an, leuchtete die staubige Zementmauer zu unserer Rechten ab und entdeckte direkt vor uns die schwarze Tür zum Zuschauerraum. Zu meiner Linken führten breite Betonstufen in den Keller. »Leuchte mal hierher«, sagte Tom. Ich tastete mit dem Lichtstrahl im Zickzack die Tür ab, die er eben geschlossen hatte, und fand schließlich die schwarz überstrichene Vertiefung des Schlosses. »Gut, bleib so«, sagte Tom, schloß die Tür ab und verstaute seine Schlüsselsammlung wieder unter der Jacke.

»Die Aufzeichnungen können genausogut noch hier sein«, sagte er. »Vielleicht ist Fee gleich nach deinem Anruf vom Armory Place hergefahren und hat die Kette aufgesperrt, damit er später leichter herein kann.«

Er knipste seine Lampe an, ließ das Licht über die Tür zum Zuschauerraum wandern, richtete es dann auf die Klinke und knipste die Lampe in dem Moment wieder aus, in dem er nach der Klinke griff. Auch ich knipste meine Lampe aus, und Tom öffnete die Tür.

8

Nachdem sie sich hinter uns geschlossen hatte, drückte mir Tom die Fingerspitzen leicht ins Kreuz und schob mich vorwärts in eine dimensionslose Leere. Ich erinnerte mich an viel freien Raum zwischen der letzten Sitzreihe und dem Hinterausgang. Auf jeden Fall wußte ich, daß das, worauf ich mich so vorsichtig zubewegte, der Mittelgang war; aber es war, als sei ich blind, und ich streckte die Arme vor. »Was?« sagte ich, ohne jeden vernünftigen Grund flüsternd. Tom stieß mich wieder leicht an, vorsichtig ging ich zwei Schritte weiter und wartete. »Dreh dich um«, flüsterte Tom. Ich hörte seine Füße leise über den kahlen Zementboden tappen und drehte mich um, mehr aus Angst, daß er verschwinden könnte, als aus Gehorsam. Ich hörte, daß er am Ausgang die Klinke herunterdrückte. Wenn er rausgeht, dachte ich, dann geh ich auch. Die Tür öffnete sich vier oder fünf Zentimeter, und ich begriff, was er tat – ein deutlicher Streifen grauer Helligkeit sickerte durch den Türspalt. Tom machte die Tür noch ein bißchen weiter auf, und der Streifen wurde zu einem Balken aus grauem Licht, der in die Dunkelheit fiel. Vor dem Lichtbalken erschien auf dem staubigen Zementboden ein heller Fleck. Jetzt konnten wir jeden sehen, der das Kino betrat.

Vorsichtig machte er die Tür wieder zu, und vollkommene Schwärze umschloß uns von neuem. Leise Schritte kamen auf mich zu, und der Stoff von Toms Jacke raschelte leise, als er die Hand hineinschob. Es folgte ein scharfes Klick, und ein runder gelber Lichtstrahl, erschreckend klar umrissen und so gegenwärtig, daß er aus einem festen Material zu sein schien, durchschnitt die Dunkelheit und blieb auf den beiden letzten Sitzen der letzten Reihe liegen. »Tom«, begann ich, doch bevor ich weitersprechen konnte, hatte er die Taschenlampe ausgeschaltet. Der Boden schwankte unter meinen Füßen wie ein Bootsdeck.

»Ich weiß«, sagte Tom, »ich wollte mir nur einen allgemeinen Eindruck verschaffen.«

»Bleiben wir doch ein paar Minuten einfach stehen«, sagte ich und preßte den brennenden Ring in meinem Rücken an die Mauer. Sofort hörte der Boden auf zu schwanken. Durch die Jacke legte sich die rauhe Kühle der Mauer auf meine Haut. Ich erinnerte mich an die Wände des Beldame Oriental. Rot, bedruckt mit einem erhabenen Muster aus willkürlich verteilten, unregelmäßigen Schnörkeln, fühlten sie sich an wie Stein und scheuerten wie Korallen und waren manchmal feucht und kühl, von einer Schicht Kondenswasser überzogen. Ich ging leicht in die Knie, um den Druck auf die Widerhaken und Zahnrädchen in meinem Rücken zu verstärken, legte die Handflächen an den rauhen Zement und wartete darauf, daß sich aus der verschwommenen Dunkelheit vor mir Einzelheiten heraushoben. Toms leiser, langsamer Atem dicht neben mir schien von meinem nicht zu unterscheiden.

Ein Gefühl für Raum und Dimension begann sich aus dem Dunkel herauszukristallisieren. Mir wurde klar, daß ich an der Ecke einer großen, schrägen Kiste stand, die sich gegen das andere Ende zu verjüngte – die Bühne. Nach einer Weile konnte ich den Bühnenrand als leichten Schimmer ausmachen. Er verschwand, als Tom vor mir herging, und kam wieder, als Tom in den Seitengang einbog. Seine Schritte klangen gedämpfter, denn er hatte den Zementboden verlassen und ging auf Teppichboden weiter. Allmählich schälten sich auch die Sitzreihen aus der Dunkelheit, und Toms Gesicht wurde als schwacher heller Fleck sichtbar.

Am entgegengesetzten Ende des Kinos gab es noch einen Gang, erinnerte ich mich. Der breite, horizontal verlaufende Mittelgang, vermutlich vom Feuerschutz gefordert, teilte den Raum in zwei Hälften.

Unter dem hellen Fleck seines Gesichts war Tom eine schwarze Gestalt, die mit der Dunkelheit verschmolz, wieder auftauchte. Ich folgte ihm den Gang entlang nach vorn. Bei der ersten Reihe blieb Tom stehen und drehte sich um. Ein metallischer Schimmer ging von der Tür aus, die ins Hauptfoyer führte. Der Schimmer verschwand, als Tom die Hand darüberlegte. Die Tür ging auf und ließ einen immer breiter werdenden Balken grauen Lichts herein.

Im Foyer herrschte dunstige Helligkeit; sie drang durch die ovalen Fenster der wuchtigen Tür herein, die zur alten Hauptkasse und zum verglasten Haupteingang an der Livermore Avenue führte.

Wo früher der Tresen gewesen war, an dem Süßigkeiten verkauft wurden, standen jetzt zwei Möbelstücke, so hoch wie Kommoden. Das Foyer kam mir kleiner vor, als ich es in Erinnerung hatte, und außerdem hatte ich es mir schmutziger vorgestellt. Am anderen Ende führte eine zweite Tür in den Zuschauerraum. Ich ging auf die beiden Möbelstücke zu, die den Platz des Tresens einnahmen, und bückte mich, um mir eine runde Schnitzarbeit an der Rückseite einer, wie ich meinte, Regalwand anzusehen und entdeckte inmitten der Filigranarbeit ein paar kunstvoll verschnörkelte Buchstaben. Im Schein meiner kleinen Taschenlampe las ich die Inschrift – INRI. Ich richtete mein Licht auf etwas, das ich für ein Lesepult hielt, und sah dort das gleiche Muster. Ich stand vor einem mobilen Altar und einer Kanzel.

»Irgendeine Kirchengemeinde muß das Kino sonntags als Kirche benutzen«, sagte Tom.

Er ging auf eine Tür neben der Kanzel zu. Drückte auf die

Klinke, doch die Tür bewegte sich nicht. Er rollte sein Einbruchswerkzeug auf, sah sich das Schlüsselloch genau an und schob dann einen Schlüssel ins Schloß. Wieder war es auf Anhieb der richtige, und die Tür ging auf. Tom packte sein Werkzeug weg und spähte hinter die Tür. Er knipste die Taschenlampe an und betrat, mit mir im Gefolge, einen muffigen fensterlosen Raum, der halb so groß war wie seine Küche.

»Das Büro«, sagte er. Unsere Punktstrahler holten einen leeren Schreibtisch, ein paar Plastikstühle und einen fahrbaren Kleiderständer aus dem Dunkel, an dem übereinander mehrere glänzende blaue Gewänder hingen. Vor dem Schreibtisch standen in einer Reihe vier Kartons. »Glaubst du?« fragte Tom und ließ das Licht über die Kartons wandern.

Ich kniete vor den beiden mittleren nieder. Die Klappen lagen nur lose übereinander, und ich machte den ersten auf. Er enthielt zwei Stapel dicker, blau eingebundener Bücher. »Gesangbücher«, sagte ich.

Ich leuchtete die anderen Kartons an, während Tom hinter mir anfing Sachen herumzuschieben. An keinem Karton sah ich Spuren ungewöhnlicher Beschädigungen, an keinem hatten die Ratten genagt. Bestimmt waren in allen vieren nur kirchliche Gesangbücher. Ich sah trotzdem nach und fand – Gesangbücher. Ich stand wieder auf und drehte mich um. Tom hatte den Kleiderständer verschoben, und seine Taschenlampe schien auf eine Sperrholztür, die fast genau die Farbe seiner Haare hatte. »Fee hat Keller schon immer geliebt, nicht wahr?« sagte er. »Sehen wir einmal nach.«

9

Ich ging um den Kleiderständer herum, Tom machte die Tür auf, und ich richtete meine Taschenlampe auf die Öffnung. Eine hölzerne Treppe mit Geländer führte hinunter auf einen Zementfußboden. Ich ging hinter Tom hinunter und ließ mein Licht über den großen Raum zu unserer Rechten spielen. Zwei Mäuse huschten erschrocken davon. Wir gingen noch drei oder vier Stufen hinunter, und die Mäuse verschwanden in einem kaum sichtbaren Mauerspalt. Toms Licht fiel auf einen alten eisernen Heizkessel, eine Säule aus Ziegeln, etwa einen Meter im Quadrat, Heizungsrohre, elektrische Leitungen, rostige Wasserrohre und hängende Spinnweben. »Gemütlich hier«, sagte er.

Wir erreichten das Ende der Treppe. Tom ging schnurstracks auf den Heizkessel im vorderen Teil des Kellers zu, während ich mich seitlich verdrückte und nach etwas Ausschau hielt, das ich zu sehen glaubte, als ich die davonhuschenden Mäuse beobachtete. Toms Licht wanderte zur Kellermitte; meins hüpfte über viele Meter staubigen Zements. Ich ging in einer geraden Linie vorwärts. Dann fiel mein Lichtstrahl auf eine Holzkiste.

Ich stellte die Thermosflasche ab und hob den Rand des flachen Deckels. Er gab mühelos nach, und zum Vorschein kam etwas Viereckiges, Weißes. Ich nahm den Deckel ganz ab und richtete den Lichtstrahl auf, wie ich glaubte, Unmengen von säuberlich gestapeltem Papier. Was ich zu sehen bekam, war die Botschaft eines Irren. Schwarze Druckbuchstaben auf weißem Grund ergaben das ›Wort‹ BUYTERVIO. Darüber eine zweite Reihe von Druckbuchstaben: MNUFGJKA. Zwei weitere völlig unsinnige Wörter in den obersten Reihen des Kartons. »Buytervio?« sagte ich zu mir und kapierte endlich, daß der Karton die Buchstaben für die Filmtitel enthielt, die auf der großen Programmtafel über der Markise angezeigt worden waren.

»Komm hier rüber.«

Toms Stimme drang aus dem Halbschatten hinter dem Heizkessel zu mir. Ich nahm die Thermosflasche auf und folgte dem Strahl meiner Taschenlampe über den schmutzigen Fußboden. Tom stand neben dem Heizkessel. »Er war hier«, sagte er. »Schau mal.«

Ich hatte mich verhört, dachte, er habe ›er *ist* hier‹ gesagt und dachte, Fees Leiche liege dort auf dem Fußboden und daneben seine Waffe, mit der er sich selbst getötet hatte. Ohne daß ich es wollte, überschwemmte mich eine Woge aus Zorn, Trauer, Kummer und Schmerz, vermischt mit etwas, das ich für Bedauern oder Enttäuschung hielt. Mein Licht fiel auf zwei Pappschachteln. Wollte ich, daß er lebte, trotz der furchtbaren Dinge, die er getan hatte? Oder wollte ich einfach beim Ende dabeisein wie Tom? Wütend auf Fee und auf mich selbst, richtete ich mein Licht auf Toms Brust und sagte. »Ich sehe ihn nicht.«

»Ich habe gesagt, er *war* hier.« Tom nahm meine Hand und zielte mit meinem Licht auf die Schachteln, die ich nicht beachtet hatte, weil ich eine Leiche suchte.

Die Klappen waren offen, eine Schachtel war seitlich umgekippt. Und leer. In die noch aufrecht stehende Schachtel hatten scharfe Zähne verschieden große Löcher genagt. Tom hatte versucht mich vorzubereiten, doch ebenso wie eine Leiche waren die leeren Schachteln das Ende unserer Nachforschungen. »Wir haben ihn verloren«, sagte ich.

»Noch nicht«, sagte Tom.

»Aber wenn er die Aufzeichnungen in ein sichereres Haus gebracht hat, muß er nur noch Dick Mueller töten.« Ich legte mir die Hand auf die Stirn und sah entsetzliche Dinge. »O Gott, vielleicht ist es schon zu spät.«

»Mueller ist in Sicherheit«, sagte Tom. »Ich habe gestern abend bei ihm angerufen. Sein Anrufbeantworter teilte mir mit, daß Mueller mit seiner Familie auf Urlaub gefahren ist. Für zwei Wochen. Wohin sie wollten, hat er nicht gesagt.«

»Aber wie, wenn Fee ihn anruft? Dann wüßte er ...«

»Er müßte trotzdem hierher zurückkommen«, sagte Tom. »Er weiß jetzt, daß irgend jemand versucht, ihn zu erpressen.«

Das war richtig. Er mußte wiederkommen. »Aber wohin hat er bloß diese Aufzeichnungen gebracht?«

»Na ja, ich hab' da so eine Idee.« Ich erinnerte mich, daß Tom etwas Ähnliches schon einmal gesagt hatte, und wartete auf seine Erklärung. »Es ist die einzige Möglichkeit, die er noch hat«, sagte er. »Tatsächlich haben wir es ständig vor unserer Nase gehabt. Er hatte es sogar vor seiner eigenen Nase, aber er hat es ebensowenig gesehen wie wir, bis heute.«

»Und was ist das?«

»Ich kann nicht glauben, daß du es nicht selbst siehst«,

sagte Tom. »Bisher hast du doch alles gesehen, oder? Solltest du es aber noch nicht wissen, wenn wir hier fertig sind, dann erfährst du es von mir.«

»Blasiertes Arschloch«, sagte ich. Wir trennten uns wieder, um auch noch den letzten Teil des Kellers zu durchsuchen.

Auf einer hydraulischen Plattform unter der Bühne fand ich eine Orgel – nicht die ›mächtige Wurlitzer‹, die in den dreißiger Jahren, von Vorhängen umwallt, vor Beginn einer Vorstellung ertönte, sondern eine kleine Hammond B-3.

Die alten Garderoben auf der linken Seite des Kellers waren nichts als kahle Zementlöcher mit Toilettentischen aus Sperrholz.

»Nun, jetzt wissen wir, wo alles ist«, sagte Tom.

Wieder im Büro, schoben Tom und ich den Ständer mit den schimmernden blauen Gewändern an seinen angestammten Platz zurück, gingen ins Foyer, und er schloß die Tür ab. Ich wollte die Tür nehmen, durch die wir hereingekommen waren, aber Tom sagte: »Andere Seite.«

Er hatte bessere Instinkte als ich. Von der entgegengesetzten Seite des Kinos würden wir für jemanden, der hereinkam, unsichtbar sein, während er – Fee – sich vom ersten Moment an deutlich von dem grauen Lichtkegel abheben würde. Wir gingen an Altar und Kanzel vorbei zu der gepolsterten Tür am anderen Ende des Foyers und kehrten zurück in die Dunkelheit.

10

Blind tasteten wir uns, um nicht die Orientierung zu verlieren, an den Stuhllehnen entlang, durch den Seitengang, bewegten uns in totaler Finsternis, in einem riesigen Sarg, in dem jeder Schritt uns vor eine scheinbar feste, unverrückbare schwarze Wand stellte, die zurückwich, wenn wir weitergingen.

Tom berührte meine Schulter. Wir hatten den breiten Quergang zwischen den Stuhlreihen in der Mitte des Zuschauerraums noch nicht erreicht und befanden uns vermutlich irgendwo zwischen der dritten und der zwanzigsten Reihe. Die schwarze Wand stand noch immer vor mir und wich zurück, wenn ich einen Schritt vorwärts machte. Ich tastete nach dem abgewetzten Plüsch des Stuhles neben mir, drückte den Sitz hinunter und setzte mich. Ich hörte, daß Tom sich eine Reihe vor mir niederließ, und fühlte, wie er sich umdrehte. Ich streckte die rechte Hand aus und spürte seinen Arm auf der Stuhllehne. Ganz schwach sah ich auch den Umriß seines Kopfes und seines Oberkörpers. »In Ordnung?« fragte er.

»Normalerweise sitze ich lieber näher an der Leinwand«, sagte ich.

»Wir müssen uns wahrscheinlich auf ein langes Warten gefaßt machen.«

»Was willst du tun, wenn er reinkommt?«

»Wenn er durch die Ausgangstür kommt, tun wir, was geboten scheint, bis er zur Ruhe gekommen ist. Wenn er den Raum mit einer Taschenlampe absucht, rutschen wir aus den Sitzen und kauern uns hier im Gang auf den Boden. Oder wir legen uns flach unter die Sitze. Ich glaube nicht, daß er sehr gründlich sein wird, weil er überzeugt ist, als erster hier zu sein. Wichtig ist, daß er es sich bequem macht, sich wohl fühlt. Sobald er sich hingesetzt hat, um zu warten, trennen wir uns und gehen von zwei Seiten auf ihn zu. Lautlos, wenn möglich. Sobald wir in seiner Nähe sind, schrei, so laut du kannst. Ich tu das gleiche. Er wird nicht wissen, wo, zum Teufel, wir sind, wird nicht wissen, wie viele wir sind, und wir müßten eine gute Chance haben, ihn zu greifen.«

»Was passiert dann?«

»Denkst du daran, ihn zu entwaffnen und zum Armory Place zu bringen? Glaubst du, er wird gestehen? Oder daß wir je wieder aus dem Präsidium rauskämen? Du weißt, was geschehen würde.«

Ich sagte nichts.

»Tim, ich bin nicht einmal für die Todesstrafe. Doch jetzt haben wir nur eine einzige Alternative – hier zu verschwinden und nach Hause zu fahren. In ein paar – in zehn Jahren vielleicht wird er einen Fehler machen und gefaßt werden. Gefällt dir das?«

»Nein«, sagte ich.

»Ich habe ungefähr fünfzehn Jahre dafür gekämpft, unschuldige Männer vor der Todesstrafe zu bewahren – habe Leben gerettet. Das ist es, woran ich glaube. Aber dies hier ist anders als alles andere bisher – es ist, als hätten wir entdeckt, daß Ted Bundy ein Detective mit so starker Rückendeckung ist, daß man ihn nie auf die übliche Weise vor Gericht bringen könnte.«

»Hast du nicht gesagt, Gerechtigkeit interessiere dich nicht?«

»Willst du wirklich wissen, wie ich das alles sehe? Ich glaube nicht, daß ich das jemand anders sagen könnte, weil es nicht viele gibt, die es verstehen würden.«

»Selbstverständlich will ich es wissen«, sagte ich. Inzwischen konnte ich Toms Gesicht verschwommen vor mir sehen. Es strahlte tiefen Ernst aus, aber auch noch etwas anderes, das mich bewog, mich gegen das zu wappnen, was immer er sagen würde.

»Wir werden ihn befreien«, sagte er.

Als Euphemismus für eine Hinrichtung war der Satz absurd.

»Danke, daß du es mir gesagt hast.«

»Erinnere dich an dein eigenes Erlebnis. Erinnere dich, was deiner Schwester geschehen ist.«

Ich sah meine Schwester vor mir durch ein mystisches Königreich schweben und fühlte Toms seelischen Beistand, sein tiefes Verstehen, das mich wie eine Flut üherrollte.

»Wer ist er denn? Ist *das* schützens- und erhaltenswert? Diese Person ist ein Lebewesen, das töten und immer wieder töten muß, um einen Zorn zu befriedigen, der so tief in ihm verborgen liegt, daß nichts ihn je erreichen kann. Aber wer ist er wirklich?«

»Fee Bandolier«, sagte ich.

»Richtig. Irgendwo, in einem Teil seiner selbst, den auch er nicht erreicht, ist er ein kleiner Junge namens Fielding Bandolier. Dieser Junge ist durch die Hölle gegangen. Du warst sogar schon von Fee Bandolier besessen, ehe du wußtest, daß es ihn wirklich gibt. Fast hast du ihn aus deinem eigenen Erleben erschaffen. Du hast ihn sogar gesehen. Weißt du, warum?«

»Weil ich mich mit ihm identifiziere«, sagte ich.

»Du siehst ihn, weil du ihn liebst«, sagte Tom. »Du liebst das Kind, das er war, und dieses Kind ist noch immer gegenwärtig genug, daß es sich in deiner Fantasie manifestieren kann, weil du es liebst.«

Ich erinnerte mich an das Kind, das aus der wirbelnden Dunkelheit kam, auf dem Handteller das Wort, das weder gelesen noch ausgesprochen werden kann. Es war das Kind der Nacht – es waren William Damrosch, Fee Bandolier und ich, die wir alle durch Heinz Stenmitz' schmutzige Hände gegangen waren.

»Erinnerst du dich, daß du mir von deiner alten Krankenschwester Hattie Bascombe erzählt hast, die dir sagte, die Welt sei halb Nacht und halb Tag? Sie hat dir aber nicht gesagt, daß auch die andere Hälfte Nacht ist.«

Ich nickte, zu tief bewegt, um etwas zu sagen. »Und jetzt zu den wichtigen Dingen«, sagte Tom.

»Was?«

»Gib mir die Thermosflasche, die du mit dir rumschleppst. Ich will nicht schlafen, wenn er endlich hier erscheint.«

Ich reichte ihm die Thermosflasche, und er goß sich Kaffee in den Becher und trank. Als er ausgetrunken hatte, gab er mir die Flasche zurück. Ich glaubte nicht, daß ich je wieder schlafen würde.

11

Er hat übersinnliche Kräfte, dachte ich. Es war, als habe Tom mir in die Seele geschaut. Ich empfand leidenschaftliche Dankbarkeit und ein anderes, dunkleres Gefühl, eine Mischung aus Groll und Angst. Tom war in sehr persönliche Bereiche vorgedrungen. Frühe Erinnerungen, die sich vor unserem alten Haus oder den Gräbern meiner Familie nicht eingestellt hatten, brachen über mich herein. Eine davon war natürlich Heinz Stenmitz. Eine andere, ebenso übermächtige, war der letzte Lebenstag meiner Schwester und meine kurze Reise über die Grenze in jenes Land, aus dem sie nie zurückgekehrt war. Ich hatte mit Tom nie über diese Augenblicke gesprochen – von dem einen hatte ich eben erst erfahren, und von dem anderen würde ich nie sprechen, nie und zu keinem Menschen. Jedes Quentchen meines Bewußtseins floh vor ihm. Diesen Augenblick konnte man nicht bewahren, denn er enthielt Entsetzen und Ekstase, so groß, daß man glaubte, sie müßten einem den Leib zerreißen. Und doch bewahrte ein Teil unseres Selbst ihn im Gedächtnis und erinnerte sich. Obwohl er nichts *davon* wußte, wußte Tom dennoch *darum.* Mein Groll verschwand, als mir klar wurde, daß er eine Version aus einem der Bücher kannte, das ich mit meinem Co-Autor geschrieben hatte; er war klug und scharfsinnig genug, um sich den Rest selbst zusammenzureimen. Er hatte nicht gebohrt: Er hatte mir nur gesagt, was er wußte. Ich saß im Dunkeln hinter ihm, und mir wurde klar, daß ich von ganzem Herzen dem zustimmte, was wie sentimentale Schaumschlägerei geklungen hatte – ich wollte Fee Bandolier erlösen. Ich wollte ihn befreien.

12

Ich saß hinter Tom Pasmore, hellwach und zeitlos. Vierzig Jahre schrumpften zu einem einzigen endlosen Moment, in dem ich ein Kind war und mir den Film *On Dangerous Ground* ansah, während mir ein großer blonder Mann, der wie Blut roch, über die Brust strich und das Unaussprechliche aussprach; ich war ein Soldat in einem unterirdischen Zimmer und starrte den Altar des Minotaurus an; ich war ein unerfahrener Perlentaucher, der das Hemd eines verstümmelten Mannes namens Andrew T. Majors aufknöpfte; war ein Fetzchen unendlichen Seins, das einer vernichtenden Ekstase entgegenrast; ein verletztes Tier im St. Mary's Hospital; ein Mann mit einem Notizbuch, der in einem Stadtpark spazierenging. Ich drehte mich um, blickte sechs Reihen hinter mich und sah mich vor Heinz Stenmitz knien, tun, was er von mir verlangte, was ich glaubte, tun zu müssen, damit ich am Leben blieb. *Du hast überlebt,* sagte ich mir, *du hast alles überlebt.* Sein Schmerz und sein Entsetzen waren die meinen, weil ich sie überlebt hatte. Weil ich sie überlebt hatte, hatte ich aus ihnen gelernt; weil sie ein Geschmack waren, den ich immer im Mund spürte, hatten sie mir geholfen, in Vietnam nicht den Verstand zu verlieren. Was unerträglich war, mußte ertragen werden. Ohne das Bewußtsein des Unerträglichen stellte man die Füße dahin, wo Fee sie hingestellt hatte, oder endete so ahnungslos wie Ralph Ransom. Ich dachte an John, dessen Leben mir einst so golden erschienen war, als er in die Tiefen des Heiligen Grabes hinabstieg, und dachte an den abgeschiedenen Ort, an den sein Hunger nach Erfahrung ihn geführt hatte.

Ich dachte sehr lange über das nach, was John Ransom widerfahren war.

13

Ich weiß nicht, wie lange Tom und ich in dem dunklen Kino warteten. Nachdem ich angefangen hatte, an John zu denken, wurde ich unruhig. Ich stand auf, streckte mich und ging auf und ab. Tom verließ seinen Platz kein einziges Mal. Über lange Zeitspannen hinweg saß er da und rührte sich überhaupt nicht, als wären wir in der Oper. (Aber selbst wenn ich in der Oper bin, fällt es mir nicht leicht, stillzusitzen.) Nach zwei oder drei Stunden im Dunkeln konnte ich den größten Teil der Bühne und den großen, schweren Bühnenvorhang erkennen, ohne einzelne Falten zu sehen. Wenn ich zurückblickte, sah ich die Umrisse der Flügeltür zum Foyer. Alle Sitze, die mehr als vier oder fünf Reihen vor mir waren, verflossen zu einem einzigen. Ich setzte mich wieder, lehnte mich zurück, dachte an Fee und John und Franklin Bachelor, und nach weiteren anderthalb Stunden mußte ich aufstehen und, die Arme schwenkend, zur Bühne vorgehen. Als ich wieder saß, hörte ich auf der anderen Seite des Zuschauerraums ein Geräusch – ein Knarren. »Tom«, sagte ich.

»Alte Häuser machen Geräusche«, sagte er.

Eine halbe Stunde später rüttelte jemand an der Hintertür. »Und was ist damit?« fragte ich.

»Mmmm«, sagte Tom.

Wieder wurde an der Tür gerüttelt. Beide saßen wir stocksteif und vorgebeugt da. Die Tür klapperte zum drittenmal, und dann geschah lange Zeit gar nichts. Tom lehnte sich zurück. »Ich denke, irgendein Junge hat gesehen, daß die Kette offen ist«, sagte er.

Wieder saßen wir lange im Dunkeln. Ich schaute auf meine Uhr, doch die Zeiger waren unsichtbar. Ich kreuzte die Beine, schloß die Augen und war sofort im Saigon – dem Restaurant, nicht in der Stadt, und bemühte mich, Vinh von John Ransom zu erzählen. »Schreib Maeggie einen Brief«, sagte er. »Sie weiß mehr, als du denkst.« Ich schreckte mit einem Ruck aus dem Schlaf und griff nach der Thermosflasche unter meinem Sitz. »Gib mir auch einen«, sagte Tom.

Im Foyer wurden Schritte laut. Tom saß da wie eine Statue. Schreib einen Brief an Maggie? dachte ich, und dann fiel mir ein, wem ich von John Ransom schreiben konnte. Sie hatte vermutlich gewisse Gaben, die auch Maggie besaß. Die Zeit verging. Ich gähnte. Wenigstens eine Stunde verstrich, Sekunde um Sekunde. Dann wieder Geräusche an der Hintertür.

»Jetzt paß auf«, sagte Tom.

Es folgte eine sekundenlange, unerträgliche Stille, und endlich wurde ein Schlüssel ins Schloß gesteckt. Das Geräusch war so deutlich, als stünde ich auf der anderen Seite der Tür. Als sie aufschwang, glitt Tom aus seinem Sitz und kauerte sich daneben. Ich tat es ihm nach. Jemand betrat den Raum zwischen der Außentür und der Tür zum Kinosaal. Die Außentür öffnete sich ächzend ein paar Zentimeter, und graues Licht sickerte durch den Spalt. Sie ging weiter auf, und ein Mann trat in das breite Band aus grauem Licht, wurde zur Silhouette. Er drehte sich um und schaute hinter sich. Jetzt war sein Profil deutlich zu sehen. Es war Monroe, und er hatte eine Waffe in der Hand.

14

Monroe ging weiter und ließ die Außentür hinter sich zufallen. Seine dunkle Gestalt bewegte sich ein paar Schritte an der Bühne entlang. Dann blieb er stehen, um seine Augen an die Dunkelheit zu gewöhnen. Tom und ich kauerten hinter den Sitzen und warteten darauf, daß er sich entweder setzte oder nachschaute, ob der Anrufer schon da war. Er blieb aber im anderen Gang stehen und lauschte angestrengt. Er war gut, er hielt so lange neben der Bühne aus, daß ich einen Krampf in den Beinen bekam. Der heiße Ring unter meinem Schulterblatt begann zu klopfen.

Monroe entspannte sich und zog etwas, das wie ein Schlagstock aussah, aus dem Gürtel. Licht blitzte am Ende des Stücks auf, flog von der Mitte der vorderen Sitze zur Hintertür auf seiner Seite und prallte dann knapp zwei Meter unterhalb von Tom und mir gegen die Wand.

Monroe ging den Gang entlang und richtete das Licht auf die Stuhlreihen. Er kam zu dem breiten freien Raum zwischen vorderen und hinteren Plätzen, blieb stehen und überlegte, ob er Zeit vergeudete, wenn er weitersuchte. Tom legte sich lautlos auf den Boden. Ich sank auf die Knie und ließ Monroe nicht aus den Augen. Der Detective ging noch einmal zwei Sitzreihen weiter. Dann schwenkte er den Lichtstrahl wie einen Suchscheinwerfer über die Sitze. Wenn er noch fünf Reihen weiterging, mußte er uns sehen. Ich hielt den Atem an und wartete darauf, daß der Krampf in meinen Beinen nachließ.

Monroe drehte sich um. Der Lichtstrahl hüpfte über die Wand neben uns, wanderte über die Vorhangfalten und fiel auf den Ausgang. Dann ging Monroe durch den Gang am anderen Ende der Stuhlreihen langsam wieder zurück. Bei der Bühne machte er noch einmal kehrt, ließ das Licht über die Stuhlreihen vor ihm tanzen, stieß die Tür auf und ging hinaus. Ich richtete mich auf und streckte die Beine. Tom blickte zu mir auf und legte den Finger an die Lippen. Die Hintertür wurde geöffnet.

»Er haut ab«, flüsterte ich.

»Psst«, machte Tom.

Die Hintertür fiel zu, wir hörten Schritte. Dann schwang die Flügeltür nach innen auf. Monroe und ein Mann im blauen Trainingsanzug betraten den Kinosaal. »Also, ich glaube nicht, daß jemand drin war«, sagte Monroe.

»Aber jemand hat die Kette aufgeschlossen«, sagte der andere.

»Warum hätte ich Sie sonst angerufen?«

»Es ist schon komisch«, sagte der andere. »Ich meine, jemand nimmt die Kette ab und sperrt dann die Tür zu? Nur noch zwei andere Leute haben die Schlüssel.«

»Mitglieder Ihrer Kirche?«

»Mein Diakon hat einen. Und der Hausbesitzer hat einen, das ist sicher. Aber er zeigt sich nie – ich bin dem Mann noch nie begegnet. Haben Sie einen Blick in mein Büro geworfen?«

»Bewahren Sie dort Geld auf?«

»Geld?« Der andere lachte leise auf. »Die Kirche zum Heiligen Geist ist eine kleine Gemeinschaft. Aber unsere Gesangbücher, Chorgewänder und solche Sachen sind im Büro.«

»Sehen wir einmal nach, Reverend«, sagte Monroe, und sie verschwanden im Foyer.

Kaum waren sie draußen, glitt Tom, über den Boden robbend, in seine Sitzreihe und ich in meine. Das Stimmengemurmel erstarb, als die beiden Männer das Büro betraten. Ich legte mich flach auf den staubigen Zement, das Gesicht zwei Zentimeter von einem Uraltkaugummi entfernt. Durch die Stuhlbeine sah ich den buschigen Umriß von Toms Kopf und seine linke Hand als blassen Fleck. Wieder ging die Flügeltür.

»Für mich ergibt das alles überhaupt keinen Sinn, Officer«, sagte der Reverend. »Aber morgen lasse ich die Schlösser auswechseln und kaufe ein neues Vorhängeschloß für die Kette.«

Ich hörte auf zu atmen und versuchte in den Boden zu versinken, preßte die Wange auf den Kaugummi. Es fühlte sich an wie tote Haut. Die beiden Männer gingen den anderen Gang entlang. Mein Herz begann zu rasen, als sie sich langsam meiner Reihe näherten. Aber sie gingen vorbei, gingen weiter.

»Wieso haben Sie uns überhaupt kontrolliert, Officer?«

»Irgendein Verrückter hat mich gestern nachmittag angerufen und verlangt, mich heute morgen hier zu treffen.«

»Hier drin?« Sie blieben stehen.

»Deshalb dachte ich mir, geh hin und schau nach.«

»Dem Himmel sei Dank für Ihren Pflichteifer, Officer.«

Sie setzten sich wieder in Bewegung.

»Ich lege die Kette wieder vor und besorge morgen neue Schlösser. Der HERR hat für Narren nichts übrig.«

»Da hab' ich manchmal meine Zweifel«, sagte Monroe.

Ihre Schuhe knirschten über den Zement neben der Bühne.

Die Tür wurde geöffnet, fiel mit einem Zischen zu. Dann die Außentür zur kleinen Gasse. Ich stand auf. Tom ebenfalls. Aus der kleinen Gasse hörten wir, wie die Kette rasselnd durch die Türgriffe gezogen wurde. Ich atmete aus und begann mir unsichtbaren Staub von den Kleidern zu klopfen.

»Wie interessant«, sagte Tom. »Monroe erweist sich als guter Polizist. Glaubst du, sie kommen alle drei?«

»Ich hoffe nur, die beiden anderen erscheinen nicht gemeinsam.«

»Welcher von den beiden ist Fee, deiner Meinung nach?«

Ich sah Ross McCandless faltiges Gesicht und leere Augen über meinem Krankenhausbett schweben. »Keine Ahnung«, sagte ich.

»Ich habe eine.« Tom streckte die Arme und bog den Rücken durch. Er bürstete sich Jacke und Knie ab. Dann ging er ans Ende des Ganges zurück und setzte sich auf seinen alten Platz.

»Und wer?«

»Du«, sagte er und lachte.

15

»Was wird Fee denken, wenn er zurückkommt und feststellt, daß die Kette wieder vorgelegt wurde?«

»Oh, das wird uns nur helfen.« Tom drehte sich um und legte den Arm auf die Stuhllehne. »Er wird denken, daß der

Reverend hier war und die Kette anbrachte, nachdem jemand einen versuchten Einbruch gemeldet hatte. Sobald ihm das klar ist, wird er vollends überzeugt sein, daß er als erster hier ist. Und deshalb wird er auch nicht besonders vorsichtig sein.«

Wir richteten uns wieder darauf ein zu warten.

16

Ich glitt in einen nervösen Halbschlaf. Ich hatte die Augen offen, und ich träumte nicht, fing jedoch an Stimmen zu hören, die so leise waren, daß man sie kaum vernahm. Jemand erzählte, daß er neben einem erloschenen Feuer ein halbiertes blauäugiges Baby gesehen hatte. Ein Mann sagte, es werde mich in ein, zwei Tagen einholen. Ich habe alles gesehen, sagte ein anderer, ich habe meinen toten Freund und den Anführer seines Teams unter einem riesenhaften Baum gesehen. Sie sagten zu mir, ich solle weitermachen, weitermachen, weitermachen.

Dunkle Muster entfalteten sich und schwebten vor mir durch die Luft, paßten sich der Modulation der lauter und leiser werdenden Stimmen an.

Jemand sagte etwas über eine rasselnde Kette. Das Rasseln der Kette war wichtig. Hörte ich denn nicht, daß die Kette rasselte?

Die Stimmen wichen zurück in das Seelengewölbe, aus dem sie gekommen waren, die Dunkelheit stand still, und ich richtete mich auf, hörte jetzt tatsächlich in der kleinen Gasse die Kette in den Griffen der Außentür klirren. Viel Zeit war vergangen, eine Stunde mindestens, vielleicht sogar zwei, während ich den Grat zwischen Schlafen und Wachen entlanggewandert war. Mein Mund war strohtrocken, mein Blick verschwommen.

»Hast du geschlafen?« fragte Tom.

»Bist du wohl still?« sagte ich.

Jetzt wurde die eine Hälfte der Kette mit metallenem Klirren durch den Türgriff gezogen.

»Es geht los«, sagte Tom.

Wir verließen unsere Sitze und hörten, wie der Schlüssel im Schloß herumgedreht wurde. Die Außentür wurde geöffnet und geschlossen, und ein Mann trat ein paar Schritte von ihr zurück. Grelles Licht flammte auf, tastete den Türrahmen ab und schrumpfte dann zu einem gelben Schimmer, der auf dem Türrahmen nur noch einen bestimmten Punkt in Hüfthöhe anvisierte. Dann verschwand der Lichtschein ganz, und die Schritte entfernten sich. Es war wieder still.

Tom und ich sahen uns an. »Sollen wir warten, bis er wieder raufkommt?«

»Bist du nicht neugierig, was er da unten macht?«

Ich sah ihn an. »Ich wüßte gern, wer es ist.«

»Er würde uns auf der Treppe hören.«

»Nicht, wenn wir die im Büro nehmen. Die hölzerne. Die Stufen sind so alt, daß sie nicht mehr knarren. Vergiß nicht, er ist überzeugt, daß niemand hier ist.« Rasch und lautlos ging Tom den Gang entlang.

An der Tür prallte ich fast mit ihm zusammen. Vorgebeugt saß er auf der Armstütze des letzten Stuhls. »Was machst du da?«

»Ich ziehe die Schuhe aus.«

Ich kniete nieder und löste die Bänder meiner Reeboks.

17

Wir betraten das Foyer und tappten an der Kircheneinrichtung vorbei zur Bürotür. Ich flüsterte Tom zu, daß *er* es vielleicht hören konnte, wenn wir aufsperrten.

»Das kann ich vermeiden«, sagte Tom. In seiner Schlüsselsammlung suchte er nach dem Schlüssel, der zur Bürotür paßte, und nahm, als er ihn gefunden hatte, aus einem der Fächer ein schmales schwarzes Band, an dem ein Metallstäbchen hing, das wie ein Zahnstocher aussah. »Man kann diese Dinger nur einmal benutzen, und früher oder später machen sie die Schlösser kaputt, aber das kann uns ja egal sein.«

Er kniete nieder, befeuchtete die Spitze des Bandes mit

Speichel und schob geduldig ein kleines Stück in das Schlüsselloch. Dann steckte er es mit dem Zahnstocher fest und schob den Schlüssel nach. Fast das ganze übrige Band wurde mit dem Schlüssel ins Schloß gezogen, und als er ihn umdrehte, verschwand es ganz. Man hörte nicht das leiseste Geräusch.

Tom winkte mir, mich neben ihn zu kauern, beugte sich vor und flüsterte: »Wir werden den Kleiderständer aufheben und wieder abstellen müssen. Ich geh als erster durch die Tür. Zähl bis hundert und horch auf das, was unten vorgeht. Wenn nichts passiert, komm runter. Zerbrich dir nicht den Kopf darüber, wo ich bin.«

»Du willst, daß ich mich an ihn anschleiche?«

»Du mußt einfach improvisieren.«

»Und wenn er mich sieht?«

»Irgendwann wird er dich sehen müssen. Sag ihm nicht, daß du es warst, der angerufen hat, und laß deine Waffe nicht sehen. Erzähl ihm etwas über Elvee – sag ihm, du konntest einfach nicht wegbleiben und daß du ihn anrufen wirst, sobald du Fontaines Aufzeichnungen gefunden hast.«

»Und was willst du tun?«

»Das hängt von ihm ab. Vergiß nur nicht, was du über ihn weißt.«

Was ich über ihn wußte?

Tom ließ mir keine Zeit zu fragen, was er meinte, stand auf, öffnete leise die Tür und ging hinein. In rabenschwarzer Finsternis bewegten wir uns vorsichtig auf den Kleiderständer zu. Meine ausgestreckten Hände berührten weichen Stoff, und ich tastete mich an dem Gewand entlang bis zum oberen Rand des Ständers, faßte ihn rechts, und Tom faßte ihn links. Dann sagte er so leise »jetzt!«, daß ich das Kommando fast nicht gehört hätte. Ich hob den schweren Ständer ungefähr fünf Zentimeter und machte ein paar Schritte zur Seite. Der Ständer bewegte sich mit mir, hielt aber nicht an, als ich stehenblieb, und ich mußte noch einen Schritt zugeben. Dann ließen wir das Möbelstück vorsichtig hinunter, und lautlos kamen seine Räder auf dem Boden auf.

Ich hörte Tom um den Ständer herumgehen und sich schrittweise an die Wand heran- und zur Tür tasten. Plötzlich kam mir, was wir hier taten, genauso absurd vor wie John Ransoms und mein Versuch, Fontaine zu fassen. Es war unmöglich, völlig geräuschlos die Treppe hinunterzusteigen. Ich wischte mir den Schweiß von der Stirn. Ein paar vorsichtige Schritte führten mich bis zur Wand, und ich streckte die Hand nach Tom aus, weil ich glaubte, er sei dabei, ganz vorsichtig die Sperrholztür zu öffnen. Ich griff ins Leere. Die Hand noch ausgestreckt, ging ich ein paar Schritte zur Seite. Und noch einen Schritt. Meine Hand streifte die Türkante, und um ein Haar hätte ich die Tür gegen die Wand geknallt. Ich bückte mich und suchte Tom in Kniehöhe, wo etwa sein Kopf hätte sein müssen, wenn er schon auf der Treppe war. Ich fand ihn nicht. Ich beugte mich vor und schaute die Treppe hinunter. Im sehr schwachen Licht einer Taschenlampe, das am anderen Ende des Kellers über die Wände geisterte, kaum zu sehen, entfernte sich fast gleitend eine dunkle Gestalt von der Treppe und verschwand.

Ich richtete mich langsam auf, bewegte mich mit übertriebener Vorsicht, damit meine Knie nicht knackten, und begann bis hundert zu zählen.

18

Am liebsten hätte ich weitergezählt, bis zweihundert oder zweitausend, aber ich zwang mich, den Fuß auf die erste Stufe zu setzen. Tom hatte recht gehabt, das Holz war so weich, daß es sich fast pelzig anfühlte. Ich spürte es durch die Strümpfe. Ich legte die Hand auf das Geländer und stieg die nächsten beiden Stufen absolut lautlos hinunter. Dann noch drei Stufen und wieder zwei.

Hinter dem Heizkessel suchte Fee im Schein seiner Taschenlampe den Boden ab. Dann sprang das Licht auf die rechte Seite des großen Kessels, wanderte einen oder zwei Meter in Richtung der Garderoben, schlitterte über den Boden, zog Kreise und schlug Purzelbäume auf dem Zement. Schließlich machte es wieder einen langen, langsamen Schwenk. Fee stand hinter dem Kessel, blickte in meine

Richtung und suchte etwas. Ich glaubte zu wissen, was es war.

Langsam stieg ich die letzten fünf Stufen hinunter. Er würde mich nicht sehen können, selbst wenn er um den Kessel herumginge – er konnte nur sehen, was ihm vor den Lichtstrahl seiner Taschenlampe kam. Endlich hatte ich die Treppe geschafft und bewegte mich vorsichtig auf die Stelle zu, wo meiner Erinnerung nach die Säule aus Ziegeln stand. Der Mann mit der Taschenlampe wich zurück und schwenkte das Licht hektisch über den Boden zwischen Kessel und Garderoben. Ich blieb stehen, und der verlängerte Lichtkreis fuhr über den Kessel und verwandelte Rohre und Leitungen in schwarze Silhouetten, strich in der Nähe der Treppe über die Mauer und kam links vom Heizofen zum Stillstand. Der Mann wich wieder zurück, und ich machte noch ein paar Schritte auf die unsichtbare Säule zu.

Aus der Richtung, die Tom eingeschlagen hatte, schloß ich, daß er sich weit hinten im Keller versteckt haben mußte, vermutlich hinter dem Karton mit den Buchstaben für die Reklametafel. Er würde warten, bis ich den Mann mit der Taschenlampe identifiziert hatte, bevor er den nächsten Schritt tat. Vielleicht würde er auch warten, bis Fee etwas gesagt hatte, womit er sich selbst belastete. Ich hoffte nur, er wartete nicht, bis Fee anfing herumzuballern.

Mit ein paar leisen Schritten erreichte ich die Stelle, an der ich die Säule gesehen hatte. Ich streckte die Hand aus und griff in die Luft. Keine Säule. Fee schien jetzt gründlicher zu suchen und setzte seine Taschenlampe gezielt auf der rechten Seite des Heizkessels ein. Ohne die Hände vorzustrecken, ging ich ein paar Schritte zur Seite und prallte gegen die Säule. Es machte nicht mehr Lärm als ein Autozusammenstoß. Das Licht blieb reglos in der Luft hängen. In Schweiß gebadet, preßte ich mich an die Säule, machte mich so flach wie möglich.

»Wer ist da?« Die Stimme klang viel ruhiger, als ich war.

Ich wich hinter die Säule zurück und hoffte, daß Tom aus der Dunkelheit auftauchen würde.

»Wer sind Sie?«

Ich legte die Hand auf den kleinen Halfter an meinem

Gürtel. Fee und seine Taschenlampe wanderten auf die linke Seite des Heizkessels hinüber, das Licht flog durch den Keller und blieb auf der hinteren Wand liegen. Seine Schritte tappten über den Zement. Dann blieb er stehen und knipste die Lampe aus.

»Ich bin Polizeibeamter«, sagte er. »Ich bin bewaffnet, und meine Waffe ist schußbereit. Ich will wissen, wer Sie sind und was Sie hier machen.«

Das war nicht richtig – er war nicht schuldbewußt, trat völlig sicher auf. Fee hätte die Taschenlampe schon in dem Moment ausgeschaltet, in dem er gemerkt hätte, daß jemand im Keller war. Dieser Mann machte nicht einmal Anstalten, wegzulaufen.

»Sagen Sie was!«

In meiner Panik konnte ich mich nicht mehr an die Stimmen der beiden Männer erinnern, die wir verdächtigten, Fee Bandolier zu sein. Rauhe Mörtelstücke preßten sich mir in die Seite. Ich wünschte mir, irgendwo zu sein, nur nicht in diesem Keller, brach ein großes Stück Mörtel aus der Säule und schleuderte es zur Treppe. Der Mörtel prallte auf den Zement und zersprang.

»Aber, aber«, sagte der Mann. »Das funktioniert nur im Kino.«

Er machte wieder ein paar Schritte, doch ich wußte nicht, in welche Richtung.

»Ich will Ihnen sagen, was hier vorgeht«, erklärte er. »Sie sind hergekommen, um sich mit jemandem zu treffen, der alles über Sie weiß – er hat mehrere Detectives angerufen, mich, Monroe und der Himmel weiß, wen noch. Entweder hat er Sie auch angerufen, oder Sie haben jemanden davon reden gehört.« Er ging lautlos umher, während er sprach, seine Stimme schien zuerst von der einen und gleich darauf von der anderen Seite des Heizkessels zu kommen.

»Sie kennen mich«, fuhr er fort, »Sie können auf mich schießen, aber Sie werden mich nicht treffen. Und dann erwische ich Sie.«

Es folgte eine lange Pause, dann meldete er sich wieder, irgendwo rechts von mir. »Was mich beunruhigt, ist, daß Sie sich nicht wie ein Cop verhalten. Wer, zum Teufel, sind Sie?«

Ich verhielt mich nicht wie ein Cop und er nicht wie Fee Bandolier.

Noch stand die Säule zwischen uns. Es war eine gute, stabile Säule. Keine Kugel der Welt konnte sie durchschlagen. Und wenn er nicht schoß, waren wir aus demselben Grund in diesem Keller.

»Sergeant Hogan?« sagte ich.

Plötzlich fiel von irgendwo rechts hinten helles Licht auf mich, und mein Schatten zeichnete sich riesengroß an der Wand ab. Der Magen rutschte mir in die Kniekehlen, aber niemand schoß, weder Hogan noch Tom.

»Ich hab' gedacht, wir wären Sie los, Underhill.« Das klang ärgerlich und belustigt zugleich. »Sie haben wohl Todessehnsucht, wie?«

»Sie haben mich überrascht«, sagte ich.

»Das beruht auf Gegenseitigkeit.« Er nahm das Licht von mir weg. Ich legte die Hand wieder auf den Halfter, als der Lichtstrahl über den Boden wanderte und gleich darauf Michael Hogans gutaussehendes, wettergegerbtes Gesicht beleuchtete. Er blinzelte und richtete dann den Strahl auf meine Brust, um mich nicht zu blenden. »Was machen Sie hier?«

»Dasselbe wie Sie«, sagte ich. »Ich wollte sehen, ob ich vielleicht die Papiere finde, die in diesen Schachteln waren. Als ich sah, daß sie verschwunden sind, habe ich mich umgeschaut, ob nicht etwas herausgefallen ist.«

Er seufzte und richtete das Licht auf den Boden. »Woher haben Sie gewußt, wo die Papiere sein könnten?«

»Kurz bevor Paul Fontaine starb, sagte er ›Bell‹. Ich brauchte lange, ehe ich begriff, daß er Beldame Oriental sagen wollte.«

»Sind Sie der Irre, der uns alle angerufen hat?«

»Von irgendwelchen Anrufen hab' ich nicht gewußt, bis Sie es mir eben sagten.«

»Und wie sind Sie hier reingekommen?«

»John Ransoms Vater hat früher mal ein Hotel besessen. Und John hat aus dieser Zeit noch jede Menge Dietriche und Nachschlüssel.«

»Und wie haben Sie von innen die Kette wieder angebracht?«

»Ich bin vorn reingegangen«, sagte ich. »Ungefähr eine Viertelstunde, bevor Sie auftauchten. Ich dachte nicht, daß ich jemanden hier treffen würde.«

»Sie waren hier unten, als ich kam?«

»Natürlich.«

»Dann kann ich wohl von Glück sagen, daß Sie mich nicht erschossen haben.«

»Womit denn?«

»Sie haben sich schon eine verflixte Nacht ausgesucht, um auf Entdeckungsreisen zu gehen, Underhill.«

»Ich nehme an, Sie sind nicht Fielding Bandolier, oder?«

Das Licht sprang mir wieder ins Gesicht und blendete mich. Ich wehrte es mit erhobener Hand ab. »Ist Ransom auch hier unten? Steckt er irgendwo im Kino?«

Tödlicher Schreck durchfuhr mich wie kalte Elektrizität. Ich hielt mein Gesicht weiterhin bedeckt. »Ich bin allein«, sagte ich. »Ich denke, John ist nicht mehr interessiert.«

»Okay.« Das Licht senkte sich auf meine Taille, und ich nahm die Hand herunter. »Ich habe das Thema Fielding Bandolier satt«, sagte Hogan. »Ich will nie wieder etwas davon hören, weder von Ihnen noch von sonst jemand.«

»Sie haben also durch einen Anruf von dem Kino erfahren?«

»Was erfahren?« Er wartete, und als ich nicht antwortete, sagte er: »Der Anrufer hat mich aufgefordert, mich hier mit ihm zu treffen. Das kam mir ungewöhnlich vor, milde ausgedrückt, deshalb habe ich nachprüfen lassen, wem das Beldame gehört. Ich nehme an, Sie haben schon von Elvee Holding gehört?«

»Haben Sie denn von Hubbel keine Bestätigung bekommen?«

»Wir haben nie mit Hubbel gesprochen. McCandless sagte, er werde es in die Wege leiten, und hat die Sache dann abgeblasen.«

»McCandless«, sagte ich.

Hogan schwieg. Ich hörte, daß er sich umdrehte. Das ovale Licht löste sich von mir und schweifte über den Boden zur Treppe. »Ich weiß gar nicht, warum wir hier im Dunkeln stehen«, sagte er. »In der Wand neben der Treppe ist ein Lichtschalter. Gehen Sie rüber, und machen Sie Licht, ja?«

»Ich glaube nicht, daß das eine sehr gute Idee ist.«

»Tun Sie's.«

Er ließ den Lichtstrahl vor mir her zur Treppe tänzeln. Ich folgte dem beweglichen Oval und fragte mich, wo Tom sich versteckt haben mochte. Als ich an der Treppe war, richtete Hogan das Licht auf den Schalter.

»Wie, wenn noch jemand kommt?«

»Und wer, zum Beispiel?«

Ich holte tief Atem. »Ross McCandless. Er ist ein Mörder. Und wenn jemand mehrere Detectives angerufen hat, um den richtigen herzulocken, dann muß er herkommen und denjenigen töten, der ihn angerufen hat – auch wenn er die Papiere schon beiseite schaffen konnte.«

»Machen Sie Licht«, sagte Hogan.

Ich griff nach dem Schalter und legte ihn um.

19

Nackte Glühbirnen über der untersten Stufe, in der Nähe des Heizkessels, irgendwo in der Nähe der Schachtel mit den Buchstaben und noch weiter vorn gaben so viel Licht, daß es mir in die Augen stach. Der ganze Keller war jetzt sichtbar, größer und schmutziger, als ich erwartet hatte. An den Stromkabeln hingen dichte Spinnweben. Von Tom war nichts zu sehen.

In einem grauen Anzug und schwarzem T-Shirt stand Michael Hogan ungefähr drei Meter von mir entfernt und sah mich ernst an. In der rechten Hand hatte er eine lange schwarze Taschenlampe, die wie ein Schlagstock aussah. Er knipste sie mit dem Daumen aus. »Jetzt, da es hell genug ist, können wir ja nachsehen, wohin er die Kartons gestellt hat.« Hogan drehte sich um und ging an der Säule und am Heizkessel vorbei nach hinten.

Ich durchquerte den Keller und kam um den Heizkessel herum. Hogan stand in der Nähe der Kartons und blickte starr zu Boden. Dann sah er meine Füße. »Was haben Sie mit Ihren Schuhen gemacht?«

»Hab' sie oben gelassen.«

»Hmmm. Der kleine G-Mann.«

Die leeren Kartons lagen auf dem staubigen Boden. Hogan suchte mit den Blicken den Raum zwischen Heizkessel und Mauer zu unserer Rechten ab, dann das lange Stück Fußboden zwischen Kessel und Garderoben. Nirgends lag zerknülltes Papier herum. Ich schaute zu den Garderoben hinüber. Die Tür der ersten Garderobe, der von uns am weitesten entfernten, hing ein wenig schief in den Angeln.

»Fällt Ihnen etwas auf?«

»Nein«, sagte ich.

»Erzählen Sie mir von McCandless«, sagte er.

»Ein Millhavener Polizeibeamter bedient sich einer falschen Identität.« Hogans Gesicht verhärtete sich vor Zorn, und ich wich ein paar Schritte zurück. »Ich weiß, Sie denken, es war Fontaine, ich habe gedacht, es sei Fontaine, aber ich bin davon abgekommen.«

»Und warum?«

»Auf dem Stück Papier, das ich in The Green Woman gefunden habe, ging es um eine gewisse Jane Wright. Sie wurde im Mai 1977 ermordet, wenn man diesem abgerissenen Stück Papier glauben darf. Der Name der Stadt war nicht mehr ganz leserlich, sah aber aus wie Allentown. Ich durchforschte die Mai-Ausgaben der Zeitungen aller Allentowns, doch nirgends war eine Jane Wright getötet worden.«

»Und Sie denken, das beweist etwas?«

»Nein. Später fand ich nämlich in der Zeitung einer Stadt namens Allerton, Ohio, eine Notiz, die besagte, daß Jane Wright dort ermordet worden war; und zwar im betreffenden Monat des betreffenden Jahres. Damals war Paul Fontaine jedoch bei der Polizei in Allentown, Pennsylvania, nicht in Allerton, Ohio.«

»Ah«, sagte Hogan.

»Demnach muß es jemand anders sein. Jemand, der Billy Ritz als Informanten benutzt hat und der erst 1979 nach Millhaven gekommen ist. Und das sind nur drei. Sie, Monroe und McCandless.«

»Nun, ganz offensichtlich bin ich's nicht«, sagte er, »sonst wären Sie schon tot. Aber warum nehmen Sie Monroe aus?

Und wie, um alles in der Welt, haben Sie von Billy Ritz erfahren?«

»Ich habe die Ohren offengehalten. Und ich habe mit vielen Leuten geredet. Ein paar von ihnen wußten etwas.«

»Entweder sind Sie ein geborener Polizist oder eine unausstehliche Nervensäge«, sagte Hogan. »Was ist mit Monroe?«

Da ich behauptet hatte, ich sei nur eine Viertelstunde vor ihm dagewesen, konnte ich ihm nicht die Wahrheit sagen. »Bevor ich reinging, habe ich lange draußen in der kleinen Gasse gestanden und den Eingang beobachtet. Monroe kam gegen zwölf, halb eins, sah sich die Kette an und ging wieder. Also ist er es bestimmt nicht.«

Hogan nickte und ging, die große Taschenlampe schwingend, zu den Garderoben hinüber. »McCandless ist ein ziemlicher Schock für mich.«

»Aber als Sie mich hörten, dachten Sie, ich sei jemand, den Sie kennen. Ein Polizist.«

»Monroe hat so vielen Leuten von dem verrückten Anruf erzählt. Mir war von diesem Mordfall in Allerton, Ohio, nichts bekannt, von dem Sie mir eben erzählt haben.«

Ich nickte.

»Ich werde ein Foto von McCandless an die Polizei von Allerton faxen, dann wissen wir Bescheid. Gehen wir hinauf, damit Sie wieder in Ihre Schuhe kommen, dann bringe ich Sie zu Ransom – oder eben dahin, wo Sie wohnen.«

»Ich bin im St. Alwyn abgestiegen«, sagte ich und hoffte, Tom konnte mich hören, wo immer er war. »Ich gehe zu Fuß.«

»Das ist sogar besser.«

Ich wußte nicht so recht, warum ich ihm nicht ganz traute, und entfernte mich schneller von ihm, als er erwartet hatte. Warum sollte es für mich besser sein, im Hotel zu wohnen, anstatt bei John? Ich ging auf die Treppe zu und hörte Tom Pasmore sagen, ich solle nicht vergessen, was ich über Fee Bandolier wußte. Ich schien tausend Dinge über ihn zu wissen, aber keins davon nützte mir etwas. Langsam kam Hogan hinter mir her. Ich legte die Hand auf den winzigen Punktstrahler in meiner Tasche.

Ich kam zur untersten Stufe und sagte: »Würden Sie einen Moment bleiben, wo Sie sind?«

Im schlimmsten Fall, dachte ich, wirst du eben aussehen wie ein Esel.

»Was?« Hogan blieb stehen. Er hatte nach dem Knopf seines Sakkos gegriffen und ließ die Hand sinken, als er sah, daß ich mich ihm zuwandte.

Mit der linken Hand fuhr ich zum Schalter, knipste das Kellerlicht aus und richtete mit der rechten den grellen Strahl meines Lämpchens auf sein Gesicht. Er blinzelte.

»Lenny Valentine«, sagte ich.

Sein Gesicht wurde starr vor Schreck. Hinter ihm kam Tom schnell und lautlos aus der Garderobe. Ich schaltete meine Lampe aus und schlich mich im Dunkeln von der Treppe weg. Ich hatte den Eindruck, daß Tom noch weiterging.

»Wir wollen das Ganze doch nicht noch einmal durchkauen, oder?« sagte Hogan. Er hatte sich keinen Zentimeter bewegt.

Von irgendwo in der Nähe der Säule ließ Tom seine Lampe aufblitzen und richtete sie auf Hogans Kopf. Hogan drehte sich zum Licht und sagte: »Hätten Sie was dagegen, mir zu erklären, was Sie da tun, Underhill?« Er konnte nicht mehr sehen als den grellen Strahl der Taschenlampe, aber er hob nicht die Hände, um sich gegen das Licht zu schützen.

Ich nahm den Revolver aus dem Halfter, entsicherte ihn und zielte auf Hogans Kopf.

Er lächelte. »Was haben Sie eben für einen Namen genannt?«

Tom noch immer zulächelnd, legte er den Kopf schief und knöpfte mit der rechten Hand sein Sakko auf. Ich erinnerte mich, ihn bei der gleichen Geste ertappt zu haben, kurz ehe ich ihn damit überrumpelte, daß ich das Licht ausmachte. Er hätte mich erschossen, sobald ich auf der obersten Stufe angelangt wäre. Ich stellte fest, daß ich mit der anderen Hand den Punktstrahler parallel mit dem Lauf meiner Pistole auf Hogan richtete, als sei er eine zweite Waffe, so, als hätte ich längst geplant, was ich als nächstes tun würde, und als Hogan die Hand auf den Knopf legte, knipste ich die Lampe an. Sofort löschte Tom die seine.

»Lenny Valentine«, sagte ich.

Hogan hatte sich schon umgedreht, starrte in mein Licht und lächelte nicht mehr. Ein Schatten glitt durch seine Augen, und er öffnete den Mund, um etwas zu sagen. Bei dem Gedanken, mir seine nächsten Worte anhören zu müssen, schüttelte es mich vor Widerwillen. Fast ohne es zu wollen, drückte ich auf den Abzug und schickte eine Kugel in den hellen Lichtstrahl.

Es folgten ein roter Blitz und ein lauter, heller Knall, der in den Zementmauern zu einer Explosion anschwoll. Direkt unter Hogans Haaransatz erschien ein schwarzes Loch, und im Licht sah man, daß aus seinem Hinterkopf etwas Helles spritzte. Er prallte zurück und verschwand. Sein Körper krachte auf den Boden, und der Gestank von Blut und Kordit verpestete die Luft.

»Du hast aber lange gebraucht, dich zu entscheiden«, sagte Tom und richtete sein Licht auf mich. Meine ausgestreckten Arme zeigten noch immer steif dahin, wo eben noch Hogan gestanden hatte. Ich ließ sie sinken.

Ich wußte nicht mehr, was ich in Hogans Gesicht gesehen hatte.

Tom richtete seine Lampe nach unten. Hogan lag halb auf der Seite, die Beine leicht angewinkelt, die Arme ausgebreitet. Aus seinem Hinterkopf strömte Blut und sammelte sich unter seiner Wange.

Ich wandte mich ab und taumelte gegen die Mauer. Dann tastete ich so lange auf den Schlackensteinblöcken herum, bis ich den Schalter fand. Ich machte Licht, drehte mich um und sah Hogan an. Aus dem Loch unter seinem Haaransatz sickerte ein dünnes rotes Rinnsal und floß schräg über seine Stirn.

Seine Automatic in den Halfter schiebend, kam Tom näher und kniete neben Hogan nieder. Er rollte ihn auf den Rükken, und Hogans rechter Arm platschte in die immer größer werdende Blutlache. Der Geruch richtete in meinem Magen dasselbe an wie eine verdorbene Auster. Tom steckte die Hand in eine Tasche des grauen Sakkos. »Was machst du?« fragte ich.

»Ich suche einen Schlüssel.« Er ging auf die andere Seite der Leiche und schob die Hand in die andere Tasche. »Also, da haben wir ihn ja!« sagte er und hielt einen kleinen silbernen Schlüssel in die Höhe.

»Wohin paßt er?« fragte ich.

»Zu den Papieren«, sagte er, »Und jetzt ...« Aus der Innentasche seines Jacketts holte er einen schwarzen Markerstift heraus. Er schraubte ihn auf und sah zu mir auf, als wollte er sagen: »Versuch ja nicht, mich zu hindern! Ich bin kein Polizist und an Gerechtigkeit nicht interessiert, aber dies hier ist wahrscheinlich Gerechtigkeit.« Er entfernte sich einen Schritt von der Leiche, wischte die Staubschicht vom Zement und schrieb mit großen, schrägen Buchstaben BLAUE ROSE auf den Boden, drehte sich rasch um und sah wieder mich an. »Diesmal war es tatsächlich der Detective«, sagte er. »Gib mir deine Waffe.«

Ich reichte ihm die .38er. Tom wischte sie sorgfältig mit dem Taschentuch ab, beugte sich vor und legte sie Hogan in die rechte Hand. Dann bog er ihm die Finger um den Griff und zog den Zeigefinger durch den Abzugbügel. Er griff unter Hogans Jackett und nahm dessen .38er aus dem Halfter. Er stand auf, kam auf mich zu und hielt mir die Waffe hin. »Die entsorgen wir später«, sagte er.

Ich schob die Pistole in den kleinen Halfter, den ich an meinen Gürtel angeklipst hatte, ließ Hogan dabei aber keine Sekunde aus den Augen.

»Wir sollten hier verschwinden«, sagte Tom.

Ich antwortete nicht. Ich schaute hinunter auf den Toten – die offenen Augen, das schlaffe, leere Gesicht.

»Du hast das richtige getan«, sagte Tom.

»Ich muß sicher sein«, sagte ich. »Du verstehst das doch? Ich muß sicher sein.«

Ich kniete nieder, raffte das schwarze T-Shirt an der Taille zusammen und zog es ihm bis zum Hals hinauf, sah aber nicht genug. Ich zog das Hemd noch höher, bis es sich unter seinen Armen bauschte. Die Brust des Toten war blaß und nicht behaart. Von der weißen Haut hoben sich deutlich mehrere kreisrunde Male ab, Narben, so groß wie Zehncentstücke.

Eine Welle ungeheurer Erleichterung durchflutete mich

wie Samt, wie Gold, und der Blutgeruch war mir plötzlich nicht mehr widerwärtig. Ich hätte gern laut gelacht.

»Leb wohl, Fee«, sagte ich und zog ihm das Hemd wieder über die Brust.

»Was sollte das denn?« fragte Tom hinter mir.

»Das Begräbniskommando«, sagte ich. »Alte Gewohnheit.«

Ich stand auf.

Tom sah mich neugierig an, fragte aber nicht. Ich schaltete das Licht aus und ging im Dunkeln die Treppe hinauf.

Nach knapp drei Minuten standen wir draußen in der Gasse, und nach weiteren fünf Minuten saßen wir im Jaguar und fuhren nach Osten.

20

»Hogan hat auf den Namen reagiert.«

»Und wie«, sagte ich.

»Und was war das mit seiner Brust?«

»Bachelor hatte kleine runde Narben auf der Brust.«

»Ach ja, hab' ich ganz vergessen. Die Narben von den Punjistäben.«

»Sie stammten nicht von Punjistäben. Der kleine Fee hatte sie auch.«

»Ach«, sagte Tom. »Ja. Armer Fee.«

Ich dachte: Segle weiter, Fee, segle weit fort, Fee Bandolier.

21

Im Schutz der nächtlichen Dunkelheit warfen wir Michael Hogans Pistole von der Horatio Street Bridge in den Fluß. Sie war schon nicht mehr zu sehen, bevor sie auf dem Wasser aufschlug, und verabschiedete sich dann von dieser Welt.

22

Das letzte, woran ich mich erinnerte, war das Aufklatschen der Pistole auf dem Wasser. Ich verließ die Garage, nachdem ich die ganze Zeit zwischen der Horatio Street und dem Eastern Shore Drive mit Michael Hogan im Keller des Beldame Oriental verbracht hatte. Ich ging über die Zufahrt ins Dunkel der Nacht hinein. Der Mond war schon lange vom Himmel verschwunden, und es gab auch keine Sterne. Die Welt ist zur Hälfte Nacht, und die andere Hälfte ist auch Nacht. Ich sah sein Gesicht im grellen, irgendwie ungewöhnlichen Licht des Punktstrahlers; und ich sah das kleine schwarze Loch, kleiner als ein Zehncentstück, kleiner als ein Penny, wie einen Schönheitsfleck dicht unter seinem Haaransatz.

Bis zum Alter von fünf Jahren war er nur einen Block von mir entfernt aufgewachsen. Unsere Väter hatten im selben Hotel gearbeitet. Auf meinen Streifzügen durch unser Viertel muß ich ihn manchmal gesehen haben – einen kleinen Jungen, der neben einem sorgfältig gepflegten Rosenbeet auf den Verandastufen saß.

Tom holte mich ein und öffnete die Tür zur Küche. Wir traten ein, er drückte auf einen Schalter, und sanftes Licht ergoß sich über die alte Spüle, die weiße Täfelung und die einfache, zerkratzte Holzkredenz. »Es ist kurz nach drei«, sagte Tom. »Willst du gleich zu Bett gehen?«

»Ich weiß es wirklich nicht«, sagte ich. »Was passiert jetzt?« Ich meinte: Wem sagen wir es? Wie sagen wir es?

»Was jetzt passiert?« sagte Tom. »Ich nehme mir einen Drink. Willst du gleich raufgehen?«

Frederick Delius und der Alligator, die Florida-Suite. »Ich denke nicht, daß ich jetzt schlafen könnte«, sagte ich.

»Dann leiste mir Gesellschaft.« Er warf Eiswürfel in ein Glas, füllte mit Malzwhiskey auf und beobachtete mich, während er trank. »Bist du okay?«

»Ich bin okay«, sagte ich. »Aber wir können ihn nicht einfach dort liegenlassen, oder? Damit die Kirchenleute ihn finden?«

»Ich glaube nicht, daß die Kirchenleute sich je in den Keller verirren.«

Ich goß Wasser in ein Glas und leerte es mit einem einzigen langen Zug bis zur Hälfte.

»Ich habe ein paar Ideen«, sagte Tom.

»Du willst, daß die Leute es erfahren, nicht wahr?« Ich trank das Glas fast ganz leer und füllte es wieder auf. Meine Hände und meine Arme schienen unabhängig von meinem Willen zu funktionieren.

»Ich will, daß jeder es erfährt«, sagte Tom. »Keine Sorge, diesmal werden sie es nicht vertuschen können.« Er nahm noch einen Schluck. »Aber bevor wir es von den Dächern schreien, will ich diese Papiere haben. Wir brauchen sie.«

»Wo sind sie? In Hogans Wohnung?«

»Komm mit mir hinauf«, sagte Tom. »Ich möchte mir mit dir eine Fotografie ansehen.«

»Was für eine Fotografie?«

Er antwortete nicht. Ich trottete hinter ihm her durch den riesigen, unordentlichen Raum im Erdgeschoß. Er ging, eine Lampe nach der anderen einschaltend, an der Couch und am Couchtisch vorbei zur Treppe und in den ersten Stock hinauf.

Auch im Arbeitszimmer machte er überall Licht. Er setzte sich an den Schreibtisch, und ich ließ mich auf das Chesterfieldsofa fallen. Dann nahm ich den Pistolenhalfter ab und legte ihn auf den Glastisch vor mir. Tom hatte die oberste Schreibtischschublade und einen mir bekannten bräunlichen Umschlag herausgenommen.

»Eins verstehe ich nicht«, sagte er. »Wie konnte Hubbel Paul Fontaine identifizieren? Hogan war auf dem Bild, stand direkt neben Fontaine. Wie konnte Hubbel also einen solchen Fehler machen?«

»Er hat lausig schlecht gesehen«, sagte ich.

»So schlecht?«

»Wenn er was sehen wollte, mußte er es sich ganz dicht vor die Augen halten. Seine Nase berührte praktisch das Papier.«

»Also hat er sich das Foto sehr sorgfältig angesehen.«

»Ich hatte den Eindruck.«

»Schauen wir mal, ob wir das Rätsel lösen können.« Tom zog das Zeitungsfoto aus dem Umschlag, nahm es und nahm seinen Drink und setzte sich neben mich aufs Sofa. Dann legte er das Foto vor uns auf den Tisch. »Wie hat er Fontaine identifiziert?«

»Er hat auf ihn gezeigt.«

»Direkt auf Fontaine?«

»Direkt auf ihn«, sagte ich. »Zielsicher auf Fontaine.«

»Wie hat er das gemacht?«

Ich beugte mich vor und betrachtete das Bild von Walter Dragonettes Vorgarten, in dem sich uniformierte Polizisten und Beamte in Zivil drängten. »Also«, sagte ich, »erstens hat es direkt vor ihm gelegen.«

»Leg es dir zurecht.«

Ich zog das Foto zu mir herüber. »Dann hat er auf Fontaine gezeigt.«

»Tu's.«

Ich streckte die Hand aus und pflanzte den Zeigefinger direkt auf Paul Fontaines Gesicht, genauso wie Edward Hubbel in Tangent, Ohio, es getan hatte. Wie Hubbels Finger bedeckte mein Finger das ganze Gesicht.

»Ja«, sagte Tom, »so hab' ich's mir gedacht.«

»Was hast du dir so gedacht?«

»Schau doch mal, was du tust«, sagte Tom. »Wenn du deinen Finger dahin legst, auf wen zeigst du dann?«

»Du weißt, auf wen ich zeige«, sagte ich.

Tom beugte sich herüber, nahm meinen Finger von dem Foto und zog es über den Tisch, daß er es direkt vor sich hatte. Wie ich legte er den Finger auf Fontaines Gesicht. Seine Fingerspitze war unmißverständlich auf den Mann neben Fontaine gerichtet – auf Michael Hogan. »Auf wessen Gesicht zeige ich?«

Ich starrte das Foto an. Tom zeigte nicht auf Fontaine, er verdeckte ihn.

»Wetten, daß es nicht Ross McCandless war, der den Trip nach Tangent abgesagt hat«, sagte Tom. »Was denkst du?«

»Ich denke – ich denke, daß ich ein Idiot bin«, sagte ich. »Ein Schwachsinniger. Auf jeden Fall der dümmere von beiden.«

»Ich hätte auch gedacht, daß er Fontaine meint. Weil ich, genau wie du, erwartet hätte, daß er Fontaine identifiziert.«

»Ja, aber ...«

»Tim, du hast keine Schuld.«

»Fontaine muß Elvee Holding überprüft haben. John und ich haben Hogan direkt zu ihm geführt, dabei wollte er nur meine Hilfe.«

»Hogan hätte Fontaine ermordet, ganz gleich, ob du und John dort gewesen wäret oder nicht, und er hätte von einer willkürlichen Gewalttat bei den Ausschreitungen gesprochen. Du hast nur bestätigt, daß in dieser Nacht noch ein Schütze zugegen war.«

»Hogan.«

»Klar. Für ihn habt ihr wunderbare Augenzeugen abgegeben.« Er trank noch einen Schluck, weil er sah, daß er mein Schuldbewußtsein weitgehend beschwichtigt hatte. »Und selbst wenn du keine undeutliche Gestalt gesehen hättest – war McCandless nicht ganz scharf darauf, dir diese Aussage in den Mund zu legen? Es erleichterte ihm die ganze Sache.«

»Da hast du wohl recht«, sagte ich. »Aber ich glaube, ich werde mich trotzdem nach Florida zurückziehen.«

Er lächelte. »Ich gehe auch ins Bett – ich möchte, daß wir uns die Papiere gleich morgen früh holen. Das heißt – heute früh natürlich.«

»Sagst du mir, wo sie sind?«

»Du sagst es mir.«

»Ich habe nicht die leiseste Ahnung.«

»Was war der noch einzige übrige Ort? Wir haben ihn direkt vor uns.«

»Ich finde das nicht lustig«, sagte ich.

»Er fängt mir E an.« Er lächelte.

»Eriwan«, sagte ich, und Tom hörte nicht auf zu lächeln.

Dann erinnerte ich mich, was wir erfahren hatten, als wir anfingen, uns für Elvee zu interessieren. »Oh«, sagte ich. »Oh.«

»Genau«, sagte Tom.

»Und es ist nur zwei Blocks vom Beldame Oriental entfernt, also hat er die Kartons wahrscheinlich gestern abend sofort nach Dienstschluß zwischen fünf und sechs Uhr rübergebracht.«

»Sag es.«

»Expresspost«, sagte ich. »Die Postsammelstelle in der South Fourth Street.«

»Siehst du?« sagte Tom. »Ich hab' dir doch gesagt, daß du es weißt.«

Bald darauf ging ich hinauf zu Frederick Delius und dem Alligator, zog mich aus und kroch ins Bett. Was mich erwartete, waren vier Stunden unruhigen, von Träumen geplagten Schlafs. Ich erwachte mit dem Geruch frisch gerösteten Toasts in der Nase und in dem Bewußtsein, daß mein schwerster Tag in Millhaven eben angefangen hatte.

SIEBZEHNTER TEIL

John Ransom

1

Um halb neun stand die Sonne schon hoch über den Dachfirsten der South Fourth Street, und als wir aus dem angenehm klimatisierten Wagen stiegen, prallten wir gegen unbarmherzige fünfundvierzig Grad. Mir klebte im Handumdrehen das Hemd am Körper. Tom Pasmore trug einen von Lamont von Heilitz' Spezialanzügen, einen blauen Dreiteiler, in dem er aussah, als komme er geradewegs aus dem Buckingham Palace. Ich hatte ungefähr das an, was ich auch im Flugzeug angehabt hatte – Jeans, schwarzes Zweireiherjackett über weißem Hemd – und sah aus wie der Mann, der die Pferde hält.

Expresspost Mail and Fax war eine glänzende weiße Ladenfront mit dem Firmennamen in drastischen roten Lettern über einem langen Schaufenster und Blick auf einen sauberen weißen Tresen, hinter dem ein Mann mit randloser Brille und roter Krawatte in einem Katalog blätterte. Hinter ihm eine Wand aus Kundenschließfächern mit Bronzetüren. Als wir kamen, klappte der Mann den Katalog zu, legte ihn in ein Regalfach unter dem Tresen und sah Tom und mich und dann wieder Tom diensteifrig an. »Kann ich etwas für Sie tun?«

»Ja, vielen Dank«, sagte Tom. »Ich möchte die Papiere abholen, die mein Kollege gestern für Elvee Corporation bei Ihnen deponiert hat.«

Ein Schatten der Unsicherheit flog über das Gesicht des Angestellten. »Ihr Kollege? Mr. Belin?«

»Ja, genau der.« Tom nahm den Schlüssel aus der Tasche und legte ihn auf den Tresen.

»Nun ja, Mr. Belin hat gesagt, daß er die Papiere selbst abholen will.« Er blickte über die Schulter zurück auf die Schließfächer. »Wir können Ihnen die Vorauszahlung nicht rückvergüten oder so.«

»Das ist schon in Ordnung«, sagte Tom.

»Würden Sie mir bitte Ihren Namen sagen, für den Fall, daß Mr. Belin wiederkommt.«

»Casement«, sagte Tom.

»Nun ja, ich denke, das geht in Ordnung.« Der Angestellte ergriff den Schlüssel.

»Wir sind Ihnen dankbar für Ihre Hilfe«, sagte Tom.

Der Angestellte wandte sich der rechten Wand zu, ging fast bis nach hinten und kniete dann vor einem der Fächer in der untersten Reihe nieder. Sie waren etwa so groß wie die Behälter, die von Fluggesellschaften zum Transport von Hunden verwendet werden.

Er drehte sich um und sah wieder Tom an. »Hören Sie, da Sie schon für eine Woche bezahlt haben, kann ich Ihnen das Fach solange reservieren, falls Sie es noch einmal benutzen wollen. Sie brauchen nicht doppelt zu bezahlen.«

»Das will ich Mr. Belin gern sagen«, erwiderte Tom, und der Angestellte begann stapelweise gelbliche Umschläge aus dem Fach herauszuholen.

2

Wir trugen den großen Pappkarton, den der Angestellte uns gegeben hatte, die Treppe zu Toms Arbeitszimmer hinauf. Auf dem Rückweg hatte Tom bei einer Papierhandlung angehalten und sechs Ries Kopierpapier gekauft. Vier Packungen lagen jetzt obenauf auf Hogans Aufzeichnungen, und zwei hatten wir seitlich in den Karton gesteckt. Auf halber Treppe begannen die Griffe des Kartons durchzureißen, und wir mußten ihn auf den restlichen Stufen von unten anpacken. Wir stellten ihn auf den Boden neben das Kopiergerät. Tom schaltete es ein, und es begann zu summen und zu blitzen. Ich nahm einen Umschlag und öffnete ihn. Er enthielt einen Ordner mit Papieren verschiedener Größe und Farben, manche engzeilig und ohne Rand in Maschinenschrift, andere mit der Handschrift bedeckt, die ich das erstemal im Keller von The Green Woman gesehen hatte. Ich nahm eine getippte Seite zur Hand.

Als wir aus der Bar kamen, war es ein oder zwei Uhr morgens, und sie war zu betrunken, um noch gerade gehen zu können. Ich sollte dich wegen Erregung öffentlichen Ärgernisses festnehmen. Bist du etwa 'n Cop? Nein, Schätzchen, mir gehört eins von den großen Hotels in Downtown, das hab' ich dir doch erzählt. Welches? Das Hotel Zum Gebrochenen Herzen, sagte ich. Dort war ich schon. Wahrscheinlich schulde ich dir 'ne Menge Miete. Das weiß ich, Schätzchen, das bringen wir schon in Ordnung. Sie kicherte. Hier ist mein Wagen. Als sie einstieg, rutschte ihr der schwarze Rock die Oberschenkel hinauf. Magere Oberschenkel ein blauschwarzer Daumenabdruck. Wir kamen zur GWT (Green Woman Tavern), und sie sagte. Dieses Loch? Nur keine Sorge, unten wartet ein Thron auf dich.

Ich schaute zu Tom hinüber. Er war mit dem Inhalt eines anderen Kuverts beschäftigt. »Das ist unglaublich«, sagte ich. »Er schildert jede Einzelheit. Hat sogar Dialoge eingebaut. Es ist wie ein Buch.«

Tom schien ein bißchen übel von dem, was er gelesen hatte. »Die Aufzeichnungen scheinen mehr oder weniger geordnet zu sein – jeder Mord auf rund zwanzig Seiten, soweit ich es bisher überblicke. Wie viele Seiten haben wir deiner Schätzung nach? Rund tausend?«

»So ungefähr«, sagte ich, die Stapel betrachtend.

»Mindestens fünfzig Morde«, sagte Tom. »Ich nehme an, er hat Fontaine ein paar der spektakulärsten ›aufklären‹ lassen.«

»Wem willst du Kopien schicken?«

»Dem FBI. Isobel Archer. Dem neuen Polizeichef Harold Green. Jemandem beim *Ledger*, Geoffrey Bough.«

»Der flippt glatt aus«, sagte ich. »Aber du wirst dich nicht zu erkennen geben, oder?«

»Aber klar doch, ich bin der besorgte Mitbürger, der diese Papiere in einem Müllcontainer gefunden hat. Ich glaube sogar, der besorgte Mitbürger wird Isobel Archer auf der Stelle anrufen.«

Er ging zum Schreibtisch, wählte eine Nummer. Ich ließ mich wieder auf der Couch nieder und hörte mir seine Hälfte des Gesprächs an. Als mir bewußt wurde, daß ich noch immer den dicken Ordner in der Hand hielt, legte ich ihn auf den Tisch, als fürchtete ich, er könnte mich mit etwas Ekelerregendem anstecken.

»Ich möchte mit Isobel Archer sprechen, bitte. Es hat mit einer Schießerei zu tun.

Ich bleibe in der Leitung.

Miss Archer? Ich bin sehr froh, daß ich mit Ihnen sprechen kann.

Mein Name? Fletcher Namon.

Richtig, ja, es geht um 'ne Schießerei. Ich wußte nicht, was tun, also hab' ich mir gedacht, ich rufe Sie an.

Ich will mit der Polizei nix zu tun haben, Miss Archer. Es geht um 'n Polizisten.

Nun, ja.

Okay. Es ist gestern nacht passiert. Ich hab' einen Detective gesehen, wie er heißt, weiß ich nicht, aber er war vor kurzem in den Abendnachrichten, deshalb weiß ich, daß er irgendein Polizist ist, und er ist in dieses alte Kino unten an der Livermore reingegangen.

Spätnachts.

Nein, ich könnt Ihnen nicht sagen, wie spät es war. Jedenfalls als er drin war, hab' ich den Schuß gehört.

Nein, ich bin natürlich weg wie der Blitz.

Ich bin sicher.

Sicher bin ich sicher. Es war ein Schuß.

Keine Ahnung, was ich denke, daß Sie tun sollen. Dachte, das ist Ihre Sache.

Ich muß jetzt flitzen.

Nein. Wiederhören.«

Er legte auf und drehte sich zu mir um. »Was glaubst du?«

»Ich glaube, sie wird in fünf Minuten mit Bügelsäge und Lötlampe vor dem Kino auf der Matte stehen.«

»Das glaub ich allerdings auch.« Er nahm alle Seiten aus dem Ordner, der auf seinen Knien lag. »Ich werde zwei bis drei Stunden brauchen, um das ganze Zeug zu kopieren«, sagte er. »Willst du hierbleiben, oder hast du vielleicht was anderes vor?«

»Ich glaube, ich sollte mit John sprechen«, sagte ich.

»Soll ich mitkommen?«

»Du bist hier der Boß. Lakaien wie ich erledigen die niedrigen Arbeiten.«

3

Es war unglaublich heiß, als ich durch die hübschen Straßen zu John Ransoms Haus ging – die Seventh entlang, über Omdurman Place, Balaclava Place und Victoria Terrace; Klinkerhäuser unter Efeu versteckt, Steinhäuser mit wunderschön verzierten Hauseingängen und bleigefaßten Fenstern, Mansardendächern und spitzen Giebeln. Sprinkleranlagen drehten sich um sich selbst, und kleine Jungen flitzten auf Zehngangrädern an mir vorbei. Es sah aus wie eine Welt ohne Geheimnisse, ohne Gewalt, eine Welt, in der nie Blut vergossen worden war. Im ordentlichen Vorgarten von Alan Brookners Haus steckte ein Schild. ZU VEKAUFEN.

Der weiße Pontiac parkte gegenüber von Johns Haus, am selben Platz, an dem ich ihn an meinem ersten Morgen in Millhaven gesehen hatte. Er war in eine Parklücke gequetscht, in die er gerade noch hineinpaßte, und ich erinnerte mich – wie ich mich gestern abend erinnert hatte – an einen lärmenden kleinen Patrioten in Shorts, der aus seiner beflaggten Festung stürzte und etwas von Übergriff und Beschädigung zeterte. Ich überquerte den sonnigen Ely Place und klingelte bei John.

Er erschien an dem schmalen Fenster links von der Tür und musterte mich stirnrunzelnd und neugierig – wie man einen Vertreter ansieht, der Enzyklopädien verkauft und noch einmal vor der Tür steht, obwohl man die Bücher schon bestellt hat. Als er die Tür öffnete, wurde seine Miene etwas freundlicher.

»Tim! Wieso bist du wieder hier?«

»Es hat sich so ergeben«, sagte ich.

»Mußt du noch recherchieren? Kommst du mit dem Buch gut voran?«

»Sehr gut. Darf ich eine Minute reinkommen?«

»Aber natürlich.« Er trat beiseite und ließ mich ein. »Wann bist du zurückgekommen? Gerade eben?«

»Gestern nachmittag.«

»Aber du solltest wirklich nicht im Hotel wohnen. Gib das Zimmer auf, zieh wieder zu mir. Bleib, solange du willst. Ich

habe mir Informationen über ein paar Häuser im Perigord*
schicken lassen, die zum Verkauf stehen, wir könnten uns die Prospekte zusammen ansehen.«

»Ich wohne nicht im Hotel, sondern bei Tom Pasmore.«

»Bei dem arroganten Schnösel?«

John war mir ins Wohnzimmer gefolgt. Als ich mich auf die Couch gegenüber der Bilderwand setzte, sagte er: »Warum machst du es dir nicht bequem?«

»Danke, daß du mir den Vuillard geschickt hast«, sagte ich. Er hatte die Bilder nicht umgehängt, und die Lücke, die der Vuillard hinterlassen hatte, war noch da; die Wand sah sehr nackt aus.

Er stand neben der Couch und schaute unsicher auf mich herunter, weil er nicht wußte, in welcher Stimmung ich war und was ich wollte. »Ich wußte, du würdest dich freuen. Und wie ich schon sagte, ich hätte das Bild nicht mehr ertragen – es war zuviel für mich.«

»Das glaube ich gern«, sagte ich.

Er sah mich wieder an wie einen lästigen Klinkenputzer, verzog dann das Gesicht zu einem Lächeln und setzte sich auf die Armlehne eines Sessels. »Bist du nur gekommen, um dich für das Bild zu bedanken?«

»Ich habe dir einiges zu sagen.«

»Warum habe ich das Gefühl, daß das irgendwie unheilvoll klingt?« Noch immer lächelnd, zog er das Knie neben sich auf die dick gepolsterte Armlehne. Er trug ein dunkelgrünes Polohemd, ausgebleichte Jeans und Sandalen ohne Socken und sah aus wie ein Börsenmakler im Wochenendurlaub.

»Bevor wir anfangen, würde ich gern wissen, wie es Alan geht.«

»Bevor wir uns mit den mysteriösen ›Dingen‹ befassen? Glaubst du, ich werde hinterher nicht mehr mit dir reden wollen?«

Ich durfte nicht vergessen, daß John Ransom ziemlich was auf dem Kasten hatte. »Aber durchaus nicht«, sagte ich. »Ich glaube eher, du wirst dann vielleicht Tag und Nacht mit mir reden wollen.«

---

* histor. Landschaft im nördlichen Aquitanischen Becken Frankreichs

»Tag und Nacht.« Er zog den Fuß näher an den anderen Oberschenkel heran. »Versuchen wir, bei diesem Ton zu bleiben.« Er blickte theatralisch auf. »Tja, Alan. Der liebe alte Alan. Ich nehme an, du hast ihn draußen im County Hospital nie gesehen.«

»Aber ja doch. Ich habe auf der Fahrt zum Flughafen ein paar Minuten zu ihm reingeschaut.«

Er hob die Brauen. »Tatsächlich? Dann weißt du ja, wie schlecht es ihm ging. Seit damals – also eigentlich seit ich ihn im Golden Manor untergebracht habe – hat er einen weiten Weg zurückgelegt. Er hat ausgezeichnete Pflege, und die steht ihm, verdammt, auch zu, wenn man bedenkt, wie teuer es dort ist.«

»Macht es ihm etwas aus, daß er dort ist?«

John schüttelte den Kopf. »Ich denke, es gefällt ihm. Er weiß, daß er gut versorgt ist, egal, was mit ihm geschieht. Und die Frauen sind alle ganz verrückt nach ihm.«

»Besuchst du ihn oft?«

»Vielleicht einmal die Woche. Das reicht – uns beiden.«

»Das stimmt wahrscheinlich«, sagte ich.

Er kniff die Augen zusammen und biß sich auf die Unterlippe. Er hatte nicht verstanden. »Also – was wolltest du mir sagen?«

»In ein, zwei Tagen wird die ganze Stadt wieder verrückt spielen. Es wird einen zweiten schweren Erdrutsch im Polizeipräsidium geben.«

Er schnippte mit den Fingern, zeigte dann auf mich und grinste entzückt. »Du Halunke! Du hast die Papiere gefunden, nicht wahr? Das ist es doch, oder?«

»Ich habe die Papiere gefunden«, sagte ich.

»Du hast recht. Die ganze Stadt wird total überschnappen. Wie viele Menschen hat Fontaine umgebracht? Weißt du das?«

»Es war nicht Fontaine. Es war der Mann, der Fontaine getötet hat.«

Sein Mund klaffte auf und begann zu zucken, er wußte nicht, ob er lachen oder ernst bleiben sollte. Und er versuchte zu entscheiden, ob ich ernst war. »Du willst mir doch nicht etwa einreden, daß du denkst, Alan hätte …«

Er war nicht einmal interessiert genug gewesen, sich nach dem Bericht der Ballistiker zu erkundigen. »Alan hat Paul Fontaine nicht erschossen«, sagte ich. »Alan hat mich angeschossen. Jemand hatte sich zwischen den Häusern hinter dir und Alan versteckt. Er muß ein Gewehr mit Zieleinrichtung benutzt haben. Alan, du, ich – wir hatten überhaupt nichts damit zu tun. Als wir kamen, war er längst da. Er war mit Fontaine im Ghetto. Vielleicht hat er sogar gesehen, daß Fontaine hier anrief. Wahrscheinlich ist er ihm zum Bandolier-Haus gefolgt.«

»Also hat der Typ in Ohio den falschen Mann identifiziert?«

»Nein, es war schon der richtige. Ich habe nur falsch ausgelegt, was er getan hat.«

John preßte die offene Hand an seine Wange und beobachtete mich ein paar Sekunden lang, ohne etwas zu sagen. »Ich glaube nicht, daß ich die ganze Geschichte wissen muß«, meinte er schließlich.

»Nein, es ist jetzt nicht mehr wichtig. Und ich war heute nicht bei dir, und du hast mich nicht gesehen. Nichts, was ich dir sage, nichts, was du mir sagst, wird je aus diesem Haus hinausgetragen werden. Ich will, daß du das weißt.«

Er nickte, ein wenig verblüfft, weil ich annahm, daß auch er mir etwas zu sagen hatte, war aber eifrig genug bei der Sache, um sich für das Wesentlichste zu interessieren. »Okay. Also, wer war es?«

»Michael Hogan«, sagte ich. »Der Mann, den du als Franklin Bachelor gekannt hast, hat seinen Namen in Michael Hogan geändert. Im Moment liegt er tot im Keller des Beldame Oriental mit einer Waffe in der Hand und den Worten BLAUE ROSE neben seiner Leiche. Mit schwarzem Markerstift geschrieben.«

John nickte bedächtig und beifällig.

»Isobel Archer wird sich ins Beldame einschleichen und die Leiche entdecken. In ein paar Tagen werden sie und ein paar andere Leute, unter anderem das FBI, Fotokopien der Aufzeichnungen bekommen, die er über seine Mordtaten gemacht hat. Ungefähr die Hälfte ist handgeschrieben, daher wird niemand bezweifeln können, daß sie von Hogan stammen.«

»Hast du ihn getötet?«

»Hör zu, John«, sagte ich, »wenn ich einen Detective in Millhaven getötet hätte, dürfte ich mit keinem Menschen darüber sprechen. Richtig? Aber ich will, daß du eins weißt: Alles, was wir hier reden, bleibt strikt unter uns, wird nie über dieses Zimmer hinausgelangen. Daher ist meine Antwort, ja, ich habe ihn erschossen.«

»Mann!« John sah mich strahlend an. »Das ist erstaunlich – du bist fantastisch. Die ganze Geschichte wird ans Licht kommen.«

»Ich glaube nicht, daß du das willst«, sagte ich.

John starrte mich an, versuchte meine Gedanken zu lesen. Sein Bein rutschte von der Armlehne zu Boden. Ihm gefiel nicht, was er in meinem Gesicht sah. Er strahlte nicht mehr und bemühte sich jetzt, gekränkt und arglos auszusehen. »Warum sollte ich was dagegen haben, daß alles ans Licht kommt?«

»Weil du deine Frau ermordet hast«, sagte ich.

4

»Zuerst hast du sie ins St. Alwyn gebracht und auf sie eingestochen, hast es aber nicht geschafft, sie zu töten. Doch als man dir sagte, sie werde wieder zu sich kommen, bist du zu ihr gegangen und hast sie umgebracht. Und natürlich hast du auch Grant Hoffman getötet.«

Wie vom Blitz getroffen, ließ er sich von der Armlehne in den Sessel gleiten. Und ich sollte merken, daß er wie vom Blitz getroffen war. »Mein Gott, Tim! Du weißt genau, was passiert ist. Du weißt sogar, *warum*. Du warst es doch, der Bachelors Namen ins Spiel gebracht hat. Du hast den ganzen Fall aufgedeckt.«

»Du wolltest, daß ich von Bachelor erfuhr, oder? Das war ein ganz wesentlicher Grund dafür, daß du mich hergeholt hast. Angeblich hattest du keine Ahnung, daß er hier lebte – angeblich war er erst nach Millhaven gekommen, nachdem er dein Bild in der Zeitung gesehen hatte. Dann tötete er

Hoffman und deine Frau und schlüpfte, als ihm der Boden zu heiß wurde, in seine neue Identität.«

»Das ist so absurd, das ist verrückt«, sagte John.

»Kaum war ich hier, hast du mir gesagt, deiner Meinung nach sei die Blaue Rose ein alter Soldat. Und du hattest dir eine wunderbare Geschichte über die Ereignisse ausgedacht, die sich zutrugen, nachdem du in Bachelors Camp in der Provinz Darlac eingetroffen warst. Es war eine gute Geschichte, nur fehlten ein paar wichtige Einzelheiten.«

»Darüber wollte ich nie sprechen«, sagte er.

»Du hast mich manipuliert, damit ich sie aus dir herauslockte, hast immer wieder Andeutungen gemacht.«

»Andeutungen.« Traurig schüttelte er den Kopf.

»Sprechen wir über das, was in der Provinz Darlac wirklich passiert ist«, sagte ich.

»Warum quatschst du nicht drauflos und verschwindest ganz einfach, wenn du dich ausgequatscht hast – verschwindest und läßt mich in Ruhe? Du mußt krank sein.«

»In deinem Camp war außer dir noch ein Green Beret namens Bullock. Bullock und sein A-Team sind eines Tages auf Patrouille gegangen und nie zurückgekommen. Du hast sie gesucht und auch gefunden. Ihre Leichen waren an Bäume gebunden und verstümmelt. Man hatte ihnen die Zungen herausgeschnitten.«

»Das habe ich dir erzählt«, sagte John.

»Du hast nicht geglaubt, daß die VC sie umgebracht haben, du dachtest, Bachelor sei es gewesen. Und als dir Bullocks Geist erschien, bestätigte dich das in deiner Überzeugung. Du warst dort, wo er deiner Meinung nach die ganze Zeit war – du warst an dem Punkt angelangt, an dem du durch die Welt hindurchschauen konntest.«

»Dort war ich, ja«, sagte John. »Doch ich glaube nicht, daß du je dort warst.«

»Vielleicht nicht, John. Aber das Entscheidende dabei ist, daß du dich betrogen fühltest – und du hattest recht. Also wolltest du tun, was deiner Meinung nach auch Bachelor tun würde.«

»Du solltest dir lieber überlegen, was du da sagst, Tim«,

entgegnete John. »Du solltest lieber nicht mit Vermutungen um dich werfen.«

»Als du kamst, war Bachelor längst entkommen. Also hast du sein Camp niedergebrannt. Dann hast du systematisch alle umgebracht, die zurückgeblieben waren, alle Gefolgsleute von Bachelor, die zu jung oder zu alt oder zu schwach waren, um mit ihm zu gehen. Wie hast du es gemacht? Einen pro Stunde, einen alle zwei Stunden? Am Ende hast du sein Kind ermordet, hast es auf den Boden geworfen und mit deinem Bajonett in zwei Hälften geschnitten. Dann hast du seine Frau getötet, zerhackt, in den Gemeindetopf geworfen und etwas von ihrem Fleisch gegessen. Du hast sogar ihren Schädel gesäubert. Du hast Bachelor gespielt, nicht wahr – warst zu Bachelor geworden.«

Er sah mich wütend an, seine Kiefer mahlten. Ich sah den mühsam unterdrückten Zorn in seinen Augen, doch diesmal tat er nichts, um ihn zu verbergen. »Du hast wirklich nicht das Recht, darüber zu sprechen, weißt du. Es *gehört* dir nicht. Es gehört Leuten wie *uns.*«

»Aber ich liege nicht falsch, oder?«

»Das ist nicht relevant«, sagte John. »Nichts, was du sagst, ist wirklich relevant.«

»Aber es ist nicht falsch.«

John hob die Hände. »Schau mal, selbst wenn all das geschehen wäre, was niemand in der normalen Welt glauben würde, weil die Menschen nicht einmal anfangen könnten, es nachzuvollziehen – für Bachelor wäre es nur ein Grund mehr, sich an *mir* zu rächen.«

»So hat Bachelor nie funktioniert«, sagte ich. »Das konnte er nicht. Du hattest schon recht mit ihm – er war immer jenseits der Grenze, und alles Menschliche war für ihn bedeutungslos, seine Sorge galt einzig und allein seinem Überleben. Nach Lang Vo hat er drei oder vier verschiedene Identitäten angenommen. Nachdem er zwölf Jahre als Michael Hogan gelebt hatte, war für ihn nur wichtig, daß man Franklin Bachelor für tot hielt.«

»Was du da sagst, beweist nur, daß *er meine Frau getötet hat.* Wenn du das nicht einsiehst, kann ich nicht einmal mit dir reden.«

»Er hat sie nicht getötet«, sagte ich. »Er hat sie zusammengeschlagen – oder hat sie von Billy Ritz zusammenschlagen lassen, was auf dasselbe herauskommt.«

»Jetzt weiß ich, daß du verrückt bist.« John warf den Kopf zurück und blickte grollend zur Decke. Sein Gesicht rötete sich. »Ich habe dir erzählt, daß ich sie geschlagen habe. Es war das Ende meiner Ehe.« Er senkte den Kopf und sah mich erstaunt und mitleidig an. »Warum, in aller Welt, sollte Billy Ritz meine Frau schlagen?«

»Um sie zu bremsen«, sagte ich. »Oder ganz zu stoppen, ohne sie zu töten.«

»Um sie zu bremsen. Warum sollte er?«

»April hat wegen The Green Woman jede Woche einen Brief ans Polizeipräsidium geschrieben. Hogan brachte seine Opfer dorthin. Im Keller lagen seine Aufzeichnungen. Er mußte sie stoppen.«

»Also hat er sie umgebracht«, sagte John. »Ich wünschte, du könntest dich hören. Du stellst alles auf den Kopf.«

»An dem Abend, an dem sie dir gestand, daß sie häufig mit Byron Dorian zusammen war, bist du mit ihr im Auto herumgefahren. Seit Wochen hattest du schon geplant, sie zu töten. Im Auto habt ihr euch gestritten, du bist ausgestiegen und in die Bar gegangen. Ich denke, du wolltest dir Mut antrinken, um es endlich tun zu können. Du hast gedacht, du müßtest zu Fuß nach Hause gehen, aber als du aus der Bar kamst, stand der Wagen noch da. April war bewußtlos. Wahrscheinlich hat sie auch geblutet. Du warst sehr überzeugend, als du sagtest, es sei für dich ein Schock gewesen, den Wagen zu sehen, aber ein Teil deines Schocks war doch wohl darauf zurückzuführen, daß sie auf dich gewartet hatte.«

Er lehnte sich im Sessel weit zurück und legte die Hände über die Augen.

»Du wußtest nicht, wer sie zusammengeschlagen hatte – dir war nur klar, es war höchste Zeit, deinen Plan auszuführen. Also bist du hinter das St. Alwyn gefahren und hast sie durch die Hintertür in den zweiten Stock getragen, hast sie geschlagen, hast ein paarmal zugestochen und BLAUE ROSE an die Wand geschrieben. Und da hast du einen Fehler gemacht.«

Er nahm die Hände von den Augen und ließ die Arme sinken.

»Du hast einen blauen Markerstift benutzt. Hogans Markerstifte waren entweder schwarz oder rot, die Farben, mit denen man am Schwarzen Brett des Morddezernats Mordfälle als noch nicht abgeschlossen oder aufgeklärt kennzeichnet. Ich wette, du hast den blauen Stift an jenem Abend in der Apotheke im alten Anbau des St. Alwyn gekauft. Als du Grant Hoffman umgebracht hattest, hast du's richtig gemacht, hast BLAUE ROSE mit einem schwarzen Stift geschrieben. Wahrscheinlich hast du auch den in der Apotheke gekauft und später weggeworfen.«

»Jesus, du hörst nicht auf und hörst nicht auf«, sagte John. »Ich bin also, nachdem ich die ganze Nacht an ihrem Bett gesessen hatte, am nächsten Morgen aufgestanden, mit einem Hammer in der Hand zu Fuß in die Berlin Avenue gerannt, auf wunderbare Weise in ihr Zimmer gelangt, habe sie getötet, bin auf ebenso wunderbare Weise ungesehen wieder aus ihrem Zimmer rausgekommen und den ganzen Weg zurückgerannt. Und das alles habe ich in fünfzehn bis zwanzig Minuten geschafft.«

»Genau«, sagte ich.

»Zu Fuß.«

»Du bist gefahren«, sagte ich. »Du hast in einer Querstraße gegenüber der Berlin Avenue geparkt, damit niemand im Krankenhaus dein Auto sehen konnte, und dann hast du im Vorgarten eines Hauses darauf gewartet, bis die Leute vom Nachtdienst aus dem Krankenhaus kamen. Der Mann, dem der Vorgarten gehört, hat dich vor seinem Haus gesehen. Er könnte dich wahrscheinlich identifizieren.«

John schlang die Finger ineinander, legte das Kinn darauf und sah mich finster an.

»Du warst drauf und dran, alles zu verlieren, und das hättest du nicht ertragen. Also hast du die Blaue Rose wieder aufleben lassen, damit es so aussah, als gehöre Aprils Tod zu dem ganzen *procedere* – du hast irgendeinen Grund erfunden, um den armen Grant Hoffman in den Tunnel zu locken, und hast ihn dort in Stücke gerissen, um sicherzugehen, daß er nie identifiziert werden konnte. Du bist schlimmer als Hogan – er mußte töten, er konnte nichts dafür, aber du hast zwei Menschen aus reiner Habgier umgebracht.«

»Was wirst du jetzt tun?« Das Kinn auf die verschränkten Hände gestützt, sah John mich noch immer finster an.

»Nichts. Du sollst nur begreifen, daß ich es weiß.«

»Du glaubst zu wissen. Du glaubst zu verstehen.« John kochte innerlich und stemmte sich aus dem Sessel hoch. Er konnte nicht länger stillsitzen. »Das ist wirklich komisch. Sehr komisch.« Er machte zwei Schritte auf die Wand mit den Gemälden zu und schlug dann die Hände zusammen, Handteller an Handteller, nicht so, als wolle er applaudieren, sondern als wolle er sich Schmerz zufügen. »Weil du noch nie etwas verstanden hast. Du hast keine Ahnung, wer ich wirklich bin. Hattest nie eine Ahnung.«

»Vielleicht nicht«, sagte ich. »Wenigstens bis jetzt nicht.«

»Du stehst mir nicht einmal nahe. Wirst es auch nie tun. Und weißt du, warum? Weil du einen kleinen Geist und eine kleine Seele hast.«

»Aber du hast deine Frau ermordet.«

Er drehte sich langsam um, die Verachtung in seinem Blick war mit Wut vermischt. Er kannte den Unterschied nicht mehr. Seine eigene Bitterkeit hatte ihn bis ins Mark vergiftet, er war wie ein Skorpion, der sich selbst gestochen hatte und immer wieder zustach. »Klar. Na klar doch. Wenn du's so ausdrücken willst.«

Er grollte noch einen Augenblick vor sich hin, wartete darauf, daß ich ihn kritisierte oder verdammte – um ein für allemal zu beweisen, daß ich nicht verstand. Als ich nichts sagte, fuhr er wieder herum und ging noch näher an die Bilder heran. Einen Moment lang glaubte ich, er werde sie von der Wand holen und mit bloßen Händen in Stücke reißen. Doch er schob die Hände in die Taschen, wandte sich von den Bildern ab und marschierte zum Kamin.

Mir warf er einen einzigen brennenden Blick zu. »Kannst du dir vorstellen, wie mein Leben war? Kannst du es dir auch nur im entferntesten vorstellen? Diese beiden Menschen …« Vor dem Kamin blieb er stehen und fuhr abermals herum, um mich anzusehen. Sein Gesicht war von leidenschaftlichem Haß verzerrt. »Die fabelhaften Brookners.

Weißt du, was sie mit mir gemacht haben? Sie haben mich in eine Kiste gesteckt und sie zugenagelt. Sie haben mich in einen Sarg gequetscht und sind auf dem Sargdeckel herumgehüpft, damit ich nie wieder rauskonnte. Was für eine super Zeit sie hatten, da oben auf meinem Sarg. Glaubst du denn, die beiden hätten je was von *Anstand* gehört? Von *Respekt?* Von *Ehre?* Sie haben mich zu ihrem Babysitter gemacht.«

»Anstand«, sagte ich. »Respekt. Ehre.«

»Richtig. Klingt das vernünftig für dich? Fängst du an zu begreifen?«

»In gewisser Weise, ja«, sagte ich und überlegte, ob er wieder über mich herfallen würde. »Ich kann mir vorstellen, wie du dich als Alans Babysitter gefühlt haben mußt.«

»Oh, zuerst war ich der Babysitter von April. Damals war ich nur Alans kleiner Lakai. *Später* wurde ich sein Babysitter, und dann stieg meine wundervolle Frau mit diesem schmierigen Jungen ins Bett.«

»Das war unanständig«, sagte ich. »Daß du deinen eigenen Doktoranden in einen Tunnel gelockt und in Stücke gerissen hast, war natürlich bei weitem nicht so schlimm.«

Johns Gesicht wurde dunkel, er machte einen Schritt vor und versetzte einem Tischbein einen Tritt. Das Holz splitterte, der Tisch kippte, und alle Bücher krachten auf den Boden. John blickte lächelnd auf das Durcheinander und überlegte offensichtlich, ob er nicht jedem Buch einzeln einen Tritt geben sollte. Dann ließ er es und ging zum Kamin zurück. Er sah mich mit einem Blick höchstens Triumphs und tiefster Bitterkeit an, nahm die Bronzeplakette und schmetterte sie mit voller Wucht auf die Kante des Simses. Ein Stück geäderten rosa Marmors fiel auf den Boden und ließ eine gezuckte, wie abgefressen aussehende Lücke zurück. Schwer atmend packte John die Plakette und sah sich im Wohnzimmer nach einem Ziel um. Er fand es in der hohen Lampe in der Nähe der Tür, winkelte den rechten Arm ab und schleuderte die Plakette auf die Lampe. Sie flog vorbei und traf die Wand, wo sie eine Delle hinterließ, bevor sie auf den Boden fiel.

»Verschwinde aus meinem Haus!«

»Ich will dir nur noch eins sagen, John.«

»Ich kann's kaum erwarten.« Er atmete noch immer schwer, und seine Augen sahen aus, als hätten sie sich in seinem Schädel ausgedehnt.

»Egal, was du sagst, wir waren Freunde. Du hattest eine Eigenschaft, die ich sehr mochte – du bist Risiken eingegangen, weil du geglaubt hast, du könntest durch sie eine absolut neue Erfahrung gewinnen. Aber du hast den besten Teil deiner selbst verloren. Du hast alles verraten, was dir wichtig war – Menschen und Dinge –, um genug Geld für ein völlig sinnloses Leben zu haben. Ich glaube, du hast dich verkauft, damit du das Leben führen konntest, das deine Eltern immer geführt haben, aber du verachtest auch sie. Das Komische ist, daß von deinem alten Ich noch immer genug erhalten geblieben ist, daß du dich zu Tode trinkst. Oder dich auf eine schnellere, blutigere Weise selbst zerstörst.«

Er schnitt eine Grimasse und schaute, die Hände ballend, an mir vorbei. »Es ist leicht zu urteilen, wenn man nichts weiß.«

»In deinem Fall«, sagte ich, »gibt es nicht allzuviel zu wissen.«

Er blieb in sich zusammengesunken stehen wie ein Tier im Zoo, und ich stand auf und ging. Die Luft in seinem Haus stank so widerlich wie in einem Bärenkäfig. Ich öffnete die Haustür, ohne einen Blick zurück zu werfen, hörte ihn aber in die Küche zum Kühlschrank tappen. Ich schloß die Tür hinter mir und sperrte John Ransom in dem Leben ein, das er sich selbst gezimmert hatte. Ich selbst ging in eine sonnige Welt hinaus, die neu erschaffen schien.

5

Als ich zu Tom zurückkam, saß er vor dem Computer, kratzte sich am Kopf und blickte zwischen dem Bildschirm und einem unordentlichen Stapel von Zeitungsausschnitten hin und her, die auf dem Schreibtisch lagen. Der Kopierer spuckte derweil Blatt um Blatt in fünf verschiedene Körbe. Als ich hereinkam, blickte Tom auf. »Du warst also bei John.« Es war keine Frage.

Er nickte – er wußte alles über John Ransom. Er hatte es schon gewußt, als John zum erstenmal sein Haus betreten hatte. »Die Kopien sind in etwa zwei Stunden fertig«, sagte er. »Wirst du mir helfen, die Begleitbriefe zu schreiben und die Pakete zu packen?«

»Klar«, sagte ich. »Was machst du jetzt?«

»Ich spiele mit einem kleinen Mord in Westport, Connecticut.«

»Spiel weiter«, sagte ich. »Ich muß ein bißchen schlafen.«

Zwei Stunden später ging ich gähnend in den ersten Stock hinunter und buchte telefonisch meinen Rückflug nach New York, während die letzten Blätter aus dem Kopierer fielen.

Tom drehte seinen Sessel zu mir herum. »Was sollen wir in den Begleitbrief schreiben?«

»Sowenig wie möglich.«

»Richtig«, sagte Tom und machte den Bildschirm leer.

Ich bin der Meinung, Sie sollten sich die Kopien dieser Papiere ansehen, die ich gestern abend hinter meinem Laden im Müll gefunden habe. Außer Ihnen bekommen noch vier andere Leute diese Kopien. Die Originale habe ich vernichtet, da sie schlecht rochen. Der Mann, der das alles geschrieben hat, behauptet, viele Menschen ermordet zu haben. Noch schlimmer, er schreibt auch, daß er hier in der Stadt Polizeibeamter ist. Ich hoffe, Sie können ihn für immer aus dem Verkehr ziehen. Ich bleibe unter den gegebenen Umständen lieber anonym.

»Bißchen viel Fantasie«, sagte ich.

»Ich habe nie den Anspruch erhoben, Schriftsteller zu sein.« Tom stellte den Drucker auf fünf Kopien ein, ging dann in die Küche hinunter und kam mit großen Bogen Packpapier und einer Rolle Schnur zurück. Wir machten vier feste Pakete, verschnürten sie gründlich und adressierten sie in Druckschrift an die Arbeitsstellen der Empfänger: an die von Isobel Archer, Chief Harold Green, Geoffrey Bough. Das vierte Paket ging an die ABTEILUNG FÜR VERHALTENSFORSCHUNG, FEDERAL BUREAU OF INVESTIGATION, QUANTICO, VIRGINIA.

»Was ist mit dem fünften?«

»Das ist für dich, wenn du es willst. Die Originale möchte ich gern behalten.« Ich druckte meinen Namen und meine Adresse auf dieses letzte Paket.

Das Hauptpostamt von Millhaven sieht aus wie ein alter Bahnhof, die Halle gut fünfzehn Meter hoch, mit Marmorfußböden und zwanzig Schalterfenstern in einer Reihe wie die Fahrkartenschalter in der Grand Central Station. Ich stellte mich mit zweien unserer dicken Pakete bei einem an, und Tom trug zwei Einkaufstüten mit den beiden anderen zum Nebenschalter. Der Mann hinter dem Schalter fragte mich, ob ich die beiden Monsterdinger wirklich mit der Post verschicken wolle. Ich wollte es. Was denn drin sei? wollte er wissen. Dokumente. »Wollen Sie sie als Drucksache aufgeben?«

»Nein, eingeschrieben und mit Eilboten«, sagte ich. Er wuchtete eins nach dem anderen auf die Waage und sagte mir, beide zusammen kosteten fünfundsechzig Dollar und siebenundzwanzig Cents. Und ich sei ein verdammter Narr, sagte mir sein Verhalten. Als Tom und ich gingen, zogen die beiden Postmenschen lange Briefmarkenschlangen über die nassen Schwammkissen.

Wir gingen wieder in die Hitze hinaus. Der Jaguar stand bei einer Parkuhr am Fuß einer langen Marmortreppe. Ich fragte Tom, ob er mich zu einem alten Freund bringen könne.

»Wenn du uns miteinander bekannt machst«, sagte Tom.

6

Um fünf Uhr saßen wir in dem riesigen Raum im Erdgeschoß vor dem Fernseher, den Tom aus dem Chaos von Aktenschränken und Büromöbeln herangerollt hatte. Ich hielt ein Glas mit kaltem Ginseng-Up in der Hand, von dem ich in Toms Kühlschrank drei Flaschen entdeckt hatte. Ich mag Ginseng-Up. Man findet nur selten ein Getränk, das wie gebratener Staub schmeckt.

Wir waren bei Alan Brookner gewesen; er hatte beinahe

wieder sein altes Gewicht erreicht, war glattrasiert, trug eine Jacke mit Fischgrätmuster, eine verwegene Krawatte und goldene Manschettenknöpfe. Und er hatte sich das Haar schneiden lassen. Ich machte ihn mit Tom Pasmore bekannt, und er stellte uns Sylvia, Alice und Flora vor, drei Witwen Ende Siebzig oder Anfang Achtzig. Sie sahen aus, als hätten sie die letzten vierzig Jahre zwischen Frisiersalon, Yogakursen und in Bädern verbracht, wo man sie mit Gesichtsmasken und Kräuterbädern konserviert hatte. Da keine von ihnen eine der beiden anderen mit Alan allein lassen wollte, gingen sie zusammen.

»Das muß ich John lassen«, sagte Alan. »Er hat einen Platz für mich gefunden, wo ich mich anstrengen muß, wenn ich mal allein sein will.« Seine Stimme dröhnte durch die weitläufige, mit Teppichen belegte Lounge, aber keines der weißhaarigen Alterchen, die bei Tee und Gurkensandwichs saßen, wandte den Kopf. Sie waren schon an ihn gewöhnt.

»Es ist ein sehr schönes Haus«, sagte ich.

»Machst du Witze?« dröhnte Alan. »Es ist fantastisch. Wenn ich gewußt hätte, daß es so was gibt, wäre ich schon vor Jahren hergezogen. Ich habe sogar Eliza Morgan einen Job in der Verwaltung verschafft – die Mädchen sind alle eifersüchtig auf sie.« Er senkte die Stimme. »Eliza und ich lunchen jeden Tag zusammen.«

»Kommt John oft?«

»Er war zweimal hier. Das ist schon in Ordnung. Er fühlt sich in meiner Gegenwart unbehaglich. Ihm war nämlich gar nicht recht, was ich getan habe, nachdem ich wieder bei Sinnen war – oder wenigstens bei dem, was von meinen Sinnen noch übrig ist. Also verschwendet er keine Zeit an mich, und das ist mir recht. Es ist mein Ernst, wir sind quitt. Ich meine, John ist manchmal ein bißchen kindisch, und er hat jetzt für den Rest seines Lebens Zeit, darüber nachzudenken.«

Tom fragte ihn, was er denn getan habe.

»Na ja, nachdem ich mich hier eingewöhnt hatte, habe ich meine finanziellen Angelegenheiten wieder in die Hände meines Anwalts zurückgelegt. Man muß schon ein Mann meines Alters sein, um zu verstehen, was ich brauche – du weißt es vielleicht nicht, aber John neigt dazu, ein bißchen wild zu spekulieren, Risiken einzugehen, und alles, was ich möchte, ist ein gutes Einkommen aus meinem Kapital. Also habe ich ihm die Vermögensverwaltung wieder abgenommen, und ich glaube, er ist mir deshalb böse.«

»Ich denke, Sie haben das richtige getan«, sagte ich, und Alans dunkle, eisige Augen trafen sich mit den meinen.

Tom entschuldigte sich und ging ins Bad.

»Von Zeit zu Zeit denke ich über John nach«, sagte Alan und senkte wieder die Stimme. »Manchmal frage ich mich, ob er und April verheiratet geblieben wären. Und ich frage mich manchmal, wer er wirklich ist.«

Ich nickte. »Alan, heute abend werden sie möglicherweise in den Nachrichten etwas bringen, das mit Aprils Tod zusammenhängt. Mehr kann ich Ihnen leider nicht sagen. Aber es wird wahrscheinlich eine Riesenstory.«

»Wird auch langsam Zeit«, sagte Alan.

Ich schlürfte mein Ginseng-Up. Jimbo nahm die Brille ab und schaute aus dem Bildschirm wie Daddy, der Neuigkeiten über zeitweilige Entlassungen im Werk nach Hause brachte. Er teilte uns mit, daß ein bekannter Detective des Morddezernats heute morgen tot aufgefunden worden sei. Es werde möglicherweise im Polizeipräsidium noch ein paar Nachbeben geben. Selbstmord könne nicht ausgeschlossen werden. Und nun Isobel Archer mit dem Rest der Geschichte.

Isobel stand außerhalb der Absperrung vor dem Beldame Oriental und berichtete uns, sie sei einem anonymen Hinweis über eine Schießerei in dem aufgelassenen Filmtheater in unmittelbarer Nähe der Orte nachgegangen, an denen April Ransom und Grant Hoffman ermordet worden waren. Sie habe, berichtete sie weiter, den Geistlichen, Reverend Clarence Edwards, der das Kino für Sonntagsandachten der Kongregation zum Heiligen Geist gemietet hatte, überredet, einen Blick hineinwerfen zu dürfen. Im Keller habe sie die Leiche von Detective Sergeant Michael Hogan entdeckt, getötet mit einem, wie es aussah, einzigen Schuß in den Kopf. Neben Sergeant Hogans Leiche hatten die Worte BLAUE ROSE gestanden.

Bei dem, was sie dann sagte, wäre ich am liebsten aufgesprungen und hätte Hurra geschrien.

»Die Angelegenheit wird jetzt im Polizeipräsidium von Millhaven auf das gründlichste untersucht, aber älteren Mitbürgern wird die furchtbare Ähnlichkeit dieser Szene mit dem 1950 erfolgten Tod von Detective William Damrosch auffallen, von dem erst kürzlich der Verdacht genommen wurde, die damaligen *Blaue-Rose*-Morde begangen zu haben. Vielleicht müssen diesmal nicht wieder vierzig Jahre vergehen, ehe die Wahrheit ans Licht kommt.«

Tom wandte sich mir zu. »Ich werde dich natürlich auf dem laufenden halten, doch ich wette, diese Geschichte wirst du ausführlich in der *New York Times* lesen können.«

»Auf Isobel«, sagte ich, und wir stießen miteinander an.

Lange nach den Nachrichten gingen wir zum Essen in ein gutes serbisches Restaurant an der South Side – ein einfaches Lokal mit karierten Tischtüchern, gedämpftem Licht und freundlichen Kellnern, alles Brüder und Cousins. Sie kannten Tom und waren sichtlich stolz auf das herrliche Essen, das ihre Väter und Onkel zubereiteten. Ich aß, bis ich glaubte, platzen zu müssen, und erzählte Tom von einem Brief, den ich schreiben wollte. Er bat mich, ihm eine Kopie der Antwort zu schicken, falls ich je eine bekommen sollte. Ich versprach es ihm.

Als wir wieder zu Hause waren, sagte er: »Ich weiß, was wir jetzt auflegen sollten«, und nahm eine neue Aufnahme von Prokofjews *Romeo und Julia auf dem Dorfe* unter der musikalischen Leitung von Sir Charles Mackerras aus dem Regal. Die Musik entführte uns auf einen langen Spaziergang durch den Paradiesgarten. *Wo die Echos zu wandern wagen, sollten wir zwei uns nicht hineintrauen?*

Um zwei Uhr, Mittag für Tom, sagten wir gute Nacht und gingen in unsere Zimmer, und vor dem Mittag des nächsten Tages umarmten und verabschiedeten wir uns nach einem weiteren langen, befreienden Gespräch auf dem Millhavener Flughafen. Bevor ich den Metalldetektor zu meinem Gate passierte, sah ich ihm nach, wie er leicht, beinahe athletisch den langen Flur entlangging, und ich wußte, daß es auf der ganzen Welt keinen Ort gab, an den er sich nicht wagen würde.

ACHTZEHNTER TEIL

Das himmlische Königreich

1

Ich kehrte in mein Leben zurück, in das Leben, an das ich mich erinnerte. Ich arbeitete an meinem Buch, traf mich mit Freunden, machte lange Spaziergänge, auf denen ich mein Notizbuch füllte, und hörte viel Musik. Ich schrieb den Brief, den ich mir vorgenommen hatte und auf den ich nie eine Antwort erwartete. Ich war kurz weggewesen, und nur Maggie Lah war es aufgefallen, aber Vinh und Michael Poole wußten, daß ich zu meinen alten Gewohnheiten, die inneren Frieden und Festigkeit verrieten, zurückgekehrt war und nicht mehr nächtelang herumlief und nächtelang schrieb. »Du warst an einem dunklen Ort und hast dort etwas erfahren«, sagte Maggie hellsichtig. Ja, sagte ich, du hast recht. Genau das ist geschehen. Sie umarmte mich, bevor sie mich meinem Buch überließ.

Die *New York Times* brachte ausführliche Berichte über die Ereignisse in Millhaven. Detective Sergeant Michael Hogan erschien das erstemal auf Seite A6. Am nächsten Tag war die Geschichte über ihn schon auf A2 vorgerückt. Dann landete er auf der Titelseite und blieb eine Woche da. Tom Pasmore schickte mir den *Ledger* bündelweise, zwei oder drei Ausgaben in einem Päckchen mit dem Umfang der vorweihnachtlichen Sonntags-*Times,* und Geoffrey Bough und eine Reihe anderer Millhavener Reporter fütterten mich mit Einzelheiten, die in meiner Zeitung nicht standen. Sobald das Ausmaß von Hogans Verbrechen bekannt wurde, gingen Ross McCandless und mehrere andere Polizeibeamte in Pension. Merlin Waterford wurde gezwungen, zurückzutreten, und durch einen liberalen Demokraten norwegischer Abstammung ersetzt, der Rhodes-Student gewesen war und überraschend gute Kontakte zur afro-amerikanischen Gemeinde hatte, hauptsächlich, dachte ich, weil er noch nie etwas Dummes von sich gegeben hatte.

Einige der weniger schauerlichen Passagen aus Michael Hogans tagebuchähnlichen Aufzeichnungen wurden zuerst im *Ledger* und dann in der *Times* veröffentlicht. *People, Time und Newsweek* brachten lange Berichte über Millhaven und Hogan, Hogan und Walter Dragonette, Hogan und William Damrosch. Das FBI gab bekannt, daß Hogan dreiundfünfzig Männer und Frauen ermordet hatte – in Pensacola, Florida, wo er als Felix Hart bekannt gewesen war, in Allerton, Ohio, unter dem Namen Leonard ›Lenny‹ Valentine, und in Millhaven. Es gab kurze, sorgfältig zensierte Berichte über seine Karriere als Franklin Bachelor.

Demonstranten belagerten wieder Armory Place, Protestmärsche machten die Illinois Avenue unpassierbar, Fotografien von Hogans Opfern erschienen in Zeitungen und Zeitschriften. Aus der Zelle, in der er seinen Prozeß erwartete, verkündete Walter Dragonette, seiner Erfahrung nach sei Detective Sergeant Hogan immer ein untadeliger Polizeibeamter gewesen, und es sei an der Zeit, mit der Heilung zu beginnen.

Nach langen rechtlichen Auseinandersetzungen wurden achtzehn unschuldige Männer aus den Gefängnissen entlassen, in denen sie ihre lebenslänglichen Strafen abbüßen sollten. In Florida waren zwei Unschuldige bereits hingerichtet worden. Alle achtzehn und die Familien der beiden Hingerichteten reichten monumentale Klagen gegen die Polizeidienststellen ein, die für ihre Verhaftung verantwortlich waren.

Im September gab ein Konsortium von Verlegern bekannt, daß sie die *Geständnisse des Michael Hogan* als Paperback herausbringen wollten. Der Erlös des Buches sollte an die Familien der Opfer gehen.

Im Oktober beendete ich die erste Fassung meines Buches *Das himmlische Königreich,* sah mich um und stellte fest, daß die Sonne noch immer auf die Gehsteige von Soho herunterbrannte, wir noch fast vierzig Grad im Schatten hatten und alle jungen Börsenmakler, die an den Wochenenden in Restaurants und Cafés saßen, für mich allmählich wie Jimbo an meinem letzten Abend in meiner Heimatstadt aussahen. Daddy war mit der schlimmen Nachricht von weiteren Entlassungen nach Hause gekommen. Einige der jungen Männer in ausgesucht lässiger Kleidung trugen stoppelige Dreitagebärte und rauchten eine Camel ohne Filter nach der anderen. Ich begann *Das himmlische Königreich* wie mein Buch jetzt hieß – umzuschreiben und zu redigieren, und Anfang Dezember, als ich das fertige Buch zu meinem Agenten und zu meinem Verleger brachte und meinen Freunden Kopien gab, war die Temperatur erst auf rund dreißig Grad gefallen. Eine Woche später lunchte ich mit Ann Folger, meiner Lektorin, im Chanterelle. Alles andere als unkonventionell, ist Ann eine frische, energische blonde Frau Mitte Dreißig, eine angenehme Gesellschafterin und eine hervorragende Lektorin. Sie hatte ein paar sehr brauchbare Ideen, wie man einige Passagen meines Buches noch verbessern konnte, eine Arbeit, die nicht mehr als zwei Tage in Anspruch nehmen sollte.

Glücklich über unser Gespräch und Ann Folger zugeneigter denn je, kehrte ich in mein Loft zurück und zerrte aus dem Schrank, in dem ich sie versteckt hatte, meine Kopie der *Geständnisse des Michael Hogan,* das Paket mit meinem Namen und meiner Adresse, das Tom Pasmore auf dem Hauptpostamt von Millhaven aufgegeben hatte. Ich hatte es nie geöffnet. Ich trug es hinunter und warf es in den Müllcontainer des Saigon. Dann ging ich wieder hinauf und begann an den letzten Änderungen zu arbeiten.

2

Der nächste Tag war Samstag, und der Dezember tat noch immer so, als sei er Mitte Oktober. Ich stand spät auf und zog eine Jacke an, um zu frühstücken und anschließend spazierenzugehen, bevor ich die letzten Änderungen einfügte. Soho feiert Weihnachten nicht so gnadenlos wie Midtown Manhattan, aber in einigen Schaufenstern entdeckte ich dennoch ein paar Weihnachtsmänner und mit falschem Schnee bestäubte Glitzerbäume, und die Musikanlage in dem Café, in dem ich ein Mandelcroissant und zwei Tassen französischen Kaffees trank, berieselte uns mit einem langsamen barocken Hymnus, den ich nach einiger Zeit als Corellis Weihnachtsconcerto erkannte. Und dann stellte ich fest, daß ich genau in dem Café saß, vor dem ich vor einiger Zeit Allen Stone aus seinem Wagen steigen gesehen hatte. Es schien Monate, ja, Jahre her – ich erinnerte mich an jene Wochen, in denen ich zwanzig Seiten pro Nacht geschrieben hatte, fast dreihundert Seiten insgesamt, und merkte, daß ich um diesen magischen Zustand der Verzückung trauerte. Um ihn wiederzufinden, wenn er ohne den inneren Aufruhr, den ich damals erlebt hatte, wiedergefunden werden konnte, würde ich ein neues Buch schreiben müssen.

Als ich nach Hause kam, begann, kaum hatte ich den Schlüssel ins Schloß gesteckt, das Telefon zu klingeln. Ich sperrte auf, stürmte hinein und zog mir im Laufen die Jacke aus. Der Anrufbeantworter schaltete sich ein, ehe ich zum Schreibtisch gelangte, und ich hörte Tom Pasmores Stimme aus dem Lautsprecher. »Hallo, ich bin es, der Nero Wolfe vom Eastern Shore Drive, und ich habe ein paar vermischte Nachrichten für dich, also ...«

Ich hob ab. »Ich bin hier«, sagte ich. »Hallo! Was sind das für vermischte Nachrichten? Gibt es in Millhaven weitere erstaunliche Neuigkeiten?«

»Tja, wir haben seit drei Tagen einen Schneesturm. Wenn man die Kältegrade hinzuzählt, die durch den Wind verursacht werden, haben wir hier ungefähr vierzehn Grad minus. Was macht dein Buch?«

»Es ist fertig«, sagte ich. »Warum kommst du nicht her und hilfst mir feiern?«

»Vielleicht komme ich. Wenn es je aufhört zu schneien, komme ich vielleicht über die Feiertage. Ist es dein Ernst?«

»Sicher«, sagte ich. »Verlaß deinen Eiskeller und verbring eine Woche im sonnigen New York. Ich würde mich riesig freuen.« Ich machte eine Pause, doch er sagte nichts, und mich beschlich eine Vorahnung, die mich frösteln ließ. »Der ganze Zirkus bei euch muß inzwischen vorbei sein, oder?«

»Endgültig«, sagte Tom. »Es sei denn, du zählst Isobel Archers Karrieresprung hinzu – sie hat einen Job bei einem Nachrichtensender ergattert und zieht in zwei Wochen nach New York.«

»Das kann nicht die Nachricht sein, wegen der du mich angerufen hast.«

»Nein. Dabei geht es um John Ransom.«

Ich wartete.

Tom sagte: »Ich habe es heute früh in den Nachrichten gehört – ich höre mir gewöhnlich die Nachrichten an, bevor ich ins Bett gehe. John ist gestern nacht gegen zwei bei einem Autounfall ums Leben gekommen. Es war mitten im Schneesturm, und er war ganz allein auf der Ost-West-Autobahn. Er hat frontal einen Brückenpfeiler gerammt. Zuerst hat man vermutet, er sei ins Schleudern geraten, aber dann stellte es sich heraus, daß sein Blutalkoholspiegel ungefähr dreimal so hoch war wie gesetzlich zulässig.«

»Es kann trotzdem ein Unfall gewesen sein«, sagte ich und sah John mitten in der Nacht durch den Sturm brettern, eine Dreihundertdollarflasche Wodka zwischen den Oberschenkeln. Es war das Bild einer endlosen Nacht, fast dämonisch in seiner Hoffnungslosigkeit.

»Glaubst du das wirklich?«

»Nein«, sagte ich. »Ich glaube, er hat sich umgebracht.«

»Das glaub ich auch«, sagte Tom. »Armer Teufel.«

Das wäre das letzte Wort über John Ransom gewesen, hätte ich nicht am Spätnachmittag einen Brief in meinem Briefkasten gefunden – was einer jener ironischen Zufälle war, die in einer fiktiven Geschichte verboten sind, die es im echten Leben aber sehr häufig gibt.

Um meine Post zu bekommen, muß ich zu den Briefkästen im Vestibül hinuntergehen, die unweit des Eingangs zum Saigon an die Wand montiert sind. Die Post kommt gewöhnlich gegen vier Uhr nachmittags, und manchmal bin ich vor dem Postboten da. Wie alle Schriftsteller bin ich von der Post besessen, die Geld, Verträge, Kritiken, Honorarabrechnungen, Briefe von Fans und *Publishers Weekly* bringt, wo ich meinen und meiner unzähligen Kollegen relativen Erfolg nachlesen kann. An dem Tag, an dem Tom mich angerufen hatte, ging ich verhältnismäßig spät hinunter, weil ich zuerst mit meinen Änderungen fertig sein wollte, aber als ich endlich hinunterkam, war mein Briefkasten mit Umschlägen vollgestopft. Alle Briefe mit Firmenaufdruck, alle Bittbriefe und alle Bestellscheine für esoterische Literaturzeitschriften, die von Universitäten herausgegeben wurden, warf ich sofort in die große Mülltonne, die wir unter die Briefkästen gestellt hatten. Zwei Briefe blieben übrig, einer von meinem ausländischen Agenten, der andere aus irgendeinem Ausland, das exotische Briefmarken liebte. Auf diesem zweiten Umschlag stand mein Name in einer klaren, runden Druckschrift.

Ich ging wieder hinauf, setzte mich an den Schreibtisch und betrachtete die Marken auf dem zweiten Umschlag. Ein Tiger, eine riesige fleischige Blüte, ein Mann im weißen Gewand, der bis an die Knie in einem braunen Fluß stand. Der Brief kam aus Indien, was mir einen leichten Schock versetzte. Ich riß das Kuvert auf und entnahm ihm einen einzigen dünnen, leicht rosa getönten Briefbogen.

Lieber Timothy Underhill,
meine Antwort kommt spät, denn Ihr Brief war ungewöhnlich lange zu uns unterwegs. Die Adresse, die Sie benutzten, war nicht sehr genau. Aber angekommen ist er, wie Sie sehen! Sie fragen nach Ihrem Freund John Ransom. Es ist schwierig, denn ich weiß nicht so recht, was ich sagen soll. Sie werden verstehen, daß ich keine Einzelheiten schreiben kann, aber ich habe das Gefühl, Ihnen mitteilen zu dürfen, daß wir im Ashram tief bewegt waren über den bedauerlichen Zustand, in dem Ihr Freund zu uns kam. Er litt. Er brauchte unsere Hilfe. Am Ende sahen wir uns jedoch gezwungen, ihn aufzufordern, uns zu verlassen – eine schmerzliche Sache für alle Beteiligten. John Ransom hatte einen verderblichen, einen zerstörerischen Einfluß auf alles. Er konnte sich nicht öffnen, konnte sein wahres Ich nicht finden, er war verloren und blind in einer ewigen Gewalt. Daß er zurückkehrte, wäre nie in Frage gekommen, wir hätten es nicht erlauben können. Ich bedaure, Ihnen diese Dinge über Ihren Freund schreiben zu müssen, aber ich hoffe von Herzen, daß seine geistige Suche ihm nach so vielen Jahren endlich Frieden gebracht hat. Vielleicht hat sie es.
Mit freundlichem Gruß
Mina

3

Zwei Tage, nachdem ich Minas Brief bekommen, eine Kopie an Tom gefaxt und meine Änderungen bei Ann Folger abgeliefert hatte, kam ich wieder an meinem Videoladen vorbei, wie fast jeden Tag seit meiner Rückkehr, doch heute – ich hatte ja buchstäblich nichts zu tun – fiel mir ein, daß ich in der Zeit, in der ich an Schlaflosigkeit litt, im Schaufenster etwas gesehen hatte, das mich interessierte.

Ich machte kehrt und betrachtete die Plakate der Filmstars. Sie waren nicht besonders interessant. Vielleicht hatte ich gerade wieder an *Babette's Feast* gedacht. Dann sah ich die Vorschau der alten *films noirs,* und es fiel mir wieder ein.

Ich ging in den Laden und lieh mir *On Dangerous Ground* aus, den Film, den Fee Bandolier und ich im Beldame Oriental gesehen hatten, den Film, der *uns* im Augenblick unserer größten Verletzlichkeit gesehen hatte.

Als ich nach Hause kam, schob ich ihn sofort in den Videorecorder und schaltete den Fernseher ein. Ich setzte mich auf die Couch, sah die Ankündigungen für andere Filme der Reihe nach über den Bildschirm gleiten. Dann kam der Vorspann, und der Film begann. Eine halbe Stunde später, erschüttert und gefesselt, erinnerte ich mich daran, mein Jakkett auszuziehen.

On Dangerous Ground war wie eine Hitchcock-Version von Fritz Langs *M,* bearbeitet und gezähmt für ein amerikanisches Publikum. Ich konnte mich an die Geschichte nicht erinnern, hatte sie völlig verdrängt. Fee Bandolier hatte es nicht getan. Er hatte die Geschichte mit sich herumgetragen, wohin er auch ging, nach Vietnam, nach Florida, nach Ohio und nach Millhaven.

Ein Bankier, gespielt von William Bendix, entführte ein Kind von einem Spielplatz, trug es in einen Keller und schlitzte ihm die Kehle auf. Über der Leiche sang er leise den Namen des Jungen. Am nächsten Tag ging er in seine Bank, war reizend zu seinen Angestellten und leitete Konferenzen, bei denen es um Kredite und Hypotheken ging. Um sechs Uhr fuhr er nach Hause zu seiner Frau Grace, gespielt von Ida Lupino. Ein alter Schulfreund des Bankiers, ein Detective, gespielt von Robert Ryan, kam zum Abendessen und erzählte von einem Fall, der ihn beunruhigte. Es ging um das Verschwinden mehrerer Kinder. Beim Dessert platzte Robert Ryan damit heraus, er befürchte, daß die Kinder ermordet worden seien. Sie kannten die Familie X doch auch, nicht wahr? William Bendix und Ida Lupino sahen ihren Freund mit erwartungsvollem Entsetzen über den Tisch hinweg an. Ja, die Familie X kannten sie. Ihr Sohn, sagte Ryan, sei das letzte Kind, das verschwunden sei. »Nein!« rief Ida Lupino. »Ihr einziges Kind!« Das Abendessen war zu Ende. Eine dreiviertel Stunde später, der richtigen Zeit nach, im Film waren drei Tage vergangen, bot William Bendix einem anderen kleinen Jungen an, ihn nach Hause zu fahren. Er brachte ihn in denselben Keller. Nachdem er ihn umgebracht hatte, sang er liebevoll den Namen des Kindes über seiner Leiche. Am nächsten Tag besuchte Robert Ryan die Eltern, die ihm Fotos zeigten und weinten. Der Film endete damit, daß Ida Lupino sich abwandte, um Robert Ryan anzurufen. Sie hatte ihren Mann ins Herz geschlossen.

Vor Erregung zitternd, sah ich die Besetzungsliste mit den bereits bekannten Namen über den Bildschirm flimmern:

Lenny Valentine – Robert Ryan
Franklin Bachelor – William Bendix
Grace Bachelor – Ida Lupino

Und dann, nach den Namen verschiedener Detectives, Bankangestellter und Leute aus der Stadt, die Namen zweier ermordeter Jungen:

Felix Hart – Bobby Driscoll
Mike Hogan – Dean Stockwell

4

Ich nahm das Band aus dem Videorecorder und legte es in seine Kassette zurück. Dreimal lief ich um mein Loft herum, hin- und hergerissen zwischen Lachen und Weinen. Ich dachte an Fee Bandolier, ein Kind, das sich von einem Platz am breiten Mittelgang des Beldame Oriental einen Film ansah; wahrscheinlich war es immer Robert Ryan und nicht Clark Gable gewesen, an den mich Michael Hogan erinnert hatte. Endlich setzte ich mich an den Schreibtisch und wählte Toms Nummer. Sein Anrufbeantworter meldete sich nach dem zweiten Läuten. Am Ende eines Vierundzwanzigstundentages war Tom endlich zu Bett gegangen. Ich wartete, bis er seinen Text aufgesagt hatte, und sagte dann: »Hier spricht der John Galsworthy aus der Grant Street. Wenn du das einzige erfahren willst, das du noch nicht weißt, ruf mich an, sobald du aufgestanden bist.«

Ich nahm das Band aus der Kassette, sah mir den Film noch einmal an und dachte an Fee Bandolier, den Mann, den ich gekannt hatte, und an den anderen Fee, das Kind, mein anderes Ich, dem ich so oft und an so vielen Orten in meiner Fantasie begegnet war. Dort war er, und ich war auch dort, an seiner Seite, weinte und lachte zugleich und wartete darauf, daß das Telefon klingelte.